日本の児童文学
登場人物索引

単行本篇

2013-2017

An Index

of

The Characters

in

Japanese Children's Literature

Published in 2013-2017

刊行にあたって

　本書は、小社の既刊「児童文学登場人物索引アンソロジー篇　2003-2014　日本と世界のお話」の姉妹版にあたるものである。

　また、先に刊行した「日本の児童文学登場人物索引　単行本篇　上下」「日本の児童文学登場人物索引　単行本篇 2003－2007」「日本の児童文学登場人物索引　単行本篇 2008－2012」に続く継続版にあたるものである。

　採録の対象期間は 2013 年（平成 25 年）～2017 年（平成 29 年）とし、その 5 年間に国内で刊行された日本の児童文学の単行本作品の中から主な登場人物を採録し、登場人物から引ける索引とした。

　前刊「日本の児童文学登場人物索引　単行本篇 2003－2007」「日本の児童文学登場人物索引　単行本篇 2008－2012」と同様、図書館の児童書架に置かれた書籍群を採録対象としてノンフィクションをも含む多様な作品から主な登場人物を拾い出し、名前、年齢や短いプロフィールを抜き出して、人物名から作品を探せる索引とした。

　この索引は、児童文学の作品の中から登場人物の名をもとに目当てのものを探すための索引である。しかし、何らかの目的を持った探索だけでなく、これらの豊富な作品群の中から、読んでみたい、面白そう、内容に興味が涌く、といった作品の存在を知り、そしてまったく知ることのなかった作品に思いがけず出会うきっかけにもなり得る一覧リストである。

　学校内で子どもたちが読書をする場所や、図書館のレファレンスの現場で利用していただきたい。

　そして、これ自体も一つのブックガイド、または登場人物情報として、児童であれ成人であれ、まだ知らない児童文学作品や物語を知ることのきっかけになればとも望んでいる。

　既刊の「日本の児童文学登場人物索引」（アンソロジー篇・単行本篇）、「世界の児童文学登場人物索引」（アンソロジー篇・単行本篇）などと合わせて活用いただけることを願ってやまない。

2018 年 8 月

DBジャパン編集部

凡例

1. 本書の内容

　本書は国内で刊行された日本の児童文学（絵本、詩を除く）の単行本に登場する主な登場人物を採録した人物索引である。

2. 採録の対象

　2013年（平成25年）〜2017年（平成29年）の5年間に日本国内で刊行された日本の児童文学の単行本 1,954 作品に登場する主な登場人物のべ6,854 人を採録した。

3. 記載項目

　登場人物名見出し ／ 人物名のよみ

　学年・身分・特長・肩書・職業 ／ 登場する単行本の書名 ／ 作家名;挿絵画家名 ／出版者（叢書名） ／ 刊行年月

（例）

八乙女　市子(姉さん)　やおとめ・いちこ(ねえさん)

茨城県の高砂中学校三年生、テニス部を一年でやめて帰宅部になった平凡な少女 「石を抱くエイリアン」濱野京子著 偕成社 2014年3月

　　1）登場人物名に別名がある場合は（　）に別名を付し、見出しに副出した。

　　2）人物名のよみ方が不明のものについては末尾に＊（アステリスク）を付した。

4. 排列

　　1）登場人物名の姓名よみ下しの五十音順とした。「ヴァ」「ヴィ」「ヴェ」「ヴォ」はそれぞれ「バ」「ビ」「ベ」「ボ」とみなし、「ヲ」は「オ」、「ヂ」「ヅ」は「ジ」「ズ」とみなして排列した。

2）濁音・半濁音は清音、促音・拗音はそれぞれ一字とみなして排列し、長音符は無視した。

5. 名前から引く登場人物名索引

人物名の姓ではなく、名前からも登場人物名見出しを引けるように索引を付した。

（例）

夢羽　　（むう）→茜崎　夢羽

1）排列はよみの五十音順とした。
2）→（矢印）を介して登場人物名見出しを示した。

6. 採録作品名一覧

巻末に索引の対象とした作品名一覧を掲載。

（並び順は作家名→書名の字順排列とした。）

登場人物名目次

【あ】

哀川 ショコラ　あいかわ・しょこら	1
相川 ユリア　あいかわ・ゆりあ	1
アイコ	1
アイザック・ホームズ	1
相島 美雪　あいしま・みゆき	1
相田 凛　あいだ・りん	1
相田 凛　あいだ・りん	2
アイナ	2
愛野 美奈子　あいの・みなこ	2
相原 カコ　あいはら・かこ	2
相原 徹　あいはら・とおる	2
相原 七瀬　あいはら・ななせ	2
アイリーン	2
青足　あおあし	2
あおい	3
葵　あおい	3
アオイさん	3
あおいちゃん	3
碧生 はかな　あおい・はかな	3
蒼井 結衣　あおい・ゆい	3
蒼井 結衣　あおい・ゆい	4
青井 雪絵　あおい・ゆきえ	4
青木 夏津子　あおき・かつこ	4
青木 トウマ　あおき・とうま	5
青木 トウマ（トウマ先輩）　あおき・と	5
うま（とうませんぱい）	
青木 トウマ先輩　あおき・とうません	5
ぱい	
蒼木 琉夏　あおき・るか	5
青田 奈々　あおた・なな	5
青田 美佳（ブルー）　あおた・みか	5
（ぶるー）	
蒼月 勝　あおつき・まさる	6
青砥 琢馬　あおと・たくま	6
青戸 レイナ　あおと・れいな	6
青葉 そら　あおば・そら	6
青原 優人　あおはら・ゆうと	6
青柳 花音　あおやなぎ・かのん	6
青山 コウさん　あおやま・こうさん	6
青山 コウさん　あおやま・こうさん	7

青山 颯太　あおやま・そうた	7
青山 巧　あおやま・たくみ	7
青山 陽太郎　あおやま・ようたろう	7
青山 玲美　あおやま・れみ	7
阿恩　あおん	7
赤いゲノセクト　あかいげのせくと	7
緋石 遼　あかいし・りょう	7
赤い人　あかいひと	7
赤い人　あかいひと	8
赤いワンピースの少女　あかいわん	8
ぴーすのしょうじょ	
あかカク	8
赤川 ぽこ美（ポコタン）　あかがわ・	8
ぽこみ（ぽこたん）	
赤城 絵美　あかぎ・えみ	8
赤木 絵美（エミ）　あかぎ・えみ（え	8
み）	
赤木 直子（レッド）　あかぎ・なおこ	8
（れっど）	
赤城 リュウ　あかぎ・りゅう	8
赤城 リュウ　あかぎ・りゅう	9
赤城 龍太郎　あかぎ・りゅうたろう	9
赤毛の女の子　あかげのおんなのこ	9
赤格子 縞太郎　あかごうし・しまたろ	9
う	
赤坂 萌奈　あかさか・もな	9
赤シャツ　あかしゃつ	9
赤ずきん　あかずきん	10
赤月 翔太　あかつき・しょうた	10
あかなす トマのすけ　あかなす・とま	10
のすけ	
アカネ	10
茜崎 夢羽　あかねざき・むう	10
茜崎 夢羽　あかねざき・むう	11
赤羽 ひな　あかばね・ひな	11
赤妃 リリカ　あかひ・りりか	11
赤松 円馬　あかまつ・えんま	11
赤松 円馬（エンマ）　あかまつ・えん	11
ま（えんま）	
赤松 円馬（エンマ）　あかまつ・えん	12
ま（えんま）	
赤松 玄太　あかまつ・げんた	12
明里　あかり	12
亜紀　あき	12

赤木沢 夏南　あきざわ・かな	12	
秋島 花南　あきしま・かなん	12	
秋島 涼楓　あきしま・すずか	12	
秋月 精之介　あきづき・せいのすけ	12	
秋月 精之介　あきづき・せいのすけ	13	
明菜さん　あきなさん	13	
秋野 希林さん　あきの・きりんさん	13	
秋野 美陽　あきの・みよ	13	
秋野 理沙　あきの・りさ	13	
秋庭 真之介　あきば・しんのすけ	13	
秋原 聡子　あきはら・さとこ	13	
秋原 章子　あきはら・しょうこ	13	
秋庭 怜子　あきば・れいこ	13	
秋麻呂氏　あきまろし	13	
秋山 絵理乃ちゃん　あきやま・えりのちゃん	13	
秋山 璃在　あきやま・りある	14	
アキヨシ	14	
秋吉 一歌　あきよし・いちか	14	
秋吉 直人　あきよし・なおと	14	
秋吉 美波子　あきよし・みなこ	14	
アクエス	14	
アクセス・タイム	14	
阿久津 新　あくつ・しん	14	
悪魔　あくま	15	
悪魔(アロハ)　あくま(あろは)	15	
悪魔騎士ノイン(ノイン)　あくまきしのいん(のいん)	15	
アクマント	15	
悪夢ちゃん　あくむちゃん	15	
あぐりこ	15	
あぐり先生　あぐりせんせい	15	
明智 小五郎　あけち・こごろう	15	
明智 小五郎　あけち・こごろう	16	
明智 光秀　あけち・みつひで	16	
朱美さん　あけみさん	16	
アケミちゃん	16	
阿豪 平八郎　あごう・へいはちろう	16	
亜古奈　あこな	16	
浅井 ケイ　あさい・けい	16	
アサギ	16	
浅葱 芳(浅葱先輩)　あさぎ・かおる(あさぎせんぱい)	17	
浅葱先輩　あさぎせんぱい	17
朝霧 退助　あさぎ・たいすけ	17
朝霧 花恋　あさぎり・かれん	18
朝霧さん　あさぎりさん	18
朝霧 退助　あさぎり・たいすけ	18
麻田 冬樹　あさだ・ふゆき	18
朝永 咲希　あさなが・さき	18
浅野 すず　あさの・すず	18
浅野 直人　あさの・なおと	18
浅羽 海斗　あさば・かいと	18
朝羽 嵐(ラン)　あさば・らん(らん)	18
旭南　あさひな	19
朝比奈 あきら　あさひな・あきら	19
朝比奈 太一　あさひな・たいち	19
朝比奈 雪奈　あさひな・ゆきな	19
朝比奈 柚　あさひな・ゆず	19
アサミ	19
浅見 光彦　あさみ・みつひこ	19
麻宮 うさぎ　あさみや・うさぎ	19
足柄 七十郎　あしがら・しちじゅうろう	19
芦川 うらら　あしかわ・うらら	19
足田 貢　あしだ・みつぐ	19
芦田 元樹(モトくん)　あしだ・もとき(もとくん)	20
アジマ	20
阿闍梨　あじゃり	20
アシュラム様　あしゅらむさま	20
アズ	20
アスカ	20
あすか	21
明日香　あすか	21
飛鳥井 渡　あすかい・わたる	21
あずきくん	21
アースノア	21
安達　あだち	21
足立 夏月　あだち・なつき	21
あだち ヒロト　あだち・ひろと	21
アダム(アルパカ)	22
アチチ大王　あちちだいおう	22
あっくん	22
アッコ	22
アッシュ	22
アッチ	22

あっちゃん	23
アッバス・アルカン氏　あっばすあるかんし	23
敦也　あつや	23
アーティ・ロマン	23
アーティ・ロマン（ロマン）	23
あなぐま	23
アナベル	23
穴山 小助　あなやま・こすけ	23
阿南 六助　あなん・ろくすけ	23
アニカさん	23
アーネスト（バトー男爵）　あーねすと（ばとーだんしゃく）	24
アネモネ王女　あねもねじょおう	24
アブラーけいぶ	24
安倍くん　あべくん	24
安倍 祥明　あべの・しょうめい	24
安倍 晴明　あべの・せいめい	24
安倍 ハルマキ　あべ・はるまき	24
アベル・カネスキー	25
阿部 玲央　あべ・れお	25
阿部 玲奈　あべ・れな	25
天ヶ瀬 リン　あまがせ・りん	25
天ヶ瀬 リン　あまがせ・りん	25
天川 千野　あまかわ・ちの	25
あまっち（天川 千野）　あまっち（あまかわ・ちの）	25
天祭 レオン　あまつり・れおん	25
天野 翔　あまの・かける	26
天野 和貴　あまの・かずき	26
天野 くるみ　あまの・くるみ	26
天野 ケータ　あまの・けーた	26
天野 時雨　あまの・しぐれ	26
天野 空子　あまの・そらこ	26
天野 ナツメ　あまの・なつめ	26
天野 文彦　あまの・ふみひこ	27
天宮 悠太　あまみや・ゆうた	27
天海 ルリ（ルリルリ）　あまみ・るり（るりるり）	27
雨元 光次郎　あまもと・こうじろう	27
アマンティア・シャルロッティ	27
亜美　あみ	27
アミティ	27

アームくん	27
アメちゃん	27
アメちゃん	28
飴森 雨音　あめもり・あまね	28
アヤ	28
綾香ちゃん　あやかちゃん	28
奇野 妖乃　あやしの・あやの	28
綾瀬 恋雪センパイ　あやせ・こゆきせんぱい	28
綾瀬 花日　あやせ・はなび	28
綾瀬 花日　あやせ・はなび	29
あやぽん	30
アユ	30
あゆみ	30
亜由美ちゃん　あゆみちゃん	30
あゆむくん	30
アユリア	30
荒井 和彦　あらい・かずひこ	30
荒井 雄一郎　あらい・ゆういちろう	30
荒井 利一　あらい・りいち	30
新川 穂　あらかわ・ほのか	30
荒木 由香　あらき・ゆか	30
嵐山先生　あらしやませんせい	31
アララ	31
アララカン	31
アリー	31
有明 透　ありあけ・とおる	31
有明 弥生　ありあけ・やよい	31
有明 雄天　ありあけ・ゆうてん	31
有明 雄天　ありあけ・ゆうてん	32
アリィ	32
有坂 志織里ちゃん　ありさか・しおりちゃん	32
有沢　ありさわ	32
アリス	32
有栖川 侑　ありすがわ・ゆう	32
アリス・リドル	32
アリス・リドル	33
蟻田 未知　ありた・みち	33
有星 アキノリ　ありほし・あきのり	33
有馬 大和　ありま・やまと	33
有馬 リュウ　ありま・りゅう	33
有山 翼　ありやま・つばさ	33

(3)

アル	33	アンナちゃん	40
アル	34	アンリ先生　あんりせんせい	40
アル（アルゴ・デスタス）	34		
アルウェン	35	**【い】**	
アルカード・シェリー	35		
アルゴ・デスタス	35	飯塚 有里　いいづか・あり	40
アルゴ・デスタス	36	井伊 直虎（祐）　いい・なおとら（ゆう）	40
あるじ	36	井伊 直政　いい・なおまさ	40
アルパカ	36	イゥカ	40
アルヴィス	36	家光　いえみつ	40
アルマ	36	家康　いえやす	40
アルミ	36	家弓トワ　いえゆみ・とわ	40
アルル	36	イエロー	41
アレちゃん	36	亥緒利　いおり	41
アレックスさん	36	イガグリ	41
アレハンドロ	37	イカサマ	41
アレン	37	五十嵐 あさみ　いがらし・あさみ	41
アロハ	37	五十嵐 直緒　いがらし・なお	41
アン	37	五十嵐 文香　いがらし・ふみか	41
杏　あん	37	五十嵐 美久　いがらし・みく	41
あんこ	37	イクタ	41
安西 みやび　あんざい・みやび	37	井口 みのり　いぐち・みのり	41
アンジェリーナ・クドウ・シールズ	38	池上 健太　いけがみ・けんた	41
アンジェリーナ姫　あんじぇりーなひ	38	池上 新　いけがみ・しん	41
め		池沢 雪人さん　いけざわ・ゆきとさん	41
アンジェロ（片桐 安十郎）　あんじぇろ	38	池 輝　いけ・てる	41
（かたぎり・あんじゅうろう）		池松 沙也子　いけまつ・さやこ	42
アンジェロ・コッラディーニ	38	いささ丸　いささまる	42
安寿　あんじゅ	38	十六夜　いざよい	42
安城 みのり　あんじょう・みのり	38	イジェット・ロイ・アンバーソン	42
アンズひめ	38	石川 旭　いしかわ・あさひ	42
安藤 晃子　あんどう・あきこ	38	石川 愛海　いしかわ・あみ	42
安藤さん　あんどうさん	38	石川 七波　いしかわ・ななみ	42
安藤 露子　あんどう・つゆこ	38	石川 真麻　いしかわ・まあさ	42
安藤 奈々　あんどう・なな	39	石倉さん　いしくらさん	42
安藤 奈々ちゃん　あんどう・ななちゃ	39	石黒 翔太　いしぐろ・しょうた	42
ん		石崎くん　いしざきくん	42
安藤 怜　あんどう・れい	39	石崎 智哉　いしざき・ともや	43
アントニウス	39	石崎 風太　いしざき・ふうた	43
アンドレア	39	イシシ	43
アンドレ・ザ・ボッチ	39	石じぞう　いしじぞう	44
アントワネット	39	石津　いしず	44
アンナ	40	石田 健吾　いしだ・けんご	44

石田 三成　いしだ・みつなり	44	
石田 満彦　いしだ・みつひこ	44	
遺失物係の人　いしつぶつがかりの ひと	44	
石橋 智恵理　いしばし・ちえり	44	
石橋 登緒留　いしばし・とおる	44	
石橋 麻緒　いしばし・まお	44	
井嶋 杏里　いじま・あんり	44	
石松　いしまつ	45	
石松 陸（リック）　いしまつ・りく（りっ く）	45	
石丸 真哉　いしまる・しんや	45	
伊集院 慶一　いじゅういん・けいいち	45	
伊集院 忍　いじゅういん・しのぶ	45	
いす	45	
いずみ	45	
和泉 琴音　いずみ・ことね	45	
いずみさん	45	
泉先輩　いずみせんぱい	45	
泉田 黒斗　いずみだ・くろと	45	
泉ちゃん　いずみちゃん	45	
和泉 透　いずみ・とおる	46	
泉 悠史（泉先輩）　いずみ・ゆうし（い ずみせんぱい）	46	
伊勢 高広　いせ・たかひろ	46	
伊勢谷 晃樹（ウソツキさん）　いせ や・こうき（うそつきさん）	46	
五十川 肇　いそかわ・はじめ	46	
磯野 輝華　いその・てるか	46	
磯山 香織　いそやま・かおり	46	
イーダ	46	
イーダ大王　いーだだいおう	46	
伊丹 美空　いたみ・みそら	46	
市居 一真　いちい・かずま	46	
市川 桜花　いちかわ・おうか	46	
伊地知 一秋　いちじ・かずあき	46	
伊地知 一秋　いちじ・かずあき	47	
伊地知 一秋（山口）　いちじ・かずあ き（やまぐち）	47	
一条 千夏　いちじょう・ちか	47	
一条 トオル　いちじょう・とおる	47	
一条 春菜　いちじょう・はるな	47	
一条 ひな　いちじょう・ひな	47	

一条 風雅　いちじょう・ふうが	47	
一条 風雅　いちじょう・ふうが	48	
一条 将輝　いちじょう・まさき	48	
一条 祐紀　いちじょう・ゆき	48	
一条 美喜（ミッキー）　いちじょう・よし き（みっきー）	48	
市蔵　いちぞう	48	
一ノ瀬 伊吹　いちのせ・いぶき	48	
一ノ瀬 カノン　いちのせ・かのん	48	
市ノ瀬 じゅら　いちのせ・じゅら	49	
一ノ瀬 透也　いちのせ・とうや	49	
一ノ瀬 ヒカル　いちのせ・ひかる	49	
一之瀬 リオ　いちのせ・りお	49	
一ノ瀬 蓮くん　いちのせ・れんくん	49	
市原 和樹　いちはら・かずき	49	
一宮 奈々美　いちみや・ななみ	49	
市村 大悟　いちむら・だいご	49	
一郎　いちろう	49	
樹くん　いつきくん	49	
一宮　いっく	49	
一色 大祐　いっしき・だいすけ	50	
一太　いった	50	
いったんもめん	50	
いっち一（秋吉 一歌）　いっちー（あき よし・いちか）	50	
いっちゃん	50	
イッポ	50	
いっぽんまつ こじろう　いっぽんま つ・こじろう	50	
イディア	50	
糸居 鞠香　いとい・まりか	50	
糸居 鞠香　いとい・まりか	51	
糸居 百合佳　いとい・ゆりか	51	
伊藤 カンミ　いとう・かんみ	51	
伊藤 貢作　いとう・こうさく	51	
伊藤 砂羽　いとう・さわ	51	
伊藤 若冲　いとう・じゃくちゅう	51	
伊藤 翔太　いとう・しょうた	51	
伊藤 葉月　いとう・はづき	51	
伊藤 風味　いとう・ふうみ	51	
伊藤 北斗　いとう・ほくと	51	
伊藤 勇　いとう・ゆう	52	
糸川くん　いとかわくん	52	

糸川 音色　いとかわ・ねいろ　52
糸世　いとせ　52
糸瀬 英治　いとせ・えいじ　52
イトはん　52
いなさ号　いなさごう　52
稲田 多摩子　いなだ・たまこ　52
猪名寺 乱太郎　いなでら・らんたろう　52
イナバ　52
稲葉 カノン　いなば・かのん　52
稲葉 郷子　いなば・きょうこ　52
稲葉 夕士　いなば・ゆうし　53
稲村　いなむら　53
イヌ（サスケ）　53
犬（パロ）　いぬ（ぱろ）　53
犬（ミュウ）　いぬ（みゅう）　53
犬井　いぬい　53
犬川 ソウスケ　いぬかわ・そうすけ　53
犬坂 ケノ　いぬさか・けの　53
犬塚 シノ　いぬずか・しの　53
犬吠崎 太郎　いぬぼうざき・たろう　53
犬吠崎 太郎　いぬぼうざき・たろう　54
犬丸（呉丸）　いぬまる（くれまる）　54
犬山 オトネ　いぬやま・おとね　54
犬山 道節（ミッチー）　いぬやま・どう　54
せつ（みっちー）
犬山 ヒクテ　いぬやま・ひくて　54
犬山 ヒトヨ　いぬやま・ひとよ　54
井上 一弥　いのうえ・かずや　54
井上 一弥　いのうえ・かずや　55
井上 竜也　いのうえ・たつや　55
井上 円香　いのうえ・まどか　55
井上 友企　いのうえ・ゆうき　55
猪上 琉偉（ルイルイ）　いのうえ・るい　55
（るいるい）
猪上 琉偉（ルイルイ）　いのうえ・るい　56
（るいるい）
井上 若見　いのうえ・わかみ　56
伊能 万太郎（万ちゃん）　いのう・ま　56
んたろう（まんちゃん）
イノさん　56
いばっとる　56
射場 亨（いばっとる）　いば・とおる　56
（いばっとる）

イフリート　56
今泉 環　いまいずみ・たまき　56
今井 美蘭　いまい・みらん　57
今井 由香　いまい・ゆか　57
今井 莉子　いまい・りこ　57
今田 高志　いまだ・たかし　57
今村 剛（ブル）　いまむら・つよし（ぶ　57
る）
井村 麻子　いむら・あさこ　57
イモ　57
イモジェン・ホロックス　57
イモジェン・ホロックス（イモ）　57
伊予　いよ　57
イーヨーツム　57
依頼者　いらいしゃ　57
イリアナ・リーダ（リアナ）　57
イリアナ・リーダ（リアナ）　58
入江 雨実　いりえ・うみ　58
入江 颯太　いりえ・そうた　58
いるぞうくん　58
イレシュ　58
岩岡 佑　いわおか・たすく　58
岩熊　いわくま　58
岩崎 七海　いわさき・ななみ　58
岩瀬 龍心　いわせ・りゅうしん　58
岩田 波留斗　いわた・はると　58
岩田 波留斗（アッシュ）　いわた・は　59
ると（あっしゅ）
岩中さん　いわなかさん　59
岩永 城児　いわなが・じょうじ　59
岩本 孝太郎　いわもと・こうたろう　59

【う】

ウー　59
ウァドエバー　59
ウィスパー　59
ウィッチ　59
ウィッチ・ウォッチ・ウィッチー　59
ウィル　59
ウィル　60
ウィルヘム・グリム（ウィル）　60
ウイロウ　60

ウェイン	60
植木 はる子ちゃん　うえき・はるこちゃん	60
上杉 朝日　うえすぎ・あさひ	60
上杉 和典　うえすぎ・かずのり	60
上杉 和典　うえすぎ・かずのり	61
上杉 和典　うえすぎ・かずのり	62
上田 光平　うえだ・こうへい	62
上田 凛　うえだ・りん	62
上田 六兵太（船長）　うえだ・ろっぺいた（せんちょう）	62
上野 雨砂　うえの・うさ	62
上原 美結　うえはら・みゆ	62
上山 秀介　うえやま・しゅうすけ	62
上山 幸哉　うえやま・ゆきや	62
魚住 二葉　うおずみ・ふたば	63
魚成 壬　うおなり・じん	63
ウォルフス	63
鵜飼 ゆりあ　うかい・ゆりあ	63
ウカノ	63
右近衛中将頼宗（頼宗）　うこのえのちゅうじょうよりむね（よりむね）	63
右近（うっちゃん）　うこん（うっちゃん）	63
うさぎ	63
うさぎ	64
うさぎ（キップ）	64
うさぎ（シーム）	64
うさぎ（ぴょんぴょん）	64
うさ子　うさこ	64
宇佐美 桜子　うさみ・さくらこ	64
宇佐美さん　うさみさん	64
宇佐美 はる子（うさ子）　うさみ・はるこ（うさこ）	64
宇佐美 由良　うさみ・ゆら	64
笛吹 愛　うすい・あい	64
ウスズ	64
薄葉 健一　うすば・けんいち	64
ウソツキさん	65
宇田川 朝子　うだがわ・あさこ	65
歌代 愛音　うたしろ・あいね	65
歌代 重美　うたしろ・しげみ	65
内田 卓磨　うちだ・たくま	65
内田 智貴　うちだ・ともたか	65

内田 康夫　うちだ・やすお	65
宇津井 篤志　うつい・あつし	65
うっちゃん	65
内海 真衣　うつみ・まい	65
宇野 花音　うの・かのん	66
馬（いなさ号）　うま（いなさごう）	66
海一　うみいち	66
海鳴 ツナグ　うみなり・つなぐ	66
うみぼうず	66
梅くん　うめくん	66
ウメケロ	66
うめこん（ミラクルうまいさん）	66
梅崎 仁（梅くん）　うめざき・じん（うめくん）	66
梅野 正人　うめの・まさと	66
梅鉢先生　うめばちせんせい	66
埋火 梨花　うもれび・りか	66
浦沢 ユラさん　うらさわ・ゆらさん	66
浦沢 ユラさん　うらさわ・ゆらさん	67
浦島太郎　うらしまたろう	67
裏無 正道　うらなし・まさみち	67
うらなり君（古賀）　うらなりくん（こが）	67
浦野 すず　うらの・すず	67
浦野 天空　うらの・そら	67
浦辺 満　うらべ・みちる	67
うらら	67
うららちゃん	67
ウラ・ルカ	67
浦和 大地　うらわ・だいち	67
浦和 陽子　うらわ・ようこ	67
瓜花 明　うりはな・あきら	67
瓜花 明　うりはな・あきら	68
ウリ坊　うりぼう	68
瓜生 御影　うりゅう・みかげ	68
ウーリン	68
うるう	68
ウルゴ・デスタス（ウィル）	68
ウロボロス	68
ウワバミ	68
雲外鏡　うんがいきょう	68
運転手　うんてんしゅ	68
運転手　うんてんしゅ	69
運転手（佐藤）　うんてんしゅ（さとう）	69

海野 六郎　うんの・ろくろう　　69
雲雲　うんぷう　　69

【え】

英語じてん　えいごじてん　　69
エイプリル　　69
エイミー・エジャートン　　69
江岡 慧一　えおか・けいいち　　69
絵描き　えかき　　70
エカテリーナ姫　えかてりーなひめ　　70
Aガール　えーがーる　　70
A金先生　えーきんせんせい　　70
江口 瑠香　えぐち・るか　　70
エコロ　　70
エース　　70
獲通子さん　えずこさん　　70
エスプリャーナ　　71
えだいち　　71
江田 正樹　えだ・まさき　　71
枝田 光輝（えだいち）　えだ・みつき　　71
（えだいち）
越前 リョーマ　えちぜん・りょーま　　71
エティエンヌ　　71
江戸川 コナン　えどがわ・こなん　　71
江戸川 コナン　えどがわ・こなん　　72
江戸川 コナン（工藤 新一）　えどが　　72
わ・こなん（くどう・しんいち）
エドワード・クラーク　　72
エナメル　　72
江ノ島　えのしま　　72
榎本 虎太朗　えのもと・こたろう　　72
榎本 夏樹　えのもと・なつき　　72
エバ先生　えばせんせい　　72
江原 シュリ　えはら・しゅり　　72
江原 シュリ　えはら・しゅり　　73
エヴァンドロ・ペッパローニ監督　えば　73
んどろぺっぱろーにかんとく
恵比寿さん　えびすさん　　73
海老名 五十鈴　えびな・いすず　　73
蛯原 仁　えびはら・じん　　73
海老原先生　えびはらせんせい　　73
エビフライ　　73

恵麻呂　えまろ　　73
エミ　　74
江美　えみ　　74
えみちゃん　　74
エメルダ　　74
エリ　　74
エーリオ　　74
エリオ・ヴィズマン　　74
絵里香　えりか　　74
エリサ　　74
エリーさん（シノハラ エリコ）　えりー　74
さん（しのはら・えりこ）
エリス　　74
エリーゼ　　75
エリック　　75
エリナ　　75
エル　　75
エルザ　　75
エルフリーデちゃん　　75
エレオノーレ・シュミット　　75
エレナ　　75
エン　　75
エンション　　75
遠藤 佳純　えんどう・かすみ　　76
遠藤 沙耶　えんどう・さや　　76
遠藤さん　えんどうさん　　76
遠藤 蓮美　えんどう・はすみ　　76
遠藤 マコト　えんどう・まこと　　76
遠藤 克　えんどう・まさる　　76
えんぴつ太郎　えんぴつたろう　　76
エンマ　　76
えんまだいおう　　76

【お】

オイカワ　　77
追川 鉄平　おいかわ・てっぺい　　77
及川 なずな　おいかわ・なずな　　77
オイチャン　　77
王様　おうさま　　77
王様（佐藤）　おうさま（さとう）　　77
王子　おうじ　　77
王子　おうじ　　78

(8)

王子（黒崎 旺司）　おうじ（くろさき・おうじ）	78
王子さま（はだかの王子さま）　おうじさま（はだかのおうじさま）	78
黄前 久美子　おうまえ・くみこ	78
阿梅　おうめ	78
大井 賢司郎（おじいちゃん）　おおい・けんしろう（おじいちゃん）	78
大井 由太（ユウタ）　おおい・ゆうた（ゆうた）	79
大井 雷太　おおい・らいた	79
大岡 林太朗　おおおか・りんたろう	79
大垣 晴人　おおがき・はると	79
大形 京　おおがた・きょう	79
オオカミ	79
狼男　おおかみおとこ	79
大河原 夏実（夏花）　おおかわら・なつみ（かか）	79
オオキ	79
大木 登　おおき・のぼる	80
大木 ひかり　おおき・ひかり	80
大国　おおくに	80
大崎 海渡　おおさき・かいと	80
大沢 喜樹　おおさわ・きじゅ	80
大沢 正蔵　おおさわ・しょうぞう	80
大沢 友樹　おおさわ・ゆうき	81
大城 青葉　おおしろ・あおば	81
大瀬 奈奈　おおせ・なな	81
大瀬 広記　おおせ・ひろき	81
大空 翼　おおぞら・つばさ	81
大空 夏美（ナッチー）　おおぞら・なつみ（なっちー）	81
太田 翔　おおた・しょう	81
大谷 とき（チョキ）　おおたに・とき（ちょき）	81
大谷 涼　おおたに・りょう	81
太田 理世　おおた・りせ	82
大塚 秀介　おおつか・しゅうすけ	82
大月 弥生　おおつき・やよい	82
大友 拓　おおとも・たく	82
鳳と鏡　おおとりとかがみ	82
鳳 美耶子　おおとり・みやこ	82
大西 洋　おおにし・よう	82

大庭 トモコ（ニワ会長）　おおにわ・ともこ（にわかいちょう）	82
大庭 トモコ（ニワちゃん）　おおにわ・ともこ（にわちゃん）	82
大沼 茂（デカ長）　おおぬま・しげる（でかちょう）	82
大野 悠太　おおの・ゆうた	83
大場 カレン　おおば・かれん	83
大場 大翔　おおば・ひろと	83
大濱先生　おおはませんせい	83
大葉 ミル　おおば・みる	83
大原 愛菜ちゃん　おおはら・あいなちゃん	83
大原 早紀　おおはら・さき	83
大原 樹恵　おおはら・じゅえ	83
大原 蓮　おおはら・れん	83
大船 百合香　おおふな・ゆりか	84
大間 直也　おおま・なおや	84
大道 あさひ　おおみち・あさひ	84
大宮 正輝　おおみや・まさてる	84
大宮 まりん　おおみや・まりん	84
大村 明　おおむら・あきら	84
大村 みはる　おおむら・みはる	84
大山 加奈　おおやま・かな	84
大山先生　おおやませんせい	84
大山 千明　おおやま・ちあき	84
大山 昇　おおやま・のぼる	84
大ワシ　おおわし	84
大和田 南　おおわだ・みなみ	84
大和田 南　おおわだ・みなみ	85
おかあさん	85
お母さん　おかあさん	85
お母さん（玲子先生）　おかあさん（れいこせんせい）	85
お母ちゃん（野泉お母ちゃん）　おかあちゃん（のいずみおかあちゃん）	85
岡崎 智明（トモ）　おかざき・ともあき（とも）	85
岡崎 優　おかざき・ゆう	85
小笠原 秋　おがさわら・あき	85
小笠原 加奈　おがさわら・かな	86
小笠原 源馬　おがさわら・げんま	86
小笠原 未来　おがさわら・みらい	86
オカーサン（おばあさん）	86

(9)

お母さん（小林 里沙） おかさん（こばやし・りさ）	87
おかだ さきちゃん おかだ・さきちゃん	87
岡田 チカ おかだ・ちか	87
尾形 ツクル おがた・つくる	87
岡田 ユカ おかだ・ゆか	87
緒方 莉子 おがた・りこ	87
丘野 昌（マサ） おかの・まさ（まさ）	87
丘野 由梨（ユリ） おかの・ゆり（ゆり）	87
岡本 みさき おかもと・みさき	87
小川 勇介（ユースケ） おがわ・ゆうすけ（ゆーすけ）	88
大川 雄介（ユースケ） おがわ・ゆうすけ（ゆーすけ）	88
小川 蘭 おがわ・らん	88
小川 凛 おがわ・りん	88
おきくさん	88
オキクばあちゃ	88
沖 汐音 おき・しおん	88
沖田 颯太 おきた・そうた	89
荻原 拓海 おぎはら・たくみ	89
沖見おばあちゃん おきみおばあちゃん	89
おきょう	89
荻原 礼奈 おぎわら・れな	89
オーグ	89
奥沢 美麓 おくさわ・みろく	89
小国 景太（コクニくん） おぐに・けいた（こくにくん）	89
奥野 裕也 おくの・ゆうや	89
奥村 岬 おくむら・みさき	89
小倉 純 おぐら・じゅん	89
小倉 ひろみちゃん おぐら・ひろみちゃん	89
小黒 ケンヤ おぐろ・けんや	90
お甲 おこう	90
お咲 おさき	90
尾崎 おざき	90
尾崎 海人 おざき・かいと	90
尾崎 孝史 おざき・たかし	90
尾崎 玉藻 おざき・たまも	90
尾崎 宏行 おざき・ひろゆき	90

尾崎 悠斗 おさき・ゆうと	90
緒崎 若菜 おざき・わかな	90
長内 陽介（オッサ） おさない・ようすけ（おっさ）	90
オサリン	90
おさる	90
小澤 桔平 おざわ・きっぺい	91
小沢 葉月 おざわ・はづき	91
小澤 結羽 おざわ・ゆう	91
オージ（御門 央児） おーじ（みかど・おうじ）	91
おじいさん	91
おじいさんカサ	91
おじいちゃん	91
おじいちゃん	92
おじいちゃん（ゲンゾウおじいちゃん）	92
おじいちゃん（タイフーン）	92
おじいちゃん（保津原博士） おじいちゃん（ほづはらはかせ）	92
おじいちゃん（三島 正政） おじいちゃん（みしま・ただまさ）	92
おじいちゃんねずみ	92
オジサン	93
おじさん（父さん） おじさん（とうさん）	93
おじさん（中村 征二） おじさん（なかむら・せいじ）	93
おじさん（長谷川 慎治） おじさん（はせがわ・しんじ）	93
おじじ	93
おしじさん	93
押野 広也 おしの・ひろや	93
尾島 圭機 おじま・けいき	93
おしゃべりうさぎ	93
お嬢様（二ノ宮 ありす） おじょうさま（にのみや・ありす）	93
お嬢様（二ノ宮 ありす） おじょうさま（にのみや・ありす）	94
おしん	94
お涼 おすず	94
オズヴェル・アズベルド・フリック	94
オズワルド・リッチーくん	94
お園さん おそのさん	94
おたあ	94
お妙 おたえ	94

織田 登生　おだ・とうい　94
小田 知也　おだ・ともや　94
おタネ　94
織田 信長　おだ・のぶなが　95
織田 隼人　おだ・はやと　95
おたま　95
おたまじゃくし（くじらじゃくし）　95
おたまちゃん（たま）　95
小田 美杏　おだ・みあん　95
お千賀ちゃん　おちかちゃん　95
お千賀ちゃん　おちかちゃん　96
越智 東風　おち・とうふう　96
オチョ・ムー　96
おっこ　96
オッサ　96
オットー　97
おツネちゃん　97
お鶴　おつる　97
オーディン　97
おとうさん　97
お父さん　おとうさん　97
お父さん（赤城 龍太郎）　おとうさん　97
（あかぎ・りゅうたろう）
お父さん（政成）　おとうさん（まさなり）　97
おとうさんカイジュウ（カイジュウ）　97
弟ヤマネ　おとうとやまね　97
男　おとこ　98
男の子　おとこのこ　98
落としものパンツ　おとしものぱんつ　98
おとっつぁん（与兵衛）　おとっつぁん　98
（よへえ）
音無 祈　おとなし・いのり　98
音無 周五郎　おとなし・しゅうごろう　98
音無 陽斗　おとなし・はると　98
おとのさま　98
おとのさま（やまだのとのさま）　98
乙部 カヲル　おとべ・かをる　98
オドロキくん（王泥喜 法介）　おどろき　98
くん（おどろき・ほうすけ）
王泥喜 法介　おどろき・ほうすけ　99
おとわ　99
音羽　おとわ　99

お波さん（波江さん）　おなみさん（な　99
みえさん）
オニ（あかカク）　99
鬼（牛頭鬼）　おに（ごずき）　99
お兄さん　おにいさん　99
おにいちゃん　99
おにいちゃん（冬馬）　おにいちゃん　99
（とうま）
お兄ちゃん（水野 太郎）　おにいちゃ　99
ん（みずの・たろう）
お兄ちゃん（リョウ）　おにいちゃん　99
（りょう）
鬼崎 剛太　おにざき・ごうた　99
鬼沢 ひとみ（ヒットン）　おにざわ・ひ　100
とみ（ひっとん）
鬼の少年（稀人）　おにのしょうねん　100
（まれと）
おにぼう　100
鬼丸 豪　おにまる・ごう　100
お姉さん　おねえさん　100
おねえさんカサ　100
おねえちゃん（まい）　100
おねえちゃんヤマネ　100
小野 佳純　おの・かすみ　100
小野 静花　おの・しずか　100
小野田 薫子　おのだ・かおるこ　100
小野 タクト　おの・たくと　100
小野田 隼　おのだ・しゅん　100
小野 つばさ　おの・つばさ　101
小野寺 透也　おのでら・とうや　101
小野寺 優也　おのでら・ゆうや　101
小野 小町　おのの・こまち　101
小野 晴花　おの・はるか　101
小野 真衣　おの・まい　101
小野 桃世　おの・ももよ　101
小野山 美紀　おのやま・みき　101
小野山 美子　おのやま・みこ　101
小野山 美子　おのやま・みこ　102
小野 夕奈　おの・ゆうな　102
小野 優哉　おの・ゆうや　102
おノン　102
おばあさん　102
おばあさん（山野 滝）　おばあさん　102
（やまの・たき）

（11）

おばあちゃん	102
おばあちゃん	103
おばあちゃん（伊藤 カンミ）　おばあちゃん（いとう・かんみ）	103
おばあちゃん（サチさん）	103
おばあちゃん（静江）　おばあちゃん（しずえ）	103
おばあちゃん（ぴーちゃん）	103
おばけ	103
おばけ（れいたろう）	103
オバケさん	103
おばさん	104
おばさん（母さん）　おばさん（かあさん）	104
小幡 薫　おばた・かおる	104
小畑 こばと　おばた・こばと	104
オバタン	104
お春　おはる	104
おハルさん	104
小仁 ヨシオ　おひと・よしお	104
お坊さん（たくみさん）　おぼうさん（たくみさん）	104
オマツリ男爵　おまつりだんしゃく	104
おみよ	104
親方　おやかた	104
おやじ	104
おやじ	105
小山田 春菜　おやまだ・はるな	105
お葉　およう	105
お藍　おらん	105
織戸 恭也　おりと・きょうや	105
折原 詩織　おりはら・しおり	105
オリビア・ハミルトン	105
折山 香琳　おりやま・かりん	105
オルガン	105
オルゴ・デスタス（オーグ）	105
オルール	105
オレンジ	105
オロチ	106
オーロラ	106
オーロラハット	106
恩田 伸永　おんだ・のぶなが	106
女の子　おんなのこ	106

女の子（アユ）　おんなのこ（あゆ）	106

【か】

かあさん	106
母さん　かあさん	106
母さん（美奈子）　かあさん（みなこ）	106
カイ	107
海　かい	107
甲斐 英太　かい・えいた	107
ガイコツ	107
カイさん（村崎 權）　かいさん（むらさき・かい）	107
カイジュウ	107
怪人二十面相　かいじんにじゅうめんそう	107
会長　かいちょう	107
会長（西園寺 しのぶ）　かいちょう（さいおんじ・しのぶ）	107
海津 翼　かいつ・つばさ	108
KAITO　かいと	108
カイト	108
海斗　かいと	108
怪盗赤ずきん（赤ずきん）　かいとうあかずきん（あかずきん）	108
怪盗王子チューリッパ　かいとうおうじちゅーりっぱ	109
怪盗王チューリッヒ　かいとうおうちゅーりっひ	109
怪盗キッド　かいとうきっど	109
怪盗キッド（キッド）　かいとうきっど（きっど）	109
怪盗ゴースト　かいとうごーすと	109
怪盗ジェニィ　かいとうじぇにい	109
怪盗ジェント　かいとうじぇんと	109
怪盗ジャンヌ　かいとうじゃんぬ	109
怪盗ジャンヌ　かいとうじゃんぬ	110
海藤 瞬　かいとう・しゅん	110
怪盗シンドバッド　かいとうしんどばっど	110
怪盗ダーツ　かいとうだーつ	110
怪盗時計うさぎ（時計うさぎ）　かいとうとけいうさぎ（とけいうさぎ）	110

(12)

怪盗JJJ（ジュニアさん） かいとうとり 110
ぷるじぇい（じゅにあさん）
怪盗ピーター かいとうぴーたー 110
怪盗ムッシュ かいとうむっしゅ 110
怪盗ムッシュ かいとうむっしゅ 111
海堂 靖彦 かいどう・やすひこ 111
海堂 類 かいどう・るい 111
怪盗ロック かいとうろっく 111
貝原 太郎（カピバラ） かいばら・たろ 111
う（かぴばら）
カエデ 111
楓 かえで 111
カエル（メロン） 111
顔 かお 111
カオリ 111
カオリン 112
カオルン 112
夏花 かか 112
加賀 和樹 かが・かずき 112
鏡池 若葉 かがみいけ・わかば 112
加賀 美琴 かが・みこと 112
各務先生 かがみせんせい 112
鏡音 リン かがみね・りん 112
鏡音 凛 かがみね・りん 112
鏡音 レン かがみね・れん 112
鏡音 怜 かがみね・れん 112
鏡の女王 かがみのじょおう 113
鏡 未来（ミラミラ） かがみ・みらい 113
（みらみら）
加賀 雅 かが・みやび 113
加賀谷 舞 かがや・まい 113
カガリ アツコ（アッコ） かがり・あつこ 113
（あっこ）
係の人（遺失物係の人） かかりのひ 113
と（いしつぶつがかりのひと）
香川 祐次 かがわ・ゆうじ 113
賀川 祐司（ユージくん） かがわ・ゆう 113
じ（ゆーじくん）
蠣崎 結衣 かきざき・ゆい 113
カクイ 113
学園長先生 がくえんちょうせんせい 113
隠し蓑 かくしみの 113
ガクシャ 114
神楽 かぐら 114

筧 十蔵 かけい・じゅうぞう 114
影鬼 かげおに 114
影月 明 かげつき・あきら 114
影法師 かげぼうし 114
影山 かげやま 114
陽炎太 かげろうた 114
ガーゴイル 114
籠田 清太郎 かごた・せいたろう 114
笠井 菊哉 かさい・きくや 115
傘木 希美 かさき・のぞみ 115
かさねちゃん（深町 累） かさねちゃ 115
ん（ふかまち・かさね）
風早 三郎 かざはや・さぶろう 115
風早 俊介 かざはや・しゅんすけ 115
カザマカセ 115
風間 陣 かざま・じん 115
かざま たけし かざま・たけし 115
風祭警部 かざまつりけいぶ 115
笠間 文太 かさま・ぶんた 116
花山院 璃子 かざんいん・りこ 116
菓子井 みかる かしい・みかる 116
樫谷 紅零（クレイ） かしや・くれい（く 116
れい）
柏木 耕太（コタさま） かしわぎ・こう 116
た（こたさま）
柏木 栞（しおりん） かしわぎ・しおり 116
（しおりん）
柏木 菜々 かしわぎ・なな 116
柏木 晴人 かしわぎ・はると 116
柏木 ミカ かしわぎ・みか 116
柏木 ユリ かしわぎ・ゆり 117
柏崎 悠太 かしわざき・ゆうた 117
カズ 117
かずえ 117
かずき 117
カズキチ 117
数木 千影（カズキチ） かずき・ちか 117
げ（かずきち）
果月 直哉 かずき・なおや 117
一成 かずなり 117
和彦 かずひこ 117
和也 かずや 117
風早 和馬 かぜはや・かずま 117

(13)

かぞう	118	金谷 省吾　かなや・しょうご	121
カタギリ	118	金谷 省吾　かなや・しょうご	122
片桐 安十郎　かたぎり・あんじゅうろう	118	金谷 章吾　かなや・しょうご	122
片桐 世奈　かたぎり・せな	118	香貫 茉子　かぬき・まこ	122
片桐 冬華　かたぎり・とうか	118	金子さん　かねこさん	122
片倉 空美さん　かたくら・そらみさん	118	金子 満里　かねこ・まり	122
賢子　かたこ	118	金田 金男　かねだ・かねお	122
片瀬先輩　かたせせんぱい	118	金田 葉子（ギッチン）　かねだ・ようこ（ぎっちん）	122
片瀬 愛海　かたせ・まなみ	118	加納 新　かのう・あらた	122
片瀬 幸博　かたせ・ゆきひろ	118	加納 妃名乃　かのう・ひなの	122
方喰 剣志郎　かたばみ・けんしろう	118	カバオくん	122
片山 東太　かたやま・とうた	118	カービィ	123
片山 晴美　かたやま・はるみ	119	カピバラ	123
片山 悠飛　かたやま・ゆうひ	119	カブさん	123
片山 義太郎　かたやま・よしたろう	119	鏑木 郁人　かぶらぎ・いくと	123
勝 海舟　かつ・かいしゅう	119	鏑木 沙耶　かぶらぎ・さや	123
葛飾 北斎（鉄蔵）　かつしか・ほくさい（てつぞう）	119	嘉丙　かへい	123
かっちゃん	119	カボチャ頭（ジャッキー）　かぼちゃあたま（じゃっきー）	123
勝利　かつとし	119	釜川 往路　かまがわ・おうじ	123
カッパ	119	鎌田 省吾　かまた・しょうご	123
勝村 英男　かつむら・ひでお	119	鎌田 省吾　かまた・しょうご	124
桂木 マロン　かつらぎ・まろん	119	鎌田 理奈　かまた・りな	124
桂 小太郎　かつら・こたろう	119	神岡 まどか　かみおか・まどか	124
桂ばあちゃん（志崎 桂）　かつらばあちゃん（しざき・かつら）	120	神賀 麻綾　かみが・まあや	124
加藤 明美　かとう・あけみ	120	ガミガミ魔王　がみがみまおう	125
加藤 純一郎　かとう・じゅんいちろう	120	上川 詩絵里　かみかわ・しえり	125
加藤 葉月　かとう・はずき	120	上倉 瑠輝　かみくら・るき	125
ガート王子　がーとおうじ	120	神さま　かみさま	125
門倉 松也（カド松）　かどくら・まつや（かどまつ）	120	カミサマ（ボブ・マーリー）	125
門田 あずみ（アズ）　かどた・あずみ（あず）	120	上條 天馬　かみじょう・てんま	125
カトちゃん	120	上条 春太　かみじょう・はるた	125
カド松　かどまつ	120	神野 花音　かみの・かのん	125
カトリーナ姫　かとりーなひめ	120	神野 美花（ミカエラ）　かみの・みか（みかえら）	125
カナ	121	神野 美花（みかりん）　かみの・みか（みかりん）	125
加奈　かな	121	神之森 まつり　かみのもり・まつり	126
カナタ	121	かみひー（神山 ひかる）　かみひー（かみやま・ひかる）	126
かなちゃん	121	神谷 あかり（ひらめきちゃん）　かみや・あかり（ひらめきちゃん）	126
金森 てつし　かなもり・てつし	121	神谷 ドクタロウ　かみや・どくたろう	126

神山 ひかる　かみやま・ひかる	126	
神山 陵　かみやま・りょう	126	
神谷 勇樹　かみや・ゆうき*	126	
神谷 りん　かみや・りん	126	
カム	127	
ガムート	127	
ガムべえ	127	
かめさま	127	
カメ将軍　かめしょうぐん	127	
亀之丞　かめのじょう	128	
亀山 愛衣菜　かめやま・あいな	128	
亀山 正　かめやま・ただし	128	
仮面の男　かめんのおとこ	128	
ガモー	128	
蒲生大将　がもうたいしょう	128	
蒲生 貴之　がもう・たかゆき	128	
蒲生 珠子　がもう・たまこ	128	
蒲生 創（ガモー）　がもう・はじめ（がもー）	128	
蒲生 嘉隆　がもう・よしたか	128	
加茂 桜子　かも・さくらこ	128	
カヤ	128	
伽椰子　かやこ	129	
カヨ	129	
唐木田 一子　からきだ・いちこ	129	
唐木田 志朗　からきだ・しろう	129	
唐沢 未来　からさわ・みく	129	
カラス	129	
カラス男爵　からすだんしゃく	129	
カラスだんな	129	
カラボス	129	
カリファ	129	
仮屋 巴　かりや・ともえ	129	
牙琉検事　がりゅうけんじ	129	
ガリレロくん	130	
カリン	130	
佳鈴　かりん	130	
かりんちゃん	130	
カール	130	
カールくん	130	
狩渡 すばる（すばる先輩）　かると・すばる（すばるせんぱい）	131	
カルメラ	131	

カルラ	131	
ガルル	131	
カレー男　かれーおとこ	131	
ガロウ	131	
川勝 萌　かわかつ・もえ	131	
川勝 萌　かわかつ・もえ	132	
川上 健太　かわかみ・けんた	132	
川上 サジ　かわかみ・さじ	132	
川上 チッチ　かわかみ・ちっち	132	
川上 天馬　かわかみ・てんま	132	
川上 真緒さん　かわかみ・まおさん	132	
川口 梓　かわぐち・あずさ	132	
川口 見楽留　かわぐち・みらくる	132	
川崎 尚之介　かわさき・しょうのすけ	132	
川崎 真木子　かわさき・まきこ	132	
川島 寛太（スマート）　かわしま・かんた（すまーと）	132	
川島 久留實　かわしま・くるみ	133	
川島 緑輝　かわしま・さふぁいあ	133	
川島 ナオ　かわしま・なお	133	
川瀬 圭介　かわせ・けいすけ	133	
河田 一雄　かわだ・かずお	133	
川畑 愛莉　かわばた・あいり	133	
川原 健太　かわはら・けんた	133	
川辺 未香子　かわべ・みかこ	133	
カーン	133	
かんこ	133	
がんこちゃん	133	
がんこちゃん	134	
観頃 凛　かんころ・りん	134	
神崎 里美　かんざき・さとみ	134	
神崎 彰司　かんざき・しょうじ	134	
神咲 マイ　かんざき・まい	134	
神崎 美雨　かんざき・みう	134	
神崎 莉緒　かんざき・りお	134	
神崎 梨捺　かんざき・りな	134	
寛次郎　かんじろう	134	
カンタ	134	
神田　かんだ	134	
神田 伊予　かんだ・いよ	135	
神田川 永遠さん　かんだがわ・とわさん	135	
神立 蓮人さま　かんだち・れんとさま	135	

神田 ナオミちゃん　かんだ・なおみ　135
ちゃん
カンちゃん（カラス）　135
館長　かんちょう　135
監督（北島）　かんとく（きたじま）　135
神無月 綺羅　かんなずき・きら　135
神無月 琴　かんなずき・こと　135
菅野 聖哉　かんの・せいや　135
ガンバ　135
看板娘　かんばんむすめ　136
甘楽　かんら　136
甘楽 サトシ　かんら・さとし　136

【き】

キー　136
キアラ　136
きいくん　136
きいくん　137
紀恵　きえ　137
キエ蔵　きえぞう　137
黄川田 ゆり（イエロー）　きかわだ・ゆ　137
り（いえろー）
キキ　137
キギキチ　137
桔梗　ききょう　137
菊井 キクコ　きくい・きくこ　137
菊地 英治　きくち・えいじ　137
菊地 英治　きくち・えいじ　138
菊地 英治　きくち・えいじ　138
木耳 持兼　きくらげ・もちかね　138
木耳 良兼（若様）　きくらげ・よしかね　138
（わかさま）
ギーコさん　138
木崎 美帆　きざき・みほ　138
木佐貫 鞠　きさぬき・まり　138
木佐貫 桃　きさぬき・もも　138
如月 杏（あんこ）　きさらぎ・あん（あ　138
んこ）
如月 杏（あんこ）　きさらぎ・あん（あ　139
んこ）
如月 沙織　きさらぎ・さおり　139
起島 亜美　きじま・あみ　139

城島 航平　きじま・こうへい　139
木島さん　きじまさん　139
貴島 美香　きじま・みか　139
岸本 杏　きしもと・あん　139
岸本 環　きしもと・たまき　139
岸本 雅　きしもと・みやび　139
キース　139
汽水 タカキ　きすい・たかき　139
キズカちゃん　140
希月 心音　きづき・ここね　140
喜蔵　きぞう　140
貴族探偵（御前）　きぞくたんてい（ご　140
ぜん）
北岡 恵理人　きたおか・えりと　141
北神 旬　きたがみ・しゅん　141
北上 美晴　きたかみ・みはる　141
喜多川 秀一　きたがわ・しゅういち　141
北島　きたじま　141
北島 茜　きたじま・あかね　141
北島 夏生くん　きたじま・なつきくん　141
北田 あかり　きただ・あかり　141
北田 さとし　きただ・さとし　141
北野航平　きたの・こうへい　141
北野 敏光（イガグリ）　きたの・としみ　142
つ（いがぐり）
北原 聖　きたはら・せい　142
北原 みどり　きたはら・みどり　142
北原 柚希　きたはら・ゆずき　142
キダマッチ先生　きだまっちせんせい　142
北村 いちる　きたむら・いちる　142
北村 栄くん　きたむら・さかえくん　142
北村 奏太　きたむら・そうた　142
北村 ふみ子（ふーちゃん）　きたむ　142
ら・ふみこ（ふーちゃん）
北村 由里亜　きたむら・ゆりあ　142
北村 連司（レン）　きたむら・れんじ　142
（れん）
北本 健斗　きたもと・けんと　142
吉之助　きちのすけ　142
帰蝶　きちょう　143
キッコ　143
吉瀬 走　きつせ・そう　143
ギッチン　143

(16)

キッド	143	ギュアン	147
キツネ	143	九太　きゅうた	147
狐（十六夜）　きつね（いざよい）	143	きゅうたくん	147
狐（おツネちゃん）　きつね（おつね ちゃん）	143	キュービ	147
		ギュービッド	147
きつねくん	144	ギュービッド	148
キップ	144	キュラソー	148
吉平　きっぺい	144	キヨ	148
キティ	144	清　きよ	148
木戸 かおり　きど・かおり*	144	京川 七海　きょうかわ・ななみ	148
絹子先生　きぬこせんせい	144	キョウコ	148
キノコおばあちゃん	144	鏡子さん　きょうこさん	148
木下 こころ　きのした・こころ	144	キョウさん	148
木下 藤吉郎　きのした・とうきちろう	144	教授　きょうじゅ	148
木下 藤吉郎（豊臣 秀吉）　きのした・ とうきちろう（とよとみ・ひでよし）	144	教頭（赤格子 縞太郎）　きょうとう（あ かごうし・しまたろう）	148
木下 ともお　きのした・ともお	144	きょうりゅう	149
木下 仁菜子　きのした・になこ	144	玉策　ぎょくさく	149
木之下 華　きのした・はな	145	曲亭馬琴（滝沢 興国）　きょくていば きん（たきざわ・おきくに）	149
木下 真央　きのした・まお	145	キヨコ	149
木野 まこと　きの・まこと	145	きよし	149
キバ	145	きよしくん	149
木葉 草多　きば・そうた	145	清瀬 理央　きよせ・りお	149
喜八郎（禰津 甚八）　きはちろう（ね ず・じんぱち）	145	清田 清太　きよた・せいた	149
		清海 忠志（定吉）　きよみ・ただし（さ だきち）	149
木原 千風　きはら・ちか	145		
キビーシ スギヨ先生　きび一し・すぎ よせんせい	145	キョンシー	149
		キラーシャーク	149
ギフィ	145	キララ（ハルおばあさん）	150
キマイラの王　きまいらのおう	145	霧隠 才蔵　きりがくれ・さいぞう	150
君絵　きみえ	146	霧隠才蔵（才蔵）　きりがくれさいぞう （さいぞう）	150
キミコ	146		
君島 慎吾　きみしま・しんご	146	霧隠 正蔵　きりがくれ・しょうぞう	150
木村 黄虎　きむら・ことら	146	桐子　きりこ	151
木村 雅彦　きむら・まさひこ	146	霧島 さくら　きりしま・さくら	151
木本 麻耶ちゃん　きもと・まやちゃん	146	桐島 麗華　きりしま・れいか	151
キャット	146	桐竹 誠治郎　きりたけ・せいじろう	151
キャベたまたんてい	146	桐竹 美布由（ミフ）　きりたけ・みふゆ （みふ）	151
キャベタマーノ	147		
キャベツ	147	桐谷 伊織　きりたに・いおり	151
キャミー	147	桐谷 玄明　きりたに・げんめい	151
ギャロップ	147	桐谷 大輝　きりたに・だいき	151
キャロル	147		

桐谷 大輝（ピーターパン） きりたに・だいき（ぴーたーぱん）	151
桐野 瑠菜 きりの・るな	152
きり丸 きりまる	152
キリヤ	152
桐山 加奈太 きりやま・かなた	152
桐山 征人 きりやま・ゆきと	152
桐生 七子 きりゅう・ななこ	152
ギロンパ	152
キワさん	153
銀河 慧 ぎんが・けい	153
金鬼 きんき	153
キングクラーケン	153
金庫 きんこ	153
金次 きんじ	153
銀次 ぎんじ	153
金城 哲（キンちゃん） きんじょう・てつ（きんちゃん）	153
銀城 乃斗 ぎんじょう・ないと	153
銀二郎 ぎんじろう	153
銀太 ぎんた	153
金田一 耕助 きんだいち・こうすけ	154
キンタロー	154
きんたろうちゃん	154
キンちゃん	154
金ちゃん きんちゃん	154
銀ちゃん（銀二郎） ぎんちゃん（ぎんじろう）	154
銀野 しおり ぎんの・しおり	154
銀野 しおり ぎんの・しおり	155
金龍さん きんりゅうさん	155

【く】

クイーン	155
クイン	155
クゥ	155
クウ	155
空条 承太郎 くうじょう・じょうたろう	155
久遠 くおん	155
クーキー	156
日下 月乃 くさか・つきの	156
日下 ひろなり くさか・ひろなり	156

草壁 信二郎 くさかべ・しんじろう	156
日下部 まろん（怪盗ジャンヌ） くさかべ・まろん（かいとうじゃんぬ）	156
草薙 理生 くさなぎ・みちお	156
草野 花 くさの・はな	156
草葉 影彦 くさば・かげひこ	156
草間監督 くさまかんとく	156
草間 泰造 くさま・たいぞう	157
顧 傑 ぐ・じー	157
クシカ将軍 くしかしょうぐん	157
クシカ・シングウ（クシカ将軍） くしかしんぐう（くしかしょうぐん）	157
くしゃみすくい	157
苦沙弥先生 くしゃみせんせい	157
くしゃみん	157
九条 ひかり くじょう・ひかり	157
くじらじゃくし	157
久世 克巳 くぜ・かつみ	157
久世 剣山 くぜ・けんざん	157
クッキーガール	157
クック	158
クットくん	158
工藤 新一 くどう・しんいち	158
工藤 真一 くどう・しんいち	158
工藤 陽色 くどう・ひいろ	158
九島 光宣 くどう・みのる	158
国仲 和哉 くになか・かずや	158
国光 信（新人） くにみつ・しん（しんじん）	158
功刀 尤 くぬぎ・ゆう	158
クーピー	158
クビコせんせい	159
久保田 葉子 くぼた・ようこ	159
熊助 くますけ	159
熊田先生 くまだせんせい	159
熊徹 くまてつ	159
クマトモ	159
クマのこ	159
クマひげ男 くまひげおとこ	159
グミ	159
雲隠 才蔵 くもがくれ・さいぞう	159
雲隠 段蔵 くもがくれ・だんぞう	160
倉石 豊 くらいし・ゆたか	160

クラウディア	160
クラーケン	160
倉沢 海　くらさわ・うみ	160
クラちゃん	160
倉橋 夏織　くらはし・かおり	160
倉橋 小麦　くらはし・こむぎ	160
倉橋 有里　くらはし・ゆり	160
クラヴィートロン	160
グランピー	160
グラン・マ・ヴィ	160
栗井栄太　くりいえいた	161
クリスティーヌ	161
グリちゃん	161
栗林 兼三　くりばやし・けんぞう	161
クリリン	161
グリーン	161
来栖 黒悟（クロ）　くるす・くろご（くろ）	161
来海 えりか　くるみ・えりか	161
久留米 亜里沙　くるめ・ありさ	162
クルル	162
くるるっち	162
クレイ	162
クレイジー	162
クレイジー	163
クレオパトラ	163
クレオパトラ7世　くれおぱとらななせい	163
クレじい	163
グレーテル	163
紅 てる子　くれない・てるこ	163
暮林 陽介　くればやし・ようすけ	163
呉丸　くれまる	163
クレヨン	163
グレン	163
グレン	164
紅蓮丸　ぐれんまる	164
クロ	164
クロー	164
黒井さん　くろいさん	164
黒岩 大五郎　くろいわ・だいごろう	164
黒うさぎ（ピーター）　くろうさぎ（ぴーたー）	164
黒鬼　くろおに	165

黒髪の乙女　くろかみのおとめ	165
黒川 千秋　くろかわ・ちあき	165
黒木 貴和　くろき・たかかず	165
黒木 貴和　くろき・たかかず	166
黒吉　くろきち	166
クロコダイル	166
黒崎 旺司　くろさき・おうじ	166
黒崎 旺司　くろさき・おうじ	167
黒崎 旺司（王子）　くろさき・おうじ（おうじ）	167
黒崎 祐　くろさき・ゆう	167
黒澤くん　くろさわくん	167
黒澤 瞬（黒澤くん）　くろさわ・しゅん（くろさわくん）	167
黒しまうまくん　くろしまうまくん	168
黒ずきんちゃん（ナナ子ちゃん）　くろずきんちゃん（ななこちゃん）	168
黒須 幻充郎　くろす・げんじゅうろう	168
黒田 官兵衛　くろだ・かんべえ	168
黒滝 竜也　くろたき・りゅうや	168
黒田 ジュン　くろだ・じゅん	168
くろだながまさ（クロ）	169
黒田 真赤　くろだ・まき	169
黒橡 虹　くろつるばみ・こう	169
黒鳥 千代子（チョコ）　くろとり・ちよこ（ちょこ）	169
くろねこ	169
黒ネコ　くろねこ	169
黒野 伸一　くろの・しんいち	169
黒野 リン　くろの・りん	169
黒羽 快斗　くろば・かいと	169
黒羽 快斗　くろば・かいと	170
黒羽 千景　くろば・ちかげ	170
クローブ	170
クロミ	170
桑江 時生　くわえ・ときお	170

【け】

ケイ	170
ケイ	171
ケイ（三沢 圭人）　けい（みさわ・けいと）	171

ケイコさん（日高 ケイコ）　けいこさん　171
（ひだか・けいこ）
けいしそうかん　　　　　　　　　　171
敬介　けいすけ　　　　　　　　　171
啓祐お兄ちゃん　けいすけおにい　171
ちゃん
ケイタ　　　　　　　　　　　　　171
圭太　けいた　　　　　　　　　　171
ケイト　　　　　　　　　　　　　171
ゲジッペ　　　　　　　　　　　　171
ケータイくん　　　　　　　　　　171
ケチャップ　　　　　　　　　　　172
ケチル　　　　　　　　　　　　　172
ケチル（竹村 猛）　けちる（たけむら・　172
たける）
ゲッコウ　　　　　　　　　　　　172
ケティ　　　　　　　　　　　　　172
ケトルくん　　　　　　　　　　　172
ケニー　長尾　けにー・ながお　　172
ケビン ヨシノ　けびん・よしの　　172
ケヤキ　　　　　　　　　　　　　172
ケリー・シード　　　　　　　　　172
ゲルブ　　　　　　　　　　　　　172
ケン　　　　　　　　　　　　　　172
ゲン　　　　　　　　　　　　　　173
けんいち　　　　　　　　　　　　173
謙吾先輩　けんごせんぱい　　　　173
ゲンさん　　　　　　　　　　　　173
健司　けんじ　　　　　　　　　　173
玄奘　げんじょう　　　　　　　　173
ゲンゾウおじいちゃん　　　　　　173
ケンタ　　　　　　　　　　　　　173
ケンタ　　　　　　　　　　　　　174
ゲンタ　　　　　　　　　　　　　174
源太　げんた　　　　　　　　　　174
玄太　げんた　　　　　　　　　　174
けんたろう　　　　　　　　　　　174
健太郎　けんたろう　　　　　　　174
けんと　　　　　　　　　　　　　174
ゲント　　　　　　　　　　　　　174
ケントマ　　　　　　　　　　　　174

【こ】

来衣守神　こいかみしん　　　　　　174
小泉 紅子　こいずみ・あかこ　　　　174
小泉 真子　こいずみ・まこ　　　　　175
小泉 理子　こいずみ・りこ　　　　　175
五井 すみれ　ごい・すみれ　　　　　175
ご隠居さま　ごいんきょさま　　　　175
コウ（羽柴 紘）　こう（はしば・こう）　175
郷 江見香　ごう・えみか　　　　　　175
甲吉（捨吉）　こうきち（すてきち）　175
コウくん　　　　　　　　　　　　　176
ゴウくん　　　　　　　　　　　　　176
香月 三郎　こうげつ・さぶろう　　　176
高坂 渚くん　こうさか・なぎさくん　176
高坂 麗奈　こうさか・れいな　　　　176
香坂 鈴音（アメちゃん）　こうさか・れ　176
いん（あめちゃん）
こうさぎたち　　　　　　　　　　　176
コウさん　　　　　　　　　　　　　176
幸治郎おじさん　こうじろうおじさん　176
紅月 飛鳥　こうずき・あすか　　　　176
紅月 飛鳥（アスカ）　こうずき・あすか　176
（あすか）
紅月 飛鳥（アスカ）　こうずき・あすか　177
（あすか）
紅月 圭　こうずき・けい　　　　　　177
紅月 圭（ケイ）　こうずき・けい（けい）　177
紅月 圭（ケイ）　こうずき・けい（けい）　178
紅月 圭一郎　こうずき・けいいちろう　178
上月 さくら　こうずき・さくら　　　178
紅月 翼　こうずき・つばさ　　　　　178
こうすけ　　　　　　　　　　　　　178
孝介　こうすけ　　　　　　　　　　178
コウスケ先輩　こうすけせんぱい　　178
高津 さくら　こうず・さくら　　　　178
孔晴　こうせい　　　　　　　　　　179
コウタ　　　　　　　　　　　　　　179
コウダイ　　　　　　　　　　　　　179
高台 和正　こうだい・かずまさ　　　179
高台 茂子　こうだい・しげこ　　　　179
高台 光正　こうだい・みつまさ　　　179

(20)

コウタくん	179
香田 幸（シャチ姉）　こうだ・さち（しゃちねえ）	179
剛田 猛男　ごうだ・たけお	179
香田 千佳　こうだ・ちか	179
郷田 剛　ごうだ・つよし	179
香田 佳乃　こうだ・よしの	179
光太郎　こうたろう	179
コウちゃん	180
こうちゃん（やまの こうさく）　こうちゃん（やまの・こうさく）	180
幸野 つむぎ　こうの・つむぎ	180
公平　こうへい	180
幸平　こうへい	180
耕平　こうへい	180
航平　こうへい	180
こうへい先生　こうへいせんせい	180
小海 マコト　こうみ・まこと	180
小海 マコト　こうみ・まこと	181
孔明　こうめい	181
孔明（諸葛 亮）　こうめい（しょかつ・りょう）	181
コウモリ男　こうもりおとこ	181
五浦 大輔　ごうら・だいすけ	181
ゴエジイ	182
小枝 理子　こえだ・りこ	182
コオニ	182
こおりの女王さま　こおりのじょおうさま	182
古賀　こが	182
孤金　こがね	182
コキノさん	182
コキバ	182
黒衣の男　こくいのおとこ	182
国語じてん　こくごじてん	182
コクニくん	182
黒風怪　こくふうかい	183
木暮　こぐれ	183
コケッコおばさん	183
ココ	183
ココア	183
ココア	184
ココアくん	184

ココダシ	184
ココちゃん	184
ココネちゃん（希月 心音）　ここねちゃん（きづき・ここね）	184
ココモモ	184
小坂井 輝　こさかい・てる	184
小坂 悠馬　こさか・ゆうま	184
小桜四郎　こざくらしろう	184
小里　こざと	184
小雨　こさめ	185
腰越　こしごえ	185
小柴 里美　こしば・さとみ	185
小柴 芽衣　こしば・めい	185
小島 サキ（サキちゃん）　こじま・さき（さきちゃん）	185
小島 早苗　こじま・さなえ	185
五島 野依　ごしま・のえ	185
小清水 玉子　こしみず・たまこ	185
越山 識　こしやま・しき	185
ご主人さま　ごしゅじんさま	185
呉承恩（阿恩）　ごしょうおん（あおん）	185
コジロー	186
コズエ	186
梢さん　こずえさん	186
小塚 和彦　こずか・かずひこ	186
小塚 和彦　こずか・かずひこ	187
小塚 真澄　こずか・ますみ	187
牛頭鬼　ごずき	187
コースケ	188
コスモ	188
御前　ごぜん	188
コータ	188
コダイ8　こだいえいと	188
五代 幸太　ごだい・こうた	188
コタさま	188
小谷 秀治　こたに・しゅうじ	188
コーチ（松山 修造）　こーち（まつやま・しゅうぞう）	188
胡蝶先生　こちょうせんせい	188
コッチ	189
ゴッド・D　ごっどでぃー	189
コットン	189
ごっとん	189

五藤 修一　ごとう・しゅういち	189
五嶋 繭　ごとう・まゆ	189
後藤 道夫　ごとう・みちお	189
古藤 結衣子（悪夢ちゃん）　ことう・ゆいこ（あくむちゃん）	189
言問 ルカ（ドイル）　ことどい・るか（どいる）	189
ことね	189
言彦さん　ことひこさん	189
ことみ	190
古都村 詠子　ことむら・えいこ	190
コトリ	190
こなぎ	190
小西 真夜　こにし・まや	190
小西 もえ　こにし・もえ	190
小沼 智秋　こぬま・ちあき	190
子ねこ（ゴロン）　こねこ（ごろん）	190
子ねこ（森ねこ）　こねこ（もりねこ）	190
子猫（わさびちゃん）　こねこ（わさびちゃん）	191
子ねこたち　こねこたち	191
コノミ	191
古場 和人　こば・かずと	191
小橋 龍之介　こばし・りゅうのすけ	191
小早川 秀秋　こばやかわ・ひであき	191
小林 彩　こばやし・あや	191
小林 健吾　こばやし・けんご	191
小林 健斗　こばやし・けんと	191
小林少年　こばやししょうねん	191
小林 聖二　こばやし・せいじ	191
小林 聖二　こばやし・せいじ	192
小林 春菜　こばやし・はるな	192
小林 ミカリ　こばやし・みかり	192
小林 美咲　こばやし・みさき	192
小林 十　こばやし・みつる	192
小林 愛（めご）　こばやし・めぐむ（めご）	192
小林 芳雄　こばやし・よしお	192
小林 芳雄　こばやし・よしお	193
小林 里沙　こばやし・りさ	193
小春　こはる	193
小日向 虹架　こひなた・にじか	193
コブ	193

こぶた	193
こぶたくん	193
コブちゃん	193
古部 加耶　こべ・かや	194
五本松 モミ（ジャム）　ごほんまつ・もみ（じゃむ）	194
コマキ	194
こまきち（ヘブリチョフ）	194
ゴマータ	194
小松　こまつ	194
小松崎 豹　こまつざき・ひょう	194
小松 翔太　こまつ・しょうた	194
小松 風太　こまつ・ふうた	194
駒場 一郎　こまば・いちろう	194
五味 孝介（コースケ）　ごみ・こうすけ（こーすけ）	195
小湊 伊純　こみなと・いすみ	195
小宮 千尋　こみや・ちひろ	195
小宮山田　こみやまだ	195
小宮 美鈴　こみや・みすず	195
コムギ	195
こもちししゃも	195
小山シェフ　こやましぇふ	195
小山 太一　こやま・たいち	195
小山 万美（バンビ）　こやま・まみ（ばんび）	195
小山 満　こやま・みつる	195
小山 満　こやま・みつる	196
小山 モカ　こやま・もか	196
小山 モモ　こやま・もも	196
小山 ゆかり　こやま・ゆかり	196
コラル	196
ゴールダー	196
ゴールドクラッシャー	196
是枝 愛瑠　これえだ・あいる	196
コロボックル	196
ごろりん	196
コロン	196
ゴロン	196
コロンタ	197
紺　こん	197
今 幸太（コンタ）　こん・こうた（こんた）	197

こんさん	197
コン七　こんしち	197
コンタ	197
権田 龍之介　ごんだ・りゅうのすけ	197
権田原 大造　ごんだわら・たいぞう	197
ゴンちゃん	197
ゴンちゃん	198
ごんちゃん(権田 龍之介)　ごんちゃ ん(ごんだ・りゅうのすけ)	198
コンドウ	198
近藤 いろは　こんどう・いろは	198
近藤 彗　こんどう・すい	198
ごんの守　ごんのかみ	198
紺野 すみれ(ネイビー)　こんの・す みれ(ねいびー)	198
今野 七海　こんの・ななみ	199
ゴンリー	199

【さ】

さあちゃん	200
紗綾　さあや	200
西園寺 秋　さいおんじ・あき	200
西園寺 しのぶ　さいおんじ・しのぶ	200
西園寺 しのぶ(会長)　さいおんじ・し のぶ(かいちょう)	200
西園寺 玲華　さいおんじ・れいか	200
崔 花蘭　さい・からん	200
斉木 楠雄　さいき・くすお	201
斉木 春　さいき・はる	201
斉木 日向　さいき・ひなた	201
西郷 隆盛　さいごう・たかもり	201
西郷 隆盛(吉之助)　さいごう・たかも り(きちのすけ)	201
西条 大河　さいじょう・たいが	201
西条 美紀(ガルル)　さいじょう・みき (がるる)	201
才蔵　さいぞう	201
西大寺 宏敦　さいだいじ・ひろあつ	201
咲田 ゆりん　さいた・ゆりん	201
斎藤 葵　さいとう・あおい	201
斎藤 哲夫　さいとう・てつお	202
斉藤 陽菜　さいとう・はるな	202

さいもうしょう	202
佐伯 香(カオリン)　さえき・かおり (かおりん)	202
佐伯 伽椰子　さえき・かやこ	202
冴木くん　さえきくん	202
冴木 奏太　さえき・そうた	202
佐伯 俊雄　さえき・としお	202
三枝　さえぐさ	202
七草 泉美　さえぐさ・いずみ	202
七草 香澄　さえぐさ・かすみ	202
七草 真由美　さえぐさ・まゆみ	203
早乙女先生　さおとめせんせい	203
早乙女 望　さおとめ・のぞみ	203
さおりちゃん	203
酒井 智子　さかい・ともこ	203
酒井 なつき　さかい・なつき	203
堺 陽斗　さかい・はると	203
酒井 亮介　さかい・りょうすけ	203
坂上 カケル　さかがみ・かける	203
坂上 拓実　さかがみ・たくみ	203
坂川 美湖　さかがわ・みこ	203
坂口 こうへい　さかぐち・こうへい	204
坂口 栗帆　さかぐち・りほ	204
坂下 さつき　さかした・さつき	204
坂下 ヒナコ(アサミ)　さかした・ひな こ(あさみ)	204
坂田 銀時　さかた・ぎんとき	204
酒田 しんいち(ちっちゃいおっさん) さかた・しんいち(ちっちゃいおっさん)	204
サカナ	204
坂場 大志　さかば・たいし	204
坂本 純太　さかもと・じゅんた	204
坂本 龍馬　さかもと・りょうま	204
相良 湊　さがら・みなと	204
相良 深行　さがら・みゆき	204
相良 深行　さがら・みゆき	205
サキ	205
向坂 梨央　さきさか・りお	205
サキちゃん	205
鷺沼 一輝　さぎぬま・かずき	205
サギノ	205
咲山 真美子(マジ子)　さきやま・ま みこ(まじこ)	205

(23)

サキラちゃん	205
狭霧丸　さぎりまる	205
サク	206
佐久次　さくじ	206
佐久田 正太郎（サク）　さくた・しょうたろう（さく）	206
佐久間 紺　さくま・こん	206
佐久間 真琴　さくま・まこと	206
さくや	206
さくら	206
桜　さくら	206
サクラ（葉山 さくら）　さくら（はやま・さくら）	206
桜井 シオリ　さくらい・しおり	207
桜井 鳥羽　さくらい・とば	207
桜井 悠　さくらい・ゆう	207
櫻井 悠　さくらい・ゆう	207
桜井 リク　さくらい・りく	207
桜木 亮　さくらぎ・りょう	207
桜木 亮　さくらぎ・りょう	208
さくらこ	208
さくらこさん	208
桜咲 さくら　さくらざき・さくら	208
桜咲 龍羽　さくらざき・りゅうは	208
桜田 愛里　さくらだ・あいり	208
サクラちゃん（葉山 さくら）　さくらちゃん（はやま・さくら）	208
作楽 透哉　さくら・とうや	208
桜庭 舞夕　さくらば・まゆ	209
桜庭 涼太　さくらば・りょうた	209
佐倉 めぐみ　さくら・めぐみ	209
さくら ももこ（まる子）　さくら・ももこ（まるこ）	209
桜森 穂波　さくらもり・ほなみ	209
佐久良 陽太　さくら・ようた	210
佐源次　さげんじ	210
左近（さっちゃん）　さこん（さっちゃん）	210
佐々井 彩矢　ささい・さいや	210
佐々木 小次郎　ささき・こじろう	210
佐々木 さくら　ささき・さくら	210
佐々木 文太　ささき・ぶんた	210
佐々木 優　ささき・ゆう	210

佐々木 雄太　ささき・ゆうた	210
笹木 りりな　ささき・りりな	210
佐々野 香菜　ささの・かな	210
佐々野 元春　ささの・もとはる	211
笹原 璃子　ささはら・りこ	211
笹 彦助　ささ・ひこすけ	211
ざしきちゃん	211
佐次 清正（キヨ）　さじ・きよまさ（きよ）	211
ザシキワラシ	211
サシクニ	211
サスケ	211
佐助　さすけ	212
定岡 翔　さだおか・しょう	212
定吉　さだきち	212
佐田 恭也　さた・きょうや	212
貞子　さだこ	212
貞光　さだみつ	212
サタン	212
サチコさん	212
サチさん	213
さつき	213
五月　さつき	213
さっ太　さった	213
さっちゃん	213
雑渡 昆奈門　ざっと・こんなもん	213
サト	213
佐藤　さとう	213
佐藤 愛　さとう・あい	214
佐藤 杏里　さとう・あんり	214
佐藤 乙松　さとう・おとまつ	214
佐藤 薫子　さとう・かおるこ	214
佐藤 さやか　さとう・さやか	214
佐藤 修　さとう・しゅう	214
佐藤 すみれ　さとう・すみれ	214
佐藤 翼　さとう・つばさ	214
佐藤 瑞紀　さとう・みずき	214
佐藤 祐樹　さとう・ゆうき	214
佐藤 ユウトくん　さとう・ゆうとくん	214
佐藤 由香　さとう・ゆか	215
サトシ	215
里館 美穂　さとだて・みほ	215
里見 サトミ　さとみ・さとみ	215

里見 サトミ　さとみ・さとみ　216
サナ　216
真田 蒼　さなだ・あおい　216
真田 志穂　さなだ・しほ　216
真田十勇士（十勇士）　さなだじゅう　216
ゆうし（じゅうゆうし）
真田 大助　さなだ・だいすけ　216
真田 信繁　さなだ・のぶしげ　216
真田 昌幸　さなだ・まさゆき　217
真田 幸村　さなだ・ゆきむら　217
真田 幸村　さなだ・ゆきむら　218
真田 幸村（真田 信繁）　さなだ・ゆき　218
むら（さなだ・のぶしげ）
真田 倫也　さなだ・りんや　218
佐野 悠太　さの・ゆうた　218
鯖谷 貴美　さばや・たかみ　218
佐原 ミライ　さはら・みらい　218
佐原 莉緒　さはら・りお　219
サフラン　219
三郎　さぶろう　219
サム　219
サムエル　219
鮫島 琢磨　さめじま・たくま　219
サメムラ　219
サーヤ（日守 紗綾）　さーや（ひのも　219
り・さあや）
サーヤ（日守 紗綾）　さーや（ひのも　220
り・さあや）
さやかママ　220
さやちゃん　220
沙耶ちゃん　さやちゃん　220
紗矢姉　さやねえ　220
佐山 彩人（アヤ）　さやま・あやと（あ　221
や）
佐山 信夫（信助）　さやま・のぶお（し　221
んじょ）
さゆき　221
サラ　221
サラおばあさん　221
サラム　221
サリ（柴田 紗里）　さり（しばた・さり）　222
サリナ　222
サルトビゴスケ　222
猿飛 佐助　さるとび・さすけ　222

猿飛佐助（佐助）　さるとびさすけ（さ　223
すけ）
さるとびすすけ　223
佐和　さわ　223
佐和子先生　さわこせんせい　223
沢崎 瞬太　さわざき・しゅんた　223
澤田 詩織　さわだ・しおり　223
沢田先生　さわだせんせい　223
沢谷 早苗　さわたに・さなえ　224
沢谷 充也　さわたに・みつや　224
沢田 ほのか　さわだ・ほのか　224
佐渡 モリオ　さわたり・もりお　224
沢野 卓三　さわの・たくぞう　224
沢野 新菜　さわの・にいな　224
沢野 美代　さわの・みよ　224
沢村 裕介　さわむら・ゆうすけ　224
沢本 煌也　さわもと・こうや　224
沢本 みづき　さわもと・みづき　224
沢本 みづき　さわもと・みづき　225
サン　225
さんきちくん　225
サンジ　225
サンジェルマン伯爵　さんじぇるまん　225
はくしゃく
山椒太夫（太夫）　さんしょうだゆう　225
（だゆう）
サンタ　225
サンダー先生　さんだーせんせい　225
さんだゆう　225
サンちゃん　225
サンドラ　225
三ノ宮 尊徳（そんとく）　さんのみや・　226
そんとく（そんとく）

【し】

爺さま（千松爺）　じいさま（せんまつ　226
じい）
じいちゃん　226
じいちゃん（大沢 正蔵）　じいちゃん　226
（おおさわ・しょうぞう）
じいちゃん（尾崎 宏行）　じいちゃん　226
（おざき・ひろゆき）

しいちゃん（椎名 満月）　しいちゃん（しいな・みつき）	226
シイナ	226
椎名 小春　しいな・こはる	226
椎名 紗枝　しいな・さえ	226
椎名 紗枝　しいな・さえ	227
椎名 誠十郎　しいな・せいじゅうろう	227
椎名 満月　しいな・みつき	227
椎名 ミヒロ　しいな・みひろ	227
椎名 裕介　しいな・ゆうすけ	227
シウォン	227
シゥカ	227
ジェイ	227
ジェイコブ・グリム（ジェイ）	227
ジェイドさん	227
雪蘭　しぇぇらん	227
シェゾ	227
ジェフ・スティーブンス	228
ジェン王子　じぇんおうじ	228
潮路　しおじ	228
汐見 桃花　しおみ・ももか	228
しおりん	228
詩音 ひなみ（ナゾトキ姫）　しおん・ひなみ（なぞときひめ）	228
紫界堂 聖　しかいどう・ひじり	228
シカマ・カムイ	228
四季 和也　しき・かずや	228
志岐 貴　しき・たかし	228
志岐 貴　しき・たかし	229
式部　しきぶ	229
式 又三郎　しき・またさぶろう	229
芝玉　しぎょく	229
シグ	229
竺丸　じくまる	229
シークラー	229
しーくん	229
しげぞう	229
重原 次兵衛　しげはら・じへえ	229
重原 ナナ　しげはら・なな	230
地獄 ユキ　じごく・ゆき	230
自在 はるか　じざい・はるか	230
志崎 桂　しざき・かつら	230
ジジ	230

ジジイ（笹 彦助）　じじい（ささ・ひこすけ）	230
獅子尾 五月　ししお・さつき	230
ししょ〜　ししょー	230
ししょ〜　ししょー	231
ししょ〜　ししょ〜	231
静江　しずえ	231
シスター・スノーフレイク	231
ジゼルちゃん	231
志田　しだ	231
七里　しちり	231
執事（山本）　しつじ（やまもと）	231
執事（山本）　しつじ（やまもと）	232
執事（夜野 ゆきと）　しつじ（よるの・ゆきと）	232
じっちゃん	232
七宝 琢磨　しっぽう・たくま	232
じてんしゃ	232
科森　しなもり	232
シナモン	232
死似可美　しにがみ	233
篠川 栞子　しのかわ・しおりこ	233
篠崎 桂一郎　しのざき・けいいちろう	233
篠崎 希実　しのざき・のぞみ	233
篠崎 ヒロト　しのざき・ひろと	233
篠田 亜美　しのだ・あみ	233
篠田 七海　しのだ・ななみ	233
篠原 エリカ　しのはら・えりか	233
シノハラ エリコ　しのはら・えりこ	234
篠原 智　しのはら・さとし	234
篠原 潤一くん　しのはら・じゅんいちくん	234
篠原 美紅　しのはら・みく	234
しのぶ	234
死野 マギワ　しの・まぎわ	234
篠宮 瑠々香（ルルカ）　しのみや・るるか（るるか）	234
四宮 怜　しのみや・れい	234
四宮 怜　しのみや・れい	235
柴崎　しばさき	235
芝咲 葉太　しばさき・ようた	235
柴田 晃　しばた・あきら	235
柴田 楓　しばた・かえで	235

柴田 銀河　しばた・ぎんが	235
柴田 紗里　しばた・さり	235
柴田 進　しばた・すすむ	235
司波 達也　しば・たつや	235
司波 達也　しば・たつや	236
司波 達也　しば・たつや	237
ジバニャン	237
シバ丸　しばまる	237
司波 深雪　しば・みゆき	237
司波 深雪　しば・みゆき	238
柴山 晴香　しばやま・はるか	238
シピレ	238
渋井 千　しぶい・せん	238
渋柿 喜一（シブガキくん）　しぶがき・きいち（しぶがきくん）	239
シブガキくん	239
渋沢 拓庵　しぶさわ・たくあん	239
渋谷 レイナ　しぶたに・れいな	239
志保　しほ	239
しまうまくん	239
島崎 吉平（吉平）　しまざき・きちへい（きっぺい）	239
島崎 さくら　しまざき・さくら	240
島崎 愛波　しまざき・まなみ	240
島 左近　しま・さこん	240
島津 豊久　しまず・とよひさ	240
島津 斉彬　しまず・なりあきら	240
島津 義弘　しまず・よしひろ	240
島田 典道　しまだ・のりみち	240
島田 響　しまだ・ひびき	240
島田 実　しまだ・みのる	240
島袋 小春　しまぶくろ・こはる	240
しまむら	240
しまむら	241
嶋村　しまむら	241
清水 隼人　しみず・はやと	241
シーム	241
紫村 カレン　しむら・かれん	241
柴村 カレン　しむら・かれん	241
志村 新八　しむら・しんぱち	241
志村 妙（お妙）　しむら・たえ（おたえ）	242
志村 萌花　しむら・もえか	242

しめ一　しめいち	242
下城 雪弥（雪兄）　しもじょう・ゆきや（ゆきにい）	242
下出 徳冶　しもで・とくや	242
下村 理恵　しもむら・りえ	242
下山 武雄（イノさん）　しもやま・たけお（いのさん）	242
シャオ	242
ジャク（蓮見 怜央）　じゃく（はすみ・れお）	242
シャチ姉　しゃちねえ	242
社長（白波 茂夫）　しゃちょう（しらなみ・しげお）	243
社長さん　しゃちょうさん	243
ジャッキー	243
ジャック	243
ジャック・オー	243
しゃっくりん	243
シャナ	243
紗那　しゃな	244
シャナイア（紗那）　しゃないあ（しゃな）	244
ジャノメ	244
邪の者　じゃのもの	244
ジャム	244
ジャム・パン	244
ジャヤ	244
じゃらし	244
シャーリー・ホームズ	245
シャルム・シャーロット	245
シャルル・ミラクリーヌ一世（ミラ太）　しゃるるみらくりーぬいっせい（みらた）	245
しゃれこうべ	245
ジャレット	245
ジャレット	246
シャーロット先生　しゃーろっとせんせい	246
シャーロット姫　しゃーろっとひめ	246
ジャンヌ	246
ジャンヌ・ダルク	246
シャン・プー大王　しゃんぷーだいおう	246
ジャン・マルロー	246
周　しゅう	246

舟　しゅう	246
柊　しゅう	246
周 公瑾　しゅう・こうきん	246
周 公瑾　しゅう・こうきん	247
周二　しゅうじ	247
十条 海斗　じゅうじょう・かいと	247
住職（タケじい）　じゅうしょく（たけじい）	247
十蔵　じゅうぞう	247
修ちゃん　しゅうちゃん	247
十文字 克人　じゅうもんじ・かつと	247
十文字 翼　じゅうもんじ・つばさ	247
十勇士　じゅうゆうし	247
シュガーおばさん	247
しゅくだいハンター花丸　しゅくだいはんたーはなまる	248
じゅじゅ	248
酒呑童子　しゅてんどうじ	248
シュナイダー	248
ジュニア	248
ジュニアさん	248
シュヴァリエ	248
シュヴァル	248
シュヴァル	249
シュヴァルツ	249
ジュリ	249
ジュリー	249
ジュリアス・ワーナー	249
しゅるしゅるぱん	249
寿老人さん　じゅろうじんさん	249
ジュン	249
黒田 ジュン　じゅん	249
潤兄　じゅんにい	249
潤兄　じゅんにい	250
ジョイ	250
翔　しょう	250
昌一　しょういち	250
勝いっつぁん　しょういっつぁん	250
常光寺 与ヱ門　じょうこうじ・よえもん	250
ショウコさん	250
章子先生（秋原 章子）　しょうこせんせい（あきはら・しょうこ）	250
常坤　じょうこん	250

彰子（中宮さま）　しょうし（ちゅうぐうさま）	251
小路 絵麻　しょうじ・えま	251
小路 絵麻ちゃん　しょうじ・えまちゃん	251
庄司 なぎさ　しょうじ・なぎさ	251
庄司 由斗　しょうじ・ゆうと	251
少女　しょうじょ	251
しょうた	251
しょうた	252
翔太　しょうた	252
聖徳太子　しょうとくたいし	252
祥ノ院 杏音　しょうのいん・あんね	252
生野 麻衣　しょうの・まい	252
生野 結衣　しょうの・ゆい	252
女王　じょおう	252
女王様　じょおうさま	252
ジョーカー	253
諸葛 亮　しょかつ・りょう	253
諸葛亮（孔明）　しょかつりょう（こうめい）	253
ショコラ	253
ジョゼフィーヌ	253
しょちょう	254
ショーン	254
ジョン	254
ジョンソンさん	254
ジョン・マン	254
白井さん　しらいさん	254
白石 いつみ　しらいし・いつみ	254
白石さん　しらいしさん	254
白石 大智　しらいし・だいち	254
白石 萌　しらいし・もえ	254
白石 桃子　しらいし・ももこ	254
白石 ゆの　しらいし・ゆの	255
白石 怜央　しらいし・れお	255
児雷也　じらいや	255
白井 有希　しらい・ゆき	255
白川 セイ　しらかわ・せい	256
白河 茶美子　しらかわ・ちゃみこ	256
白菊丸　しらぎくまる	256
白里 奏　しらさと・かなで	257
白里 響　しらさと・ひびき	257

白兎 計太　しらと・けいた	257
白鳥 エリナ　しらとり・えりな	257
白鳥 ここあ（ショコラ）　しらとり・ここあ（しょこら）	257
白鳥 沙理奈　しらとり・さりな	257
白鳥 沙理奈　しらとり・さりな	258
白鳥 沙理奈（サリナ）　しらとり・さりな（さりな）	258
白鳥 瞬　しらとり・しゅん	258
白波 茂夫　しらなみ・しげお	258
白行 陽芽　しらゆき・ひめ	258
白雪姫　しらゆきひめ	258
死霊　しりょう	258
ジルおじいさん	258
シルク	259
シルバー王妃　しるばーおうひ	259
シルビア	259
シルフィー	259
司令官（チャールズ）　しれいかん（ちゃーるず）	259
シロ	259
ジロー	259
白い少女　しろいしょうじょ	259
白ウサギ（ベン）　しろうさぎ（べん）	259
次郎さん　じろうさん	259
白き竜　しろきりゅう	259
白里 奏　しろさと・かなで	260
白里 響　しろさと・ひびき	260
代田 杏里　しろた・あんり	260
白羽 レン　しろはね・れん	260
ジロベ	260
ジン	260
ジン（隅野 仁）　じん（すみの・じん）	260
信一郎　しんいちろう	260
新入り　しんいり	261
新海 乙羽　しんかい・おとは	261
神官長　しんかんちょう	261
神宮寺 直人　じんぐうじ・なおひと	261
ジングル	261
シンくん	261
信助　しんじょ	261
新庄 ツバサ　しんじょう・つばさ	261
新城 莉桜　しんじょう・りお	262

新人　しんじん	262
ジンジン	262
人体もけい　じんたいもけい	262
しんたろー	262
シンデレラ	262
神殿長　しんでんちょう	262
ジンナイ ハルカちゃん　じんないはるかちゃん	262
シンベー	262
しんベエ	262
神保 理緒　じんぼ・りお	262
新谷垣戸 大我　しんやがいと・たいが	263
迅雷　じんらい	263

【す】

スー	263
すうくん	263
末蔵　すえぞう	263
末松さん　すえまつさん	263
蘇芳 日々希　すおう・ひびき	263
スガオ	264
菅沼 文乃　すがぬま・あやの	264
スガノ（菅野 智洋）　すがの（すがの・ともひろ）	264
菅野 智洋　すがの・ともひろ	264
杉浦 海未（ネコ）　すぎうら・うみ（ねこ）	264
杉浦さん　すぎうらさん	264
杉浦 真吾　すぎうら・しんご	264
杉浦 慎二　すぎうら・しんじ	265
杉浦 夏生　すぎうら・なつき	265
杉浦 夏生　すぎうら・なつき	266
杉下 元　すぎした・げん	266
杉下先生　すぎしたせんせい	266
杉下先生（黒鬼）　すぎしたせんせい（くろおに）	267
スキッパー	267
須木 透　すき・とおる	267
すぎなさん　すぎなさん	267
杉野 明彦　すぎの・あきひこ	267
杉本 健司　すぎもと・けんじ	267

杉本 純　すぎもと・じゅん	267
杉山 多義　すぎやま・たぎ	267
スギヨさん	267
助佐（しゃれこうべ）　すけざ（しゃれこうべ）	267
スコーピオ	267
スサノオ	267
スージー	267
スーシィ・マンババラン	268
厨子王　ずしおう	268
スズ	268
鈴鹿 みらい　すずか・みらい	268
鈴川 すみ子　すずかわ・すみこ	268
鈴鬼（鈴鬼社長）　すずき（すずきしゃちょう）	268
スズキくん	268
鈴木 幸太　すずき・こうた	268
鈴木 さえ　すずき・さえ	268
鈴木さん　すずきさん	268
鈴鬼社長　すずきしゃちょう	268
鈴鬼社長　すずきしゃちょう	269
すずき 翔太　すずき・しょうた	269
鈴木 次郎吉　すずき・じろきち	269
鈴木 宗一郎　すずき・そういちろう	269
鈴木 颯太　すずき・そうた	269
鈴木 拓真　すずき・たくま	269
鈴木 尚美　すずき・なおみ	269
鈴木 紀子（のんちゃん）　すずき・のりこ（のんちゃん）	269
鈴木 青　すずき・はる	270
鈴木 晴美　すずき・はるみ	270
鈴木 ミノル　すずき・みのる	270
鈴木 芳恵　すずき・よしえ	270
鈴木 鈴　すずき・りん	270
すずちゃん	270
すずな カブだゆう　すずな・かぶだゆう	270
鈴原 泉水子　すずはら・いずみこ	271
鈴原 静香　すずはら・しずか	271
鈴村 怜奈　すずむら・れな	271
涼森 美桜　すずもり・みお	271
スセリ	271
スター	271

須田 獏　すだ・ばく	271
捨吉　すてきち	272
ステラ	272
朱堂 ジュン　すどう・じゅん	272
首藤 夏葉　すどう・なつは	272
須藤 麻紀　すどう・まき	272
砂川 誠　すなかわ・まこと	272
砂地 大志　すなじ・たいし	272
砂原 翔　すなはら・かける	272
スヌーピー	272
スノーホワイト	273
スーパーブルックマン（ブルック）	273
すばる先輩　すばるせんぱい	273
スフィンクス	273
スマート	273
住井 美香　すみい・みか	273
澄川 小百合　すみかわ・さゆり	273
隅田くん　すみだくん	273
純音 海斗　すみね・かいと	273
隅野 仁　すみの・じん	273
墨丸　すみまる	273
墨丸　すみまる	274
スミ丸ギツネ　すみまるぎつね	274
スミレさん	274
スワロウ（キマイラの王）　すわろう（きまいらのおう）	274

【せ】

セイ	274
清吉　せいきち	274
セイジ	274
セイジュ（セイちゃん）	274
清少納言　せいしょうなごん	274
星城 ほのか　せいじょう・ほのか	274
清太郎　せいたろう	274
誠太郎　せいたろう	274
セイちゃん	275
セイボリー	275
セイメイ	275
青龍　せいりゅう	275
瀬賀 冬樹　せが・ふゆき	275
瀬賀 冬樹　せが・ふゆき	276

瀬川 卓蔵（瀬沼 卓蔵） せがわ・たくぞう（せぬま・たくぞう） 276
瀬川 万里 せがわ・まり 276
瀬川 類くん せがわ・るいくん 276
関 織子（おっこ） せき・おりこ（おっこ） 276
関口 こうき せきぐち・こうき 276
関口 俊太 せきぐち・しゅんた 276
関本 勝 せきもと・まさる 277
セシル 277
摂津の きり丸 せっつの・きりまる 277
切羽 拓郎 せっぱ・たくろう 277
瀬戸口 雛 せとぐち・ひな 277
瀬戸口 優 せとぐち・ゆう 277
セドリック 277
瀬名 せな 277
瀬沼 卓蔵 せぬま・たくぞう 277
瀬能 寛太 せのう・かんた 277
瀬能 純平 せのう・じゅんぺい 277
ゼブラ 277
世良 真純 せら・ますみ 278
瀬良 光香 せら・みつか 278
芹川 高嶺 せりかわ・たかね 278
セリザベス 278
芹沢 繭香 せりざわ・まゆか 278
ゼル 278
セレーネ 278
セロ 278
ゼロ先生 ぜろせんせい 278
千吉 せんきち 278
仙崎 ダイ せんざき・だい 278
仙崎 ダイ せんざき・だい 279
千次 せんじ 279
先生（ルルゾ・ラルガス） せんせい（るるぞらるがす） 279
船長 せんちょう 280
先導 アイチ せんどう・あいち 280
先輩 せんぱい 280
先輩（岸本 杏） せんぱい（きしもと・あん） 280
千松爺 せんまつじい 280

【そ】

想 そう 280
惣一郎 そういちろう 280
双吉 そうきち 280
ぞうきん 280
宋源 ノア そうげん・のあ 280
爽子 そうこ 280
草十郎（藤九郎 盛長） そうじゅうろう（とうくろう・もりなが） 281
曹操 そうそう 281
そうた 281
蒼太 そうたい 281
宗田 重蔵 そうだ・じゅうぞう 281
宗田 真澄 そうだ・ますみ 281
宗田 真夏 そうだ・まなつ 281
宗田 真響 そうだ・まゆら 281
草平 そうへい 281
相馬 栄二郎 そうま・えいじろう 282
相麻 菫 そうま・すみれ 282
相馬 ルリ そうま・るり 282
ソソソナス 282
ソッチ 282
ソニア・ウォーカー 282
曾根崎 寒梅左衛門（ご隠居さま） そねざき・かんばいざえもん（ごいんきょさま） 282
曾根崎 小梅 そねざき・こうめ 282
園崎 春 そのさき・はる 282
園田 絵里 そのだ・えり 282
園田 絵里 そのだ・えり 283
園田 光 そのだ・ひかり 283
ソノちゃん 283
祖父（宗田 重蔵） そふ（そうだ・じゅうぞう） 283
染井 晴香 そめい・はるか 283
染音 そめお 283
ソラ 283
空 そら 283
ソラトビ テンスケ そらとび・てんすけ 283
反町 大我 そりまち・たいが 284
ソール 284

ソル	284
ソール王子　そーるおうじ	284
ソルジャック（ジャック）	284
ぞろうむし	284
ゾロリ	284
ゾロリ	285
孫悟空　そんごくう	285
そんとく	285

【た】

ダイアン・カーター	285
タイガー	285
大河　たいが	285
ダイカ・ク・イ・ヌムラ	285
大樹くん　だいきくん	285
大黒さん　だいこくさん	285
タイサンボク	285
だいすけ	286
大造　だいぞう	286
だいち	286
太一さん　たいちさん	286
大地 守　だいち・まもる	286
大塔 秀有　だいとう・しゅうゆう	286
ダイナシー	286
代表シンデレラ（シンデレラ）　だい	286
ひょうしんでれら（しんでれら）	
大福　だいふく	286
タイフーン	287
大まじん　だいまじん	287
タイム	287
大門 勝也　だいもん・かつや	287
ダイヤ姫　だいやひめ	287
タイヨオ	287
太良　たいら	287
平 徹平（てっちゃん）　たいら・てっぺ	287
い（てっちゃん）	
平 清盛　たいらの・きよもり	287
平 教経　たいらの・のりつね	287
タオ	288
タオシッコレ	288
タカ	288
高尾 優斗　たかお・ゆうと	288

高尾 優斗　たかお・ゆうと	289
高木 鈴花　たかぎ・すずか	289
高樹 総一郎　たかぎ・そういちろう	289
高桐 初音　たかぎり・はつね	289
高倉 かりん　たかくら・かりん	289
高倉 詩織　たかくら・しおり	289
高倉 涼（姫）　たかくら・りょう（ひめ）	289
高坂 麗奈　たかさか・れな	289
たかし	289
高杉 晋助　たかすぎ・しんすけ	289
高瀬 はるな　たかせ・はるな	290
高瀬 雅也　たかせ・まさや	290
高瀬 美乃里　たかせ・みのり	290
高瀬 梨乃　たかせ・りの	290
タカゾー	290
高台 由布子　たかだい・ゆうこ	290
高田 春　たかだ・はる	290
高田 春　たかだ・はる	291
高遠 エリカ　たかとお・えりか	291
高徳 愛香　たかとく・あいか	291
たかとしくん	291
鷹取 円　たかとり・まどか	291
鳥遊 飛鳥　たかなし・あすか	291
鳥遊 飛鳥　たかなし・あすか	292
高梨 花菜　たかなし・はな	292
小鳥遊 めぐ　たかなし・めぐ	292
高梨 瑠生　たかなし・りゅうせい	292
TAKANE氏　たかねし	292
高野 岳也（岳ちゃん）　たかの・たけ	292
や（たけちゃん）	
高野 タケル　たかの・たける	292
高野 夏芽　たかの・なつめ	292
高萩 音斗　たかはぎ・おと	292
高萩 音斗　たかはぎ・おと	293
高橋　たかはし	293
高橋 圭　たかはし・けい	293
高橋 広太　たかはし・こうた	293
高橋 さおり　たかはし・さおり	293
高橋 重吉　たかはし・じゅうきち	293
高橋先生　たかはしせんせい	293
高橋 雄太　たかはし・ゆうた	293
高橋 雄太　たかはし・ゆうた	294

高橋 律子（リツコ先生）　たかはし・りつこ（りつこせんせい）　294

高浜 浩介　たかはま・こうすけ　295
高浜 偉生　たかはま・よしお　295
高原 光　たかはら・ひかる　295
高広　たかひろ　295
高松くん　たかまつくん　295
高峰 夏希　たかみね・なつき　295
高峯 秀臣　たかみね・ひでおみ　295
田上 良治　たがみ・りょうじ　295
多賀谷 エイジ　たがや・えいじ　296
高屋敷 美音　たかやしき・みお　296
高柳 一条　たかやなぎ・いちじょう　296
高山 圭太　たかやま・けいた　296
宝田 珠梨　たからだ・じゅり　296
宝田 珠梨　たからだ・じゅり　297
宝田 光希　たからだ・みつき　297
高良 祐三（タカゾー）　たから・ゆうぞう（たかぞー）　297
田川さん　たがわさん　297
多岐川 星乃　たきがわ・ほしの　297
滝口 ユウタ　たきぐち・ゆうた　297
滝沢 興国　たきざわ・おきくに　297
滝沢 早季子　たきざわ・さきこ　297
滝沢 未奈　たきざわ・みな　297
滝沢 未奈　たきざわ・みな　298
滝下 歩　たきした・あゆむ　298
多吉（三島屋の多吉）　たきち（みしまやのたきち）　298
滝 昇　たき・のぼる　298
ダキリス　298
田口 研作　たぐち・けんさく　298
田口 大作　たぐち・だいさく　298
田口 智也　たぐち・ともや　298
田口 ふみお　たぐち・ふみお　298
田口 真琴　たぐち・まこと　298
田口 らん子　たぐち・らんこ　298
ダクドリー　298
ダークプリキュア　298
拓真　たくま　299
拓実　たくみ　299
匠鬼　たくみおに　299
たくみさん　299

托美 蓮　たくみ・れん　299
タクヤ　299
たくやくん　299
武井 遼介　たけい・りょうすけ　299
竹内 奏斗　たけうち・かなと　299
タケオ　299
タケシ　299
タケシ　300
タケシ（日比 剛志）　たけし（ひび・たけし）　300
タケじい　300
タケゾー　300
武田 菜穂　たけだ・なほ　300
岳ちゃん　たけちゃん　300
竹中 柴乃　たけなか・しの　300
竹ノ内 彼方　たけのうち・かなた　300
竹の内 正ざえもん（レオナルド）　たけのうち・しょうざえもん（れおなるど）　300
竹の内 正ざえもん（レオナルド）　たけのうち・しょうざえもん（れおなるど）　301
竹村 猛　たけむら・たける　301
竹村 猛（ケチル）　たけむら・たける（けちる）　301
ダコツ　301
太宰 修治　だざい・しゅうじ　301
太宰 修治（修ちゃん）　だざい・しゅうじ（しゅうちゃん）　301
太宰 ヒカル　だざい・ひかる　301
田崎 大樹　たさき・だいき　301
ダシルバ・バネッサ（バネッサ）　302
太助くん　たすけくん　302
タスケさん　302
多田 金五郎（坊っちゃん）　ただ・きんごろう（ぼっちゃん）　302
ただの たろう　ただの・たろう　302
多田良 舜一　たたら・しゅんいち　302
立川 葵　たちかわ・あおい　302
立川 葵　たちかわ・あおい　303
立花 朱里　たちばな・あかり　303
立花 彩　たちばな・あや　303
立花 彩　たちばな・あや　304
立花 果歩　たちばな・かほ　304
橘 きい　たちばな・きい　304
橘 弦次郎　たちばな・げんじろう　305

(33)

立花 聡　たちばな・さとし	305
橘 小百合　たちばな・さゆり	305
橘 せとか　たちばな・せとか	305
立花 瀧　たちばな・たき	305
立花 タケル　たちばな・たける	305
立花 つぼみ　たちばな・つぼみ	305
立花 奈子　たちばな・なこ	305
橘 はるか　たちばな・はるか	305
橘 フウカ　たちばな・ふうか	305
立花 岬　たちばな・みさき	305
立花 ミチル　たちばな・みちる	306
橘 由良　たちばな・ゆら	306
立花 玲音　たちばな・れお	306
橘 廉太郎　たちばな・れんたろう	306
立原 和也　たちはら・かずや	306
立原 凛　たちはら・りん	306
タツ	306
だつえば	306
タツキ	306
タックン	306
拓っくん　たっくん	306
拓っくん　たっくん	307
だっこ赤ちゃん　だっこあかちゃん	307
ダッシュ	307
たつや	307
立石 純　たていし・じゅん	307
伊達 輝宗　だて・てるむね	307
立野 広　たての・ひろし	307
田所 翔太　たどころ・しょうた	307
田所 愛実(グミ)　たどころ・めぐみ (ぐみ)	307
田所 陽一　たどころ・よういち	307
田所 理子　たどころ・りこ	307
田中　たなか	307
田中 あすか　たなか・あすか	308
田中 一平　たなか・いっぺい	308
田中 県一　たなか・けんいち	308
たなか けんいちさん　たなか・けんいちさん	308
田中さん　たなかさん	308
田中 勝一(勝いっつぁん)　たなか・しょういち(しょういっつぁん)	308
田中 食太　たなか・たべた	308

田中 食太　たなか・たべた	309
田中 食郎　たなか・たべろう	309
田中 花　たなか・はな	309
田中 春香　たなか・はるか	309
田中 美月　たなか・みつき	309
多波 時生　たなみ・ときお	309
ダニエル・クロゼ	309
ダニエルくん	309
谷川 涼花　たにかわ・すずか	309
谷口 ゆかり　たにぐち・ゆかり	309
たに しげさん　たに・しげさん	309
谷村 美咲　たにむら・みさき	309
谷本 聡　たにもと・さとる	310
ターニャ	310
たぬき	310
狸　たぬき	310
田沼 ミナ　たぬま・みな	310
種子島 渚　たねがしま・なぎさ	310
種田 美亜(ネコ)　たねだ・みあ(ねこ)	310
旅人　たびびと	310
田淵 晴香　たぶち・はるか	310
多平爺　たへいじい	310
タマ	310
たま	311
珠緒　たまお	311
玉川 敦子　たまがわ・あつこ	311
玉川 純男　たまがわ・すみお	311
タマキ	311
環 星河　たまき・せいが	311
タマコ	311
たまこさん	311
玉三郎　たまさぶろう	311
タマジロウ	311
タマゾー	311
タマタン	312
たまちゃん	312
たまちゃん(小清水 玉子)　たまちゃん(こしみず・たまこ)	312
たまちゃん(玉三郎)　たまちゃん(たまさぶろう)	312
玉之丞　たまのじょう	312
タマミツネ	312

玉藻 京介　たまも・きょうすけ	312	
田丸 良平　たまる・りょうへい	312	
タミー	312	
タムトル	312	
田村 宇宙　たむら・そら	313	
田村 隼人　たむら・はやと	313	
田村 悠介　たむら・ゆうすけ	313	
タモ	313	
タモちゃん	313	
たもつ	313	
保（タモ）　たもつ（たも）	313	
多聞　たもん	313	
ダヤン	313	
太夫　だゆう	313	
たらちゃん	313	
ダリオさん	313	
ダリオス・ダロス	314	
だるま	314	
樽見　たるみ	314	
タロ	314	
タロウ	314	
太郎　たろう	314	
太郎吉　たろうきち	314	
段　だん	314	
壇 くるみ　だん・くるみ	314	
ダンコ	314	
反後 太一　たんご・たいち	314	
反後 太一　たんご・たいち	315	
団 冴子（ダンコ）　だん・さえこ（だんこ）	315	
団長　だんちょう	315	
団藤 建太　だんどう・けんた	316	
ダンボツム	316	
だんまりうさぎ	316	

【ち】

チアリー	316	
ちいちゃん　ちぃちゃん	316	
チィちゃん	316	
チィちゃん	316	
ちいにいちゃん	316	
ちゑ	316	

ちえちゃん	316	
チェリー	316	
チェリー	317	
ちえり	317	
チエリ（石橋 智恵理）　ちえり（いしばし・ちえり）	317	
チエリちゃん（石橋 智恵理）　ちえりちゃん（いしばし・ちえり）	317	
ちぇるし～　ちぇるしー	317	
陳祥山　ちぇんしゃんしぇん	317	
チカ	317	
千影　ちかげ	317	
近田さん（チカ）　ちかださん（ちか）	317	
近田さん（チカ）　ちかださん（ちか）	318	
千方センパイ　ちかたせんぱい	318	
千佳 瑠璃莉　ちか・るりり	318	
千草　ちぐさ	318	
チクラ・ショーイ	318	
千倉 慎一（チクラ・ショーイ）　ちくら・しんいち（ちくら・しょーい）	318	
チコ	318	
チコ	319	
チタン	319	
ちーちゃん	319	
チッくん	319	
チッタ	319	
ちっちゃいおっさん	319	
ちっちゃいおばはん	319	
ちっちゃいおばはん	320	
チトセ	320	
千歳　ちとせ	320	
茅野 歩美　ちの・あゆみ	320	
千葉 蘭麻　ちば・らんま	320	
チビコちゃん	320	
ちびちび・るん	320	
ちびぱん（もちぱん）	320	
千尋　ちひろ	320	
チボリさん	320	
チポロ	321	
チャイルド	321	
茶々　ちゃちゃ	321	
茶々（淀）　ちゃちゃ（よど）	321	
茶々丸　ちゃちゃまる	321	

着火マン　ちゃっかまん	321
チャミー	321
チャム	321
ちゃめひめさま	321
チャーリー・ブラウン	321
チャールズ	322
チャルダッシュ	322
チャロ	322
中宮さま　ちゅうぐうさま	322
中国服の子　ちゅうごくふくのこ	322
忠太　ちゅうた	322
忠兵衛（伊藤 若冲）　ちゅうべえ（いとう・じゃくちゅう）	322
チューリッヒ（怪盗王チューリッヒ）ちゅーりっひ（かいとうおうちゅーりっ	322
チューリン	322
千代　ちよ	322
張角　ちょうかく	322
趙 学石（黒衣の男）　ちょう・がくせき（こくいのおとこ）	322
長官（バロック長官）　ちょうかん（ばろっくちょうかん）	323
張飛　ちょうひ	323
長老　ちょうろう	323
チョキ	323
チョコ	323
チョコ	324
ちよこ	324
猪剛烈（豚妖怪）　ちょごうれつ（ぶたようかい）	324
チョコざえもん	324
チョコタン	324
チョコちゃん（ちよこ）	324
ちょこら	324
千代田 ノゾミ　ちよだ・のぞみ	324
チョロ	324
千脇 奏　ちわき・かなで	324
チワ旬　ちわしゅん	324
チンアナゴたち	325
珍鎮々　ちんちんちん	325

【つ】

司 真純　つかさ・ますみ	325
塚田 正一　つかだ・しょういち	325
塚本 秀一　つかもと・しゅういち	325
柄本 つくし　つかもと・つくし	325
月尾　つきお	325
月岡 杏里　つきおか・あんり	325
月影 ゆり　つきかげ・ゆり	325
月が崎 彰子　つきがさき・しょうこ	326
月方 穂木　つきがた・ほき	326
月島 エリカ　つきしま・えりか	326
月太朗　つきたろう	326
つきちゃん	326
月浪 トウマ　つきなみ・とうま	326
月野 うさぎ　つきの・うさぎ	326
月野森 みきこ　つきのもり・みきこ	326
月原 美音　つきはら・みおん	326
月村 透　つきむら・とおる	326
月村 透　つきむら・とおる	327
月森 和　つきもり・かず	327
月山 春花　つきやま・はるか	327
都久井 沙紀　つくい・さき	327
つくしちゃん	327
つぐみ	327
つくも神（紅蓮丸）　つくもがみ（ぐれんまる）	327
九十九 孝明　つくも・たかあき	327
月読　つくよみ	327
月読 幽　つくよみ・ゆう	327
月読 幽　つくよみ・ゆう	328
辻本 穣　つじもと・ゆたか	328
辻本 莉緒　つじもと・りお	328
辻 勇馬　つじ・ゆうま	328
津田 涼子　つだ・りょうこ	328
つちぐも	328
ツツミマスさん	328
ツトム	328
ツネミさん	328
ツネミさん	329
翼君　つばさくん	329
燕　つばめ	329
ツムちゃん	329
津山 勇気　つやま・ゆうき	329
つよし	329

強志　つよし	329
敦賀 洋一　つるが・よういち	329
鶴木 尚　つるぎ・なお	329
鶴ゴン先生　つるごんせんせい	329
鶴野 千波（鶴ゴン先生）　つるの・ち	329
なみ（つるごんせんせい）	
ツルリ	330
弦 リセイ（ツルリ）　つる・りせい（つる	330
り）	
ツン子　つんこ	330

【て】

ティア	330
ティアー	330
ディアンシー	330
定家くん　ていかくん	330
定家じいちゃん（定家くん）　ていかじ	330
いちゃん（ていかくん）	
ティガーツム	330
デイジーツム	330
ティモカ	330
ティラノサウルス	331
ティラミス	331
ティンカー・ベル	331
ディンリー	331
テイン・リー・ナーミン	331
デカ長　でかちょう	331
でかでか・ぷん	331
でかぱん（もちぱん）	331
出口 明　でぐち・あきら	331
勅使河原 陸　てしがわら・りく	331
デジレ	331
手塚 さおり　てづか・さおり	331
テツコ	331
テツコさん	332
てつじ	332
鉄蔵　てつぞう	332
てっちゃん	332
てっちゃん（金森 てつし）　てっちゃん	332
（かなもり・てつし）	
哲平　てっぺい	332
鉄平　てっぺい	332

デーテ	332
デデデ大王　でででだいおう	332
デデデ大王　でででだいおう	333
てのりにんじゃ	333
でめっち	333
テラ	333
寺尾 昇　てらお・のぼる	333
寺坂 利太　てらさか・りた	333
手良 ソラ　てら・そら	333
てらのくん	333
寺山 れい子　てらやま・れいこ	333
てるてるぼうず	333
テルマ	333
テレビ（ジョン）	334
店員　てんいん	334
店員さん（風早 三郎）　てんいんさん	334
（かざはや・さぶろう）	
てんぐ	334
てんちゃん	334
店長（須田 獏）　てんちょう（すだ・ば	334
く）	
テンテン先生（ソラトビ テンスケ）　て	334
んてんせんせい（そらとび・てんすけ）	
でんべえ	334
天馬 結　てんま・ゆい	334
天狼 朱華　てんろう・はねず	334

【と】

土井先生　どいせんせい	334
ドイル	335
褥　とう	335
東海寺くん　とうかいじくん	335
東海林 風馬（ロボ）　とうかいりん・ふ	335
うま（ろぼ）	
桃花・ブロッサム　とうかぶろっさむ	335
東宮（憲平）　とうぐう（のりひら）	335
藤九郎 盛長　とうくろう・もりなが	335
父さん　とうさん	335
父さん　とうさん	336
東島 旭　とうじま・あさひ	336
東条 博文　とうじょう・ひろふみ	336
藤太　とうた	336

東大寺 都　とうだいじ・みやこ	336	
とうちゃん	336	
父ちゃん　とうちゃん	336	
とうちゃん（小野寺 透也）　とうちゃん	337	
（おのでら・とうや）		
東堂 奏　とうどう・かなで	337	
東堂 ひびき　とうどう・ひびき	337	
東堂 真紀　とうどう・まき	337	
藤堂 由紀　とうどう・ゆき	337	
灯野 梨子　とうの・りこ	337	
冬馬　とうま	337	
冬馬 晶　とうま・あきら	337	
冬馬 晶　とうま・あきら	338	
当麻 エリ　とうま・えり	338	
トウマ先輩　とうませんぱい	338	
ドゥメイ	338	
トゥーリ	338	
遠近 仁（トーチカ）　とおちか・じん	338	
（とーちか）		
遠野 愛子　とおの・あいこ	339	
遠野 日和　とおの・ひより	339	
遠野 みずき　とおの・みずき	339	
遠野 葉介　とおの・ようすけ	339	
遠山 香里　とおやま・かおり	339	
トオルさん	340	
とかげ	340	
富樫 真理　とがし・まさと	340	
トキオ	340	
時生　ときお	340	
ときちゃん	340	
常盤 経蔵　ときわ・けいぞう	340	
常盤松 花和　ときわまつ・かな	340	
時輪 道正　ときわ・みちまさ	340	
常盤 蓮　ときわ・れん	341	
読おじさん　どくおじさん	341	
徳川 梓　とくがわ・あずさ	341	
徳川 家康　とくがわ・いえやす	341	
徳川 光一　とくがわ・こういち	341	
ドクター	341	
ドクターK9　どくたー・けいないん	341	
ドクパン	342	
徳山 家康　とくやま・いえやす	342	
ドクロ男　どくろおとこ	342	

時計うさぎ　とけいうさぎ	342	
トコちゃん	342	
戸坂 勝真　とさか・しょうま	342	
戸沢 白雲斎　とざわ・はくうんさい	342	
トシ	342	
俊雄　としお	342	
トシナリさん	342	
としふみ	342	
敏也　としや	342	
ドジル	342	
ドジル	343	
戸田 友也　とだ・ともや	343	
トーチカ	343	
兎塚 沙緒璃　とつか・さおり	343	
トップス	343	
トップス	344	
トッポ	344	
ドテチン	344	
トト	344	
トドやん	344	
轟 恭平　とどろき・きょうへい	344	
轟 恭平　とどろき・きょうへい	345	
ドナ	345	
ドナルドツム	345	
トニートニー・チョッパー	345	
殿（内藤 政醇）　との（ないとう・まさ	345	
あつ）		
トビオ先生　とびおせんせい	345	
飛島 渚　とびしま・なぎさ	345	
飛田 瑠花　とびた・るか	345	
飛田 瑠花　とびた・るか	346	
とびばこ	346	
トーフモン	346	
ドーボ	346	
トーマくん	346	
トマトさん	346	
トマトマト	346	
泊 道子　とまり・みちこ	346	
ドミ	346	
トミエさん	346	
富沢 貧々　とみざわ・ひんひん	346	
富永 妃　とみなが・きさき	346	
トムテのおばさん	346	

トモ	347
トモエさん	347
トモカ	347
トモキ	347
友樹　ともき	347
友吉　ともきち	347
友立 小夏　ともだて・こなつ	347
ともちゃん	347
トモちん	347
友永 ひかり　ともなが・ひかり	347
友部 あすか　ともべ・あすか	347
トモヤ	347
トモロー	347
トモロコフスキー	348
豊川 友花　とよかわ・ともか	348
豊田 葵衣　とよだ・あおい	348
豊田 あすか　とよた・あすか	348
豊臣 秀吉　とよとみ・ひでよし	348
豊臣 秀吉　とよとみ・ひでよし	349
トラ	349
とらきち	349
ドラキュラだんしゃく	349
ドラキュ・ララ	349
トラくん（姫山 虎之助）　とらくん（ひめやま・とらのすけ）	349
ドラゴン	349
ドラゴン	350
虎本 颯　とらもと・はやて	350
虎山 真吾　とらやま・しんご	350
ドララちゃん	350
とらわか	350
トリア	350
鳥居 琴音　とりい・ことね	351
トリカ	351
鳥籠姫　とりかごひめ	351
トリコ	351
鳥越 シュン　とりごえ・しゅん	351
トリシア	351
トリシア	352
ドリニアン	352
鳥山さん つばめ　とりやまさん・つばめ	352
鳥山 ゆきな　とりやま・ゆきな	352

トールス	352
ドロッチェ	352
どろっぷ（ねこ）	352
ドロヒュー	352
どろぼん	352
トロルの子どもたち　とろるのこどもたち	352
トロン	352
どん	353
トンカチくん	353
ドンくん	353
どんちゃん	353
トンビ	353

【な】

内藤 内人　ないとう・ないと	353
内藤 規子　ないとう・のりこ	353
内藤 政醇　ないとう・まさあつ	353
内藤 玲子先生　ないとう・れいこせんせい	354
騎士様（銀城 乃斗）　ないとさま（ぎんじょう・ないと）	354
ナオ	354
奈緒　なお	354
なおこ	354
尚子　なおこ	354
順子おばさん北原順子　なおこおばさん	354
ナオト	354
直人　なおと	354
直毘 モモ　なおび・もも	354
直毘 モモ　なおび・もも	355
永井 博子　ながい・ひろこ	355
長尾 一平　ながお・いっぺい	355
中岡 慎太郎　なかおか・しんたろう	355
中垣内 るり　なかがいち・るり	355
長方 堅　ながかた・けん	356
中川 弦　なかがわ・げん	356
中川 夏紀　なかがわ・なつき	356
那珂川 柚乃子（着火マン）　なかがわ・ゆのこ（ちゃっかまん）	356
中小路 公彦　なかこうじ・きみひこ	356

中里 賢治　なかざと・けんじ	356	流れ星　ながれぼし	359
中澤 映美　なかざわ・えみ	356	渚 チホ　なぎさ・ちほ	359
中沢 花　なかざわ・はな	356	渚 まゆみ　なぎさ・まゆみ	359
長沢 モモカ　ながさわ・ももか	356	凪さん　なぎさん	359
中島 麻香　なかじま・あさか	356	南雲 慧　なぐも・さとし	360
長島 達也　ながしま・たつや	356	ナコ	360
中島 法子　なかじま・のりこ	356	名古屋 稚空　なごや・ちあき	360
中島 美雪　なかじま・よしゆき	356	名古屋 稚空(怪盗シンドバッド)　なごや・ちあき(かいとうしんどばっど)	360
中嶋 諒太　なかじま・りょうた	357		
永瀬 葉月　ながせ・はずき	357	那須田 理究　なすだ・りく	360
中田 俊輔　なかた・しゅんすけ	357	那須野 カズキ　なすの・かずき	361
中田 ゆう　なかた・ゆう	357	那須野 ユウキ　なすの・ゆうき	361
中田 義人　なかた・よしひと	357	ナゾトキ姫　なぞときひめ	361
中田 義人(よしくん)　なかた・よしひと(よしくん)	357	なぞなぞコック	361
永富 潮ちゃん　ながとみ・うしおちゃん	357	ナツ	361
		菜月　なつき	361
中西 悦子　なかにし・えつこ	357	夏木 アンナ　なつき・あんな	361
中西 陽太　なかにし・ようた	357	夏木 アンナ　なつき・あんな	362
中野 友也　なかの・ともや	357	夏木 蛍　なつき・けい	362
中野 律花(りっちゃん)　なかの・りつか(りっちゃん)	357	ナッチー	362
		なっちゃん	362
中野 律花(りっちゃん)　なかの・りつか(りっちゃん)	358	奈っちゃん　なっちゃん	362
		夏浪 アカリ　なつなみ・あかり	362
中浜 万次郎(ジョン・マン)　なかはま・まんじろう(じょんまん)	358	ナツミ	362
		夏美　なつみ	362
中林 忠良(チューリン)　なかばやし・ただよし(ちゅーりん)	358	夏美　なつみ	363
		夏海 陽太　なつみ・ようた	363
中原 麻衣　なかはら・まい	358	夏梅 琴子　なつめ・ことこ	363
中原 光紀　なかはら・みつき	358	夏目 琴子　なつめ・ことこ	363
長峰 美加子　ながみね・みかこ	358	夏目 大河　なつめ・たいが	363
中宮 花梨さん　なかみや・かりんさ	358	ナナ	363
中村 佳代　なかむら・かよ	358	奈々　なな	363
中村 健　なかむら・けん	358	七尾 葉月　ななお・はずき	363
中村 征二　なかむら・せいじ	358	七尾 葉月　ななお・はずき	364
中村 翼　なかむら・つばさ	358	七鬼 忍　ななき・しのぶ	364
中村 翼　なかむら・つばさ	359	ナナ子ちゃん　ななこちゃん	364
中村 勇人　なかむら・ゆうと	359	ななこ姉ちゃん　ななこねえちゃん	364
中本　なかもと	359	ナナさん	364
中森 誠一郎　なかもり・せいいちろう	359	七ツ辻 壮児　ななつつじ・そうじ	364
永森 友香　ながもり・ともか	359	ナナミ	364
中森 雪子　なかもり・ゆきこ	359	ナニーさん	364
中屋敷 久美　なかやしき・くみ	359	ナビルー	365
中山 ひとみ　なかやま・ひとみ	359	ナベさん	365

鍋島 美夜　なべしま・みや　　　　365
ナポレオン　　　　　　　　　365
ナマくん　　　　　　　　　365
ナミ　　　　　　　　　365
波江さん　なみえさん　　　　365
波嶋 桂子　なみしま・けいこ　　365
浪矢 雄治　なみや・ゆうじ　　　366
ナムジ　　　　　　　　　366
ナリ先輩　なりせんぱい　　　　366
成田 鉄男　なりた・てつお　　　366
鳴尾 若葉(なるたん)　なるお・わか　366
ば(なるたん)
鳴神 京一郎　なるかみ・きょういちろ　366
う
鳴沢 千歌　なるさわ・ちか　　　366
成瀬 幸助　なるせ・こうすけ　　366
成瀬 順　なるせ・じゅん　　　　366
成瀬 学　なるせ・まなぶ　　　　367
ナル造(権田原 大造)　なるぞう(ご　367
んだわら・たいぞう)
なるたん　　　　　　　　　367
成歩堂 みぬき　なるほどう・みぬき　367
成歩堂 龍一　なるほどう・りゅういち　367
成宮・ファビエンヌ・沙羅(サラ)　なる　367
みやふぁびえんぬさら(さら)
ナンシー　　　　　　　　　367
南條 佐南(南ちゃん)　なんじょう・さ　367
な(なんちゃん)
南ちゃん　なんちゃん　　　　367
南原 椎菜　なんばら・しいな　　367
南原 しのぶ(ナンシー)　なんばら・し　367
のぶ(なんしー)

【に】

新島 襄　にいじま・じょう　　　367
新島 八重(山本 八重)　にいじま・や　368
え(やまもと・やえ)
新島 良次　にいじま・りょうじ　　368
兄ちゃん(伊藤 北斗)　にいちゃん　368
(いとう・ほくと)
兄ちゃん(出口 明)　にいちゃん(でぐ　368
ち・あきら)
新納 基　にいの・もとき　　　　368

新村 陽介　にいむら・ようすけ　　368
仁王次　におうじ　　　　　　368
ニオン　　　　　　　　　368
二階堂 太一　にかいどう・たいち　　368
二階堂 春(ハル博士)　にかいどう・　368
はる(はるはかせ)
丹華　にけ　　　　　　　　368
仁家 つぼみ　にけ・つぼみ　　　368
にこ　　　　　　　　　368
にこ　　　　　　　　　369
二子玉川 巧　にこたまがわ・たくみ　369
ニーさん(日郎)　にーさん(にちろう)　369
西浦 翔太　にしうら・しょうた　　369
西尾 エリカ　にしお・えりか　　369
西澤 尚志　にしざわ・ひさし　　369
西沢 美月　にしざわ・みずき　　370
にじ・じいさん　　　　　　370
西島さん　にしじまさん　　　　370
西島 光希　にしじま・みつき　　370
虹 信也　にじ・しんや　　　　370
西田 君子　にしだ・きみこ　　　370
西谷 サクラ　にしたに・さくら　　370
仁科 涼子　にしな・りょうこ　　370
西野 青葉　にしの・あおば　　　370
西野 あけび　にしの・あけび　　370
西野 真琴　にしの・まこと　　　370
西原 あずさ　にしはら・あずさ　　370
西原 真美　にしはら・まみ　　　370
西堀 恵実　にしぼり・めぐみ　　370
西村 航　にしむら・わたる　　　371
西山 邦彦　にしやま・くにひこ　　371
西山 ひより(ひよりん)　にしやま・ひ　371
より(ひよりん)
二十面相　にじゅうめんそう　　371
廿余寺 れいじ　にじゅうよじ・れいじ　371
ニーダ　　　　　　　　　371
日郎　にちろう　　　　　　371
ニッキ　　　　　　　　　371
ニッコロ・バルトロメロ　　　　371
新田 佳奈　にった・かな　　　　372
仁藤 菜月　にとう・なつき　　　372
ニドジ　　　　　　　　　372
仁戸部 コウ　にとべ・こう　　　372

ニニ	372
二の谷 博　にのたに・ひろし	372
二ノ宮 秋麻呂（秋麻呂氏）　にのみや・あきまろ（あきまろし）	372
二ノ宮 ありす　にのみや・ありす	372
二ノ宮 ありす　にのみや・ありす	373
二宮 拓海　にのみや・たくみ	373
二村 康平（コウちゃん）　にむら・こうへい（こうちゃん）	373
仁村 沙帆　にむら・さほ	373
ニャル	373
にゃんた	373
ニャンロック・ホームズ	373
ニュートン	373
ニュートン	374
ニルス	374
二一口	374
二ワ会長　にわかいちょう	374
二ワちゃん	374
庭野 モモ　にわの・もも	374
にんぎょ	374
人魚姫　にんぎょひめ	374
にんたまたち	375

【ぬ】

ヌー	375
ぬえ	375
鵺　ぬえ	375
鵺野 鳴介（ぬ～べ～）　ぬえの・めいすけ（ぬーべー）	375
主田 このみ　ぬしだ・このみ	375
ぬ～べ～　ぬーべー	375
ぬ～べ～　ぬーべー	376
沼田 慎太郎　ぬまた・しんたろう	376
沼田 瑠衣斗　ぬまた・るいと	376
ヌラリヒョンパパ	376

【ね】

ネイビー	376
姉さん　ねえさん	376
姉ちゃん　ねえちゃん	376

姉ちゃん（立花 ミチル）　ねえちゃん（たちばな・みちる）	376
ネコ	376
ネコ	377
猫（キャベツ）　ねこ（きゃべつ）	377
猫（タマ）　ねこ（たま）	377
猫（ダヤン）　ねこ（だやん）	377
猫（ねここ）　ねこ（ねここ）	377
ねこ（ピース）	377
ねこ（ミケねえちゃん）	377
ネコ（ロネ）	377
ねここ	377
ねここ	378
ネコたち	378
ネコタマ	378
ねこばばあ	378
ねこ魔女　ねこまじょ	378
猫又家黒吉（黒吉）　ねこまたやくろきち（くろきち）	378
猫又家双吉（双吉）　ねこまたやそうきち（そうきち）	378
ネコ耳ちゃん　ねこみみちゃん	378
猫柳 鉄子（テッコ）　ねこやなぎ・てつこ（てっこ）	378
ねこライオン	378
根津 甚八　ねず・じんぱち	378
根津 甚八　ねず・じんぱち	379
禰津 甚八　ねず・じんぱち	379
ネズミ	379
ネネ	379
ネネコさん	379
ネフェルタリ・ビビ	379
根村 きい　ねむら・きい	379
根本 大樹　ねもと・だいき	379
ネロ	379
ネロ	380
燃堂 力　ねんどう・ちから	380
念力 奈々　ねんりき・なな	380
念力 豊　ねんりき・ゆたか	380
念力 玲子　ねんりき・れいこ	381

【の】

ノア（黒ネコ） のあ（くろねこ）	381
野泉お母ちゃん のいずみおかあちゃん	381
ノイン	381
のうちゃん	381
濃姫 のうひめ	381
濃姫（帰蝶） のうひめ（きちょう）	381
ノエミ	381
野上 浩二郎（エナメル） のがみ・こうじろう（えなめる）	381
野上 佐緒里（オレンジ） のがみ・さおり（おれんじ）	381
野上 未莉亜 のがみ・みりあ	381
野口 秀一朗 のぐち・しゅういちろう	382
野坂 さや のさか・さや	382
野崎林 のざきばやし	382
野ざらしさま のざらしさま	382
野沢 佑 のざわ・たすく	382
野沢 奈津（奈っちゃん） のざわ・なつ（なっちゃん）	382
野沢 レイ（ネロ） のざわ・れい（ねろ）	382
野沢 レイ（ネロ） のざわ・れい（ねろ）	383
ノシシ	383
ノシシ	384
野島 春生 のじま・はるき	384
野須 虎汰 のす・こうた	384
望 のぞむ	384
野だ のだ	384
野だいこ のだいこ	384
ノダちゃん	384
のっぺらぼうさん	384
野中 美月 のなか・みつき	385
野中 モエ のなか・もえ	385
野々香 ののか	385
野々下 美雪（雪女） ののした・みゆき（ゆきおんな）	385
野々原 のの ののはら・のの	385
野々宮 一平 ののみや・いっぺい	385
野原 たまみ のはら・たまみ	385
野原 みづき（沢本 みづき） のはら・みづき（さわもと・みづき）	385
ノブさん	385

信長 のぶなが	385
信長 のぶなが	386
ノボル（寺尾 昇） のぼる（てらお・のぼる）	386
野間 一歩（イッポ） のま・かずほ（いっぽ）	386
野宮 千里 のみや・ちさと	386
ノラ	386
ノリ	386
ノリコ	387
式子さま のりこさま	387
憲平 のりひら	387
ノロイ	387
ノンキー	387
のんちゃん	387
ノンノ	387

【は】

ばあさま	387
ハイジ	387
灰塚 一郎 はいずか・いちろう	387
灰原 小太郎 はいばら・こたろう	387
灰原 慎 はいばら・しん	387
パウロ王子 ぱうろおうじ	387
パオ〜ンおじさん（神田） ぱお〜んおじさん（かんだ）	388
ハカセ	388
袴田さん はかまださん	388
袴田 武司 はかまだ・たけし	388
萩原 虎太郎 はぎわら・こたろう	388
萩原 七海 はぎわら・ななみ	388
白華 はくか	388
白銀 はくぎん	388
バーグマン・礼央 ばーぐまんれお	388
バクロー	388
ばけねこ	388
化け猫 ばけねこ	388
化け猫 ばけねこ	389
化猫亭三毛之丞（三毛之丞） ばけねこていみけのじょう（みけのじょう）	389
ばけひめちゃん	389
ハゲムスカ	389

(43)

狭間 慎之介　はざま・しんのすけ　389
橋爪 綾美　はしづめ・あやみ　389
橋爪 裕子（ユッコ）　はしづめ・ゆうこ　389
（ゆっこ）
橋塚 大地　はしつか・だいち　389
端野 凜　はしの・りん　389
羽柴 紘　はしば・こう　389
橋姫　はしひめ　389
ハジメくん　390
ハジメさん　390
ハジメさん（矢神 一）　はじめさん（や　390
がみ・はじめ）
橋本 かのん　はしもと・かのん　390
橋本・ミシェル・ケン　はしもと・みしぇ　390
る・けん
橋本 怜央　はしもと・れお　390
バジル　390
バジル　391
ハス　391
バズ　391
葉月 瞬　はずき・しゅん　391
葉月 ヒロト　はずき・ひろと　391
パスタの精　ぱすたのせい　391
バステト　391
蓮見 ゲンタ　はすみ・げんた　391
蓮見 美鈴　はすみ・みすず　391
蓮見 裕樹　はすみ・ゆうき　391
蓮見 怜央　はすみ・れお　391
ハセ　392
長谷川（ハセ）　はせがわ（はせ）　392
長谷川 あかり　はせがわ・あかり　392
長谷川 歩巳　はせがわ・あゆみ　392
長谷川 光希くん　はせがわ・こうきく　392
ん
長谷川 慎治　はせがわ・しんじ　392
長谷川 遙　はせがわ・はるか　392
長谷川 悠羽也　はせがわ・ゆうや　392
長谷川 莉乃　はせがわ・りの　392
長谷川 玲央　はせがわ・れお　392
支倉 柚子　はぜくら・ゆず　393
一色 黎明　はせ・みずき　393
長谷 泉貴　はせ・みずき　393

はだかの王子さま　はだかのおうじさ　393
ま
畑野 昌　はたの・あきら　393
羽田野 はるか　はたの・はるか　393
八軒 勇吾　はちけん・ゆうご　393
八条 喜々　はちじょう・きき　393
八条 風雅　はちじょう・ふうが　393
鉢屋 三郎　はちや・さぶろう　393
ばっさまギツネ　393
初沢 さくら（チェリー）　はつざわ・さく　393
ら（ちぇりー）
ハッチー（ヴェニヴルホラハレン・ソー　393
マルニンフランハ・一世と6/5）　はっ
ちー（べにぷるほらはれんそーまるにん
ふらんはってんいっせいとごぶんの
ろく（*）
初音 ミク　はつね・みく　394
初音 美空　はつね・みく　394
初音 美来　はつね・みく　394
初音 未来　はつね・みく　394
はっぱのきつねさん　394
ハッピーほっぺちゃん隊　はっぴー　394
ほっぺちゃんたい
バディ　394
パーディーニ　394
羽藤 史織　はとう・しおり　394
バトー男爵　ばとー・だんしゃく　394
パトリック　394
羽鳥 ナオちゃん　はとり・なおちゃん　394
羽鳥 ナツ　はとり・なつ　395
羽鳥 美紗紀　はとり・みさき　395
花井 夕日　はない・ゆうひ　395
花川戸 リュミ　はなかわど・りゅみ　395
花子　はなこ　395
はなこさん　395
花子さん　はなこさん　395
花咲 つぼみ　はなさき・つぼみ　395
花崎 マユミ　はなさき・まゆみ　395
花崎 真理　はなさき・まり　395
花里 琴音　はなさと・ことね　395
花里 琴音　はなさと・ことね　396
花島 勝　はなしま・まさる　396
花園 カリン　はなぞの・かりん　396
花園 深海　はなぞの・ふかみ　396

(44)

花田 恭子　はなだ・きょうこ	396	
花ちゃん　はなちゃん	396	
花ちゃん　はなちゃん	397	
バナナうま	397	
バナナット団長　ばななっとだんちょう	397	
花畑 杏珠（アン）　はなばたけ・あんじゅ（あん）	397	
花菱 仙太郎　はなびし・せんたろう	397	
花びら姫（ねこ魔女）　はなびらひめ（ねこまじょ）	397	
花プリンセスちゃん　はなぷりんせすちゃん	397	
花毬 薫子　はなまり・かおるこ	397	
花毬 凜太郎　はなまり・りんたろう	397	
花村 紅緒　はなむら・べにお	397	
花森 みずき　はなもり・みずき	397	
花山 ミホ　はなやま・みほ	397	
パニャ	398	
パニャッシュ（パニャ）	398	
バニラ	398	
羽貫さん　はぬきさん	398	
はね	398	
ハネズ	398	
バネッサ	398	
バーバ	398	
パパ（鈴木 宗一郎）　ぱぱ（すずき・そういちろう）	398	
パパ（ヌラリヒョンパパ）	399	
パパ（ハカセ）	399	
パパ（東村 京太郎）　ぱぱ（ひがしむら・きょうたろう）	399	
母（紫）　はは（ゆかりこ）	399	
馬場 かつみ　ばば・かつみ	399	
馬場 かつみ（ビーカー）　ばば・かつみ（びーかー）	399	
母子犬　ははこいぬ	399	
ババ様　ばばさま	399	
ばばちゃん	399	
バーバラ	399	
バーバラさん	399	
パフェスキー夫人　ぱふぇすきーふじん	399	
八方子さん　はぽこさん	400	
浜絵　はまえ	400	

浜岸 なぎさ　はまぎし・なぎさ	400	
濱田 灯花理　はまだ・あかり	400	
葉村　はむら	400	
ハヤ	400	
早川 浩史　はやかわ・こうじ	400	
早川 蒼一（蒼太）　はやかわ・そういち（そうたい）	400	
早川 蒼一（蒼太）　はやかわ・そういち（そうたい）	401	
早坂 未来　はやさか・みく	401	
林田 希子　はやしだ・きこ	401	
林 為一　はやし・ためいち	401	
林 成美　はやし・なるみ	401	
林葉 みずき　はやしば・みずき	401	
林葉 みずき　はやしば・みずき	402	
林 麻衣　はやし・まい	402	
林 舞子　はやし・まいこ	402	
林 麗奈（レイナ）　はやし・れいな（れいな）	402	
ハヤテ	402	
ハヤト	403	
葉山 生樹　はやま・いぶき	403	
葉山 さくら　はやま・さくら	403	
葉山 水希　はやま・みずき	403	
葉山 陽介　はやま・ようすけ	403	
速水 恭平　はやみ・きょうへい	403	
波楽　はら	403	
はらぐろわるぞう先生　はらぐろわるぞうせんせい	403	
原田 菜々　はらだ・なな	403	
はらだ ひろと　はらだ・ひろと	403	
原田 雷太　はらだ・らいた	403	
パララ	404	
ハラルド大使（ハル）　はらるどたいし（はる）	404	
バリィさん	404	
ハリネズミ	404	
ハル	404	
春内 ゆず　はるうち・ゆず	404	
ハルオジ	405	
ハルおばあさん	405	
ハルカ	405	
遥　はるか	405	

春川 彼方（ハル）　はるかわ・かなた 405
（はる）
春川 キラリ　はるかわ・きらり 405
春川 ヒカル　はるかわ・ひかる 405
春埼 美空　はるき・みそら 405
ハルくん 405
晴子おばさん　はるこおばさん 405
バルザ 406
ハルさん 406
陽世 新　はるせ・あらた 406
春田 光真　はるた・こうま 406
バルド 406
バルトロ・コッラディーニ 406
ハルノ 406
春野 かすみ　はるの・かすみ 406
春野 かすみ　はるの・かすみ 407
春野 琴理　はるの・ことり 407
春野 琴理　はるの・ことり 408
春野 琴理（ことり）　はるの・ことり（こ 408
とり）
春野 さくら　はるの・さくら 408
春野 せいら　はるの・せいら 408
春野 真菜　はるの・まな 408
春野 美咲　はるの・みさき 408
春野 未来　はるの・みらい 408
春野 萌美　はるの・もえみ 408
ハル博士　はるはかせ 408
春日　はるひ 408
晴海 和也　はるみ・かずや 408
春山　はるやま 408
春山 ましろ　はるやま・ましろ 408
春山 ましろ　はるやま・ましろ 409
バレンタインの花子さん　ばれんたい 409
んのはなこさん
パロ 409
バロック長官　ばろっくちょうかん 409
バロン 409
半守　はんす 409
ぱんちゃん 409
パンツちゃん 409
坂東 乙松　ばんどう・おとまつ 409
ばんとうさん 409
坂東 花緒　ばんどう・はなお 409

坂東 花緒　ばんどう・はなお 410
坂東 花三郎　ばんどう・はなさぶろう 410
犯人　はんにん 410
伴内侍　ばんのないし 410
パンばあ 410
バンビ 410
ハンプティ・ダンプティ 411
ハンブリー 411
ハンマー 411

【ひ】

ピアノちゃん 411
ヴィアンカ 411
ひいおじいちゃん（おとうさん） 411
ひいおじいちゃん（重原 次兵衛）　ひ 411
いおじいちゃん（しげはら・じへえ）
ひいじい（高橋 重吉）　ひいじい（た 411
かはし・じゅうきち）
柊 旬（チワ旬）　ひいらぎ・しゅん（ち 411
わしゅん）
柊 たく　ひいらぎ・たく 411
柊 リョウ　ひいらぎ・りょう 412
柊 留美子　ひいらぎ・るみこ 412
日色 拓　ひいろ・たく 412
緋色 ユキ　ひいろ・ゆき 412
稗田 八方斎　ひえた・はっぽうさい 412
稗田 八方斎（八方子さん）　ひえた・ 412
はっぽうさい（はぽこさん）
ピエール 412
ピエロ 412
ピエロ男　ぴえろおとこ 413
ピエロ・ダントツ 413
日岡 蒼　ひおか・あおい 413
ビーカー 413
ビーカー（馬場 かつみ）　びーかー 413
（ばば・かつみ）
火影 樹　ひかげ・たつき 413
東方 仗助　ひがしかた・じょうすけ 413
東 灯子　ひがし・とうこ 413
東原 秋菜　ひがしばら・あきな 413
東原 春菜　ひがしばら・はるな 413
東村 京太郎　ひがしむら・きょうたろ 413
う

(46)

ぴかちゃん	414
ピカチュウ	414
ヒカルさん	414
ピクシー	414
樋口さん　ひぐちさん	414
ピクルス	414
ピグレットツム	414
飛行士　ひこうし	415
ヒコナ	415
土方 マホ　ひじかた・まほ	415
菱田 木綿子　ひしだ・ゆうこ	415
毘沙門さん　びしゃもんさん	415
ビショー	415
ピース	415
ヒスイ	415
氷月 イカル　ひずき・いかる	415
ピースケ	415
ビター	415
ピーター	415
ピー太　ぴーた	416
日高 ケイコ　ひだか・けいこ	416
日高 南都　ひだか・なつ	416
ピーターパン	416
ピーチ姉ちゃん　ぴーちねえちゃん	416
ぴーちゃん	416
ビッキ	416
ビックリ園長　びっくりえんちょう	416
ヒツジ	416
ピッチ	416
ビット	416
ヒットン	416
秀男　ひでお	416
ひでくん	417
秀徳　ひでのり	417
英彦　ひでひこ	417
秀吉　ひでよし	417
ひとりぼっちおばけ	417
ヒナキ・ヌ・イ・ヌムラ	417
ヒナタ	417
日向 葵海　ひなた・あおい	417
日向 一樹　ひなた・かずき	417
日向 太陽　ひなた・たいよう	417
ヒナちゃん	418

日夏 美穂　ひなつ・みほ	418
ピノ	418
火野 銀太　ひの・ぎんた	418
日野 クリス　ひの・くりす	418
日野 周彦（チカ）　ひの・ちかひこ（ちか）	418
日守 紗綾　ひのもり・さあや	418
日守 紗綾　ひのもり・さあや	419
日守 黎夜　ひのもり・れいや	419
日守 黎夜　ひのもり・れいや	420
日野 祐司　ひの・ゆうじ	420
火野 レイ　ひの・れい	420
ビビ	420
ビビ	420
ピピ	420
ビビアン	420
ヴィヴィアンナ姫　びびあんなひめ	421
ひびき	421
響 琉生　ひびき・るい	421
響 琉生（シュヴァリエ）　ひびき・るい（しゅばりえ）	421
P・P・ジュニア　ぴーぴーじゅにあ	421
P・P・ジュニア（ししょ〜）　ぴーぴーじゅにあ（ししょー）	421
P・P・ジュニア（ししょ〜）　ぴーぴーじゅにあ（ししょー）	422
P・P・ジュニア（ししょ〜）　ぴーぴーじゅにあ（ししょ〜）	422
日比 剛志　ひび・たけし	422
日比野 朗　ひびの・あきら	422
日比野 朗　ひびの・あきら	423
ビビル	423
ひまり	423
ヒミィ	423
ヒミイリィーおうじょ（ヒミィ）	423
卑弥呼　ひみこ	423
ビーム	423
氷室 香鈴　ひむろ・かりん	423
氷室 ソルベ　ひむろ・そるべ	423
氷室 拓哉　ひむろ・たくや	424
氷室 拓哉（拓っくん）　ひむろ・たくや（たっくん）	424
姫　ひめ	424

(47)

ひめキュンフルーツ缶　ひめきゅんふ	424
る一つかん	
姫路 摩莉亜　ひめじ・まりあ	424
姫路 摩莉亜　ひめじ・まりあ	425
姫野 一美　ひめの・かずみ	425
姫山 虎之助　ひめやま・とらのすけ	425
百太郎　ひゃくたろう	425
百太郎　ひゃくたろう	426
桧山 あいり　ひやま・あいり	426
堤 歩　ひやま・かずま	426
檜山 一翔　ひやま・かずま	426
檜山 一翔　ひやま・かずま	427
飛山 拓　ひやま・たく	427
日向　ひゅうが	427
日向 剣人　ひゅうが・けんと	427
日向 小次郎　ひゅうが・こじろう	427
ピューマ	427
兵衛佐　ひょうえのすけ	428
彪牙丸　ひょうがまる	428
ヒョウくん（小松崎 豹）　ひょうくん（こ	428
まつざき・ひょう）	
ピヨコ（UOPPさま）　ぴよこ（ゆーおー	428
ぴーぴーさま）	
ひよりん	428
ぴょんぴょん	428
平井 和菜　ひらい・かずな	428
平井 堅志郎　ひらい・けんしろう	429
平井さん　ひらいさん	429
平岩 勇　ひらいわ・ゆう*	429
平和　ひらかず	429
平田　ひらた	429
平田 彩希　ひらた・さき	429
平田 ひな子　ひらた・ひなこ	429
平沼 亮平　ひらぬま・りょうへい	429
平野 木絵　ひらの・きえ	429
ヒラノ タケシ　ひらの・たけし	429
平野 フジミ　ひらの・ふじみ	429
平野 ミチ子　ひらの・みちこ	429
平野 皆実　ひらの・みなみ	429
平林 光園　ひらばやし・みつくに	430
ヒラマチ	430
ヒラメ	430
ひらめきちゃん	430

平山 勇　ひらやま・いさむ	430
平山 喜久子　ひらやま・きくこ	430
平山 幸一　ひらやま・こういち	430
平山 昇　ひらやま・のぼる	430
平山 紀子　ひらやま・のりこ	430
平山 春子　ひらやま・はるこ	430
平山 美枝　ひらやま・みえ	430
ピリカ・ムー	430
ピレーネ王子　ぴれーねおうじ	430
ヒロ	430
ヒロ	431
広川 利光（リコウ）　ひろかわ・としみ	431
つ（りこう）	
ひろき	431
ヒロくん（村上 宏隆）　ひろくん（むら	431
かみ・ひろたか）	
ぴろコン	431
ひろし	431
広瀬 あおい　ひろせ・あおい	431
広瀬 アキ　ひろせ・あき	431
広瀬 圭吾　ひろせ・けいご	431
広瀬 崇　ひろせ・たかし	431
広瀬 崇　ひろせ・たかし	432
広瀬 結心　ひろせ・ゆうしん	432
広瀬 蓮人　ひろせ・れんと	432
広楯　ひろたて	432
ヒロト	432
洋人　ひろと	432
広海ちゃん　ひろみちゃん	432
弘光 廣祐　ひろみつ・こうすけ	432
広矢　ひろや	432
広矢　ひろや	433
樋渡 忍　ひわたし・しのぶ	433
ピンキー・ブルマー	433
ピンク	433

【ふ】

ファイ	433
ファティマ	433
ファミ	433
ファンタジスタ	433
フィーフィー	434

(48)

フィリップ	434	藤井 率　ふじい・りつ	439
フィン・フィッシュ	434	藤岡 龍斗　ふじおか・りゅうと	439
フウカ	434	伏木蔵　ふしきぞう	440
風鬼　ふうき	434	藤崎 律可（リッカくん）　ふじさき・りつか（りっかくん）	440
ぶうくん	434	藤沢　ふじさわ	440
ぶうくん	435	藤沢 彩菜　ふじさわ・あやな	440
風太　ふうた	435	藤沢 真由子　ふじさわ・まゆこ	440
ふうちゃん	435	藤沢 律　ふじさわ・りつ	440
ブーエ	435	不二代 燈馬　ふじしろ・とうま	440
フェアリー	435	藤谷 アキ　ふじたに・あき	440
フェアリー	436	武士ちゃん　ぶしちゃん	440
フェネル	436	藤永 千世　ふじなが・ちせ	440
フェーリ	436	藤小路 マリア　ふじのこうじ・まりあ	440
フェリシアちゃん	436	藤松 さつき　ふじまつ・さつき	441
フェリット	436	富士宮 夕　ふじみや・ゆう	441
フェルディナンド	436	藤本 恵梨花　ふじもと・えりか	441
フェルディナンド（神官長）　ふぇるでぃなんど（しんかんちょう）	436	フジワラさん	441
フォギィ	436	ブースケ	441
フォード	436	ぶた（こぶた）	441
フォラオ	436	ふた口　ふたくち	441
深沢 七音　ふかざわ・なお	436	ふたご	441
深沢 七音　ふかざわ・なお	437	二見 結子　ふたみ・ゆうこ	441
深町 累　ふかまち・かさね	437	豚妖怪　ぶたようかい	441
深海 恭哉くん　ふかみ・きょうやくん	437	プチ・ポチ	442
深見 真理　ふかみ・まり	437	ふーちゃん	442
ふくこさん	437	部長さん　ぶちょうさん	442
福島 友麻　ふくしま・ゆま	437	ブックーヌ	442
福神 礼司　ふくじん・れいじ	437	筆鬼　ふでおに	442
福神 礼司（レイジさん）　ふくじん・れいじ（れいじさん）	437	プードル	442
福田 翔　ふくだ・しょう	438	船越 みも　ふなこし・みも	442
福田 葉月　ふくだ・はずき	438	ふなごろー	442
福富 一淋　ふくとみ・いちりん	438	ふなっしー	442
福富 しんべヱ　ふくとみ・しんべえ	438	ふなゆうれい	442
フクミミちゃん	438	プニ	442
福禄寿さん　ふくろくじゅさん	438	フーパ	442
フーコ	438	フミちゃん	443
フー子　ふーこ	439	フムたん	443
ブーザー	439	フムフム	443
プーさんツム	439	フムユルウーおうじ（フムたん）	443
藤井 彩　ふじい・あや	439	フユ	443
フジイ シュン　ふじい・しゅん	439	冬月 美湖　ふゆつき・みこ	443
		ぷよぷよ	443

ぷよぷよ	444	ブンダバー	448

フライ姫　ふらいひめ	444
ブラッケ	444
フラットくん	444
プラム	444
ブランカ	444
フランツ	444
プリアモンド	444
フリーダ	444
フリッツ	445
降矢木 すぴか　ふりやぎ・すぴか	445
フリル（プードル）	445
プリン	445
プリンセス	445
プリンセスひみこ	445
プリンのおとうさん	445
プリン姫　ぷりんひめ	445
ブル	445
ブルー	445
古田 亜希子　ふるた・あきこ	446
ブルチネッタ	446
ブルちゃん	446
ブルック	446
プルートツム	446
ブルーベリー選手　ぶるーべりーせんしゅ	446
フルホン氏　ふるほんし	446
降矢 凰壮　ふるや・おうぞう	446
降矢 虎太　ふるや・こた	446
降矢 竜持　ふるや・りゅうじ	446
プルル	446
プルル	447
フレア	447
フレイヤ	447
フレンチブルドッグ	447
フロイライン	447
フローラ	447
フローラ	448
ふわ	448
譜和 匠　ふわ・たくみ	448
不破 雷蔵　ふわ・らいぞう	448
ブーン	448
文吾　ぶんご	448

【へ】

平史郎　へいしろう	448
平太　へいた	448
へいたいロボット	449
ベガ	449
ヘカテさん	449
碧紫仙子（芝玉）　へきしせんし（しぎょく）	449
ベス	449
ペーター	449
ベタ子さん　べたこさん	449
ヘッチャラくん	449
ペットントン	449
ベートーベン	449
ベニ	449
紅子　べにこ	449
紅子　べにこ	450
ヴェニヴルホラハレン・ソーマルニンフランハ・一世と6/5　べにぶるほらはれんそーまるにんふらんはってんいっせいとごぶんのろく＊	450
ペネム	450
ベビー	450
ベビー	451
ヘブリチョフ	451
ぺぺ	451
ペペコさん	451
ベラ	451
ペリーツム	451
ベリル	451
ベル	451
ベールジール	451
ベルナルド・マルロー	451
ベル・ピコ	452
ベルモット	452
ペローナ	452
ベン	452
変顔　へんがん	452
弁慶　べんけい	452

弁財天（弁天）　べんざいてん（べんてん）	452
ヘンゼル	452
弁天　べんてん	452
弁天さん　べんてんさん	453
ベンノ	453
片理 笑太　へんり・しょうた	453
ヘンリー・フォールズ	453

【ほ】

ポー	453
ポウ	453
帽子　ぼうし	453
帽子屋氏　ぼうしやし	453
宝条 有栖　ほうじょう・ありす	453
北條 周作　ほうじょう・しゅうさく	453
北條 すず　ほうじょう・すず	454
北条 そふぃ　ほうじょう・そふぃ	454
宝生 麗子　ほうしょう・れいこ	454
北条 零士　ほうじょう・れいじ	454
方相氏　ほうそうし	454
ホカリさん	454
ポコタン	454
星 亜香里　ほし・あかり	454
星 アンナ　ほし・あんな	455
星河 風呼（フーコ）　ほしかわ・ふうこ（ふーこ）	455
星川 良　ほしかわ・りょう	455
星 雫　ほし・しずく	455
保志名 朝巨　ほしな・あさおみ	455
保志名 朝巨　ほしな・あさおみ	456
ほしの えりか　ほしの・えりか	456
星の王子さま　ほしのおうじさま	456
星野 信一　ほしの・しんいち	456
星野 すばる　ほしの・すばる	456
星野 優　ほしの・ゆう	456
星野 葉香　ほしの・ようか	456
星博士　ほしはかせ	456
星海 九嵐　ほしみ・くらん	456
星海 九嵐　ほしみ・くらん	457
保津原博士　ほづはらはかせ	457
ホセ・ムヒカ（ペペ）	457

細川 巴　ほそかわ・ともえ	457
細川 美樹　ほそかわ・みき	457
ポーちゃん	457
ポーちゃん	458
ポックル	458
堀田先生　ほったせんせい	458
堀田 亮平　ほった・りょうへい	458
堀田 亮平　ほった・りょうへい	459
ぼっちゃん	459
坊っちゃん　ぼっちゃん	459
ポットさん	459
ポッピー	459
ホップ	459
ほっぺちゃん	459
布袋さん　ほていさん	459
ホネ太郎　ほねたろう	459
ほねほねアシュラ	460
ほのか	460
ホープはかせ	460
ボブ・マーリー	460
ポプル	460
ポプル	461
ボーボ	461
ホームズ	461
穂村　ほむら	462
穂村 千夏　ほむら・ちか	462
穂村 幸歩（ユッキー）　ほむら・ゆきほ（ゆっきー）	462
焔 レン　ほむら・れん	462
ほり えみか　ほり・えみか	462
ボルケニオン	462
ホルス	462
ヴォルフ	462
ポロン	462
ボン	462
ホンキー	463
本郷 忠信　ほんごう・ただのぶ	463
ホンシー	463
本庄 みさと　ほんじょう・みさと	463
ポンズ	463
ポンすけ（だいすけ）	463
本多 一成　ほんだ・かずなり	463
本田 花梨　ほんだ・かりん	463

本多 奈津子　ほんだ・なつこ	463
本多 正信　ほんだ・まさのぶ	463
本田 玲奈　ほんだ・れいな	464
ポンチキン	464
ポンディ	464
梵天丸　ぼんてんまる	464
凡野 よよ　ぼんの・よよ	464
ポンポーソ・ミステリオーソ	464
ボンボン	464
ボンボン	465
ポンポン	465
本間 音也　ほんま・おとや	465
本間さん　ほんまさん	465
本間 リサ　ほんま・りさ	465

【ま】

マアくん	465
まい	465
まいまい（林 麻衣）　まいまい（はやし・まい）	465
マイン	465
マイン（本須 麗乃）　まいん（もとす・うらの）	465
マイン（本須 麗乃）　まいん（もとす・うらの）	466
前川 有季　まえかわ・ゆうき	466
前津 涼　まえず・りょう	466
前田 虎鉄　まえだ・こてつ	466
前田 未来　まえだ・みらい	466
前畑 久邦　まえはた・ひさくに	466
前原 解人　まえはら・かいと	466
真生　まお	467
魔王　まおう	467
魔王の妻　まおうのつま	467
まおちゃん	467
マガズキン	467
曲角 風馬　まがりかど・ふうま	467
牧田 璃湖　まきた・りこ	467
マキちゃん	467
万木 夏芽　まき・なつめ	467
牧野　まきの	467
牧野教授　まきのきょうじゅ	467

牧野 奏太　まきの・そうた	468
牧野 みずきちゃん　まきの・みずきちゃん	468
真木野 航　まきの・わたる	468
マギアナ	468
マコさん	468
マーゴット・シェルバーン	468
真琴　まこと	468
マーサ	468
マサ	468
マーサ（石川 真麻）　まーさ（いしかわ・まあさ）	468
マサ（木村 雅彦）　まさ（きむら・まさひこ）	468
正氏　まさうじ	469
正夫　まさお	469
マサ吉　まさきち	469
まさし	469
正次　まさじ	469
魔狭人　まさと	469
政成　まさなり	469
雅治さん　まさはるさん	469
マサル	469
マサル	470
マジ子　まじこ	470
マジシャン（パーディーニ）	470
真島　ましま	470
真嶋 寿々　まじま・すず	470
馬島 登　まじま・のぼる	470
マシューア	470
魔術師　まじゅつし	470
魔女　まじょ	470
まじょ子　まじょこ	470
まじょ子　まじょこ	471
魔女ばあちゃん　まじょばあちゃん	471
マジョラム	471
マージョリー	471
マシロ	471
真代 五月　ましろ・さつき	471
真代 夏木　ましろ・なつき	472
マスター	472
増田先輩　ますだせんぱい	472
マダム・ブルー	472

マダラ	472
マーチくん	472
町平 直司（ヒラマチ） まちひら・ただし（ひらまち）	473
町村 雪夫 まちむら・ゆきお	473
マチルダ	473
松 まつ	473
松浦 沙耶 まつうら・さや	473
松尾 つかさ まつお・つかさ	473
松木 あおい まつき・あおい	473
松木 鈴理 まつき・すずり	473
松木 和佳子（わこちゃん） まつき・わかこ（わこちゃん）	473
マックス	474
まつげひろい	474
松崎 はとり まつざき・はとり	474
松島 結衣 まつしま・ゆい	474
松島 礼奈 まつしま・れな	474
マッシュ	474
松平 竹千代 まつだいら・たけちよ	474
松平 忠吉 まつだいら・ただよし	474
松平 信祝 まつだいら・のぶとき	475
松田 航輝 まつだ・こうき	475
松原 知希 まつばら・ともき	475
まつもと こうじ まつもと・こうじ	475
松本 朔太郎 まつもと・さくたろう	475
松本 はる香 まつもと・はるか	475
松本 陽奈 まつもと・ひな	475
松山 修造 まつやま・しゅうぞう	475
松山 友郎（トモロー） まつやま・ともろう（ともろー）	475
松山 実 まつやま・みのり	475
マティルデ	475
真刀 まと	476
的場 大樹 まとば・たいき	476
的場 大樹 まとば・たいき	477
的場 竜之介 まとば・りゅうのすけ	477
マドレーナ・バルディ	477
マドレーヌ	477
マナ	477
真中 杏奈 まなか・あんな	477
間中 朝芽 まなか・はじめ	477
真中 らぁら まなか・らぁら	477

真中 凛 まなか・りん	477
真名子 極 まなこ・きわみ	477
真名子 極（クマひげ男） まなこ・きわみ（くまひげおとこ）	477
学 まなぶ	477
学 まなぶ	478
真辺 峻 まなべ・しゅん	478
まねきねこ	478
マネルガー博士 まねるがーはかせ	478
真野 葉月 まの・はずき	478
真野 萌奈美 まの・もなみ	478
まひる	478
マフィン	478
馬淵 洸 まぶち・こう	478
まほ	478
魔王 まほう	479
真穂姫 まほひめ	479
まほろ	479
ママ	479
ママ（鈴木 芳恵） まま（すずき・よしえ）	479
ママ（ろくろっ首ママ） まま（ろくろっくびまま）	479
ママ魔女 まままじょ	479
まみ	479
マミタス	479
真宮 桜 まみや・さくら	479
真宮 桜 まみや・さくら	480
間宮 小夜 まみや・さよ	480
間宮 晴樹 まみや・はるき	480
馬村 大輝 まむら・だいき	480
豆吉 まめきち	480
まもる	480
守くん まもるくん	480
摩耶さん まやさん	480
真山 陽二 まやま・ようじ	480
真弓 薫 まゆみ・かおる	480
真弓 薫 まゆみ・かおる	481
マライカ	481
マリ	481
マリー	481
麻梨 まり	481
茉莉 まり	481

(53)

マリー・アントワネット	482
マリアンナ姫　まりあんなひめ	482
鞠恵　まりえ	482
マリカ	482
マリカ様　まりかさま	482
マリーゴールド・スミス	482
マリサン	482
摩利信乃法師　まりしのほうし	482
マリナ・ヴィラム・スカイウィル	482
マリフィス	482
マリーン	483
まりんちゃん	483
まる	483
丸井 太一（マルタ）　まるい・たいち（まるた）	483
丸井 丸男　まるい・まるお	483
マルカ	483
丸川 まどか　まるかわ・まどか	483
マルコ	483
マルコ	484
まる子　まるこ	484
マルタ	484
マルテ	484
稀人　まれと	484
万吉　まんきち	484
万田 かくこ　まんだ・かくこ	484
万ちゃん　まんちゃん	484
マンティコア	484
マンプク	484

【み】

ミア	484
ミアン	485
ミィ	485
ミィ	485
ミイナ	485
ミイラ男　みいらおとこ	485
ミウ	485
三浦 琴美　みうら・ことみ	485
三浦 佐和子　みうら・さわこ	485
三浦 静子　みうら・しずこ	485
美織 鳴　みおり・めい	485

ミカ	486
美伽　みか	486
ミカエラ	486
御影 アキ　みかげ・あき	486
ミカコ（長峰 美加子）　みかこ（ながみね・みかこ）	486
三日月 羽鳥　みかずき・はとり	486
御門 央児　みかど・おうじ	486
美門 翼　みかど・たすく	486
美門 翼　みかど・たすく	487
瓶原 さき　みかのはら・さき	487
三上 香織　みかみ・かおり	487
深神先生　みかみせんせい	487
三上 広樹　みかみ・ひろき	487
三神 曜太　みかみ・ようた	488
みかりん	488
美紀（ミキリン）　みき（みきりん）	488
ミキさん	488
三木 照葉　みき・てるは	488
ミキリン	488
三木 麗子　みき・れいこ	488
ミク	489
未来　みく	489
三国 亜久斗　みくに・あくと	489
三国 理宇　みくに・りう	489
三国 莉花　みくに・りか	489
三国 嶺治（魔王）　みくに・れいじ（まおう）	489
三雲 真歩　みくも・まほ	490
御来屋 千智　みくりや・ちさと	490
御厨 麻希（ミク）　みくりや・まき（みく）	490
ミケねえちゃん	490
三毛之丞　みけのじょう	490
ミーコ	490
ミーコ・チョビチャッピー	490
美沙　みさ	490
ミサ（美沙）　みさ（みさ）	490
美咲　みさき	490
岬 太郎　みさき・たろう	490
岬 太郎　みさき・たろう	491
ミサト（山内 美里）　みさと（やまうち・みさと）	491

(54)

三沢 圭人　みさわ・けいと	491
ミシェル	491
三島 弦　みしま・げん	491
三島 正政　みしま・ただまさ	491
美島 ひかり　みしま・ひかり	491
三島屋の多吉　みしまやのたきち	491
三島 由宇　みしま・ゆう	491
ミーシャ	491
みずえ（ちっちゃいおばはん）	492
みづえ（ちっちゃいおばはん）	492
水鬼　みずき	492
美月　みずき	492
観月 楓　みずき・かえで	492
水木 咲蘭　みずき・さら	492
ミズキさん	492
水樹 寿人　みずき・ひさひと	492
観月 マヤ　みずき・まや	492
水口 まどか　みずぐち・まどか	492
水澤 葵　みずさわ・あおい	492
水澤 葵　みずさわ・あおい	493
水島 寒月　みずしま・かんげつ	493
水嶋 亮　みずしま・りょう	493
水島 塁　みずしま・るい	493
ミスターL　みすたーえる	493
ミズチ	494
ミスティ	494
水野 亜美　みずの・あみ	494
水野 いるか　みずの・いるか	494
水野 太郎　みずの・たろう	495
水原 月輝子（ツン子）　みずはら・つきこ（つんこ）	495
水原 竜太　みずはら・りょうた	495
ミスマル	495
美墨 なぎさ　みすみ・なぎさ	495
水見 亮子　みずみ・りょうこ	495
ミセス・ホワイト	495
溝口先生　みぞぐちせんせい	495
溝口 瑞恵　みぞぐち・みずえ	495
溝口 由宇　みぞぐち・ゆう	495
溝口 遊　みぞぐち・ゆう	495
ミソサザイの神　みそさざいのかみ	496
美園 玲　みその・れい	496
三田 亜吉良　みた・あきら	496

三田村 昭典　みたむら・あきのり	496
ミー太郎　みーたろう	496
三反崎 もえみ　みたんざき・もえみ	496
三反崎 もえみ　みたんざき・もえみ	497
みちる	497
ミチルちゃん	497
光井 ほのか　みつい・ほのか	497
ミッキー	497
美月　みつき	497
ミッキーツム	497
ミッシェル	497
ミッチー	498
みっちゃん	498
三矢 詩奈　みつや・しいな	498
ミツル	498
御堂 琴音　みどう・ことね	498
御堂 沙耶女　みどう・さやめ	498
御堂 美影　みどう・みかげ	498
水戸瀬 燈子　みとせ・とうこ	499
緑川 つばさちゃん　みどりかわ・つばさちゃん	499
翠川 遥人　みどりかわ・はると	499
緑川 日向　みどりかわ・ひなた	499
緑山 かのこ（グリーン）　みどりやま・かのこ（ぐりーん）	499
水上 波流　みなかみ・はる	499
源川 ひじり　みながわ・ひじり	499
美奈子　みなこ	499
南 宙人　みなみ・ひろと	499
南 みれい　みなみ・みれい	500
南 璃々香　みなみ・りりか	500
源 星夜　みなもと・せいや	500
源 太一（ゲンタ）　みなもと・たいち（げんた）	500
源 正信　みなもとの・まさのぶ	500
源 義経　みなもとの・よしつね	500
源 頼朝　みなもとの・よりとも	500
源頼朝（兵衛佐）　みなもとのよりとも（ひょうえのすけ）	500
皆本 まなか　みなもと・まなか	500
皆本 まなか　みなもと・まなか	501
源 真夜　みなもと・まよ	501
皆本 瑠奈　みなもと・るな	501

ミニーツム	501
ミニヨン	501
峰岸 美桜　みねぎし・みお	501
峰口 リョウガ　みねぐち・りょうが	501
箕島 努　みのしま・つとむ	501
ミノスケ	501
簑田 宗佑　みのだ・そうすけ	501
みのD　みのでぃー	501
みのP　みのぴー	502
ミノリ	502
みのる	502
ミノン	502
三橋 ゆき　みはし・ゆき	502
ミフ	502
みほ	502
美保　みほ	502
ミミー	502
ミモザ・トキタ	502
宮内 雅人　みやうち・まさと	503
宮城 忍　みやぎ・しのぶ	503
ミャーキチ	503
三矢城 美馬　みやぎ・みま	503
宮越 直人　みやこし・なおと	503
宮里 百合子　みやざと・ゆりこ	503
宮澤　みやざわ	503
宮沢 麻衣　みやざわ・まい	503
宮地青年　みやじせいねん	503
宮下 葵　みやした・あおい	503
宮下 葵　みやした・あおい	504
宮下 まゆ　みやした・まゆ	504
宮下 美久（ミミー）　みやした・みく（みみー）	504
宮地 遥輝　みやじ・はるき	504
宮園 あやめ　みやぞの・あやめ	504
宮永 未央　みやなが・みお	504
宮永 理央　みやなが・りお	504
宮永 礼央　みやなが・れお	504
宮原 葵　みやはら・あおい	504
宮原 葵　みやはら・あおい	505
宮原 大地　みやはら・だいち	505
宮原 鉄平　みやはら・てっぺい	505
宮原 のぞみ　みやはら・のぞみ	505
宮水 三葉　みやみず・みつは	505

宮本 愛子　みやもと・あいこ	505
宮本 歌音　みやもと・かのん	505
宮本 武蔵　みやもと・むさし	505
ミュー	505
ミュウ	505
ミュウツー	505
ミュウミュウ（化け猫）　みゅうみゅう（ばけねこ）	505
ミュウミュウ（化け猫）　みゅうみゅう（ばけねこ）	506
深雪　みゆき	506
美雪　みゆき	506
明神 秋馬　みょうじん・しゅうま	506
明堂院 いつき　みょうどういん・いつき	506
三好 伊佐　みよし・いさ	506
三好 伊三入道　みよし・いさにゅうどう	506
三好 清海　みよし・せいかい	506
三好 清海入道　みよし・せいかいにゅうどう	506
みよちゃん	507
未来　みらい	507
みらいっち	507
ミラクルうまいさん	507
ミラ太　みらた	507
ミラミラ	507
ミリー	507
ミリー	508
ミリア	508
ミルキー杉山　みるきーすぎやま	508
ミルヒ王子　みるひおうじ	508
ミロク	508
三輪 杏樹　みわ・あんじゅ	508
ミンディ	509
みんな	509
ミンミン	509

【む】

ムウ	509
向井 良太郎　むかい・りょうたろう	509
ムギ	509

向田 ふき　むこうだ・ふき	509
ムサシ	509
武蔵坊弁慶　むさしぼうべんけい	509
ムジナ探偵　むじなたんてい	509
ムツキ	509
ムッシュール	510
武戸井 彩未　むとい・あやみ	510
武藤 春馬　むとう・はるま	510
ムナ	510
宗方 梅子（プラム）　むなかた・うめこ（ぷらむ）	510
宗形 サワノ（サギノ）　むなかた・さわの（さぎの）	510
宗方 桃子（ピーチ姉ちゃん）　むなかた・ももこ（ぴーちねえちゃん）	510
夢女子　むめこ	510
村井 京香　むらい・きょうか	510
村井 准一　むらい・じゅんいち	510
村井 陸人　むらい・りくと	511
村上 楓　むらかみ・かえで	511
村上 知智　むらかみ・ちさと	511
村上 夏野　むらかみ・なつの	511
村上 宏隆　むらかみ・ひろたか	511
村木 カノン　むらき・かのん	511
村木 ツトム　むらき・つとむ	511
村崎 櫂　むらさき・かい	511
紫式部（式部）　むらさきしきぶ（しきぶ）	511
むらさきばばあ	511
ムラサメ	511
ムラサメ	512
村瀬 とんぼ　むらせ・とんぼ	512
村瀬 理央　むらせ・りお	512
村田 理沙　むらた・りさ	512
村山 桜子　むらやま・さくらこ	512
ムルカ	512

【め】

メイ	512
芽衣　めい	512
メイサ	512
メイちゃん	513

メイちゃん（小柴 芽衣）　めいちゃん（こしば・めい）	513
迷亭　めいてい	513
メイド（田中）　めいど（たなか）	513
メグちゃん	513
メグルさん	513
めご	513
目こぼしもの　めこぼしもの	513
メタナイト	513
メドゥサさん	513
メノン	514
メラ・ムー・ドンナ	514
メリエンダ姫　めりえんだひめ	514
メルバーン卿　めるばーんきょう	514
メロディ	514
メロン	514

【も】

モーア	514
毛利 蘭　もうり・らん	514
モエ（志村 萌花）　もえ（しむら・もえか）	514
モグリ	514
モー子　もーこ	515
望月 朱里　もちづき・あかり	515
望月 六郎　もちづき・ろくろう	515
持田 わかば　もちだ・わかば	515
もちぱん	515
モッチ	515
モティ	515
モティ	516
本川 めぐる　もとかわ・めぐる	516
本川 吉継　もとかわ・よしつぐ	516
モトくん	516
本島 衣理　もとじま・えり	516
本須 麗乃　もとす・うらの	516
元原 ちえり　もとはら・ちえり	516
もなか	516
モナミ（真野 萌奈美）　もなみ（まの・もなみ）	516
モニカ	516
もののけ屋　もののけや	516

もののけ屋　もののけや　517
モヒー　517
もみこ　517
もみじお姉ちゃん　もみじおねえちゃ　517
ん
モモ　517
桃井 太郎　ももい・たろう　517
桃花ちゃん　ももかちゃん　518
百ヶ谷 スモモ　ももがや・すもも　518
桃川 紡　ももかわ・つむぎ　518
百木 八枝　ももき・やえ　518
桃子　ももこ　518
モモジョ　518
桃城 武　ももしろ・たけし　518
百瀬 太郎　ももせ・たろう　518
百瀬 結生子　ももせ・ゆうこ　518
モモちゃん　518
モモーヌ　518
森 亞亭　もりあてい　518
森岡 沙良　もりおか・さら　519
森 桂奈　もり・かな　519
森川 ココネ　もりかわ・ここね　519
森川 さくら　もりかわ・さくら　519
森川 春水　もりかわ・しゅんすい＊　519
森川 セイラちゃん　もりかわ・せいら　519
ちゃん
森 カンタ　もり・かんた　519
守口 秀生　もりぐち・ひでお　519
森崎 明日香　もりさき・あすか　519
森崎 明日香　もりさき・あすか　520
森下 優名　もりした・ゆうな　520
森田くん　もりたくん　520
森田くん（ブルー）　もりたくん（ぶ　520
るー）
森永 和彦　もりなが・かずひこ　520
森永 美月　もりなが・みつき　520
森ねこ　もりねこ　520
森野 恵理　もりの・えり　520
森野 しおり　もりの・しおり　520
森野 志馬　もりの・しま　520
森野 志馬　もりの・しま　521
森原 ジュン　もりはら・じゅん　521
森原 めい　もりはら・めい　521

森 みすず（スズ）　もり・みすず（す　521
ず）
森本 哲也　もりもと・てつや　521
森山 亜衣　もりやま・あい　521
森山 暁　もりやま・あきら　521
森山 晴人　もりやま・はると　522
森山 燐　もりやま・りん　522
森脇 武儀（ムギ）　もりわき・たけよし　522
（むぎ）
モンキチ　522
モンキチさん　522
モンキー・D・ルフィ（ルフィ）　もんきー　522
でぃーるふぃ（るふぃ）
モン太　もんた　522
モン太くん　もんたくん　522
モンティ　523
MONMON　もんもん　523

【や】

ヤイレスーホ　523
八百田 一郎　やおた・いちろう　523
八乙女 市子（姉さん）　やおとめ・い　523
ちこ（ねえさん）
八百比丘尼（千歳）　やおびくに（ちと　523
せ）
矢神 匠　やがみ・たくみ　523
矢神 匠　やがみ・たくみ　524
矢神 一　やがみ・はじめ　524
ヤカンまん　524
八木　やぎ　524
八木　やぎ　525
八木 健太　やぎ・けんた　525
八雲先生　やくもせんせい　525
矢車 侍郎　やぐるま・さぶろう　525
やさしき魔女（スギヨさん）　やさしき　525
まじょ（すぎよさん）
夜叉蜘蛛　やしゃぐも　525
やしゃひめ　525
ヤシロウ　525
八代 友和　やしろ・ともかず　525
八城 舞　やしろ・まい　526
ヤスオ　527
安田 香澄　やすだ・かすみ　527

(58)

安田 飛風美　やすだ・ひふみ	527	
安永 宏　やすなが・ひろし	527	
安人　やすひと	527	
ヤソ	527	
柳川 博行（ウイロウ）　やながわ・ひろゆき（ういろう）	527	
柳沢 純　やなぎさわ・じゅん	528	
柳沢 進一　やなぎさわ・しんいち	528	
柳さん　やなぎさん	528	
柳 千古　やなぎ・せんこ	528	
柳田 京子　やなぎだ・きょうこ	528	
柳田 圭　やなぎだ・けい	528	
柳田 貴男　やなぎだ・たかお	528	
柳田 貴男　やなぎだ・たかお	529	
柳田 優香　やなぎだ・ゆうか	529	
柳田 莉子　やなぎだ・りこ	529	
柳 弘基　やなぎ・ひろき	529	
矢之助　やのすけ	530	
矢野 美宙　やの・みそら	530	
ヤービ	530	
矢吹 セナ　やぶき・せな	530	
薮原 夢　やぶはら・ゆめ	530	
ヤマ	530	
山嵐　やまあらし	530	
山井 はま子　やまい・はまこ	530	
山内 糸子　やまうち・いとこ	530	
山内 美里　やまうち・みさと	530	
山内 美里　やまうち・みさと	531	
山内 涼太　やまうち・りょうた	531	
山内 六花　やまうち・ろっか	531	
山岡 泰蔵　やまおか・たいぞう	531	
山岡 奈美　やまおか・なみ	531	
山形 拓郎　やまがた・たくろう	531	
山上 日出　やまがみ・ひい	531	
山川先生　やまかわせんせい	531	
山岸さん　やまぎしさん	531	
山岸先生　やまぎしせんせい	532	
山岸 良介　やまぎし・りょうすけ	532	
山際 花蓮　やまぎわ・かれん	532	
山口　やまぐち	532	
山口 カケル　やまぐち・かける	532	
やまざき そういちろう　やまざき・そういちろう	532	

やまざき まさき　やまざき・まさき	532	
山崎 美冬　やまざき・みふゆ	532	
山路 右源太　やまじ・うげんた	533	
八万重 八太郎　やましげ・やたろう	533	
山下 彩　やました・あや	533	
山下 ゲンパチ　やました・げんぱち	533	
山下先生　やましたせんせい	533	
山下 ブンゴ　やました・ぶんご	533	
山下 弥生　やました・やよい	533	
山科 陽菜　やましな・ひな	533	
矢間 鯱彦　やま・しゃちひこ	533	
山城 草太　やましろ・そうた	533	
山城 瑞希　やましろ・みずき	534	
山田 加奈子　やまだ・かなこ	534	
山田 虎太郎　やまだ・こたろう	534	
やまだ ごんろく（けいしそうかん）　やまだ・ごんろく（けいしそうかん）	535	
やまだ さくら　やまだ・さくら	535	
山田先輩　やまだせんぱい	535	
山田 大介　やまだ・だいすけ	535	
ヤマタノオロチ	535	
やまだのとのさま	535	
山田 一　やまだ・はじめ	535	
やまだ ひかる　やまだ・ひかる	535	
山田 利吉　やまだ・りきち	535	
大和 こもも　やまと・こもも	535	
大和 竹蔵（タケゾー）　やまと・たけぞう（たけぞー）	536	
大和 凛子　やまと・りんこ	536	
山中　やまなか	536	
山中 千種（姉ちゃん）　やまなか・ちぐさ（ねえちゃん）	536	
山中 久斗　やまなか・ひさと	536	
山名 紀恵（キー）　やまな・きえ（きー）	536	
山西先生　やまにしせんせい	536	
山西 達之　やまにし・たつゆき	536	
山猫　やまねこ	536	
山野 愛　やまの・あい	536	
山野 イコさん　やまの・いこさん	536	
やまの こうさく　やまの・こうさく	537	
山野 滝　やまの・たき	537	
山本　やまもと	537	

山本 彩音　やまもと・あやね	537
山本 覚馬　やまもと・かくま	537
山本 ゲンキ　やまもと・げんき	537
山本 次郎(ジロー)　やまもと・じろう (じろー)	537
山本 宙　やまもと・そら	537
山本 武士(武士ちゃん)　やまもと・たけし(ぶしちゃん)	537
山本 渚　やまもと・なぎさ	537
山本 渚　やまもと・なぎさ	538
山本 八重　やまもと・やえ	538
山本 ユズカ　やまもと・ゆずか	538
やまわろ	538
山姥　やまんば	538
やまんばさん	538
ヤミ	538
やみまる	538
弥生　やよい	538

【ゆ】

ゆい	539
唯　ゆい	539
ユイカ	539
結さん(天馬 結)　ゆいさん(てんま・ゆい)	539
ユイマール(唯)　ゆいまーる(ゆい)	539
祐　ゆう	539
ユウイチ	539
ゆうか	539
夕神 迅　ゆうがみ・じん	539
結城 宙　ゆうき・そら	540
結城 真莉　ゆうき・まり	540
結城 美琴　ゆうき・みこと	540
ゆうこ	540
遊児　ゆうこ	540
ゆうさく	540
ユウジィン	540
裕輔　ゆうすけ	541
夕星 アリス　ゆうずつ・ありす	541
夕星 アリス(アリス・リドル)　ゆうずつ・ありす(ありすりどる)	541
雄成　ゆうせい	541

雄成　ゆうせい	542
ユウタ	542
ユウト	542
悠斗　ゆうと	542
ユウナ	542
優菜　ゆうな	542
UOPPさま　ゆーおーぴーぴーさま	542
由香利　ゆかり	542
紫子　ゆかりこ	542
遊川 風春　ゆかわ・かざはる	542
遊川 迅　ゆかわ・じん	542
湯川 夏海　ゆかわ・なつみ	543
湯川 仁稀　ゆかわ・にき	543
ユーキ	543
ユキ	543
ユキ(一条 祐紀)　ゆき(いちじょう・ゆき)	543
ユキ(雪蘭)　ゆき(しぇぇらん)	543
雪男　ゆきおとこ	543
ゆきおんな	543
雪女　ゆきおんな	543
雪影 静歩(桐竹 誠治郎)　ゆきかげ・せいほ(きりたけ・せいじろう)	543
雪子　ゆきこ	543
雪城 ほのか　ゆきしろ・ほのか	544
ユキナ	544
雪兄　ゆきにい	544
雪花 透明　ゆきはな・とうめい	544
ゆきまる	544
ユキミちゃん	544
雪村 麻姫　ゆきむら・あさひ	544
ゆきめ	544
ユク	545
ゆこちゃん	545
遊佐 賢人　ゆさ・けんと	545
ユージくん	545
柚月 宙彦　ゆずき・おさひこ	545
ユースケ	545
ゆず先生(ゆずる)　ゆずせんせい(ゆずる)	545
ゆずる	545
ユッキー	545
ユッコ	545

ユッコ（雪子）　ゆっこ（ゆきこ）	546
ユーディ	546
ゆな	546
ユナミさん	546
湯原　ゆはら	546
ユマ	546
ユミ	546
ユメ	546
ユメ（薮原 夢）　ゆめ（やぶはら・ゆめ）	546
ユメト	546
夢見 ゆめ　ゆめみ・ゆめ	546
ユーリ	546
ユーリ	547
ユリ	547
友里　ゆり	548
ユリア	548
ユリアン・エンゲル	548
ユリカ	548
由利 鎌之介　ゆり・かまのすけ	548
由利 鎌之助　ゆり・かまのすけ	548

【よ】

ヨイショ	548
妖怪たち　ようかいたち	548
ようかん選手　ようかんせんしゅ	548
楊 月　よう・げつ	548
妖狐　ようこ	549
陽坂 昇　ようさか・しょう	549
妖刃　ようじん	549
妖精　ようせい	549
妖太　ようた	549
横川 祐介　よこかわ・ゆうすけ	549
横瀬 エリナ　よこせ・えりな	549
横田 乃理（ノリ）　よこた・のり（のり）	549
横田 優里　よこた・ゆり	549
横山 清　よこやま・きよし	549
横山 沙凪　よこやま・さなぎ	549
与謝野 すずめ　よさの・すずめ	549
与謝野 すずめ　よさの・すずめ	550
よしえ先生　よしえせんせい	550
吉岡刑事　よしおかけいじ	550

吉岡先生　よしおかせんせい	550
吉岡 双葉　よしおか・ふたば	550
吉川 あゆ　よしかわ・あゆ	550
吉川 優子　よしかわ・ゆうこ	550
よしくん	550
吉沢 恭介　よしざわ・きょうすけ	550
吉沢 ハルキ　よしざわ・はるき	550
吉沢 マリエ　よしざわ・まりえ	550
吉沢 マリエ　よしざわ・まりえ	551
吉田　よしだ	551
吉田 元基　よしだ・げんき	551
吉田 大輝　よしだ・たいき	551
吉田 太郎（太郎吉）　よしだ・たろう（たろうきち）	551
吉田 陽菜　よしだ・ひな	551
よしだ よしお　よしだ・よしお	551
吉永 和己　よしなが・かずみ	551
吉永 双葉　よしなが・ふたば	551
吉之 聖　よしの・ひじり	552
吉野 マイ　よしの・まい	552
吉野 遼哉　よしの・りょうや	552
芳原先生　よしはらせんせい	552
義姫　よしひめ	552
吉見 花音　よしみ・かのん	552
吉見 瑠璃子　よしみ・るりこ	552
吉宗　よしむね	552
吉村 祥吾　よしむら・しょうご	552
よだ かずき（よわっち）　よだ・かずき（よわっち）	552
よっちゃん	552
四葉 真夜　よつば・まや	552
夜露　よつゆ	553
淀　よど	553
よどみ	553
ヨハンくん	553
与兵衛　よへえ	553
ヨミカ	553
ヨミマスワーム	553
ヨモギさん	553
四方谷 慎吾　よもや・しんご	553
ヨヨ	553
依ちゃん　よりちゃん	553
頼宗　よりむね	553

ヨルノ・ヤミ（ヤミ）	553	
夜野 ゆきと　よるの・ゆきと	554	
鎧塚 みぞれ　よろいずか・みぞれ	554	
よわっち	554	
よんちゃん	554	
ヨンホ	554	

【ら】

ラー	554
ライ	554
雷雨　らいう	555
ライオーガ	555
ライオン	555
ライくん	555
ライくん（大井 雷太）　らいくん（おおい・らいた）	555
ライゼクス	555
雷蔵　らいぞう	555
ライちゃん	555
雷電為右衛門　らいでんためえもん	555
ライナス	555
ラサ	555
ラタ	555
ラチェット	556
ラッテ	556
ラピ	556
ラヴィス	556
ラヴェンナ	556
ラミン	556
ラーラ	556
ララ	556
ラルガス	556
ラルガス	557
ラン	557
ランス	557
ランタ	557
らんたろう	557
らんたろう	558
ランちゃん	558
ランドセル	558
ランドル	558

【り】

Rii　りー	558
リー	558
Rii（りーちゃん）　りー（りーちゃん）	558
リアナ	558
リアナ	559
理恵　りえ	559
リオ	559
里佳子　りかこ	559
里佳子　りかこ	560
リキ	560
リキ丸　りきまる	560
陸　りく	560
六道 猛　りくどう・たける	560
リコ	560
莉子　りこ	560
リコウ	560
リーサ	560
リサ	560
梨崎 佳乃　りさき・よしの	560
梨崎 佳乃　りさき・よしの	561
リスのおじいさん	561
リータ	561
りーちゃん	561
律　りつ	561
リッカくん	561
リッキー	561
リック	561
リッくん	562
リツコ先生　りつこせんせい	562
リッチ（荒井 利一）　りっち（あらい・りいち）	562
りっちゃん	562
リッパ（怪盗王子チューリッパ）　りっぱ（かいとうおうじちゅーりっぱ）	562
リップ	562
李斗　り・と	562
リーナ	563
里菜子　りなこ	563
李白さん　りはくさん	563
李 文徳　り・ぶんとく	563

リボン	563
リミ	563
リャクラン	563
リュー	563
リュウ	563
龍 りゅう	563
竜王 創也 りゅうおう・そうや	563
竜王 創也 りゅうおう・そうや	564
龍恩寺 清命 りゅうおんじ・せいめい	564
竜骨 りゅうこつ	564
リュウセイ（流れ星） りゅうせい（ながれぼし）	564
龍之介 りゅうのすけ	564
劉 備 りゅう・び	564
劉備 りゅうび	564
龍魔王 りゅうまおう	564
リュシアン	564
リュート	564
リュート	565
リューネ	565
リュリュ・シェンデルフェール	565
リョウ	565
亮 りょう	565
リョウ（前津 涼） りょう（まえず・りょう）	565
諒香 りょうか	565
良介 りょうすけ	565
涼ちゃん りょうちゃん	565
料理人（高橋） りょうりにん（たかはし）	566
リョーチン（新島 良次） りょーちん（にいじま・りょうじ）	566
呂布 りょふ	566
リラの妖精 りらのようせい	566
リラン	566
りり	566
リリア	566
リリアさん	566
リリコ	567
リリリ	567
リン	567
リン（怪盗ジェニィ） りん（かいとうじぇにぃ）	567

りんご	567
リンさん	567
リンタ	567
リンちゃん	568
竜胆 りんどう	568

【る】

ルイくん	568
ルイス	568
ルイルイ	568
呂剛虎 るうがんふう	568
ルウ子 るうこ	568
ルカ	569
ルーガ	569
ルカ王女 るかおうじょ	569
ルカくん	569
ルーク	569
ルーくん	569
ルーシー	569
ルター	569
ルチア	569
ルーチカ	569
ルッカ	569
ルッカ	570
ルッツ	570
ルドルフ	570
ルーナ	570
ルナ	570
ルナ（桐野 瑠菜） るな（きりの・るな）	570
ルーニス	570
ルノクス	570
ルバーレ	571
ルフィ	571
ルフィン	571
ルミ	571
留美子 るみこ	571
ルミさん	571
瑠璃 るり	571
るり子さん るりこさん	572
ルリルリ	572
ルル	572
ルルカ	572

ルルゾ・ラルガス	572
ルルゾ・ラルガス	573
ルルゾ・ラルガス（ラルガス）	573

【れ】

玲　れい	573
玲子先生　れいこせんせい	573
玲子ちゃん　れいこちゃん	573
零崎先生　れいさきせんせい	573
レイさん	574
レイジさん	574
麗城 星子　れいじょう・せいこ	574
麗城 月子　れいじょう・つきこ	574
れいたろう	574
レイト	574
レイナ	574
れいなちゃん	574
レイフィス王子　れいふぃすおうじ	574
レイヤ（日守 黎夜）　れいや（ひのもり・れいや）	574
レイヤ（日守 黎夜）　れいや（ひのもり・れいや）	575
レウス	575
レウス	576
レオ	576
レオ（立花 玲音）　れお（たちばな・れお）	576
レオナルド	576
怜央 ヴィルタネン　れお・びるたねん	576
怜央 ヴィルタネン　れお・びるたねん	577
レオン	577
レオンハルト・フォン・ヒルデスハイム（レオン）	577
レーガ	577
レギオス	577
レギオス	578
レキオ・レオナルトゥ	578
レシピひめ	578
レストレード	578
レッド	578
レナ・ゲール	578
レミ	578

レムレス	579
レン	579
レン	580
蓮　れん	580
レン（怪盗ピーター）　れん（かいとうぴーたー）	580
蓮（九太）　れん（きゅうた）	580
蓮さん　れんさん	580
レンジひめ	580

【ろ】

給食皇帝　ろいやるますたー	580
老犬（わんちゃん）　ろうけん（わんちゃん）	580
ロウさん	580
老婆　ろうば	581
ロエル	581
六助　ろくすけ	581
六道 辻ヱ門　ろくどう・つじえもん	581
六道 りんね　ろくどう・りんね	581
六文　ろくもん	581
六郎太　ろくろうた	581
ろくろっ首さん　ろくろっくびさん	581
ろくろっ首さん　ろくろっくびさん	582
ろくろっ首ママ　ろくろっくびまま	582
ローズ	582
ロッコ	582
ロッテ・ヤンソン	582
ローテ	582
ロト	582
ロドリゲス	582
ロニー	582
ロネ	583
ロビン	583
ロベルト石川　ろべるといしかわ	583
ロボ	583
ロマン	583
ロルフくん	583

【わ】

若王子 凛　わかおうじ・りん	584

若様　わかさま	584	
若侍　わかざむらい	584	
若先生（若侍）　わかせんせい（わか	584	
ざむらい）		
若竹 和臣　わかたけ・かずおみ	584	
若竹 和臣　わかたけ・かずおみ	585	
若武 和臣　わかたけ・かずおみ	585	
若竹 征司丸　わかたけ・せいじまる	586	
若殿　わかどの	586	
わかな ゆい　わかな・ゆい	586	
若菜 結　わかな・ゆい	586	
吾輩　わがはい	586	
若葉 皆実　わかば・みなみ	586	
若林 蒼衣　わかばやし・あおい	586	
若林 源三　わかばやし・げんぞう	586	
若林 祐太朗　わかばやし・ゆうたろう	586	
若松 かえで　わかまつ・かえで	586	
和久田 悦史　わくた・えつし	587	
和久田 悦史　わくだ・えつし	587	
わこちゃん	587	
わさびくん	587	
わさびちゃん	587	
鷲尾 麗亜　わしお・れいあ	587	
和田 奏太　わだ・かなた	587	
和田塚　わだづか	587	
渡辺 彩加里　わたなべ・あかり	587	
渡辺 絵美　わたなべ・えみ	587	
渡辺 稔（ナベさん）　わたなべ・みの	587	
る（なべさん）		
和田 陽人　わだ・はると	587	
ワタル	587	
和藤 シュン（ワトスンくん）　わとう・	588	
しゅん（わとすんくん）		
ワトスンくん	588	
ワトソン	588	
ワドルディ	588	
わに	588	
ワニくん	588	
ワニダーゾ・ワーニャン（ワーニャン）	588	
ワーニャン	588	
ワポル	588	
和良居ノ神　わらいのかみ	588	
和良居ノ神　わらいのかみ	589	

わらし	589
ワルツちゃん	589
わんころべぇ	589
ワンダ	589
わんちゃん	589

【ん】

ん　ん	589

登場人物索引

【あ】

哀川 ショコラ　あいかわ・しょこら
願いのかなうチョコレート屋「ショコラ・ノワール」のショコラティエ、魔法のチョコを作る少女
「ショコラの魔法―ショコラスコーン氷呪の学園」 みづほ梨乃原作・イラスト;藤原サヨコ著
小学館(小学館ジュニア文庫) 2014年3月

哀川 ショコラ　あいかわ・しょこら
願いのかなうチョコレート屋「ショコラ・ノワール」のショコラティエ、魔法のチョコを作る少女
「ショコラの魔法―ジンジャーマカロン真昼の夢」 みづほ梨乃原作・イラスト;穂積りく著　小
学館(小学館ジュニア文庫) 2014年8月

相川 ユリア　あいかわ・ゆりあ
勉強第一の超エリート校・オメガ高校の生徒会長、超自由奔放な超天才少女 「エリート
ジャック!! ミラクルガールは止まらない!!」 宮沢みゆき著;いわおかめめ原作・イラスト 小学
館(小学館ジュニア文庫) 2014年3月

相川 ユリア　あいかわ・ゆりあ
勉強第一の超エリート校・オメガ高校の生徒会長、超自由奔放な超天才少女 「エリート
ジャック!! ミラクルチャンスをつかまえろ!!」 宮沢みゆき著;いわおかめめ原作・イラスト 小
学館(小学館ジュニア文庫) 2015年3月

相川 ユリア　あいかわ・ゆりあ
勉強第一の超エリート校・オメガ高校の生徒会長、超自由奔放な超天才少女 「エリート
ジャック!! めざせ、ミラクル大逆転!!」 宮沢みゆき著;いわおかめめ原作・イラスト 小学館
(小学館ジュニア文庫) 2014年8月

相川 ユリア　あいかわ・ゆりあ
勉強第一の超エリート校・オメガ高校の生徒会長、超自由奔放な超天才少女 「エリート
ジャック!! 発令!ミラクルプロジェクト!!」 宮沢みゆき著;いわおかめめ原作・イラスト 小学館
(小学館ジュニア文庫) 2015年11月

アイコ
ジャンケンの神さまと呼ばれるおじいさんの弟子に友達4人でなった小学生の女の子
「ジャンケンの神さま」 くすのきしげのり作;岡田よしたか絵 小学館 2017年6月

アイザック・ホームズ
電子探偵団員・鳥遊飛鳥の通う山王学園にロンドンから留学してきた少年、名探偵ホーム
ズ家の子孫 「パスワードとホームズ4世new (改訂版)-風浜電子探偵団事件ノート5」 松原
秀行作;梶山直美絵 講談社(青い鳥文庫) 2014年2月

アイザック・ホームズ
電子探偵団員・鳥遊飛鳥の通う山王学園にロンドンから留学してきた少年、名探偵ホーム
ズ家の子孫 「続パスワードとホームズ4世new (改訂版)-風浜電子探偵団事件ノート6」 松
原秀行作;梶山直美絵 講談社(青い鳥文庫) 2014年3月

相島 美雪　あいしま・みゆき
県立逢魔高校の生徒、誰もいない夜の学校で"友人"明日香のバラバラになった「カラダ」
を探すことになった女の子 「カラダ探し 第2夜 1」 ウェルザード著;woguraイラスト 双葉社
(双葉社ジュニア文庫) 2017年11月

相田 凛　あいだ・りん
テディベアのマックスと古いものの思いを探る「テディベア探偵」をやっている5年生の女の
子 「テディベア探偵 ゆかたは恋のメッセージ?」 山本悦子作;フライ絵 ポプラ社(ポプラポ
ケット文庫) 2015年4月

あいだ

相田 凜　あいだ・りん
テディベアのマックスと古いものの思いを探る「テディベア探偵」をやっている5年生の女の子「テディベア探偵 引き出しの中のひみつ」山本悦子作;フライ絵　ポプラ社(ポプラポケット文庫) 2015年10月

相田 凜　あいだ・りん
テディベアのマックスと古いものの思いを探る「テディベア探偵」をやっている5年生の女の子「テディベア探偵 思い出はみどりの森の中」山本悦子作;フライ絵　ポプラ社(ポプラポケット文庫) 2014年9月

相田 凜　あいだ・りん
古着屋で買ったアンティークのテディベアに会いたい人がいることを知った5年生の女の子「テディベア探偵 18年目のプロポーズ」山本悦子作;フライ絵　ポプラ社(ポプラポケット文庫) 2016年1月

相田 凜　あいだ・りん
小学5年生、古着屋「MUSUBU」でアンティークのテディベアに出会った女の子「テディベア探偵 1 アンティークドレスはだれのもの!」山本悦子作;フライ絵　ポプラ社(ポプラポケット文庫) 2014年4月

アイナ
五年生の太一のわがままな同級生、公園で怪物・ドクロ男におそわれた女の子「妖怪ウォーズ 不死身のドクロ男がやってくる」たかのけんいち作;小路啓之絵　集英社(集英社みらい文庫) 2015年7月

愛野 美奈子　あいの・みなこ
セーラー服美少女戦士セーラーヴィーナス、セーラームーンよりも先に活躍していたセーラーVの正体で陽気で運動神経抜群の少女「小説ミュージカル美少女戦士セーラームーン」武内直子原作;平光琢也著　講談社 2015年3月

相原 カコ　あいはら・かこ
小学6年生、花日と結衣のクラスの内気で男子が苦手な女の子「12歳。[8] すきなひとがいます」まいた菜穂原作・イラスト;辻みゆき著　小学館(小学館ジュニア文庫) 2017年3月

相原 徹　あいはら・とおる
クラスメイトたちと行った北海道のスキー旅行の帰りにハイジャックされた飛行機に乗っていた一人、両親が塾を経営している中学三年生「ぼくらのハイジャック戦争」宗田理作;YUME絵 KADOKAWA(角川つばさ文庫) 2017年4月

相原 徹　あいはら・とおる
下町の少年たちのリーダー・英治の親友、冷静で判断力のある高校三年生「ぼくらのロストワールド(「ぼくら」シリーズ)」宗田理作　ポプラ社 2017年7月

相原 徹　あいはら・とおる
中学二年生の時に親友の菊地英治と二人で山奥にあった不思議な学校を見た三年生、両親が塾を経営している少年「ぼくらの消えた学校」宗田理作;YUME絵 KADOKAWA(角川つばさ文庫) 2017年12月

相原 七瀬　あいはら・ななせ
小さな児童合唱団「かんたーた」のメンバー、歌仲間のかのんの親友で小学六年生「夏空に、かんたーた」和泉智作;高田桂絵　ポプラ社(ノベルズ・エクスプレス) 2017年6月

アイリーン
宇宙船「トーチウッド」に搭載されている人工知能、乗員トワのパートナー「小惑星2162DSの謎」林譲治作;YOUCHAN絵　岩崎書店(21世紀空想科学小説) 2013年8月

青足　あおあし
青い足の姿をしていて走ることが大好きなもののけ「もののけ屋 [1] 一度は会いたい妖怪変化」廣嶋玲子作;東京モノノケ絵　静山社 2016年5月

2

あおい

あおい
一ねんせいが四人のやまのしょうがっこうにかよう一ねんせいのおんなのこ 「1ねんおもしろたんていだん かゆいのかゆいのとんでいけ!」川北亮司作;羽尻利門絵 新日本出版社 2015年9月

あおい
一ねんせいが四人のやまのしょうがっこうにかよう一ねんせいのおんなのこ 「1ねんおもしろたんていだん とりはだはどうやったらつくれる?」川北亮司作;羽尻利門絵 新日本出版社 2015年5月

あおい
一ねんせいが四人のやまのしょうがっこうにかよう一ねんせいのおんなのこ 「一ねんおもしろたんていだん くさいはんにんをさがしだせ!」川北亮司作;羽尻利門絵 新日本出版社 2014年11月

葵 あおい
みんなから好かれている親友への嫉妬からいつもいらいらしている四年生の少女 「夢の守り手 うつろ夢からの逃亡者」廣嶋玲子作;二星天絵 ポプラ社(ポプラポケット文庫) 2015年11月

アオイさん
動画投稿する音楽創作サークル「ソライロ」の仲間にも個人情報を明かさない代表、作詞作曲の担当者 「ソライロ・プロジェクト 2 恋愛経験ゼロたちの恋うたコンテスト」一ノ瀬三葉作;夏芽もも絵 KADOKAWA(角川つばさ文庫) 2017年11月

あおいちゃん
なくなったおばあさんのねこ・ミーシャをあずかることになった1年生の男の子 「ミーシャのしっぽ」宮島ひでこ作;華鼓絵 ひくまの出版 2013年3月

碧生 はかな あおい・はかな
ごく普通の女子高生、事故に逢った直後に女神の巫女として見知らぬ土地に召喚された女の子 「終焉の王国 [1]」梨沙著;雪広うたこ[画] 朝日新聞出版 2013年10月

蒼井 結衣 あおい・ゆい
12歳、クラスメイトの綾瀬花日の親友で桧山一翔の彼女 「12歳。6 ちっちゃなムネのトキメキ」綾野はるる著;まいた菜穂原作 小学館(小学館ジュニア文庫) 2016年12月

蒼井 結衣 あおい・ゆい
小学6年生、同じクラスの花日の親友で檜山一翔と両思いの女の子 「12歳。[1]だけど、すきだから」まいた菜穂原作・イラスト;辻みゆき著 小学館(小学館ジュニア文庫) 2013年12月

蒼井 結衣 あおい・ゆい
小学6年生、同じクラスの花日の親友で檜山一翔と両思いの女の子 「12歳。[2]てんこうせい」まいた菜穂原作・イラスト;辻みゆき著 小学館(小学館ジュニア文庫) 2014年3月

蒼井 結衣 あおい・ゆい
小学6年生、同じクラスの花日の親友で檜山一翔と両思いの女の子 「12歳。[3]きみのとなり」まいた菜穂原作・イラスト;辻みゆき著 小学館(小学館ジュニア文庫) 2014年7月

蒼井 結衣 あおい・ゆい
小学6年生、同じクラスの花日の親友で檜山一翔と両思いの女の子 「12歳。[4]そして、みらい」まいた菜穂原作・イラスト;辻みゆき著 小学館(小学館ジュニア文庫) 2015年1月

蒼井 結衣 あおい・ゆい
小学6年生、同じクラスの花日の親友で檜山一翔と両思いの女の子 「12歳。[5]おとなでも、こどもでも」まいた菜穂原作・イラスト;辻みゆき著 小学館(小学館ジュニア文庫) 2015年7月

あおい

蒼井 結衣　あおい・ゆい
小学6年生、同じクラスの花日の親友で檜山一翔と両思いの女の子　「12歳。[6] いまのきもち」 まいた菜穂原作・イラスト;辻みゆき著　小学館(小学館ジュニア文庫)　2016年6月

蒼井 結衣　あおい・ゆい
小学6年生、同じクラスの花日の親友で檜山一翔と両思いの女の子　「12歳。[7] まもりたい」 まいた菜穂原作・イラスト;辻みゆき著　小学館(小学館ジュニア文庫)　2016年12月

蒼井 結衣　あおい・ゆい
小学6年生、同じクラスの花日の親友で檜山一翔と両思いの女の子　「12歳。[8] すきなひとがいます」 まいた菜穂原作・イラスト;辻みゆき著　小学館(小学館ジュニア文庫)　2017年3月

蒼井 結衣　あおい・ゆい
小学6年生、同じクラスの花日の親友で檜山一翔と両思いの女の子　「12歳。アニメノベライズ〜ちっちゃなムネのトキメキ〜 1」 まいた菜穂原作;綾野はるる著　小学館(小学館ジュニア文庫)　2016年5月

蒼井 結衣　あおい・ゆい
小学6年生、同じクラスの花日の親友で檜山一翔と両思いの女の子　「12歳。アニメノベライズ〜ちっちゃなムネのトキメキ〜 2」 まいた菜穂原作;綾野はるる著　小学館(小学館ジュニア文庫)　2016年6月

蒼井 結衣　あおい・ゆい
小学6年生、同じクラスの花日の親友で檜山一翔と両思いの女の子　「12歳。アニメノベライズ〜ちっちゃなムネのトキメキ〜 3」 まいた菜穂原作;綾野はるる著　小学館(小学館ジュニア文庫)　2016年8月

蒼井 結衣　あおい・ゆい
小学6年生、同じクラスの花日の親友で檜山一翔と両思いの女の子　「12歳。アニメノベライズ〜ちっちゃなムネのトキメキ〜 4」 まいた菜穂原作;綾野はるる著　小学館(小学館ジュニア文庫)　2016年8月

蒼井 結衣　あおい・ゆい
小学6年生、同じクラスの花日の親友で檜山一翔と両思いの女の子　「12歳。アニメノベライズ〜ちっちゃなムネのトキメキ〜 5」 まいた菜穂原作;綾野はるる著　小学館(小学館ジュニア文庫)　2016年10月

蒼井 結衣　あおい・ゆい
小学6年生、同じクラスの花日の親友で檜山一翔と両思いの女の子　「12歳。アニメノベライズ〜ちっちゃなムネのトキメキ〜 6」 まいた菜穂原作;綾野はるる著　小学館(小学館ジュニア文庫)　2016年12月

蒼井 結衣　あおい・ゆい
小学6年生、同じクラスの花日の親友で檜山一翔と両思いの女の子　「12歳。アニメノベライズ〜ちっちゃなムネのトキメキ〜 7」 まいた菜穂原作;綾野はるる著　小学館(小学館ジュニア文庫)　2016年12月

蒼井 結衣　あおい・ゆい
小学6年生、同じクラスの花日の親友で檜山一翔と両思いの女の子　「12歳。アニメノベライズ〜ちっちゃなムネのトキメキ〜 8」 まいた菜穂原作;綾野はるる著　小学館(小学館ジュニア文庫)　2017年1月

青井 雪絵　あおい・ゆきえ
星柳学園中等部の吹奏楽部の顧問、さわやかな女の先生　「予知夢がくる! [5] 音楽室の怪人」 東多江子作;Tiv絵　講談社(青い鳥文庫)　2015年4月

青木 夏津子　あおき・かつこ
神風特攻隊のパイロット・千倉少尉の幼なじみ、新堀国民学校の先生　「星になった子ねずみ」 手島悠介作;岡本颯子絵　講談社　2016年8月

あおた

青木 トウマ　あおき・とうま
三ツ星学園のアイドルの中2男子、雑誌「パーティー」編集部編集長・ゆのが担当している
マンガ家　「こちらパーティー編集部っ! 9 告白は波乱の幕開け!」深海ゆずは作;榎木りか
絵　KADOKAWA（角川つばさ文庫）2017年7月

青木 トウマ　あおき・とうま
私立三ツ星学園の中学二年生、学園のアイドル的存在でマンガを描くのが得意な少年
「こちらパーティー編集部っ! 1 ひよっこ編集長とイジワル王子」深海ゆずは作;榎木りか絵
　KADOKAWA（角川つばさ文庫）2014年9月

青木 トウマ　あおき・とうま
私立三ツ星学園の中学二年生、学園のアイドル的存在でマンガを描くのが得意な少年
「こちらパーティー編集部っ! 2 へっぽこ編集部VSエリート新聞部!?!」深海ゆずは作;榎木
りか絵　KADOKAWA（角川つばさ文庫）2015年1月

青木 トウマ（トウマ先輩）　あおき・とうま（とうませんぱい）
三ツ星学園の雑誌「パーティー」編集部員の中学二年生、学園のアイドルでナルシストの男
の子　「こちらパーティー編集部っ! 4 雑誌コンクールはガケっぷち!?」深海ゆずは作;榎
木りか絵　KADOKAWA（角川つばさ文庫）2015年9月

青木 トウマ（トウマ先輩）　あおき・とうま（とうませんぱい）
三ツ星学園の雑誌「パーティー」編集部員の中学二年生、学園のアイドルでナルシストの男
の子　「こちらパーティー編集部っ! 5 ピンチはチャンス!新編集部、始動」深海ゆずは作;
榎木りか絵　KADOKAWA（角川つばさ文庫）2016年1月

青木 トウマ先輩　あおき・とうませんぱい
三ツ星学園の雑誌「パーティー」編集部員の中学二年生、学園のアイドルでナルシストの男
の子　「こちらパーティー編集部っ! 3 合宿はキケンがいっぱい!!」深海ゆずは作;榎木りか
絵　KADOKAWA（角川つばさ文庫）2015年5月

青木 トウマ先輩　あおき・とうませんぱい
三ツ星学園一のアイドルでナルシスト、雑誌「パーティー」編集長ゆのが担当しているマン
ガ家　「こちらパーティー編集部っ! 8 絶対ヒミツの同居人!?」深海ゆずは作;榎木りか絵
KADOKAWA（角川つばさ文庫）2017年1月

蒼木 琉夏　あおき・るか
人気男性グループ「TRAP」のメンバー、いたずら大好きのやんちゃボーイ　「ヒミツの王子様
☆ 恋するアイドル!」都築奈央著;八神千歳原作・イラスト　小学館（小学館ジュニア文庫）
2016年3月

青田 奈々　あおた・なな
親友の陽奈と同じく初等部から持ち上がりの聖クロス女学院中等部の一年生、内気な女の
子　「聖（セント）クロス女学院物語（ストーリア）1―ようこそ、神秘倶楽部へ!」南部くまこ作
;KeG絵　KADOKAWA（角川つばさ文庫）2014年3月

青田 奈々　あおた・なな
親友の陽奈と同じく初等部から持ち上がりの聖クロス女学院中等部の一年生、美術部員で
内気な女の子　「聖（セント）クロス女学院物語（ストーリア）2―ひみつの鍵とティンカーベ
ル」南部くまこ作;KeG絵　KADOKAWA（角川つばさ文庫）2014年6月

青田 奈々　あおた・なな
親友の陽奈と同じく初等部から持ち上がりの聖クロス女学院中等部の一年生、美術部員で
内気な女の子　「聖（セント）クロス女学院物語（ストーリア）3―花音のひみつとガジュマル
の精霊」南部くまこ作;KeG絵　KADOKAWA（角川つばさ文庫）2014年10月

青田 美佳（ブルー）　あおた・みか（ぶるー）
正義の戦隊〈女子―ズ〉のメンバー、口の悪いギャル　「女子―ズ」浜崎達也著;福田雄一
監督・脚本　小学館（小学館ジュニアシネマ文庫）2014年6月

5

あおつ

蒼月 勝　あおつき・まさる
けがでサッカーの練習ができずに図書室で本の整理をすることになった6年生の男の子
「図書室のふしぎな出会い」小原麻由美作;こぐれけんじろう絵　文研出版(文研じゅべ
にーる)　2014年6月

青砥 琢馬　あおと・たくま
元サッカー選手のスペイン人の父親をもつ少年青砥ゴンザレス琢磨、元川原国際ヘヴン
リー所属で天才ストライカー　「銀河へキックオフ!! 3 完結編」川端裕人原作;金巻ともこ著
;TYOアニメーションズ絵　集英社(集英社みらい文庫)　2013年2月

青戸 レイナ　あおと・れいな
六年四組の生徒、「生活向上委員」に親友からとつぜん冷たくされたと相談した少女　「生
活向上委員会! 4 友だちの階級」伊藤クミコ作;桜倉メグ絵　講談社(青い鳥文庫)　2017年
5月

青葉 そら　あおば・そら
描いたものが本物になる魔法のペンを拾った絵を描くことが大好きな小学四年生　「小説そ
らペン」陽橋エント原作・イラスト;水稀しま著　小学館(小学館ジュニア文庫)　2017年3月

青原 優人　あおはら・ゆうと
中学二年生、なるべくめだたずに生きたい地味系男子　「黒猫さんとメガネくんの学園祭」
秋木真作;モコ絵　KADOKAWA(角川つばさ文庫)　2015年8月

青原 優人　あおはら・ゆうと
中学二年生、なるべくめだたずに生きたい地味系男子　「黒猫さんとメガネくんの初恋同
盟」秋木真作;モコ絵　KADOKAWA(角川つばさ文庫)　2014年11月

青柳 花音　あおやなぎ・かのん
聖クロス女学院中等部一年生、〈神秘倶楽部〉を設立したオカルトマニアのスーパー美少女
「聖(セント)クロス女学院物語(ストーリア) 2―ひみつの鍵とティンカーベル」南部くまこ
作;KeG絵　KADOKAWA(角川つばさ文庫)　2014年6月

青柳 花音　あおやなぎ・かのん
聖クロス女学院中等部一年生、〈神秘倶楽部〉を設立したオカルトマニアのスーパー美少女
「聖(セント)クロス女学院物語(ストーリア) 3―花音のひみつとガジュマルの精霊」南部く
まこ作;KeG絵　KADOKAWA(角川つばさ文庫)　2014年10月

青柳 花音　あおやなぎ・かのん
聖クロス女学院中等部一年生、事故で右目を失明し眼帯をしているオカルトマニアのスー
パー美少女　「聖(セント)クロス女学院物語(ストーリア) 1―ようこそ、神秘倶楽部へ!」南
部くまこ作;KeG絵　KADOKAWA(角川つばさ文庫)　2014年3月

青山 コウさん　あおやま・こうさん
宝田家に住み九頭竜学院高等部に通う1年生、実は龍神界から来た東方青龍族の王子
「龍神王子(ドラゴン・プリンス)! 4」宮下恵茉作;kaya8絵　講談社(青い鳥文庫)　2015年6

青山 コウさん　あおやま・こうさん
宝田家に住み九頭竜学院高等部に通う1年生、実は龍神界から来た東方青龍族の王子
「龍神王子(ドラゴン・プリンス)! 5」宮下恵茉作;kaya8絵　講談社(青い鳥文庫)　2015年11
月

青山 コウさん　あおやま・こうさん
宝田家に住み九頭竜学院高等部に通う1年生、実は龍神界の王子で4人の龍王候補の1人
「龍神王子(ドラゴン・プリンス)! 10」宮下恵茉作;kaya8絵　講談社(青い鳥文庫)　2017年
8月

青山 コウさん　あおやま・こうさん
宝田家に住み九頭竜学院高等部に通う1年生、実は龍神界の王子で4人の龍王候補の1人
「龍神王子(ドラゴン・プリンス)! 11」宮下恵茉作;kaya8絵　講談社(青い鳥文庫)　2017年
12月

あかい

青山 コウさん　あおやま・こうさん
宝田家に住み九頭竜学院高等部に通う1年生、実は龍神界の王子で4人の龍王候補の1人
「龍神王子(ドラゴン・プリンス)! 7」宮下恵茉作;kaya8絵　講談社(青い鳥文庫)　2016年8月

青山 コウさん　あおやま・こうさん
宝田家に住み九頭竜学院高等部に通う1年生、実は龍神界の王子で4人の龍王候補の1人
「龍神王子(ドラゴン・プリンス)! 8」宮下恵茉作;kaya8絵　講談社(青い鳥文庫)　2016年12月

青山 コウさん　あおやま・こうさん
宝田家に住み九頭竜学院高等部に通う1年生、実は龍神界の王子で4人の龍王候補の1人
「龍神王子(ドラゴン・プリンス)! 9」宮下恵茉作;kaya8絵　講談社(青い鳥文庫)　2017年4月

青山 コウさん　あおやま・こうさん
宝田家に来て九頭竜学院高等部に入った1年生、実は龍神界から来た東方青龍族の王子
「龍神王子(ドラゴン・プリンス)! 3」宮下恵茉作;kaya8絵　講談社(青い鳥文庫)　2014年12月

青山 颯太　あおやま・そうた
父の三度目の転勤で高知県一条市の中小学校に転校した引っこみじあんの六年生の少年「自転車少年(チャリンコボーイ)」横山充男著;黒須高嶺絵　くもん出版　2015年10月

青山 巧　あおやま・たくみ
桜ヶ丘中サッカー部の三年生で副キャプテン、かつて強豪「キッカーズ」にいた少年「サッカーボーイズ15歳」はらだみずき作;ゴツボリュウジ絵　KADOKAWA(角川つばさ文庫)　2013年11月

青山 巧　あおやま・たくみ
桜ヶ丘中サッカー部の三年生で副キャプテン、かつて強豪「キッカーズ」にいた少年「サッカーボーイズ卒業」はらだみずき作;ゴツボリュウジ絵　KADOKAWA(角川つばさ文庫)　2016年11月

青山 陽太郎　あおやま・ようたろう
小学五年生、ゲームとパソコンが大好きなオタクの男の子「ロボット魔法部はじめます」中松まるは作;わたなべさちよ絵　あかね書房(スプラッシュ・ストーリーズ)　2013年2月

青山 玲美　あおやま・れみ
茨城県の高砂中学校三年生、コンクールで関東大会出場を目指している吹奏楽部の少女「石を抱くエイリアン」濱野京子著　偕成社　2014年3月

阿恩　あおん
淮安府の商人の息子、本と物語が好きな聡明な顔つきの十四歳の少年「文学少年と運命の書」渡辺仙州作　ポプラ社(Teens' entertainment)　2014年9月

赤いゲノセクト　あかいげのせくと
3億年前に絶滅し化石からよみがえった古生代ポケモン・ゲノセクト軍団のリーダー的存在「劇場版ポケットモンスターベストウイッシュ神速のゲノセクトミュウツー覚醒」園田英樹著;園田英樹脚本　小学館(小学館ジュニア文庫)　2013年8月

緋石 遼　あかいし・りょう
人気男性グループ「TRAP」のメンバー、完璧無双のスーパーイケメンでアイドル界の絶対的王子「ヒミツの王子様☆ 恋するアイドル!」都築奈央著;八神千歳原作・イラスト　小学館(小学館ジュニア文庫)　2016年3月

赤い人　あかいひと
県立逢魔高校にある「赤い人」という怪談話に出てくる人、血で真っ赤に染まった少女「カラダ探し 1」ウェルザード著;woguraイラスト　双葉社(双葉社ジュニア文庫)　2016年11月

あかい

赤い人　あかいひと
県立逢魔高校にある「赤い人」という怪談話に出てくる人、血で真っ赤に染まった少女 「カラダ探し 2」 ウェルザード著;woguraイラスト 双葉社(双葉社ジュニア文庫) 2017年3月

赤い人　あかいひと
県立逢魔高校にある「赤い人」という怪談話に出てくる人、血で真っ赤に染まった少女 「カラダ探し 3」 ウェルザード著;woguraイラスト 双葉社(双葉社ジュニア文庫) 2017年7月

赤い人　あかいひと
県立逢魔高校にある「赤い人」という怪談話に出てくる人、血で真っ赤に染まった少女 「カラダ探し 第2夜 1」 ウェルザード著;woguraイラスト 双葉社(双葉社ジュニア文庫) 2017年11月

赤いワンピースの少女　あかいわんぴーすのしょうじょ
映画研究部の静花たちが撮影していた廃墟のホテルの映像に映っていた赤いワンピースを着た少女 「恐怖のむかし遊び」 にかいどう青作;モグラッタ絵 講談社 2017年12月

あかカク
おとうとのリオンにいじわるをしたケンタをつれさったツノが二ほんもあるあかオニ 「オニのすみかでおおあばれ!」 藤真知子作;村田桃香絵 岩崎書店(おはなしトントン) 2015年10月

赤川 ぽこ美(ポコタン)　あかがわ・ぽこみ(ぽこたん)
小学四年生の女の子、みらくるキャットに変身するネコ・マミタスの飼い主 「おまかせ!みらくるキャット団－マミタス、みらくるするのナー」 福田裕子著;中川翔子原案 小学館(小学館ジュニア文庫) 2015年8月

赤城 絵美　あかぎ・えみ
日本を代表する現代画家の娘なのに美術に興味がなくマンガが大好きな中学1年生 「らくがき☆ポリス 1 美術の警察官、はじめました。」 まひる作;立樹まや絵 KADOKAWA(角川つばさ文庫) 2016年10月

赤木 絵美(エミ)　あかぎ・えみ(えみ)
美術部の中学1年生、らくがきした絵が動きだすっていうふしぎな能力を持つ子 「らくがき☆ポリス 2 キミのとなりにいたいから!」 まひる作;立樹まや絵 KADOKAWA(角川つばさ文庫) 2017年2月

赤木 絵美(エミ)　あかぎ・えみ(えみ)
美術部の中学1年生、らくがきした絵が動きだすっていうふしぎな能力を持つ子 「らくがき☆ポリス 3 流れ星に願うなら!?」 まひる作;立樹まや絵 KADOKAWA(角川つばさ文庫) 2017年9月

赤木 直子(レッド)　あかぎ・なおこ(れっど)
正義の戦隊〈女子ーズ〉のメンバー、建設会社の営業に所属するOL 「女子ーズ」 浜崎達也著;福田雄一監督・脚本 小学館(小学館ジュニアシネマ文庫) 2014年6月

赤城 リュウ　あかぎ・りゅう
私立九頭竜学院中等部1年生の珠梨のクラスメイト、実は龍神界から来た龍神族の王子 「龍神王子(ドラゴン・プリンス)! 6」 宮下恵茉作;kaya8絵 講談社(青い鳥文庫) 2016年4

赤城 リュウ　あかぎ・りゅう
宝田家に住み九頭竜学院中等部に通う1年生、実は龍神界から来た南方紅龍族の王子 「龍神王子(ドラゴン・プリンス)! 4」 宮下恵茉作;kaya8絵 講談社(青い鳥文庫) 2015年6

赤城 リュウ　あかぎ・りゅう
宝田家に住み九頭竜学院中等部に通う1年生、実は龍神界から来た南方紅龍族の王子 「龍神王子(ドラゴン・プリンス)! 5」 宮下恵茉作;kaya8絵 講談社(青い鳥文庫) 2015年11月

あかし

赤城 リュウ　あかぎ・りゅう
宝田家に住み九頭竜学院中等部に通う1年生、実は龍神界の王子で4人の龍王候補の1人 「龍神王子(ドラゴン・プリンス)! 10」 宮下恵茉作;kaya8絵　講談社(青い鳥文庫) 2017年8月

赤城 リュウ　あかぎ・りゅう
宝田家に住み九頭竜学院中等部に通う1年生、実は龍神界の王子で4人の龍王候補の1人 「龍神王子(ドラゴン・プリンス)! 11」 宮下恵茉作;kaya8絵　講談社(青い鳥文庫) 2017年12月

赤城 リュウ　あかぎ・りゅう
宝田家に住み九頭竜学院中等部に通う1年生、実は龍神界の王子で4人の龍王候補の1人 「龍神王子(ドラゴン・プリンス)! 7」 宮下恵茉作;kaya8絵　講談社(青い鳥文庫) 2016年8月

赤城 リュウ　あかぎ・りゅう
宝田家に住み九頭竜学院中等部に通う1年生、実は龍神界の王子で4人の龍王候補の1人 「龍神王子(ドラゴン・プリンス)! 8」 宮下恵茉作;kaya8絵　講談社(青い鳥文庫) 2016年12月

赤城 リュウ　あかぎ・りゅう
宝田家に住み九頭竜学院中等部に通う1年生、実は龍神界の王子で4人の龍王候補の1人 「龍神王子(ドラゴン・プリンス)! 9」 宮下恵茉作;kaya8絵　講談社(青い鳥文庫) 2017年4月

赤城 リュウ　あかぎ・りゅう
龍神界の4人の次期龍王候補の1人、宝田家に住み中1の珠梨のクラスメイトになった王子 「龍神王子(ドラゴン・プリンス)! 3」 宮下恵茉作;kaya8絵　講談社(青い鳥文庫) 2014年12月

赤城 龍太郎　あかぎ・りゅうたろう
日本を代表する現代画家、マンガが大好きな女の子エミの父親 「らくがき☆ポリス 1 美術の警察官、はじめました。」 まひる作;立樹まや絵　KADOKAWA(角川つばさ文庫) 2016年10月

赤毛の女の子　あかげのおんなのこ
クラスメイトのチャーリー・ブラウンが思いをよせる転校生の女の子 「I LoveスヌーピーTHE PEANUTS MOVIE」 チャールズ・M.シュルツ原作;ワダヒトミ著　集英社(集英社みらい文庫) 2015年11月

赤格子 縞太郎　あかごうし・しまたろう
私立松山学苑の教頭、オネエ言葉で派手なシャツ着たおじさん 「リライトノベル 坊っちゃん」 夏目漱石原作;駒井和緒文;雪広うたこ絵　講談社(YA! ENTERTAINMENT) 2015年2月

赤坂 萌奈　あかさか・もな
室町中学校二年生、おしゃれで人気があってクラスでは女王様的存在の美少女 「かえたい二人」 令丈ヒロ子作　PHP研究所 2017年9月

赤シャツ　あかしゃつ
坊っちゃんが赴任した四国の田舎の中学校の教頭 「坊っちゃん」 夏目漱石作;後路好章編　角川書店(角川つばさ文庫) 2013年5月

赤シャツ　あかしゃつ
坊っちゃんが赴任した四国の田舎の中学校の教頭 「坊っちゃん」 夏目漱石作;竹中はる美編　小学館(小学館ジュニア文庫) 2017年3月

あかず

赤ずきん　あかずきん
FBI要注意犯罪者リストに載っている変装が得意な怪盗、17、8歳ぐらいの女の子　「華麗な
る探偵アリス&ペンギン [4] サマー・トレジャー」 南房秀久著;あるやイラスト 小学館（小学
館ジュニア文庫） 2015年7月

赤ずきん　あかずきん
FBI要注意犯罪者リストに載っている変装が得意な怪盗、17、8歳ぐらいの女の子　「華麗な
る探偵アリス&ペンギン [5] トラブル・ハロウィン」 南房秀久著;あるやイラスト 小学館（小
学館ジュニア文庫） 2015年11月

赤ずきん　あかずきん
FBI要注意犯罪者リストに載っている変装が得意な怪盗、17、8歳ぐらいの女の子　「華麗な
る探偵アリス&ペンギン[1]」 南房秀久著;あるやイラスト 小学館（小学館ジュニア文庫）
2014年7月

赤ずきん　あかずきん
FBI要注意犯罪者リストに載っている変装が得意な怪盗、17、8歳ぐらいの女の子　「華麗な
る探偵アリス&ペンギン[2] ワンダー・チェンジ!」 南房秀久著;あるやイラスト 小学館（小
学館ジュニア文庫） 2014年10月

赤ずきん　あかずきん
FBI要注意犯罪者リストに載っている変装が得意な怪盗、17、8歳ぐらいの女の子　「華麗な
る探偵アリス&ペンギン[7] ミステリアス・ナイト」 南房秀久著;あるやイラスト 小学館（小学
館ジュニア文庫） 2016年7月

赤月 翔太　あかつき・しょうた
青星学園中等部1年・春内ゆずの同級生、サッカー部の男の子 「青星学園★チームEYE-
Sの事件ノート」 相川真作;立樹まや絵 集英社（集英社みらい文庫） 2017年12月

あかなす トマのすけ　あかなす・とまのすけ
「やさいしんせんぐみ」というおばけのグループのメンバー 「極上おばけクッキング!－おば
けマンション」 むらいかよ著 ポプラ社（ポプラ社の新・小さな童話） 2013年6月

アカネ
九尾の狐の孫娘、河童のユウタと天狗のハヤテとともに龍川の水源をめざす旅にでたキツ
ネ 「河童のユウタの冒険 上下」 斎藤惇夫作 福音館書店（福音館創作童話シリーズ）
2017年4月

茜崎 夢羽　あかねざき・むう
銀杏が丘第一小学校五年一組にやってきた不思議な転校生、頭がいい美少女 「IQ探偵
ムー 元の夢、夢羽の夢」 深沢美潮作 ポプラ社（ポプラカラフル文庫） 2017年7月

茜崎 夢羽　あかねざき・むう
銀杏が丘第一小学校五年一組にやってきた不思議な転校生、頭がいい美少女 「IQ探偵
ムー 赤涙島の秘密」 深沢美潮作 ポプラ社（ポプラカラフル文庫） 2016年10月

茜崎 夢羽　あかねざき・むう
銀杏が丘第一小学校五年一組にやってきた不思議な転校生、頭がよく美少女の名探偵
「IQ探偵ムー おばあちゃんと宝の地図」 深沢美潮作;山田J太画 ポプラ社（ポプラカラフル
文庫） 2014年7月

茜崎 夢羽　あかねざき・むう
銀杏が丘第一小学校五年一組にやってきた不思議な転校生、頭がよく美少女の名探偵
「IQ探偵ムー スケートリンクは知っていた(IQ探偵シリーズ)」 深沢美潮作;山田J太画 ポ
プラ社 2013年4月

茜崎 夢羽　あかねざき・むう
銀杏が丘第一小学校五年一組にやってきた不思議な転校生、頭がよく美少女の名探偵
「IQ探偵ムー ピー太は何も話さない」 深沢美潮作;山田J太画 ポプラ社（ポプラカラフル
文庫） 2016年3月

あかま

茜崎 夢羽　あかねざき・むう
銀杏が丘第一小学校五年一組にやってきた不思議な転校生、頭がよく美少女の名探偵
「IQ探偵ムー　マラソン大会の真実　上下」深沢美潮作;山田J太画　ポプラ社(ポプラカラフ
ル文庫) 2013年4月

茜崎 夢羽　あかねざき・むう
銀杏が丘第一小学校五年一組にやってきた不思議な転校生、頭がよく美少女の名探偵
「IQ探偵ムー　絵画泥棒の挑戦状」深沢美潮作;山田J太画　ポプラ社(ポプラカラフル文
庫) 2015年9月

茜崎 夢羽　あかねざき・むう
銀杏が丘第一小学校五年一組にやってきた不思議な転校生、頭がよく美少女の名探偵
「IQ探偵ムー　自転車泥棒と探偵団」深沢美潮作;山田J太画　ポプラ社(ポプラカラフル文
庫) 2013年10月

茜崎 夢羽　あかねざき・むう
銀杏が丘第一小学校五年一組にやってきた不思議な転校生、頭がよく美少女の名探偵
「IQ探偵ムー　勇者伝説～冒険のはじまり」深沢美潮作;山田J太画　ポプラ社(ポプラカラ
フル文庫) 2015年4月

赤羽 ひな　あかばね・ひな
むかしはいつもないている子だったが今は元気で明るいせいかくになった十一さいの女の
子「ティンクル・セボンスター 3 妖精ビビアンのキケンなひみつ？」菊田みちよ著　ポプラ
社 2017年5月

赤妃 リリカ　あかひ・りりか
中学2年生のアリスのクラスメイト、赤妃グループの会長の孫娘でありハリウッド女優でありアイ
ドル歌手「華麗なる探偵アリス＆ペンギン [4] サマー・トレジャー」南房秀久著;あるやイ
ラスト 小学館(小学館ジュニア文庫) 2015年7月

赤妃 リリカ　あかひ・りりか
中学2年生のアリスのクラスメイト、赤妃グループの会長の孫娘でありハリウッド女優でありア
イドル歌手「華麗なる探偵アリス＆ペンギン [5] トラブル・ハロウィン」南房秀久著;あるや
イラスト 小学館(小学館ジュニア文庫) 2015年11月

赤妃 リリカ　あかひ・りりか
中学2年生のアリスのクラスメイト、赤妃グループの会長の孫娘でありハリウッド女優でありア
イドル歌手「華麗なる探偵アリス＆ペンギン[2] ワンダー・チェンジ!」南房秀久著;あるやイ
ラスト 小学館(小学館ジュニア文庫) 2014年10月

赤松 円馬　あかまつ・えんま
三ツ星学園一の不良、雑誌「パーティー」編集部の部員「こちらパーティー編集部っ! 9 告
白は波乱の幕開け!」深海ゆずは作;榎木りか絵　KADOKAWA(角川つばさ文庫) 2017
年7月

赤松 円馬　あかまつ・えんま
私立三ツ星学園の中学一年生、生徒どころか全先生の秘密をにぎっているという学園一の
不良少年「こちらパーティー編集部っ! 1 ひよっこ編集長とイジワル王子」深海ゆずは作;
榎木りか絵　KADOKAWA(角川つばさ文庫) 2014年9月

赤松 円馬　あかまつ・えんま
私立三ツ星学園の中学一年生、生徒どころか全先生の秘密をにぎっているという学園一の
不良少年「こちらパーティー編集部っ! 2 へっぽこ編集部VSエリート新聞部!?!」深海ゆず
は作;榎木りか絵　KADOKAWA(角川つばさ文庫) 2015年1月

赤松 円馬(エンマ)　あかまつ・えんま(えんま)
三ツ星学園の雑誌「パーティー」編集部員の中学一年生、学園一の不良の男の子「こちら
パーティー編集部っ! 3 合宿はキケンがいっぱい!!」深海ゆずは作;榎木りか絵
KADOKAWA(角川つばさ文庫) 2015年5月

あかま

赤松 円馬（エンマ）　あかまつ・えんま（えんま）
三ツ星学園の雑誌「パーティー」編集部員の中学一年生、学園一の不良の男の子　「こちらパーティー編集部っ! 4 雑誌コンクールはガケっぷち!?」深海ゆずは作;榎木りか絵 KADOKAWA（角川つばさ文庫）2015年9月

赤松 円馬（エンマ）　あかまつ・えんま（えんま）
三ツ星学園の雑誌「パーティー」編集部員の中学一年生、学園一の不良の男の子　「こちらパーティー編集部っ! 5 ピンチはチャンス!新編集部、始動」深海ゆずは作;榎木りか絵 KADOKAWA（角川つばさ文庫）2016年1月

赤松 円馬（エンマ）　あかまつ・えんま（えんま）
三ツ星学園の雑誌「パーティー」編集部員の中学一年生、学園一の不良の男の子　「こちらパーティー編集部っ! 8 絶対ヒミツの同居人!?」深海ゆずは作;榎木りか絵 KADOKAWA（角川つばさ文庫）2017年1月

赤松 玄太　あかまつ・げんた
小学5年生、王免小学校で一条春菜と出会った霊感のある男子　「心霊探偵ゴーストハンターズ 1 オーメンな学校に転校!?」石崎洋司作;かしのき彩画　岩崎書店 2016年11月

赤松 玄太　あかまつ・げんた
小学5年生、王免小学校の心霊探偵団（ゴーストハンターズ）の一人　「心霊探偵ゴーストハンターズ 2 遠足も教室もオカルトだらけ!」石崎洋司作;かしのき彩画　岩崎書店 2017年5月

赤松 玄太　あかまつ・げんた
小学5年生、王免小学校の心霊探偵団（ゴーストハンターズ）の一人で荒ぶる霊の担当　「心霊探偵ゴーストハンターズ 3 妖怪さんとホラーな放課後?」石崎洋司作;かしのき彩画 岩崎書店 2017年11月

明里　あかり
病気のせいで心臓から送り出される血液がへってしまうためずっと病院で暮らしている少女　「流れ星キャンプ」嘉成晴香作;宮尾和孝絵　あかね書房（スプラッシュ・ストーリーズ）2016年10月

亜紀　あき
骨董店「アンティーク・シオン」の近くにあるおばあさんの家に家族で引っこしてきた女の子、麻梨の姉　「アンティーク・シオンの小さなきせき」茂市久美子作;黒井健絵　学研プラス 2016年6月

赤木沢 夏南　あきざわ・かな
犯罪組織「死の十二貴族」の見習い、いつも無表情でクールな中学一年生　「月読幽の死の脱出ゲーム [2] 爆発寸前！寝台特急アンタレス号からの脱出」近江屋一朗作;藍本松絵　集英社（集英社みらい文庫）2017年1月

秋島 花南　あきしま・かなん
飼育委員、学校で一番のイケメンの天宮悠太にひと目ぼれした思春期真っただ中の小学生　「思春期♥革命（レボリューション）」山辺麻由原作・イラスト;市瀬まゆ著　小学館（小学館ジュニア文庫）2017年7月

秋島 涼楓　あきしま・すずか
植物の声を聞く能力があるという植物学者、古い洋館で半ば自給自足の生活を送っている女性　「歌う樹の星」風野潮作　ポプラ社（Teens' best selections）2015年1月

秋月 精之介　あきずき・せいのすけ
寺子屋の師匠　「お江戸の百太郎 [3] 赤猫がおどる」那須正幹作;小松良佳絵　ポプラ社（ポプラポケット文庫）2015年10月

秋月 精之介　あきずき・せいのすけ
寺子屋の師匠　「お江戸の百太郎 [4] 大山天狗怪事件」那須正幹作;小松良佳絵　ポプラ社（ポプラポケット文庫）2016年2月

あきや

秋月 精之介　あきづき・せいのすけ
寺子屋の先生「お江戸の百太郎[1]」那須正幹作;小松良佳絵　ポプラ社(ポプラポケット文庫) 2014年10月

秋月 精之介　あきづき・せいのすけ
寺子屋の先生「お江戸の百太郎[2]黒い手の予告状」那須正幹作;小松良佳絵　ポプラ社(ポプラポケット文庫) 2015年2月

秋月 精之介　あきづき・せいのすけ
寺子屋の先生「お江戸の百太郎[5]秋祭なぞの富くじ」那須正幹作;小松良佳絵　ポプラ社(ポプラポケット文庫) 2016年7月

秋月 精之介　あきづき・せいのすけ
寺子屋の先生「お江戸の百太郎[6]乙松、宙に舞う」那須正幹作;小松良佳絵　ポプラ社(ポプラポケット文庫) 2016年10月

明菜さん　あきなさん
古着屋「MUSUBU」にゆかたを売りに来たメイちゃんのお母さんのいとこ、工房を開いている女の人「テディベア探偵 ゆかたは恋のメッセージ?」山本悦子作;フライ絵　ポプラ社(ポプラポケット文庫) 2015年4月

秋野 希林さん　あきの・きりんさん
中学1年の剣志郎の先輩、植物から何かを感じ取る能力をもつ少女「クサヨミ」藤田雅矢作;中川悠京絵　岩崎書店(21世紀空想科学小説) 2013年8月

秋野 美陽　あきの・みよ
小学6年生のおっこが若おかみ修行中の旅館「春の屋」に住みつくユーレイ、秋好旅館のあととり娘・真月の姉「若おかみは小学生! Part20 花の湯温泉ストーリー」令丈ヒロ子作;亜沙美絵　講談社(青い鳥文庫) 2013年7月

秋野 理沙　あきの・りさ
四年生のなって生まれてはじめてボーイフレンドができたやさしくて花が好きな少女「四年変組」季巳明代作;こみねゆら絵　フレーベル館(ものがたりの庭) 2015年2月

秋庭 真之介　あきば・しんのすけ
日本人と英国人のハーフ、シャーロック・ホームズのファンで推理が得意なイケメン「2年A組探偵局 ぼくらの都市伝説」宗田理作;YUME絵;はしもとしんキャラクターデザイン KADOKAWA(角川つばさ文庫) 2017年8月

秋原 聡子　あきはら・さとこ
中学二年生の風雅の学校に転校してきた無差別殺人未遂犯の娘、風雅の遠い親戚「赤の他人だったら、どんなによかったか。」吉野万理子著　講談社 2015年6月

秋原 章子　あきはら・しょうこ
どもりでなきむしだったなおこのうけもちの先生、とてもうつくしくやさしい女性「雪の日の五円だま」山本なおこ文;三輪さゆり絵　竹林館 2016年10月

秋庭 怜子　あきば・れいこ
有名なソプラノ歌手、コナンが通う帝丹小学校のOG「名探偵コナン戦慄の楽譜(フルスコア)」青山剛昌原作;水稀しま著　小学館(小学館ジュニアシネマ文庫) 2014年3月

秋麻呂氏　あきまろし
二ノ宮家の当主ありすお嬢様の名探偵を名乗る父「天空のタワー事件－お嬢様探偵ありす」藤野恵美作;Haccan絵　講談社(青い鳥文庫) 2015年6月

秋山 絵理乃ちゃん　あきやま・えりのちゃん
読書好きの5年生・ひびきの友だち、おしゃれな女の子「ふしぎ古書店 4 学校の六不思議!?」にかいどう青作;のぶたろ絵　講談社(青い鳥文庫) 2017年1月

あきや

秋山 璃在　あきやま・りある
五年生の渡の幼なじみ・リアル、勉強もスポーツもできる人気者の男の子 「ぼくたちのリアル」 戸森しるこ著;佐藤真紀子絵 講談社 2016年6月

アキヨシ
大工の父ちゃんに運動会のかけっこで一番になるのをみてほしい小学生 「みてろよ!父ちゃん!!」 くすのきしげのり作;小泉るみ子絵 文溪堂 2016年7月

秋吉 一歌　あきよし・いちか
晴天小学校の六年生、音楽創作サークル「ソライロ」の絵師になった女の子 「ソライロ・プロジェクト 1 初投稿は夢のはじまり」 一ノ瀬三葉作;夏芽もも絵 KADOKAWA(角川つばさ文庫) 2017年6月

秋吉 一歌　あきよし・いちか
動画投稿する音楽創作サークル「ソライロ」で曲の挿絵を描いている6年生の女の子 「ソライロ・プロジェクト 2 恋愛経験ゼロたちの恋うたコンテスト」 一ノ瀬三葉作;夏芽もも絵 KADOKAWA(角川つばさ文庫) 2017年11月

秋吉 直人　あきよし・なおと
修学旅行に行けなかった中学三年生の一人、心因性嘔吐症の少年 「アナザー修学旅行」 有沢佳映作;ヤマダ絵 講談社(青い鳥文庫) 2017年9月

秋吉 美波子　あきよし・みなこ
豪華クルーズ客船『アフロディーテ号』の設計者、美しい女性 「名探偵コナン水平線上の陰謀(ストラテジー)」 青山剛昌原作;水稀しま著 小学館(小学館ジュニア文庫) 2014年8月

アクエス
マホネン谷にすむ水を自由にあやつることができるほねの魔法使い 「ほねほねザウルス 10 ティラノ・ベビーと4人のまほうつかい」 カバヤ食品株式会社原案・監修 岩崎書店 2013年7月

アクセス・タイム
怪盗シンドバッドである稚空(ちあき)の相棒、髪も翼も真っ黒な魔王の手先 「神風怪盗ジャンヌ 2 謎の怪盗シンドバッド!?」 種村有菜原作;松田朱夏著 集英社(集英社みらい文庫) 2014年2月

アクセス・タイム
怪盗シンドバッドである稚空(ちあき)の相棒、髪も翼も真っ黒な魔王の手先 「神風怪盗ジャンヌ 3 動きだした運命!!」 種村有菜原作;松田朱夏著 集英社(集英社みらい文庫) 2014年5月

アクセス・タイム
怪盗シンドバッドである稚空(ちあき)の相棒、髪も翼も真っ黒な魔王の手先 「神風怪盗ジャンヌ 4 最後のチェックメイト」 種村有菜原作;松田朱夏著 集英社(集英社みらい文庫) 2014年8月

アクセス・タイム
怪盗シンドバッドの相棒、髪も翼も真っ黒な魔王の手先 「神風怪盗ジャンヌ 1 美少女怪盗、ただいま参上!」 種村有菜原作;松田朱夏著 集英社(集英社みらい文庫) 2013年12

阿久津 新　あくつ・しん
河内山学院高等部一年生で金髪メッシュのロッカー、歌舞伎同好会「カブキブ」新入部員 「カブキブ! 2ーカブキブVS.演劇部!」 榎田ユウリ作;十峯なるせ絵 KADOKAWA(角川つばさ文庫) 2017年9月

阿久津 新　あくつ・しん
河内山学院高等部一年生で金髪メッシュのロッカー、歌舞伎同好会「カブキブ」部員 「カブキブ! 3ー伝われ、俺たちの歌舞伎!」 榎田ユウリ作;十峯なるせ絵 KADOKAWA(角川つばさ文庫) 2017年11月

あけち

悪魔　あくま
猫のキャベツのご主人さまの元に現れて寿命の取引をする悪魔　「世界からボクが消えたなら」川村元気原作;涌井学著　小学館(小学館ジュニア文庫)　2016年3月

悪魔(アロハ)　あくま(あろは)
脳腫瘍で余命わずかと宣告された男の前に現れたドッペルゲンガーのような悪魔　「世界から猫が消えたなら」川村元気著　小学館(小学館ジュニア文庫)　2016年4月

悪魔騎士ノイン(ノイン)　あくまきしのいん(のいん)
魔王の手先、600年前のフランスの騎士でジャンヌ・ダルクの恋人だった男　「神風怪盗ジャンヌ4 最後のチェックメイト」種村有菜原作;松田朱夏著　集英社(集英社みらい文庫)　2014年8月

悪魔騎士ノイン(ノイン)　あくまきしのいん(のいん)
魔王の手先、何もかもが真っ黒なおそろしいほどの美貌の男　「神風怪盗ジャンヌ2 謎の怪盗シンドバッド!?」種村有菜原作;松田朱夏著　集英社(集英社みらい文庫)　2014年2月

悪魔騎士ノイン(ノイン)　あくまきしのいん(のいん)
魔王の手先、本名はノイン・クロードで600年前のフランスの騎士　「神風怪盗ジャンヌ3 動きだした運命!!」種村有菜原作;松田朱夏著　集英社(集英社みらい文庫)　2014年5月

アクマント
魔界から人間界へやってきて三年生の田中クンにとりつこうとした悪魔　「あくまで悪魔のアクマント」山口理作;熊谷杯人絵　偕成社　2016年11月

悪夢ちゃん　あくむちゃん
明恵小学校五年生、予知夢で悪夢を見てしまうおとなしい女の子　「悪夢ちゃん　解決編」大森寿美男作;百瀬しのぶ文　KADOKAWA(角川つばさ文庫)　2013年5月

悪夢ちゃん　あくむちゃん
明恵小学校五年生、予知夢で悪夢を見てしまうおとなしい女の子　「悪夢ちゃん 謎編」大森寿美男作;百瀬しのぶ文　KADOKAWA(角川つばさ文庫)　2013年4月

あぐりこ
大富豪の阿豪一族の守り神、阿久利森の土地と木を守る百五十歳を超える狐霊　「狐霊の檻」廣嶋玲子作;マタジロウ絵　小峰書店(Sunnyside Books)　2017年1月

あぐり先生　あぐりせんせい
「あぐり☆サイエンスクラブ」に入った五年生の学と雄成と奈々を指導する女の人　「あぐり☆サイエンスクラブ:夏 夏合宿が待っている!」堀米薫作;黒須高嶺絵　新日本出版社　2017年7月

あぐり先生　あぐりせんせい
「あぐり☆サイエンスクラブ」に入った五年生の学と雄成と奈々を指導する女の人　「あぐり☆サイエンスクラブ:秋と冬、その先に」堀米薫作;黒須高嶺絵　新日本出版社　2017年10月

あぐり先生　あぐりせんせい
「あぐり☆サイエンスクラブ」のメンバーを募集をした指導者の女の人　「あぐり☆サイエンスクラブ:春 まさかの田んぼクラブ!?」堀米薫作;黒須高嶺絵　新日本出版社　2017年4月

明智 小五郎　あけち・こごろう
かつて一躍世間に名を轟かせた名探偵　「少年探偵－みんなの少年探偵団」小路幸也著　ポプラ社　2015年1月

明智 小五郎　あけち・こごろう
世田谷の下北沢に事務所を持つ日本一の名探偵　「全員少年探偵団－みんなの少年探偵団」藤谷治著　ポプラ社　2014年12月

15

あけち

明智 小五郎　あけち・こごろう
日本一の名探偵 「少年探偵団」 江戸川乱歩作;庭絵 講談社(青い鳥文庫) 2016年1月

明智 小五郎　あけち・こごろう
日本一の名探偵、あらゆる難事件をすみやかに推理して解決する男 「少年探偵団 対決！怪人二十面相」 江戸川乱歩原作;芦辺拓文;ちーこ絵 学研プラス(10歳までに読みたい日本名作) 2017年11月

明智 小五郎　あけち・こごろう
未来都市東京に「明智探偵事務所」を構えている頭脳明晰で冷静かつ大胆な七代目明智小五郎 「超・少年探偵団NEO」 大宮一仁脚本;田中啓文小説 ポプラ社 2017年1月

明智 小五郎　あけち・こごろう
名探偵 「明智小五郎(はじめてのミステリー名探偵登場!)」 江戸川乱歩著 汐文社 2017年2月

明智 光秀　あけち・みつひで
美濃の国の大名・斎藤道三の娘・帰蝶(濃姫)の従兄 「戦国姫 濃姫の物語」 藤咲あゆな作;マルイノ絵 集英社(集英社みらい文庫) 2016年9月

朱美さん　あけみさん
霊感があるみのりが歩道橋で出会った自分が誰だか思い出せない幽霊の女の子 「霊感少女(ガール) 幽霊さんのおなやみ、解決します!」 緑川聖司作;椋本夏夜絵 KADOKAWA(角川つばさ文庫) 2016年6月

朱美さん　あけみさん
霊感がある女の子・みのりの家に居候している自分が誰だか思い出せない女の人の幽霊 「霊感少女(ガール) 心霊クラブ、はじめました!」 緑川聖司作;椋本夏夜絵 KADOKAWA(角川つばさ文庫) 2017年10月

アケミちゃん
おばけがはたらくべんりやさん「おばけや」のおとくいさんのしげさんのおんなともだち 「おばけやさん 7 てごわいおきゃくさまです」 おかべりか作 偕成社 2017年6月

阿豪 平八郎　あごう・へいはちろう
大富豪の阿豪家の次男、長男ばかり頼りにする父になんとか気に入られようと努力している二十歳前後の若者 「狐霊の檻」 廣嶋玲子作;マタジロウ絵 小峰書店(Sunnyside Books) 2017年1月

亜古奈　あこな
千二百年前にやしきで「かぐや姫」の身のまわりの世話をしていた侍女 「かぐや姫のおとうと」 広瀬寿子作;丹地陽子絵 国土社 2015年2月

浅井 ケイ　あさい・けい
絶対に記憶を忘れない能力を持つ高校二年生、能力者の街・咲良田で起きる事件を解決する奉仕クラブの一員 「サクラダリセット 上下」 河野裕原作;川人忠明文;椎名優絵 KADOKAWA(角川つばさ文庫) 2017年4月

アサギ
しも村で母と二人暮らしの少女、戦士になりたい夢を持つ十二歳 「アサギをよぶ声 [1]」 森川成美作;スカイエマ絵 偕成社 2013年6月

アサギ
しも村の子、戦士のハヤから弓を教えてもらった十二歳の少女 「アサギをよぶ声 [2] 新たな旅立ち」 森川成美作;スカイエマ絵 偕成社 2015年9月

アサギ
しも村の子、戦士のハヤから弓を教えてもらった十二歳の少女 「アサギをよぶ声 [3] そして時は来た」 森川成美作;スカイエマ絵 偕成社 2015年11月

浅葱 芳（浅葱先輩）　あさぎ・かおる（あさぎせんぱい）
河内山学院高等部二年生、演劇部のスターで女子生徒たちの王子様 「カブキブ！1－部活で歌舞伎やっちゃいました。」 榎田ユウリ作;十峯なるせ絵 KADOKAWA（角川つばさ文庫） 2017年5月

浅葱先輩　あさぎせんぱい
河内山学院高等部二年生、演劇部のスターで女子生徒たちの王子様 「カブキブ！1－部活で歌舞伎やっちゃいました。」 榎田ユウリ作;十峯なるせ絵 KADOKAWA（角川つばさ文庫） 2017年5月

朝霧 退助　あさぎ・たいすけ
私立緑花学園の生徒、悪魔のゲーム「ナイトメア」のクリアを目指す部活「ナイトメア攻略部」の部員でマジメで優しい少年 「オンライン！3 死神王と無敵の怪鳥」 雨蛙ミドリ作;大塚真一郎絵 KADOKAWA（角川つばさ文庫） 2013年9月

朝霧 退助　あさぎ・たいすけ
私立緑花学園の生徒、悪魔のゲーム「ナイトメア」のクリアを目指す部活「ナイトメア攻略部」の部員でマジメで優しい少年 「オンライン！4 追跡ドールとナイトメア遊園地」 雨蛙ミドリ作;大塚真一郎絵 KADOKAWA（角川つばさ文庫） 2013年11月

朝霧 退助　あさぎ・たいすけ
私立緑花学園の生徒、悪魔のゲーム「ナイトメア」のクリアを目指す部活「ナイトメア攻略部」の部員でマジメで優しい少年 「オンライン！5 スリーセブンマンと水魔人デロリ」 雨蛙ミドリ作;大塚真一郎絵 KADOKAWA（角川つばさ文庫） 2014年7月

朝霧 退助　あさぎ・たいすけ
私立緑花学園の生徒、悪魔のゲーム「ナイトメア」のクリアを目指す部活「ナイトメア攻略部」の部員でマジメで優しい少年 「オンライン！6 呪いのオンナとニセモノ攻略班」 雨蛙ミドリ作;大塚真一郎絵 KADOKAWA（角川つばさ文庫） 2014年12月

朝霧 退助　あさぎ・たいすけ
私立緑花学園の生徒、悪魔のゲーム「ナイトメア」のクリアを目指す部活「ナイトメア攻略部」の部員でマジメで優しい少年 「オンライン！7 ハニワどろちゃんと獣悪魔バケオス」 雨蛙ミドリ作;大塚真一郎絵 KADOKAWA（角川つばさ文庫） 2015年2月

朝霧 退助　あさぎ・たいすけ
私立緑花学園の生徒、悪魔のゲーム「ナイトメア」のクリアを目指す部活「ナイトメア攻略部」の部員でマジメで優しい少年 「オンライン！8 お菓子なお化け屋敷と邪魔ジシャン」 雨蛙ミドリ作;大塚真一郎絵 KADOKAWA（角川つばさ文庫） 2015年7月

朝霧 退助　あさぎ・たいすけ
私立緑花学園の生徒、悪魔のゲーム「ナイトメア」のクリアを目指す部活「ナイトメア攻略部」の部員でマジメで優しい少年 「オンライン！9 ナイトメアゲームセンターと豪腕ズルイゾー」 雨蛙ミドリ作;大塚真一郎絵 KADOKAWA（角川つばさ文庫） 2015年10月

朝霧 退助　あさぎ・たいすけ
命がけの悪魔のゲーム「ナイトメア」を攻略する部活・ナイトメア攻略部の部員、優しい男子高校生 「オンライン！10 スネークブックロとペポギン魔王」 雨蛙ミドリ作;大塚真一郎絵 KADOKAWA（角川つばさ文庫） 2015年12月

朝霧 退助　あさぎ・たいすけ
命がけの悪魔のゲーム「ナイトメア」を攻略する部活・ナイトメア攻略部の部員、優しい男子高校生 「オンライン！11 神沢ロボとドロマグジュ」 雨蛙ミドリ作;大塚真一郎絵 KADOKAWA（角川つばさ文庫） 2016年6月

朝霧 退助　あさぎ・たいすけ
命がけの悪魔のゲーム「ナイトメア」を攻略する部活・ナイトメア攻略部の部員、優しい男子高校生 「オンライン！12 名無しの墓地とバラ魔女ラミファン」 雨蛙ミドリ作;大塚真一郎絵 KADOKAWA（角川つばさ文庫） 2017年2月

あさぎ

朝霧 花恋　あさぎり・かれん
フィギアスケートスクール「ヴィルタネン・センター」の東京校代表、全国大会上位入賞の小学6年生 「ライバル・オン・アイス3」 吉野万理子作;げみ絵 講談社 2017年3月

朝霧さん　あさぎりさん
悪魔のゲーム「ナイトメア」の第二ステージに備える攻略部の高校生、いつも優しい男の子 「オンライン！14 鎧のエメルダと漆黒の魔塔」 雨蛙ミドリ作;大塚真一郎絵 KADOKAWA（角川つばさ文庫） 2017年11月

朝霧 退助　あさぎり・たいすけ
悪魔のゲーム「ナイトメア」のクリアを目指す私立緑花学園ナイトメア攻略部の攻略班メンバー 「オンライン！13 ひっつきお化けウツリーナと管理者デリート」 雨蛙ミドリ作;大塚真一郎絵 KADOKAWA（角川つばさ文庫） 2017年6月

麻田 冬樹　あさだ・ふゆき
小学六年生、東京から瀬戸内海にある鈴鳴島へ引っ越してきた少年 「瀬戸内海賊物語ぼくらの宝を探せ！」 大森研一原案;黒田晶著 静山社 2014年4月

朝永 咲希　あさなが・さき
ミステリーと名探偵が大好きな高校一年生、一度目にしたものはわすれない「映像記憶能力」を持つ少女 「少年探偵響 1 銀行強盗にたちむかえ！の巻」 秋木真作;しゅー絵 KADOKAWA（角川つばさ文庫） 2016年4月

朝永 咲希　あさなが・さき
ミステリーと名探偵が大好きな高校一年生、一度目にしたものはわすれない「映像記憶能力」を持つ少女 「少年探偵響 2 豪華特急で駆けぬけろ！の巻」 秋木真作;しゅー絵 KADOKAWA（角川つばさ文庫） 2016年10月

朝永 咲希　あさなが・さき
少年探偵の響の助手、ミステリー小説が大好きで映像記憶能力を持つ高校一年生の少女 「少年探偵響 3 夜の学校で七不思議！?の巻」 秋木真作;しゅー絵 KADOKAWA（角川つばさ文庫） 2017年6月

朝永 咲希　あさなが・さき
少年探偵の響の助手、ミステリー小説が大好きで映像記憶能力を持つ高校一年生の少女 「少年探偵響 4 記憶喪失の少女のナゾ！?の巻」 秋木真作;しゅー絵 KADOKAWA（角川つばさ文庫） 2017年10月

浅野 すず　あさの・すず
鎌倉で姉妹だけで暮らす香田家三姉妹の母親違いの妹、サッカーが得意な中学生の女の子 「海街diary」 百瀬しのぶ著;吉田秋生原作 小学館(小学館ジュニア文庫) 2015年5月

浅野 直人　あさの・なおと
父親の会社が倒産しそうなので賞金1億円の「絶体絶命ゲーム」に参加した少年 「絶体絶命ゲーム 1億円争奪サバイバル」 藤ダリオ作;さいね絵 KADOKAWA（角川つばさ文庫） 2017年2月

浅羽 海斗　あさば・かいと
ゲームが大好きで冒険にあこがれる小学五年生、ポケットドラゴンのピピと出会った少年 「ポケットドラゴンの冒険 学校で神隠し！?」 深沢美潮作;田伊りょうき絵 集英社(集英社みらい文庫) 2013年4月

朝羽 嵐（ラン）　あさば・らん（らん）
事件専門刑事の息子で中学一年生、父の友人の息子・モトくんの友だち 「Eggs－夏のトライアングル」 小瀬木麻美作 ポプラ社(Teens' best selections) 2015年7月

あしだ

旭南　あさひな
2年生のクラスメイトの潤をS高皐月祭実行委員会に引き入れたお調子者の男子 「真代家こんぷれっくす! [3] Sentimental daysココロをつなぐメロディ」 宮沢みゆき著;久世みずき原作・イラスト　小学館(小学館ジュニア文庫) 2014年6月

朝比奈 あきら　あさひな・あきら
工作が得意な垂木小学校6年生の男の子、友だちの天馬とペットボトルロケット作りをしている少年 「七時間目のUFO研究(新装版)」 藤野恵美作;朝日川日和絵　講談社(青い鳥文庫) 2017年11月

朝比奈 太一　あさひな・たいち
健太とチッチの兄妹が飼うシェパード犬アルマを預かることになった犬好きの大学生 「さよなら、アルマ ぼくの犬が戦争に」 水野宗徳作;pon-marsh絵　集英社(集英社みらい文庫) 2015年8月

朝比奈 雪奈　あさひな・ゆきな
霊に襲われやすい未来たちの高校のバスケ部マネージャーの影の薄い女の子、八百年前に繁栄した朝比奈一族の末裔 「あやかし緋扇 夢幻のまほろば」 宮沢みゆき著;くまがい杏子原作・イラスト　小学館(小学館ジュニア文庫) 2013年10月

朝比奈 柚　あさひな・ゆず
流星学園中等部1年生でダンス部員、ダンス部の先輩・托美蓮先輩に片思い中の女の子 「ポレポレ日記(ダイアリー) わたしの居場所」 倉橋燿子作;堀泉インコ絵　講談社(青い鳥文庫) 2016年11月

アサミ
小学五年生の燈馬の田舎の幼馴染・宗佑の同級生の女の子 「幽霊屋敷のアイツ」 川口雅幸著　アルファポリス 2017年7月

浅見 光彦　あさみ・みつひこ
ルポライター 「しまなみ幻想－名探偵浅見光彦の事件簿」 内田康夫作;青山浩行絵　講談社(青い鳥文庫) 2015年11月

浅見 光彦　あさみ・みつひこ
ルポライター 「耳なし芳一からの手紙－名探偵浅見光彦の事件簿」 内田康夫作;青山浩行絵　講談社(青い鳥文庫) 2014年11月

浅見 光彦　あさみ・みつひこ
夏休みを軽井沢の別荘で過ごした小学5年生 「ぼくが探偵だった夏－少年浅見光彦の冒険」 内田康夫作;青山浩行絵　講談社(青い鳥文庫) 2013年7月

麻宮 うさぎ　あさみや・うさぎ
薫風館中学校三年生、明るい性格で転校してきたばかりなのにクラスで人気者の少女 「ギルティゲーム stage3 ペルセポネー号の悲劇」 宮沢みゆき著;鈴羅木かりんイラスト　小学館(小学館ジュニア文庫) 2017年8月

足柄 七十郎　あしがら・しちじゅうろう
お馬番の足柄継十郎の息子、亮庵先生の塾生でさむらいの子 「目こぼし歌こぼし」 上野瞭作梶山俊夫画　童話館出版(子どもの文学・青い海シリーズ) 2014年12月

芦川 うらら　あしかわ・うらら
小学六年生、ロボット開発の大企業の社長令嬢で町の有名人 「ロボ☆友 カノンと、とんでもお嬢さま」 星乃ぬう作;木屋町絵　集英社(集英社みらい文庫) 2013年3月

足田 貢　あしだ・みつぐ
2A(ツーエー)探偵局の助手の男子中学生、あだ名は「アッシー」 「2年A組探偵局 ぼくらの都市伝説」 宗田理作;YUME絵;はしもとしんキャラクターデザイン　KADOKAWA(角川つばさ文庫) 2017年8月

あしだ

芦田 元樹（モトくん）　あしだ・もとき（もとくん）
アメリカと日本のハーフの十三歳の天才少年、休学中の飛び級大学院生 「Eggs－夏のトライアングル」 小瀬木麻美作 ポプラ社（Teens' best selections） 2015年7月

アジマ
穴ぼこ町の六年生、洞窟探検が好きな男の子 「洞窟で待っていた」 松崎有理作;横山えいじ絵 岩崎書店（21世紀空想科学小説） 2013年11月

阿闍梨 あじゃり
皇子・憲平の幼いころからずっとそばにいる東宮護持僧 「えんの松原」 伊藤遊作;太田大八画 福音館書店（福音館文庫） 2014年1月

アシュラム様　あしゅらむさま
超エリート校七ツ星学園に留学中のジャマール王国の王子さま、中学一年生 「こちらパーティー編集部っ! 6 くせものだらけ!?エリート学園は大パニック!」 深海ゆずは作;榎木りか絵 KADOKAWA（角川つばさ文庫） 2016年5月

アシュラム様　あしゅらむさま
超エリート校七ツ星学園に留学中のジャマール王国の王子さま、中学一年生 「こちらパーティー編集部っ! 7 トラブルだらけのゲーム、スタート!!」 深海ゆずは作;榎木りか絵 KADOKAWA（角川つばさ文庫） 2016年9月

アズ
カメラマンだった父を亡くし母と二人暮らしの活発な六年生の女の子、新聞委員のカメラ担当 「神様がくれた犬」 倉橋燿子作;naoto絵 ポプラ社（ポプラポケット文庫） 2017年9月

アスカ
2代目怪盗レッドとなった女の子、運動神経ばつぐんの小学6年生 「怪盗レッド 1－2代目怪盗、デビューする☆の巻」 秋木真作;しゅー絵 汐文社 2016年11月

アスカ
怪盗レッド、アミューズメントビルのスカイタワーに遊びに行った中1の女の子 「怪盗レッド 2－中学生探偵、あらわる☆の巻」 秋木真作;しゅー絵 汐文社 2016年12月

アスカ
怪盗レッド、学園祭にクラスでだすカフェの準備をしていた中1の女の子 「怪盗レッド 3－学園祭は、おおいそがし☆の巻」 秋木真作;しゅー絵 汐文社 2017年1月

アスカ
怪盗レッド、豪家客船・花音号に乗船した中1の女の子 「怪盗レッド 4－豪華客船で、怪盗対決☆の巻」 秋木真作;しゅー絵 汐文社 2017年2月

アスカ
怪盗レッドの実行担当、紅月圭のいとこで運動神経ばつぐんの中学生 「怪盗レッド 10 ファンタジスタからの招待状☆の巻」 秋木真作;しゅー絵 KADOKAWA（角川つばさ文庫） 2014年4月

アスカ
怪盗レッドの実行担当、紅月圭のいとこで運動神経ばつぐんの中学生 「怪盗レッド 11 アスカ、先輩になる☆の巻」 秋木真作;しゅー絵 KADOKAWA（角川つばさ文庫） 2015年3月

アスカ
怪盗レッドの実行担当、紅月圭のいとこで運動神経ばつぐんの中学生 「怪盗レッド 12 ぬすまれたアンドロイド☆の巻」 秋木真作;しゅー絵 KADOKAWA（角川つばさ文庫） 2015年10月

アスカ
怪盗レッドの実行担当、紅月圭のいとこで運動神経ばつぐんの中学生 「怪盗レッド 8 からくり館から、大脱出☆の巻」 秋木真作;しゅー絵 角川書店（角川つばさ文庫） 2013年2月

あだち

アスカ
怪盗レッドの実行担当、紅月圭のいとこで運動神経ばつぐんの中学生 「怪盗レッド 9 ねらわれた生徒会長選☆の巻」 秋木真作;しゅー絵 角川書店(角川つばさ文庫) 2013年8月

あすか
全国大会優勝を目指す世羅高校女子陸上部の3年生、チームのムードメーカー 「駅伝ガールズ」 菅聖子作;榎のと絵 KADOKAWA(角川つばさ文庫) 2017年12月

明日香 あすか
トリマーを目指して専門学校に通う女の子、愛犬ピノの飼い主 「天国の犬ものがたり 夢のバトン」 藤咲あゆな著;堀田敦子原作;環方このみイラスト 小学館(小学館ジュニア文庫) 2016年2月

飛鳥井 渡 あすかい・わたる
何でもできる幼なじみの男の子・リアルにコンプレックスを感じている五年生 「ぼくたちのリアル」 戸森しるこ著;佐藤真紀子絵 講談社 2016年6月

あずきくん
高原のお屋敷で暮らすお坊ちゃま、聖スフィア学園占星術クラブ部員に勉強を教えてもらう男の子 「ひみつの占星術クラブ 4 土星の彼はアクマな天使!?」 夏奈ゆら作;おきな直樹絵;鏡リュウジ監修 ポプラ社(ポプラポケット文庫) 2013年1月

アースノア
魔女、デキソコナイの魔法使いたちが集まる施設「デキソコナ院」の教官 「あたしたち、魔ぬけ魔女!? 魔ホーツカイのひみつの授業」 紺野りり作;あるや絵 集英社(集英社みらい文庫) 2014年7月

安達 あだち
高校一年生、同じクラスの少女・しまむらに最近よからぬ想いを巡らせるようになってしまい苦悶中の女の子 「安達としまむら 3」 入間人間著;のんイラスト KADOKAWA(電撃文庫) 2014年8月

安達 あだち
高校二年生、同じクラスの少女・しまむらに告白し付き合うことになった女の子 「安達としまむら 7」 入間人間著;のんイラスト KADOKAWA(電撃文庫) 2016年11月

安達 あだち
高校二年生、同じクラスの少女・しまむらに最近よからぬ想いを巡らせるようになってしまい苦悶中の女の子 「安達としまむら 4」 入間人間著;のんイラスト KADOKAWA(電撃文庫) 2015年5月

安達 あだち
高校二年生、同じクラスの少女・しまむらに最近よからぬ想いを巡らせるようになってしまい苦悶中の女の子 「安達としまむら 5」 入間人間著;のんイラスト KADOKAWA(電撃文庫) 2015年11月

安達 あだち
高校二年生、同じクラスの少女・しまむらに最近よからぬ想いを巡らせるようになってしまい苦悶中の女の子 「安達としまむら 6」 入間人間著;のんイラスト KADOKAWA(電撃文庫) 2016年5月

足立 夏月 あだち・なつき
つつじ台中学のバレー部一年生、野球部の吉村祥吾の幼なじみで人に流されやすい性格の少女 「キミと、いつか。[4] おさななじみの"あいつ"」 宮下恵茉作;染川ゆかり絵 集英社(集英社みらい文庫) 2017年3月

あだち ヒロト あだち・ひろと
異母きょうだいの六年生のゆいとしばらくいっしょにくらすことになった三年生 「ゆいはぼくのおねえちゃん」 朝比奈蓉子作;江頭路子絵 ポプラ社(ポプラ物語館) 2014年3月

あだむ

アダム（アルパカ）
中1の女の子・まつりの前にあらわれた白くてフカフカのアルパカ 「ひみつの図書館!『白雪姫』とアルパカの王子!?」 神代明作;おのともえ絵 集英社（集英社みらい文庫） 2015年4月

アチチ大王　あちちだいおう
「ニッコリサーカス団」を招いて団員のパパとママを宮殿に閉じ込めた大王 「クットくんの大ぼうけん」 工藤豪紘作・絵 国土社 2013年12月

あっくん
三人のパスタの精にパスタりょうりをおしえてもらった男の子 「スパゲッティ大さくせん」 佐藤まどか作;林ユミ絵 講談社（たべもののおはなしシリーズ） 2016年11月

アッコ
名門魔法学校の新入生、魔女になるために日本から魔法界にやってきた十六歳の女の子 「リトルウィッチアカデミア－でたらめ魔女と妖精の国」 TRIGGER原作;吉成曜原作;橘もも文;上倉エク絵 KADOKAWA（角川つばさ文庫） 2017年4月

アッシュ
都市伝説「猫殺し13きっぷ」によって異世界に飛ばされた7人の少年少女の一人、異世界ではエアリアルボードの選手 「少年Nのいない世界 01」 石川宏千花著 講談社（講談社タイガ） 2016年9月

アッチ
「レストランヒバリ」のコックさん、くいしんぼうの小さなおばけ 「おばけのアッチとドラキュラスープ」 角野栄子作;佐々木洋子絵 ポプラ社（ポプラ社の新・小さな童話） 2013年12月

アッチ
「レストランヒバリ」のコックさん、くいしんぼうの小さなおばけ 「おばけのコッチわくわくとこやさん」 角野栄子作;佐々木洋子絵 ポプラ社（ポプラ社の新・小さな童話） 2016年8月

アッチ
くいしんぼうの小さなおばけ、「レストランヒバリ」のコックさん 「アッチとボンとなぞなぞコック」 角野栄子さく;佐々木洋子え ポプラ社（ポプラ社の新・小さな童話） 2013年7月

アッチ
ちょっとかわったりょうりをつくる小さなおばけ、「レストラン・ヒバリ」のコック 「おばけのアッチ パン・パン・パンケーキ」 角野栄子さく;佐々木洋子え ポプラ社（ポプラ社の新・小さな童話） 2015年12月

アッチ
ちょっとかわったりょうりをつくる小さなおばけ、「レストラン・ヒバリ」のコック 「おばけのアッチ おしろのケーキ」 角野栄子さく;佐々木洋子え ポプラ社（ポプラ社の新・小さな童話） 2017年1月

アッチ
ちょっとかわったりょうりをつくる小さなおばけ、「レストラン・ヒバリ」のコック 「おばけのソッチ、おねえちゃんになりたい!」 角野栄子さく;佐々木洋子え ポプラ社（ポプラ社の新・小さな童話） 2014年12月

アッチ
ちょっとかわったりょうりをつくる小さなおばけ、「レストラン・ヒバリ」のコック 「おばけのソッチとぞびぞびキャンディー」 角野栄子さく;佐々木洋子え ポプラ社（ポプラ社の新・小さな童話） 2014年7月

アッチ
小さなコックのおばけ、ドラキュラのまごむすめ・ドララちゃんのおともだち 「おばけのアッチ ドララちゃんとドララちゃん」 角野栄子さく;佐々木洋子え ポプラ社（ポプラ社の新・小さな童話） 2017年8月

あにか

あっちゃん
おとうさんの青いしましま帽子からかかってくる電話にでた男の子 「帽子から電話です」
長田弘作;絵長新太 偕成社 2017年12月

アッバス・アルカン氏　あっばすあるかんし
宇宙が生まれる前の状態の「カオス」の管理エージェント、「カオス」から出てくるものを売っているふしぎなトルコ人 「空で出会ったふしぎな人たち」 斉藤洋作;高畠純絵 偕成社 2017年8月

敦也　あつや
児童養護施設「丸光園」で育った少年、あばらやとなっている「ナミヤ雑貨展」に幼なじみと一緒に逃げこんだ少年 「ナミヤ雑貨店の奇蹟」 東野圭吾作;よん絵 KADOKAWA（角川つばさ文庫） 2017年9月

アーティ・ロマン
美術品の中でおきる事件を解決する美術警察官、美術部員のエミがらくがきした絵の中で動きだした理想のカレシ 「らくがき☆ポリス 2 キミのとなりにいたいから!」 まひる作;立樹まや絵 KADOKAWA（角川つばさ文庫） 2017年2月

アーティ・ロマン（ロマン）
マンガが大好きなエミのクロッキー帳の中にあらわれて「美術警察官」だと名乗った少年 「らくがき☆ポリス 1 美術の警察官、はじめました。」 まひる作;立樹まや絵 KADOKAWA（角川つばさ文庫） 2016年10月

アーティ・ロマン（ロマン）
美術品の中でおきる事件を解決する美術警察官、美術部員のエミがらくがきした絵の中で動きだした理想のカレシ 「らくがき☆ポリス 3 流れ星に願うなら!?」 まひる作;立樹まや絵 KADOKAWA（角川つばさ文庫） 2017年9月

あなぐま
にわでともだちがすきなたべものをそだてようとかんがえたあなぐま 「きみ、なにがすき?」
はせがわさとみ作 あかね書房 2017年10月

アナベル
ジャレットの薬屋さんにやってきたひっこみじあんなわかい女性 「おまじないは魔法の香水―魔法の庭ものがたり13」 あんびるやすこ作・絵 ポプラ社（ポプラ物語館） 2013年4月

穴山 小助　あなやま・こすけ
戦国武将・真田幸村に仕えた十勇士のひとり、雰囲気が似ている幸村の影武者 「真田幸村と十勇士 ひみつの大冒険編」 奥山景布子著;RICCA絵 集英社（集英社みらい文庫） 2016年6月

穴山 小助　あなやま・こすけ
戦国武将・真田幸村に仕えた十勇士のひとり、雰囲気が似ている幸村の影武者 「真田幸村と十勇士」 奥山景布子著;RICCA絵 集英社（集英社みらい文庫） 2015年11月

穴山 小助　あなやま・こすけ
戦国武将・真田幸村の家臣、もと真田信之の家臣で弓と体術に秀でた男 「真田十勇士 3 激闘、大坂の陣」 小前亮作 小峰書店 2016年2月

阿南 六助　あなん・ろくすけ
宇宙船<彗星丸>の二等航宙士、宇宙空間を泳ぐデブリ生物の研究に熱心な男 「衛星軌道2万マイル」 藤崎慎吾作;田川秀樹絵 岩崎書店（21世紀空想科学小説） 2013年10月

アニカさん
自信が足りない内気な性格のモデル志望の女の子 「わがままファッションGIRLS MODE」
高瀬美恵作;桃雪琴梨絵 アスキー・メディアワークス（角川つばさ文庫） 2013年4月

あねす

アーネスト（バトー男爵）　あーねすと（ばとーだんしゃく）
つる薔薇館の旦那さまの孫、二十代なかばに見える快活な少年 「レナとつる薔薇の館」
小森香折作;こよ絵 ポプラ社（ノベルズ・エクスプレス） 2013年3月

アネモネ王女　あねもねじょおう
フォーンの森のラムガーデンに住んでいる王女 「ダヤン妖精になる」 池田あきこ著 ほる
ぷ出版（DAYAN'S COLLECTION BOOKS） 2013年12月

アブラーけいぶ
モンスターがくらすムーンスターの森のおばけいさつのけいぶ 「ドタバタヒーロー ドジルく
ん2-ドタバタヒーロードジルくんとでんせつのかいぶつトレンチュラ」 大空なごむ作・絵 ポ
プラ社 2014年3月

安倍くん　あべくん
ある日とつぜんちがう世界からやってきた見習いうらない師の少年 「うらない☆うららちゃん
1 うらなって、安倍くん!」 もとしたいづみ作;ぷーた絵 ポプラ社（ポプラ物語館） 2014年4
月

安倍くん　あべくん
ある日とつぜんちがう世界からやってきた見習いうらない師の少年 「うらない☆うららちゃん
2 あたる!十二支うらない」 もとしたいづみ作;ぷーた絵 ポプラ社（ポプラ物語館） 2015年4
月

安倍 祥明　あべの・しょうめい
王子稲荷ふもとの平和な商店街に「陰陽屋」を開いたホストあがりのニセ陰陽師 「よろず占
い処陰陽屋あやうし」 天野頌子著 ポプラ社（teenに贈る文学） 2014年4月

安倍 祥明　あべの・しょうめい
王子稲荷ふもとの平和な商店街に「陰陽屋」を開いたホストあがりのニセ陰陽師 「よろず占
い処陰陽屋あらしの予感」 天野頌子著 ポプラ社（teenに贈る文学） 2014年4月

安倍 祥明　あべの・しょうめい
王子稲荷ふもとの平和な商店街に「陰陽屋」を開いたホストあがりのニセ陰陽師 「よろず占
い処陰陽屋アルバイト募集」 天野頌子著 ポプラ社（teenに贈る文学） 2014年4月

安倍 祥明　あべの・しょうめい
王子稲荷ふもとの平和な商店街に「陰陽屋」を開いたホストあがりのニセ陰陽師 「よろず占
い処陰陽屋の恋のろい」 天野頌子著 ポプラ社（teenに贈る文学） 2014年4月

安倍 祥明　あべの・しょうめい
王子稲荷ふもとの平和な商店街に「陰陽屋」を開いたホストあがりのニセ陰陽師 「よろず占
い処陰陽屋は混線中」 天野頌子著 ポプラ社（teenに贈る文学） 2014年4月

安倍 祥明　あべの・しょうめい
王子稲荷ふもとの平和な商店街に「陰陽屋」を開いたホストあがりのニセ陰陽師 「よろず占
い処陰陽屋へようこそ」 天野頌子著 ポプラ社（teenに贈る文学） 2014年4月

安倍 祥明　あべの・しょうめい
王子稲荷ふもとの平和な商店街に「陰陽屋」を開いたホストあがりのニセ陰陽師 「よろず占
い処陰陽屋猫たたり」 天野頌子著 ポプラ社（teenに贈る文学） 2015年4月

安倍 晴明　あべの・せいめい
一条天皇につかえる陰陽師、覆面の男 「まさかわたしがプリンセス!? 3 紫式部ともののけ
退治!」 吉野紅伽著;くまの柚子絵 KADOKAWA 2014年3月

安倍 ハルマキ　あべ・はるまき
森野小学校五年五組の担任、平安時代からタイムスリップしてきた陰陽師 「五年護組・陰
陽師先生」 五十嵐ゆうさく作;塩島れい絵 集英社（集英社みらい文庫） 2016年9月

あまつ

アベル・カネスキー
大金もちカネスキー氏のひとりむすこ、怪盗王子チューリッパの相棒 「怪盗王子チューリッパ！3 怪盗王の挑戦状」 如月かずさ作;柴本翔絵 偕成社 2017年1月

阿部 玲央　あべ・れお
私立山ノ上学園中等部一年生、「イケカジ部」に入部した阿部玲奈と双子の少年 「イケカジなぼくら 7 片思いの特製サンドイッチ☆」 川崎美羽作;an絵 KADOKAWA（角川つばさ文庫） 2015年4月

阿部 玲奈　あべ・れな
山ノ上学園中等部一年生、双子の玲央と一緒に「イケカジ部」に入った少女 「イケカジなぼくら 9 ゆれるハートとクラッシュゼリー」 川崎美羽作;an絵 KADOKAWA（角川つばさ文庫） 2016年5月

阿部 玲奈　あべ・れな
私立山ノ上学園中等部一年生、「イケカジ部」に入部した阿部玲央と双子の少女 「イケカジなぼくら 7 片思いの特製サンドイッチ☆」 川崎美羽作;an絵 KADOKAWA（角川つばさ文庫） 2015年4月

天ヶ瀬 リン　あまがせ・りん
13歳の誕生日に自分が白魔女だと気づいた中学生、イケメンすぎる3悪魔と婚約することになった女の子 「白魔女リンと3悪魔 レイニー・シネマ」 成田良美著;八神千歳イラスト 小学館（小学館ジュニア文庫） 2015年12月

天ヶ瀬 リン　あまがせ・りん
13歳の誕生日に白魔女だと分かった中学生、同時に3悪魔と婚約した女の子 「白魔女リンと3悪魔 ダークサイド・マジック」 成田良美著;八神千歳イラスト 小学館（小学館ジュニア文庫） 2017年1月

天ヶ瀬 リン　あまがせ・りん
13歳の誕生日に白魔女だと分かった中学生、同時に3悪魔と婚約した女の子 「白魔女リンと3悪魔 フルムーン・パニック」 成田良美著;八神千歳イラスト 小学館（小学館ジュニア文庫） 2017年7月

天川 千野　あまかわ・ちの
6年生、家でやるクリスマス・パーティに友だちのいるかたちを誘ったクレープ屋の娘 「お願い！フェアリー♥ 17 11歳のホワイトラブ♥」 みずのまい作;カタノトモコ絵 ポプラ社 2016年10月

天川 千野　あまかわ・ちの
6年生のいるかのとなりのクラスにいる孤立している転校生、クレープ屋のむすめ 「お願い！フェアリー♥ 12 ゴーゴー！お仕事体験」 みずのまい作;カタノトモコ絵 ポプラ社 2014年2月

あまっち（天川 千野）　あまっち（あまかわ・ちの）
6年生、家でやるクリスマス・パーティに友だちのいるかたちを誘ったクレープ屋の娘 「お願い！フェアリー♥ 17 11歳のホワイトラブ♥」 みずのまい作;カタノトモコ絵 ポプラ社 2016年10月

あまっち（天川 千野）　あまっち（あまかわ・ちの）
6年生のいるかのとなりのクラスにいる孤立している転校生、クレープ屋のむすめ 「お願い！フェアリー♥ 12 ゴーゴー！お仕事体験」 みずのまい作;カタノトモコ絵 ポプラ社 2014年2月

天祭 レオン　あまつり・れおん
なにをやらせても万能な学園の王子、大魔女ダイアンの見習い修行中の孫 「魔界王子レオン なぞの壁画と魔法使いの弟子」 友野詳作;椋本夏夜絵 角川書店（角川つばさ文庫） 2013年1月

25

あまの

天野 翔　あまの・かける
緑星学園高等部一年生、陰陽師修行中のイトコ・琴音と陰陽師の仕事をしているお目付け役 「陰陽師(おんみょうじ)はクリスチャン!? あやかし退治いたします!」 夕貴そら作;暁かおり絵 ポプラ社(ポプラポケット文庫) 2014年5月

天野 翔　あまの・かける
緑星学園高等部一年生、陰陽師修行中のイトコ・琴音と陰陽師の仕事をしているお目付け役 「陰陽師(おんみょうじ)はクリスチャン!? うわさのユーレイ」 夕貴そら作;暁かおり絵 ポプラ社(ポプラポケット文庫) 2014年11月

天野 翔　あまの・かける
緑星学園高等部一年生、陰陽師修行中のイトコ・琴音と陰陽師の仕事をしているお目付け役 「陰陽師(おんみょうじ)はクリスチャン!? 猫屋敷の怪」 夕貴そら作;暁かおり絵 ポプラ社(ポプラポケット文庫) 2015年3月

天野 翔　あまの・かける
緑星学園高等部一年生、陰陽師修行中のイトコ・琴音と陰陽師の仕事をしているお目付け役 「陰陽師(おんみょうじ)はクリスチャン!? 白薔薇会と呪いの鏡」 夕貴そら作;暁かおり絵 ポプラ社(ポプラポケット文庫) 2014年8月

天野 翔　あまの・かける
緑星学園高等部一年生、陰陽師修行中のイトコ・琴音と陰陽師の仕事をしているお目付け役 「陰陽師(おんみょうじ)はクリスチャン!? 封印された鬼門」 夕貴そら作;芳川といろ絵 ポプラ社(ポプラポケット文庫) 2016年6月

天野 和貴　あまの・かずき
シンガポールの日本人学校の六年生、中国系シンガポール人とのハーフで態度がでかい男の子 「ハングリーゴーストとぼくらの夏」 長江優子著 講談社 2014年7月

天野 くるみ　あまの・くるみ
古い雑貨屋『天野屋』のひとり娘、幼くして母親を亡くし父とふたり暮らしの11歳の少女 「くるみの冒険 1 魔法の城と黒い竜」 村山早紀作;巣町ひろみ絵 童心社 2016年3月

天野 くるみ　あまの・くるみ
魔女の血を受け継ぐ女の子、幼くして母親を亡くし父とふたり暮らしの11歳の娘 「くるみの冒険 2 万華鏡の夢」 村山早紀作;巣町ひろみ絵 童心社 2016年3月

天野 くるみ　あまの・くるみ
魔女の血を受け継ぐ女の子、幼くして母親を亡くし父とふたり暮らしの11歳の娘 「くるみの冒険 3 竜の王子」 村山早紀作;巣町ひろみ絵 童心社 2016年3月

天野 ケータ　あまの・けーた
小学五年生、妖怪ウォッチを手にして「毛穴世界」といつもの妖怪世界を行き来する少年 「映画妖怪ウォッチ 空飛ぶクジラとダブル世界の大冒険だニャン!」 新倉なつき著;日野晃博製作総指揮・原案 小学館(小学館ジュニア文庫) 2017年1月

天野 時雨　あまの・しぐれ
明治のはじめに医者がいない村を弟子の小雨とたずね歩く旅の薬売りの男 「夢見の占い師」 楠章子作;トミイマサコ絵 あかね書房 2017年11月

天野 空子　あまの・そらこ
小学四年生の少年ホシのクラスにやってきた転校生、ピンクのジャンパーを着た謎の少女 「あしたの空子」 田森庸介;勝川克志絵 偕成社 2014年12月

天野 ナツメ　あまの・なつめ
さくら第2中学校に通う2年生、人と妖怪をつなぐ絆・妖怪ウォッチの所有者に選ばれた少女 「映画妖怪ウォッチ シャドウサイド鬼王の復活」 松井香奈著;日野晃博製作総指揮原案・脚本 小学館(小学館ジュニア文庫) 2017年12月

天野 文彦　あまの・ふみひこ
通り魔のピエロ男に襲われてひきこもり状態の小学4年生の男の子　「わたしがボディガード!?事件ファイル ピエロは赤い髪がお好き」福田隆浩作;えいひ絵　講談社(青い鳥文庫) 2013年2月

天宮 悠太　あまみや・ゆうた
成績優秀で学校で一番のイケメンの小学生、サッカー部のエース　「思春期♡革命(レボリューション)」山辺麻由原作・イラスト;市瀬まゆ著　小学館(小学館ジュニア文庫) 2017年

天海 ルリ(ルリルリ)　あまみ・るり(るりるり)
中学生のエミが護衛をすることになったおとぼけキャラのスーパーアイドル　「らくがき☆ポリス 3 流れ星に願うなら!?」まひる作;立樹まや絵　KADOKAWA(角川つばさ文庫) 2017年9月

雨元 光次郎　あまもと・こうじろう
絵画コレクター、謎の人物・森亞亭に一番お気に入りの絵を盗まれた三十五歳くらいの男の人　「IQ探偵ムー 絵画泥棒の挑戦状」深沢美潮作;山田J太画　ポプラ社(ポプラカラフル文庫) 2015年9月

アマンティア・シャルロッティ
アルディア王国の王子・イジェットの侍女、勝気で高飛車な十七歳の美少女　「終焉の王国 2 偽りの乙女と赤の放浪者」梨沙著;雪広うたこ[画]　朝日新聞出版 2014年10月

亜美　あみ
田舎のおばあちゃんちにある古い倉の中から何十年も前の世界に迷い込んでしまった中学一年生の少女　「涙倉の夢」柏葉幸子作;青山浩行絵　講談社 2017年8月

アミティ
プリンプタウンにあるプリンプ魔導学校の生徒、ステキな魔導師をめざしている女の子　「ぷよぷよ みんなの夢、かなえるよ!?」芳野詩子作;こめ苺絵　KADOKAWA(角川つばさ文庫) 2014年12月

アミティ
プリンプタウンのプリンプ魔導学校に通う明るく元気な女の子　「ぷよぷよ アミティとふしぎなタマゴ」芳野詩子作;こめ苺絵　KADOKAWA(角川つばさ文庫) 2014年4月

アミティ
プリンプタウンのプリンプ魔導学校に通う明るく元気な女の子　「ぷよぷよ アミティと愛の少女!?」芳野詩子作;こめ苺絵　KADOKAWA(角川つばさ文庫) 2017年6月

アミティ
プリンプタウンのプリンプ魔導学校に通う明るく元気な女の子　「ぷよぷよ サタンのスペース遊園地」芳野詩子作;こめ苺絵　KADOKAWA(角川つばさ文庫) 2016年2月

アミティ
プリンプタウンのプリンプ魔導学校に通う明るく元気な女の子　「ぷよぷよ シグのヒミツ」芳野詩子作;こめ苺絵　KADOKAWA(角川つばさ文庫) 2015年7月

アームくん
瀬戸内海の広がる三津の町にある「小池機械鉄工」の主の助手ロボット　「じいちゃんの鉄工所」田丸雅智作;藤枝リュウジ絵　静山社 2016年12月

アメちゃん
青北中学校演劇部の一年生、正直すぎるのが長所でもあり欠点でもあるかわいい顔立ちの少女　「劇部ですから! Act.1 文化祭のジンクス」池田美代子作;柚希きひろ絵　講談社(青い鳥文庫) 2017年6月

あめち

アメちゃん
青北中学校演劇部の一年生、正直すぎるのが長所でもあり欠点でもあるかわいい顔立ちの少女 「劇部ですから！ Act.2 劇部の逆襲」 池田美代子作;柚希きひろ絵 講談社（青い鳥文庫） 2017年10月

飴森 雨音　あめもり・あまね
かくれんぼ四天王の一人、凛の親友でクラスメイト 「スーパーミラクルかくれんぼ!!［2］ 四天王だよ！全員集合」 近江屋一朗作;黒田bb絵 集英社（集英社みらい文庫） 2013年10月

飴森 雨音　あめもり・あまね
かくれんぼ四天王の一人、凛の親友でクラスメイト 「スーパーミラクルかくれんぼ!!［3］ 解決！なんでもおたすけ団!!」 近江屋一朗作;黒田bb絵 集英社（集英社みらい文庫） 2014年4月

飴森 雨音　あめもり・あまね
男子から人気があって非常におとなしい性格の六年生の少女 「スーパーミラクルかくれんぼ!!［1］」 近江屋一朗作;黒田bb絵 集英社（集英社みらい文庫） 2013年4月

アヤ
タイムマシンの発明に成功したお父さんの仕事の都合で二十年前の世界にタイムスリップした六年生の少年 「セカイヲカエル」 嘉成晴香作;小倉マユコ絵 朝日学生新聞社 2016年7月

綾香ちゃん　あやかちゃん
一番の友達・みかるや五年生の友達とハロウィン・パーティーをやったの女の子 「ミカルは霊魔女！1 カボチャと猫と悪霊の館」 ハガユイ作;namo絵 KADOKAWA（角川つばさ文庫） 2014年10月

奇野 妖乃　あやしの・あやの
小学校の新任養護教諭、縄文美人の呪術師だとかいたずら好きの妖精だとかうわさされている先生 「あやしの保健室 2」 染谷果子作;HIZGI絵 小峰書店 2017年4月

綾瀬 恋雪センパイ　あやせ・こゆきせんぱい
中学一年生の雛が片想い中の地味な感じの男の子、中学三年生 「好きになるその瞬間を。」 HoneyWorks原案;香坂茉里作 KADOKAWA（角川つばさ文庫） 2016年12月

綾瀬 花日　あやせ・はなび
12歳、クラスメイトの蒼井結衣の親友で高尾優斗の彼女 「12歳。6 ちっちゃなムネのトキメキ」 綾野はるる著;まいた菜穂原作 小学館（小学館ジュニア文庫） 2016年12月

綾瀬 花日　あやせ・はなび
親友の結衣と同じクラスの小学6年生、クラスの人気者・高尾優斗と両思いの女の子 「12歳。［1］だけど、すきだから」 まいた菜穂原作・イラスト;辻みゆき著 小学館（小学館ジュニア文庫） 2013年12月

綾瀬 花日　あやせ・はなび
親友の結衣と同じクラスの小学6年生、クラスの人気者・高尾優斗と両思いの女の子 「12歳。［2］てんこうせい」 まいた菜穂原作・イラスト;辻みゆき著 小学館（小学館ジュニア文庫） 2014年3月

綾瀬 花日　あやせ・はなび
親友の結衣と同じクラスの小学6年生、クラスの人気者・高尾優斗と両思いの女の子 「12歳。［3］きみのとなり」 まいた菜穂原作・イラスト;辻みゆき著 小学館（小学館ジュニア文庫） 2014年7月

綾瀬 花日　あやせ・はなび
親友の結衣と同じクラスの小学6年生、クラスの人気者・高尾優斗と両思いの女の子 「12歳。［4］そして、みらい」 まいた菜穂原作・イラスト;辻みゆき著 小学館（小学館ジュニア文庫） 2015年1月

綾瀬 花日　あやせ・はなび
親友の結衣と同じクラスの小学6年生、クラスの人気者・高尾優斗と両思いの女の子 「12歳。[5] おとなでも、こどもでも」 まいた菜穂原作・イラスト;辻みゆき著　小学館(小学館ジュニア文庫) 2015年7月

綾瀬 花日　あやせ・はなび
親友の結衣と同じクラスの小学6年生、クラスの人気者・高尾優斗と両思いの女の子 「12歳。[6] いまのきもち」 まいた菜穂原作・イラスト;辻みゆき著　小学館(小学館ジュニア文庫) 2016年6月

綾瀬 花日　あやせ・はなび
親友の結衣と同じクラスの小学6年生、クラスの人気者・高尾優斗と両思いの女の子 「12歳。[7] まもりたい」 まいた菜穂原作・イラスト;辻みゆき著　小学館(小学館ジュニア文庫) 2016年12月

綾瀬 花日　あやせ・はなび
親友の結衣と同じクラスの小学6年生、クラスの人気者・高尾優斗と両思いの女の子 「12歳。[8] すきなひとがいます」 まいた菜穂原作・イラスト;辻みゆき著　小学館(小学館ジュニア文庫) 2017年3月

綾瀬 花日　あやせ・はなび
親友の結衣と同じクラスの小学6年生、クラスの人気者・高尾優斗と両思いの女の子 「12歳。アニメノベライズ〜ちっちゃなムネのトキメキ〜 1」 まいた菜穂原作;綾野はるる著　小学館(小学館ジュニア文庫) 2016年5月

綾瀬 花日　あやせ・はなび
親友の結衣と同じクラスの小学6年生、クラスの人気者・高尾優斗と両思いの女の子 「12歳。アニメノベライズ〜ちっちゃなムネのトキメキ〜 2」 まいた菜穂原作;綾野はるる著　小学館(小学館ジュニア文庫) 2016年6月

綾瀬 花日　あやせ・はなび
親友の結衣と同じクラスの小学6年生、クラスの人気者・高尾優斗と両思いの女の子 「12歳。アニメノベライズ〜ちっちゃなムネのトキメキ〜 3」 まいた菜穂原作;綾野はるる著　小学館(小学館ジュニア文庫) 2016年8月

綾瀬 花日　あやせ・はなび
親友の結衣と同じクラスの小学6年生、クラスの人気者・高尾優斗と両思いの女の子 「12歳。アニメノベライズ〜ちっちゃなムネのトキメキ〜 4」 まいた菜穂原作;綾野はるる著　小学館(小学館ジュニア文庫) 2016年8月

綾瀬 花日　あやせ・はなび
親友の結衣と同じクラスの小学6年生、クラスの人気者・高尾優斗と両思いの女の子 「12歳。アニメノベライズ〜ちっちゃなムネのトキメキ〜 5」 まいた菜穂原作;綾野はるる著　小学館(小学館ジュニア文庫) 2016年10月

綾瀬 花日　あやせ・はなび
親友の結衣と同じクラスの小学6年生、クラスの人気者・高尾優斗と両思いの女の子 「12歳。アニメノベライズ〜ちっちゃなムネのトキメキ〜 6」 まいた菜穂原作;綾野はるる著　小学館(小学館ジュニア文庫) 2016年12月

綾瀬 花日　あやせ・はなび
親友の結衣と同じクラスの小学6年生、クラスの人気者・高尾優斗と両思いの女の子 「12歳。アニメノベライズ〜ちっちゃなムネのトキメキ〜 7」 まいた菜穂原作;綾野はるる著　小学館(小学館ジュニア文庫) 2016年12月

綾瀬 花日　あやせ・はなび
親友の結衣と同じクラスの小学6年生、クラスの人気者・高尾優斗と両思いの女の子 「12歳。アニメノベライズ〜ちっちゃなムネのトキメキ〜 8」 まいた菜穂原作;綾野はるる著　小学館(小学館ジュニア文庫) 2017年1月

あやぽ

あやぽん
クラスで目立つかりんたちの女子グループに所属している中学二年生 「てんからどどん」 魚住直子作;けーしん絵 ポプラ社（ノベルズ・エクスプレス） 2016年5月

アユ
明治のはじめに山奥で旅の薬売りの時雨たちと出会った赤花病の女の子 「夢見の占い師」 楠章子作;トミイマサコ絵 あかね書房 2017年11月

あゆみ
夏休みのはじめにとつぜんあらわれた記憶喪失の小人の魔女を自分の国に帰れるように手助けすることになった五年生の少女 「かくれ家は空の上」 柏葉幸子作;けーしん絵 講談社（青い鳥文庫） 2015年8月

亜由美ちゃん　あゆみちゃん
泉先輩に恋をする中学1年生・繭香の友達、同じ先輩を好きになった女の子 「先輩の隣2」 はづきりぃ著;鳥羽雨イラスト 双葉社（双葉社ジュニア文庫） 2017年3月

あゆむくん
たいけんにゅうがくでがっこうにやってきたロボット・ヘッチャラくんととなりのせきになった男の子 「ヘッチャラくんがやってきた!」 さえぐさひろこ作;わたなべみちお絵 新日本出版社 2017年9月

アユリア
凶気化したモンスターに村をおそわれた少女ライダー 「モンスターハンターストーリーズ RIDE ON〜決別のとき」 CAPCOM原作監修;相羽鈴著 集英社（集英社みらい文庫） 2017年7月

荒井 和彦　あらい・かずひこ
高校の寮で生活をする二年生・雅人のクラスメイト、北海道のボランティア団体「 絆の樹」のメンバー 「王様ゲーム 再生9.19①」 金沢伸明著;千葉イラスト 双葉社（双葉社ジュニア文庫） 2017年11月

荒井 雄一郎　あらい・ゆういちろう
桜ヶ島小学校にきた新任教師、子ども嫌いで顔や体にキズ痕がある男 「絶望鬼ごっこ3 いつわりの地獄祭り」 針とら作;みもり絵 集英社（集英社みらい文庫） 2015年12月

荒井 雄一郎　あらい・ゆういちろう
桜ヶ島小学校の元教師、鬼を祓うための方法にくわしい全身キズだらけの男 「絶望鬼ごっこ8 命がけの地獄アスレチック」 針とら作;みもり絵 集英社（集英社みらい文庫） 2017年7月

荒井 雄一郎　あらい・ゆういちろう
桜ヶ島小学校の元教師、鬼を祓うための方法にくわしい全身キズだらけの男 「絶望鬼ごっこ9 ねらわれた地獄狩り」 針とら作;みもり絵 集英社（集英社みらい文庫） 2017年11月

荒井 利一　あらい・りいち
クラスメイトの圭太と紅子と三人でふしぎなおばあさんから魔法をならうことになった小学四年生 「魔法学校へようこそ」 さとうまきこ作;高橋由為子絵 偕成社 2017年12月

新川 穂　あらかわ・ほのか
T3のメンバー雄太たちが三島駅で出会った「幸せのつり革」を探している小学五年生の女の子 「電車で行こう! ハートのつり革を探せ!駿豆線とリゾート21で伊豆大探検!!」 豊田巧作;裕龍ながれ絵 集英社（集英社みらい文庫） 2015年7月

荒木 由香　あらき・ゆか
女子高生ユキの初恋相手・恭介の彼女、小さくてかわいいが気が強い女子高生 「通学電車 [3] ずっとずっと君を好き」 みゆ作;朝吹まり絵 集英社（集英社みらい文庫） 2017年12月

ありあ

嵐山先生　あらしやませんせい
三年生の清太が通う私立松山学苑中等部のイケメン教師・嵐 「リライトノベル 坊っちゃん」 夏目漱石原作;駒井和緒文;雪広うたこ絵 講談社（YA! ENTERTAINMENT） 2015年2月

アララ
ハリネズミの男の子のチコの友だち、白くてかわいいノウサギの女の子 「ハリネズミ・チコ 大きな船の旅1 ジャカスカ号で大西洋へ」 山下明生作;高畠那生絵 理論社 2014年5月

アララ
ハリネズミの男の子のチコの友だち、白くてかわいいノウサギの女の子 「ハリネズミ・チコ 大きな船の旅2 ジャカスカ号で地中海へ」 山下明生作;高畠那生絵 理論社 2014年6月

アララカン
ポプルの母親が亡くなったあとポプルをそだてた魔法学校の恩師 「魔法屋ポプルのこされた手紙と闇の迷宮」 堀口勇太作;玖珂つかさ絵 ポプラ社（ポプラポケット文庫） 2014年5月

アリー
星占いの才能を持つ魔女っ子、いじわるそうな目をした女の子 「魔女犬ボンボン ナコと夢のフェスティバル」 廣嶋玲子作;KeG絵 KADOKAWA（角川つばさ文庫） 2014年9月

有明 透　ありあけ・とおる
普通の中学生の女の子ハトリの同級生、バレー部で活躍しているスポーツマン 「学園シェフのきらめきレシピ 2 3つの味の魔法のパスタ」 芳野詩子作;hou絵 KADOKAWA（角川つばさ文庫） 2015年12月

有明 弥生　ありあけ・やよい
霊感の持ち主しか入学できない私立霊界高校三年生、灰色のショートヘアで小悪魔系の小柄な美少女 「私立霊界高校 1 NOBUNAGA降臨」 楠木誠一郎著;鳥越タクミ画 講談社（Ya! entertainment） 2014年7月

有明 弥生　ありあけ・やよい
霊感の持ち主しか入学できない私立霊界高校三年生、灰色のショートヘアで小柄な美少女 「私立霊界高校 2 RYOMA召喚」 楠木誠一郎著;鳥越タクミ画 講談社（Ya! entertainment） 2014年9月

有明 雄天　ありあけ・ゆうてん
夕陽の丘小学校五年三組、チーム「トリプル・ゼロ」の一人で算数の天才 「トリプル・ゼロの算数事件簿 ファイル1」 向井湘吾作;イケダケイスケ絵 ポプラ社（ポプラポケット文庫） 2015年5月

有明 雄天　ありあけ・ゆうてん
夕陽の丘小学校五年三組、チーム「トリプル・ゼロ」の一人で算数の天才 「トリプル・ゼロの算数事件簿 ファイル2」 向井湘吾作;イケダケイスケ絵 ポプラ社（ポプラポケット文庫） 2015年11月

有明 雄天　ありあけ・ゆうてん
夕陽の丘小学校五年三組、チーム「トリプル・ゼロ」の一人で算数の天才 「トリプル・ゼロの算数事件簿 ファイル3」 向井湘吾作;イケダケイスケ絵 ポプラ社（ポプラポケット文庫） 2016年7月

有明 雄天　ありあけ・ゆうてん
夕陽の丘小学校五年三組、チーム「トリプル・ゼロ」の一人で算数の天才 「トリプル・ゼロの算数事件簿 ファイル4」 向井湘吾作;イケダケイスケ絵 ポプラ社（ポプラポケット文庫） 2016年12月

有明 雄天　ありあけ・ゆうてん
夕陽の丘小学校五年三組、チーム「トリプル・ゼロ」の一人で算数の天才 「トリプル・ゼロの算数事件簿 ファイル5」 向井湘吾作;イケダケイスケ絵 ポプラ社（ポプラポケット文庫） 2017年5月

ありあ

有明 雄天　ありあけ・ゆうてん
夕陽の丘小学校五年三組、チーム「トリプル・ゼロ」の一人で算数の天才 「トリプル・ゼロの算数事件簿 ファイル6」 向井湘吾作;イケダケイスケ絵 ポプラ社(ポプラポケット文庫) 2017年11月

アリィ
空に突然あらわれたふしぎな扉から落ちてきて記憶喪失になってしまった謎の少女 「ぷよぷよ アミティと愛の少女!?」 芳野詩子作;こめ苺絵 KADOKAWA(角川つばさ文庫) 2017年6月

有坂 志織里ちゃん　ありさか・しおりちゃん
小学6年生、東京の私立の女子校に通っている女の子 「12歳。[8] すきなひとがいます」 まいた菜穂原作・イラスト;辻みゆき著 小学館(小学館ジュニア文庫) 2017年3月

有沢　ありさわ
区議会議員の息子の6年生、「モツ焼き立花屋」の息子タケルのムカつく同級生 「モツ焼きウォーズ 立花屋の逆襲」 ささきかつお作;イシヤマアズサ絵 ポプラ社(ノベルズ・エクスプレス) 2016年6月

アリス
ペンギン島に住む「ペンギン拳」の使い手で超力持ちなペンギンの女の子、実は怪盗ロックの相棒Aガール 「はっぴー♪ペンギン島!! アリスとふしぎなぼうし」 名取なずな作;黒桁絵 集英社(集英社みらい文庫) 2014年12月

アリス
ペンギン島に住むフツーの女の子ペンギンに見えて実は「ペンギン拳」の使い手で超力持ちなペンギン 「はっぴー♪ペンギン島!! ペンギン、空を飛ぶ!」 名取なずな作;黒桁絵 集英社(集英社みらい文庫) 2014年8月

有栖川 侑　ありすがわ・ゆう
中学2年生の人気上昇中の新人俳優、新人女優の虹架の家に同居している少年 「にじいろ☆プリズムガール—恋のシークレットトライアングル」 村上アンズ著;中原杏原作・イラスト 小学館(小学館ジュニア文庫) 2013年5月

アリス・リドル
「ペンギン探偵社」で見習い中の中学二年生、指輪の力で不思議な国へ行き名探偵アリス・リドルに変身する少女 「華麗なる探偵アリス&ペンギン [9]」 南房秀久著;あるやイラスト 小学館(小学館ジュニア文庫) 2017年5月

アリス・リドル
「ペンギン探偵社」で見習い中の中学二年生、指輪の力で不思議な国へ行き名探偵アリス・リドルに変身する少女 「華麗なる探偵アリス&ペンギン[3] ミラー・ラビリンス」 南房秀久著;あるやイラスト 小学館(小学館ジュニア文庫) 2015年3月

アリス・リドル
「ペンギン探偵社」で見習い中の中学二年生、指輪の力で不思議な国へ行き名探偵アリス・リドルに変身する少女 「華麗なる探偵アリス&ペンギン[6] ペンギン・パニック!」 南房秀久著;あるやイラスト 小学館(小学館ジュニア文庫) 2016年3月

アリス・リドル
「ペンギン探偵社」の探偵見習い、鏡の世界に入れる指輪の力で名探偵アリス・リドルに変身する中学2年生の女の子 「華麗なる探偵アリス&ペンギン [4] サマー・トレジャー」 南房秀久著;あるやイラスト 小学館(小学館ジュニア文庫) 2015年7月

アリス・リドル
「ペンギン探偵社」の探偵見習い、鏡の世界に入れる指輪の力で名探偵アリス・リドルに変身する中学2年生の女の子 「華麗なる探偵アリス&ペンギン [5] トラブル・ハロウィン」 南房秀久著;あるやイラスト 小学館(小学館ジュニア文庫) 2015年11月

ある

アリス・リドル
「ペンギン探偵社」の探偵見習い、鏡の世界に入れる指輪の力で名探偵アリス・リドルに変身する中学2年生の女の子 「華麗なる探偵アリス＆ペンギン[2] ワンダー・チェンジ!」 南房秀久著;あるやイラスト 小学館(小学館ジュニア文庫) 2014年10月

アリス・リドル
「ペンギン探偵社」の探偵見習い、鏡の世界に入れる指輪の力で名探偵アリス・リドルに変身する中学2年生の女の子 「華麗なる探偵アリス＆ペンギン[7] ミステリアス・ナイト」 南房秀久著;あるやイラスト 小学館(小学館ジュニア文庫) 2016年7月

アリス・リドル
「ペンギン探偵社」の探偵見習い、鏡の世界に入れる指輪の力で名探偵アリス・リドルに変身する中学2年生の女の子 「華麗なる探偵アリス＆ペンギン[8] アリスvs.ホームズ!」 南房秀久著;あるやイラスト 小学館(小学館ジュニア文庫) 2016年12月

アリス・リドル
お父さんの都合でペンギンの探偵P・P・ジュニアと同居することになった中学2年生の女の子 「華麗なる探偵アリス＆ペンギン[1]」 南房秀久著;あるやイラスト 小学館(小学館ジュニア文庫) 2014年7月

蟻田 未知 ありた・みち
横浜みなと女学園中等部2年生、部への昇格を目指すサッカー準クラブのメンバー 「100%ガールズ 2nd season」 吉野万理子著 講談社(Ya! entertainment) 2013年3月

蟻田 未知 ありた・みち
横浜みなと女学園中等部3年生、準クラブから部へ昇格したサッカー部のメンバー 「100%ガールズ 3rd season」 吉野万理子著 講談社(Ya! entertainment) 2013年10月

有星 アキノリ ありほし・あきのり
代々妖術を受け継ぐ「有星」の一族、さくら元町の神社の一角にある日本家屋に住んでいる少年 「映画妖怪ウォッチ シャドウサイド鬼王の復活」 松井香奈著;日野晃博製作総指揮原案・脚本 小学館(小学館ジュニア文庫) 2017年12月

有馬 大和 ありま・やまと
ナオちゃんという女の子が片思い中の同級生・有馬くん、動物病院の息子 「チョコタン!」 武内こずえ原作・絵;柴野理奈子著 集英社(集英社みらい文庫) 2013年8月

有馬 リュウ ありま・りゅう
ハヤブサ小学校五年生のユウキの幼なじみ、ゲーム好きな運動神経バツグンの男の子 「モンスターストライク 疾風迅雷ファルコンズ誕生!!」 XFLAGスタジオ原作;高瀬美恵作;オズノユミ絵 KADOKAWA(角川つばさ文庫) 2017年12月

有山 翼 ありやま・つばさ
小学2年生、東京・稲城市にある空手の大濱道場に通う小児ぜんそくの持病がある男の子 「ストグレ!」 小川智子著 講談社 2013年5月

アル
魔法ショップ「ティンクル☆スター」ではたらいている使い魔、元大魔王 「魔法屋ポプル ステキな夢のあまいワナ」 堀口勇太作;玖珂つかさ絵 ポプラ社(ポプラポケット文庫) 2013年1月

アル
魔法ショップ「ティンクル☆スター」ではたらいている使い魔、元大魔王 「魔法屋ポプルさらわれた友」 堀口勇太作;玖珂つかさ絵 ポプラ社(ポプラポケット文庫) 2013年5月

アル
魔法ショップ「ティンクル☆スター」ではたらいている使い魔、元大魔王 「魔法屋ポプルのこされた手紙と闇の迷宮」 堀口勇太作;玖珂つかさ絵 ポプラ社(ポプラポケット文庫) 2014年5月

ある

アル
魔法ショップ「ティンクル☆スター」ではたらいている使い魔、元大魔王 「魔法屋ポプル運命のプリンセスと最強の絆」堀口勇太作;玖珂つかさ絵 ポプラ社(ポプラポケット文庫) 2014年9月

アル
魔法ショップ「ティンクル☆スター」ではたらいている使い魔、元大魔王 「魔法屋ポプル呪われたプリンセス」堀口勇太作;玖珂つかさ絵 ポプラ社(ポプラポケット文庫) 2014年1月

アル
魔法ショップ「ティンクル☆スター」ではたらいている使い魔、元大魔王 「魔法屋ポプル大魔王からのプロポーズ」堀口勇太作;玖珂つかさ絵 ポプラ社(ポプラポケット文庫) 2013年9月

アル(アルゴ・デスタス)
ダメ魔女・ポプルの使い魔、一万二千年まえは魔界にその名をとどろかせた大魔王 「魔法屋ポプル お菓子の館とチョコレートの魔法」堀口勇太作;玖珂つかさ絵 ポプラ社(魔法屋ポプルシリーズ) 2013年4月

アル(アルゴ・デスタス)
ダメ魔女・ポプルの使い魔、一万二千年まえは魔界にその名をとどろかせた大魔王 「魔法屋ポプル ドキドキ魔界への旅」堀口勇太作;玖珂つかさ絵 ポプラ社(魔法屋ポプルシリーズ) 2013年4月

アル(アルゴ・デスタス)
ダメ魔女・ポプルの使い魔、一万二千年まえは魔界にその名をとどろかせた大魔王 「魔法屋ポプル ドラゴン島のウエディング大作戦!!」堀口勇太作;玖珂つかさ絵 ポプラ社(魔法屋ポプルシリーズ) 2013年4月

アル(アルゴ・デスタス)
ダメ魔女・ポプルの使い魔、一万二千年まえは魔界にその名をとどろかせた大魔王 「魔法屋ポプル ママの魔法陣とヒミツの記憶」堀口勇太作;玖珂つかさ絵 ポプラ社(魔法屋ポプルシリーズ) 2013年4月

アル(アルゴ・デスタス)
ダメ魔女・ポプルの使い魔、一万二千年まえは魔界にその名をとどろかせた大魔王 「魔法屋ポプル 時の魔女のダンスパーティー」堀口勇太作;玖珂つかさ絵 ポプラ社(魔法屋ポプルシリーズ) 2013年4月

アル(アルゴ・デスタス)
ダメ魔女・ポプルの使い魔、一万二千年まえは魔界にその名をとどろかせた大魔王 「魔法屋ポプル あぶない使い魔と仮面の謎」堀口勇太作;玖珂つかさ絵 ポプラ社(魔法屋ポプルシリーズ) 2013年4月

アル(アルゴ・デスタス)
見習い魔女ポプルの使い魔、人間の姿ですごすもと大魔王 「魔法屋ポプル 悪魔のダイエット!?」堀口勇太作;玖珂つかさ絵 ポプラ社(魔法屋ポプルシリーズ) 2013年4月

アル(アルゴ・デスタス)
見習い魔女ポプルの使い魔、人間の姿ですごすもと大魔王 「魔法屋ポプル 砂漠にねむる黄金宮」堀口勇太作;玖珂つかさ絵 ポプラ社(魔法屋ポプルシリーズ) 2013年4月

アル(アルゴ・デスタス)
見習い魔女ポプルの使い魔、人間の姿ですごすもと大魔王 「魔法屋ポプル 友情は魔法に勝つ!!」堀口勇太作;玖珂つかさ絵 ポプラ社(魔法屋ポプルシリーズ) 2013年4月

アル(アルゴ・デスタス)
新米魔女ポプルの使い魔、人間の姿ですごすもと大魔王 「魔法屋ポプル プリンセスには危険なキャンディ♡」堀口勇太作;玖珂つかさ絵 ポプラ社(魔法屋ポプルシリーズ) 2013年4月

あるご

アルウェン
妖精の森『ファヴローウウェイン』に住む光の妖精、探偵小説が好きな女の子 「魔法医トリシアの冒険カルテ 2 妖精の森と消えたティアラ」 南房秀久著;小笠原智史絵 学研プラス 2016年9月

アルカード・シェリー
ヴァンパイア・ハンターに狙われている吸血鬼、ハリウッドスター 「華麗なる探偵アリス&ペンギン[7]ミステリアス・ナイト」 南房秀久著;あるやイラスト 小学館(小学館ジュニア文庫) 2016年7月

アルゴ・デスタス
ダメ魔女・ポプルが一万二千年つづく封印を解いてしまったもと大魔王 「魔法屋ポプル「トラブル、売ります♡」」 堀口勇太作;玖珂つかさ絵 ポプラ社(魔法屋ポプルシリーズ) 2013年4月

アルゴ・デスタス
ダメ魔女・ポプルの使い魔、一万二千年まえは魔界にその名をとどろかせた大魔王 「魔法屋ポプル お菓子の館とチョコレートの魔法」 堀口勇太作;玖珂つかさ絵 ポプラ社(魔法屋ポプルシリーズ) 2013年4月

アルゴ・デスタス
ダメ魔女・ポプルの使い魔、一万二千年まえは魔界にその名をとどろかせた大魔王 「魔法屋ポプル ドキドキ魔界への旅」 堀口勇太作;玖珂つかさ絵 ポプラ社(魔法屋ポプルシリーズ) 2013年4月

アルゴ・デスタス
ダメ魔女・ポプルの使い魔、一万二千年まえは魔界にその名をとどろかせた大魔王 「魔法屋ポプル ドラゴン島のウエディング大作戦!!」 堀口勇太作;玖珂つかさ絵 ポプラ社(魔法屋ポプルシリーズ) 2013年4月

アルゴ・デスタス
ダメ魔女・ポプルの使い魔、一万二千年まえは魔界にその名をとどろかせた大魔王 「魔法屋ポプル ママの魔法陣とヒミツの記憶」 堀口勇太作;玖珂つかさ絵 ポプラ社(魔法屋ポプルシリーズ) 2013年4月

アルゴ・デスタス
ダメ魔女・ポプルの使い魔、一万二千年まえは魔界にその名をとどろかせた大魔王 「魔法屋ポプル 時の魔女のダンスパーティー」 堀口勇太作;玖珂つかさ絵 ポプラ社(魔法屋ポプルシリーズ) 2013年4月

アルゴ・デスタス
ダメ魔女・ポプルの使い魔、一万二千年まえは魔界にその名をとどろかせた大魔王 「魔法屋ポプル あぶない使い魔と仮面の謎」 堀口勇太作;玖珂つかさ絵 ポプラ社(魔法屋ポプルシリーズ) 2013年4月

アルゴ・デスタス
見習い魔女ポプルの使い魔、人間の姿ですごすもと大魔王 「魔法屋ポプル 悪魔のダイエット!?」 堀口勇太作;玖珂つかさ絵 ポプラ社(魔法屋ポプルシリーズ) 2013年4月

アルゴ・デスタス
見習い魔女ポプルの使い魔、人間の姿ですごすもと大魔王 「魔法屋ポプル 砂漠にねむる黄金宮」 堀口勇太作;玖珂つかさ絵 ポプラ社(魔法屋ポプルシリーズ) 2013年4月

アルゴ・デスタス
見習い魔女ポプルの使い魔、人間の姿ですごすもと大魔王 「魔法屋ポプル 友情は魔法に勝つ!!」 堀口勇太作;玖珂つかさ絵 ポプラ社(魔法屋ポプルシリーズ) 2013年4月

あるご

アルゴ・デスタス
新米魔女ポプルの使い魔、人間の姿ですごすもと大魔王 「魔法屋ポプル プリンセスには危険なキャンディ♡」 堀口勇太作;玖珂つかさ絵 ポプラ社(魔法屋ポプルシリーズ) 2013年4月

あるじ
高原の林の中にある骨董店「アンティーク・シオン」のあるじ、魔女のような女性 「アンティーク・シオンの小さなきせき」 茂市久美子作;黒井健絵 学研プラス 2016年6月

アルパカ
中1の女の子・まつりの前にあらわれた白くてフカフカのアルパカ 「ひみつの図書館!『白雪姫』とアルパカの王子!?」 神代明作;おのともえ絵 集英社(集英社みらい文庫) 2015年4月

アルヴィス
名もない存在から力を蓄えて上級悪魔になった男 「魔天使マテリアル 18 昏き森の柩」 藤咲あゆな作;藤丘ようこ画 ポプラ社(ポプラカラフル文庫) 2014年9月

アルマ
国民学校に通う健太とチッチの兄妹が飼っているシェパード犬 「さよなら、アルマ ぼくの犬が戦争に」 水野宗徳作;pon-marsh絵 集英社(集英社みらい文庫) 2015年8月

アルミ
大好きなサンタクロースになるためにサンタさんから訓練をうけた女の子 「サンタちゃん」 ひこ・田中作;こはらかずの絵 講談社 2017年10月

アルル
プリンプ魔導学校に通うアミティの友達で魔導師のタマゴ、謎の生き物カーバンクルを連れている女の子 「ぷよぷよ アミティとふしぎなタマゴ」 芳野詩子作;こめ苺絵 KADOKAWA(角川つばさ文庫) 2014年4月

アルル
プリンプ魔導学校に通うアミティの友達で魔導師のタマゴ、謎の生き物カーバンクルを連れている女の子 「ぷよぷよ アミティと愛の少女!?」 芳野詩子作;こめ苺絵 KADOKAWA(角川つばさ文庫) 2017年6月

アルル
プリンプ魔導学校に通うアミティの友達で魔導師のタマゴ、謎の生き物カーバンクルを連れている女の子 「ぷよぷよ サタンのスペース遊園地」 芳野詩子作;こめ苺絵 KADOKAWA(角川つばさ文庫) 2016年2月

アルル
プリンプ魔導学校に通うアミティの友達で魔導師のタマゴ、謎の生き物カーバンクルを連れている女の子 「ぷよぷよ シグのヒミツ」 芳野詩子作;こめ苺絵 KADOKAWA(角川つばさ文庫) 2015年7月

アルル
青いマントと胸当てをつけた冒険者風の格好をしている女の子、プリンプタウンに住んでいるアミティの友達 「ぷよぷよ みんなの夢、かなえるよ!?」 芳野詩子作;こめ苺絵 KADOKAWA(角川つばさ文庫) 2014年12月

アレちゃん
おばけのアッチのレストランで一日コックさんになった四さいの女の子 「おばけのアッチ パン・パン・パンケーキ」 角野栄子さく;佐々木洋子え ポプラ社(ポプラ社の新・小さな童話) 2015年12月

アレックスさん
古着屋でリンが買ったアンティークのテディベアの元の持ち主、ドイツ人の男の人 「テディベア探偵 18年目のプロポーズ」 山本悦子作;フライ絵 ポプラ社(ポプラポケット文庫) 2016年1月

あんざ

アレハンドロ
とおくの丘をめざしてひとりで大旅行をしたふだんはなにも話さないおとなしい子どものイノシシ 「アレハンドロの大旅行」 きたむらえりさく・え 福音館書店(福音館創作童話シリーズ) 2015年3月

アレン
旅するリグダル一座でディラードを弾き魔封楽師の才能を持つ少年 「エリアの魔剣5」 風野潮著;そらめ絵 岩崎書店(YA! フロンティア) 2013年3月

アロハ
脳腫瘍で余命わずかと宣告された男の前に現れたドッペルゲンガーのような悪魔 「世界から猫が消えたなら」 川村元気著 小学館(小学館ジュニア文庫) 2016年4月

アン
おとうとのロイをさらったこおりの女王さまをまじょのまじょ子とおいかけた女の子 「まじょ子とこおりの女王さま」 藤真知子作;ゆーちみえこ絵 ポプラ社(学年別こどもおはなし劇場) 2014年10月

アン
同級生のリックと京都で行われた源氏物語にちなんだ着物イラストを競う「絵あわせ大会」に出場した六年生 「源氏、絵あわせ、貝あわせ－歴史探偵アン&リック [3]」 小森香折作;染谷みのる絵 偕成社 2017年9月

杏　あん
人の目ばかり気にしてしまう女子中学生、捨てられていたかしこい子犬・トワロの飼い主 「ぼくらと犬の小さな物語－空、深雪、杏、柊とワンコのおはなし」 山口花著 学研教育出版 2015年7月

あんこ
フランスでパティシエール修業中の吉沢マリエの親友、和菓子屋「和心堂」の娘 「プティ・パティシエール ひみつの友情マドレーヌ(プティ・パティシエール3)」 工藤純子作;うっけ絵 ポプラ社 2017年5月

あんこ
古い和菓子屋「和心堂」のひとり娘、和パティシエールになりたい小学四年生 「恋する和パティシエール3 キラリ!海のゼリーパフェ大作戦」 工藤純子作;うっけ絵 ポプラ社(ポプラ物語館) 2013年3月

あんこ
古い和菓子屋「和心堂」のひとり娘、和パティシエールになりたい小学四年生 「恋する和パティシエール4 ホットショコラにハートのひみつ」 工藤純子作;うっけ絵 ポプラ社(ポプラ物語館) 2013年9月

あんこ
古い和菓子屋「和心堂」のひとり娘、和パティシエールになりたい小学四年生 「恋する和パティシエール5 決戦!友情のもちふわドーナツ」 工藤純子作;うっけ絵 ポプラ社(ポプラ物語館) 2014年2月

あんこ
古い和菓子屋「和心堂」のひとり娘、和パティシエールになりたい小学四年生 「恋する和パティシエール6 月夜のきせき!パンプキンプリン」 工藤純子作;うっけ絵 ポプラ社(ポプラ物語館) 2014年9月

安西 みやび　あんざい・みやび
転校生のさくらが転入したクラスの中心人物、明るくてにぎやかではなやかなふんいきの六年生の少女 「七時間目の占い入門」 藤野恵美作;朝日川日和絵 講談社(青い鳥文庫) 2017年8月

あんじ

アンジェリーナ・クドウ・シールズ
国立魔法大学付属第一高校にやってきた交換留学生、金髪碧眼の美少女 「魔法科高校
の劣等生 10 来訪者編 中」佐島勤著 KADOKAWA(電撃文庫) 2013年6月

アンジェリーナ・クドウ・シールズ
国立魔法大学付属第一高校にやってきた交換留学生、金髪碧眼の美少女 「魔法科高校
の劣等生 11 来訪者編 下」佐島勤著 KADOKAWA(電撃文庫) 2013年8月

アンジェリーナ・クドウ・シールズ
国立魔法大学付属第一高校にやってきた交換留学生、金髪碧眼の美少女 「魔法科高校
の劣等生 9 来訪者編 上」佐島勤著 KADOKAWA(電撃文庫) 2013年3月

アンジェリーナ姫　あんじぇりーなひめ
ドコナンダ城に住んでいる美しい6人のお姫さまの一人、赤い巻き毛にエメラルド色のひとみの姫 「6人のお姫さま」二宮由紀子作;たんじあきこ絵 理論社 2013年7月

アンジェロ(片桐 安十郎)　あんじぇろ(かたぎり・あんじゅうろう)
逃亡中の凶悪な連続殺人犯、仗助を破滅させようと狙っている男 「ジョジョの奇妙な冒険」荒木飛呂彦原作;江良至脚本 集英社(集英社みらい文庫) 2017年7月

アンジェロ・コッラディーニ
サッカーのアラブ首長国連邦代表選手、同じ代表選手であるバルトロの弟 「代表監督は
11歳!! 4 激突!!W杯アジア最終予選!の巻」秋口ぎぐる作;八田祥治;ブロッコリー子絵
集英社(集英社みらい文庫) 2013年5月

安寿　あんじゅ
陸奥国岩木六郡の主・正氏の娘、明るく活発な弟・厨子王に対して人見知りで無口な姉
「安寿姫草紙(ものがたり)」三田村信行作;romiy絵 ポプラ社(ノベルズ・エクスプレス)
2017年10月

安城 みのり　あんじょう・みのり
ほとんど霊感がない売れっ子霊能者のおばさんと同居中の霊感のある小学五年生 「霊感
少女(ガール) 幽霊さんのおなやみ、解決します!」緑川聖司作;椋本夏夜絵
KADOKAWA(角川つばさ文庫) 2016年6月

安城 みのり　あんじょう・みのり
売れっ子霊能者のおばさんと同居中の小学五年生、霊感がある女の子 「霊感少女(ガール) 心霊クラブ、はじめました!」緑川聖司作;椋本夏夜絵 KADOKAWA(角川つばさ文庫) 2017年10月

アンズひめ
とのさまのむすめだがみぶんをかくしてまちにとけこんでいるひめ 「にんじゃざむらいガムチョコバナナ ばけものりょかんのまき」原ゆたか作・絵;原京子作・絵 KADOKAWA 2017年3月

安藤 晃子　あんどう・あきこ
本が大好きな図書委員の5年生の女の子、若林先生に集められた図書くらぶの仲間の一
人 「すすめ!図書くらぶ5 明日のページ」日向理恵子作・画 岩崎書店(フォア文庫)
2013年1月

安藤さん　あんどうさん
武蔵虹北高校の野球部主将の3年生、2年生のモナミの好きな人 「モナミは世界を終わらせる?」はやみねかおる作;KeG絵 KADOKAWA(角川つばさ文庫) 2015年2月

安藤 露子　あんどう・つゆこ
陰陽師・安倍晴明の末裔・御堂家の遠縁、東北に住んでいるおばあちゃん 「陰陽師(おんみょうじ)はクリスチャン!? 封印された鬼門」夕貴そら作;芳川といろ絵 ポプラ社(ポプラポケット文庫) 2016年6月

安藤 奈々　あんどう・なな
クラス一のモテ男子に片思い中の小学六年生、99%かなわない恋をしている「チーム1%」のメンバー　「1%1－絶対かなわない恋」このはなさくら作;高上優里子絵　KADOKAWA（角川つばさ文庫）2015年8月

安藤 奈々　あんどう・なな
クラス一のモテ男子に片思い中の小学六年生、99%かなわない恋をしている「チーム1%」のメンバー　「1%4－好きになっちゃダメな人」このはなさくら作;高上優里子絵　KADOKAWA（角川つばさ文庫）2016年8月

安藤 奈々　あんどう・なな
クラス一のモテ男子に片思い中の小学六年生、99%かなわない恋をしている「チーム1%」のメンバー　「1%5－あきらめたら終わる恋」このはなさくら作;高上優里子絵　KADOKAWA（角川つばさ文庫）2016年12月

安藤 奈々　あんどう・なな
大人しくて何の取り柄もないががんばりやさんの六年生の女の子　「1%6－消しさりたい思い」このはなさくら作;高上優里子絵　KADOKAWA（角川つばさ文庫）2017年4月

安藤 奈々　あんどう・なな
大人しくて何の取り柄もないががんばりやさんの六年生の女の子　「1%7－一番になれない恋」このはなさくら作;高上優里子絵　KADOKAWA（角川つばさ文庫）2017年8月

安藤 奈々　あんどう・なな
大人しくて何の取り柄もないががんばりやさんの六年生の女の子　「1%8－そばにいるだけでいい」このはなさくら作;高上優里子絵　KADOKAWA（角川つばさ文庫）2017年12月

安藤 奈々ちゃん　あんどう・ななちゃん
恋にがんばる6年生の女子グループ「チーム1%」のメンバー、がんばりやさんの女の子　「1%2－絶対会えないカレ」このはなさくら作;高上優里子絵　KADOKAWA（角川つばさ文庫）2015年12月

安藤 怜　あんどう・れい
中学一年の莉緒のママの幼なじみ、茶髪のヤンキー　「レイさんといた夏」安田夏菜著;佐藤真紀子画　講談社（講談社・文学の扉）2016年7月

アントニウス
ローマ軍を率いるカエサル将軍の右腕の軍人　「まさかわたしがプリンセス!?2クレオパトラは、絶体絶命!」吉野紅伽著;くまの柚子絵　KADOKAWA　2013年10月

アンドレア
小学生の女の子・まる子が住む静岡にホームステイするためイタリアからやってきた小学五年生の少年　「映画ちびまる子ちゃん イタリアから来た少年」さくらももこ作;五十嵐佳子構成　集英社（集英社みらい文庫）2015年12月

アンドレ・ザ・ボッチ
ジャンケンの強い人と勝負をするために日本に来たジャンケンの全米チャンピオン　「ジャンケンの神さま」くすのきしげのり作;岡田よしたか絵　小学館　2017年6月

アントワネット
とっても自由な性格のおじょうさま・マリアの飼い犬、白いプードル　「マリアにおまかせ! おじょうさま探偵と消えたペットたちの巻」はのまきみ作;森倉円絵　集英社（集英社みらい文庫）2014年12月

アントワネット
とっても自由な性格のおじょうさま・マリアの飼い犬、白いプードル　「マリアにおまかせ! 天才犬とお宝伝説の島の巻」はのまきみ作;森倉円絵　集英社（集英社みらい文庫）2015年4月

あんな

アンナ
ステラ学園に通う女の子、宝石の国の妖精「セボンスター」のモモの運命のパートナー
「ティンクル・セボンスター 2 まいごの妖精ピリカと音楽会」 菊田みちよ著 ポプラ社 2016
年7月

アンナちゃん
おばけ山のふもとにえんそくにきた女の子、みんなにきらわれてる子 「おばけのばけひめ
ちゃん」 たかやまえいこ作;いとうみき絵 金の星社 2016年4月

アンリ先生　あんりせんせい
アムリオン王国の宮廷魔法使い、魔法学校『星見の塔』の先生 「トリシアは魔法のお医者さ
ん!! 9 告白!?月夜のダンスパーティ☆」 南房秀久著;小笠原智史絵 学研教育出版 2015
年3月

アンリ先生　あんりせんせい
魔法の王国・アムリオンの宮廷魔法使い、魔法学校『星見の塔』の先生 「魔法医トリシアの
冒険カルテ 3 夜の王国と月のひとみ」 南房秀久著;小笠原智史絵 学研プラス 2017年3
月

【い】

飯塚 有里　いいづか・あり
埼玉県立美園女子高校の強豪ボート部の2年生、インターハイ予選のA艇のメンバーに選
ばれた少女 「レガッタ! 2 風をおこす」 濱野京子著;一瀬ルカ画 講談社(Ya!
entertainment) 2013年3月

飯塚 有里　いいづか・あり
埼玉県立美園女子高校の強豪ボート部の副部長、インターハイ優勝を目指す3年生 「レ
ガッタ! 3 光をのぞむ」 濱野京子著;一瀬ルカ画 講談社(Ya! entertainment) 2013年8月

井伊 直虎(祐)　いい・なおとら(ゆう)
遠江国の井伊谷城の城主、戦国の世を男として生きた姫 「戦国姫 [7] 井伊直虎の物語」
藤咲あゆな作;マルイノ絵 集英社(集英社みらい文庫) 2017年1月

井伊 直政　いい・なおまさ
徳川四天王の一人、会津征伐に備える戦国武将 「僕とあいつの関ケ原」 吉田里香著;
べっこイラスト 東京書籍 2014年6月

イウカ
ルルココ村で浜茶屋を営んでる双子姉妹の姉、牧場主のナナミの友人 「牧場物語 3つの
里の大好きななかま」 高瀬美恵作;上倉エク絵 KADOKAWA(角川つばさ文庫) 2016年
9月

家光　いえみつ
「地獄甲子園」で「桶狭間ファルコンズ」と対戦する地獄栃木県の代表チーム「日光ショーグ
ンズ」のキャプテン 「戦国ベースボール [11] 鉄壁の"鎖国守備"!vs徳川将軍家!!」 りょく
ち真太作;トリバタケハルノブ絵 集英社(集英社みらい文庫) 2017年11月

家康　いえやす
「地獄甲子園」3回戦にいどむ地獄の野球チーム「桶狭間ファルコンズ」のキャッチャー 「戦
国ベースボール [11] 鉄壁の"鎖国守備"!vs徳川将軍家!!」 りょくち真太作;トリバタケハ
ルノブ絵 集英社(集英社みらい文庫) 2017年11月

家弓 トワ　いえゆみ・とわ
宇宙船「トーチウッド」のただひとりの乗員、太陽系外縁部の調査員 「小惑星2162DSの謎」
林譲治作;YOUCHAN絵 岩崎書店(21世紀空想科学小説) 2013年8月

40

いけて

イエロー
正義の戦隊〈女子ーズ〉のメンバー、たくましいガテン系のちびっこ 「女子ーズ」 浜崎達也著;福田雄一監督・脚本 小学館(小学館ジュニアシネマ文庫) 2014年6月

亥緒利 いおり
「お面処やましろ」の面作師、丸刈りで仏頂面なのでひどくいかつい印象の十六歳の少年 「お面屋たまよし 不穏ノ祭」 石川宏千花著;平沢下戸画 講談社(Ya! entertainment) 2013年11月

イガグリ
クラスのなかでも大きいほうだが手先が器用な坊主頭の五年生の少年 「かくれ家は空の上」 柏葉幸子作;けーしん絵 講談社(青い鳥文庫) 2015年8月

イカサマ
勘が鋭いアウトローな博打打ちの船乗りネズミ 「GAMBA ガンバと仲間たち」 時海結以著;古沢良太脚本 小学館(小学館ジュニア文庫) 2015年9月

五十嵐 あさみ いがらし・あさみ
転校生、前の学校で暴力事件を起こしたといううわさの中学二年生の少女 「明日のひこうき雲」 八束澄子著 ポプラ社(Teens' best selections) 2017年4月

五十嵐 直緒 いがらし・なお
愛想はないし態度はぶっきらぼうだが成績優秀でいろいろなことを知っている六年生の少女 「さくらいろの季節」 蒼沼洋人著 ポプラ社(Teens' best selections) 2015年3月

五十嵐 文香 いがらし・ふみか
山城小学校六年二組、ずっと学校を休んでいるクラスメイト・大林くんに手紙を書くことになった女の子 「大林くんへの手紙」 せいのあつこ著 PHP研究所(わたしたちの本棚) 2017年4月

五十嵐 美久 いがらし・みく
保健所で働く彰司の幼なじみ、街の獣医さん 「ひまわりと子犬の7日間 みらい文庫版」 平松恵美子脚本;五十嵐佳子著;高野きか絵 集英社(集英社みらい文庫) 2013年3月

イクタ
6年生、「ひとの心の声が読める」と同級生の男子・尾形に話した女の子 「いくたのこえよみ」 堀田けい作;マット和子装画&マンガ 理論社 2015年3月

井口 みのり いぐち・みのり
五年生の春花(はるか)の親友、母親に宝物を処分されて魂が「うつろ夢」の生き物にとらわれてしまった子 「夢の守り手 ふしぎな目を持つ少女」 廣嶋玲子作;二星天絵 ポプラ社(ポプラポケット文庫) 2015年3月

池上 健太 いけがみ・けんた
屋久島の安房小学校五年生、背は低いが横にガッシリした全身しゃくどう色のたくましい少年 「屋久島まぼろしの巨大杉をさがせ!」 遠崎史朗著;川田じゅん絵 風濤社 2015年7月

池上 新 いけがみ・しん
学校でささいなことからイジメにあい登校できなくなってしまった横浜の五年生の少年 「屋久島まぼろしの巨大杉をさがせ!」 遠崎史朗著;川田じゅん絵 風濤社 2015年7月

池沢 雪人さん いけざわ・ゆきとさん
作家志望の高校生、中等部二年生の女の子・未央の彼だという男の子 「作家になりたい! 2 恋からはじまる推理小説」 小林深雪作;牧村久実絵 講談社(青い鳥文庫) 2017年8月

池 輝 いけ・てる
浪漫小学校に転校してきた六年生、いつもりんとドクタロウといっしょに行動しているイケメン 「おともだちにはヒミツがあります!」 みずのまい作;藤実なんな絵 KADOKAWA(角川つばさ文庫) 2017年1月

いけま

池松 沙也子　いけまつ・さやこ
岬中学校二年生、クラスで"いい人ランキング"をやろうと言い出した意地悪な性格の少女
「いい人ランキング」吉野万理子著　あすなろ書房　2016年8月

いささ丸　いささまる
千二百年前にかぐや姫といっしょに竹取の翁に育てられたというふしぎな少年　「かぐや姫
のおとうと」広瀬寿子作;丹地陽子絵　国土社　2015年2月

十六夜　いざよい
稲荷山の洞窟にいた妖狐、化けるのが上手な狐　「旅のお供はしゃれこうべ」泉田もと作
岩崎書店　2016年4月

イジェット・ロイ・アンバーソン
アルカディア王国の第二王子、巫女として降臨した女子高生はかなを王城へ住まわせた王
太子　「終焉の王国[1]」梨沙著;雪広うたこ[画]　朝日新聞出版　2013年10月

イジェット・ロイ・アンバーソン
アルディア王国の第二王子、強大な魔力を持つ碧生はかなの恋人で十八歳の青年　「終
焉の王国 2 偽りの乙女と赤の放浪者」梨沙著;雪広うたこ[画]　朝日新聞出版　2014年10
月

石川 旭　いしかわ・あさひ
広島に住んでいた女性・皆実の弟、東京で娘の七波と息子の凪生と暮らしていた父　「夕凪
の街 桜の国」こうの史代原作・イラスト;蒔田陽平ノベライズ　双葉社(双葉社ジュニア文
庫)　2017年7月

石川 愛海　いしかわ・あみ
中一の美雨のクラスメイトで同じグループの友だち　「美雨13歳のしあわせレシピ」しめの
ゆき著;高橋和枝絵　ポプラ社(Teens' best selections)　2015年6月

石川 七波　いしかわ・ななみ
東京の桜並木がある街の団地で父と弟と祖母と暮らしていた石川家の長女　「夕凪の街 桜
の国」こうの史代原作・イラスト;蒔田陽平ノベライズ　双葉社(双葉社ジュニア文庫)　2017
年7月

石川 真麻　いしかわ・まあさ
5年生の林間学校で仲がよくないリンと同じ班になった女の子　「テディベア探偵 思い出は
みどりの森の中」山本悦子作;フライ絵　ポプラ社(ポプラポケット文庫)　2014年9月

石倉さん　いしくらさん
日本で48番目の県・山田県にある山田小学校の校庭の百葉箱に住みこみではたらいてい
る小さなおじさん　「山田県立山田小学校 5 山田山でサバイバル!?」山田マチ作;杉山実
絵　あかね書房　2015年4月

石黒 翔太　いしぐろ・しょうた
6年生の女の子・奈々ちゃんが片思い中のやさしくてかっこいい男の子　「1% 2−絶対会え
ないカレ」このはなさくら作;高上優里子絵　KADOKAWA(角川つばさ文庫)　2015年12月

石崎くん　いしざきくん
つつじ台中学校の男子バスケ部で同級生の小坂と仲よしのおとなっぽい一年生　「キミと、
いつか。[1] 近すぎて言えない"好き"」宮下恵茉作;染川ゆかり絵　集英社(集英社みらい
文庫)　2015年3月

石崎くん　いしざきくん
中学のバスケ部員で人気者の1年生、同じクラスの莉緒に告白した男の子　「キミと、いつ
か。[2] 好きなのに、届かない"気持ち"」宮下恵茉作;染川ゆかり絵　集英社(集英社み
らい文庫)　2016年7月

いしし

石崎 智哉　いしざき・ともや
女子に人気があり男子バスケ部の中学一年生、同じクラスの莉緒とつきあっている少年
「キミと、いつか。[6]ひとりぼっちの"放課後"」宮下恵茉作;染川ゆかり絵　集英社（集英
社みらい文庫）2017年11月

石崎 智哉　いしざき・ともや
中学1年の女の子なるたんが片思い中のクラスメイトの男の子・石崎くん「キミと、いつか。
だれにも言えない"想い"」宮下恵茉作;染川ゆかり絵　集英社（集英社みらい文庫）2016
年11月

石崎 風太　いしざき・ふうた
お寺で集団疎開生活を送っている五年生の少年「見上げた空は青かった」小手鞠るい
著　講談社　2017年7月

イシシ
いたずらなキツネのぼうけんか・ゾロリのてした、イノシシきょうだいのあに「かいけつゾロリ
なぞのスパイと100本のバラ（かいけつゾロリシリーズ53）」原ゆたか作・絵　ポプラ社　2013
年7月

イシシ
いたずらなキツネのぼうけんか・ゾロリのてした、イノシシきょうだいのあに「かいけつゾロリ
のクイズ王（かいけつゾロリシリーズ56）」原ゆたか作・絵　ポプラ社　2014年12月

イシシ
いたずらなキツネのぼうけんか・ゾロリのてした、イノシシきょうだいのあに「かいけつゾロリ
のまほうのランプ〜ッ（かいけつゾロリシリーズ54）」原ゆたか作・絵　ポプラ社　2013年12月

イシシ
いたずらなキツネのぼうけんか・ゾロリのてした、イノシシきょうだいのあに「かいけつゾロリ
のようかい大うんどうかい（かいけつゾロリシリーズ57）」原ゆたか作・絵　ポプラ社　2015年7
月

イシシ
いたずらなキツネのぼうけんか・ゾロリのてした、イノシシきょうだいのあに「かいけつゾロリ
の大まじんをさがせ!!（かいけつゾロリシリーズ55）」原ゆたか作・絵　ポプラ社　2014年7月

イシシ
いたずらなキツネのぼうけんか・ゾロリのてした、イノシシきょうだいのあに「きえた!? かいけ
つゾロリ（かいけつゾロリシリーズ58）」原ゆたか作・絵　ポプラ社　2015年12月

イシシ
いたずらなキツネのぼうけんか・ゾロリのてした、イノシシふたごきょうだいのあに「かいけつ
ゾロリのおいしい金メダル（かいけつゾロリシリーズ59）」原ゆたか作・絵　ポプラ社　2016年
7月

イシシ
いたずらなキツネのぼうけんか・ゾロリのてした、イノシシふたごきょうだいのあに「かいけつ
ゾロリのかいていたんけん（かいけつゾロリシリーズ61）」原ゆたかさく・え　ポプラ社　2017
年7月

イシシ
いたずらなキツネのぼうけんか・ゾロリのてした、イノシシふたごきょうだいのあに「かいけつ
ゾロリの王子さまになるほうほう（かいけつゾロリシリーズ60）」原ゆたかさく・え　ポプラ社
2016年12月

イシシ
キツネのゾロリのでしとしていっしょに旅をしているふたごのイノシシ、ノシシのあに「かいけ
つゾロリのちていたんけん（かいけつゾロリシリーズ62）」原ゆたか作・絵　ポプラ社　2017年
11月

いしじ

石じぞう　いしじぞう
広島の町のある横町に立っているいつもわらっているようにみえるまんまるい顔の石じぞう
「おこりじぞう―人形アニメ版」山口勇子原作;翼プロダクション作　新日本出版社(アニメで
よむ戦争シリーズ) 2016年3月

石津　いしず
警視庁捜査一課の片山刑事の妹・晴美に恋する目黒署の刑事　「三毛猫ホームズの秋」
赤川次郎著　光文社(Book With You) 2014年10月

石田 健吾　いしだ・けんご
地理歴史部の部長、自分たちのすむ渋谷区のジオラマを作成することになった中学三年
生の男の子　「百年後、ぼくらはここにいないけど」長江優子著　講談社　2016年7月

石田 三成　いしだ・みつなり
佐和山城主で五奉行の一角、秀吉の死後徳川家康と対立する戦国武将　「僕とあいつの
関ケ原」吉田里香著;べっこイラスト　東京書籍　2014年6月

石田 三成　いしだ・みつなり
戦国武将、関ケ原の戦いで徳川家康と戦った西軍を指揮した豊臣家家臣　「関ケ原で名探
偵!!」楠木誠一郎作;岩崎美奈子絵　講談社(青い鳥文庫) 2016年11月

石田 満彦　いしだ・みつひこ
七歳からヴァイオリンでロンドンに留学していてつい最近国際音楽コンクールで二位になっ
た高校生の少年　「星形クッキーは知っている(探偵チームKZ事件ノート)」藤本ひとみ原
作;住滝良文;清瀬赤目絵　講談社(青い鳥文庫) 2015年5月

遺失物係の人　いしつぶつがかりのひと
由米美濃駅の遺失物係、拾われて届けられた物語を中学生の「あたし」に読み聞かせる男
の人　「ゆめみの駅遺失物係」安東みきえ[著]　ポプラ社(Teens' best selections) 2014年
12月

石橋 智恵理　いしばし・ちえり
よしの町西小学校のダンス部の六年生、両親を亡くしておばあちゃんと暮らしている女の子
「ちえり×ドロップ　レシピ1 マカロニグラタン」のまみちこ著;けーしんイラスト　小学館(小
学館ジュニア文庫) 2016年2月

石橋 智恵理　いしばし・ちえり
よしの町西小学校の六年生、ダンス部の子達と仲直りしようとしている女の子　「みさと×ド
ロップ レシピ1 チェリーパイ」のまみちこ著;けーしんイラスト　小学館(小学館ジュニア文
庫) 2016年7月

石橋 智恵理　いしばし・ちえり
五年生のサクラと同じクラスの親友、アイドルみたいにかわいくて元気な女の子　「さくら×ド
ロップ　レシピ1 チーズハンバーグ」のまみちこ著;けーしんイラスト　小学館(小学館ジュニ
ア文庫) 2015年9月

石橋 登緒留　いしばし・とおる
星柳学園中等部の三年生、音楽スタジオ「スタジオモア」に現れた少年　「予知夢がくる!
[5] 音楽室の怪人」東多江子作;Tiv絵　講談社(青い鳥文庫) 2015年4月

石橋 麻緒　いしばし・まお
夢が丘第三小学校五年生、成績優秀なだけでなくリーダーシップもある少女　「ソーリ!」濱
野京子作;おとないちあき画　くもん出版(くもんの児童文学) 2017年11月

井嶋 杏里　いじま・あんり
芦藁第一中学校三年二組で元一年四組、一年生の二学期に転校してきた少女　「明日に
なったら」あさのあつこ著　光文社(Book With You) 2013年4月

いずみ

石松　いしまつ
江戸っ子の小学三年生・しげぞうのひいおじいさんが川っぺりでひろってきたネコ 「江戸っ子しげぞう あたらしい友だちができたんでぃ!の巻(江戸っ子しげぞうシリーズ2)」本田久作;杉崎貴史絵 ポプラ社 2017年4月

石松 陸(リック)　いしまつ・りく(りっく)
同級生のアンと一緒に京都に向かった歴史にくわしい男の子みたいな女の子 「源氏、絵あわせ、貝あわせ－歴史探偵アン&リック[3]」小森香折作;染谷みのる絵 偕成社 2017年9月

石丸 真哉　いしまる・しんや
オンボロの宇宙船<彗星丸>に乗っている見習い宇宙漁師、月に移住した人類の子孫で十二歳の少年 「衛星軌道2万マイル」藤崎慎吾作;田川秀樹絵 岩崎書店(21世紀空想科学小説) 2013年10月

伊集院 慶一　いじゅういん・けいいち
勉強のために部長にならなかった放送部部員、頭のいい中学生の男の子 「時速47メートルの疾走」吉野万理子著 講談社 2014年9月

伊集院 忍　いじゅういん・しのぶ
ドイツ人の母をもつ日本人ばなれした顔立ちの陸軍少尉、剣道が得意な十七歳の花村紅緒の婚約者 「はいからさんが通る 上下」大和和紀原作・絵;時海結以文 講談社(青い鳥文庫) 2017年10月

いす
ほっこら公園のおまつりに出ているカレー屋さんでだれがいちばんからいのをがまんできるか勝負しようといいだしたまんねん小学校の教室のいす 「教室の日曜日」村上しいこ作;田中六大絵 講談社(わくわくライブラリー) 2015年5月

いずみ
2年生のとしふみが住むきたやま団地にこしてきた元気いっぱいの2年生の女の子 「いずみは元気のかたまりです」こばやしかずこ作;サカイノビー絵 国土社(ともだちって★いいな) 2013年2月

和泉 琴音　いずみ・ことね
海成中学校一年生、お笑いが大嫌いで鉄仮面のような無表情のガリ勉少女 「めざせ!東大お笑い学部 1 天才ツッコミ少女、登場!?」針とら作;あきづきりょう絵 KADOKAWA(角川つばさ文庫) 2014年5月

いずみさん
商店街にある女の子の洋服専門店「アトリエ・アミ」の店主、接客がニガテなおねえさん 「お悩み解決!ズバッと同盟 [2] おしゃれコーデ、対決!?」吉田桃子著;U35イラスト 小学館(小学館ジュニア文庫) 2017年7月

泉先輩　いずみせんぱい
中学1年生の繭香が恋をした不良の先輩、怖くて優しくてちょっとお茶目な2年生 「先輩の隣 2」はづきりい著;鳥羽雨イラスト 双葉社(双葉社ジュニア文庫) 2017年3月

泉田 黒斗　いずみだ・くろと
青星学園中等部1年・春内ゆずの同級生、王子様みたいな雰囲気の男の子 「青星学園★チームEYE-Sの事件ノート」相川真作;立樹まや絵 集英社(集英社みらい文庫) 2017年12月

泉ちゃん　いずみちゃん
月野小学校五年生、教室で一人でも平気という感じでいつも席で本を読んでいる女の子 「星のこども」川島えっこ作;はたこうしろう絵 ポプラ社(ノベルズ・エクスプレス) 2014年11月

いずみ

和泉 透　いずみ・とおる
犬が苦手だという桜子の婚約者、実家でたくさんの犬や猫を飼っている男性 「天国の犬ものがたり ありがとう」 藤咲あゆな著;堀田敦子原作;環方このみイラスト 小学館(小学館ジュニア文庫) 2016年12月

泉 悠史(泉先輩)　いずみ・ゆうし(いずみせんぱい)
中学1年生の繭香が恋をした不良の先輩、怖くて優しくてちょっとお茶目な2年生 「先輩の隣 2」 はづきりい著;鳥羽雨イラスト 双葉社(双葉社ジュニア文庫) 2017年3月

伊勢 高広　いせ・たかひろ
県立逢魔高校の生徒、誰もいない夜の学校で好きだった女の子・明日香のバラバラになった「カラダ」を探すことになった男の子 「カラダ探し 第2夜 1」 ウェルザード著;woguraイラスト 双葉社(双葉社ジュニア文庫) 2017年11月

伊勢谷 晃樹(ウソツキさん)　いせや・こうき(うそつきさん)
男性に触れると蕁麻疹が出てしまう体質だった女子高生・美亜と交際中の男性、美亜の兄の同級生 「ウソツキチョコレート 2」 イアム著 講談社(Ya! entertainment) 2013年2月

五十川 肇　いそかわ・はじめ
亀が丘中学校男子卓球部部員、卓球よりお笑い好きの中学一年生の男の子 「ハートにプライド！卓球部」 横沢彰作;小松良佳絵 新日本出版社 2013年12月

五十川 肇　いそかわ・はじめ
部員四名の男子卓球部の新入部員、卓球よりお笑い好きの中学一年生の男の子 「ホップ、ステップ！卓球部」 横沢彰作;小松良佳絵 新日本出版社 2013年9月

磯野 輝華　いその・てるか
地理歴史部の部員、自分たちのすむ渋谷区のジオラマを作成することになった中学二年生の女の子 「百年後、ぼくらはここにいないけど」 長江優子著 講談社 2016年7月

磯山 香織　いそやま・かおり
三歳から剣道を始めたエリート剣士、病気の師匠に代わり桐谷道場の師範に立候補した二十四歳の女性 「武士道ジェネレーション」 誉田哲也著 文藝春秋 2015年7月

イーダ
穴ぼこ町の六年生・アジマのクラスにやってきた変わり者の転校生 「洞窟で待っていた」 松崎有理作;横山えいじ絵 岩崎書店(21世紀空想科学小説) 2013年11月

イーダ大王　いーだだいおう
きょだいうちゅうせんにすんでいるうちゅうベーダていこくの大王 「ニコニコ・ウイルス」 くすのきしげのり作 PHP研究所(とっておきのどうわ) 2016年5月

伊丹 美空　いたみ・みそら
小学五年生、男まさりの女の子で男子の天敵 「ロボット魔法部はじめます」 中松まるは作;わたなべさちよ絵 あかね書房(スプラッシュ・ストーリーズ) 2013年2月

市居 一真　いちい・かずま
芦薫第一中学校三年三組で元一年四組、将来絵の道に進みたいと思っている美術部の少年 「明日になったら」 あさのあつこ著 光文社(Book With You) 2013年4月

市川 桜花　いちかわ・おうか
歌舞伎の女形、謎が多い役者 「春待つ夜の雪舞台－くのいち小桜忍法帖4」 斉藤洋作;大矢正和絵 あすなろ書房 2017年2月

伊地知 一秋　いちじ・かずあき
5年生の夏木アンナと同じ3班のメンバー、乱暴でいじわるな男子 「11歳のバースデー [2] わたしの空色プール」 井上林子作;イシヤマアズサ絵 くもん出版(くもんの児童文学) 2016年10月

46

いちじ

伊地知 一秋　いちじ・かずあき
運動も勉強も苦手なクラスメイト・四季のことをいじめている5年生男子　「11歳のバースデー［3］ おれのバトル・デイズ」井上林子作;イシヤマアズサ絵　くもん出版（くもんの児童文学）2016年11月

伊地知 一秋（山口）　いちじ・かずあき（やまぐち）
明日から6年生になる男の子、むかしよりとてもやさしくなった子　「11歳のバースデー［5］ぼくたちのみらい」井上林子作;イシヤマアズサ絵　くもん出版（くもんの児童文学）2017年2月

一条 千夏　いちじょう・ちか
晴雲学院初等部4年生の女の子、同い年の元春の幼なじみで八起流柔術の跡取り娘　「わたしがボディガード!?事件ファイル ピエロは赤い髪がお好き」福田隆浩作;えいひ絵　講談社（青い鳥文庫）2013年2月

一条 千夏　いちじょう・ちか
晴雲学院初等部4年生の女の子、同い年の元春の幼なじみで八起流柔術の跡取り娘　「わたしがボディガード!?事件ファイル 幽霊はミントの香り」福田隆浩作;えいひ絵　講談社（青い鳥文庫）2013年1月

一条 千夏　いちじょう・ちか
晴雲学院初等部5年の活動的な女の子、マイペースな元春の幼なじみで「八起流柔術」の十五代目あとつぎ　「わたしがボディガード!?事件ファイル 蜃気楼があざ笑う」福田隆浩作;えいひ絵　講談社（青い鳥文庫）2013年4月

一条 トオル　いちじょう・とおる
ハヤブサ小学校五年生のユウキたちのクラスにやってきた転校生、モンストにハマっている男の子　「モンスターストライク 疾風迅雷ファルコンズ誕生!!」XFLAGスタジオ原作;高瀬美恵作;オズノユミ絵　KADOKAWA（角川つばさ文庫）2017年12月

一条 春菜　いちじょう・はるな
小学4年生、転校先の王兎小学校で霊感に目覚めてしまった女の子　「心霊探偵ゴーストハンターズ 1 オーメンな学校に転校!?」石崎洋司作;かしのき彩画　岩崎書店　2016年11月

一条 春菜　いちじょう・はるな
小学4年生、霊感に目覚めて王兎小学校の心霊探偵団（ゴーストハンターズ）のメンバーになった女の子　「心霊探偵ゴーストハンターズ 2 遠足も教室もオカルトだらけ!」石崎洋司作;かしのき彩画　岩崎書店　2017年5月

一条 春菜　いちじょう・はるな
小学4年生、霊感に目覚めて王兎小学校の心霊探偵団（ゴーストハンターズ）のメンバーになった女の子　「心霊探偵ゴーストハンターズ 3 妖怪さんとホラーな放課後?」石崎洋司作;かしのき彩画　岩崎書店　2017年11月

一条 ひな　いちじょう・ひな
深羽野小学校の五年生、男子高校生の蓮人さまにあこがれている女の子　「片恋パズル」吉川英梨作;うみこ絵　集英社（集英社みらい文庫）2015年6月

一条 風雅　いちじょう・ふうが
「骨董屋」の息子、行方不明の父親から前にもらっていたお守りのペンダントを大事にしている中学生　「アンティークFUGA 1 我が名はシャナイア」あんびるやすこ作;十々夜画　岩崎書店（フォア文庫）2015年2月

一条 風雅　いちじょう・ふうが
骨董屋「アンティークFUGA」の中学生店主、人間になった木霊・シャナイアと暮らす少年　「アンティークFUGA 2 双魂の精霊」あんびるやすこ作;十々夜画　岩崎書店（フォア文庫）2015年7月

いちじ

一条 風雅　いちじょう・ふうが
骨董屋「アンティークFUGA」の中学生店主、人間になった木霊・シャナイアと暮らす少年
「アンティークFUGA 3 キマイラの王」あんびるやすこ作;十々夜画　岩崎書店(フォア文庫)　2016年4月

一条 将輝　いちじょう・まさき
国立魔法大学付属第三高校二年生、十師族のひとつ「一条家」の次期当主 「魔法科高校の劣等生 15 古都内乱編 下」佐島勤著　KADOKAWA(電撃文庫)　2015年1月

一条 将輝　いちじょう・まさき
国立魔法大学付属第三高校二年生、十師族のひとつ「一条家」の次期当主 「魔法科高校の劣等生 17 師族会議編 上」佐島勤著　KADOKAWA(電撃文庫)　2015年8月

一条 将輝　いちじょう・まさき
国立魔法大学付属第三高校二年生、十師族のひとつ「一条家」の次期当主 「魔法科高校の劣等生 18 師族会議編 中」佐島勤著　KADOKAWA(電撃文庫)　2015年11月

一条 将輝　いちじょう・まさき
国立魔法大学付属第三高校二年生、十師族のひとつ「一条家」の次期当主 「魔法科高校の劣等生 19 師族会議編 下」佐島勤著　KADOKAWA(電撃文庫)　2016年3月

一条 祐紀　いちじょう・ゆき
西高校美術部の2年生、コンビニのアルバイト店員の恭介に初めて恋をした女の子 「通学電車 [3] ずっとずっと君を好き」みゆ作;朝吹まり絵　集英社(集英社みらい文庫)　2017年12月

一条 美喜(ミッキー)　いちじょう・よしき(みっきー)
ダンスチーム「ファーストステップ」のメンバーの一人、もと芸能人のダンスが得意な五年生 「ダンシング☆ハイ[4] みんなのキズナ！涙のダンスカーニバル」工藤純子作;カスカベアキラ絵　ポプラ社(ポプラポケット文庫)　2016年11月

一条 美喜(ミッキー)　いちじょう・よしき(みっきー)
もと子役アイドル、抜群のルックスでダンスがうまい小学五年生 「ダンシング☆ハイ ダンシング☆ハイ[3] 海へGO!ドキドキ★ダンス合宿」工藤純子作;カスカベアキラ絵　ポプラ社(ポプラポケット文庫ガールズ)　2015年8月

一条 美喜(ミッキー)　いちじょう・よしき(みっきー)
もと子役アイドル、抜群のルックスでダンスがうまい小学五年生 「ダンシング☆ハイ[2] アイドルと奇跡のダンスバトル！」工藤純子作;カスカベアキラ絵　ポプラ社(ポプラポケット文庫ガールズ)　2015年4月

一条 美喜(ミッキー)　いちじょう・よしき(みっきー)
転校してきた野間一歩が運命の王子と感じた男の子、無愛想な一ぴき狼 「ダンシング☆ハイ[1]」工藤純子作;カスカベアキラ絵　ポプラ社(ポプラポケット文庫ガールズ)　2014年10月

市蔵　いちぞう
遠州の古物商「大黒屋」の奉公人、跡継ぎの息子・惣一郎の旅のお供をした若者 「旅のお供はしゃれこうべ」泉田もと作　岩崎書店　2016年4月

一ノ瀬 伊吹　いちのせ・いぶき
コワモテで恐れられる中学一年生、日本人とイギリス人のハーフの少年 「黒猫さんとメガネくんの学園祭」秋木真作;モコ絵　KADOKAWA(角川つばさ文庫)　2015年8月

一ノ瀬 カノン　いちのせ・かのん
歌とダンスが大好きな小学六年生、大人気アイドル・神咲マイのユニットメンバーオーディションを受けた女の子 「アイドル×戦士ミラクルちゅーんず！」藤平久子・松井香奈・青山万史脚本;松井香奈著　小学館(小学館ジュニア文庫)　2017年3月

いっく

市ノ瀬 じゅら　いちのせ・じゅら
フリースクール「夏期アシストクラス」に通うことになった不登校の六年生の女の子「イジメ・サバイバル あたしたちの居場所」高橋桐矢作;芝生かや絵 ポプラ社(ポプラポケット文庫) 2016年8月

一ノ瀬 透也　いちのせ・とうや
ベテラン大御所俳優の中学2年生の息子、努力家の実力派俳優「にじいろ☆プリズムガール－恋のシークレットトライアングル」村上アンズ著;中原杏原作・イラスト 小学館(小学館ジュニア文庫) 2013年5月

一ノ瀬 ヒカル　いちのせ・ひかる
田舎の中学校の山村留学生、転校生・優のかわいい女の子にみえるクラスメイト「楽園のつくりかた」笹生陽子作;渋谷学志絵 講談社(青い鳥文庫) 2015年5月

一之瀬 リオ　いちのせ・りお
ひふみ学園5年生のモモのおさななじみでクラスの女子の中心人物「いみちぇん! 1 今日からひみつの二人組」あさばみゆき作;市井あさ絵 KADOKAWA(角川つばさ文庫) 2014年10月

一ノ瀬 蓮くん　いちのせ・れんくん
光陽台高校の1年生、同級生の仁菜子の初恋の相手「ストロボ・エッジ 映画ノベライズ みらい文庫版」咲坂伊緒原作;松田朱夏著 集英社(集英社みらい文庫) 2015年2月

市原 和樹　いちはら・かずき
桜ヶ丘中学校三年生、一年生のときにサッカー部をやめてまた復帰した少年「サッカーボーイズ15歳」はらだみずき作;ゴツボリュウジ絵 KADOKAWA(角川つばさ文庫) 2013年11月

市原 和樹　いちはら・かずき
桜ヶ丘中学校三年生、一年生のときにサッカー部をやめてまた復帰した少年「サッカーボーイズ卒業」はらだみずき作;ゴツボリュウジ絵 KADOKAWA(角川つばさ文庫) 2016年11月

一宮 奈々美　いちみや・ななみ
姫隠町の小山の上にある「赤兎神社」の娘、落ち込むことが大嫌いな五年生の少女「見習い!? 神社ガールななみ 姫隠町でつかまって」二枚矢コウ作;えいひ絵 ポプラ社(ポプラカラフル文庫) 2013年6月

市村 大悟　いちむら・だいご
山ノ上学園中等部二年生、立川葵のクラスメイトで学級委員「イケカジなぼくら 11 夢と涙のリメイクドレス」川崎美羽作;an絵 KADOKAWA(角川つばさ文庫) 2017年5月

市村 大悟　いちむら・だいご
山ノ上学園中等部二年生、立川葵のクラスメイトで学級委員「イケカジなぼくら 8 決意のシナモンロール☆」川崎美羽作;an絵 KADOKAWA(角川つばさ文庫) 2015年9月

一郎　いちろう
忍びの一族・橘北家の総師の十郎左の長男、江戸の薬種問屋「近江屋」の主人「春待つ夜の雪舞台－くのいち小桜忍法帖4」斉藤洋作;大矢正和絵 あすなろ書房 2017年2月

樹くん　いつきくん
三重の「ミコトバの里」に住む矢神家の五兄弟の末っ子で一年生の依のふたごの弟「いみちぇん! 5 ウソ?ホント? まぼろしの札」あさばみゆき作;市井あさ絵 KADOKAWA(角川つばさ文庫) 2016年3月

一宮　いっく
森の神様の細君・一宮様、大ヘビの姿をした女性「繕い屋の娘カヤ」曄田依子著 岩崎書店 2017年12月

49

いっし

一色 大祐　いっしき・だいすけ
フランスの三つ星高級レストランでの修業を終えて帰国した天才シェフ、私立山ノ上学園の卒業生　「イケカジなぼくら4 なやめる男子たちのガレット☆」川崎美羽作;an絵　KADOKAWA（角川つばさ文庫）2014年3月

一太　いった
恋バナがニガテな6年生の女の子めぐのクラスメイト、口数の少ない男の子　「小説小学生のヒミツ 教室」中江みかよ原作;森川成美文　講談社（講談社KK文庫）2017年7月

いったんもめん
よるになるとヒラヒラとそらをとぶながいぬののようなおばけ　「おばけのなつやすみ おばけのポーちゃん5」吉田純子作;つじむらあゆこ絵　あかね書房　2016年10月

いっちー（秋吉 一歌）　いっちー（あきよし・いちか）
動画投稿する音楽創作サークル「ソライロ」で曲の挿絵を描いている6年生の女の子　「ソライロ・プロジェクト2 恋愛経験ゼロたちの恋うたコンテスト」一ノ瀬三葉作;夏芽もも絵　KADOKAWA（角川つばさ文庫）2017年11月

いっちゃん
おひとりさまひとつしかかえないたまごをかいにママとスーパーへいった1ねんせいのおとのこ　「1ねんせいじゃだめかなあ?」きたがわめぐみ作・絵　ポプラ社（本はともだち）2015年6月

イッポ
ダンスチーム「ファーストステップ」に入った運動が苦手な小学五年生　「ダンシング☆ハイ ダンシング☆ハイ[3] 海へGO! ドキドキ★ダンス合宿」工藤純子作;カスカベアキラ絵　ポプラ社（ポプラポケット文庫ガールズ）2015年8月

イッポ
ダンスチーム「ファーストステップ」に入った運動が苦手な小学五年生　「ダンシング☆ハイ[2] アイドルと奇跡のダンスバトル!」工藤純子作;カスカベアキラ絵　ポプラ社（ポプラポケット文庫ガールズ）2015年4月

イッポ
ダンスチーム「ファーストステップ」のメンバーの一人、ドジでひっこみ思案の五年生　「ダンシング☆ハイ[4] みんなのキズナ! 涙のダンスカーニバル」工藤純子作;カスカベアキラ絵　ポプラ社（ポプラポケット文庫）2016年11月

イッポ
ダンスチームに誘われた運動が苦手な転校生、ひっこみ思案な小学五年生　「ダンシング☆ハイ[1]」工藤純子作;カスカベアキラ絵　ポプラ社（ポプラポケット文庫ガールズ）2014年10月

いっぽんまつ こじろう　いっぽんまつ・こじろう
1年生のクラスでとなりのせきになったえみかちゃんにこえをかけられた男の子　「えっちゃんええやん」北川チハル作;国松エリカ絵　文研出版（わくわくえどうわ）2017年10月

イディア
宮廷大学3年生で冒険組合の代表、大学の内外に顔の広い男　「犬と魔法のファンタジー」田中ロミオ著　小学館（小学館ジュニア文庫）2015年7月

糸居 鞠香　いとい・まりか
ことりと二人で花の湯温泉でアイドル活動をしている小学5年生、しっかり者の優等生　「アイドル・ことまり! 1－コイがつれてきた恋!?」令丈ヒロ子作;亜沙美絵　講談社（青い鳥文庫）2017年4月

糸居 鞠香　いとい・まりか
花の湯温泉に引っ越してきた糸居医院の小学5年生の孫娘、ドイツからきた琴理の同級生で優等生な女の子　「温泉アイドルは小学生! 1 コンビ結成!?」令丈ヒロ子作;亜沙美絵　講談社（青い鳥文庫）2015年11月

いとう

糸居 鞠香　いとい・まりか
花の湯温泉に引っ越してきた糸居医院の優等生な孫娘、同級生のことりと温泉アイドルを
目指す女の子　「温泉アイドルは小学生! 2 暴走ママを止めて!」　令丈ヒロ子作;亜沙美絵
講談社(青い鳥文庫)　2016年3月

糸居 鞠香　いとい・まりか
花の湯温泉に引っ越してきた糸居医院の優等生な孫娘、同級生のことりと温泉アイドルを
目指す女の子　「温泉アイドルは小学生! 3 いきなり!コンサー!?」　令丈ヒロ子作;亜沙美絵
講談社(青い鳥文庫)　2016年6月

糸居 鞠香　いとい・まりか
小学五年生、同級生の琴理とユニット「コトマリ」を組んでアイドルを目指している女の子
「アイドル・ことまり! 2 ー試練のオーディション!」　令丈ヒロ子作;亜沙美絵　講談社(青い鳥
文庫)　2017年8月

糸居 百合佳　いとい・ゆりか
花の湯温泉に引っ越してきた糸居医院の孫娘鞠香のお母さん、お医者さん　「温泉アイド
ルは小学生! 2 暴走ママを止めて!」　令丈ヒロ子作;亜沙美絵　講談社(青い鳥文庫)　2016
年3月

伊藤 カンミ　いとう・かんみ
福岡にある老舗和菓子屋「一斗餡」のおばあちゃん、中学二年生の風味の祖母　「風味
さんじゅうまる」　まはら三桃 著　講談社　2014年9月

伊藤 貢作　いとう・こうさく
二十九歳の世界史の教師、ぶっきらぼうな男の先生　「先生!、、好きになってもいいです
か? 映画ノベライズ みらい文庫版」　河原和音原作カバーイラスト;岡田麿里脚本;はのまき
み著　集英社(集英社みらい文庫)　2017年9月

伊藤 砂羽　いとう・さわ
困っている人を助ける「助っ人マスター」という係をしている五年生の女の子　「助っ人マス
ター」　高森美由紀作　フレーベル館(フレーベル館文学の森)　2017年11月

伊藤 若冲　いとう・じゃくちゅう
京都錦小路の青物問屋「桝源」の息子、幼いころから絵が好きだった少年　「若冲ーぞうと
出会った少年」　黒田志保子著　国土社　2016年5月

伊藤 翔太　いとう・しょうた
小学四年生、一週間限定で部屋に「おばけ道」が通ることになった男の子　「おばけ道、た
だいま工事中!?」　草野あきこ作;平澤朋子絵　岩崎書店(おはなしガーデン)　2015年8月

伊藤 翔太　いとう・しょうた
転校生だった森田くん(ブルー)のクラスで断トツで人気のある男子　「ブルーとオレンジ」
福田隆浩著　講談社(講談社文学の扉)　2014年7月

伊藤 葉月　いとう・はづき
南沢中学校三年生、陸上部リレーのメンバーで家庭教師の大学生と付き合っている長い髪
の女の子　「ダッシュ!」　村上しいこ著　講談社　2014年5月

伊藤 風味　いとう・ふうみ
福岡にある老舗和菓子屋「一斗餡」の娘、美術部の中学二年生　「風味さんじゅうまる」　ま
はら三桃著　講談社　2014年9月

伊藤 北斗　いとう・ほくと
中学二年生の風味の兄、長崎の老舗カステラ店で修行する十九歳　「風味さんじゅうまる」
まはら三桃著　講談社　2014年9月

いとう

伊藤 勇　いとう・ゆう
「プリンセスDNA」を持つルナのあこがれの先輩、生徒会長でサッカー部キャプテン 「まさかわたしがプリンセス!? 2 クレオパトラは、絶体絶命!」 吉野紅伽著;くまの柚子絵 KADOKAWA 2013年10月

糸川くん　いとかわくん
転校生だった森田くん(ブルー)のクラスでまわりの空気をまったく読もうとしない変わった男の子 「ブルーとオレンジ」 福田隆浩著 講談社(講談社文学の扉) 2014年7月

糸川 音色　いとかわ・ねいろ
御図第一小学校六年生、バレエの才能がありおだやかな物腰をしている少女 「少年Nの長い長い旅 01」 石川宏千花著;岩本ゼロゴ画 講談社(Ya! entertainment) 2016年9月

糸川 音色　いとかわ・ねいろ
都市伝説「猫殺し13きっぷ」によって異世界に飛ばされた7人の少年少女の一人、異世界では有名な踊り子「ネイロ」 「少年Nのいない世界 01」 石川宏千花著 講談社(講談社タイガ) 2016年9月

糸世　いとせ
武士であり笛の名手である草十郎の妻、舞の才能を生まれ持つ美人で活発な若い娘 「あまねく神竜住まう国」 荻原規子作 徳間書店 2015年2月

糸瀬 英治　いとせ・えいじ
都会から島へ転校してきた知希の同級生、釣りに詳しい乱暴そうな男の子 「幽霊魚」 福田隆浩著 講談社(講談社文学の扉) 2015年6月

イトはん
大阪の米問屋のひとりむすめ、まだだれも飼っていないペットがほしいと言い出したわがまおじょうさま 「くじらじゃくし」 安田夏菜作;中西らつ子絵 講談社(わくわくライブラリー) 2017年4月

いなさ号　いなさごう
せんそうちゅうのながさきで生まれた子うま 「ながさきの子うま―人形アニメ版」 大川悦生原作;翼プロダクション作 新日本出版社(アニメでよむ戦争シリーズ) 2016年3月

稲田 多摩子　いなだ・たまこ
大蝦夷農業高校酪農科学科一年生、農業経営を学び実家を世界に出ても負けない牧場にするのが夢の女の子 「銀の匙 Silver Spoon」 時海結以著;荒川弘原作;吉田恵輔脚本;高田亮脚本;吉田恵輔監督 小学館(小学館ジュニアシネマ文庫) 2014年2月

猪名寺 乱太郎　いなでら・らんたろう
にんじゅつ学園一年は組の保健委員のせいと 「忍たま乱太郎 夏休み宿題大作戦！の段」 尼子騒兵衛原作;望月千賀子文 ポプラ社(ポプラ社の新・小さな童話) 2013年7月

イナバ
小学5年生のこももが呼び出した神さま・大国のけん属神、白いネズミ 「神さま、事件です!登場!カミサマ・オールスターズ」 森三月作;おきる絵 集英社(集英社みらい文庫) 2013年11月

稲葉 カノン　いなば・かのん
ロボットが大好きな小学六年生、三年かけて小さなロボット・ちょこらをつくった女の子 「ロボ☆友 カノンと、とんでもお嬢さま」 星乃ぬう作;木屋町絵 集英社(集英社みらい文庫) 2013年3月

稲葉 郷子　いなば・きょうこ
霊能力をもつ教師・ぬ～べ～が担任する5年3組の生徒 「地獄先生ぬ～べ～ 鬼の手の秘密」 真倉翔原作・絵;岡野剛原作・絵;岡崎弘明著 集英社(集英社みらい文庫) 2013年8月

いぬぼ

稲葉 夕士　いなば・ゆうじ
中1のとき両親を亡くし高校に入学して格安物件の妖怪アパートに入居した少年 「妖怪ア
パートの幽雅な日常」 香月日輪作;深山和香絵 講談社（青い鳥文庫） 2017年6月

稲村　いなむら
小学四年生の時に野外学習で訪れた山で魔女から一度死んでも蘇る木の実をもらった六
人の一人、女子高校生の七里の幼なじみ 「もうひとつの命」 入間人間著 KADOKAWA
（メディアワークス文庫） 2017年12月

イヌ（サスケ）
イヌのことばがわかるニンゲン・サチコさんのことがだいすきなイヌ 「なにがあってもずっと
いっしょ」 くさのたき作;つじむらあゆこ絵 金の星社 2016年6月

犬（パロ）　いぬ（ぱろ）
東日本大震災で北海道へ避難した少女ユリカが福島にのこしてきた飼い犬、小型犬のホワ
イト・テリア 「赤い首輪のパロ フクシマにのこして」 加藤多一作 汐文社 2014年6月

犬（ミュウ）　いぬ（みゅう）
小学一年生の「わたし」が生まれるまえに家でかっていた黄金色の毛をした犬 「ミュウとゴロ
ンとおにいちゃん」 小手鞠るい作;たかすかずみ絵 岩崎書店（おはなしトントン） 2016年1
月

犬井　いぬい
特別捜査班の警部補 「怪盗探偵山猫 鼠たちの宴」 神永学作;ひと和絵 KADOKAWA
（角川つばさ文庫） 2016年4月

犬川 ソウスケ　いぬかわ・そうすけ
有名なイケメン占い師、桂木学園の生徒会長・トモコを占って助言する男 「裏庭にはニワ
会長がいる!! 3－名物メニューを考案せよ!」 こぐれ京作;十峯なるせ絵 KADOKAWA（角
川つばさ文庫） 2014年8月

犬川 ソウスケ　いぬかわ・そうすけ
里見家で暮らす8男子のひとり、芸能界でも大人気の占い師 「サトミちゃんちの1男子 1 ネ
オ里見八犬伝」 矢立肇原案;こぐれ京著;永地絵;久世みずき;ぱらふいんピジャモス企画協
力 角川書店（角川つばさ文庫） 2013年8月

犬川 ソウスケ　いぬかわ・そうすけ
里見家で暮らす8男子のひとり、芸能界でも大人気の占い師 「サトミちゃんちの1男子 3 ネ
オ里見八犬伝」 矢立肇原案;こぐれ京著;永地絵;久世みずき;ぱらふいんピジャモス企画協
力 KADOKAWA（角川つばさ文庫） 2014年7月

犬川 ソウスケ　いぬかわ・そうすけ
里見家で暮らす8男子のひとり、芸能界でも大人気の占い師 「サトミちゃんちの8男子 7 ネ
オ里見八犬伝」 矢立肇原案;こぐれ京著;永地絵;久世みずき;ぱらふいんピジャモス企画協
力 KADOKAWA（角川つばさ文庫） 2015年7月

犬坂 ケノ　いぬさか・けの
里見家で暮らす8男子のひとり、女子から絶大な人気がある中学一年生のカリスマモデル
「サトミちゃんちの1男子 2 ネオ里見八犬伝」 矢立肇原案;こぐれ京著;永地絵;久世みずき;
ぱらふいんピジャモス企画協力 KADOKAWA（角川つばさ文庫） 2013年12月

犬塚 シノ　いぬずか・しの
里見家で暮らす8男子のひとり、家事と発明が得意な中学二年生の男の子 「サトミちゃん
ちの1男子 3 ネオ里見八犬伝」 矢立肇原案;こぐれ京著;永地絵;久世みずき;ぱらふいんピ
ジャモス企画協力 KADOKAWA（角川つばさ文庫） 2014年7月

犬吠崎 太郎　いぬぼうざき・たろう
動物病院「タマル・アニマル・ホスピタル」のドクターカー担当獣医、獣医になって三年目の
若い男の人 「ルルル♪動物病院 1 走れ、ドクター・カー」 後藤みわこ作;十々夜絵 岩崎
書店 2014年8月

53

いぬぼ

犬吠崎 太郎　いぬぼうざき・たろう
動物病院「タマル・アニマル・ホスピタル」のドクターカー担当獣医、獣医になって三年目の若い男の人　「ルルル♪動物病院2 猫と話す友だち」後藤みわこ作;十々夜絵 岩崎書店 2015年2月

犬吠崎 太郎　いぬぼうざき・たろう
動物病院「タマル・アニマル・ホスピタル」のドクターカー担当獣医、獣医になって三年目の若い男の人　「ルルル♪動物病院3 きみは子犬のお母さん」後藤みわこ作;十々夜絵 岩崎書店 2016年2月

犬丸(呉丸)　いぬまる(くれまる)
大富豪の阿豪一族に雇われている犬飼い、人づきあいが悪くめったにしゃべらないが犬の扱いがやたらうまい青年　「狐霊の檻」廣嶋玲子作;マタジロウ絵 小峰書店(Sunnyside Books) 2017年1月

犬山 オトネ　いぬやま・おとね
里見家の8男子のひとり・ミッチーの姉、忍者一族犬山家の長女でくノ一　「サトミちゃんちの8男子8 ネオ里見八犬伝」矢立肇原案;こぐれ京著;永地絵;久世みずき;ぱらふぃんピジャモス企画協力 KADOKAWA(角川つばさ文庫) 2015年11月

犬山 道節(ミッチー)　いぬやま・どうせつ(みっちー)
里見家で暮らす8男子のひとりで元忍者、とにかくじっとしていられない性格の中学二年生　「サトミちゃんちの1男子2 ネオ里見八犬伝」矢立肇原案;こぐれ京著;永地絵;久世みずき;ぱらふぃんピジャモス企画協力 KADOKAWA(角川つばさ文庫) 2013年12月

犬山 道節(ミッチー)　いぬやま・どうせつ(みっちー)
里見家で暮らす8男子のひとりで元忍者、とにかくじっとしていられない性格の中学二年生　「サトミちゃんちの8男子8 ネオ里見八犬伝」矢立肇原案;こぐれ京著;永地絵;久世みずき;ぱらふぃんピジャモス企画協力 KADOKAWA(角川つばさ文庫) 2015年11月

犬山 ヒクテ　いぬやま・ひくて
里見家の8男子のひとり・ミッチーの妹でヒトヨと双子の姉妹、5歳のくノ一　「サトミちゃんちの8男子8 ネオ里見八犬伝」矢立肇原案;こぐれ京著;永地絵;久世みずき;ぱらふぃんピジャモス企画協力 KADOKAWA(角川つばさ文庫) 2015年11月

犬山 ヒトヨ　いぬやま・ひとよ
里見家の8男子のひとり・ミッチーの妹でヒクヨと双子の姉妹、5歳のくノ一　「サトミちゃんちの8男子8 ネオ里見八犬伝」矢立肇原案;こぐれ京著;永地絵;久世みずき;ぱらふぃんピジャモス企画協力 KADOKAWA(角川つばさ文庫) 2015年11月

井上 一弥　いのうえ・かずや
"イケてる家事する部活"イケカジ部の副部長、部長の葵の幼なじみで学校外ではプロカメラマンのアシスタントをしている中学一年生の少年　「イケカジなぼくら3 イジメに負けないパウンドケーキ☆」川崎美羽作;an絵 KADOKAWA(角川つばさ文庫) 2013年10月

井上 一弥　いのうえ・かずや
山ノ上学園中等部二年生、葵の幼なじみ　「イケカジなぼくら10 色とりどり☆恋心キャンディー」川崎美羽作;an絵 KADOKAWA(角川つばさ文庫) 2016年11月

井上 一弥　いのうえ・かずや
山ノ上学園中等部二年生、葵の幼なじみ　「イケカジなぼくら9 ゆれるハートとクラッシュゼリー」川崎美羽作;an絵 KADOKAWA(角川つばさ文庫) 2016年5月

井上 一弥　いのうえ・かずや
私立山ノ上学園中等部一年生、「イケカジ部」の部長・葵の幼なじみ　「イケカジなぼくら5 手編みのマフラーにたくした」川崎美羽作;an絵 KADOKAWA(角川つばさ文庫) 2014年9月

いのう

井上 一弥　いのうえ・かずや
私立山ノ上学園中等部一年生、「イケカジ部」の部長葵の幼なじみ　「イケカジなぼくら 11 夢と涙のリメイクドレス」川崎美羽作;an絵　KADOKAWA（角川つばさ文庫）2017年5月

井上 一弥　いのうえ・かずや
私立山ノ上学園中等部一年生、「イケカジ部」の部長葵の幼なじみ　「イケカジなぼくら 4 なやめる男子たちのガレット☆」川崎美羽作;an絵　KADOKAWA（角川つばさ文庫）2014年3月

井上 一弥　いのうえ・かずや
私立山ノ上学園中等部一年生、「イケカジ部」の部長葵の幼なじみ　「イケカジなぼくら 6 本命チョコはだれの手に☆」川崎美羽作;an絵　KADOKAWA（角川つばさ文庫）2014年12月

井上 一弥　いのうえ・かずや
私立山ノ上学園中等部一年生、「イケカジ部」の部長葵の幼なじみ　「イケカジなぼくら 8 決意のシナモンロール☆」川崎美羽作;an絵　KADOKAWA（角川つばさ文庫）2015年9月

井上 一弥　いのうえ・かずや
私立山ノ上学園中等部一年生、モデルをめざす少女葵の幼なじみ　「イケカジなぼくら 1 お弁当コンテストを攻略せよ☆」川崎美羽作;an絵　KADOKAWA（角川つばさ文庫）2013年4月

井上 一弥　いのうえ・かずや
私立山ノ上学園中等部一年生、部活「イケカジ部」を作った葵の幼なじみ　「イケカジなぼくら 2 浴衣リメイク大作戦☆」川崎美羽作;an絵　KADOKAWA（角川つばさ文庫）2013年7月

井上 一弥　いのうえ・かずや
私立山ノ上学園中等部二年生、「イケカジ部」の部長・葵の幼なじみ　「イケカジなぼくら 7 片思いの特製サンドイッチ☆」川崎美羽作;an絵　KADOKAWA（角川つばさ文庫）2015年4月

井上 竜也　いのうえ・たつや
神奈川県の西山小学校六年一組の転校生、目力が強くてとっつきにくい顔をしている少年　「おれたちのトウモロコシ」矢嶋加代子作;岡本順絵　文研出版（文研じゅべにーる）2017年5月

井上 円香　いのうえ・まどか
妖怪が好きな5年生・みずきのクラスメイト、クラスのファッションリーダー　「ここは妖怪おたすけ委員会 1 妖怪スーパースターズがやってきた☆」宮下恵茉作;いちごイチエ絵　KADOKAWA（角川つばさ文庫）2016年2月

井上 友企　いのうえ・ゆうき
父島育ちの広太と同じスイミングスクールに通う小学三年生、水族館から脱走したペンギンを広太と一緒にさがした男の子　「脱走ペンギンを追いかけて」山本省三作;コマツシンヤ絵　佼成出版社（いのちいきいきシリーズ）2016年3月

猪上 琉偉（ルイルイ）　いのうえ・るい（るいるい）
六年五組にやってきた転校生、学校生活の相談窓口の「生活向上委員」の一人　「生活向上委員会! 1 ぼっちですが、なにか?」伊藤クミコ作;桜倉メグ絵　講談社（青い鳥文庫）2016年8月

猪上 琉偉（ルイルイ）　いのうえ・るい（るいるい）
六年五組にやってきた転校生、学校生活の相談窓口の「生活向上委員」の一人　「生活向上委員会! 2 あなたの恋を応援し隊!」伊藤クミコ作;桜倉メグ絵　講談社（青い鳥文庫）2016年10月

いのう

猪上 琉偉（ルイルイ）　いのうえ・るい（るいるい）
六年五組にやってきた転校生、学校生活の相談窓口の「生活向上委員」の一人　「生活向上委員会! 3 女子vs.男子教室ウォーズ」伊藤クミコ作;桜倉メグ絵　講談社（青い鳥文庫）2017年1月

猪上 琉偉（ルイルイ）　いのうえ・るい（るいるい）
六年五組にやってきた転校生、学校生活の相談窓口の「生活向上委員」の一人　「生活向上委員会! 4 友だちの階級」伊藤クミコ作;桜倉メグ絵　講談社（青い鳥文庫）2017年5月

猪上 琉偉（ルイルイ）　いのうえ・るい（るいるい）
六年五組にやってきた転校生、学校生活の相談窓口の「生活向上委員」の一人　「生活向上委員会! 5 激突!クラスの女王」伊藤クミコ作;桜倉メグ絵　講談社（青い鳥文庫）2017年8月

猪上 琉偉（ルイルイ）　いのうえ・るい（るいるい）
六年五組にやってきた転校生、学校生活の相談窓口の「生活向上委員」の一人　「生活向上委員会! 6 コンプレックスの正体」伊藤クミコ作;桜倉メグ絵　講談社（青い鳥文庫）2017年11月

井上 若見　いのうえ・わかみ
近江国の篠原駅家で駅長の孫・小里に出会った見習いの駅使、歌詠みをする若者　「駅鈴（はゆまのすず）」久保田香里作　くもん出版　2016年7月

伊能 万太郎（万ちゃん）　いのう・まんたろう（まんちゃん）
青北中学校演劇部の一年生、手先が器用で衣装づくりに興味がある色白で美しい少年　「劇部ですから!　Act.1 文化祭のジンクス」池田美代子作;柚希きひろ絵　講談社（青い鳥文庫）2017年6月

伊能 万太郎（万ちゃん）　いのう・まんたろう（まんちゃん）
青北中学校演劇部の一年生、手先が器用で衣装づくりに興味がある色白で美しい少年　「劇部ですから!　Act.2 劇部の逆襲」池田美代子作;柚希きひろ絵　講談社（青い鳥文庫）2017年10月

イノさん
神奈川県警横浜大黒署の特殊捜査課の通称「鬼のイノさん」、悪の組織・レッドヴィーナスの罠にかかって子どもになってしまった刑事　「コドモ警察」時海結以著;福田雄一脚本　小学館（小学館ジュニアシネマ文庫）2013年3月

いばっとる
オーマガトキ城の新米ヘボにんじゃ　「忍たま乱太郎 オーマガトキのにんじゃの段」尼子騒兵衛原作;望月千賀子文;亜細亜堂絵　ポプラ社（ポプラ社の新・小さな童話）2013年2月

射場 亨（いばっとる）　いば・とおる（いばっとる）
オーマガトキ城の新米ヘボにんじゃ　「忍たま乱太郎 オーマガトキのにんじゃの段」尼子騒兵衛原作;望月千賀子文;亜細亜堂絵　ポプラ社（ポプラ社の新・小さな童話）2013年2月

イフリート
ほねのティラノサウルス・ベビーがうっかり壺から出してしまった魔法使いのほねの魔神　「ほねほねザウルス 10 ティラノ・ベビーと4人のまほうつかい」カバヤ食品株式会社原案・監修　岩崎書店　2013年7月

今泉 環　いまいずみ・たまき
6年生のマサのクラスに東京から転校してきた男の子、深沢監督の甥っ子　「夜はライオン」長薗安浩著　偕成社　2013年7月

いりあ

今井 美蘭　いまい・みらん
夏休みに家出して神田に住むいとこの家にお世話になることになった金髪で派手なメイクの中学二年生の少女 「空はなに色」 濱野京子作;小塚類子絵 そうえん社(ホップステップキッズ!) 2015年10月

今井 由香　いまい・ゆか
私立中学の受験勉強にむちゅうでクラスの中で完全にういたそんざいになっている四年生の少女 「四年変組」 季巳明代作;こみねゆら絵 フレーベル館(ものがたりの庭) 2015年2月

今井 莉子　いまい・りこ
中学二年生の美術部員、勉強は得意だが人づきあいが苦手な女の子 「てんからどどん」 魚住直子作;けーしん絵 ポプラ社(ノベルズ・エクスプレス) 2016年5月

今田 高志　いまだ・たかし
二十歳の会社員、小学生のころに友達を亡くした経験をもつ青年 「星空点呼 折りたたみ傘を探して」 嘉成晴香作;柴田純与絵 朝日学生新聞社 2013年11月

今村 剛(ブル)　いまむら・つよし(ぶる)
神奈川県警横浜大黒署の特殊捜査課の熱血刑事、悪の組織・レッドヴィーナスの罠にかかって子どもになってしまった刑事 「コドモ警察」 時海結以著;福田雄一脚本 小学館(小学館ジュニアシネマ文庫) 2013年3月

井村 麻子　いむら・あさこ
中学三年生の勇馬の姉、フリーライターの仕事で忙殺される中で妊娠した女性 「いのちのパレード」 八束澄子著 講談社 2015年4月

イモ
おしゃれが大好きな女の子紡の守護霊、西洋指貫のシンブルから出てきた19世紀イギリス生まれのゴースト 「全力おしゃれ少女☆ツムギ part1 金星のドレスはだれが着る?」 はのまきみ作;森倉円絵 集英社(集英社みらい文庫) 2013年8月

イモジェン・ホロックス
19世紀のイギリスでお針子さんだったゴースト、「天界のドレスメイカー見習い」に選ばれた紡にファッションを指導する守護霊 「全力おしゃれ少女☆ツムギ part2 めざせ!モデルとデザイナー」 はのまきみ作;森倉円絵 集英社(集英社みらい文庫) 2014年2月

イモジェン・ホロックス(イモ)
おしゃれが大好きな女の子紡の守護霊、西洋指貫のシンブルから出てきた19世紀イギリス生まれのゴースト 「全力おしゃれ少女☆ツムギ part1 金星のドレスはだれが着る?」 はのまきみ作;森倉円絵 集英社(集英社みらい文庫) 2013年8月

伊予　いよ
陸奥国岩木六郡の主・正氏の妻、姉弟の安寿と厨子王の明るく開放的な母親 「安寿姫草紙(ものがたり)」 三田村信行作;romiy絵 ポプラ社(ノベルズ・エクスプレス) 2017年10月

イーヨーツム
くしゃみで増えてはりきるとビッグツムになる小さなツムたちのひとり 「ディズニーツムツムの大冒険」 橋口いくよ著;ウォルト・ディズニー・ジャパン株式会社監修 小学館(小学館ジュニア文庫) 2017年7月

依頼者　いらいしゃ
六年生のアジマが入った地下歩道のトンネルの壁から出てきた異形の何か 「洞窟で待っていた」 松崎有理作;横山えいじ絵 岩崎書店(21世紀空想科学小説) 2013年11月

イリアナ・リーダ(リアナ)
ダメ魔女・ポプルの使い魔、何人もの魔王をとりこにしてきた超美人の女悪魔 「魔法屋ポプル お菓子の館とチョコレートの魔法」 堀口勇太作;玖珂つかさ絵 ポプラ社(魔法屋ポプルシリーズ) 2013年4月

いりあ

イリアナ・リーダ（リアナ）
ダメ魔女・ポプルの使い魔、何人もの魔王をとりこにしてきた超美人の女悪魔 「魔法屋ポプル ドキドキ魔界への旅」 堀口勇太作;玖珂つかさ絵 ポプラ社（魔法屋ポプルシリーズ）2013年4月

イリアナ・リーダ（リアナ）
ダメ魔女・ポプルの使い魔、何人もの魔王をとりこにしてきた超美人の女悪魔 「魔法屋ポプル ドラゴン島のウエディング大作戦!!」 堀口勇太作;玖珂つかさ絵 ポプラ社（魔法屋ポプルシリーズ）2013年4月

イリアナ・リーダ（リアナ）
ダメ魔女・ポプルの使い魔、何人もの魔王をとりこにしてきた超美人の女悪魔 「魔法屋ポプル 時の魔女のダンスパーティー」 堀口勇太作;玖珂つかさ絵 ポプラ社（魔法屋ポプルシリーズ）2013年4月

イリアナ・リーダ（リアナ）
ダメ魔女・ポプルの使い魔、何人もの魔王をとりこにしてきた超美人の女悪魔 「魔法屋ポプル あぶない使い魔と仮面の謎」 堀口勇太作;玖珂つかさ絵 ポプラ社（魔法屋ポプルシリーズ）2013年4月

入江 雨実　いりえ・うみ
発売前のゲームソフトのモニターに選ばれてから一日のゲーム時間がどんどん増えていった小学三年生の少女 「あやしの保健室 2」 染谷果子作;HIZGI絵 小峰書店 2017年4月

入江 颯太　いりえ・そうた
おばあちゃんの住む佐渡島でひと夏を過ごした東京の小学五年生、一キロの遠泳にいどんだ男の子 「青いスタートライン」 高田由紀子作;ふすい絵 ポプラ社（ノベルズ・エクスプレス）2017年7月

いるぞうくん
モンスター・ホテルにあるベッドのしたのほこりのかたまりでできているやさしいベッド・モンスター 「モンスター・ホテルでおひさしぶり」 柏葉幸子作;高畠純絵 小峰書店 2014年4月

イレシュ
ススハム・コタン（シシャモの村）に住むやせっぽっちで狩りも下手なチポロに姉さんのように優しい女の子 「チポロ」 菅野雪虫著 講談社 2015年11月

岩岡 佑　いわおか・たすく
花月小学校五年生の図書委員、イケメンなのに皮肉屋で上から目線でものを言う少年 「ビブリオバトルへ、ようこそ!」 濱野京子作;森川泉絵 あかね書房（スプラッシュ・ストーリーズ）2017年9月

岩熊　いわくま
函館の自転車店「岩熊自転車」の店主、元ツール・ド・フランス日本チームのメカニック 「スマイリング! 岩熊自転車関口俊太」 土橋章宏著 中央公論新社 2016年10月

岩崎 七海　いわさき・ななみ
見た目は派手だが控えめの高校三年生、仲良しグループの莉奈たちと幽霊屋敷と噂される空き家に行くことになった女の子 「呪怨―終わりの始まり」 山本清史著;落合正幸脚本;一瀬隆重脚本 小学館（小学館ジュニア文庫）2015年8月

岩瀬 龍心　いわせ・りゅうしん
入ヶ浜高校の同好会「でこぼこ剣士会」のメンバー、左腕がない一年生 「かまえ!ぼくたち剣士会」 向井湘吾著 ポプラ社 2014年4月

岩田 波留斗　いわた・はると
御図第一小学校六年生、根がやさしくてまわりをよく見ることができる少年 「少年Nの長い長い旅 01」 石川宏千花著;岩本ゼロゴ画 講談社（Ya! entertainment）2016年9月

うぃる

岩田 波留斗（アッシュ）　いわた・はると（あっしゅ）
都市伝説「猫殺し13きっぷ」によって異世界に飛ばされた7人の少年少女の一人、異世界ではエアリアルボードの選手　「少年Nのいない世界 01」石川宏千花著　講談社（講談社タイガ）　2016年9月

岩中さん　いわなかさん
かわいそうな動物を助けるボランティア活動をしている女の人　「おりの中の46ぴきの犬」なりゆきわかこ作;あやか挿絵　KADOKAWA（角川つばさ文庫）　2014年6月

岩永 城児　いわなが・じょうじ
神海島村役場観光課長、毛利探偵の一行を宿泊先に案内した男　「名探偵コナン紺碧の棺（ジョリー・ロジャー）」青山剛昌原作;水稀しま著　小学館（小学館ジュニアシネマ文庫）2014年1月

岩本 孝太郎　いわもと・こうたろう
いろいろな箱を使って作品をつくっている芸術家　「サンドイッチの日」吉田道子作;鈴木びんこ絵　文研出版（文研ブックランド）　2013年11月

【う】

ウー
小学生の女の子ルルとララのお菓子屋さんにクローと二人でやってきたオバケ　「ルルとララのハロウィン」あんびるやすこ作・絵　岩崎書店（おはなしガーデン）　2017年9月

ウァドエバー
国際刑事警察機構の国籍不明の探偵卿、自分の意思でケニアにきた男性　「怪盗クイーン ケニアの大地に立つ」はやみねかおる作;K2商会絵　講談社（青い鳥文庫）　2017年9月

ウィスパー
ニョロロン族の妖怪、小学生のケータを妖怪世界へと導いた自称妖怪執事　「映画妖怪ウォッチ 空飛ぶクジラとダブル世界の大冒険だニャン!」新倉なつき著;日野晃博製作総指揮・原案　小学館（小学館ジュニア文庫）　2017年1月

ウィッチ
魔法薬作りを勉強中の魔法使い見習い、プライドが高い少女　「ぷよぷよ シグのヒミツ」芳野詩子作;こめ苺絵　KADOKAWA（角川つばさ文庫）　2015年7月

ウィッチ・ウォッチ・ウィッチー
ダメ魔女・ポプルの店の「魔女の時計フェア」におとずれた時間魔法を研究している魔女「魔法屋ポプル 時の魔女のダンスパーティー」堀口勇太作;玖珂つかさ絵　ポプラ社（魔法屋ポプルシリーズ）　2013年4月

ウィル
「グリム・ブラザーズ」として知られる天才犯罪コンサルタント　「華麗なる探偵アリス＆ペンギン [4] サマー・トレジャー」南房秀久著;あるやイラスト　小学館（小学館ジュニア文庫）2015年7月

ウィル
ウィッチ・ドール「ブルチネッタ」の使い手で外国人の男の子、チーム「ジャック・オ・ランタン」の副リーダー　「ハロウィン★ナイト! ふしぎな先生と赤い糸のヒミツ」相川真作;黒裄絵　集英社（集英社みらい文庫）　2014年10月

ウィル
ウィッチ・ドール「ブルチネッタ」の使い手で外国人の男の子、チーム「ジャック・オ・ランタン」の副リーダー　「ハロウィン★ナイト! わがままお嬢様とナキムシ執事!?」相川真作;黒裄絵　集英社（集英社みらい文庫）　2014年3月

うぃる

ウィル
ウィッチ・ドールの使い手で毒舌な外国人の男の子、人形狩りのチーム「ジャック・オ・ランタン」の副リーダー 「ハロウィン★ナイト! ウィッチ・ドールなんか大キライ!!」 相川真作;黒桁絵 集英社(集英社みらい文庫) 2013年12月

ウィル
最強の魔術師ラルガスの黄金と女性が大好きな使い魔、見習い魔女ポプルの使い魔・アルの弟 「魔法屋ポプル 砂漠にねむる黄金宮」 堀口勇太作;玖珂つかさ絵 ポプラ社(魔法屋ポプルシリーズ) 2013年4月

ウィルヘム・グリム(ウィル)
「グリム・ブラザーズ」として知られる天才犯罪コンサルタント 「華麗なる探偵アリス&ペンギン [4] サマー・トレジャー」 南房秀久著;あるやイラスト 小学館(小学館ジュニア文庫) 2015年7月

ウイロウ
ゲームクリエイター集団「栗井栄太」のメンバー、二十歳の美大生 「都会(まち)のトム&ソーヤ 11「DOUBLE」上下」 はやみねかおる著;にしけいこ画 講談社(YA! ENTERTAINMENT) 2013年8月

ウェイン
ウェスタウンの郵便局で働く見た目も性格も良い青年、牧場主のナナミの友人 「牧場物語 3つの里の大好きななかま」 髙瀬美恵作;上倉エク絵 KADOKAWA(角川つばさ文庫) 2016年9月

植木 はる子ちゃん うえき・はるこちゃん
小四のひな子と一年生から同じクラスのちょっと変わっている女の子 「わたしのひよこ」 礒みゆき文;ささめやゆき絵 ポプラ社(ポプラ物語館) 2013年5月

上杉 朝日 うえすぎ・あさひ
衆議院議員選挙の候補者・上杉大志の息子、小学三年生 「三島由宇、当選確実!」 まはら三桃著 講談社(講談社・文学の扉) 2016年11月

上杉 和典 うえすぎ・かずのり
「探偵チームKZ」のメンバーの一人、数学が得意な中学一年生 「バレンタインは知っている(探偵チームKZ事件ノート)」 藤本ひとみ原作;住滝良文 講談社(青い鳥文庫) 2013年12月

上杉 和典 うえすぎ・かずのり
開生高校付属中学一年、知的でクールでときに厳しい数学が得意で理論派の少年 「桜坂は罪をかかえる(KZ'Deep File)」 藤本ひとみ著 講談社 2016年10月

上杉 和典 うえすぎ・かずのり
開生高校付属中学一年、知的でクールでときに厳しい数学が得意で理論派の少年 「青い真珠は知っている(KZ'Deep File)」 藤本ひとみ著 講談社 2015年12月

上杉 和典 うえすぎ・かずのり
開生高校付属中学二年、知的でクールでときに厳しい数学が得意で理論派の少年 「いつの日か伝説になる(KZ'Deep File)」 藤本ひとみ著 講談社 2017年5月

上杉 和典 うえすぎ・かずのり
塾仲間の小塚和彦と南アルプスの麓の赤石村で待ち合わせした数学が得意な中学二年生 「断層の森で見る夢は(KZ'Deep File)」 藤本ひとみ著 講談社 2017年11月

上杉 和典 うえすぎ・かずのり
進学塾「秀明ゼミナール」で知り合った五人の仲間と「KZリサーチ事務所」を作った理論派の中学一年生の少年 「アイドル王子は知っている(探偵チームKZ事件ノート)」 藤本ひとみ原作;住滝良文 講談社(青い鳥文庫) 2016年12月

うえす

上杉 和典　うえすぎ・かずのり
進学塾「秀明ゼミナール」で知り合った五人の仲間と「KZリサーチ事務所」を作った理論派
の中学一年生の少年　「お姫さまドレスは知っている(探偵チームKZ事件ノート)」 藤本ひ
とみ原作;住滝良文　講談社(青い鳥文庫) 2014年7月

上杉 和典　うえすぎ・かずのり
進学塾「秀明ゼミナール」で知り合った五人の仲間と「KZリサーチ事務所」を作った理論派
の中学一年生の少年　「ハート虫は知っている(探偵チームKZ事件ノート)」 藤本ひとみ原
作;住滝良文;駒形絵　講談社(青い鳥文庫) 2014年3月

上杉 和典　うえすぎ・かずのり
進学塾「秀明ゼミナール」で知り合った五人の仲間と「KZリサーチ事務所」を作った理論派
の中学一年生の少年　「黄金の雨は知っている(探偵チームKZ事件ノート)」 藤本ひとみ
原作;住滝良文;駒形絵　講談社(青い鳥文庫) 2015年3月

上杉 和典　うえすぎ・かずのり
進学塾「秀明ゼミナール」で知り合った五人の仲間と「KZリサーチ事務所」を作った理論派
の中学一年生の少年　「学校の都市伝説は知っている(探偵チームKZ事件ノート)」 藤本
ひとみ原作;住滝良文;駒形絵　講談社(青い鳥文庫) 2017年3月

上杉 和典　うえすぎ・かずのり
進学塾「秀明ゼミナール」で知り合った五人の仲間と「KZリサーチ事務所」を作った理論派
の中学一年生の少年　「危ない誕生日ブルーは知っている(探偵チームKZ事件ノート)」
藤本ひとみ原作;住滝良文;駒形絵　講談社(青い鳥文庫) 2017年7月

上杉 和典　うえすぎ・かずのり
進学塾「秀明ゼミナール」で知り合った五人の仲間と「KZリサーチ事務所」を作った理論派
の中学一年生の少年　「七夕姫は知っている(探偵チームKZ事件ノート)」 藤本ひとみ原
作;住滝良文;駒形絵　講談社(青い鳥文庫) 2015年7月

上杉 和典　うえすぎ・かずのり
進学塾「秀明ゼミナール」で知り合った五人の仲間と「KZリサーチ事務所」を作った理論派
の中学一年生の少年　「初恋は知っている 若武編(探偵チームKZ事件ノート)」 藤本ひと
み原作;住滝良文;駒形絵　講談社(青い鳥文庫) 2013年7月

上杉 和典　うえすぎ・かずのり
進学塾「秀明ゼミナール」で知り合った五人の仲間と「KZリサーチ事務所」を作った理論派
の中学一年生の少年　「消えた美少女は知っている(探偵チームKZ事件ノート)」 藤本ひ
とみ原作;住滝良文;駒形絵　講談社(青い鳥文庫) 2015年10月

上杉 和典　うえすぎ・かずのり
進学塾「秀明ゼミナール」で知り合った五人の仲間と「KZリサーチ事務所」を作った理論派
の中学一年生の少年　「青いダイヤが知っている(探偵チームKZ事件ノート)」 藤本ひとみ
原作;住滝良文;駒形絵　講談社(青い鳥文庫) 2014年10月

上杉 和典　うえすぎ・かずのり
進学塾「秀明ゼミナール」で知り合った五人の仲間と「KZリサーチ事務所」を作った理論派
の中学一年生の少年　「赤い仮面は知っている(探偵チームKZ事件ノート)」 藤本ひとみ
原作;住滝良文;駒形絵　講談社(青い鳥文庫) 2014年12月

上杉 和典　うえすぎ・かずのり
進学塾「秀明ゼミナール」で知り合った五人の仲間と「KZリサーチ事務所」を作った理論派
の中学一年生の少年　「探偵チームKZ事件ノート」 藤本ひとみ原作;住滝良原作;田浦智
美文　講談社 2016年2月

上杉 和典　うえすぎ・かずのり
進学塾「秀明ゼミナール」で知り合った五人の仲間と「KZリサーチ事務所」を作った理論派
の中学一年生の少年　「天使が知っている(探偵チームKZ事件ノート)」 藤本ひとみ原作;
住滝良文;駒形絵　講談社(青い鳥文庫) 2013年11月

うえす

上杉 和典　うえすぎ・かずのり
進学塾「秀明ゼミナール」で知り合った五人の仲間と「KZリサーチ事務所」を作った理論派の中学一年生の少年　「本格ハロウィンは知っている(探偵チームKZ事件ノート)」藤本ひとみ原作;住滝良文;駒形絵　講談社(青い鳥文庫)　2016年7月

上杉 和典　うえすぎ・かずのり
進学塾「秀明ゼミナール」で知り合った五人の仲間と「KZリサーチ事務所」を作った理論派の中学一年生の少年　「妖怪パソコンは知っている(探偵チームKZ事件ノート)」藤本ひとみ原作;住滝良文;駒形絵　講談社(青い鳥文庫)　2016年3月

上杉 和典　うえすぎ・かずのり
進学塾「秀明ゼミナール」で知り合った五人の仲間と「KZリサーチ事務所」を作った理論派の中学一年生の少年　「裏庭は知っている(探偵チームKZ事件ノート)」藤本ひとみ原作;住滝良文;駒形絵　講談社(青い鳥文庫)　2013年3月

上田 光平　うえだ・こうへい
陸上大会で優勝して区の代表になった陸上一筋の五年生の男の子　「四重奏(カルテット)デイズ」横田明子作　岩崎書店(物語の王国)　2017年11月

上田 凛　うえだ・りん
関西・トラベル・チーム「KTT」のリーダー、「私鉄大好き鉄」の小学五年生の男の子　「電車で行こう! 絶景列車・伊予灘ものがたりと、四国一周の旅」豊田巧作;裕龍ながれ絵　集英社(集英社みらい文庫)　2016年10月

上田 凛　うえだ・りん
関西・トラベル・チーム「KTT」のリーダー、「私鉄大好き鉄」の小学五年生の男の子　「電車で行こう! 川崎の秘境駅と、京急線で桜前線を追え!」豊田巧作;裕龍ながれ絵　集英社(集英社みらい文庫)　2016年3月

上田 凛　うえだ・りん
関西・トラベル・チーム「KTT」のリーダー、「私鉄大好き鉄」の小学五年生の男の子　「電車で行こう! 特急ラピートで海をわたれ!!」豊田巧作;裕龍ながれ絵　集英社(集英社みらい文庫)　2014年4月

上田 六兵太(船長)　うえだ・ろっぺいた(せんちょう)
ゆりの育ての親のおじさん、南洋航路の客船の船長で南の海の島ででかでか人に会ったおじさん　「でかでか人とちびちび人」立原えりか作;つじむらあゆこ絵　講談社(青い鳥文庫)　2015年9月

上野 雨砂　うえの・うさ
横浜みなと女学園中等部2年生、部への昇格を目指すサッカー準クラブのマネージャー　「100%ガールズ 2nd season」吉野万理子著　講談社(Ya! entertainment)　2013年3月

上野 雨砂　うえの・うさ
横浜みなと女学園中等部3年生、準クラブから部へ昇格したサッカー部のマネージャー　「100%ガールズ 3rd season」吉野万理子著　講談社(Ya! entertainment)　2013年10月

上原 美結　うえはら・みゆ
女子アナを目指す日向丘高校放送部二年生、右膝に骨肉腫が見つかった女の子　「さくら坂」千葉朋代作　小峰書店(Sunnyside Books)　2016年6月

上山 秀介　うえやま・しゅうすけ
親友の春馬とともに「絶体絶命ゲーム」に強制参加させられることになった男の子　「絶体絶命ゲーム 2 死のタワーからの大脱出」藤ダリオ作;さいね絵　KADOKAWA(角川つばさ文庫)　2017年7月

上山 幸哉　うえやま・ゆきや
花月小学校六年生の図書副委員長、読み聞かせが上手で本を探している子の相談に乗ったりしているやさしい少年　「ビブリオバトルへ、ようこそ!」濱野京子作;森川泉絵　あかね書房(スプラッシュ・ストーリーズ)　2017年9月

うさぎ

魚住 二葉　うおずみ・ふたば
御図第一小学校六年生、コミカルな印象とは裏腹に声が低く話し方も落ちついている少女
「少年Nの長い長い旅 01」 石川宏千花著;岩本ゼロゴ画　講談社(Ya! entertainment)
2016年9月

魚住 二葉　うおずみ・ふたば
都市伝説「猫殺し13きっぷ」によって異世界に飛ばされた7人の少年少女の一人、みんなの
行方を捜し始めた女の子 「少年Nのいない世界 01」 石川宏千花著　講談社(講談社タイ
ガ) 2016年9月

魚成 壬　うおなり・じん
弁護士をめざし毎日辞書をそばに置いて勉強してきた正義の味方にあこがれる六年生の
少年 「あやしの保健室 2」 染谷果子作;HIZGI絵　小峰書店 2017年4月

ウォルフさん
化野原団地の見学に来た「ヨーロッパ魔もの連合」会長一家のお父さん、オオカミ男 「妖
怪一家のハロウィンー妖怪一家九十九さん [6]」 富安陽子作;山村浩二絵　理論社 2017
年9月

鵜飼 ゆりあ　うかい・ゆりあ
かわいくておしゃれでまんがやアニメが大好きな六年生の女の子 「1% 6－消しさりたい思
い」 このはなさくら作;高上優里子絵　KADOKAWA(角川つばさ文庫) 2017年4月

鵜飼 ゆりあ　うかい・ゆりあ
二次元キャラクターに夢中の小学六年生、99%かなわない恋をしている「チーム1%」のメン
バー 「1% 1－絶対かなわない恋」 このはなさくら作;高上優里子絵　KADOKAWA(角川つ
ばさ文庫) 2015年8月

鵜飼 ゆりあ　うかい・ゆりあ
二次元ラブのゆるふわな小学六年生、99%かなわない恋をしている「チーム1%」のメンバー
「1% 4－好きになっちゃダメな人」 このはなさくら作;高上優里子絵　KADOKAWA(角川
つばさ文庫) 2016年8月

鵜飼 ゆりあ　うかい・ゆりあ
二次元ラブのゆるふわな小学六年生、99%かなわない恋をしている「チーム1%」のメンバー
「1% 5－あきらめたら終わる恋」 このはなさくら作;高上優里子絵　KADOKAWA(角川つ
ばさ文庫) 2016年12月

鵜飼 ゆりあ　うかい・ゆりあ
恋にがんばる6年生の女子グループ「チーム1%」のメンバー、アニメとマンガが大好きな女の
子 「1% 2－絶対会えないカレ」 このはなさくら作;高上優里子絵　KADOKAWA(角川つばさ
文庫) 2015年12月

ウカノ
出雲の王の長兄、跡継ぎをめぐり根の国に兵士を連れて攻めてきた王子 「根の国物語」
久保田香里作;小林葉子絵　文研出版(文研じゅべにーる) 2015年11月

右近衛中将頼宗（頼宗）　うこのえのちゅうじょうよりむね（よりむね）
藤原道長の子、「今光君」と呼ばれている美少年 「紫式部の娘。賢子がまいる!」 篠綾子
作;小倉マユコ絵　静山社 2016年7月

右近（うっちゃん）　うこん（うっちゃん）
お金が大好きな女の子・愛里が行った花川神社にいた動いてしゃべる狛犬 「きんかつ! 恋
する妖狐と舞姫の秘密」 宇津田晴著;わんにゃんぷーイラスト　小学館(小学館ジュニア文
庫) 2017年7月

うさぎ
「おひさまや」に入ってきた1年生のひろしにまほうのめざましどけいをわたしたうさぎ 「おひ
さまやのめざましどけい」 茂市久美子作;よしざわけいこ絵　講談社(どうわがいっぱい)
2013年11月

うさぎ

うさぎ
動物の国のたんてい、こぶたと名たんていになる勉強をしているうさぎ 「三びきのたんてい」 小沢正文 童話館出版（子どもの文学・緑の原っぱシリーズ） 2013年9月

うさぎ（キップ）
うまれたばかりのうさぎの赤ちゃん、おとこのこのシームの弟 「ダヤンとうさぎの赤ちゃん」 池田あきこ著 ほるぷ出版（DAYAN'S COLLECTION BOOKS） 2015年5月

うさぎ（シーム）
生まれたばかりのうさぎの赤ちゃん・キップの兄 「ダヤンとうさぎの赤ちゃん」 池田あきこ著 ほるぷ出版（DAYAN'S COLLECTION BOOKS） 2015年5月

うさぎ（ぴょんぴょん）
わにあじのソフトクリームをたべたことがあるとわににうそをついたうさぎ 「うさぎのぴょんぴょん」 二宮由紀子作;そにしけんじ絵 学研プラス 2016年7月

うさ子 うさこ
やまのなか村でただ一けんのお店「よろずや」の娘、やまのなか小学校の最後の卒業生 「ホテルやまのなか小学校」 小松原宏子作 PHP研究所（みちくさパレット） 2017年7月

宇佐美 桜子 うさみ・さくらこ
大学の研究室にかよう天才高校生 「怪盗レッド 11 アスカ、先輩になる☆の巻」 秋木真作;しゅー絵 KADOKAWA（角川つばさ文庫） 2015年3月

宇佐美さん うさみさん
「ペンション・アニモー」のお客様、ミュージカル劇団の研修生でカンジワルイ若い女の人 「ようこそ、ペンション・アニモーへ」 光丘真理作;岡本美子絵 汐文社 2015年11月

宇佐美 はる子（うさ子） うさみ・はるこ（うさこ）
やまのなか村でただ一けんのお店「よろずや」の娘、やまのなか小学校の最後の卒業生 「ホテルやまのなか小学校」 小松原宏子作 PHP研究所（みちくさパレット） 2017年7月

宇佐美 由良 うさみ・ゆら
母の故郷・桃花町で二週間過ごすことになった四年生、木偶駅に飾られているおひなさま・濃姫に話しかけられた女の子 「ひいな」 いとうみく作 小学館 2017年1月

笛吹 愛 うすい・あい
研究者の父と愛犬ユウと暮らす中学二年生、明るく元気で負けず嫌いな性格の少女 「銀色☆フェアリーテイル 1 あたしだけが知らない街」 藍沢羽衣著;白鳥希美イラスト 小学館（小学館ジュニア文庫） 2016年3月

笛吹 愛 うすい・あい
中学二年生、普通の人間ではなく「クラン」と呼ばれている特殊な種族で人魚の仲間・セイレーンのクランの少女 「銀色☆フェアリーテイル 2」 藍沢羽衣著;白鳥希美イラスト 小学館（小学館ジュニア文庫） 2016年10月

笛吹 愛 うすい・あい
中学二年生、普通の人間ではなく「クラン」と呼ばれている特殊な種族で人魚の仲間・セイレーンのクランの少女 「銀色☆フェアリーテイル 3」 藍沢羽衣著;白鳥希美イラスト 小学館（小学館ジュニア文庫） 2017年5月

ウスズ
伝説の勇者、竜騎士 「竜が呼んだ娘 やみ倉の竜」 柏葉幸子作;佐竹美保絵 朝日学生新聞社 2017年8月

薄葉 健一 うすば・けんいち
福島県立阿田工業高校一年生、貧弱な体つきだがフラダンス愛好会に所属している少年 「フラダン」 古内一絵作 小峰書店（Sunnyside Books） 2016年9月

ウソツキさん
男性に触れると蕁麻疹が出てしまう体質だった女子高生・美亜と交際中の男性、美亜の兄
の同級生 「ウソツキチョコレート 2」 イアム著 講談社（Ya! entertainment） 2013年2月

宇田川 朝子　うだがわ・あさこ
ひふみ学園5年生のモモのクラスメイト、マジメな学級委員の女の子 「いみちぇん! 4 五年
二組のキケンなうわさ」 あさばみゆき作;市井あさ絵 KADOKAWA（角川つばさ文庫）
2015年10月

歌代 愛音　うたしろ・あいね
特待生になった美馬のフィギュアスケートスクールのコーチの娘、スケートが上手な女の子
「ライバル・オン・アイス 2」 吉野万理子作;げみ絵 講談社 2016年12月

歌代 重美　うたしろ・しげみ
小学4年生の美馬が通うことになったフィギュアスケート教室のコーチ 「ライバル・オン・アイス
1」 吉野万理子作;げみ絵 講談社 2016年10月

歌代 重美　うたしろ・しげみ
特待生になった美馬のフィギュアスケートスクールのコーチ 「ライバル・オン・アイス 2」 吉野
万理子作;げみ絵 講談社 2016年12月

歌代 重美　うたしろ・しげみ
特待生の美馬のフィギュアスケートスクールのコーチ 「ライバル・オン・アイス 3」 吉野万理
子作;げみ絵 講談社 2017年3月

内田 卓磨　うちだ・たくま
南三陸町の志津川高校避難所で三百人分の食事を弟の智貴と作ることになった兄、四十
歳の料理人 「あの日起きたこと 東日本大震災 ストーリー311」 ひうらさとる原作絵;ななじ
眺原作絵;さちみりほ原作絵;樋口橘原作絵;うめ原作絵;山室有紀子文 KADOKAWA（角
川つばさ文庫） 2014年2月

内田 智貴　うちだ・ともたか
南三陸町の志津川高校避難所で三百人分の食事を兄の卓磨と作ることになった弟、三十
五歳の料理人 「あの日起きたこと 東日本大震災 ストーリー311」 ひうらさとる原作絵;なな
じ眺原作絵;さちみりほ原作絵;樋口橘原作絵;うめ原作絵;山室有紀子文 KADOKAWA
（角川つばさ文庫） 2014年2月

内田 康夫　うちだ・やすお
浅見家のかかりつけのお医者の内田医院の息子、光彦の兄の同級生でルポライター 「ぼ
くが探偵だった夏－少年浅見光彦の冒険」 内田康夫作;青山浩行絵 講談社（青い鳥文
庫） 2013年7月

宇津井 篤志　うつい・あつし
転校生の裕也よりも前に同じ宮城の学校からきた6年生の転校生 「母さんは虹をつくって
る」 幸原みのり作;佐竹政紀絵 朝日学生新聞社（あさがく創作児童文学シリーズ） 2013
年2月

うっちゃん
お金が大好きな女の子・愛里が行った花川神社にいた動いてしゃべる狛犬 「きんかつ! 恋
する妖狐と舞姫の秘密」 宇津田晴著;わんにゃんぷーイラスト 小学館（小学館ジュニア文
庫） 2017年7月

内海 真衣　うつみ・まい
白鷺小学校五年生、お母さんが「アカシア書店」で働いている読書好きの少女 「アカシア
書店営業中!」 濱野京子作;森川泉絵 あかね書房（スプラッシュ・ストーリーズ） 2015年9
月

うのか

宇野 花音　うの・かのん
「生活向上委員」に恋愛相談をした六年二組の生徒、野球部のエースに憧れている少女
「生活向上委員会! 2 あなたの恋を応援し隊!」 伊藤クミコ作;桜倉メグ絵 講談社(青い鳥
文庫) 2016年10月

馬(いなさ号)　うま(いなさごう)
せんそうちゅうのながさきで生まれた子うま「ながさきの子うま―人形アニメ版」 大川悦生
原作;翼プロダクション作 新日本出版社(アニメでよむ戦争シリーズ) 2016年3月

海一　うみいち
明治のはじめに村にやってきた薬売りの時雨たちと出会った少年「夢見の占い師」 楠章
子作;トミイマサコ絵 あかね書房 2017年11月

海鳴 ツナグ　うみなり・つなぐ
チホが魔法学園へ行く途中で出会った空間をつなぐ魔法が得意な男の子「チホと魔法と
不思議な世界」 マサト真希作;双羽純絵 KADOKAWA(角川つばさ文庫) 2014年5月

うみぼうず
うみにとつぜんあらわれるおおきだだいぶつのようなおばけ「おばけかいぞく おばけの
ポーちゃん2」 吉田純子作;つじむらあゆこ絵 あかね書房 2014年11月

梅くん　うめくん
友だちのナゾトキ姫とリッカくんと三人でナゾを解決する機械にくわしくパソコンでの情報集
めが得意な男の子「ナゾトキ姫は名探偵♥」 阿南まゆき原作・イラスト;時海結以作 小学
館(ちゃおノベルズ) 2013年2月

ウメケロ
しわだらけのウメボシのばあさん「クレヨン王国新十二か月の旅」 福永令三作;椎名優絵
講談社(青い鳥文庫) 2013年12月

うめこん(ミラクルうまいさん)
なんでもあなをうめてしまうわざをもった器用な黒いかげ「ミラクルうまいさんと夏」 令丈ヒロ
子作;原ゆたか絵 講談社(おはなし12か月) 2013年6月

梅崎 仁(梅くん)　うめざき・じん(うめくん)
友だちのナゾトキ姫とリッカくんと三人でナゾを解決する機械にくわしくパソコンでの情報集
めが得意な男の子「ナゾトキ姫は名探偵♥」 阿南まゆき原作・イラスト;時海結以作 小学
館(ちゃおノベルズ) 2013年2月

梅野 正人　うめの・まさと
都会から島へ転校してきた知希の同級生、体格のいい丸刈りの男の子「幽霊魚」 福田隆
浩著 講談社(講談社文学の扉) 2015年6月

梅鉢先生　うめばちせんせい
中学1年の剣志郎の理科の先生、植物から何かを感じ取る能力をもつ男の人「クサヨミ」
藤田雅矢作;中川悠京絵 岩崎書店(21世紀空想科学小説) 2013年8月

埋火 梨花　うもれび・りか
運が悪い少年ニコのクラスメイトで学級委員、かなり真面目で強い女の子「天才発明家ニ
コ&キャット キャット、月に立つ!」 南房秀久著;トリルイラスト 小学館(小学館ジュニア文庫)
2017年12月

埋火 梨花　うもれび・りか
運が悪い少年ニコのクラスメイトで学級委員、かなり真面目で強い女の子「天才発明家ニ
コ&キャット」 南房秀久著;トリルイラスト 小学館(小学館ジュニア文庫) 2017年7月

浦沢 ユラさん　うらさわ・ゆらさん
中学三年生の美少女、中学生の内人と創也が作ったゲーム「夢幻」のプレイヤー「都会(ま
ち)のトム&ソーヤ 14「夢幻」上下」 はやみねかおる著;にしけいこ画 講談社(YA!
ENTERTAINMENT) 2017年2月

うりは

浦沢 ユラさん　うらさわ・ゆらさん
中学生の内人の恋愛指南の師匠、中学三年生の美少女 「都会(まち)のトム&ソーヤ 13 黒須島クローズド」 はやみねかおる著;にしけいこ画 講談社(YA! ENTERTAINMENT) 2015年11月

浦島太郎　うらしまたろう
竜宮城から帰って鶴になった妖怪 「緒崎さん家の妖怪事件簿 [2]桃×団子パニック!」 築山桂著;かすみのイラスト 小学館(小学館ジュニア文庫) 2017年7月

裏無 正道　うらなし・まさみち
海辺野空港で殺された政治家、弁護士・王泥喜が殺人罪で逮捕された事件の被害者 「逆転裁判 逆転空港」 高瀬美恵作;カプコンカバー絵;菊野郎挿絵 KADOKAWA(角川つばさ文庫) 2017年2月

うらなり君(古賀)　うらなりくん(こが)
坊っちゃんが赴任した四国の田舎の中学校の英語教師、顔色の悪い男 「坊っちゃん」 夏目漱石作;竹中はる美編 小学館(小学館ジュニア文庫) 2017年3月

うらなり君(古賀)　うらなりくん(こが)
坊っちゃんが赴任した四国の田舎の中学校の英語教師、顔色の青い男 「坊っちゃん」 夏目漱石作;後路好章編 角川書店(角川つばさ文庫) 2013年5月

浦野 すず　うらの・すず
広島の江波すきで海苔すきを営む家に生まれ育った少女、絵が得意な子 「ノベライズ この世界の片隅に」 こうの史代原作;蒔田陽平ノベライズ 双葉社(双葉社ジュニア文庫) 2016年12月

浦野 天空　うらの・そら
勉強が大好きでマジメな小学5年生、クラスメイトの少女つぼみとココロが入れ替わるようになった少年 「ないしょのつぼみ あたしのカラダ・あいつのココロ」 相馬来良著;やぶうち優原作・イラスト 小学館(小学館ジュニア文庫) 2015年3月

浦辺 満　うらべ・みちる
モデル審査に合格したひとつうえの姉を見返すためにダイエットを始めた五年生の少女 「あやしの保健室 2」 染谷果子作;HIZGI絵 小峰書店 2017年4月

うらら
うらないをしようとでたらめなじゅもんをとなえた四年生 「うらない☆うららちゃん1 うらなって、安倍くん!」 もとしたいづみ作;ぶーた絵 ポプラ社(ポプラ物語館) 2014年4月

うららちゃん
ゴッド・Dに誘われてお父さんのピエロ・ダントツとおやこピエロで「大道芸ワールド・カップ」に出ることにした小学四年生 「大道芸ワールドカップ ねらわれたチャンピオン」 大原興三郎作;こぐれけんじろう絵 静岡新聞社 2013年10月

ウラ・ルカ
狐面の化け物、神様と人間の間にできた半神半人の大男 「繕い屋の娘カヤ」 曄田依子著 岩崎書店 2017年12月

浦和 大地　うらわ・だいち
東京西北学院高校卓球部の2年生、卓球クラブ「チーム山吹」の元メンバー 「チームつばさ」 吉野万理子作 学研教育出版(チームシリーズ) 2013年10月

浦和 陽子　うらわ・ようこ
卓球クラブ「チーム山吹」のメンバー、中学生の美月とダブルスでペアを組むことになった6年生 「チームみらい」 吉野万理子作 学研教育出版(チームシリーズ) 2013年10月

瓜花 明　うりはな・あきら
霊感のある五年生の女の子、和菓子屋の娘 「満員御霊! ゆうれい塾 おしえます、立派なゆうれいになる方法」 野泉マヤ作;森川泉絵 ポプラ社(ポプラポケット文庫) 2014年8月

67

うりは

瓜花 明　うりはな・あきら
霊感のある五年生の女の子、和菓子屋の娘 「満員御霊! ゆうれい塾 ロボットゆうれいのカウントダウン」 野泉マヤ作;森川泉絵 ポプラ社(ポプラポケット文庫) 2015年12月

瓜花 明　うりはな・あきら
霊感のある五年生の女の子、和菓子屋の娘 「満員御霊! ゆうれい塾 封じられた学校の怪談」 野泉マヤ作;森川泉絵 ポプラ社(ポプラポケット文庫) 2015年8月

ウリ坊　うりぼう
小学6年生のおっこが若おかみ修行中の旅館「春の屋」に住みつくユーレイ、実は祖母峰子の幼なじみ 「若おかみは小学生! Part20 花の湯温泉ストーリー」 令丈ヒロ子作;亜沙美絵 講談社(青い鳥文庫) 2013年7月

瓜生 御影　うりゅう・みかげ
アイドル的な容姿で優しく朗らかなクラスの人気者、少女リンと婚約した3悪魔のひとりで本性は嫉妬深く甘えん坊 「白魔女リンと3悪魔 レイニー・シネマ」 成田良美著;八神千歳イラスト 小学館(小学館ジュニア文庫) 2015年12月

瓜生 御影　うりゅう・みかげ
白魔女のリンと婚約した3悪魔の一人、猫の時はルビー色の眼の黒猫で炎を操る悪魔 「白魔女リンと3悪魔 ダークサイド・マジック」 成田良美著;八神千歳イラスト 小学館(小学館ジュニア文庫) 2017年1月

瓜生 御影　うりゅう・みかげ
白魔女のリンと婚約した3悪魔の一人、猫の時はルビー色の眼の黒猫で炎を操る悪魔 「白魔女リンと3悪魔 フルムーン・パニック」 成田良美著;八神千歳イラスト 小学館(小学館ジュニア文庫) 2017年7月

ウーリン
「うつろ夢」の世界にすむ背中に白い羽をはやした子猫のような不思議な生き物 「夢の守り手 うつろ夢からの逃亡者」 廣嶋玲子作;二星天絵 ポプラ社(ポプラポケット文庫) 2015年11月

うるう
開発された住宅地の近くの森のなかにいたおばけ、いつも余りの1になるので森にかくれるようになったという男 「うるうのもり」 小林賢太郎絵と文 講談社 2016年2月

ウルゴ・デスタス(ウィル)
最強の魔術師ラルガスの黄金と女性が大好きな使い魔、見習い魔女ポプルの使い魔・アルの弟 「魔法屋ポプル 砂漠にねむる黄金宮」 堀口勇太作;玖珂つかさ絵 ポプラ社(魔法屋ポプルシリーズ) 2013年4月

ウロボロス
夜な夜な街に現れては犯罪者を狩る謎の集団 「怪盗探偵山猫 虚像のウロボロス」 神永学作;ひと和絵 KADOKAWA(角川つばさ文庫) 2016年3月

ウワバミ
龍王交代に必要な「龍の宝珠」を生む「玉」をねらっている変幻自在の「邪の者」 「龍神王子(ドラゴン・プリンス)! 5」 宮下恵茉作;kaya8絵 講談社(青い鳥文庫) 2015年11月

雲外鏡　うんがいきょう
童守高校の教室にある壁ぎわの大きな鏡の中にいた邪悪な妖怪 「地獄先生ぬ〜べ〜 ドラマノベライズ 地獄先生、登場!!」 真倉翔原作;岡野剛原作;岡崎弘明著;マルイノ絵 集英社(集英社みらい文庫) 2014年12月

運転手　うんてんしゅ
不要になった人間を回収する「人間回収車」の黒髪の運転手 「人間回収車－絶望の果て先」 泉道亜紀原作・イラスト;後藤リウ著 小学館(小学館ジュニア文庫) 2017年12月

えおか

運転手　うんてんしゅ
不要になった人間を回収する「人間回収車」の黒髪の運転手　「人間回収車－地獄からの使者」　泉道亜紀原作・イラスト;後藤リウ著　小学館(小学館ジュニア文庫)　2017年5月

運転手(佐藤)　うんてんしゅ(さとう)
謎の紳士「貴族探偵」の運転手兼ボディーガード、巨体の男性　「貴族探偵 みらい文庫版」　麻耶雄嵩作;きろばいと絵　集英社(集英社みらい文庫)　2017年5月

海野 六郎　うんの・ろくろう
戦国武将・真田幸村に仕えた十勇士のひとり、古くから幸村に仕えていた沈着冷静な家臣　「真田幸村と十勇士 ひみつの大冒険編」　奥山景布子著;RICCA絵　集英社(集英社みらい文庫)　2016年6月

海野 六郎　うんの・ろくろう
戦国武将・真田幸村に仕えた十勇士のひとり、古くから幸村に仕えていた沈着冷静な家臣　「真田幸村と十勇士」　奥山景布子著;RICCA絵　集英社(集英社みらい文庫)　2015年11月

海野 六郎　うんの・ろくろう
戦国武将・真田幸村の家臣、一時行方不明になったが記憶がもどった剣の使い手　「真田十勇士 3 激闘、大坂の陣」　小前亮作　小峰書店　2016年2月

海野 六郎　うんの・ろくろう
戦国武将・真田幸村の家臣、船上で敵の攻撃を受け海に消えてから十年以上行方不明の男　「真田十勇士 2 決起、真田幸村」　小前亮作　小峰書店　2015年12月

雲雲　うんぷう
まほろ姫のやしきがあるギンナン山の里にきた都の絵師　「まほろ姫とにじ色の水晶玉」　なかがわちひろ作　偕成社　2017年12月

【え】

英語じてん　えいごじてん
本の中から出てきたしゅじんこうたちと『たのしいことわざの国』という本の中に遠足にいったまんねん小学校図書室の英語じてん　「図書室の日曜日 遠足はことわざの国」　村上しいこ作;田中六大絵　講談社(わくわくライブラリー)　2016年11月

エイプリル
ハーブの薬屋さん・ジャレットの友だち、ピアノがうまい女の子　「エイプリルと魔法のおくりもの－魔法の庭ものがたり18」　あんびるやすこ作・絵　ポプラ社(ポプラ物語館)　2015年12月

エイプリル
ハーブの薬屋さん・ジャレットの友だち、ピアノがうまい女の子　「魔女カフェのしあわせメニュー－魔法の庭ものがたり15」　あんびるやすこ作・絵　ポプラ社(ポプラ物語館)　2014年3月

エイプリル
魔女の遺産を相続した女の子ジャレットのともだち、ピアノがうまい女の子　「うらない師ルーナと三人の魔女」　あんびるやすこ作・絵　ポプラ社(ポプラ物語館)　2017年12月

エイミー・エジャートン
夏になるとロンドンからナッツフォードのマナーハウスで過ごすのを楽しみにしている十歳の少女、男爵の娘　「森の彼方に over the forest」　早坂真紀著　徳間書店　2013年4月

江岡 慧一　えおか・けいいち
入ヶ浜高校の同好会「でこぼこ剣士会」のメンバー、体が小さく力も弱いが論理で剣道ができる一年生　「かまえ!ぼくたち剣士会」　向井湘吾著　ポプラ社　2014年4月

69

えかき

絵描き　えかき
凍てつくサンジェルマン通りで絵を売っている年をとった絵描き 「絵描きと天使」 石倉欣二作・絵　ポプラ社　2016年9月

エカテリーナ姫　えかてりーなひめ
ドコナンダ城に住んでいる美しい6人のお姫さまの一人、長いプラチナブロンドの髪にすみれ色のひとみの姫 「6人のお姫さま」 二宮由紀子作;たんじあきこ絵　理論社　2013年7月

Aガール　えーがーる
だれかの「いらない物」を盗む怪盗の相棒 「はっぴー♪ペンギン島!! ペンギン、空を飛ぶ!」 名取なずな作;黒裄絵　集英社（集英社みらい文庫）　2014年8月

A金先生　えーきんせんせい
金魚 「クレヨン王国超特急24色ゆめ列車」 福永令三作;椎名優絵　講談社（青い鳥文庫）　2015年6月

江口 瑠香　えぐち・るか
銀杏が丘第一小学校五年一組で杉下元の幼なじみ、すなおで正義感も強いクルリンとカールした髪の少女 「IQ探偵ムー おばあちゃんと宝の地図」 深沢美潮作;山田J太画　ポプラ社（ポプラカラフル文庫）　2014年7月

江口 瑠香　えぐち・るか
銀杏が丘第一小学校五年一組で杉下元の幼なじみ、すなおで正義感も強いクルリンとカールした髪の少女 「IQ探偵ムー マラソン大会の真実　上下」 深沢美潮作;山田J太画　ポプラ社（ポプラカラフル文庫）　2013年4月

江口 瑠香　えぐち・るか
銀杏が丘第一小学校五年一組で杉下元の幼なじみ、すなおで正義感も強いクルリンとカールした髪の少女 「IQ探偵ムー 自転車泥棒と探偵団」 深沢美潮作;山田J太画　ポプラ社（ポプラカラフル文庫）　2013年10月

江口 瑠香　えぐち・るか
銀杏が丘第一小学校五年一組で杉下元の幼なじみ、すなおで正義感も強い少女 「IQ探偵ムー スケートリンクは知っていた(IQ探偵シリーズ)」 深沢美潮作;山田J太画　ポプラ社　2013年4月

エコロ
さまざまな世界を旅してまわっている「時空の旅人」 「ぷよぷよ サタンのスペース遊園地」 芳野詩子作;こめ苺絵　KADOKAWA（角川つばさ文庫）　2016年2月

エース
凶悪なモンスターに立ち向かい人々を守る英雄・龍喚士、パトロールと修行をかねて各地を旅していた少年 「パズドラクロス 2」 ガンホー・オンライン・エンターテイメント;パズドラクロスプロジェクト2017原作;テレビ東京原作;諸星崇著　双葉社（双葉社ジュニア文庫）　2017年7月

エース
港町ビエナシティに住む十二歳、凶悪なモンスターに立ち向かい人々を守る英雄・龍喚士になりたい少年 「パズドラクロス 1」 ガンホー・オンライン・エンターテイメント;パズドラクロスプロジェクト2017原作;テレビ東京原作;諸星崇著　双葉社（双葉社ジュニア文庫）　2017年4月

獲通子さん　えずこさん
魔界怖会長の秘書、着物が大好きな働き者 「若おかみは小学生! Part19 花の湯温泉ストーリー」 令丈ヒロ子作;亜沙美絵　講談社（青い鳥文庫）　2013年3月

獲通子さん　えずこさん
魔界怖会長の秘書、着物が大好きな働き者 「若おかみは小学生! Part20 花の湯温泉ストーリー」 令丈ヒロ子作;亜沙美絵　講談社（青い鳥文庫）　2013年7月

えどが

エスプリャーナ
子犬のシナモンが時空をこえてやってきたシュクル王国に住む犬の女の子、歌姫 「シナモ
ロール シナモンのふしぎ旅行」 芳野詩子作;霧賀ユキ絵 KADOKAWA(角川つばさ文
庫) 2014年9月

えだいち
お母さんと二人で暮らす男の子、勉強もできず運動もからきしで5年生になるまで友人と遊
んだこともなかった少年 「しずかな日々」 椰月美智子作;またよし絵 講談社(青い鳥文
庫) 2014年6月

江田 正樹　えだ・まさき
じいちゃんが設計し来年解体される市民資料館の全景をスケッチしている孫の中学生 「丸
天井の下の「ワーオ!」」 今井恭子作;小倉マユコ画 くもん出版(くもんの児童文学) 2015
年7月

枝田 光輝(えだいち)　えだ・みつき(えだいち)
お母さんと二人で暮らす男の子、勉強もできず運動もからきしで5年生になるまで友人と遊
んだこともなかった少年 「しずかな日々」 椰月美智子作;またよし絵 講談社(青い鳥文
庫) 2014年6月

越前 リョーマ　えちぜん・りょーま
青春学園中等部テニス部の一年生、アメリカのジュニア大会で4連続優勝したテニスの王子
様 「テニスの王子様 [2] 対決！漆黒の不動峰中」 許斐剛原作・絵;影山由美著 集英社
(集英社みらい文庫) 2015年7月

越前 リョーマ　えちぜん・りょーま
青春学園中等部一年生、アメリカのジュニア大会で4連続優勝したテニスの王子様 「テニ
スの王子様 [1] その名は越前リョーマ」 許斐剛原作・絵;影山由美著 集英社(集英社みら
い文庫) 2015年6月

エティエンヌ
アムリオン王国を守る白天馬騎士団一の人気者、サクノス家の美形三兄弟の三男 「トリシ
アは魔法のお医者さん!! 7 ペガサスは恋のライバル!?」 南房秀久著;小笠原智史絵 学研
教育出版 2014年4月

江戸川 コナン　えどがわ・こなん
次々と起きる事件を解決する小学生の男の子 「小説名探偵コナン CASE1」 青山剛昌原
作・イラスト;土屋つかさ著 小学館(小学館ジュニア文庫) 2015年7月

江戸川 コナン　えどがわ・こなん
次々と起きる事件を解決する小学生の男の子 「小説名探偵コナン CASE2」 青山剛昌原
作・イラスト;土屋つかさ著 小学館(小学館ジュニア文庫) 2015年11月

江戸川 コナン　えどがわ・こなん
次々と起きる事件を解決する小学生の男の子 「小説名探偵コナン CASE3」 青山剛昌原
作・イラスト;土屋つかさ著 小学館(小学館ジュニア文庫) 2016年3月

江戸川 コナン　えどがわ・こなん
次々と起きる事件を解決する小学生の男の子 「小説名探偵コナン CASE4」 青山剛昌原
作・イラスト;土屋つかさ著 小学館(小学館ジュニア文庫) 2016年10月

江戸川 コナン　えどがわ・こなん
次々と起きる事件を解決する小学生の男の子 「名探偵コナン異次元の狙撃手(スナイ
パー)」 青山剛昌原作;水稀しま著 小学館(小学館ジュニアシネマ文庫) 2014年4月

江戸川 コナン　えどがわ・こなん
次々と起きる事件を解決する小学生の男の子 「名探偵コナン銀翼の奇術師(マジシャン)」
 青山剛昌原作;水稀しま著 小学館(小学館ジュニア文庫) 2014年7月

えどが

江戸川 コナン　えどがわ・こなん
次々と起きる事件を解決する小学生の男の子　「名探偵コナン江戸川コナン失踪事件」　青山剛昌原作;百瀬しのぶ著　小学館（小学館ジュニア文庫）2014年12月

江戸川 コナン　えどがわ・こなん
次々と起きる事件を解決する小学生の男の子　「名探偵コナン紺碧の棺（ジョリー・ロジャー）」　青山剛昌原作;水稀しま著　小学館（小学館ジュニアシネマ文庫）2014年1月

江戸川 コナン　えどがわ・こなん
次々と起きる事件を解決する小学生の男の子　「名探偵コナン水平線上の陰謀（ストラテジー）」　青山剛昌原作;水稀しま著　小学館（小学館ジュニア文庫）2014年8月

江戸川 コナン　えどがわ・こなん
次々と起きる事件を解決する小学生の男の子　「名探偵コナン戦慄の楽譜（フルスコア）」　青山剛昌原作;水稀しま著　小学館（小学館ジュニアシネマ文庫）2014年3月

江戸川 コナン　えどがわ・こなん
次々と起きる事件を解決する小学生の男の子　「名探偵コナン迷宮の十字路（クロスロード）」　青山剛昌原作;水稀しま著　小学館（小学館ジュニア文庫）2015年1月

江戸川 コナン（工藤 新一）　えどがわ・こなん（くどう・しんいち）
子どもの姿になってしまった高校生探偵、『江戸川コナン』と名乗り正体を隠している少年　「名探偵コナン純黒の悪夢（ナイトメア）」　青山剛昌原作;水稀しま著　小学館（小学館ジュニア文庫）2016年4月

エドワード・クラーク
USNA国家科学局所属の技術者、大規模情報システムの専門家　「魔法科高校の劣等生 23 孤立編」　佐島勤著　KADOKAWA（電撃文庫）2017年8月

エナメル
神奈川県警横浜大黒署の特殊捜査課のおしゃれでチャラい刑事、悪の組織・レッドヴィーナスの罠にかかって子どもになってしまった刑事　「コドモ警察」　時海結以著;福田雄一脚本　小学館（小学館ジュニアシネマ文庫）2013年3月

江ノ島　えのしま
小学四年生の時に野外学習で訪れた山で魔女から一度死んでも蘇る木の実をもらった六人の一人、女子高生・藤沢に恨まれている男子高校生　「もうひとつの命」　入間人間著　KADOKAWA（メディアワークス文庫）2017年12月

榎本 虎太朗　えのもと・こたろう
中学一年生の雛の幼なじみ、小さな頃から雛を好きな男の子　「好きになるその瞬間を。」　HoneyWorks原案;香坂茉里作　KADOKAWA（角川つばさ文庫）2016年12月

榎本 夏樹　えのもと・なつき
幼なじみの優に片想い中の女の子、美術部員の高校三年生　「ずっと前から好きでした。－告白実行委員会」　HoneyWorks原案;アニプレックス企画・監修;香坂茉里作　KADOKAWA（角川つばさ文庫）2016年4月

エバ先生　えばせんせい
ゆうれいのための塾「ゆうれい塾」の塾長　「満員御霊! ゆうれい塾 おしえます、立派なゆうれいになる方法」　野泉マヤ作;森川泉絵　ポプラ社（ポプラポケット文庫）2014年8月

江原 シュリ　えはら・しゅり
勉強第一の超エリート校・オメガ高校の生徒、生徒会長で超天才の相川ユリアの彼氏で探偵事務所の息子　「エリートジャック!! ミラクルガールは止まらない!!」　宮沢みゆき著;いわおかめめ原作・イラスト　小学館（小学館ジュニア文庫）2014年3月

えまろ

江原 シュリ　えはら・しゅり
勉強第一の超エリート校・オメガ高校の生徒、生徒会長で超天才の相川ユリアの彼氏で探偵事務所の息子　「エリートジャック!! ミラクルチャンスをつかまえろ!!」 宮沢みゆき著;いわおかめめ原作・イラスト　小学館(小学館ジュニア文庫) 2015年3月

江原 シュリ　えはら・しゅり
勉強第一の超エリート校・オメガ高校の生徒、生徒会長で超天才の相川ユリアの彼氏で探偵事務所の息子　「エリートジャック!! めざせ、ミラクル大逆転!!」 宮沢みゆき著;いわおかめめ原作・イラスト　小学館(小学館ジュニア文庫) 2014年8月

江原 シュリ　えはら・しゅり
勉強第一の超エリート校・オメガ高校の生徒、生徒会長で超天才の相川ユリアの彼氏で探偵事務所の息子　「エリートジャック!! 発令!ミラクルプロジェクト!!」 宮沢みゆき著;いわおかめめ原作・イラスト　小学館(小学館ジュニア文庫) 2015年11月

エヴァンドロ・ペッパローニ監督　えばんどろぺっぱろーにかんとく
サッカーアラブ首長国連邦代表チームの名監督　「代表監督は11歳!! 4 激突!!W杯アジア最終予選!の巻」 秋口ぎぐる作;八田祥治作;ブロッコリー子絵　集英社(集英社みらい文庫) 2013年5月

恵比寿さん　えびすさん
年に一度の慰安旅行で大阪にでかけた七福神の一人、大きな鯛と釣竿を持った福々しいお顔の神様　「七福神の大阪ツアー」 くまざわあかね作;あおきひろえ絵　ひさかたチャイルド 2017年4月

海老名 五十鈴　えびな・いすず
世間知らずなお嬢様の香琳の幼なじみ、幼いころから香琳を思い続ける男の子　「映画 未成年だけどコドモじゃない」 宮沢みゆき著;水波風南原作;保木本佳子脚本　小学館(小学館ジュニア文庫) 2017年12月

蛯原 仁　えびはら・じん
幼い頃からの歌舞伎役者で河内山学院高等部一年生、梨園の名門「白銀屋」の御曹司　「カブキブ! 3 - 伝われ、俺たちの歌舞伎!」 榎田ユウリ作;十峯なるせ絵　KADOKAWA(角川つばさ文庫) 2017年11月

海老原先生　えびはらせんせい
バドミントンの名門横浜湊高校の監督　「ラブオールプレー」 小瀬木麻美[著] ポプラ社(teenに贈る文学) 2015年4月

海老原先生　えびはらせんせい
バドミントンの名門横浜湊高校の監督　「君は輝く!(ラブオールプレー)」 小瀬木麻美[著] ポプラ社(teenに贈る文学) 2015年4月

海老原先生　えびはらせんせい
バドミントンの名門横浜湊高校の監督　「風の生まれる場所(ラブオールプレー)」 小瀬木麻美[著] ポプラ社(teenに贈る文学) 2015年4月

海老原先生　えびはらせんせい
バドミントンの名門横浜湊高校の監督　「夢をつなぐ風になれ(ラブオールプレー)」 小瀬木麻美[著] ポプラ社(teenに贈る文学) 2015年4月

エビフライ
おおきなスーパーのしょくひんうりばにあるあげものコーナーからにげだした一本のエビフライ　「にげたエビフライ」 村上しいこ作;さとうめぐみ絵　講談社(たべもののおはなしシリーズ) 2017年1月

恵麻呂　えまろ
近江国の篠原駅家をとりしきる広楯に頼りにされている若手の駅子、大がらな男　「駅鈴(はゆまのすず)」 久保田香里作　くもん出版 2016年7月

えみ

エミ
美術部の中学1年生、らくがきした絵が動きだすっていうふしぎな能力を持つ子 「らくがき☆ポリス 2 キミのとなりにいたいから!」 まひる作;立樹まや絵 KADOKAWA(角川つばさ文庫) 2017年2月

エミ
美術部の中学1年生、らくがきした絵が動きだすっていうふしぎな能力を持つ子 「らくがき☆ポリス 3 流れ星に願うなら!?」 まひる作;立樹まや絵 KADOKAWA(角川つばさ文庫) 2017年9月

江美 えみ
梨子と同じバレエ教室に通う生徒、梨子の足につまづいて捻挫した女の子 「魔女っ子バレリーナ☆梨子 4 発表会とコロボックル」 深沢美潮作;羽戸らみ絵 角川書店(角川つばさ文庫) 2013年5月

えみちゃん
一人であそんでいたりいるすばんしているときにあらわれるくろねこと友だちになった小学生の女の子 「くろねこのどん」 岡野かおる子作;上路ナオ子絵 理論社 2016年3月

エメルダ
悪魔のゲーム「ナイトメア」の第二ステージに出現した「漆黒の魔塔」にいた謎めいた女性で舞たちの敵 「オンライン! 14 鎧のエメルダと漆黒の魔塔」 雨蛙ミドリ作;大塚真一郎絵 KADOKAWA(角川つばさ文庫) 2017年11月

エリ
別世界のサクラワカバ島の住人、料理と宿の店「ひつじ亭」の娘でネコに変身することができる六年生の少女 「森の石と空飛ぶ船」 岡田淳作 偕成社(偕成社ワンダーランド) 2016年12月

エーリオ
大臣ブーエによって宮廷建築士の父親とともに地下牢に閉じこめられていた少年 「ユニコーンの乙女 決戦のとき」 牧野礼作;sime絵 講談社(青い鳥文庫) 2015年11月

エーリオ
大臣ブーエによって宮廷建築士の父親とともに地下牢に閉じこめられていた少年 「ユニコーンの乙女 地下通路と王宮の秘密」 牧野礼作;sime絵 講談社(青い鳥文庫) 2015年5月

エリオ・ヴィズマン
魔力が低い魔女、元「古き信仰の徒」の信徒で二十二歳の青年 「終焉の王国 2 偽りの乙女と赤の放浪者」 梨沙著;雪広うたこ[画] 朝日新聞出版 2014年10月

絵里香 えりか
トリマーを目指す明日香の六歳下の妹 「天国の犬ものがたり 夢のバトン」 藤咲あゆな著;堀田敦子原作;環方このみイラスト 小学館(小学館ジュニア文庫) 2016年2月

エリサ
年末にフィンランドからやってきた日本もおせちもはじめての小学五年生の女の子 「男子★弁当部 あけてびっくり!オレらのおせち大作戦!」 イノウエミホコ作;東野さとる絵 ポプラ社(ポプラ物語館) 2014年11月

エリーさん(シノハラ エリコ) えりーさん(しのはら・えりこ)
昔ドイツに住んでいたことがある女の人、あるテディベアを探していた人 「テディベア探偵 18年目のプロポーズ」 山本悦子作;フライ絵 ポプラ社(ポプラポケット文庫) 2016年1月

エリス
「七魔が沼」で魔女バジルが出会った不和と争いを好む闇の魔女 「魔女バジルと闇の魔女」 茂市久美子作;よしざわけいこ絵 講談社(わくわくライブラリー) 2017年9月

えんし

エリーゼ
樫の木タウンのマーガレット牧場の牧場主でとってもお金持ちのお嬢様 「牧場物語 ほのぼの牧場へようこそ!」 高瀬美恵作;上倉エク絵;はしもとよしふみ(マーベラス)監修 KADOKAWA(角川つばさ文庫) 2015年4月

エリック
氷の国出身のオノを操る戦士、王国を取り戻すためにスノーホワイトといっしょに戦った仲間のひとり 「スノーホワイト 氷の王国」 はのまきみ著 集英社(集英社みらい文庫) 2016年6月

エリナ
セレクトショップ「ハピネス」の新米店長、自分には個性が足りないと悩むスタイリスト 「わがままファッションGIRLS MODE 2 おしゃれに大切なこと」 高瀬美恵作;桃雪琴梨絵 KADOKAWA(角川つばさ文庫) 2013年12月

エリナ
世界的なファッションショー「ワールドクイーン・コンテスト」に出ることになったスタイリスト、「ハピネス」の店長 「わがままファッションGIRLS MODE 3 最高のコーデ&スマイル」 高瀬美恵作;桃雪琴梨絵 KADOKAWA(角川つばさ文庫) 2014年5月

エリナ
通りかかったセレクトショップ「ルキナ」でバイトをすることになった女の子 「わがままファッションGIRLS MODE」 高瀬美恵作;桃雪琴梨絵 アスキー・メディアワークス(角川つばさ文庫) 2013年4月

エル
小さくて白い天界のユニコーン、「プリンセスDNA」を持つルナの相棒 「まさかわたしがプリンセス!? 2 クレオパトラは、絶体絶命!」 吉野紅伽著;くまの柚子絵 KADOKAWA 2013年10月

エル
中学一年生の瑠奈のミッションを助けるために大天使ガブリエルから派遣されたユニコーン 「まさかわたしがプリンセス!? 1 目がさめたら、マリー・アントワネット!」 吉野紅伽著;くまの柚子絵 メディアファクトリー 2013年3月

エルザ
古い雑貨屋『天野屋』のひとり娘・くるみの曾祖母、ドイツからきた外国人 「くるみの冒険 1 魔法の城と黒い竜」 村山早紀作;巣町ひろみ絵 童心社 2016年3月

エルフリーデちゃん
化野原団地の見学に来た「ヨーロッパ魔もの連合」会長一家の長女、魔女 「妖怪一家のハロウィン-妖怪一家九十九さん [6]」 富安陽子作;山村浩二絵 理論社 2017年9月

エレオノーレ・シュミット
ドイツの平和を守るための武装集団「ホテルベルリン」4代目総帥の少女 「怪盗クイーン ケニアの大地に立つ」 はやみねかおる作;K2商会絵 講談社(青い鳥文庫) 2017年9月

エレナ
小学五年生の燈馬の田舎の幼なじみ・宗佑のクラスメート、関西弁の派手な女の子 「幽霊屋敷のアイツ」 川口雅幸著 アルファポリス 2017年7月

エン
少年仙人ファイと同じ師匠の元で学んだ仙人、ファイの兄弟子 「どきどきキョンシー娘々」 水島朱音・;榎本事務所作;真琉樹絵 富士見書房(角川つばさ文庫) 2013年5月

エンション
女子高生のココネの夢の中に出てくるハートランドのお姫様 「ひるね姫」 神山健治作;よん挿絵 KADOKAWA(角川つばさ文庫) 2017年3月

75

えんど

遠藤 佳純　えんどう・かすみ
中学生の創也の祖母が会長をつとめる一流企業「竜王グループ」の社員、小柄で地味な女性　「都会(まち)のトム&ソーヤ 14「夢幻」上下」はやみねかおる著;にしけいこ画　講談社(YA! ENTERTAINMENT)　2017年2月

遠藤 沙耶　えんどう・さや
小学五年生のつぼみのクラスにきた大人っぽくて神秘的な転校生の少女　「ないしょのつぼみ ~さよならのプレゼント~」相馬来良著;やぶうち優原作・イラスト　小学館(小学館ジュニア文庫)　2014年10月

遠藤さん　えんどうさん
旅行会社「エンドートラベル」の社長、行先不明のミステリーツアーをプロデュースしたおじさん　「電車で行こう! 黒い新幹線に乗って、行先不明のミステリーツアーへ」豊田巧作;裕龍ながれ絵　集英社(集英社みらい文庫)　2017年4月

遠藤 蓮美　えんどう・はすみ
お父さんの仕事の都合で何度も転校を繰り返してきたため上手に友だちを作れない五年生の少女　「金魚たちの放課後」河合二湖著　小学館(小学館ジュニア文庫)　2016年9月

遠藤 マコト　えんどう・まこと
多々丸中央小学校四年生、飼っている子猫と話ができるという男の子　「ルルル♪動物病院 2 猫と話す友だち」後藤みわこ作;十々夜絵　岩崎書店　2015年2月

遠藤 克　えんどう・まさる
南三陸町で東日本大震災にあいS中学校で避難生活をした一家の父親　「あの日起きたこと 東日本大震災 ストーリー311」ひうらさとる原作絵;ななじ眺原作絵;さちみりほ原作絵;樋口橘原作絵;うめ原作絵;山室有紀子文　KADOKAWA(角川つばさ文庫)　2014年2月

えんぴつ太郎　えんぴつたろう
つかわれているうちにえんぴつけずりでもけずれないほどみじかくなったとてもかきよいえんぴつ　「えんぴつ太郎のぼうけん」佐藤さとる作;岡本順絵　鈴木出版(おはなしのくに)　2015年3月

エンマ
三ツ星学園の雑誌「パーティー」編集部員の中学一年生、学園一の不良の男の子　「こちらパーティー編集部っ! 3 合宿はキケンがいっぱい!!」深海ゆずは作;榎木りか絵　KADOKAWA(角川つばさ文庫)　2015年5月

エンマ
三ツ星学園の雑誌「パーティー」編集部員の中学一年生、学園一の不良の男の子　「こちらパーティー編集部っ! 4 雑誌コンクールはガケっぷち!?」深海ゆずは作;榎木りか絵　KADOKAWA(角川つばさ文庫)　2015年9月

エンマ
三ツ星学園の雑誌「パーティー」編集部員の中学一年生、学園一の不良の男の子　「こちらパーティー編集部っ! 5 ピンチはチャンス!新編集部、始動」深海ゆずは作;榎木りか絵　KADOKAWA(角川つばさ文庫)　2016年1月

エンマ
三ツ星学園の雑誌「パーティー」編集部員の中学一年生、学園一の不良の男の子　「こちらパーティー編集部っ! 8 絶対ヒミツの同居人!?」深海ゆずは作;榎木りか絵　KADOKAWA(角川つばさ文庫)　2017年1月

えんまだいおう
ひとびとのやったわるいことをみて"てんごくいき"か"じごくいき"かをきめるこわいさいばんかん　「おばけのたんけん おばけのポーちゃん6」吉田純子作;つじむらあゆこ絵　あかね書房　2017年7月

【お】

オイカワ
七人兄妹の四番目、家庭環境に問題があり窃盗癖もある六年生の少年 「おひさまへんにブルー」 花形みつる著 国土社 2015年5月

追川 鉄平 おいかわ・てっぺい
野球がうまい小学六年生、野球をする場所もお金もなくいつもイライラしている男の子 「ブルースマンと小学生」 こうだゆうじ作;スカイエマ画 学研教育出版(ティーンズ文学館) 2014年3月

及川 なずな おいかわ・なずな
クラスで孤立している大人びた小学六年生、少年・典道のクラスに転校してきた女の子 「少年たちは花火を横から見たかった」 岩井俊二著;永地挿絵 KADOKAWA(角川つばさ文庫) 2017年8月

及川 なずな おいかわ・なずな
二年前に東京から古い漁師町に引っ越してきた洗練された雰囲気の中学一年生の少女 「打ち上げ花火、下から見るか?横から見るか?」 岩井俊二原作;大根仁著 KADOKAWA(角川つばさ文庫) 2017年6月

オイチャン
孤児の女の子チョロと神楽殿に住んでいる目の見えないおじさん 「六時の鐘が鳴ったとき」 井上夕香作;エヴァーソン朋子絵 てらいんく 2016年9月

王様 おうさま
ある命令を書いた手紙を山奥にある夜鳴村の村人に送った謎の人物 「王様ゲーム 起源8.08」 金沢伸明著;千葉イラスト 双葉社(双葉社ジュニア文庫) 2017年3月

王様 おうさま
ある命令を書いた手紙を山奥にある夜鳴村の村人に送った謎の人物 「王様ゲーム 起源8.14」 金沢伸明著;千葉イラスト 双葉社(双葉社ジュニア文庫) 2017年7月

王様 おうさま
自分勝手な毎日を送っていたある国の一人の独裁者、死後とても恐ろしい七つの罰を受けることになった王様 「してはいけない七つの悪いこと」 やまもとよしあき著 青山ライフ出版 2017年7月

王様(佐藤) おうさま(さとう)
王国に500万人いる<佐藤>さんを殺す計画を思いついた王様、知性も教養もない馬鹿王 「リアル鬼ごっこ」 山田悠介著;woguraイラスト 小学館(小学館ジュニア文庫) 2014年7月

王子 おうじ
三ツ星学園の雑誌「パーティー」編集部と新聞部をかけもちしている中学一年生、編集長ゆののの幼なじみ 「こちらパーティー編集部っ! 4 雑誌コンクールはガケっぷち!?」 深海ゆずは作;榎木りか絵 KADOKAWA(角川つばさ文庫) 2015年9月

王子 おうじ
三ツ星学園の雑誌「パーティー」編集部と新聞部をかけもちしている中学一年生、編集長ゆののの幼なじみ 「こちらパーティー編集部っ! 5 ピンチはチャンス!新編集部、始動」 深海ゆずは作;榎木りか絵 KADOKAWA(角川つばさ文庫) 2016年1月

王子 おうじ
私立三ツ星学園の中学一年生、口が悪くて嫌味な性格のくせに女子に大人気の少年 「こちらパーティー編集部っ! 1 ひよっこ編集長とイジワル王子」 深海ゆずは作;榎木りか絵 KADOKAWA(角川つばさ文庫) 2014年9月

おうじ

王子　おうじ
私立三ツ星学園の中学一年生、口が悪くて嫌味な性格のくせに女子に大人気の少年 「こちらパーティー編集部っ! 2 へっぽこ編集部VSエリート新聞部!?!」深海ゆずは作;榎木りか絵 KADOKAWA（角川つばさ文庫）2015年1月

王子（黒崎 旺司）　おうじ（くろさき・おうじ）
三ツ星学園の雑誌「パーティー」編集部と新聞部をかけもちしている中学一年生、編集長ゆのの幼なじみ 「こちらパーティー編集部っ! 3 合宿はキケンがいっぱい!!」深海ゆずは作;榎木りか絵 KADOKAWA（角川つばさ文庫）2015年5月

王子（黒崎 旺司）　おうじ（くろさき・おうじ）
三ツ星学園の雑誌「パーティー」編集部員の中学一年生、編集長ゆのの幼なじみ 「こちらパーティー編集部っ! 8 絶対ヒミツの同居人!?」深海ゆずは作;榎木りか絵 KADOKAWA（角川つばさ文庫）2017年1月

王子（黒崎 旺司）　おうじ（くろさき・おうじ）
超エリート校七ツ星学園に転校した中学一年生、中学校の雑誌「パーティー」元編集長ゆのの幼なじみ 「こちらパーティー編集部っ! 6 くせものだらけ!?エリート学園は大パニック!」深海ゆずは作;榎木りか絵 KADOKAWA（角川つばさ文庫）2016年5月

王子（黒崎 旺司）　おうじ（くろさき・おうじ）
超エリート校七ツ星学園に転校した中学一年生、中学校の雑誌「パーティー」元編集長ゆのの幼なじみ 「こちらパーティー編集部っ! 7 トラブルだらけのゲーム、スタート!!」深海ゆずは作;榎木りか絵 KADOKAWA（角川つばさ文庫）2016年9月

王子さま（はだかの王子さま）　おうじさま（はだかのおうじさま）
遠い国から山田県の「山田まつり」へやってきたはだかの王さまの子、伝統行事「はだかみこし」に参加した王子さま 「山田県立山田小学校 3 はだかでドッキリ!?山田まつり」山田マチ作;杉山実絵 あかね書房 2014年1月

黄前 久美子　おうまえ・くみこ
京都府立北宇治高校吹奏楽部の新入生、ユーフォニアム演奏経験七年目の女の子 「響け!ユーフォニアム [1] 北宇治高校吹奏楽部へようこそ」武田綾乃著 宝島社（宝島社文庫）2013年12月

黄前 久美子　おうまえ・くみこ
高校一年生、京都府立北宇治高校吹奏楽部でユーフォニアムを演奏している少女 「響け!ユーフォニアム 2 北宇治高校吹奏楽部のいちばん熱い夏」武田綾乃著 宝島社（宝島社文庫）2015年3月

黄前 久美子　おうまえ・くみこ
高校一年生、京都府立北宇治高校吹奏楽部でユーフォニアムを演奏している少女 「響け!ユーフォニアム 3 北宇治高校吹奏楽部、最大の危機」武田綾乃著 宝島社（宝島社文庫）2015年4月

黄前 久美子　おうまえ・くみこ
北宇治高校一年生吹奏楽部、担当楽器はユーフォニアムで小学生のころ東京から京都へ引っ越してきた少女 「響け!ユーフォニアム 北宇治高校吹奏楽部のヒミツの話」武田綾乃著 宝島社（宝島社文庫）2015年6月

阿梅　おうめ
戦国武将の真田幸村の娘、戦国武将の片倉重綱の妻 「仙台真田氏物語」堀米薫著 くもん出版 2016年10月

大井 賢司郎（おじいちゃん）　おおい・けんしろう（おじいちゃん）
小学3年生のユウタのぼけてきたおじいちゃん 「とんでろじいちゃん」山中恒作;そがまい絵 童話館出版（子どもの文学・青い海シリーズ）2017年3月

大井 由太（ユウタ）　おおい・ゆうた（ゆうた）
小学3年生、夏休みにぼけてきたおじいちゃんのとこへ行った男の子　「とんでろじいちゃん」　山中恒作;そがまい絵　童話館出版（子どもの文学・青い海シリーズ）　2017年3月

大井 雷太　おおい・らいた
謎の「ギルティゲーム」に参加者として集められたパソコンを使いこなす少年　「ギルティゲーム」　宮沢みゆき著;鈴羅木かりんイラスト　小学館（小学館ジュニア文庫）　2016年12月

大岡 林太朗　おおおか・りんたろう
名札代わりに風船を持たされるふしぎな学校の生徒、六年生の時生のクラスメイト　「風船教室」　吉野万理子作　金の星社　2014年9月

大垣 晴人　おおがき・はると
〈碧の妖精国〉の妖精王の守護者、古い神社の神官の息子で魔法使いの少年　「くるみの冒険 3 竜の王子」　村山早紀作;巣町ひろみ絵　童心社　2016年3月

大形 京　おおがた・きょう
黒魔女修行中の小学6年生・黒鳥のクラスメイト、強い魔力を持つ男の子　「6年1組黒魔女さんが通る!! 02 家庭訪問で大ピンチ!?」　石崎洋司作;藤田香絵　講談社（青い鳥文庫）　2017年1月

大形 京　おおがた・きょう
黒魔女修行中の小学6年生・黒鳥のクラスメイト、強い魔力を持つ男の子　「6年1組黒魔女さんが通る!! 03 ひみつの男子会!?」　石崎洋司作;藤田香・亜沙美・牧村久実・駒形絵　講談社（青い鳥文庫）　2017年5月

オオカミ
どうぶつたちに大人気の「カナノリーモ・カフェ」のシェフ、さいこうにおいしいりょうりを作るオオカミ　「さいこうのスパイス」　亀岡亜希子作・絵　PHP研究所（とっておきのどうわ）　2013年8月

オオカミ
五年生の美花がかよう小学校の門の外にいた灰色の毛並みの大きな動物　「0点天使[1]」　麻生かづこ作;玖珂つかさ絵　ポプラ社（ポプラポケット文庫）　2016年8月

狼男　おおかみおとこ
白魔女のリンにプロポーズしてきた狼男、名前はルーガ　「白魔女リンと3悪魔 フルムーン・パニック」　成田良美著;八神千歳イラスト　小学館（小学館ジュニア文庫）　2017年7月

大河原 夏実（夏花）　おおかわら・なつみ（かか）
歴史をまもるため2111年から三国志の時代にやってきた正義感が強く好奇心おうせいな少女　「炎の風吹け妖怪大戦　妖怪道中三国志 5」　三田村信行作;十々夜絵　あかね書房　2017年11月

大河原 夏実（夏花）　おおかわら・なつみ（かか）
歴史をまもるため2111年から三国志の時代にやってきた正義感が強く好奇心おうせいな少女　「幻影の町から大脱出 妖怪道中三国志 4」　三田村信行作;十々夜絵　あかね書房　2017年5月

大河原 夏実（夏花）　おおかわら・なつみ（かか）
歴史をまもるため2111年から三国志の時代にやってきた正義感が強く好奇心おうせいな少女　「孔明vs.妖怪孔明 妖怪道中三国志 3」　三田村信行作;十々夜絵　あかね書房　2016年11月

オオキ
ゲームの「勇者伝説・ドミリア国物語」で闇の魔王ディラゴスからドミリア国を救う勇者に選ばれた食いしん坊の少年　「IQ探偵ムー 勇者伝説〜冒険のはじまり」　深沢美潮作;山田J太画　ポプラ社（ポプラカラフル文庫）　2015年4月

おおき

大木 登　おおき・のぼる
銀杏が丘第一小学校五年一組で食いしん坊、杉下元の友達　「IQ探偵ムー　おばあちゃん
と宝の地図」深沢美潮作;山田J太画　ポプラ社(ポプラカラフル文庫)　2014年7月

大木 登　おおき・のぼる
銀杏が丘第一小学校五年一組で食いしん坊、杉下元の友達　「IQ探偵ムー　ピー太は何も
話さない」深沢美潮作;山田J太画　ポプラ社(ポプラカラフル文庫)　2016年3月

大木 登　おおき・のぼる
銀杏が丘第一小学校五年一組で食いしん坊、杉下元の友達　「IQ探偵ムー　マラソン大会
の真実　上下」深沢美潮作;山田J太画　ポプラ社(ポプラカラフル文庫)　2013年4月

大木 登　おおき・のぼる
銀杏が丘第一小学校五年一組で食いしん坊クラスメイトの、「バカ田トリオ」と元と一緒に吉
田大輝の盗まれた自転車を探した少年　「IQ探偵ムー　自転車泥棒と探偵団」深沢美潮作
;山田J太画　ポプラ社(ポプラカラフル文庫)　2013年10月

大木 ひかり　おおき・ひかり
小5のときに同じ年で持病のある少女・未来と出会い6年生で再会したサッカーが大好きな
少年　「たったひとつの君との約束 はなれていても」みずのまい作;U35絵　集英社(集英
社みらい文庫)　2017年2月

大木 ひかり　おおき・ひかり
小5のときに同じ年で持病のある少女・未来と出会い6年生で再会したサッカーが大好きな
少年　「たったひとつの君との約束～かなしいうそ」みずのまい作;U35絵　集英社(集英社
みらい文庫)　2017年6月

大木 ひかり　おおき・ひかり
小5のときに同じ年で持病のある少女・未来と出会い6年生で再会したサッカーが大好きな
少年　「たったひとつの君との約束～キモチ、伝えたいのに～」みずのまい作;U35絵　集
英社(集英社みらい文庫)　2017年10月

大木 ひかり　おおき・ひかり
小学五年生の少女・未来が入院中に出会った同じ年の男の子、明るくてまっすぐな性格で
サッカーが大好きな少年　「たったひとつの君との約束～また、会えるよね?」みずのまい
作;U35絵　集英社(集英社みらい文庫)　2016年10月

大国　おおくに
小学5年生のこももが手伝うことになった「神さまの相談役」の大国主神(おおくにぬしのか
み)　「神さま、事件です! 登場!カミサマ・オールスターズ」森三月作;おきる絵　集英社(集
英社みらい文庫)　2013年11月

大国　おおくに
小学5年生のこももと「神さまの相談役」をやることになった神さま、本当の名前は大国主神
(おおくにぬしのかみ)　「神さま、事件です! 音楽の先生はハチャメチャ神さま!?」森三月
作;おきる絵　集英社(集英社みらい文庫)　2014年5月

大崎 海渡　おおさき・かいと
ニューヨークに住む日本生まれアメリカ育ちの男の子、もらわれっ子でピアノ好きな十六歳
「きみの声を聞かせて」小手鞠るい著　偕成社　2016年10月

大沢 喜樹　おおさわ・きじゅ
山持ちとして代々続く大沢家の長男、冬休みに百年杉の伐採を見届けた五年生の少年
「林業少年」堀米薫作;スカイエマ絵　新日本出版社　2013年2月

大沢 正蔵　おおさわ・しょうぞう
山持ちとして代々続く大沢家の主、孫の五年生の喜樹を山の跡取りにしようと考えているじ
いちゃん　「林業少年」堀米薫作;スカイエマ絵　新日本出版社　2013年2月

おおた

大沢 友樹　おおさわ・ゆうき
かべの中にあるカエル王国のお姫様・陽芽が片想い中のクラスメート、クラスの人気者　「カエル王国のプリンセス 王子様はキューピッド?」 吉田純子作;加々見絵里絵　ポプラ社(ポプラポケット文庫ガールズ)　2015年6月

大城 青葉　おおしろ・あおば
ウィッチ・ドール「ダック・アップル」の使い手で美少女、チーム「ジャック・オ・ランタン」のリーダー　「ハロウィン★ナイト! ふしぎな先生と赤い糸のヒミツ」 相川真作;黒桁絵　集英社(集英社みらい文庫)　2014年10月

大城 青葉　おおしろ・あおば
ウィッチ・ドール「ダック・アップル」の使い手で美少女、チーム「ジャック・オ・ランタン」のリーダー　「ハロウィン★ナイト! わがままお嬢様とナキムシ執事!?」 相川真作;黒桁絵　集英社(集英社みらい文庫)　2014年3月

大城 青葉　おおしろ・あおば
ウィッチ・ドール「ダック・アップル」の使い手で美少女、人形狩りのチーム「ジャック・オ・ランタン」のリーダー　「ハロウィン★ナイト! ウィッチ・ドールなんか大キライ!!」 相川真作;黒桁絵　集英社(集英社みらい文庫)　2013年12月

大瀬 奈奈　おおせ・なな
ベイスターズファンの広記の妹、生まれつき視力が弱い小学四年生の女の子　「青空トランペット」 吉野万理子作;宮尾和孝絵　学研プラス(ティーンズ文学館)　2017年10月

大瀬 広記　おおせ・ひろき
小学六年生、プロ野球チーム・ベイスターズの応援をするのが一番楽しみの男の子　「青空トランペット」 吉野万理子作;宮尾和孝絵　学研プラス(ティーンズ文学館)　2017年10月

大空 翼　おおぞら・つばさ
サッカーがずばぬけてうまい小学六年生、静岡県南葛市の選抜チーム「南葛SC」のフォワードでキャプテン　「キャプテン翼2 集結!全国のライバルたち」 高橋陽一原作・絵;ワダヒトミ著　集英社(集英社みらい文庫)　2014年3月

大空 翼　おおぞら・つばさ
サッカーがずばぬけてうまい小学六年生、静岡県南葛市の選抜チーム「南葛SC」のフォワードでキャプテン　「キャプテン翼3 最終決戦!めざせ全国制覇!!」 高橋陽一原作・絵;ワダヒトミ著　集英社(集英社みらい文庫)　2014年6月

大空 翼　おおぞら・つばさ
サッカーが大好きでずばぬけてうまい小学六年生、静岡県の南葛小学校サッカー部のフォワード　「キャプテン翼1 天才サッカー少年あらわる!!」 高橋陽一原作・絵;ワダヒトミ著　集英社(集英社みらい文庫)　2013年12月

大空 夏美(ナッチー)　おおぞら・なつみ(なっちー)
小学四年のホシの幼なじみでクラスメイト、かわいくて頭もいいクラスの人気者　「あしたの空子」 田森庸介作;勝川克志絵　偕成社　2014年12月

太田 翔　おおた・しょう
サッカーチーム「桃山プレデター」のキャプテン　「銀河へキックオフ!! 3 完結編」 川端裕人原作;金巻ともこ著;TYOアニメーションズ絵　集英社(集英社みらい文庫)　2013年2月

大谷 とき(チョキ)　おおたに・とき(ちょき)
おにぎりやおすしの子が通うへんてこな「べんとう小学校」に転校した小学生の男の子　「ようこそ! へんてこ小学校 おにぎりVSパンの大勝負」 スギヤマカナヨ作・絵　KADOKAWA　2017年10月

大谷 涼　おおたに・りょう
お金が大好きな女の子・愛里の友だち、銀細工職人をめざしている六年生　「きんかつ! 恋する妖狐と舞姫の秘密」 宇津田晴著;わんにゃんぷーイラスト　小学館(小学館ジュニア文庫)　2017年7月

おおた

太田 理世　おおた・りせ
超平和主義の5年生の女の子、偉大な魔女キリコを祖先に持つ特別な力を持った魔女
「魔女じゃないもん！３ リセ＆バンビ、危機一髪!!」宮下恵茉作;和錆絵　集英社(集英社み
らい文庫)　2013年1月

太田 理世　おおた・りせ
超平和主義の5年生の女の子、偉大な魔女キリコを祖先に持つ特別な力を持った魔女
「魔女じゃないもん！４ 消えたミュウミュウを探せ！」宮下恵茉作;和錆絵　集英社(集英社み
らい文庫)　2013年5月

大塚 秀介　おおつか・しゅうすけ
同級生のユカさんにあこがれている小学六年生、ペットショップで九割引で買った犬ヤスシ
の飼い主　「ある日犬の国から手紙が来て」田中マルコ文;松井雄功絵　小学館(小学館
ジュニア文庫)　2017年12月

大月 弥生　おおつき・やよい
鎌倉長谷高校1年生、ウエイトリフティング部にクラスメイトの若葉と入った女の子　「空色バ
ウムクーヘン」吉野万理子著　徳間書店　2015年4月

大友 拓　おおとも・たく
警察ざたの事件をおこしたため家族とはなれ奈良のばあちゃんちでくらすことになった中学
二年生　「白瑠璃の輝き」国元アルカ作　国土社　2014年3月

鳳と鏡　おおとりとかがみ
七ツ辻魔法商会の開発部長たち、双子の魔女　「すすめ!図書くらぶ5 明日のページ」日
向理恵子作・画　岩崎書店(フォア文庫)　2013年1月

鳳 美耶子　おおとり・みやこ
そうじ大好きな男の子・千尋のお金持ちの叔父さん・円の家同士が決めた婚約者、高校生
のお嬢様　「少年メイド スーパー小学生・千尋におまかせ!」藤咲あゆな作;乙橘原作絵
KADOKAWA(角川つばさ文庫)　2014年9月

大西 洋　おおにし・よう
中学1年生のナナのクラスに来たイケメンの転校生　「ぐらん×ぐらんぱ!スマホジャック
[2]」丘紫真璃著;うっけイラスト　小学館(小学館ジュニア文庫)　2017年7月

大庭 トモコ(ニワ会長)　おおにわ・ともこ(にわかいちょう)
私立桂木学園中等部の一年生で超マジメな生徒会長、学園理事長の娘　「裏庭にはニワ
会長がいる!! 1－問題児カフェに潜入せよ!」こぐれ京作;十峯なるせ絵　角川書店(角川つ
ばさ文庫)　2013年9月

大庭 トモコ(ニワちゃん)　おおにわ・ともこ(にわちゃん)
私立桂木学園中等部の超マジメな生徒会長で問題児たちを取り仕切る裏会長、学園理事
長の娘　「裏庭にはニワ会長がいる!! 2－恋するメガネを確保せよ!」こぐれ京作;十峯なる
せ絵　KADOKAWA(角川つばさ文庫)　2014年2月

大庭 トモコ(ニワちゃん)　おおにわ・ともこ(にわちゃん)
私立桂木学園中等部の超マジメな生徒会長で問題児たちを取り仕切る裏会長、学園理事
長の娘　「裏庭にはニワ会長がいる!! 3－名物メニューを考案せよ!」こぐれ京作;十峯なる
せ絵　KADOKAWA(角川つばさ文庫)　2014年8月

大庭 トモコ(ニワちゃん)　おおにわ・ともこ(にわちゃん)
私立桂木学園中等部の超マジメな生徒会長で問題児たちを取り仕切る裏会長、学園理事
長の娘　「裏庭にはニワ会長がいる!! 4－生徒会長の正体をあばけ!」こぐれ京作;十峯なる
せ絵　KADOKAWA(角川つばさ文庫)　2015年3月

大沼 茂(デカ長)　おおぬま・しげる(でかちょう)
神奈川県警横浜大黒署の特殊捜査課のボス、悪の組織・レッドヴィーナスの罠にかかって
子どもになってしまった刑事　「コドモ警察」時海結以著;福田雄一脚本　小学館(小学館
ジュニアシネマ文庫)　2013年3月

82

おおば

大野 悠太　おおの・ゆうた
横浜市保土ヶ谷第二中学校三年生、桐谷道場生え抜きの門下生で運動神経がよく剣道セ
ンスもある少年 「武士道ジェネレーション」 誉田哲也著　文藝春秋　2015年7月

大場 カレン　おおば・かれん
五十人の六年生で1番を競う『ラストサバイバル』の出場選手、わがままで気の強い少女
「ラストサバイバル でてはいけないサバイバル教室」 大久保開作;北野詠一絵　集英社(集
英社みらい文庫)　2017年10月

大場 カレン　おおば・かれん
五十人の六年生で1番を競う『ラストサバイバル』の出場選手、わがままで気の強い少女
「ラストサバイバル 最後まで歩けるのはだれだ!?」 大久保開作;北野詠一絵　集英社(集英
社みらい文庫)　2017年6月

大場 大翔　おおば・ひろと
とざされた小学校で恐ろしい鬼に追われることになった6年生 「絶望鬼ごっこ」 針とら作;み
もり絵　集英社(集英社みらい文庫)　2015年4月

大場 大翔　おおば・ひろと
桜ヶ島小学校6年生、運動神経のいい金谷章吾の陸上のライバル 「絶望鬼ごっこ さよなら
の地獄病院」 針とら作;みもり絵　集英社(集英社みらい文庫)　2017年3月

大場 大翔　おおば・ひろと
桜ヶ島小学校六年生、正義感が強く友達思いの少年 「絶望鬼ごっこ 3 いつわりの地獄祭
り」 針とら作;みもり絵　集英社(集英社みらい文庫)　2015年12月

大場 大翔　おおば・ひろと
桜ヶ島小学校六年生、正義感が強く友達思いの少年 「絶望鬼ごっこ 8 命がけの地獄アス
レチック」 針とら作;みもり絵　集英社(集英社みらい文庫)　2017年7月

大場 大翔　おおば・ひろと
桜ヶ島小学校六年生、正義感が強く友達思いの少年 「絶望鬼ごっこ 9 ねらわれた地獄狩
り」 針とら作;みもり絵　集英社(集英社みらい文庫)　2017年11月

大濱先生　おおはませんせい
東京・稲城市にある空手道場の先生 「ストグレ!」 小川智子著　講談社　2013年5月

大葉 ミル　おおば・みる
小学六年生小春のクラスの特権を持った転校生、学校であやしい調査をする女の子 「うち
ら特権☆転校トラベラーズ!!」 こぐれ京作;上倉エク絵　KADOKAWA(角川つばさ文庫)
2016年5月

大原 愛菜ちゃん　おおはら・あいなちゃん
「マリア探偵社」に調査の依頼をした4年生、埼玉県入山市のゆるキャラに応募した女の子
「マリア探偵社 25 邪鬼のキャラゲーム」 川北亮司作;大井知美画　岩崎書店(フォア文庫)
2013年3月

大原 早紀　おおはら・さき
小学六年生、東日本大震災で母を失いひとりになった女の子 「パンプキン・ロード」 森島
いずみ作;狩野富貴子絵　学研教育出版(ティーンズ文学館)　2013年2月

大原 樹恵　おおはら・じゅえ
埼玉県立美園女子高校の強豪ボート部に入った実力のある1年生 「レガッタ! 2 風をおこ
す」 濱野京子著;一瀬ルカ画　講談社(Ya! entertainment)　2013年3月

大原 蓮　おおはら・れん
若葉小学校五年生、バンドサークル"ブルートパーズ"でベースを担当している少年 「バン
ドガール!」 濱野京子作;志村貴子絵; 偕成社(偕成社ノベルフリーク)　2016年8月

おおふ

大船 百合香　おおふな・ゆりか
フィギアスケートの全日本ジュニアチャンピオン、小学4年生の美馬の憧れの人　「ライバル・オン・アイス 1」　吉野万理子作;げみ絵　講談社　2016年10月

大間 直也　おおま・なおや
茨城県の高砂中学校三年生、サッカー部の副主将で大柄ながら俊足の少年　「石を抱くエイリアン」　濱野京子著　偕成社　2014年3月

大道 あさひ　おおみち・あさひ
時の流れを守るポッピン族の守り巫女、ポッピン族のタドナを同位体とする中学三年生　「ポッピンQ」　東堂いづみ原作;秋津柾水著　小学館（小学館ジュニア文庫）　2016年12月

大宮 正輝　おおみや・まさてる
T物産会長、勲一等を得るために過去のスキャンダルを消そうと躍起になっている男　「ぼくらのコブラ記念日」　宗田理作　ポプラ社（「ぼくら」シリーズ）　2014年7月

大宮 まりん　おおみや・まりん
小学六年生の少年ひかりのクラスメイト、ひかりのサッカーチームのマネージャー　「たったひとつの君との約束 はなれていても」　みずのまい作;U35絵　集英社（集英社みらい文庫）　2017年2月

大村 明　おおむら・あきら
プロ野球選手、交通事故で野球ができなくなった中学生・俊太のためにサイクルヒットを打つと約束した男　「ブラック」　山田悠介著;わんにゃんぷーイラスト　小学館（小学館ジュニア文庫）　2017年10月

大村 みはる　おおむら・みはる
母親の交際相手からしつけと称した虐待をうけている小学一年生の少女　「神隠しの教室」　山本悦子作;丸山ゆき絵　童心社　2016年10月

大山 加奈　おおやま・かな
劇団すみれの看板女優、天才美少女と称された元子役　「声優探偵ゆりんの事件簿〜舞台に潜む闇」　芳村れいな作;美麻りん絵　学研パブリッシング（アニメディアブックス）　2013年6月

大山先生　おおやませんせい
2013年に大怪我を負った子猫・わさびちゃんを担当した熱心な獣医　「わさびちゃんとひまわりの季節」　たざわりいこ著;わさびちゃん原作　小学館（小学館ジュニア文庫）　2014年2月

大山 千明　おおやま・ちあき
骨董屋「アンティークFUGA」に指輪の鑑定を依頼した女性、名家・大山家の跡取り　「アンティークFUGA 1 我が名はシャナイア」　あんびるやすこ作;十々夜画　岩崎書店（フォア文庫）　2015年2月

大山 昇　おおやま・のぼる
大中小学校の探偵クラブ・大中小探偵クラブのメンバー、六年生の男の子　「大中小探偵クラブ 猫又家埋蔵金の謎」　はやみねかおる作;長谷垣なるみ絵　講談社（青い鳥文庫）　2017年1月

大ワシ　おおわし
海賊の少年・ルフィの麦わら帽子をぬすんでいった大ワシ　「ONE PIECE [8] 麦わらチェイス」　尾田栄一郎原作;浜崎達也著;東映アニメーション絵　集英社（集英社みらい文庫）　2013年8月

大和田 南　おおわだ・みなみ
有村バレエスクールでバレエを習っていた小学6年生、めいの親友　「エトワール! 3 眠れる森のバレリーナ」　梅田みか作;結布絵　講談社（青い鳥文庫）　2017年10月

おがさ

大和田 南　おおわだ・みなみ
有村バレエスクールでバレエを習っている小学5年生、めいの仲よし 「エトワール！1 くるみ割り人形の夢」 梅田みか作;結布絵 講談社（青い鳥文庫） 2016年11月

大和田 南　おおわだ・みなみ
有村バレエスクールでバレエを習っている小学5年生、めいの仲よし 「エトワール！2 羽ばたけ！四羽の白鳥」 梅田みか作;結布絵 講談社（青い鳥文庫） 2017年5月

おかあさん
1年生のココちゃんのおかあさん、3さいのナッちゃんのおとうさんとけっこんしたひと 「おねえちゃんって、いっつもがまん!?」 いとうみく作;つじむらあゆこ絵 岩崎書店 2017年7月

お母さん　おかあさん
6年生の勝のお母さん、自宅のとなりにある「あおつき小鳥の病院」の獣医 「図書室のふしぎな出会い」 小原麻由美作;こぐれけんじろう絵 文研出版（文研じゅべにーる） 2014年6月

お母さん　おかあさん
おねしょで悩んでいる11歳の息子マサの味方でいてくれるお母さん 「夜はライオン」 長薗安浩著 偕成社 2013年7月

お母さん　おかあさん
さいきんむすこのひかるがらんぼうになってしまってしんぱいするお母さん 「ひみつのきもちぎんこう かぞくつうちょうできました」 ふじもとみさと作;田中六大絵 金の星社 2017年11月

お母さん　おかあさん
五年生の未来のカンボジア人のお母さん、子どものころカンボジアからの難民として日本へやってきた女性 「お母さんの生まれた国」 茂木ちあき作;君野可代子絵 新日本出版社 2017年12月

お母さん　おかあさん
中一の美雨の家出したお母さん、昔自宅でピアノ教室を開いていた人 「美雨13歳のしあわせレシピ」 しめのゆき著;高橋和枝絵 ポプラ社（Teens' best selections） 2015年6月

お母さん　おかあさん
中学三年の柚乃子の世話をやくうっとうしいお母さん 「恋する熱気球」 梨屋アリエ著 講談社 2017年8月

お母さん（玲子先生）　おかあさん（れいこせんせい）
6年生の菜月のお母さん、菜月の通う小学校に転任してきて5年生の担任になった先生 「てのひら咲いた」 別司芳子著 文研出版（文研じゅべにーる） 2013年10月

お母ちゃん（野泉お母ちゃん）　おかあちゃん（のいずみおかあちゃん）
夏休みに「ペンション・アニモー」に大家族で来たお客様、5人の子どもの母親 「ようこそ、ペンション・アニモーへ」 光丘真理作;岡本美子絵 汐文社 2015年11月

岡崎 智明（トモ）　おかざき・ともあき（とも）
引っ込み思案な高校2年生ユウナのクラスメイト、女子に人気がある男の子 「通学電車 君と僕の部屋 みらい文庫版」 みゆ作;朝吹まり絵 集英社（集英社みらい文庫） 2017年4月

岡崎 優　おかざき・ゆう
特別クラスに転校してきたミクのクラスメイト、クールな美少年 「通学電車［2］何度でも君を好きになる・みらい文庫版」 みゆ作;朝吹まり絵 集英社（集英社みらい文庫） 2017年8月

小笠原 秋　おがさわら・あき
人気バンド「クリプレ」の楽曲を手がける天才サウンドクリエーターで元メンバーの青年 「カノジョは嘘を愛しすぎてる」 宮沢みゆき著;青木琴美原作 小学館（小学館ジュニアシネマ文庫） 2013年11月

おかさ

小笠原 加奈　おがさわら・かな
同級生から仲間はずれにされている引っこみ思案の五年生の少女 「神隠しの教室」 山本悦子作；丸山ゆき絵 童心社 2016年10月

小笠原 源馬　おがさわら・げんま
日本で実際に名探偵として大活躍している有名人 「少年探偵響 1 銀行強盗にたちむかえ!の巻」 秋木真作；しゅー絵 KADOKAWA（角川つばさ文庫） 2016年4月

小笠原 源馬　おがさわら・げんま
日本で実際に名探偵として大活躍している有名人 「少年探偵響 2 豪華特急で駆けぬけろ!の巻」 秋木真作；しゅー絵 KADOKAWA（角川つばさ文庫） 2016年10月

小笠原 未来　おがさわら・みらい
小学生が電車旅行するチーム「T3」のメンバー、「撮り鉄」の小学五年生の女の子 「電車で行こう! ショートトリップ＆トリック!京王線で行く高尾山!!」 豊田巧作；裕龍ながれ絵 集英社（集英社みらい文庫） 2014年12月

小笠原 未来　おがさわら・みらい
小学生が電車旅行するチーム「T3」のメンバー、「撮り鉄」の小学五年生の女の子 「電車で行こう! 夢の「スーパーこまち」と雪の寝台特急」 豊田巧作；裕龍ながれ絵 集英社（集英社みらい文庫） 2013年12月

小笠原 未来　おがさわら・みらい
小学生が電車旅行するチーム「T3」のメンバー、「撮り鉄」の小学五年生の女の子 「電車で行こう! 約束の列車を探せ!真岡鐵道とひみつのSL」 豊田巧作；裕龍ながれ絵 集英社（集英社みらい文庫） 2016年8月

小笠原 未来　おがさわら・みらい
小学生が電車旅行するチーム「T3」のメンバー、鉄道カメラマンになるのが夢の「撮り鉄」の小学五年生の女の子 「電車で行こう! 川崎の秘境駅と、京急線で桜前線を追え!」 豊田巧作；裕龍ながれ絵 集英社（集英社みらい文庫） 2016年3月

小笠原 未来　おがさわら・みらい
小学生が電車旅行するチーム「T3」のメンバー、鉄道カメラマンになるのが夢の「撮り鉄」の小学五年生の女の子 「電車で行こう! 北海道新幹線と函館本線の謎。時間を超えたミステリー!」 豊田巧作；裕龍ながれ絵 集英社（集英社みらい文庫） 2016年7月

小笠原 未来　おがさわら・みらい
小学生が電車旅行するチーム「T3」のメンバー、鉄道写真を撮るのが大好きな「撮り鉄」の小学五年生の女の子 「電車で行こう! 絶景列車・伊予灘ものがたりと、四国一周の旅」 豊田巧作；裕龍ながれ絵 集英社（集英社みらい文庫） 2016年10月

小笠原 未来　おがさわら・みらい
小学生が電車旅行するチーム「T3」のメンバー、電車を撮るカメラマンになるのが夢の「撮り鉄」の小学五年生の女の子 「電車で行こう! サンライズ出雲と、夢の一畑電車!」 豊田巧作；裕龍ながれ絵 集英社（集英社みらい文庫） 2015年3月

小笠原 未来　おがさわら・みらい
電車が好きな小学生四人グループ「T3」のメンバー、ダークブルーの新幹線に乗車した女の子 「電車で行こう! 黒い新幹線に乗って、行先不明のミステリーツアーへ」 豊田巧作；裕龍ながれ絵 集英社（集英社みらい文庫） 2017年4月

小笠原 未来　おがさわら・みらい
電車が好きな小学生四人グループ「T3」のメンバー、水色のロマンスカーに乗車した女の子 「電車で行こう! 小田急ロマンスカーと、迫る高速鉄道!」 豊田巧作；裕龍ながれ絵 集英社（集英社みらい文庫） 2017年8月

オカーサン（おばあさん）
猫のジュリの死んだかいぬしさん、おばあさんの姿で住んでいた家にやってきたタマシイ 「となりの猫又ジュリ」 金治直美作；はしもとえつよ絵 国土社 2017年11月

お母さん（小林 里沙） おかさん（こばやし・りさ）
小学生の娘・春菜と自立支援センターで暮らすことになった母親 「坂の上の図書館」 池田ゆみる作;羽尻利門画 さ・え・ら書房 2016年7月

おかだ さきちゃん おかだ・さきちゃん
小学校に入学したばかりの一年生・ななと「ペア」をくんだ六年生のおねえさん 「ななとさきちゃんふたりはペア」 山本悦子作;田中六大絵 岩崎書店（おはなしトントン） 2014年5月

岡田 チカ おかだ・ちか
ユカと一卵性の双子であだ名が「チーちゃん」、小学5年生の女の子 「それぞれの名前」 春間美幸著 講談社（講談社・文学の扉） 2015年5月

尾形 ツクル おがた・つくる
6年生、同級生の女子イクタの「ひとの心の声が読める」秘密を知った男子 「いくたのこえよみ」 堀田けい作;マット和子装画＆マンガ 理論社 2015年3月

岡田 ユカ おかだ・ゆか
チカと一卵性の双子であだ名が「ユーちゃん」、小学5年生の女の子 「それぞれの名前」 春間美幸著 講談社（講談社・文学の扉） 2015年5月

緒方 莉子 おがた・りこ
園辺市立東中学校一年生、小学校六年間地元の野球チームに所属していたショートカットの女の子 「トモダチのつくりかた つかさの中学生日記2」 宮下恵茉作;カタノトモコ絵 ポプラ社（ポプラポケット文庫ガールズ） 2013年9月

緒方 莉子 おがた・りこ
園辺市立東中学校一年生、小学校六年間地元の野球チームに所属していたショートカットの女の子 「部活トラブル発生中!? つかさの中学生日記3」 宮下恵茉作;カタノトモコ絵 ポプラ社（ポプラポケット文庫ガールズ） 2014年3月

丘野 昌（マサ） おかの・まさ（まさ）
東京近郊にすむ勝気な小学五年生、六年生のユリの弟 「遠い国から来た少年 1」 黒野伸一作;荒木慎司絵 新日本出版社 2017年4月

丘野 昌（マサ） おかの・まさ（まさ）
東京近郊にすむ勝気な小学五年生、六年生のユリの弟 「遠い国から来た少年 2 パパとママは機械人間!?」 黒野伸一作;荒木慎司絵 新日本出版社 2017年11月

丘野 由梨（ユリ） おかの・ゆり（ゆり）
東京近郊にすむ勝気な小学六年生、五年生のマサのお姉さん 「遠い国から来た少年 1」 黒野伸一作;荒木慎司絵 新日本出版社 2017年4月

丘野 由梨（ユリ） おかの・ゆり（ゆり）
東京近郊にすむ勝気な小学六年生、五年生のマサのお姉さん 「遠い国から来た少年 2 パパとママは機械人間!?」 黒野伸一作;荒木慎司絵 新日本出版社 2017年11月

岡本 みさき おかもと・みさき
関西・トラベル・チーム「KTT」のメンバー、電車の音を録るのが好きな「録り鉄」の小学五年生の女の子 「電車で行こう! ハートのつり革を探せ駿豆線とリゾート21で伊豆大探検!!」 豊田巧作;裕龍ながれ絵 集英社（集英社みらい文庫） 2015年7月

岡本 みさき おかもと・みさき
関西・トラベル・チーム「KTT」のメンバー、電車の音を録るのが好きな「録り鉄」の小学五年生の女の子 「電車で行こう! 絶景列車・伊予灘ものがたりと、四国一周の旅」 豊田巧作;裕龍ながれ絵 集英社（集英社みらい文庫） 2016年10月

岡本 みさき おかもと・みさき
関西・トラベル・チーム「KTT」のメンバー、電車の音を録るのが好きな「録り鉄」の小学五年生の女の子 「電車で行こう! 川崎の秘境駅と、京急線で桜前線を追え!」 豊田巧作;裕龍ながれ絵 集英社（集英社みらい文庫） 2016年3月

おがわ

小川 勇介（ユースケ）　おがわ・ゆうすけ（ゆーすけ）
上須留目小学校の五年生、神童と呼ばれていた大川ユースケにそっくりな少年 「ふたりユースケ」三田村信行作;大沢幸子絵 理論社 2017年2月

大川 雄介（ユースケ）　おがわ・ゆうすけ（ゆーすけ）
須留目病院の院長・大川剛一のむすこで天才児、中学二年生の時に川でおぼれて死んでしまった少年 「ふたりユースケ」三田村信行作;大沢幸子絵 理論社 2017年2月

小川 蘭　おがわ・らん
私立のお嬢様学校に通う高校1年生、都立湾岸高校の1年生・三島弦の彼女 「泣いちゃいそうだよ＜高校生編＞ 花言葉でさよなら」小林深雪著;牧村久実画 講談社
（YA!ENTERTAINMENT）2013年4月

小川 蘭　おがわ・らん
私立のお嬢様学校に通う高校2年生、都立湾岸高校の2年生・三島弦の元彼女 「泣いちゃいそうだよ＜高校生編＞秘密の花占い」小林深雪著;牧村久実画 講談社
（YA!ENTERTAINMENT）2013年11月

小川 蘭　おがわ・らん
私立緑山女学院に通う高校二年生、高校生ピアニストでパリに留学中の幼なじみ・太宰修治の彼女 「泣いちゃいそうだよ≪高校生編≫ 蘭の花が咲いたら」小林深雪著;牧村久実画 講談社（Ya! entertainment）2017年10月

小川 凛　おがわ・りん
中学1年生、入学式の日に手が触れた男の子を好きになった女の子 「魔法の一瞬で好きになる－泣いちゃいそうだよ」小林深雪作;牧村久実絵 講談社（青い鳥文庫）2016年10月

小川 凛　おがわ・りん
中学3年生、サッカー部の広瀬崇とつき合ってる女の子 「もしきみが泣いたら－泣いちゃいそうだよ」小林深雪作;牧村久実絵 講談社（青い鳥文庫）2016年8月

小川 凛　おがわ・りん
美大を目指してがんばる湾岸高校の3年生、同級生である広瀬崇の彼女 「泣いちゃいそうだよ＜高校生編＞未来への扉」小林深雪著;牧村久実画 講談社
（YA!ENTERTAINMENT）2017年2月

おきくさん
「まんぷくラーメン」にアルバイトとしてはけんされてきた3人のゆうれいの一人、女優さんみたいな美人 「おてつだいおばけさん [1] まんぷくラーメンいちだいじ」季巳明代作;長谷川知子絵 国土社 2016年10月

おきくさん
とびきり横丁の「まんぷくラーメン」にいる三人のおてつだいおばけさんの一人 「おてつだいおばけさん [3] まんぷくラーメン対びっくりチャンポン」季巳明代作;長谷川知子絵 国土社 2017年7月

おきくさん
とびきり横丁の「まんぷくラーメン」にいる三人のおばけのてんいんさんの一人 「おてつだいおばけさん [2] まんぷくラーメンてんてこまい」季巳明代作;長谷川知子絵 国土社 2017年3月

オキクばあちゃ
信州伊那の谷にあったヒカゲ村のくみがしらのいえに住んでいた心ねのやさしいおかみさん 「子だからじぞう」本田好作;小林浩道絵 ほおずき書籍 2014年4月

沖 汐音　おき・しおん
成長痛でひざが痛むたびに死んだおばあちゃんのおまじないが聞こえるようになった小学二年生の少年 「あやしの保健室 2」染谷果子作;HIZGI絵 小峰書店 2017年4月

おぐら

沖田 颯太　おきた・そうた
明林中学校二年生、将来獣医になることを夢みている一本気で照れ屋な性格の少年 「ためらいがちのシーズン」 唯川恵著　光文社(Book With You)　2013年4月

荻原 拓海　おぎはら・たくみ
ギターと歌のうまい軽音楽部員の中学二年生、妹を海で亡くした少年 「歌に形はないけれど」 濱野京子作;nezuki絵　ポプラ社(ポプラポケット文庫)　2014年2月

沖見おばあちゃん　おきみおばあちゃん
春休みに長岡に行った哲夫が迷い込んだ長町の大きな古い屋敷にいたおばあさん、昔話のうまい人 「哲夫の春休み 上下」 斎藤惇夫作　岩波書店(岩波少年文庫)　2016年3月

おきょう
江戸のすし屋「松が鮨」の末娘、男みたいに袴をはいた十三歳 「すし食いねえ」 吉橋通夫著　講談社(講談社・文学の扉)　2015年7月

荻原 礼奈　おぎわら・れな
小学3年生、東京・稲城市にある空手の大濱道場に通う女の子 「ストグレ!」 小川智子著　講談社　2013年5月

オーグ
ほねほねザウルスたちがくらす海底遺跡ホネランティスの長老、ほねのダイオウグソクムシ 「ほねほねザウルス 17 はっけん!かいていおうこくホネランティス」 カバヤ食品株式会社原案・監修　岩崎書店　2016年12月

オーグ
最強の魔術師ラルガスの大食いで怪力の使い魔、見習い魔女ポプルの使い魔・アルの弟 「魔法屋ポプル 砂漠にねむる黄金宮」 堀口勇太作;玖珂つかさ絵　ポプラ社(魔法屋ポプルシリーズ)　2013年4月

奥沢 美麓　おくさわ・みろく
長野県塩尻市の桔梗ヶ原学園高校一年生、イタリアンレストラン「プレーゴ」の娘 「ワインガールズ」 松山三四六著　ポプラ社　2017年3月

小国 景太(コクニくん)　おぐに・けいた(こくにくん)
転校してきたばかりの小学五年生、同級生のマジ子とサギノと同じマンションに住む男の子 「メニメニハート」 令丈ヒロ子作;結布絵　講談社(青い鳥文庫)　2015年3月

奥野 裕也　おくの・ゆうや
東日本大震災で母親を失い宮城に引っこしてばあちゃんと暮らす6年生の男の子 「母さんは虹をつくってる」 幸原みのり作;佐竹政紀絵　朝日学生新聞社(あさがく創作児童文学シリーズ)　2013年2月

奥村 岬　おくむら・みさき
黒衣大学附属中学の二年一組にきた編入性、児童養護施設・星空の家で暮らしている余命1年の少女 「終わる世界でキミに恋する」 能登山けいこ原作・イラスト;新倉なつき著　小学館(小学館ジュニア文庫)　2017年7月

小倉 純　おぐら・じゅん
中学二年生の麻香のクラスメート、かっこよくて成績がよくてスポーツ万能の完璧な少年 「人形たちの教室」 相原れいな作;くまの柚子絵　ポプラ社(ポプラカラフル文庫)　2013年9月

小倉 ひろみちゃん　おぐら・ひろみちゃん
電車に関わる事件を解決していく元気いっぱいの女の子、鉄道ファンの小学生・翼の友だち 「電車で行こう! スペシャル版!!つばさ事件簿～120円で新幹線に乗れる!?～」 豊田巧作;裕龍ながれ絵　集英社(集英社みらい文庫)　2017年1月

おぐろ

小黒 ケンヤ　おぐろ・けんや
一卵性双生児のユカを「チューイモ」チカを「チューアネ」と呼ぶ運動神経抜群の5年生の男
の子「それぞれの名前」春間美幸著　講談社(講談社・文学の扉)　2015年5月

お甲　おこう
面作師の仁王次の修行仲間の千蔵の妹、目じりにしわはあるがはつらつとしている三十歳
くらいの女性「お面屋たまよし 流浪ノ祭」石川宏千花著;平沢下戸画　講談社(Ya!
entertainment)　2016年5月

お咲　おさき
湯長谷藩の殿・内藤政醇が出会った宿屋で下ばたらきをしている女「超高速! 参勤交代
映画ノベライズ」土橋章宏脚本;時海結以文　講談社(青い鳥文庫)　2016年9月

尾崎　おざき
特殊な種族「クラン」の能力を軍事利用しようとした「ゼノビア製薬」の重役「銀色☆フェア
リーテイル 3」藍沢羽衣著;白鳥希美イラスト　小学館(小学館ジュニア文庫)　2017年5月

尾崎 海人　おざき・かいと
小学5年生、うらないが大好きな上川詩絵里の幼なじみ「しえりの秘密のシール帳」濱野
京子著;十々夜絵　講談社　2014年7月

尾崎 孝史　おざき・たかし
平成6年に東京のホテルで火災にあいタイムトラベラーの男・平田に助けられた浪人生
「蒲生邸事件 前・後編」宮部みゆき作;黒星紅白絵　講談社(青い鳥文庫)　2013年8月

尾崎 玉藻　おざき・たまも
突然中学二年生の笛吹愛のクラスへやってきた美少女「銀色☆フェアリーテイル 2」藍
沢羽衣著;白鳥希美イラスト　小学館(小学館ジュニア文庫)　2016年10月

尾崎 宏行　おざき・ひろゆき
少年悠斗の認知症になりときどき徘徊してしまう祖父「こんとんじいちゃんの裏庭」村上し
いこ作　小学館　2017年7月

尾崎 悠斗　おさき・ゆうと
美術部に所属する中学三年生、認知症の祖父を持つ少年「こんとんじいちゃんの裏庭」
村上しいこ作　小学館　2017年7月

緒崎 若菜　おざき・わかな
むかし妖怪が住んでいたという竹取屋敷の取り壊し日に立ち会うことになり伝説の大妖怪2
人と同居することになった中学生の女の子「緒崎さん家の妖怪事件簿 [1]」築山桂著;か
すみのイラスト　小学館(小学館ジュニア文庫)　2017年2月

緒崎 若菜　おざき・わかな
むかし妖怪が住んでいたという竹取屋敷の取り壊し日に立ち会うことになり伝説の大妖怪2
人と同居することになった中学生の女の子「緒崎さん家の妖怪事件簿 [2]桃×団子パニッ
ク!」築山桂著;かすみのイラスト　小学館(小学館ジュニア文庫)　2017年7月

長内 陽介(オッサ)　おさない・ようすけ(おっさ)
桜ヶ丘中学校二年生のサッカー部ゴールキーパー、元野球部員「サッカーボーイズ14歳
－蝉時雨のグラウンド」はらだみずき作;ゴツボリュウジ絵　角川書店(角川つばさ文庫)
2013年1月

オサリン
池で小学校二年生のミウにつかまえられたしんしゅのさかな「ミウの花まる夏休み」きたじ
まごうき作・絵　汐文社　2016年6月

おさる
あるよるにめがさめてひるじゃないよるがあることをしったおさるのこ「おさるのよる」いとう
ひろし作・絵　講談社(どうわがいっぱい)　2017年6月

おじい

小澤 桔平　おざわ・きっぺい
東北の小都市・宝市にある「弁天デパート」のやり手の副社長、社長の娘・結羽の叔父 「女神のデパート3　街をまきこめ!TVデビュー!?」 菅野雪虫作;椋本夏夜絵　ポプラ社(ポプラポケット文庫) 2017年9月

小沢 葉月　おざわ・はづき
クラスで浮いて目立っている「ジミーズ」のメンバー、いつもお嬢様を気取っているブリッ子女子高校生 「ガールズ・ステップ 映画ノベライズ」 宇山佳佑原作;江頭美智留脚本;影山由美著　集英社(集英社みらい文庫) 2015年8月

小澤 結羽　おざわ・ゆう
東北の宝市にある「弁天堂デパート」の娘、小学五年生 「女神のデパート1　小学生・結羽、社長になる。」 菅野雪虫作;椋本夏夜絵　ポプラ社(ポプラポケット文庫) 2016年4月

小澤 結羽　おざわ・ゆう
東北の宝市にある「弁天堂デパート」の娘、小学五年生 「女神のデパート2　天空テラスで星にねがいを☆」 菅野雪虫作;椋本夏夜絵　ポプラ社(ポプラポケット文庫) 2016年11月

小澤 結羽　おざわ・ゆう
東北の宝市にある「弁天堂デパート」の娘、小学五年生 「女神のデパート3　街をまきこめ!TVデビュー!?」 菅野雪虫作;椋本夏夜絵　ポプラ社(ポプラポケット文庫) 2017年9月

オージ(御門 央児)　おーじ(みかど・おうじ)
北花梨駅にオープンした「和菓子屋本舗みかど亭」の社長の六年生の息子 「おねがい・恋神さま2 御曹司と急接近!」 次良丸忍作;うっけ画　金の星社(フォア文庫) 2014年8月

おじいさん
お母さんと二人で暮らす5年生の光輝のおじいさん 「しずかな日々」 椰月美智子作;またよし絵　講談社(青い鳥文庫) 2014年6月

おじいさん
雲が空をおおって星をかくした日にだけ天の川のほとりにラーメンの屋台をだすというふしぎなおじいさん 「天の川のラーメン屋」 富安陽子作;石川えりこ絵　講談社(たべもののおはなしシリーズ) 2017年2月

おじいさん
十二歳のフー子の祖父、母の生まれた汀館の家でお手伝いさんと二人で暮らしているおじいさん 「時計坂の家」 高楼方子著;千葉史子絵　福音館書店 2016年10月

おじいさん
星空のずっとむこうのきいろにかがやく星でたねをまきつづけたおじいさん 「まだかなまだかな」 伊藤正道文・絵　偕成社 2017年3月

おじいさん
東日本大震災で母を失った少女・早紀の祖父、山梨県の八ヶ岳のふもとの町でひとり彫り物をして暮らしているおじいさん 「パンプキン・ロード」 森島いずみ作;狩野富貴子絵　学研教育出版(ティーンズ文学館) 2013年2月

おじいさんカサ
わすれものセンターで黄色いカサ・ぴかちゃんに出会った大きな黒いカサ 「わすれんぼっち」 橋口さゆ希作;つじむらあゆこ絵　PHP研究所(とっておきのどうわ) 2017年9月

おじいちゃん
5年生のリンの同級生クラちゃんのおじいちゃん、引っ越すことになり家具を捨てようとしていた人 「テディベア探偵 引き出しの中のひみつ」 山本悦子作;フライ絵　ポプラ社(ポプラポケット文庫) 2015年10月

おじいちゃん
まごのともやとちきゅうかんさつたいごっこをしているびょうきのおじいちゃん 「ぼく、ちきゅうかんさつたい」 松本聰美作;ひがしちから絵　出版ワークス 2017年5月

おじい

おじいちゃん
ゆず先生のおじいちゃん、大池市で20年前に大地震があった時にそこに住んでいた人
「ゆず先生は忘れない」白矢三恵著;山本久美子絵　くもん出版　2016年8月

おじいちゃん
小学3年生のユウタのぼけてきたおじいちゃん　「とんでろじいちゃん」山中恒作;そがまい
絵　童話館出版（子どもの文学・青い海シリーズ）2017年3月

おじいちゃん
小六の花の今年亡くなったおじいちゃん　「みずがめ座流星群の夏」杉本りえ作;佐竹美
保絵　ポプラ社（ノベルズ・エクスプレス）2015年6月

おじいちゃん
孫の周を連れてスリランカへ行った六十五歳のおじいちゃん　「茶畑のジャヤ」中川なをみ
作　鈴木出版（鈴木出版の児童文学 この地球を生きる子どもたち）2015年9月

おじいちゃん
六年生の時生のおじいちゃん、工場でゴム気球を作る気球のスペシャリスト　「風船教室」
吉野万理子作　金の星社　2014年9月

おじいちゃん（ゲンゾウおじいちゃん）
小学生のケンタのおじいちゃん、外国でまほうの研究をするがくしゃ　「まほうデパート本日
かいてん!」山野辺一記作;木村いこ絵　金の星社　2015年8月

おじいちゃん（タイフーン）
小学三年生の「ぼく」のおじいちゃん、いつも台風のようにやってくるおじいちゃん　「あいし
てくれて、ありがとう」越水利江子作;よしざわけいこ絵　岩崎書店（おはなしガーデン）
2013年9月

おじいちゃん（保津原博士）　おじいちゃん（ほづはらはかせ）
五年生の志馬のおじいちゃん、世間に秘密で虫型ロボットを発明した有名な昆虫学者
「虫ロボのぼうけん 04 バッタとジャンプ大会!」吉野万理子作;安部繭子絵　理論社　2015
年7月

おじいちゃん（保津原博士）　おじいちゃん（ほづはらはかせ）
五年生の志馬のおじいちゃん、世間に秘密で虫型ロボットを発明した有名な昆虫学者
「虫ロボのぼうけん 05 フンコロ牧場へGO！」吉野万理子作;安部繭子絵　理論社　2016
年1月

おじいちゃん（保津原博士）　おじいちゃん（ほづはらはかせ）
四年生の志馬のおじいちゃん、世間に秘密で虫型ロボットを発明した有名な昆虫学者
「虫ロボのぼうけん 02 赤トンボとレース!」吉野万理子作;安部繭子絵　理論社　2014年9月

おじいちゃん（保津原博士）　おじいちゃん（ほづはらはかせ）
四年生の志馬のおじいちゃん、世間に秘密で虫型ロボットを発明した有名な昆虫学者
「虫ロボのぼうけん 03 スズメバチの城へ!」吉野万理子作;安部繭子絵　理論社　2015年2

おじいちゃん（保津原博士）　おじいちゃん（ほづはらはかせ）
四年生の志馬のおじいちゃん、変わり者だが有名な昆虫学者　「虫ロボのぼうけん　01　カ
ブトムシに土下座!?」吉野万理子作;安部繭子絵　理論社　2014年6月

おじいちゃん（三島 正政）　おじいちゃん（みしま・ただまさ）
五年生の由宇のおじいちゃん、衆議院議員選挙の候補者　「三島由宇、当選確実!」まは
ら三桃著　講談社（講談社・文学の扉）2016年11月

おじいちゃんねずみ
森の子ねずみたちのさいきん元気がないおじいちゃんねずみ　「ルルとララのアロハ!パン
ケーキ」あんびるやすこ作・絵　岩崎書店（おはなしガーデン）2016年12月

おじょ

おじさん
小学五年生の葉太が通う小学校の校庭の奥にある木戸の向こうで植物の世話をしているおじさん 「ひみつの校庭」 吉野万理子作;宮尾和孝絵 学研プラス(ティーンズ文学館) 2015年12月

オジサン
小五女子のひなの手帳を自分のものとまちがえて持ちかえってしまったおじさん 「片恋パズル」 吉川英梨作;うみこ絵 集英社(集英社みらい文庫) 2015年6月

おじさん(父さん)　おじさん(とうさん)
6年生の柳田の父親、家族で行く山登りに息子のクラスメートのいるかたちもつれていった人 「お願い!フェアリー♥ 14 山ガールとなぞのラブレター」 みずのまい作;カタノトモコ絵 ポプラ社 2015年3月

おじさん(中村 征二)　おじさん(なかむら・せいじ)
四万十川の河川敷で暮らしているホームレスのおじさん、六年生の翔の父親の元同級生 「ラスト・スパート!」 横山充男作;コマツシンヤ絵 あかね書房(スプラッシュ・ストーリーズ) 2013年11月

おじさん(長谷川 慎治)　おじさん(はせがわ・しんじ)
イタリアの劇場専属をつとめていたプロのオペラ歌手、突然帰国し姪のかのんの家に寄食しているおじ 「夏空に、かんたーた」 和泉智作;高田桂絵 ポプラ社(ノベルズ・エクスプレス) 2017年6月

おじ
月がころげて夜空にできたあなから出てきて10歳の六郎太の前にあらわれた老人 「ころげ月」 福明子文;ふりやかよこ絵 新日本出版社 2015年3月

おじじさん
ホルムという町にすむ古道具屋さん、ひろった洋服ダンスの中からでてきたしゃべるクロネコとくらすおじさん 「ブンダバー 1」 くぼしまりお作;佐竹美保絵 ポプラ社(ポプラポケット文庫) 2013年8月

おじじさん
ホルムという町にすむ古道具屋さん、ひろった洋服ダンスの中からでてきたしゃべるクロネコとくらすおじさん 「ブンダバー 2」 くぼしまりお作;佐竹美保絵 ポプラ社(ポプラポケット文庫) 2013年11月

おじじさん
ホルムという町にすむ古道具屋さん、ひろった洋服ダンスの中からでてきたしゃべるクロネコとくらすおじさん 「ブンダバー 3」 くぼしまりお作;佐竹美保絵 ポプラ社(ポプラポケット文庫) 2014年2月

押野 広也　おしの・ひろや
お母さんと二人で暮らす5年生の光輝のクラスメイト、お調子者で人気者の男の子 「しずかな日々」 椰月美智子作;またよし絵 講談社(青い鳥文庫) 2014年6月

尾島 圭機　おじま・けいき
岬中学校二年生、女子から人気があり生徒会役員もつとめているやさしい少年 「いい人ランキング」 吉野万理子著 あすなろ書房 2016年8月

おしゃべりうさぎ
山にすんでいるおしゃべりなうさぎ、ひとりぐらしをしているだんまりうさぎのともだち 「だんまりうさぎときいろいかさ」 安房直子作;ひがしちから絵 偕成社 2017年6月

お嬢様(二ノ宮 ありす)　おじょうさま(にのみや・ありす)
二ノ宮家の当主であり探偵でもある11歳の女の子 「一夜姫事件－お嬢様探偵ありすと少年執事ゆきとの事件簿」 藤野恵美作;Haccan絵 講談社(青い鳥文庫) 2014年3月

93

おじょ

お嬢様（二ノ宮 ありす）　おじょうさま（にのみや・ありす）
二ノ宮家の当主であり探偵でもある11歳の女の子　「古城ホテルの花嫁事件－お嬢様探偵ありすと少年執事ゆきとの事件簿」藤野恵美作;Haccan絵　講談社（青い鳥文庫）2013年6月

お嬢様（二ノ宮 ありす）　おじょうさま（にのみや・ありす）
二ノ宮家の当主で探偵をやめたお嬢様、フィロソフィア学園中等部二年生の女の子　「天空のタワー事件－お嬢様探偵ありす」藤野恵美作;Haccan絵　講談社（青い鳥文庫）2015年6月

お嬢様（二ノ宮 ありす）　おじょうさま（にのみや・ありす）
二ノ宮家の当主にして探偵の11歳の女の子、無類の紅茶好き　「お嬢様探偵ありすの冒険」藤野恵美作;Haccan絵　講談社（青い鳥文庫）2016年10月

おしん
明治の終わり頃山形の貧しい小作人の家に生まれわずか七歳で奉公に出された娘　「おしん」橋田壽賀子原作;山田耕大脚本;腰水利江子文;暁かおり絵　ポプラ社（ポプラポケット文庫）2013年10月

お涼　おすず
町の古着屋の娘、男の子が苦手でほおずき長屋にとじこもって暮らしている女の子　「猫侍－玉之丞とほおずき長屋のお涼」いとう縁凛作;AMG出版作;九条M十絵　ポプラ社（ポプラポケット文庫）2014年3月

オズヴェル・アズベルド・フリック
北方ペルーニャ王国の次期国王、十七歳の青年　「終焉の王国 2 偽りの乙女と赤の放浪者」梨沙著;雪広うたこ[画]　朝日新聞出版　2014年10月

オズワルド・リッチーくん
世界中を旅する吸血鬼・オズくん、小学5年生くらいの赤毛の男の子　「ふしぎ古書店 5 青い鳥が逃げ出した!」にかいどう青作;のぶたろ絵　講談社（青い鳥文庫）2017年5月

お園さん　おそのさん
南町奉行所定廻同心佐竹左門の娘　「お江戸の百太郎 [4] 大山天狗怪事件」那須正幹作;小松良佳絵　ポプラ社（ポプラポケット文庫）2016年2月

おたあ
縫い物師の平史郎が面倒をみることになった戦で両親をなくした朝鮮人の少女　「ひかり舞う」中川なをみ著;スカイエマ絵　ポプラ社（Teens' best selections）2017年12月

お妙　おたえ
お江戸かぶき町のなんでも屋「万事屋」の従業員・新八の姉、亡き父の剣術道場を守るため夜のお店勤めでお金を稼いでいるタフな女　「銀魂 映画ノベライズ みらい文庫版」空知英秋原作;福田雄一脚本;田中創小説　集英社（集英社みらい文庫）2017年7月

織田 登生　おだ・とうい
ティーンに人気のブランド「リップル」の専属モデル、俳優としても活躍している青年　「ゆめ☆かわ ここあのコスメボックス」伊集院くれあ著;池田春香イラスト　小学館（小学館ジュニア文庫）2017年8月

小田 知也　おだ・ともや
修学旅行に行けなかった中学三年生の一人、児童養護施設から学校へ通っている学校一のモテ男　「アナザー修学旅行」有沢佳映作;ヤマダ絵　講談社（青い鳥文庫）2017年9月

おタネ
村いちばんの金持ち・倉右衛門さんのわがままな娘、孤児のチョロをいじめる子　「六時の鐘が鳴ったとき」井上夕香作;エヴァーソン朋子絵　てらいんく　2016年9月

織田 信長　おだ・のぶなが
戦国武将、中学二年生の庄司由斗がタイムスリップした戦国時代で出会った男　「僕たちの
本能寺戦記」小前亮作　光文社（Book With You）2013年8月

織田 信長　おだ・のぶなが
戦国武将で地獄の野球チーム・桶狭間ファルコンズのキャプテン、4番ファースト　「戦国
ベースボール [10] 忍者軍団参上!vs琵琶湖シュリケンズ」りょくち真太作;トリバタケハルノ
ブ絵　集英社（集英社みらい文庫）2017年7月

織田 信長　おだ・のぶなが
戦国武将で地獄の野球チーム・桶狭間ファルコンズのキャプテン、4番ファースト　「戦国
ベースボール [8] 三国志トーナメント編 4 決勝!信長vs呂布」りょくち真太作;トリバタケハ
ルノブ絵　集英社（集英社みらい文庫）2017年2月

織田 信長　おだ・のぶなが
地獄にいた戦国武将、地獄の野球チーム「桶狭間ファルコンズ」のキャプテン　「戦国ベー
スボール [2] 龍馬がくる!信長vs幕末志士!!」りょくち真太作;トリバタケハルノブ絵　集英社
（集英社みらい文庫）2015年9月

織田 信長　おだ・のぶなが
美濃の国の大名・斎藤道三の娘・帰蝶（濃姫）が嫁いだ尾張の国の嫡男、「うつけ者」と噂さ
れる男　「戦国姫 濃姫の物語」藤咲あゆな作;マルイノ絵　集英社（集英社みらい文庫）
2016年9月

織田 信長　おだ・のぶなが
魔王とよばれる野球武将、地獄三国志トーナメントで戦う桶狭間ファルコンズのファースト
「戦国ベースボール [6] 三国志トーナメント編 2 諸葛亮のワナ!」りょくち真太作;トリバタケ
ハルノブ絵　集英社（集英社みらい文庫）2016年7月

織田 信長　おだ・のぶなが
霊感の持ち主しか入学できない私立霊界高校の日本史の授業のために召喚された歴史上
の人物のひとり　「私立霊界高校 1 NOBUNAGA降臨」楠木誠一郎著;鳥越タクミ画　講談
社（Ya! entertainment）2014年7月

織田 隼人　おだ・はやと
玲子先生のクラスの5年生、学級で何か事件が起こると真っ先に疑われる男の子　「てのひ
ら咲いた」別司芳子著　文研出版（文研じゅべにーる）2013年10月

おたま
せんねん町のおまつりでぶたじるを食べにきてくれたおまわりさんをすきになったまんねん
小学校給食室のおたま　「給食室の日曜日」村上しいこ作;田中六大絵　講談社（わくわく
ライブラリー）2017年5月

おたまじゃくし（くじらじゃくし）
めずらしい生き物を探していた丁稚の定吉に自分はクジラの子だと話しかけてきたおたま
じゃくし　「くじらじゃくし」安田夏菜作;中西らつ子絵　講談社（わくわくライブラリー）2017
年4月

おたまちゃん（たま）
離れ町にある酒とめしの店「とろろ」の一人娘　「目こぼし歌こぼし」上野瞭作梶山俊夫画
童話館出版（子どもの文学・青い海シリーズ）2014年12月

小田 美杏　おだ・みあん
あさひ小学校の五年霊組に一員・死神見習いミアンが姿をかりている女の子　「五年霊組こ
わいもの係 2－友花、悪魔とにらみあう。」床丸迷人作;浜弓場双絵　KADOKAWA（角川
つばさ文庫）2014年6月

お千賀ちゃん　おちかちゃん
深川森下町の材木問屋の末娘　「お江戸の百太郎 [1]」那須正幹作;小松良佳絵　ポプラ
社（ポプラポケット文庫）2014年10月

おちか

お千賀ちゃん　おちかちゃん
深川森下町の材木問屋の末娘 「お江戸の百太郎 [2] 黒い手の予告状」 那須正幹作;小松良佳絵 ポプラ社(ポプラポケット文庫) 2015年2月

お千賀ちゃん　おちかちゃん
深川森下町の材木問屋の娘 「お江戸の百太郎 [3] 赤猫がおどる」 那須正幹作;小松良佳絵 ポプラ社(ポプラポケット文庫) 2015年10月

お千賀ちゃん　おちかちゃん
深川森下町の材木問屋の娘 「お江戸の百太郎 [4] 大山天狗怪事件」 那須正幹作;小松良佳絵 ポプラ社(ポプラポケット文庫) 2016年2月

お千賀ちゃん　おちかちゃん
深川森下町の材木問屋の娘 「お江戸の百太郎 [6] 乙松、宙に舞う」 那須正幹作;小松良佳絵 ポプラ社(ポプラポケット文庫) 2016年10月

お千賀ちゃん　おちかちゃん
深川南森下町の材木問屋の娘 「お江戸の百太郎 [5] 秋祭なぞの富くじ」 那須正幹作;小松良佳絵 ポプラ社(ポプラポケット文庫) 2016年7月

越智 東風　おち・とうふう
猫の「吾輩」の主人・苦沙弥先生知人、詩人 「吾輩は猫である 上下」 夏目漱石作;佐野洋子絵 講談社(青い鳥文庫) 2017年7月

オチョ・ムー
一人前の大妖怪になるためのテスト中に人間の男をすきになり石にされた七尾ギツネの妖怪 「妖狐ピリカ★ムー」 那須田淳作;佐竹美保絵 理論社 2013年9月

おっこ
祖母がいとなむ温泉旅館で若おかみ修業中の女の子、小学六年生 「おっことチョコの魔界ツアー」 令丈ヒロ子作;石崎洋司絵 講談社(青い鳥文庫) 2013年9月

おっこ
祖母がいとなむ温泉旅館で若おかみ修業中の女の子、新中学一年生 「若おかみは小学生! スペシャル短編集1」 令丈ヒロ子作;亜沙美絵 講談社(青い鳥文庫) 2014年1月

おっこ
祖母がいとなむ温泉旅館で若おかみ修業中の女の子、新中学一年生 「若おかみは小学生! スペシャル短編集2」 令丈ヒロ子作;亜沙美絵 講談社(青い鳥文庫) 2014年9月

おっこ
両親を亡くし祖母峰子が経営する旅館「春の屋」で若おかみ修行中の小学6年生の女の子 「若おかみは小学生! Part19 花の湯温泉ストーリー」 令丈ヒロ子作;亜沙美絵 講談社(青い鳥文庫) 2013年3月

おっこ
両親を亡くし祖母峰子が経営する旅館「春の屋」で若おかみ修行中の小学6年生の女の子 「若おかみは小学生! Part20 花の湯温泉ストーリー」 令丈ヒロ子作;亜沙美絵 講談社(青い鳥文庫) 2013年7月

オッサ
桜ヶ丘中サッカー部の三年生、二年生のときに野球部をやめてサッカー部に入った少年 「サッカーボーイズ卒業」 はらだみずき作;ゴツボリュウジ絵 KADOKAWA(角川つばさ文庫) 2016年11月

オッサ
桜ヶ丘中学校二年生のサッカー部ゴールキーパー、元野球部員 「サッカーボーイズ14歳 －蝉時雨のグラウンド」 はらだみずき作;ゴツボリュウジ絵 角川書店(角川つばさ文庫) 2013年1月

おとう

オットー
本好きの女子大生が生まれ変わった5歳の女の子・マインに字を教えてくれた優しく若い兵士 「本好きの下剋上〜司書になるためには手段を選んでいられません〜 第1部 兵士の娘1」 香月美夜著 TOブックス 2015年2月

おツネちゃん
町娘に化けた狐、大工の清吉たちとともにお城の殿様をこらしめようとする狐 「鈴狐騒動変化城(へんげのしろ)」 田中哲弥著;伊野孝行画 福音館書店 2014年10月

お鶴　おつる
鋳かけ職人の妻、古い着物の修繕の仕事をしている手先が器用な二十三歳の女 「お面屋たまよし 不穏ノ祭」 石川宏千花著;平沢下戸画 講談社(Ya! entertainment) 2013年11月

オーディン
北の国・バインガルドの海の中から生えている大きな謎だらけの木「ホネドラシル」をつくったと言われている神様 「ほねほねザウルス 13 ティラノ・ベビーとミラクルツリー」 カバヤ食品株式会社原案・監修 岩崎書店 2014年12月

おとうさん
12歳の花の夢の中に出てきた第二次世界大戦中のひいおじいちゃん、静江おばあちゃんのおとうさん 「花あかりともして」 服部千春作;紅木春絵 出版ワークス 2017年7月

おとうさん
2年生のたまちゃんのおとうさん、うどん屋「さぬきや」をやっている人 「たまたま・たまちゃん」 服部千春作;つじむらあゆこ絵 WAVE出版(ともだちがいるよ!) 2013年11月

おとうさん
3さいのナッちゃんのおとうさん、1年生のココちゃんのおかあさんとけっこんしたひと 「おねえちゃんって、いっつもがまん!?」 いとうみく作;つじむらあゆこ絵 岩崎書店 2017年7月

お父さん　おとうさん
中一の美雨の会社勤めをしているお父さん、元料理人 「美雨13歳のしあわせレシピ」 しめのゆき著;高橋和枝絵 ポプラ社(Teens' best selections) 2015年6月

お父さん　おとうさん
娘のナナミが牧場主になることを認めていない父親、貿易の仕事をしている人 「牧場物語 3つの里の大好きななかま」 高瀬美恵作;上倉エク絵 KADOKAWA(角川つばさ文庫) 2016年9月

お父さん(赤城 龍太郎)　おとうさん(あかぎ・りゅうたろう)
日本を代表する現代画家、マンガが大好きな女の子・エミの父親 「らくがき☆ポリス 1 美術の警察官、はじめました。」 まひる作;立樹まや絵 KADOKAWA(角川つばさ文庫) 2016年10月

お父さん(政成)　おとうさん(まさなり)
五年生の由宇のカバン店を営むお父さん、政治家の息子 「三島由宇、当選確実!」 まはら三桃著 講談社(講談社・文学の扉) 2016年11月

おとうさんカイジュウ(カイジュウ)
あかちゃんカイジュウ・ペットントンのおとうさん、かんさいべんをしゃべるカイジュウ 「うまれたよ、ペットントン」 服部千春作;村上康成絵 岩崎書店(おはなしトントン) 2013年8月

弟ヤマネ　おとうとやまね
ひだまりの森にあるふしぎなさくらの木のあなのなかでおねえちゃんとふしぎな声を聞いた弟ヤマネ 「ありがとうの道」 小原麻由美作;黒井健絵 PHP研究所(とっておきのどうわ) 2016年6月

おとこ

男　おとこ
いらない赤んぼをとりにしてしまう「赤んぼとりせいさくしょ」のしょちょう、とりのはねをいっぱいつけたぼうしをかぶったふしぎな男　「こたえはひとつだけ」立原えりか作;みやこしあきこ絵　鈴木出版（おはなしのくに）2013年11月

男の子　おとこのこ
転校生に親友をとられ苦しんでいた少女・まほの前にとつぜんあらわれた王子さまの格好をした小さな男の子　「まほとおかしな魔法の呪文」草野たき作　岩崎書店（おはなしガーデン）2015年7月

落としものパンツ　おとしものぱんつ
なかなか自分に自信がもてないまんねん小学校の職員室の落としものパンツ　「職員室の日曜日」村上しいこ作;田中六大絵　講談社（わくわくライブラリー）2014年6月

おとっつぁん（与兵衛）　おとっつぁん（よへえ）
屋台すし「与兵衛ずし」の主、十二歳の息子・豆吉のおとっつぁん　「すし食いねえ」吉橋通夫著　講談社（講談社・文学の扉）2015年7月

音無 祈　おとなし・いのり
桜町第一中学1年A組の学級委員を務める面倒見のいい優等生女子　「この学校に、何かいる」百瀬しのぶ作;有坂あこ絵　角川書店（角川つばさ文庫）2013年2月

音無 周五郎　おとなし・しゅうごろう
あらぬ疑いをかけられ牢屋に入れられた十蔵兄弟を助けた南町奉行所の若い奉行　「IQ探偵ムー ムーVS忍者!江戸の町をあぶり出せ!?」深沢美潮作;山田J太画　ポプラ社（ポプラカラフル文庫）2014年3月

音無 陽斗　おとなし・はると
市立栗富東小学校六年生、いつも友だちとはしゃいでいる学年でも目立つ元気な男の子　「ポケットの中の絆創膏」藤咲あゆな作;naoto絵　ポプラ社（ポプラポケット文庫）2014年2月

おとのさま
おしろにすんでいる好奇心おうせいなおとのさま　「おとのさま、小学校にいく」中川ひろたか作;田中六大絵　佼成出版社（おはなしみーつけた!シリーズ）2017年12月

おとのさま
けらいのさんだゆうをつれてはじめてスキーに行ったおとのさま　「おとのさま、スキーにいく」中川ひろたか作;田中六大絵　佼成出版社（おはなしみーつけた!シリーズ）2016年12月

おとのさま
日本で48番目の県・山田県にある山田城のあるじ　「山田県立山田小学校 6 山田の殿さま、おしのび参観!?」山田マチ作;杉山実絵　あかね書房　2016年2月

おとのさま（やまだのとのさま）
日本で48番目の県・山田県にある山田城のあるじ、山田県民をあたたかく見守るとのさま　「山田県立山田小学校 2 山田伝記で大騒動!?」山田マチ作;杉山実絵　あかね書房　2013年6月

乙部 カヲル　おとべ・かをる
ミステリー大好きなさきのクラスメイトで親友、調理部に所属している可愛くて優しい女の子　「まじかる☆ホロスコープ 恋と怪談とミステリー!」カタノトモコ作・絵;杉背よい文　KADOKAWA（角川つばさ文庫）2014年10月

オドロキくん（王泥喜 法介）　おどろきくん（おどろき・ほうすけ）
「成歩堂なんでも事務所」の殺人罪で逮捕された弁護士、弁護士・成歩堂の部下　「逆転裁判 逆転空港」高瀬美恵作;カプコンカバー絵;菊野郎挿絵　KADOKAWA（角川つばさ文庫）2017年2月

王泥喜 法介　おどろき・ほうすけ
「成歩堂なんでも事務所」の殺人罪で逮捕された弁護士、弁護士・成歩堂の部下　「逆転裁判 逆転空港」高瀬美恵作;カプコンカバー絵;菊野郎挿絵　KADOKAWA（角川つばさ文庫）　2017年2月

王泥喜 法介　おどろき・ほうすけ
「成歩堂なんでも事務所」の熱血弁護士　「逆転裁判 逆転アイドル」高瀬美恵作;菊野郎挿絵　KADOKAWA（角川つばさ文庫）　2016年6月

おとわ
戦国時代遠江の南にひろがる井伊谷あたりをおさめる井伊家の跡取り娘、男「直虎」として井伊家をまもりぬいた女城主　「井伊直虎 戦国時代をかけぬけた美少女城主」那須田淳作;十々夜夜画　岩崎書店（フォア文庫）　2016年11月

音羽　おとわ
内裏にある温明殿の女官・伴内侍に女童のかっこうをして仕えている13歳の少年　「えんの松原」伊藤遊作;太田大八画　福音館書店（福音館文庫）　2014年1月

お波さん（波江さん）　おなみさん（なみえさん）
小学五年生の翔太の父さんのおじいちゃんの姉、秋田の田舎に住んでいるおばあちゃん　「鳥海山の空の上から」三輪裕子作;佐藤真紀子絵　小峰書店（Green Books）　2014年11月

オニ（あかカク）
おとうとのリオンにいじわるをしたケンタをつれさったツノが二ほんもあるあかオニ　「オニのすみかでおおあばれ!」藤真知子作;村田桃香絵　岩崎書店（おはなしトントン）　2015年10月

鬼（牛頭鬼）　おに（ごずき）
とざされた小学校で6年生の大翔を追う恐ろしい鬼、牛の頭をした化け物　「絶望鬼ごっこ」針とら作;みもり絵　集英社（集英社みらい文庫）　2015年4月

お兄さん　おにいさん
風早の街にある不思議な魔法のコンビニ「たそがれ堂」の店員の青年　「コンビニたそがれ堂 奇跡の招待状」村山早紀著　ポプラ社（teenに贈る文学）　2016年4月

おにいちゃん
小学一年生の「わたし」のおにいちゃん、公園にいた元気のない子ねこをたすけた中学一年生　「ミュウとゴロンとおにいちゃん」小手鞠るい作;たかすかずみ絵　岩崎書店（おはなしトントン）　2016年1月

おにいちゃん（冬馬）　おにいちゃん（とうま）
いとこのなっちゃんといっしょにくらす小六になる男の子、まよいねこの「シナモン」を飼っていた少年　「シナモンのおやすみ日記」小手鞠るい作;北見葉胡絵　講談社　2016年4月

お兄ちゃん（水野 太郎）　おにいちゃん（みずの・たろう）
妹のいるかの運動会で家族対抗リレーにでるために帰ってきた大学生のお兄ちゃん　「お願い!フェアリー♥16 キセキの運動会!」みずのまい作;カタノトモコ絵　ポプラ社　2016年4月

お兄ちゃん（リョウ）　おにいちゃん（りょう）
お母さんにおこられてもへいきな小学三年生、幼稚園児のコウタの兄　「ぼくとお兄ちゃんのビックリ大作戦」まつみりゅう作;荒木祐美絵　刈谷市・刈谷市教育委員会　2014年10月

鬼崎 剛太　おにざき・ごうた
「絶体絶命ゲーム」に参加する元・リトルリーグの天才ピッチャー、肩を壊して不良になった少年　「絶体絶命ゲーム 2 死のタワーからの大脱出」藤ダリオ作;さいね絵　KADOKAWA（角川つばさ文庫）　2017年7月

おにざ

鬼沢 ひとみ（ヒットン）　おにざわ・ひとみ（ひっとん）
朝香市立花の木小学校の新聞委員の六年生、足首を捻挫してリレーの選手になれなかったため新聞の取材に走ることにした女の子　「走れ!ヒットン」　須藤靖貴著　講談社（文学の扉）　2017年10月

鬼の少年（稀人）　おにのしょうねん（まれと）
中学2年生の少女千凪がみた不思議でリアルな夢に出てくる鬼の少年　「風夢緋伝」　名木田恵子著　ポプラ社（Teens' best selections）　2017年3月

おにぼう
人間に鉄砲でうたれて母鬼をなくした鬼の子　「おにぼう」　くすのきしげのり作　PHP研究所（とっておきのどうわ）　2016年10月

鬼丸 豪　おにまる・ごう
小学六年生、笑太のクラスメイトで推理クラブの部長　「天才!科学探偵Wヘンリー」　椎名雅史作;裕龍ながれ絵　KADOKAWA（角川つばさ文庫）　2014年11月

お姉さん　おねえさん
姉弟・のぞみと鉄平に金刀比羅宮で出会った犬を連れた女子大生　「のぞみ、出発進行!! サンライズ瀬戸パパ失踪事件と謎の暗号」　やすこーん作・絵　小学館（小学館ジュニア文庫）　2016年8月

おねえさんカサ
わすれものセンターで黄色いカサ・ぴかちゃんに出会ったむらさきのきれいなカサ　「わすれんぼっち」　橋口さゆ希作;つじむらあゆこ絵　PHP研究所（とっておきのどうわ）　2017年9月

おねえちゃん（まい）
高校の先生、五年生のゆいのもうすぐ赤ちゃんが生まれるおねえちゃん　「星のこども」　川島えつこ作;はたこうしろう絵　ポプラ社（ノベルズ・エクスプレス）　2014年11月

おねえちゃんヤマネ
ひだまりの森にあるふしぎなさくらの木のあなのなかで弟とふしぎな声を聞いたおねえちゃんヤマネ　「ありがとうの道」　小原麻由美作;黒井健絵　PHP研究所（とっておきのどうわ）　2016年6月

小野 佳純　おの・かすみ
クラスでこっそりといじめにあっている転校生の六年生の女の子、ミステリー作家月森和の大ファン　「ふたり」　福田隆浩著　講談社　2013年9月

小野 静花　おの・しずか
中学三年生の映画研究部部長、部員たちと廃墟のホテルで撮影していた女の子　「恐怖のむかし遊び」　にかいどう青作;モグラッタ絵　講談社　2017年12月

小野田 薫子　おのだ・かおるこ
中学1年生の女の子、古着屋「MUSUBU」でモエが買ったドレスの元の持ち主　「テディベア探偵 1 アンティークドレスはだれのもの!」　山本悦子作;フライ絵　ポプラ社（ポプラポケット文庫）　2014年4月

小野 タクト　おの・たくと
山田小学校五年生、親友のカケルと「KT少年探偵団」を結成して活動している少年　「少年探偵カケルとタクト3 すがたを消した小学生」　佐藤四郎著　幻冬舎ルネッサンス　2013年8月

小野田 隼　おのだ・しゅん
運動神経バツグンでガッツがある十一歳の少年　「幽霊探偵ハル 燃える図書館の謎」　田部智子作;木乃ひのき絵　KADOKAWA（角川つばさ文庫）　2015年11月

小野 つばさ　おの・つばさ
名門の吹奏楽部に入部した高校一年生、野球部をスタンドからトランペットで応援すること
が夢の女の子 「青空エール まんがノベライズ〜ふられても、ずっと好き〜」 河原和音原
作;絵;はのまきみ著 集英社(集英社みらい文庫) 2016年8月

小野 つばさ　おの・つばさ
名門の吹奏楽部に入部した高校一年生、野球部をスタンドからトランペットで応援すること
が夢の女の子 「青空エール 映画ノベライズ みらい文庫版」 河原和音原作;持地佑季子
脚本;はのまきみ著 集英社(集英社みらい文庫) 2016年7月

小野寺 透也　おのでら・とうや
六年生の優也の伯父さん、親戚の経営する「小野寺塗装」に勤めている四十歳の男性 「と
うちゃんとユーレイババちゃん」 藤澤ともち作;佐藤真紀子絵 講談社(文学の扉) 2017年
2月

小野寺 優也　おのでら・ゆうや
伯父さんのとうちゃんと一緒に暮らしている六年生、お祖母ちゃんのユーレイが見える男の
子 「とうちゃんとユーレイババちゃん」 藤澤ともち作;佐藤真紀子絵 講談社(文学の扉)
2017年2月

小野 小町　おのの・こまち
おやしきに住むさくらこさんのティーパーティーにとつぜんあらわれた昔の歌人 「おばけマン
ション42−ドキドキおばけの百人一首!?」 むらいかよ著 ポプラ社(ポプラ社の新・小さな
童話) 2016年11月

小野 晴花　おの・はるか
フリースクール「夏期アシストクラス」に通う不登校の内気な六年生の女の子 「イジメ・サバ
イバル あたしたちの居場所」 高橋桐矢作;芝生かや絵 ポプラ社(ポプラポケット文庫)
2016年8月

小野 真衣　おの・まい
中学でいじめにあいひきこもりになった十七歳の女の子、風早の街の住人 「コンビニたそ
がれ堂 奇跡の招待状」 村山早紀著 ポプラ社(teenに贈る文学) 2016年4月

小野 桃世　おの・ももよ
水鉄砲で撃ち合うスーパーバトルスポーツ「ガンバト」のコンビを征司丸と組んでいる美少女
「ガンバト! ガンガン水鉄砲バトル!!」 豊田巧作;坂本憲司郎絵 KADOKAWA(角川つば
さ文庫) 2016年3月

小野山 美紀　おのやま・みき
50年以上前に起きたバラバラ殺人事件の被害者の少女・小野山美子の双子の姉 「カラダ
探し 2」 ウェルザード著;woguraイラスト 双葉社(双葉社ジュニア文庫) 2017年3月

小野山 美紀　おのやま・みき
50年以上前に起きたバラバラ殺人事件の被害者の少女・小野山美子の双子の姉 「カラダ
探し 3」 ウェルザード著;woguraイラスト 双葉社(双葉社ジュニア文庫) 2017年7月

小野山 美紀　おのやま・みき
50年以上前に起きたバラバラ殺人事件の被害者の少女・小野山美子の双子の姉 「カラダ
探し 第2夜 1」 ウェルザード著;woguraイラスト 双葉社(双葉社ジュニア文庫) 2017年11
月

小野山 美子　おのやま・みこ
50年以上前に起きたバラバラ殺人事件の被害者、逢魔高校の校舎に遺棄された11歳の少
女 「カラダ探し 2」 ウェルザード著;woguraイラスト 双葉社(双葉社ジュニア文庫) 2017年
3月

おのや

小野山 美子　おのやま・みこ
50年以上前に起きたバラバラ殺人事件の被害者、逢魔高校の校舎に遺棄された11歳の少女　「カラダ探し 3」 ウェルザード著;woguraイラスト　双葉社（双葉社ジュニア文庫）2017年7月

小野山 美子　おのやま・みこ
50年以上前に起きたバラバラ殺人事件の被害者、逢魔高校の校舎に遺棄された11歳の少女　「カラダ探し 第2夜 1」 ウェルザード著;woguraイラスト　双葉社（双葉社ジュニア文庫）2017年11月

小野 夕奈　おの・ゆうな
花和小学校六年一組、三組の矢木竜生が好きな女の子　「友恋×12歳」 名木田恵子作;山田デイジー絵　講談社（青い鳥文庫）2015年10月

小野 優哉　おの・ゆうや
十四歳のときからずっと部屋に引きこもりインターネットだけをたよりに生活している青年　「雲をつかむ少女」 藤野恵美著　講談社　2015年3月

おノン
青い黄金色の片目の黒猫　「水はみどろの宮」 石牟礼道子作;山福朱実画　福音館書店（福音館文庫）2016年3月

おばあさん
1年生のあおいちゃんのなくなったおばあさん、ねこのミーシャをかっていた人　「ミーシャのしっぽ」 宮島ひでこ作;華鼓絵　ひくまの出版　2013年3月

おばあさん
五年生の実くんの品があってきれいなおばあさん　「美乃里の夏」 藤巻吏絵作;長新太画　福音館書店（福音館文庫）2015年4月

おばあさん
大切にしていたお皿を引き取ってもらおうと骨董店「アンティーク・シオン」に来たおばあさん　「アンティーク・シオンの小さなきせき」 茂市久美子作;黒井健絵　学研プラス　2016年6月

おばあさん
猫のジュリの死んだかいぬしさん、おばあさんの姿で住んでいた家にやってきたタマシイ　「となりの猫又ジュリ」 金治直美作;はしもとえつよ絵　国土社　2017年11月

おばあさん（山野 滝）　おばあさん（やまの・たき）
中学1年生のナナのひいおじいちゃんの老人会のお友達、山姥山の山姥だと名乗る人　「ぐらん×ぐらんぱ!スマホジャック [1]」 丘紫真璃著;うっけイラスト　小学館（小学館ジュニア文庫）2017年2月

おばあちゃん
5年生のリンの同級生クラちゃんの入院しているおばあちゃん　「テディベア探偵 引き出しの中のひみつ」 山本悦子作;フライ絵　ポプラ社（ポプラポケット文庫）2015年10月

おばあちゃん
もういっぺんちっちゃな子どもになってあそびたいとねがったがんこちゃんのおばあちゃん　「おばあちゃんのねがいごと（新・ざわざわ森のがんこちゃん）」 末吉暁子作;武田美穂絵　講談社　2013年11月

おばあちゃん
ゆいのおばあちゃん、高校の校長先生をしていたきびしいおばあちゃん　「ひなまつりのお手紙」 まはら三桃作;朝比奈かおる絵　講談社（おはなし12か月）2014年1月

おばあちゃん
五年生の詠子のおばあちゃん、言葉のトラブルの解決を手助けする「言葉屋」の主人　「言葉屋1 言箱と言珠のひみつ」 久米絵美里作;もとやままさこ絵　朝日学生新聞社　2014年11月

おばけ

おばあちゃん
山の中のいえに住んでいてなつやすみにまごのことみをとめたおばあちゃん 「星おとし」
宇佐美牧子作;下平けーすけ絵 文研出版(わくわくえどうわ) 2013年6月

おばあちゃん
心を閉ざしている小学六年生の少女・星乃の祖母、姫島で小さな民宿をいとなんでいるお
ばあちゃん 「あした飛ぶ」 束田;澄江作;しんやゆう子絵 学研プラス(ティーンズ文学館)
2017年11月

おばあちゃん
中学一年生の詠子のおばあちゃん、言葉のトラブルの解決を手助けする「言葉屋」の主人
「言葉屋3 名前泥棒と論理魔法」 久米絵美里作;もとやままさこ絵 朝日学生新聞社
2016年12月

おばあちゃん
中学一年生の詠子のおばあちゃん、言葉のトラブルの解決を手助けする「言葉屋」の主人
「言葉屋4 おそろい心とすれちがいDNA」 久米絵美里作;もとやままさこ絵 朝日学生新聞
社 2017年6月

おばあちゃん
鳴神商店街で「占いハウス・龍の門」を営む老人、中1の珠梨のおばあちゃん 「龍神王子
(ドラゴン・プリンス)! 1」 宮下恵茉作;kaya8絵 講談社(青い鳥文庫) 2014年2月

おばあちゃん
六年生のユメのおばあちゃん、50年も「たい焼き・やぶ原」をやっている人 「おねがい・恋
神さま2 御曹司と急接近!」 次良丸忍作;うっけ画 金の星社(フォア文庫) 2014年8月

おばあちゃん
六年生の詠子のおばあちゃん、言葉のトラブルの解決を手助けする「言葉屋」の主人 「言
葉屋2 ことのは薬箱のつくり方」 久米絵美里作;もとやままさこ絵 朝日学生新聞社 2016
年3月

おばあちゃん(伊藤 カンミ) おばあちゃん(いとう・かんみ)
福岡にある老舗和菓子屋「一斗餡」のおばあちゃん、中学二年生の風味の祖母 「風味さ
んじゅうまる」 まはら三桃著 講談社 2014年9月

おばあちゃん(サチさん)
夜間中学に通い始めた七十六歳の中学一年生、新中学一年生優菜のおばあちゃん 「夜
間中学へようこそ」 山本悦子作 岩崎書店(物語の王国) 2016年5月

おばあちゃん(静江) おばあちゃん(しずえ)
息子夫婦と孫の花と暮らしている83歳のおばあちゃん 「花あかりともして」 服部千春作;紅
木春絵 出版ワークス 2017年7月

おばあちゃん(ぴーちゃん)
仙台の老舗「晴海屋紙店」の店主だった人、四年生の和也のひいおばあちゃん 「七夕の
月」 佐々木ひとみ作;小泉るみ子絵 ポプラ社(ポプラ物語館) 2014年6月

おばけ
風に飛ばされて町まできてしまったという山にすむ白いぬのきれみたいなおばけ 「家庭科
室の日曜日」 村上しいこ作;田中六大絵 講談社(わくわくライブラリー) 2014年11月

おばけ(れいたろう)
本物のおばけになるためにしゅぎょう中の見ならいおばけ 「らくだいおばけがやってきた」
やまだともこ作;いとうみき絵 金の星社 2014年11月

オバケさん
テンテル山に住む料理研究家、意地悪なスミ丸ギツネに術くらべを挑まれた男の人 「オバ
ケとキツネの術くらべースギナ屋敷のオバケさん[2]」 富安陽子作;たしろちさと絵 ひさか
たチャイルド 2017年3月

おばさ

おばさん
6年生のあまっちの母親、クレープ屋さんをやる夢を実現させて家でお店を始めた人 「お願い!フェアリー♥ 12 ゴーゴー!お仕事体験」 みずのまい作;カタノトモコ絵 ポプラ社 2014年2月

おばさん
社務所に住むおばさん、孤児のチョロをかわいがってくれるやさしい人 「六時の鐘が鳴ったとき」 井上夕香作;エヴァーソン朋子絵 てらいんく 2016年9月

おばさん(母さん)　おばさん(かあさん)
6年生の柳田の母親、家族で行く山登りをドタキャンした人 「お願い!フェアリー♥ 14 山ガールとなぞのラブレター」 みずのまい作;カタノトモコ絵 ポプラ社 2015年3月

小幡 薫　おばた・かおる
六年生の理央のクラスの名古屋からきた転校生であだ名は「カエル」、おチョーシもんの男の子 「ずっと空を見ていた」 泉啓子作;丹地陽子絵 あかね書房(スプラッシュ・ストーリーズ) 2013年9月

小畑 こばと　おばた・こばと
二ノ宮家の当主ありすお嬢様の同級生、「ありすの探偵助手」だと言い張る女の子 「一夜姫事件－お嬢様探偵ありすと少年執事ゆきとの事件簿」 藤野恵美作;Haccan絵 講談社(青い鳥文庫) 2014年3月

オバタン
ぞくぞく村のぐずぐず谷にすむ魔女のおばさん 「ぞくぞく村の魔法少女カルメラ(ぞくぞく村のおばけシリーズ 17)」 末吉暁子作 あかね書房 2013年7月

お春　おはる
おしゃべりなしゃれこうべ・助佐が生きている時に別れたという四つちがいの妹 「旅のお供はしゃれこうべ」 泉田もと作 岩崎書店 2016年4月

おハルさん
手作りのクッションやお菓子などを持って死刑囚に慰問に行っている福岡県の糸島半島に住むおばあさん 「いとの森の家」 東直子著 ポプラ社(Teens' best selections) 2016年6月

小仁 ヨシオ　おひと・よしお
お宝の伝説がある島・利蔵島にやってきた暑苦しい青年 「マリアにおまかせ! 天才犬とお宝伝説の島の巻」 はのまきみ作;森倉円絵 集英社(集英社みらい文庫) 2015年4月

お坊さん(たくみさん)　おぼうさん(たくみさん)
建中寺のイケメンのお坊さん、6年生の勝のお母さんの幼なじみ 「図書室のふしぎな出会い」 小原麻由美作;こぐれけんじろう絵 文研出版(文研じゅべにーる) 2014年6月

オマツリ男爵　おまつりだんしゃく
オマツリ島にあるあそびのテーマパーク・オマツリパークの支配人、花柄ジャケットの男 「ONE PIECE [9] THE MOVIEオマツリ男爵と秘密の島」 尾田栄一郎原作;浜崎達也著;東映アニメーション絵 集英社(集英社みらい文庫) 2013年11月

おみよ
庄屋のむすめ、鬼の子のおにぼうをなかまに入れてあげた女の子 「おにぼう」 くすのきしげのり作 PHP研究所(とっておきのどうわ) 2016年10月

親方　おやかた
百五十年前に彫られた石工の名人・孫七の魂を宿した明野神社の「あ」の狛犬 「狛犬の佐助 迷子の巻」 伊藤遊作;岡本順絵 ポプラ社(ノベルズ・エクスプレス) 2013年2月

おやじ
上院町の街はずれにあるにある薬屋「地獄堂」のおやじ 「地獄堂霊界通信 1」 香月日輪作;みもり絵 講談社(青い鳥文庫) 2013年7月

おやじ
上院町の街はずれにあるにある薬屋「地獄堂」のおやじ 「地獄堂霊界通信 2」 香月日輪
作;みもり絵 講談社(青い鳥文庫) 2013年12月

小山田 春菜　おやまだ・はるな
小学6年生、田舎から花日と結衣のクラスに来た転校生で背が低くて元気な女の子 「12
歳。[2]てんこうせい」 まいた菜穂原作・イラスト;辻みゆき著 小学館(小学館ジュニア文
庫) 2014年3月

お葉　およう
両親を川で亡くし釈迦院川の千鳥洲で渡し守をしている爺さまと暮らしている七つの少女
「水はみどろの宮」 石牟礼道子作;山福朱実画 福音館書店(福音館文庫) 2016年3月

お藍　おらん
数百の家来を従える大名の娘、いいなずけだった男に両親と弟を殺された十五歳の少女
「お面屋たまよし 七重ノ祭」 石川宏千花著;平沢下戸画 講談社(Ya! entertainment)
2015年10月

織戸 恭也　おりと・きょうや
世界的に活躍する天才マジシャン 「怪盗レッド 10 ファンタジスタからの招待状☆の巻」
秋木真作;しゅー絵 KADOKAWA(角川つばさ文庫) 2014年4月

織戸 恭也　おりと・きょうや
世界的に活躍する天才マジシャン 「怪盗レッド 9 ねらわれた生徒会長選☆の巻」 秋木真
作;しゅー絵 角川書店(角川つばさ文庫) 2013年8月

折原 詩織　おりはら・しおり
春が丘学園中等部の生徒会長、学園祭の最中にすがたを消した生徒 「怪盗レッド 3－学
園祭は、おおいそがし☆の巻」 秋木真作;しゅー絵 汐文社 2017年1月

オリビア・ハミルトン
ジャレットのいる村にやってきた有名な女優 「ローズマリーとヴィーナスの魔法－魔法の庭
ものがたり14」 あんびるやすこ作・絵 ポプラ社(ポプラ物語館) 2013年11月

折山 香琳　おりやま・かりん
世間知らずなお嬢様、高校イチの王子様・鶴木尚と政略結婚した高校一年生の女の子
「映画 未成年だけどコドモじゃない」 宮沢みゆき著;水波風南原作;保木本佳子脚本 小
学館(小学館ジュニア文庫) 2017年12月

オルガン
まんねん小学校の音楽室のピアノのいとこ、いつもようちえんでがんばっているがきんちょう
すると音を出せなくなってしまうオルガン 「音楽室の日曜日 歌え！オルガンちゃん」 村上
しいこ作;田中六大絵 講談社(わくわくライブラリー) 2015年11月

オルゴ・デスタス(オーグ)
最強の魔術師ラルガスの大食いで怪力の使い魔、見習い魔女ポプルの使い魔・アルの弟
「魔法屋ポプル 砂漠にねむる黄金宮」 堀口勇太作;玖珂つかさ絵 ポプラ社(魔法屋ポプ
ルシリーズ) 2013年4月

オルール
中学生の内人と創也が作ったゲーム「夢幻」に登場するキャラクター 「都会(まち)のトム&
ソーヤ 14「夢幻」上下」 はやみねかおる著;にしけいこ画 講談社(YA!
ENTERTAINMENT) 2017年2月

オレンジ
小さいころからオレンジが大好物だった小五の女の子 「ブルーとオレンジ」 福田隆浩著
講談社(講談社文学の扉) 2014年7月

おろち

オロチ
蛇神、「龍の宝珠」をうばうことで人間たちを世界から追放しようとしている「邪の者」の長
「龍神王子(ドラゴン・プリンス)! 8」宮下恵茉作;kaya8絵 講談社(青い鳥文庫) 2016年12月

オーロラ
生まれてすぐの洗礼式で悪い妖精カラボスから呪いをかけられたフロレスタン国の王女
「眠れる森の美女」藤本ひとみ文;東逸子絵;ペロー原作 講談社(青い鳥文庫) 2014年
12月

オーロラ
聖なる冠に守られた幸運な王国セントクラウンの姫、13番めの魔女に呪いをかけられた娘
「眠り姫と13番めの魔女」久美沙織作;POO絵 KADOKAWA(角川つばさ文庫) 2014年6月

オーロラハット
怪盗ロックがぬすんだお宝、かぶってねがい事をとなえると3つまでかなうという別名「ねがいのぼうし」「はっぴー♪ペンギン島!! アリスとふしぎなぼうし」名取なずな作;黒裄絵 集英社(集英社みらい文庫) 2014年12月

恩田 伸永　おんだ・のぶなが
名古屋から岡崎へ引っ越した熱烈な織田信長ファンの中学二年生、岡崎中のロボサッカー部員 「おれたち戦国ロボサッカー部!」奈雅月ありす作;曽根愛絵 ポプラ社(ノベルズ・エクスプレス) 2013年3月

女の子　おんなのこ
小学生のエリカのなくなった白いワンピースを着て学校のトイレから出てきた女の子 「放課後ファンタスマ! ドアのむこうにだれかいる」桜木日向作;暁かおり絵 講談社(青い鳥文庫) 2015年4月

女の子　おんなのこ
進学校の「ワース学園」に進むため学区内にひっこしてきた九歳の女の子 「リトルプリンス」五十嵐佳子著 集英社(集英社みらい文庫) 2015年10月

女の子(アユ)　おんなのこ(あゆ)
明治のはじめに山奥で旅の薬売りの時雨たちと出会った赤花病の女の子 「夢見の占い師」楠章子作;トミイマサコ絵 あかね書房 2017年11月

【か】

かあさん
5年生のいじめっ子・伊地知の料理を作らない母親 「11歳のバースデー [3] おれのバトル・デイズ」井上林子作;イシヤマアズサ絵 くもん出版(くもんの児童文学) 2016年11月

母さん　かあさん
2013年に路上で大怪我を負っていた子猫を保護した三十代夫婦の妻 「わさびちゃんとひまわりの季節」たざわりいこ著;わさびちゃん原作 小学館(小学館ジュニア文庫) 2014年2月

母さん　かあさん
6年生の柳田の母親、家族で行く山登りをドタキャンした人 「お願い!フェアリー♥ 14 山ガールとなぞのラブレター」みずのまい作;カタノトモコ絵 ポプラ社 2015年3月

母さん(美奈子)　かあさん(みなこ)
6年生の裕也の東日本大震災で亡くなった母親、出張で宮城にいて津波にあった人 「母さんは虹をつくってる」幸原みのり作;佐竹政紀絵 朝日学生新聞社(あさがく創作児童文学シリーズ) 2013年2月

かいち

カイ
「銀の城」のお姫さま・フウカのクラスメート、いつも肩に相棒のネコのマリアンヌをのせている少年 「らくだい魔女の出会いの物語」 成田サトコ作;千野えなが絵 ポプラ社(ポプラポケット文庫ガールズ) 2013年3月

カイ
魔女勉強中のフウカの同じ学校のクラスメート、学年一の変わり者の男の子 「らくだい魔女とはつこいの君(らくだい魔女シリーズ)」 成田サトコ作;千野えなが絵 ポプラ社 2013年4月

海　かい
五年生、夏休みに呉にある母方の祖父母の家に東京から一人でやってきた男の子 「夏の猫」 北森ちえ著;森川泉装画・さし絵 国土社 2016年10月

甲斐 英太　かい・えいた
男の子だけのバレエ教室に通い始めた小学四年生、ポッチャリ体型の男の子 「リトル・ダンサー」 田村理江作;君野可代子絵 国土社 2016年3月

ガイコツ
ふだんはりかしつにあるひょうほんだがよるになるとがっこうじゅうをあるきまわるガイコツ 「がっこうのおばけ おばけのポーちゃん4」 吉田純子作;つじむらあゆこ絵 あかね書房 2016年3月

カイさん(村崎 櫂)　かいさん(むらさき・かい)
美術品の中でおきる事件を解決する美術警察官、紫色のメッシュが入った髪の青年・カイさん 「らくがき☆ポリス3 流れ星に願うなら!?」 まひる作;立樹まや絵 KADOKAWA(角川つばさ文庫) 2017年9月

カイジュウ
あかちゃんカイジュウ・ペットントンのおとうさん、かんさいべんをしゃべるカイジュウ 「うまれたよ、ペットントン」 服部千春作;村上康成絵 岩崎書店(おはなしトントン) 2013年8月

怪人二十面相　かいじんにじゅうめんそう
どろぼうの天才で変装の名人、宝石や美術品をこのむなぞにつつまれた怪盗 「少年探偵団 対決!怪人二十面相」 江戸川乱歩原作;芦辺拓文;ちーこ絵 学研プラス(10歳までに読みたい日本名作) 2017年11月

怪人二十面相　かいじんにじゅうめんそう
子供っぽい悪戯みたいな事件を次々と起こし世の中に騒乱を招いている正体不明の人間 「少年探偵－みんなの少年探偵団」 小路幸也著 ポプラ社 2015年1月

会長　かいちょう
三ツ星学園の生徒会長の中学二年生、神父みたいに神々しい男の子 「こちらパーティー編集部っ!4 雑誌コンクールはガケっぷち!?」 深海ゆずは作;榎木りか絵 KADOKAWA(角川つばさ文庫) 2015年9月

会長　かいちょう
三ツ星学園の生徒会長の中学二年生、神父みたいに神々しい男の子 「こちらパーティー編集部っ!5 ピンチはチャンス!新編集部、始動」 深海ゆずは作;榎木りか絵 KADOKAWA(角川つばさ文庫) 2016年1月

会長　かいちょう
成金趣味なデザインで有名な「柴田ダイヤモンド」の老齢の女性会長 「アンティークFUGA 3 キマイラの王」 あんびるやすこ作;十々夜画 岩崎書店(フォア文庫) 2016年4月

会長(西園寺 しのぶ)　かいちょう(さいおんじ・しのぶ)
三ツ星学園の生徒会長の中学二年生、神父みたいに神々しい男の子 「こちらパーティー編集部っ!3 合宿はキケンがいっぱい!!」 深海ゆずは作;榎木りか絵 KADOKAWA(角川つばさ文庫) 2015年5月

かいつ

海津 翼 かいつ・つばさ
悪魔のゲーム「ナイトメア」のテクニックがピカイチの中学生 「オンライン!6 呪いのオンナと
ニセモノ攻略班」 雨蛙ミドリ作;大塚真一郎絵 KADOKAWA(角川つばさ文庫) 2014年12
月

海津 翼 かいつ・つばさ
命がけの悪魔のゲーム「ナイトメア」を攻略する部活・ナイトメア攻略部の部員、いつも自信
たっぷりの男子中学生 「オンライン!10 スネークブックロとペポギン魔王」 雨蛙ミドリ作;大
塚真一郎絵 KADOKAWA(角川つばさ文庫) 2015年12月

海津 翼 かいつ・つばさ
命がけの悪魔のゲーム「ナイトメア」を攻略する部活・ナイトメア攻略部の部員、いつも自信
たっぷりの男子中学生 「オンライン!11 神沢ロボとドロマグジュ」 雨蛙ミドリ作;大塚真一郎
絵 KADOKAWA(角川つばさ文庫) 2016年6月

KAITO かいと
人気絶頂の高校生男子四人のダンスユニットのメンバー、気品を感じさせる顔立ちの高校
三年生 「アイドル王子は知っている(探偵チームKZ事件ノート)」 藤本ひとみ原作;住滝
良文 講談社(青い鳥文庫) 2016年12月

カイト
「ハーブの薬屋さん」のジャレットに「夢をあきらめる薬」を注文をしたモモンガ 「魔法の庭の
宝石のたまご」 あんびるやすこ作・絵 ポプラ社(ポプラ物語館) 2017年3月

カイト
ロンドン市警察の若き警部、ととのった顔の二十五歳くらいの青年 「怪盗ピーター&ジェニ
イ」 美波蓮作;たま絵 ポプラ社(ポプラポケット文庫) 2015年2月

海斗 かいと
小学四年生、クラスメイトの美空らと幼稚園のころからの仲良し四人組のひとり 「レターソン
グ 初音ミクポケット」 夕貴そら作;加々見絵里絵;doriko協力 ポプラ社(ポプラポケット文
庫) 2015年7月

怪盗赤ずきん(赤ずきん) かいとうあかずきん(あかずきん)
FBI要注意犯罪者リストに載っている変装が得意な怪盗、17、8歳ぐらいの女の子 「華麗な
る探偵アリス&ペンギン [4] サマー・トレジャー」 南房秀久著;あるやイラスト 小学館(小学
館ジュニア文庫) 2015年7月

怪盗赤ずきん(赤ずきん) かいとうあかずきん(あかずきん)
FBI要注意犯罪者リストに載っている変装が得意な怪盗、17、8歳ぐらいの女の子 「華麗な
る探偵アリス&ペンギン [5] トラブル・ハロウィン」 南房秀久著;あるやイラスト 小学館(小
学館ジュニア文庫) 2015年11月

怪盗赤ずきん(赤ずきん) かいとうあかずきん(あかずきん)
FBI要注意犯罪者リストに載っている変装が得意な怪盗、17、8歳ぐらいの女の子 「華麗な
る探偵アリス&ペンギン[1]」 南房秀久著;あるやイラスト 小学館(小学館ジュニア文庫)
2014年7月

怪盗赤ずきん(赤ずきん) かいとうあかずきん(あかずきん)
FBI要注意犯罪者リストに載っている変装が得意な怪盗、17、8歳ぐらいの女の子 「華麗な
る探偵アリス&ペンギン[2] ワンダー・チェンジ!」 南房秀久著;あるやイラスト 小学館(小学
館ジュニア文庫) 2014年10月

怪盗赤ずきん(赤ずきん) かいとうあかずきん(あかずきん)
FBI要注意犯罪者リストに載っている変装が得意な怪盗、17、8歳ぐらいの女の子 「華麗な
る探偵アリス&ペンギン[7] ミステリアス・ナイト」 南房秀久著;あるやイラスト 小学館(小学
館ジュニア文庫) 2016年7月

かいと

怪盗王子チューリッパ　かいとうおうじちゅーりっぱ
少年怪盗、ゆうめいな怪盗王チューリッヒのむすこ 「怪盗王子チューリッパ! 3 怪盗王の挑戦状」 如月かずさ作;柴本翔絵 偕成社 2017年1月

怪盗王チューリッヒ　かいとうおうちゅーりっひ
怪盗王子リッパの父親、ゆうめいな怪盗王 「怪盗王子チューリッパ! 3 怪盗王の挑戦状」 如月かずさ作;柴本翔絵 偕成社 2017年1月

怪盗キッド　かいとうきっど
宝石をねらう怪盗 「名探偵コナン銀翼の奇術師(マジシャン)」 青山剛昌原作;水稀しま著 小学館(小学館ジュニア文庫) 2014年7月

怪盗キッド(キッド)　かいとうきっど(きっど)
世界的な大泥棒・怪盗キッドの2代目 「まじっく快斗1412　2」 青山剛昌原作;浜崎達也著 小学館(小学館ジュニア文庫) 2015年3月

怪盗キッド(キッド)　かいとうきっど(きっど)
世界的な大泥棒・怪盗キッドの2代目、正体は高校生の黒羽快斗 「まじっく快斗1412 1」 青山剛昌原作;浜崎達也著 小学館(小学館ジュニア文庫) 2014年12月

怪盗キッド(キッド)　かいとうきっど(きっど)
世界的な大泥棒・怪盗キッドの2代目、正体は高校生の黒羽快斗 「まじっく快斗1412 3」 青山剛昌原作;浜崎達也著 小学館(小学館ジュニア文庫) 2015年3月

怪盗キッド(キッド)　かいとうきっど(きっど)
世界的な大泥棒・怪盗キッドの2代目、正体は高校生の黒羽快斗 「まじっく快斗1412 4」 青山剛昌原作;浜崎達也著 小学館(小学館ジュニア文庫) 2015年5月

怪盗キッド(キッド)　かいとうきっど(きっど)
世界的な大泥棒・怪盗キッドの2代目、正体は高校生の黒羽快斗 「まじっく快斗1412 5」 青山剛昌原作;浜崎達也著 小学館(小学館ジュニア文庫) 2015年6月

怪盗キッド(キッド)　かいとうきっど(きっど)
世界的な大泥棒・怪盗キッドの2代目、正体は高校生の黒羽快斗 「まじっく快斗1412 6」 青山剛昌原作;浜崎達也著 小学館(小学館ジュニア文庫) 2015年6月

怪盗ゴースト　かいとうごーすと
幽霊のように姿を見せずに宝石を盗む能力の持ち主 「怪盗ゴースト、つかまえます! リオとユウの霊探事件ファイル3」 秋木真作;すまき俊悟絵 集英社(集英社みらい文庫) 2014年1月

怪盗ジェニィ　かいとうじぇにい
猫の耳としっぽを持つ猫耳族、執事のレンと怪盗ピーター＆ジェニィとして活動している十四歳のお嬢さま 「怪盗ピーター＆ジェニイ」 美波蓮作;たま絵 ポプラ社(ポプラポケット文庫) 2015年2月

怪盗ジェント　かいとうじぇんと
絶対に捕まらないということにプライドを持っている謎の盗賊 「少女探偵 月原美音」 横山佳作;スカイエマ絵 BL出版 2014年12月

怪盗ジャンヌ　かいとうじゃんぬ
桃栗学園新体操部に所属する一年生、正体はジャンヌ・ダルクの生まれ変わりで美しい絵画ばかりをねらう怪盗ジャンヌ 「神風怪盗ジャンヌ 1 美少女怪盗、ただいま参上!」 種村有菜原作;松田朱夏著 集英社(集英社みらい文庫) 2013年12月

怪盗ジャンヌ　かいとうじゃんぬ
桃栗学園新体操部に所属する二年生、正体はジャンヌ・ダルクの生まれ変わりで美しい絵画ばかりをねらう怪盗ジャンヌ 「神風怪盗ジャンヌ 2 謎の怪盗シンドバッド!?」 種村有菜原作;松田朱夏著 集英社(集英社みらい文庫) 2014年2月

かいと

怪盗ジャンヌ　かいとうじゃんぬ
桃栗学園新体操部に所属する二年生、正体はジャンヌ・ダルクの生まれ変わりで美しい絵画ばかりをねらう怪盗ジャンヌ　「神風怪盗ジャンヌ3 動きだした運命!!」　種村有菜原作;松田朱夏著　集英社(集英社みらい文庫)　2014年5月

怪盗ジャンヌ　かいとうじゃんぬ
桃栗学園新体操部に所属する二年生、本物のジャンヌ・ダルクの力をうけついで「神風怪盗」となった怪盗ジャンヌ　「神風怪盗ジャンヌ4 最後のチェックメイト」　種村有菜原作;松田朱夏著　集英社(集英社みらい文庫)　2014年8月

海藤 瞬　かいとう・しゅん
PK学園1年3組、「中二病」という病に冒されている淡い水色の髪に華奢な体格の高校生　「斉木楠雄のΨ難」　麻生周一原作;福田雄一脚本　集英社(集英社みらい文庫)　2017年10月

怪盗シンドバッド　かいとうしんどばっど
怪盗ジャンヌにライバル宣言をしてきた謎の美少年怪盗　「神風怪盗ジャンヌ1 美少女怪盗、ただいま参上!」　種村有菜原作;松田朱夏著　集英社(集英社みらい文庫)　2013年12月

怪盗シンドバッド　かいとうしんどばっど
桃栗学園二年生のまろんの隣の部屋に住むクラスメイト、正体は怪盗ジャンヌのジャマをする怪盗シンドバッド　「神風怪盗ジャンヌ2 謎の怪盗シンドバッド!?」　種村有菜原作;松田朱夏著　集英社(集英社みらい文庫)　2014年2月

怪盗シンドバッド　かいとうしんどばっど
桃栗学園二年生のまろんの隣の部屋に住むクラスメイト、正体は怪盗ジャンヌのジャマをする怪盗シンドバッド　「神風怪盗ジャンヌ3 動きだした運命!!」　種村有菜原作;松田朱夏著　集英社(集英社みらい文庫)　2014年5月

怪盗シンドバッド　かいとうしんどばっど
桃栗学園二年生のまろんの隣の部屋に住むクラスメイト、正体は怪盗ジャンヌのジャマをする怪盗シンドバッド　「神風怪盗ジャンヌ4 最後のチェックメイト」　種村有菜原作;松田朱夏著　集英社(集英社みらい文庫)　2014年8月

怪盗ダーツ　かいとうだーつ
世界を股にかけて宝を手にしていく怪盗ジョーカーに勝負を挑んだ謎の怪盗　「怪盗ジョーカー [1]開幕!怪盗ダーツの挑戦!!」　たかはしひでやす原作;福島直浩著　小学館(小学館ジュニア文庫)　2014年12月

怪盗時計うさぎ(時計うさぎ)　かいとうとけいうさぎ(とけいうさぎ)
アンティークの時計ばかりぬすむ怪盗　「ナゾトキ姫は名探偵♥」　阿南まゆき原作・イラスト;時海結以作　小学館(ちゃおノベルズ)　2013年2月

怪盗JJJ(ジュニアさん)　かいとうとりぷるじぇい(じゅにあさん)
大金持ちの御曹司・レオンくんの家の名画を狙う怪盗、イケメンのお兄さん　「プリズム☆ハーツ!! 9 V.S.怪盗!?真夜中のミステリー」　神代明作;あるや絵　集英社(集英社みらい文庫)　2013年9月

怪盗ピーター　かいとうぴーたー
猫の耳としっぽを持つ猫耳族、お嬢さまのリンと怪盗ピーター&ジェニィとして活動している十四歳の執事　「怪盗ピーター&ジェニィ」　美波蓮作;たま絵　ポプラ社(ポプラポケット文庫)　2015年2月

怪盗ムッシュ　かいとうむっしゅ
世界的な大どろぼう、へんそうの名人　「あらしをよぶ名探偵(ミルキー杉山のあなたも名探偵シリーズ18)」　杉山亮作;中川大輔絵　偕成社　2016年6月

かおり

怪盗ムッシュ　かいとうむっしゅ
世界的な大どろぼう、へんそうの名人 「とっておきの名探偵(ミルキー杉山のあなたも名探偵シリーズ16)」 杉山亮作;中川大輔絵　偕成社　2014年6月

怪盗ムッシュ　かいとうむっしゅ
世界的な大どろぼう、へんそうの名人 「にちようびは名探偵(ミルキー杉山のあなたも名探偵シリーズ19)」 杉山亮作;中川大輔絵　偕成社　2017年9月

海堂 靖彦　かいどう・やすひこ
小学六年の達哉のクラスにやってきた謎めいた新任教師 「UFOがくれた夏」 川口雅幸著　アルファポリス　2013年7月

海堂 類　かいどう・るい
中学1年生のナナと同じクラスの人気者、山奥の海賊船に住んでいる男の子 「ぐらん×ぐらんぱ!スマホジャック[2]」 丘紫真璃著;うっけイラスト　小学館(小学館ジュニア文庫) 2017年7月

海堂 類　かいどう・るい
中学1年生のナナの憧れのクラスメイト、頭脳明晰でスポーツ万能のイケメン 「ぐらん×ぐらんぱ!スマホジャック[1]」 丘紫真璃著;うっけイラスト　小学館(小学館ジュニア文庫) 2017年2月

怪盗ロック　かいとうろっく
だれかの「いらない物」を盗む怪盗、相棒はAガール 「はっぴー♪ペンギン島!! ペンギン、空を飛ぶ!」 名取なずな作;黒裄絵　集英社(集英社みらい文庫) 2014年8月

貝原 太郎(カピバラ)　かいばら・たろう(かぴばら)
オーマガトキ城の新米ヘボにんじゃ 「忍たま乱太郎 オーマガトキのにんじゃの段」 尼子騒兵衛原作;望月千賀子文;亜細亜堂絵　ポプラ社(ポプラ社の新・小さな童話) 2013年2月

カエデ
神奈川県立横須賀文翔高校の文芸部二年生、女子部員三人の共作で小説誌の新人賞に応募することになった女の子 「小説の書きかた」 須藤靖貴著　講談社　2015年9月

楓　かえで
バケモノの世界に迷い込んだ少年・蓮に字を教えることになった進学校に通う女子高校生 「バケモノの子」 細田守作　KADOKAWA(角川文庫) 2015年6月

楓　かえで
バケモノの世界に迷い込んだ少年・蓮に字を教えることになった進学校に通う女子高校生 「バケモノの子」 細田守著;平沢下戸イラスト　KADOKAWA(角川スニーカー文庫) 2015年7月

楓　かえで
戦国武将・真田幸村に仕える海野六郎のいとこ、猿飛佐助に和歌を教えた娘 「真田十勇士」 時海結以作;睦月ムンク絵　講談社(青い鳥文庫) 2016年8月

カエル(メロン)
四年生のこなぎが田んぼでつかまえて飼うことにしたカエル 「カエルのメロン」 鬼村テコ作;本田亮絵　刈谷市　2017年10月

顔　かお
6年生のモモのニセモノになってひふみ学園に現れた鬼、この世を混乱させるマガツ鬼 「いみちぇん! 10 がけっぷち！奪われた友情」 あさばみゆき作;市井あさ絵　KADOKAWA(角川つばさ文庫) 2017年12月

カオリ
魔女の娘、十二歳の少女でタンタのお姉ちゃん 「さようなら、まほうの国!!－わたしのママは魔女」 藤真知子作;ゆーちみえこ絵　ポプラ社(こども童話館) 2013年6月

かおり

カオリン
東京練馬にある「マリア探偵社」のメンバー、4年生の元気な女の子 「マリア探偵社 25 邪鬼のキャラゲーム」 川北亮司作;大井知美画 岩崎書店(フォア文庫) 2013年3月

カオルン
イケメンが大好きな中学二年生の女の子、やっかいな8男子と暮らしている少女・サトミの友達 「サトミちゃんちの1男子 4 ネオ里見八犬伝」 矢立肇原案;こぐれ京著;永地絵;久世みずき;ぱらふぃんビジャモス企画協力 KADOKAWA(角川つばさ文庫) 2014年12月

夏花　かか
歴史をまもるため2111年から三国志の時代にやってきた正義感が強く好奇心おうせいな少女 「炎の風吹け妖怪大戦 妖怪道中三国志 5」 三田村信行作;十々夜絵 あかね書房 2017年11月

夏花　かか
歴史をまもるため2111年から三国志の時代にやってきた正義感が強く好奇心おうせいな少女 「幻影の町から大脱出 妖怪道中三国志 4」 三田村信行作;十々夜絵 あかね書房 2017年5月

夏花　かか
歴史をまもるため2111年から三国志の時代にやってきた正義感が強く好奇心おうせいな少女 「孔明vs.妖怪孔明 妖怪道中三国志 3」 三田村信行作;十々夜絵 あかね書房 2016年11月

加賀 和樹　かが・かずき
小学四年生、少女美琴の明るい弟で家族の中心的存在 「ワカンネークエスト わたしたちのストーリー」 中松まるは作;北沢夕芸絵 童心社 2014年6月

鏡池 若葉　かがみいけ・わかば
鎌倉長谷高ウエイトリフティング部にクラスメイトの弥生と入った1年生、お笑い芸人になりたい女の子 「空色バウムクーヘン」 吉野万理子著 徳間書店 2015年4月

加賀 美琴　かが・みこと
小学六年生、弟の和樹が家族の中心になっていることがおもしろくない姉 「ワカンネークエスト わたしたちのストーリー」 中松まるは作;北沢夕芸絵 童心社 2014年6月

各務先生　かがみせんせい
魔法少女・くるみの担任の先生、美人なうえに格闘技もたしなむスーパーウーマン 「くるみの冒険 2 万華鏡の夢」 村山早紀作;巣町ひろみ絵 童心社 2016年3月

鏡音 リン　かがみね・りん
双子のレンと五歳から子役として活躍していたが最近アイドルに転向することになった中学一年生の少女 「アイドルを咲かせ」 美波蓮作;奈津ナツナ絵 ポプラ社(ポプラポケット文庫) 2015年11月

鏡音 凛　かがみね・りん
市立栗富東小学校六年生、しっかりしていて面倒見がよく人間的な魅力にあふれている女の子 「ポケットの中の絆創膏」 藤咲あゆな作;naoto絵 ポプラ社(ポプラポケット文庫) 2014年2月

鏡音 レン　かがみね・れん
双子のリンと五歳から子役として活躍していたが最近アイドルに転向することになった中学一年生の少年 「アイドルを咲かせ」 美波蓮作;奈津ナツナ絵 ポプラ社(ポプラポケット文庫) 2015年11月

鏡音 怜　かがみね・れん
アメリカから従妹の凛が通う市立栗富東小学校に転校してきたモデルみたいにかっこいい六年生の男の子 「ポケットの中の絆創膏」 藤咲あゆな作;naoto絵 ポプラ社(ポプラポケット文庫) 2014年2月

かくし

鏡の女王　かがみのじょおう
「わたし」のへやからだいじなものを七つうばっていった女王　「女王の七つの鏡」斉藤洋
作;本村亜美絵　講談社　2015年5月

鏡 未来（ミラミラ）　かがみ・みらい（みらみら）
青北中学校演劇部の一年生、ずっと演劇部にあこがれていていつか舞台に立つことを夢
見ている少女　「劇部ですから！　Act.1 文化祭のジンクス」池田美代子作;柚希きひろ絵
講談社（青い鳥文庫）　2017年6月

鏡 未来（ミラミラ）　かがみ・みらい（みらみら）
青北中学校演劇部の一年生、ずっと演劇部にあこがれていていつか舞台に立つことを夢
見ている少女　「劇部ですから！　Act.2 劇部の逆襲」池田美代子作;柚希きひろ絵　講談
社（青い鳥文庫）　2017年10月

加賀 雅　かが・みやび
朝日小学校6年1組の萌のクラスメイト、両親の離婚で東京から引っ越してきたお金持ちの
おじょうさま　「トキメキ♥図書館　PART13　クリスマスに会いたい」服部千春作;ほおのきソ
ラ絵　講談社（青い鳥文庫）　2016年12月

加賀谷 舞　かがや・まい
中学一年生・嵐の幼なじみで旧家の娘、兄の貴一と双子で野球部員の女の子　「Eggs－夏
のトライアングル」小瀬木麻美作　ポプラ社（Teens' best selections）　2015年7月

カガリ アツコ（アッコ）　かがり・あつこ（あっこ）
名門魔法学校の新入生、魔女になるために日本から魔法界にやってきた十六歳の女の子
「リトルウィッチアカデミア－でたらめ魔女と妖精の国」TRIGGER原作;吉成曜原作;橘もも
文;上倉エク絵　KADOKAWA（角川つばさ文庫）　2017年4月

係の人（遺失物係の人）　かかりのひと（いしつぶつがかりのひと）
由米美濃駅の遺失物係、拾われて届けられた物語を中学生の「あたし」に読み聞かせる男
の人　「ゆめみの駅遺失物係」安東みきえ[著]　ポプラ社（Teens' best selections）　2014年
12月

香川 祐次　かがわ・ゆうじ
私立和漢学園高校の一年生・草多のクラスメイト、小太りの男子　「わからん薬学事始 1」
まはら三桃著　講談社　2013年2月

賀川 祐司（ユージくん）　かがわ・ゆうじ（ゆーじくん）
桜ヶ丘小学校の四年二組、転校生のノリと社会科見学の班が一緒になった電車が好きな
男の子　「電車でノリノリ」新井けいこ作;たかおかゆみこ絵　文研出版（文研ブックランド）
2015年7月

蠣崎 結衣　かきざき・ゆい
「聖なる光修道院」で活動している修道女、将来の夢は設計士という強情で勝気な娘　「桜
坂は罪をかかえる(KZ'Deep File)」藤本ひとみ著　講談社　2016年10月

カクイ
こうもりのような灰色のマントをおおっている紳士　「全員少年探偵団－みんなの少年探偵
団」藤谷治著　ポプラ社　2014年12月

学園長先生　がくえんちょうせんせい
猛毒の生き物をにがしたにんじゅつ学園の学園長　「忍たま乱太郎 あたらしいトカゲの段」
尼子騒兵衛原作;望月千賀子文;亜細亜堂絵　ポプラ社（ポプラ社の新・小さな童話）
2014年6月

隠し蓑　かくしみの
友だちや親や先生にバレたくない失敗やいたずらをきれいさっぱり隠してくれるもののけ
「もののけ屋 [2] 二丁目の卵屋にご用心」廣嶋玲子作;東京モノノケ絵　静山社　2016年9

113

がくし

ガクシャ
冷静な判断力を持つ参謀役の船乗りネズミ 「GAMBA ガンバと仲間たち」 時海結以著;古沢良太脚本 小学館(小学館ジュニア文庫) 2015年9月

神楽 かぐら
お江戸かぶき町のなんでも屋「万事屋」の押しかけバイト、宇宙最強を誇る「夜兎族」の少女 「銀魂 映画ノベライズ みらい文庫版」 空知英秋原作;福田雄一脚本;田中創小説 集英社(集英社みらい文庫) 2017年7月

筧 十蔵 かけい・じゅうぞう
阿波国の大名・蜂須賀家政の家臣、子飼いの武者 「真田十勇士 3 天下人の死」 松尾清貴著 理論社 2016年3月

筧 十蔵 かけい・じゅうぞう
戦国武将・真田幸村に仕えた十勇士のひとり、鉄砲の名手 「真田幸村と十勇士 ひみつの大冒険編」 奥山景布子著;RICCA絵 集英社(集英社みらい文庫) 2016年6月

筧 十蔵 かけい・じゅうぞう
戦国武将・真田幸村に仕えた十勇士のひとり、鉄砲の名手 「真田幸村と十勇士」 奥山景布子著;RICCA絵 集英社(集英社みらい文庫) 2015年11月

筧 十蔵 かけい・じゅうぞう
戦国武将・真田幸村に仕える真田十勇士の一人、浅野家に仕えていた武士でもと真田家の監視役 「真田十勇士 3 激闘、大坂の陣」 小前亮作 小峰書店 2016年2月

影鬼 かげおに
病気の母親をもつ優等生の章吾についた1本のツノが生えている影の鬼 「絶望鬼ごっこ さよならの地獄病院」 針とら作;みもり絵 集英社(集英社みらい文庫) 2017年3月

影月 明 かげつき・あきら
スマホバトルゲーム「モンスターストライク」で全国大会を目指している中学生、同級生のレン・葵・皆実とチームを組む少年 「モンスターストライク」 XFLAGスタジオ原作;相羽鈴著;加藤陽一脚本;加藤みどり脚本 集英社(集英社みらい文庫) 2017年12月

影月 明 かげつき・あきら
スマホバトルゲーム「モンスターストライク」で全国大会を目指している中学生、同級生のレン・葵・皆実とチームを組む少年 「モンスターストライクTHE MOVIEはじまりの場所へ」 XFLAGスタジオ原作;相羽鈴著;岸本卓脚本 集英社(集英社みらい文庫) 2016年12月

影法師 かげぼうし
あの子みたいになりたいという憧れをかなえてくれるがんばり屋のもののけ 「もののけ屋 [2] 二丁目の卵屋にご用心」 廣嶋玲子作;東京モノノケ絵 静山社 2016年9月

影山 かげやま
お嬢様系新米刑事・宝生麗子の執事兼運転手、難解な事件の謎を解き明かしていく男 「謎解きはディナーのあとで」 東川篤哉著 小学館(小学館ジュニア文庫) 2017年5月

陽炎太 かげろうた
伝説級の忍者・久世剣山の息子、霧生の里にある忍術学校で修業中の少年 「猫忍」 橋本愛理作;AMG出版作 フレーベル館 2017年11月

ガーゴイル
吉永さん家に居座ることになった黒い犬の石造のような物体 「吉永さん家のガーゴイル」 田口仙年堂作;日向悠二絵 KADOKAWA(角川つばさ文庫) 2014年2月

籠田 清太郎 かごた・せいたろう
五年生の大地のおじいさん、地元の名士で駅前商店街にある「アカシア書店」のオーナー 「アカシア書店営業中!」 濱野京子作;森川泉絵 あかね書房(スプラッシュ・ストーリーズ) 2015年9月

かざま

笠井 菊哉　かさい・きくや
北鎌倉駅の近くにある「ビブリア古書堂」の常連・志田の知り合い、ネット古書店の青年店主
「ビブリア古書堂の事件手帖－栞子さんと奇妙な客人たち」　三上延作;越島はぐ絵
KADOKAWA（角川つばさ文庫）2016年8月

傘木 希美　かさき・のぞみ
高校二年生、京都府立北宇治高校吹奏楽部を一度退部した少女　「響け!ユーフォニアム
2 北宇治高校吹奏楽部のいちばん熱い夏」　武田綾乃著　宝島社（宝島社文庫）2015年3
月

かさねちゃん（深町 累）　かさねちゃん（ふかまち・かさね）
間宮小学校の登校班の班長の6年生、仙人みたいにおだやかな女の子　「かさねちゃんに
きいてみな」　有沢佳映著　講談社　2013年5月

風早 三郎　かざはや・さぶろう
風早の街にある不思議な魔法のコンビニ「たそがれ堂」を経営する狐、街の守護神　「コンビ
ニたそがれ堂 祝福の庭」　村山早紀著　ポプラ社（ポプラ文庫ピュアフル）2016年12月

風早 三郎　かざはや・さぶろう
風早の街にある不思議な魔法のコンビニ「たそがれ堂」を経営する狐、街の守護神　「コンビ
ニたそがれ堂 神無月のころ」　村山早紀著　ポプラ社（teenに贈る文学）2016年4月

風早 三郎　かざはや・さぶろう
風早の街にある不思議な魔法のコンビニ「たそがれ堂」を経営する狐、街の守護神　「コンビ
ニたそがれ堂 星に願いを」　村山早紀著　ポプラ社（teenに贈る文学）2016年4月

風早 俊介　かざはや・しゅんすけ
「うせ物探偵事務所」所長、「KT少年探偵団」のカケルとタクトと協力して事件を解決してい
る男　「少年探偵カケルとタクト3 すがたを消した小学生」　佐藤四郎著　幻冬舎ルネッサン
ス　2013年8月

カザマカゼ
糸をのばして空をとび風にまかせて旅をしている自由きままな飛行グモ　「ハリネズミ・チコ
大きな船の旅1 ジャカスカ号で大西洋へ」　山下明生作;高畠那生絵　理論社　2014年5月

カザマカゼ
糸をのばして空をとび風にまかせて旅をしている自由きままな飛行グモ　「ハリネズミ・チコ
大きな船の旅2 ジャカスカ号で地中海へ」　山下明生作;高畠那生絵　理論社　2014年6月

風間 陣　かざま・じん
サッカー界名門の聖蹟高校一年生、天才的なサッカーセンスをもつ孤独な金髪の少年
「DAYS 1」　石崎洋司文;安田剛士原作・絵;　講談社（青い鳥文庫）2017年3月

風間 陣　かざま・じん
サッカー界名門の聖蹟高校一年生、天才的なサッカーセンスをもつ孤独な金髪の少年
「DAYS 2」　石崎洋司文;安田剛士原作・絵;　講談社（青い鳥文庫）2017年8月

かざま たけし　かざま・たけし
どしゃぶりのなか十センチぐらいのでっぷりとしたひきがえるをひろって登校した一年生の
男の子　「ブルちゃんは二十五ばんめの友だち」　最上一平作;青山友美絵　新日本出版社
2017年9月

風祭警部　かざまつりけいぶ
警視庁国立署の警部で新米刑事・宝生麗子の上司、自動車メーカー社長の御曹司の32歳
の独身貴族　「謎解きはディナーのあとで」　東川篤哉著　小学館（小学館ジュニア文庫）
2017年5月

かさま

笠間 文太　かさま・ぶんた
36才の独身の会社員、仕事できたケニアで擬態する新種の猫「ニニ」と出会った男性 「怪盗クイーン ケニアの大地に立つ」 はやみねかおる作;K2商会絵 講談社（青い鳥文庫）2017年9月

花山院 璃子　かざんいん・りこ
聖クロス女学院中等部一年生、オカルトマニアの花音の幼なじみでなにかとライバル視してくる子 「聖（セント）クロス女学院物語（ストーリア）2—ひみつの鍵とティンカーベル」 南部くまこ作;KeG絵 KADOKAWA（角川つばさ文庫） 2014年6月

花山院 璃子　かざんいん・りこ
聖クロス女学院中等部一年生、オカルトマニアの花音の幼なじみでなにかとライバル視してくる子 「聖（セント）クロス女学院物語（ストーリア）3—花音のひみつとガジュマルの精霊」 南部くまこ作;KeG絵 KADOKAWA（角川つばさ文庫） 2014年10月

菓子井 みかる　かしい・みかる
カボチャ頭の霊・ジャッキーと契約して霊魔女になった小学5年生、カボチャ魔女「パンプキーナ」に変身する女の子 「ミカルは霊魔女！2 ウサギ魔女と消えたアリスたち」 ハガユイ作;namo絵 KADOKAWA（角川つばさ文庫） 2015年3月

菓子井 みかる　かしい・みかる
ハロウィン・パーティーでカボチャ頭の霊・ジャッキーと契約してしまった五年生の女の子 「ミカルは霊魔女！1 カボチャと猫と悪霊の館」 ハガユイ作;namo絵 KADOKAWA（角川つばさ文庫） 2014年10月

樫谷 紅零（クレイ）　かしや・くれい（くれい）
地獄からやってきた男の子、テレビのディレクターを目指している妖怪少年 「トツゲキ!?地獄ちゃんねる—スクープいただいちゃいます!」 一ノ瀬三葉作;ちゃつぼ絵 KADOKAWA（角川つばさ文庫） 2016年9月

樫谷 紅零（クレイ）　かしや・くれい（くれい）
地獄からやってきた男の子、テレビのディレクターを目指している妖怪少年 「トツゲキ!?地獄ちゃんねる—ねらわれた見習いリポーター!?」 一ノ瀬三葉作;ちゃつぼ絵 KADOKAWA（角川つばさ文庫） 2017年1月

柏木 耕太（コタさま）　かしわぎ・こうた（こたさま）
食べていたアイスの棒に「アタリ」の文字を発見した小学3年生の男の子 「ねこまつりのしょうたいじょう」 いとうみく作;鈴木まもる絵 金の星社 2016年9月

柏木 栞（しおりん）　かしわぎ・しおり（しおりん）
園辺市立東中学校一年生、素直で優しくて気配りじょうずで学年一かわいいと噂されている女の子 「流れ星は恋のジンクス つかさの中学生日記5」 宮下恵茉作;カタノトモコ絵 ポプラ社（ポプラポケット文庫ガールズ） 2015年9月

柏木 菜々　かしわぎ・なな
多丸中央小学校四年生、知り合いからあずかっている柴犬にごはんをあげたり散歩をさせたりしている女の子 「ルルル♪動物病院1 走れ、ドクター・カー」 後藤みわこ作;十々夜絵 岩崎書店 2014年8月

柏木 晴人　かしわぎ・はると
安倍ハルマキ先生が受け持つ森野小学校五年五組の男子、クラスメイトの歩と華の幼なじみ 「五年護組・陰陽師先生」 五十嵐ゆうさく作;塩島れい絵 集英社（集英社みらい文庫） 2016年9月

柏木 ミカ　かしわぎ・みか
バンド「ノラ」のギター兼メインヴォーカル 「怪盗探偵山猫 鼠たちの宴」 神永学作;ひと和絵 KADOKAWA（角川つばさ文庫） 2016年4月

かぜは

柏木 ユリ　かしわぎ・ゆり
長崎県の中五島中学校で臨時職員の音楽教師になった元ピアニスト、合唱部の顧問 「くちびるに歌を」 百瀬しのぶ著;中田永一原作　小学館(小学館ジュニア文庫) 2015年2月

柏崎 悠太　かしわざき・ゆうた
K中学一年生、放送部に入部した吃音の少年 「僕は上手にしゃべれない」 椎野直弥著　ポプラ社(Teens' best selections) 2017年2月

カズ
幼なじみの木暮とコブちゃんと3人で男子からひま人あつかいされている4年生の男の子 「ひま人ヒーローズ!」 かみやとしこ作;木村いこ絵　ポプラ社(ポプラ物語館) 2015年2月

かずえ
尼崎の街に住む酒田家の長女、おしゃれと恋に夢中の中学1年生 「ちっちゃいおっさん おかわり!」 相羽鈴著;アップライト監修絵　集英社(集英社みらい文庫) 2015年3月

かずえ
兵庫県尼崎市にすむちっちゃいおっさんの中学1年生の長女 「ちっちゃいおっさん」 相羽鈴著;アップライト監修絵　集英社(集英社みらい文庫) 2014年10月

かずき
小学校三年生、クラスメイトにいじめられていたところをたぬきの妖怪・ポンチキンにたすけてもらった男の子 「妖怪たぬきポンチキン人間界にやってきた!」 山口理作;細川貂々絵　文溪堂 2016年12月

かずき
小学校三年生のさくらのふたごの弟、たぬきの妖怪・ポンチキンと一緒に暮らしている男の子 「妖怪たぬきポンチキン化けねこ屋敷と消えたねこ」 山口理作;細川貂々絵　文溪堂 2017年8月

カズキチ
超能力を持つ小学生・シブガキくんのクラスメート、変わり者の少年 「超常現象Qの時間 2 傘をさす怪人」 九段まもる作;みもり絵　ポプラ社(ポプラポケット文庫) 2015年2月

数木 千影(カズキチ)　かずき・ちかげ(かずきち)
超能力を持つ小学生・シブガキくんのクラスメート、変わり者の少年 「超常現象Qの時間 2 傘をさす怪人」 九段まもる作;みもり絵　ポプラ社(ポプラポケット文庫) 2015年2月

果月 直哉　かずき・なおや
見た目は高校生の吉之聖と同年代の少年だが異世界からきた地球派遣騎士 「螺旋のプリンセス―魔法の王女と風の騎士」 杏堂まい原作・イラスト;椎野美由貴著　小学館(小学館ジュニア文庫) 2014年8月

一成　かずなり
同じクラスの葉太と友だちの小学五年生、野球部のエースでピッチャー 「ひみつの校庭」 吉野万理子作;宮尾和孝絵　学研プラス(ティーンズ文学館) 2015年12月

和彦　かずひこ
父母がヤマネ分教場の教員として赴任するため南信州の山あいの集落へやってきた六人きょうだいの三男、三年生 「里山少年たんけん隊」 宮下和男文;小林葉子絵　ほおずき書籍 2017年7月

和也　かずや
六年生の尚子が居候する「オムレツ屋」の同い年の双子のいとこ、サッカーが好きな男の子 「オムレツ屋のベビードレス」 西村友里作;鈴木びんこ絵　国土社 2017年6月

風早 和馬　かぜはや・かずま
三ツ谷小学校六年生、由緒正しき忍者の家系に生まれ忍びの大会で毎年優勝している少年 「世界一クラブ 最強の小学生、あつまる!」 大空なつき作;明菜絵　KADOKAWA(角川つばさ文庫) 2017年9月

117

かぞう

かぞう
からだじゅうから火をふきわるいおぼうさんをかじったりあしでふみつぶしたりするゾウ 「おばけのたんけん おばけのポーちゃん6」 吉田純子作;つじむらあゆこ絵 あかね書房 2017年7月

カタギリ
勉強が得意な6年生、図書委員の当番を2組の尾形といっしょにやっている男子 「いくたのこえよみ」 堀田けい作;マット和子装画＆マンガ 理論社 2015年3月

片桐 安十郎　かたぎり・あんじゅうろう
逃亡中の凶悪な連続殺人犯、仗助を破滅させようと狙っている男 「ジョジョの奇妙な冒険」 荒木飛呂彦原作;江良至脚本 集英社(集英社みらい文庫) 2017年7月

片桐 世奈　かたぎり・せな
おしゃれが大好きな女の子 紡の幼なじみで親友、ミニバスケ・クラブの選手で背の高い女の子 「全力おしゃれ少女☆ツムギ part1 金星のドレスはだれが着る?」 はのまきみ作;森倉円絵 集英社(集英社みらい文庫) 2013年8月

片桐 世奈　かたぎり・せな
おしゃれが大好きな紡の幼なじみで親友、ミニバスケに夢中な背が高くてスタイル抜群の女の子 「全力おしゃれ少女☆ツムギ part2 めざせ!モデルとデザイナー」 はのまきみ作;森倉円絵 集英社(集英社みらい文庫) 2014年2月

片桐 冬華　かたぎり・とうか
人間に変身できるハスキー犬・ハスの飼い主、中学二年生の女の子 「オオカミ少年・こひつじ少女－わくわく♪どうぶつワンだーらんど！」 福田裕子著;環方このみ原作・イラスト 小学館(小学館ジュニア文庫) 2014年6月

片倉 空美さん　かたくら・そらみさん
小学生の探偵クラブ・大中小探偵クラブに蔵の整理を依頼した女の子 「大中小探偵クラブ 猫又家埋蔵金の謎」 はやみねかおる作;長谷垣なるみ絵 講談社(青い鳥文庫) 2017年1月

賢子　かたこ
紫式部の娘、藤原道長の娘・皇太后彰子にお仕えすることになった十四歳 「紫式部の娘。賢子がまいる!」 篠綾子作;小倉マユコ絵 静山社 2016年7月

片瀬先輩　かたせせんぱい
S高校の2年生の男子、陸上部のエース 「真代家こんぷれっくす! [3] Sentimental days ココロをつなぐメロディ」 宮沢みゆき著;久世みずき原作・イラスト 小学館(小学館ジュニア文庫) 2014年6月

片瀬 愛海　かたせ・まなみ
クラスで浮いて目立っている「ジミーズ」のメンバー、スマホ中毒の女子高校生 「ガールズ・ステップ 映画ノベライズ」 宇山佳佑原作;江頭美智留脚本;影山由美著 集英社(集英社みらい文庫) 2015年8月

片瀬 幸博　かたせ・ゆきひろ
修学旅行に行けなかった中学三年生の一人、ヤンキー兄弟の弟で「インテリヤクザ」と呼ばれている少年 「アナザー修学旅行」 有沢佳映作;ヤマダ絵 講談社(青い鳥文庫) 2017年9月

方喰 剣志郎　かたばみ・けんしろう
草野中学の1年生、植物から何かを感じ取る能力をもつ少年 「クサヨミ」 藤田雅矢作;中川悠京絵 岩崎書店(21世紀空想科学小説) 2013年8月

片山 東太　かたやま・とうた
夢が丘第三小学校五年生、クラスのもりあげ役で男子にも女子にも人気がある少年 「ソーリ!」 濱野京子作;おとないちあき画 くもん出版(くもんの児童文学) 2017年11月

118

かつら

片山 晴美　かたやま・はるみ
警視庁捜査一課の片山刑事の好奇心旺盛な妹、三毛猫ホームズの飼主 「三毛猫ホームズの秋」 赤川次郎著　光文社（Book With You）　2014年10月

片山 悠飛　かたやま・ゆうひ
「KZリサーチ事務所」のメンバーの彩と翼の同級生、野球部のエースで中学生文芸大会小説部門で入賞経験もある少年 「危ない誕生日ブルーは知っている(探偵チームKZ事件ノート)」 藤本ひとみ原作;住滝良文;駒形絵　講談社（青い鳥文庫）　2017年7月

片山 義太郎　かたやま・よしたろう
警視庁捜査一課の刑事、三毛猫ホームズの飼主 「三毛猫ホームズの秋」 赤川次郎著　光文社（Book With You）　2014年10月

勝 海舟　かつ・かいしゅう
幕府の陸軍総裁、江戸城無血開城を実現させるはずの人物 「幕末高校生」 浜崎達也著;橋部敦子脚本　小学館（小学館ジュニア文庫）　2014年7月

葛飾 北斎（鉄蔵）　かつしか・ほくさい（てつぞう）
江戸時代の浮世絵師、皆既月食の夜に江戸時代から現代にタイムスリップしてきた爺さん 「しばしとどめん北斎羽衣」 花形みつる著　理論社　2015年6月

かっちゃん
心優しい太鼓・どんちゃんの弟、おっちょこちょいだけどたまに頼りになることもある太鼓 「太鼓の達人 3つの時代へタイムトラベルだドン!」 前田圭士作;ささむらもえる絵　KADOKAWA（角川つばさ文庫）　2016年4月

勝利　かつとし
原爆が投下された広島でかろうじて生き残った国民学校6年生 「少年口伝隊一九四五」 井上ひさし作　講談社　2013年6月

カッパ
あたまにみずのはいったおさらがありせなかにはこうらがあるこどものすがたのおばけ 「おばけどうぶつえん おばけのポーちゃん1」 吉田純子作;つじむらあゆこ絵　あかね書房　2014年3月

勝村 英男　かつむら・ひでお
怪盗の山猫を追う雑誌記者 「怪盗探偵山猫」 神永学作;ひと和絵　KADOKAWA（角川つばさ文庫）　2016年1月

勝村 英男　かつむら・ひでお
窃盗犯の山猫を追う雑誌記者 「怪盗探偵山猫 虚像のウロボロス」 神永学作;ひと和絵　KADOKAWA（角川つばさ文庫）　2016年3月

勝村 英男　かつむら・ひでお
窃盗犯の山猫を追う雑誌記者 「怪盗探偵山猫 鼠たちの宴」 神永学作;ひと和絵　KADOKAWA（角川つばさ文庫）　2016年4月

桂木 マロン　かつらぎ・まろん
お金持ちの桂木家のわがままなお嬢様、お金が大好きな愛里と同じイベントに参加した六年生 「きんかつ!」 宇津田晴著;わんにゃんぷーイラスト　小学館（小学館ジュニア文庫）　2017年1月

桂 小太郎　かつら・こたろう
幕府指名手配中の攘夷浪人、万事屋のリーダー・銀時の幼馴染であり攘夷戦争時代の盟友 「銀魂 映画ノベライズ みらい文庫版」 空知英秋原作;福田雄一脚本;田中創小説　集英社（集英社みらい文庫）　2017年7月

かつら

桂ばあちゃん（志崎 桂）　かつらばあちゃん（しざき・かつら）
五年生の小林聖二の母方の祖母、病気で「銀杏が丘大学病院」に入院しているおばあちゃん　「IQ探偵ムー　おばあちゃんと宝の地図」深沢美潮作;山田J太画　ポプラ社（ポプラカラフル文庫）2014年7月

加藤 明美　かとう・あけみ
富士ケ丘高校1年生で演劇部員、部長のさおりを慕う後輩　「幕が上がる」平田オリザ原作;喜安浩平脚本　講談社（青い鳥文庫）2015年2月

加藤 純一郎　かとう・じゅんいちろう
クラスでいちばん国語が得意で怪談話を自分で考えることができる六年生の男の子　「七時間目の怪談授業」藤野恵美作;朝日川日和絵　講談社（青い鳥文庫）2017年5月

加藤 葉月　かとう・はづき
京都府立北宇治高校吹奏楽部の新入生、チューバ担当の初心者の女の子　「響け!ユーフォニアム [1] 北宇治高校吹奏楽部へようこそ」武田綾乃著　宝島社（宝島社文庫）2013年12月

加藤 葉月　かとう・はづき
北宇治高校一年生吹奏楽部、担当楽器はチューバで吹奏楽初心者の少女　「響け!ユーフォニアム 北宇治高校吹奏楽部のヒミツの話」武田綾乃著　宝島社（宝島社文庫）2015年6月

ガート王子　がーとおうじ
ネズミの国のマウスひめとけっこんしたいネコ王国の王子　「まじょ子とネコの王子さま」藤真知子作;ゆーちみえこ絵　ポプラ社（学年別こどもおはなし劇場）2013年10月

門倉 松也（カド松）　かどくら・まつや（かどまつ）
探偵チーム「アルセーヌ探偵クラブ」のメンバー、お笑いと謎解きが好きな中学一年生　「探偵なら30分前に脱出せよ。」松原秀行作;菅野マナミ絵　KADOKAWA（角川つばさ文庫）2015年1月

門倉 松也（カド松）　かどくら・まつや（かどまつ）
落語研究会に所属する中学一年生、ミステリー・マニアの少女プラムのおさななじみ　「怪盗は8日にあらわれる。―アルセーヌ探偵クラブ」松原秀行作;菅野マナミ絵　KADOKAWA（角川つばさ文庫）2014年3月

門田 あずみ（アズ）　かどた・あずみ（あず）
カメラマンだった父を亡くし母と二人暮らしの活発な六年生の女の子、新聞委員のカメラ担当　「神様がくれた犬」倉橋燿子作;naoto絵　ポプラ社（ポプラポケット文庫）2017年9月

カトちゃん
小さな公園動物園でアジアゾウのマシューアを担当することになった新米飼育員の青年　「しあわせな動物園」井上夕香作;葉祥明絵　国土社　2014年4月

カド松　かどまつ
探偵チーム「アルセーヌ探偵クラブ」のメンバー、お笑いと謎解きが好きな中学一年生　「探偵なら30分前に脱出せよ。」松原秀行作;菅野マナミ絵　KADOKAWA（角川つばさ文庫）2015年1月

カド松　かどまつ
落語研究会に所属する中学一年生、ミステリー・マニアの少女プラムのおさななじみ　「怪盗は8日にあらわれる。―アルセーヌ探偵クラブ」松原秀行作;菅野マナミ絵　KADOKAWA（角川つばさ文庫）2014年3月

カトリーナ姫　かとりーなひめ
ドコナンダ城に住んでいる美しい6人のお姫さまの一人、長い黒髪の姫　「6人のお姫さま」二宮由紀子作;たんじあきこ絵　理論社　2013年7月

カナ
チビまじょチャミーのごしゅじんさまとなったレミのともだち、まじょのミルキーのごしゅじんさま 「チビまじょチャミーとおばけのパーティー」 藤真知子作;琴月綾絵 岩崎書店（おはなしトントン） 2014年6月

加奈　かな
「柴田ダイヤモンド」に勤める若い女性、骨董屋「アンティークFUGA」の常連の客 「アンティークFUGA 3 キマイラの王」 あんびるやすこ作;十々夜画 岩崎書店（フォア文庫） 2016年4月

加奈　かな
小学三年生の拓真の近所に住んでいるずっと同じクラスの女の子、黒板の花太郎さんというわさが出るとうわさの三年三組の生徒 「三年三組黒板の花太郎さん」 草野あきこ作;北村裕花絵 岩崎書店（おはなしガーデン） 2016年9月

カナタ
日本で48番目の県・山田県にある山田小学校の四年生、おっとりしている男の子 「山田県立山田小学校 1 ポンチでピンチ!?山田島」 山田マチ作;杉山実絵 あかね書房 2013年6月

カナタ
日本で48番目の県・山田県にある山田小学校の四年生、おっとりしている男の子 「山田県立山田小学校 2 山田伝記で大騒動!?」 山田マチ作;杉山実絵 あかね書房 2013年6月

カナタ
日本で48番目の県・山田県にある山田小学校の四年生、おっとりしている男の子 「山田県立山田小学校 3 はだかでドッキリ!?山田まつり」 山田マチ作;杉山実絵 あかね書房 2014年1月

カナタ
日本で48番目の県・山田県にある山田小学校の四年生、おっとりしている男の子 「山田県立山田小学校 4 見学禁止!?山田センターのひみつ」 山田マチ作;杉山実絵 あかね書房 2014年9月

カナタ
日本で48番目の県・山田県にある山田小学校の四年生、おっとりしている男の子 「山田県立山田小学校 5 山田山でサバイバル!?」 山田マチ作;杉山実絵 あかね書房 2015年4月

カナタ
日本で48番目の県・山田県にある山田小学校の四年生、おっとりしている男の子 「山田県立山田小学校 6 山田の殿さま、おしのび参観!?」 山田マチ作;杉山実絵 あかね書房 2016年2月

かなちゃん
ユキちゃんとほいくえんのころからなかよしだった元気いっぱいの小学二年生 「くつかくしたの、だあれ?」 山本悦子作;大島妙子絵 童心社 2013年10月

金森 てつし　かなもり・てつし
町内でも有名な史上最強の小学生5年生トリオ「イタズラ大王三人悪」の一人 「地獄堂霊界通信 1」 香月日輪作;みもり絵 講談社（青い鳥文庫） 2013年7月

金森 てつし　かなもり・てつし
町内でも有名な史上最強の小学生5年生トリオ「イタズラ大王三人悪」の一人 「地獄堂霊界通信 2」 香月日輪作;みもり絵 講談社（青い鳥文庫） 2013年12月

金谷 省吾　かなや・しょうご
桜ヶ島小学校六年生、いつもクールでおちついていて勉強も運動もなんでもできる少年 「絶望鬼ごっこ 3 いつわりの地獄祭り」 針とら作;みもり絵 集英社（集英社みらい文庫） 2015年12月

かなや

金谷 省吾　かなや・しょうご
桜ヶ島小学校六年生、いつもクールでおちついていて勉強も運動もなんでもできる少年
「絶望鬼ごっこ 8 命がけの地獄アスレチック」 針とら作;みもり絵　集英社（集英社みらい文庫）2017年7月

金谷 省吾　かなや・しょうご
桜ヶ島小学校六年生、いつもクールでおちついていて勉強も運動もなんでもできる少年
「絶望鬼ごっこ 9 ねらわれた地獄狩り」 針とら作;みもり絵　集英社（集英社みらい文庫）
2017年11月

金谷 章吾　かなや・しょうご
桜ヶ島小学校6年生、病気の母親をもつ学年一運動神経がよく頭もいい男の子 「絶望鬼
ごっこ さよならの地獄病院」 針とら作;みもり絵　集英社（集英社みらい文庫）2017年3月

香貫 茉子　かぬき・まこ
小学5年生、同級生のとおしゃれプロジェクトを結成した女の子 「おしゃれプロジェクト
Step1」 MIKA;POSA作;hatsuko絵　講談社（青い鳥文庫）2017年6月

金子さん　かねこさん
地元で人気のイケメンうらない師 「うらない☆うららちゃん2 あたる!十二支うらない」 もとし
たいづみ作;ぶーた絵　ポプラ社（ポプラ物語館）2015年4月

金子 満里　かねこ・まり
ぜんそくの発作でときどき学校を休むが天真爛漫な中学二年生の少女 「明日のひこうき
雲」 八束澄子著　ポプラ社（Teens' best selections）2017年4月

金田 金男　かねだ・かねお
いじめられているところを舞と朝霧さんに助けてもらい「ナイトメア攻略部」に入部した少年
「オンライン! 4 追跡ドールとナイトメア遊園地」 雨蛙ミドリ作;大塚真一郎絵　KADOKAWA
（角川つばさ文庫）2013年11月

金田 葉子（ギッチン）　かねだ・ようこ（ぎっちん）
戦争が終わって疎開先の信州から東京のミッションスクールの女学校にもどってきた少女
「緑の校庭」 芹澤光治良著　ポプラ社　2017年4月

加納 新　かのう・あらた
となりのクラスの夏葉とともに宇宙船にのみこまれて三週間宇宙を旅した小学六年生 「夏
葉と宇宙へ三週間」 山本弘作;すまき俊悟絵　岩崎書店（21世紀空想科学小説）2013年
12月

加納 妃名乃　かのう・ひなの
政治家・加納清史郎の12歳の娘、生き残りをかけた恐怖の「ギルティゲーム」に参加させら
れてしまった有名私立聖アイリス女学園に通う少女 「ギルティゲーム stage2」 宮沢みゆき
著;鈴羅木かりんイラスト　小学館（小学館ジュニア文庫）2017年3月

カバオくん
からだは大きくみえるがまだまだちいさいこどものかば 「大きくてもちっちゃい かばのこカ
バオ」 森山京作;木村かほる絵　風濤社　2015年10月

カバオくん
遠く町へひっこすことになった大きなからだと大きなこころをもったこどものかば 「ひっこしを
した かばのこカバオ」 森山京作;木村かほる絵　風濤社　2016年6月

カバオくん
大きなからだと大きなこころをもったちっちゃいこどものかば 「まだまだちっちゃい かばのこ
カバオ」 森山京作;木村かほる絵　風濤社　2016年3月

かまた

カービィ
吸いこんだ相手の能力をコピーして使うことができるふしぎな生き物 「星のカービィ あぶないグルメ屋敷!?の巻」 高瀬美恵作;苅野タウ絵;ぽと絵 KADOKAWA(角川つばさ文庫) 2013年8月

カービィ
吸いこんだ相手の能力をコピーして使うことができるふしぎな生き物 「星のカービィ メタナイトと銀河最強の戦士」 高瀬美恵作;苅野タウ絵;ぽと絵 KADOKAWA(角川つばさ文庫) 2017年3月

カービィ
吸いこんだ相手の能力をコピーして使うことができるふしぎな生き物 「星のカービィ 結成!カービィハンターズZの巻」 高瀬美恵作;苅野タウ絵;ぽと絵 KADOKAWA(角川つばさ文庫) 2017年8月

カービィ
吸いこんだ相手の能力をコピーして使うことができる生きもの 「星のカービィ 大盗賊ドロッチェ団あらわる!の巻」 高瀬美恵作;苅野タウ・ぽと絵 KADOKAWA(角川つばさ文庫) 2014年8月

カピバラ
オーマガトキ城の新米ヘボにんじゃ 「忍たま乱太郎 オーマガトキのにんじゃの段」 尼子騒兵衛原作;望月千賀子文;亜細亜堂絵 ポプラ社(ポプラ社の新・小さな童話) 2013年2月

カブさん
特殊な身体能力を持つ氏族が住む保護区で闇診療所を開いている医者、メタボ気味のおなかが特徴のおじさん 「銀色☆フェアリーテイル 1 あたしだけが知らない街」 藍沢羽衣著;白鳥希美イラスト 小学館(小学館ジュニア文庫) 2016年3月

鏑木 郁人　かぶらぎ・いくと
大人気アイドルグループ「ファイヤーストーム」のメンバー、ワイルド系の男の子 「ひみつの図書館! 真夜中の『シンデレラ』!?」 神代明作;おのともえ絵 集英社(集英社みらい文庫) 2014年8月

鏑木 沙耶　かぶらぎ・さや
都立浅川高校2年生、崩壊状態だった吹奏楽部の部長を任されチューバ担当になった女の子 「吹部!」 赤澤竜也著 飛鳥新社 2013年8月

嘉丙　かへい
伊豆の流刑地へ流された源義朝に随行した源氏の郎党、自ら神官と称している中年の小男 「あまねく神竜住まう国」 荻原規子作 徳間書店 2015年2月

カボチャ頭(ジャッキー)　かぼちゃあたま(じゃっきー)
ジャック・オー・ランタン、霊に憑かれた綾香たちを助けたカボチャ頭の霊 「ミカルは霊魔女! 1 カボチャと猫と悪霊の館」 ハガユイ作;namo絵 KADOKAWA(角川つばさ文庫) 2014年10月

釜川 往路　かまがわ・おうじ
中学三年の柚乃子の数学の先生、お兄ちゃんのようなさわやか教師・釜川先生 「恋する熱気球」 梨屋アリエ著 講談社 2017年8月

鎌田 省吾　かまた・しょうご
小学五年生、吹奏楽部でクラスメイトの怜奈と同じクラリネットを担当している男の子 「花里小吹奏楽部キミとボクの幻想曲(ファンタジア)」 夕貴そら作;和泉みお絵 ポプラ社(ポプラポケット文庫) 2017年3月

かまた

鎌田 省吾　かまた・しょうご
小学五年生、吹奏楽部に入部しクラスメイトの怜奈と同じクラリネットを担当することになった
転校生の男の子 「花里小吹奏楽部キミとボクの前奏曲(プレリュード)」 夕貴そら作;和泉み
お絵 ポプラ社(ポプラポケット文庫) 2016年10月

鎌田 省吾　かまた・しょうご
吹奏楽部の部長を務める小学六年生、クラスメイトの怜奈と同じクラリネットを担当している
男の子 「花里小吹奏楽部キミとボクの協奏曲(コンチェルト)」 夕貴そら作;和泉みお絵 ポプ
ラ社(ポプラポケット文庫) 2017年8月

鎌田 理奈　かまた・りな
元気いっぱいだった低学年のころとちがってずいぶん冷めた目をするようになった六年生
の少女 「さくらいろの季節」 蒼沼洋人著 ポプラ社(Teens' best selections) 2015年3月

神岡 まどか　かみおか・まどか
四葉女子大学付属中1年生、帰国子女のおじょうさまで「電子探偵団」のひとり 「パスワード
学校の怪談」 松原秀行作;梶山直美絵 講談社(青い鳥文庫) 2017年2月

神岡 まどか　かみおか・まどか
私立四葉女子大付属中学1年生、アイドル野原たまみのドラマのエキストラとして孤島村尾
島に行った女の子 「パスワードUMA騒動(風浜電子探偵団事件ノート30 中学生編)」 松
原秀行作;梶山直美絵 講談社(青い鳥文庫) 2015年8月

神岡 まどか　かみおか・まどか
私立四葉女子大付属中学1年生、帰国子女 「パスワード渦巻き少女(ガール)(風浜電子探
偵団事件ノート28 中学生編)」 松原秀行作;梶山直美絵 講談社(青い鳥文庫) 2013年9
月

神岡 まどか　かみおか・まどか
私立四葉女子大付属中学1年生、帰国子女 「パスワード東京パズルデート(風浜電子探偵
団事件ノート29 中学生編)」 松原秀行作;梶山直美絵 講談社(青い鳥文庫) 2014年8月

神岡 まどか　かみおか・まどか
電子探偵団員、帰国子女で四葉女子大付属小学校の6年生 「パスワードとホームズ4世
new (改訂版)−風浜電子探偵団事件ノート5」 松原秀行作;梶山直美絵 講談社(青い鳥
文庫) 2014年2月

神岡 まどか　かみおか・まどか
電子探偵団員、帰国子女で四葉女子大付属小学校の6年生 「パスワード謎旅行new (改
訂版)−風浜電子探偵団事件ノート4」 松原秀行作;梶山直美絵 講談社(青い鳥文庫)
2013年3月

神岡 まどか　かみおか・まどか
電子探偵団員、帰国子女で四葉女子大付属小学校の6年生 「続パスワードとホームズ4世
new (改訂版)−風浜電子探偵団事件ノート6」 松原秀行作;梶山直美絵 講談社(青い鳥
文庫) 2014年3月

神岡 まどか　かみおか・まどか
猫さんとお話ができる小学6年生、探偵事務所にスカウトされて行方不明猫の調査をする女
の子 「パスワード猫耳探偵まどか−外伝」 松原秀行作;梶山直美絵 講談社(青い鳥文
庫) 2013年7月

神岡 まどか　かみおか・まどか
風浜ベイテレビの「パズル戦国時代」に出演した「電子探偵団」のひとり 「パスワード パズ
ル戦国時代」 松原秀行作;梶山直美絵 講談社(青い鳥文庫) 2017年12月

神賀 麻綾　かみが・まあや
六年生の多波時生が四歳の時に死んだ母さん 「風船教室」 吉野万理子作 金の星社
2014年9月

かみの

ガミガミ魔王　がみがみまおう
ダロウ山の鉄鋼城に住み世界制覇をもくろむ機械の魔法を使う魔王　「ポポロクロニクル　白き竜　上下」　田森庸介作;福島敦子絵　偕成社　2015年3月

上川 詩絵里　かみかわ・しえり
小学5年生、うらないが大好きな女の子　「しえりの秘密のシール帳」　濱野京子著;十々夜絵　講談社　2014年7月

上倉 瑠輝　かみくら・るき
転校生の拓の隣の席の少年、同じ団地に住むいとこの明彦といっしょにたむろしている中学二年生　「白瑠璃の輝き」　国元アルカ作　国土社　2014年3月

神さま　かみさま
ジャンケンがめっぽう強くて神さまと呼ばれているおじいさん、駄菓子屋「まる花」の店主　「ジャンケンの神さま」　くすのきしげのり作;岡田よしたか絵　小学館　2017年6月

カミサマ（ボブ・マーリー）
夜中にこっそり十歳のタケオの家に入って台所をあさっていた年齢不詳の男　「キノコのカミサマ」　花形みつる作;鈴木裕之絵　金の星社　2016年7月

上條 天馬　かみじょう・てんま
花毬凜太郎の同級生、凜太郎を強引に探偵部に入部させた男の子　「千里眼探偵部 1－チーム結成!」　あいま祐樹作;FiFS絵　講談社（青い鳥文庫）　2016年12月

上條 天馬　かみじょう・てんま
花毬凜太郎の同級生、凜太郎を強引に探偵部に入部させた男の子　「千里眼探偵部 2－パークで謎解き!?」　あいま祐樹作;FiFS絵　講談社（青い鳥文庫）　2017年4月

上条 春太　かみじょう・はるた
廃部寸前の吹奏楽部に入部したホルン奏者、完璧な外見と優れた頭脳を持つ高校一年生　「ハルチカ 退出ゲーム」　初野晴作;鳥羽雨絵　KADOKAWA（角川つばさ文庫）　2017年1月

上条 春太　かみじょう・はるた
廃部寸前の吹奏楽部に入部したホルン奏者、完璧な外見と優れた頭脳を持つ高校二年生　「ハルチカ 初恋ソムリエ」　初野晴作;鳥羽雨絵　KADOKAWA（角川つばさ文庫）　2017年12月

神野 花音　かみの・かのん
5年生のふたご・美花の姉、やさしくて気がきく女の子　「0点天使　あたしが”あたし”になったワケ!?」　麻生かづこ作;玖珂つかさ絵　ポプラ社（ポプラポケット文庫）　2017年6月

神野 花音　かみの・かのん
小学五年生で美花のふたごの姉、天使になりたいと思っている女の子　「0点天使 [2]－シンデレラとクモの糸」　麻生かづこ作;玖珂つかさ絵　ポプラ社（ポプラポケット文庫）　2017年1月

神野 美花（ミカエラ）　かみの・みか（みかえら）
天の国の天使学校の落第生・ミカエラの人間界での姿、花音のふたごの妹で小学五年生　「0点天使 [2]－シンデレラとクモの糸」　麻生かづこ作;玖珂つかさ絵　ポプラ社（ポプラポケット文庫）　2017年1月

神野 美花（みかりん）　かみの・みか（みかりん）
5年生のふたご・花音の妹、実は天の国から落ちてきた女の子の天使・ミカエラ　「0点天使　あたしが”あたし”になったワケ!?」　麻生かづこ作;玖珂つかさ絵　ポプラ社（ポプラポケット文庫）　2017年6月

神野 美花（みかりん）　かみの・みか（みかりん）
天使・ミカエラが人間界に落ちてなった五年生の女の子　「0点天使 [1]」　麻生かづこ作;玖珂つかさ絵　ポプラ社（ポプラポケット文庫）　2016年8月

かみの

神之森 まつり　かみのもり・まつり
河瀬原中学校一年生、引越してきたばかりでまだ友だちがいないちょっぴり口下手な少女
「ひみつの図書館! 1『人魚姫』からのSOS!?」 神代明作;おのともえ絵　集英社(集英社み
らい文庫) 2014年4月

神之森 まつり　かみのもり・まつり
本からぬけ出したキャラクターを保護する「ひみつの図書館」の司書助手、中1の女の子
「ひみつの図書館!『ピーターパン』がいっぱい!?」 神代明作;おのともえ絵　集英社(集英
社みらい文庫) 2014年11月

神之森 まつり　かみのもり・まつり
本からぬけ出したキャラクターを保護する「ひみつの図書館」の司書助手、中1の女の子
「ひみつの図書館!『白雪姫』とアルパカの王子!?」 神代明作;おのともえ絵　集英社(集英
社みらい文庫) 2015年4月

神之森 まつり　かみのもり・まつり
本からぬけ出したキャラクターを保護する「ひみつの図書館」の司書助手、中1の女の子
「ひみつの図書館! 真夜中の『シンデレラ』!?」 神代明作;おのともえ絵　集英社(集英社み
らい文庫) 2014年8月

かみひー(神山 ひかる)　かみひー(かみやま・ひかる)
6年生のいるかにプロモーションビデオ出演の依頼をした人気アイドルの中学生の男の子
「お願い!フェアリー♥ 13 キミと♥オーディション」 みずのまい作;カタノトモコ絵　ポプラ社
2014年8月

神谷 あかり(ひらめきちゃん)　かみや・あかり(ひらめきちゃん)
小学生の葉月のクラスにやってきた転校生、いろいろとひらめく女の子 「ひらめきちゃん」
中松まるは作;本田亮絵　あかね書房(スプラッシュ・ストーリーズ) 2014年10月

神谷 ドクタロウ　かみや・どくたろう
りんの兄、学者の両親が設計した地下室でりんと暮らしている美少年 「おともだちにはヒミ
ツがあります!」 みずのまい作;藤実なんな絵　KADOKAWA(角川つばさ文庫) 2017年1月

神山 ひかる　かみやま・ひかる
6年生のいるかにプロモーションビデオ出演の依頼をした人気アイドルの中学生の男の子
「お願い!フェアリー♥ 13 キミと♥オーディション」 みずのまい作;カタノトモコ絵　ポプラ社
2014年8月

神山 陵　かみやま・りょう
神社の跡取り息子で除霊ができる高校生、クラスメイトの未来と前世で恋人同士だった貴
族・嶺羽の生まれ変わり 「あやかし緋扇 八百比丘尼永遠の涙」 宮沢みゆき著;くまがい杏
子原作・イラスト　小学館(小学館ジュニア文庫) 2013年4月

神山 陵　かみやま・りょう
神社の跡取り息子で除霊ができる高校生、クラスメイトの未来と前世で恋人同士だった貴
族・嶺羽の生まれ変わり 「あやかし緋扇 夢幻のまほろば」 宮沢みゆき著;くまがい杏子原
作・イラスト　小学館(小学館ジュニア文庫) 2013年10月

神谷 勇樹　かみや・ゆうき*
神津高校の生徒、海洋生物学博士の息子で中学三年生の時に登校拒否になっていた少
年 「走れ!T校バスケット部 9」 松崎洋著　彩雲出版 2013年4月

神谷 りん　かみや・りん
浪漫小学校に転校してきた五年生、昼間なのに夜空がみえるふしぎな地下室で暮らしてい
る美少女 「おともだちにはヒミツがあります!」 みずのまい作;藤実なんな絵　KADOKAWA
(角川つばさ文庫) 2017年1月

カム
ドギーマギー動物学校に通ういたずらが大好きなミニチュアダックスフント 「ドギーマギー
動物学校 3 世界の海のプール」 姫川明月作・絵 角川書店（角川つばさ文庫） 2013年7
月

カム
ドギーマギー動物学校に通ういたずらが大好きなミニチュアダックスフント 「ドギーマギー
動物学校 4 動物園のぼうけん」 姫川明月作・絵 KADOKAWA（角川つばさ文庫） 2013
年12月

カム
ドギーマギー動物学校に通ういたずらが大好きなミニチュアダックスフント 「ドギーマギー
動物学校 5 遠足でハプニング！」 姫川明月作・絵 KADOKAWA（角川つばさ文庫） 2014
年6月

カム
ドギーマギー動物学校に通ういたずらが大好きなミニチュアダックスフント 「ドギーマギー
動物学校 6 雪山レースとバレンタイン」 姫川明月作・絵 KADOKAWA（角川つばさ文庫）
2015年1月

カム
ドギーマギー動物学校に通ういたずらが大好きなミニチュアダックスフント 「ドギーマギー
動物学校 7 サーカスと空とび大会」 姫川明月作・絵 KADOKAWA（角川つばさ文庫）
2015年6月

カム
ドギーマギー動物学校に通ういたずらが大好きなミニチュアダックスフント 「ドギーマギー
動物学校 8 すてられた子犬たち」 姫川明月作・絵 KADOKAWA（角川つばさ文庫）
2016年5月

カム
ミニチュアダックスフント、ドギーマギー動物学校に通ういたずらが大好きな犬 「ドギーマ
ギー動物学校 2 ランチは大さわぎ！」 姫川明月作・絵 角川書店（角川つばさ文庫） 2013
年1月

カム
ミニチュアダックスフント、ドギーマギー動物学校に通ういたずらが大好きな犬 「ドギーマ
ギー動物学校 9 遊園地にカムがふたり」 姫川明月作・絵 KADOKAWA（角川つばさ文
庫） 2017年5月

ガムート
装甲のような雪を脚にまとう牙獣種モンスター 「モンスターハンタークロス ニャンターライフ
[3] 氷雪の巨獣ガムート！」 相坂ゆうひ作；太平洋海絵 KADOKAWA（角川つばさ文庫）
2017年11月

ガムべえ
からだがガムでできていてガムのじゅつがつかえるにんじゃ 「にんじゃざむらいガムチョコ
バナナ ばけものりょかんのまき」 原ゆたか作・絵；原京子作・絵 KADOKAWA 2017年3月

かめさま
まさるがはいったトイレの中にいたトイレのかめさまとなのるかめ 「トイレのかめさま」 戸田
和代作；原ゆたか絵 ポプラ社（本はともだち） 2016年10月

カメ将軍　かめしょうぐん
こうらに将軍ナポレオンのサインがある二百歳の高貴なホウシャガメ 「ハリネズミ・チコ 空と
ぶ船の旅3 フライパン号でナポレオンの島へ」 山下明生作；高畠那生絵 理論社 2017年
10月

かめの

亀之丞　かめのじょう
井伊家の跡取り娘おとわのかつての許嫁、おとわの大叔父直満の子 「井伊直虎 戦国時代をかけぬけた美少女城主」 那須田淳作;十々夜画 岩崎書店(フォア文庫) 2016年11月

亀山 愛衣菜　かめやま・あいな
幼稚園のころからずっといっしょのサオリの親友、中学の陸上部員 「魔界王子レオン なぞの壁画と魔法使いの弟子」 友野詳作;椋本夏夜絵 角川書店(角川つばさ文庫) 2013年1月

亀山 正　かめやま・ただし
六年一組の学級委員長、優柔不断な男子 「生活向上委員会! 5 激突!クラスの女王」 伊藤クミコ作;桜倉メグ絵 講談社(青い鳥文庫) 2017年8月

仮面の男　かめんのおとこ
影の図書館から賢者の書を盗み出した謎の男 「金の月のマヤ 対決！暗闇の谷」 田森庸介作;福島敦子絵 偕成社 2014年2月

仮面の男　かめんのおとこ
影の図書館に出没する半分の顔の男 「金の月のマヤ 秘密の図書館」 田森庸介作;福島敦子絵 偕成社 2013年12月

ガモー
ヒーローものの特撮映像を手作りする「蒲生特撮隊」を結成した六年生 「なんちゃってヒーロー」 みうらかれん作;佐藤友生絵 講談社 2013年10月

蒲生大将　がもうたいしょう
2・26事件当日に自決した元陸軍大将、浪人生の孝史が泊まったホテルの建つ場所にあった屋敷の主人 「蒲生邸事件 前・後編」 宮部みゆき作;黒星紅白絵 講談社(青い鳥文庫) 2013年8月

蒲生 貴之　がもう・たかゆき
元陸軍大将の蒲生憲之の亡き妻の息子で珠子の兄 「蒲生邸事件 前・後編」 宮部みゆき作;黒星紅白絵 講談社(青い鳥文庫) 2013年8月

蒲生 珠子　がもう・たまこ
元陸軍大将の蒲生憲之の亡き妻に生きうつしの一人娘で貴之の妹 「蒲生邸事件 前・後編」 宮部みゆき作;黒星紅白絵 講談社(青い鳥文庫) 2013年8月

蒲生 創(ガモー)　がもう・はじめ(がもー)
ヒーローものの特撮映像を手作りする「蒲生特撮隊」を結成した六年生 「なんちゃってヒーロー」 みうらかれん作;佐藤友生絵 講談社 2013年10月

蒲生 嘉隆　がもう・よしたか
元陸軍大将の蒲生憲之の歳のはなれた弟、石鹸の卸問屋の社長 「蒲生邸事件 前・後編」 宮部みゆき作;黒星紅白絵 講談社(青い鳥文庫) 2013年8月

加茂 桜子　かも・さくらこ
劇団すみれ所属の女優、抜群の演技力をもつ少女 「声優探偵ゆりんの事件簿〜舞台に潜む闇」 芳村れいな作;美麻りん絵 学研パブリッシング(アニメディアブックス) 2013年6月

カヤ
クラスメイトで友だちのルミといつも同じことがしたい四年生の女の子 「花曜日」 安江生代作;ふりやかよこ絵 文研出版(文研ブックランド) 2013年11月

カヤ
両親が居らず「繕い屋」を生業としている十歳の少女 「繕い屋の娘カヤ」 曄田依子著 岩崎書店 2017年12月

がりゅ

伽椰子　かやこ
家に入った者を必ず呪い殺す「呪いの家」の主　「貞子vs伽椰子」　山本清史著;白石晃士脚本・監督　小学館(小学館ジュニア文庫)　2016年6月

カヨ
武州御岳山にまつられている大神さまに妹のナツの病が治るようにお願いした少女　「オオカミのお札 1 カヨが聞いた声」　おおぎやなぎちか作　くもん出版(くもんの児童文学)　2017年8月

唐木田 一子　からきだ・いちこ
保育士、唐木田家の八人きょうだいの長女で面倒見がよい二十二歳の女性　「唐木田さんち物語」　いとうみく作;平澤朋子画　毎日新聞出版　2017年9月

唐木田 志朗　からきだ・しろう
唐木田家の八人きょうだいの四男、かあちゃんに怒られたときにいつも長女の一子にかばってもらう小学五年生　「唐木田さんち物語」　いとうみく作;平澤朋子画　毎日新聞出版　2017年9月

唐沢 未来　からさわ・みく
霊感が目覚めた女子高生、クラスメイトの神山陵と前世で恋人同士だった白拍子・未桜の生まれ変わり　「あやかし緋扇 八百比丘尼永遠の涙」　宮沢みゆき著;くまがい杏子原作・イラスト　小学館(小学館ジュニア文庫)　2013年4月

唐沢 未来　からさわ・みく
霊感が目覚めた女子高生、クラスメイトの神山陵と前世で恋人同士だった白拍子・未桜の生まれ変わり　「あやかし緋扇 夢幻のまほろば」　宮沢みゆき著;くまがい杏子原作・イラスト　小学館(小学館ジュニア文庫)　2013年10月

カラス
いつも病弱な少女・ミサから餌をもらっていた生まれつき身体が弱くうまく飛べない年老いたカラス　「ブラック」　山田悠介著;わんにゃんぷーイラスト　小学館(小学館ジュニア文庫)　2017年10月

カラス男爵　からすだんしゃく
引きこもりの少女・涼が窓辺で双眼鏡を目にあて観察しているホームレス　「ラ・プッツン・エル 6階の引きこもり姫」　名木田恵子著　講談社　2013年11月

カラスだんな
えきまえひろばのけやきの木にあるはりがねごてんに住む大きくてりっぱなカラス　「カラスだんなのはりがねごてん」　井上よう子作;くすはら順子絵　文研出版(わくわくえどうわ)　2017年8月

カラボス
大きな力を持つうえにひがみやすくて執念深くて意地が悪い妖精　「眠れる森の美女」　藤本ひとみ文;東逸子絵;ペロー原作　講談社(青い鳥文庫)　2014年12月

カリファ
呪い破りの魔女、魔女っ子ナコと魔女犬ボンボンの呪い破りの先生　「魔女犬ボンボン ナコと幸せの約束」　廣嶋玲子作;KeG絵　角川書店(角川つばさ文庫)　2013年9月

仮屋 巴　かりや・ともえ
中学二年生の麻香のクラスメート、クールで他人に迎合しないためクラスで浮いている少女　「人形たちの教室」　相原れいな作;くまの柚子絵　ポプラ社(ポプラカラフル文庫)　2013年9月

牙琉検事　がりゅうけんじ
弁護士・王泥喜が被告人となった裁判の検事、ロックスターみたいな男　「逆転裁判 逆転空港」　高瀬美恵作;カプコンカバー絵;菊野郎挿絵　KADOKAWA(角川つばさ文庫)　2017年2月

がりれ

ガリレロくん
B1515銀河ガガガガ星から地球に来てロボット犬・クットくんと友だちになった宇宙人 「クットくんの大ぼうけん」 工藤豪紘作・絵 国土社 2013年12月

カリン
ミュンスター魔法学校に編入してきた女の子、魔法が得意で大魔法使いになることを夢見ている少女 「とんがりボウシと魔法の町 ドキドキの学園生活☆」 高瀬美恵作;嶋津蓮絵 KADOKAWA(角川つばさ文庫) 2013年10月

カリン
赤松の木の実を食べたくてなかよしのキッコと動物園の外に出たニホンリスのこども 「子リスのカリンとキッコ」 金治直美作;はやしますみ絵 佼成出版社(いのちいきいきシリーズ) 2014年6月

カリン
魔法の国の植物をつかさどる「緑の城」のお姫さまで魔女勉強中の女の子、学校の優等生 「らくだい魔女とはつこいの君(らくだい魔女シリーズ)」 成田サトコ作;千野えなが絵 ポプラ社 2013年4月

魔法界に君臨する植物をつかさどる「緑の城」のお姫さま、「銀の城」のお姫さま・フウカの親友 「らくだい魔女と闇の宮殿」 成田サトコ作;杉浦た美絵 ポプラ社(ポプラポケット文庫) 2013年10月

カリン
魔法界に君臨する植物をつかさどる「緑の城」のお姫さま、「銀の城」のお姫さま・フウカの親友 「らくだい魔女の出会いの物語」 成田サトコ作;千野えなが絵 ポプラ社(ポプラポケット文庫ガールズ) 2013年3月

佳鈴　かりん
台湾の日本式旅館「松翠園」の子、鬼(グイ)が見える陰陽眼の持ち主 「若おかみは小学生! Part19 花の湯温泉ストーリー」 令丈ヒロ子作;亜沙美絵 講談社(青い鳥文庫) 2013年3月

佳鈴　かりん
台湾の日本式旅館「松翠園」の子、鬼(グイ)が見える陰陽眼の持ち主 「若おかみは小学生! Part20 花の湯温泉ストーリー」 令丈ヒロ子作;亜沙美絵 講談社(青い鳥文庫) 2013年7月

かりんちゃん
「ちびデビ保育園」に通う悪魔の赤ちゃん、ペンギンの着ぐるみを着ると氷の魔法が使える女の子 「ちび☆デビ!－まおちゃんとミラクルクイズ・あど&べん&ちゃー」 篠塚ひろむ原作・カバーイラスト;蜜家ビィ著 小学館(ちゃおノベルズ) 2013年7月

カール
高1の真代夏木がきた異世界"ステルニア王国"の王子、勇ましい服装の少年 「真代家こんぷれっくす! [5] Mysterious days光の指輪物語」 宮沢みゆき著;久世みずき原作・イラスト 小学館(小学館ジュニア文庫) 2015年8月

カール
探偵、クリスマスの夜ドイツのローテンブルクで不思議な男・サンドラと出会った男 「クリスマスを探偵と」 伊坂幸太郎文;マヌエーレ・フィオール絵 河出書房新社 2017年10月

カール
天文学者、ビーハイブホテルのおきゃくさま 「時間の女神のティータイム－魔法の庭ものがたり19」 あんびるやすこ作・絵 ポプラ社(ポプラ物語館) 2016年8月

カールくん
化野原団地の見学に来た「ヨーロッパ魔もの連合」会長一家の次男、オオカミ男 「妖怪一家のハロウィン－妖怪一家九十九さん [6]」 富安陽子作;山村浩二絵 理論社 2017年9月

かわか

狩渡 すばる（すばる先輩）　かると・すばる（すばるせんぱい）
ミステリー大好きなさきが所属するミステリー研究部の部長、オカルトの知識と情熱は博士
級の先輩　「まじかる☆ホロスコープ 恋と怪談とミステリー!」 カタノトモコ作・絵;杉背よい文
KADOKAWA（角川つばさ文庫）2014年10月

カルメラ
ぞくぞく村のぱかぱか森にあるドラキュラ城にホームステイしている吸血女と忍者のハーフ
の少女　「ぞくぞく村のにじ色ドラゴン（ぞくぞく村のおばけシリーズ 19）」 末吉暁子作　あか
ね書房　2016年10月

カルメラ
ぞくぞく村のぱかぱか森にあるドラキュラ城にホームステイしている吸血女と忍者のハーフ
の少女　「ぞくぞく村のランプの精ジンジン（ぞくぞく村のおばけシリーズ 18）」 末吉暁子作
あかね書房　2015年7月

カルメラ
ぞくぞく村のぱかぱか森にあるドラキュラ城にホームステイしている吸血女と忍者のハーフ
の少女　「ぞくぞく村の魔法少女カルメラ（ぞくぞく村のおばけシリーズ 17）」 末吉暁子作
あかね書房　2013年7月

カルラ
マヤの友人、異世界のシャドウィンに住むドグマ博士の助手で風のエルマ使い　「金の月の
マヤ　黒のエルマニオ」 田森庸介作;福島敦子絵　偕成社　2013年12月

カルラ
マヤの友人、異世界のシャドウィンに住むドグマ博士の助手で風のエルマ使い　「金の月の
マヤ　対決！暗闇の谷」 田森庸介作;福島敦子絵　偕成社　2014年2月

カルラ
マヤの友人、異世界のシャドウィンに住むドグマ博士の助手で風のエルマ使い　「金の月の
マヤ　秘密の図書館」 田森庸介作;福島敦子絵　偕成社　2013年12月

ガルル
富士ケ丘高校3年生で演劇部員、みんなのもりあげ役　「幕が上がる」 平田オリザ原作;喜
安浩平脚本　講談社（青い鳥文庫）2015年2月

カレー男　かれーおとこ
うまいカレーをさがす旅をしているという頭にターバンをまきスパイスのびんをつないだネッ
クレスをしているおじさん　「カレー男がやってきた！（たべもののおはなしシリーズ）」 赤羽
じゅんこ作;岡本順絵　講談社　2016年11月

ガロウ
アイロナ共和国から独立を企てたマナト特別市の市長府の職員、英語を熱心に学んでいる
十六歳の少年　「すべては平和のために」 濱野京子作;白井裕子絵　新日本出版社（文学
のピースウォーク）2016年5月

川勝 萌　かわかつ・もえ
関西・トラベル・チーム「KTT」のメンバー、「乗り鉄」の雄太のいとこでピアニストを目指す小
学五年生の女の子　「電車で行こう! 山手線で東京・鉄道スポット探検!」 豊田巧作;裕龍な
がれ絵　集英社（集英社みらい文庫）2016年1月

川勝 萌　かわかつ・もえ
関西・トラベル・チーム「KTT」のメンバー、「乗り鉄」の雄太のいとこでピアニストを目指す小
学五年生の女の子　「電車で行こう! 乗客が消えた!?南国トレイン・ミステリー」 豊田巧作;裕
龍ながれ絵　集英社（集英社みらい文庫）2014年8月

川勝 萌　かわかつ・もえ
関西・トラベル・チーム「KTT」のメンバー、「乗り鉄」の雄太のいとこでピアニストを目指す小
学五年生の女の子　「電車で行こう! 川崎の秘境駅と、京急線で桜前線を追え!」 豊田巧作
;裕龍ながれ絵　集英社（集英社みらい文庫）2016年3月

かわか

川勝 萌　かわかつ・もえ
関西・トラベル・チーム「KTT」のメンバー、「乗り鉄」の雄太のいとこで世界的ピアニストになりたい小学五年生の女の子　「電車で行こう! サンライズ出雲と、夢の一畑電車!」 豊田巧作;裕龍ながれ絵　集英社(集英社みらい文庫) 2015年3月

川勝 萌　かわかつ・もえ
関西・トラベル・チーム「KTT」のメンバー、「乗り鉄」の雄太のいとこで電車初心者の小学五年生の女の子　「電車で行こう! GO!GO!九州新幹線!!」 豊田巧作;裕龍ながれ絵　集英社(集英社みらい文庫) 2014年7月

川勝 萌　かわかつ・もえ
関西・トラベル・チーム「KTT」のメンバー、「乗り鉄」の雄太のいとこで電車初心者の小学五年生の女の子　「電車で行こう! 特急ラピートで海をわたれ!!」 豊田巧作;裕龍ながれ絵　集英社(集英社みらい文庫) 2014年4月

川上 健太　かわかみ・けんた
妹のチッチとシェパード犬のアルマを飼う国民学校四年生の男の子　「さよなら、アルマ ぼくの犬が戦争に」 水野宗徳作;pon-marsh絵　集英社(集英社みらい文庫) 2015年8月

川上 サジ　かわかみ・さじ
五年生の渡のクラスの転校生、色白で美しい顔をした男の子　「ぼくたちのリアル」 戸森しるこ著;佐藤真紀子絵　講談社　2016年6月

川上 チッチ　かわかみ・ちっち
兄の健太とシェパード犬のアルマを飼う国民学校一年生の妹、本名は千津　「さよなら、アルマ ぼくの犬が戦争に」 水野宗徳作;pon-marsh絵　集英社(集英社みらい文庫) 2015年8月

川上 天馬　かわかみ・てんま
友だちのあきらとペットボトルロケットの実験中にUFOを目撃した垂木小学校6年生の男の子　「七時間目のUFO研究(新装版)」 藤野恵美作;朝日川日和絵　講談社(青い鳥文庫) 2017年11月

川上 真緒さん　かわかみ・まおさん
湾岸高校の3年生、浪人生・藤井率とつきあうスタイル抜群の彼女　「泣いちゃいそうだよ<高校生編> 藤井兄妹の絶体絶命な毎日」 小林深雪著;牧村久実画　講談社(YA!ENTERTAINMENT) 2015年6月

川口 梓　かわぐち・あずさ
埼玉県立美園女子高校の強豪ボート部に友だちの琴美と入った1年生　「レガッタ! 2 風をおこす」 濱野京子著;一瀬ルカ画　講談社(Ya! entertainment) 2013年3月

川口 見楽留　かわぐち・みらくる
大阪の中学二年生、夏休みに天徳島の山村キャンプに参加した物知りでリーダーシップのある少年　「14歳の水平線」 椰月美智子著　双葉社　2015年7月

川崎 尚之介　かわさき・しょうのすけ
会津藩の砲術指南役である山本家の息子・覚馬が江戸遊学中に知り合った青年、後の八重の最初の夫　「新島八重ものがたり —桜舞う風のように—」 藤咲あゆな著;暁かおり絵　集英社(集英社みらい文庫) 2013年1月

川崎 真木子　かわさき・まきこ
再開発計画にともなって切りたおされてしまう樫の木にむけて手紙をかいた来年中学生になる少女　「お手紙ありがとう」 小手鞠るい作　WAVE出版(ともだちがいるよ!) 2013年1月

川島 寛太(スマート)　かわしま・かんた(すまーと)
神奈川県警横浜大黒署の特殊捜査課のIT担当、悪の組織・レッドヴィーナスの罠にかかって子どもになってしまった刑事　「コドモ警察」 時海結以著;福田雄一脚本　小学館(小学館ジュニアシネマ文庫) 2013年3月

がんこ

川島 久留實　かわしま・くるみ
奈良市の小学校で卒業式を迎えた六年生、有名建築家の娘でスタイルがよい美少女 「ハ
ルと歩いた」西田俊也作　徳間書店　2015年12月

川島 緑輝　かわしま・さふぁいあ
京都府立北宇治高校吹奏楽部の新入生、吹奏楽強豪の私立中学卒業生でコントラバス担
当の女の子 「響け!ユーフォニアム [1] 北宇治高校吹奏楽部へようこそ」武田綾乃著　宝
島社(宝島社文庫)　2013年12月

川島 緑輝　かわしま・さふぁいあ
北宇治高校一年生吹奏楽部、担当楽器はコントラバスで吹奏楽の名門の聖女中等学校出
身の少女 「響け!ユーフォニアム 北宇治高校吹奏楽部のヒミツの話」武田綾乃著　宝島
社(宝島社文庫)　2015年6月

川島 ナオ　かわしま・なお
3人きょうだいの長女・みきこが作った「長女同盟」の仲間、かしこくて美少女な小学5年生
「お悩み解決!ズバッと同盟 長女vs妹、仁義なき戦い!?」吉田桃子著;U35イラスト　小学館
(小学館ジュニア文庫)　2016年10月

川瀬 圭介　かわせ・けいすけ
クラスのイベントをいちいち仕切りたがってクラスで浮いてしまった五年生 「あしたも、さん
かく 毎日が落語日和」安田夏菜著;宮尾和孝絵　講談社(講談社・文学の扉)　2014年5月

河田 一雄　かわだ・かずお
銀杏が丘第一小学校五年一組の「バカ田トリオ」のリーダー、クラス委員長 「IQ探偵ムー
ビー太は何も話さない」深沢美潮作;山田J太画　ポプラ社(ポプラカラフル文庫)　2016年3
月

河田 一雄　かわだ・かずお
銀杏が丘第一小学校五年一組の「バカ田トリオ」のリーダー、クラス委員長 「IQ探偵ムー
自転車泥棒と探偵団」深沢美潮作;山田J太画　ポプラ社(ポプラカラフル文庫)　2013年10
月

川畑 愛莉　かわばた・あいり
星柳学園中等部一年の鈴木鈴の同級生、吹奏楽部でクラリネットを吹く少女 「予知夢がく
る! [5] 音楽室の怪人」東多江子作;Tiv絵　講談社(青い鳥文庫)　2015年4月

川原 健太　かわはら・けんた
四年二組、クラスメイトで友だちの恭平としりとりの練習をした生き物が大好きな男の子 「し
りとりボクシング」新井けいこ作;はせがわはっち絵　小峰書店　2017年12月

川辺 未香子　かわべ・みかこ
一生懸命さが空回りしている高校教師 「幕末高校生」浜崎達也著;橋部敦子脚本　小学
館(小学館ジュニア文庫)　2014年7月

カーン
『片割れの巫女』リランの親友・ダキリスの魂を抜いてその体をのっとったカーン、老大公
カーンの生まれ変わり 「エリアの魔剣 5」風野潮作;そらめ絵　岩崎書店(YA! フロンティ
ア)　2013年3月

かんこ
とうふやさんのこども、きれいな水がわきでているとんがり山のふもとにすんでいる女の子
「とうふやのかんこちゃん」吉田道子文;小林系絵　福音館書店(福音館創作童話シリー
ズ)　2017年10月

がんこちゃん
きょうりゅうの女の子 「うんちしたの、だーれ?(新・ざわざわ森のがんこちゃん)」末吉暁子
作;武田美穂絵　講談社　2013年5月

133

かんこ

がんこちゃん
きょうりゅうの女の子 「おばあちゃんのねがいごと(新・ざわざわ森のがんこちゃん)」 末吉
暁子作;武田美穂絵 講談社 2013年11月

観頃 凛　かんころ・りん
かくれんぼ四天王の一人、元気があふれまくっている小学六年生 「スーパーミラクルかくれ
んぼ!! [2] 四天王だよ！全員集合」 近江屋一朗作;黒田bb絵 集英社(集英社みらい文
庫) 2013年10月

観頃 凛　かんころ・りん
かくれんぼ四天王の一人、元気があふれまくっている小学六年生 「スーパーミラクルかくれ
んぼ!! [3] 解決！なんでもおたすけ団!!」 近江屋一朗作;黒田bb絵 集英社(集英社みら
い文庫) 2014年4月

観頃 凛　かんころ・りん
ちょっとガサツでかなり食いしんぼうな六年生の少女 「スーパーミラクルかくれんぼ!! [1]」
近江屋一朗作;黒田bb絵 集英社(集英社みらい文庫) 2013年4月

神崎 里美　かんざき・さとみ
宮崎県宮崎市に住む小学五年生、保健所で働く彰司の娘 「ひまわりと子犬の7日間 みら
い文庫版」 平松恵美子脚本;五十嵐佳子著;高野きか絵 集英社(集英社みらい文庫)
2013年3月

神崎 彰司　かんざき・しょうじ
宮崎県の保健所で働く里美のおとうさん、元動物園の飼育係 「ひまわりと子犬の7日間 み
らい文庫版」 平松恵美子脚本;五十嵐佳子著;高野きか絵 集英社(集英社みらい文庫)
2013年3月

神咲 マイ　かんざき・まい
ユニットメンバーをオーディションで募集したスーパーアイドル 「アイドル×戦士ミラクル
ちゅーんず!」 藤平久子・松井香奈・青山万史脚本;松井香奈著 小学館(小学館ジュニア
文庫) 2017年3月

神崎 美雨　かんざき・みう
ある日お母さんが家出したことをお父さんから知らされた中一の女の子 「美雨13歳のしあ
わせレシピ」 しめのゆき著;高橋和枝絵 ポプラ社(Teens' best selections) 2015年6月

神崎 莉緒　かんざき・りお
東京から関西に越してきた中学一年生、部屋にこもりっきりで夏休みを過ごす女の子 「レイ
さんといた夏」 安田夏菜著;佐藤真紀子画 講談社(講談社・文学の扉) 2016年7月

神崎 梨捺　かんざき・りな
流星学園中等部1年生でダンス部員、1年生の柚が片思い中の托美蓮先輩のおさななじみ
「ポレポレ日記(ダイアリー) わたしの居場所」 倉橋燿子作;堀泉インコ絵 講談社(青い鳥
文庫) 2016年11月

寛次郎　かんじろう
上州の石屋「大江屋」の石工見習い、一流の石工をめざし一心に修行に励んでいる十歳の
少年 「石の神」 田中彩子作;一色画 福音館書店(福音館創作童話シリーズ) 2014年4
月

カンタ
ある日カラスだんなにはりがねごてんの中を見せてもらえることになったわかいカラス 「カラ
スだんなのはりがねごてん」 井上よう子作;くすはら順子絵 文研出版(わくわくえどうわ)
2017年8月

神田　かんだ
広島の小学校の先生、大阪の動物園で戦時下の動物園のできごとがかいてある絵本を読
み語りしているおじさん 「パオ〜ンおじさんとの夏」 かまだしゅんそう作;柴田文香絵 新日
本出版社 2013年9月

がんば

神田 伊予　かんだ・いよ
愛媛県のおばあちゃん家へ夏休みに一人で行くことになった中学二年生の女の子 「バリキュン!! 史上空前のアイドル計画!?」 土屋理敬著;蜜家ビィ著;陣名まいイラスト 小学館（小学館ジュニア文庫）2015年2月

神田川 永遠さん　かんだがわ・とわさん
武蔵虹北高校の科学部の3年生、入学早々入部するやいなや部長になった才女 「モナミは世界を終わらせる？」 はやみねかおる作;KeG絵 KADOKAWA（角川つばさ文庫）2015年2月

神立 蓮人さま　かんだち・れんとさま
小五女子のひなのあこがれの高校生、ひいらぎカフェでアルバイトを始めた男の子 「片恋パズル」 吉川英梨作;うみこ絵 集英社（集英社みらい文庫）2015年6月

神田 ナオミちゃん　かんだ・なおみちゃん
小学四年生、なかよしグループの女子をひきつれて女王様のような女の子 「わたしのひよこ」 礒みゆき文;ささめやゆき絵 ポプラ社（ポプラ物語館）2013年5月

カンちゃん（カラス）
いつも病弱な少女・ミサから餌をもらっていた生まれつき身体が弱くうまく飛べない年老いたカラス 「ブラック」 山田悠介著;わんにゃんぷーイラスト 小学館（小学館ジュニア文庫）2017年10月

館長　かんちょう
図書館のめいよ館長をしていた年よりネコ、風船気球「のら号」で冒険の旅に出た探検隊員 「空飛ぶのらネコ探険隊 [4] ピラミッドのキツネと神のネコ」 大原興三郎作;こぐれけんじろう絵 文渓堂 2017年5月

監督（北島）　かんとく（きたじま）
「瑞法寺剣道クラブ」の監督、六年生の茜のお父さん 「まっしょうめん!」 あさだりん作 偕成社（偕成社ノベルフリーク）2016年12月

神無月 綺羅　かんなずき・きら
白魔女のリンが通う鳴星学園の生徒会長で日本有数のお嬢様、実はリンを狙う黒魔女 「白魔女リンと3悪魔 ダークサイド・マジック」 成田良美著;八神千歳イラスト 小学館（小学館ジュニア文庫）2017年1月

神無月 綺羅　かんなずき・きら
白魔女のリンが通う鳴星学園の生徒会長で日本有数のお嬢様、実はリンを狙う黒魔女 「白魔女リンと3悪魔 フルムーン・パニック」 成田良美著;八神千歳イラスト 小学館（小学館ジュニア文庫）2017年7月

神無月 琴　かんなずき・こと
霊感の持ち主しか入学できない私立霊界高校三年生、目は切れ長で古風で清楚な和風美女 「私立霊界高校 1 NOBUNAGA降臨」 楠木誠一郎著;鳥越タクミ画 講談社(Ya! entertainment) 2014年7月

神無月 琴　かんなずき・こと
霊感の持ち主しか入学できない私立霊界高校三年生、目は切れ長で古風で清楚な和風美女 「私立霊界高校 2 RYOMA召喚」 楠木誠一郎著;鳥越タクミ画 講談社(Ya! entertainment) 2014年9月

菅野 聖哉　かんの・せいや
母親に食事などの世話をしてもらえず遅刻や欠席が多い六年生の少年 「神隠しの教室」 山本悦子作;丸山ゆき絵 童心社 2016年10月

ガンバ
都会の片隅で暮らす街ネズミ、単純で正義感が強い熱血漢なネズミ 「GAMBA ガンバと仲間たち」 時海結以著;古沢良太脚本 小学館（小学館ジュニア文庫）2015年9月

135

かんば

看板娘　かんばんむすめ
「我らのすけっとアイルー団」の団員、メガネっ娘の小型モンスター　「モンハン日記ぽかぽかアイルー村DX[1] 我らのすけっとアイルー団！」　相坂ゆうひ作;マーブルCHIKO絵　KADOKAWA（角川つばさ文庫）　2015年10月

看板娘　かんばんむすめ
「我らのすけっとアイルー団」の団員、メガネっ娘の小型モンスター　「モンハン日記ぽかぽかアイルー村DX[3] ソラVS長老！？巨大スゴロク勝負！！」　相坂ゆうひ作;マーブルCHIKO絵　KADOKAWA（角川つばさ文庫）　2016年7月

看板娘　かんばんむすめ
「我らのすけっとアイルー団」の団員、メガネっ娘の小型モンスター　「モンハン日記ぽかぽかアイルー村DX[3] 幻の歌探しとニャンター!!」　相坂ゆうひ作;マーブルCHIKO絵　KADOKAWA（角川つばさ文庫）　2016年3月

甘楽　かんら
同じ面作師見習いの太良といっしょに「お面屋たまよし」の屋号で妖面を売りながら旅をつづけている十三歳の少年　「お面屋たまよし 彼岸ノ祭」　石川宏千花著;平沢下戸画　講談社(Ya! entertainment)　2013年5月

甘楽　かんら
同じ面作師見習いの太良といっしょに「お面屋たまよし」の屋号で妖面を売りながら旅をつづけている十三歳の少年　「お面屋たまよし 不穏ノ祭」　石川宏千花著;平沢下戸画　講談社(Ya! entertainment)　2013年11月

甘楽　かんら
同じ面作師見習いの太良といっしょに「お面屋たまよし」の屋号で妖面を売りながら旅をつづけている十三歳の少年　「お面屋たまよし 流浪ノ祭」　石川宏千花著;平沢下戸画　講談社(Ya! entertainment)　2016年5月

甘楽　かんら
同じ面作師見習いの太良といっしょに「お面屋たまよし」の屋号で妖面を売りながら旅をつづけている少年　「お面屋たまよし 七重ノ祭」　石川宏千花著;平沢下戸画　講談社(Ya! entertainment)　2015年10月

甘楽 サトシ　かんら・さとし
「弁当屋アサヒ」を営む家の息子、夏休みに絶品のたまご焼き作りを計画した中学三年生　「キワさんのたまご」　宇佐美牧子作;藤原ヒロコ絵　ポプラ社（ポプラ物語館）　2017年8月

【き】

キー
三人姉弟の次女、お母さんに誕生日を忘れられたことをきっかけに五度めの家出をした五年生の少女　「魔女モティ」　柏葉幸子作;尾谷おさむ絵　講談社（青い鳥文庫）　2014年10月

キアラ
シナモン村のきつねモモーヌのお店の中庭にきれいなくものすをつくったくも　「ようふくなおしのモモーヌ」　片山令子作;さとうあや絵　のら書店　2015年2月

キアラ
魔女っ子ナコをお茶会に招待した魔女、穏やかな女の人　「魔女犬ボンボン ナコと金色のお茶会」　廣嶋玲子作;KeG絵　角川書店（角川つばさ文庫）　2013年1月

きいくん
ドラゴンゴン国の王子さまでくいしんぼうのドラゴンとなかよしの子ぎつねの男の子　「ドラゴンはスーパーマン」　茂市久美子作;とよたかずひこ絵　国土社　2014年8月

きくち

きいくん
ドラゴンゴン国の王子さまでくいしんぼうのドラゴンとなかよしの子ぎつねの男の子 「ドラゴン王さまになる」 茂市久美子作;とよたかずひこ絵 国土社 2015年2月

紀恵 きえ
不思議な世界クロワッサン島にも家族をもつ小学5年生の女の子 「魔女モティとねりこ屋のコラル」 柏葉幸子作;尾谷おさむ絵 講談社 2015年2月

キエ蔵 きえぞう
中学二年生、白城台小学校の時の漫才コンビでの水口の元相方 「あたしの、ボケのお姫様。」 令丈ヒロ子著 ポプラ社(Teens' best selections) 2016年10月

黄川田 ゆり(イエロー) きかわだ・ゆり(いえろー)
正義の戦隊〈女子ーズ〉のメンバー、たくましいガテン系のちびっこ 「女子ーズ」 浜崎達也著;福田雄一監督・脚本 小学館(小学館ジュニアシネマ文庫) 2014年6月

キキ
人間のおとうさんと魔女のおかあさんの娘、将来魔女になるかもしれない女の子 「キキとジジ 魔女の宅急便 特別編その2」 角野栄子作;佐竹美保画 福音館書店(福音館創作童話シリーズ) 2017年5月

キギキチ
かくれんぼ四天王の一人、透明と暮らしているキジ 「スーパーミラクルかくれんぼ!! [2] 四天王だよ！全員集合」 近江屋一朗作;黒田bb絵 集英社(集英社みらい文庫) 2013年10月

キギキチ
かくれんぼ四天王の一人、透明と暮らしているキジ 「スーパーミラクルかくれんぼ!! [3] 解決！なんでもおたすけ団!!」 近江屋一朗作;黒田bb絵 集英社(集英社みらい文庫) 2014年4月

桔梗 ききょう
兵士として出征している兄に宛ててタラヨウの葉に手紙を書いた女学生 「クサヨミ」 藤田雅矢作;中川悠京絵 岩崎書店(21世紀空想科学小説) 2013年8月

菊井 キクコ きくい・きくこ
音楽一家の娘、才能がなく十年以上つづけたヴァイオリンを放りだしコンビニでアルバイトをしている高校生 「雲をつかむ少女」 藤野恵美著 講談社 2015年3月

菊地 英治 きくち・えいじ
N高校三年生、「七日間戦争」の廃工場の中で出会った瀬川老人の息子を仲間たちといっしょに捜すことになった少年 「ぼくらのコブラ記念日」 宗田理作 ポプラ社(「ぼくら」シリーズ) 2014年7月

菊地 英治 きくち・えいじ
N高校三年生、校長たちから組織的にいじめをうけているという女性新米先生を仲間たちと助けに行った少年 「ぼくらの(悪)校長退治」 宗田理作 ポプラ社(「ぼくら」シリーズ) 2013年7月

菊地 英治 きくち・えいじ
N高校三年生、突然連絡がとれなくなったイタリアで料理修行中の日比野を仲間たちと捜し行った少年 「ぼくらの魔女戦記1 黒ミサ城へ」 宗田理作 ポプラ社(「ぼくら」シリーズ) 2015年7月

菊地 英治 きくち・えいじ
N高校三年生、突然連絡がとれなくなったイタリアで料理修行中の日比野を仲間たちと捜し行った少年 「ぼくらの魔女戦記3 黒ミサ城脱出」 宗田理作 ポプラ社(「ぼくら」シリーズ) 2016年7月

きくち

菊地 英治　きくち・えいじ
クラスメイトたちと行った北海道のスキー旅行の帰りにハイジャックされた飛行機に乗っていた一人、いたずらを思いつく天才の中学三年生 「ぼくらのハイジャック戦争」 宗田理作;YUME絵　KADOKAWA（角川つばさ文庫） 2017年4月

菊地 英治　きくち・えいじ
中学二年生の時に親友の相原徹と二人で山奥にあった不思議な学校を見た三年生、いたずらを思いつく天才 「ぼくらの消えた学校」 宗田理作;YUME絵　KADOKAWA（角川つばさ文庫） 2017年12月

菊地 英治　きくち・えいじ
思いやりがあり行動的な高校三年生、下町の少年たちのリーダー 「ぼくらのロストワールド（「ぼくら」シリーズ）」 宗田理作　ポプラ社 2017年7月

木耳 持兼　きくらげ・もちかね
キクラゲ城の九十一歳の城主 「忍たま乱太郎 夏休み宿題大作戦！の段」 尼子騒兵衛原作;望月千賀子文　ポプラ社（ポプラ社の新・小さな童話） 2013年7月

木耳 良兼（若様）　きくらげ・よしかね（わかさま）
キクラゲ城の六十七歳の若様 「忍たま乱太郎 夏休み宿題大作戦！の段」 尼子騒兵衛原作;望月千賀子文　ポプラ社（ポプラ社の新・小さな童話） 2013年7月

ギーコさん
こえあどの森の妖精、姉のスミレさんとガラスびんの家でくらす大工さんをしている男のひと 「水の森の秘密 こえあどの森の物語 12」 岡田淳作　理論社 2017年2月

木崎 美帆　きざき・みほ
埼玉県立美園女子高校の強豪ボート部の2年生、1年に対して厳しい少女 「レガッタ! 2 風をおこす」 濱野京子著;一瀬ルカ画　講談社（Ya! entertainment） 2013年3月

木崎 美帆　きざき・みほ
埼玉県立美園女子高校の強豪ボート部の漕手、インターハイ出場を目指す3年生 「レガッタ! 3 光をのぞむ」 濱野京子著;一瀬ルカ画　講談社（Ya! entertainment） 2013年8月

木佐貫 鞠　きさぬき・まり
岬中学校一年生、まじめな桃の妹で小学校のときにいじめられていた経験をもつ少女 「いい人ランキング」 吉野万理子著　あすなろ書房 2016年8月

木佐貫 桃　きさぬき・もも
岬中学校二年生、クラスの"いい人ランキング"で一位になったおとなしくてまじめな少女 「いい人ランキング」 吉野万理子著　あすなろ書房 2016年8月

如月 杏（あんこ）　きさらぎ・あん（あんこ）
フランスでパティシエール修業中の吉沢マリエの親友、和菓子屋「和心堂」の娘 「プティ・パティシエール ひみつの友情マドレーヌ（プティ・パティシエール3）」 工藤純子作;うっけ絵　ポプラ社 2017年5月

如月 杏（あんこ）　きさらぎ・あん（あんこ）
古い和菓子屋「和心堂」のひとり娘、和パティシエールになりたい小学四年生 「恋する和パティシエール3 キラリ!海のゼリーパフェ大作戦」 工藤純子作;うっけ絵　ポプラ社（ポプラ物語館） 2013年3月

如月 杏（あんこ）　きさらぎ・あん（あんこ）
古い和菓子屋「和心堂」のひとり娘、和パティシエールになりたい小学四年生 「恋する和パティシエール4 ホットショコラにハートのひみつ」 工藤純子作;うっけ絵　ポプラ社（ポプラ物語館） 2013年9月

きすい

如月 杏（あんこ）　きさらぎ・あん（あんこ）
古い和菓子屋「和心堂」のひとり娘、和パティシエールになりたい小学四年生 「恋する和パティシエール5 決戦!友情のもちふわドーナツ」 工藤純子作;うっけ絵 ポプラ社(ポプラ物語館) 2014年2月

如月 杏（あんこ）　きさらぎ・あん（あんこ）
古い和菓子屋「和心堂」のひとり娘、和パティシエールになりたい小学四年生 「恋する和パティシエール6 月夜のきせき!パンプキンプリン」 工藤純子作;うっけ絵 ポプラ社(ポプラ物語館) 2014年9月

如月 沙織　きさらぎ・さおり
小学五年生、特別な霊媒体質の少年・浩介が怪談収集家の山岸さんと取材旅行中の村で出会った女の子 「怪談収集家 山岸良介と人形村」 緑川聖司作;竹岡美穂絵 ポプラ社(ポプラポケット文庫) 2017年12月

起島 亜美　きじま・あみ
桜町第一中学1年A組の女の子、バドミントン部所属 「この学校に、何かいる」 百瀬しのぶ作;有坂あこ絵　角川書店(角川つばさ文庫) 2013年2月

城島 航平　きじま・こうへい
5年生の林間学校で幼なじみの女の子リンと同じ班になった男の子 「テディベア探偵 思い出はみどりの森の中」 山本悦子作;フライ絵 ポプラ社(ポプラポケット文庫) 2014年9月

城島 航平　きじま・こうへい
小学5年生、同級生の幼なじみの女の子リンのことを気にかけている男の子 「テディベア探偵 ゆかたは恋のメッセージ?」 山本悦子作;フライ絵 ポプラ社(ポプラポケット文庫) 2015年4月

木島さん　きじまさん
小さな銭湯「木島の湯」の経営者、番台に毎日座っている偏屈なおじいさん 「美乃里の夏」 藤巻吏絵作;長新太画 福音館書店(福音館文庫) 2015年4月

貴島 美香　きじま・みか
クラスで浮いて目立っている「ジミーズ」のメンバー、金髪ヘアのヤンキー女子高校生 「ガールズ・ステップ 映画ノベライズ」 宇山佳佑原作;江頭美智留脚本;影山由美著 集英社(集英社みらい文庫) 2015年8月

岸本 杏　きしもと・あん
弓道部部長の3年生、インターハイ予選に落ちて引退を決めた女子高生 「一礼して、キス」 加賀やっこ原作・イラスト;橋口いくよ著　小学館(小学館ジュニア文庫) 2017年10月

岸本 環　きしもと・たまき
クラスで浮いて目立っている「ジミーズ」のメンバー、ガリ勉の女子高校生 「ガールズ・ステップ 映画ノベライズ」 宇山佳佑原作;江頭美智留脚本;影山由美著 集英社(集英社みらい文庫) 2015年8月

岸本 雅　きしもと・みやび
修学旅行に行けなかった中学三年生の一人、子役出身のタレント 「アナザー修学旅行」 有沢佳映作;ヤマダ絵　講談社(青い鳥文庫) 2017年9月

キース
魔法界に君臨する大地を司る「黒の城」の王子さま 「らくだい魔女の出会いの物語」 成田サトコ作;千野えなが絵 ポプラ社(ポプラポケット文庫ガールズ) 2013年3月

汽水 タカキ　きすい・たかき
カードゲーム「ヴァンガード」の大会でアイチに負けた少年・ハルトの弟、小学生 「カードファイト!!ヴァンガード アジアサーキット編－戦え! 友情のタッグファイト」 ブシロード原作;伊藤彰原作;番棚葵作 富士見書房(角川つばさ文庫) 2013年3月

139

きずか

キズカちゃん
シランカッタの町で地面にひっくり返っていた三年生のかずきをたすけた女の子 「シランカッタの町で」 さえぐさひろこ作;にしむらあつこ絵 フレーベル館(ものがたりの庭) 2017年10月

希月 心音　きずき・ここね
「成歩堂なんでも事務所」のメンバー、18歳で弁護士資格を取った天才少女 「逆転裁判 逆転空港」 高瀬美恵子作;カプコンカバー絵;菊野郎挿絵 KADOKAWA(角川つばさ文庫) 2017年2月

希月 心音　きずき・ここね
「成歩堂なんでも事務所」の新米弁護士、わずか十八歳で弁護士になった異色の天才少女 「逆転裁判 逆転アイドル」 高瀬美恵子作;菊野郎挿絵 KADOKAWA(角川つばさ文庫) 2016年6月

喜蔵　きぞう
古道具屋「荻の屋」の強面の若主人、自宅の庭に落ちてきた妖怪・小春と同居することになった男 「雨夜の月(一鬼夜行[7])」 小松エメル[著] ポプラ社(teenに贈る文学) 2016年4月

喜蔵　きぞう
古道具屋「荻の屋」の強面の若主人、自宅の庭に落ちてきた妖怪・小春と同居することになった男 「鬼が笑う(一鬼夜行[6])」 小松エメル[著] ポプラ社(teenに贈る文学) 2015年4月

喜蔵　きぞう
古道具屋「荻の屋」の強面の若主人、自宅の庭に落ちてきた妖怪・小春と同居することになった男 「鬼の祝言(一鬼夜行[5])」 小松エメル[著] ポプラ社(teenに贈る文学) 2015年4月

喜蔵　きぞう
古道具屋「荻の屋」の強面の若主人、自宅の庭に落ちてきた妖怪・小春と同居することになった男 「枯れずの鬼灯(一鬼夜行[4])」 小松エメル[著] ポプラ社(teenに贈る文学) 2015年4月

喜蔵　きぞう
古道具屋「荻の屋」の強面の若主人、明治5年自宅の庭に落ちてきた妖怪・小春と同居することになった男 「一鬼夜行」 小松エメル[著] ポプラ社(teenに贈る文学) 2015年4月

喜蔵　きぞう
古道具屋「荻の屋」の閻魔顔の若主人、明治5年自宅の庭に落ちてきた妖怪・小春と同居することになった男 「花守り鬼(一鬼夜行[3])」 小松エメル[著] ポプラ社(teenに贈る文学) 2015年4月

喜蔵　きぞう
古道具屋「荻の屋」の閻魔顔の若主人、明治5年自宅の庭に落ちてきた妖怪・小春と同居することになった男 「鬼やらい 上下(一鬼夜行[2])」 小松エメル[著] ポプラ社(teenに贈る文学) 2015年4月

貴族探偵(御前)　きぞくたんてい(ごぜん)
自称「貴族」で趣味は「探偵」という謎の紳士 「貴族探偵 みらい文庫版」 麻耶雄嵩作;きろばいと絵 集英社(集英社みらい文庫) 2017年5月

貴族探偵(御前)　きぞくたんてい(ごぜん)
自称「貴族」で趣味は「探偵」という謎の紳士 「貴族探偵対女探偵 みらい文庫版」 麻耶雄嵩作;きろばいと絵 集英社(集英社みらい文庫) 2017年5月

北岡 恵理人　きたおか・えりと
大中小学校の探偵クラブ・大中小探偵クラブのメンバー、六年生の男の子 「大中小探偵クラブ　猫又家埋蔵金の謎」 はやみねかおる作;長谷垣なるみ絵　講談社(青い鳥文庫)
2017年1月

北神 旬　きたがみ・しゅん
若き天才実力派俳優、高校一年の少年 「学校にはナイショ♂逆転美少女・花緒 [3] 花三郎に胸キュン!?」 吉田純子作;pun2画　ポプラ社(学校にはナイショ♂シリーズ 3)　2014年4月

北上 美晴　きたかみ・みはる
桃が原小学校の6年生、突然見も知らぬ場所に連れてこられた女の子 「ギルティゲーム」 宮沢みゆき著;鈴羅木かりんイラスト　小学館(小学館ジュニア文庫)　2016年12月

喜多川 秀一　きたがわ・しゅういち
人気男性グループ「TRAP」のメンバー、いつもおだやかでお兄ちゃんキャラの少年 「ヒミツの王子様☆ 恋するアイドル!」 都築奈央著;八神千歳原作・イラスト　小学館(小学館ジュニア文庫)　2016年3月

北島　きたじま
「瑞法寺剣道クラブ」の監督、六年生の茜のお父さん 「まっしょうめん!」 あさだりん作　偕成社(偕成社ノベルフリーク)　2016年12月

北島 茜　きたじま・あかね
「瑞法寺剣道クラブ」の監督の六年生の娘、クールな美少女 「まっしょうめん!」 あさだりん作　偕成社(偕成社ノベルフリーク)　2016年12月

北島 夏生くん　きたじま・なつきくん
佐渡島で遠泳にいどんだ小学生・颯太のコーチ、高校をやめた17歳の男の子 「青いスタートライン」 高田由紀子作;ふすい絵　ポプラ社(ノベルズ・エクスプレス)　2017年7月

北田 あかり　きただ・あかり
双子の姉弟の姉、『創作パン大賞』の大賞賞金百万円を夢にオリジナルパンづくりに挑戦することなった六年生の少女 「焼き上がり5分前!」 星はいり作;TAKA絵　ポプラ社(ノベルズ・エクスプレス)　2014年3月

北田 さとし　きただ・さとし
双子の姉弟の弟、『創作パン大賞』の大賞賞金百万円を夢にオリジナルパンづくりに挑戦することなった六年生の少年 「焼き上がり5分前!」 星はいり作;TAKA絵　ポプラ社(ノベルズ・エクスプレス)　2014年3月

北野航平　きたの・こうへい
予知夢を見る少女・鈴木鈴の近所に住む大学生、鈴の予知夢を信じる若者 「予知夢がくる! [1] 心をとどけて」 東多江子作;Tiv絵　講談社(青い鳥文庫)　2013年2月

北野航平　きたの・こうへい
予知夢を見る少女・鈴木鈴の近所に住む大学生、鈴の予知夢を信じる若者 「予知夢がくる! [2] 13班さん、気をつけて」 東多江子作;Tiv絵　講談社(青い鳥文庫)　2013年8月

北野航平　きたの・こうへい
予知夢を見る少女・鈴木鈴の近所に住む大学生、鈴の予知夢を信じる若者 「予知夢がくる! [3] ライバルは超能力少女」 東多江子作;Tiv絵　講談社(青い鳥文庫)　2014年2月

北野航平　きたの・こうへい
予知夢を見る少女・鈴木鈴の近所に住む大学生、鈴の予知夢を信じる若者 「予知夢がくる! [4] 初恋♡と踏切のひみつ」 東多江子作;Tiv絵　講談社(青い鳥文庫)　2014年9月

北野航平　きたの・こうへい
予知夢を見る少女・鈴木鈴の近所に住む大学生、鈴の予知夢を信じる若者 「予知夢がくる! [6] 謎のラブレター」 東多江子作;Tiv絵　講談社(青い鳥文庫)　2015年9月

きたの

北野 敏光（イガグリ）　きたの・としみつ（いがぐり）
クラスのなかでも大きいほうだが手先が器用な坊主頭の五年生の少年　「かくれ家は空の上」　柏葉幸子作;けーしん絵　講談社（青い鳥文庫）　2015年8月

北原 聖　きたはら・せい
下町の中学校の教師、就学旅行前に失踪した三年生のクラス担任　「ぼくらのロストワールド（「ぼくら」シリーズ）」　宗田理作　ポプラ社　2017年7月

北原 みどり　きたはら・みどり
春休みに長岡に一人で行った哲夫が会った少女、列車の中で会った順子おばさんの娘　「哲夫の春休み 上下」　斎藤惇夫作　岩波書店（岩波少年文庫）　2016年3月

北原 柚希　きたはら・ゆずき
花月小学校五年生、六年生の図書副委員長の幸哉くんにあこがれて委員会にはいった少女　「ビブリオバトルへ、ようこそ!」　濱野京子作;森川泉絵　あかね書房（スプラッシュ・ストーリーズ）　2017年9月

キダマッチ先生　きだまっちせんせい
アグラ山にある小さな池のほとりの古い木にすんでいるカエルの名医　「キダマッチ先生! 1」　今井恭子文;岡本順絵　BL出版　2017年7月

北村 いちる　きたむら・いちる
鎌倉から長野県塩尻市の桔梗ヶ原学園へ転校してきた高校一年生　「ワインガールズ」　松山三四六著　ポプラ社　2017年3月

北村 栄くん　きたむら・さかえくん
林田希子とクラスメイト三田亜吉良が命を助けた少年、自殺未遂をしたという小学6年生　「死神うどんカフェ1号店 3杯目」　石川宏千花著　講談社（Ya! entertainment）　2014年11月

北村 奏太　きたむら・そうた
ホテルに勤める生野麻衣の恋人で地下鉄駅員、あの世とこの世を繋ぐ境界がわかる男性　「呪怨―ザ・ファイナル」　山本清史著;一瀬隆重脚本;落合正幸脚本　小学館（小学館ジュニア文庫）　2015年6月

北村 ふみ子（ふーちゃん）　きたむら・ふみこ（ふーちゃん）
オートバイで一人旅している74歳のイコさんが岡山で出会った女の子のゆうれい　「ラストラン」　角野栄子作;しゅー絵　KADOKAWA（角川つばさ文庫）　2014年2月

北村 由里亜　きたむら・ゆりあ
作家をめざす中等部二年生・未央のクラスメイト、超美人だけど性格の悪い女の子　「作家になりたい! 2 恋からはじまる推理小説」　小林深雪作;牧村久実絵　講談社（青い鳥文庫）　2017年8月

北村 由里亜　きたむら・ゆりあ
私立聖雪ヶ丘女学院中等部二年生、スタイル抜群で美人だがプライドが高くて意地悪な少女　「作家になりたい! 1 恋愛小説、書けるかな?」　小林深雪作;牧村久実絵　講談社（青い鳥文庫）　2017年3月

北村 連司（レン）　きたむら・れんじ（れん）
中学受験に向けて勉強に励んでいるがストレスがたまりむしょうにイライラしてたまらない六年生の少年　「セカイヲカエル」　嘉成晴香作;小倉マユコ絵　朝日学生新聞社　2016年7月

北本 健斗　きたもと・けんと
小学六年生の美琴と同じクラスのあまり口をきいたことがない男の子　「ワカンネークエスト わたしたちのストーリー」　中松まるは作;北沢夕芸絵　童心社　2014年6月

吉之助　きちのすけ
薩摩国薩摩藩の下級藩士・吉兵衛の長男、藩主の島津斉彬を尊敬し郡方書役助という役に就いた男　「西郷どん!」　林真理子原作;吉橋通夫文　KADOKAWA（角川つばさ文庫）　2017年11月

きつね

帰蝶　きちょう
美濃の国の大名・斎藤道三の娘で尾張の織田信長の元へ嫁いだ姫　「戦国姫 濃姫の物語」藤咲あゆな作;マルイノ絵　集英社(集英社みらい文庫) 2016年9月

キッコ
赤松の木の実を食べたくてなかよしのカリンと動物園の外に出たニホンリスのこども　「子リスのカリンとキッコ」金治直美作;はやしますみ絵　佼成出版社(いのちいきいきシリーズ) 2014年6月

吉瀬 走　きつせ・そう
元保嵩高校陸上部、両親が失踪したため高校を中退し人力車のひき手・車夫になった十八歳の青年　「車夫 2 幸せのかっぱ」いとうみく作　小峰書店(Sunnyside Books) 2016年11月

ギッチン
戦争が終わって疎開先の信州から東京のミッションスクールの女学校にもどってきた少女「緑の校庭」芹澤光治良著　ポプラ社　2017年4月

キッド
世界的な大泥棒・怪盗キッドの2代目　「まじっく快斗1412 2」青山剛昌原作;浜崎達也著　小学館(小学館ジュニア文庫) 2015年3月

キッド
世界的な大泥棒・怪盗キッドの2代目、正体は高校生の黒羽快斗　「まじっく快斗1412 1」青山剛昌原作;浜崎達也著　小学館(小学館ジュニア文庫) 2014年12月

キッド
世界的な大泥棒・怪盗キッドの2代目、正体は高校生の黒羽快斗　「まじっく快斗1412 3」青山剛昌原作;浜崎達也著　小学館(小学館ジュニア文庫) 2015年3月

キッド
世界的な大泥棒・怪盗キッドの2代目、正体は高校生の黒羽快斗　「まじっく快斗1412 4」青山剛昌原作;浜崎達也著　小学館(小学館ジュニア文庫) 2015年5月

キッド
世界的な大泥棒・怪盗キッドの2代目、正体は高校生の黒羽快斗　「まじっく快斗1412 5」青山剛昌原作;浜崎達也著　小学館(小学館ジュニア文庫) 2015年6月

キッド
世界的な大泥棒・怪盗キッドの2代目、正体は高校生の黒羽快斗　「まじっく快斗1412 6」青山剛昌原作;浜崎達也著　小学館(小学館ジュニア文庫) 2015年6月

キツネ
稲荷大明神のほこらの主、土地神　「あなたの夢におじゃまします」岡田貴久子作;たんじあきこ絵　ポプラ社(ノベルズ・エクスプレス) 2014年10月

キツネ
前ぶれもなく現れて意味不明の質問をして去るキツネのお面をかぶっている正体不明の男「トリプル・ゼロの算数事件簿 ファイル3」向井湘吾作;イケダケイスケ絵　ポプラ社(ポプラポケット文庫) 2016年7月

狐(十六夜)　きつね(いざよい)
稲荷山の洞窟にいた妖狐、化けるのが上手な狐　「旅のお供はしゃれこうべ」泉田もと作　岩崎書店　2016年4月

狐(おツネちゃん)　きつね(おつねちゃん)
町娘に化けた狐、大工の清吉たちとともにお城の殿様をこらしめようとする狐　「鈴狐騒動変化城(へんげのしろ)」田中哲弥著;伊野孝行画　福音館書店　2014年10月

きつね

きつねくん
強い北風に飛ばされて消えてしまったはっぱのきつねさんをさがすたびにでたきつねの男の子 「はっぱのきつねさん」 岡本颯子作・絵 あかね書房(すきっぷぶっくす) 2014年8月

キップ
うまれたばかりのうさぎの赤ちゃん、おとこのこのシームの弟 「ダヤンとうさぎの赤ちゃん」 池田あきこ著 ほるぷ出版(DAYAN'S COLLECTION BOOKS) 2015年5月

吉平 きっぺい
高知県一条市の中小学校六年生、サルのようにすばしっこくて髪がぼさぼさの少年 「自転車少年(チャリンコボーイ)」 横山充男著;黒須高嶺絵 くもん出版 2015年10月

キティ
赤ちゃんのころからのおさななじみ・ダニエルくんに片思いしている女の子 「小説ハローキティときめき♪スイートチョコ」 市川丈夫文;依田直子絵 KADOKAWA(角川つばさ文庫) 2013年10月

木戸 かおり きど・かおり*
大正時代を生きた作家・森川春水のファンの中学一年生 「春に訪れる少女」 今田絵里香作;くまおり純絵 文研出版(文研じゅべにーる) 2016年3月

絹子先生 きぬこせんせい
奈緒のピアノの先生、フランスの音楽家のエリック・サティを愛していた女性 「アーモンド入りチョコレートのワルツ」 森絵都作;優絵 KADOKAWA(角川つばさ文庫) 2013年12月

キノコおばあちゃん
はたけでつくった小さなトマトをのらねこのボンにひとつだけあげたおばあちゃん 「アッチとボンとなぞなぞコック」 角野栄子さく;佐々木洋子え ポプラ社(ポプラ社の新・小さな童話) 2013年7月

木下 こころ きのした・こころ
部員九名の野球部に入部しキャッチャーのポジションをつとめることになった中学一年生の元美術部の少女 「ナイスキャッチ! 2」 横沢彰作;スカイエマ絵 新日本出版社 2017年8月

木下 こころ きのした・こころ
部員二名の美術部の副部長、一人でいるのが好きなふりをして教室の中でも気配を消している中学一年生の少女 「ナイスキャッチ![1]」 横沢彰作;スカイエマ絵 新日本出版社 2017年6月

木下 藤吉郎 きのした・とうきちろう
旅の針売りの少年、のちの豊臣秀吉 「井伊直虎 戦国時代をかけぬけた美少女城主」 那須田淳作;十々夜画 岩崎書店(フォア文庫) 2016年11月

木下 藤吉郎(豊臣 秀吉) きのした・とうきちろう(とよとみ・ひでよし)
織田信長の家来でのちに天下統一を達成した男、浅井三姉妹の長女・茶々の夫 「戦国姫 茶々の物語」 藤咲あゆな著;マルイノ絵 集英社(集英社みらい文庫) 2016年2月

木下 ともお きのした・ともお
枝島団地の二十九棟に住んでいる小学四年生、食べることと遊ぶことが大好きな健康優良児 「団地ともお」 小田扉原作;諸星崇著 小学館(小学館ジュニア文庫) 2013年9月

木下 仁菜子 きのした・になこ
光陽台高校の1年生、プラットホームで同級生の蓮くんに告白した女の子 「ストロボ・エッジ 映画ノベライズ みらい文庫版」 咲坂伊緒原作;松田朱夏著 集英社(集英社みらい文庫) 2015年2月

きまい

木之下 華　きのした・はな
安倍ハルマキ先生が受け持つ森野小学校五年五組の女子、クラスメイトの晴人の幼なじみ
「五年護組・陰陽師先生」 五十嵐ゆうさく作;塩島れい絵　集英社(集英社みらい文庫)
2016年9月

木下 真央　きのした・まお
園辺市立東中学校一年生、うれしさをうまく表情にだせなくてなかなか友だちができない女
の子 「トモダチのつくりかた つかさの中学生日記2」 宮下恵茉作;カタノトモコ絵　ポプラ社
(ポプラポケット文庫ガールズ) 2013年9月

木下 真央　きのした・まお
園辺市立東中学校一年生、うれしさをうまく表情にだせなくてなかなか友だちができない女
の子 「嵐をよぶ合唱コンクール!? つかさの中学生日記4」 宮下恵茉作;カタノトモコ絵
ポプラ社(ポプラポケット文庫ガールズ) 2014年11月

木野 まこと　きの・まこと
セーラー服美少女戦士セーラージュピター、セーラー戦士のなかで一番の身長をもつ怪力
少女 「小説ミュージカル美少女戦士セーラームーン」 武内直子原作;平光琢也著　講談
社 2015年3月

キバ
公園の土管で暮らす大きなオオカミ、強い妖力をもった大口の真神 「ねこまた妖怪伝[2]―
いのちをかけた約束にゃ!」 藤野恵美作;永地絵　KADOKAWA(角川つばさ文庫) 2016
年1月

木葉 草多　きば・そうた
製薬会社「久寿理島製薬」のぼっちゃん、薬学の伝統校・私立和漢学園高校の一年生
「わからん薬学事始1」 まはら三桃著　講談社 2013年2月

木葉 草多　きば・そうた
製薬会社「久寿理島製薬」のぼっちゃん、薬学の伝統校・私立和漢学園高校の一年生
「わからん薬学事始2」 まはら三桃著　講談社 2013年4月

木葉 草多　きば・そうた
製薬会社「久寿理島製薬」のぼっちゃん、薬学の伝統校・私立和漢学園高校の生徒 「わ
からん薬学事始3」 まはら三桃著　講談社 2013年6月

喜八郎(禰津 甚八)　きはちろう(ねず・じんぱち)
戦国武将・真田幸村の家臣、諏訪神社の使用人だった男 「真田十勇士2 淀城の怪」 松
尾清貴著　理論社 2016年1月

木原 千風　きはら・ちか
中学2年生、鬼の少年が出てくる不思議でリアルな夢をみた少女 「風夢緋伝」 名木田恵
子著　ポプラ社(Teens' best selections) 2017年3月

キビーシ スギヨ先生　きびーし・すぎよせんせい
バウムクーヘン王国の姫プリンちゃんが入学した「エリート・ハーブティー学園」の先生 「プ
リ♥プリン姫 プリンセスが転校生?」 吉田純子作;細川貂々絵　ポプラ社(ポプラ物語
館) 2014年11月

ギフィ
ジャレットの薬屋さんにやってきた鼻かぜをひいた犬 「おまじないは魔法の香水―魔法の
庭ものがたり13」 あんびるやすこ作・絵　ポプラ社(ポプラ物語館) 2013年4月

キマイラの王　きまいらのおう
ジュエリーに宿るつくも神、骨董屋の店主・風雅と紗那たちの前に現れた青年の姿をした精
霊 「アンティークFUGA 3 キマイラの王」 あんびるやすこ作;十々夜画　岩崎書店(フォア
文庫) 2016年4月

145

きみえ

君絵　きみえ
中学一年生、奈緒と同じく絹子先生のピアノ教室に通っている少女　「アーモンド入りチョコレートのワルツ」　森絵都作;優絵　KADOKAWA（角川つばさ文庫）　2013年12月

キミコ
神奈川県立横須賀文翔高校の文芸部二年生、元サッカー部で小説を書いたことも読んだこともない新入部員　「小説の書きかた」　須藤靖貴著　講談社　2015年9月

君島 慎吾　きみしま・しんご
姉小路学園中等部の一年生・結衣の同級生、アメリカからの帰国子女でカッコいい男の子「ガラスの貴公子の秘密（ときめき生徒会ミステリー研究部[2]）」　藤本ひとみ原作;伏見奏文;メロ絵　KADOKAWA　2015年8月

君島 慎吾　きみしま・しんご
姉小路学園中等部の新入生・結衣の同級生、アメリカからの帰国子女でカッコいい男の子「貴公子カフェのチョコドーナツ（ときめき生徒会ミステリー研究部[1]）」　藤本ひとみ原作;伏見奏文;メロ絵　KADOKAWA　2015年6月

木村 黄虎　きむら・ことら
水鉄砲で撃ち合うスーパーバトルスポーツ「ガンバト」デビューすることになった5年生の陽色のクラスメイトで親友、「ガンバト」経験者　「ガンバト! ガンガン水鉄砲バトル!!」　豊田巧作;坂本憲司郎絵　KADOKAWA（角川つばさ文庫）　2016年3月

木村 雅彦　きむら・まさひこ
おねしょで悩んでいる11歳の男の子、スポーツ少年団のキャプテン　「夜はライオン」　長薗安浩著　偕成社　2013年7月

木本 麻耶ちゃん　きもと・まやちゃん
謎の「ギルティゲーム」に同級生の潮たちと参加させられた小学生の女の子　「ギルティゲーム」　宮沢みゆき著;鈴羅木かりんイラスト　小学館（小学館ジュニア文庫）　2016年12月

キャット
天才発明家だけど肉球だから手先が不器用な茶トラの猫　「天才発明家ニコ&キャット キャット、月に立つ!」　南房秀久著;トリルイラスト　小学館（小学館ジュニア文庫）　2017年12

キャット
天才発明家だけど肉球だから手先が不器用な茶トラの猫　「天才発明家ニコ&キャット」　南房秀久著;トリルイラスト　小学館（小学館ジュニア文庫）　2017年7月

キャベたまたんてい
おばけやしきにでかけたたんてい、キャベたまたんていじむしょのしょちょう　「キャベたまたんていきょうふのおばけやしき（キャベたまたんていシリーズ）」　三田村信行作;宮本えつよし絵　金の星社　2014年11月

キャベたまたんてい
せんすいていで海の中をさんぽしたたんてい、キャベたまたんていじむしょのしょちょう「キャベたまたんていちんぼつ船のひみつ（キャベたまたんていシリーズ）」　三田村信行作;宮本えつよし絵　金の星社　2015年7月

キャベたまたんてい
なかまたちとからくりにんじゃやしきにでかけたたんてい、キャベたまたんていじむしょのしょちょう　「キャベたまたんていからくりにんじゃやしきのなぞ（キャベたまたんていシリーズ）」　三田村信行作;宮本えつよし絵　金の星社　2016年6月

キャベたまたんてい
ヨットで島めぐりをしていたたんてい、キャベたまたんていじむしょのしょちょう　「キャベたまたんていきょうりゅう島できききいっぱつ（キャベたまたんていシリーズ）」　三田村信行作;宮本えつよし絵　金の星社　2017年6月

ぎゅび

キャベタマーノ
キャベたまたんていがゲームのせかいに入りこんで変身したキャベツの騎士 「キャベたまたんていきけんなドラゴンたいじ(キャベたまたんていシリーズ)」 三田村信行作;宮本えつよし絵 金の星社 2013年11月

キャベツ
脳腫瘍で余命わずかと宣告された郵便配達員の男が飼っていた猫 「世界から猫が消えたなら」 川村元気著 小学館(小学館ジュニア文庫) 2016年4月

キャベツ
脳腫瘍で余命宣告されたご主人さまの青年と同居するオス猫 「世界からボクが消えたなら」 川村元気原作;涌井学著 小学館(小学館ジュニア文庫) 2016年3月

キャミー
ジャレットの薬屋さんにやってきたイタチの女の子 「時間の女神のティータイムー魔法の庭ものがたり19」 あんびるやすこ作・絵 ポプラ社(ポプラ物語館) 2016年8月

ギャロップ
口は悪いが行動力があり頼りになるポケットドラゴン 「ポケットドラゴンの冒険 学校で神隠し!?」 深沢美潮作;田伊りょうき絵 集英社(集英社みらい文庫) 2013年4月

キャロル
「ハーブの薬屋さん」のジャレットに薬の注文をした花屋さんにつとめるわかい女の人 「魔法の庭の宝石のたまご」 あんびるやすこ作・絵 ポプラ社(ポプラ物語館) 2017年3月

ギュアン
南洋の島国アイロナ共和国の首相、建国の父と呼ばれ選挙では圧倒的な支持を得て当選した男 「すべては平和のために」 濱野京子作;白井裕子絵 新日本出版社(文学のピースウォーク) 2016年5月

九太 きゅうた
九歳のときにバケモノの熊徹を追ってバケモノの世界・渋天街へ迷い込んだひとりぼっちの少年 「バケモノの子」 細田守作 KADOKAWA(角川文庫) 2015年6月

九太 きゅうた
九歳のときにバケモノの熊徹を追ってバケモノの世界・渋天街へ迷い込んだひとりぼっちの少年 「バケモノの子」 細田守著;平沢下戸イラスト KADOKAWA(角川スニーカー文庫) 2015年7月

きゅうたくん
ミーアキャットのさんきちくんとなかよしの1ねんせいのいぬのおとこのこ 「すきなじかん きらいなじかん(いち、に、さんすうときあかしましょうがっこう)」 宮下すずか作;市居みか絵 くもん出版 2017年2月

キュービ
キツネいちぞくのなかではいちばんえらいしっぽが九つにわかれたキツネ 「モンスター・ホテルでそっくりさん」 柏葉幸子作;高畠純絵 小峰書店 2016年11月

ギュービッド
黒魔女修行中の千代子のインストラクター、いいかげんだけど実力はバツグンの黒魔女 「6年1組黒魔女さんが通る!! 04 呪いの七夕姫!」 石崎洋司作;藤田香絵;亜沙美絵;K2商会絵;戸部淑絵 講談社(青い鳥文庫) 2017年11月

ギュービッド
魔界からやってきた性悪黒魔女、黒魔女修行中の女の子・チョコのインストラクター 「6年1組黒魔女さんが通る!! 02 家庭訪問で大ピンチ!?」 石崎洋司作;藤田香絵 講談社(青い鳥文庫) 2017年1月

ぎゅび

ギュービッド
魔界からやってきた性悪黒魔女、黒魔女修行中の女の子・チョコのインストラクター 「6年1組黒魔女さんが通る!! 03 ひみつの男子会!?」石崎洋司作;藤田香・亜沙美・牧村久実・駒形絵 講談社(青い鳥文庫) 2017年5月

キュラソー
黒ずくめの組織の人間で情報収集のプロ、記憶喪失になったオッドアイの外国人女性 「名探偵コナン純黒の悪夢(ナイトメア)」青山剛昌原作;水稀しま著 小学館(小学館ジュニア文庫) 2016年4月

キヨ
青星学園中等部1年のゆずの同級生、クールな男の子 「青星学園★チームEYE-Sの事件ノート」相川真作;立樹まや絵 集英社(集英社みらい文庫) 2017年12月

清 きよ
坊っちゃんの家で住みこみで働いていたお手伝いのばあさん 「坊っちゃん」夏目漱石作;竹中はる美編 小学館(小学館ジュニア文庫) 2017年3月

清 きよ
坊っちゃんの家で住みこみ働きをしていた家政婦のばあさん 「坊っちゃん」夏目漱石作;後路好章編 角川書店(角川つばさ文庫) 2013年5月

京川 七海 きょうかわ・ななみ
「京川探偵事務所」の所長、数々の難事件を解決している腕利きの美人探偵 「少女探偵月原美音」横山佳作;スカイエマ絵 BL出版 2014年12月

キョウコ
部員二名の新聞部副部長、キレイ好きで面倒見がいい五年生の女の子 「謎新聞ミライタイムズ 1 ゴミの嵐から学校を守れ！」佐東みどり著;フルカワマモる絵 ポプラ社 2017年10月

鏡子さん きょうこさん
あさひ小学校の家庭科室の古鏡にやどった鏡の精霊 「五年霊組こわいもの係 12 佳乃、破滅の予言にとまどう。」床丸迷人作;浜弓場双絵 KADOKAWA(角川つばさ文庫) 2017年12月

鏡子さん きょうこさん
あさひ小学校の家庭科室の大鏡にやどった鏡の精、五年霊組の一員 「五年霊組こわいもの係 5－春、鏡の国に行く。」床丸迷人作;浜弓場双絵 KADOKAWA(角川つばさ文庫) 2015年7月

鏡子さん きょうこさん
あさひ小学校の北校舎の家庭科室の大鏡にやどった鏡の精、「五年霊組こわいもの係」のお姉さん役 「五年霊組こわいもの係 3 春、霊組メンバーと対決する。」床丸迷人作;浜弓場双絵 KADOKAWA(角川つばさ文庫) 2014年10月

キョウさん
大金持ちの御曹司・レオンくんの家にあらわれた自称探偵の男 「プリズム☆ハーツ!! 9 V.S.怪盗!?真夜中のミステリー」神代明作;あるや絵 集英社(集英社みらい文庫) 2013年9月

教授 きょうじゅ
たくさんの「教え子」をもつ天才犯罪者、名探偵・小笠原源馬の宿敵 「少年探偵響 2 豪華特急で駆けぬけろ!の巻」秋木真作;しゅー絵 KADOKAWA(角川つばさ文庫) 2016年10月

教頭(赤格子 縞太郎) きょうとう(あかごうし・しまたろう)
私立松山学苑の教頭、オネエ言葉で派手なシャツ着たおじさん 「リライトノベル 坊っちゃん」夏目漱石原作;駒井和緒文;雪広うたこ絵 講談社(YA! ENTERTAINMENT) 2015年2月

148

きらし

きょうりゅう
つくってくれた男の子に十年いじょうもほうりっぱなしにされてまんねん小学校の図工室に
いるねんどのきょうりゅう 「図工室の日曜日」 村上しいこ作;田中六大絵 講談社(わくわく
ライブラリー) 2013年8月

玉策　ぎょくさく
文字を食べればそれを書いた者の過去が見えるという不思議な少女 「文学少年と運命の
書」 渡辺仙州作 ポプラ社(Teens' entertainment) 2014年9月

曲亭馬琴(滝沢 興国)　きょくていばきん(たきざわ・おきくに)
江戸時代の作家、座敷童が住む飯田町中坂下の狭い家の二階で暮らす五十六歳の男
「馬琴先生、妖怪です!」 楠木誠一郎作;亜沙美絵 静山社 2016年10月

キヨコ
にんげんのまちにあるモンスター・ホテルにとまっていたゆうれい 「モンスター・ホテルでお
ひさしぶり」 柏葉幸子作;高畠純絵 小峰書店 2014年4月

きよし
町のちょうゆうめいじん、にんげんのしのぶのクラスメイトでしょうしんしょうめいのわにの男の
子 「ともだちはアリクイ」 村上しいこ作;田中六大絵 WAVE出版(ともだちがいるよ!) 2014
年2月

きよし
町のちょうゆうめいじん、にんげんのしのぶのクラスメイトでしょうしんしょうめいのわにの男の
子 「ともだちはぶた」 村上しいこ作;田中六大絵 WAVE出版(ともだちがいるよ!) 2014年
12月

きよしくん
しまうまのたかとしくんにうでずもうの勝負でまけたわに 「ともだちはうま」 村上しいこ作;田
中六大絵 WAVE出版(ともだちがいるよ!) 2015年3月

清瀬 理央　きよせ・りお
怪盗部を結成した高校生、伝説の生徒会長 「怪盗レッド 12 ぬすまれたアンドロイド☆の
巻」 秋木真作;しゅー絵 KADOKAWA(角川つばさ文庫) 2015年10月

清瀬 理央　きよせ・りお
怪盗部を結成した高校生、伝説の生徒会長 「怪盗レッド 9 ねらわれた生徒会長選☆の
巻」 秋木真作;しゅー絵 角川書店(角川つばさ文庫) 2013年8月

清田 清太　きよた・せいた
私立松山学苑中等部三年生、猫カフェをやってる家の男の子 「リライトノベル 坊っちゃん」
夏目漱石原作;駒井和緒文;雪広うたこ絵 講談社(YA! ENTERTAINMENT) 2015年2月

清海 忠志(定吉)　きよみ・ただし(さだきち)
ビリケン第三小学校の五年生、酔っ払いの老人から落語を聞かされたお笑いファンの男の
子 「落語少年サダキチ [いち]」 田中啓文作;朝倉世界一画 福音館書店 2016年9月

清海 忠志(定吉)　きよみ・ただし(さだきち)
ビリケン第三小学校の五年生、落語を熱心に稽古している少年 「落語少年サダキチ に」
田中啓文作;朝倉世界一画 福音館書店 2017年11月

キョンシー
数百年前の中国の妖怪、血を求めて人にかみつきゾンビのように動きまわる死体 「どきど
きキョンシー娘々」 水島朱音・;榎本事務所作;真琉樹絵 富士見書房(角川つばさ文庫)
2013年5月

キラーシャーク
デスハート団総督で大海賊王、ほしいものはなんでも手にいれる海賊団のボス 「ビースト
サーガ 陸の書」 タカラトミー原作;澁谷貴志著;樽谷純一さし絵 集英社(集英社みらい文
庫) 2013年1月

きらら

キララ（ハルおばあさん）
子供の頃に空想の世界で元気いっぱいで何でもできる女の子・キララになっていろんな冒険をしていた気の弱いおばあさん 「紙の王国のキララ」 村井さだゆき作;はぎわらゆい絵 主婦と生活社 2013年4月

霧隠 才蔵　きりがくれ・さいぞう
伊賀の忍び、茅田の里で弟分の七歳の正蔵と暮らしている男 「真田十勇士 外伝 忍び里の兄弟」 小前亮作 小峰書店 2016年9月

霧隠 才蔵　きりがくれ・さいぞう
戦国武将・真田幸村に仕えた十勇士のひとり、女のような美しさが特徴の伊賀流忍者 「真田幸村と十勇士 ひみつの大冒険編」 奥山景布子著;RICCA絵 集英社（集英社みらい文庫） 2016年6月

霧隠 才蔵　きりがくれ・さいぞう
戦国武将・真田幸村に仕えた十勇士のひとり、女のような美しさが特徴の伊賀流忍者 「真田幸村と十勇士」 奥山景布子著;RICCA絵 集英社（集英社みらい文庫） 2015年11月

霧隠 才蔵　きりがくれ・さいぞう
戦国武将・真田幸村の家臣、伊賀の忍び 「真田十勇士 1 忍術使い」 松尾清貴著 理論社 2015年11月

霧隠 才蔵　きりがくれ・さいぞう
戦国武将・真田幸村の家臣、伊賀の忍び 「真田十勇士 3 天下人の死」 松尾清貴著 理論社 2016年3月

霧隠 才蔵　きりがくれ・さいぞう
戦国武将・真田幸村の家臣、伊賀の忍び 「真田十勇士 5 九度山小景」 松尾清貴著 理論社 2016年10月

霧隠 才蔵　きりがくれ・さいぞう
戦国武将・真田幸村の家臣、伊賀者 「真田十勇士 6 大坂の陣 上」 松尾清貴著 理論社 2017年2月

霧隠 才蔵　きりがくれ・さいぞう
戦国武将・真田幸村の家臣、伊賀者 「真田十勇士 7 大坂の陣 下」 松尾清貴著 理論社 2017年3月

霧隠 才蔵　きりがくれ・さいぞう
渡りの忍び、左のほおから鼻にかけて傷跡がある男 「真田十勇士 2 決起、真田幸村」 小前亮作 小峰書店 2015年12月

霧隠 才蔵　きりがくれ・さいぞう
渡りの忍び、左のほおから鼻にかけて傷跡がある男 「真田十勇士 3 激闘、大坂の陣」 小前亮作 小峰書店 2016年2月

霧隠才蔵（才蔵）　きりがくれさいぞう（さいぞう）
戦国武将・真田幸村に仕える伊賀流忍術使いの若者 「真田十勇士」 時海結以作;睦月ムンク絵 講談社（青い鳥文庫） 2016年8月

霧隠才蔵（才蔵）　きりがくれさいぞう（さいぞう）
戦国武将・真田幸村の家臣、伊賀の忍び 「真田十勇士 4 信州戦争」 松尾清貴著 理論社 2016年8月

霧隠 正蔵　きりがくれ・しょうぞう
茅田の里で暮らしている伊賀の忍び・霧隠才蔵の弟分、胸の病気にかかっている七歳の男の子 「真田十勇士 外伝 忍び里の兄弟」 小前亮作 小峰書店 2016年9月

きりた

桐子　きりこ
大きな栗の木と小さなお地蔵さんがある家で育った三姉妹の長女、体調が悪い忠直じいちゃんのため毎日お地蔵さんにお願いしていた少女　「100年の木の下で」　杉本りえ著;佐竹美保画　ポプラ社（Teens' best selections）　2017年11月

霧島　さくら　きりしま・さくら
刑事、雑誌記者の勝村の大学時代の先輩で美人　「怪盗探偵山猫 虚像のウロボロス」　神永学作;ひと和絵　KADOKAWA（角川つばさ文庫）　2016年3月

霧島　さくら　きりしま・さくら
刑事、雑誌記者の勝村の大学時代の先輩で美人　「怪盗探偵山猫 鼠たちの宴」　神永学作;ひと和絵　KADOKAWA（角川つばさ文庫）　2016年4月

霧島　さくら　きりしま・さくら
刑事、雑誌記者の勝村の大学時代の先輩で美人　「怪盗探偵山猫」　神永学作;ひと和絵　KADOKAWA（角川つばさ文庫）　2016年1月

桐島　麗華　きりしま・れいか
自分主演の映画を撮影するために賞金1億円の「絶体絶命ゲーム」に参加した自称天才女優の女の子　「絶体絶命ゲーム 1億円争奪サバイバル」　藤ダリオ作;さいね絵　KADOKAWA（角川つばさ文庫）　2017年2月

桐島　麗華　きりしま・れいか
前回の「絶体絶命ゲーム」で途中脱落した自称天才女優、雨澤ソフトウエアの社長令嬢　「絶体絶命ゲーム 2 死のタワーからの大脱出」　藤ダリオ作;さいね絵　KADOKAWA（角川つばさ文庫）　2017年7月

桐竹　誠治郎　きりたけ・せいじろう
美布由のママがマネージャーをやっていた「ものかきやさん」の先生　「まま父ロック」　山中恒作;コザクラモモ絵　ポプラ社（ポプラポケット文庫）　2017年10月

桐竹　美布由（ミフ）　きりたけ・みふゆ（みふ）
小学3年生、ママが再婚して名字が変わった女の子　「まま父ロック」　山中恒作;コザクラモモ絵　ポプラ社（ポプラポケット文庫）　2017年10月

桐谷　伊織　きりたに・いおり
クラスで一番背が高くておっとりしたやさしい声で話す五年生の少年　「言葉屋1 言箱と言珠のひみつ」　久米絵美里作;もとやままさこ絵　朝日学生新聞社　2014年11月

桐谷　伊織　きりたに・いおり
クラスで一番背が高くておっとりしたやさしい声で話す六年生の少年　「言葉屋2 ことのは薬箱のつくり方」　久米絵美里作;もとやままさこ絵　朝日学生新聞社　2016年3月

桐谷　玄明　きりたに・げんめい
横浜市保土ヶ谷に桐谷道場を構えている剣道八段の師範、体調を崩し道場を閉めることを考えはじめた七十四歳の老剣士　「武士道ジェネレーション」　誉田哲也著　文藝春秋　2015年7月

桐谷　大輝　きりたに・だいき
河瀬原中学校一年生、サッカー部に所属していて学年で一番イケメンと評判の少年　「ひみつの図書館! 1『人魚姫』からのSOS!?」　神代明作;おのともえ絵　集英社（集英社みらい文庫）　2014年4月

桐谷　大輝（ピーターパン）　きりたに・だいき（ぴーたーぱん）
中1の女の子・まつりのクラスの人気者、ピーターパンにあこがれてた男の子　「ひみつの図書館!『ピーターパン』がいっぱい!?」　神代明作;おのともえ絵　集英社（集英社みらい文庫）　2014年11月

きりの

桐野 瑠菜　きりの・るな
武蔵虹北高校2年生、クラスメイトのモナミの親友で才女 「モナミは世界を終わらせる？」
はやみねかおる作;KeG絵 KADOKAWA（角川つばさ文庫） 2015年2月

きり丸　きりまる
にんじゅつ学園一ねんはぐみのせいと 「忍たま乱太郎 あたらしいトカゲの段」 尼子騒兵
衛原作;望月千賀子文;亜細亜堂絵 ポプラ社（ポプラ社の新・小さな童話） 2014年6月

きり丸　きりまる
にんじゅつ学園一ねんはぐみのどケチのせいと 「忍たま乱太郎 豆をうつすならいの段」
尼子騒兵衛原作;望月千賀子文;亜細亜堂絵 ポプラ社（ポプラ社の新・小さな童話） 2013
年9月

キリヤ
闇の帝王ジャアクキングに仕える戦士、私立ベローネ学院に生徒として潜入している少年
「小説ふたりはプリキュア」 東堂いづみ原作;鐘弘亜樹著 講談社（講談社キャラクター文
庫） 2015年9月

桐山 加奈太　きりやま・かなた
東京の中学二年生、夏休みに父の故郷の天徳島で山村キャンプに参加した反抗期真っ最
中の少年 「14歳の水平線」 椰月美智子著 双葉社 2015年7月

桐山 征人　きりやま・ゆきと
児童文学作家、離婚して中学二年生の息子と二人で暮らしているお父さん 「14歳の水平
線」 椰月美智子著 双葉社 2015年7月

桐生 七子　きりゅう・ななこ
坂井町に引っ越してきた小学五年生、クラスメイトでものに宿った魂「ものだま」の声が聞こ
える探偵・桜井鳥羽の助手 「ふしぎな声のする町で[ものだま探偵団]([1])」 ほしおさなえ
作;くまおり純絵 徳間書店 2013年7月

桐生 七子　きりゅう・ななこ
坂井町に引っ越してきた小学五年生、クラスメイトでものに宿った魂「ものだま」の声が聞こ
える探偵・桜井鳥羽の助手 「ルークとふしぎな歌（ものだま探偵団 3）」 ほしおさなえ作;く
まおり純絵 徳間書店 2015年7月

桐生 七子　きりゅう・ななこ
坂井町に引っ越してきた小学五年生、クラスメイトでものに宿った魂「ものだま」の声が聞こ
える探偵・桜井鳥羽の助手 「わたしが、もうひとり?（ものだま探偵団]4)」 ほしおさなえ作;
くまおり純絵 徳間書店 2017年8月

桐生 七子　きりゅう・ななこ
坂井町に引っ越してきた小学五年生、クラスメイトでものに宿った魂「ものだま」の声が聞こ
える探偵・桜井鳥羽の助手 「駅のふしぎな伝言板[ものだま探偵団](2)」 ほしおさなえ作;
くまおり純絵 徳間書店 2014年7月

ギロンパ
ギロンパ帝国に必要な人間を選別するために未来からやってきた着ぐるみ 「ギルティゲー
ム stage3 ペルセポネー号の悲劇」 宮沢みゆき著;鈴羅木かりんイラスト 小学館（小学館
ジュニア文庫） 2017年8月

ギロンパ
少年少女100人を集め「ギルティゲーム」に参加させた「未来の警察」と名乗る謎の人物
「ギルティゲーム」 宮沢みゆき著;鈴羅木かりんイラスト 小学館（小学館ジュニア文庫）
2016年12月

ギロンパ
生き残りをかけた恐怖の「ギルティゲーム」の主催者 「ギルティゲーム stage2」 宮沢みゆき
著;鈴羅木かりんイラスト 小学館（小学館ジュニア文庫） 2017年3月

キワさん
風間山の山すそで細々と養鶏を営むおばあさん、まぼろしのたまごをつくるおばあさん 「キワさんのたまご」 宇佐美牧子作;藤原ヒロコ絵 ポプラ社(ポプラ物語館) 2017年8月

銀河 慧 ぎんが・けい
運が悪い少年ニコのクラスメイトで親友、スポーツ万能で男女から人気がある男の子 「天才発明家ニコ&キャット キャット、月に立つ!」 南房秀久著;トリルイラスト 小学館(小学館ジュニア文庫) 2017年12月

銀河 慧 ぎんが・けい
運が悪い少年ニコのクラスメイトで親友、スポーツ万能で男女から人気がある男の子 「天才発明家ニコ&キャット」 南房秀久著;トリルイラスト 小学館(小学館ジュニア文庫) 2017年7月

金鬼 きんき
森の中でモモと矢神くんの前に現れた巨大なオオカミ、マガツ鬼の総大将・四鬼のひとつ 「いみちぇん! 3 ねらわれた主さま」 あさばみゆき作;市井あさ絵 KADOKAWA(角川つばさ文庫) 2015年6月

キングクラーケン
海底遺跡ホネランティスに向かっていたベビーたちをおそった巨大な海の怪物 「ほねほねザウルス 17 はっけん!かいていおうこくホネランティス」 カバヤ食品株式会社原案・監修 岩崎書店 2016年12月

金庫 きんこ
せんねん町にまんねん小学校ができたときから校長室いるという金庫 「職員室の日曜日」 村上しいこ作;田中六大絵 講談社(わくわくライブラリー) 2014年6月

金次 きんじ
肌は色白できめが細かくて整った目鼻立ちの十七歳の少年 「お面屋たまよし 流浪ノ祭」 石川宏千花著;平沢下戸画 講談社(Ya! entertainment) 2016年5月

銀次 ぎんじ
江戸の損料屋(今でいうレンタルショップ)の手代、若いタヌキ 「化けて貸します!レンタルショップ八文字屋」 泉田もと作 岩崎書店(物語の王国) 2017年6月

金城 哲(キンちゃん) きんじょう・てつ(きんちゃん)
中学二年生の遊が一目ぼれした同級生、サッカー部に所属していて関西弁で話す少年 「明日のひこうき雲」 八束澄子著 ポプラ社(Teens' best selections) 2017年4月

銀城 乃斗 ぎんじょう・ないと
「悪霊に憑かれているから助ける」と五年生のみかるに剣を向けてきた青い瞳の少年 「ミカルは霊魔女! 1 カボチャと猫と悪霊の館」 ハガユイ作;namo絵 KADOKAWA(角川つばさ文庫) 2014年10月

銀二郎 ぎんじろう
平和通り商店街の「ひまわり弁当」のむすこ、ねこのピースとミケねえちゃんのかいぬしでねこの言葉がわかる四年生 「ねこ探! 1 ねこもしゃべれば事件にあたるの巻」 村上しいこ作;かつらこ絵 ポプラ社(ポプラ物語館) 2014年12月

銀二郎 ぎんじろう
平和通り商店街の「ひまわり弁当」のむすこ、ピースとミケねえちゃんのかいぬしでねこの言葉がわかる男の子 「ねこ探! 2 地獄のさたもねこ次第の巻」 村上しいこ作;かつらこ絵 ポプラ社(ポプラ物語館) 2016年2月

銀太 ぎんた
長屋の子ども 「お江戸の百太郎 [3] 赤猫がおどる」 那須正幹作;小松良佳絵 ポプラ社(ポプラポケット文庫) 2015年10月

きんた

金田一 耕助　きんだいち・こうすけ
名探偵、いつもボサボサ頭でしわだらけの着物を着ている男　「金田一耕助（はじめてのミステリー名探偵登場!）」横溝正史著　汐文社　2017年3月

キンタロー
まじょのかっこうをしたまほうつかいのおとこのこ　「おばけのひみつしっちゃった!?－おばけマンション」むらいかよ著　ポプラ社（ポプラ社の新・小さな童話）2014年2月

きんたろうちゃん
こぐまちゃんととともだちのおとこのこ　「きんたろうちゃん」斉藤洋作;森田みちよ絵　講談社（どうわがいっぱい）2017年5月

キンちゃん
中学二年生の遊が一目ぼれした同級生、サッカー部に所属していて関西弁で話す少年　「明日のひこうき雲」八束澄子著　ポプラ社（Teens' best selections）2017年4月

金ちゃん　きんちゃん
東京の立花商店街にある「モツ焼き立花屋」の常連さんで近所のバイク屋さん、元暴走族　「モツ焼きウォーズ 立花屋の逆襲」ささきかつお作;イシヤマアズサ絵　ポプラ社（ノベルズ・エクスプレス）2016年6月

銀ちゃん（銀二郎）　ぎんちゃん（ぎんじろう）
平和通り商店街の「ひまわり弁当」のむすこ、ねこのピースとミケねえちゃんのかいぬしでねこの言葉がわかる四年生　「ねこ探! 1 ねこもしゃべれば事件にあたるの巻」村上しいこ作;かつらこ絵　ポプラ社（ポプラ物語館）2014年12月

銀ちゃん（銀二郎）　ぎんちゃん（ぎんじろう）
平和通り商店街の「ひまわり弁当」のむすこ、ピースとミケねえちゃんのかいぬしでねこの言葉がわかる男の子　「ねこ探! 2 地獄のさたもねこ次第の巻」村上しいこ作;かつらこ絵　ポプラ社（ポプラ物語館）2016年2月

銀野 しおり　ぎんの・しおり
三ツ星学園の雑誌「パーティー」編集長代理の中学一年生、占いとホラー好きな女の子　「こちらパーティー編集部っ! 6 くせものだらけ!?エリート学園は大パニック!」深海ゆずは作;榎木りか絵　KADOKAWA（角川つばさ文庫）2016年5月

銀野 しおり　ぎんの・しおり
三ツ星学園の雑誌「パーティー」編集長代理の中学一年生、占いとホラー好きな女の子　「こちらパーティー編集部っ! 7 トラブルだらけのゲーム、スタート!!」深海ゆずは作;榎木りか絵　KADOKAWA（角川つばさ文庫）2016年9月

銀野 しおり　ぎんの・しおり
三ツ星学園の雑誌「パーティー」編集長代理の中学一年生、占いとホラー好きな女の子　「こちらパーティー編集部っ! 8 絶対ヒミツの同居人!?」深海ゆずは作;榎木りか絵　KADOKAWA（角川つばさ文庫）2017年1月

銀野 しおり　ぎんの・しおり
三ツ星学園の雑誌「パーティー」編集部員の中学一年生、占いとホラー担当のあやしげな女の子　「こちらパーティー編集部っ! 3 合宿はキケンがいっぱい!!」深海ゆずは作;榎木りか絵　KADOKAWA（角川つばさ文庫）2015年5月

銀野 しおり　ぎんの・しおり
三ツ星学園の雑誌「パーティー」編集部員の中学一年生、占いとホラー担当のあやしげな女の子　「こちらパーティー編集部っ! 4 雑誌コンクールはガケっぷち!?」深海ゆずは作;榎木りか絵　KADOKAWA（角川つばさ文庫）2015年9月

銀野 しおり　ぎんの・しおり
三ツ星学園の雑誌「パーティー」編集部員の中学一年生、占いとホラー担当のあやしげな女の子　「こちらパーティー編集部っ! 5 ピンチはチャンス!新編集部、始動」深海ゆずは作;榎木りか絵　KADOKAWA（角川つばさ文庫）2016年1月

くおん

銀野 しおり　ぎんの・しおり
三ツ星学園中1女子、雑誌「パーティー」編集部編集長・ゆのの親友であやしいホラー少女
「こちらパーティー編集部っ! 9 告白は波乱の幕開け!」 深海ゆずは作;榎木りか絵
KADOKAWA(角川つばさ文庫) 2017年7月

銀野 しおり　ぎんの・しおり
私立三ツ星学園の中学一年生、黒魔術と占いが得意だというミステリアスな雰囲気の少女
「こちらパーティー編集部っ! 1 ひよっこ編集長とイジワル王子」 深海ゆずは作;榎木りか絵
 KADOKAWA(角川つばさ文庫) 2014年9月

銀野 しおり　ぎんの・しおり
私立三ツ星学園の中学一年生、黒魔術と占いが得意だというミステリアスな雰囲気の少女
「こちらパーティー編集部っ! 2 へっぽこ編集部VSエリート新聞部!?!」 深海ゆずは作;榎木
りか絵 KADOKAWA(角川つばさ文庫) 2015年1月

金龍さん　きんりゅうさん
長らく龍神界を治めていたが引退することになった現在の龍王 「龍神王子(ドラゴン・プリン
ス)! 10」 宮下恵茉作;kaya8絵 講談社(青い鳥文庫) 2017年8月

金龍さん　きんりゅうさん
長らく龍神界を治めていたが引退することになった現在の龍王 「龍神王子(ドラゴン・プリン
ス)! 11」 宮下恵茉作;kaya8絵 講談社(青い鳥文庫) 2017年12月

金龍さん　きんりゅうさん
長らく龍神界を治めていたが引退することになった現在の龍王 「龍神王子(ドラゴン・プリン
ス)! 8」 宮下恵茉作;kaya8絵 講談社(青い鳥文庫) 2016年12月

金龍さん　きんりゅうさん
長らく龍神界を治めていたが引退することになった現在の龍王 「龍神王子(ドラゴン・プリン
ス)! 9」 宮下恵茉作;kaya8絵 講談社(青い鳥文庫) 2017年4月

【く】

クイーン
ケニアで発見された擬態する新種の猫をねらう神出鬼没の女怪盗 「怪盗クイーン ケニア
の大地に立つ」 はやみねかおる作;K2商会絵 講談社(青い鳥文庫) 2017年9月

クイン
宮廷大学冒険組合に入った歌唱偶像集団「エルヴィン」の一員、エルフの女性 「犬と魔法
のファンタジー」 田中ロミオ著 小学館(小学館ジュニア文庫) 2015年7月

クウ
内気な女の子・美咲のもとに届けられた動く不思議なクマのぬいぐるみ 「クマ・トモ ずっと
いっしょだよ」 中村誠作;桃雪琴梨絵 KADOKAWA(角川つばさ文庫) 2016年10月

クウ
小学四年生の守くんに飼われているビーグル犬 「天国の犬ものがたり わすれないで」 藤
咲あゆな著;堀田敦子原作;環方このみイラスト 小学館(小学館ジュニア文庫) 2014年3月

空条 承太郎　くうじょう・じょうたろう
高校二年生の仗助の甥、時をとめる能力を持つ男 「ジョジョの奇妙な冒険」 荒木飛呂彦
原作;江良至脚本 集英社(集英社みらい文庫) 2017年7月

久遠　くおん
とても能力の強いあやかし、修行中の陰陽師・琴音の強敵 「陰陽師(おんみょうじ)はクリス
チャン!? 封印された鬼門」 夕貴そら作;芳川といろ絵 ポプラ社(ポプラポケット文庫)
2016年6月

155

くき

クーキー
キャリア・ウーマンのケイコさんに飼われているブサ犬 「ブサ犬クーキーは幸運のお守り?」今井恭子作;岡本順絵 文溪堂 2014年7月

日下 月乃　くさか・つきの
親友を失ってからどの子とも距離を作っている中学一年生の女の子 「きみのためにはだれも泣かない」梨屋アリエ著 ポプラ社(Teens' best selections) 2016年12月

日下 ひろなり　くさか・ひろなり
シナリオライター、豪華クルーズ客船『アフロディーテ号』に乗船していた若い男 「名探偵コナン水平線上の陰謀(ストラテジー)」青山剛昌原作;水稀しま著 小学館(小学館ジュニア文庫) 2014年8月

草壁 信二郎　くさかべ・しんじろう
廃部寸前の吹奏楽部顧問、東京国際音楽コンクール指揮部門二位の腕前を持つ音楽教師 「ハルチカ 初恋ソムリエ」初野晴作;鳥羽雨絵 KADOKAWA(角川つばさ文庫) 2017年12月

草壁 信二郎　くさかべ・しんじろう
廃部寸前の吹奏楽部顧問、東京国際音楽コンクール指揮部門二位の腕前を持つ音楽教師 「ハルチカ 退出ゲーム」初野晴作;鳥羽雨絵 KADOKAWA(角川つばさ文庫) 2017年1月

日下部 まろん(怪盗ジャンヌ)　くさかべ・まろん(かいとうじゃんぬ)
桃栗学園新体操部に所属する一年生、正体はジャンヌ・ダルクの生まれ変わりで美しい絵画ばかりをねらう怪盗ジャンヌ 「神風怪盗ジャンヌ 1 美少女怪盗、ただいま参上!」種村有菜原作;松田朱夏著 集英社(集英社みらい文庫) 2013年12月

日下部 まろん(怪盗ジャンヌ)　くさかべ・まろん(かいとうじゃんぬ)
桃栗学園新体操部に所属する二年生、正体はジャンヌ・ダルクの生まれ変わりで美しい絵画ばかりをねらう怪盗ジャンヌ 「神風怪盗ジャンヌ 2 謎の怪盗シンドバッド!?」種村有菜原作;松田朱夏著 集英社(集英社みらい文庫) 2014年2月

日下部 まろん(怪盗ジャンヌ)　くさかべ・まろん(かいとうじゃんぬ)
桃栗学園新体操部に所属する二年生、正体はジャンヌ・ダルクの生まれ変わりで美しい絵画ばかりをねらう怪盗ジャンヌ 「神風怪盗ジャンヌ 3 動きだした運命!!」種村有菜原作;松田朱夏著 集英社(集英社みらい文庫) 2014年5月

日下部 まろん(怪盗ジャンヌ)　くさかべ・まろん(かいとうじゃんぬ)
桃栗学園新体操部に所属する二年生、本物のジャンヌ・ダルクの力をうけついで「神風怪盗」となった怪盗ジャンヌ 「神風怪盗ジャンヌ 4 最後のチェックメイト」種村有菜原作;松田朱夏著 集英社(集英社みらい文庫) 2014年8月

草薙 理生　くさなぎ・みちお
私立聖涼学院高校一年生、猫のタマの飼い主 「タマの猫又相談所 [1] 花の道は嵐の道」天野頌子著 ポプラ社(ポプラ文庫ピュアフル) 2013年3月

草野 花　くさの・はな
自分が70年前の静江おばあちゃんになっている不思議な夢を見た12歳の女の子 「花あかりともして」服部千春作;紅木春絵 出版ワークス 2017年7月

草葉 影彦　くさば・かげひこ
なぞのフリーライター、いつもサングラスをかけ黒皮のジャケットを着ている男 「サッカク探偵団 1 あやかし月夜の宝石どろぼう」藤江じゅん作;ヨシタケシンスケ絵 KADOKAWA 2015年7月

草間監督　くさまかんとく
桜ヶ丘中サッカー部顧問、試合中にベンチで倒れ入院してしまった監督 「サッカーボーイズ卒業」はらだみずき作;ゴツボリュウジ絵 KADOKAWA(角川つばさ文庫) 2016年11月

くっき

草間 泰造　くさま・たいぞう
桜ヶ丘中に赴任してきたサッカー部の新しい顧問、指導がきびしいことで有名な監督
「サッカーボーイズ15歳」はらだみずき作;ゴツボリュウジ絵　KADOKAWA（角川つばさ文庫）2013年11月

顧 傑　ぐ・じー
死体を操る魔法で自爆テロを敢行させた魔法師、大漢軍方術士の生き残りの男「魔法科高校の劣等生 19 師族会議編 下」佐島勤著　KADOKAWA（電撃文庫）2016年3月

クシカ将軍　くしかしょうぐん
中原の小国「永依」の将軍、少女ラタを息子として育てる養父「X−01エックスゼロワン[壱]」あさのあつこ著;田中達之画　講談社（Ya! entertainment）2016年9月

クシカ将軍　くしかしょうぐん
中原の小国「永依」の将軍、少女ラタを息子として育てる養父「X−01エックスゼロワン[弐]」あさのあつこ著;田中達之画　講談社（Ya! entertainment）2017年9月

クシカ・シングウ（クシカ将軍）　くしかしんぐう（くしかしょうぐん）
中原の小国「永依」の将軍、少女ラタを息子として育てる養父「X−01エックスゼロワン[壱]」あさのあつこ著;田中達之画　講談社（Ya! entertainment）2016年9月

クシカ・シングウ（クシカ将軍）　くしかしんぐう（くしかしょうぐん）
中原の小国「永依」の将軍、少女ラタを息子として育てる養父「X−01エックスゼロワン[弐]」あさのあつこ著;田中達之画　講談社（Ya! entertainment）2017年9月

くしゃみすくい
人がだしたくしゃみをひとつ残らずすくうことができるという子猫サイズの妖怪「妖怪の弟はじめました」石川宏千花著;イケダケイスケ絵　講談社　2014年7月

苦沙弥先生　くしゃみせんせい
猫の「吾輩」の主人、教師「吾輩は猫である 上下」夏目漱石作;佐野洋子絵　講談社（青い鳥文庫）2017年7月

くしゃみん
いたずらがすきなくしゃみのようせい「チビまじょチャミーとようせいのドレッサー」藤真知子作;琴月綾絵　岩崎書店（おはなしトントン）2015年6月

九条 ひかり　くじょう・ひかり
私立ベローネ学院女子中等部一年生、伝説の戦士プリキュアのシャイニールミナス「小説ふたりはプリキュアマックスハート」東堂いづみ原作;井上亜樹子著　講談社（講談社キャラクター文庫）2017年10月

くじらじゃくし
めずらしい生き物を探していた丁稚の定吉に自分はクジラの子だと話しかけてきたおたまじゃくし「くじらじゃくし」安田夏菜作;中西らつ子絵　講談社（わくわくライブラリー）2017年4月

久世 克巳　くぜ・かつみ
鳳城学園1年のスケート教室でいとこの真響の前にインストラクターとして現れた大学生「RDG−レッドデータガール 氷の靴ガラスの靴」荻原規子著　KADOKAWA　2017年12月

久世 剣山　くぜ・けんざん
伝説級の忍者、忍術学校で修業中の少年・陽炎太の父上「猫忍」橋本愛理作;AMG出版作　フレーベル館　2017年11月

クッキーガール
クリスマス用のクッキーを作っていたれいなちゃんに話しかけたクッキーの女の子「クリスマスクッキング ふしぎなクッキーガール」梨屋アリエ作;山田詩子絵　講談社（おはなし12か月）2013年10月

くっく

クック
ヨットハーバーにすむのらネコのリーダー、風船気球「のら号」の艇長 「空飛ぶのらネコ探険隊 [4] ピラミッドのキツネと神のネコ」 大原興三郎作;こぐれけんじろう絵 文溪堂 2017年5月

クットくん
B1515銀河ガガガガ星から地球に来た宇宙人ガリレロくんと友だちになったロボット犬 「クットくんの大ぼうけん」 工藤豪紘作・絵 国土社 2013年12月

工藤 新一 くどう・しんいち
子どもの姿になってしまった高校生探偵、『江戸川コナン』と名乗り正体を隠している少年 「名探偵コナン 純黒の悪夢(ナイトメア)」 青山剛昌原作;水稀しま著 小学館(小学館ジュニア文庫) 2016年4月

工藤 真一 くどう・しんいち
事件をつぎつぎに解決する高校生探偵 「まじっく快斗1412 2」 青山剛昌原作;浜崎達也著 小学館(小学館ジュニア文庫) 2015年3月

工藤 陽色 くどう・ひいろ
水鉄砲で撃ち合うスーパーバトルスポーツ「ガンバト」デビューすることになった小学五年生の男の子 「ガンバト! ガンガン水鉄砲バトル!!」 豊田巧作;坂本憲司郎絵 KADOKAWA(角川つばさ文庫) 2016年3月

九島 光宣 くどう・みのる
国立魔法大学付属第二高校一年生、「九島家」の当主・真言の息子 「魔法科高校の劣等生 14 古都内乱編 上」 佐島勤著 KADOKAWA(電撃文庫) 2014年9月

九島 光宣 くどう・みのる
国立魔法大学付属第二高校一年生、「九島家」の当主・真言の息子 「魔法科高校の劣等生 15 古都内乱編 下」 佐島勤著 KADOKAWA(電撃文庫) 2015年1月

国仲 和哉 くになか・かずや
除霊ができる神山陵たちの高校の先輩で大病院の跡取り、唐沢未来と同じく幽霊が見えてしまう青年 「あやかし緋扇 八百比丘尼永遠の涙」 宮沢みゆき著;くまがい杏子原作・イラスト 小学館(小学館ジュニア文庫) 2013年4月

国光 信(新人) くにみつ・しん(しんじん)
神奈川県警横浜大黒署の特殊捜査課の新人刑事、子どもになってしまった刑事たちのために働く新人 「コドモ警察」 時海結以著;福田雄一脚本 小学館(小学館ジュニアシネマ文庫) 2013年3月

功刀 尤 くぬぎ・ゆう
クラスメイトの愛の父である笛吹博士の研究に協力している特殊な身体能力を持つ中学二年生の少年 「銀色☆フェアリーテイル 1 あたしだけが知らない街」 藍沢羽衣著;白鳥希美イラスト 小学館(小学館ジュニア文庫) 2016年3月

功刀 尤 くぬぎ・ゆう
中学二年生、普通の人間ではなく「クラン」と呼ばれている特殊な種族で人狼のクランの少年 「銀色☆フェアリーテイル 2」 藍沢羽衣著;白鳥希美イラスト 小学館(小学館ジュニア文庫) 2016年10月

功刀 尤 くぬぎ・ゆう
中学二年生、普通の人間ではなく「クラン」と呼ばれている特殊な種族で人狼のクランの少年 「銀色☆フェアリーテイル 3」 藍沢羽衣著;白鳥希美イラスト 小学館(小学館ジュニア文庫) 2017年5月

クーピー
キャンディハンターのマルカのあいぼう、雲からうまれてゆめをかなえるおてつだいをしてくれるいきもの 「キャンディハンター マルカとクーピー 3」 さかいさちえ著 岩崎書店 2017年6月

クビコせんせい
ろくろっくびおばけ、おばけのしょうがっこうのせんせい 「おばけどうぶつえん おばけの
ポーちゃん1」 吉田純子作;つじむらあゆこ絵 あかね書房 2014年3月

クビコせんせい
ろくろっくびおばけ、おばけのしょうがっこうのせんせい 「おばけのたんけん おばけのポー
ちゃん6」 吉田純子作;つじむらあゆこ絵 あかね書房 2017年7月

クビコせんせい
ろくろっくびおばけ、おばけのしょうがっこうのせんせい 「がっこうのおばけ おばけのポー
ちゃん4」 吉田純子作;つじむらあゆこ絵 あかね書房 2016年3月

久保田 葉子　くぼた・ようこ
「ぼく」のクラスメイト、町に飛来した謎の火球を一緒に見に行った友だち 「シンドローム」
佐藤哲也著;西村ツチカイラスト 福音館書店(ボクラノエスエフ) 2015年1月

熊助　くますけ
明治のはじめに小さな集落にいた薬師、薬売りの時雨の弟子 「夢見の占い師」 楠章子作
;トミイマサコ絵 あかね書房 2017年11月

熊田先生　くまだせんせい
黒板の花太郎さんという妖怪が出るとうわさの三年三組の担任、新しく小学校にやってきた
先生 「三年三組黒板の花太郎さん」 草野あきこ作;北村裕花絵 岩崎書店(おはなしガー
デン) 2016年9月

熊徹　くまてつ
バケモノの街・渋天街を束ねる宗師の跡目を継ぐ候補のひとり、強いが粗暴で手前勝手な
熊のバケモノ 「バケモノの子」 細田守作 KADOKAWA(角川文庫) 2015年6月

熊徹　くまてつ
バケモノの街・渋天街を束ねる宗師の跡目を継ぐ候補のひとり、強いが粗暴で手前勝手な
熊のバケモノ 「バケモノの子」 細田守著;平沢下戸イラスト KADOKAWA(角川スニー
カー文庫) 2015年7月

クマトモ
六年生の七海宛に突然届いたしゃべって動く不思議なクマのぬいぐるみ 「クマ・トモ わた
しの大切なお友達」 中村誠作;桃雪琴梨絵 KADOKAWA(角川つばさ文庫) 2014年12
月

クマのこ
リスのおじいさんがすむ木の下でなわとびのれんしゅうをはじめたクマのこ 「とんだ、とべ
た、またとべた!」 森山京作;黒井健絵 ポプラ社(本はともだち♪) 2014年6月

クマひげ男　くまひげおとこ
不登校児のためのフリースクール夏期特別アシストクラスのピチピチのジャージを着た担任
「あたしたちのサバイバル教室」 高橋桐矢作;283絵 ポプラ社(ポプラポケット文庫)
2014年8月

グミ
いつも元気で太陽みたいに明るい五年生の女の子 「1% 7――一番になれない恋」 このはな
さくら作;高上優里子絵 KADOKAWA(角川つばさ文庫) 2017年8月

グミ
いつも元気で太陽みたいに明るい五年生の女の子 「1% 8－そばにいるだけでいい」 この
はなさくら作;高上優里子絵 KADOKAWA(角川つばさ文庫) 2017年12月

雲隠 才蔵　くもがくれ・さいぞう
闇の忍者、地獄の野球チーム・琵琶湖シュリケンズの3番でピッチャー 「戦国ベースボール
[10] 忍者軍団参上!vs琵琶湖シュリケンズ」 りょくち真太作;トリバタケハルノブ絵 集英社
(集英社みらい文庫) 2017年7月

くもが

雲隠 段蔵　くもがくれ・だんぞう
湯長谷藩の参勤交代の道案内をすることになったあやしい忍者　「超高速! 参勤交代 映画ノベライズ」 土橋章宏脚本;時海結以文　講談社(青い鳥文庫)　2016年9月

倉石 豊　くらいし・ゆたか
「ぼく」のクラスメイト、町に飛来した謎の火球を一緒に見に行った友だち　「シンドローム」 佐藤哲也著;西村ツチカイラスト　福音館書店(ボクラノエスエフ)　2015年1月

クラウディア
風早の街にある痛んだ本を修理する「ルリユール黒猫工房」の店主、赤い髪の不思議な女性　「ルリユール」村山早紀著　ポプラ社　2013年10月

クラーケン
ふういんされたつぼからでてきたたこのおばけ　「ただいまおばけとりょこうちゅう! ―おばけマンション」むらいかよ著　ポプラ社(ポプラ社の新・小さな童話)　2015年6月

倉沢 海　くらさわ・うみ
中学一年の晴香の同級生、FMのラジオ番組「ウィズユー」のリスナー　「きっときみに届くと信じて」吉富多美作　金の星社　2013年11月

クラちゃん
5年生のリンの同級生、古い家具を古着屋「MUSUBU」に引きとってもらえるか相談にきた男の子　「テディベア探偵 引き出しの中のひみつ」山本悦子作;フライ絵　ポプラ社(ポプラポケット文庫)　2015年10月

倉橋 夏織　くらはし・かおり
中学一年生の燈子のクラスメイト、芸能界にデビューが決まった女の子　「超吉ガール 5 絶交・超凶で大ピンチ!?の巻」遠藤まり作;ふじつか雪絵　KADOKAWA(角川つばさ文庫)　2017年2月

倉橋 小麦　くらはし・こむぎ
入院中のパン屋さんをしているおじいちゃんのために毎日パンづくりに挑戦している四年生の少女　「妖精のあんパン」斉藤栄美作;染谷みのる絵　金の星社　2017年3月

倉橋 有里　くらはし・ゆり
親友を救うために「呪いのビデオ」を見て貞子の呪いの標的になってしまった女子大生　「貞子vs伽椰子」山本清史著;白石晃士脚本・監督　小学館(小学館ジュニア文庫)　2016年6月

クラヴィートロン
ひとやものの重さを自由自在にかえることができる重力をあやつる悪魔　「魔法屋ポプル 悪魔のダイエット!?」堀口勇太作;玖珂つかさ絵　ポプラ社(魔法屋ポプルシリーズ)　2013年4月

グランピー
豪華客船ジャスカ号のペントハウスの客、からだも態度もでっかい大金持ちの女性　「ハリネズミ・チコ 大きな船の旅1 ジャスカ号で大西洋へ」山下明生作;高畠那生絵　理論社　2014年5月

グラン・マ・ヴィ
すべての世界のすべての時間を作っている「泡」をひとりで作り出しているおばあさん　「七色王国と時の砂」香谷美季作;こげどんぼ*絵　講談社(青い鳥文庫)　2014年9月

グラン・マ・ヴィ
すべての世界のすべての時間を作っている「泡」をひとりで作り出しているおばあさん　「七色王国と魔法の泡」香谷美季作;こげどんぼ*絵　講談社(青い鳥文庫)　2013年5月

栗井栄太　くりいえいた
ロールプレイングゲーム「DOUBLE」を製作した伝説のゲームクリエイター集団　「都会(まち)のトム&ソーヤ 11「DOUBLE」上下」　はやみねかおる著;にしけいこ画　講談社(YA!ENTERTAINMENT)　2013年8月

栗井栄太　くりいえいた
中学生の内人と創也が作ったゲーム「夢幻」のプレイヤー、伝説のゲームクリエイター集団「都会(まち)のトム&ソーヤ 14「夢幻」上下」　はやみねかおる著;にしけいこ画　講談社(YA! ENTERTAINMENT)　2017年2月

クリスティーヌ
チョコマニアのオペラ歌手、吉沢マリエの兄・ハルキのことが好きな超美人　「プティ・パティシエール 恋するショコラはあまくない?(プティ・パティシエール2)」　工藤純子作;うっけ絵ポプラ社　2016年12月

グリちゃん
りす、おにいちゃんのドンくんと林のなかでさがしものをしていたいもうと　「りすのきょうだいとふしぎなたね」　小手鞠るい作;土田義晴絵　金の星社　2017年6月

栗林 兼三　くりばやし・けんぞう
和菓子屋「萬年堂」の親方・クリバヤシさん、「小学生トップ・オブ・ザ・パティシエ・コンテスト」関東地区予選の審査員　「パティシエ☆すばる パティシエ・コンテスト! 1 予選」　つくもようこ作;鳥羽雨絵　講談社(青い鳥文庫)　2017年4月

栗林 兼三　くりばやし・けんぞう
和菓子屋「萬年堂」の親方・クリバヤシさん、「小学生トップ・オブ・ザ・パティシエ・コンテスト」決勝戦の審査員　「パティシエ☆すばる パティシエ・コンテスト! 2 決勝」　つくもようこ作;鳥羽雨絵　講談社(青い鳥文庫)　2017年10月

クリリン
幼稚園の「どんぐりえん」に住んでいるおばけ　「おばけのクリリン」　こさかまさみ作;さとうあや絵　福音館書店(福音館創作童話シリーズ)　2013年6月

グリーン
正義の戦隊〈女子ーズ〉のメンバー、演技派美少女　「女子ーズ」　浜崎達也著;福田雄一監督・脚本　小学館(小学館ジュニアシネマ文庫)　2014年6月

来栖 黒悟(クロ)　くるす・くろご(くろ)
歌舞伎が大好きで学校に歌舞伎同好会「カブキブ」を創ろうとする高校一年生　「カブキブ!1―部活で歌舞伎やっちゃいました。」　榎田ユウリ作;十峯なるせ絵　KADOKAWA(角川つばさ文庫)　2017年5月

来栖 黒悟(クロ)　くるす・くろご(くろ)
河内山学院高等部一年生の歌舞伎が大好きな少年、歌舞伎同好会「カブキブ」初代部長「カブキブ!2―カブキブVS.演劇部!」　榎田ユウリ作;十峯なるせ絵　KADOKAWA(角川つばさ文庫)　2017年9月

来栖 黒悟(クロ)　くるす・くろご(くろ)
河内山学院高等部一年生の歌舞伎が大好きな少年、歌舞伎同好会「カブキブ」初代部長「カブキブ!3―伝われ、俺たちの歌舞伎!」　榎田ユウリ作;十峯なるせ絵　KADOKAWA(角川つばさ文庫)　2017年11月

来海 えりか　くるみ・えりか
私立明堂学園中等部二年生、伝説の戦士プリキュアのキュアマリン　「小説ハートキャッチプリキュア!」　東堂いづみ原作;山田隆司著　講談社(講談社キャラクター文庫)　2015年9月

くるめ

久留米 亜里沙　くるめ・ありさ
学校生活の相談窓口の「生活向上委員」の一人、クラスメイトの結城美琴をいじめていた六年三組の元クラス女王　「生活向上委員会! 2 あなたの恋を応援し隊!」伊藤クミコ作;桜倉メグ絵　講談社(青い鳥文庫) 2016年10月

久留米 亜里沙　くるめ・ありさ
学校生活の相談窓口の「生活向上委員」の一人、クラスメイトの結城美琴をいじめていた六年三組の元クラス女王　「生活向上委員会! 3 女子vs.男子教室ウォーズ」伊藤クミコ作;桜倉メグ絵　講談社(青い鳥文庫) 2017年1月

久留米 亜里沙　くるめ・ありさ
学校生活の相談窓口の「生活向上委員」の一人、クラスメイトの結城美琴をいじめていた六年三組の元クラス女王　「生活向上委員会! 4 友だちの階級」伊藤クミコ作;桜倉メグ絵　講談社(青い鳥文庫) 2017年5月

久留米 亜里沙　くるめ・ありさ
学校生活の相談窓口の「生活向上委員」の一人、クラスメイトの結城美琴をいじめていた六年三組の元クラス女王　「生活向上委員会! 5 激突!クラスの女王」伊藤クミコ作;桜倉メグ絵　講談社(青い鳥文庫) 2017年8月

久留米 亜里沙　くるめ・ありさ
学校生活の相談窓口の「生活向上委員」の一人、クラスメイトの結城美琴をいじめていた六年三組の元クラス女王　「生活向上委員会! 6 コンプレックスの正体」伊藤クミコ作;桜倉メグ絵　講談社(青い鳥文庫) 2017年11月

クルル
風ではこばれてきたたんざくをにじ・じいさんにとどけた白ハト　「にじ・じいさん」くすのきしげのり作　BL出版(おはなしいちばん星) 2013年6月

くるるっち
未来からタイムスリップしてきたたまともの女の子、ふたごのみらいっちの妹　「たまごっち!－みらくるタイムスリップ!? きせきの出会い」BANDAI・WiZ作;万里アンナ文　KADOKAWA(角川つばさ文庫) 2014年1月

くるるっち
未来からタイムスリップしてきたたまともの女の子、ふたごのみらいっちの妹　「たまごっち!－みらくる未来へつなげ! たまとものきずな」BANDAI・WiZ作;万里アンナ文　KADOKAWA(角川つばさ文庫) 2014年5月

クレイ
地獄からやってきた男の子、テレビのディレクターを目指している妖怪少年　「トツゲキ!?地獄ちゃんねる－スクープいただいちゃいます!」一ノ瀬三葉作;ちゃつぼ絵　KADOKAWA(角川つばさ文庫) 2016年9月

クレイ
地獄からやってきた男の子、テレビのディレクターを目指している妖怪少年　「トツゲキ!?地獄ちゃんねる－ねらわれた見習いリポーター!?」一ノ瀬三葉作;ちゃつぼ絵　KADOKAWA(角川つばさ文庫) 2017年1月

クレイジー
偉大な魔女アニーがたった一体だけ作ったウィッチ・ドール、内気な女の子・さやを使い手に選んだ人形　「ハロウィン★ナイト! ウィッチ・ドールなんか大キライ!!」相川真作;黒裄絵　集英社(集英社みらい文庫) 2013年12月

クレイジー
偉大な魔女アニーがたった一体だけ作った人形、内気な女の子・さやのウィッチ・ドール　「ハロウィン★ナイト! ふしぎな先生と赤い糸のヒミツ」相川真作;黒裄絵　集英社(集英社みらい文庫) 2014年10月

クレイジー
偉大な魔女アニーがたった一体だけ作った人形、内気な女の子・さやのウィッチ・ドール 「ハロウィン★ナイト! わがままお嬢様とナキムシ執事!?」 相川真作;黒裄絵 集英社(集英社みらい文庫) 2014年3月

クレオパトラ
古代エジプトのプトレマイオス朝最後の女王、世界三大美女のひとり 「クレオパトラと名探偵!」 楠木誠一郎作;たはらひとえ絵 講談社(青い鳥文庫) 2017年12月

クレオパトラ7世　くれおぱとらななせい
古代エジプト最後の女王にして世界三大美女の一人、「プリンセスDNA」を持つルナが入れ替わったプリンセス 「まさかわたしがプリンセス!? 2 クレオパトラは、絶体絶命!」 吉野紅伽著;くまの柚子絵 KADOKAWA 2013年10月

クレじい
夏休みに孫の海と舟をあずかった呉に住む祖父、浪人生の娘なっちゃんの父親 「夏の猫」 北森ちえ著;森川泉装画・さし絵 国土社 2016年10月

グレーテル
犯罪芸術家を名乗る怪盗姉弟の姉 「華麗なる探偵アリス&ペンギン[7] ミステリアス・ナイト」 南房秀久著;あるやイラスト 小学館(小学館ジュニア文庫) 2016年7月

紅 てる子　くれない・てるこ
五年生の真生の母、近所の人から占い屋敷と呼ばれている古びた洋館に住んでいる占い師 「占い屋敷のプラネタリウム」 西村友里作;松蔦舞夢画 金の星社 2017年5月

暮林 陽介　くればやし・ようすけ
午後23時から午前29時まで真夜中の間だけ開くパン屋のオーナーでブランジェ見習い 「真夜中のパン屋さん [1] 午前0時のレシピ」 大沼紀子[著] ポプラ社(teenに贈る文学) 2014年4月

暮林 陽介　くればやし・ようすけ
午後23時から午前29時まで真夜中の間だけ開くパン屋のオーナーでブランジェ見習い 「真夜中のパン屋さん [2] 午前1時の恋泥棒」 大沼紀子[著] ポプラ社(teenに贈る文学) 2014年4月

暮林 陽介　くればやし・ようすけ
午後23時から午前29時まで真夜中の間だけ開くパン屋のオーナーでブランジェ見習い 「真夜中のパン屋さん [3] 午前2時の転校生」 大沼紀子[著] ポプラ社(teenに贈る文学) 2014年4月

暮林 陽介　くればやし・ようすけ
午後23時から午前29時まで真夜中の間だけ開くパン屋のオーナーでブランジェ見習い 「真夜中のパン屋さん [4]午前3時の眠り姫」 大沼紀子[著] ポプラ社(teenに贈る文学) 2014年4月

呉丸　くれまる
大富豪の阿豪一族に雇われている犬飼い、人づきあいが悪くめったにしゃべらないが犬の扱いがやたらうまい青年 「狐霊の檻」 廣嶋玲子作;マタジロウ絵 小峰書店(Sunnyside Books) 2017年1月

クレヨン
おまじないがかかれたかみひこうきをとばした「ぼく」にとどいたクレヨン 「クレヨンマジック」 舟崎克彦作;出久根育絵 鈴木出版(おはなしのくに) 2013年9月

グレン
龍神界の王子・リュウの教育係として人間界に来た炎竜 「龍神王子(ドラゴン・プリンス)! 3」 宮下恵茉作;kaya8絵 講談社(青い鳥文庫) 2014年12月

ぐれん

グレン
龍神界の王子・リュウの元教育係で宝田家に一緒に住んでいる炎竜 「龍神王子(ドラゴン・プリンス)! 7」 宮下恵茉作;kaya8絵 講談社(青い鳥文庫) 2016年8月

紅蓮丸　ぐれんまる
骨董屋「アンティークFUGA」に来た千明に白昼夢を見せて現れた武士の姿をしたつくも神 「アンティークFUGA 1 我が名はシャナイア」 あんびるやすこ作;十々夜画 岩崎書店(フォア文庫) 2015年2月

クロ
スーパー「3丁目ストアー」を営む三河さんちの犬、近所に住む猫の男の子タマの仲間 「おはなしタマ&フレンズ うちのタマ知りませんか?2 ワン♥ニャンぼくらの大冒険」 せきちさと著;おおつかけいり絵 小学館(ちゃおノベルズ) 2017年12月

クロ
なんでもかいけつする「ねこの手や」のくろねこ、ゆうきとちえがたっぷりのねこ 「ねこの手かします4─かいとうゼロのまき」 内田麟太郎作;川端理絵絵 文研出版(わくわくえどうわ) 2013年2月

クロ
ねこの手をかしてくれる「ねこの手や」のくろねこ、みせのおんなしゅじんのたまこさんのこいびと 「ねこの手かします─ねこじたのまき」 内田麟太郎作;川端理絵絵 文研出版(わくわくえどうわ) 2015年1月

クロ
歌舞伎が大好きで学校に歌舞伎同好会「カブキブ」を創ろうとする高校一年生 「カブキブ! 1─部活で歌舞伎やっちゃいました。」 榎田ユウリ作;十峯なるせ絵 KADOKAWA(角川つばさ文庫) 2017年5月

クロ
河内山学院高等部一年生の歌舞伎が大好きな少年、歌舞伎同好会「カブキブ」初代部長 「カブキブ! 2─カブキブVS.演劇部!」 榎田ユウリ作;十峯なるせ絵 KADOKAWA(角川つばさ文庫) 2017年9月

クロ
河内山学院高等部一年生の歌舞伎が大好きな少年、歌舞伎同好会「カブキブ」初代部長 「カブキブ! 3─伝われ、俺たちの歌舞伎!」 榎田ユウリ作;十峯なるせ絵 KADOKAWA(角川つばさ文庫) 2017年11月

クロ
八日伊小学校「七不思議部」のユーキたちが掘り当てた真っ黒なまねきねこ、七不思議の大ボスだったねこ 「クロねこ七(ニャニャ)不思議部!!」 相川真作;月夜絵 集英社(集英社みらい文庫) 2015年3月

クロー
小学生の女の子ルルとララのお菓子屋さんにウーと二人でやってきたオバケ 「ルルとララのハロウィン」 あんびるやすこ作・絵 岩崎書店(おはなしガーデン) 2017年9月

黒井さん　くろいさん
元陸軍大将の蒲生憲之の住みこみでつきそい婦をしていた女性 「蒲生邸事件 前・後編」 宮部みゆき作;黒星紅白絵 講談社(青い鳥文庫) 2013年8月

黒岩 大五郎　くろいわ・だいごろう
大きな体で少し乱暴だけど根はやさしい小学四年生、少年ホシのクラスメイト 「あしたの空子」 田森庸介作;勝川克志絵 偕成社 2014年12月

黒うさぎ(ピーター)　くろうさぎ(ぴーたー)
アンダーランドからやってきたウサギの霊「コニー・プーカ」、悪霊にあやつられている白うさぎ・ベンの友達 「ミカルは霊魔女! 2 ウサギ魔女と消えたアリスたち」 ハガユイ作;namo絵 KADOKAWA(角川つばさ文庫) 2015年3月

黒鬼　くろおに
元桜ヶ島小体育教師、正体は狡猾で残忍な地獄の黒鬼　「絶望鬼ごっこ　さよならの地獄病院」　針とら作;みもり絵　集英社(集英社みらい文庫)　2017年3月

黒髪の乙女　くろかみのおとめ
硬派な大学生「先輩」が片思いするクラブの後輩、好奇心おうせいで行動力ばつぐんな女の子　「夜は短し歩けよ乙女」　森見登美彦作;ぷーた絵　KADOKAWA(角川つばさ文庫)　2017年4月

黒川 千秋　くろかわ・ちあき
小学6年生、都会から花日と結衣のクラスに来た転校生で背がすらっと高い美人　「12歳。[2]てんこうせい」　まいた菜穂原作・イラスト;辻みゆき著　小学館(小学館ジュニア文庫)　2014年3月

黒木 貴和　くろき・たかかず
「探偵チームKZ」のメンバーの一人、女子の心をとらえる魔術師の中学一年生　「バレンタインは知っている(探偵チームKZ事件ノート)」　藤本ひとみ原作;住滝良文　講談社(青い鳥文庫)　2013年12月

黒木 貴和　くろき・たかかず
開生高校付属中学一年、背が高くて大人っぽくて対人関係のエキスパートと呼ばれる少年　「桜坂は罪をかかえる(KZ'Deep File)」　藤本ひとみ著　講談社　2016年10月

黒木 貴和　くろき・たかかず
開生高校付属中学二年、背が高くて大人っぽくて対人関係のエキスパートと呼ばれる少年　「いつの日か伝説になる(KZ'Deep File)」　藤本ひとみ著　講談社　2017年5月

黒木 貴和　くろき・たかかず
進学塾「秀明ゼミナール」で知り合った五人の仲間と「KZリサーチ事務所」を作った大人っぽくてミステリアスな中学一年生の少年　「アイドル王子は知っている(探偵チームKZ事件ノート)」　藤本ひとみ原作;住滝良文　講談社(青い鳥文庫)　2016年12月

黒木 貴和　くろき・たかかず
進学塾「秀明ゼミナール」で知り合った五人の仲間と「KZリサーチ事務所」を作った大人っぽくてミステリアスな中学一年生の少年　「お姫さまドレスは知っている(探偵チームKZ事件ノート)」　藤本ひとみ原作;住滝良文　講談社(青い鳥文庫)　2014年7月

黒木 貴和　くろき・たかかず
進学塾「秀明ゼミナール」で知り合った五人の仲間と「KZリサーチ事務所」を作った大人っぽくてミステリアスな中学一年生の少年　「ハート虫は知っている(探偵チームKZ事件ノート)」　藤本ひとみ原作;住滝良文;駒形絵　講談社(青い鳥文庫)　2014年3月

黒木 貴和　くろき・たかかず
進学塾「秀明ゼミナール」で知り合った五人の仲間と「KZリサーチ事務所」を作った大人っぽくてミステリアスな中学一年生の少年　「黄金の雨は知っている(探偵チームKZ事件ノート)」　藤本ひとみ原作;住滝良文;駒形絵　講談社(青い鳥文庫)　2015年3月

黒木 貴和　くろき・たかかず
進学塾「秀明ゼミナール」で知り合った五人の仲間と「KZリサーチ事務所」を作った大人っぽくてミステリアスな中学一年生の少年　「学校の都市伝説は知っている(探偵チームKZ事件ノート)」　藤本ひとみ原作;住滝良文;駒形絵　講談社(青い鳥文庫)　2017年3月

黒木 貴和　くろき・たかかず
進学塾「秀明ゼミナール」で知り合った五人の仲間と「KZリサーチ事務所」を作った大人っぽくてミステリアスな中学一年生の少年　「危ない誕生日ブルーは知っている(探偵チームKZ事件ノート)」　藤本ひとみ原作;住滝良文;駒形絵　講談社(青い鳥文庫)　2017年7月

くろき

黒木 貴和　くろき・たかかず
進学塾「秀明ゼミナール」で知り合った五人の仲間と「KZリサーチ事務所」を作った大人っぽくてミステリアスな中学一年生の少年　「七夕姫は知っている(探偵チームKZ事件ノート)」藤本ひとみ原作;住滝良文;駒形絵　講談社(青い鳥文庫) 2015年7月

黒木 貴和　くろき・たかかず
進学塾「秀明ゼミナール」で知り合った五人の仲間と「KZリサーチ事務所」を作った大人っぽくてミステリアスな中学一年生の少年　「初恋は知っている 若武編(探偵チームKZ事件ノート)」藤本ひとみ原作;住滝良文;駒形絵　講談社(青い鳥文庫) 2013年7月

黒木 貴和　くろき・たかかず
進学塾「秀明ゼミナール」で知り合った五人の仲間と「KZリサーチ事務所」を作った大人っぽくてミステリアスな中学一年生の少年　「消えた美少女は知っている(探偵チームKZ事件ノート)」藤本ひとみ原作;住滝良文;駒形絵　講談社(青い鳥文庫) 2015年10月

黒木 貴和　くろき・たかかず
進学塾「秀明ゼミナール」で知り合った五人の仲間と「KZリサーチ事務所」を作った大人っぽくてミステリアスな中学一年生の少年　「青いダイヤが知っている(探偵チームKZ事件ノート)」藤本ひとみ原作;住滝良文;駒形絵　講談社(青い鳥文庫) 2014年10月

黒木 貴和　くろき・たかかず
進学塾「秀明ゼミナール」で知り合った五人の仲間と「KZリサーチ事務所」を作った大人っぽくてミステリアスな中学一年生の少年　「赤い仮面は知っている(探偵チームKZ事件ノート)」藤本ひとみ原作;住滝良文;駒形絵　講談社(青い鳥文庫) 2014年12月

黒木 貴和　くろき・たかかず
進学塾「秀明ゼミナール」で知り合った五人の仲間と「KZリサーチ事務所」を作った大人っぽくてミステリアスな中学一年生の少年　「探偵チームKZ事件ノート」藤本ひとみ原作;住滝良原作;田浦智美文　講談社 2016年2月

黒木 貴和　くろき・たかかず
進学塾「秀明ゼミナール」で知り合った五人の仲間と「KZリサーチ事務所」を作った大人っぽくてミステリアスな中学一年生の少年　「本格ハロウィンは知っている(探偵チームKZ事件ノート)」藤本ひとみ原作;住滝良文;駒形絵　講談社(青い鳥文庫) 2016年7月

黒木 貴和　くろき・たかかず
進学塾「秀明ゼミナール」で知り合った五人の仲間と「KZリサーチ事務所」を作った大人っぽくてミステリアスな中学一年生の少年　「妖怪パソコンは知っている(探偵チームKZ事件ノート)」藤本ひとみ原作;住滝良文;駒形絵　講談社(青い鳥文庫) 2016年3月

黒木 貴和　くろき・たかかず
進学塾「秀明ゼミナール」で知り合った五人の仲間と「KZリサーチ事務所」を作った大人っぽくてミステリアスな中学一年生の少年　「裏庭は知っている(探偵チームKZ事件ノート)」藤本ひとみ原作;住滝良文;駒形絵　講談社(青い鳥文庫) 2013年3月

黒吉　くろきち
猫又という猫の妖怪、すばらしい落語家である双吉の弟子　「化け猫・落語 2 ライバルは黒猫!?」みうらかれん作;中村ひなた絵　講談社(青い鳥文庫) 2017年11月

クロコダイル
砂漠の国・アラバスタ王国の英雄、じつは犯罪会社「バロックワークス」のボスをしている男　「ONE PIECE [10] エピソードオブアラバスタ砂漠の王女と海賊たち」尾田栄一郎原作;浜崎達也著;東映アニメーション絵　集英社(集英社みらい文庫) 2014年7月

黒崎 旺司　くろさき・おうじ
三ツ星学園の雑誌「パーティー」編集部と新聞部をかけもちしている中学一年生、編集長ゆのの幼なじみ　「こちらパーティー編集部っ! 3 合宿はキケンがいっぱい!!」深海ゆずは作;榎木りか絵　KADOKAWA(角川つばさ文庫) 2015年5月

くろさ

黒崎 旺司　くろさき・おうじ
三ツ星学園の雑誌「パーティー」編集部員の中学一年生、編集長ゆのの幼なじみ　「こちらパーティー編集部っ！8 絶対ヒミツの同居人!?」深海ゆずは作;榎木りか絵 KADOKAWA（角川つばさ文庫）2017年1月

黒崎 旺司　くろさき・おうじ
七ツ星学園から三ツ星学園にもどってきた女子に人気の中1男子、雑誌「パーティー」編集部編集長・ゆのの幼なじみ　「こちらパーティー編集部っ！9 告白は波乱の幕開け!」深海ゆずは作;榎木りか絵 KADOKAWA（角川つばさ文庫）2017年7月

黒崎 旺司　くろさき・おうじ
超エリート校七ツ星学園に転校した中学一年生、中学校の雑誌「パーティー」元編集長ゆのの幼なじみ　「こちらパーティー編集部っ！6 くせものだらけ!?エリート学園は大パニック!」深海ゆずは作;榎木りか絵 KADOKAWA（角川つばさ文庫）2016年5月

黒崎 旺司　くろさき・おうじ
超エリート校七ツ星学園に転校した中学一年生、中学校の雑誌「パーティー」元編集長ゆのの幼なじみ　「こちらパーティー編集部っ！7 トラブルだらけのゲーム、スタート!!」深海ゆずは作;榎木りか絵 KADOKAWA（角川つばさ文庫）2016年9月

黒崎 旺司（王子）　くろさき・おうじ（おうじ）
三ツ星学園の雑誌「パーティー」編集部と新聞部をかけもちしている中学一年生、編集長ゆのの幼なじみ　「こちらパーティー編集部っ！4 雑誌コンクールはガケっぷち!?」深海ゆずは作;榎木りか絵 KADOKAWA（角川つばさ文庫）2015年9月

黒崎 旺司（王子）　くろさき・おうじ（おうじ）
三ツ星学園の雑誌「パーティー」編集部と新聞部をかけもちしている中学一年生、編集長ゆのの幼なじみ　「こちらパーティー編集部っ！5 ピンチはチャンス!新編集部、始動」深海ゆずは作;榎木りか絵 KADOKAWA（角川つばさ文庫）2016年1月

黒崎 旺司（王子）　くろさき・おうじ（おうじ）
私立三ツ星学園の中学一年生、口が悪くて嫌味な性格のくせに女子に大人気の少年　「こちらパーティー編集部っ！1 ひよっこ編集長とイジワル王子」深海ゆずは作;榎木りか絵 KADOKAWA（角川つばさ文庫）2014年9月

黒崎 旺司（王子）　くろさき・おうじ（おうじ）
私立三ツ星学園の中学一年生、口が悪くて嫌味な性格のくせに女子に大人気の少年　「こちらパーティー編集部っ！2 へっぽこ編集部VSエリート新聞部!?!」深海ゆずは作;榎木りか絵 KADOKAWA（角川つばさ文庫）2015年1月

黒崎 祐　くろさき・ゆう
退魔師見習いの中学一年生・莉緒の同級生で魔力を持った相棒、クールで成績優秀な男の子　「怪盗ゴースト、つかまえます! リオとユウの霊探事件ファイル3」秋木真作;すまき俊悟絵 集英社（集英社みらい文庫）2014年1月

黒崎 祐　くろさき・ゆう
霊力を持つ莉緒と退魔師見習いのコンビを組む同級生、魔力を持つ男の子　「妖怪退治、しません! リオとユウの霊探事件ファイル2」秋木真作;すまき俊悟絵 集英社（集英社みらい文庫）2013年7月

黒澤くん　くろさわくん
現役女子高生にしてプロの少女まんが家・ののの彼氏、クール系イケメン男子高校生　「オレ様キングダム［2］blue」八神千歳原作・イラスト;村上アンズ著 小学館（小学館ジュニア文庫）2013年8月

黒澤 瞬（黒澤くん）　くろさわ・しゅん（くろさわくん）
現役女子高生にしてプロの少女まんが家・ののの彼氏、クール系イケメン男子高校生　「オレ様キングダム［2］blue」八神千歳原作・イラスト;村上アンズ著 小学館（小学館ジュニア文庫）2013年8月

くろし

黒しまうまくん　くろしまうまくん
「どうぶつがっこう」のじゅぎょうがたいくつでほけんしつのベットでねていた白と黒のシマシマがはんたいの黒しまうま 「どうぶつがっこうとくべつじゅぎょう」 トビイルツ作・絵 PHP研究所（とっておきのどうわ） 2017年4月

黒ずきんちゃん（ナナ子ちゃん）　くろずきんちゃん（ななこちゃん）
ずっとけっせきしていたけれど2年生のたかしのクラスにもどってきた黒ずきんをかぶった女の子 「黒ずきんちゃん」 稗島千江作；長新太絵 国土社 2013年9月

黒須 幻充郎　くろす・げんじゅうろう
幻のゲームクリエーター、K半島沖合に「黒須島」という人工島を作った男・黒須氏 「都会（まち）のトム＆ソーヤ 13 黒須島クローズド」 はやみねかおる著；にしけいこ画 講談社（YA! ENTERTAINMENT） 2015年11月

黒田 官兵衛　くろだ・かんべえ
戦国武将、たしかな目とずばぬけた知略で豊臣秀吉を天下人へと導いた天才軍師 「黒田官兵衛－天才軍師ここにあり」 藤咲あゆな著 ポプラ社（ポプラポケット文庫） 2013年11月

黒滝 竜也　くろたき・りゅうや
大手建設会社「黒滝建設」の代表取締役社長、精悍な体つきに清々しい雰囲気の四十代前半の男性 「青い真珠は知っている(KZ'Deep File)」 藤本ひとみ著 講談社 2015年12月

黒田 ジュン　くろだ・じゅん
私立九頭竜学院高等部1年生、実は龍神界から来た北方黒龍族の王子 「龍神王子(ドラゴン・プリンス)! 4」 宮下恵茉作；kaya8絵 講談社（青い鳥文庫） 2015年6月

黒田 ジュン　くろだ・じゅん
私立九頭竜学院高等部1年生、実は龍神界から来た北方黒龍族の王子 「龍神王子(ドラゴン・プリンス)! 6」 宮下恵茉作；kaya8絵 講談社（青い鳥文庫） 2016年4月

黒田 ジュン　くろだ・じゅん
宝田家に住み九頭竜学院高等部に通う1年生、実は龍神界の王子で4人の龍王候補の1人 「龍神王子(ドラゴン・プリンス)! 10」 宮下恵茉作；kaya8絵 講談社（青い鳥文庫） 2017年8月

黒田 ジュン　くろだ・じゅん
宝田家に住み九頭竜学院高等部に通う1年生、実は龍神界の王子で4人の龍王候補の1人 「龍神王子(ドラゴン・プリンス)! 11」 宮下恵茉作；kaya8絵 講談社（青い鳥文庫） 2017年12月

黒田 ジュン　くろだ・じゅん
宝田家に住み九頭竜学院高等部に通う1年生、実は龍神界の王子で4人の龍王候補の1人 「龍神王子(ドラゴン・プリンス)! 7」 宮下恵茉作；kaya8絵 講談社（青い鳥文庫） 2016年8月

黒田 ジュン　くろだ・じゅん
宝田家に住み九頭竜学院高等部に通う1年生、実は龍神界の王子で4人の龍王候補の1人 「龍神王子(ドラゴン・プリンス)! 8」 宮下恵茉作；kaya8絵 講談社（青い鳥文庫） 2016年12月

黒田 ジュン　くろだ・じゅん
宝田家に住み九頭竜学院高等部に通う1年生、実は龍神界の王子で4人の龍王候補の1人 「龍神王子(ドラゴン・プリンス)! 9」 宮下恵茉作；kaya8絵 講談社（青い鳥文庫） 2017年4月

黒田 ジュン　くろだ・じゅん
龍神界の4人の次期龍王候補の1人、宝田家の娘・珠梨が通う学校の高等部に入った王子 「龍神王子(ドラゴン・プリンス)! 3」 宮下恵茉作；kaya8絵 講談社（青い鳥文庫） 2014年12月

くろば

くろだながまさ（クロ）
なんでもかいけつする「ねこの手や」のくろねこ、ゆうきとちえがたっぷりのねこ 「ねこの手かします4ーかいとうゼロのまき」 内田麟太郎作;川端理絵絵 文研出版（わくわくえどうわ） 2013年2月

黒田 真赤　くろだ・まき
薬学の伝統校・私立和漢学園高校の一年生、下宿屋「わからん荘」の大家の孫娘 「わからん薬学事始1」 まはら三桃著 講談社 2013年2月

黒田 真赤　くろだ・まき
薬学の伝統校・私立和漢学園高校の一年生、下宿屋「わからん荘」の大家の孫娘 「わからん薬学事始2」 まはら三桃著 講談社 2013年4月

黒田 真赤　くろだ・まき
薬学の伝統校・私立和漢学園高校の生徒、下宿屋「わからん荘」の大家の孫娘 「わからん薬学事始3」 まはら三桃著 講談社 2013年6月

黒橡 虹　くろつるばみ・こう
夕賀中学校の吹奏楽部OBだというミステリアスな青年 「キズナキス」 梨屋アリエ著 静山社 2017年11月

黒鳥 千代子（チョコ）　くろとり・ちよこ（ちょこ）
インストラクター黒魔女・ギュービッドのもとで黒魔女修行中の小学五年生 「おっことチョコの魔界ツアー」 令丈ヒロ子作;石崎洋司作 講談社（青い鳥文庫） 2013年9月

黒鳥 千代子（チョコ）　くろとり・ちよこ（ちょこ）
黒魔女修行中の小学6年生、ハデなゴスロリの服を着た女の子 「6年1組黒魔女さんが通る!! 02 家庭訪問で大ピンチ!?」 石崎洋司作;藤田香絵 講談社（青い鳥文庫） 2017年1月

黒鳥 千代子（チョコ）　くろとり・ちよこ（ちょこ）
黒魔女修行中の小学6年生、ハデなゴスロリの服を着た女の子 「6年1組黒魔女さんが通る!! 03 ひみつの男子会!?」 石崎洋司作;藤田香・亜沙美・牧村久実・駒形絵 講談社（青い鳥文庫） 2017年5月

黒鳥 千代子（チョコ）　くろとり・ちよこ（ちょこ）
黒魔女修行中の六年生の少女、三級黒魔女さん 「6年1組黒魔女さんが通る!! 04 呪いの七夕姫!」 石崎洋司作;藤田香絵;亜沙美絵;K2商会絵;戸部淑絵 講談社（青い鳥文庫） 2017年11月

くろねこ
さんすうの教科書とえんぴつをすてたまさしがすいこまれたごみばこにとびこんだくろねこ 「からっぽぼっぽ!」 うどんあこ作;やまもとゆか絵 文研出版（わくわくえどうわ） 2013年10

黒ネコ　くろねこ
六年生の里菜子が出会った不思議な女の子・リーナが飼う黒いネコ 「ネコをひろったリーナとひろわなかったわたし」 ときありえ著 講談社（講談社・文学の扉） 2013年3月

黒野 伸一　くろの・しんいち
横浜市の小学校に通う平凡な男の子、幼稚園が同じだった西山邦彦と樋渡忍の幼なじみ 「いじめレジスタンス」 黒野伸一作 理論社 2015年9月

黒野 リン　くろの・りん
中学3年生、火事で両親を亡くし遠縁の親せきのもみじお姉ちゃんと暮らす女の子 「ナゾカケ」 ひなた春花作;よん絵 ポプラ社（ポプラポケット文庫） 2014年7月

黒羽 快斗　くろば・かいと
怪盗キッド、マジックが得意な高校生 「まじっく快斗1412 2」 青山剛昌原作;浜崎達也著 小学館（小学館ジュニア文庫） 2015年3月

169

くろば

黒羽 快斗　くろば・かいと
怪盗キッド、マジックが得意な高校生 「まじっく快斗1412　3」 青山剛昌原作;浜崎達也著
 小学館(小学館ジュニア文庫) 2015年3月

黒羽 快斗　くろば・かいと
怪盗キッド、マジックが得意な高校生 「まじっく快斗1412　4」 青山剛昌原作;浜崎達也著
 小学館(小学館ジュニア文庫) 2015年5月

黒羽 千景　くろば・ちかげ
高校生の快斗の母、かつてファントム・レディという名の怪盗だった女 「まじっく快斗
1412　3」 青山剛昌原作;浜崎達也著 小学館(小学館ジュニア文庫) 2015年3月

クローブ
「七魔が山」に住む魔女バジルに会いに「金の鷲王国」からきた魔法使いの老人 「魔女バ
ジルと黒い魔法」 茂市久美子作;よしざわけいこ絵 講談社(わくわくライブラリー) 2016年
5月

クロミ
マリーランドの「うさぎのいる丘」に住むメロディのライバル、ドクロ柄の黒い頭巾をかぶった
女の子 「マイメロディーマリーランドの不思議な旅」 はせがわみやび作;ぴよな絵
KADOKAWA(角川つばさ文庫) 2014年3月

桑江 時生　くわえ・ときお
普通の中学に通う中学一年生、カメラが趣味の少年 「アネモネ探偵団 1 香港式ミルク
ティーの謎」 近藤史恵作;のん絵 KADOKAWA(角川つばさ文庫) 2014年10月

【け】

ケイ
2代目怪盗レッドとなった男の子、パソコンが得意な小学6年生 「怪盗レッド 1－2代目怪
盗、デビューする☆の巻」 秋木真作;しゅー絵 汐文社 2016年11月

ケイ
怪盗レッド、アミューズメントビルのスカイタワーに遊びに行った中1の男の子 「怪盗レッド 2
－中学生探偵、あらわる☆の巻」 秋木真作;しゅー絵 汐文社 2016年12月

ケイ
怪盗レッド、パソコンが得意な中学生 「怪盗レッド 10 ファンタジスタからの招待状☆の巻」
 秋木真作;しゅー絵 KADOKAWA(角川つばさ文庫) 2014年4月

ケイ
怪盗レッド、パソコンが得意な中学生 「怪盗レッド 11 アスカ、先輩になる☆の巻」 秋木真
作;しゅー絵 KADOKAWA(角川つばさ文庫) 2015年3月

ケイ
怪盗レッド、パソコンが得意な中学生 「怪盗レッド 12 ぬすまれたアンドロイド☆の巻」 秋
木真作;しゅー絵 KADOKAWA(角川つばさ文庫) 2015年10月

ケイ
怪盗レッド、パソコンが得意な中学生 「怪盗レッド 8 からくり館から、大脱出☆の巻」 秋木
真作;しゅー絵 角川書店(角川つばさ文庫) 2013年2月

ケイ
怪盗レッド、パソコンが得意な中学生 「怪盗レッド 9 ねらわれた生徒会長選☆の巻」 秋木
真作;しゅー絵 角川書店(角川つばさ文庫) 2013年8月

ケイ
怪盗レッド、学園祭にクラスでだすカフェの準備をしていた中1の男の子 「怪盗レッド 3－学園祭は、おおいそがし☆の巻」 秋木真作;しゅー絵 汐文社 2017年1月

ケイ
怪盗レッド、豪家客船・花音号に乗船した中1の男の子 「怪盗レッド 4－豪華客船で、怪盗対決☆の巻」 秋木真作;しゅー絵 汐文社 2017年2月

ケイ（三沢 圭人）　けい（みさわ・けいと）
七曲小五年生、野球チーム「フレンズ」を友だちの純とタケシと作った義足をつけた男の子 「プレイボール 2 ぼくらの野球チームを守れ!」 山本純士作;宮尾和孝絵 KADOKAWA（角川つばさ文庫） 2014年1月

ケイ（三沢 圭人）　けい（みさわ・けいと）
七曲小六年生の義足をつけた男の子、野球チーム「フレンズ」のまとめ役 「プレイボール 3 ぼくらのチーム、大ピンチ!」 山本純士作;宮尾和孝絵 KADOKAWA（角川つばさ文庫） 2015年5月

ケイコさん（日高 ケイコ）　けいこさん（ひだか・けいこ）
ブサ犬・クーキーの飼い主、外資系のキャリア・ウーマン 「ブサ犬クーキーは幸運のお守り?」 今井恭子作;岡本順絵 文溪堂 2014年7月

けいしそうかん
大どろぼうのジャム・パンにどろぼうきょかしょをあたえているけいしそうかん 「大どろぼうジャム・パン」 内田麟太郎作;藤本ともひこ絵 文研出版（わくわくえどうわ） 2017年12月

敬介　けいすけ
柴犬のマルコの飼い主、転校生の桜井シオリちゃんのことが好きな引っ込み思案の四年生 「ぼくのマルコは大リーガー」 小林しげる作;末崎茂樹絵 文研出版（文研ブックランド） 2014年7月

啓祐お兄ちゃん　けいすけおにいちゃん
赤月グループの仕事で船上パーティーに来た31歳の男の人、テーマパークの施設長 「ナゾカケ」 ひなた春花作;よん絵 ポプラ社（ポプラポケット文庫） 2014年7月

ケイタ
家のにわにおちてきたつばさのはえたバケモノを見た小学二年生 「ようかい先生とぼくのひみつ」 山野辺一記作;細川貂々絵 金の星社 2017年6月

圭太　けいた
クラスメイトのリッチと紅子と三人でふしぎなおばあさんから魔法をならうことになった小学四年生 「魔法学校へようこそ」 さとうまきこ作;高橋由為子絵 偕成社 2017年12月

ケイト
ねこの町にある「ダリオ写真館」にやってきたたいへんなはずかしがりやさんの犬の女の子 「ねこの町のダリオ写真館」 小手鞠るい作;くまあやこ絵 講談社（わくわくライブラリー） 2017年11月

ゲジッペ
おたずねもののおおムカデ 「おばけのへんしん!?－おばけマンション」 むらいかよ著 ポプラ社（ポプラ社の新・小さな童話） 2016年2月

ケータイくん
おじいさんのフジワラさんに買われたケータイ電話、電器屋さんで一年も売れのこっていた古いガラケー電話 「ケータイくんとフジワラさん」 市川宣子作;みずうちさとみ絵 小学館 2017年5月

けちゃ

ケチャップ
せんねん町のおまつりでぶたじるを食べにきてくれたおまわりさんをすきになったまんねん小学校給食室のケチャップ 「給食室の日曜日」 村上しいこ作;田中六大絵 講談社(わくわくライブラリー) 2017年5月

ケチル
タウンハウス「ぼだい樹荘」のケチで名をはせている大家、若いころドイツにいた九十歳すぎで独身のじいさん 「星空ロック」 那須田淳著 ポプラ社(ポプラ文庫ピュアフル) 2016年7月

ケチル(竹村 猛) けちる(たけむら・たける)
三軒茶屋のタウンハウス「ぼだい樹荘」の大家、14歳のレオと親友になった老人 「星空ロック」 那須田淳著 あすなろ書房 2013年12月

ゲッコウ
にんじゅつや水のようじゅつがとくいなにんじゃ 「ドタバタヒーロード ジルくん5-ドジルVSなぞのにんじゃぐんだん」 大空なごむ作・絵 ポプラ社 2016年1月

ケティ
古い雑貨屋『天野屋』のひとり娘・くるみを守る使い魔、金色の目をした少女 「くるみの冒険1 魔法の城と黒い竜」 村山早紀作;巣町ひろみ絵 童心社 2016年3月

ケティ
魔女の血を受け継ぐ少女・くるみを守る使い魔、いつもは黒い子猫の姿をした妖精猫 「くるみの冒険2 万華鏡の夢」 村山早紀作;巣町ひろみ絵 童心社 2016年3月

ケティ
魔女の血を受け継ぐ少女・くるみを守る使い魔、いつもは黒い子猫の姿をした妖精猫 「くるみの冒険3 竜の王子」 村山早紀作;巣町ひろみ絵 童心社 2016年3月

ケトルくん
ながいあいだにんげんにつかわれて「つくもがみ」になったやかん 「モンスター・ホテルでパトロール」 柏葉幸子作;高畠純絵 小峰書店 2017年4月

ケニー 長尾 けにー・ながお
ダンスイベントに出ることになった女子高生のあずさとジミーズのダンスコーチ、世界大会で活躍したほどの名ダンサー 「ガールズ・ステップ 映画ノベライズ」 宇山佳佑原作;江頭美智留脚本;影山由美著 集英社(集英社みらい文庫) 2015年8月

ケビン ヨシノ けびん・よしの
福生でミリタリーショップを経営する日系アメリカ人の男 「名探偵コナン 異次元の狙撃手(スナイパー)」 青山剛昌原作;水稀しま著 小学館(小学館ジュニアシネマ文庫) 2014年4月

ケヤキ
重茂半島にある森に300年以上生きてきたケヤキ、東日本大震災を経験した木 「浜人(はんもうど)の森2011」 及川和男作;小坂修治さし絵 本の泉社 2013年12月

ケリー・シード
トパーズ荘の庭にきた植物学の博士、わかい女の人 「ジャレットのきらきら魔法-魔法の庭ものがたり17」 あんびるやすこ作・絵 ポプラ社(ポプラ物語館) 2015年7月

ゲルブ
ドイツの平和を守るための武装集団「ホテルベルリン」の最高幹部の若者 「怪盗クイーンケニアの大地に立つ」 はやみねかおる作;K2商会絵 講談社(青い鳥文庫) 2017年9月

ケン
ベットの上でいろんな生きものを思いうかべる就眠儀式をする十三歳の少年 「少年・空へ飛ぶ」 おぎぜんた著;高畠純絵 偕成社 2016年3月

けんた

ゲン
ゲームの「勇者伝説・ドミリア国物語」の主人公、闇の魔王ディラゴスからドミリア国を救う勇者に選ばれたドミリアントに住む少年 「IQ探偵ムー 勇者伝説〜冒険のはじまり」 深沢美潮作;山田J太画 ポプラ社(ポプラカラフル文庫) 2015年4月

けんいち
きゅうにおみこしをかつぎたくなったといいだしたじてんしゃの持ち主の男の子 「じてんしゃのほねやすみ」 村上しいこ作;長谷川義史絵 PHP研究所(とっておきのどうわ) 2016年11月

けんいち
とびばこのテストがあるためお昼休みに体育館へ練習しに行った小学生の男の子 「とびばこのひるやすみ」 村上しいこ作;長谷川義史絵 PHP研究所(とっておきのどうわ) 2013年8月

謙吾先輩　けんごせんぱい
S高校の2年生の男子、皐月祭でシークレットライブをするバンドのリーダー 「真代家こんぷれっくす! [3] Sentimental daysココロをつなぐメロディ」 宮沢みゆき著;久世みずき原作・イラスト 小学館(小学館ジュニア文庫) 2014年6月

ゲンさん
4年生の友里たちのボランティア活動の場所となった団地の自治会長、ひとり暮らしのおじいさん 「ときめき団地の夏祭り」 宇佐美牧子作;小栗麗加画 くもん出版 2015年12月

健司　けんじ
県立逢魔高校の生徒、誰もいない夜の学校でクラスメイトの遥のバラバラになった「カラダ」を探すことになった男の子 「カラダ探し 1」 ウェルザード著;woguraイラスト 双葉社(双葉社ジュニア文庫) 2016年11月

玄奘　げんじょう
中国は唐の国の若者、「わらべ歌」が武器の仏門の妖怪ハンター 「西遊記〜はじまりのはじまり〜」 浜崎達也著;チャウ・シンチー製作・脚本・監督 小学館(小学館ジュニア文庫) 2014年11月

ゲンゾウおじいちゃん
小学生のケンタのおじいちゃん、外国でまほうの研究をするがくしゃ 「まほうデパート本日かいてん!」 山野辺一記作;木村いこ絵 金の星社 2015年8月

ケンタ
おとうとのリオンにいじわるしたためオニのあかカクにつれさられた男の子 「オニのすみかでおおあばれ!」 藤真知子作;村田桃香絵 岩崎書店(おはなしトントン) 2015年10月

ケンタ
まほうどうぐがたくさんある「まほうデパート」の店長になった小学生の男の子 「まほうデパート本日かいてん!」 山野辺一記作;木村いこ絵 金の星社 2015年8月

ケンタ
写真家のパパと妹のミノリとニュージーランドの南島の「北の森」に住む十一歳の男の子 「続・12月の夏休み ケンタとミノリのつづきの冒険日記」 川端裕人作;杉田比呂美絵 偕成社 2014年12月

ケンタ
東京のはずれにある古い町・葵町に住むいたずら大好きな悪ガキ七人の一人、ケーキ屋の息子で弱虫の五年生 「悪ガキ7 [1] いたずらtwinsと仲間たち」 宗田理著 静山社 2013年3月

ケンタ
東京のはずれにある古い町・葵町に住むいたずら大好きな悪ガキ七人の一人、ケーキ屋の息子で弱虫の五年生 「悪ガキ7 [2] モンスター・デスマッチ!」 宗田理著 静山社 2013年10月

173

けんた

ケンタ
東京のはずれにある古い町・葵町に住むいたずら大好きな悪ガキ七人の一人、ケーキ屋の息子で弱虫の五年生 「悪ガキ7 [3] タイ行きタイ!」 宗田理著 静山社 2014年12月

ケンタ
東京のはずれにある古い町・葵町に住むいたずら大好きな悪ガキ七人の一人、ケーキ屋の息子で弱虫の五年生 「悪ガキ7 [4] 転校生は魔女!?」 宗田理著 静山社 2015年7月

ケンタ
東京のはずれにある古い町・葵町に住むいたずら大好きな悪ガキ七人の一人、ケーキ屋の息子で弱虫の五年生 「悪ガキ7 [5] 人工知能は悪ガキを救う!?」 宗田理著 静山社 2017年2月

ゲンタ
ロックバンドのボーカリスト、転倒事故にあって小学生のゲンタと体が入れ替わった25歳の青年 「ゲンタ!」 風野潮著 ほるぷ出版 2013年6月

源太　げんた
古本屋「ムジナ堂」の小4の立ち読み常連客、「ムジナ探偵局」のおしかけ助手 「ムジナ探偵局 [9] 火の玉合戦」 富安陽子作;おかべりか画 童心社 2014年9月

玄太　げんた
戦争の傷跡が残る九州の田舎町の五年生、認知症のひいおじいさんと暮らしている少年 「ガラスのベーゴマ」 權なほ作;久永フミノ絵 朝日学生新聞社 2015年11月

けんたろう
カッコいいお兄さん・しゅくだいハンターにしゅくだいをてつだってもらった男の子 「おまかせ!しゅくだいハンター」 山野辺一記作;常永美弥絵 金の星社 2014年11月

健太郎　けんたろう
小学六年生、ベイスターズファンの広記の友だち 「青空トランペット」 吉野万理子作;宮尾和孝絵 学研プラス(ティーンズ文学館) 2017年10月

けんと
小学校のかえりみちで見つけたふしぎなポストに20てんのテストをいれた男の子 「まほうのゆうびんポスト」 やまだともこ作;いとうみき画; 金の星社 2017年9月

ゲント
空飛ぶ魔女が住んでいるコリコの町の元町長、骨身を惜しまず町のために働いてきた五十八歳の男 「キキに出会った人びと」 角野栄子作;佐竹美保画 福音館書店(福音館創作童話シリーズ) 2016年1月

ケントマ
宮廷大学冒険組合所属のチタンの先輩、日雇いで肉体労働をしている43歳の男 「犬と魔法のファンタジー」 田中ロミオ著 小学館(小学館ジュニア文庫) 2015年7月

【こ】

来衣守神　こいかみしん
東京にあるオリプロ・キッズスクールの近くにある来衣守神社の神、難関突破と恋の神様 「アイドル・ことまり! 1－コイがつれてきた恋!?」 令丈ヒロ子作;亜沙美絵 講談社(青い鳥文庫) 2017年4月

小泉　紅子　こいずみ・あかこ
魔女、マジックが得意な高校生・快斗のクラスメート 「まじっく快斗1412 2」 青山剛昌原作;浜崎達也著 小学館(小学館ジュニア文庫) 2015年3月

こうき

小泉 真子　こいずみ・まこ
桜ヶ丘スケートクラブ所属で桜ヶ丘中学校の一年生、水島塁のいとこでがんばり屋の少女
「氷の上のプリンセス ジュニア編1」風野潮作;Nardack絵　講談社(青い鳥文庫)　2017年
12月

小泉 真子　こいずみ・まこ
中学1年のかすみと同じスケートクラブに通う同級生、がんばり屋で正義感の強い少女 「氷
の上のプリンセス エアメールの約束」風野潮作;Nardack絵　講談社(青い鳥文庫)　2016
年9月

小泉 真子　こいずみ・まこ
中学1年のかすみと同じスケートクラブに通う同級生、がんばり屋で正義感の強い少女 「氷
の上のプリンセス 夢への強化合宿」風野潮作;Nardack絵　講談社(青い鳥文庫)　2016年
2月

小泉 真子　こいずみ・まこ
二年前から「桜ケ丘スケートクラブ」でスケートを習っているがんばり屋で正義感の強い六年
生の少女 「氷の上のプリンセス ジゼルがくれた魔法の力」風野潮作;Nardack絵　講談社
(青い鳥文庫)　2014年3月

小泉 真子　こいずみ・まこ
二年前から「桜ケ丘スケートクラブ」でスケートを習っているがんばり屋で正義感の強い六年
生の少女 「氷の上のプリンセス シンデレラの願い」風野潮作;Nardack絵　講談社(青い
鳥文庫)　2017年2月

小泉 真子　こいずみ・まこ
二年前から「桜ケ丘スケートクラブ」でスケートを習っているがんばり屋で正義感の強い六年
生の少女 「氷の上のプリンセス 自分を信じて!」風野潮作;Nardack絵　講談社(青い鳥
文庫)　2017年9月

小泉 理子　こいずみ・りこ
D小に転校してきた四年生、同級生の悠太と同じアパートに引っ越してきた女の子 「ぼく
らは鉄道に乗って」三輪裕子作;佐藤真紀子絵　小峰書店(ブルーバトンブックス)　2016
年12月

五井 すみれ　ごい・すみれ
三ツ谷小学校六年生、世界レベルの運動神経を誇るスポーツ少女 「世界一クラブ 最強の
小学生、あつまる!」大空なつき作;明菜絵　KADOKAWA(角川つばさ文庫)　2017年9月

ご隠居さま　ごいんきょさま
「人形つかい」の力がある女の子・小梅のじいちゃんのおじさん、日本舞踊などを教えてい
る本家のご隠居 「人形つかい小梅の事件簿2 恐怖!笑いが消えた街」安田依央作;きろば
いと絵　集英社(集英社みらい文庫)　2014年4月

コウ(羽柴 紘)　こう(はしば・こう)
西高校の2年生、勉強も美術も一番で同じ美術部員のユキに嫉妬されていた男の子 「通
学電車［3］ずっとずっと君を好き」みゆ作;朝吹まり絵　集英社(集英社みらい文庫)
2017年12月

郷 江見香　ごう・えみか
クラスメイトの美馬とフィギアスケートを習うことになった小学4年生のお嬢様 「ライバル・オ
ン・アイス 1」吉野万理子作;げみ絵　講談社　2016年10月

甲吉(捨吉)　こうきち(すてきち)
上州の石屋「大江屋」の石工見習い、石神を祀る荒れ地からやってきたという天才肌で素
性の謎めいた少年 「石の神」田中彩子作;一色画　福音館書店(福音館創作童話シリー
ズ)　2014年4月

175

こうく

コウくん
小学一年生、かあさんにしかられて一日家出した男の子 「家出しちゃった」 藤田千津作;
夏目尚吾絵 文研出版（わくわくえどうわ） 2013年3月

ゴウくん
東京に住む小学2年生、なかよしのトモに冬休みに千葉にひっこすとはなした男の子 「あ
め・のち・ともだち」 北原未夏子作;市居みか絵 国土社（ともだちって★いいな） 2015年6
月

香月 三郎　こうげつ・さぶろう
いじめられっこのタケシの末裔、地底をさまよったのち地上で蛇に変身した男 「地底の大
冒険－タケシと影を喰らう龍魔王」 私市保彦作;いしいつとむ画 てらいんく 2015年9月

高坂 渚くん　こうさか・なぎさくん
5年生の千歌のパパの再婚相手の息子、学校1モテる5年生の男の子 「渚くんをお兄ちゃ
んとは呼ばない ひみつの片思い」 夜野せせり作;森乃なっぱ絵 集英社（集英社みらい文
庫） 2017年11月

高坂 麗奈　こうさか・れいな
京都府立北宇治高校吹奏楽部の新入生、プロ演奏家の娘でトランペット担当の女の子
「響け!ユーフォニアム[1] 北宇治高校吹奏楽部へようこそ」 武田綾乃著 宝島社（宝島社
文庫） 2013年12月

香坂 鈴音（アメちゃん）　こうさか・れいん（あめちゃん）
青北中学校演劇部の一年生、正直すぎるのが長所でもあり欠点でもあるかわいい顔立ちの
少女 「劇部ですから！ Act.1 文化祭のジンクス」 池田美代子作;柚希きひろ絵 講談社
（青い鳥文庫） 2017年6月

香坂 鈴音（アメちゃん）　こうさか・れいん（あめちゃん）
青北中学校演劇部の一年生、正直すぎるのが長所でもあり欠点でもあるかわいい顔立ちの
少女 「劇部ですから！ Act.2 劇部の逆襲」 池田美代子作;柚希きひろ絵 講談社（青い
鳥文庫） 2017年10月

こうさぎたち
「びっくりや」でかってきたびっくりたねをうえたこうさぎたち 「びっくりたね」 安孫子ミチ作;
渡辺あきお絵 銀の鈴社（銀鈴・絵ものがたり） 2017年7月

コウさん
「占いハウス・龍の門」にやってきた男の人、龍神界から人間界に来た東方青龍族の王子
「龍神王子(ドラゴン・プリンス)! 1」 宮下恵茉作;kaya8絵 講談社（青い鳥文庫） 2014年2月

幸治郎おじさん　こうじろうおじさん
赤月グループの仕事で船上パーティーに来た旅館「あやめ」の支配人 「ナゾカケ」 ひなた
春花作;よん絵 ポプラ社（ポプラポケット文庫） 2014年7月

紅月 飛鳥　こうずき・あすか
二代目怪盗レッドのひとりで実行担当、運動神経ばつぐんな中学二年生の少女 「怪盗レッ
ド 13 少年探偵との共同作戦☆の巻」 秋木真作;しゅー絵 KADOKAWA（角川つばさ文
庫） 2017年3月

紅月 飛鳥（アスカ）　こうずき・あすか（あすか）
2代目怪盗レッドとなった女の子、運動神経ばつぐんの小学6年生 「怪盗レッド 1－2代目
怪盗、デビューする☆の巻」 秋木真作;しゅー絵 汐文社 2016年11月

紅月 飛鳥（アスカ）　こうずき・あすか（あすか）
怪盗レッド、アミューズメントビルのスカイタワーに遊びに行った中1の女の子 「怪盗レッド 2
－中学生探偵、あらわる☆の巻」 秋木真作;しゅー絵 汐文社 2016年12月

176

こうず

紅月 飛鳥（アスカ） こうずき・あすか（あすか）
怪盗レッド、学園祭にクラスでだすカフェの準備をしていた中1の女の子 「怪盗レッド 3－学園祭は、おおいそがし☆の巻」 秋木真作;しゅー絵 汐文社 2017年1月

紅月 飛鳥（アスカ） こうずき・あすか（あすか）
怪盗レッド、豪家客船・花音号に乗船した中1の女の子 「怪盗レッド 4－豪華客船で、怪盗対決☆の巻」 秋木真作;しゅー絵 汐文社 2017年2月

紅月 飛鳥（アスカ） こうずき・あすか（あすか）
怪盗レッドの実行担当、紅月圭のいとこで運動神経ばつぐんの中学生 「怪盗レッド 10 ファンタジスタからの招待状☆の巻」 秋木真作;しゅー絵 KADOKAWA（角川つばさ文庫）2014年4月

紅月 飛鳥（アスカ） こうずき・あすか（あすか）
怪盗レッドの実行担当、紅月圭のいとこで運動神経ばつぐんの中学生 「怪盗レッド 11 アスカ、先輩になる☆の巻」 秋木真作;しゅー絵 KADOKAWA（角川つばさ文庫）2015年3月

紅月 飛鳥（アスカ） こうずき・あすか（あすか）
怪盗レッドの実行担当、紅月圭のいとこで運動神経ばつぐんの中学生 「怪盗レッド 12 ぬすまれたアンドロイド☆の巻」 秋木真作;しゅー絵 KADOKAWA（角川つばさ文庫）2015年10月

紅月 飛鳥（アスカ） こうずき・あすか（あすか）
怪盗レッドの実行担当、紅月圭のいとこで運動神経ばつぐんの中学生 「怪盗レッド 8 からくり館から、大脱出☆の巻」 秋木真作;しゅー絵 角川書店（角川つばさ文庫）2013年2月

紅月 飛鳥（アスカ） こうずき・あすか（あすか）
怪盗レッドの実行担当、紅月圭のいとこで運動神経ばつぐんの中学生 「怪盗レッド 9 ねらわれた生徒会長選☆の巻」 秋木真作;しゅー絵 角川書店（角川つばさ文庫）2013年8月

紅月 圭　こうずき・けい
二代目怪盗レッドのひとりでナビ担当、パソコンが得意な中学二年生の天才少年 「怪盗レッド 13 少年探偵との共同作戦☆の巻」 秋木真作;しゅー絵 KADOKAWA（角川つばさ文庫）2017年3月

紅月 圭（ケイ） こうずき・けい（けい）
2代目怪盗レッドとなった男の子、パソコンが得意な小学6年生 「怪盗レッド 1－2代目怪盗、デビューする☆の巻」 秋木真作;しゅー絵 汐文社 2016年11月

紅月 圭（ケイ） こうずき・けい（けい）
怪盗レッド、アミューズメントビルのスカイタワーに遊びに行った中1の男の子 「怪盗レッド 2－中学生探偵、あらわる☆の巻」 秋木真作;しゅー絵 汐文社 2016年12月

紅月 圭（ケイ） こうずき・けい（けい）
怪盗レッド、パソコンが得意な中学生 「怪盗レッド 10 ファンタジスタからの招待状☆の巻」 秋木真作;しゅー絵 KADOKAWA（角川つばさ文庫）2014年4月

紅月 圭（ケイ） こうずき・けい（けい）
怪盗レッド、パソコンが得意な中学生 「怪盗レッド 11 アスカ、先輩になる☆の巻」 秋木真作;しゅー絵 KADOKAWA（角川つばさ文庫）2015年3月

紅月 圭（ケイ） こうずき・けい（けい）
怪盗レッド、パソコンが得意な中学生 「怪盗レッド 12 ぬすまれたアンドロイド☆の巻」 秋木真作;しゅー絵 KADOKAWA（角川つばさ文庫）2015年10月

紅月 圭（ケイ） こうずき・けい（けい）
怪盗レッド、パソコンが得意な中学生 「怪盗レッド 8 からくり館から、大脱出☆の巻」 秋木真作;しゅー絵 角川書店（角川つばさ文庫）2013年2月

こうす

紅月 圭（ケイ）　こうずき・けい（けい）
怪盗レッド、パソコンが得意な中学生　「怪盗レッド 9 ねらわれた生徒会長選☆の巻」　秋木真作;しゅー絵　角川書店（角川つばさ文庫）2013年8月

紅月 圭（ケイ）　こうずき・けい（けい）
怪盗レッド、学園祭にクラスでだすカフェの準備をしていた中1の男の子　「怪盗レッド 3－学園祭は、おおいそがし☆の巻」秋木真作;しゅー絵　汐文社　2017年1月

紅月 圭（ケイ）　こうずき・けい（けい）
怪盗レッド、豪家客船・花音号に乗船した中1の男の子　「怪盗レッド 4－豪華客船で、怪盗対決☆の巻」秋木真作;しゅー絵　汐文社　2017年2月

紅月 圭一郎　こうずき・けいいちろう
6年生の男の子・ケイのお父さん、初代怪盗レッド　「怪盗レッド 1－2代目怪盗、デビューする☆の巻」秋木真作;しゅー絵　汐文社　2016年11月

上月 さくら　こうずき・さくら
小学3年生、王兎小学校で一条春菜と出会った霊能力のある女の子　「心霊探偵ゴーストハンターズ 1 オーメンな学校に転校!?」石崎洋司作;かしのき彩画　岩崎書店　2016年11月

上月 さくら　こうずき・さくら
小学3年生、王兎小学校の心霊探偵団（ゴーストハンターズ）の一人　「心霊探偵ゴーストハンターズ 2 遠足も教室もオカルトだらけ!」石崎洋司作;かしのき彩画　岩崎書店　2017年5月

上月 さくら　こうずき・さくら
小学3年生、王兎小学校の心霊探偵団（ゴーストハンターズ）の一人でお祓い担当　「心霊探偵ゴーストハンターズ 3 妖怪さんとホラーな放課後?」石崎洋司作;かしのき彩画　岩崎書店　2017年11月

紅月 翼　こうずき・つばさ
6年生の女の子・アスカのお父さん、初代怪盗レッド　「怪盗レッド 1－2代目怪盗、デビューする☆の巻」秋木真作;しゅー絵　汐文社　2016年11月

コウスケ
音楽創作サークル「ソライロ」の歌い手、猫目男子の中学一年生　「ソライロ・プロジェクト 1 初投稿は夢のはじまり」一ノ瀬三葉作;夏芽もも絵　KADOKAWA（角川つばさ文庫）2017年6月

こうすけ
小学五年生、親友の太一とスガオとなぞをとく「妖怪ウォーズ」を結成した科学オタク　「妖怪ウォーズ→ 不死身のドクロ男がやってくる」たかのけんいち作;小路啓之絵　集英社（集英社みらい文庫）2015年7月

孝介　こうすけ
中学からの同級生・ひかりの彼氏、高校一年生のサッカー部員　「小説チア☆ダン 女子高生がチアダンで全米制覇しちゃったホントの話」林民夫映画脚本;みうらかれん文;榊アヤミ絵　KADOKAWA（角川つばさ文庫）2017年2月

コウスケ先輩　こうすけせんぱい
動画投稿する音楽創作サークル「ソライロ」で曲に歌声を入れているの中1の男の子　「ソライロ・プロジェクト 2 恋愛経験ゼロたちの恋うたコンテスト」一ノ瀬三葉作;夏芽もも絵　KADOKAWA（角川つばさ文庫）2017年11月

高津 さくら　こうず・さくら
小学五年生、地味でぜんぜん目立たない天然少女　「ロボット魔法部はじめます」中松まるは作;わたなべさちよ絵　あかね書房（スプラッシュ・ストーリーズ）2013年2月

ごうだ

孔晴　こうせい
三国志の天才軍師の孔明の双子の弟、病死した兄にかわり呉へ行くことを決意した男 「炎の風吹け妖怪大戦　妖怪道中三国志 5」 三田村信行作;十々夜絵　あかね書房　2017年11月

コウタ
幼稚園にかよう六さいの男の子、小学三年生のリョウの弟 「ぼくとお兄ちゃんのビックリ大作戦」 まつみりゅう作;荒木祐美絵　刈谷市・刈谷市教育委員会　2014年10月

コウダイ
そと遊びが好きな小学三年生、いつも教室にひとりでいるヒロトとなかよくなった男の子 「ふたりのカミサウルス」 平田昌広作;黒須高嶺絵　あかね書房(スプラッシュ・ストーリーズ)2016年11月

高台　和正　こうだい・かずまさ
名門家系・高台家の三兄妹弟の末っ子、兄の光正と同じくテレパシー能力をもつ男性 「高台家の人々　映画ノベライズ　みらい文庫版」 森本梢子原作;百瀬しのぶ;金子ありさ脚本　集英社(集英社みらい文庫)2016年4月

高台　茂子　こうだい・しげこ
名門家系・高台家の三兄妹弟の妹、兄の光正と同じくテレパシー能力をもつ女性 「高台家の人々　映画ノベライズ　みらい文庫版」 森本梢子原作;百瀬しのぶ著;金子ありさ脚本　集英社(集英社みらい文庫)2016年4月

高台　光正　こうだい・みつまさ
名門家系・高台家を継ぐ長男でエリートサラリーマン、人の心が読めるテレパシー能力を持つ男性 「高台家の人々　映画ノベライズ　みらい文庫版」 森本梢子原作;百瀬しのぶ著;金子ありさ脚本　集英社(集英社みらい文庫)2016年4月

コウタくん
四年生のハルカのおばあちゃんのちのとなりにすんでいる同い年の男の子 「はじけろ!パットライス」 くすのきしげのり作　あかね書房(スプラッシュ・ストーリーズ)2016年11月

香田　幸(シャチ姉)　こうだ・さち(しゃちねえ)
鎌倉で姉妹だけで暮らす香田家のしっかり者の長女、市民病院の看護師 「海街diary」百瀬しのぶ著;吉田秋生原作　小学館(小学館ジュニア文庫)2015年5月

剛田　猛男　ごうだ・たけお
イカツイ顔と大きな体でまったく高校生らしくない高校一年生、心やさしく純情な日本男児 「俺物語!!　映画ノベライズ　みらい文庫版」 アルコ原作;河原和音原作;松田朱夏著;野木亜紀子脚本　集英社(集英社みらい文庫)2015年10月

香田　千佳　こうだ・ちか
鎌倉で姉妹だけで暮らす香田家のマイペースな三女、地元のスポーツ用品店で働く末っ子 「海街diary」 百瀬しのぶ著;吉田秋生原作　小学館(小学館ジュニア文庫)2015年5月

郷田　剛　ごうだ・つよし
高校二年生・亮の学校の三年生で剣道部主将、亮の彼女・恵梨花の幼なじみ 「Bグループの少年 4」 櫻井春輝著　アルファポリス　2014年6月

香田　佳乃　こうだ・よしの
鎌倉で姉妹だけで暮らす香田家の自由奔放な次女、地元信用金庫に勤めるOL 「海街diary」 百瀬しのぶ著;吉田秋生原作　小学館(小学館ジュニア文庫)2015年5月

光太郎　こうたろう
野球がヘタでいつもチームに迷惑をかけてしまう少年 「妖狐ピリカ★ムー」 那須田淳作;佐竹美保絵　理論社　2013年9月

こうち

コウちゃん
6年生の女の子・ゆりあがずっと会いたかった昔転校していった友だち 「1% 2－絶対会えないカレ」 このはなさくら作;高上優里子絵 KADOKAWA（角川つばさ文庫） 2015年12月

こうちゃん（やまの こうさく）　こうちゃん（やまの・こうさく）
ひろとのクラスにやってきたてんこうせい、まい日まえにかよっていた小学校のせいふくをきてくる男の子 「こうちゃんとぼく」 くすのきしげのり作;黒須高嶺絵 講談社（どうわがいっぱい） 2017年6月

幸野 つむぎ　こうの・つむぎ
森咲東中学の1年生、図書館で見つけた本「ハッピーエンドシアター」の中に吸いこまれてしまった少女 「メデタシエンド。[1] ミッションはおとぎ話のお姫さま…のメイド役!?」 葵木あんね著;五浦マリイラスト 小学館（小学館ジュニア文庫） 2017年2月

幸野 つむぎ　こうの・つむぎ
森咲東中学の1年生、世界中の童話を集めた本「ハッピーエンドシアター」の中に吸いこまれてしまった少女 「メデタシエンド。[2] ミッションはおとぎ話の赤ずきん…の猟師役!?」 葵木あんね著;五浦マリイラスト 小学館（小学館ジュニア文庫） 2017年10月

公平　こうへい
「公子美容院」の息子、髪を金色にそめて家出したもえこの幼なじみでもうすぐ四年生の男の子 「サンドイッチの日」 吉田道子作;鈴木びんこ絵 文研出版（文研ブックランド） 2013年11月

幸平　こうへい
児童養護施設「丸光園」で育った少年、あばらやとなっている「ナミヤ雑貨展」に幼なじみと一緒に逃げこんだ少年 「ナミヤ雑貨店の奇蹟」 東野圭吾作;よん絵 KADOKAWA（角川つばさ文庫） 2017年9月

耕平　こうへい
明野神社にお参りに来る大工見習いの青年 「狛犬の佐助 迷子の巻」 伊藤遊作;岡本順絵 ポプラ社（ノベルズ・エクスプレス） 2013年2月

航平　こうへい
会社をやめて辰島にとつぜんもどってきた二十二歳の青年、中二の竜太の兄 「明日は海からやってくる」 杉本りえ作;スカイエマ絵 ポプラ社（ノベルズ・エクスプレス） 2014年4月

こうへい先生　こうへいせんせい
はるかという女の子のクラスの先生、ふしぎなじどうはんばいきにあったことがあるという男の人 「かえってきたまほうのじどうはんばいき」 やまだともこ作;いとうみき絵 金の星社 2013年9月

小海 マコト　こうみ・まこと
電子探偵団員、風浜市立旭小学校の6年生で推理力抜群の少年 「パスワードとホームズ4世new（改訂版）－風浜電子探偵団事件ノート5」 松原秀行作;梶山直美絵 講談社（青い鳥文庫） 2014年2月

小海 マコト　こうみ・まこと
電子探偵団員、風浜市立旭小学校の6年生で推理力抜群の少年 「パスワード謎旅行new（改訂版）－風浜電子探偵団事件ノート4」 松原秀行作;梶山直美絵 講談社（青い鳥文庫） 2013年3月

小海 マコト　こうみ・まこと
電子探偵団員、風浜市立旭小学校の6年生で推理力抜群の少年 「続パスワードとホームズ4世new（改訂版）－風浜電子探偵団事件ノート6」 松原秀行作;梶山直美絵 講談社（青い鳥文庫） 2014年3月

小海 マコト　こうみ・まこと
風浜ベイテレビの「パズル戦国時代」に出演した「電子探偵団」のひとり 「パスワード パズル戦国時代」 松原秀行作;梶山直美絵 講談社（青い鳥文庫） 2017年12月

180

小海 マコト　こうみ・まこと
風浜三中の1年生、探偵部員 「パスワード渦巻き少女(ガール)(風浜電子探偵団事件ノート28 中学生編)」 松原秀行作;梶山直美絵 講談社(青い鳥文庫) 2013年9月

小海 マコト　こうみ・まこと
風浜三中の1年生、探偵部員 「パスワード東京パズルデート(風浜電子探偵団事件ノート29 中学生編)」 松原秀行作;梶山直美絵 講談社(青い鳥文庫) 2014年8月

小海 マコト　こうみ・まこと
風浜三中の1年生探偵部員、アイドル野原たまみのドラマのエキストラとして孤島村尾島に行った男の子 「パスワードUMA騒動(風浜電子探偵団事件ノート30 中学生編)」 松原秀行作;梶山直美絵 講談社(青い鳥文庫) 2015年8月

小海 マコト　こうみ・まこと
風浜市に住む小学4年生、ミステリー小説が大好きな少年探偵 「パスワードはじめての事件－風浜電子探偵団エピソード0」 松原秀行作;梶山直美絵 講談社(青い鳥文庫) 2015年12月

小海 マコト　こうみ・まこと
風浜市立風浜三中1年生、「電子探偵団」のひとりで探偵部員 「パスワード学校の怪談」 松原秀行作;梶山直美絵 講談社(青い鳥文庫) 2017年2月

孔明　こうめい
三国志の中心人物、天才的な軍師だが争いごとがきらいで気弱な男 「幻影の町から大脱出 妖怪道中三国志 4」 三田村信行作;十々夜絵 あかね書房 2017年5月

孔明　こうめい
三国志の中心人物、天才的な軍師だが争いごとがきらいで気弱な男 「孔明vs.妖怪孔明 妖怪道中三国志 3」 三田村信行作;十々夜絵 あかね書房 2016年11月

孔明　こうめい
中学生の理宇がタイムスリップした先の古代中国で出会ったミステリアスな少年 「初恋三国志 りゅうびちゃん、英傑(ヒーロー)と出会う!」 水島朱音作;榎本事務所作;藤田香絵 KADOKAWA(角川つばさ文庫) 2014年8月

孔明(諸葛 亮)　こうめい(しょかつ・りょう)
「地獄三国志トーナメント」に出た中国の地獄の野球チーム「蜀ファイブタイガース」の監督 「戦国ベースボール [5] 三国志トーナメント編 1 信長、世界へ!」 りょくち真太作;トリバタケハルノブ絵 集英社(集英社みらい文庫) 2016年6月

孔明(諸葛 亮)　こうめい(しょかつ・りょう)
野球チーム「桶狭間ファルコンズ」の助っ人として地獄キャンプに招かれた「蜀ファイブタイガース」の監督 「戦国ベースボール [7] 三国志トーナメント編 3 赤壁の地獄キャンプ」 りょくち真太作;トリバタケハルノブ絵 集英社(集英社みらい文庫) 2016年11月

コウモリ男　こうもりおとこ
美しい若者に化けて魔女たちを誘惑してさらっていくコウモリのすがたをした男 「魔女バジルとなぞのほうき星」 茂市久美子作;よしざわけいこ絵 講談社(わくわくライブラリー) 2015年7月

五浦 大輔　ごうら・だいすけ
北鎌倉にある老舗「ビブリア古書堂」で働いている本が読めない体質の男 「ビブリア古書堂の事件手帖 2 栞子さんと謎めく日常」 三上延作;越島はぐ絵 KADOKAWA(角川つばさ文庫) 2017年5月

五浦 大輔　ごうら・だいすけ
北鎌倉駅の近くにある「ビブリア古書堂」に祖母の本を持って行った就活中の青年 「ビブリア古書堂の事件手帖－栞子さんと奇妙な客人たち」 三上延作;越島はぐ絵 KADOKAWA(角川つばさ文庫) 2016年8月

ごえじ

ゴエジイ
一円玉の四きょうだいをきょうりゅうを見るえんそくにつれていった五円玉のおじいさん 「1円くんと五円じい ハラハラきょうりゅうえんそく」 久住昌之作;久住卓也絵 ポプラ社 2013年6月

小枝 理子　こえだ・りこ
人気バンド「クリプレ」の大ファンで歌うことが好きな女子高生、八百屋の娘 「カノジョは嘘を愛しすぎてる」 宮沢みゆき著;青木琴美原作 小学館(小学館ジュニアシネマ文庫) 2013年11月

コオニ
小学三年生のツン子ちゃんがまよいこんだおとぎの国に住むいたずらな子鬼 「ツン子ちゃん、おとぎの国へ行く」 松本祐子作;佐竹美保絵 小峰書店(おはなしメリーゴーラウンド) 2013年11月

こおりの女王さま　こおりのじょおうさま
こおりの矢でさして心をつめたくしてしまうこおりの女王さま 「まじょ子とこおりの女王さま」 藤真知子作;ゆーちみえこ絵 ポプラ社(学年別こどもおはなし劇場) 2014年10月

古賀　こが
坊っちゃんが赴任した四国の田舎の中学校の英語教師、顔色の悪い男 「坊っちゃん」 夏目漱石作;竹中はる美編 小学館(小学館ジュニア文庫) 2017年3月

古賀　こが
坊っちゃんが赴任した四国の田舎の中学校の英語教師、顔色の青い男 「坊っちゃん」 夏目漱石作;後路好章編 角川書店(角川つばさ文庫) 2013年5月

孤金　こがね
わがままなお嬢様・マロンの家である桂木家と契約し富を与え続けている大妖怪、銀髪の美青年 「きんかつ! 恋する妖狐と舞姫の秘密」 宇津田晴著;わんにゃんぷーイラスト 小学館(小学館ジュニア文庫) 2017年7月

孤金　こがね
わがままなお嬢様・マロンの家である桂木家と契約し富を与え続けている大妖怪、銀髪の美青年 「きんかつ!」 宇津田晴著;わんにゃんぷーイラスト 小学館(小学館ジュニア文庫) 2017年1月

コキノさん
キマコ町に住む魔女、キキのお母さん 「キキとジジ 魔女の宅急便 特別編その2」 角野栄子作;佐竹美保画 福音館書店(福音館創作童話シリーズ) 2017年5月

コキバ
長い硬い毛でおおわれ緑の瞳の黒いけもの、少女ミアが出会った正体不明のもの 「竜が呼んだ娘 やみ倉の竜」 柏葉幸子作;佐竹美保絵 朝日学生新聞社 2017年8月

黒衣の男　こくいのおとこ
封魔の楊月が蘇州に向かう乗り合い馬車で同乗した黒衣姿の謎の治水技師、三十代の男 「封魔鬼譚 3 渾沌」 渡辺仙州作;佐竹美保絵 偕成社 2017年4月

国語じてん　こくごじてん
本の中から出てきたしゅじんこうたちと『たのしいことわざの国』という本の中に遠足にいったまんねん小学校図書室の国語じてん 「図書室の日曜日 遠足はことわざの国」 村上しいこ作;田中六大絵 講談社(わくわくライブラリー) 2016年11月

コクニくん
転校してきたばかりの小学五年生、同級生のマジ子とサギノと同じマンションに住む男の子 「メニメニハート」 令丈ヒロ子作;結布絵 講談社(青い鳥文庫) 2015年3月

黒風怪　こくふうかい
魏の曹操の命令で天才的軍師の孔明をつけねらうスパイ 「孔明vs.妖怪孔明 妖怪道中三国志 3」 三田村信行作;十々夜絵 あかね書房 2016年11月

木暮　こぐれ
桜ヶ丘中サッカー部顧問の草間が療養中に指揮をとることになった外部コーチ 「サッカーボーイズ卒業」 はらだみずき作;ゴツボリュウジ絵 KADOKAWA (角川つばさ文庫) 2016年11月

木暮　こぐれ
幼なじみのカズとコブちゃんと3人で男子からひま人あつかいされている4年生の男の子 「ひま人ヒーローズ!」 かみやとしこ作;木村いこ絵 ポプラ社 (ポプラ物語館) 2015年2月

コケッコおばさん
2年生のマキちゃんの家のぼくじょうにいるりっぱなめんどり 「こぶたのタミー」 かわのむつみ作;下間文恵絵 国土社 2015年3月

ココ
ドギーマギー動物学校に通うたれさがった耳がかわいいスコティッシュフォールド 「ドギーマギー動物学校 3 世界の海のプール」 姫川明月作・絵 角川書店 (角川つばさ文庫) 2013年7月

ココ
ドギーマギー動物学校に通うたれさがった耳がかわいいスコティッシュフォールド 「ドギーマギー動物学校 4 動物園のぼうけん」 姫川明月作・絵 KADOKAWA (角川つばさ文庫) 2013年12月

ココ
ドギーマギー動物学校に通うたれさがった耳がかわいいスコティッシュフォールド 「ドギーマギー動物学校 5 遠足でハプニング!」 姫川明月作・絵 KADOKAWA (角川つばさ文庫) 2014年6月

ココ
ドギーマギー動物学校に通うたれさがった耳がかわいいスコティッシュフォールド 「ドギーマギー動物学校 6 雪山レースとバレンタイン」 姫川明月作・絵 KADOKAWA (角川つばさ文庫) 2015年1月

ココ
ドギーマギー動物学校に通うたれさがった耳がかわいいスコティッシュフォールド 「ドギーマギー動物学校 7 サーカスと空とび大会」 姫川明月作・絵 KADOKAWA (角川つばさ文庫) 2015年6月

ココ
ドギーマギー動物学校に通うたれさがった耳がかわいいスコティッシュフォールド 「ドギーマギー動物学校 8 すてられた子犬たち」 姫川明月作・絵 KADOKAWA (角川つばさ文庫) 2016年5月

ココア
ココア色とミルク色のツートンカラーの小型モンスター、「これから村」の村長見習いで力持ち 「モンハン日記ぽかぽかアイルー村[6] 手紙の謎をゆる〜り解明ニャ！！」 相坂ゆうひ作;マーブルCHIKO絵 KADOKAWA (角川つばさ文庫) 2014年2月

ココア
ココア色とミルク色のツートンカラーの小型モンスター、「これから村」の村長見習いで力持ち 「モンハン日記ぽかぽかアイルー村[7] 爆笑!? わくわくかくし芸大会ニャ!」 相坂ゆうひ作;マーブルCHIKO絵 KADOKAWA (角川つばさ文庫) 2014年7月

ここあ

ココア
ココア色とミルク色のツートンカラーの小型モンスター、「これから村」の村長見習いで力持ち 「モンハン日記ぽかぽかアイルー村[8] やってきました、ぽかぽか島」 相坂ゆうひ作;マーブルCHIKO絵 KADOKAWA(角川つばさ文庫) 2015年1月

ココアくん
マーチくんの友だち、いたずらの名人 「コアラのマーチくん」 柴野理奈子著;アヤオ絵 集英社(集英社みらい文庫) 2015年6月

ココダシ
穴ぽこ町の地下にもぐったままの妖怪、地殻変動をひきおこすやつ 「洞窟で待っていた」 松崎有理作;横山えいじ絵 岩崎書店(21世紀空想科学小説) 2013年11月

ココちゃん
おかあさんが3さいのナッちゃんのおとうさんとけっこんしておねえちゃんになった1年生女の子 「おねえちゃんって、いっつもがまん!?」 いとうみく作;つじむらあゆこ絵 岩崎書店 2017年7月

ココネちゃん(希月 心音) ここねちゃん(きづき・ここね)
「成歩堂なんでも事務所」のメンバー、18歳で弁護士資格を取った天才少女 「逆転裁判 逆転空港」 高瀬美恵作;カプコンカバー絵;菊野郎挿絵 KADOKAWA(角川つばさ文庫) 2017年2月

ココモモ
イチゴの天然酵母の中から生まれてきた体全体がうすいピンク色のパンの妖精 「妖精のあんパン」 斉藤栄美作;染谷みのる絵 金の星社 2017年3月

小坂井 輝 こさかい・てる
多丸中央小学校四年生、動物が大好きな心やさしい男の子 「ルルル♪動物病院 1 走れ、ドクター・カー」 後藤みわこ作;十々夜絵 岩崎書店 2014年8月

小坂井 輝 こさかい・てる
多丸中央小学校四年生、動物が大好きな心やさしい男の子 「ルルル♪動物病院 2 猫と話す友だち」 後藤みわこ作;十々夜絵 岩崎書店 2015年2月

小坂井 輝 こさかい・てる
多丸中央小学校四年生、動物が大好きな心やさしい男の子 「ルルル♪動物病院 3 きみは子犬のお母さん」 後藤みわこ作;十々夜絵 岩崎書店 2016年2月

小坂 悠馬 こさか・ゆうま
つつじ台中学校バスケ部の一年生、女子バスケ部員の麻衣の好きな男子 「キミと、いつか。[1] 近すぎて言えない"好き"」 宮下恵茉作;染川ゆかり絵 集英社(集英社みらい文庫) 2016年3月

小坂 悠馬 こさか・ゆうま
男子バスケ部の中学一年生、女子バスケ部の麻衣とつきあいはじめた少年 「キミと、いつか。[5] すれちがう"こころ"」 宮下恵茉作;染川ゆかり絵 集英社(集英社みらい文庫) 2017年7月

小桜四郎 こざくらしろう
忍びの一族・橘北家の総師の十郎左の末娘、くのいちと丁稚と二つの顔を持つ少女 「春待つ夜の雪舞台-くのいち小桜忍法帖4」 斉藤洋作;大矢正和絵 あすなろ書房 2017年2月

小里 こざと
近江国の篠原駅家をとりしきる家に生まれ駅子にあこがれている13歳の少女 「駅鈴(はゆまのすず)」 久保田香里作 くもん出版 2016年7月

184

ごしょ

小雨 こさめ
明治のはじめに医者がいない村を師匠の薬売り・時雨とたずね歩く弟子の少年 「夢見の占い師」 楠章子作;トミイマサコ絵 あかね書房 2017年11月

腰越 こしごえ
小学四年生の時に野外学習で訪れた山で魔女から一度死んでも蘇る木の実をもらった六人の一人、同級生の藤沢が気になる男子高校生 「もうひとつの命」 入間人間著 KADOKAWA(メディアワークス文庫) 2017年12月

小柴 里美 こしば・さとみ
中学一年の高峰さんが友達になりたいという女の子、おとなしい優等生 「おなやみ相談部」 みうらかれん著 講談社 2015年8月

小柴 芽衣 こしば・めい
矢折中学1年生の森野しおりの同じクラスの親友、陽気で気さくな女の子 「ドラキュラの町で、二人は」 名木田恵子作;山田デイジー絵 講談社(青い鳥文庫) 2017年2月

小島 サキ(サキちゃん) こじま・さき(さきちゃん)
吸血鬼のノダちゃんのともだち、自由研究でトマトの観察をしていた三年生の女の子 「まほうの自由研究(なのだのノダちゃん)」 如月かずさ作;はたこうしろう絵 小峰書店 2017年6月

小島 早苗 こじま・さなえ
いじめを受けていた小学生のときに神隠しにあったことがあるという小学校の養護教諭 「神隠しの教室」 山本悦子作;丸山ゆき絵 童心社 2016年10月

五島 野依 ごしま・のえ
御図第一小学校六年生、自分では抑えることのできない衝動を抱え大人から危険視されている少年 「少年Nの長い長い旅 01」 石川宏千花著;岩本ゼロゴ画 講談社(Ya! entertainment) 2016年9月

五島 野依 ごしま・のえ
都市伝説「猫殺し13きっぷ」によって異世界に飛ばされた7人の少年少女の一人、異世界では神官 「少年Nのいない世界 01」 石川宏千花著 講談社(講談社タイガ) 2016年9月

小清水 玉子 こしみず・たまこ
5年生の転校生・千世と親友になったクラスメイト、芸能人みたいにかわいい女の子 「こちら魔王110番!」 五嶋りっか著;吉野花イラスト 小学館(小学館ジュニア文庫) 2016年8月

越山 識 こしやま・しき
地味でひかえめな文学少年、文蔵高校入学早々クイズ研究会に勧誘された一年生 「ナナマルサンバツ 1 きみもクイズ王にならないか!?」 杉基イクラ原作・絵;伊豆平成文 KADOKAWA(角川つばさ文庫) 2013年10月

越山 識 こしやま・しき
地味でひかえめな文学少年、文蔵高校入学早々クイズ研究会に勧誘された一年生 「ナナマルサンバツ 2 人生を変えるクイズ」 杉基イクラ原作・絵;伊豆平成文 KADOKAWA(角川つばさ文庫) 2014年4月

ご主人さま ごしゅじんさま
脳腫瘍で余命宣告された三十歳くらいの郵便配達員の青年、猫のキャベツの飼い主 「世界からボクが消えたなら」 川村元気原作;涌井学著 小学館(小学館ジュニア文庫) 2016年3月

呉承恩(阿恩) ごしょうおん(あおん)
淮安府の商人の息子、本と物語が好きな聡明な顔つきの十四歳の少年 「文学少年と運命の書」 渡辺仙州作 ポプラ社(Teens' entertainment) 2014年9月

こじろ

コジロー
キビの国のはずれにあるアシュラとりでにすみついた三悪人の一人、ほねのミフネリュウ
「ほねほねザウルス 12 アシュラとりでのほねほねサムライ」 カバヤ食品株式会社原案・
監修 岩崎書店 2014年7月

コズエ
同級生の慧の温泉宿で母親が住み込みで働くことになった転校生、なんでもまくのが好き
な女の子 「まく子」 西加奈子著 福音館書店 2016年2月

梢さん　こずえさん
骨董店「アンティーク・シオン」に来た客、失業して都会から実家に帰ってきた若い女の人
「アンティーク・シオンの小さなきせき」 茂市久美子作;黒井健絵 学研プラス 2016年6月

小塚 和彦　こずか・かずひこ
「探偵チームKZ」のメンバーの一人、社会と理科が得意な中学一年生 「バレンタインは
知っている(探偵チームKZ事件ノート)」 藤本ひとみ原作;住滝良文 講談社(青い鳥文
庫) 2013年12月

小塚 和彦　こずか・かずひこ
開生高校付属中学一年、やさしくておっとりした性格で社会と理科が得意な少年 「桜坂は
罪をかかえる(KZ'Deep File)」 藤本ひとみ著 講談社 2016年10月

小塚 和彦　こずか・かずひこ
開生高校付属中学一年、やさしくておっとりした性格で社会と理科が得意な少年 「青い真
珠は知っている(KZ'Deep File)」 藤本ひとみ著 講談社 2015年12月

小塚 和彦　こずか・かずひこ
開生高校付属中学二年、やさしくておっとりした性格で社会と理科が得意な少年 「いつの
日か伝説になる(KZ'Deep File)」 藤本ひとみ著 講談社 2017年5月

小塚 和彦　こずか・かずひこ
塾仲間の上杉和典と南アルプスの麓の赤石村で待ち合わせした社会と理科が得意な中学
二年生 「断層の森で見る夢は(KZ'Deep File)」 藤本ひとみ著 講談社 2017年11月

小塚 和彦　こずか・かずひこ
進学塾「秀明ゼミナール」で知り合った五人の仲間と「KZリサーチ事務所」を作ったやさしく
ておっとりした中学一年生の少年 「アイドル王子は知っている(探偵チームKZ事件ノー
ト)」 藤本ひとみ原作;住滝良文 講談社(青い鳥文庫) 2016年12月

小塚 和彦　こずか・かずひこ
進学塾「秀明ゼミナール」で知り合った五人の仲間と「KZリサーチ事務所」を作ったやさしく
ておっとりした中学一年生の少年 「お姫さまドレスは知っている(探偵チームKZ事件ノー
ト)」 藤本ひとみ原作;住滝良文 講談社(青い鳥文庫) 2014年7月

小塚 和彦　こずか・かずひこ
進学塾「秀明ゼミナール」で知り合った五人の仲間と「KZリサーチ事務所」を作ったやさしく
ておっとりした中学一年生の少年 「ハート虫は知っている(探偵チームKZ事件ノート)」
藤本ひとみ原作;住滝良文;駒形絵 講談社(青い鳥文庫) 2014年3月

小塚 和彦　こずか・かずひこ
進学塾「秀明ゼミナール」で知り合った五人の仲間と「KZリサーチ事務所」を作ったやさしく
ておっとりした中学一年生の少年 「黄金の雨は知っている(探偵チームKZ事件ノート)」
藤本ひとみ原作;住滝良文;駒形絵 講談社(青い鳥文庫) 2015年3月

小塚 和彦　こずか・かずひこ
進学塾「秀明ゼミナール」で知り合った五人の仲間と「KZリサーチ事務所」を作ったやさしく
ておっとりした中学一年生の少年 「学校の都市伝説は知っている(探偵チームKZ事件
ノート)」 藤本ひとみ原作;住滝良文;駒形絵 講談社(青い鳥文庫) 2017年3月

小塚 和彦　こずか・かずひこ
進学塾「秀明ゼミナール」で知り合った五人の仲間と「KZリサーチ事務所」を作ったやさしくておっとりした中学一年生の少年　「危ない誕生日ブルーは知っている(探偵チームKZ事件ノート)」　藤本ひとみ原作;住滝良文;駒形絵　講談社(青い鳥文庫)　2017年7月

小塚 和彦　こずか・かずひこ
進学塾「秀明ゼミナール」で知り合った五人の仲間と「KZリサーチ事務所」を作ったやさしくておっとりした中学一年生の少年　「七夕姫は知っている(探偵チームKZ事件ノート)」　藤本ひとみ原作;住滝良文;駒形絵　講談社(青い鳥文庫)　2015年7月

小塚 和彦　こずか・かずひこ
進学塾「秀明ゼミナール」で知り合った五人の仲間と「KZリサーチ事務所」を作ったやさしくておっとりした中学一年生の少年　「初恋は知っている 若武編(探偵チームKZ事件ノート)」　藤本ひとみ原作;住滝良文;駒形絵　講談社(青い鳥文庫)　2013年7月

小塚 和彦　こずか・かずひこ
進学塾「秀明ゼミナール」で知り合った五人の仲間と「KZリサーチ事務所」を作ったやさしくておっとりした中学一年生の少年　「消えた美少女は知っている(探偵チームKZ事件ノート)」　藤本ひとみ原作;住滝良文;駒形絵　講談社(青い鳥文庫)　2015年10月

小塚 和彦　こずか・かずひこ
進学塾「秀明ゼミナール」で知り合った五人の仲間と「KZリサーチ事務所」を作ったやさしくておっとりした中学一年生の少年　「青いダイヤが知っている(探偵チームKZ事件ノート)」　藤本ひとみ原作;住滝良文;駒形絵　講談社(青い鳥文庫)　2014年10月

小塚 和彦　こずか・かずひこ
進学塾「秀明ゼミナール」で知り合った五人の仲間と「KZリサーチ事務所」を作ったやさしくておっとりした中学一年生の少年　「赤い仮面は知っている(探偵チームKZ事件ノート)」　藤本ひとみ原作;住滝良文;駒形絵　講談社(青い鳥文庫)　2014年12月

小塚 和彦　こずか・かずひこ
進学塾「秀明ゼミナール」で知り合った五人の仲間と「KZリサーチ事務所」を作ったやさしくておっとりした中学一年生の少年　「探偵チームKZ事件ノート」　藤本ひとみ原作;住滝良原作;田浦智美文　講談社　2016年2月

小塚 和彦　こずか・かずひこ
進学塾「秀明ゼミナール」で知り合った五人の仲間と「KZリサーチ事務所」を作ったやさしくておっとりした中学一年生の少年　「本格ハロウィンは知っている(探偵チームKZ事件ノート)」　藤本ひとみ原作;住滝良文;駒形絵　講談社(青い鳥文庫)　2016年7月

小塚 和彦　こずか・かずひこ
進学塾「秀明ゼミナール」で知り合った五人の仲間と「KZリサーチ事務所」を作ったやさしくておっとりした中学一年生の少年　「妖怪パソコンは知っている(探偵チームKZ事件ノート)」　藤本ひとみ原作;住滝良文;駒形絵　講談社(青い鳥文庫)　2016年3月

小塚 和彦　こずか・かずひこ
進学塾「秀明ゼミナール」で知り合った五人の仲間と「KZリサーチ事務所」を作ったやさしくておっとりした中学一年生の少年　「裏庭は知っている(探偵チームKZ事件ノート)」　藤本ひとみ原作;住滝良文;駒形絵　講談社(青い鳥文庫)　2013年3月

小塚 真澄　こずか・ますみ
河瀬原中学校一年生、りりしい顔立ちと性格でクラス委員長もつとめる少女　「ひみつの図書館! 1『人魚姫』からのSOS!?」　神代明作;おのともえ絵　集英社(集英社みらい文庫)　2014年4月

牛頭鬼　ごずき
とざされた小学校で6年生の大翔を追う恐ろしい鬼、牛の頭をした化け物　「絶望鬼ごっこ」　針とら作;みもり絵　集英社(集英社みらい文庫)　2015年4月

こすけ

コースケ
大学を卒業し司法試験合格をめざしている浪人、パソコンの達人 「怪盗は8日にあらわれる。―アルセーヌ探偵クラブ」 松原秀行作;菅野マナミ絵 KADOKAWA（角川つばさ文庫） 2014年3月

コスモ
強くなりたい気持ちが人一倍強い熱血初心者モンスターハンター 「モンスターハンタークロス ニャンターライフ[3] 氷雪の巨獣ガムート！」 相坂ゆうひ作;太平洋海絵 KADOKAWA（角川つばさ文庫） 2017年11月

御前　ごぜん
自称「貴族」で趣味は「探偵」という謎の紳士 「貴族探偵 みらい文庫版」 麻耶雄嵩作;きろばいと絵 集英社（集英社みらい文庫） 2017年5月

御前　ごぜん
自称「貴族」で趣味は「探偵」という謎の紳士 「貴族探偵対女探偵 みらい文庫版」 麻耶雄嵩作;きろばいと絵 集英社（集英社みらい文庫） 2017年5月

コータ
私立カシの木学院中等部一年生、いとこのカンタにたのまれて秋休みの五日間を知らないおばさんの家で過ごすことになった男の子 「ニレの木広場のモモモ館」 高楼方子作;千葉史子絵 ポプラ社（ノベルズ・エクスプレス） 2015年10月

コダイ8　こだいえいと
ほねほねランドに落ちてきた星「メテオランド」の住人、地底湖で生きてきた伝説の古代生物 「ほねほねザウルス 16 ティラノ・ベビーとなぞの巨大いんせき」 カバヤ食品株式会社原案・監修 岩崎書店 2016年7月

五代　幸太　ごだい・こうた
特別支援学校に通っている六年生男子、野球チーム「フレンズ」のメンバー 「プレイボール 3 ぼくらのチーム、大ピンチ！」 山本純士作;宮尾和孝絵 KADOKAWA（角川つばさ文庫） 2015年5月

コタさま
食べていたアイスの棒に「アタリ」の文字を発見した小学3年生の男の子 「ねこまつりのしょうたいじょう」 いとうみく作;鈴木まもる絵 金の星社 2016年9月

小谷　秀治　こたに・しゅうじ
転校先のさくらが転入したクラスで天才少年と言われている成績バツグンだがちょっと変わり者の六年生の少年 「七時間目の占い入門」 藤野恵美作;朝日川日和絵 講談社（青い鳥文庫） 2017年8月

コーチ（松山　修造）　こーち（まつやま・しゅうぞう）
子ども会のスポーツ大会に参加するイルカたちの野球のコーチ、熱血体育会系の人 「お願い！フェアリー♥ 15 キスキス！ホームラン！」 みずのまい作;カタノトモコ絵 ポプラ社 2015年9月

胡蝶先生　こちょうせんせい
書道家、いつも中国の思想家・老子の言葉を引用する絶世の美女 「猫入りチョコレート事件－見習い編集者・真島のよろず探偵簿」 藤野恵美著 ポプラ社（ポプラ文庫ピュアフル） 2015年7月

胡蝶先生　こちょうせんせい
書道家、いつも中国の思想家・老子の言葉を引用する絶世の美女 「老子収集狂事件－見習い編集者・真島のよろず探偵簿」 藤野恵美著 ポプラ社（ポプラ文庫ピュアフル） 2015年11月

コッチ
とこやさんのかがみのうしろにこっそりすんでいるおしゃれな小さなおばけ 「おばけのコッチわくわくとこやさん」 角野栄子作;佐々木洋子絵 ポプラ社(ポプラ社の新・小さな童話) 2016年8月

ゴッド・D　ごっどでぃー
ピエロ・ダントツとうららちゃんのおやこピエロに「大道芸ワールド・カップ」に出るよう誘った国せき不明の男 「大道芸ワールドカップねらわれたチャンピオン」 大原興三郎作;こぐれけんじろう絵 静岡新聞社 2013年10月

コットン
「なんでも魔女商会リフォーム支店」にいるめしつかい猫 「ハムスターのすてきなお仕事」あんびるやすこ著 岩崎書店(おはなしガーデン) 2016年11月

コットン
「なんでも魔女商会リフォーム支店」にいるめしつかい猫 「ピンクのドラゴンをさがしています」 あんびるやすこ著 岩崎書店(おはなしガーデン) 2017年6月

ごっとん
くまの子ごろりんのともだち、こやのそとでまわっている水車 「くまのごろりんと川のひみつ」やえがしなおこ作;ミヤハラヨウコ絵 岩崎書店(おはなしトントン) 2013年7月

五藤 修一　ごとう・しゅういち
医者の五藤宗徳の長男、多平爺に山の民との交流の場である切り株を教えてもらった七歳の男の子 「切り株ものがたり」 今井恭子作吉本宗画 福音館書店(福音館創作童話シリーズ) 2013年5月

五嶋 繭　ごとう・まゆ
ミニチュア作家、幽霊屋敷昭和邸に住んでいた女性の娘 「満月の娘たち」 安東みきえ著 講談社 2017年12月

後藤 道夫　ごとう・みちお
瀬谷中学校一年生、クラスメイトのテツオと小学校の時に対立していた男の子 「なりたて中学生 初級編」 ひこ・田中著 講談社 2015年1月

後藤 道夫　ごとう・みちお
瀬谷中学校一年生、クラスメイトのテツオと小学校の時に対立していた男の子 「なりたて中学生 中級編」 ひこ・田中著 講談社 2015年11月

古藤 結衣子(悪夢ちゃん)　ことう・ゆいこ(あくむちゃん)
明恵小学校五年生、予知夢で悪夢を見てしまうおとなしい女の子 「悪夢ちゃん 解決編」大森寿美男作;百瀬しのぶ文 KADOKAWA(角川つばさ文庫) 2013年5月

古藤 結衣子(悪夢ちゃん)　ことう・ゆいこ(あくむちゃん)
明恵小学校五年生、予知夢で悪夢を見てしまうおとなしい女の子 「悪夢ちゃん 謎編」 大森寿美男作;百瀬しのぶ文 KADOKAWA(角川つばさ文庫) 2013年4月

言問 ルカ(ドイル)　ことどい・るか(どいる)
引っこみじあんな小学五年生、パペット探偵団の書記 「パペット探偵団事件ファイル4 パペット探偵団となぞの新団員」 如月かずさ作;柴本翔絵 偕成社 2017年4月

ことね
全国大会優勝を目指す世羅高校女子陸上部の副キャプテン、チームをうしろから支えるリーダー 「駅伝ガールズ」 菅聖子作;榎のと絵 KADOKAWA(角川つばさ文庫) 2017年12月

言彦さん　ことひこさん
小学6年生の朱里が迷いこんだお屋敷の蔵の中で出会ったはかま姿のナゾの少年 「怪談いろはカルタ 急がばまわれど逃げられず」 緑川聖司作;紅緒絵 集英社(集英社みらい文庫) 2016年12月

ことみ

ことみ
なつやすみに山の中にあるおばあちゃんのいえにはじめてひとりで来た女の子 「星おとし」 宇佐美牧子作;下平けーすけ絵 文研出版(わくわくえどうわ) 2013年6月

古都村 詠子　ことむら・えいこ
祖母が営む「言葉屋」で言珠職人になるための修行をつんでいる中学一年生の少女 「言葉屋3 名前泥棒と論理魔法」 久米絵美里作;もとやままさこ絵 朝日学生新聞社 2016年12月

古都村 詠子　ことむら・えいこ
祖母が営む「言葉屋」で言珠職人になるための修行をつんでいる中学一年生の少女 「言葉屋4 おそろい心とすれちがいDNA」 久米絵美里作;もとやままさこ絵 朝日学生新聞社 2017年6月

古都村 詠子　ことむら・えいこ
祖母が営む「言葉屋」で言珠職人になるための修行をつんでいる六年生の少女 「言葉屋2 ことのは薬箱のつくり方」 久米絵美里作;もとやままさこ絵 朝日学生新聞社 2016年3月

古都村 詠子　ことむら・えいこ
本を読んだりぼんやり窓の外をながめたりするのが好きな五年生の少女 「言葉屋1 言箱と言珠のひみつ」 久米絵美里作;もとやままさこ絵 朝日学生新聞社 2014年11月

コトリ
「銀の城」のお姫さま・フウカの前にとつぜん現れた「元老院のつかい」と名のるキツネの面をしている謎の男の子 「らくだい魔女と闇の宮殿」 成田サトコ作;杉浦た美絵 ポプラ社(ポプラポケット文庫) 2013年10月

ことり
鞠香と二人でアイドルを目指す小学5年生、温泉旅館「春の屋」の若おかみ・おっこの親戚 「アイドル・ことまり! 1―コイがつれてきた恋!?」 令丈ヒロ子作;亜沙美絵 講談社(青い鳥文庫) 2017年4月

こなぎ
田んぼでつかまえたカエルを家で飼うことにした四年生の女の子 「カエルのメロン」 鬼村テコ作;本田亮絵 刈谷市 2017年10月

小西 真夜　こにし・まや
中学2年生、小学校入学以来同じクラスの千風のことをずっと目の敵にしている女の子 「風夢緋伝」 名木田恵子著 ポプラ社(Teens' best selections) 2017年3月

小西 もえ　こにし・もえ
モデルの秀徳と周りがあきれるほどのバカップルの女子高生 「ラブぱに エンドレス・ラバー」 宮沢みゆき著;八神千歳原案・イラスト 小学館(小学館ジュニア文庫) 2013年2月

小沼 智秋　こぬま・ちあき
お嬢様中学に通う中学一年生、ママが人気女優でおとなっぽい顔立ちの女の子 「アネモネ探偵団 1 香港式ミルクティーの謎」 近藤史恵作;のん絵 KADOKAWA(角川つばさ文庫) 2014年10月

子ねこ(ゴロン)　こねこ(ごろん)
小学一年生の「わたし」が夏休みの公園の草むらでみつけた元気のない子ねこ 「ミュウとゴロンとおにいちゃん」 小手鞠るい作;たかすかずみ絵 岩崎書店(おはなしトントン) 2016年1月

子ねこ(森ねこ)　こねこ(もりねこ)
小学生の男の子・タツキに「森のたね」を売った「森ねこ」と名のるみどりいろの子ねこ 「森ねこのふしぎなたね」 間瀬みか作;植田真絵 ポプラ社(本はともだち) 2015年11月

こばや

子猫（わさびちゃん）　こねこ（わさびちゃん）
2013年に路上で大怪我を負い三十代夫婦に保護された子猫　「わさびちゃんとひまわりの季節」　たざわりいこ著；わさびちゃん原作　小学館（小学館ジュニア文庫）　2014年2月

子ねこたち　こねこたち
たくやくんがピエロから買ったかんづめから出てきた五ひきの子ねこたち　「ねこのかんづめ」　北ふうこ作　学研教育出版（キッズ文学館）　2013年7月

コノミ
神さまにお仕えする眷属になったキツネの女の子　「超吉ガール5 絶交・超凶で大ピンチ!?の巻」　遠藤まり作；ふじつか雪絵　KADOKAWA（角川つばさ文庫）　2017年2月

古場 和人　こば・かずと
廃部の危機にある曙第二中学校放送部（ABC）の部長、機材担当の三年生の男の子　「ABC（エービーシー）! 曙第二中学校放送部」　市川朔久子著　講談社　2015年1月

小橋 龍之介　こばし・りゅうのすけ
十二歳の男の子だけが参加できる神柱祭で御崎神社から四万十川に飛びおりることになった六年生の少年　「夏っ飛び!」　横山充男作；よこやまようへい絵　文研出版（文研じゅべにーる）　2013年5月

小早川 秀秋　こばやかわ・ひであき
関ヶ原での戦いの前に石田三成側についていた戦国武将　「僕とあいつの関ヶ原」　吉田里香著；べっこイラスト　東京書籍　2014年6月

小早川 秀秋　こばやかわ・ひであき
戦国武将、豊臣秀吉の義理の甥で関ケ原の戦いで徳川家康方の東軍に寝返った男　「関ケ原で名探偵!!」　楠木誠一郎作；岩崎美奈子絵　講談社（青い鳥文庫）　2016年11月

小林 彩　こばやし・あや
小学生のエリカの同級生で大親友、おなじ町に引っ越してきたアイドルのユメのファンになった女の子　「放課後ファンタスマ! レディー・パープルの秘密」　桜木日向作；暁かおり絵　講談社（青い鳥文庫）　2015年6月

小林 彩　こばやし・あや
小学生のエリカの同級生で大親友、クラスでいちばんかわいい女の子　「放課後ファンタスマ! ドアのむこうにだれかいる」　桜木日向作；暁かおり絵　講談社（青い鳥文庫）　2015年4月

小林 彩　こばやし・あや
小学生のエリカの同級生で大親友、すもうファンの女の子　「放課後ファンタスマ! ささやく黒髪人形」　桜木日向作；あおいみつる絵　講談社（青い鳥文庫）　2015年11月

小林 健吾　こばやし・けんご
怪談が大好きでこわい話をたくさん知っている六年生の男の子　「七時間目の怪談授業」　藤野恵美作；朝日川日和絵　講談社（青い鳥文庫）　2017年5月

小林 健斗　こばやし・けんと
開生高校付属中学二年・上杉和典の小学校時代の親友、成績優秀でスポーツ万能だが貧困生活を送っている少年　「いつの日か伝説になる（KZ'Deep File）」　藤本ひとみ著　講談社　2017年5月

小林少年　こばやししょうねん
少年探偵団のリーダー、一途で素直な性格で明智探偵をリスペクトしている七代目小林少年　「超・少年探偵団NEO」　大宮一仁脚本；田中啓文小説　ポプラ社　2017年1月

小林 聖二　こばやし・せいじ
銀杏が丘第一小学校五年一組で一番成績が良い美少年、おばあちゃんが入院して元気がない少年　「IQ探偵ムー おばあちゃんと宝の地図」　深沢美潮作；山田J太画　ポプラ社（ポプラカラフル文庫）　2014年7月

191

こばや

小林 聖二　こばやし・せいじ
銀杏が丘第一小学校五年一組で一番成績が良い美少年、クラシック音楽の指揮者の息子
「IQ探偵ムー スケートリンクは知っていた(IQ探偵シリーズ)」深沢美潮作;山田J太画 ポプラ社　2013年4月

小林 聖二　こばやし・せいじ
銀杏が丘第一小学校五年一組で一番成績が良い美少年、杉下元の友達 「IQ探偵ムー マラソン大会の真実 上下」深沢美潮作;山田J太画 ポプラ社(ポプラカラフル文庫)
2013年4月

小林 春菜　こばやし・はるな
お母さんと二人で自立支援センターで暮らすことになった小学五年生の少女 「坂の上の図書館」池田ゆみる作;羽尻利門画 さ・え・ら書房 2016年7月

小林 ミカリ　こばやし・みかり
長恵寺の娘 「とんでろじいちゃん」山中恒作;そがまい絵 童話館出版(子どもの文学・青い海シリーズ) 2017年3月

小林 美咲　こばやし・みさき
ちょっとした勘違いでクラスの女子たちから毎日いやがらせを受けるようになった五年生の少女 「星空点呼 折りたたみ傘を探して」嘉成晴香作;柴田純与絵 朝日学生新聞社
2013年11月

小林 美咲　こばやし・みさき
小学五年生、ちょっと内気な女の子 「クマ・トモ ずっといっしょだよ」中村誠作;桃雪琴梨絵 KADOKAWA(角川つばさ文庫) 2016年10月

小林 十　こばやし・みつる
女子にモテモテでスポーツ万能の高校一年生、ゲーム好きな戦国武将オタク・愛の双子の兄 「小林が可愛すぎてツライっ!! ～放課後が過激すぎてヤバイっ!!」村上アンズ著;池山田剛原作・イラスト 小学館(小学館ジュニア文庫) 2013年7月

小林 十　こばやし・みつる
女子にモテモテでスポーツ万能の高校二年生、ゲーム好きな戦国武将オタク・愛の双子の兄 「小林が可愛すぎてツライっ!!～好きが加速しすぎてパないっ!!～」村上アンズ著;池山田剛原作・イラスト 小学館(小学館ジュニア文庫) 2014年11月

小林 愛(めご)　こばやし・めぐむ(めご)
ゲーム好きな戦国武将オタクの高校一年生、女子にモテモテな十の双子の妹 「小林が可愛すぎてツライっ!! ～放課後が過激すぎてヤバイっ!!」村上アンズ著;池山田剛原作・イラスト 小学館(小学館ジュニア文庫) 2013年7月

小林 愛(めご)　こばやし・めぐむ(めご)
ゲーム好きな戦国武将オタクの高校二年生、女子にモテモテな十の双子の妹で明智学園最強の男・蒼の彼女 「小林が可愛すぎてツライっ!!～好きが加速しすぎてパないっ!!～」村上アンズ著;池山田剛原作・イラスト 小学館(小学館ジュニア文庫) 2014年11月

小林 芳雄　こばやし・よしお
「少年探偵団」の団長、名探偵の明智小五郎の助手をしている小学生の男の子 「少年探偵団 対決!怪人二十面相」江戸川乱歩原作;芦辺拓文;ちーこ絵 学研プラス(10歳までに読みたい日本名作) 2017年11月

小林 芳雄　こばやし・よしお
自殺しようとしたところを謎の紳士・次郎さんに助けられ探偵術を教えてもらった少年 「少年探偵－みんなの少年探偵団」小路幸也著 ポプラ社 2015年1月

小林 芳雄　こばやし・よしお
少年探偵、名探偵明智小五郎の助手 「明智小五郎(はじめてのミステリー名探偵登場!)」江戸川乱歩著 汐文社 2017年2月

こぶち

小林 芳雄　こばやし・よしお
名探偵・明智小五郎の助手 「全員少年探偵団－みんなの少年探偵団」 藤谷治著 ポプ
ラ社 2014年12月

小林 芳雄　こばやし・よしお
名探偵明智小五郎の助手で少年探偵団の団長の小学生 「少年探偵団」 江戸川乱歩作;
庭絵 講談社(青い鳥文庫) 2016年1月

小林 里沙　こばやし・りさ
小学生の娘・春菜と自立支援センターで暮らすことになった母親 「坂の上の図書館」 池
田ゆみる作;羽尻利門画 さ・え・ら書房 2016年7月

小春　こはる
東京の古道具屋「荻の屋」の庭に落ちてきた妖怪、主人の喜蔵と同居する小生意気な少年
「雨夜の月（一鬼夜行[7]）」 小松エメル[著] ポプラ社(teenに贈る文学) 2016年4月

小春　こはる
東京の古道具屋「荻の屋」の庭に落ちてきた妖怪、主人の喜蔵と同居する小生意気な少年
「鬼が笑う（一鬼夜行[6]）」 小松エメル[著] ポプラ社(teenに贈る文学) 2015年4月

小春　こはる
東京の古道具屋「荻の屋」の庭に落ちてきた妖怪、主人の喜蔵と同居する小生意気な少年
「鬼の祝言（一鬼夜行[5]）」 小松エメル[著] ポプラ社(teenに贈る文学) 2015年4月

小春　こはる
東京の古道具屋「荻の屋」の庭に落ちてきた妖怪、主人の喜蔵と同居する小生意気な少年
「枯れずの鬼灯（一鬼夜行[4]）」 小松エメル[著] ポプラ社(teenに贈る文学) 2015年4
月

小春　こはる
明治5年古道具屋「荻の屋」の庭に落ちてきた妖怪、「百鬼夜行からはぐれた鬼だ」と主張
する小生意気な少年 「一鬼夜行」 小松エメル[著] ポプラ社(teenに贈る文学) 2015年4
月

小日向 虹架　こひなた・にじか
今は亡き伝説の大女優の小学6年生になる娘、ワケあって16歳のふりをして芸能界でがん
ばっている新人女優 「にじいろ☆プリズムガール－恋のシークレットトライアングル」 村上
アンズ著;中原杏原作・イラスト 小学館(小学館ジュニア文庫) 2013年5月

コブ
山の上にあるあれはてた魔物の街にひとりで住むゴブリン魔物のこぞう 「ジャック・オー・ラ
ンド－ユーリと魔物の笛」 山崎貴作;郷津春奈絵 ポプラ社 2017年9月

こぶた
たまちゃんというおんなのこがみつけたこぶた 「はれたまたまこぶた」 矢玉四郎作・絵 岩
崎書店 2013年7月

こぶた
動物の国のたんてい、うさぎと名たんていになる勉強をしているこぶた 「三びきのたんて
い」 小沢正文 童話館出版(子どもの文学・緑の原っぱシリーズ) 2013年9月

こぶたくん
とだなのすみっこにほうりこまれたままわすれられているこぶたのゆびにんぎょう 「えんぴ
つ太郎のぼうけん」 佐藤さとる作;岡本順絵 鈴木出版(おはなしのくに) 2015年3月

コブちゃん
幼なじみのカズと木暮と3人で男子からひま人あつかいされている4年生の男の子 「ひま人
ヒーローズ!」 かみやとしこ作;木村いこ絵 ポプラ社(ポプラ物語館) 2015年2月

こべか

古部 加耶　こべ・かや
K中学一年生、クラスメイトの柏崎悠太と一緒に放送部に入部した少女 「僕は上手にしゃべれない」 椎野直弥著 ポプラ社(Teens' best selections) 2017年2月

五本松 モミ(ジャム)　ごほんまつ・もみ(じゃむ)
花嫁からブーケを受けとったらモンスター界のプリンセスの召し使いにえらばれてしまった五年生の女の子 「ジャム! プリンセスのひとさしゆび」 ユズハチ作・絵 講談社(青い鳥文庫) 2014年5月

コマキ
穴ぼこ町の六年生・アジマの幼なじみ、穴掘りが好きな女の子 「洞窟で待っていた」 松崎有理作;横山えいじ絵 岩崎書店(21世紀空想科学小説) 2013年11月

こまきち(ヘブリチョフ)
じんじゃのけいだいにいたこまいぬのこいぬ 「まいごのおばけしりませんか? ―おばけマンション」 むらいかよ著 ポプラ社(ポプラ社の新・小さな童話) 2014年10月

ゴマータ
近眼の黒ゴマ 「クレヨン王国新十二か月の旅」 福永令三作;椎名優絵 講談社(青い鳥文庫) 2013年12月

小松　こまつ
5ツ星の高級レストラン・ホテルグルメの料理長、美食屋トリコと食材確保の旅に出た料理人 「トリコ シャボンフルーツをもとめて! 食林寺へGO!!」 島袋光年原作;村山功著;東映アニメーション絵 集英社(集英社みらい文庫) 2014年1月

小松　こまつ
5ツ星の高級レストラン・ホテルグルメの料理長、美食屋トリコと食材確保の旅に出た料理人 「トリコ はじける炭酸!メロウコーラはどこにある!?」 島袋光年原作;村山功著;東映アニメーション絵 集英社(集英社みらい文庫) 2013年5月

小松崎 豹　こまつざき・ひょう
小学生のエリカが好きなとなりのクラスの男の子、「小松崎薬局」の息子 「放課後ファンタスマ! ささやく黒髪人形」 桜木日向作;あおいみつ絵 講談社(青い鳥文庫) 2015年11月

小松崎 豹　こまつざき・ひょう
小学生のエリカが好きなとなりのクラスの男の子、「小松崎薬局」の息子 「放課後ファンタスマ! ドアのむこうにだれかいる」 桜木日向作;暁かおり絵 講談社(青い鳥文庫) 2015年4月

小松崎 豹　こまつざき・ひょう
小学生のエリカが好きなとなりのクラスの男の子、「小松崎薬局」の息子 「放課後ファンタスマ! レディー・パープルの秘密」 桜木日向作;暁かおり絵 講談社(青い鳥文庫) 2015年6月

小松 翔太　こまつ・しょうた
東京から一人でおじいちゃんの故郷・秋田の田舎へやってきた小学五年生 「鳥海山の空の上から」 三輪裕子作;佐藤真紀子絵 小峰書店(Green Books) 2014年11月

小松 風太　こまつ・ふうた
小学四年生、ザシキワラシといわれる子どもみたいに小さいじいちゃんを見た男の子 「四年ザシキワラシ組」 こうだゆうこ作;田中六大絵 学研プラス(ジュニア文学館) 2016年12月

駒場 一郎　こまば・いちろう
大蝦夷農業高校酪農科学科一年生、甲子園出場と実家の牧場を継ぐのが夢の男の子 「銀の匙 Silver Spoon」 時海結以著;荒川弘原作;吉田恵輔脚本;高田亮脚本;吉田恵輔監督 小学館(小学館ジュニアシネマ文庫) 2014年2月

こやま

五味 孝介(コースケ)　ごみ・こうすけ(こーすけ)
大学を卒業し司法試験合格をめざしている浪人、パソコンの達人 「怪盗は8日にあらわれる。─アルセーヌ探偵クラブ」 松原秀行作;菅野マナミ絵 KADOKAWA(角川つばさ文庫) 2014年3月

小湊 伊純　こみなと・いすみ
時の流れを守るポッピン族の守り巫女、ポッピン族のポコンを同位体とする中学三年生 「ポッピンQ」 東堂いづみ原作;秋津柾水著 小学館(小学館ジュニア文庫) 2016年12月

小宮 千尋　こみや・ちひろ
そうじ大好きで家事が大とくいな小学生の男の子、とつぜん母を亡くし初めて会う叔父さん・円に引き取られた少年 「少年メイド スーパー小学生・千尋におまかせ!」 藤咲あゆな作;乙橘原作絵 KADOKAWA(角川つばさ文庫) 2014年9月

小宮山田　こみやまだ
とっても自由な性格のおじょうさま・マリアの専属の執事、ものすごく有能な超イケメンな青年 「マリアにおまかせ! おじょうさま探偵と消えたペットたちの巻」 はのまきみ作;森倉円絵 集英社(集英社みらい文庫) 2014年12月

小宮山田　こみやまだ
とっても自由な性格のおじょうさま・マリアの専属の執事、ものすごく有能な超イケメンな青年 「マリアにおまかせ! 天才犬とお宝伝説の島の巻」 はのまきみ作;森倉円絵 集英社(集英社みらい文庫) 2015年4月

小宮 美鈴　こみや・みすず
中学三年生の夏芽がサマーステイする「宝山寺」のお世話係の女性 「小やぎのかんむり」 市川朔久子著 講談社 2016年4月

コムギ
元気なこぶたの男の子・ピクルスのふたごのいもうとの一人、おヘソがへこんでいる女の子 「ピクルスとふたごのいもうと」 小風さち文;夏目ちさ絵 福音館書店(福音館創作童話シリーズ) 2016年9月

こもちししゃも
スーパーのあげものコーナーでちゃいろのころもをきてエビフライになりすましていたこもちししゃも 「にげたエビフライ」 村上しいこ作;さとうめぐみ絵 講談社(たべもののおはなしシリーズ) 2017年1月

小山シェフ　こやましぇふ
せかい一おいしいまぼろしのオムライスを作るシェフ 「オムライスのたまご」 森絵都作;陣崎草子絵 講談社(たべもののおはなしシリーズ) 2016年10月

小山 太一　こやま・たいち
東京の大学生、太平洋戦争が始まり千葉県一宮の気球爆弾実験所から見習士官として福島県の勿来の基地へやってきた青年 「風船爆弾」 福島のりよ作 冨山房インターナショナル 2017年2月

小山 万美(バンビ)　こやま・まみ(ばんび)
自称魔法少女の転校生、魔女の力が覚醒したリセと魔女修行に励む女の子 「魔女じゃないもん! 3 リセ&バンビ、危機一髪!!」 宮下恵茉作;和錆絵 集英社(集英社みらい文庫) 2013年1月

小山 万美(バンビ)　こやま・まみ(ばんび)
自称魔法少女の転校生、魔女の力が覚醒したリセと魔女修行に励む女の子 「魔女じゃないもん! 4 消えたミュウミュウを探せ!」 宮下恵茉作;和錆絵 集英社(集英社みらい文庫) 2013年5月

小山 満　こやま・みつる
亀が丘中学校三年生、男子卓球部員 「あしたへジャンプ!卓球部」 横沢彰作;小松良佳絵 新日本出版社 2014年3月

こやま

小山 満　こやま・みつる
亀が丘中学校男子卓球部部長、部で唯一の三年生で卓球があまりうまくない男の子
「ハートにプライド！卓球部」横沢彰作;小松良佳絵　新日本出版社　2013年12月

小山 満　こやま・みつる
部員四名の男子卓球部部長、部で唯一の三年生で卓球があまりうまくない男の子　「ホップ、ステップ！卓球部」横沢彰作;小松良佳絵　新日本出版社　2013年9月

小山 モカ　こやま・もか
駒鳥小学校五年生、ある土曜日にぐうぜん知り合ったモモとカンタと児童館の壁新聞作りをすることになった女の子　「ニレの木広場のモモモ館」高楼方子作;千葉史子絵　ポプラ社（ノベルズ・エクスプレス）2015年10月

小山 モモ　こやま・もも
駒鳥小学校五年生、ある土曜日にぐうぜん知り合ったモカとカンタと児童館の壁新聞作りをすることになった女の子　「ニレの木広場のモモモ館」高楼方子作;千葉史子絵　ポプラ社（ノベルズ・エクスプレス）2015年10月

小山 ゆかり　こやま・ゆかり
出版社で働く忙しい母に代わり家事や七つ年下の妹の世話をがんばっている四年生の少女　「四年変組」季巳明代作;こみねゆら絵　フレーベル館（ものがたりの庭）2015年2月

コラル
とねりこ屋で人間の女の子と暮らす竜のお母さん　「魔女モティ とねりこ屋のコラル」柏葉幸子作;尾谷おさむ絵　講談社　2015年2月

ゴールダー
グロリア王国東方軍の司令官、旧ベンガ王国のまつえいで剣の腕前はグロリア王国軍一のトラ　「ビーストサーガ 陸の書」タカラトミー原作;澁谷貴志著;樽谷純一さし絵　集英社（集英社みらい文庫）2013年1月

ゴールドクラッシャー
治安の悪い町・泉座でギャングチーム「シルバー」を潰して消えた二十歳くらいの男　「Bグループの少年 5」櫻井春輝著　アルファポリス　2015年6月

是枝 愛瑠　これえだ・あいる
歌手を目指していろんなオーディションやコンテストに出ている東京の女の子、「歌うまクイーン」の優勝者　「温泉アイドルは小学生! 3 いきなり!コンサー!?」令丈ヒロ子作;亜沙美絵　講談社（青い鳥文庫）2016年6月

コロボックル
北海道のアイヌに伝わる小人の一族、身長はたった数センチで人間にすがたをあらわすことをきらっている不思議な生き物　「コロボックル絵物語」有川浩作;村上勉絵　講談社　2014年4月

ごろりん
川のはじまりをみつけるぼうけんのたびにでたくまの子　「くまのごろりんと川のひみつ」やえがしなおこ作;ミヤハラヨウコ絵　岩崎書店（おはなしトントン）2013年7月

コロン
ドラゴン谷のぬしドラキューブの子　「ドタバタヒーロー ドジルくん3-ドジルとドラゴン谷のぬし」大空なごむ作・絵　ポプラ社　2014年9月

ゴロン
小学一年生の「わたし」が夏休みの公園の草むらでみつけた元気のない子ねこ　「ミュウとゴロンとおにいちゃん」小手鞠るい作;たかすかずみ絵　岩崎書店（おはなしトントン）2016年1月

コロンタ

パックル森に住んでいるせっかちであわてんぼうな妖精、のんびりやのポーの親友 「パックル森のゆかいな仲間 ポーとコロンタ」 倉本采文;丘光世影絵・イラスト 本の泉社(子どものしあわせ童話セレクション) 2017年4月

紺　こん

中3の五月と双子で高1の夏木と高2の潤の弟、S高校を目指す受験生 「真代家こんぷれっくす! [4] Holy days賢者たちの贈り物」 宮沢みゆき著;久世みずき原作・イラスト 小学館 (小学館ジュニア文庫) 2014年10月

紺　こん

中3の五月と双子で高1の夏木と高2の潤の弟、陸上部の友達関係で悩んでいる少年 「真代家こんぷれっくす! [3] Sentimental daysココロをつなぐメロディ」 宮沢みゆき著;久世みずき原作・イラスト 小学館(小学館ジュニア文庫) 2014年6月

今 幸太(コンタ)　こん・こうた(こんた)

大工、やまのなか小学校の最後の卒業生 「ホテルやまのなか小学校」 小松原宏子作 PHP研究所(みちくさパレット) 2017年7月

こんさん

進と晃の兄弟が中川台神社で出会った巫女の姿をしたキツネのツクモ神 「下からよんでもきつねつき」 石井信彦作;小松良佳絵 偕成社 2013年7月

コン七　こんしち

たくさんの妖怪がくらす妖怪お江戸の岡っ引き、旅に出たキツネの妖怪 「ようかいとりものちょう6 激闘! 雪地獄妖怪富士・天怪篇2」 大崎悌造作;ありがひとし画 岩崎書店 2017年2月

コン七　こんしち

たくさんの妖怪がくらす妖怪お江戸の岡っ引き、旅に出たキツネの妖怪 「ようかいとりものちょう7 雷撃! 青龍洞妖海大戦・天怪篇3」 大崎悌造作;ありがひとし 岩崎書店 2017年7月

コンタ

にんげんのまちにあるモンスター・ホテルにとまることにしたひとりぼっちでこわがりのキツネ 「モンスター・ホテルでごしょうたい」 柏葉幸子作;高畠純絵 小峰書店 2015年11月

コンタ

大工、やまのなか小学校の最後の卒業生 「ホテルやまのなか小学校」 小松原宏子作 PHP研究所(みちくさパレット) 2017年7月

権田 龍之介　ごんだ・りゅうのすけ

七曲小五年生で一番の秀才の男の子、野球チーム「フレンズ」のメンバー 「プレイボール2 ぼくらの野球チームを守れ!」 山本純士作;宮尾和孝絵 KADOKAWA(角川つばさ文庫) 2014年1月

権田原 大造　ごんだわら・たいぞう

武蔵虹北高校の2年生のモナミのクラスメイト、ナルシストな性格の男子 「モナミは世界を終わらせる?」 はやみねかおる作;KeG絵 KADOKAWA(角川つばさ文庫) 2015年2月

ゴンちゃん

「ザブザブ海岸で待つ」というなぞの手紙を「青き海賊」からもらったほねのステゴサウルス 「ほねほねザウルス 17 はっけん!かいていおうこくホネランティス」 カバヤ食品株式会社原案・監修 岩崎書店 2016年12月

ゴンちゃん

ぼうけんが大好きなほねほねザウルスの子ども、ジャングルをぼうけんしたステゴサウルス 「ほねほねザウルス 14 大けっせん!ガルーダvsヒドラ 前編」 カバヤ食品株式会社原案・監修;ぐるーぷ・アンモナイツ作・絵 岩崎書店 2015年7月

ごんち

ゴンちゃん
ぼうけんが大好きなほねほねザウルスの子ども、ジャングルをぼうけんしたステゴサウルス 「ほねほねザウルス 15 大けっせん!ガルーダvsヒドラ 後編」 カバヤ食品株式会社原案・監修;ぐるーぷ・アンモナイツ作・絵 岩崎書店 2015年11月

ゴンちゃん
ぼうけんが大好きなほねほねザウルスの子ども、巨大なたて穴をぼうけんしたステゴサウルス 「ほねほねザウルス 11 だいぼうけん!ボコボコン・ホール」 カバヤ食品株式会社原案・監修;ぐるーぷ・アンモナイツ作・絵 岩崎書店 2013年12月

ゴンちゃん
ほねの魔神をふたたび封印しようと仲間のベビーとトップスと旅に出たほねのステゴサウルス 「ほねほねザウルス 10 ティラノ・ベビーと4人のまほうつかい」 カバヤ食品株式会社原案・監修 岩崎書店 2013年7月

ゴンちゃん
ほねほねアーチャー・ロビンを探しにその息子と仲間のベビーとトップスとブッタ村へ向かったほねのステゴサウルス 「ほねほねザウルス 18 たいけつ!きょうふのサーベルタイガー」 カバヤ食品株式会社原案・監修 岩崎書店 2017年9月

ゴンちゃん
ほねほねランドに落ちてき星「メテオランド」の住人・ピノにあったほねのステゴサウルス 「ほねほねザウルス 16 ティラノ・ベビーとなぞの巨大いんせき」 カバヤ食品株式会社原案・監修 岩崎書店 2016年7月

ゴンちゃん
友だちのビットをたずねて仲間のベビーとトップスと北の国・バインガルドまで来たほねのステゴサウルス 「ほねほねザウルス 13 ティラノ・ベビーとミラクルツリー」 カバヤ食品株式会社原案・監修 岩崎書店 2014年12月

ゴンちゃん
友だちのほね太郎を助けるために仲間のベビーとトップスとキビの国に向かったほねのステゴサウルス 「ほねほねザウルス 12 アシュラとりでのほねほねサムライ」 カバヤ食品株式会社原案・監修 岩崎書店 2014年7月

ごんちゃん(権田 龍之介) ごんちゃん(ごんだ・りゅうのすけ)
七曲小五年生で一番の秀才の男の子、野球チーム「フレンズ」のメンバー 「プレイボール 2 ぼくらの野球チームを守れ!」 山本純士作;宮尾和孝絵 KADOKAWA(角川つばさ文庫) 2014年1月

コンドウ
小学生のコナンを連れ去った伝説の殺し屋と呼ばれる男 「名探偵コナン江戸川コナン失踪事件」 青山剛昌原作;百瀬しのぶ著 小学館(小学館ジュニア文庫) 2014年12月

近藤 いろは こんどう・いろは
市立第七中学一年六組、クラスメイトの萩原七海の親友 「なないろレインボウ」 宮下恵茉著 ポプラ社(Teens' best selections) 2014年4月

近藤 彗 こんどう・すい
彼女をほしがっている子どもっぽくてうるさい少年、同じクラスの山西とつるんでいる男子高校生 「きみのためにはだれも泣かない」 梨屋アリエ著 ポプラ社(Teens' best selections) 2016年12月

ごんの守 ごんのかみ
誰も見たことがない山のお胎の底の泉「水はみどろの宮」を浄めている千年狐 「水はみどろの宮」 石牟礼道子作;山福朱実画 福音館書店(福音館文庫) 2016年3月

紺野 すみれ(ネイビー) こんの・すみれ(ねいびー)
正義の戦隊〈女子ーズ〉のメンバー、ベタベタなお嬢様 「女子ーズ」 浜崎達也著;福田雄一監督・脚本 小学館(小学館ジュニアシネマ文庫) 2014年6月

ごんり

今野 七海　こんの・ななみ
小学生が電車旅行するチーム「T3」のメンバー、鉄道初心者でお金持ちの小学五年生の
お嬢様 「電車で行こう! ショートトリップ＆トリック!京王線で行く高尾山!!」 豊田巧作;裕龍な
がれ絵 集英社(集英社みらい文庫) 2014年12月

今野 七海　こんの・ななみ
小学生が電車旅行するチーム「T3」のメンバー、鉄道初心者でお金持ちの小学五年生の
お嬢様 「電車で行こう! 乗客が消えた!?南国トレイン・ミステリー」 豊田巧作;裕龍ながれ絵
 集英社(集英社みらい文庫) 2014年8月

今野 七海　こんの・ななみ
小学生が電車旅行するチーム「T3」のメンバー、鉄道初心者でお金持ちの小学五年生の
お嬢様 「電車で行こう! 夢の「スーパーこまち」と雪の寝台特急」 豊田巧作;裕龍ながれ絵
 集英社(集英社みらい文庫) 2013年12月

今野 七海　こんの・ななみ
小学生が電車旅行するチーム「T3」のメンバー、鉄道初心者でお金持ちの小学五年生の
お嬢様 「電車で行こう! 約束の列車を探せ!真岡鐵道とひみつのSL」 豊田巧作;裕龍なが
れ絵 集英社(集英社みらい文庫) 2016年8月

今野 七海　こんの・ななみ
小学生が電車旅行するチーム「T3」のメンバー、鉄道初心者にしてお嬢様の小学五年生の
女の子 「電車で行こう! 山手線で東京・鉄道スポット探検!」 豊田巧作;裕龍ながれ絵 集
英社(集英社みらい文庫) 2016年1月

今野 七海　こんの・ななみ
小学生が電車旅行するチーム「T3」のメンバー、鉄道初心者にしてお嬢様の小学五年生の
女の子 「電車で行こう! 川崎の秘境駅と、京急線で桜前線を追え!」 豊田巧作;裕龍なが
れ絵 集英社(集英社みらい文庫) 2016年3月

今野 七海　こんの・ななみ
小学生が電車旅行するチーム「T3」のメンバー、鉄道初心者にしてお嬢様の小学五年生の
女の子 「電車で行こう! 北海道新幹線と函館本線の謎。時間を超えたミステリー!」 豊田巧
作;裕龍ながれ絵 集英社(集英社みらい文庫) 2016年7月

今野 七海　こんの・ななみ
小学生が電車旅行するチーム「T3」のメンバー、電車のアテンダントになりたい小学五年生
の女の子 「電車で行こう! サンライズ出雲と、夢の一畑電車!」 豊田巧作;裕龍ながれ絵
集英社(集英社みらい文庫) 2015年3月

今野 七海　こんの・ななみ
小学生が電車旅行するチーム「T3」のメンバー、電車のことは初心者の小学五年生のお嬢
様 「電車で行こう! ハートのつり革を探せ!駿豆線とリゾート21で伊豆大探検!!」 豊田巧作;
裕龍ながれ絵 集英社(集英社みらい文庫) 2015年7月

今野 七海　こんの・ななみ
電車が好きな小学生四人グループ「T3」のメンバー、ダークブルーの新幹線に乗車したお
嬢さま 「電車で行こう! 黒い新幹線に乗って、行先不明のミステリーツアーへ」 豊田巧作;
裕龍ながれ絵 集英社(集英社みらい文庫) 2017年4月

今野 七海　こんの・ななみ
電車が好きな小学生四人グループ「T3」のメンバー、水色のロマンスカーに乗車したお嬢さ
ま 「電車で行こう! 小田急ロマンスカーと、迫る高速鉄道!」 豊田巧作;裕龍ながれ絵 集英
社(集英社みらい文庫) 2017年8月

ゴンリー
ケニアで発見された新種の猫をねらう狂科学者の兄弟でディンリーの兄 「怪盗クイーン ケ
ニアの大地に立つ」 はやみねかおる作;K2商会絵 講談社(青い鳥文庫) 2017年9月

【さ】

さあちゃん
なかよしがかいてくれた「え」の中にいるパンツちゃんとともだちになったちいさなおんなのこ 「だいすきのみかた パンツちゃん」 薫くみこ作;つちだのぶこ絵 ポプラ社(本はともだち) 2015年3月

さあちゃん
ひっこししたばかりでママのそばからはなれられないちいさなおんなのこ 「げんきのみかた パンツちゃん」 薫くみこ作;つちだのぶこ絵 ポプラ社(本はともだち) 2014年9月

紗綾　さあや
あけぼの小学校四年生のすみれのクラスメイト、イケてるグループのリーダー 「チャーム アップ・ビーズ! 2 スターイエロー大作戦!」 宮下恵茉作;初空おとわ画 童心社 2013年3

西園寺 秋　さいおんじ・あき
幼なじみの小春と夏生が通う愛華高校の特進コースの生徒、容姿端麗頭脳明晰のお嬢様 「ハチミツにはつこい ファースト・ラブ」 水瀬藍原作・イラスト;金杉弘子著 小学館(小学館 ジュニア文庫) 2014年3月

西園寺 秋　さいおんじ・あき
幼なじみの小春と夏生が通う愛華高校の特進科の生徒、容姿端麗頭脳明晰のお嬢様 「ハチミツにはつこい アイ・ラブ・ユー」 水瀬藍原作・イラスト;金杉弘子著 小学館(小学館 ジュニア文庫) 2014年8月

西園寺 しのぶ　さいおんじ・しのぶ
三ツ星学園の生徒会長の中学二年生、神父みたいに神々しい男の子 「こちらパーティー 編集部っ! 3 合宿はキケンがいっぱい!!」 深海ゆずは作;榎木りか絵 KADOKAWA(角川 つばさ文庫) 2015年5月

西園寺 しのぶ　さいおんじ・しのぶ
私立三ツ星学園生徒会長、人徳がありカリスマオーラが全身からでている中学二年生の美 少年 「こちらパーティー編集部っ! 2 へっぽこ編集部VSエリート新聞部!?!」 深海ゆずは作 ;榎木りか絵 KADOKAWA(角川つばさ文庫) 2015年1月

西園寺 しのぶ(会長)　さいおんじ・しのぶ(かいちょう)
三ツ星学園の生徒会長の中学二年生、神父みたいに神々しい男の子 「こちらパーティー 編集部っ! 4 雑誌コンクールはガケっぷち!?」 深海ゆずは作;榎木りか絵 KADOKAWA (角川つばさ文庫) 2015年9月

西園寺 しのぶ(会長)　さいおんじ・しのぶ(かいちょう)
三ツ星学園の生徒会長の中学二年生、神父みたいに神々しい男の子 「こちらパーティー 編集部っ! 5 ピンチはチャンス!新編集部、始動」 深海ゆずは作;榎木りか絵 KADOKAWA (角川つばさ文庫) 2016年1月

西園寺 玲華　さいおんじ・れいか
サッカーチーム「桃山プレデター」の女子メンバー、サッカー初心者 「銀河へキックオフ!! 3 完結編」 川端裕人原作;金巻ともこ著;TYOアニメーションズ絵 集英社(集英社みらい文 庫) 2013年2月

崔 花蘭　さい・からん
北宋時代の泉州で妖魔退治をする道観「白鶴観」の腕の立つ少女道士 「封魔鬼譚 1 尸 解」 渡辺仙州作;佐竹美保絵 偕成社 2017年3月

崔 花蘭　さい・からん
北宋時代の泉州で妖魔退治をする道観「白鶴観」の腕の立つ少女道士 「封魔鬼譚 2 太 歳」 渡辺仙州作;佐竹美保絵 偕成社 2017年4月

さいと

斉木 楠雄　さいき・くすお
PK学園1年3組、目立たず大人しく誰からも干渉されない生活を望むピンク色の髪の超能力者の高校生　「斉木楠雄のΨ難」麻生周一原作;福田雄一脚本　集英社（集英社みらい文庫）　2017年10月

斉木 春　さいき・はる
四年生の日向のいとこ、お母さんと別れて祖父母の養子になった中学二年生の男の子「春くんのいる家」岩瀬成子作;坪谷令子絵　文溪堂　2017年6月

斉木 日向　さいき・ひなた
両親が離婚したあと母といっしょに祖父母の家でくらしている四年生の女の子　「春くんのいる家」岩瀬成子作;坪谷令子絵　文溪堂　2017年6月

西郷 隆盛　さいごう・たかもり
地獄にいた幕末の志士、地獄の野球チーム「幕末レッドスターズ」のキャッチャー　「戦国ベースボール [2] 龍馬がくる!信長vs幕末志士!!」りょくち真太作;トリバタケハルノブ絵　集英社（集英社みらい文庫）　2015年9月

西郷 隆盛（吉之助）　さいごう・たかもり（きちのすけ）
薩摩国薩摩藩の下級藩士・吉兵衛の長男、藩主の島津斉彬を尊敬し郡方書役助という役に就いた男　「西郷どん!」林真理子原作;吉橋通夫文　KADOKAWA（角川つばさ文庫）　2017年11月

西条 大河　さいじょう・たいが
京都市内にある「山能寺」の檀家、古書店を営む男　「名探偵コナン迷宮の十字路（クロスロード）」青山剛昌原作;水稀しま著　小学館（小学館ジュニア文庫）　2015年1月

西条 美紀（ガルル）　さいじょう・みき（がるる）
富士ケ丘高校3年生で演劇部員、みんなのもりあげ役　「幕が上がる」平田オリザ原作;喜安浩平脚本　講談社（青い鳥文庫）　2015年2月

才蔵　さいぞう
戦国武将・真田幸村に仕える伊賀流忍術使いの若者　「真田十勇士」時海結以作;睦月ムンク絵　講談社（青い鳥文庫）　2016年8月

才蔵　さいぞう
戦国武将・真田幸村の家臣、伊賀の忍び　「真田十勇士 4 信州戦争」松尾清貴著　理論社　2016年8月

西大寺 宏敦　さいだいじ・ひろあつ
都立浅川高校2年生、野球部をケガで退部し吹奏楽部のオーボエを担当することになった男の子　「吹部!」赤澤竜也著　飛鳥新社　2013年8月

咲田 ゆりん　さいた・ゆりん
アニメ映画のオーディションに合格し声優デビューを決めた高校一年生、やや引っ込み思案だがやさしい性格の少女　「声優探偵ゆりんの事件簿～舞台に潜む闇」芳村れいな作;美麻りん絵　学研パブリッシング（アニメディアブックス）　2013年6月

咲田 ゆりん　さいた・ゆりん
アニメ映画のヒロイン妹声優オーディションを受けることになった高校一年生、やや引っ込み思案だがやさしい性格のラッキーガール　「声優探偵ゆりんの事件簿～アフレコスタジオの幽霊～」芳村れいな作;美麻りん絵　学研パブリッシング（アニメディアブックス）　2013年3月

斎藤 葵　さいとう・あおい
北宇治高校三年生、京都府大会前に受験を理由に吹奏楽部を退部した少女　「響け!ユーフォニアム 北宇治高校吹奏楽部のヒミツの話」武田綾乃著　宝島社（宝島社文庫）　2015年6月

さいと

斎藤 哲夫　さいとう・てつお
小学校最後の春休みに各駅停車の列車に乗って長岡に一人で行くことになった少年 「哲夫の春休み 上下」 斎藤惇夫作 岩波書店（岩波少年文庫） 2016年3月

斉藤 陽菜　さいとう・はるな
室町中学校二年生、もともと"お嬢様"であるが不良っぽい服装と派手なメイクで"悪魔少女"になりきっている少女 「かえたい二人」 令丈ヒロ子作 PHP研究所 2017年9月

さいもうしょう
さいもうしょう、きたないものをひとにたべさせたあくにんにバツをあたえるやくめをもっているムシ 「おばけのたんけん おばけのポーちゃん6」 吉田純子作;つじむらあゆこ絵 あかね書房 2017年7月

佐伯 香（カオリン）　さえき・かおり（かおりん）
東京練馬にある「マリア探偵社」のメンバー、4年生の元気な女の子 「マリア探偵社 25 邪鬼のキャラゲーム」 川北亮司作;大井知美画 岩崎書店（フォア文庫） 2013年3月

佐伯 伽椰子　さえき・かやこ
失踪した生野結衣が学級担任を任されていた三年三組の不登校の生徒・佐伯俊雄の母親 「呪怨－ザ・ファイナル」 山本清史著;一瀬隆重脚本;落合正幸脚本 小学館（小学館ジュニア文庫） 2015年6月

佐伯 伽椰子　さえき・かやこ
小学校臨時教員の生野結衣が学級担任を任された三年三組の不登校の生徒・佐伯俊雄の母親 「呪怨－終わりの始まり」 山本清史著;落合正幸脚本;一瀬隆重脚本 小学館（小学館ジュニア文庫） 2015年8月

冴木くん　さえきくん
クラスメイトの一歌が動画サイトで絵師をしていることを知っている6年生のイケメン男子 「ソライロ・プロジェクト 2 恋愛経験ゼロたちの恋うたコンテスト」 一ノ瀬三葉作;夏芽もも絵 KADOKAWA（角川つばさ文庫） 2017年11月

冴木 奏太　さえき・そうた
晴天小学校の六年生、一歌のクラスメイトでイケメン男子 「ソライロ・プロジェクト 1 初投稿は夢のはじまり」 一ノ瀬三葉作;夏芽もも絵 KADOKAWA（角川つばさ文庫） 2017年6月

佐伯 俊雄　さえき・としお
小学校臨時教員の生野結衣が学級担任を任された三年三組の不登校の生徒 「呪怨－終わりの始まり」 山本清史著;落合正幸脚本;一瀬隆重脚本 小学館（小学館ジュニア文庫） 2015年8月

佐伯 俊雄　さえき・としお
母子家庭で暮らす高校生の玲央の家で預かることになったいとこの男の子 「呪怨－ザ・ファイナル」 山本清史著;一瀬隆重脚本;落合正幸脚本 小学館（小学館ジュニア文庫） 2015年6月

三枝　さえぐさ
高級フレンチ「shino」のオーナーシェフ、「アンティークFUGA」から店の食器を買った男性 「アンティークFUGA 2 双魂の精霊」 あんびるやすこ作;十々夜画 岩崎書店（フォア文庫） 2015年7月

七草 泉美　さえぐさ・いずみ
国立魔法大学付属第一高校に入学した双子・七草姉妹の妹、十師族のひとつ「七草家」の娘 「魔法科高校の劣等生 12 ダブルセブン編」 佐島勤著 KADOKAWA（電撃文庫） 2013年10月

七草 香澄　さえぐさ・かすみ
国立魔法大学付属第一高校に入学した双子・七草姉妹の姉、十師族のひとつ「七草家」の娘 「魔法科高校の劣等生 12 ダブルセブン編」 佐島勤著 KADOKAWA（電撃文庫） 2013年10月

さかが

七草 真由美　さえぐさ・まゆみ
魔法大学に通う大学生、十師族のひとつ「七草家」の長女　「魔法科高校の劣等生 19 師族会議編 下」佐島勤著　KADOKAWA（電撃文庫）　2016年3月

早乙女先生　さおとめせんせい
お調子もののひかりが入部したチアダンス部顧問、目的のためなら手段をえらばない鬼教師　「小説チア☆ダン 女子高生がチアダンで全米制覇しちゃったホントの話」林民夫映画脚本;みうらかれん文;榊アヤミ絵　KADOKAWA（角川つばさ文庫）　2017年2月

早乙女 望　さおとめ・のぞみ
天才を育成するgenieプロジェクトの新メンバー、写実的な素晴らしい絵を描くが自分に自信を持てない中学一年生の少年　「5月ドーナツは知っている（探偵チームKZ事件ノート）」藤本ひとみ原作;住滝良文;清瀬赤目絵　講談社（青い鳥文庫）　2016年5月

さおりちゃん
5年生の女の子、みんなの悩みを解決するお手伝いをする「ズバッと同盟」のメンバー　「お悩み解決!ズバッと同盟 [2] おしゃれコーデ、対決!?」吉田桃子著;U35イラスト　小学館（小学館ジュニア文庫）　2017年7月

酒井 智子　さかい・ともこ
福島県S市の小学校で東日本大震災にあった三十歳の女の先生　「あの日起きたこと 東日本大震災 ストーリー311」ひうらさとる原作絵;ななじ眺原作絵;さちみりほ原作絵;樋口橘原作絵;うめ原作絵;山室有紀子文　KADOKAWA（角川つばさ文庫）　2014年2月

酒井 なつき　さかい・なつき
大女優・牧樹里のヘアメイク担当の若い女性　「名探偵コナン銀翼の奇術師（マジシャン）」青山剛昌原作;水稀しま著　小学館（小学館ジュニア文庫）　2014年7月

堺 陽斗　さかい・はると
特撮ヒーローものが大好きな六年生・ガモーのクラスメイト、お金持ちのいやなやつ　「なんちゃってヒーロー」みうらかれん作;佐藤友生絵　講談社　2013年10月

酒井 亮介　さかい・りょうすけ
朝日小学校6年1組の萌のクラスメイト、宙と奈津の幼なじみでお調子者の男の子　「トキメキ♥図書館 PART13 クリスマスに会いたい」服部千春作;ほおのきソラ絵　講談社（青い鳥文庫）　2016年12月

坂上 カケル　さかがみ・かける
平坂町小学校四年一組生活班一班の班長、「サッカク探偵団」を結成した男の子　「サッカク探偵団 2 おばけ坂の神かくし」藤江じゅん作;ヨシタケシンスケ絵　KADOKAWA　2015年12月

坂上 カケル　さかがみ・かける
平坂町小学校四年一組生活班一班の班長、「サッカク探偵団」を結成した男の子　「サッカク探偵団 3 なぞの影ぼうし」藤江じゅん作;ヨシタケシンスケ絵　KADOKAWA　2016年7月

坂上 カケル　さかがみ・かける
平坂町小学校四年一組生活班一班の班長、芸能人の庭野モモの大ファンの男の子　「サッカク探偵団 1 あやかし月夜の宝石どろぼう」藤江じゅん作;ヨシタケシンスケ絵　KADOKAWA　2015年7月

坂上 拓実　さかがみ・たくみ
「地域ふれあい交流会」の実行委員に任命された高校三年生、同じクラスの菜月の元カレ　「心が叫びたがってるんだ。実写映画ノベライズ版」超平和バスターズ原作;熊澤尚人監督;時海結以著;まなべゆきこ脚本　小学館（小学館ジュニア文庫）　2017年7月

坂川 美湖　さかがわ・みこ
名札代わりに風船を持たされるふしぎな学校の生徒、六年生の時生のクラスメイト　「風船教室」吉野万理子作　金の星社　2014年9月

さかぐ

坂口 こうへい　さかぐち・こうへい
放送委員の四年生、うるさくて調子のいい男の子　「お昼の放送の時間です」　乗松葉子作；宮尾和孝絵　ポプラ社（ポプラ物語館）　2015年10月

坂口 栗帆　さかぐち・りほ
小学5年生、同級生のとおしゃれプロジェクトを結成した女の子　「おしゃれプロジェクトStep1」　MIKA；POSA作；hatsuko絵　講談社（青い鳥文庫）　2017年6月

坂下 さつき　さかした・さつき
おしゃべりがだいすきでしっかりものの小学二年生の女の子　「ともだちのときちゃん」　岩瀬成子作；植田真絵　フレーベル館（おはなしのまど）　2017年9月

坂下 ヒナコ（アサミ）　さかした・ひなこ（あさみ）
小学五年生の燈馬の田舎の幼馴染・宗佑の同級生の女の子　「幽霊屋敷のアイツ」　川口雅幸著　アルファポリス　2017年7月

坂田 銀時　さかた・ぎんとき
お江戸かぶき町のなんでも屋「万事屋」のリーダー、元攘夷志士で「白夜叉」と恐れられたほどの剣の達人　「銀魂 映画ノベライズ みらい文庫版」　空知英秋原作；福田雄一脚本；田中創小説　集英社（集英社みらい文庫）　2017年7月

酒田 しんいち（ちっちゃいおっさん）　さかた・しんいち（ちっちゃいおっさん）
尼崎の街に住む酒田家のお父さん　「ちっちゃいおっさん おかわり!」　相羽鈴著；アップライト監修絵　集英社（集英社みらい文庫）　2015年3月

酒田 しんいち（ちっちゃいおっさん）　さかた・しんいち（ちっちゃいおっさん）
尼崎をこよなく愛する人気キャラ、家族をなにより大切に思っているお父さん　「ちっちゃいおっさん」　相羽鈴著；アップライト監修絵　集英社（集英社みらい文庫）　2014年10月

サカナ
死んだ母親の故郷である一部が湖となった町で水没したものを回収する男・モグリの手伝いをすることになった高校生　「みずうみの歌」　ほしおさなえ著　講談社　2013年10月

坂場 大志　さかば・たいし
女子大生のゆきなが入部した人力飛行機のサークル「T.S.L」のパイロット班のガサツな先輩　「トリガール!」　中村航作；菅野マナミ絵　KADOKAWA（角川つばさ文庫）　2017年8月

坂本 純太　さかもと・じゅんた
亀が丘中学校二年生、男子卓球部員　「あしたへジャンプ！卓球部」　横沢彰作；小松良佳絵　新日本出版社　2014年3月

坂本 龍馬　さかもと・りょうま
地獄にいた幕末の志士、地獄の野球チーム「幕末レッドスターズ」のキャプテン　「戦国ベースボール [2] 龍馬がくる!信長vs幕末志士!!」　りょくち真太作；トリバタケハルノブ絵　集英社（集英社みらい文庫）　2015年4月

坂本 龍馬　さかもと・りょうま
霊感の持ち主しか入学できない私立霊界高校の日本史の授業のために召喚された歴史上の人物のひとり　「私立霊界高校 2 RYOMA召喚」　楠木誠一郎著；鳥越タクミ画　講談社（Ya! entertainment）　2014年9月

相良 湊　さがら・みなと
「相良霊能探偵事務所」のオーナーで退魔師、退魔師見習いの莉緒と祐の師匠　「妖怪退治、しません! リオとユウの霊探事件ファイル2」　秋木真作；すまき俊悟絵　集英社（集英社みらい文庫）　2013年7月

相良 深行　さがら・みゆき
八王子の鳳城学園の高校1年生で同級生の泉水子の幼なじみ、山伏の家系の少年　「RDG レッドデータガール 6 星降る夜に願うこと」　荻原規子著　KADOKAWA（角川スニーカー文庫）　2014年2月

さぎり

相良 深行　さがら・みゆき
八王子の鳳城学園の高校1年生で同級生の泉水子の幼なじみ、山伏の家系の少年
「RDG－レッドデータガール 氷の靴ガラスの靴」荻原規子著 KADOKAWA 2017年12月

サキ
東京のはずれにある古い町・葵町に住むいたずら大好きな悪ガキ七人の一人、古本屋の娘の五年生 「悪ガキ7[1]いたずらtwinsと仲間たち」宗田理著 静山社 2013年3月

サキ
東京のはずれにある古い町・葵町に住むいたずら大好きな悪ガキ七人の一人、古本屋の娘の五年生 「悪ガキ7[2]モンスター・デスマッチ!」宗田理著 静山社 2013年10月

サキ
東京のはずれにある古い町・葵町に住むいたずら大好きな悪ガキ七人の一人、古本屋の娘の五年生 「悪ガキ7[3]タイ行きタイ!」宗田理著 静山社 2014年12月

サキ
東京のはずれにある古い町・葵町に住むいたずら大好きな悪ガキ七人の一人、古本屋の娘の五年生 「悪ガキ7[4]転校生は魔女!?」宗田理著 静山社 2015年7月

サキ
東京のはずれにある古い町・葵町に住むいたずら大好きな悪ガキ七人の一人、古本屋の娘の五年生 「悪ガキ7[5]人工知能は悪ガキを救う!?」宗田理著 静山社 2017年2月

向坂 梨央　さきさか・りお
めいと同じ有村バレエスクールに通う友だち、同学年で一番バレエがうまい少女 「エトワール!1 くるみ割り人形の夢」梅田みか作;結布絵 講談社(青い鳥文庫) 2016年11月

向坂 梨央　さきさか・りお
めいと同じ有村バレエスクールに通う友だち、同学年で一番バレエがうまい少女 「エトワール!2 羽ばたけ!四羽の白鳥」梅田みか作;結布絵 講談社(青い鳥文庫) 2017年5月

向坂 梨央　さきさか・りお
めいと同じ有村バレエスクールに通う友だち、同学年で一番バレエがうまい少女 「エトワール!3 眠れる森のバレリーナ」梅田みか作;結布絵 講談社(青い鳥文庫) 2017年10月

サキちゃん
吸血鬼のノダちゃんのともだち、自由研究でトマトの観察をしていた三年生の女の子 「まほうの自由研究(なのだのノダちゃん)」如月かずさ作;はたこうしろう絵 小峰書店 2017年6月

鷺沼 一輝　さぎぬま・かずき
中学1年の璃湖と彩加里の幼なじみ、サッカー一筋の男の子 「わたしがここにいる理由」片川優子作 岩崎書店 2016年9月

サギノ
転校生・景太の同級生でマンションのお隣に住む小学五年生、平気でウソをつく女の子 「メニメニハート」令丈ヒロ子作;結布絵 講談社(青い鳥文庫) 2015年3月

咲山 真美子(マジ子)　さきやま・まみこ(まじこ)
転校生・景太のクラスの委員長でマンションのお隣に住む小学五年生、マジメすぎる女の子 「メニメニハート」令丈ヒロ子作;結布絵 講談社(青い鳥文庫) 2015年3月

サキラちゃん
4年生がするボランティア活動で玲子ちゃんと吉田と友里と同じグループになった女の子 「ときめき団地の夏祭り」宇佐美牧子作;小栗麗加画 くもん出版 2015年12月

狭霧丸　さぎりまる
平安の都に出る夜盗、じつは検非違使の佐・橘基忠 「夜露姫」みなと董著 講談社 2016年9月

さく

サク
美術部員の中学二年生、元同級生のハセが作った調査チーム「長谷川調査隊」の一員
「ぼくらはその日まで」 小嶋陽太郎著 ポプラ社 2017年8月

サク
美術部幽霊部員の中学一年生、同級生のハセが作った洞穴調査チーム「長谷川調査隊」
の一員 「ぼくのとなりにきみ」 小嶋陽太郎著 ポプラ社 2017年2月

佐久次 さくじ
橘北家の忍び、江戸の薬種問屋「近江屋」の番頭 「春待つ夜の雪舞台－くのいち小桜忍
法帖4」 斉藤洋作;大矢正和絵 あすなろ書房 2017年2月

佐久田 正太郎(サク) さくた・しょうたろう(さく)
美術部員の中学二年生、元同級生のハセが作った調査チーム「長谷川調査隊」の一員
「ぼくらはその日まで」 小嶋陽太郎著 ポプラ社 2017年8月

佐久田 正太郎(サク) さくた・しょうたろう(さく)
美術部幽霊部員の中学一年生、同級生のハセが作った洞穴調査チーム「長谷川調査隊」
の一員 「ぼくのとなりにきみ」 小嶋陽太郎著 ポプラ社 2017年2月

佐久間 紺 さくま・こん
俳優を目指す小学5年生、東京にあるオリプロ・キッズスクールの生徒 「アイドル・ことまり! 1
－コイがつれてきた恋!?」 令丈ヒロ子作;亜沙美絵 講談社(青い鳥文庫) 2017年4月

佐久間 真琴 さくま・まこと
小学五年生、自立支援センターで暮らす春菜と同じクラスの女の子 「坂の上の図書館」
池田ゆみる作;羽尻利門画 さ・え・ら書房 2016年7月

さくや
五年生の奈々美が迷いこんだ戦国時代の時輪家に仕える忍び衆の頭領の娘、可愛らしい
顔立ちの少女 「見習い!? 神社ガールななみ 姫隠町でつかまって」 二枚矢コウ作;えいひ
絵 ポプラ社(ポプラカラフル文庫) 2013年6月

さくら
小学校三年生のかずきのふたごの姉、たぬきの妖怪・ポンチキンと一緒に暮らしている女の
子 「妖怪たぬきポンチキン化けねこ屋敷と消えたねこ」 山口理作;細川貂々絵 文溪堂
2017年8月

さくら
病気がなかなかよくならないために退院できず毎日めそめそ泣いてばかりいる四年生の女
の子 「きょうから飛べるよ」 小手鞠るい作;たかすかずみ絵 岩崎書店(おはなしガーデン)
2014年4月

桜 さくら
素直に気持ちを伝えることができない小学三年生、夏休みに鳥取県に住むおばあちゃん
の家に一人で行くことになった女の子 「わたしからわらうよ」 押切もえ著 ロクリン社 2017
年7月

サクラ(葉山 さくら) さくら(はやま・さくら)
英語が大好きな五年生、父親が五年生の息子のいる人と再婚すると聞かされた女の子
「さくら×ドロップ レシピ1 チーズハンバーグ」 のまみちこ著;けーしんイラスト 小学館(小
学館ジュニア文庫) 2015年9月

サクラ(葉山 さくら) さくら(はやま・さくら)
六年生のチエリの親友、父親の再婚相手の息子・潤一君に恋をした女の子 「ちえり×ド
ロップ レシピ1 マカロニグラタン」 のまみちこ著;けーしんイラスト 小学館(小学館ジュニア
文庫) 2016年2月

桜井 シオリ　さくらい・しおり
四年生の敬介の学校へやってきた転校生、市の野球少年団「ジャガーズ」のマネージャー
「ぼくのマルコは大リーガー」 小林しげる作;末崎茂樹絵　文研出版(文研ブックランド)
2014年7月

桜井 鳥羽　さくらい・とば
転校生の桐生七子のクラスメイト、ものに宿った魂「ものだま」の声が聞こえ「ものだま探偵」
と名乗る小学五年生 「ふしぎな声のする町で [ものだま探偵団]([1])」 ほしおさなえ作;く
まおり純絵　徳間書店 2013年7月

桜井 鳥羽　さくらい・とば
転校生の桐生七子のクラスメイト、ものに宿った魂「ものだま」の声が聞こえ「ものだま探偵」
と名乗る小学五年生 「ルークとふしぎな歌 (ものだま探偵団 3)」 ほしおさなえ作;くまおり
純絵　徳間書店 2015年7月

桜井 鳥羽　さくらい・とば
転校生の桐生七子のクラスメイト、ものに宿った魂「ものだま」の声が聞こえ「ものだま探偵」
と名乗る小学五年生 「わたしが、もうひとり? (ものだま探偵団)4)」 ほしおさなえ作;くまおり
純絵　徳間書店 2017年8月

桜井 鳥羽　さくらい・とば
転校生の桐生七子のクラスメイト、ものに宿った魂「ものだま」の声が聞こえ「ものだま探偵」
と名乗る小学五年生 「駅のふしぎな伝言板 [ものだま探偵団](2)」 ほしおさなえ作;くまお
り純絵　徳間書店 2014年7月

桜井 悠　さくらい・ゆう
桜ヶ丘小学校六年生、運動は苦手だがゲームは得意な少年 「絶望鬼ごっこ 3 いつわりの
地獄祭り」 針とら作;みもり絵　集英社(集英社みらい文庫) 2015年12月

桜井 悠　さくらい・ゆう
桜ヶ島小学校六年生、運動は苦手だがゲームは得意な少年 「絶望鬼ごっこ 8 命がけの地
獄アスレチック」 針とら作;みもり絵　集英社(集英社みらい文庫) 2017年7月

桜井 悠　さくらい・ゆう
桜ヶ島小学校六年生、運動は苦手だがゲームは得意な少年 「絶望鬼ごっこ 9 ねらわれた
地獄狩り」 針とら作;みもり絵　集英社(集英社みらい文庫) 2017年11月

櫻井 悠　さくらい・ゆう
とざされた小学校で恐ろしい鬼に追われることになった6年生 「絶望鬼ごっこ」 針とら作;み
もり絵　集英社(集英社みらい文庫) 2015年4月

桜井 リク　さくらい・りく
五十人の六年生で1番を競う『ラストサバイバル』の出場選手、妹想いでやさしい性格の少
年 「ラストサバイバル でてはいけないサバイバル教室」 大久保開作;北野詠一絵　集英社
(集英社みらい文庫) 2017年10月

桜井 リク　さくらい・りく
五十人の六年生で1番を競う『ラストサバイバル』の出場選手、妹想いでやさしい性格の少
年 「ラストサバイバル 最後まで歩けるのはだれだ!?」 大久保開作;北野詠一絵　集英社
(集英社みらい文庫) 2017年6月

桜木 亮　さくらぎ・りょう
学校で目立つのを避けている「Bグループ」に属する高校二年生、学園一の美少女・恵梨
花と交際する少年 「Bグループの少年 4」 櫻井春輝著　アルファポリス 2014年6月

桜木 亮　さくらぎ・りょう
学校で目立つのを避けている「Bグループ」に属する高校二年生、学園一の美少女・恵梨
花と交際する少年 「Bグループの少年 5」 櫻井春輝著　アルファポリス 2015年6月

さくら

桜木 亮　さくらぎ・りょう
目立つことをさけて平凡な生徒の「Bグループ」に紛れこんでいた高校生、「Aグループ」の
美少女・藤本恵梨花とつき合うことになった16歳 「Bグループの少年 3」 櫻井春輝著　ア
ルファポリス　2013年11月

桜木 亮　さくらぎ・りょう
目立つことをさけて平凡な生徒の「Bグループ」に紛れこんでいた高校生、16歳の少年 「B
グループの少年 2」 櫻井春輝著　アルファポリス　2013年2月

さくらこ
九丁目の不思議な花屋の店員、艶やかな長い黒髪の美少女 「九丁目の呪い花屋」 小川
彗著;藤中千聖イラスト　小学館(小学館ジュニア文庫)　2015年11月

さくらこさん
おやしきに住んでいるおばあさん、自分を少女だとしんじこんでいるおばば 「おばけマン
ション42ードキドキおばけの百人一首!?」 むらいかよ著　ポプラ社(ポプラ社の新・小さな童
話)　2016年11月

桜咲 さくら　さくらざき・さくら
神山陵の前世・嶺羽と唐沢未来の前世・未桜の子孫で治癒の力を受け継ぐ美少女、桜咲
龍羽のふたごの姉 「あやかし緋扇 八百比丘尼永遠の涙」 宮沢みゆき著;くまがい杏子原
作・イラスト　小学館(小学館ジュニア文庫)　2013年4月

桜咲 さくら　さくらざき・さくら
神山陵の前世・嶺羽と唐沢未来の前世・未桜の子孫で治癒の力を受け継ぐ美少女、桜咲
龍羽のふたごの姉 「あやかし緋扇 夢幻のまほろば」 宮沢みゆき著;くまがい杏子原作・イ
ラスト　小学館(小学館ジュニア文庫)　2013年10月

桜咲 龍羽　さくらざき・りゅうは
神山陵の前世・嶺羽と唐沢未来の前世・未桜の子孫で式神を使いこなす男の子、桜咲さく
らのふたごの弟 「あやかし緋扇 八百比丘尼永遠の涙」 宮沢みゆき著;くまがい杏子原作・
イラスト　小学館(小学館ジュニア文庫)　2013年4月

桜咲 龍羽　さくらざき・りゅうは
神山陵の前世・嶺羽と唐沢未来の前世・未桜の子孫で式神を使いこなす男の子、桜咲さく
らのふたごの弟 「あやかし緋扇 夢幻のまほろば」 宮沢みゆき著;くまがい杏子原作・イラス
ト　小学館(小学館ジュニア文庫)　2013年10月

桜田 愛里　さくらだ・あいり
お金が大好きな六年生、自宅の蔵で大福と名のる白フクロウから「どんどんお金がなくなる
呪い」をかけられた女の子 「きんかつ! 恋する妖狐と舞姫の秘密」 宇津田晴著;わんにゃ
んぷーイラスト　小学館(小学館ジュニア文庫)　2017年7月

桜田 愛里　さくらだ・あいり
お金が大好きな六年生、自宅の蔵で大福と名のる白フクロウから「どんどんお金がなくなる
呪い」をかけられた女の子 「きんかつ!」 宇津田晴著;わんにゃんぷーイラスト　小学館(小
学館ジュニア文庫)　2017年1月

サクラちゃん(葉山 さくら)　さくらちゃん(はやま・さくら)
よしの町西小学校の六年生、同じクラスの菅野くんの幼なじみの女の子 「みさと×ドロップ
レシピ1 チェリーパイ」 のまみちこ著;けーしんイラスト　小学館(小学館ジュニア文庫)
2016年7月

作楽 透哉　さくら・とうや
全国大会出場を決めた八頭森東中学校野球部のピッチャー、親元を離れ地方の小さな
町・八頭森へやってきた静かな転校生 「グラウンドの詩」 あさのあつこ著　角川書店 2013
年7月

桜庭 舞夕　さくらば・まゆ

おしゃれが大好きな女の子紡のいばりんぼうなクラスメイト、雑誌の読者モデルをやっているおしゃれ女の子「全力おしゃれ少女☆ツムギ part1 金星のドレスはだれが着る?」はのまきみ作;森倉円絵　集英社(集英社みらい文庫)　2013年8月

桜庭 舞夕　さくらば・まゆ

おしゃれが大好きな紡のクラスのおしゃれ番長、雑誌の読者モデルをやっている小学5年生「全力おしゃれ少女☆ツムギ part2 めざせ!モデルとデザイナー」はのまきみ作;森倉円絵　集英社(集英社みらい文庫)　2014年2月

桜庭 涼太　さくらば・りょうた

"イケてる家事する部活"イケカジ部の部員で中学一年生、秀才で運動もできるパーフェクト男子「イケカジなぼくら 3 イジメに負けないパウンドケーキ☆」川崎美羽作;an絵　KADOKAWA(角川つばさ文庫)　2013年10月

桜庭 涼太　さくらば・りょうた

山ノ上学園中等部二年生、たった一人でフランスに留学した少年「イケカジなぼくら 10 色とりどり☆恋心キャンディー」川崎美羽作;an絵　KADOKAWA(角川つばさ文庫)　2016年11月

桜庭 涼太　さくらば・りょうた

山ノ上学園中等部二年生、フランス留学を終えて帰国したイケメン男子「イケカジなぼくら 9 ゆれるハートとクラッシュゼリー」川崎美羽作;an絵　KADOKAWA(角川つばさ文庫)　2016年5月

桜庭 涼太　さくらば・りょうた

私立山ノ上学園中等部一年生、無口でイケメンな転校生「イケカジなぼくら 1 お弁当コンテストを攻略せよ☆」川崎美羽作;an絵　KADOKAWA(角川つばさ文庫)　2013年4月

桜庭 涼太　さくらば・りょうた

私立山ノ上学園中等部一年生、無口でイケメンな転校生「イケカジなぼくら 2 浴衣リメイク大作戦☆」川崎美羽作;an絵　KADOKAWA(角川つばさ文庫)　2013年7月

桜庭 涼太　さくらば・りょうた

私立山ノ上学園中等部一年生、無口でイケメンな転校生「イケカジなぼくら 4 なやめる男子たちのガレット☆」川崎美羽作;an絵　KADOKAWA(角川つばさ文庫)　2014年3月

桜庭 涼太　さくらば・りょうた

私立山ノ上学園中等部一年生、無口でイケメンな転校生「イケカジなぼくら 5 手編みのマフラーにたくした」川崎美羽作;an絵　KADOKAWA(角川つばさ文庫)　2014年9月

桜庭 涼太　さくらば・りょうた

私立山ノ上学園中等部一年生、無口でイケメンな転校生「イケカジなぼくら 6 本命チョコはだれの手に☆」川崎美羽作;an絵　KADOKAWA(角川つばさ文庫)　2014年12月

佐倉 めぐみ　さくら・めぐみ

親友だった理奈と二年ぶりに同じクラスになったがなかなか元の関係にもどることができない六年生の少女「さくらいろの季節」蒼沼洋人著　ポプラ社(Teens' best selections)　2015年3月

さくら ももこ(まる子)　さくら・ももこ(まるこ)

静岡に住む小学生、イタリアからきた少年アンドレアが滞在することになったさくら家の娘「映画ちびまる子ちゃん イタリアから来た少年」さくらももこ作;五十嵐佳子構成　集英社(集英社みらい文庫)　2015年12月

桜森 穂波　さくらもり・ほなみ

安倍ハルマキ先生が受け持つ森野小学校五年五組の生徒、学校へ来なくなって一ヶ月になるお嬢さま「五年護組・陰陽師先生」五十嵐ゆうさく作;塩島れい絵　集英社(集英社みらい文庫)　2016年9月

さくら

佐久良 陽太　さくら・ようた
奈良市の小学校で卒業式を迎えた六年生、一年前に東京から引っ越してきた少年　「ハル
と歩いた」　西田俊也作　徳間書店　2015年12月

佐源次　さげんじ
腕一本を頼りに各地を渡り歩いている信州石工、上州の石屋「大江屋」の親方と旧い仲の
大男　「石の神」　田中彩子作;一色画　福音館書店(福音館創作童話シリーズ)　2014年4
月

左近(さっちゃん)　さこん(さっちゃん)
お金が大好きな女の子・愛里が行った花川神社にいた動いてしゃべる狛犬　「きんかつ! 恋
する妖狐と舞姫の秘密」　宇津田晴著;わんにゃんぷーイラスト　小学館(小学館ジュニア文
庫)　2017年7月

佐々井 彩矢　ささい・さいや
大中小学校の探偵クラブ・大中小探偵クラブのメンバー、六年生の男の子　「大中小探偵ク
ラブ　猫又家埋蔵金の謎」　はやみねかおる作;長谷垣なるみ絵　講談社(青い鳥文庫)
2017年1月

佐々木 小次郎　ささき・こじろう
「地獄甲子園」で「桶狭間ファルコンズ」と対戦する地獄山口県の代表チーム「巌流島ソード
マスターズ」のピッチャーでキャプテン　「戦国ベースボール [9] 開幕!地獄甲子園vs武蔵&
小次郎」　りょくち真太作;トリバタケハルノブ絵　集英社(集英社みらい文庫)　2017年4月

佐々木 さくら　ささき・さくら
東京から神戸の小学校に転校したが新しい学校で友だちができるか心配でたまらない占い
好きの六年生の少女　「七時間目の占い入門」　藤野恵美作;朝日川日和絵　講談社(青い
鳥文庫)　2017年8月

佐々木 文太　ささき・ぶんた
平坂町小学校四年一組、「サッカク探偵団」のメンバーで銀ぶちメガネの男の子　「サッカク
探偵団 2 おばけ坂の神かくし」　藤江じゅん作;ヨシタケシンスケ絵　KADOKAWA　2015年
12月

佐々木 文太　ささき・ぶんた
平坂町小学校四年一組、「サッカク探偵団」のメンバーで銀ぶちメガネの男の子　「サッカク
探偵団 3 なぞの影ぼうし」　藤江じゅん作;ヨシタケシンスケ絵　KADOKAWA　2016年7月

佐々木 文太　ささき・ぶんた
平坂町小学校四年一組生活班一班のメンバー、喫茶「まんぷく」の息子で銀ぶちメガネの
男の子　「サッカク探偵団 1 あやかし月夜の宝石どろぼう」　藤江じゅん作;ヨシタケシンスケ
絵　KADOKAWA　2015年7月

佐々木 優　ささき・ゆう
サッカーチーム「キッカーズ」の一員、青木市少年少女マラソン大会で三年連続棄権して
「幽霊ランナー」と呼ばれている小学五年生　「幽霊ランナー」　岡田潤作　金の星社　2017
年8月

佐々木 雄太　ささき・ゆうた
銀杏が丘第一小学校五年一組、シティマラソンの常連のお父さんと毎日マラソンの練習を
している少年　「IQ探偵ムー マラソン大会の真実 上下」　深沢美潮作;山田J太画　ポプラ
社(ポプラカラフル文庫)　2013年4月

笹木 りりな　ささき・りりな
旭中学校二年生、悪い仲間と付き合うようになってから髪を染めたり登校拒否をするように
なった少女　「ためらいがちのシーズン」　唯川恵著　光文社(Book With You)　2013年4月

佐々野 香菜　ささの・かな
恥ずかしがりやで人前で話すことが苦手な小学五年生、朝の学校が好きな女の子　「香菜
となな つの秘密」　福田隆浩著　講談社　2017年4月

さすけ

佐々野 元春　ささの・もとはる
晴雲学院初等部4年生の男の子、佐々野コーポレーション会長の孫で映画監督を夢見る
少年　「わたしがボディガード!?事件ファイル ピエロは赤い髪がお好き」 福田隆浩作;えい
ひ絵　講談社(青い鳥文庫) 2013年2月

佐々野 元春　ささの・もとはる
晴雲学院初等部4年生の男の子、佐々野コーポレーション会長の孫で映画監督を夢見る
少年　「わたしがボディガード!?事件ファイル 幽霊はミントの香り」 福田隆浩作;えいひ絵
講談社(青い鳥文庫) 2013年1月

佐々野 元春　ささの・もとはる
晴雲学院初等部5年の映画監督を夢見るマイペース少年、「八起流柔術」のあとつぎである
千夏の幼なじみ　「わたしがボディガード!?事件ファイル 蜃気楼があざ笑う」 福田隆浩作;
えいひ絵　講談社(青い鳥文庫) 2013年4月

笹原 璃子　ささはら・りこ
〈橙の妖精国〉の妖精王の守護者、ふだんはふつうに郊外の団地で暮らしている中学生の
少女　「くるみの冒険 3 竜の王子」 村山早紀作;巣町ひろみ絵　童心社 2016年3月

笹 彦助　ささ・ひこすけ
子ども会のスポーツ大会6年生の部で野球をすることになった男の子　「お願い!フェアリー♥
15 キスキス!ホームラン!」 みずのまい作;カタノトモコ絵　ポプラ社 2015年9月

笹 彦助　ささ・ひこすけ
修学旅行で京都にきた6年生、クラスメートのいるかのことが大好きな男の子　「お願い!フェ
アリー♥ 11 修学旅行でふたりきり!?」 みずのまい作;カタノトモコ絵　ポプラ社 2013年9月

ざしきちゃん
ざしきわらし、おばけのしょうがっこうでクラスいいんをしているしっかりものの女の子　「おば
けんそく おばけのポーちゃん3」 吉田純子作;つじむらあゆこ絵　あかね書房 2015年9
月

佐次 清正(キヨ)　さじ・きよまさ(きよ)
青星学園中等部1年のゆずの同級生、クールな男の子　「青星学園★チームEYE-Sの事件
ノート」 相川真作;立樹まや絵　集英社(集英社みらい文庫) 2017年12月

ザシキワラシ
いなかから本だなにくっついて小学四年の翔太の学校にやってきた家の守り神、小さいじ
いちゃん　「四年ザシキワラシ組」 こうだゆうこ作;田中六大絵　学研プラス(ジュニア文学
館) 2016年12月

ざしきわらし
しゃべることができないちいさいおんなのこのおばけ　「ふたりはおばけのふたご!?－おばけ
マンション」 むらいかよ著　ポプラ社(ポプラ社の新・小さな童話) 2015年2月

サシクニ
出雲の王の妻で息子のナムジをつぎの王にと望んでいる母親　「根の国物語」 久保田香
里作;小林葉子絵　文研出版(文研じゅべにーる) 2015年11月

サスケ
イヌのことばがわかるニンゲン・サチコさんのことがだいすきなイヌ　「なにがあってもずっと
いっしょ」 くさのたき作;つじむらあゆこ絵　金の星社 2016年6月

サスケ
戸隠山の飛雲一族の見習い忍者、頭領の祖父に代わり真田家の仕事を引きうけた少年
「真田幸村と忍者サスケ」 吉橋通夫作;佐嶋真実絵　KADOKAWA(角川つばさ文庫)
2016年1月

さすけ

佐助　さすけ
戦国武将・真田幸村に仕える甲賀流の忍術使い　「真田十勇士」　時海結以作;睦月ムンク絵　講談社（青い鳥文庫）　2016年8月

佐助　さすけ
戦国武将・真田幸村の家臣、戸沢白雲斎に仕込まれた忍び　「真田十勇士 4 信州戦争」　松尾清貴著　理論社　2016年8月

佐助　さすけ
百五十年前に彫られた石工の名人・孫七の弟子の魂を宿した明野神社の「うん」の狛犬　「狛犬の佐助 迷子の巻」　伊藤遊作;岡本順絵　ポプラ社（ノベルズ・エクスプレス）　2013年2月

定岡 翔　さだおか・しょう
七曲小五年生、野球チーム「フレンズ」の練習に突然来なくなった男の子　「プレイボール 2 ぼくらの野球チームを守れ!」　山本純士作;宮尾和孝絵　KADOKAWA（角川つばさ文庫）　2014年1月

定岡 翔　さだおか・しょう
七曲小六年生の運動神経の良い男の子、野球チーム「フレンズ」のメンバー　「プレイボール 3 ぼくらのチーム、大ピンチ!」　山本純士作;宮尾和孝絵　KADOKAWA（角川つばさ文庫）　2015年5月

定吉　さだきち
ビリケン第三小学校の五年生、酔っ払いの老人から落語を聞かされたお笑いファンの男の子　「落語少年サダキチ ［いち］」　田中啓文作;朝倉世界一画　福音館書店　2016年9月

定吉　さだきち
ビリケン第三小学校の五年生、落語を熱心に稽古している少年　「落語少年サダキチ に」　田中啓文作;朝倉世界一画　福音館書店　2017年11月

定吉　さだきち
大阪の米問屋で働いている丁稚、おじょうさまのイトはんにたのまれてだれも飼っていないペットをさがした男の子　「くじらじゃくし」　安田夏菜作;中西らつ子絵　講談社（わくわくライブラリー）　2017年4月

佐田 恭也　さた・きょうや
彼氏がいるとウソをつくエリカの彼氏のふりをしてくれることになった学校イチのイケメン王子　「オオカミ少女と黒王子 映画ノベライズ みらい文庫版」　八田鮎子原作;まなべゆきこ脚本;松田朱夏著　集英社（集英社みらい文庫）　2016年4月

貞子　さだこ
「呪いのビデオ」を見た者を二日後に呪い殺す髪の長い女　「貞子vs伽椰子」　山本清史著;白石晃士脚本・監督　小学館（小学館ジュニア文庫）　2016年6月

貞光　さだみつ
中学生の聡がタイムスリップした平安時代の竜田の院に仕えている一本気の侍　「邪宗門」　芥川龍之介原作;駒井和緒文;遠田志帆絵　講談社　2015年2月

サタン
闇の魔王、魔導師のタマゴ・アルルと謎の生き物カーバンクルが大好きなお兄さん　「ぷよぷよ サタンのスペース遊園地」　芳野詩子作;こめ苺絵　KADOKAWA（角川つばさ文庫）　2016年2月

サチコさん
イヌのサスケをにわでかうニンゲン、イヌのことばがわかるひと　「なにがあってもずっといっしょ」　くさのたき作;つじむらあゆこ絵　金の星社　2016年6月

212

さとう

サチさん
夜間中学に通い始めた七十六歳の中学一年生、新中学一年生優菜のおばあちゃん 「夜間中学へようこそ」 山本悦子作 岩崎書店(物語の王国) 2016年5月

さつき
大きな栗の木と小さなお地蔵さんがある家で育った三姉妹の次女、家出した母・律をたずねた少女 「100年の木の下で」 杉本りえ著;佐竹美保画 ポプラ社(Teens' best selections) 2017年11月

五月　さつき
中3の紺と双子で高1の夏木と高2の潤の弟、バンド活動ばかりしている受験生 「真代家こんぷれっくす! [4] Holy days賢者たちの贈り物」 宮沢みゆき著;久世みずき原作・イラスト 小学館(小学館ジュニア文庫) 2014年10月

五月　さつき
中3の紺と双子で高2の潤の弟、高2の夏木が実の姉ではないことを知った次男 「真代家こんぷれっくす! [3] Sentimental daysココロをつなぐメロディ」 宮沢みゆき著;久世みずき原作・イラスト 小学館(小学館ジュニア文庫) 2014年6月

さっ太　さった
信濃の国で馬を育てる山里に住んでいた気のやさしい男の子 「さっ太の黒い子馬」 小俣麦穂著;ささめやゆき絵 講談社(講談社・文学の扉) 2016年6月

さっちゃん
お金が大好きな女の子・愛里が行った花川神社にいた動いてしゃべる狛犬 「きんかつ! 恋する妖狐と舞姫の秘密」 宇津田晴著;わんにゃんぷーイラスト 小学館(小学館ジュニア文庫) 2017年7月

さっちゃん
化野原団地に暮らす九十九一家の長女、人の心の中を見通す妖怪サトリ 「妖怪一家のハロウィン－妖怪一家九十九さん [6]」 富安陽子作;山村浩二絵 理論社 2017年9月

雑渡 昆奈門　ざっと・こんなもん
タソガレドキ城にんじゃ隊組頭 「忍たま乱太郎 オーマガトキのにんじゃの段」 尼子騒兵衛原作;望月千賀子文;亜細亜堂絵 ポプラ社(ポプラ社の新・小さな童話) 2013年2月

雑渡 昆奈門　ざっと・こんなもん
タソガレドキ城忍び組頭 「忍たま乱太郎 にんじゅつ学園となぞの女の段」 尼子騒兵衛原作;望月千賀子文;亜細亜堂絵 ポプラ社(ポプラ社の新・小さな童話) 2014年1月

サト
「おばけ道」が通ることになった少年・翔太の前にあらわれた小学四年生の女の子のおばけ 「おばけ道、ただいま工事中!?」 草野あきこ作;平澤朋子絵 岩崎書店(おはなしガーデン) 2015年8月

さと
元気いっぱいの女の子・じゅじゅのクラスメート、おとなしい子 「こころのともってどんなとも」 最上一平作;みやこしあきこ絵 ポプラ社(本はともだち) 2016年7月

佐藤　さとう
王国に500万人いる＜佐藤＞さんを殺す計画を思いついた王様、知性も教養もない馬鹿王 「リアル鬼ごっこ」 山田悠介著;woguraイラスト 小学館(小学館ジュニア文庫) 2014年7月

佐藤　さとう
謎の紳士「貴族探偵」の運転手兼ボディーガード、巨体の男性 「貴族探偵 みらい文庫版」 麻耶雄嵩作;きろばいと絵 集英社(集英社みらい文庫) 2017年5月

さとう

佐藤 愛　さとう・あい
西暦3000年＜佐藤＞という王様のいる国に住んでいた少女、大学生の翼の妹　「リアル鬼ごっこ」　山田悠介著;woguraイラスト　小学館（小学館ジュニア文庫）　2014年7月

佐藤 杏里　さとう・あんり
中1の女の子・まつりのクラスメイト、読者モデルをするかわいい女の子　「ひみつの図書館!真夜中の『シンデレラ』!?」　神代明作;おのともえ絵　集英社（集英社みらい文庫）　2014年8月

佐藤 乙松　さとう・おとまつ
まもなく定年をむかえる北海道のローカル線幌舞駅の駅長　「鉄道員（ぽっぽや）」　浅田次郎作;森川泉本文イラスト　集英社（集英社みらい文庫）　2013年12月

佐藤 薫子　さとう・かおるこ
風早の街で専業作家になり十年を超える女性　「コンビニたそがれ堂 奇跡の招待状」　村山早紀著　ポプラ社（teenに贈る文学）　2016年4月

佐藤 さやか　さとう・さやか
映画研究部の中学二年生、部員たちと約束していた廃墟のホテルの撮影を風邪で欠席した女の子　「恐怖のむかし遊び」　にかいどう青作;モグラッタ絵　講談社　2017年12月

佐藤 修　さとう・しゅう
並木図書館で行われる本を紹介しあうゲーム「ビブリオバトル」に参加することになった小学五年生の男の子　「なみきビブリオバトル・ストーリー 本と4人の深呼吸」　赤羽じゅんこ作;松本聰美作;おおぎやなぎちか作;森川成美作;黒須高嶺絵　さ・え・ら書房　2017年6月

佐藤 すみれ　さとう・すみれ
大工の父ちゃんとくらすおしゃれにあこがれているあけぼの小学校四年生の女の子
「チャームアップ・ビーズ! 1 クローバーグリーンで友情復活!」　宮下恵茉作;初空おとわ画
童心社　2013年3月

佐藤 すみれ　さとう・すみれ
魔法のケータイをもつあけぼの小学校四年生のおしゃれにあこがれる女の子　「チャームアップ・ビーズ! 2 スターイエロー大作戦!」　宮下恵茉作;初空おとわ画　童心社　2013年3月

佐藤 すみれ　さとう・すみれ
魔法のケータイをもつあけぼの小学校四年生のおしゃれにあこがれる女の子　「チャームアップ・ビーズ! 3 ピンクハートで思いよ、届け!」　宮下恵茉作;初空おとわ画　童心社　2013年3月

佐藤 翼　さとう・つばさ
西暦3000年＜佐藤＞という王様のいる国に住んでいた大学生、短距離走の選手　「リアル鬼ごっこ」　山田悠介著;woguraイラスト　小学館（小学館ジュニア文庫）　2014年7月

佐藤 瑞紀　さとう・みずき
中学受験に失敗し憂鬱な気持ちのまま公立の中学校へ通っている中学一年生の女の子
「木曜日は曲がりくねった先にある」　長江優子著　講談社　2013年8月

佐藤 祐樹　さとう・ゆうき
柴田高校に通う超美形の1年生、湾岸高校1年生・藤井彩の彼氏　「泣いちゃいそうだよ＜高校生編＞ 藤井兄妹の絶体絶命な毎日」　小林深雪著;牧村久実画　講談社
（YA!ENTERTAINMENT）　2015年6月

佐藤 ユウトくん　さとう・ゆうとくん
小学5年生のモモカの仲よしの同級生、クラスの女子に人気がある男の子　「もちもち♥ぱんだ もちぱん探偵団もちっとストーリーブック」　たかはしみか著;Yuka原作・イラスト　学研プラス（キラピチブックス）　2017年3月

佐藤 由香　さとう・ゆか
友だちのあかりと桃子に小学校生活最後の思い出づくりにチアダンスをやろうと提案した六年生の少女 「グッドジョブガールズ」 草野たき著 ポプラ社(Teens' best selections) 2015年8月

サトシ
ポケモントレーナーになれる十歳を迎えたマサラタウンで暮らす少年 「劇場版ポケットモンスターキミにきめた!」 水稀しま著;米村正二脚本 小学館(小学館ジュニア文庫) 2017年7月

サトシ
ポケモンマスターをめざして旅をしているマサラタウン出身の少年 「ポケモン・ザ・ムービーXY&Zボルケニオンと機巧(からくり)のマギアナ」 水稀しま著;冨岡淳広脚本 小学館(小学館ジュニア文庫) 2016年9月

サトシ
ポケモンマスターを目指して仲間たちと旅するポケモントレーナーの少年 「ポケモン・ザ・ムービーXY光輪(リング)の超魔神フーパ」 冨岡淳広著;冨岡淳広脚本 小学館(小学館ジュニア文庫) 2015年8月

サトシ
ポケモンマスターを目指して仲間たちと旅するポケモントレーナーの少年 「ポケモン・ザ・ムービーXY破壊の繭とディアンシー」 園田英樹著;園田英樹脚本 小学館(小学館ジュニア文庫) 2014年8月

サトシ
ポケモンマスターを目指して仲間たちと旅するポケモントレーナーの少年 「劇場版ポケットモンスターベストウイッシュ神速のゲノセクトミュウツー覚醒」 園田英樹著;園田英樹脚本 小学館(小学館ジュニア文庫) 2013年8月

さとし
手紙をかくじゅぎょうで「おばけに会いたい」と書いた男の子 「らくだいおばけがやってきた」 やまだともこ作;いとうみき絵 金の星社 2014年11月

里館 美穂　さとだて・みほ
芦薮第一中学校三年二組で元一年四組、母と同じ栄養士を目指している少女 「明日になったら」 あさのあつこ著 光文社(Book With You) 2013年4月

里見 サトミ　さとみ・さとみ
両親が死んでしまいやっかいな8男子と一緒に暮らしている中学二年生、里見家当主の女の子 「サトミちゃんちの1男子 1 ネオ里見八犬伝」 矢立肇原案;こぐれ京著;永地絵;久世みずき;ぱらふぃんピジャモス企画協力 角川書店(角川つばさ文庫) 2013年8月

里見 サトミ　さとみ・さとみ
両親が死んでしまいやっかいな8男子と一緒に暮らしている中学二年生、里見家当主の女の子 「サトミちゃんちの1男子 2 ネオ里見八犬伝」 矢立肇原案;こぐれ京著;永地絵;久世みずき;ぱらふぃんピジャモス企画協力 KADOKAWA(角川つばさ文庫) 2013年12月

里見 サトミ　さとみ・さとみ
両親が死んでしまいやっかいな8男子と一緒に暮らしている中学二年生、里見家当主の女の子 「サトミちゃんちの1男子 3 ネオ里見八犬伝」 矢立肇原案;こぐれ京著;永地絵;久世みずき;ぱらふぃんピジャモス企画協力 KADOKAWA(角川つばさ文庫) 2014年7月

里見 サトミ　さとみ・さとみ
両親が死んでしまいやっかいな8男子と一緒に暮らしている中学二年生、里見家当主の女の子 「サトミちゃんちの1男子 4 ネオ里見八犬伝」 矢立肇原案;こぐれ京著;永地絵;久世みずき;ぱらふぃんピジャモス企画協力 KADOKAWA(角川つばさ文庫) 2014年12月

さとみ

里見 サトミ　さとみ・さとみ
両親が死んでしまいやっかいな8男子と一緒に暮らしている中学二年生、里見家当主の女
の子　「サトミちゃんちの8男子 7 ネオ里見八犬伝」 矢立肇原案;こぐれ京著;永地絵;久世
みずき;ぱらふぃんピジャモス企画協力　KADOKAWA（角川つばさ文庫） 2015年7月

里見 サトミ　さとみ・さとみ
両親が死んでしまいやっかいな8男子と一緒に暮らしている中学二年生、里見家当主の女
の子　「サトミちゃんちの8男子 8 ネオ里見八犬伝」 矢立肇原案;こぐれ京著;永地絵;久世
みずき;ぱらふぃんピジャモス企画協力　KADOKAWA（角川つばさ文庫） 2015年11月

里見 サトミ　さとみ・さとみ
両親が死んでしまいやっかいな8男子と一緒に暮らしている中学二年生、里見家当主の女
の子　「サトミちゃんちの8男子 9 ネオ里見八犬伝」 矢立肇原案;こぐれ京著;永地絵;久世
みずき;ぱらふぃんピジャモス企画協力　KADOKAWA（角川つばさ文庫） 2016年10月

サナ
ケーキやのむすめ、まじょのまじょ子とまほうネコのロネのおみせ「ロネのケーキや」をてつ
だった女の子　「まじょ子と黒ネコのケーキやさん」 藤真知子作;ゆーちみえこ絵　ポプラ社
（学年別こどもおはなし劇場） 2014年3月

真田 蒼　さなだ・あおい
超ヤンキー高校・明智学園最強の三年生、ゲーム好きな戦国武将オタク・愛の彼氏　「小林
が可愛すぎてツライっ!!～好きが加速しすぎてバないっ!!～」 村上アンズ著;池山田剛原
作・イラスト　小学館(小学館ジュニア文庫） 2014年11月

真田 蒼　さなだ・あおい
超ヤンキー高校・明智学園最強の二年生、眼帯をしている男の子　「小林が可愛すぎてツ
ライっ!!～放課後が過激すぎてヤバイっ!!」 村上アンズ著;池山田剛原作・イラスト　小学館
（小学館ジュニア文庫） 2013年7月

真田 志穂　さなだ・しほ
真田女史と呼ばれる中学二年生、同級生の内人と創也が作ったゲーム「夢幻」のプレイ
ヤー　「都会(まち)のトム&ソーヤ 14「夢幻」上下」 はやみねかおる著;にしけいこ画　講談
社(YA! ENTERTAINMENT） 2017年2月

真田 志穂　さなだ・しほ
中学生の内人の同級生・真田女史、どんな緊急事態にも対応できる女の子　「都会(まち)の
トム&ソーヤ 11「DOUBLE」上下」 はやみねかおる著;にしけいこ画　講談社(YA!
ENTERTAINMENT） 2013年8月

真田十勇士（十勇士）　さなだじゅうゆうし（じゅうゆうし）
戦国武将・真田幸村の猿飛佐助など10人の忠実な部下たち　「真田十勇士は名探偵!! タイ
ムスリップ探偵団と忍術妖術オンパレード！の巻」 楠木誠一郎作;岩崎美奈子絵　講談社
（講談社青い鳥文庫） 2015年12月

真田 大助　さなだ・だいすけ
戦国武将・真田幸村の息子　「真田十勇士は名探偵!! タイムスリップ探偵団と忍術妖術オン
パレード！の巻」 楠木誠一郎作;岩崎美奈子絵　講談社(講談社青い鳥文庫） 2015年12
月

真田 大助　さなだ・だいすけ
戦国武将・真田幸村の長男、九度山村で生まれた男　「真田十勇士 7 大坂の陣 下」 松尾
清貴著　理論社 2017年3月

真田 信繁　さなだ・のぶしげ
戦国武将、「大坂の陣」で徳川家康を震え上がらせ日本一の兵と称えられた豊臣方の武将
「真田幸村」 藤咲あゆな著;ホマ蔵絵　ポプラ社(ポプラポケット文庫） 2015年11月

真田 昌幸　さなだ・まさゆき
上田城城主で転々と主家をかえた信濃の戦国武将、幸村の父親 「真田幸村と忍者サスケ」 吉橋通夫作;佐嶋真実絵　KADOKAWA（角川つばさ文庫）　2016年1月

真田 昌幸　さなだ・まさゆき
戦国武将、真田郷を領地とする豪族・真田幸綱の三男 「真田十勇士 1 忍術使い」 松尾清貴著 理論社　2015年11月

真田 昌幸　さなだ・まさゆき
戦国武将、真田郷を領地とする豪族・真田幸綱の三男で上田城主 「真田十勇士 4 信州戦争」 松尾清貴著 理論社　2016年8月

真田 昌幸　さなだ・まさゆき
戦国武将、真田郷を領地とする豪族・真田幸綱の三男で上田城主 「真田十勇士 5 九度山小景」 松尾清貴著 理論社　2016年10月

真田 幸村　さなだ・ゆきむら
戦国時代に「十勇士」とよばれる十人の家来が仕えていた気骨ある武将、上田城の主・真田昌幸の次男 「真田幸村と十勇士 ひみつの大冒険編」 奥山景布子著;RICCA絵 集英社（集英社みらい文庫）　2016年6月

真田 幸村　さなだ・ゆきむら
戦国時代に「十勇士」とよばれる十人の家来が仕えていた気骨ある武将、上田城の主・真田昌幸の次男 「真田幸村と十勇士」 奥山景布子著;RICCA絵 集英社（集英社みらい文庫）　2015年11月

真田 幸村　さなだ・ゆきむら
戦国武将、すぐれた戦術家で軍師 「真田十勇士は名探偵!! タイムスリップ探偵団と忍術妖術オンパレード！の巻」 楠木誠一郎作;岩崎美奈子絵 講談社（講談社青い鳥文庫）　2015年12月

真田 幸村　さなだ・ゆきむら
戦国武将、元上田城主・真田昌幸の二男 「真田十勇士 6 大坂の陣 上」 松尾清貴著 理論社　2017年2月

真田 幸村　さなだ・ゆきむら
戦国武将、元上田城主・真田昌幸の二男 「真田十勇士 7 大坂の陣 下」 松尾清貴著 理論社　2017年3月

真田 幸村　さなだ・ゆきむら
戦国武将、上田城主・真田昌幸の二男 「真田十勇士 1 参上、猿飛佐助」 小前亮作 小峰書店　2015年10月

真田 幸村　さなだ・ゆきむら
戦国武将、上田城主・真田昌幸の二男 「真田十勇士 2 決起、真田幸村」 小前亮作 小峰書店　2015年12月

真田 幸村　さなだ・ゆきむら
戦国武将、上田城主・真田昌幸の二男 「真田十勇士 2 淀城の怪」 松尾清貴著 理論社　2016年1月

真田 幸村　さなだ・ゆきむら
戦国武将、上田城主・真田昌幸の二男 「真田十勇士 3 激闘、大坂の陣」 小前亮作 小峰書店　2016年2月

真田 幸村　さなだ・ゆきむら
戦国武将、上田城主・真田昌幸の二男 「真田十勇士 3 天下人の死」 松尾清貴著 理論社　2016年3月

さなだ

真田 幸村　さなだ・ゆきむら
戦国武将、上田城主・真田昌幸の二男　「真田十勇士 4 信州戦争」 松尾清貴著　理論社
2016年8月

真田 幸村　さなだ・ゆきむら
戦国武将、上田城主・真田昌幸の二男　「真田十勇士 5　九度山小景」 松尾清貴著　理論社　2016年10月

真田 幸村　さなだ・ゆきむら
戦国武将、信州小県の領主・真田家の次男　「真田十勇士」 時海結以作;睦月ムンク絵
講談社(青い鳥文庫) 2016年8月

真田 幸村　さなだ・ゆきむら
戦国武将、大坂夏の陣において徳川家康本陣まで攻め込んだ日本一の兵　「仙台真田氏物語」 堀米薫著　くもん出版　2016年10月

真田 幸村　さなだ・ゆきむら
戦国武将の真田昌幸の次男、戸隠山の飛雲一族の見習い忍者・サスケと出会った若者
「真田幸村と忍者サスケ」 吉橋通夫作;佐嶋真実絵　KADOKAWA(角川つばさ文庫)
2016年1月

真田 幸村(真田 信繁)　さなだ・ゆきむら(さなだ・のぶしげ)
戦国武将、「大坂の陣」で徳川家康を震え上がらせ日本一の兵と称えられた豊臣方の武将
「真田幸村」 藤咲あゆな著;ホマ蔵絵　ポプラ社(ポプラポケット文庫) 2015年11月

真田 倫也　さなだ・りんや
和菓子屋の娘・杏の幼なじみ、日本茶のお店「真田園」店主の孫　「恋する和パティシエール3 キラリ!海のゼリーパフェ大作戦」 工藤純子作;うっけ絵　ポプラ社(ポプラ物語館)
2013年3月

真田 倫也　さなだ・りんや
和菓子屋の娘・杏の幼なじみ、日本茶のお店「真田園」店主の孫　「恋する和パティシエール4 ホットショコラにハートのひみつ」 工藤純子作;うっけ絵　ポプラ社(ポプラ物語館)
2013年9月

真田 倫也　さなだ・りんや
和菓子屋の娘・杏の幼なじみ、日本茶のお店「真田園」店主の孫　「恋する和パティシエール5 決戦!友情のもちふわドーナツ」 工藤純子作;うっけ絵　ポプラ社(ポプラ物語館) 2014年2月

真田 倫也　さなだ・りんや
和菓子屋の娘・杏の幼なじみ、日本茶のお店「真田園」店主の孫　「恋する和パティシエール6 月夜のきせき!パンプキンプリン」 工藤純子作;うっけ絵　ポプラ社(ポプラ物語館)
2014年9月

佐野 悠太　さの・ゆうた
D小の四年生、鉄道が大好きな少年　「ぼくらは鉄道に乗って」 三輪裕子作;佐藤真紀子絵　小峰書店(ブルーバトンブックス) 2016年12月

鯖谷 貴美　さばや・たかみ
六年二組のクールビューティーな生徒、「生活向上委員」に男子の悪ふざけについて相談した少女　「生活向上委員会! 3 女子vs.男子教室ウォーズ」 伊藤クミコ作;桜倉メグ絵　講談社(青い鳥文庫) 2017年1月

佐原 ミライ　さはら・みらい
ハヤブサ小学校五年生のユウキたちのクラスメイト、モンストが大好きな真面目な学級委員の女の子　「モンスターストライク 疾風迅雷ファルコンズ誕生!!」 XFLAGスタジオ原作;高瀬美恵作;オズノユミ絵　KADOKAWA(角川つばさ文庫) 2017年12月

さや（

佐原 莉緒　さはら・りお
退魔師見習いの中学一年生、霊力を持ち頭脳より体力勝負の元気な女の子 「怪盗ゴースト、つかまえます! リオとユウの霊探事件ファイル3」 秋木真作;すまき俊悟絵　集英社(集英社みらい文庫)　2014年1月

佐原 莉緒　さはら・りお
魔力を持つ祐と退魔師見習いのコンビを組む中学1年生、霊力を持つ女の子 「妖怪退治、しません! リオとユウの霊探事件ファイル2」 秋木真作;すまき俊悟絵　集英社(集英社みらい文庫)　2013年7月

サフラン
クリスタル国クリスタル十世、成人式に魔女バジルたちを招いた若い女王 「魔女バジルと闇の魔女」 茂市久美子作;よしざわけいこ絵　講談社(わくわくライブラリー)　2017年9月

三郎　さぶろう
鋳かけ職人、妻のお鶴と夫婦ふたりだけで暮らしている寡黙な二十七歳の男 「お面屋たまよし 不穏ノ祭」 石川宏千花著;平沢下戸画　講談社(Ya! entertainment)　2013年11月

サム
葵小学校の五年生の二郎が拾ってきたロボット 「悪ガキ7 [5] 人工知能は悪ガキを救う!?」 宗田理著　静山社　2017年2月

サムエル
猫の男の子のタマがやってきた"猫の集会全国大会"が行われるミー島の街に住んでいたサバ猫 「おはなしタマ&フレンズ うちのタマ知りませんか？2 ワン♥ニャンぼくらの大冒険」 せきちさと著;おおつかけいり絵　小学館(ちゃおノベルズ)　2017年12月

鮫島 琢磨　さめじま・たくま
桜ヶ丘中三年の幼なじみの遼介のクラスに来た転校生、元「桜ヶ丘FC」のメンバー 「サッカーボーイズ15歳」 はらだみずき作;ゴツボリュウジ絵　KADOKAWA(角川つばさ文庫)　2013年11月

鮫島 琢磨　さめじま・たくま
桜ヶ丘中三年の幼なじみの遼介のクラスに来た転校生、元「桜ヶ丘FC」のメンバー 「サッカーボーイズ卒業」 はらだみずき作;ゴツボリュウジ絵　KADOKAWA(角川つばさ文庫)　2016年11月

サメムラ
中学二年生の少女・サトミと同じ学校の生徒、里見家に8男子がいることを知ってしまった少年 「サトミちゃんちの1男子 1 ネオ里見八犬伝」 矢立肇原案;こぐれ京著;永地絵;久世みずき;ぱらふぃんピジャモス企画協力　角川書店(角川つばさ文庫)　2013年8月

サーヤ(日守 紗綾)　さーや(ひのもり・さあや)
児童養護施設で育った小学五年生、悪魔とたたかう破魔のマテリアルで光のマテリアル・レイヤの双子の姉 「魔天使マテリアル 11 真白き閃光」 藤咲あゆな作;藤丘ようこ画　ポプラ社(魔天使マテリアルシリーズ 11)　2013年4月

サーヤ(日守 紗綾)　さーや(ひのもり・さあや)
児童養護施設で育った小学六年生、レイヤの双子の姉で魔王の子 「魔天使マテリアル 15 哀しみの檻」 藤咲あゆな作;藤丘ようこ画　ポプラ社(ポプラカラフル文庫)　2013年3月

サーヤ(日守 紗綾)　さーや(ひのもり・さあや)
児童養護施設で育った小学六年生、レイヤの双子の姉で魔王の子 「魔天使マテリアル 16 孤独の騎士」 藤咲あゆな作;藤丘ようこ画　ポプラ社(ポプラカラフル文庫)　2013年8月

サーヤ(日守 紗綾)　さーや(ひのもり・さあや)
児童養護施設で育った小学六年生、レイヤの双子の姉で魔王の子 「魔天使マテリアル 17 罪深き姫君」 藤咲あゆな作;藤丘ようこ画　ポプラ社(ポプラカラフル文庫)　2014年1月

さや(

サーヤ（日守 紗綾） さーや（ひのもり・さあや）
児童養護施設で育った小学六年生、レイヤの双子の姉で魔王の子 「魔天使マテリアル 18 昏き森の柩」 藤咲あゆな作;藤丘ようこ画 ポプラ社(ポプラカラフル文庫) 2014年9月

サーヤ（日守 紗綾） さーや（ひのもり・さあや）
児童養護施設で育った小学六年生、レイヤの双子の姉で魔王の子 「魔天使マテリアル 19 藍の独唱曲」 藤咲あゆな作;藤丘ようこ画 ポプラ社(ポプラカラフル文庫) 2015年3月

サーヤ（日守 紗綾） さーや（ひのもり・さあや）
児童養護施設で育った小学六年生、レイヤの双子の姉で魔王の子 「魔天使マテリアル 20 鈍色の波動」 藤咲あゆな作;藤丘ようこ画 ポプラ社(ポプラカラフル文庫) 2015年10月

サーヤ（日守 紗綾） さーや（ひのもり・さあや）
児童養護施設で育った小学六年生、レイヤの双子の姉で魔王の子 「魔天使マテリアル 21 BLOOD」 藤咲あゆな作;藤丘ようこ画 ポプラ社(ポプラカラフル文庫) 2016年4月

サーヤ（日守 紗綾） さーや（ひのもり・さあや）
児童養護施設で育った小学六年生、レイヤの双子の姉で魔王の子 「魔天使マテリアル 22 秘めた願い」 藤咲あゆな作;藤丘ようこ画 ポプラ社(ポプラカラフル文庫) 2016年11月

サーヤ（日守 紗綾） さーや（ひのもり・さあや）
児童養護施設で育った小学六年生、レイヤの双子の姉で魔王の子 「魔天使マテリアル 23 紅の協奏曲」 藤咲あゆな作;藤丘ようこ画 ポプラ社(ポプラカラフル文庫) 2017年6月

サーヤ（日守 紗綾） さーや（ひのもり・さあや）
児童養護施設で育った小学六年生、レイヤの双子の姉で魔王の子 「魔天使マテリアル 24 偽りの王子」 藤咲あゆな作;藤丘ようこ画 ポプラ社(ポプラカラフル文庫) 2017年11月

サーヤ（日守 紗綾） さーや（ひのもり・さあや）
児童養護施設で育った小学六年生、悪魔とたたかう破魔のマテリアルで光のマテリアル・レイヤの双子の姉 「魔天使マテリアル 12 運命の螺旋」 藤咲あゆな作;藤丘ようこ画 ポプラ社(魔天使マテリアルシリーズ 12) 2013年4月

サーヤ（日守 紗綾） さーや（ひのもり・さあや）
児童養護施設で育った小学六年生、悪魔とたたかう破魔のマテリアルで光のマテリアル・レイヤの双子の姉 「魔天使マテリアル 13 憂いの迷宮」 藤咲あゆな作;藤丘ようこ画 ポプラ社(魔天使マテリアルシリーズ 13) 2013年4月

サーヤ（日守 紗綾） さーや（ひのもり・さあや）
児童養護施設で育った小学六年生、悪魔とたたかう破魔のマテリアルで光のマテリアル・レイヤの双子の姉 「魔天使マテリアル 14 翠の輪舞曲」 藤咲あゆな作;藤丘ようこ画 ポプラ社(魔天使マテリアルシリーズ 14) 2013年4月

さやかママ
小四になるなっちゃんといっしょにくらすいとこのおにいちゃんのママ、フライトアテンダント 「シナモンのおやすみ日記」 小手鞠るい作;北見葉胡絵 講談社 2016年4月

さやちゃん
私立中学に入った幼なじみの珠梨に商店街で再会した地元の中学に通う女の子 「龍神王子(ドラゴン・プリンス)! 2」 宮下恵茉作;kaya8絵 講談社(青い鳥文庫) 2014年7月

沙耶ちゃん さやちゃん
海の町にある工務店の娘、泳ぎが得意で陽気な性格の十歳の少女 「ぜんぶ夏のこと」 薫くみこ作 PHP研究所 2013年6月

紗矢姉 さやねえ
中学1年生のナナの漫画家を目指すはとこ、女子力ゼロの28歳の女の人 「ぐらん×ぐらんぱ!スマホジャック [2]」 丘紫真璃著;うっけイラスト 小学館(小学館ジュニア文庫) 2017年7月

さらむ

佐山 彩人（アヤ）　さやま・あやと（あや）
タイムマシンの発明に成功したお父さんの仕事の都合で二十年前の世界にタイムスリップした六年生の少年　「セカイヲカエル」　嘉成晴香作；小倉マユコ絵　朝日学生新聞社　2016年7月

佐山 信夫（信助）　さやま・のぶお（しんじょ）
歴史学者の祖父と三国志の巻物をうばって逃げている妖怪を追っている歴史が大好きな少年　「幻影の町から大脱出　妖怪道中三国志 4」　三田村信行作；十々夜絵　あかね書房2017年5月

佐山 信夫（信助）　さやま・のぶお（しんじょ）
歴史学者の祖父と三国志の巻物をうばって逃げている妖怪を追っている歴史が大好きな少年　「孔明vs.妖怪孔明　妖怪道中三国志 3」　三田村信行作；十々夜絵　あかね書房　2016年11月

佐山 信夫（信助）　さやま・のぶお（しんじょ）
歴史学者の孫、歴史をまもるため2111年から三国志の時代にやってきた歴史が大好きな少年　「炎の風吹け妖怪大戦　妖怪道中三国志 5」　三田村信行作；十々夜絵　あかね書房2017年11月

さゆき
父親の再婚に伴い風早の街に引っ越してき四年生の女の子　「コンビニたそがれ堂 奇跡の招待状」　村山早紀著　ポプラ社（teenに贈る文学）　2016年4月

サラ
「ひろがる荒野の国」に住む砂の民のリーダー候補の女の子　「魔法屋ポプル 砂漠にねむる黄金宮」　堀口勇太作；玖珂つかさ絵　ポプラ社（魔法屋ポプルシリーズ）　2013年4月

サラ
お話を書くのが好きな女の子ルウ子の妹　「雨ふる本屋とうずまき天気」　日向理恵子作；吉田尚令絵　童心社　2017年5月

サラ
ブタのぬいぐるみのピンキーといっしょに花の都パリへあそびにいったみどりがおか三丁目にすんでいるおんなのこ　「サラとピンキー パリへ行く」　富安陽子作・絵　講談社（わくわくライブラリー）　2017年6月

サラ
ブタのぬいぐるみのピンキーといっしょに雪にとざされたヒマラヤ山脈へあそびにいったみどりがおか三丁目にすんでいるおんなのこ　「サラとピンキー ヒマラヤへ行く」　富安陽子作・絵　講談社（わくわくライブラリー）　2017年10月

サラ
女子高生もえの彼氏で人気モデルの秀徳と恋人役で共演する美少女女優　「ラブぱに エンドレス・ラバー」　宮沢みゆき著；八神千歳原案・イラスト　小学館（小学館ジュニア文庫）2013年2月

サラ
氷の国の戦士「ハンツマン」の女戦士、同じくハンツマンであるエリックの妻　「スノーホワイト 氷の王国」　はのまきみ著　集英社（集英社みらい文庫）　2016年6月

サラおばあさん
五年生のマリーゴールドの魔法がつかえるイギリス人のおばあちゃん　「虫ロボのぼうけん05 フンコロ牧場へGO！」　吉野万理子作；安部繭子絵　理論社　2016年1月

サラム
日本からアフリカにやってきた野良猫のビビを案内したオス猫　「ビビのアフリカ旅行」　たがわいちろう作；中村みつを絵　ポプラ社　2015年8月

221

さり（

サリ（柴田 紗里） さり（しばた・さり）
よしの町西小学校六年生、ダンス部に同級生のチエリを誘った女の子 「ちえり×ドロップ レシピ1 マカロニグラタン」 のまみちこ著;けーしんイラスト 小学館（小学館ジュニア文庫） 2016年2月

サリナ
ダンスチーム「ファーストステップ」のメンバーの一人、バレエ教室の娘の五年生 「ダンシング☆ハイ [4] みんなのキズナ！涙のダンスカーニバル」 工藤純子作;カスカベアキラ絵 ポプラ社（ポプラポケット文庫） 2016年11月

サルトビゴスケ
キャベたまたんていたちと一緒にからくりにんじゃやしきに入場した男 「キャベたまたんていからくりにんじゃやしきのなぞ（キャベたまたんていシリーズ）」 三田村信行作;宮本えつよし絵 金の星社 2016年6月

猿飛 佐助 さるとび・さすけ
闇の忍者、地獄の野球チーム・琵琶湖シュリケンズの4番でキャッチャー 「戦国ベースボール [10] 忍者軍団参上!vs琵琶湖シュリケンズ」 りょくち真太作;トリバタケハルノブ絵 集英社（集英社みらい文庫） 2017年7月

猿飛 佐助 さるとび・さすけ
戸沢白雲斎によって忍びとなった鳥居村出身の天涯孤独の身の少年 「真田十勇士 1 参上、猿飛佐助」 小前亮作 小峰書店 2015年10月

猿飛 佐助 さるとび・さすけ
戦国武将・真田幸村に仕えた十勇士のひとり、甲賀流忍者 「真田幸村と十勇士 ひみつの大冒険編」 奥山景布子著;RICCA絵 集英社（集英社みらい文庫） 2016年6月

猿飛 佐助 さるとび・さすけ
戦国武将・真田幸村に仕えた十勇士のひとり、甲賀流忍者 「真田幸村と十勇士」 奥山景布子著;RICCA絵 集英社（集英社みらい文庫） 2015年11月

猿飛 佐助 さるとび・さすけ
戦国武将・真田幸村に仕える忍び 「真田十勇士 3 激闘、大坂の陣」 小前亮作 小峰書店 2016年2月

猿飛 佐助 さるとび・さすけ
戦国武将・真田幸村に仕える忍び、戸沢白雲斎の弟子となった鳥居村出身の天涯孤独の身の少年 「真田十勇士 2 決起、真田幸村」 小前亮作 小峰書店 2015年12月

猿飛 佐助 さるとび・さすけ
戦国武将・真田幸村の家臣、戸沢白雲斎に仕込まれた忍び 「真田十勇士 2 淀城の怪」 松尾清貴著 理論社 2016年1月

猿飛 佐助 さるとび・さすけ
戦国武将・真田幸村の家臣、戸沢白雲斎に仕込まれた忍び 「真田十勇士 5 九度山小景」 松尾清貴著 理論社 2016年10月

猿飛 佐助 さるとび・さすけ
戦国武将・真田幸村の家臣、戸沢白雲斎に仕込まれた忍び 「真田十勇士 6 大坂の陣上」 松尾清貴著 理論社 2017年2月

猿飛 佐助 さるとび・さすけ
戦国武将・真田幸村の家臣、戸沢白雲斎に仕込まれた忍び 「真田十勇士 7 大坂の陣下」 松尾清貴著 理論社 2017年3月

猿飛 佐助 さるとび・さすけ
妖術使いの戸沢白雲斎にとらわれた浅間山の麓にある村の名主家に生まれた少年 「真田十勇士 1 忍術使い」 松尾清貴著 理論社 2015年11月

さわだ

猿飛佐助（佐助）　さるとびさすけ（さすけ）
戦国武将・真田幸村に仕える甲賀流の忍術使い 「真田十勇士」 時海結以作;睦月ムンク絵 講談社（青い鳥文庫） 2016年8月

猿飛佐助（佐助）　さるとびさすけ（さすけ）
戦国武将・真田幸村の家臣、戸沢白雲斎に仕込まれた忍び 「真田十勇士 4 信州戦争」 松尾清貴著 理論社 2016年8月

さるとびすすけ
ゆうめいなニンジャ・さるとびさすけのまご、ニンジャがっこうにかよっている男の子 「さるとびすすけ 愛とお金とゴキZのまき」 みやにしたつや作絵 ほるぷ出版 2017年11月

佐和　さわ
「お面処やましろ」の面作師、長い髪をひとつにしばっていて歳よりも幼く見られる十四歳の少年 「お面屋たまよし 不穏ノ祭」 石川宏千花著;平沢下戸画 講談社（Ya! entertainment） 2013年11月

佐和子先生　さわこせんせい
終戦時に色丹島に住んでいた純平たちが通う小学校の先生、純平たちの父親・辰夫と幼なじみ 「ジョバンニの島」 杉田成道原作;五十嵐佳子著;プロダクション・アイジー絵 集英社（集英社みらい文庫） 2014年3月

沢崎　瞬太　さわざき・しゅんた
王子稲荷ふもとの商店街にある「陰陽屋」のアルバイト高校生、じつは化けギツネ 「よろず占い処陰陽屋あやうし」 天野頌子著 ポプラ社（teenに贈る文学） 2014年4月

沢崎　瞬太　さわざき・しゅんた
王子稲荷ふもとの商店街にある「陰陽屋」のアルバイト高校生、じつは化けギツネ 「よろず占い処陰陽屋あらしの予感」 天野頌子著 ポプラ社（teenに贈る文学） 2014年4月

沢崎　瞬太　さわざき・しゅんた
王子稲荷ふもとの商店街にある「陰陽屋」のアルバイト高校生、じつは化けギツネ 「よろず占い処陰陽屋アルバイト募集」 天野頌子著 ポプラ社（teenに贈る文学） 2014年4月

沢崎　瞬太　さわざき・しゅんた
王子稲荷ふもとの商店街にある「陰陽屋」のアルバイト高校生、じつは化けギツネ 「よろず占い処陰陽屋の恋のろい」 天野頌子著 ポプラ社（teenに贈る文学） 2014年4月

沢崎　瞬太　さわざき・しゅんた
王子稲荷ふもとの商店街にある「陰陽屋」のアルバイト高校生、じつは化けギツネ 「よろず占い処陰陽屋は混線中」 天野頌子著 ポプラ社（teenに贈る文学） 2014年4月

沢崎　瞬太　さわざき・しゅんた
王子稲荷ふもとの商店街にある「陰陽屋」のアルバイト高校生、じつは化けギツネ 「よろず占い処陰陽屋へようこそ」 天野頌子著 ポプラ社（teenに贈る文学） 2014年4月

沢崎　瞬太　さわざき・しゅんた
王子稲荷ふもとの商店街にある「陰陽屋」のアルバイト高校生、じつは化けギツネ 「よろず占い処陰陽屋猫たたり」 天野頌子著 ポプラ社（teenに贈る文学） 2015年4月

澤田　詩織　さわだ・しおり
福島県立阿田工業高校二年生、フラダンス愛好会で会長をつとめる少女 「フラダン」 古内一絵作 小峰書店（Sunnyside Books） 2016年9月

沢田先生　さわだせんせい
亀が丘中学校男子卓球部の指導者 「あしたへジャンプ！卓球部」 横沢彰作;小松良佳絵 新日本出版社 2014年3月

223

さわた

沢谷 早苗　さわたに・さなえ
桐谷道場の内弟子の充也の妻、母校の東松学園で事務局員として働いている二十四歳の
元剣士 「武士道ジェネレーション」 誉田哲也著　文藝春秋　2015年7月

沢谷 充也　さわたに・みつや
元剣士の早苗の夫、桐谷道場の師範の内弟子で警視庁に奉職している二十九歳の男
「武士道ジェネレーション」 誉田哲也著　文藝春秋　2015年7月

沢田 ほのか　さわだ・ほのか
突然現れた悪魔の赤ちゃん・まおちゃんのママ役をしている中学三年生 「ちび☆デビ!～
まおちゃんとちびザウルスと氷の王国～」 福田裕子著;篠塚ひろむ原作　小学館(小学館
ジュニア文庫) 2014年9月

佐渡 モリオ　さわたり・もりお
「佐渡船舶」の息子、ココネの幼なじみの大学生 「ひるね姫」 神山健治作;よん挿絵
KADOKAWA(角川つばさ文庫) 2017年3月

沢野 卓三　さわの・たくぞう
森にペンションを開くために妻の美代と娘の新菜を連れて山奥に引っ越した父親 「ようこ
そ、ペンション・アニモーへ」 光丘真理作;岡本美子絵　汐文社　2015年11月

沢野 新菜　さわの・にいな
小学5年生、都会を離れて山奥のペンションに家族で引っ越してきた女の子 「ようこそ、ペ
ンション・アニモーへ」 光丘真理作;岡本美子絵　汐文社　2015年11月

沢野 美代　さわの・みよ
森にペンションを開くために山奥に引っ越してきた家族の母親、5年生の新菜の母親 「よう
こそ、ペンション・アニモーへ」 光丘真理作;岡本美子絵　汐文社　2015年11月

沢村 裕介　さわむら・ゆうすけ
五年生の美咲のクラスメート、引きこもりの兄を持つ少年 「星空点呼 折りたたみ傘を探し
て」 嘉成晴香作;柴田純与絵　朝日学生新聞社　2013年11月

沢本 煌也　さわもと・こうや
中学二年生で学校一の人気者、父親の再婚で同い年のみづきと同居することになった少
年 「いっしょにくらそ。1 ママとパパと、それからアイツ」 飯田雪子作;椋本夏夜絵　角川書
店(角川つばさ文庫) 2013年6月

沢本 煌也　さわもと・こうや
中学二年生で学校一の人気者、父親の再婚で同い年のみづきと同居することになった少
年 「いっしょにくらそ。2 キューピットには早すぎる」 飯田雪子作;椋本夏夜絵
KADOKAWA(角川つばさ文庫) 2013年10月

沢本 煌也　さわもと・こうや
中学二年生で学校一の人気者、父親の再婚で同い年のみづきと同居することになった少
年 「いっしょにくらそ。3 ホントのキモチをきかせてよ」 飯田雪子作;椋本夏夜絵
KADOKAWA(角川つばさ文庫) 2014年5月

沢本 みづき　さわもと・みづき
写真部所属の中学二年生、母親の再婚で学校一の人気者・煌也と同居することになった
少女 「いっしょにくらそ。2 キューピットには早すぎる」 飯田雪子作;椋本夏夜絵
KADOKAWA(角川つばさ文庫) 2013年10月

沢本 みづき　さわもと・みづき
写真部所属の中学二年生、母親の再婚で学校一の人気者・煌也と同居することになった
少女 「いっしょにくらそ。3 ホントのキモチをきかせてよ」 飯田雪子作;椋本夏夜絵
KADOKAWA(角川つばさ文庫) 2014年5月

さんど

沢本 みづき　さわもと・みずき
中学二年生、母親の再婚で学校一の人気者・煌也と同居することになった少女 「いっしょ
にくらそ。1 ママとパパと、それからアイツ」 飯田雪子作;椋本夏夜絵　角川書店(角川つ
ばさ文庫)　2013年6月

サン
ぶしょうな白ねこのマシロを弟のようにかわいがっている男の子 「花びら姫とねこ魔女」 朽
木祥作;こみねゆら絵　小学館　2013年10月

さんきちくん
いぬのきゅうたくんとなかよしの1ねんせいのミーアキャットのおとこのこ 「すきなじかん きら
いなじかん(いち、に、さんすうときあかししょうがっこう)」 宮下すずか作;市居みか絵　くも
ん出版　2017年2月

サンジ
草や木の根だけでなく石や岩までも食べてしまう伝説のモグラ 「星モグラサンジの伝説」
岡田淳作　理論社　2017年7月

サンジェルマン伯爵　さんじぇるまんはくしゃく
時空を超えて活躍するトレジャーハンター・ルルカのおじいさん、ヨーロッパの貴族の格好
をした三十代後半にしか見えない男性 「マジカル★トレジャー 戦国時代にタイムトラベ
ル!?」 藤咲あゆな作;フライ絵　集英社(集英社みらい文庫)　2014年9月

山椒太夫(太夫)　　さんしょうだゆう(だゆう)
丹後国由良の郷にいた大分限者、人買いに売られた姉弟・安寿と厨子王を買った酷薄非
道な男 「安寿姫草紙(ものがたり)」 三田村信行作;romiy絵　ポプラ社(ノベルズ・エクスプ
レス)　2017年10月

サンタ
サンタクロースになりたい女の子・アルミにサンタクロースになるための訓練をしてあげたサ
ンタ 「サンタちゃん」 ひこ・田中作;こはらかずの絵　講談社　2017年10月

サンタ
一円玉の四きょうだい、五円玉のゴエジイにきょうりゅうを見るえんそくにつれていってもらっ
た子ども 「1円くんと五円じい ハラハラきょうりゅうえんそく」 久住昌之作;久住卓也絵　ポプ
ラ社　2013年6月

サンダー先生　さんだーせんせい
「とぶじゅぎょう」をするためにドギーマギー動物学校に来たハクトウワシ 「ドギーマギー動
物学校 7 サーカスと空とび大会」 姫川明月作・絵　KADOKAWA(角川つばさ文庫)　2015
年6月

さんだゆう
はじめてスキーをするおとのさまについて行ったけらい 「おとのさま、スキーにいく」 中川
ひろたか作;田中六大絵　佼成出版社(おはなしみーつけた!シリーズ)　2016年12月

さんだゆう
好奇心おうせいなおとのさまのお供をしている男 「おとのさま、小学校にいく」 中川ひろた
か作;田中六大絵　佼成出版社(おはなしみーつけた!シリーズ)　2017年12月

サンちゃん
「ニッコリサーカス団」団員のパパとママがアチチ大王につかまり宮殿から逃げてきた娘
「クットくんの大ぼうけん」 工藤豪紘作・絵　国土社　2013年12月

サンドラ
クリスマスの夜ドイツのローテンブルクで探偵のカールの前にあらわれた不思議な男 「クリ
スマスを探偵と」 伊坂幸太郎文;マヌエーレ・フィオール絵　河出書房新社　2017年10月

さんの

三ノ宮 尊徳(そんとく)　さんのみや・そんとく(そんとく)
正源寺の四年生の息子、げんちゃんとしょうまと一緒に花田川の水辺でふしぎな像を見つけた少年　「ぼくらのジャロン」　山崎玲子作;羽尻利門絵　国土社　2017年12月

【し】

爺さま(千松爺)　じいさま(せんまつじい)
釈迦院川の千鳥洲で渡し守をしている爺さま、七つのお葉の祖父　「水はみどろの宮」　石牟礼道子作;山福朱実画　福音館書店(福音館文庫)　2016年3月

じいちゃん
マサのおじいちゃん、瀬戸内海の広がる三津の町にある「小池機械鉄工」の主　「じいちゃんの鉄工所」　田丸雅智作;藤枝リュウジ絵　静山社　2016年12月

じいちゃん
五年生の圭介の行方不明だったじいちゃん、落語家から破門された弟子　「あしたも、さんかく 毎日が落語日和」　安田夏菜著;宮尾和孝絵　講談社(講談社・文学の扉)　2014年5月

じいちゃん
小学生・保の死んだじいちゃん、背山の天狗について書いた「天狗ノオト」を遺したじいちゃん　「天狗ノオト」　田中彩子作　理論社　2013年3月

じいちゃん(大沢 正蔵)　じいちゃん(おおさわ・しょうぞう)
山持ちとして代々続く大沢家の主、孫の五年生の喜樹を山の跡取りにしようと考えているじいちゃん　「林業少年」　堀米薫作;スカイエマ絵　新日本出版社　2013年2月

じいちゃん(尾崎 宏行)　じいちゃん(おざき・ひろゆき)
少年悠斗の認知症になりときどき徘徊してしまう祖父　「こんとんじいちゃんの裏庭」　村上しいこ作　小学館　2017年7月

しいちゃん(椎名 満月)　しいちゃん(しいな・みつき)
スポーツ万能でショートカットがよく似合う元気で活発な中学一年生の少女　「言葉屋3 名前泥棒と論理魔法」　久米絵美里作;もとやままさこ絵　朝日学生新聞社　2016年12月

しいちゃん(椎名 満月)　しいちゃん(しいな・みつき)
ビタミンカラーの洋服とショートカットがよく似合う元気で活発な五年生の少女　「言葉屋1 言箱と言珠のひみつ」　久米絵美里作;もとやままさこ絵　朝日学生新聞社　2014年11月

シイナ
「銀の城」のお姫さま・フウカが異世界であった長い髪の女の子　「らくだい魔女と闇の宮殿」　成田サトコ作;杉浦た美絵　ポプラ社(ポプラポケット文庫)　2013年10月

椎名 小春　しいな・こはる
同い年の男の子・夏生と隣どうしの幼なじみ、愛華高校一年生の女の子　「ハチミツにはつこい アイ・ラブ・ユー」　水瀬藍原作・イラスト;金杉弘子著　小学館(小学館ジュニア文庫)　2014年8月

椎名 小春　しいな・こはる
同い年の男の子・夏生と隣どうしの幼なじみ、愛華高校一年生の女の子　「ハチミツにはつこい ファースト・ラブ」　水瀬藍原作・イラスト;金杉弘子著　小学館(小学館ジュニア文庫)　2014年3月

椎名 紗枝　しいな・さえ
学校中で「魔女」と怖がられている有名人、黒魔術が大好きな無口で無表情な中学二年の女の子　「黒猫さんとメガネくんの学園祭」　秋木真作;モコ絵　KADOKAWA(角川つばさ文庫)　2015年8月

しえぞ

椎名 紗枝　しいな・さえ
学校中で「魔女」と怖がられている有名人、黒魔術が大好きな無口で無表情な中学二年の
女の子「黒猫さんとメガネくんの初恋同盟」秋木真作;モコ絵　KADOKAWA（角川つばさ
文庫）2014年11月

椎名 誠十郎　しいな・せいじゅうろう
自由が丘にある「椎名探偵事務所」の所長、「嘘つき探偵」と呼ばれている二十七歳の男
「嘘つき探偵・椎名誠十郎」二丸修一著　KADOKAWA（メディアワークス文庫）2015年4

椎名 満月　しいな・みつき
スポーツ万能でショートカットがよく似合う元気で活発な中学一年生の少女「言葉屋3 名
前泥棒と論理魔法」久米絵美里作;もとやままさこ絵　朝日学生新聞社　2016年12月

椎名 満月　しいな・みつき
ビタミンカラーの洋服とショートカットがよく似合う元気で活発な五年生の少女「言葉屋1
言箱と言珠のひみつ」久米絵美里作;もとやままさこ絵　朝日学生新聞社　2014年11月

椎名 ミヒロ　しいな・みひろ
六年生、転校生の本間リサが苦手な母子家庭の少女「わたしの苦手なあの子」朝比奈
蓉子作;酒井以絵　ポプラ社（ノベルズ・エクスプレス）2017年8月

椎名 裕介　しいな・ゆうすけ
町内でも有名な史上最強の小学生5年生トリオ「イタズラ大王三人悪」の一人「地獄堂霊
界通信1」香月日輪作;みもり絵　講談社（青い鳥文庫）2013年7月

椎名 裕介　しいな・ゆうすけ
町内でも有名な史上最強の小学生5年生トリオ「イタズラ大王三人悪」の一人「地獄堂霊
界通信2」香月日輪作;みもり絵　講談社（青い鳥文庫）2013年12月

シウォン
ガルダ帝国で暮らしている絵を描くことが好きな少年「小説そらペン」陽橋エント原作・イ
ラスト;水稀しま著　小学館（小学館ジュニア文庫）2017年3月

シウカ
ルルココ村で浜茶屋を営んでる双子姉妹の妹、牧場主のナナミの友人「牧場物語 3つの
里の大好きななかま」高瀬美恵作;上倉エク絵　KADOKAWA（角川つばさ文庫）2016年
9月

ジェイ
「グリム・ブラザーズ」として知られる天才犯罪コンサルタント「華麗なる探偵アリス＆ペンギ
ン[4]サマー・トレジャー」南房秀久著;あるやイラスト　小学館（小学館ジュニア文庫）
2015年7月

ジェイコブ・グリム（ジェイ）
「グリム・ブラザーズ」として知られる天才犯罪コンサルタント「華麗なる探偵アリス＆ペンギ
ン[4]サマー・トレジャー」南房秀久著;あるやイラスト　小学館（小学館ジュニア文庫）
2015年7月

ジェイドさん
しゃべるクマのぬいぐるみ、5年生の千世の前に現れて「魔王の娘」と名乗ったヒスイの家来
「こちら魔王110番!」五嶋りっか著;吉野花イラスト　小学館（小学館ジュニア文庫）2016
年8月

雪蘭　しぇぇらん
伊万里の廻船問屋で小物の仕入れを担当している十九歳の少女、明の大商人の娘「ユ
キとヨンホ」中川なをみ作;舟橋全二絵　新日本出版社　2014年7月

シェゾ
闇の魔導師と名乗っている銀髪のお兄さん「ぷよぷよ みんなの夢、かなえるよ!?」芳野
詩子作;こめ苺絵　KADOKAWA（角川つばさ文庫）2014年12月

じぇふ

ジェフ・スティーブンス
アメリカからの社会人留学生、日本文化に詳しく剣道センスもある三十四歳の男 「武士道ジェネレーション」 誉田哲也著 文藝春秋 2015年7月

ジェン王子　じぇんおうじ
大陸ティムトーンランドの妖精の森に住む妖精の王子さま、いたずらな男の子 「魔女犬ボンボン ナコと夢のフェスティバル」 廣嶋玲子作;KeG絵 KADOKAWA（角川つばさ文庫）2014年9月

潮路　しおじ
夢見ヶ島の島ネズミ・忠太の姉、家族思いの可憐な女の子ネズミ 「GAMBA ガンバと仲間たち」 時海結以著;古沢良太脚本 小学館（小学館ジュニア文庫）2015年9月

汐見 桃花　しおみ・ももか
新しい学校で友だちができるまでさみしくないように子犬をかってもらった五年生の女の子 「もなかと桃花の友だちレッスン」 真野えにし作;AMG出版工房作;小川真唯絵 ポプラ社（ポプラポケット文庫）2013年2月

しおりん
園辺市立東中学校一年生、素直で優しくて気配りじょうずで学年一かわいいと噂されている女の子 「流れ星は恋のジンクス つかさの中学生日記5」 宮下恵茉作;カタノトモコ絵 ポプラ社（ポプラポケット文庫ガールズ）2015年9月

詩音 ひなみ（ナゾトキ姫）　しおん・ひなみ（なぞときひめ）
名探偵、友だちのリッカくんと梅くんと三人でナゾを解決する読書好きな女の子 「ナゾトキ姫は名探偵♥」 阿南まゆき原作・イラスト;時海結以作 小学館（ちゃおノベルズ）2013年2月

紫界堂 聖　しかいどう・ひじり
まろんの通う桃栗学園に赴任してきた若い美形の新任教師 「神風怪盗ジャンヌ 2 謎の怪盗シンドバッド!?」 種村有菜原作;松田朱夏著 集英社（集英社みらい文庫）2014年2月

紫界堂 聖　しかいどう・ひじり
まろんの通う桃栗学園に赴任してきた若い美形の新任教師 「神風怪盗ジャンヌ 3 動きだした運命!!」 種村有菜原作;松田朱夏著 集英社（集英社みらい文庫）2014年5月

シカマ・カムイ
人間の五人の家来を連れている人間と親しく人間に近い神様 「チポロ」 菅野雪虫著 講談社 2015年11月

四季 和也　しき・かずや
11歳の誕生日を迎えて明日からは6年生になる男の子、運動も勉強も苦手な子 「11歳のバースデー [5] ぼくたちのみらい」 井上林子作;イシヤマアズサ絵 くもん出版（くもんの児童文学）2017年2月

四季 和也　しき・かずや
5年生の夏木アンナと同じ3班のメンバー、勉強も運動もかなり苦手な男子 「11歳のバースデー [2] わたしの空色プール」 井上林子作;イシヤマアズサ絵 くもん出版（くもんの児童文学）2016年10月

四季 和也　しき・かずや
クラスメイトの伊地知にいじめられている運動も勉強も苦手な5年生男子 「11歳のバースデー [3] おれのバトル・デイズ」 井上林子作;イシヤマアズサ絵 くもん出版（くもんの児童文学）2016年11月

志岐 貴　しき・たかし
「夢研究分室」の準教授、夢の研究をしている若者 「悪夢ちゃん 解決編」 大森寿美男作;百瀬しのぶ文 KADOKAWA（角川つばさ文庫）2013年5月

しげは

志岐 貴　しき・たかし
「夢研究分室」の準教授、夢の研究をしている若者　「悪夢ちゃん 謎編」 大森寿美男作;百瀬しのぶ文 KADOKAWA（角川つばさ文庫） 2013年4月

式部　しきぶ
もののけに苦しめられている平安時代のお姫さま・彰子につかえる女房　「まさかわたしがプリンセス!? 3 紫式部ともののけ退治!」 吉野紅伽著;くまの柚子絵 KADOKAWA 2014年3月

式 又三郎　しき・またさぶろう
大阪生まれで東京に引っ越してきた小梅のクラスにやってきた美少年の転校生、お笑いの天才　「人形つかい小梅の事件簿1 恐怖のお笑い転校生」 安田依央作;きろばいと絵 集英社（集英社みらい文庫） 2013年10月

式 又三郎　しき・またさぶろう
天才的なお笑い能力で学校を支配しようとしていた美少年、仙道寺一族の末裔である真穂姫に仕える式神　「人形つかい小梅の事件簿2 恐怖!笑いが消えた街」 安田依央作;きろばいと絵 集英社（集英社みらい文庫） 2014年4月

芝玉　しぎょく
中国・福州でその名を知られる占星術師、祈祷で邪気を払う少女　「封魔鬼譚 2 太歳」 渡辺仙州作;佐竹美保絵 偕成社 2017年4月

シグ
プリンプ魔導学校に通うアミティのクラスメイト、ムシが大好きでマイペースな男の子　「ぷよぷよ シグのヒミツ」 芳野詩子作;こめ苺絵 KADOKAWA（角川つばさ文庫） 2015年7月

竺丸　じくまる
中学生の香里たちがタイムスリップした戦国時代の米沢城で出会った10歳の男の子、梵天丸の弟でのちの伊達政道　「伊達政宗は名探偵!! タイムスリップ探偵団と跡目争い料理対決!の巻」 楠木誠一郎作;岩崎美奈子絵 講談社（講談社青い鳥文庫） 2014年5月

シークラー
5年生の美花が臨海学校でやってきた海に出た巨大なタコの怪物　「0点天使 あたしが"あたし"になったワケ!?」 麻生かづこ作;玖珂つかさ絵 ポプラ社（ポプラポケット文庫） 2017年6月

しークん
姫隠町担当の死神、白銀色の髪で虹色の瞳を持つ謎のイケメン少年　「見習い!? 神社ガールななみ 姫隠町でつかまって」 二枚矢コウ作;えいひ絵 ポプラ社（ポプラカラフル文庫） 2013年6月

しげぞう
ひいおじいさんの重吉とふたりぐらししている江戸っ子の小学三年生　「江戸っ子しげぞうあたらしい友だちができたんでい!の巻（江戸っ子しげぞうシリーズ2）」 本田久作作;杉崎貴史絵 ポプラ社 2017年4月

重原 次兵衛　しげはら・じへえ
ひ孫のナナのスマホに現れてあれこれと指令を出す死んだひいおじいちゃん　「ぐらん×ぐらんぱ!スマホジャック[1]」 丘紫真璃著;うっけイラスト 小学館（小学館ジュニア文庫） 2017年2月

重原 次兵衛　しげはら・じへえ
ひ孫のナナのスマホに現れてあれこれと指令を出す死んだひいおじいちゃん　「ぐらん×ぐらんぱ!スマホジャック[2]」 丘紫真璃著;うっけイラスト 小学館（小学館ジュニア文庫） 2017年7月

しげはは

重原 ナナ　しげはら・なな
死んだひいおじいちゃんにスマホを乗っ取られヘンな指令を与えられる中1の女の子　「ぐらん×ぐらんぱ!スマホジャック [1]」丘紫真璃著;うっけイラスト　小学館(小学館ジュニア文庫) 2017年2月

重原 ナナ　しげはら・なな
死んだひいおじいちゃんにスマホを乗っ取られヘンな指令を与えられる中1の女の子　「ぐらん×ぐらんぱ!スマホジャック [2]」丘紫真璃著;うっけイラスト　小学館(小学館ジュニア文庫) 2017年7月

地獄 ユキ　じごく・ゆき
春馬たちが参加する「絶体絶命ゲーム」の案内人、つねにテンションが高い女性　「絶体絶命ゲーム 2 死のタワーからの大脱出」藤ダリオ作;さいね絵　KADOKAWA(角川つばさ文庫) 2017年7月

自在 はるか　じざい・はるか
飛行能力を持つ人間・イカロスの少女、高校三年生　「イカロスの誕生日」小川一水著　毎日新聞出版　2015年10月

志崎 桂　しざき・かつら
五年生の小林聖二の母方の祖母、病気で「銀杏が丘大学病院」に入院しているおばあちゃん　「IQ探偵ムー おばあちゃんと宝の地図」深沢美潮作;山田J太画　ポプラ社(ポプラカラフル文庫) 2014年7月

ジジ
キキの相棒、銀色の目をした雄の黒猫　「キキとジジ 魔女の宅急便 特別編その2」角野栄子作;佐竹美保画　福音館書店(福音館創作童話シリーズ) 2017年5月

ジジ
ジャングル村のゆうびんはいたつ、おしゃべりがだいすきなオウム　「ジャングル村はちぎれたてがみで大さわぎ!」赤羽じゅんこ作;はやしますみ画　くもん出版(ことばって、たのしいな!) 2013年1月

ジジイ(笹 彦助)　じじい(ささ・ひこすけ)
子ども会のスポーツ大会6年生の部で野球をすることになった男の子　「お願い!フェアリー♥ 15 キスキス!ホームラン!」みずのまい作;カタノトモコ絵　ポプラ社　2015年9月

ジジイ(笹 彦助)　じじい(ささ・ひこすけ)
修学旅行で京都にきた6年生、クラスメートのいるかのことが大好きな男の子　「お願い!フェアリー♥ 11 修学旅行でふたりきり!?」みずのまい作;カタノトモコ絵　ポプラ社　2013年9月

獅子尾 五月　ししお・さつき
いなかからひとりで上京してきた高校生・すずめの担任の先生　「ひるなかの流星―映画ノベライズ みらい文庫版」やまもり三香原作;はのまきみ著　集英社(集英社みらい文庫) 2017年2月

獅子尾 五月　ししお・さつき
高校教師、女子が苦手な馬村と転校生のすずめの担任　「ひるなかの流星 まんがノベライズ特別編〜馬村の気持ち」やまもり三香原作絵;はのまきみ著　集英社(集英社みらい文庫) 2017年3月

ししょ〜　ししょー
「ペンギン探偵社」の探偵、ちょっとポッチャリしたアデリーペンギン　「華麗なる探偵アリス&ペンギン [9]」南房秀久著;あるやイラスト　小学館(小学館ジュニア文庫) 2017年5月

ししょ〜　ししょー
中学2年生のアリスが同居する言葉を話すペンギン、「ペンギン探偵社」の探偵　「華麗なる探偵アリス&ペンギン [5]トラブル・ハロウィン」南房秀久著;あるやイラスト　小学館(小学館ジュニア文庫) 2015年11月

しつじ

ししょ～　ししょー
中学2年生のアリスが同居する言葉を話すペンギン、「ペンギン探偵社」の探偵 「華麗なる探偵アリス＆ペンギン[2] ワンダー・チェンジ!」 南房秀久著;あるやイラスト 小学館(小学館ジュニア文庫) 2014年10月

ししょ～　ししょ～
「ペンギン探偵社」の探偵、ちょっとポッチャリしたアデリーペンギン 「華麗なる探偵アリス＆ペンギン[3] ミラー・ラビリンス」 南房秀久著;あるやイラスト 小学館(小学館ジュニア文庫) 2015年3月

ししょ～　ししょ～
「ペンギン探偵社」の探偵、ちょっとポッチャリしたアデリーペンギン 「華麗なる探偵アリス＆ペンギン[6] ペンギン・パニック!」 南房秀久著;あるやイラスト 小学館(小学館ジュニア文庫) 2016年3月

ししょ～　ししょ～
中学2年生のアリスが同居する言葉を話すペンギン、「ペンギン探偵社」の探偵 「華麗なる探偵アリス＆ペンギン[4] サマー・トレジャー」 南房秀久著;あるやイラスト 小学館(小学館ジュニア文庫) 2015年7月

ししょ～　ししょ～
中学2年生のアリスが同居する言葉を話すペンギン、「ペンギン探偵社」の探偵 「華麗なる探偵アリス＆ペンギン[7] ミステリアス・ナイト」 南房秀久著;あるやイラスト 小学館(小学館ジュニア文庫) 2016年7月

ししょ～　ししょ～
中学2年生のアリスが同居する言葉を話すペンギン、「ペンギン探偵社」の探偵 「華麗なる探偵アリス＆ペンギン[8] アリスvs.ホームズ!」 南房秀久著;あるやイラスト 小学館(小学館ジュニア文庫) 2016年12月

静江　しずえ
息子夫婦と孫の花と暮らしている83歳のおばあちゃん 「花あかりともして」 服部千春作;紅木春絵 出版ワークス 2017年7月

シスター・スノーフレイク
新天地アストランの住人・ミリーのあこがれの人、癒しの力が優れているシスター 「プリズム☆ハーツ!! 9 V.S.怪盗!?真夜中のミステリー」 神代明作;あるや絵 集英社(集英社みらい文庫) 2013年9月

ジゼルちゃん
新天地アストランで人の傷を治す「シスター」という職業をめざして頑張る女の子 「プリズム☆ハーツ!! 7占って!しあわせフォーチュン」 神代明作;あるや絵 集英社(集英社みらい文庫) 2013年3月

志田　しだ
北鎌倉駅の近くにある「ビブリア古書堂」の常連、橋の下に住んでいる男性 「ビブリア古書堂の事件手帖－栞子さんと奇妙な客人たち」 三上延作;越島はぐ絵 KADOKAWA(角川つばさ文庫) 2016年8月

七里　しちり
小学四年生の時に野外学習で訪れた山で魔女から一度死んでも蘇る木の実をもらった六人の一人、女子高校生の稲村の幼なじみ 「もうひとつの命」 入間人間著 KADOKAWA(メディアワークス文庫) 2017年12月

執事(山本)　しつじ(やまもと)
謎の紳士「貴族探偵」の完ぺきな執事 「貴族探偵 みらい文庫版」 麻耶雄嵩作;きろばいと絵 集英社(集英社みらい文庫) 2017年5月

しつじ

執事（山本）　しつじ（やまもと）
謎の紳士「貴族探偵」の完ぺきな執事　「貴族探偵対女探偵 みらい文庫版」 麻耶雄嵩作;
きろばいと絵　集英社（集英社みらい文庫）　2017年5月

執事（夜野 ゆきと）　しつじ（よるの・ゆきと）
足神財閥の総帥「翁」のスパイとして二ノ宮家の当主ありすお嬢様に仕えていたもと執事見
習いの男の子　「天空のタワー事件－お嬢様探偵ありす」 藤野恵美作;Haccan絵　講談社
（青い鳥文庫）　2015年6月

執事（夜野 ゆきと）　しつじ（よるの・ゆきと）
二ノ宮家の当主ありすお嬢様に仕える執事見習いの11歳の男の子　「お嬢様探偵ありすの
冒険」 藤野恵美作;Haccan絵　講談社（青い鳥文庫）　2016年10月

執事（夜野 ゆきと）　しつじ（よるの・ゆきと）
二ノ宮家の当主ありすお嬢様に仕える執事見習いの11歳の男の子、足神財閥の総帥「翁」
のスパイ　「一夜姫事件－お嬢様探偵ありすと少年執事ゆきとの事件簿」 藤野恵美作
;Haccan絵　講談社（青い鳥文庫）　2014年3月

執事（夜野 ゆきと）　しつじ（よるの・ゆきと）
二ノ宮家の当主ありすお嬢様に仕える執事見習いの11歳の男の子、両親をうしない足神財
閥の総帥「翁」に引き取られた少年　「古城ホテルの花嫁事件－お嬢様探偵ありすと少年執
事ゆきとの事件簿」 藤野恵美作;Haccan絵　講談社（青い鳥文庫）　2013年6月

じっちゃん
五年生の玄太の認知症をわずらっている九十八歳のひいおじいさん　「ガラスのベーゴマ」
　樺なほ作;久永フミノ絵　朝日学生新聞社　2015年11月

七宝 琢磨　しっぽう・たくま
国立魔法大学付属第一高校に入学した新入生、有力魔法師の家系「師補十八家」のひと
つ「七宝」の長男　「魔法科高校の劣等生 12 ダブルセブン編」 佐島勤著　KADOKAWA
（電撃文庫）　2013年10月

じてんしゃ
こどもみこしのれんしゅうにいくけんいちをまいにち神社までのせているじてんしゃ　「じてん
しゃのほねやすみ」 村上しいこ作;長谷川義史絵　PHP研究所（とっておきのどうわ）
2016年11月

科森　しなもり
中学二年生の麻香の守護人形、ある日突然人間化して麻香と登校するようになった美しい
少年　「人形たちの教室」 相原れいな作;くまの柚子絵　ポプラ社（ポプラカラフル文庫）
2013年9月

シナモン
「七魔が山」に住み修行することになった見習い魔女バジルの教育係の黒ネコ　「魔女バジル
と魔法のつえ」 茂市久美子作;よしざわけいこ絵　講談社（わくわくライブラリー）　2014年
12月

シナモン
「七魔が山」の東の峰に魔女バジルといっしょに住んでいる黒ネコ　「魔女バジルと闇の魔
女」 茂市久美子作;よしざわけいこ絵　講談社（わくわくライブラリー）　2017年9月

シナモン
なっちゃんといとこのおにいちゃんが飼っていたまよいねこ　「シナモンのおやすみ日記」
小手鞠るい作;北見葉胡絵　講談社　2016年4月

シナモン
平和な街シュクルタウンに住む真っ白な子犬、お菓子作りがとくいな男の子　「シナモロー
ル シナモンのふしぎ旅行」 芳野詩子作;霧賀ユキ絵　KADOKAWA（角川つばさ文庫）
2014年9月

死似可美　しにがみ
温泉旅館「春の屋」の土鈴をすみかにしていた魔物・鈴鬼の同級生、魔界役所の苦情処理係 「若おかみは小学生! Part19 花の湯温泉ストーリー」 令丈ヒロ子作;亜沙美絵　講談社（青い鳥文庫）2013年3月

死似可美　しにがみ
温泉旅館「春の屋」の土鈴をすみかにしていた魔物・鈴鬼の同級生、魔界役所の苦情処理係 「若おかみは小学生! Part20 花の湯温泉ストーリー」 令丈ヒロ子作;亜沙美絵　講談社（青い鳥文庫）2013年7月

篠川 栞子　しのかわ・しおりこ
北鎌倉にある老舗「ビブリア古書堂」の店主、黒髪を長く伸ばした二十代半ばの女性 「ビブリア古書堂の事件手帖 2 栞子さんと謎めく日常」 三上延作;越島はぐ絵　KADOKAWA（角川つばさ文庫）2017年5月

篠川 栞子　しのかわ・しおりこ
北鎌倉駅の近くにある「ビブリア古書堂」の若い女性の店主 「ビブリア古書堂の事件手帖－栞子さんと奇妙な客人たち」 三上延作;越島はぐ絵　KADOKAWA（角川つばさ文庫）2016年8月

篠崎 桂一郎　しのざき・けいいちろう
そうじ大好きな男の子・千尋のお金持ちの叔父さん・円の秘書 「少年メイド スーパー小学生・千尋におまかせ!」 藤咲あゆな作;乙橘原作絵　KADOKAWA（角川つばさ文庫）2014年9月

篠崎 希実　しのざき・のぞみ
午後23時から午前29時まで真夜中の間だけ開くパン屋にやってきた女子高生 「真夜中のパン屋さん [1] 午前0時のレシピ」 大沼紀子[著] ポプラ社(teenに贈る文学) 2014年4月

篠崎 希実　しのざき・のぞみ
午後23時から午前29時まで真夜中の間だけ開くパン屋に住みついた女子高生 「真夜中のパン屋さん [2] 午前1時の恋泥棒」 大沼紀子[著] ポプラ社(teenに贈る文学) 2014年4月

篠崎 希実　しのざき・のぞみ
午後23時から午前29時まで真夜中の間だけ開くパン屋の居候の女子高生 「真夜中のパン屋さん [3] 午前2時の転校生」 大沼紀子[著] ポプラ社(teenに贈る文学) 2014年4月

篠崎 希実　しのざき・のぞみ
午後23時から午前29時まで真夜中の間だけ開くパン屋の居候の女子高生 「真夜中のパン屋さん [4] 午前3時の眠り姫」 大沼紀子[著] ポプラ社(teenに贈る文学) 2014年4月

篠崎 ヒロト　しのざき・ひろと
サッカー日本代表監督をつとめる小学5年生、少しだけ未来が見える少年 「代表監督は11歳!! 4 激突!!W杯アジア最終予選!の巻」 秋口ぎぐる作;八田祥治作;ブロッコリー子絵　集英社（集英社みらい文庫）2013年5月

篠田 亜美　しのだ・あみ
桜若葉小学校六年生、別世界のサクラワカバ島と小学校を行き来することができる少年 「森の石と空飛ぶ船」 岡田淳作　偕成社(偕成社ワンダーランド) 2016年12月

篠田 七海　しのだ・ななみ
前向きな性格の小学六年生の女の子 「クマ・トモ わたしの大切なお友達」 中村誠作;桃雪琴梨絵 KADOKAWA（角川つばさ文庫）2014年12月

篠原 エリカ　しのはら・えりか
恋愛経験ゼロなのに彼氏がいるとウソをつく「オオカミ少女」、八田高校1年生 「オオカミ少女と黒王子 映画ノベライズ みらい文庫版」 八田鮎子原作;まなべゆきこ脚本;松田朱夏著 集英社(集英社みらい文庫) 2016年4月

しのは

シノハラ エリコ　しのはら・えりこ
昔ドイツに住んでいたことがある女の人、あるテディベアを探していた人 「テディベア探偵
18年目のプロポーズ」山本悦子作;フライ絵　ポプラ社(ポプラポケット文庫)　2016年1月

篠原 智　しのはら・さとし
青葉北高校の三年生、転校生の森山燐とバンドを結成した少年 「二度めの夏、二度と会
えない君 映画ノベライズ版」赤城大空原作;中西健二監督　小学館(小学館ジュニア文
庫)　2017年8月

篠原 智　しのはら・さとし
転入生の森山燐と結成したバンドPrimember(プライメンバー)のギター、高校3年生の男の
子 「映画ノベライズ版 二度めの夏、二度と会えない君」時海結以著;赤城大空原作;中西
健二監督;長谷川康夫脚本　小学館(小学館ジュニア文庫)　2017年8月

篠原 潤一くん　しのはら・じゅんいちくん
母親が再婚し同い年の女の子・サクラと暮らすことになった十一歳の男の子 「さくら×ド
ロップ レシピ1 チーズハンバーグ」のまみちこ著;けーしんイラスト　小学館(小学館ジュニ
ア文庫)　2015年9月

篠原 美紅　しのはら・みく
一芸を持った生徒ばかりが集まる特別クラスに転校してきた高校2年生の女の子 「通学電
車 [2] 何度でも君を好きになる・みらい文庫版」みゆ作;朝吹まり絵　集英社(集英社みら
い文庫)　2017年8月

しのぶ
しょうしんしょうめいのわにの男の子のきよしと同じクラスのにんげんの男の子 「ともだちは
アリクイ」村上しいこ作;田中六大絵　WAVE出版(ともだちがいるよ!)　2014年2月

しのぶ
しょうしんしょうめいのわにの男の子のきよしと同じクラスのにんげんの男の子 「ともだちは
ぶた」村上しいこ作;田中六大絵　WAVE出版(ともだちがいるよ!)　2014年12月

しのぶ
わにのきよしくんがしまうまのたかとしくんにかてるたいけつをかんがえる「たいけついいん」
をやらされた男の子 「ともだちはうま」村上しいこ作;田中六大絵　WAVE出版(ともだちが
いるよ!)　2015年3月

しのぶ
全国大会優勝を目指す世羅高校女子陸上部のキャプテン、絶対的なエース 「駅伝ガー
ルズ」菅聖子作;榎のと絵　KADOKAWA(角川つばさ文庫)　2017年12月

死野 マギワ　しの・まぎわ
春馬たちが参加する「絶体絶命ゲーム」の案内人、あやしげな関西弁をしゃべる女性 「絶
体絶命ゲーム 1億円争奪サバイバル」藤ダリオ作;さいね絵　KADOKAWA(角川つばさ文
庫)　2017年2月

篠宮 瑠々香(ルルカ)　しのみや・るるか(るるか)
時空を超えて活躍するトレジャーハンター、中学3年生の美少女 「マジカル★トレジャー
戦国時代にタイムトラベル!?」藤咲あゆな作;フライ絵　集英社(集英社みらい文庫)　2014
年9月

四宮 怜　しのみや・れい
夕陽の丘小学校五年三組、チーム「トリプル・ゼロ」の一人で美少女マジシャン 「トリプル・
ゼロの算数事件簿 ファイル1」向井湘吾作;イケダケイスケ絵　ポプラ社(ポプラポケット文
庫)　2015年5月

四宮 怜　しのみや・れい
夕陽の丘小学校五年三組、チーム「トリプル・ゼロ」の一人で美少女マジシャン 「トリプル・
ゼロの算数事件簿 ファイル2」向井湘吾作;イケダケイスケ絵　ポプラ社(ポプラポケット文
庫)　2015年11月

234

しばた

四宮 怜　しのみや・れい
夕陽の丘小学校五年三組、チーム「トリプル・ゼロ」の一人で美少女マジシャン　「トリプル・ゼロの算数事件簿 ファイル3」　向井湘吾作;イケダケイスケ絵　ポプラ社(ポプラポケット文庫)　2016年7月

四宮 怜　しのみや・れい
夕陽の丘小学校五年三組、チーム「トリプル・ゼロ」の一人で美少女マジシャン　「トリプル・ゼロの算数事件簿 ファイル4」　向井湘吾作;イケダケイスケ絵　ポプラ社(ポプラポケット文庫)　2016年12月

四宮 怜　しのみや・れい
夕陽の丘小学校五年三組、チーム「トリプル・ゼロ」の一人で美少女マジシャン　「トリプル・ゼロの算数事件簿 ファイル5」　向井湘吾作;イケダケイスケ絵　ポプラ社(ポプラポケット文庫)　2017年5月

四宮 怜　しのみや・れい
夕陽の丘小学校五年三組、チーム「トリプル・ゼロ」の一人で美少女マジシャン　「トリプル・ゼロの算数事件簿 ファイル6」　向井湘吾作;イケダケイスケ絵　ポプラ社(ポプラポケット文庫)　2017年11月

柴崎　しばさき
入ヶ浜高校の同好会「でこぼこ剣士会」のメンバー、無精ひげで老け顔の二年生　「かまえ!ぼくたち剣士会」　向井湘吾著　ポプラ社　2014年4月

芝咲 葉太　しばさき・ようた
小学五年生、学校の授業でハカラメの木の観察を担当している男の子　「ひみつの校庭」吉野万理子作;宮尾和孝絵　学研プラス(ティーンズ文学館)　2015年12月

柴田 晃　しばた・あきら
六年生の兄・進に連れられて妖怪が棲むという鎮守の森に冒険に行った四年生の泣き虫な男の子　「下からよんでもきつねつき」　石井信彦作;小松良佳絵　偕成社　2013年7月

柴田 楓　しばた・かえで
スタイルがよくて美人の中学二年生、一年生の智哉と同じ体育祭の応援リーダー　「キミと、いつか。[6]ひとりぼっちの"放課後"」　宮下恵茉作;染川ゆかり絵　集英社(集英社みらい文庫)　2017年11月

柴田 銀河　しばた・ぎんが
紅ヶ丘中学の二年生、三国莉花の幼なじみ　「キミは宙(そら)のすべて 君のためにできること」　新倉なつき著;能登山けいこ原作・イラスト　小学館(小学館ジュニア文庫)　2015年3月

柴田 紗里　しばた・さり
よしの町西小学校六年生、ダンス部に同級生のチエリを誘った女の子　「ちえり×ドロップ レシピ1 マカロニグラタン」　のまみちこ著;けーしんイラスト　小学館(小学館ジュニア文庫)　2016年2月

柴田 進　しばた・すすむ
四年生の弟・晃を連れて妖怪が棲むという鎮守の森に冒険に行った六年生の男の子　「下からよんでもきつねつき」　石井信彦作;小松良佳絵　偕成社　2013年7月

司波 達也　しば・たつや
国立魔法大学付属第一高校に通う司波兄妹の兄、一年E組の劣等生　「魔法科高校の劣等生 10 来訪者編 中」　佐島勤著　KADOKAWA(電撃文庫)　2013年6月

司波 達也　しば・たつや
国立魔法大学付属第一高校に通う司波兄妹の兄、一年E組の劣等生　「魔法科高校の劣等生 11 来訪者編 下」　佐島勤著　KADOKAWA(電撃文庫)　2013年8月

しばた

司波 達也　しば・たつや
国立魔法大学付属第一高校に通う司波兄妹の兄、一年E組の劣等生 「魔法科高校の劣等生 9 来訪者編 上」佐島勤著 KADOKAWA(電撃文庫) 2013年3月

司波 達也　しば・たつや
国立魔法大学付属第一高校に通う司波兄妹の兄、二年E組所属で新設された魔法工学科に進学した生徒 「魔法科高校の劣等生 12 ダブルセブン編」佐島勤著 KADOKAWA(電撃文庫) 2013年10月

司波 達也　しば・たつや
国立魔法大学付属第一高校に通う司波兄妹の兄、二年E組所属で魔法工学科に進学した生徒 「魔法科高校の劣等生 13 スティープルチェース編」佐島勤著 KADOKAWA(電撃文庫) 2014年4月

司波 達也　しば・たつや
国立魔法大学付属第一高校に通う司波兄妹の兄、二年E組所属で魔法工学科に進学した生徒 「魔法科高校の劣等生 14 古都内乱編 上」佐島勤著 KADOKAWA(電撃文庫) 2014年9月

司波 達也　しば・たつや
国立魔法大学付属第一高校に通う司波兄妹の兄、二年E組所属で魔法工学科に進学した生徒 「魔法科高校の劣等生 15 古都内乱編 下」佐島勤著 KADOKAWA(電撃文庫) 2015年1月

司波 達也　しば・たつや
国立魔法大学付属第一高校に通う司波兄妹の兄、二年E組所属で魔法工学科に進学した生徒 「魔法科高校の劣等生 16 四葉継承編」佐島勤著 KADOKAWA(電撃文庫) 2015年5月

司波 達也　しば・たつや
国立魔法大学付属第一高校に通う司波兄妹の兄、二年E組所属で魔法工学科に進学した生徒 「魔法科高校の劣等生 SS」佐島勤著 KADOKAWA(電撃文庫) 2016年5月

司波 達也　しば・たつや
国立魔法大学付属第一高校三年E組、血が繋がっていない妹・深雪の婚約者 「魔法科高校の劣等生 22 動乱の序章編 下」佐島勤著 KADOKAWA(電撃文庫) 2017年6月

司波 達也　しば・たつや
国立魔法大学付属第一高校三年E組、血が繋がっていない妹・深雪の婚約者 「魔法科高校の劣等生 23 孤立編」佐島勤著 KADOKAWA(電撃文庫) 2017年8月

司波 達也　しば・たつや
国立魔法大学付属第一高校二年E組所属で魔法工学科に進学した生徒、血が繋がっていない妹・深雪の婚約者 「魔法科高校の劣等生 17 師族会議編 上」佐島勤著 KADOKAWA(電撃文庫) 2015年8月

司波 達也　しば・たつや
国立魔法大学付属第一高校二年E組所属で魔法工学科に進学した生徒、血が繋がっていない妹・深雪の婚約者 「魔法科高校の劣等生 18 師族会議編 中」佐島勤著 KADOKAWA(電撃文庫) 2015年11月

司波 達也　しば・たつや
国立魔法大学付属第一高校二年E組所属で魔法工学科に進学した生徒、血が繋がっていない妹・深雪の婚約者 「魔法科高校の劣等生 19 師族会議編 下」佐島勤著 KADOKAWA(電撃文庫) 2016年3月

司波 達也　しば・たつや
国立魔法大学付属第一高校二年E組所属で魔法工学科に進学した生徒、血が繋がっていない妹・深雪の婚約者 「魔法科高校の劣等生 20 南海騒擾編」佐島勤著 KADOKAWA(電撃文庫) 2016年9月

しばみ

司波 達也　しば・たつや
国立魔法大学付属第一高校二年E組所属で魔法工学科に進学した生徒、血が繋がって
いない妹・深雪の婚約者 「魔法科高校の劣等生 21 動乱の序章編 上」 佐島勤著
KADOKAWA（電撃文庫） 2017年2月

ジバニャン
プリチー族の妖怪、死んだ猫が成仏できず地縛霊となった妖怪 「映画妖怪ウォッチ 空飛
ぶクジラとダブル世界の大冒険だニャン!」 新倉なつき著;日野晃博製作総指揮・原案 小
学館（小学館ジュニア文庫） 2017年1月

シバ丸　しばまる
ドギーマギー動物学校に通う日本代表のシバ犬 「ドギーマギー動物学校 3 世界の海の
プール」 姫川明月作・絵 角川書店（角川つばさ文庫） 2013年7月

シバ丸　しばまる
ドギーマギー動物学校に通う日本代表のシバ犬 「ドギーマギー動物学校 4 動物園のぼう
けん」 姫川明月作・絵 KADOKAWA（角川つばさ文庫） 2013年12月

シバ丸　しばまる
ドギーマギー動物学校に通う日本代表のシバ犬 「ドギーマギー動物学校 5 遠足でハプニ
ング!」 姫川明月作・絵 KADOKAWA（角川つばさ文庫） 2014年6月

シバ丸　しばまる
ドギーマギー動物学校に通う日本代表のシバ犬 「ドギーマギー動物学校 6 雪山レースと
バレンタイン」 姫川明月作・絵 KADOKAWA（角川つばさ文庫） 2015年1月

シバ丸　しばまる
ドギーマギー動物学校に通う日本代表のシバ犬 「ドギーマギー動物学校 7 サーカスと空
とび大会」 姫川明月作・絵 KADOKAWA（角川つばさ文庫） 2015年6月

シバ丸　しばまる
ドギーマギー動物学校に通う日本代表のシバ犬 「ドギーマギー動物学校 8 すてられた子
犬たち」 姫川明月作・絵 KADOKAWA（角川つばさ文庫） 2016年5月

司波 深雪　しば・みゆき
国立魔法大学付属第一高校に通う司波兄妹の妹、一年A組の優等生 「魔法科高校の劣
等生 10 来訪者編 中」 佐島勤著 KADOKAWA（電撃文庫） 2013年6月

司波 深雪　しば・みゆき
国立魔法大学付属第一高校に通う司波兄妹の妹、一年A組の優等生 「魔法科高校の劣
等生 11 来訪者編 下」 佐島勤著 KADOKAWA（電撃文庫） 2013年8月

司波 深雪　しば・みゆき
国立魔法大学付属第一高校に通う司波兄妹の妹、一年A組の優等生 「魔法科高校の劣
等生 9 来訪者編 上」 佐島勤著 KADOKAWA（電撃文庫） 2013年3月

司波 深雪　しば・みゆき
国立魔法大学付属第一高校に通う司波兄妹の妹、二年A組の優等生 「魔法科高校の劣
等生 12 ダブルセブン編」 佐島勤著 KADOKAWA（電撃文庫） 2013年10月

司波 深雪　しば・みゆき
国立魔法大学付属第一高校に通う司波兄妹の妹、二年A組の優等生 「魔法科高校の劣
等生 13 スティープルチェース編」 佐島勤著 KADOKAWA（電撃文庫） 2014年4月

司波 深雪　しば・みゆき
国立魔法大学付属第一高校に通う司波兄妹の妹、二年A組の優等生 「魔法科高校の劣
等生 14 古都内乱編 上」 佐島勤著 KADOKAWA（電撃文庫） 2014年9月

しばみ

司波 深雪　しば・みゆき
国立魔法大学付属第一高校に通う司波兄妹の妹、二年A組の優等生 「魔法科高校の劣等生 15 古都内乱編 下」 佐島勤著 KADOKAWA(電撃文庫) 2015年1月

司波 深雪　しば・みゆき
国立魔法大学付属第一高校に通う司波兄妹の妹、二年A組の優等生 「魔法科高校の劣等生 16 四葉継承編」 佐島勤著 KADOKAWA(電撃文庫) 2015年5月

司波 深雪　しば・みゆき
国立魔法大学付属第一高校に通う司波兄妹の妹、二年A組の優等生 「魔法科高校の劣等生 SS」 佐島勤著 KADOKAWA(電撃文庫) 2016年5月

司波 深雪　しば・みゆき
国立魔法大学付属第一高校三年A組の優等生、十師族のひとつ「四葉家」の次期当主 「魔法科高校の劣等生 21 動乱の序章編 上」 佐島勤著 KADOKAWA(電撃文庫) 2017年2月

司波 深雪　しば・みゆき
国立魔法大学付属第一高校三年A組の優等生、十師族のひとつ「四葉家」の次期当主 「魔法科高校の劣等生 22 動乱の序章編 下」 佐島勤著 KADOKAWA(電撃文庫) 2017年6月

司波 深雪　しば・みゆき
国立魔法大学付属第一高校三年A組の優等生、十師族のひとつ「四葉家」の次期当主 「魔法科高校の劣等生 23 孤立編」 佐島勤著 KADOKAWA(電撃文庫) 2017年8月

司波 深雪　しば・みゆき
国立魔法大学付属第一高校二年A組の優等生、十師族のひとつ「四葉家」の次期当主 「魔法科高校の劣等生 17 師族会議編 上」 佐島勤著 KADOKAWA(電撃文庫) 2015年8月

司波 深雪　しば・みゆき
国立魔法大学付属第一高校二年A組の優等生、十師族のひとつ「四葉家」の次期当主 「魔法科高校の劣等生 18 師族会議編 中」 佐島勤著 KADOKAWA(電撃文庫) 2015年11月

司波 深雪　しば・みゆき
国立魔法大学付属第一高校二年A組の優等生、十師族のひとつ「四葉家」の次期当主 「魔法科高校の劣等生 19 師族会議編 下」 佐島勤著 KADOKAWA(電撃文庫) 2016年3月

司波 深雪　しば・みゆき
国立魔法大学付属第一高校二年A組の優等生、十師族のひとつ「四葉家」の次期当主 「魔法科高校の劣等生 20 南海騒擾編」 佐島勤著 KADOKAWA(電撃文庫) 2016年9

柴山 晴香　しばやま・はるか
「津田美術館」の主任学芸員の女性 「アンティークFUGA 2 双魂の精霊」 あんびるやすこ作;十々夜画 岩崎書店(フォア文庫) 2015年7月

シピレ
フライ姫が頭にかぶっている「魔法のフライパン」の上に空から落ちてきた女の人 「フライ姫、どこにもない島へ」 名木田恵子作;かわかみたかこ絵 講談社(ことり文庫) 2014年9月

渋井 千　しぶい・せん
さつき小学校に通う天才六年生、名探偵と呼ばれる男の子 「天才探偵Sen 7－テレビ局ハプニング・ツアー(天才探偵Senシリーズ)」 大崎梢作;久都りか絵 ポプラ社 2013年4月

しまざ

渋柿 喜一（シブガキくん）　しぶがき・きいち（しぶがきくん）
奇妙な力があることに気づいた小学六年生、超常現象マニア・トーチカのクラスメート 「超常現象Qの時間 1 謎のスカイパンプキンを追え!」 九段まもる作;みもり絵　ポプラ社(ポプラポケット文庫) 2014年7月

渋柿 喜一（シブガキくん）　しぶがき・きいち（しぶがきくん）
超能力を持つ小学六年生、超常現象を追いかける秘密組織・Qラボの一員 「超常現象Qの時間 2 傘をさす怪人」 九段まもる作;みもり絵　ポプラ社(ポプラポケット文庫) 2015年2月

渋柿 喜一（シブガキくん）　しぶがき・きいち（しぶがきくん）
超能力を持つ小学六年生、超常現象を追いかける秘密組織・Qラボの一員 「超常現象Qの時間 3 さまよう図書館のピエロ」 九段まもる作;みもり絵　ポプラ社(ポプラポケット文庫) 2015年8月

シブガキくん
奇妙な力があることに気づいた小学六年生、超常現象マニア・トーチカのクラスメート 「超常現象Qの時間 1 謎のスカイパンプキンを追え!」 九段まもる作;みもり絵　ポプラ社(ポプラポケット文庫) 2014年7月

シブガキくん
超能力を持つ小学六年生、超常現象を追いかける秘密組織・Qラボの一員 「超常現象Qの時間 2 傘をさす怪人」 九段まもる作;みもり絵　ポプラ社(ポプラポケット文庫) 2015年2月

シブガキくん
超能力を持つ小学六年生、超常現象を追いかける秘密組織・Qラボの一員 「超常現象Qの時間 3 さまよう図書館のピエロ」 九段まもる作;みもり絵　ポプラ社(ポプラポケット文庫) 2015年8月

渋沢 拓庵　しぶさわ・たくあん
江戸時代の年若い医師兼蘭学者、すぐれた推理力と行動力の持ち主 「IQ探偵ムー ムーVS忍者!江戸の町をあぶり出せ!?」 深沢美潮作;山田J太画　ポプラ社(ポプラカラフル文庫) 2014年3月

渋谷 レイナ　しぶたに・れいな
ストーカーに狙われてしまい晴雲学院初等部5年に転校してきた人気子役タレント 「わたしがボディガード!?事件ファイル 蜃気楼があざ笑う」 福田隆浩作;えいひ絵　講談社(青い鳥文庫) 2013年4月

志保　しほ
錦野市の歴史博物館でいとこの龍之介と一緒に江戸時代へタイムスリップした新小学六年生 「サクラ・タイムトラベル」 加part鈴子作　岩崎書店(物語の王国) 2014年2月

志保　しほ
同じ日に同じ病院で生まれた友だち・美月と幽霊屋敷昭和邸に肝だめしに行った中学一年生 「満月の娘たち」 安東みきえ著　講談社 2017年12月

しまうまくん
どうぶつが先生でにんげんの子どもがせいとの「どうぶつがっこう」でたったひとりのどうぶつのせいと、しまうまの子ども 「どうぶつがっこうとくべつじゅぎょう」 トビイルツ作・絵　PHP研究所(とっておきのどうわ) 2017年4月

島崎 吉平（吉平）　しまざき・きちへい（きっぺい）
高知県一条市の中小学校六年生、サルのようにすばしっこくて髪がぼさぼさの少年 「自転車少年(チャリンコボーイ)」 横山充男著;黒須高嶺絵　くもん出版 2015年10月

239

しまさ

島崎 さくら　しまざき・さくら
七曲小五年生、ピアノをやめて野球チーム「フレンズ」のマネージャーになった女の子　「プレイボール 2 ぼくらの野球チームを守れ!」山本純士作;宮尾和孝絵 KADOKAWA(角川つばさ文庫) 2014年1月

島崎 愛波　しまざき・まなみ
バレエ教室の先生の祖母とバレリーナの叔母をもつ少女、とときどきスケートの衣装作りを手伝っている六年生「氷の上のプリンセス 自分を信じて!」風野潮作;Nardack絵 講談社(青い鳥文庫) 2017年9月

島 左近　しま・さこん
秀吉の死後徳川家康と対立する三成に仕える家臣「僕とあいつの関ケ原」吉田里香著;べっこイラスト 東京書籍 2014年6月

島津 豊久　しまず・とよひさ
島津家17代当主・義弘の甥で日向佐渡原城当主「僕とあいつの関ケ原」吉田里香著;べっこイラスト 東京書籍 2014年6月

島津 斉彬　しまず・なりあきら
十一代薩摩藩主、将軍徳川家斉に可愛がれ江戸藩邸生まれの男「西郷どん!」林真理子原作;吉橋通夫文 KADOKAWA(角川つばさ文庫) 2017年11月

島津 義弘　しまず・よしひろ
島津家17代当主で豊久の伯父、亡き秀吉からも「薩摩の鬼」と恐れられた名将「僕とあいつの関ケ原」吉田里香著;べっこイラスト 東京書籍 2014年6月

島田 典道　しまだ・のりみち
古い漁師町の釣具店の息子、クラスメートのなずなの事が気になっている中学一年生の少年「打ち上げ花火、下から見るか?横から見るか?」岩井俊二原作;大根仁著 KADOKAWA(角川つばさ文庫) 2017年6月

島田 典道　しまだ・のりみち
小学六年生、同じクラスに転校してきた少女・なずなが気になっている男の子「少年たちは花火を横から見たかった」岩井俊二著;永地挿絵 KADOKAWA(角川つばさ文庫) 2017年8月

島田 響　しまだ・ひびき
弓道部に所属する女子高生、世界史の教師・伊藤先生に初恋をした十七歳の少女「先生!、、、好きになってもいいですか? 映画ノベライズ みらい文庫版」河原和音原作カバーイラスト;岡田麿里脚本;はのまきみ著 集英社(集英社みらい文庫) 2017年9月

島田 実　しまだ・みのる
銀杏が丘第一小学校五年一組の「バカ田トリオ」の一人、小柄でいつも日焼けしているスポーツ万能な少年「IQ探偵ムー 自転車泥棒と探偵団」深沢美潮作;山田J太画 ポプラ社(ポプラカラフル文庫) 2013年10月

島袋 小春　しまぶくろ・こはる
小学六年生、学校であやしい調査をする謎の転校生ミルの助手に任命された女の子「うちら特権☆転校トラベラーズ!!」こぐれ京作;上倉エク絵 KADOKAWA(角川つばさ文庫) 2016年5月

しまむら
ちょっと天然気味な高校一年生、同じクラスの少女・安達と友達の女の子「安達としまむら 3」入間人間著;のんイラスト KADOKAWA(電撃文庫) 2014年8月

しまむら
ちょっと天然気味な高校二年生、同じクラスの少女・安達と友達の女の子「安達としまむら 4」入間人間著;のんイラスト KADOKAWA(電撃文庫) 2015年5月

しむら

しまむら
ちょっと天然気味な高校二年生、同じクラスの少女・安達と友達の女の子 「安達としまむら 5」 入間人間著;のんイラスト KADOKAWA(電撃文庫) 2015年11月

しまむら
ちょっと天然気味な高校二年生、同じクラスの少女・安達と友達の女の子 「安達としまむら 6」 入間人間著;のんイラスト KADOKAWA(電撃文庫) 2016年5月

しまむら
ちょっと天然気味な高校二年生、同じクラスの少女・安達に告白され付き合うことになった女の子 「安達としまむら 7」 入間人間著;のんイラスト KADOKAWA(電撃文庫) 2016年11月

嶋村　しまむら
学校生活の相談窓口の「生活向上委員」の一人、六年一組の不良っぽい男子 「生活向上委員会! 2 あなたの恋を応援し隊!」 伊藤クミコ作;桜倉メグ絵 講談社(青い鳥文庫) 2016年10月

嶋村　しまむら
学校生活の相談窓口の「生活向上委員」の一人、六年一組の不良っぽい男子 「生活向上委員会! 3 女子vs.男子·教室ウォーズ」 伊藤クミコ作;桜倉メグ絵 講談社(青い鳥文庫) 2017年1月

嶋村　しまむら
学校生活の相談窓口の「生活向上委員」の一人、六年一組の不良っぽい男子 「生活向上委員会! 4 友だちの階級」 伊藤クミコ作;桜倉メグ絵 講談社(青い鳥文庫) 2017年5月

嶋村　しまむら
学校生活の相談窓口の「生活向上委員」の一人、六年一組の不良っぽい男子 「生活向上委員会! 5 激突!クラスの女王」 伊藤クミコ作;桜倉メグ絵 講談社(青い鳥文庫) 2017年8月

嶋村　しまむら
学校生活の相談窓口の「生活向上委員」の一人、六年一組の不良っぽい男子 「生活向上委員会! 6 コンプレックスの正体」 伊藤クミコ作;桜倉メグ絵 講談社(青い鳥文庫) 2017年11月

清水 隼人　しみず・はやと
むかし八巻温泉で番頭をしていたおじさんの家にお世話になっている両親をなくした高校生の少年 「涙倉の夢」 柏葉幸子作;青山浩行絵 講談社 2017年8月

シーム
生まれたばかりのうさぎの赤ちゃん・キップの兄 「ダヤンとうさぎの赤ちゃん」 池田あきこ著 ほるぷ出版(DAYAN'S COLLECTION BOOKS) 2015年5月

柴村 カレン　しむら・かれん
三ツ星学園の雑誌「パーティー」編集部員の中学一年生、学園一のモテ女子 「こちらパーティー編集部っ! 8 絶対ヒミツの同居人!?」 深海ゆずは作;榎木りか絵 KADOKAWA(角川つばさ文庫) 2017年1月

柴村 カレン　しむら・かれん
三ツ星学園中1女子、ユーレイの少年・カケルに取り憑かれている女の子 「こちらパーティー編集部っ! 9 告白は波乱の幕開け!」 深海ゆずは作;榎木りか絵 KADOKAWA(角川つばさ文庫) 2017年7月

志村 新八　しむら・しんぱち
お江戸かぶき町のなんでも屋「万事屋」の従業員、廃刀令により廃れてしまった剣術道場経営者の息子 「銀魂 映画ノベライズ みらい文庫版」 空知英秋原作;福田雄一脚本;田中創小説 集英社(集英社みらい文庫) 2017年7月

しむら

志村 妙（お妙） しむら・たえ（おたえ）
お江戸かぶき町のなんでも屋「万事屋」の従業員・新八の姉、亡き父の剣術道場を守るため夜のお店勤めでお金を稼いでいるタフな女 「銀魂 映画ノベライズ みらい文庫版」 空知英秋原作;福田雄一脚本;田中創小説 集英社（集英社みらい文庫） 2017年7月

志村 萌花 しむら・もえか
5年生のリンの親友、古着屋「MUSUBU」でアンティークドレスを買った女の子 「テディベア探偵 1 アンティークドレスはだれのもの!」 山本悦子作;フライ絵 ポプラ社（ポプラポケット文庫） 2014年4月

志村 萌花 しむら・もえか
5年生の林間学校に参加した女の子、同級生の女の子リンの親友 「テディベア探偵 思い出はみどりの森の中」 山本悦子作;フライ絵 ポプラ社（ポプラポケット文庫） 2014年9月

志村 萌花 しむら・もえか
小学5年生、古いものの思いを探る「テディベア探偵」をやっている同級生リンの親友 「テディベア探偵 ゆかたは恋のメッセージ?」 山本悦子作;フライ絵 ポプラ社（ポプラポケット文庫） 2015年4月

しめー しめいち
新潟県のいなか町から長野市にある魚屋「魚勢」に奉公に出た十二歳の少年 「魚屋しめ一物語」 柳沢朝子作;大庭賢哉画 くもん出版（くもんの児童文学） 2015年9月

下城 雪弥（雪兄） しもじょう・ゆきや（ゆきにい）
歴史が大好きな朱里の従兄、歴史研究会に所属する中学2年生の男の子 「マジカル★トレジャー 戦国時代にタイムトラベル!?」 藤咲あゆな作;フライ絵 集英社（集英社みらい文庫） 2014年9月

下出 徳治 しもで・とくや
辰島で刺し網漁をやっている七十六歳の現役漁師 「明日は海からやってくる」 杉本りえ作;スカイエマ絵 ポプラ社（ノベルズ・エクスプレス） 2014年4月

下村 理恵 しもむら・りえ
朝日小学校六年二組、クラスメイトの大野優吾が好きな女の子 「トキメキ♥図書館PART14 みんなだれかに恋してる」 服部千春作;ほおのきソラ絵 講談社（青い鳥文庫）

下山 武雄（イノさん） しもやま・たけお（いのさん）
神奈川県警横浜大黒署の特殊捜査課の通称「鬼のイノさん」、悪の組織・レッドヴィーナスの罠にかかって子どもになってしまった刑事 「コドモ警察」 時海結以著;福田雄一脚本 小学館（小学館ジュニアシネマ文庫） 2013年3月

シャオ
中国生まれ日本育ちの小学五年生、おじいちゃんのもとで妖怪退治修行中の見習い道士 「いーある!妖々新聞社1 キョンシーをつかまえろ!」 橋本愛理作;AMG出版工房作;あげ子絵 ポプラ社（ポプラポケット文庫） 2013年6月

シャオ
中国生まれ日本育ちの小学六年生、おじいちゃんのもとで妖怪退治修行中の見習い道士 「いーある!妖々新聞社2 マギ道士とキョンシーの秘密」 橋本愛理作;AMG出版工房作;あげ子絵 ポプラ社（ポプラポケット文庫） 2013年10月

ジャク（蓮見 怜央） じゃく（はすみ・れお）
引きこもりの少女・涼が窓辺で双眼鏡を目にあて観察している中学生の少年 「ラ・プッツン・エル 6階の引きこもり姫」 名木田恵子著 講談社 2013年11月

シャチ姉 しゃちねえ
鎌倉で姉妹だけで暮らす香田家のしっかり者の長女、市民病院の看護師 「海街diary」 百瀬しのぶ著;吉田秋生原作 小学館（小学館ジュニア文庫） 2015年5月

しゃな

社長（白波 茂夫） しゃちょう（しらなみ・しげお）
埼玉県入山市のゆるキャラ募集の企画をしたイベント会社「パンゲア」の社長、白髪の老人「マリア探偵社 25 邪鬼のキャラゲーム」川北亮司作;大井知美画 岩崎書店（フォア文庫）2013年3月

社長さん しゃちょうさん
ファッションへの情熱が高く最高級品を身につけた大手商社の社長、ダンディな紳士 「わがままファッションGIRLS MODE 3 最高のコーデ＆スマイル」高瀬美恵作;桃雪琴梨絵 KADOKAWA（角川つばさ文庫）2014年5月

ジャッキー
くまのがっこうに通う12ひきのくまのこのいちばん下のおんなのこ 「映画くまのがっこう」あいはらひろゆき著 小学館 2017年7月

ジャッキー
ジャック・オー・ランタン、霊に憑かれた綾香たちを助けたカボチャ頭の霊 「ミカルは霊魔女! 1 カボチャと猫と悪霊の館」ハガユイ作;namo絵 KADOKAWA（角川つばさ文庫）2014年10月

ジャッキー
ふつうの小学五年生の女の子ミカルと契約した「ジャック・オー・ランタン」というカボチャ頭の霊 「ミカルは霊魔女! 2 ウサギ魔女と消えたアリスたち」ハガユイ作;namo絵 KADOKAWA（角川つばさ文庫）2015年3月

ジャック
ハロウィンのパーティをしていたもぐらのソルにとりついたゆうれい 「はりねずみのルーチカ[6] ハロウィンの灯り」かんのゆうこ作;北見葉胡絵 講談社（わくわくライブラリー）2017年9月

ジャック
宇宙を漂っていた脱出用ポッドに姉・ローズとともに乗っていた少年、九歳の地球人 「衛星軌道2万マイル」藤崎慎吾作;田川秀樹絵 岩崎書店（21世紀空想科学小説）2013年10月

ジャック
妖怪が大好きな女の子みずきの家の「離れ」に住むフレンドリーな天邪鬼 「ここは妖怪おたすけ委員会 2 委員長は雑用係!?」宮下恵茉作;いちごイチエ絵 KADOKAWA（角川つばさ文庫）2016年9月

ジャック・オー
山の上にあるあれはてた魔物の街のぬし、おそろしい魔物の街の王 「ジャック・オー・ランドーユーリと魔物の笛」山崎貴作;郷津春奈絵 ポプラ社 2017年9月

しゃっくりん
いたずらがすきなしゃっくりのようせい 「チビまじょチャミーとようせいのドレッサー」藤真知子作;琴月綾絵 岩崎書店（おはなしトントン）2015年6月

シャナ
占いの得意な魔女の女の子、魔女っ子ナコのライバル 「魔女犬ボンボン ナコと金色のお茶会」廣嶋玲子作;KeG絵 角川書店（角川つばさ文庫）2013年1月

シャナ
冷たい性格の「月の魔女」、魔女っ子ナコのライバル 「魔女犬ボンボン ナコと幸せの約束」廣嶋玲子作;KeG絵 角川書店（角川つばさ文庫）2013年9月

シャナ
冷たい目と冷たい心を持った魔女っ子、月の魔女の後継者 「魔女犬ボンボン ナコと奇跡の流れ星」廣嶋玲子作;KeG絵 角川書店（角川つばさ文庫）2013年4月

243

しゃな

紗那　しゃな
「骨董屋」の息子・風雅の兄として一緒に暮らすことになったセコイア杉の精霊 「アンティークFUGA 1 我が名はシャナイア」 あんびるやすこ作;十々夜画 岩崎書店(フォア文庫) 2015年2月

紗那　しゃな
骨董屋「アンティークFUGA」の中学生店主・風雅の兄として一緒に暮らしているセコイア杉の精霊 「アンティークFUGA 2 双魂の精霊」 あんびるやすこ作;十々夜画 岩崎書店(フォア文庫) 2015年7月

紗那　しゃな
骨董屋「アンティークFUGA」の中学生店主・風雅の兄として一緒に暮らしているセコイア杉の精霊 「アンティークFUGA 3 キマイラの王」 あんびるやすこ作;十々夜画 岩崎書店(フォア文庫) 2016年4月

シャナイア（紗那）　しゃないあ（しゃな）
「骨董屋」の息子・風雅の兄として一緒に暮らすことになったセコイア杉の精霊 「アンティークFUGA 1 我が名はシャナイア」 あんびるやすこ作;十々夜画 岩崎書店(フォア文庫) 2015年2月

シャナイア（紗那）　しゃないあ（しゃな）
骨董屋「アンティークFUGA」の中学生店主・風雅の兄として一緒に暮らしているセコイア杉の精霊 「アンティークFUGA 2 双魂の精霊」 あんびるやすこ作;十々夜画 岩崎書店(フォア文庫) 2015年7月

シャナイア（紗那）　しゃないあ（しゃな）
骨董屋「アンティークFUGA」の中学生店主・風雅の兄として一緒に暮らしているセコイア杉の精霊 「アンティークFUGA 3 キマイラの王」 あんびるやすこ作;十々夜画 岩崎書店(フォア文庫) 2016年4月

ジャノメ
中1の珠梨が持つ「玉」をうばいに鳴神神社にあらわれた変幻自在の「邪の者」 「龍神王子(ドラゴン・プリンス)! 4」 宮下恵茉作;kaya8絵 講談社(青い鳥文庫) 2015年6月

邪の者　じゃのもの
権力をうばわれ闇に身をひそめるようになったかつて地上に君臨していた蛇神 「龍神王子(ドラゴン・プリンス)! 6」 宮下恵茉作;kaya8絵 講談社(青い鳥文庫) 2016年4月

邪の者　じゃのもの
龍神界の龍王交代に必要な「龍の宝珠」をねらい闇に身をひそめている蛇神 「龍神王子(ドラゴン・プリンス)! 7」 宮下恵茉作;kaya8絵 講談社(青い鳥文庫) 2016年8月

ジャム
花嫁からブーケを受けとったらモンスター界のプリンセスの召し使いにえらばれてしまった五年生の女の子 「ジャム! プリンセスのひとさしゆび」 ユズハチ作・絵 講談社(青い鳥文庫) 2014年5月

ジャム・パン
ちょうのうりょくの耳をもったたんてい、けいしそうかんこうにんの大どろぼう 「大どろぼうジャム・パン」 内田麟太郎作;藤本ともひこ絵 文研出版(わくわくえどうわ) 2017年12月

ジャヤ
スリランカの茶畑で茶摘みの仕事をしている少女 「茶畑のジャヤ」 中川なをみ作 鈴木出版(鈴木出版の児童文学 この地球を生きる子どもたち) 2015年9月

じゃらし
放課後に五年生の光輝と押野が過ごす三丁目の空き地での草野球の仲間、小学6年生の男の子 「しずかな日々」 椰月美智子作;またよし絵 講談社(青い鳥文庫) 2014年6月

じゃれ

シャーリー・ホームズ
「ペンギン探偵社」ロンドン支社トップの探偵の女の子、名探偵シャーロック・ホームズの血を引く探偵 「華麗なる探偵アリス＆ペンギン[8]アリスvs.ホームズ!」 南房秀久著;あるやイラスト 小学館（小学館ジュニア文庫） 2016年12月

シャルム・シャーロット
ダメ魔女・ポプルの師匠ラルガスの古い友人、お菓子の屋敷に住む魔女 「魔法屋ポプル お菓子の館とチョコレートの魔法」 堀口勇太作;玖珂つかさ絵 ポプラ社（魔法屋ポプルシリーズ） 2013年4月

シャルル・ミラクリーヌ一世(ミラ太)　しゃるるみらくりーぬいっせい(みらた)
あけぼの小学校四年生のすみれがもつ魔法のケータイのガイド役のパンダ 「チャームアップ・ビーズ! 1 クローバーグリーンで友情復活!」 宮下恵茉作;初空おとわ画 童心社 2013年3月

シャルル・ミラクリーヌ一世(ミラ太)　しゃるるみらくりーぬいっせい(みらた)
あけぼの小学校四年生のすみれがもつ魔法のケータイのガイド役のパンダ 「チャームアップ・ビーズ! 2 スターイエロー大作戦!」 宮下恵茉作;初空おとわ画 童心社 2013年3月

シャルル・ミラクリーヌ一世(ミラ太)　しゃるるみらくりーぬいっせい(みらた)
あけぼの小学校四年生のすみれがもつ魔法のケータイのガイド役のパンダ 「チャームアップ・ビーズ! 3 ピンクハートで思いよ、届け!」 宮下恵茉作;初空おとわ画 童心社 2013年3月

しゃれこうべ
古物商のひとり息子・惣一郎が山の中で出会うおしゃべりなしゃれこうべ 「旅のお供はしゃれこうべ」 泉田もと作 岩崎書店 2016年4月

ジャレット
ハーブ魔女トパーズの家で薬屋さんをひらくニンゲンの女の子 「エイプリルと魔法のおくりもの－魔法の庭ものがたり18」 あんびるやすこ作・絵 ポプラ社（ポプラ物語館） 2015年12月

ジャレット
ハーブ魔女トパーズの家で薬屋さんをひらくニンゲンの女の子 「おまじないは魔法の香水－魔法の庭ものがたり13」 あんびるやすこ作・絵 ポプラ社（ポプラ物語館） 2013年4月

ジャレット
ハーブ魔女トパーズの家で薬屋さんをひらくニンゲンの女の子 「ジャレットのきらきら魔法－魔法の庭ものがたり17」 あんびるやすこ作・絵 ポプラ社（ポプラ物語館） 2015年7月

ジャレット
ハーブ魔女トパーズの家で薬屋さんをひらくニンゲンの女の子 「ローズマリーとヴィーナスの魔法－魔法の庭ものがたり14」 あんびるやすこ作・絵 ポプラ社（ポプラ物語館） 2013年11月

ジャレット
ハーブ魔女トパーズの家で薬屋さんをひらくニンゲンの女の子 「空色ハーブのふしぎなきめ－魔法の庭ものがたり16」 あんびるやすこ作・絵 ポプラ社（ポプラ物語館） 2014年10月

ジャレット
ハーブ魔女トパーズの家で薬屋さんをひらくニンゲンの女の子 「時間の女神のティータイム－魔法の庭ものがたり19」 あんびるやすこ作・絵 ポプラ社（ポプラ物語館） 2016年8月

ジャレット
ハーブ魔女トパーズの家で薬屋さんをひらくニンゲンの女の子 「魔女カフェのしあわせメニュー－魔法の庭ものがたり15」 あんびるやすこ作・絵 ポプラ社（ポプラ物語館） 2014年3月

じゃれ

ジャレット
親せきの魔女から相続した「トパーズ荘」で「ハーブの薬屋さん」をしている人間の女の子
「うらない師ルーナと三人の魔女」あんびるやすこ作・絵 ポプラ社(ポプラ物語館) 2017
年12月

ジャレット
親せきの魔女から相続した「トパーズ荘」で「ハーブの薬屋さん」をしている人間の女の子
「魔法の庭の宝石のたまご」あんびるやすこ作・絵 ポプラ社(ポプラ物語館) 2017年3月

シャーロット先生 しゃーろっとせんせい
生徒が三人しかいない小学校の先生、ようかいうんどうかいにこうていをかした先生 「かい
けつゾロリのようかい大うんどうかい(かいけつゾロリシリーズ57)」原ゆたか作・絵 ポプラ
社 2015年7月

シャーロット姫 しゃーろっとひめ
高1の真代夏木がきた異世界“ステルニア王国”の王女、カール王子のお姉さん 「真代家
こんぷれっくす! [5] Mysterious days光の指輪物語」宮沢みゆき著;久世みずき原作・イラ
スト 小学館(小学館ジュニア文庫) 2015年8月

ジャンヌ
命を捧げるかわりに特別な能力をあたえてもらうという契約を二十年前の八月二十九日に
悪魔と交わした魔女 「ぼくらの魔女戦記2 黒衣の女王」宗田理作 ポプラ社(「ぼくら」シ
リーズ) 2016年1月

ジャンヌ
命を捧げるかわりに特別な能力をあたえてもらうという契約を二十年前の八月二十九日に
悪魔と交わした魔女 「ぼくらの魔女戦記3 黒ミサ城脱出」宗田理作 ポプラ社(「ぼくら」シ
リーズ) 2016年7月

ジャンヌ・ダルク
怪盗ジャンヌであるまろんの前世、15世紀のフランスでノインの恋人だった女性 「神風怪
盗ジャンヌ 3 動きだした運命!!」種村有菜原作;松田朱夏著 集英社(集英社みらい文庫)
2014年5月

シャン・プー大王 しゃんぷーだいおう
ふしぎなぼうけんのたびにでかけたひでくんが上陸したシャンプーじまの王さま 「妖怪いじ
わるシャンプー」土屋富士夫作・絵 PHP研究所(とっておきのどうわ) 2017年1月

ジャン・マルロー
発明することが大好きな時計職人、天才レオナルド・ダ・ヴィンチの遠い親戚だという十六歳
の少年 「レオナルドの扉 1」真保裕一作;しゅー絵 KADOKAWA(角川つばさ文庫)
2017年11月

周 しゅう
おじいちゃんと一緒にスリランカに行くことにした十一歳の少年 「茶畑のジャヤ」中川なを
み作 鈴木出版(鈴木出版の児童文学 この地球を生きる子どもたち) 2015年9月

舟 しゅう
五年生、夏休みに祖父母の家で呉に来るいとこの海と合宿をすることになった男の子 「夏
の猫」北森ちえ著;森川泉装画・さし絵 国土社 2016年10月

柊 しゅう
本当はビビりだけどいつもお笑い担当の男子中学生、捨てられていた警戒心が強い子犬・
キャトルの飼い主 「ぼくらと犬の小さな物語ー空、深雪、杏、柊とワンコのおはなし」山口
花著 学研教育出版 2015年7月

周 公瑾 しゅう・こうきん
大亜連合軍の呂と陳を横浜に手引きした謎の美青年 「魔法科高校の劣等生 14 古都内
乱編 上」佐島勤著 KADOKAWA(電撃文庫) 2014年9月

しゅが

周 公瑾　しゅう・こうきん
大亜連合軍の呂と陳を横浜に手引きした謎の美青年 「魔法科高校の劣等生 15 古都内乱編 下」佐島勤著 KADOKAWA（電撃文庫）2015年1月

周二　しゅうじ
風変わりなびんぼう絵描き、狩野派を代表する絵師の狩野山楽の一番弟子だったわかい男 「ひかり舞う」中川なをみ著；スカイエマ絵 ポプラ社（Teens' best selections）2017年12月

十条 海斗　じゅうじょう・かいと
冒険家をめざす五年生、幼なじみの欄麻と数々の任務をこなしてきた小学生エージェント「ちょ～能力でいこう![1] 転校生は透明人間!?のまき」伊豆平成作；あきづきりょう絵 KADOKAWA（角川つばさ文庫）2016年1月

住職（タケじい）　じゅうしょく（たけじい）
中学三年生の夏芽がサマーステイする「宝山寺」の住職 「小やぎのかんむり」市川朔久子著 講談社 2016年4月

十蔵　じゅうぞう
弟の彪牙丸と一緒に伊我上野の里から江戸の町に出てきた忍者 「IQ探偵ムー ムーVS忍者!江戸の町をあぶり出せ!?」深沢美潮作；山田J太画 ポプラ社（ポプラカラフル文庫）2014年3月

修ちゃん　しゅうちゃん
高校2年生の小川蘭の幼なじみ、ピアノの勉強でパリに留学している男の子 「泣いちゃいそうだよ＜高校生編＞秘密の花占い」小林深雪著；牧村久実画 講談社（YA!ENTERTAINMENT）2013年11月

十文字 克人　じゅうもんじ・かつと
魔法大学に通う大学生、十師族のひとつ「十文字家」の当主 「魔法科高校の劣等生 19 師族会議編 下」佐島勤著 KADOKAWA（電撃文庫）2016年3月

十文字 克人　じゅうもんじ・かつと
魔法大学に通う大学生、十師族のひとつ「十文字家」の当主 「魔法科高校の劣等生 21 動乱の序章編 上」佐島勤著 KADOKAWA（電撃文庫）2017年2月

十文字 克人　じゅうもんじ・かつと
魔法大学に通う大学生、十師族のひとつ「十文字家」の当主 「魔法科高校の劣等生 23 孤立編」佐島勤著 KADOKAWA（電撃文庫）2017年8月

十文字 翼　じゅうもんじ・つばさ
お祓い屋の少年、初恋の相手・桜のクラスに転校してきた高校一年生 「境界のRINNE ようこそ地獄へ!」浜崎達也著；高橋留美子原作；柿原優子脚本；高山カツヒコ脚本 小学館（小学館ジュニア文庫）2015年8月

十文字 翼　じゅうもんじ・つばさ
お祓い屋の少年、初恋の相手・桜のクラスに転校してきた高校一年生 「境界のRINNE 友だちからで良ければ」浜崎達也著；高橋留美子原作；柿原優子脚本；吉野弘幸脚本 小学館（小学館ジュニア文庫）2015年8月

十勇士　じゅうゆうし
戦国武将・真田幸村の猿飛佐助など10人の忠実な部下たち 「真田十勇士は名探偵!! タイムスリップ探偵団と忍術妖術オンパレード！の巻」楠木誠一郎作；岩崎美奈子絵 講談社（講談社青い鳥文庫）2015年12月

シュガーおばさん
お菓子屋さんの小学生店長ルルとララにお菓子のつくりかたをおしえてくれるパン屋のおばさん 「ルルとララのアロハ!パンケーキ」あんびるやすこ作・絵 岩崎書店（おはなしガーデン）2016年12月

247

しゅく

しゅくだいハンター花丸　しゅくだいはんたーはなまる
小学生のけんたろうのしゅくだいをてつだってくれるというカッコいいお兄さん 「おまかせ! しゅくだいハンター」 山野辺一記作;常永美弥絵　金の星社 2014年11月

じゅじゅ
おとなしい女の子・さとのクラスメート、元気いっぱいの子 「こころのともってどんなとも」 最上一平作;みやこしあきこ絵 ポプラ社(本はともだち) 2016年7月

ジュジュ
大まほうつかい・ヘンシーンのいちばんでし 「まじょ子とネコの王子さま」 藤真知子作;ゆーちみえこ絵 ポプラ社(学年別こどもおはなし劇場) 2013年10月

酒呑童子　しゅてんどうじ
竹取屋敷で中学生の緒崎若菜と同居する見た目はイケメンの男の子だが伝説の妖怪 「緒崎さん家の妖怪事件簿 [1]」 築山桂著;かすみのイラスト　小学館(小学館ジュニア文庫) 2017年2月

酒呑童子　しゅてんどうじ
竹取屋敷で中学生の緒崎若菜と同居する見た目はイケメンの男の子だが伝説の妖怪 「緒崎さん家の妖怪事件簿 [2]桃×団子パニック!」 築山桂著;かすみのイラスト　小学館(小学館ジュニア文庫) 2017年7月

シュナイダー
シュナイダー海賊団の船長、バズという老犬を相棒にもつ老人 「ONE PIECE [8] 麦わらチェイス」 尾田栄一郎原作;浜崎達也著;東映アニメーション絵　集英社(集英社みらい文庫) 2013年8月

ジュニア
おとうさんのほねほねアーチャー・ロビンが帰ってこないことを心配しザウルス村に住むベビーたちに会いに来た息子 「ほねほねザウルス 18 たいけつ!きょうふのサーベルタイガー」 カバヤ食品株式会社原案・監修　岩崎書店 2017年9月

ジュニアさん
大金持ちの御曹司・レオンくんの家の名画を狙う怪盗、イケメンのお兄さん 「プリズム☆ハーツ!! 9 V.S.怪盗!?真夜中のミステリー」 神代明作;あるや絵 集英社(集英社みらい文庫) 2013年9月

シュヴァリエ
「ペンギン探偵社」で見習い中の夕星アリスのクラスメート、探偵シュヴァリエという名でテレビで活躍している中学二年生 「華麗なる探偵アリス&ペンギン[3] ミラー・ラビリンス」 南房秀久著;あるやイラスト　小学館(小学館ジュニア文庫) 2015年3月

シュヴァリエ
「ペンギン探偵社」で見習い中の夕星アリスのクラスメート、探偵シュヴァリエという名でテレビで活躍している中学二年生 「華麗なる探偵アリス&ペンギン[6] ペンギン・パニック!」 南房秀久著;あるやイラスト　小学館(小学館ジュニア文庫) 2016年3月

シュヴァル
モンスターライダーの村・ハクム村に住み世界一のライダーをめざすリュートと兄弟のように育った少年 「モンスターハンターストーリーズRIDE ON〜たちむかえライダー!」 CAPCOM原作監修;相羽鈴著　集英社(集英社みらい文庫) 2017年4月

シュヴァル
モンスターライダーの村・ハクム村出身の男の子、少年リュートと兄弟のように育った少年ライダー 「モンスターハンターストーリーズRIDE ON〜決別のとき」 CAPCOM原作監修;相羽鈴著　集英社(集英社みらい文庫) 2017年7月

じゅん

シュヴァル
兄弟のように育ったリュートと意見が対立し決別してしまった少年ライダー 「モンスターハンターストーリーズRIDE ON～最凶の黒と白い奇跡～」 CAPCOM原作監修;相羽鈴著 集英社(集英社みらい文庫) 2017年10月

シュヴァルツ
ドイツの平和を守るための武装集団「ホテルベルリン」の最高幹部で戦士 「怪盗クイーン ケニアの大地に立つ」 はやみねかおる作;K2商会絵 講談社(青い鳥文庫) 2017年9月

ジュリ
ひっこしてきた犬チャルの家のとなりの空き家に住むまっ白い猫 「となりの猫又ジュリ」 金治直美作;はしもとえつよ絵 国土社 2017年11月

ジュリ
地球とよく似た惑星ランタナⅢで森の植物たちに育てられた人間の言葉をまったく喋ることができない少年 「歌う樹の星」 風野潮作 ポプラ社(Teens' best selections) 2015年1月

ジュリー
ジャングル村でジャングルショップというお店をひらいているアリクイ 「ジャングル村はちぎれたてがみで大さわぎ!」 赤羽じゅんこ作;はやしますみ画 くもん出版(ことばって、たのしいな!) 2013年1月

ジュリアス・ワーナー
ゲームクリエイター集団「栗井栄太」のメンバー、小学六年生の男の子 「都会(まち)のトム&ソーヤ 11「DOUBLE」上下」 はやみねかおる著;にしけいこ画 講談社(YA! ENTERTAINMENT) 2013年8月

ジュリアス・ワーナー
ゲームクリエイター集団「栗井栄太」のメンバー、小学六年生の男の子 「都会(まち)のトム&ソーヤ 14「夢幻」上下」 はやみねかおる著;にしけいこ画 講談社(YA! ENTERTAINMENT) 2017年2月

しゅるしゅるぱん
岩手県朱瑠町へ引っ越してきた六年生の解人の前に現れた赤茶色の髪でランニングシャツ一枚着た男の子 「しゅるしゅるぱん」 おおぎやなぎちか作;古山拓画 福音館書店 2015年11月

寿老人さん　じゅろうじんさん
年に一度の慰安旅行で大阪にでかけた七福神の一人、鹿を従えている神様 「七福神の大阪ツアー」 くまざわあかね作;あおきひろえ絵 ひさかたチャイルド 2017年4月

ジュン
小学4年生、クラスではやっているうでずもうが大きらいな男の子 「ネバーギブアップ!」 くすのきしげのり作;山本孝絵 小学館 2013年7月

ジュン
龍神界から人間界に来た北方黒龍族の王子、中学生の少女珠梨をさらった男 「龍神王子(ドラゴン・プリンス)! 1」 宮下恵茉作;kaya8絵 講談社(青い鳥文庫) 2014年2月

黒田 ジュン　じゅん
龍神界の4人の次期龍王候補の1人、宝田家の娘・珠梨が通う学校の高等部に転入してきた王子 「龍神王子(ドラゴン・プリンス)! 2」 宮下恵茉作;kaya8絵 講談社(青い鳥文庫) 2014年7月

潤兄　じゅんにい
双子の五月と紺と高1の夏木の兄、両親不在の中で主に家事を担当している高2の長男 「真代家こんぷれっくす! [3] Sentimental daysココロをつなぐメロディ」 宮沢みゆき著;久世みずき原作・イラスト 小学館(小学館ジュニア文庫) 2014年6月

じゅん

潤兄　じゅんにい
双子の五月と紺と高1の夏木の兄、両親不在の中で主に家事を担当している高2の長男
「真代家こんぷれっくす！［4］Holy days賢者たちの贈り物」宮沢みゆき著;久世みずき原
作・イラスト　小学館（小学館ジュニア文庫）2014年10月

ジョイ
女子高生のココネが大切にしている柴犬のぬいぐるみ　「ひるね姫」神山健治作;よん挿絵
　KADOKAWA（角川つばさ文庫）2017年3月

翔　しょう
宇宙同盟が地球に送り込んだ「3Dフィギュア・ジェネレーター」で妖怪カミキリを作った小学
生五年生の男の子　「妖怪製造機」森川成美作;佐竹美保絵　毎日新聞出版 2015年11
月

昌一　しょういち
正次の双子の兄、頭がよくきまじめな国民学校の四年生　「オオカミのお札 2 正次が見た
影」おおぎやなぎちか作　くもん出版（くもんの児童文学）2017年8月

勝いっつぁん　しょういっつぁん
かべの中にあるカエル王国のお姫様・陽芽の家来、小学四年生のカエル人間　「カエル王
国のプリンセス デートの三原則!?」吉田純子作;加々見絵里絵　ポプラ社（ポプラポケット
文庫ガールズ）2014年6月

勝いっつぁん　しょういっつぁん
かべの中にあるカエル王国のお姫様・陽芽の家来、小学四年生のカエル人間　「カエル王
国のプリンセス フレー！フレー！ラブラブ大作戦」吉田純子作;加々見絵里絵　ポプラ社
（ポプラポケット文庫ガールズ）2014年10月

勝いっつぁん　しょういっつぁん
かべの中にあるカエル王国のお姫様・陽芽の家来、小学四年生のカエル人間　「カエル王
国のプリンセス ライバルときどき友だち?」吉田純子作;加々見絵里絵　ポプラ社（ポプラポ
ケット文庫ガールズ）2015年1月

勝いっつぁん　しょういっつぁん
かべの中にあるカエル王国のお姫様・陽芽の家来、小学四年生のカエル人間　「カエル王
国のプリンセス 王子様はキューピッド?」吉田純子作;加々見絵里絵　ポプラ社（ポプラポ
ケット文庫ガールズ）2014年6月

勝いっつぁん　しょういっつぁん
かべの中にあるカエル王国のお姫様に選ばれた陽芽の家来、小学四年生のカエル人間
「カエル王国のプリンセス あたし、お姫様になる!?」吉田純子作;加々見絵里絵　ポプラ社
（ポプラポケット文庫ガールズ）2014年3月

常光寺 与ヱ門　じょうこうじ・よゑもん
乱心を理由に捕えられたキクラゲ城の元家老　「忍たま乱太郎 夏休み宿題大作戦！の段」
　尼子騒兵衛原作;望月千賀子文　ポプラ社（ポプラ社の新・小さな童話）2013年7月

ショウコさん
スタイリストのエリナやミズキたちがあこがれる元トップモデル　「わがままファッションGIRLS
MODE 2 おしゃれに大切なこと」高瀬美恵作;桃雪琴梨絵　KADOKAWA（角川つばさ文
庫）2013年12月

章子先生（秋原 章子）　しょうこせんせい（あきはら・しょうこ）
どもりでなきむしだったなおこのうけもちの先生、とてもうつくしくやさしい女性　「雪の日の五
円だま」山本なおこ文;三輪さゆり絵　竹林館 2016年10月

常坤　じょうこん
明建国の功臣である常遇春の子孫、山賊のリーダーで鷹のような鋭い目を持つ男　「文学
少年と運命の書」渡辺仙州作　ポプラ社（Teens' entertainment）2014年9月

しょう

彰子（中宮さま）　しょうし（ちゅうぐうさま）
もののけに苦しめられている平安時代のお姫さま、魔法で中学1年のルナに助けを求めた女の人「まさかわたしがプリンセス!? 3 紫式部ともののけ退治!」吉野紅伽著;くまの柚子絵　KADOKAWA　2014年3月

小路 絵麻　しょうじ・えま
おっちょこちょいなムードメーカーの五年生の女の子「1% 7－一番になれない恋」このはなさくら作;高上優里子絵　KADOKAWA（角川つばさ文庫）2017年8月

小路 絵麻　しょうじ・えま
おっちょこちょいなムードメーカーの五年生の女の子「1% 8－そばにいるだけでいい」このはなさくら作;高上優里子絵　KADOKAWA（角川つばさ文庫）2017年12月

小路 絵麻ちゃん　しょうじ・えまちゃん
同級生の男の子・レオくんのことが好きな5年生、かわいい女の子「1% 3－だれにも言えないキモチ」このはなさくら作;高上優里子絵　KADOKAWA（角川つばさ文庫）2016年4月

庄司 なぎさ　しょうじ・なぎさ
小学五年生、オトコぎらいのオンナだけで住んでいる親戚の「三反崎家」でオンナのふりして住むことになった美少年「なぎさくん、男子になる－おれとカノジョの微妙Days」令丈ヒロ子作;立樹まや絵　ポプラ社（ポプラポケット文庫）2015年4月

庄司 なぎさ　しょうじ・なぎさ
親戚の三反崎家で夏休みにオンナのふりをして過ごした11歳の美少年「なぎさくん、女子になる－おれとカノジョの微妙Days1」令丈ヒロ子作;立樹まや絵　ポプラ社（ポプラポケット文庫）2015年1月

庄司 由斗　しょうじ・ゆうと
不思議な声に誘われて戦国時代にタイムスリップした中学二年生、医師になることを目指している少年「僕たちの本能寺戦記」小前亮作　光文社（Book With You）2013年8月

少女　しょうじょ
家をもたず山から山をさすらい回る山の民、精悍で凛とした雰囲気がただよう少女「切り株ものがたり」今井恭子作吉本宗画　福音館書店（福音館創作童話シリーズ）2013年5月

少女　しょうじょ
作家の「わたし」の前にあらわれた不思議な少女「オレンジ色の不思議」斉藤洋作;森田みちよ絵　静山社　2017年7月

少女　しょうじょ
凍てつくサンジェルマン通りで紙でつくった花を売っている貧しい身なりの少女「絵描きと天使」石倉欣二作・絵　ポプラ社　2016年9月

しょうた
いつもはらがたったきもちをとじこめているアカン男の子「アカンやん、ヤカンまん」村上しいこ作;山本孝絵　BL出版（おはなしいちばん星）2016年2月

ショウタ
ジャンケンの神さまと呼ばれるおじいさんの弟子に友達4人でなった小学生の男の子「ジャンケンの神さま」くすのきしげのり作;岡田よしたか絵　小学館　2017年6月

しょうた
やまのしょうがっこうにかようまちからひっこしてきたばかりの一ねんせいのおとこのこ「一ねんおもしろたんていだん くさいはんにんをさがしだせ!」川北亮司作;羽尻利門絵　新日本出版社　2014年11月

しょうた
やまのしょうがっこうにかようみずがきらいな一ねんせいのおとこのこ「1ねんおもしろたんていだん とりはだはどうやったらつくれる?」川北亮司作;羽尻利門絵　新日本出版社　2015年5月

しょう

しょうた
一ねんせいが四人のやまのしょうがっこうにかよう一ねんせいのおとこのこ 「1ねんおもしろたんていだん かゆいのかゆいのとんでいけ!」 川北亮司作;羽尻利門絵 新日本出版社 2015年9月

翔太 しょうた
県立逢魔高校の生徒、誰もいない夜の学校でクラスメイトの遥のバラバラになった「カラダ」を探すことになった男の子 「カラダ探し 1」 ウェルザード著;woguraイラスト 双葉社(双葉社ジュニア文庫) 2016年11月

翔太 しょうた
県立逢魔高校の生徒、誰もいない夜の学校でクラスメイトの遥のバラバラになった「カラダ」を探すことになった男の子 「カラダ探し 2」 ウェルザード著;woguraイラスト 双葉社(双葉社ジュニア文庫) 2017年3月

翔太 しょうた
県立逢魔高校の生徒、誰もいない夜の学校でクラスメイトの遥のバラバラになった「カラダ」を探すことになった男の子 「カラダ探し 3」 ウェルザード著;woguraイラスト 双葉社(双葉社ジュニア文庫) 2017年7月

翔太 しょうた
児童養護施設「丸光園」で育った少年、あばらやとなっている「ナミヤ雑貨展」に幼なじみと一緒に逃げこんだ少年 「ナミヤ雑貨店の奇蹟」 東野圭吾作;よん絵 KADOKAWA(角川つばさ文庫) 2017年9月

翔太 しょうた
小学六年生、友だちのトンビと六歳年上のななこと三人で仲よくしていた男の子 「ななこ姉ちゃん」 宮崎貞夫作;岡本順絵 学研プラス(ティーンズ文学館) 2016年3月

聖徳太子 しょうとくたいし
天国で野球を奨励するチーム「古代サンライズ」のリーダー 「戦国ベースボール [3] 卑弥呼の挑戦状!信長vs聖徳太子!!」 りょくち真太作;トリバタケハルノブ絵 集英社(集英社みらい文庫) 2015年12月

祥ノ院 杏音 しょうのいん・あんね
祥ノ院家の超ワガママなお嬢様、内気なさやのウィッチ・ドール「クレイジー」を狙う魔女 「ハロウィン★ナイト! わがままお嬢様とナキムシ執事!?」 相川真作;黒裃絵 集英社(集英社みらい文庫) 2014年3月

生野 麻衣 しょうの・まい
ホテルに勤める女性、突然姿を消した小学校教諭の生野結衣の姉 「呪怨－ザ・ファイナル」 山本清史著;一瀬隆重脚本;落合正幸脚本 小学館(小学館ジュニア文庫) 2015年6

生野 結衣 しょうの・ゆい
小学校の臨時教員、不登校の生徒・佐伯俊雄のいる三年三組の学級担任を突然任されることになった女性 「呪怨－終わりの始まり」 山本清史著;落合正幸脚本;一瀬隆重脚本 小学館(小学館ジュニア文庫) 2015年8月

女王 じょおう
悪いことをする9歳の孫・トリア姫を罰として宮殿から追い出した女王 「ネコの家庭教師」 南部和也さく;さとうあやえ 福音館書店(福音館創作童話シリーズ) 2017年2月

女王様 じょおうさま
アンダーランドの「女王の裁判所」と呼ばれている遺跡に封印されていた伝説の悪霊 「ミカルは霊魔女! 2 ウサギ魔女と消えたアリスたち」 ハガユイ作;namo絵 KADOKAWA(角川つばさ文庫) 2015年3月

右上: じょぜ

ジョーカー
世界を股にかけて宝を手にしていく怪盗、神出鬼没の怪盗テクニックをもった少年 「怪盗ジョーカー [1]開幕!怪盗ダーツの挑戦!!」 たかはしひでやす原作;福島直浩著 小学館（小学館ジュニア文庫） 2014年12月

ジョーカー
世界を股にかけるミラクルメイカーの異名を持つ怪盗 「怪盗ジョーカー [2]追憶のダイヤモンド・メモリー」 たかはしひでやす原作;福島直浩著 小学館（小学館ジュニア文庫） 2015年6月

ジョーカー
世界を股にかけるミラクルメイカーの異名を持つ怪盗 「怪盗ジョーカー [3] 闇夜の対決!ジョーカーvsシャドウ」 たかはしひでやす原作;福島直浩著 小学館（小学館ジュニア文庫） 2015年12月

ジョーカー
世界を股にかけるミラクルメイカーの異名を持つ怪盗 「怪盗ジョーカー [4] 銀のマントが燃える夜」 たかはしひでやす原作;福島直浩著 小学館（小学館ジュニア文庫） 2016年5月

ジョーカー
世界を股にかけるミラクルメイカーの異名を持つ怪盗 「怪盗ジョーカー [5]ハチの記憶を取り戻せ!」 たかはしひでやす原作;福島直浩著 小学館（小学館ジュニア文庫） 2016年12月

ジョーカー
世界を股にかけるミラクルメイカーの異名を持つ怪盗 「怪盗ジョーカー [6] 解決!世界怪盗ゲームへようこそ!!」 たかはしひでやす原作;福島直浩著 小学館（小学館ジュニア文庫） 2017年10月

ジョーカー
転校生の遼哉が住む街にある海岸沿いの廃れたドライブインに住む怪しげな爺さん 「UFOがくれた夏」 川口雅幸著 アルファポリス 2013年7月

諸葛 亮　しょかつ・りょう
「地獄三国志トーナメント」に出た中国の地獄の野球チーム「蜀ファイブタイガース」の監督 「戦国ベースボール [5] 三国志トーナメント編 1 信長、世界へ!」 りょくち真太作;トリバタケハルノブ絵 集英社（集英社みらい文庫） 2016年6月

諸葛 亮　しょかつ・りょう
野球チーム「桶狭間ファルコンズ」の助っ人として地獄キャンプに招かれた「蜀ファイブタイガース」の監督 「戦国ベースボール [7] 三国志トーナメント編 3 赤壁の地獄キャンプ」 りょくち真太作;トリバタケハルノブ絵 集英社（集英社みらい文庫） 2016年11月

諸葛亮(孔明)　しょかつりょう(こうめい)
中学生の理宇がタイムスリップした先の古代中国で出会ったミステリアスな少年 「初恋三国志 りゅうびちゃん、英傑(ヒーロー)と出会う!」 水島朱音作;榎本事務所作;藤田香絵 KADOKAWA（角川つばさ文庫） 2014年8月

ショコラ　　　　　　　　　　．
中学一年生、コスメボックスから現れた妖精・ちぇるし～によってモデルのショコラに変身した少女 「ゆめ☆かわ ここあのコスメボックス」 伊集院くれあ著;池田春香イラスト 小学館（小学館ジュニア文庫） 2017年8月

ジョゼフィーヌ
フランス革命期の軍人のナポレオンの妻 「ナポレオンと名探偵!」 楠木誠一郎作;たはらひとえ絵 講談社（青い鳥文庫） 2017年7月

253

しょち

しょちょう
びじゅつかんのめいがをかいとうゼロからまもろうとするけいさつしょちょう 「ねこの手かします4－かいとうゼロのまき」 内田麟太郎作;川端理絵絵　文研出版(わくわくえどうわ) 2013年2月

ショーン
アムリオン王国を守る白天馬騎士団のサクノス団長の四男、魔法学校『星見の塔』の生徒 「トリシアは魔法のお医者さん!! 7 ペガサスは恋のライバル!?」 南房秀久著;小笠原智史絵　学研教育出版 2014年4月

ジョン
とつぜんがめんに顔がうかびあがり一日ずるやすみしたいといいだしたテレビ 「テレビのずるやすみ」 村上しいこ作;長谷川義史絵　PHP研究所(とっておきのどうわ) 2015年9月

ジョンソンさん
愛するおくさんをなくして元気をなくしている犬のおじさん 「ねこの町のリリアのパン(たべもののおはなしシリーズ)」 小手鞠るい作;くまあやこ絵　講談社 2017年2月

ジョン・マン
江戸時代末期から明治時代にかけて日本とアメリカで活動し日本の歴史を前へ進めるのに貢献した男 「万次郎」 岡崎ひでたか作;篠崎三朗絵　新日本出版社 2015年1月

白井さん　しらいさん
海辺野空港で殺された政治家・裏無さんの秘書、いつも冷静でインテリ風な男性 「逆転裁判 逆転空港」 高瀬美恵作;カプコンカバー絵;菊野郎挿絵　KADOKAWA(角川つばさ文庫) 2017年2月

白石 いつみ　しらいし・いつみ
聖母女子高等学院文学サークルの前会長、謎の死をとげた最も美しくカリスマ性があった少女 「暗黒女子」 秋吉理香子著;ぶーたイラスト 双葉社(双葉社ジュニア文庫) 2017年3月

白石さん　しらいしさん
東京から田舎の中学校に転校してきたビートルズファンの十四歳の美少女 「オール・マイ・ラヴィング」 岩瀬成子著　小学館(小学館文庫) 2016年12月

白石 大智　しらいし・だいち
夕陽の丘小学校の児童会の副会長、生徒たちから圧倒的な人気をほこる茶髪の六年生 「トリプル・ゼロの算数事件簿 ファイル5」 向井湘吾作;イケダケイスケ絵　ポプラ社(ポプラポケット文庫) 2017年5月

白石 大智　しらいし・だいち
夕陽の丘小学校の児童会の副会長、生徒たちから圧倒的な人気をほこる茶髪の六年生 「トリプル・ゼロの算数事件簿 ファイル6」 向井湘吾作;イケダケイスケ絵　ポプラ社(ポプラポケット文庫) 2017年11月

白石 萌　しらいし・もえ
朝日小学校6年1組の本が大好きな図書委員の女の子、不思議な人や不思議なものを見たり感じたりする力がある少女 「トキメキ♥図書館 PART13 クリスマスに会いたい」 服部千春作;ほおのきソラ絵　講談社(青い鳥文庫) 2016年12月

白石 萌　しらいし・もえ
朝日小学校六年一組、図書委員で本が大好きな女の子 「トキメキ♥図書館 PART14 みんなだれかに恋してる」 服部千春作;ほおのきソラ絵　講談社(青い鳥文庫) 2017年6月

白石 桃子　しらいし・ももこ
中田高校うた部に所属する一年生、友だちは作らないと決めて高校生活をはじめた女の子 「うたうとは小さないのちひろいあげ」 村上;しいこ著　講談社 2015年5月

白石 ゆの　しらいし・ゆの
三ツ星学園の雑誌編集部員の中学一年生、雑誌「パーティー」の編集長　「こちらパーティー編集部っ！3 合宿はキケンがいっぱい!!」深海ゆずは作;榎木りか絵　KADOKAWA（角川つばさ文庫）2015年5月

白石 ゆの　しらいし・ゆの
三ツ星学園の雑誌編集部員の中学一年生、雑誌「パーティー」の編集長　「こちらパーティー編集部っ！4 雑誌コンクールはガケっぷち!?」深海ゆずは作;榎木りか絵　KADOKAWA（角川つばさ文庫）2015年9月

白石 ゆの　しらいし・ゆの
三ツ星学園の雑誌編集部員の中学一年生、雑誌「パーティー」の編集長　「こちらパーティー編集部っ！5 ピンチはチャンス!新編集部、始動」深海ゆずは作;榎木りか絵　KADOKAWA（角川つばさ文庫）2016年1月

白石 ゆの　しらいし・ゆの
三ツ星学園の雑誌編集部員の中学一年生、雑誌「パーティー」の編集長　「こちらパーティー編集部っ！8 絶対ヒミツの同居人!?」深海ゆずは作;榎木りか絵　KADOKAWA（角川つばさ文庫）2017年1月

白石 ゆの　しらいし・ゆの
私立三ツ星学園の中学一年生、勉強も運動も苦手だがムダに元気な少女　「こちらパーティー編集部っ！1 ひよっこ編集長とイジワル王子」深海ゆずは作;榎木りか絵　KADOKAWA（角川つばさ文庫）2014年9月

白石 ゆの　しらいし・ゆの
私立三ツ星学園の中学一年生、勉強も運動も苦手だがムダに元気な少女　「こちらパーティー編集部っ！2 へっぽこ編集部VSエリート新聞部!?!」深海ゆずは作;榎木りか絵　KADOKAWA（角川つばさ文庫）2015年1月

白石 ゆの　しらいし・ゆの
七ツ星学園から三ツ星学園にもどってきたムダに元気な中1女子、雑誌「パーティー」編集部の編集長　「こちらパーティー編集部っ！9 告白は波乱の幕開け!」深海ゆずは作;榎木りか絵　KADOKAWA（角川つばさ文庫）2017年7月

白石 ゆの　しらいし・ゆの
超エリート校七ツ星学園に転校した中学一年生、転校前の中学校の雑誌「パーティー」の元編集長　「こちらパーティー編集部っ！6 くせものだらけ!?エリート学園は大パニック!」深海ゆずは作;榎木りか絵　KADOKAWA（角川つばさ文庫）2016年5月

白石 ゆの　しらいし・ゆの
超エリート校七ツ星学園に転校した中学一年生、転校前の中学校の雑誌「パーティー」の元編集長　「こちらパーティー編集部っ！7 トラブルだらけのゲーム、スタート!!」深海ゆずは作;榎木りか絵　KADOKAWA（角川つばさ文庫）2016年9月

白石 怜央　しらいし・れお
青星学園中等部1年のゆずの同級生・レオ、おしゃれな現役モデルの男の子　「青星学園★チームEYE-Sの事件ノート」相川真作;立樹まや絵　集英社（集英社みらい文庫）2017年12月

児雷也　じらいや
ガマ仙人より免許皆伝を受けた妖術士　「児雷也太郎の魔界遍歴（ミステリー・ツアー）」舟崎克彦作;荒木慎司絵　静山社　2015年1月

白井 有希　しらい・ゆき
人気絶頂のアイドル「スノーキス」のセンターで歌う少女、願いのかなうチョコレート屋を訪れた女の子　「ショコラの魔法―ジンジャーマカロン真昼の夢」みづほ梨乃原作・イラスト;穂積りく著　小学館（小学館ジュニア文庫）2014年8月

しらか

白川 セイ　しらかわ・せい
鳴神商店街の喫茶店で住みこみのアルバイトをしている大学生、実は龍神界の王子で4人の龍王候補の1人「龍神王子(ドラゴン・プリンス)! 10」宮下恵茉作;kaya8絵　講談社(青い鳥文庫) 2017年8月

白川 セイ　しらかわ・せい
鳴神商店街の喫茶店で住みこみのアルバイトをしている大学生、実は龍神界の王子で4人の龍王候補の1人「龍神王子(ドラゴン・プリンス)! 11」宮下恵茉作;kaya8絵　講談社(青い鳥文庫) 2017年12月

白川 セイ　しらかわ・せい
鳴神商店街の喫茶店で住みこみのアルバイトをしている大学生、実は龍神界の王子で4人の龍王候補の1人「龍神王子(ドラゴン・プリンス)! 7」宮下恵茉作;kaya8絵　講談社(青い鳥文庫) 2016年8月

白川 セイ　しらかわ・せい
鳴神商店街の喫茶店で住みこみのアルバイトをしている大学生、実は龍神界の王子で4人の龍王候補の1人「龍神王子(ドラゴン・プリンス)! 8」宮下恵茉作;kaya8絵　講談社(青い鳥文庫) 2016年12月

白川 セイ　しらかわ・せい
鳴神商店街の喫茶店で住みこみのアルバイトをしている大学生、実は龍神界の王子で4人の龍王候補の1人「龍神王子(ドラゴン・プリンス)! 9」宮下恵茉作;kaya8絵　講談社(青い鳥文庫) 2017年4月

白川 セイ　しらかわ・せい
鳴神商店街の喫茶店で住みこみのアルバイトをしている大学生、実は龍神界の西方白龍族の王子「龍神王子(ドラゴン・プリンス)! 4」宮下恵茉作;kaya8絵　講談社(青い鳥文庫) 2015年6月

白川 セイ　しらかわ・せい
龍神界の4人の次期龍王候補の1人、宝田家のとなりの喫茶店で住みこみのアルバイトをしている王子「龍神王子(ドラゴン・プリンス)! 3」宮下恵茉作;kaya8絵　講談社(青い鳥文庫) 2014年12月

白河 茶美子　しらかわ・ちゃみこ
クラスメートでファンの柳田に家族で行く山登りに誘われた6年生の女の子「お願い!フェアリー♥ 14 山ガールとなぞのラブレター」みずのまい作;カタノトモコ絵　ポプラ社 2015年3月

白河 茶美子　しらかわ・ちゃみこ
子ども会のスポーツ大会6年生の部で野球をすることになった運動が苦手な女の子「お願い!フェアリー♥ 15 キスキス!ホームラン!」みずのまい作;カタノトモコ絵　ポプラ社 2015年9月

白河 茶美子　しらかわ・ちゃみこ
修学旅行で京都にきた6年生、クラスメートの柳田の隠れファン「お願い!フェアリー♥ 11 修学旅行でふたりきり!?」みずのまい作;カタノトモコ絵　ポプラ社 2013年9月

白菊丸　しらぎくまる
ほしいものがなんでもそろう「ねこじゃら商店」のあるじ、年とった大きなぶちネコ「ねこじゃら商店へいらっしゃい」富安陽子作;平澤朋子絵　ポプラ社(ポプラポケット文庫) 2013年8月

白菊丸　しらぎくまる
ほしいものがなんでもそろう「ねこじゃら商店」のあるじ、年とった大きなぶちネコ「ねこじゃら商店世界一のプレゼント」富安陽子作;平澤朋子絵　ポプラ社(ポプラ物語館) 2013年9月

しらと

白里 奏　しらさと・かなで
少年探偵白里響の妹、運動神経ばつぐんの中学生 「怪盗レッド 11 アスカ、先輩になる☆の巻」 秋木真作;しゅー絵 KADOKAWA（角川つばさ文庫）2015年3月

白里 響　しらさと・ひびき
高校生探偵、怪盗レッドのライバル 「怪盗レッド 11 アスカ、先輩になる☆の巻」 秋木真作;しゅー絵 KADOKAWA（角川つばさ文庫）2015年3月

白里 響　しらさと・ひびき
少年探偵、脅迫状がきたスカイタワーの警戒にあたっていた中学生 「怪盗レッド 2－中学生探偵、あらわる☆の巻」 秋木真作;しゅー絵 汐文社 2016年12月

白里 響　しらさと・ひびき
中学生探偵、怪盗レッドのライバル 「怪盗レッド 10 ファンタジスタからの招待状☆の巻」 秋木真作;しゅー絵 KADOKAWA（角川つばさ文庫）2014年4月

白里 響　しらさと・ひびき
中学生探偵、怪盗レッドのライバル 「怪盗レッド 8 からくり館から、大脱出☆の巻」 秋木真作;しゅー絵 角川書店（角川つばさ文庫）2013年2月

白里 響　しらさと・ひびき
名探偵として実力を発揮しはじめたばかりの小学六年生、現代の名探偵・小笠原源馬の弟子 「少年探偵響 1 銀行強盗にたちむかえ!の巻」 秋木真作;しゅー絵 KADOKAWA（角川つばさ文庫）2016年4月

白里 響　しらさと・ひびき
名探偵として実力を発揮しはじめたばかりの小学六年生、現代の名探偵・小笠原源馬の弟子 「少年探偵響 2 豪華特急で駆けぬけろ!の巻」 秋木真作;しゅー絵 KADOKAWA（角川つばさ文庫）2016年10月

白兎 計太　しらと・けいた
中学2年生のアリスのクラスメイト、アリスが変身するアリス・リドルの大ファン 「華麗なる探偵アリス＆ペンギン [4] サマー・トレジャー」 南房秀久著;あるやイラスト 小学館（小学館ジュニア文庫）2015年7月

白兎 計太　しらと・けいた
中学2年生のアリスのクラスメイト、アリスが変身するアリス・リドルの大ファンで数字と時計が大好きな少年 「華麗なる探偵アリス＆ペンギン [5] トラブル・ハロウィン」 南房秀久著;あるやイラスト 小学館（小学館ジュニア文庫）2015年11月

白兎 計太　しらと・けいた
中学2年生のアリスのクラスメイト、アリスが変身するアリス・リドルの大ファンで数字と時計が大好きな少年 「華麗なる探偵アリス＆ペンギン [2] ワンダー・チェンジ!」 南房秀久著;あるやイラスト 小学館（小学館ジュニア文庫）2014年10月

白鳥 エリナ　しらとり・えりな
小学生白鳥沙理奈の姉、ニューヨークでミュージカル学校に通う女性 「ダンシング☆ハイ ダンシング☆ハイ[3] 海へGO!ドキドキ★ダンス合宿」 工藤純子作;カスカベアキラ絵 ポプラ社（ポプラポケット文庫ガールズ）2015年8月

白鳥 ここあ（ショコラ）　しらとり・ここあ（しょこら）
中学一年生、コスメボックスから現れた妖精・ちぇるし～によってモデルのショコラに変身した少女 「ゆめ☆かわ ここあのコスメボックス」 伊集院くれあ著;池田春香イラスト 小学館（小学館ジュニア文庫）2017年8月

白鳥 沙理奈　しらとり・さりな
ダンスチーム「ファーストステップ」を作った小学五年生、バレエ教室の先生の娘 「ダンシング☆ハイ ダンシング☆ハイ[3] 海へGO!ドキドキ★ダンス合宿」 工藤純子作;カスカベアキラ絵 ポプラ社（ポプラポケット文庫ガールズ）2015年8月

しらと

白鳥 沙理奈　しらとり・さりな
ダンスチーム「ファーストステップ」を作った小学五年生、バレエ教室の先生の娘　「ダンシング☆ハイ[2] アイドルと奇跡のダンスバトル!」工藤純子作;カスカベアキラ絵　ポプラ社(ポプラポケット文庫ガールズ)　2015年4月

白鳥 沙理奈　しらとり・さりな
ダンス好きなおしゃれでかわいい小学五年生、バレエ教室の先生の娘　「ダンシング☆ハイ[1]」工藤純子作;カスカベアキラ絵　ポプラ社(ポプラポケット文庫ガールズ)　2014年10月

白鳥 沙理奈(サリナ)　しらとり・さりな(さりな)
ダンスチーム「ファーストステップ」のメンバーの一人、バレエ教室の娘の五年生　「ダンシング☆ハイ[4] みんなのキズナ!涙のダンスカーニバル」工藤純子作;カスカベアキラ絵　ポプラ社(ポプラポケット文庫)　2016年11月

白鳥 瞬　しらとり・しゅん
小学六年生のユメのクラスに来たイケメンの転校生　「おねがい・恋神さま1 運命の人はだれ!?」次良丸忍作;うっけ画　金の星社(フォア文庫)　2014年5月

白波 茂夫　しらなみ・しげお
埼玉県入山市のゆるキャラ募集の企画をしたイベント会社「パンゲア」の社長、白髪の老人　「マリア探偵社 25 邪鬼のキャラゲーム」川北亮司作;大井知美画　岩崎書店(フォア文庫)　2013年3月

白行 陽芽　しらゆき・ひめ
かべの中にあるカエル王国のお姫様、クラスメートに片想い中の小学四年生の女の子　「カエル王国のプリンセス デートの三原則!?」吉田純子作;加々見絵里絵　ポプラ社(ポプラポケット文庫ガールズ)　2014年6月

白行 陽芽　しらゆき・ひめ
かべの中にあるカエル王国のお姫様、クラスメートに片想い中の小学四年生の女の子　「カエル王国のプリンセス フレー!フレー!ラブラブ大作戦」吉田純子作;加々見絵里絵　ポプラ社(ポプラポケット文庫ガールズ)　2014年10月

白行 陽芽　しらゆき・ひめ
かべの中にあるカエル王国のお姫様、クラスメートに片想い中の小学四年生の女の子　「カエル王国のプリンセス ライバルときどき友だち?」吉田純子作;加々見絵里絵　ポプラ社(ポプラポケット文庫ガールズ)　2015年1月

白行 陽芽　しらゆき・ひめ
かべの中にあるカエル王国のお姫様、クラスメートに片想い中の小学四年生の女の子　「カエル王国のプリンセス 王子様はキューピッド?」吉田純子作;加々見絵里絵　ポプラ社(ポプラポケット文庫ガールズ)　2015年6月

白行 陽芽　しらゆき・ひめ
かべの中にあるカエル王国のお姫様に選ばれた小学四年生の女の子　「カエル王国のプリンセス あたし、お姫様になる!?」吉田純子作;加々見絵里絵　ポプラ社(ポプラポケット文庫ガールズ)　2014年3月

白雪姫　しらゆきひめ
中1の女の子・まつりが街路樹の陰で見つけた女の子、目を真っ赤にして泣いていた白雪姫　「ひみつの図書館!『白雪姫』とアルパカの王子!?」神代明作;おのともえ絵　集英社(集英社みらい文庫)　2015年4月

死霊　しりょう
雨の日に犬のチャルたちが出くわした人間の死霊、空に昇る道を見うしなった「迷い魂」　「となりの猫又ジュリ」金治直美作;はしもとえつよ絵　国土社　2017年11月

ジルおじいさん
シナモン村の星見台にきてきつねモモーヌに話しかけられたおおかみのおじいさん　「ようふくなおしのモモーヌ」片山令子作;さとうあや絵　のら書店　2015年2月

258

しろき

シルク
「なんでも魔女商会リフォーム支店」の店主、うでのいいおさいほう魔女 「ハムスターのすてきなお仕事」 あんびるやすこ著 岩崎書店（おはなしガーデン） 2016年11月

シルク
「なんでも魔女商会リフォーム支店」の店主、うでのいいおさいほう魔女 「ピンクのドラゴンをさがしています」 あんびるやすこ著 岩崎書店（おはなしガーデン） 2017年6月

シルク
ふしぎなしゃべるネコのパペット、パペット探偵団の一員 「パペット探偵団事件ファイル4 パペット探偵団となぞの新団員」 如月かずさ作;柴本翔絵 偕成社 2017年4月

シルバー王妃　しるばーおうひ
クレヨン王国の王妃 「クレヨン王国新十二か月の旅」 福永令三作;椎名優絵 講談社（青い鳥文庫） 2013年12月

シルビア
イタリアのデル・ソール通りにあるアクセサリー店の店主、魔術や魔女に興味があるユーゴスラビア人の女性 「ぼくらの魔女戦記1 黒ミサ城へ」 宗田理作 ポプラ社（「ぼくら」シリーズ） 2015年7月

シルフィー
マホネン谷にすむ風を自由にあやつることができるほねの魔法使い 「ほねほねザウルス 10 ティラノ・ベビーと4人のまほうつかい」 カバヤ食品株式会社原案・監修 岩崎書店 2013年7月

司令官（チャールズ）　しれいかん（ちゃーるず）
正義の戦隊〈女子ーズ〉の自称司令官、40代半ばくらいの男 「女子ーズ」 浜崎達也著;福田雄一監督・脚本 小学館（小学館ジュニアシネマ文庫） 2014年6月

シロ
宮廷大学冒険組合の新歓冒険で新入生だったチタンが保護した白い犬 「犬と魔法のファンタジー」 田中ロミオ著 小学館（小学館ジュニア文庫） 2015年7月

ジロー
五年生のマサのクラスに転校してきたおかしな日本語を話す変わり者の男の子 「遠い国から来た少年 1」 黒野伸一作;荒木慎司絵 新日本出版社 2017年4月

ジロー
五年生のマサのクラスに転校してきたおかしな日本語を話す変わり者の男の子 「遠い国から来た少年 2 パパとママは機械人間!?」 黒野伸一作;荒木慎司絵 新日本出版社 2017年11月

白い少女　しろいしょうじょ
「黒雷の魔女」という本の主人公マチルダにそっくりな魔女、マチルダとたたかうためにあらわれたなにもかもが白い少女 「すすめ!図書くらぶ5 明日のページ」 日向理恵子作・画 岩崎書店（フォア文庫） 2013年1月

白ウサギ（ベン）　しろうさぎ（べん）
アンダーランドからやってきた悪霊にあやつられているウサギの霊「コニー・プーカ」、黒うさぎ・ピーターの友達 「ミカルは霊魔女! 2 ウサギ魔女と消えたアリスたち」 ハガユイ作;namo絵 KADOKAWA（角川つばさ文庫） 2015年3月

次郎さん　じろうさん
自殺しようとしていた少年・小林芳雄を助けた謎の紳士 「少年探偵ーみんなの少年探偵団」 小路幸也著 ポプラ社 2015年1月

白き竜　しろきりゅう
ルーベンの森に逃げこんだ尾に剣が刺さり深い手傷を負った白い竜 「ポポロクロニクル 白き竜 上下」 田森庸介作;福島敦子絵 偕成社 2015年3月

しろさ

白里 奏　しろさと・かなで
有名な少年探偵の響の妹、運動神経ばつぐんで元気いっぱいの中学一年生の少女　「怪盗レッド 13 少年探偵との共同作戦☆の巻」　秋木真作;しゅー絵　KADOKAWA（角川つばさ文庫）　2017年3月

白里 響　しろさと・ひびき
夏ノ瀬学園初等部六年生、警察の捜査に口をだせる特別捜査許可証を持つ少年探偵　「少年探偵響 3 夜の学校で七不思議!?の巻」　秋木真作;しゅー絵　KADOKAWA（角川つばさ文庫）　2017年6月

白里 響　しろさと・ひびき
夏ノ瀬学園初等部六年生、警察の捜査に口をだせる特別捜査許可証を持つ少年探偵　「少年探偵響 4 記憶喪失の少女のナゾ!?の巻」　秋木真作;しゅー絵　KADOKAWA（角川つばさ文庫）　2017年10月

白里 響　しろさと・ひびき
有名な少年探偵、怪盗レッドをライバル視している高校一年生の少年　「怪盗レッド 13 少年探偵との共同作戦☆の巻」　秋木真作;しゅー絵　KADOKAWA（角川つばさ文庫）　2017年3月

代田 杏里　しろた・あんり
瀬谷中学校一年生のテツオのクラスメイト、唇の右上にホクロのある女の子・アンリ　「なりたて中学生 初級編」　ひこ・田中著　講談社　2015年1月

白羽 レン　しろはね・れん
私立探偵・深神先生の助手として船上パーティーに参加した男の子　「ナゾカケ」　ひなた春花作;よん絵　ポプラ社（ポプラポケット文庫）　2014年7月

ジロベ
一円玉の四きょうだい、五円玉のゴエジイにきょうりゅうを見るえんそくにつれていってもらった子ども　「1円くんと五円じい ハラハラきょうりゅうえんそく」　久住昌之作;久住卓也絵　ポプラ社　2013年6月

ジン
小型獣人種のモンスター、大型モンスターを狩るニャンター　「モンスターハンタークロス ニャンターライフ[1] タマミツネ狩猟！」　相坂ゆうひ作;太平洋海絵　KADOKAWA（角川つばさ文庫）　2016年11月

ジン
小型獣人種のモンスター、大型モンスターを狩るニャンター　「モンスターハンタークロス ニャンターライフ[2] ライゼクス襲来！」　相坂ゆうひ作;太平洋海絵　KADOKAWA（角川つばさ文庫）　2017年6月

ジン
小型獣人種のモンスター、大型モンスターを狩るニャンター　「モンスターハンタークロス ニャンターライフ[3] 氷雪の巨獣ガムート！」　相坂ゆうひ作;太平洋海絵　KADOKAWA（角川つばさ文庫）　2017年11月

ジン
謎に包まれた黒ずくめの組織の男　「名探偵コナン純黒の悪夢（ナイトメア）」　青山剛昌原作;水稀しま著　小学館（小学館ジュニア文庫）　2016年4月

ジン（隅野 仁）　じん（すみの・じん）
小学六年生のユメの幼なじみの同級生、イケメンだけどがさつでそうぞうしい男の子　「おねがい・恋神さま1 運命の人はだれ!?」　次良丸忍作;うっけ画　金の星社（フォア文庫）　2014年5月

信一郎　しんいちろう
織物問屋「伊勢谷」の跡継ぎ、江戸の町を遊び歩いている道楽息子　「化けて貸します!レンタルショップ八文字屋」　泉田もと作　岩崎書店（物語の王国）　2017年6月

しんじ

新入り　しんいり
半月近くものあいだ面作師見習いの太良と甘楽につきまとっている人のような形をしたのるんとした黒いかたまり　「お面屋たまよし　流浪ノ祭」　石川宏千花著;平沢下戸画　講談社（Ya! entertainment）　2016年5月

新海 乙羽　しんかい・おとは
桜町第一中学1年A組の何かと目立つクラスの中心の女の子　「この学校に、何かいる」　百瀬しのぶ作;有坂あこ絵　角川書店（角川つばさ文庫）　2013年2月

神官長　しんかんちょう
青色巫女見習いとなった少女・マインの神殿での保護者　「本好きの下剋上〜司書になるためには手段を選んでいられません　第2部　神殿の巫女見習い1」　香月美夜著　TOブックス　2015年10月

神宮寺 直人　じんぐうじ・なおひと
ゲームクリエイター集団「栗井栄太」のリーダー、31歳の男　「都会（まち）のトム&ソーヤ 11「DOUBLE」上下」　はやみねかおる著;にしけいこ画　講談社（YA! ENTERTAINMENT）　2013年8月

神宮寺 直人　じんぐうじ・なおひと
ゲームクリエイター集団「栗井栄太」のリーダー、31歳の男　「都会（まち）のトム&ソーヤ 14「夢幻」上下」　はやみねかおる著;にしけいこ画　講談社（YA! ENTERTAINMENT）　2017年2月

ジングル
事件を解決しながら世界中を旅する妖精、天才的な頭脳と魔法を武器に悪者に立ちむかう少年　「魔法探偵ジングル」　大空なごむ作　ポプラ社　2017年12月

シンくん
お肉屋さんにとくせいヤキブタを買いにいった帰り道でまっ白いひげとまゆ毛のふしぎなおじいさんによびとめられた男の子　「天の川のラーメン屋」　富安陽子作;石川えりこ絵　講談社（たべもののおはなしシリーズ）　2017年2月

信助　しんじょ
歴史学者の祖父と三国志の巻物をうばって逃げている妖怪を追っている歴史が大好きな少年　「幻影の町から大脱出　妖怪道中三国志 4」　三田村信行作;十々夜絵　あかね書房　2017年5月

信助　しんじょ
歴史学者の祖父と三国志の巻物をうばって逃げている妖怪を追っている歴史が大好きな少年　「孔明vs.妖怪孔明　妖怪道中三国志 3」　三田村信行作;十々夜絵　あかね書房　2016年11月

信助　しんじょ
歴史学者の孫、歴史をまもるため2111年から三国志の時代にやってきた歴史が大好きな少年　「炎の風吹け妖怪大戦　妖怪道中三国志 5」　三田村信行作;十々夜絵　あかね書房　2017年11月

新庄 ツバサ　しんじょう・つばさ
五十人の六年生で1番を競う『ラストサバイバル』の出場選手、イケメンでいつもクールな少年　「ラストサバイバル　でてはいけないサバイバル教室」　大久保開作;北野詠一絵　集英社（集英社みらい文庫）　2017年10月

新庄 ツバサ　しんじょう・つばさ
五十人の六年生で1番を競う『ラストサバイバル』の出場選手、イケメンでいつもクールな少年　「ラストサバイバル　最後まで歩けるのはだれだ!?」　大久保開作;北野詠一絵　集英社（集英社みらい文庫）　2017年6月

しんじ

新城 莉桜　しんじょう・りお
若葉小学校六年生、ガールズバンド"巴旦杏"のリーダーでボーカルを担当している少女
「バンドガール！」濱野京子作;志村貴子絵; 偕成社(偕成社ノベルフリーク) 2016年8月

新人　しんじん
神奈川県警横浜大黒署の特殊捜査課の新人刑事、子どもになってしまった刑事たちのために働く新人 「コドモ警察」 時海結以著;福田雄一脚本　小学館(小学館ジュニアシネマ文庫) 2013年3月

ジンジン
ランプの精、ふしぎなぶたのちょきんばこから飛び出してきたこぶた 「ぞくぞく村のランプの精ジンジン(ぞくぞく村のおばけシリーズ 18)」 末吉暁子作 あかね書房 2015年7月

人体もけい　じんたいもけい
『せんねん町運動会』にみんなで出場しようといいだしたまんねん小学校理科室の人体もけい 「理科室の日曜日 ハチャメチャ運動会」 村上しいこ作;田中六大絵 講談社(わくわくライブラリー) 2016年5月

しんたろー
尼崎の街に住む酒田家の長男、昆虫が大好きな小学2年生 「ちっちゃいおっさん おかわり!」 相羽鈴著;アップライト監修絵 集英社(集英社みらい文庫) 2015年3月

しんたろー
兵庫県尼崎市にすむちっちゃいおっさんの長男、生きものが大すきな小学2年生 「ちっちゃいおっさん」 相羽鈴著;アップライト監修絵 集英社(集英社みらい文庫) 2014年10月

シンデレラ
本からぬけ出してしまったシンデレラ、町の図書館にきた金髪の女性 「ひみつの図書館!真夜中の『シンデレラ』!?」 神代明作;おのともえ絵 集英社(集英社みらい文庫) 2014年8月

神殿長　しんでんちょう
少女マインが青色巫女としてはたらいている神殿の最高権力者、威圧してきた平民のマインを憎んでいる男 「本好きの下剋上～司書になるためには手段を選んでいられません 第2部 神殿の巫女見習い1」 香月美夜著 TOブックス 2015年10月

ジンナイ ハルカちゃん　じんないはるかちゃん
小学生のケンタのクラスメイト、まほうどうぐがたくさんある「まほうデパート」のおきゃくさん 「まほうデパート本日かいてん!」 山野辺一記作;木村いこ絵 金の星社 2015年8月

シンベー
里見家で暮らす8男子のひとり、かわいい見た目に反しておこりっぽくて乱暴なコアラ 「サトミちゃんちの1男子 1 ネオ里見八犬伝」 矢立肇原案;こぐれ京著;永地絵;久世みずき;ぱらふぃんピジャモス企画協力 角川書店(角川つばさ文庫) 2013年8月

しんべヱ
にんじゅつ学園一ねんはぐみのおいしいものが大すきなくいしんぼうなせいと 「忍たま乱太郎 豆をうつすならいの段」 尼子騒兵衛原作;望月千賀子文;亜細亜堂絵 ポプラ社(ポプラ社の新・小さな童話) 2013年9月

しんべヱ
にんじゅつ学園一ねんはぐみのくいしんぼうなせいと 「忍たま乱太郎 あたらしいトカゲの段」 尼子騒兵衛原作;望月千賀子文;亜細亜堂絵 ポプラ社(ポプラ社の新・小さな童話) 2014年6月

神保 理緒　じんぼ・りお
落語修行をする5年生・幸歩のクラスメイト、美人でミステリアスな子 「化け猫・落語 2 ライバルは黒猫!?」 みうらかれん作;中村ひなた絵 講談社(青い鳥文庫) 2017年11月

すおう

新谷垣戸 大我　しんやがいと・たいが
緑星学園高等部一年生、あやしい部活・白薔薇会の部長　「陰陽師(おんみょうじ)はクリスチャン!? 白薔薇会と呪いの鏡」 夕貴そら作;暁かおり絵　ポプラ社(ポプラポケット文庫) 2014年8月

新谷垣戸 大我　しんやがいと・たいが
緑星学園高等部一年生、オカルト部「白薔薇会」の部長　「陰陽師(おんみょうじ)はクリスチャン!? うわさのユーレイ」 夕貴そら作;暁かおり絵　ポプラ社(ポプラポケット文庫)　2014年11月

新谷垣戸 大我　しんやがいと・たいが
緑星学園高等部一年生、オカルト部「白薔薇会」の部長　「陰陽師(おんみょうじ)はクリスチャン!? 猫屋敷の怪」 夕貴そら作;暁かおり絵　ポプラ社(ポプラポケット文庫)　2015年3月

新谷垣戸 大我　しんやがいと・たいが
緑星学園高等部一年生、オカルト部「白薔薇会」の部長　「陰陽師(おんみょうじ)はクリスチャン!? 封印された鬼門」 夕貴そら作;芳川といろ絵　ポプラ社(ポプラポケット文庫) 2016年6月

迅雷　じんらい
御招山の主からの頼みで面作師見習いの太良と甘楽の偵察役をしている小天狗　「お面屋たまよし 七重ノ祭」 石川宏千花著;平沢下戸画　講談社(Ya! entertainment) 2015年10月

【す】

スー
ジャングル村のいたずらふたごのリスザル　「ジャングル村はちぎれたてがみで大さわぎ!」 赤羽じゅんこ作;はやしますみ画　くもん出版(ことばって、たのしいな!)　2013年1月

スー
ハーブの薬屋さん・ジャレットの友だち、「ビーハイブ・ホテル」のむすめ　「魔女カフェのしあわせメニュー－魔法の庭ものがたり15」 あんびるやすこ作・絵　ポプラ社(ポプラ物語館) 2014年3月

スー
魔女の遺産を相続した女の子ジャレットのともだち、「ビーハイブ・ホテル」のむすめ　「うらない師ルーナと三人の魔女」 あんびるやすこ作・絵　ポプラ社(ポプラ物語館)　2017年12月

すうくん
おなじ漢字でもいろいろなよみかたができたりかたちにもいみがあることをしった三年生の少年　「漢字だいぼうけん」 宮下すずか作;にしむらあつこ絵　偕成社　2014年2月

末蔵　すえぞう
農家の息子、兄弟同然に育った二つ年下の新太をとてもかわいがっている十五歳の少年　「お面屋たまよし 彼岸ノ祭」 石川宏千花著;平沢下戸画　講談社(Ya! entertainment) 2013年5月

末松さん　すえまつさん
すばらしい抽象画を描く才能があるのに自分ではまったくわかっていない貧乏絵描き　「ブサ犬クーキーは幸運のお守り?」 今井恭子作;岡本順絵　文溪堂　2014年7月

蘇芳 日々希　すおう・ひびき
人の心を読み取ることができるマインドスコープ推進校の夕賀中学校二年生、嫌なことを嫌といえない性格の少女　「キズナキス」 梨屋アリエ著　静山社　2017年11月

263

すがお

スガオ
小学五年生、親友の太一とこうすけとなぞをとく「妖怪ウォーズ」を結成した力自慢の男の子 「妖怪ウォーズ→不死身のドクロ男がやってくる」 たかのけんいち作;小路啓之絵 集英社 (集英社みらい文庫) 2015年7月

菅沼 文乃　すがぬま・あやの
御図第一小学校六年生、読者モデルをしていて正義感が強くクラスの絶対的な法のような 存在の少女 「少年Nの長い長い旅 01」 石川宏千花著;岩本ゼロゴ画 講談社(Ya! entertainment) 2016年9月

菅沼 文乃　すがぬま・あやの
都市伝説「猫殺し13きっぷ」によって異世界に飛ばされた7人の少年少女の一人、異世界 では工場労働者「アーヤ」 「少年Nのいない世界 01」 石川宏千花著 講談社(講談社タイ ガ) 2016年9月

スガノ(菅野 智洋)　すがの(すがの・ともひろ)
小学五年生、同級生サクラと同じ英語教室に通う幼稚園からの幼なじみの男の子 「さくら ×ドロップ レシピ1 チーズハンバーグ」 のまみちこ著;けーしんイラスト 小学館(小学館 ジュニア文庫) 2015年9月

菅野 智洋　すがの・ともひろ
よしの町西小学校六年生、同じクラスの女の子ミサトに告白された男の子 「みさと×ドロッ プ レシピ1 チェリーパイ」 のまみちこ著;けーしんイラスト 小学館(小学館ジュニア文庫) 2016年7月

菅野 智洋　すがの・ともひろ
小学五年生、同級生サクラと同じ英語教室に通う幼稚園からの幼なじみの男の子 「さくら ×ドロップ レシピ1 チーズハンバーグ」 のまみちこ著;けーしんイラスト 小学館(小学館 ジュニア文庫) 2015年9月

杉浦 海未(ネコ)　すぎうら・うみ(ねこ)
ダンスチーム「ファーストステップ」のメンバーの一人、動物好きな五年生 「ダンシング☆ハ イ[4] みんなのキズナ！涙のダンスカーニバル」 工藤純子作;カスカベアキラ絵 ポプラ社 (ポプラポケット文庫) 2016年11月

杉浦 海未(ネコ)　すぎうら・うみ(ねこ)
ねこが好きな女の子、ねこのように身軽にダンスする小学五年生 「ダンシング☆ハイ ダン シング☆ハイ[3] 海へGO!ドキドキ★ダンス合宿」 工藤純子作;カスカベアキラ絵 ポプラ 社(ポプラポケット文庫ガールズ) 2015年8月

杉浦 海未(ネコ)　すぎうら・うみ(ねこ)
ねこが好きな女の子、ねこのように身軽にダンスする小学五年生 「ダンシング☆ハイ[2] ア イドルと奇跡のダンスバトル!」 工藤純子作;カスカベアキラ絵 ポプラ社(ポプラポケット文 庫ガールズ) 2015年4月

杉浦 海未(ネコ)　すぎうら・うみ(ねこ)
ねこが好きな女の子、自分で洋服をねこ風にアレンジしている小学五年生 「ダンシング☆ ハイ[1]」 工藤純子作;カスカベアキラ絵 ポプラ社(ポプラポケット文庫ガールズ) 2014年 10月

杉浦さん　すぎうらさん
悪魔のゲーム「ナイトメア」の攻略部のリーダーで第二ステージに備える男子高校生 「オン ライン! 14 鎧のエメルダと漆黒の魔塔」 雨蛙ミドリ作;大塚真一郎絵 KADOKAWA(角川 つばさ文庫) 2017年11月

杉浦 真吾　すぎうら・しんご
病気のためもう一度六年生をすることになった男の子、となりに住む六年生の理央の幼なじ み 「ずっと空を見ていた」 泉啓子作;丹地陽子絵 あかね書房(スプラッシュ・ストーリー ズ) 2013年9月

すぎう

杉浦 慎二　すぎうら・しんじ
悪魔のゲーム「ナイトメア」のクリアを目指す私立緑花学園ナイトメア攻略部全体のリーダー 「オンライン! 13 ひっつきお化けウツリーナと管理者デリート」 雨蛙ミドリ作;大塚真一郎絵 KADOKAWA（角川つばさ文庫） 2017年6月

杉浦 慎二　すぎうら・しんじ
私立緑花学園の理事長の息子、悪魔のゲーム「ナイトメア」のクリアを目指す部活「ナイトメア攻略部」の部長 「オンライン! 3 死神王と無敵の怪鳥」 雨蛙ミドリ作;大塚真一郎絵 KADOKAWA（角川つばさ文庫） 2013年9月

杉浦 慎二　すぎうら・しんじ
私立緑花学園の理事長の息子、悪魔のゲーム「ナイトメア」のクリアを目指す部活「ナイトメア攻略部」の部長 「オンライン! 4 追跡ドールとナイトメア遊園地」 雨蛙ミドリ作;大塚真一郎絵 KADOKAWA（角川つばさ文庫） 2013年11月

杉浦 慎二　すぎうら・しんじ
私立緑花学園の理事長の息子、悪魔のゲーム「ナイトメア」のクリアを目指す部活「ナイトメア攻略部」の部長 「オンライン! 5 スリーセブンマンと水魔人デロリ」 雨蛙ミドリ作;大塚真一郎絵 KADOKAWA（角川つばさ文庫） 2014年7月

杉浦 慎二　すぎうら・しんじ
私立緑花学園の理事長の息子、悪魔のゲーム「ナイトメア」のクリアを目指す部活「ナイトメア攻略部」の部長 「オンライン! 6 呪いのオンナとニセモノ攻略班」 雨蛙ミドリ作;大塚真一郎絵 KADOKAWA（角川つばさ文庫） 2014年12月

杉浦 慎二　すぎうら・しんじ
私立緑花学園の理事長の息子、悪魔のゲーム「ナイトメア」のクリアを目指す部活「ナイトメア攻略部」の部長 「オンライン! 7 ハニワどろちゃんと獣悪魔バケオス」 雨蛙ミドリ作;大塚真一郎絵 KADOKAWA（角川つばさ文庫） 2015年2月

杉浦 慎二　すぎうら・しんじ
私立緑花学園の理事長の息子、悪魔のゲーム「ナイトメア」のクリアを目指す部活「ナイトメア攻略部」の部長 「オンライン! 8 お菓子なお化け屋敷と邪魔ジシャン」 雨蛙ミドリ作;大塚真一郎絵 KADOKAWA（角川つばさ文庫） 2015年7月

杉浦 慎二　すぎうら・しんじ
私立緑花学園の理事長の息子、悪魔のゲーム「ナイトメア」のクリアを目指す部活「ナイトメア攻略部」の部長 「オンライン! 9 ナイトメアゲームセンターと豪腕ズルイゾー」 雨蛙ミドリ作;大塚真一郎絵 KADOKAWA（角川つばさ文庫） 2015年10月

杉浦 慎二　すぎうら・しんじ
命がけの悪魔のゲーム「ナイトメア」を攻略する部活・ナイトメア攻略部の総合リーダー、怒ると怖い男子高校生 「オンライン! 10 スネークブックロとペポギン魔王」 雨蛙ミドリ作;大塚真一郎絵 KADOKAWA（角川つばさ文庫） 2015年12月

杉浦 慎二　すぎうら・しんじ
命がけの悪魔のゲーム「ナイトメア」を攻略する部活・ナイトメア攻略部の総合リーダー、怒ると怖い男子高校生 「オンライン! 11 神沢ロボとドロマグジュ」 雨蛙ミドリ作;大塚真一郎絵 KADOKAWA（角川つばさ文庫） 2016年6月

杉浦 慎二　すぎうら・しんじ
命がけの悪魔のゲーム「ナイトメア」を攻略する部活・ナイトメア攻略部の総合リーダー、怒ると怖い男子高校生 「オンライン! 12 名無しの墓地とバラ魔女ラミファン」 雨蛙ミドリ作;大塚真一郎絵 KADOKAWA（角川つばさ文庫） 2017年2月

杉浦 夏生　すぎうら・なつき
同い年の女の子・小春と隣どうしの幼なじみ、愛華高校一年生の男の子 「ハチミツにはつこい アイ・ラブ・ユー」 水瀬藍原作・イラスト;金杉弘子著 小学館（小学館ジュニア文庫） 2014年8月

すぎう

杉浦 夏生　すぎうら・なつき
同い年の女の子・小春と隣どうしの幼なじみ、愛華高校一年生の男の子 「ハチミツにはつこい ファースト・ラブ」 水瀬藍原作・イラスト；金杉弘子著　小学館（小学館ジュニア文庫）2014年3月

杉下 元　すぎした・げん
銀杏が丘第一小学校五年一組、クラスメイトの「バカ田トリオ」と一緒に吉田大輝の盗まれた自転車を探した少年 「IQ探偵ムー 自転車泥棒と探偵団」 深沢美潮作；山田J太画　ポプラ社（ポプラカラフル文庫）2013年10月

杉下 元　すぎした・げん
銀杏が丘第一小学校五年一組、つい思っていることを口に出してしまう癖がある少年 「IQ探偵ムー 元の夢、夢羽の夢」 深沢美潮作　ポプラ社（ポプラカラフル文庫）2017年7月

杉下 元　すぎした・げん
銀杏が丘第一小学校五年一組、つい思っていることを口に出してしまう癖がある少年 「IQ探偵ムー 赤涙島の秘密」 深沢美潮作　ポプラ社（ポプラカラフル文庫）2016年10月

杉下 元　すぎした・げん
銀杏が丘第一小学校五年一組、不思議な転校生・夢羽の隣の席で冒険や推理小説が大好きな少年 「IQ探偵ムー おばあちゃんと宝の地図」 深沢美潮作；山田J太画　ポプラ社（ポプラカラフル文庫）2014年7月

杉下 元　すぎした・げん
銀杏が丘第一小学校五年一組、不思議な転校生・夢羽の隣の席で冒険や推理小説が大好きな少年 「IQ探偵ムー スケートリンクは知っていた（IQ探偵シリーズ）」 深沢美潮作；山田J太画　ポプラ社　2013年4月

杉下 元　すぎした・げん
銀杏が丘第一小学校五年一組、不思議な転校生・夢羽の隣の席で冒険や推理小説が大好きな少年 「IQ探偵ムー マラソン大会の真実 上下」 深沢美潮作；山田J太画　ポプラ社（ポプラカラフル文庫）2013年4月

杉下 元　すぎした・げん
銀杏が丘第一小学校五年一組、不思議な転校生・夢羽の隣の席で冒険や推理小説が大好きな少年 「IQ探偵ムー 勇者伝説〜冒険のはじまり」 深沢美潮作；山田J太画　ポプラ社（ポプラカラフル文庫）2015年4月

杉下 元　すぎした・げん
銀杏が丘第一小学校五年一組、不思議な転校生・夢羽の隣の席の冒険や推理小説が大好きな少年 「IQ探偵ムー ピー太は何も話さない」 深沢美潮作；山田J太画　ポプラ社（ポプラカラフル文庫）2016年3月

杉下 元　すぎした・げん
銀杏が丘第一小学校五年一組、不思議な転校生・夢羽の隣の席の冒険や推理小説が大好きな少年 「IQ探偵ムー 絵画泥棒の挑戦状」 深沢美潮作；山田J太画　ポプラ社（ポプラカラフル文庫）2015年9月

杉下先生　すぎしたせんせい
黒鬼、さわやかな容姿で桜ヶ島小学校の生徒たちから絶大な支持を誇っていた元男性教師 「絶望鬼ごっこ 8 命がけの地獄アスレチック」 針とら作；みもり絵　集英社（集英社みらい文庫）2017年7月

杉下先生　すぎしたせんせい
黒鬼、さわやかな容姿で桜ヶ島小学校の生徒たちから絶大な支持を誇っていた元男性教師 「絶望鬼ごっこ 9 ねらわれた地獄狩り」 針とら作；みもり絵　集英社（集英社みらい文庫）2017年11月

すじ

杉下先生（黒鬼）　すぎしたせんせい（くろおに）
元桜ヶ島小体育教師、正体は狡猾で残忍な地獄の黒鬼 「絶望鬼ごっこ さよならの地獄病院」 針とら作;みもり絵 集英社（集英社みらい文庫） 2017年3月

スキッパー
こそあどの森の妖精、本を読んだり化石をながめたり星を見たりするのがすきな内気な少年 「水の森の秘密 こそあどの森の物語 12」 岡田淳作 理論社 2017年2月

須木 透　すき・とおる
四葉小学校の五年三組にやってきた転校生、ちょいちょい人から忘れられるちょい能力を持つメガネ少年 「ちょい能力でいこう![1] 転校生は透明人間!?のまき」 伊豆平成作;あきづきりょう絵 KADOKAWA（角川つばさ文庫） 2016年1月

すぎなさん　すぎなさん
魔女の家とよばれる家に住み庭で植物をいっぱい育てているおばあさん 「つくしちゃんとすぎなさん」 まはら三桃作;陣崎草子絵 講談社（わくわくライブラリー） 2015年10月

杉野 明彦　すぎの・あきひこ
小学四年生、仙台にひっこしてきた和也のクラスメイト 「七夕の月」 佐々木ひとみ作;小泉るみ子絵 ポプラ社（ポプラ物語館） 2014年6月

杉本 健司　すぎもと・けんじ
県立逢魔高校の生徒、誰もいない夜の学校でクラスメイトの遥のバラバラになった「カラダ」を探すことになった男の子 「カラダ探し 2」 ウェルザード著;woguraイラスト 双葉社（双葉社ジュニア文庫） 2017年3月

杉本 健司　すぎもと・けんじ
県立逢魔高校の生徒、誰もいない夜の学校でクラスメイトの遥のバラバラになった「カラダ」を探すことになった男の子 「カラダ探し 3」 ウェルザード著;woguraイラスト 双葉社（双葉社ジュニア文庫） 2017年7月

杉本 純　すぎもと・じゅん
学問と卓球の両立に挑む進学校の高校1年生 「チームつばさ」 吉野万理子作 学研教育出版（チームシリーズ） 2013年10月

杉山 多義　すぎやま・たぎ
アラブ人の父親を持つハーフの少年、元川原国際ヘヴンリーのGK 「銀河へキックオフ!! 3 完結編」 川端裕人原作;金巻ともこ著;TYOアニメーションズ絵 集英社（集英社みらい文庫） 2013年2月

スギヨさん
引きこもった少女・涼と面接したカウンセラーの40代の女性 「ラ・プッツン・エル 6階の引きこもり姫」 名木田恵子著 講談社 2013年11月

助佐（しゃれこうべ）　すけざ（しゃれこうべ）
古物商のひとり息子・惣一郎が山の中で出会ったおしゃべりなしゃれこうべ 「旅のお供はしゃれこうべ」 泉田もと作 岩崎書店 2016年4月

スコーピオ
犯罪組織「死の十二貴族」のメンバー、爆弾魔 「月読幽の死の脱出ゲーム [2] 爆発寸前！寝台特急アンタレス号からの脱出」 近江屋一朗作;藍本松絵 集英社（集英社みらい文庫） 2017年1月

スサノオ
出雲をつくった英雄、支配者の座をおりて娘のスセリと根の国に身を隠した男 「根の国物語」 久保田香里作;小林葉子絵 文研出版（文研じゅべにーる） 2015年11月

スージー
村のわかい女の人、仕事に熱心なガーデナー 「魔女カフェのしあわせメニュー－魔法の庭ものがたり15」 あんびるやすこ作・絵 ポプラ社（ポプラ物語館） 2014年3月

すしい

スーシィ・マンババラン
毒マニアの女の子で名門魔法学校の新入生、日本からやってきたアッコのルームメイト 「リトルウィッチアカデミア－でたらめ魔女と妖精の国」 TRIGGER原作;吉成曜原作;橘もも 文;上倉エク絵 KADOKAWA（角川つばさ文庫） 2017年4月

厨子王　ずしおう
陸奥国岩木六郡の主・正氏の息子、人見知りで無口な姉・安寿に対して明るく活発な弟 「安寿姫草紙（ものがたり）」 三田村信行作;romiy絵 ポプラ社（ノベルズ・エクスプレス） 2017年10月

スズ
「百人一首クラブ」の四年生部員、藤原定家のゆうれい・定家じいちゃんに恋の相談をされた女の子 「いとをかし!百人一首 [4] 届け!千年のミラクル☆ラブ」 光丘真理作;甘塩コメコ絵 集英社（集英社みらい文庫） 2013年11月

スズ
六年生のあずみの親友で三人きょうだいの末っ子の女の子、新聞委員の文章担当 「神様がくれた犬」 倉橋燿子作;naoto絵 ポプラ社（ポプラポケット文庫） 2017年9月

鈴鹿 みらい　すずか・みらい
南沢中学校三年生、陸上部リレーメンバーのひとりで下級生に人気があるボーイッシュな女の子 「ダッシュ!」 村上しいこ著 講談社 2014年5月

鈴川 すみ子　すずかわ・すみこ
東京のミッションスクールで鈴川すみ子と仲がよかったが敗戦で退学した少女 「緑の校庭」 芹澤光治良著 ポプラ社 2017年4月

鈴鬼（鈴鬼社長）　すずき（すずきしゃちょう）
小学6年生のおっこが若おかみ修行中の旅館「春の屋」の土鈴をすみかにしていた魔物、魔界怖会長の息子 「若おかみは小学生! Part19 花の湯温泉ストーリー」 令丈ヒロ子作;亜沙美絵 講談社（青い鳥文庫） 2013年3月

鈴鬼（鈴鬼社長）　すずき（すずきしゃちょう）
小学6年生のおっこが若おかみ修行中の旅館「春の屋」の土鈴をすみかにしていた魔物、魔界怖会長の息子 「若おかみは小学生! Part20 花の湯温泉ストーリー」 令丈ヒロ子作;亜沙美絵 講談社（青い鳥文庫） 2013年7月

スズキくん
読書好きの5年生・ひびきのクラスにまぎれこんだ黒いメガネの男の子 「ふしぎ古書店 6 小さな恋のひびき」 にかいどう青作;のぶたろ絵 講談社（青い鳥文庫） 2017年9月

鈴木 幸太　すずき・こうた
お笑い芸人の父をもつひょうきんなせいかくの四年生の少年 「四年変組」 季巳明代作;こみねゆら絵 フレーベル館（ものがたりの庭） 2015年2月

鈴木 さえ　すずき・さえ
木成小学校のポートボールチーム・オール木成に入った小学6年生 「十二歳」 椰月美智子作;またよし絵 講談社（青い鳥文庫） 2014年4月

鈴木さん　すずきさん
「ペンション・アニモー」の第1号のお客様、妻と息子と離れて仕事をしていることを悩む男の人 「ようこそ、ペンション・アニモーへ」 光丘真理作;岡本美子絵 汐文社 2015年11月

鈴鬼社長　すずきしゃちょう
小学6年生のおっこが若おかみ修行中の旅館「春の屋」の土鈴をすみかにしていた魔物、魔界怖会長の息子 「若おかみは小学生! Part19 花の湯温泉ストーリー」 令丈ヒロ子作;亜沙美絵 講談社（青い鳥文庫） 2013年3月

すずき

鈴鬼社長　すずきしゃちょう
小学6年生のおっこが若おかみ修行中の旅館「春の屋」の土鈴をすみかにしていた魔物、魔界怖会長の息子　「若おかみは小学生! Part20 花の湯温泉ストーリー」　令丈ヒロ子作;亜沙美絵　講談社(青い鳥文庫)　2013年7月

すずき 翔太　すずき・しょうた
明野神社のとなりにある「かしのき幼稚園」に通う男の子　「狛犬の佐助 迷子の巻」　伊藤遊作;岡本順絵　ポプラ社(ノベルズ・エクスプレス)　2013年2月

鈴木 次郎吉　すずき・じろきち
鈴木財閥相談役、クセ者で好事家の老人　「まじっく快斗1412　4」　青山剛昌原作;浜崎達也著　小学館(小学館ジュニア文庫)　2015年5月

鈴木 宗一郎　すずき・そういちろう
天国に行ってしまったママから毎年誕生日に手紙が届く紀子の大学で働くお父さん「バースデーカード」　吉田康弘;鳥羽雨絵　KADOKAWA(角川つばさ文庫)　2016年10

鈴木 颯太　すずき・そうた
小学六年生、内気な少女・美咲の隣町の小学校に通っているサッカーが得意な男の子「クマ・トモ ずっといっしょだよ」　中村誠作;桃雪琴梨絵　KADOKAWA(角川つばさ文庫)　2016年10月

鈴木 拓真　すずき・たくま
緑星学園中等部一年生、サッカーのジュニアユースクラブに所属している男の子　「陰陽師(おんみょうじ)はクリスチャン!? あやかし退治いたします!」　夕貴そら作;暁かおり絵　ポプラ社(ポプラポケット文庫)　2014年5月

鈴木 拓真　すずき・たくま
緑星学園中等部一年生、サッカーのジュニアユースクラブに所属している男の子　「陰陽師(おんみょうじ)はクリスチャン!? うわさのユーレイ」　夕貴そら作;暁かおり絵　ポプラ社(ポプラポケット文庫)　2014年11月

鈴木 拓真　すずき・たくま
緑星学園中等部一年生、サッカーのジュニアユースクラブに所属している男の子　「陰陽師(おんみょうじ)はクリスチャン!? 猫屋敷の怪」　夕貴そら作;暁かおり絵　ポプラ社(ポプラポケット文庫)　2015年3月

鈴木 拓真　すずき・たくま
緑星学園中等部一年生、サッカーのジュニアユースクラブに所属している男の子　「陰陽師(おんみょうじ)はクリスチャン!? 白薔薇会と呪いの鏡」　夕貴そら作;暁かおり絵　ポプラ社(ポプラポケット文庫)　2014年8月

鈴木 拓真　すずき・たくま
緑星学園中等部一年生、サッカーのジュニアユースクラブに所属している男の子　「陰陽師(おんみょうじ)はクリスチャン!? 封印された鬼門」　夕貴そら作;芳川といろ絵　ポプラ社(ポプラポケット文庫)　2016年6月

鈴木 尚美　すずき・なおみ
私立緑花学園の高校二年生、舞の親友で「ナイトメア攻略部」の部員　「オンライン! 9 ナイトメアゲームセンターと豪腕ズルイゾー」　雨蛙ミドリ作;大塚真一郎絵　KADOKAWA(角川つばさ文庫)　2015年10月

鈴木 紀子(のんちゃん)　すずき・のりこ(のんちゃん)
人付き合いが苦手だけど本が大好きな女の子、天国に行ってしまったママから毎年誕生日に手紙が届く少女　「バースデーカード」　吉田康弘作;鳥羽雨絵　KADOKAWA(角川つばさ文庫)　2016年10月

すずき

鈴木 青　すずき・はる
有名なサーカス団「ドリーム・サーカス」の一員、公演のために各地をまわる転校生の男の子　「青がやってきた」　まはら三桃作;田中寛崇絵　偕成社(偕成社ノベルフリーク)　2017年10月

鈴木 晴美　すずき・はるみ
高知県一条市の中小学校六年生、豆腐屋の息子で毎日配達の仕事を手伝っている少年「自転車少年(チャリンコボーイ)」　横山充男著;黒須高嶺絵　くもん出版　2015年10月

鈴木 ミノル　すずき・みのる
御石井小学校五年一組に転入してきた牛乳が飲めない少年　「牛乳カンパイ係、田中くん[2]　天才給食マスターからの挑戦状!」　並木たかあき作;フルカワマモる絵　集英社(集英社みらい文庫)　2016年12月

鈴木 ミノル　すずき・みのる
御石井小学校五年一組に転入してきた少年、牛乳カンパイ係の田中食太の親友　「牛乳カンパイ係、田中くん[3]　給食皇帝を助けよう!」　並木たかあき作;フルカワマモる絵　集英社(集英社みらい文庫)　2017年4月

鈴木 ミノル　すずき・みのる
御石井小学校五年一組の給食マスター・田中食太の親友　「牛乳カンパイ係、田中くん[5]　給食マスター初指令!友情の納豆レシピ」　並木たかあき作;フルカワマモる絵　集英社(集英社みらい文庫)　2017年12月

鈴木 芳恵　すずき・よしえ
ちょっと泣き虫だけど本が大好きな紀子の天国に行ってしまったママ　「バースデーカード」　吉田康弘作;鳥羽雨絵　KADOKAWA(角川つばさ文庫)　2016年10月

鈴木 鈴　すずき・りん
私立星柳学園の中等部1年生、予知夢を見る能力を持つ女の子　「予知夢がくる![1]　心をとどけて」　東多江子作;Tiv絵　講談社(青い鳥文庫)　2013年2月

鈴木 鈴　すずき・りん
私立星柳学園の中等部1年生、予知夢を見る能力を持つ女の子　「予知夢がくる![2]　13班さん、気をつけて」　東多江子作;Tiv絵　講談社(青い鳥文庫)　2013年8月

鈴木 鈴　すずき・りん
私立星柳学園の中等部1年生、予知夢を見る能力を持つ女の子　「予知夢がくる![3]ライバルは超能力少女」　東多江子作;Tiv絵　講談社(青い鳥文庫)　2014年2月

鈴木 鈴　すずき・りん
私立星柳学園の中等部1年生、予知夢を見る能力を持つ女の子　「予知夢がくる![4]初恋♡と踏切のひみつ」　東多江子作;Tiv絵　講談社(青い鳥文庫)　2014年9月

鈴木 鈴　すずき・りん
私立星柳学園の中等部1年生、予知夢を見る能力を持つ女の子　「予知夢がくる![6]謎のラブレター」　東多江子作;Tiv絵　講談社(青い鳥文庫)　2015年9月

鈴木 鈴　すずき・りん
星柳学園中等部の一年生、予知夢を見ることができる女の子　「予知夢がくる![5]音楽室の怪人」　東多江子作;Tiv絵　講談社(青い鳥文庫)　2015年4月

すずちゃん
ちょっと変わった子だといううわさがある小学三年生の女の子　「サイアク!」　花田鳩子作;藤原ヒロコ絵　PHP研究所(とっておきのどうわ)　2017年3月

すずな カブだゆう　すずな・かぶだゆう
「やさいしんせんぐみ」というおばけのグループのメンバー　「極上おばけクッキング!-おばけマンション」　むらいかよ著　ポプラ社(ポプラ社の新・小さな童話)　2013年6月

鈴原 泉水子　すずはら・いずみこ
八王子の鳳城学園の高校1年生、姫神と呼ばれる謎の存在に度々憑依される少女 「RDG レッドデータガール 6 星降る夜に願うこと」 荻原規子著　KADOKAWA（角川スニーカー文庫）　2014年2月

鈴原 泉水子　すずはら・いずみこ
八王子の鳳城学園の高校1年生、姫神と呼ばれる謎の存在に度々憑依される少女 「RDG －レッドデータガール 氷の靴ガラスの靴」 荻原規子著　KADOKAWA　2017年12月

鈴原 静香　すずはら・しずか
小学六年生、持病のある少女・未来の親友 「たったひとつの君との約束～かなしいうそ」 みずのまい作;U35絵　集英社（集英社みらい文庫）　2017年6月

鈴村 怜奈　すずむら・れな
小学五年生、吹奏楽部でクラリネットを担当している女の子 「花里小吹奏楽部キミとボクの幻想曲（ファンタジア）」 夕貴そら作;和泉みお絵　ポプラ社（ポプラポケット文庫）　2017年3月

鈴村 怜奈　すずむら・れな
小学五年生、吹奏楽部でクラリネットを担当している女の子 「花里小吹奏楽部キミとボクの前奏曲（プレリュード）」 夕貴そら作;和泉みお絵　ポプラ社（ポプラポケット文庫）　2016年10月

鈴村 怜奈　すずむら・れな
吹奏楽部の副部長を務める小学六年生、クラリネットを担当している女の子 「花里小吹奏楽部キミとボクの協奏曲（コンチェルト）」 夕貴そら作;和泉みお絵　ポプラ社（ポプラポケット文庫）　2017年8月

涼森 美桜　すずもり・みお
「桜ケ丘スケートクラブ」でスケートを習っている雑誌のモデルや子役もこなす六年生の美少女 「氷の上のプリンセス ジゼルがくれた魔法の力」 風野潮作;Nardack絵　講談社（青い鳥文庫）　2014年3月

涼森 美桜　すずもり・みお
中学1年のかすみと同じスケートクラブに通う同級生、雑誌のモデルや子役もこなす美人 「氷の上のプリンセス エアメールの約束」 風野潮作;Nardack絵　講談社（青い鳥文庫）　2016年9月

涼森 美桜　すずもり・みお
中学1年のかすみと同じスケートクラブに通う同級生、雑誌のモデルや子役もこなす美人 「氷の上のプリンセス 夢への強化合宿」 風野潮作;Nardack絵　講談社（青い鳥文庫）　2016年2月

スセリ
根の国に暮らすスサノオの妻の形見の末娘 「根の国物語」 久保田香里作;小林葉子絵　文研出版（文研じゅべにーる）　2015年11月

スター
ココロランドの女王の護衛をする「飛竜騎士団」の騎士、名探偵のミモザをライバル視している少年 「名探偵ミモザにおまかせ! 2 ふしぎな呪いの歌」 月ゆき作;linaria絵　KADOKAWA（角川つばさ文庫）　2016年2月

スター
マロン村の名探偵の少女・ミモザにいちいちつっかかってくるナマイキな白いマントの少年 「名探偵ミモザにおまかせ! 1 とびっきりの謎にご招待」 月ゆき作;linaria絵　KADOKAWA（角川つばさ文庫）　2015年10月

須田 獏　すだ・ばく
宇宙船〈彗星丸〉の一等航宙士、コーヒーが大好きで生真面目な性格の男 「衛星軌道2万マイル」 藤崎慎吾作;田川秀樹絵　岩崎書店（21世紀空想科学小説）　2013年10月

すてき

捨吉　すてきち
上州の石屋「大江屋」の石工見習い、石神を祀る荒れ地からやってきたという天才肌で素性の謎めいた少年 「石の神」 田中彩子作;一色画 福音館書店(福音館創作童話シリーズ) 2014年4月

ステラ
魔法医トリシアが妖精の森に向かう途中で出会った旅の商人の女の人 「魔法医トリシアの冒険カルテ 2 妖精の森と消えたティアラ」 南房秀久著;小笠原智史絵 学研プラス 2016年9月

朱堂 ジュン　すどう・じゅん
五十人の六年生で1番を競う『ラストサバイバル』の出場選手、運動神経バツグンで頭もいい少女 「ラストサバイバル でてはいけないサバイバル教室」 大久保開作;北野詠一絵 集英社(集英社みらい文庫) 2017年10月

朱堂 ジュン　すどう・じゅん
五十人の六年生で1番を競う『ラストサバイバル』の出場選手、運動神経バツグンで頭もいい少女 「ラストサバイバル 最後まで歩けるのはだれだ!?」 大久保開作;北野詠一絵 集英社(集英社みらい文庫) 2017年6月

首藤 夏葉　すどう・なつは
となりのクラスの新とともに宇宙船にのみこまれて三週間宇宙を旅した小学六年生 「夏葉と宇宙へ三週間」 山本弘作;すまき俊悟絵 岩崎書店(21世紀空想科学小説) 2013年12月

須藤 麻紀　すどう・まき
オカルト好きの小学五年の女の子、霊感がある女の子・みのりのクラスメイト 「霊感少女(ガール) 心霊クラブ、はじめました!」 緑川聖司作;椋本夏夜絵 KADOKAWA(角川つばさ文庫) 2017年10月

砂川 誠　すなかわ・まこと
イカツイ日本男児・猛男の幼なじみで親友、読書好きでクールなイケメン高校生 「俺物語!! 映画ノベライズ みらい文庫版」 アルコ原作;河原和音原作;松田朱夏著;野木亜紀子脚本 集英社(集英社みらい文庫) 2015年10月

砂地 大志　すなじ・たいし
あさひ小学校五年生、自他ともに認める超常現象大好き少年 「五年霊組こわいもの係 12 佳乃、破滅の予言にとまどう。」 床丸迷人作;浜弓場双絵 KADOKAWA(角川つばさ文庫) 2017年12月

砂原 翔　すなはら・かける
「KZリサーチ事務所」のメンバーの彩のクラスメイト、しばらく学校を離れていたが復学した中学一年生 「七夕姫は知っている(探偵チームKZ事件ノート)」 藤本ひとみ原作;住滝良文;駒形絵 講談社(青い鳥文庫) 2015年7月

砂原 翔　すなはら・かける
「KZリサーチ事務所」のメンバーの彩のクラスメイト、しばらく学校を離れていたが復学した中学一年生 「本格ハロウィンは知っている(探偵チームKZ事件ノート)」 藤本ひとみ原作;住滝良文;駒形絵 講談社(青い鳥文庫) 2016年7月

砂原 翔　すなはら・かける
資本金約五億円の大会社の社長、進学塾「秀明ゼミナール」に通っていたことがある正義感の強い十三歳の少年 「赤い仮面は知っている(探偵チームKZ事件ノート)」 藤本ひとみ原作;住滝良文;駒形絵 講談社(青い鳥文庫) 2014年12月

スヌーピー
チャーリー・ブラウン少年の愛犬、自分を犬だと思っていないビーグル犬 「I LoveスヌーピーTHE PEANUTS MOVIE」 チャールズ・M.シュルツ原作;ワダヒトミ著 集英社(集英社みらい文庫) 2015年11月

すみま

スノーホワイト
邪悪な魔女ラヴェンナにうばわれた王国を取り戻し女王となった姫 「スノーホワイト 氷の王国」 はのまきみ著 集英社(集英社みらい文庫) 2016年6月

スーパーブルックマン(ブルック)
小学四年生の青葉そらに魔法のペンで描かれて生まれたヒーロー 「小説そらペン」 陽橋エント原作・イラスト;水稀しま著 小学館(小学館ジュニア文庫) 2017年3月

すばる先輩　すばるせんぱい
ミステリー大好きなさきが所属するミステリー研究部の部長、オカルトの知識と情熱は博士級の先輩 「まじかる☆ホロスコープ 恋と怪談とミステリー!」 カタノトモコ作・絵;杉背よい文 KADOKAWA(角川つばさ文庫) 2014年10月

スフィンクス
男の子のドジルがみたさばくのピラミッドのちょうじょうにいたへんないきもの 「ドタバタヒーロー ドジルくん 6 ドジルときょうふのピラミッド」 大空なごむ作・絵 ポプラ社 2017年5月

スマート
ウインズの森でルルとポンディとくらしているしっかり者でみんなにたよりにされているねこの男の子 「フェアリーキャット 妖精にもどりたい!」 東多江子作;うっけ絵 講談社(青い鳥文庫) 2016年3月

スマート
神奈川県警横浜大黒署の特殊捜査課のIT担当、悪の組織・レッドヴィーナスの罠にかかって子どもになってしまった刑事 「コドモ警察」 時海結以著;福田雄一脚本 小学館(小学館ジュニアシネマ文庫) 2013年3月

住井 美香　すみい・みか
アイロナ共和国から独立を企てたマナト特別市を足場にして活動しているフリージャーナリストの女性 「すべては平和のために」 濱野京子作;白井裕子絵 新日本出版社(文学のピースウォーク) 2016年5月

澄川 小百合　すみかわ・さゆり
聖母女子高等学院文学サークルの現会長、謎の死をとげた白石いつみの親友 「暗黒女子」 秋吉理香子著;ぶーたイラスト 双葉社(双葉社ジュニア文庫) 2017年3月

隅田くん　すみだくん
私立九頭竜学院中等部1年生の珠梨のクラスに来た転校生でなんでもできる男子 「龍神王子(ドラゴン・プリンス)! 6」 宮下恵茉作;kaya8絵 講談社(青い鳥文庫) 2016年4月

純音 海斗　すみね・かいと
市立あやめ第三小学校六年生、陸上部に所属していてさらさらの髪とすずしげな目がかっこいい男の子 「桜前線異常ナシ」 美波蓮作;たま絵 ポプラ社(ポプラポケット文庫) 2013年12月

隅野 仁　すみの・じん
小学六年生のユメの幼なじみの同級生、イケメンだけどがさつでそうぞうしい男の子 「おねがい・恋神さま1 運命の人はだれ!?」 次良丸忍作;うっけ画 金の星社(フォア文庫) 2014年5月

墨丸　すみまる
ふしぎ駄菓子屋「銭天堂」の看板猫、主人の紅子と言葉が通じるとても賢い黒猫 「ふしぎ駄菓子屋銭天堂 2」 廣嶋玲子作;jyajya絵 偕成社 2014年1月

墨丸　すみまる
ふしぎ駄菓子屋「銭天堂」の看板猫、主人の紅子と言葉が通じるとても賢い黒猫 「ふしぎ駄菓子屋銭天堂 4」 廣嶋玲子作;jyajya絵 偕成社 2015年6月

すみま

墨丸　すみまる
ふしぎ駄菓子屋「銭天堂」の看板猫、主人の紅子と言葉が通じるとても賢い黒猫　「ふしぎ駄菓子屋銭天堂 5」廣嶋玲子作;jyajya絵　偕成社　2015年9月

スミ丸ギツネ　すみまるぎつね
料理研究家のオバケさんに術くらべを挑んだテンテル山に住む意地悪ギツネ　「オバケとキツネの術くらべ―スギナ屋敷のオバケさん [2]」富安陽子作;たしろちさと絵　ひさかたチャイルド　2017年3月

スミレさん
こそあどの森の妖精、弟のギーコさんとガラスびんの家でくらすハーブにくわしい女のひと　「水の森の秘密 こそあどの森の物語 12」岡田淳作　理論社　2017年2月

スワロウ(キマイラの王)　すわろう(きまいらのおう)
ジュエリーに宿るつくも神、骨董屋の店主・風雅と紗那たちの前に現れた青年の姿をした精霊　「アンティークFUGA 3 キマイラの王」あんびるやすこ作;十々夜画　岩崎書店(フォア文庫)　2016年4月

【せ】

セイ
龍神界から人間界に来た西方白龍族の王子、襲われた少女珠梨を助けた男の人　「龍神王子(ドラゴン・プリンス)! 1」宮下恵茉作;kaya8絵　講談社(青い鳥文庫)　2014年2月

清吉　せいきち
町の大工、小町娘・お鈴ちゃんの縁談話に消沈している若者　「鈴狐騒動変化城(へんげのしろ)」田中哲弥著;伊野孝行画　福音館書店　2014年10月

セイジ
ゲームの「勇者伝説・ドミリア国物語」で闇の魔王ディラゴスからドミリア国を救う勇者に選ばれた弓の腕がいい少年　「IQ探偵ムー 勇者伝説～冒険のはじまり」深沢美潮作;山田J太画　ポプラ社(ポプラカラフル文庫)　2015年4月

セイジュ(セイちゃん)
歴史が大好きな朱里の従兄・雪弥の親友、時空を超えて活躍するトレジャーハンター・ルルカの従弟　「マジカル★トレジャー 戦国時代にタイムトラベル!?」藤咲あゆな作;フライ絵　集英社(集英社みらい文庫)　2014年9月

清少納言　せいしょうなごん
日本最初の随筆『枕草子』を書いた女流作家、タイムスコープで平安時代から二十一世紀にタイムスリップしてきたという女性　「清少納言は名探偵!!」楠木誠一郎作;岩崎美奈子絵　講談社(青い鳥文庫)　2013年9月

星城 ほのか　せいじょう・ほのか
「神さまの相談役」のこもものクラスメイトで女子学級委員、女子グループ「星組」のリーダー　「神さま、事件です! 音楽の先生はハチャメチャ神さま!?」森三月作;おきる絵　集英社(集英社みらい文庫)　2014年5月

清太郎　せいたろう
いとこ同志の志保と龍之介がタイムスリップした江戸の町に住む少年、御公儀より命を受けた定火消の息子　「サクラ・タイムトラベル」加部鈴子作　岩崎書店(物語の王国)　2014年2月

誠太郎　せいたろう
江戸の損料屋(今でいうレンタルショップ)の主、半分人間で半分タヌキだという若者　「化けて貸します!レンタルショップ八文字屋」泉田もと作　岩崎書店(物語の王国)　2017年6月

セイちゃん
歴史が大好きな朱里の従兄・雪弥の親友、時空を超えて活躍するトレジャーハンター・ルルカの従弟 「マジカル★トレジャー 戦国時代にタイムトラベル!?」 藤咲あゆな作;フライ絵 集英社(集英社みらい文庫) 2014年9月

セイボリー
「七魔が山」の東の峰の大魔女を引退して西の峰の魔女マジョラムとくらしている魔女 「魔女バジルと闇の魔女」 茂市久美子作;よしざわけいこ絵 講談社(わくわくライブラリー) 2017年9月

セイボリー
「七魔が山」の東の峰の大魔女を引退して西の峰の魔女マジョラムとくらしている魔女 「魔女バジルと黒い魔法」 茂市久美子作;よしざわけいこ絵 講談社(わくわくライブラリー) 2016年5月

セイボリー
かつて「七魔が山」の東の峰に住んでいた大魔女、コウモリ男とたたかっていなくなった魔女 「魔女バジルとなぞのほうき星」 茂市久美子作;よしざわけいこ絵 講談社(わくわくライブラリー) 2015年7月

セイメイ
キビの国のはずれにあるアシュラとりでにすみついた三悪人の一人、ほねの陰陽師 「ほねほねザウルス 12 アシュラとりでのほねほねサムライ」 カバヤ食品株式会社原案・監修 岩崎書店 2014年7月

青龍 せいりゅう
かつて妖怪お江戸の東にいたが消えてしまった神獣 「ようかいとりものちょう7 雷撃! 青龍 洞妖海大戦・天怪篇3」 大崎悌造作;ありがひとし画 岩崎書店 2017年7月

瀬賀 冬樹 せが・ふゆき
スケートの全日本ジュニアチャンピオン、「桜ケ丘スケートクラブ」に所属している容姿と実力をかねそなえた中学三年生の少年 「氷の上のプリンセス ジゼルがくれた魔法の力」 風野潮作;Nardack絵 講談社(青い鳥文庫) 2014年3月

瀬賀 冬樹 せが・ふゆき
スケートの全日本ジュニアチャンピオン、「桜ケ丘スケートクラブ」に所属している容姿と実力をかねそなえた中学三年生の少年 「氷の上のプリンセス シンデレラの願い」 風野潮作;Nardack絵 講談社(青い鳥文庫) 2017年2月

瀬賀 冬樹 せが・ふゆき
スケートの全日本ジュニアチャンピオン、「桜ケ丘スケートクラブ」に所属している容姿と実力をかねそなえた中学三年生の少年 「氷の上のプリンセス 自分を信じて!」 風野潮作;Nardack絵 講談社(青い鳥文庫) 2017年9月

瀬賀 冬樹 せが・ふゆき
桜ヶ丘スケートクラブのエース、全日本ジュニアチャンピオンの中学三年生 「氷の上のプリンセス オーロラ姫と村娘ジゼル」 風野潮作;Nardack絵 講談社(青い鳥文庫) 2014年7月

瀬賀 冬樹 せが・ふゆき
桜ヶ丘スケートクラブのエース、全日本ジュニアチャンピオンの中学三年生 「氷の上のプリンセス こわれたペンダント」 風野潮作;Nardack絵 講談社(青い鳥文庫) 2015年2月

瀬賀 冬樹 せが・ふゆき
桜ヶ丘スケートクラブのエース、全日本ジュニアチャンピオンの中学三年生 「氷の上のプリンセス 波乱の全日本ジュニア」 風野潮作;Nardack絵 講談社(青い鳥文庫) 2015年5月

瀬賀 冬樹 せが・ふゆき
中学1年のかすみが思いをよせるカナダにスケート留学中の先輩 「氷の上のプリンセス エアメールの約束」 風野潮作;Nardack絵 講談社(青い鳥文庫) 2016年9月

せがふ

瀬賀 冬樹　せが・ふゆき
中学1年のかすみが思いをよせる先輩、世界ジュニアで優勝したスケーター 「氷の上のプリンセス 夢への強化合宿」 風野潮作;Nardack絵 講談社（青い鳥文庫） 2016年2月

瀬川 卓蔵（瀬沼 卓蔵）　せがわ・たくぞう（せぬま・たくぞう）
N高校三年生の英治たちが「七日間戦争」で出会った老人、財界の大物の秘密を知ってしまい二十年間偽名を使って身を潜めていた男 「ぼくらのコブラ記念日」 宗田理作 ポプラ社（「ぼくら」シリーズ） 2014年7月

瀬川 万里　せがわ・まり
福里中学校三年生、同じバレー部で親友のセナから妊娠したと告げられたが受け入れることができない女の子 「いのちのパレード」 八束澄子著 講談社 2015年4月

瀬川 類くん　せがわ・るいくん
鬼からヒトを守る「ミコトバヅカイ」、ひふみ学園に転校してきた美少女 「いみちぇん！6 絶対無敵のきずな」 あさばみゆき作;市井あさ絵 KADOKAWA（角川つばさ文庫） 2016年7月

瀬川 類くん　せがわ・るいくん
言葉の力で世界を守る「ミコトバヅカイ」の美少年で実は女の子 「いみちぇん！5 ウソ？ホント？ まぼろしの札」 あさばみゆき作;市井あさ絵 KADOKAWA（角川つばさ文庫） 2016年3月

瀬川 類くん　せがわ・るいくん
小学五年生、林間学校で山梨に来たモモと矢神くんを貴筆神社に連れて行った神主の息子 「いみちぇん！3 ねらわれた主さま」 あさばみゆき作;市井あさ絵 KADOKAWA（角川つばさ文庫） 2015年6月

関 織子（おっこ）　せき・おりこ（おっこ）
祖母がいとなむ温泉旅館で若おかみ修業中の女の子、小学六年生 「おっことチョコの魔界ツアー」 令丈ヒロ子作;石崎洋司作 講談社（青い鳥文庫） 2013年9月

関 織子（おっこ）　せき・おりこ（おっこ）
祖母がいとなむ温泉旅館で若おかみ修業中の女の子、新中学一年生 「若おかみは小学生！スペシャル短編集1」 令丈ヒロ子作;亜沙美絵 講談社（青い鳥文庫） 2014年1月

関 織子（おっこ）　せき・おりこ（おっこ）
祖母がいとなむ温泉旅館で若おかみ修業中の女の子、新中学一年生 「若おかみは小学生！スペシャル短編集2」 令丈ヒロ子作;亜沙美絵 講談社（青い鳥文庫） 2014年9月

関 織子（おっこ）　せき・おりこ（おっこ）
両親を亡くし祖母峰子が経営する旅館「春の屋」で若おかみ修行中の小学6年生の女の子 「若おかみは小学生！Part19 花の湯温泉ストーリー」 令丈ヒロ子作;亜沙美絵 講談社（青い鳥文庫） 2013年3月

関 織子（おっこ）　せき・おりこ（おっこ）
両親を亡くし祖母峰子が経営する旅館「春の屋」で若おかみ修行中の小学6年生の女の子 「若おかみは小学生！Part20 花の湯温泉ストーリー」 令丈ヒロ子作;亜沙美絵 講談社（青い鳥文庫） 2013年7月

関口 こうき　せきぐち・こうき
寿司店「光寿司」の3代目、「すしヒーロー」に変身して町のおいしいくらしを守る小学四年生 「負けるな！すしヒーロー！ダイナシーの巻」 令丈ヒロ子作;やぎたみこ絵 講談社（わくわくライブラリー） 2017年1月

関口 俊太　せきぐち・しゅんた
函館に住む貧乏な母子家庭の中学生、ママチャリで自転車レースの練習をする少年 「スマイリング！岩熊自転車関口俊太」 土橋章宏著 中央公論新社 2016年10月

ぜぶら

関本 勝　せきもと・まさる
国民学校四年生、都会から福島県勿来村に疎開してきた男の子　「風船爆弾」　福島のりよ
作　冨山房インターナショナル　2017年2月

セシル
イジワルがだ〜い好きな魔法使いたちの国・マジキャピタルの魔女、十四歳の美少女　「あ
たしたち、魔ぬけ魔女!? 魔ホーツカイのひみつの授業」　紺野りり作;あるや絵　集英社(集
英社みらい文庫)　2014年7月

摂津の きり丸　せっつの・きりまる
にんじゅつ学園一年は組のお金が大好きなせいと　「忍たま乱太郎 夏休み宿題大作戦！
の段」　尼子騒兵衛原作;望月千賀子文　ポプラ社(ポプラ社の新・小さな童話)　2013年7月

切羽 拓郎　せっぱ・たくろう
キクラゲ城の家老　「忍たま乱太郎 夏休み宿題大作戦！の段」　尼子騒兵衛原作;望月千
賀子文　ポプラ社(ポプラ社の新・小さな童話)　2013年7月

瀬戸口 雛　せとぐち・ひな
中学三年生の恋雪センパイに片想い中の女の子、陸上部員の中学一年生　「好きになるそ
の瞬間を。」HoneyWorks原案;香坂茉里作　KADOKAWA(角川つばさ文庫)　2016年12
月

瀬戸口 優　せとぐち・ゆう
高校三年生夏樹の幼なじみ、勉強ができて運動も得意な映画研究部員の男の子　「ずっと
前から好きでした。一告白実行委員会」HoneyWorks原案;アニプレックス企画・監修;香坂
茉里作　KADOKAWA(角川つばさ文庫)　2016年4月

セドリック
アムリオン王億の貴族の少年、信じられないくらい目立ちたがり屋　「トリシアは魔法のお医
者さん!! 5 恋する雪のオトメ♥」　南房秀久著;小笠原智史絵　学研教育出版　2013年3月

セドリック
アムリオン王億の名門貴族の少年、信じられないくらい目立ちたがり屋　「トリシアは魔法の
お医者さん!! 6 キケンな恋の物語!」　南房秀久著;小笠原智史絵　学研教育出版　2013
年10月

瀬名　せな
今川家の重臣・関口親永の娘、今川家の人質として徳川家康と結婚させられた姫　「戦国
姫 [8] 瀬名姫の物語」　藤咲あゆな作;マルイノ絵　集英社(集英社みらい文庫)　2017年6
月

瀬沼 卓蔵　せぬま・たくぞう
N高校三年生の英治たちが「七日間戦争」で出会った老人、財界の大物の秘密を知ってし
まい二十年間偽名を使って身を潜めていた男　「ぼくらのコブラ記念日」　宗田理作　ポプラ
社(「ぼくら」シリーズ)　2014年7月

瀬能 寛太　せのう・かんた
終戦時色丹島で漁師のじいちゃんと兄の純平と暮らしていた7歳の弟　「ジョバンニの島」
杉田成道原作;五十嵐佳子著;プロダクション・アイジー絵　集英社(集英社みらい文庫)
2014年3月

瀬能 純平　せのう・じゅんぺい
終戦時色丹島で漁師のじいちゃんと弟の寛太と暮らしていた11歳の兄　「ジョバンニの島」
杉田成道原作;五十嵐佳子著;プロダクション・アイジー絵　集英社(集英社みらい文庫)
2014年3月

ゼブラ
美食四天王のひとり、世界最大のグルメ刑務所にいる"超問題児"　「トリコ はじける炭酸!メ
ロウコーラはどこにある!?」　島袋光年原作;村山功著;東映アニメーション絵　集英社(集英
社みらい文庫)　2013年5月

せらま

世良 真純　せら・ますみ
高校生の毛利蘭のクラスメート、ボーイッシュな女の子　「名探偵コナン異次元の狙撃手(スナイパー)」　青山剛昌原作;水稀しま著　小学館(小学館ジュニアシネマ文庫)　2014年4月

瀬良 光香　せら・みつか
フィギアスケートスクール「ヴィルタネン・センター」の大阪校代表、美人な中学一年生　「ライバル・オン・アイス3」　吉野万理子作;げみ絵　講談社　2017年3月

芹川 高嶺　せりかわ・たかね
芹川総合病院の跡継ぎ、高校二年生のせとかの初恋の人　「映画兄に愛されすぎて困ってます」　夜神里奈原作;松田裕子脚本　小学館(小学館ジュニア文庫)　2017年6月

セリザベス
イングラム公国女王、幼い王子・フィリップの母　「まじっく快斗1412　4」　青山剛昌原作;浜崎達也著　小学館(小学館ジュニア文庫)　2015年5月

芹沢 繭香　せりざわ・まゆか
ストレス性腹痛の持病がある中学1年生、保健室で知り合った不良の泉先輩に恋をした女の子　「先輩の隣2」　はづきりぃ著;烏羽雨イラスト　双葉社(双葉社ジュニア文庫)　2017年3月

ゼル
魔法ショップ「ティンクル☆スター」にやってきたエメラルドの瞳を持つ男　「魔法屋ポプル大魔王からのプロポーズ」　堀口勇太作;玖珂つかさ絵　ポプラ社(ポプラポケット文庫)　2013年9月

セレーネ
古代エジプトの女王・クレオパトラの付き人、清楚な美人　「クレオパトラと名探偵!」　楠木誠一郎作;たはらひとえ絵　講談社(青い鳥文庫)　2017年12月

セロ
クリスマスの日はおとうさんはるすでおかあさんもしごとなのでクリスマスがだいきらいな男の子　「クリスマスがちかづくと」　斉藤倫作;くりはらたかし画　福音館書店　2017年10月

ゼロ先生　ぜろせんせい
神戸市長田区にある診療内科「さもとら医院」の院長、阪神大震災が起きた朝ニケを助けてくれたおっちゃん　「翔ぶ少女」　原田マハ著　ポプラ社　2014年1月

千吉　せんきち
小学生・保のじいちゃんが遺した「天狗ノオト」に記されている子天狗、向山の麓に住むこども　「天狗ノオト」　田中彩子作　理論社　2013年3月

仙崎 ダイ　せんざき・だい
私立あけぼの学院中学1年生、「電子探偵団」のひとりで将棋部員　「パスワード学校の怪談」　松原秀行作;梶山直美絵　講談社(青い鳥文庫)　2017年2月

仙崎 ダイ　せんざき・だい
私立あけぼの学院中等部1年将棋部員、アイドル野原たまみのドラマのエキストラとして孤島村尾島に行った男の子　「パスワードUMA騒動(風浜電子探偵団事件ノート30 中学生編)」　松原秀行作;梶山直美絵　講談社(青い鳥文庫)　2015年8月

仙崎 ダイ　せんざき・だい
私立あけぼの学院中等部1年生、将棋部員　「パスワード渦巻き少女(ガール)(風浜電子探偵団事件ノート28 中学生編)」　松原秀行作;梶山直美絵　講談社(青い鳥文庫)　2013年9月

仙崎 ダイ　せんざき・だい
私立あけぼの学院中等部1年生、将棋部員　「パスワード東京パズルデート(風浜電子探偵団事件ノート29 中学生編)」　松原秀行作;梶山直美絵　講談社(青い鳥文庫)　2014年8月

せんせ

仙崎 ダイ　せんざき・だい
電子探偵団員、藤堂市立若宮小学校の6年生で将棋と大食いが得意な少年 「パスワード
とホームズ4世new（改訂版）-風浜電子探偵団事件ノート5」 松原秀行作;梶山直美絵 講
談社（青い鳥文庫） 2014年2月

仙崎 ダイ　せんざき・だい
電子探偵団員、藤堂市立若宮小学校の6年生で将棋と大食いが得意な少年 「パスワード
謎旅行new（改訂版）-風浜電子探偵団事件ノート4」 松原秀行作;梶山直美絵 講談社
（青い鳥文庫） 2013年3月

仙崎 ダイ　せんざき・だい
電子探偵団員、藤堂市立若宮小学校の6年生で将棋と大食いが得意な少年 「続パスワー
ドとホームズ4世new（改訂版）-風浜電子探偵団事件ノート6」 松原秀行作;梶山直美絵
講談社（青い鳥文庫） 2014年3月

仙崎 ダイ　せんざき・だい
風浜ベイテレビの「パズル戦国時代」に出演した「電子探偵団」のひとり 「パスワード パズ
ル戦国時代」 松原秀行作;梶山直美絵 講談社（青い鳥文庫） 2017年12月

千次　せんじ
本所亀沢町の岡っ引き、百太郎の父親 「お江戸の百太郎 [1]」 那須正幹作;小松良佳絵
ポプラ社（ポプラポケット文庫） 2014年10月

千次　せんじ
本所亀沢町の岡っ引き、百太郎の父親 「お江戸の百太郎 [2] 黒い手の予告状」 那須正
幹作;小松良佳絵 ポプラ社（ポプラポケット文庫） 2015年2月

千次　せんじ
本所亀沢町の岡っ引き、百太郎の父親 「お江戸の百太郎 [3] 赤猫がおどる」 那須正幹
作;小松良佳絵 ポプラ社（ポプラポケット文庫） 2015年10月

千次　せんじ
本所亀沢町の岡っ引き、百太郎の父親 「お江戸の百太郎 [4] 大山天狗怪事件」 那須正
幹作;小松良佳絵 ポプラ社（ポプラポケット文庫） 2016年2月

千次　せんじ
本所亀沢町の岡っ引き、百太郎の父親 「お江戸の百太郎 [5] 秋祭なぞの富くじ」 那須正
幹作;小松良佳絵 ポプラ社（ポプラポケット文庫） 2016年7月

千次　せんじ
本所亀沢町の岡っ引き、百太郎の父親 「お江戸の百太郎 [6] 乙松、宙に舞う」 那須正幹
作;小松良佳絵 ポプラ社（ポプラポケット文庫） 2016年10月

先生（ルルゾ・ラルガス）　せんせい（るるぞらるがす）
人間界からやってきた最強の魔術師、見習い魔女ポプルの師匠 「魔法屋ポプル 悪魔の
ダイエット!?」 堀口勇太作;玖珂つかさ絵 ポプラ社（魔法屋ポプルシリーズ） 2013年4月

先生（ルルゾ・ラルガス）　せんせい（るるぞらるがす）
人間界からやってきた最強の魔術師、見習い魔女ポプルの師匠 「魔法屋ポプル 砂漠に
ねむる黄金宮」 堀口勇太作;玖珂つかさ絵 ポプラ社（魔法屋ポプルシリーズ） 2013年4
月

先生（ルルゾ・ラルガス）　せんせい（るるぞらるがす）
人間界からやってきた最強の魔術師、見習い魔女ポプルの師匠 「魔法屋ポプル 友情は
魔法に勝つ!!」 堀口勇太作;玖珂つかさ絵 ポプラ社（魔法屋ポプルシリーズ） 2013年4月

先生（ルルゾ・ラルガス）　せんせい（るるぞらるがす）
人間界からやってきた最強の魔術師、新米魔女ポプルの師匠 「魔法屋ポプル プリンセス
には危険なキャンディ♡」 堀口勇太作;玖珂つかさ絵 ポプラ社（魔法屋ポプルシリーズ）
2013年4月

せんち

船長　せんちょう
ゆりの育ての親のおじさん、南洋航路の客船の船長で南の海の島ででかでか人に会ったおじさん　「でかでか人とちびちび人」　立原えりか作;つじむらあゆこ絵　講談社(青い鳥文庫)　2015年9月

船長　せんちょう
ロボット犬のクットくんと宇宙人のガリレロくんをつかまえて海賊船に乗せた海賊　「クットくんの大ぼうけん」　工藤豪紘作・絵　国土社　2013年12月

先導　アイチ　せんどう・あいち
カードゲーム「ヴァンガード」ファイターの中学生の少年、チームQ4の一員　「カードファイト!!ヴァンガード アジアサーキット編－戦えっ! 友情のタッグファイト」　ブシロード原作;伊藤彰原作;番棚葵作　富士見書房(角川つばさ文庫)　2013年3月

先輩　せんぱい
三年連続マラソン大会を棄権した小学五年生の佐々木優と夕暮れ時のグラウンドで毎日走っていた中学生と思われる少年　「幽霊ランナー」　岡田潤作　金の星社　2017年8月

先輩　せんぱい
片思い中の後輩「黒髪の乙女」に「ナカメ作戦(なるべく彼女の目にとまる作戦)」を決行中の男子大学生　「夜は短し歩けよ乙女」　森見登美彦作;ぷーた絵　KADOKAWA(角川つばさ文庫)　2017年4月

先輩(岸本 杏)　せんぱい(きしもと・あん)
弓道部部長の3年生、インターハイ予選に落ちて引退を決めた女子高生　「一礼して、キス」　加賀やっこ原作・イラスト;橋口いくよ著　小学館(小学館ジュニア文庫)　2017年10月

千松爺　せんまつじい
釈迦道川の千鳥洲で渡し守をしている爺さま、七つのお葉の祖父　「水はみどろの宮」　石牟礼道子作;山福朱実画　福音館書店(福音館文庫)　2016年3月

【そ】

想　そう
竹林で竹取の翁に育てられたというふしぎな少年に出会った男の子　「かぐや姫のおとうと」　広瀬寿子作;丹地陽子絵　国土社　2015年2月

惣一郎　そういちろう
遠州の古物商「大黒屋」のひとり息子、父に使いをたのまれた子ども　「旅のお供はしゃれこうべ」　泉田もと作　岩崎書店　2016年4月

双吉　そうきち
猫又という猫の妖怪、すばらしい落語家　「化け猫・落語 2 ライバルは黒猫!?」　みうらかれん作;中村ひなた絵　講談社(青い鳥文庫)　2017年11月

ぞうきん
勝ち負けをきそうのがにがてなまんねん小学校の体育館のぞうきん　「体育館の日曜日」　村上しいこ作;田中六大絵　講談社(わくわくライブラリー)　2013年2月

宋源 ノア　そうげん・のあ
聖クラリス学院初等部に通う小学五年生、パイロキネシスという発火の超能力をもつ女の子　「海色のANGEL5－最後の日」　池田美代子作;尾谷おさむ絵　講談社(青い鳥文庫)　2016年11月

爽子　そうこ
偶然見かけた「十一月荘」で二カ月間だけ下宿生活を送ることになった中学二年生　「十一月の扉」　高楼方子著　福音館書店　2016年10月

そうへ

草十郎（藤九郎 盛長） そうじゅうろう（とうくろう・もりなが）
元服したばかりの頼朝とともに平治の乱を闘った武士、笛の名手で浅黒くほっそりした十八
歳の少年 「あまねく神竜住まう国」 荻原規子作 徳間書店 2015年2月

曹操 そうそう
三国志の英雄、強大な力をたくわえ中国統一をめざす男 「炎の風吹け妖怪大戦 妖怪道
中三国志 5」 三田村信行作;十々夜絵 あかね書房 2017年11月

そうた
ちくわが大すきな小学生、なんでもあなをうめてしまうかげ・うめこんにであった男の子 「ミラ
クルうまいさんと夏」 令丈ヒロ子作;原ゆたか絵 講談社（おはなし12か月） 2013年6月

蒼太 そうたい
歴史をまもるため2111年から三国志の時代にやってきた妖怪ゲームの達人の少年 「炎の
風吹け妖怪大戦 妖怪道中三国志 5」 三田村信行作;十々夜絵 あかね書房 2017年11
月

蒼太 そうたい
歴史をまもるため2111年から三国志の時代にやってきた妖怪ゲームの達人の少年 「幻影
の町から大脱出 妖怪道中三国志 4」 三田村信行作;十々夜絵 あかね書房 2017年5月

蒼太 そうたい
歴史をまもるため2111年から三国志の時代にやってきた妖怪ゲームの達人の少年 「孔明
vs.妖怪孔明 妖怪道中三国志 3」 三田村信行作;十々夜絵 あかね書房 2016年11月

宗田 重蔵 そうだ・じゅうぞう
八王子の鳳城学園に通う戸隠の忍者の家系の少女・真響の祖父、一族を動かす力を秘め
ている人 「RDG－レッドデータガール 氷の靴ガラスの靴」 荻原規子著 KADOKAWA
2017年12月

宗田 真澄 そうだ・ますみ
鳳城学園高等部1年の三つ子・真響と真夏の6歳で死んだ弟、学園に現れる神霊 「RDG－
レッドデータガール 氷の靴ガラスの靴」 荻原規子著 KADOKAWA 2017年12月

宗田 真夏 そうだ・まなつ
八王子の鳳城学園の高校1年生・真響の三つ子の弟、戸隠の忍者の家系の少年 「RDG
レッドデータガール 6 星降る夜に願うこと」 荻原規子著 KADOKAWA（角川スニーカー文
庫） 2014年2月

宗田 真夏 そうだ・まなつ
八王子の鳳城学園の高校1年生で戸隠の忍者の家系の少年、真響の三つ子の弟 「RDG
－レッドデータガール 氷の靴ガラスの靴」 荻原規子著 KADOKAWA 2017年12月

宗田 真響 そうだ・まゆら
八王子の鳳城学園の高校1年生・泉水子のルームメイト、戸隠の忍者の家系の少女 「RDG
レッドデータガール 6 星降る夜に願うこと」 荻原規子著 KADOKAWA（角川スニーカー
文庫） 2014年2月

宗田 真響 そうだ・まゆら
八王子の鳳城学園の高校1年生で戸隠の忍者の家系の少女、同級生の泉水子のルームメ
イト 「RDG－レッドデータガール 氷の靴ガラスの靴」 荻原規子著 KADOKAWA 2017年
12月

草平 そうへい
三年一組にやってきた転校生・高野岳也の幼なじみ 「岳ちゃんはロボットじゃない」 三輪
裕子作;福田岩緒絵 佼成出版社 2013年11月

そうま

相馬 栄二郎　そうま・えいじろう
田所兄妹がタイムスリップした戦時中の日本で出会った小豆問屋の「中村」の家ですみこみではたらいている十一歳の少年 「時のむこうに」 山口理作;最上さちこ絵　借成社　2014年11月

相麻 菫　そうま・すみれ
能力者の街・咲良田で暮らすケイと春埼の友達、中学三年生の時に亡くなった少女 「サクラダリセット 上下」 河野裕原作;川人忠明文;椎名優絵　KADOKAWA（角川つばさ文庫）2017年4月

相馬 ルリ　そうま・るり
卓球クラブ「チーム山吹」の運営スタッフ、おしゃれな高校2年生 「チームつばさ」 吉野万理子作　学研教育出版（チームシリーズ）　2013年10月

ソソソナス
せっかち男のナス 「クレヨン王国新十二か月の旅」 福永令三作;椎名優絵　講談社（青い鳥文庫）　2013年12月

ソッチ
小さな町のあめやさんのかいだんにすんでいるおばけ、小学一年生の女の子 「おばけのソッチ、おねえちゃんになりたい！」 角野栄子さく;佐々木洋子え　ポプラ社（ポプラ社の新・小さな童話）　2014年12月

ソッチ
小さな町のあめやさんのかいだんにすんでいるおばけ、小学一年生の女の子 「おばけのソッチとぞびぞびキャンディー」 角野栄子さく;佐々木洋子え　ポプラ社（ポプラ社の新・小さな童話）　2014年7月

ソニア・ウォーカー
世界有数のIT起業家であるミック・ウォーカーの母、アメリカに住む老婦人 「雲をつかむ少女」 藤野恵美著　講談社　2015年3月

曾根崎 寒梅左衛門（ご隠居さま）　そねざき・かんばいざえもん（ごいんきょさま）
「人形つかい」の力がある女の子・小梅のじいちゃんのおじさん、日本舞踊などを教えている本家のご隠居 「人形つかい小梅の事件簿2 恐怖!笑いが消えた街」 安田依央作;きろばいと絵　集英社（集英社みらい文庫）　2014年4月

曾根崎 小梅　そねざき・こうめ
東京に引っ越してきた大阪生まれのお笑い好きの小学5年生、おしとやかキャラにされてしまって悩む女の子 「人形つかい小梅の事件簿1 恐怖のお笑い転校生」 安田依央作;きろばいと絵　集英社（集英社みらい文庫）　2013年10月

曾根崎 小梅　そねざき・こうめ
東京に引っ越してきた大阪生まれのお笑い好きの小学5年生、曾根崎一族に伝わる「人形つかい」の力がある女の子 「人形つかい小梅の事件簿2 恐怖!笑いが消えた街」 安田依央作;きろばいと絵　集英社（集英社みらい文庫）　2014年4月

園崎 春　そのさき・はる
大金持ちの園崎家の長男、大人以上の知識と推理力を持つ十一歳の少年 「幽霊探偵ハル 燃える図書館の謎」 田部智子作;木乃ひのき絵　KADOKAWA（角川つばさ文庫）2015年11月

園田 絵里　そのだ・えり
小学五年生になった浩介の幼稚園のときの友だち、怖い話が大好きな活発な女の子 「怪談収集家 山岸良介と学校の怪談」 緑川聖司作;竹岡美穂絵　ポプラ社（ポプラポケット文庫）　2016年12月

そらと

園田 絵里　そのだ・えり
小学五年生になった浩介の幼稚園のときの友だち、怖い話が大好きな活発な女の子 「怪談収集家 山岸良介の帰還」 緑川聖司作;竹岡美穂絵 ポプラ社(ポプラポケット文庫) 2015年12月

園田 絵里　そのだ・えり
小学五年生になった浩介の幼稚園のときの友だち、怖い話が大好きな活発な女の子 「怪談収集家 山岸良介の冒険」 緑川聖司作;竹岡美穂絵 ポプラ社(ポプラポケット文庫) 2016年7月

園田 光　そのだ・ひかり
高校二年生の森山暁に誘われてバンド「ボーイズ」のキーボードと歌を担当することになった高校一年生 「サイコーのあいつとロックレボリューション」 牧野節子著;小池アミイゴ装画・イラスト 国土社 2016年3月

ソノちゃん
コリコの町の「パンやパンや」の娘、両親を亡くし旅先で見つけたチョコレート屋さんで働きはじめた十八歳の少女 「キキに出会った人びと」 角野栄子作;佐竹美保画 福音館書店 (福音館創作童話シリーズ) 2016年1月

祖父(宗田 重蔵)　そふ(そうだ・じゅうぞう)
八王子の鳳城学園に通う戸隠の忍者の家系の少女・真響の祖父、一族を動かす力を秘めている人 「RDG―レッドデータガール 氷の靴ガラスの靴」 荻原規子著 KADOKAWA 2017年12月

染井 晴香　そめい・はるか
転校生の違哉と同じクラスの美少女、オチャラケていて気さくな小学六年生 「UFOがくれた夏」 川口雅幸著 アルファポリス 2013年7月

染音　そめお
戦国武将・小早川秀秋と恋仲の侍女 「僕とあいつの関ケ原」 吉田里香著;べっこイラスト 東京書籍 2014年6月

ソラ
「我らのすけっとアイルー団」といっしょに旅をしている耳がいい男の子の小型モンスター 「モンハン日記ぽかぽかアイルー村DX[2] 幻の歌探しとニャンター!!」 相坂ゆうひ作;マーブルCHIKO絵 KADOKAWA(角川つばさ文庫) 2016年3月

ソラ
「我らのすけっとアイルー団」といっしょに旅をしている耳がいい男の子の小型モンスター 「モンハン日記ぽかぽかアイルー村DX[3] ソラVS長老！？巨大スゴロク勝負！！」 相坂ゆうひ作;マーブルCHIKO絵 KADOKAWA(角川つばさ文庫) 2016年7月

ソラ
ものすごく耳がいい男の子の小型モンスター 「モンハン日記ぽかぽかアイルー村DX[1] 我らのすけっとアイルー団！」 相坂ゆうひ作;マーブルCHIKO絵 KADOKAWA(角川つばさ文庫) 2015年10月

空　そら
少し色がわからない男子中学生、生まれつき片方の目がなく捨てられていた子犬・シエルの飼い主 「ぼくらと犬の小さな物語―空、深雪、杏、柊とワンコのおはなし」 山口花著 学研教育出版 2015年7月

ソラトビ テンスケ　そらとび・てんすけ
家のにわにおちてきたつばさのはえたバケモノを見た小学二年生・ケイタの新しいたんにんの先生 「ようかい先生とぼくのひみつ」 山野辺一記作;細川貂々絵 金の星社 2017年6月

反町 大我　そりまち・たいが
亀が丘中学校二年生、男子卓球部員　「あしたヘジャンプ！卓球部」　横沢彰作;小松良佳絵　新日本出版社　2014年3月

ソール
ヴィントール王国の王子、見習い騎士のレンと一度魔法対決をしたことがある青年　「魔法医トリシアの冒険カルテ　4　飛空城とつばさの指輪」　南房秀久著;小笠原智史絵　学研プラス　2017年9月

ソル
ひみつの場所にあるフェリエの国に住むもぐら、はりねずみのルーチカのともだち　「はりねずみのルーチカ[6] ハロウィンの灯り」　かんのゆうこ作;北見葉胡絵　講談社(わくわくライブラリー)　2017年9月

ソール王子　そーるおうじ
アムリオン王国におしのびでやってきたヴィントール王国の王子、やさしくてカッコいい少年　「トリシアは魔法のお医者さん!!　8　カンペキ王子のプロポーズ☆」　南房秀久著;小笠原智史絵　学研教育出版　2014年9月

ソルジャック(ジャック)
ハロウィンのパーティをしていたもぐらのソルにとりついたゆうれい　「はりねずみのルーチカ[6] ハロウィンの灯り」　かんのゆうこ作;北見葉胡絵　講談社(わくわくライブラリー)　2017年9月

ぞろうむし
みなみの小さいしまにすんでいるぞうみたいにはながながいいきもの　「タマタン」　神宮輝夫作　復刊ドットコム　2016年9月

ゾロリ
いたずらの王者をめざしてしゅぎょうの旅をつづけているへんそうと発明がとくいなキツネ　「かいけつゾロリのちていたんけん(かいけつゾロリシリーズ62)」　原ゆたか作・絵　ポプラ社　2017年11月

ゾロリ
かいけつゾロリにへんしんするキツネ、しめいてはい中のいたずらなぼうけんか　「きえた!?かいけつゾロリ(かいけつゾロリシリーズ58)」　原ゆたか作・絵　ポプラ社　2015年12月

ゾロリ
かいけつゾロリにへんしんするキツネ、たからさがしのたびをするぼうけんか　「かいけつゾロリのクイズ王(かいけつゾロリシリーズ56)」　原ゆたか作・絵　ポプラ社　2014年12月

ゾロリ
かいけつゾロリにへんしんするキツネ、どうぶつ五輪ピックで金メダルをとろうとしたぼうけんか　「かいけつゾロリのおいしい金メダル(かいけつゾロリシリーズ59)」　原ゆたか作・絵　ポプラ社　2016年7月

ゾロリ
かいけつゾロリにへんしんするキツネ、まほうのランプにとじこめられたぼうけんか　「かいけつゾロリの大まじんをさがせ!!(かいけつゾロリシリーズ55)」　原ゆたか作・絵　ポプラ社　2014年7月

ゾロリ
かいけつゾロリにへんしんするキツネ、まほうのランプを手にしたぼうけんか　「かいけつゾロリのまほうのランプ〜ッ(かいけつゾロリシリーズ54)」　原ゆたか作・絵　ポプラ社　2013年12月

ゾロリ
かいけつゾロリにへんしんするキツネ、ようかいうんどうかいのてつだいをしたぼうけんか　「かいけつゾロリのようかい大うんどうかい(かいけつゾロリシリーズ57)」　原ゆたか作・絵　ポプラ社　2015年7月

たいさ

ゾロリ
かいけつゾロリにへんしんするキツネ、王子のざをかちとろうとしたあくとう 「かいけつゾロリの王子さまになるほうほう(かいけつゾロリシリーズ60)」 原ゆたかさく・え ポプラ社 2016年12月

ゾロリ
かいけつゾロリにへんしんするキツネ、海のそこのりゅうぐうじょうに出かけたぼうけんか 「かいけつゾロリのかいていたんけん(かいけつゾロリシリーズ61)」 原ゆたかさく・え ポプラ社 2017年7月

ゾロリ
かいけつゾロリにへんしんするキツネ、女スパイにであったぼうけんか 「かいけつゾロリなぞのスパイと100本のバラ(かいけつゾロリシリーズ53)」 原ゆたか作・絵 ポプラ社 2013年7月

孫悟空　そんごくう
仏によって南瞻部洲・五指山とよばれているあたりに封じこめられた伝説の妖怪王 「西遊記〜はじまりのはじまり〜」 浜崎達也著;チャウ・シンチー製作・脚本・監督 小学館(小学館ジュニア文庫) 2014年11月

そんとく
正源寺の四年生の息子、げんちゃんとしょうまと一緒に花田川の水辺でふしぎな像を見つけた少年 「ぼくらのジャロン」 山崎玲子作;羽尻利門絵 国土社 2017年12月

【た】

ダイアン・カーター
妖精館に住む街を守る大魔女、学園の王子・レオンの祖母 「魔界王子レオン なぞの壁画と魔法使いの弟子」 友野詳作;椋本夏夜絵 角川書店(角川つばさ文庫) 2013年1月

タイガー
凶悪なモンスターに立ち向かい人々を守る英雄・龍喚士、パトロールと修行をかねて各地を旅していた少年 「パズドラクロス2」 ガンホー・オンライン・エンターテイメント;パズドラクロスプロジェクト2017原作;テレビ東京原作;諸星崇著 双葉社(双葉社ジュニア文庫) 2017年7月

大河　たいが
5年生の転校生・千世のいとこでクラスメイト、スポーツ万能で女子人気が高い男の子 「こちら魔王110番!」 五嶋りっか著;吉野花イラスト 小学館(小学館ジュニア文庫) 2016年8月

ダイカ・ク・イ・ヌムラ
里見家で暮らす8男子のひとり、世間では行方不明中となっている旧シモウサ王国の元王子様 「サトミちんちの8男子9 ネオ里見八犬伝」 矢立肇原案;こぐれ京著;永地絵;久世みずき;ぱらふぃんピジャモス企画協力 KADOKAWA(角川つばさ文庫) 2016年10月

大樹くん　だいきくん
両親がいないいとこのチエリのためにご飯をつくってくれる中学二年生の男の子 「ちえり×ドロップ レシピ1 マカロニグラタン」 のまみちこ著;けーしんイラスト 小学館(小学館ジュニア文庫) 2016年2月

大黒さん　だいこくさん
年に一度の慰安旅行で大阪にでかけた七福神の一人、頭巾をかぶって打ち出の小づちを持った神様 「七福神の大阪ツアー」 くまざわあかね作;あおきひろえ絵 ひさかたチャイルド 2017年4月

タイサンボク
小さな公園動物園の新米飼育員のカトちゃんが飼っているハツカネズミ 「しあわせな動物園」 井上夕香作;葉祥明絵 国土社 2014年4月

だいす

だいすけ
ながさきチャンポン屋「和華蘭」のむすこ、「まんぷくラーメン」のむすめ・まりんちゃんの幼なじみ 「おてつだいおばけさん [3] まんぷくラーメン対びっくりチャンポン」 季巳明代作;長谷川知子絵 国土社 2017年7月

大造 だいぞう
神奈川県立横須賀文翔高校の文芸部二年生、小説誌の新人賞に応募する女子部員三人の共作をチェックする編集者役 「小説の書きかた」 須藤靖貴著 講談社 2015年9月

だいち
一ねんせいが四人のやまのしょうがっこうにかよう一ねんせいのおとこのこ 「1ねんおもしろたんていだん かゆいのかゆいのとんでいけ!」 川北亮司作;羽尻利門絵 新日本出版社 2015年9月

だいち
一ねんせいが四人のやまのしょうがっこうにかよう一ねんせいのおとこのこ 「1ねんおもしろたんていだん とりはだはどうやったらつくれる?」 川北亮司作;羽尻利門絵 新日本出版社 2015年5月

だいち
一ねんせいが四人のやまのしょうがっこうにかよう一ねんせいのおとこのこ 「一ねんおもしろたんていだん くさいはんにんをさがしだせ!」 川北亮司作;羽尻利門絵 新日本出版社 2014年11月

太一さん たいちさん
悪魔のゲーム「ナイトメア」の第二ステージに備える攻略部の高校生、マイペースな男の子 「オンライン! 14 鎧のエメルダと漆黒の魔塔」 雨蛙ミドリ作;大塚真一郎絵 KADOKAWA（角川つばさ文庫） 2017年11月

大地 守 だいち・まもる
小学四年生、ふしぎな転校生・テッコと同じクラスの男の子 「となりの鉄子」 田森庸介作;勝川克志絵 偕成社 2013年7月

大塔 秀有 だいとう・しゅうゆう
私立和漢学園高校の一年生・草多のクラスメイト、製薬会社の御曹司 「わからん薬学事始1」 まはら三桃著 講談社 2013年2月

大塔 秀有 だいとう・しゅうゆう
私立和漢学園高校の生徒・草多のクラスメイト、製薬会社の御曹司 「わからん薬学事始3」 まはら三桃著 講談社 2013年6月

ダイナシー
町内の食べものをいっしゅんのうちにだいなしにするじけんをおこす悪者 「負けるな!すしヒーロー! ダイナシーの巻」 令丈ヒロ子作;やぎたみこ絵 講談社（わくわくライブラリー） 2017年1月

代表シンデレラ（シンデレラ） だいひょうしんでれら（しんでれら）
本からぬけ出してしまったシンデレラ、町の図書館にきた金髪の女性 「ひみつの図書館! 真夜中の『シンデレラ』!?」 神代明作;おのともえ絵 集英社（集英社みらい文庫） 2014年8月

大福 だいふく
六年生の愛莉の家の元・守り神、蔵で封印されて祟り神となってしまった白フクロウ 「きんかつ! 恋する妖狐と舞姫の秘密」 宇津田晴著;わんにゃんぷーイラスト 小学館（小学館ジュニア文庫） 2017年7月

大福 だいふく
六年生の愛莉の家の元・守り神、蔵で封印されて祟り神となってしまった白フクロウ 「きんかつ!」 宇津田晴著;わんにゃんぷーイラスト 小学館（小学館ジュニア文庫） 2017年1月

タイフーン
小学三年生の「ぼく」のおじいちゃん、いつも台風のようにやってくるおじいちゃん 「あいしてくれて、ありがとう」 越水利江子作;よしざわけいこ絵 岩崎書店（おはなしガーデン）2013年9月

大まじん　だいまじん
キツネのゾロリがとじこめれたまほうのランプから飛び出ていった大まじん 「かいけつゾロリの大まじんをさがせ!!(かいけつゾロリシリーズ55)」 原ゆたか作・絵 ポプラ社 2014年7月

タイム
引退して「シラビソの林」を去った大魔女、黒い魔法をひとにおくることができた魔女 「魔女バジルと黒い魔法」 茂市久美子作;よしざわけいこ絵 講談社（わくわくライブラリー） 2016年5月

大門 勝也　だいもん・かつや
背が高く野球部のキャッチャーだった中学生、体育祭の応援団長をした男の子 「時速47メートルの疾走」 吉野万理子著 講談社 2014年9月

ダイヤ姫　だいやひめ
「夢の木」をさがして島にやってきたフライ姫と出会ったのろいで小さくなった姫 「ドラゴンとふたりのお姫さま」 名木田恵子作;かわかみたかこ絵 講談社（ことり文庫） 2014年4月

タイヨオ
漁村「いさり火」へひとり旅に出たいじめられっ子の少年 「タイヨオ」 梅田俊作作・絵;梅田佳子作・絵 ポプラ社（梅田俊作・佳子の本） 2013年8月

太良　たいら
同じ面作師見習いの甘楽といっしょに「お面屋たまよし」の屋号で妖面を売りながら旅をつづけている十三歳の少年 「お面屋たまよし 彼岸ノ祭」 石川宏千花著;平沢下戸画 講談社(Ya! entertainment) 2013年5月

太良　たいら
同じ面作師見習いの甘楽といっしょに「お面屋たまよし」の屋号で妖面を売りながら旅をつづけている十三歳の少年 「お面屋たまよし 不穏ノ祭」 石川宏千花著;平沢下戸画 講談社(Ya! entertainment) 2013年11月

太良　たいら
同じ面作師見習いの甘楽といっしょに「お面屋たまよし」の屋号で妖面を売りながら旅をつづけている十三歳の少年 「お面屋たまよし 流浪ノ祭」 石川宏千花著;平沢下戸画 講談社(Ya! entertainment) 2016年5月

太良　たいら
同じ面作師見習いの甘楽といっしょに「お面屋たまよし」の屋号で妖面を売りながら旅をつづけている少年 「お面屋たまよし 七重ノ祭」 石川宏千花著;平沢下戸画 講談社(Ya! entertainment) 2015年10月

平 徹平（てっちゃん）　たいら・てっぺい（てっちゃん）
6年生の女の子ひじりのおさななじみ、金髪のオレ様男 「小説小学生のヒミツ おさななじみ」 中江みかよ原作;森川成美文 講談社(講談社KK文庫) 2017年4月

平 清盛　たいらの・きよもり
平氏の棟梁、天下をとった有能な政治家である武将 「平家物語 上下」 小前亮文;広瀬弦絵 小峰書店 2014年2月

平 教経　たいらの・のりつね
平氏の武将、平清盛の甥っ子 「源義経は名探偵!! タイムスリップ探偵団と源平合戦恋の一方通行の巻」 楠木誠一郎作;岩崎美奈子絵 講談社(講談社青い鳥文庫) 2013年6月

たお

タオ
アイロナ共和国から独立を企てたマナト特別市の織物工房で働いている十四歳の少女、爆撃で親を失った孤児 「すべては平和のために」 濱野京子作;白井裕子絵 新日本出版社（文学のピースウォーク） 2016年5月

タオシッコレ
魔女のヤミとけんか別れしている夫、タウンコレ大魔王の息子 「歌えば魔女に食べられる」 大海赫作絵 復刊ドットコム 2014年9月

タカ
四歳から習ってきたピアノがだんだん面倒に感じ始めている優柔不断の五年生の男の子 「四重奏（カルテット）デイズ」 横田明子作 岩崎書店（物語の王国） 2017年11月

高尾 優斗　たかお・ゆうと
小学6年生、花日の彼氏で人気者の男子 「12歳。[1]だけど、すきだから」 まいた菜穂原作・イラスト;辻みゆき著 小学館（小学館ジュニア文庫） 2013年12月

高尾 優斗　たかお・ゆうと
小学6年生、花日の彼氏で人気者の男子 「12歳。[2]てんこうせい」 まいた菜穂原作・イラスト;辻みゆき著 小学館（小学館ジュニア文庫） 2014年3月

高尾 優斗　たかお・ゆうと
小学6年生、花日の彼氏で人気者の男子 「12歳。[3]きみのとなり」 まいた菜穂原作・イラスト;辻みゆき著 小学館（小学館ジュニア文庫） 2014年7月

高尾 優斗　たかお・ゆうと
小学6年生、花日の彼氏で人気者の男子 「12歳。[4]そして、みらい」 まいた菜穂原作・イラスト;辻みゆき著 小学館（小学館ジュニア文庫） 2015年1月

高尾 優斗　たかお・ゆうと
小学6年生、花日の彼氏で人気者の男子 「12歳。[5]おとなでも、こどもでも」 まいた菜穂原作・イラスト;辻みゆき著 小学館（小学館ジュニア文庫） 2015年7月

高尾 優斗　たかお・ゆうと
小学6年生、花日の彼氏で人気者の男子 「12歳。[6]いまのきもち」 まいた菜穂原作・イラスト;辻みゆき著 小学館（小学館ジュニア文庫） 2016年6月

高尾 優斗　たかお・ゆうと
小学6年生、花日の彼氏で人気者の男子 「12歳。[7]まもりたい」 まいた菜穂原作・イラスト;辻みゆき著 小学館（小学館ジュニア文庫） 2016年12月

高尾 優斗　たかお・ゆうと
小学6年生、花日の彼氏で人気者の男子 「12歳。[8]すきなひとがいます」 まいた菜穂原作・イラスト;辻みゆき著 小学館（小学館ジュニア文庫） 2017年3月

高尾 優斗　たかお・ゆうと
小学6年生、花日の彼氏で人気者の男子 「12歳。アニメノベライズ〜ちっちゃなムネのトキメキ〜 1」 まいた菜穂原作;綾野はるる著 小学館（小学館ジュニア文庫） 2016年5月

高尾 優斗　たかお・ゆうと
小学6年生、花日の彼氏で人気者の男子 「12歳。アニメノベライズ〜ちっちゃなムネのトキメキ〜 2」 まいた菜穂原作;綾野はるる著 小学館（小学館ジュニア文庫） 2016年6月

高尾 優斗　たかお・ゆうと
小学6年生、花日の彼氏で人気者の男子 「12歳。アニメノベライズ〜ちっちゃなムネのトキメキ〜 3」 まいた菜穂原作;綾野はるる著 小学館（小学館ジュニア文庫） 2016年8月

高尾 優斗　たかお・ゆうと
小学6年生、花日の彼氏で人気者の男子 「12歳。アニメノベライズ〜ちっちゃなムネのトキメキ〜 4」 まいた菜穂原作;綾野はるる著 小学館（小学館ジュニア文庫） 2016年8月

たかす

高尾 優斗　たかお・ゆうと
小学6年生、花日の彼氏で人気者の男子　「12歳。アニメノベライズ〜ちっちゃなムネのトキメキ〜 5」まいた菜穂原作;綾野はるる著　小学館(小学館ジュニア文庫)　2016年10月

高尾 優斗　たかお・ゆうと
小学6年生、花日の彼氏で人気者の男子　「12歳。アニメノベライズ〜ちっちゃなムネのトキメキ〜 6」まいた菜穂原作;綾野はるる著　小学館(小学館ジュニア文庫)　2016年12月

高尾 優斗　たかお・ゆうと
小学6年生、花日の彼氏で人気者の男子　「12歳。アニメノベライズ〜ちっちゃなムネのトキメキ〜 7」まいた菜穂原作;綾野はるる著　小学館(小学館ジュニア文庫)　2016年12月

高尾 優斗　たかお・ゆうと
小学6年生、花日の彼氏で人気者の男子　「12歳。アニメノベライズ〜ちっちゃなムネのトキメキ〜 8」まいた菜穂原作;綾野はるる著　小学館(小学館ジュニア文庫)　2017年1月

高木 鈴花　たかぎ・すずか
近所にある「呪いの家」に入ってしまい伽椰子の呪いの標的になってしまった女子高生　「貞子vs伽椰子」山本清史著;白石晃士脚本・監督　小学館(小学館ジュニア文庫)　2016年6月

高樹 総一郎　たかぎ・そういちろう
人気バンド「クリプレ」の所属する事務所の中年男性社長、有名プロデューサー　「カノジョは嘘を愛しすぎてる」宮沢みゆき著;青木琴美原作　小学館(小学館ジュニアシネマ文庫) 2013年11月

高桐 初音　たかぎり・はつね
京都の旧家・高桐家の娘、「セレブガール・スタイル」のブログで話題の六年生　「源氏、絵あわせ、貝あわせ−歴史探偵アン&リック [3]」小森香折作;染谷みのる絵　偕成社　2017年9月

高倉 かりん　たかくら・かりん
中学二年生、明るくてクラスで目立つ女子グループに所属している女の子　「てんからどどん」魚住直子作;けーしん絵　ポプラ社(ノベルズ・エクスプレス)　2016年5月

高倉 詩織　たかくら・しおり
多丸北小学校四年生、捨て犬の里親になりたいがなかなかお母さんに言い出せない女の子　「ルルル♪動物病院 3 きみは子犬のお母さん」後藤みわこ作;十々夜絵　岩崎書店　2016年2月

高倉 涼(姫)　たかくら・りょう(ひめ)
家族に暴力をふるいマンションの部屋にひとり引きこもっている14歳の少女　「ラ・プッツン・エル 6階の引きこもり姫」名木田恵子著　講談社　2013年11月

高坂 麗奈　たかさか・れな
北宇治高校一年生吹奏楽部、担当楽器はトランペットで一年生ながらソロを担当するほど演奏が上手な少女　「響け!ユーフォニアム 北宇治高校吹奏楽部のヒミツの話」武田綾乃著　宝島社(宝島社文庫)　2015年6月

たかし
まんじゅしゃげがさくら山で黒ずきんをかぶった女の子にであった2年生の男の子　「黒ずきんちゃん」稗島千江作;長新太絵　国土社　2013年9月

高杉 晋助　たかすぎ・しんすけ
鬼兵隊を率いる絶対的頭領で達人級の剣術の使い手、万事屋のリーダー・銀時の幼馴染　「銀魂 映画ノベライズ みらい文庫版」空知英秋原作;福田雄一脚本;田中創小説　集英社(集英社みらい文庫)　2017年7月

たかせ

高瀬 はるな　たかせ・はるな
アニメ映画のヒロイン役を演じる女性声優、実力美しさとも声優界トップクラスのやさしい先輩　「声優探偵ゆりんの事件簿〜アフレコスタジオの幽霊〜」　芳村れいな作;美麻りん絵　学研パブリッシング(アニメディアブックス)　2013年3月

高瀬 はるな　たかせ・はるな
実力美しさとも声優界トップクラスの人気女性声優　「声優探偵ゆりんの事件簿〜舞台に潜む闇」　芳村れいな作;美麻りん絵　学研パブリッシング(アニメディアブックス)　2013年6月

高瀬 雅也　たかせ・まさや
高校教師・未香子の教え子、イケてない男子高校生　「幕末高校生」　浜崎達也著;橋部敦子脚本　小学館(小学館ジュニア文庫)　2014年7月

高瀬 美乃里　たかせ・みのり
小学五年生、偶然出会った実くんと一緒に夏休みに銭湯「木島の湯」を手伝った女の子　「美乃里の夏」　藤巻吏絵作;長新太画　福音館書店(福音館文庫)　2015年4月

高瀬 梨乃　たかせ・りの
和菓子屋のひとり娘・杏の同級生、杏の幼なじみの倫也を好きな女の子　「恋する和パティシエール4 ホットショコラにハートのひみつ」　工藤純子作;うっけ絵　ポプラ社(ポプラ物語館)　2013年9月

タカゾー
超能力を持つ小学生・シブガキくんのクラスメート、存在自体が突然消えてしまった少年　「超常現象Qの時間 3 さまよう図書館のピエロ」　九段まもる作;みもり絵　ポプラ社(ポプラポケット文庫)　2015年8月

高台 由布子　たかだい・ゆうこ
名門家系・高台家三兄妹弟の母、思ったことをすべて口にする女性　「高台家の人々 映画ノベライズ みらい文庫版」　森本梢子原作;百瀬しのぶ著;金子ありさ脚本　集英社(集英社みらい文庫)　2016年4月

高田 春　たかだ・はる
あさひ小学校の五年生、学校で起こる霊的な事件を解決する「こわいもの係」の女の子　「五年霊組こわいもの係 4－春、鏡を失う。」　床丸迷人作;浜弓場双絵　KADOKAWA(角川つばさ文庫)　2015年2月

高田 春　たかだ・はる
あさひ小学校の五年生、学校で起こる霊的な事件を解決する「こわいもの係」の女の子　「五年霊組こわいもの係 5－春、鏡の国に行く。」　床丸迷人作;浜弓場双絵　KADOKAWA(角川つばさ文庫)　2015年7月

高田 春　たかだ・はる
あさひ小学校の生徒会長の六年生、学校の先代の「こわいもの係」だった女の子　「五年霊組こわいもの係 10－六人のこわいもの係、黒い穴に挑む。」　床丸迷人作;浜弓場双絵　KADOKAWA(角川つばさ文庫)　2017年3月

高田 春　たかだ・はる
あさひ小学校の生徒会長の六年生、学校の先代の「こわいもの係」だった女の子　「五年霊組こわいもの係 11－六人のこわいもの係、だいだらぼっちと約束する。」　床丸迷人作;浜弓場双絵　KADOKAWA(角川つばさ文庫)　2017年7月

高田 春　たかだ・はる
あさひ小学校の生徒会長の六年生、学校の先代の「こわいもの係」だった女の子　「五年霊組こわいもの係 8－佳乃、もう一人の自分に遭遇する。」　床丸迷人作;浜弓場双絵　KADOKAWA(角川つばさ文庫)　2016年7月

たかな

高田 春　たかだ・はる
あさひ小学校の生徒会長の六年生、学校の先代の「こわいもの係」だった女の子　「五年霊組こわいもの係 9－六人のこわいもの係、霊組に集まる。」床丸迷人作;浜弓場双絵 KADOKAWA（角川つばさ文庫）2016年12月

高田 春　たかだ・はる
あさひ小学校五年一組の演劇クラブに所属する女の子、今年の「五年霊組こわいもの係」をひきついだ子　「五年霊組こわいもの係 3 春、霊組メンバーと対決する。」床丸迷人作;浜弓場双絵　KADOKAWA（角川つばさ文庫）2014年10月

高遠 エリカ　たかとお・えりか
サッカーチーム「桃山プレデター」の女子メンバー、関西から転校してきた勝気なストライカー　「銀河ヘキックオフ!! 3 完結編」川端裕人原作;金巻ともこ著;TYOアニメーションズ絵　集英社（集英社みらい文庫）2013年2月

高徳 愛香　たかとく・あいか
理想に燃える新米の女探偵　「貴族探偵対女探偵 みらい文庫版」麻耶雄嵩作;きろばいと絵　集英社（集英社みらい文庫）2017年5月

たかとしくん
頭がよくてかっこよくてやさしいクラス一の人気もののしまうま　「ともだちはうま」村上しいこ作;田中六大絵　WAVE出版（ともだちがいるよ!）2015年3月

鷹取 円　たかとり・まどか
そうじ大好きな男の子・千尋の大豪邸に住む叔父さん、衣装デザイナー　「少年メイド スーパー小学生・千尋におまかせ!」藤咲あゆな作;乙橘原作絵　KADOKAWA（角川つばさ文庫）2014年9月

鳥遊 飛鳥　たかなし・あすか
山王学園中等部1年生、「電子探偵団」のひとりでパソコン部の秀才少年　「パスワード学校の怪談」松原秀行作;梶山直美絵　講談社（青い鳥文庫）2017年2月

鳥遊 飛鳥　たかなし・あすか
私立山王学園中等部1年生、パソコン部員　「パスワード渦巻き少女（ガール）（風浜電子探偵団事件ノート28 中学生編）」松原秀行作;梶山直美絵　講談社（青い鳥文庫）2013年9月

鳥遊 飛鳥　たかなし・あすか
私立山王学園中等部1年生、パソコン部員　「パスワード東京パズルデート（風浜電子探偵団事件ノート29 中学生編）」松原秀行作;梶山直美絵　講談社（青い鳥文庫）2014年8月

鳥遊 飛鳥　たかなし・あすか
私立山王学園中等部1年生パソコン部員、アイドル野原たまみのドラマのエキストラとして孤島村尾島に行った男の子　「パスワードUMA騒動（風浜電子探偵団事件ノート30 中学生編）」松原秀行作;梶山直美絵　講談社（青い鳥文庫）2015年8月

鳥遊 飛鳥　たかなし・あすか
電子探偵団員、県下一の秀才校山王学園初等部の6年生　「パスワードとホームズ4世new（改訂版）－風浜電子探偵団事件ノート5」松原秀行作;梶山直美絵　講談社（青い鳥文庫）2014年2月

鳥遊 飛鳥　たかなし・あすか
電子探偵団員、県下一の秀才校山王学園初等部の6年生　「パスワード謎旅行new（改訂版）－風浜電子探偵団事件ノート4」松原秀行作;梶山直美絵　講談社（青い鳥文庫）2013年3月

鳥遊 飛鳥　たかなし・あすか
電子探偵団員、県下一の秀才校山王学園初等部の6年生　「続パスワードとホームズ4世new（改訂版）－風浜電子探偵団事件ノート6」松原秀行作;梶山直美絵　講談社（青い鳥文庫）2014年3月

たかな

鳥遊 飛鳥　たかなし・あすか
風浜ベイテレビの「パズル戦国時代」に出演した「電子探偵団」のひとり 「パスワード パズル戦国時代」 松原秀行作;梶山直美絵 講談社(青い鳥文庫) 2017年12月

高梨 花菜　たかなし・はな
海成中学校一年生、頭もよくて性格もいいカンペキな女の子というフリをしているグータラ少女 「めざせ！東大お笑い学部 1 天才ツッコミ少女、登場!?」 針とら作;あきづきりょう絵 KADOKAWA(角川つばさ文庫) 2014年5月

小鳥遊 めぐ　たかなし・めぐ
恋バナがニガテな小学6年生、教室で突然男の子に「好きだ」とささやかれてドキドキしちゃった女の子 「小説小学生のヒミツ 教室」 中江みかよ原作;森川成美文 講談社(講談社KK文庫) 2017年7月

高梨 瑠生　たかなし・りゅうせい
長野県に住む小学六年生、病院でアサギマダラを発見してマーキングした少年 「あした飛ぶ」 束田;澄江作;しんやゆう子絵 学研プラス(ティーンズ文学館) 2017年11月

TAKANE氏　たかねし
近所でも敬遠されている町の不道徳者、定年で辞めたあとも総合警備会社に勤め続けている六十代後半の男 「裏庭は知っている(探偵チームKZ事件ノート)」 藤本ひとみ原作;住滝良文,駒形絵 講談社(青い鳥文庫) 2013年3月

高野 岳也(岳ちゃん)　たかの・たけや(たけちゃん)
三年一組にやってきた動物が大好きな転校生、クラスメイトの草平の幼なじみ 「岳ちゃんはロボットじゃない」 三輪裕子作;福田岩緒絵 佼成出版社 2013年11月

高野 タケル　たかの・たける
同じクラスのソラとユウタと男子弁当部を結成したカワイイ系でしっかり者の小学五年生の男の子 「男子★弁当部 あけてびっくり！オレらのおせち大作戦!」 イノウエミホコ作;東野さとる絵 ポプラ社(ポプラ物語館) 2014年11月

高野 夏芽　たかの・なつめ
しっかり者で学級委員長をしている六年生の女の子 「1% 6－消しさりたい思い」 このはなさくら作;高上優里子絵 KADOKAWA(角川つばさ文庫) 2017年4月

高野 夏芽　たかの・なつめ
好きな人が二人いるしっかり者の小学六年生、99%かなわない恋をしている「チーム1%」のメンバー 「1% 4－好きになっちゃダメな人」 このはなさくら作;高上優里子絵 KADOKAWA(角川つばさ文庫) 2016年8月

高野 夏芽　たかの・なつめ
年下の男の子に片思い中の小学六年生、99%かなわない恋をしている「チーム1%」のメンバー 「1% 1－絶対かなわない恋」 このはなさくら作;高上優里子絵 KADOKAWA(角川つばさ文庫) 2015年8月

高野 夏芽　たかの・なつめ
恋にがんばる6年生の女子グループ「チーム1%」のメンバー、年下の男の子に片思い中の女の子 「1% 3－だれにも言えないキモチ」 このはなさくら作;高上優里子絵 KADOKAWA(角川つばさ文庫) 2016年4月

高萩 音斗　たかはぎ・おと
原因不明の虚弱体質な男の子 「ばんぱいやのパフェ屋さん [1]「マジックアワー」へようこそ」 佐々木禎子[著] ポプラ社(teenに贈る文学) 2017年4月

高萩 音斗　たかはぎ・おと
原因不明の虚弱体質な男子中学生、吸血鬼の末裔 「ばんぱいやのパフェ屋さん [2] 真夜中の人魚姫」 佐々木禎子[著] ポプラ社(teenに贈る文学) 2017年4月

たかは

高萩 音斗　たかはぎ・おと
原因不明の虚弱体質な男子中学生、吸血鬼の末裔 「ばんぱいやのパフェ屋さん [3] 禁断の恋」 佐々木禎子［著］ ポプラ社(teenに贈る文学) 2017年4月

高萩 音斗　たかはぎ・おと
原因不明の虚弱体質な男子中学生、吸血鬼の末裔 「ばんぱいやのパフェ屋さん [4] 恋する逃亡者たち」 佐々木禎子［著］ ポプラ社(teenに贈る文学) 2017年4月

高萩 音斗　たかはぎ・おと
原因不明の虚弱体質な男子中学生、吸血鬼の末裔 「ばんぱいやのパフェ屋さん [5] 雪解けのパフェ」 佐々木禎子［著］ ポプラ社(teenに贈る文学) 2017年4月

高橋　たかはし
謎の紳士「貴族探偵」の料理人、六十歳過ぎの小柄な老人 「貴族探偵対女探偵 みらい文庫版」 麻耶雄嵩作;きろばいと絵 集英社(集英社みらい文庫) 2017年5月

高橋 圭　たかはし・けい
女子大生のゆきながが入部した人力飛行機のサークル「T.S.L」のパイロット班の優しい先輩 「トリガール!」 中村航作;菅野マナミ絵 KADOKAWA（角川つばさ文庫) 2017年8月

高橋 広太　たかはし・こうた
父島から千葉県に引っこしてきた小学三年生、水族館から脱走したペンギンをさがしにいった男の子 「脱走ペンギンを追いかけて」 山本省三作;コマツシンヤ絵 佼成出版社(いのちいきいきシリーズ) 2016年3月

高橋 さおり　たかはし・さおり
富士ケ丘高校3年生で演劇部部長、脚本と演出担当者 「幕が上がる」 平田オリザ原作;喜安浩平脚本 講談社(青い鳥文庫) 2015年2月

高橋 重吉　たかはし・じゅうきち
江戸っ子の小学三年生・しげぞうといっしょにくらしているひいおじいさん 「江戸っ子しげぞう あたらしい友だちができたんでい!の巻(江戸っ子しげぞうシリーズ2)」 本田久作作;杉崎貴史絵 ポプラ社 2017年4月

高橋先生　たかはしせんせい
シェパード犬のアルマの飼い主・健太の担任の先生 「さよなら、アルマ ぼくの犬が戦争に」 水野宗徳作;pon-marsh絵 集英社(集英社みらい文庫) 2015年8月

高橋 雄太　たかはし・ゆうた
小学生が電車旅行するチーム「T3」のメンバー、「乗り鉄」の小学五年生の男の子 「電車で行こう! GO!GO!九州新幹線!!」 豊田巧作;裕龍ながれ絵 集英社(集英社みらい文庫) 2014年7月

高橋 雄太　たかはし・ゆうた
小学生が電車旅行するチーム「T3」のメンバー、「乗り鉄」の小学五年生の男の子 「電車で行こう! ショートトリップ&トリック!京王線で行く高尾山!!」 豊田巧作;裕龍ながれ絵 集英社(集英社みらい文庫) 2014年12月

高橋 雄太　たかはし・ゆうた
小学生が電車旅行するチーム「T3」のメンバー、「乗り鉄」の小学五年生の男の子 「電車で行こう! 乗客が消えた!?南国トレイン・ミステリー」 豊田巧作;裕龍ながれ絵 集英社(集英社みらい文庫) 2014年8月

高橋 雄太　たかはし・ゆうた
小学生が電車旅行するチーム「T3」のメンバー、「乗り鉄」の小学五年生の男の子 「電車で行こう! 特急ラピートで海をわたれ!!」 豊田巧作;裕龍ながれ絵 集英社(集英社みらい文庫) 2014年4月

たかは

高橋 雄太　たかはし・ゆうた
小学生が電車旅行するチーム「T3」のメンバー、「乗り鉄」の小学五年生の男の子 「電車で行こう! 夢の「スーパーこまち」と雪の寝台特急」 豊田巧作;裕龍ながれ絵　集英社(集英社みらい文庫) 2013年12月

高橋 雄太　たかはし・ゆうた
小学生が電車旅行するチーム「T3」のメンバー、「乗り鉄」の小学五年生の男の子 「電車で行こう! 約束の列車を探せ!真岡鐵道とひみつのSL」 豊田巧作;裕龍ながれ絵　集英社(集英社みらい文庫) 2016年8月

高橋 雄太　たかはし・ゆうた
小学生が電車旅行するチーム「T3」のメンバー、電車の運転手になりたい「乗り鉄」の小学五年生の男の子 「電車で行こう! サンライズ出雲と、夢の一畑電車!」 豊田巧作;裕龍ながれ絵　集英社(集英社みらい文庫) 2015年3月

高橋 雄太　たかはし・ゆうた
小学生が電車旅行するチーム「T3」のメンバー、電車の運転手になりたい「乗り鉄」の小学五年生の男の子 「電車で行こう! ハートのつり革を探せ!駿豆線とリゾート21で伊豆大探検!!」 豊田巧作;裕龍ながれ絵　集英社(集英社みらい文庫) 2015年7月

高橋 雄太　たかはし・ゆうた
小学生が電車旅行するチーム「T3」のメンバー、電車の運転手になりたい「乗り鉄」の小学五年生の男の子 「電車で行こう! 山手線で東京・鉄道スポット探検!」 豊田巧作;裕龍ながれ絵　集英社(集英社みらい文庫) 2016年1月

高橋 雄太　たかはし・ゆうた
小学生が電車旅行するチーム「T3」のメンバー、電車の運転手になりたい「乗り鉄」の小学五年生の男の子 「電車で行こう! 絶景列車・伊予灘ものがたりと、四国一周の旅」 豊田巧作;裕龍ながれ絵　集英社(集英社みらい文庫) 2016年10月

高橋 雄太　たかはし・ゆうた
小学生が電車旅行するチーム「T3」のメンバー、電車の運転手になりたい「乗り鉄」の小学五年生の男の子 「電車で行こう! 川崎の秘境駅と、京急線で桜前線を追え!」 豊田巧作;裕龍ながれ絵　集英社(集英社みらい文庫) 2016年3月

高橋 雄太　たかはし・ゆうた
小学生が電車旅行するチーム「T3」のメンバー、電車の運転手になりたい「乗り鉄」の小学五年生の男の子 「電車で行こう! 北海道新幹線と函館本線の謎。時間を超えたミステリー!」 豊田巧作;裕龍ながれ絵　集英社(集英社みらい文庫) 2016年7月

高橋 雄太　たかはし・ゆうた
小学生が電車旅行するチーム「T3」のメンバー、電車の運転手になりたい「乗り鉄」の小学五年生の男の子 「電車で行こう! 北陸新幹線とアルペンルートで、極秘の大脱出!」 豊田巧作;裕龍ながれ絵　集英社(集英社みらい文庫) 2015年9月

高橋 雄太　たかはし・ゆうた
電車が好きな小学生四人グループ「T3」のメンバー、ダークブルーの新幹線に乗車した男の子 「電車で行こう! 黒い新幹線に乗って、行先不明のミステリーツアーへ」 豊田巧作;裕龍ながれ絵　集英社(集英社みらい文庫) 2017年4月

高橋 雄太　たかはし・ゆうた
電車が好きな小学生四人グループ「T3」のメンバー、水色のロマンスカーに乗車した男の子 「電車で行こう! 小田急ロマンスカーと、迫る高速鉄道!」 豊田巧作;裕龍ながれ絵　集英社(集英社みらい文庫) 2017年8月

高橋 律子(リツコ先生)　たかはし・りつこ(りつこせんせい)
童守高校の美人化学科教師、幽霊や妖怪を信じない先生 「地獄先生ぬ〜べ〜 ドラマノベライズ ありがとう、地獄先生!!」 真倉翔原作;岡野剛原作;岡崎弘明著;マルイノ絵　集英社(集英社みらい文庫) 2015年2月

高浜 浩介　たかはま・こうすけ
とくべつな霊媒体質の小学五年生、怪談収集家の山岸さんの助手をつとめる男の子「怪談収集家 山岸良介と学校の怪談」緑川聖司作;竹岡美穂絵　ポプラ社(ポプラポケット文庫) 2016年12月

高浜 浩介　たかはま・こうすけ
とくべつな霊媒体質の小学五年生、怪談収集家の山岸さんの助手をつとめる男の子「怪談収集家 山岸良介と人形村」緑川聖司作;竹岡美穂絵　ポプラ社(ポプラポケット文庫) 2017年12月

高浜 浩介　たかはま・こうすけ
とくべつな霊媒体質の小学五年生、怪談収集家の山岸さんの助手をつとめる男の子「怪談収集家 山岸良介の冒険」緑川聖司作;竹岡美穂絵　ポプラ社(ポプラポケット文庫) 2016年7月

高浜 浩介　たかはま・こうすけ
優れた霊媒体質の小学五年生、怪談収集家の山岸さんの助手をすることになった男の子「怪談収集家 山岸良介の帰還」緑川聖司作;竹岡美穂絵　ポプラ社(ポプラポケット文庫) 2015年12月

高浜 偉生　たかはま・よしお
茨城県の高砂中学校三年生、日本一の鉱物学者になることを夢見ている少年「石を抱くエイリアン」濱野京子著　偕成社　2014年3月

高原 光　たかはら・ひかる
小学五年生、亡くなったおじいちゃんの飼い犬・リキを家で引き取った男の子「天国の犬ものがたり－僕の魔法」堀田敦子原作;藤咲あゆな著　小学館(小学館ジュニア文庫) 2017年11月

高広　たかひろ
県立逢魔高校の生徒、誰もいない夜の学校でクラスメイトの遥のバラバラになった「カラダ」を探すことになった男の子「カラダ探し 1」ウェルザード著;woguraイラスト　双葉社(双葉社ジュニア文庫) 2016年11月

高広　たかひろ
県立逢魔高校の生徒、誰もいない夜の学校でクラスメイトの遥のバラバラになった「カラダ」を探すことになった男の子「カラダ探し 2」ウェルザード著;woguraイラスト　双葉社(双葉社ジュニア文庫) 2017年3月

高広　たかひろ
県立逢魔高校の生徒、誰もいない夜の学校でクラスメイトの遥のバラバラになった「カラダ」を探すことになった男の子「カラダ探し 3」ウェルザード著;woguraイラスト　双葉社(双葉社ジュニア文庫) 2017年7月

高松くん　たかまつくん
6年生の女の子ひじりが気になっている男の子、ちがう組の眼鏡をかけたシャイ男子「小説 小学生のヒミツ おさななじみ」中江みかよ原作;森川成美文　講談社(講談社KK文庫) 2017年4月

高峰 夏希　たかみね・なつき
中学一年の八枝が部長をつとめる環境部に悩みを相談しにきた女の子・高峰さん「おなやみ相談部」みうらかれん著　講談社　2015年8月

高峯 秀臣　たかみね・ひでおみ
図書委員の中学二年生、同じクラスの野々香から図書委員の栄光をうばいとった男の子「だいじな本のみつけ方」大崎梢著　光文社(Book With You) 2014年10月

田上 良治　たがみ・りょうじ
全国大会出場を決めた八頭森東中学校野球部のファースト、キャッチャーの山城瑞希の幼なじみ「グラウンドの詩」あさのあつこ著　角川書店　2013年7月

たかや

多賀谷 エイジ　たがや・えいじ
三ノ宮尊徳の家・正源寺の檀家の息子、学校へ行っていない高校二年生 「ぼくらのジャロン」 山崎玲子作;羽尻利門絵　国土社　2017年12月

高屋敷 美音　たかやしき・みお
夕陽の丘小学校の児童会の副会長、予言者とみんなから呼ばれている六年生 「トリプル・ゼロの算数事件簿 ファイル4」 向井湘吾作;イケダケイスケ絵　ポプラ社(ポプラポケット文庫)　2016年12月

高屋敷 美音　たかやしき・みお
夕陽の丘小学校の児童会の副会長、予言者とみんなから呼ばれている六年二組の少女 「トリプル・ゼロの算数事件簿 ファイル6」 向井湘吾作;イケダケイスケ絵　ポプラ社(ポプラポケット文庫)　2017年11月

高柳 一条　たかやなぎ・いちじょう
八王子の鳳城学園でトップの成績の高校1年生、陰陽師の家系の少年 「RDG レッドデータガール 6 星降る夜に願うこと」 荻原規子著　KADOKAWA(角川スニーカー文庫)　2014年2月

高柳 一条　たかやなぎ・いちじょう
八王子の鳳城学園の高校1年生、陰陽師一族の御曹司で式神を駆使する少年 「RDG－レッドデータガール 氷の靴ガラスの靴」 荻原規子著　KADOKAWA　2017年12月

高山 圭太　たかやま・けいた
看護師のお母さんが夜勤の日に星ノ川の川原でこっそりキャンプをしている少年 「流れ星キャンプ」 嘉成晴香作;宮尾和孝絵　あかね書房(スプラッシュ・ストーリーズ)　2016年10月

宝田 珠梨　たからだ・じゅり
私立九頭竜学院に通う占い屋の中1の娘、龍神界から来た4人の王子たちの世話をする女の子 「龍神王子(ドラゴン・プリンス)! 10」 宮下恵茉作;kaya8絵　講談社(青い鳥文庫)　2017年8月

宝田 珠梨　たからだ・じゅり
私立九頭竜学院に通う占い屋の中1の娘、龍神界から来た4人の王子たちの世話をする女の子 「龍神王子(ドラゴン・プリンス)! 11」 宮下恵茉作;kaya8絵　講談社(青い鳥文庫)　2017年12月

宝田 珠梨　たからだ・じゅり
私立九頭竜学院に通う占い屋の中1の娘、龍神界から来た4人の王子たちの世話をする女の子 「龍神王子(ドラゴン・プリンス)! 3」 宮下恵茉作;kaya8絵　講談社(青い鳥文庫)　2014年12月

宝田 珠梨　たからだ・じゅり
私立九頭竜学院に通う占い屋の中1の娘、龍神界から来た4人の王子たちの世話をする女の子 「龍神王子(ドラゴン・プリンス)! 4」 宮下恵茉作;kaya8絵　講談社(青い鳥文庫)　2015年6月

宝田 珠梨　たからだ・じゅり
私立九頭竜学院に通う占い屋の中1の娘、龍神界から来た4人の王子たちの世話をする女の子 「龍神王子(ドラゴン・プリンス)! 5」 宮下恵茉作;kaya8絵　講談社(青い鳥文庫)　2015年11月

宝田 珠梨　たからだ・じゅり
私立九頭竜学院に通う占い屋の中1の娘、龍神界から来た4人の王子たちの世話をする女の子 「龍神王子(ドラゴン・プリンス)! 6」 宮下恵茉作;kaya8絵　講談社(青い鳥文庫)　2016年4月

宝田 珠梨　たからだ・じゅり
私立九頭竜学院に通う占い屋の中1の娘、龍神界から来た4人の王子たちの世話をする女の子　「龍神王子(ドラゴン・プリンス)! 7」宮下恵茉作;kaya8絵　講談社(青い鳥文庫)2016年8月

宝田 珠梨　たからだ・じゅり
私立九頭竜学院に通う占い屋の中1の娘、龍神界から来た4人の王子たちの世話をする女の子　「龍神王子(ドラゴン・プリンス)! 8」宮下恵茉作;kaya8絵　講談社(青い鳥文庫)2016年12月

宝田 珠梨　たからだ・じゅり
私立九頭竜学院に通う占い屋の中1の娘、龍神界から来た4人の王子たちの世話をする女の子　「龍神王子(ドラゴン・プリンス)! 9」宮下恵茉作;kaya8絵　講談社(青い鳥文庫)2017年4月

宝田 珠梨　たからだ・じゅり
私立九頭竜学院に通う中学1年生、鳴神商店街の「占いハウス・龍の門」の娘　「龍神王子(ドラゴン・プリンス)! 1」宮下恵茉作;kaya8絵　講談社(青い鳥文庫)　2014年2月

宝田 珠梨　たからだ・じゅり
私立九頭竜学院に通う中学1年生、鳴神商店街の「占いハウス・龍の門」の娘　「龍神王子(ドラゴン・プリンス)! 2」宮下恵茉作;kaya8絵　講談社(青い鳥文庫)　2014年7月

宝田 光希　たからだ・みつき
凄腕美少女探偵・降矢木すぴかと事件に巻きこまれ探偵助手をすることになった男子中学生　「降矢木すぴかと魔の洋館事件」芦辺拓著　講談社(Ya! entertainment)　2015年10月

高良 祐三(タカゾー)　たから・ゆうぞう(たかぞー)
超能力を持つ小学生・シブガキくんのクラスメート、存在自体が突然消えてしまった少年「超常現象Qの時間 3 さまよう図書館のピエロ」九段まもる作;みもり絵　ポプラ社(ポプラポケット文庫)　2015年8月

田川さん　たがわさん
占い師『紅てる子』の屋敷で働いているじいや、料理上手のおじいさん　「占い屋敷のプラネタリウム」西村友里作;松蔦舞夢画　金の星社　2017年5月

多岐川 星乃　たきがわ・ほしの
祖母が住むアサギマダラで有名な姫島に母親と引っこしてきた小学六年生、心を閉ざし毎日を過ごしている女の子　「あした飛ぶ」束田;澄江作;しんやゆう子絵　学研プラス(ティーンズ文学館)　2017年11月

滝口 ユウタ　たきぐち・ゆうた
同じクラスのソラとタケルと男子弁当部を結成したお調子者でスポーツ万能の小学五年生の男の子　「男子★弁当部 あけてびっくり! オレらのおせち大作戦!」イノウエミホコ作;東野さとる絵　ポプラ社(ポプラ物語館)　2014年11月

滝沢 興国　たきざわ・おきくに
江戸時代の作家、座敷童が住む飯田町中坂下の狭い家の二階で暮らす五十六歳の男「馬琴先生、妖怪です!」楠木誠一郎作;亜沙美絵　静山社　2016年10月

滝沢 早季子　たきざわ・さきこ
花和小学校六年二組、クラスメイトの崎谷美空にあこがれている女の子　「友恋×12歳」名木田恵子作;山田デイジー絵　講談社(青い鳥文庫)　2015年10月

滝沢 未奈　たきざわ・みな
前回の「絶体絶命ゲーム」で優勝し1億円を手に入れた女の子、高所恐怖症の少女　「絶体絶命ゲーム 2 死のタワーからの大脱出」藤ダリオ作;さいね絵　KADOKAWA(角川つばさ文庫)　2017年7月

たきざ

滝沢 未奈　たきざわ・みな
病気の妹の手術費用のため賞金1億円の「絶体絶命ゲーム」に参加した女の子　「絶体絶命ゲーム 1億円争奪サバイバル」　藤ダリオ作;さいね絵　KADOKAWA（角川つばさ文庫）2017年2月

滝下 歩　たきした・あゆむ
安倍ハルマキ先生が受け持つ森野小学校五年五組の男子、クラスメイトの晴人の親友「五年護組・陰陽師先生」　五十嵐ゆうさく作;塩島れい絵　集英社（集英社みらい文庫）2016年9月

多吉（三島屋の多吉）　たきち（みしまやのたきち）
関東大震災のとき東京へ行っていて行方がしれなくなった子供　「とんでろじいちゃん」　山中恒作;そがまい絵　童話館出版（子どもの文学・青い海シリーズ）　2017年3月

滝 昇　たき・のぼる
京都府立北宇治高校吹奏楽部の新しい顧問、柔らかな物腰で厳しい指導をする音楽教師「響け!ユーフォニアム [1] 北宇治高校吹奏楽部へようこそ」　武田綾乃著　宝島社（宝島社文庫）　2013年12月

ダキリス
『片割れの巫女』リランの親友、魔王カーンに身体を乗っ取られていた少年　「エリアの魔剣5」　風野潮作;そらめ絵　岩崎書店（YA! フロンティア）　2013年3月

田口 研作　たぐち・けんさく
東小の四年生、六年生のらん子の弟　「ママは12歳」　山中恒作;上倉エク絵　KADOKAWA（角川つばさ文庫）　2015年9月

田口 大作　たぐち・だいさく
東小の一年生、六年生のらん子の弟　「ママは12歳」　山中恒作;上倉エク絵　KADOKAWA（角川つばさ文庫）　2015年9月

田口 智也　たぐち・ともや
白鷺小学校五年生、児童書コーナーが充実した「アカシア書店」が大好きな将来マンガ家志望の少年　「アカシア書店営業中!」　濱野京子作;森川泉絵　あかね書房（スプラッシュ・ストーリーズ）　2015年9月

田口 ふみお　たぐち・ふみお
「T3」のメンバーで「撮り鉄」の未来の小学二年生の時の友達　「電車で行こう! 約束の列車を探せ!真岡鐵道とひみつのSL」　豊田巧作;裕龍ながれ絵　集英社（集英社みらい文庫）2016年8月

田口 真琴　たぐち・まこと
"イケてる家事する部活"の部員で部長のアオイの親友、兼部している陸上部のエース　「イケカジなぼくら 3 イジメに負けないパウンドケーキ☆」　川崎美羽作;an絵　KADOKAWA（角川つばさ文庫）　2013年10月

田口 らん子　たぐち・らんこ
東小六年一組、亡くなったママの代わりに弟たちの母親になろうとしている三人姉弟の長女　「ママは12歳」　山中恒作;上倉エク絵　KADOKAWA（角川つばさ文庫）　2015年9月

ダクドリー
夢をあやつる魔法をつかいこなす下級悪魔　「魔法屋ポプル ステキな夢のあまいワナ」堀口勇太作;玖珂つかさ絵　ポプラ社（ポプラポケット文庫）　2013年1月

ダークプリキュア
伝説の戦士プリキュアのキュアムーンライトを倒すためだけに存在している人造人間　「小説ハートキャッチプリキュア！」　東堂いづみ原作;山田隆司著　講談社（講談社キャラクター文庫）　2015年9月

298

たけし

拓真　たくま
黒板の花太郎さんという妖怪が出るとうわさの三年三組になった小学生の男の子 「三年三組黒板の花太郎さん」 草野あきこ作;北村裕花絵 岩崎書店（おはなしガーデン） 2016年9月

拓実　たくみ
究極のいじめられっ子、クラスが変わっても転校してもずっと暴力の標的になってきた五年生の少年 「おひさまへんにブルー」 花形みつる著 国土社 2015年5月

匠鬼　たくみおに
器用な手先で神ワザ的な作品を仕上げてくれる工作職人のようなもののけ 「もののけ屋[2]二丁目の卵屋にご用心」 廣嶋玲子作;東京モノノケ絵 静山社 2016年9月

たくみさん
建中寺のイケメンのお坊さん、6年生の勝のお母さんの幼なじみ 「図書室のふしぎな出会い」 小原麻由美作;こぐれけんじろう絵 文研出版（文研じゅべにーる） 2014年6月

托美 蓮　たくみ・れん
流星学園中等部2年生でダンス部のスター、1年生の柚のあこがれの先輩 「ポレポレ日記（ダイアリー）わたしの居場所」 倉橋燿子作;堀泉インコ絵 講談社（青い鳥文庫） 2016年11月

タクヤ
うでずもう大会をすることになった4年3組の男の子、体が大きくてうでずもうが強い子 「ネバーギブアップ!」 くすのきしげのり作;山本孝絵 小学館 2013年7月

タクヤ
ペットショップででっかいタマゴをもらった二年生の男の子 「うまれたよ、ペットントン」 服部千春作;村上康成絵 岩崎書店（おはなしトントン） 2013年8月

たくやくん
十さいのオスねこ・トラキチをかっている一年生、元気がないトラキチのためにかんづめを買ってきた男の子 「ねこのかんづめ」 北ふうこ作 学研教育出版（キッズ文学館） 2013年7月

武井 遼介　たけい・りょうすけ
桜ヶ丘中サッカー部の三年生でキャプテン 「サッカーボーイズ15歳」 はらだみずき作;ゴツボリュウジ絵 KADOKAWA（角川つばさ文庫） 2013年11月

武井 遼介　たけい・りょうすけ
桜ヶ丘中サッカー部の三年生でキャプテン、最後の試合目前で膝にケガを負った少年 「サッカーボーイズ卒業」 はらだみずき作;ゴツボリュウジ絵 KADOKAWA（角川つばさ文庫） 2016年11月

武井 遼介　たけい・りょうすけ
桜ヶ丘中学校サッカー部のキャプテン、サッカー一筋の中学二年生 「サッカーボーイズ14歳－蝉時雨のグラウンド」 はらだみずき作;ゴツボリュウジ絵 角川書店（角川つばさ文庫） 2013年1月

竹内 奏斗　たけうち・かなと
男の子にも女の子にも人気がありとらえどころのない性格の中学一年生の男の子 「木曜日は曲がりくねった先にある」 長江優子著 講談社 2013年8月

タケオ
田舎の研究所でタンシンフニンをしてるパパに夏休みに会いにきた十歳の男の子 「キノコのカミサマ」 花形みつる作;鈴木裕之絵 金の星社 2016年7月

タケシ
小学生姉弟のユリとマサの叔父、内閣特別秘密調査室に属する捜査官 「遠い国から来た少年 2 パパとママは機械人間!?」 黒野伸一作;荒木慎司絵 新日本出版社 2017年11月

たけし

タケシ
龍魔王にさらわれた妹のマリーを救出するため地底に向かったいじめられっこの少年 「地底の大冒険－タケシと影を喰らう龍魔王」 私市保彦作;いしいつとむ画 てらいんく 2015年9月

タケシ（日比 剛志） たけし（ひび・たけし）
七曲小五年生、野球チーム「フレンズ」を友だちの純とケイと作ったの男の子 「プレイボール 2 ぼくらの野球チームを守れ!」 山本純士作;宮尾和孝絵 KADOKAWA（角川つばさ文庫） 2014年1月

タケシ（日比 剛志） たけし（ひび・たけし）
七曲小六年生の男の子、野球チーム「フレンズ」の剛速球を投げるピッチャー 「プレイボール 3 ぼくらのチーム、大ピンチ!」 山本純士作;宮尾和孝絵 KADOKAWA（角川つばさ文庫） 2015年5月

タケじい
中学三年生の夏芽がサマーステイする「宝山寺」の住職 「小やぎのかんむり」 市川朔久子著 講談社 2016年4月

タケゾー
探偵チーム「アルセーヌ探偵クラブ」に新加入したクールな転校生、推理と調査能力がある中学一年生 「探偵なら30分前に脱出せよ。」 松原秀行作;菅野マナミ絵 KADOKAWA（角川つばさ文庫） 2015年1月

武田 菜穂 たけだ・なほ
「KZリサーチ事務所」のメンバーの彩のクラスメイト、クラスを取り仕切るグループに入っている中学一年生の少女 「初恋は知っている 若武編（探偵チームKZ事件ノート）」 藤本ひとみ原作;住滝良文;駒形絵 講談社（青い鳥文庫） 2013年7月

岳ちゃん たけちゃん
三年一組にやってきた動物が大好きな転校生、クラスメイトの草平の幼なじみ 「岳ちゃんはロボットじゃない」 三輪裕子作;福田岩緒絵 佼成出版社 2013年11月

竹中 柴乃 たけなか・しの
双子の少女・愛が通う高校の転校生、耳が聞こえず話すことができない少女 「小林が可愛すぎてツライっ!! ～放課後が過激すぎてヤバイっ!!」 村上アンズ著;池山田剛原作・イラスト 小学館（小学館ジュニア文庫） 2013年7月

竹ノ内 彼方 たけのうち・かなた
慶明大学附属中等部の三年生、莉花のパパがお見合いをした彩也子さんの息子 「キミは宙（そら）のすべて たったひとつの星」 新倉なつき著;能登山けいこ原作・イラスト 小学館（小学館ジュニア文庫） 2014年6月

竹の内 正ざえもん（レオナルド） たけのうち・しょうざえもん（れおなるど）
かべの中にあるカエル王国のお姫様・陽芽の家来、小学四年生のカエル人間 「カエル王国のプリンセス デートの三原則!?」 吉田純子作;加々見絵里絵 ポプラ社（ポプラポケット文庫ガールズ） 2014年6月

竹の内 正ざえもん（レオナルド） たけのうち・しょうざえもん（れおなるど）
かべの中にあるカエル王国のお姫様・陽芽の家来、小学四年生のカエル人間 「カエル王国のプリンセス フレー！フレー！ラブラブ大作戦」 吉田純子作;加々見絵里絵 ポプラ社（ポプラポケット文庫ガールズ） 2014年10月

竹の内 正ざえもん（レオナルド） たけのうち・しょうざえもん（れおなるど）
かべの中にあるカエル王国のお姫様・陽芽の家来、小学四年生のカエル人間 「カエル王国のプリンセス ライバルときどき友だち?」 吉田純子作;加々見絵里絵 ポプラ社（ポプラポケット文庫ガールズ） 2015年1月

たさき

竹の内 正ざえもん(レオナルド)　たけのうち・しょうざえもん(れおなるど)
かべの中にあるカエル王国のお姫様・陽芽の家来、小学四年生のカエル人間 「カエル王国のプリンセス 王子様はキューピッド?」 吉田純子作;加々見絵里絵 ポプラ社(ポプラポケット文庫ガールズ) 2015年6月

竹の内 正ざえもん(レオナルド)　たけのうち・しょうざえもん(れおなるど)
かべの中にあるカエル王国のお姫様に選ばれた陽芽の家来、小学四年生のカエル人間 「カエル王国のプリンセス あたし、お姫様になる!?」 吉田純子作;加々見絵里絵 ポプラ社 (ポプラポケット文庫ガールズ) 2014年3月

竹村 猛　たけむら・たける
三軒茶屋のタウンハウス「ぼだい樹荘」の大家、14歳のレオと親友になった老人 「星空ロック」 那須田淳著 あすなろ書房 2013年12月

竹村 猛(ケチル)　たけむら・たける(けちる)
タウンハウス「ぼだい樹荘」のケチで名をはせている大家、若いころドイツにいた九十歳すぎで独身のじいさん 「星空ロック」 那須田淳著 ポプラ社(ポプラ文庫ピュアフル) 2016年7月

ダコツ
中1の珠梨をねらって学校に入りこんできた変幻自在の「邪の者」 「龍神王子(ドラゴン・プリンス)! 3」 宮下恵茉作;kaya8絵 講談社(青い鳥文庫) 2014年12月

太宰 修治　だざい・しゅうじ
パリに留学中の高校生ピアニスト、高校二年生の蘭の幼なじみで彼氏 「泣いちゃいそうだよ≪高校生編≫ 蘭の花が咲いたら」 小林深雪著;牧村久実画 講談社(Ya! entertainment) 2017年10月

太宰 修治(修ちゃん)　だざい・しゅうじ(しゅうちゃん)
高校2年生の小川蘭の幼なじみ、ピアノの勉強でパリに留学している男の子 「泣いちゃいそうだよ<高校生編>秘密の花占い」 小林深雪著;牧村久実画 講談社(YA!ENTERTAINMENT) 2013年11月

太宰 ヒカル　だざい・ひかる
成績優秀者だけが通える勉強第一の超エリート校・オメガ高校の女生徒、生徒会会計長 「エリートジャック!! ミラクルガールは止まらない!!」 宮沢みゆき著;いわおかめめ原作・イラスト 小学館(小学館ジュニア文庫) 2014年3月

太宰 ヒカル　だざい・ひかる
勉強第一の超エリート校・オメガ高校の生徒会会計長、絶対音感を持つ女の子 「エリートジャック!! ミラクルチャンスをつかまえろ!!」 宮沢みゆき著;いわおかめめ原作・イラスト 小学館(小学館ジュニア文庫) 2015年3月

太宰 ヒカル　だざい・ひかる
勉強第一の超エリート校・オメガ高校の生徒会会計長、絶対音感を持つ女の子 「エリートジャック!! めざせ、ミラクル大逆転!!」 宮沢みゆき著;いわおかめめ原作・イラスト 小学館 (小学館ジュニア文庫) 2014年8月

太宰 ヒカル　だざい・ひかる
勉強第一の超エリート校・オメガ高校の生徒会会計長、絶対音感を持つ女の子 「エリートジャック!! 発令!ミラクルプロジェクト!!」 宮沢みゆき著;いわおかめめ原作・イラスト 小学館 (小学館ジュニア文庫) 2015年11月

田崎 大樹　たさき・だいき
「地域ふれあい交流会」の実行委員に任命された高校三年生、野球部の元エース 「心が叫びたがってるんだ。実写映画ノベライズ版」 超平和バスターズ原作;熊澤尚人監督;時海結以著;まなべゆきこ脚本 小学館(小学館ジュニア文庫) 2017年7月

301

だしる

ダシルバ・バネッサ（バネッサ）
学校でも家でも不満ばかりで別の世界で別の自分になりたいと考えているブラジル人の五年生の少女 「神隠しの教室」 山本悦子作;丸山ゆき絵 童心社 2016年10月

太助くん　たすけくん
ほおずき長屋の近くに住んでいる男の子、寿司売りのむすこ 「猫侍－玉之丞とほおずき長屋のお涼」 いとう縁凛作;AMG出版作;九条M十絵 ポプラ社（ポプラポケット文庫） 2014年3月

タスケさん
靴を直したり作ったりする「タスケ靴店」の店主、ひょうばんの靴屋の一番弟子だった青年 「靴屋のタスケさん」 角野栄子作;森環絵 偕成社 2017年7月

多田 金五郎（坊っちゃん）　ただ・きんごろう（ぼっちゃん）
私立松山学苑中等部三年生・清太の担任、猫が大好きな男 「リライトノベル 坊っちゃん」 夏目漱石原作;駒井和緒文;雪広うたこ絵 講談社（YA! ENTERTAINMENT） 2015年2月

ただの たろう　ただの・たろう
おかしの国のケーキグランプリコンテストにエントリーしたケーキ小学校二年生の少年 「ねこ天使とおかしの国に行こう！」 中井俊巳作;木村いこ絵 PHP研究所（とっておきのどうわ） 2017年3月

多田良 舜一　たたら・しゅんいち
瀬戸内海に浮かぶ赤涙島に住む多田良家の当主、十五歳の少年 「IQ探偵ムー 赤涙島の秘密」 深沢美潮作 ポプラ社（ポプラカラフル文庫） 2016年10月

立川 葵　たちかわ・あおい
"イケてる家事する部活"イケカジ部の部長、一流のファッションモデルになるのが夢の中学一年生の女の子 「イケカジなぼくら 3 イジメに負けないパウンドケーキ☆」 川崎美羽作;an絵 KADOKAWA（角川つばさ文庫） 2013年10月

立川 葵　たちかわ・あおい
山ノ上学園中等部二年生、イケてる家事をする部活「イケカジ部」を作った少女 「イケカジなぼくら 10 色とりどり☆恋心キャンディー」 川崎美羽作;an絵 KADOKAWA（角川つばさ文庫） 2016年11月

立川 葵　たちかわ・あおい
山ノ上学園中等部二年生、イケてる家事をする部活「イケカジ部」を作った少女 「イケカジなぼくら 9 ゆれるハートとクラッシュゼリー」 川崎美羽作;an絵 KADOKAWA（角川つばさ文庫） 2016年5月

立川 葵　たちかわ・あおい
私立山ノ上学園中等部一年生、イケてる家事をする部活「イケカジ部」の部長 「イケカジなぼくら 4 なやめる男子たちのガレット☆」 川崎美羽作;an絵 KADOKAWA（角川つばさ文庫） 2014年3月

立川 葵　たちかわ・あおい
私立山ノ上学園中等部一年生、イケてる家事をする部活「イケカジ部」の部長 「イケカジなぼくら 5 手編みのマフラーにたくした」 川崎美羽作;an絵 KADOKAWA（角川つばさ文庫） 2014年9月

立川 葵　たちかわ・あおい
私立山ノ上学園中等部一年生、イケてる家事をする部活「イケカジ部」の部長 「イケカジなぼくら 6 本命チョコはだれの手に☆」 川崎美羽作;an絵 KADOKAWA（角川つばさ文庫） 2014年12月

立川 葵　たちかわ・あおい
私立山ノ上学園中等部一年生、イケてる家事をする部活「イケカジ部」を作った少女 「イケカジなぼくら 2 浴衣リメイク大作戦☆」 川崎美羽作;an絵 KADOKAWA（角川つばさ文庫） 2013年7月

立川 葵　たちかわ・あおい
私立山ノ上学園中等部一年生、モデルをめざす少女 「イケカジなぼくら 1 お弁当コンテストを攻略せよ☆」 川崎美羽作;an絵 KADOKAWA（角川つばさ文庫） 2013年4月

立川 葵　たちかわ・あおい
私立山ノ上学園中等部二年生、イケてる家事をする部活「イケカジ部」の部長 「イケカジなぼくら 11 夢と涙のリメイクドレス」 川崎美羽作;an絵 KADOKAWA（角川つばさ文庫） 2017年5月

立川 葵　たちかわ・あおい
私立山ノ上学園中等部二年生、イケてる家事をする部活「イケカジ部」の部長 「イケカジなぼくら 7 片思いの特製サンドイッチ☆」 川崎美羽作;an絵 KADOKAWA（角川つばさ文庫） 2015年4月

立川 葵　たちかわ・あおい
私立山ノ上学園中等部二年生、イケてる家事をする部活「イケカジ部」の部長 「イケカジなぼくら 8 決意のシナモンロール☆」 川崎美羽作;an絵 KADOKAWA（角川つばさ文庫） 2015年9月

立花 朱里　たちばな・あかり
迷い込んだお屋敷の蔵の中で言彦さんに出会った小学6年生の女の子 「怪談いろはカルタ 急がばまわれど逃げられず」 緑川聖司作;紅緒絵 集英社（集英社みらい文庫） 2016年12月

立花 彩　たちばな・あや
「探偵チームKZ」のメンバーの一人、国語が得意な中学一年生 「コンビニ仮面は知っている（探偵チームKZ事件ノート）」 藤本ひとみ原作;住滝良文 講談社（青い鳥文庫） 2017年12月

立花 彩　たちばな・あや
「探偵チームKZ」のメンバーの一人、国語が得意な中学一年生 「バレンタインは知っている（探偵チームKZ事件ノート）」 藤本ひとみ原作;住滝良文 講談社（青い鳥文庫） 2013年12月

立花 彩　たちばな・あや
進学塾「秀明ゼミナール」で知り合った五人の仲間と「KZリサーチ事務所」を作った引っ込み思案の中学一年生の少女 「アイドル王子は知っている（探偵チームKZ事件ノート）」 藤本ひとみ原作;住滝良文 講談社（青い鳥文庫） 2016年12月

立花 彩　たちばな・あや
進学塾「秀明ゼミナール」で知り合った五人の仲間と「KZリサーチ事務所」を作った引っ込み思案の中学一年生の少女 「お姫さまドレスは知っている（探偵チームKZ事件ノート）」 藤本ひとみ原作;住滝良文 講談社（青い鳥文庫） 2014年7月

立花 彩　たちばな・あや
進学塾「秀明ゼミナール」で知り合った五人の仲間と「KZリサーチ事務所」を作った引っ込み思案の中学一年生の少女 「ハート虫は知っている（探偵チームKZ事件ノート）」 藤本ひとみ原作;住滝良文;駒形絵 講談社（青い鳥文庫） 2014年3月

立花 彩　たちばな・あや
進学塾「秀明ゼミナール」で知り合った五人の仲間と「KZリサーチ事務所」を作った引っ込み思案の中学一年生の少女 「黄金の雨は知っている（探偵チームKZ事件ノート）」 藤本ひとみ原作;住滝良文;駒形絵 講談社（青い鳥文庫） 2015年3月

立花 彩　たちばな・あや
進学塾「秀明ゼミナール」で知り合った五人の仲間と「KZリサーチ事務所」を作った引っ込み思案の中学一年生の少女 「学校の都市伝説は知っている（探偵チームKZ事件ノート）」 藤本ひとみ原作;住滝良文;駒形絵 講談社（青い鳥文庫） 2017年3月

たちば

立花 彩　たちばな・あや
進学塾「秀明ゼミナール」で知り合った五人の仲間と「KZリサーチ事務所」を作った引っ込み思案の中学一年生の少女 「危ない誕生日ブルーは知っている(探偵チームKZ事件ノート)」 藤本ひとみ原作;住滝良文;駒形絵 講談社(青い鳥文庫) 2017年7月

立花 彩　たちばな・あや
進学塾「秀明ゼミナール」で知り合った五人の仲間と「KZリサーチ事務所」を作った引っ込み思案の中学一年生の少女 「七夕姫は知っている(探偵チームKZ事件ノート)」 藤本ひとみ原作;住滝良文;駒形絵 講談社(青い鳥文庫) 2015年7月

立花 彩　たちばな・あや
進学塾「秀明ゼミナール」で知り合った五人の仲間と「KZリサーチ事務所」を作った引っ込み思案の中学一年生の少女 「初恋は知っている 若武編(探偵チームKZ事件ノート)」 藤本ひとみ原作;住滝良文;駒形絵 講談社(青い鳥文庫) 2013年7月

立花 彩　たちばな・あや
進学塾「秀明ゼミナール」で知り合った五人の仲間と「KZリサーチ事務所」を作った引っ込み思案の中学一年生の少女 「消えた美少女は知っている(探偵チームKZ事件ノート)」 藤本ひとみ原作;住滝良文;駒形絵 講談社(青い鳥文庫) 2015年10月

立花 彩　たちばな・あや
進学塾「秀明ゼミナール」で知り合った五人の仲間と「KZリサーチ事務所」を作った引っ込み思案の中学一年生の少女 「青いダイヤが知っている(探偵チームKZ事件ノート)」 藤本ひとみ原作;住滝良文;駒形絵 講談社(青い鳥文庫) 2014年10月

立花 彩　たちばな・あや
進学塾「秀明ゼミナール」で知り合った五人の仲間と「KZリサーチ事務所」を作った引っ込み思案の中学一年生の少女 「赤い仮面は知っている(探偵チームKZ事件ノート)」 藤本ひとみ原作;住滝良文;駒形絵 講談社(青い鳥文庫) 2014年12月

立花 彩　たちばな・あや
進学塾「秀明ゼミナール」で知り合った五人の仲間と「KZリサーチ事務所」を作った引っ込み思案の中学一年生の少女 「探偵チームKZ事件ノート」 藤本ひとみ原作;住滝良原作;田浦智美文 講談社 2016年2月

立花 彩　たちばな・あや
進学塾「秀明ゼミナール」で知り合った五人の仲間と「KZリサーチ事務所」を作った引っ込み思案の中学一年生の少女 「本格ハロウィンは知っている(探偵チームKZ事件ノート)」 藤本ひとみ原作;住滝良文;駒形絵 講談社(青い鳥文庫) 2016年7月

立花 彩　たちばな・あや
進学塾「秀明ゼミナール」で知り合った五人の仲間と「KZリサーチ事務所」を作った引っ込み思案の中学一年生の少女 「妖怪パソコンは知っている(探偵チームKZ事件ノート)」 藤本ひとみ原作;住滝良文;駒形絵 講談社(青い鳥文庫) 2016年3月

立花 彩　たちばな・あや
進学塾「秀明ゼミナール」で知り合った五人の仲間と「KZリサーチ事務所」を作った引っ込み思案の中学一年生の少女 「裏庭は知っている(探偵チームKZ事件ノート)」 藤本ひとみ原作;住滝良文;駒形絵 講談社(青い鳥文庫) 2013年3月

立花 果歩　たちばな・かほ
「念力」が使える玲子のクラスメイトで親友 「小説念力家族 玲子はフツーの中学生」 笹公人原案短歌;佐東みどり著;片浦絵 集英社(集英社みらい文庫) 2016年3月

橘 きい　たちばな・きい
ステラ学園に通うアンナの同級生でピアノがとくいな女の子、ゆうめいなピアニストのむすめ 「ティンクル・セボンスター 2 まいごの妖精ピリカと音楽会」 菊田みちよ著 ポプラ社 2016年7月

橘 弦次郎　たちばな・げんじろう
青陵学園高等部一年生、同学年の廉太郎の弟でバイオリンとクラッシック音楽を心から愛している少年 「レントゲン」 風野潮著;ぢゅん子画 講談社(Ya! entertainment) 2013年10月

立花 聡　たちばな・さとし
学力優秀だが他人の気持ちがわからないためクラスになじめない中学生の少年 「邪宗門」 芥川龍之介原作;駒井和緒文;遠田志帆絵 講談社 2015年2月

橘 小百合　たちばな・さゆり
サッカー界名門の聖蹟高校二年生、サッカー部一年生のつくしの幼なじみの少女 「DAYS 1」 石崎洋司文;安田剛士原作・絵; 講談社(青い鳥文庫) 2017年3月

橘 せとか　たちばな・せとか
高校三年生のはるかの血のつながっていない妹、いろんな男の人に告白するも12連敗中の高校二年生 「映画兄に愛されすぎて困ってます」 夜神里奈原作;松田裕子脚本 小学館(小学館ジュニア文庫) 2017年6月

立花 瀧　たちばな・たき
東京に住む高校二年生、イタリアンレストランでバイトをしている少年 「君の名は。」 新海誠作;ちーこ挿絵 KADOKAWA(角川つばさ文庫) 2016年8月

立花 タケル　たちばな・たける
小学6年生、東京の立花商店街にある「モツ焼き立花屋」の息子 「モツ焼きウォーズ 立花屋の逆襲」 ささきかつお作;イシヤマアズサ絵 ポプラ社(ノベルズ・エクスプレス) 2016年6月

立花 つぼみ　たちばな・つぼみ
お母さんに赤ちゃんができた10歳の小学五年生、不器用だけど一生懸命な少女 「ないしょのつぼみ～さよならのプレゼント～」 相馬来良著;やぶうち優原作・イラスト 小学館(小学館ジュニア文庫) 2014年10月

立花 奈子　たちばな・なこ
進学塾「秀明ゼミナール」の天才を育成するgenieプロジェクトのメンバー、天真爛漫な五年生の少女 「クリスマスケーキは知っている(探偵チームKZ事件ノート)」 藤本ひとみ原作;住滝良文;清瀬赤目絵 講談社(青い鳥文庫) 2014年11月

立花 奈子　たちばな・なこ
天才を育成するgenieプロジェクトのメンバーと一緒に犯罪消滅特殊部隊を結成した天真爛漫な天然系の五年生の少女 「星形クッキーは知っている(探偵チームKZ事件ノート)」 藤本ひとみ原作;住滝良文;清瀬赤目絵 講談社(青い鳥文庫) 2015年5月

立花 奈子　たちばな・なこ
天才を育成するgenieプロジェクトのメンバーと犯罪消滅特殊部隊を結成した五年生の少女 「5月ドーナツは知っている(探偵チームKZ事件ノート)」 藤本ひとみ原作;住滝良文;清瀬赤目絵 講談社(青い鳥文庫) 2016年5月

橘 はるか　たちばな・はるか
高校二年生のせとかと血のつながっていない兄、妹想いなイケメンの高校三年生 「映画兄に愛されすぎて困ってます」 夜神里奈原作;松田裕子脚本 小学館(小学館ジュニア文庫) 2017年6月

橘 フウカ　たちばな・ふうか
ダンスの上手いクールな中学一年生、大人気アイドル・神咲マイのユニットメンバーオーディションを受けた女の子 「アイドル×戦士ミラクルちゅーんず!」 藤平久子・松井香奈・青山万史脚本;松井香奈著 小学館(小学館ジュニア文庫) 2017年3月

立花 岬　たちばな・みさき
二学期になって東京の学校から桜町第一中学1年A組に転校してきた女の子 「この学校に、何かいる」 百瀬しのぶ作;有坂あこ絵 角川書店(角川つばさ文庫) 2013年2月

たちは

立花 ミチル　たちばな・みちる
東京の立花商店街にある「モツ焼き立花屋」の娘、6年生のタケルの高校生の姉 「モツ焼き
ウォーズ 立花屋の逆襲」 ささきかつお作;イシヤマアズサ絵 ポプラ社（ノベルズ・エクスプ
レス） 2016年6月

橘 由良　たちばな・ゆら
薫風館中学校三年生、他人を寄せ付けずクラスで浮いた存在になっている少女 「ギル
ティゲーム stage3 ペルセポネー号の悲劇」 宮沢みゆき著;鈴羅木かりんイラスト 小学館
（小学館ジュニア文庫） 2017年8月

立花 玲音　たちばな・れお
夏休みをベルリンで過ごすことになった中学二年生のギター少年 「星空ロック」 那須田淳
著 ポプラ社（ポプラ文庫ピュアフル） 2016年7月

立花 玲音　たちばな・れお
三軒茶屋のタウンハウス「ぼだい樹荘」の大家・ケチルと親友になった14歳、一人でベルリ
ンへ旅することになったロックを愛する少年 「星空ロック」 那須田淳著 あすなろ書房
2013年12月

橘 廉太郎　たちばな・れんたろう
青陵学園高等部一年生、同学年の弦次郎の兄で何でも軽くこなせてしまう文武両道の少
年 「レントゲン」 風野潮著;ぢゅん子画 講談社（Ya! entertainment） 2013年10月

立原 和也　たちはら・かずや
小学生の木綿子が住む静岡県の街にある神代橋の下のむしろ小屋に住んでいる若い男
の人 「金色の流れの中で」 中村真里子作;今日マチ子画 新日本出版社（文学のピース
ウォーク） 2016年6月

立原 凛　たちはら・りん
「花緒」として女子校に通う花三郎のクラスメート、活発で空手有段者の中学一年生 「学校
にはナイショ♂逆転美少女・花緒［1］ミラクル転校生!?」 吉田純子作;pun2画 ポプラ社
（学校にはナイショ♂シリーズ 1） 2014年4月

タツ
雑賀とよばれる鉄砲使いの集団のひとり、野武士のようにあらあらしいのに人なつっこい目
をした男 「ひかり舞う」 中川なをみ著;スカイエマ絵 ポプラ社（Teens' best selections）
2017年12月

だつえば
さんずのかわのきしべでひとびとのきているものをはぎとるこわいおばあさん 「おばけのた
んけん おばけのポーちゃん6」 吉田純子作;つじむらあゆこ絵 あかね書房 2017年7月

タツキ
小学校からのかえりみちで「森ねこ」と名のるみどりいろの子ねこにあった男の子 「森ねこ
のふしぎなたね」 間瀬みか作;植田真絵 ポプラ社（本はともだち） 2015年11月

タックン
時計型ロボット・チックンと歴史を守る仕事をしている未来からやってきたウサギ 「太鼓の達
人 3つの時代へタイムトラベルだドン!」 前田圭士作;ささむらもえる絵 KADOKAWA（角川
つばさ文庫） 2016年4月

拓っくん　たっくん
魚料理が苦手な中学生の男の子、香里と亮平の幼なじみ 「伊達政宗は名探偵!! タイムス
リップ探偵団と跡目争い料理対決!の巻」 楠木誠一郎作;岩崎美奈子絵 講談社（講談社
青い鳥文庫） 2014年5月

拓っくん　たっくん
地元の公立中学校に通う一年生、幼なじみの香里と亮平といろんな時代にタイムスリップを
くりかえしている男の子 「源義経は名探偵!! タイムスリップ探偵団と源平合戦恋の一方通
行の巻」 楠木誠一郎作;岩崎美奈子絵 講談社（講談社青い鳥文庫） 2013年6月

たなか

拓っくん　たっくん
地元の公立中学校に通う一年生、幼なじみの香里と亮平といろんな時代にタイムスリップをくりかえしている男の子 「真田十勇士は名探偵!! タイムスリップ探偵団と忍術妖術オンパレード！の巻」 楠木誠一郎作;岩崎美奈子絵 講談社（講談社青い鳥文庫） 2015年12月

だっこ赤ちゃん　だっこあかちゃん
なかまたちといっしょに目には見えないけどあるものをさがしながらピクニックに出かけたまんねん小学校の保健室のだっこ赤ちゃん 「保健室の日曜日 なぞなぞピクニックへいきたいかぁ！」 村上しいこ作;田中六大絵 講談社（わくわくライブラリー） 2017年11月

ダッシュ
黒いドラゴンの少年、見習い騎士の少年・レンの相棒 「魔法医トリシアの冒険カルテ 2 妖精の森と消えたティアラ」 南房秀久著;小笠原智史絵 学研プラス 2016年9月

たつや
おなじクラスのゆきといっしょのだんちにすんでいるまいにちドキドキがいっぱいの小学一年生の男の子 「まいにちいちねんせい」 ばんひろこ作;長谷川知子絵 ポプラ社（ポプラちいさなおはなし） 2013年4月

立石 純　たていし・じゅん
ちょっと泣き虫だけど本が大好きな中学生の紀子が恋心を抱くクラスメイトの男の子 「バースデーカード」 吉田康弘作;鳥羽雨絵 KADOKAWA（角川つばさ文庫） 2016年10月

伊達 輝宗　だて・てるむね
伊達家の当主、跡目争いで長男の梵天丸を推す父 「伊達政宗は名探偵!! タイムスリップ探偵団と跡目争い料理対決!の巻」 楠木誠一郎作;岩崎美奈子絵 講談社（講談社青い鳥文庫） 2014年5月

立野 広　たての・ひろし
霊能力をもつ教師・ぬ～べ～が担任する5年3組に転校してきた男の子 「地獄先生ぬ～べ～ 鬼の手の秘密」 真倉翔原作・絵;岡野剛原作・絵;岡崎弘明著 集英社（集英社みらい文庫） 2013年8月

田所 翔太　たどころ・しょうた
葛飾区に住んでいる歴史オタクの小学校五年生、妹の理子と戦時中の日本へタイムスリップしてしまった男の子 「時のむこうに」 山口理作;最上さちこ絵 偕成社 2014年11月

田所 愛実（グミ）　たどころ・めぐみ（ぐみ）
いつも元気で太陽みたいに明るい五年生の女の子 「1% 7－一番になれない恋」 このはなさくら作;高上優里子絵 KADOKAWA（角川つばさ文庫） 2017年8月

田所 愛実（グミ）　たどころ・めぐみ（ぐみ）
いつも元気で太陽みたいに明るい五年生の女の子 「1% 8－そばにいるだけでいい」 このはなさくら作;高上優里子絵 KADOKAWA（角川つばさ文庫） 2017年12月

田所 陽一　たどころ・よういち
英語の臨時教師として神津高校に赴任した教師、バスケット同好会の顧問 「走れ!T校バスケット部 9」 松崎洋著 彩雲出版 2013年4月

田所 陽一　たどころ・よういち
英語の臨時教師として神津高校に赴任した教師、バスケット部の顧問 「走れ!T校バスケット部 10」 松崎洋著 彩雲出版 2015年2月

田所 理子　たどころ・りこ
葛飾区に住んでいる小学校三年生、兄の翔太と戦時中の日本へタイムスリップしてしまった女の子 「時のむこうに」 山口理作;最上さちこ絵 偕成社 2014年11月

田中　たなか
謎の紳士「貴族探偵」のメイド、小柄でキュートな女の子 「貴族探偵 みらい文庫版」 麻耶雄嵩作;きろばいと絵 集英社（集英社みらい文庫） 2017年5月

307

たなか

田中 あすか　たなか・あすか
高校三年生、京都府立北宇治高校吹奏楽部の副部長 「響け!ユーフォニアム 3 北宇治高校吹奏楽部、最大の危機」 武田綾乃著 宝島社(宝島社文庫) 2015年4月

田中 あすか　たなか・あすか
北宇治高校三年生吹奏楽部副部長、担当楽器はユーフォニアムで天才だけど変わり者の少女 「響け!ユーフォニアム 北宇治高校吹奏楽部のヒミツの話」 武田綾乃著 宝島社(宝島社文庫) 2015年6月

田中 一平　たなか・いっぺい
動物園の帰りに両親とはぐれた時に魔界からきた悪魔のアクマントに出会った三年生 「あくまで悪魔のアクマント」 山口理作;熊谷杯人絵 偕成社 2016年11月

田中 県一　たなか・けんいち
命がけの悪魔のゲーム「ナイトメア」の攻略情報を発信している会社・グリーントライアの社員 「オンライン! 11 神沢ロボとドロマグジュ」 雨蛙ミドリ作;大塚真一郎絵 KADOKAWA (角川つばさ文庫) 2016年6月

たなか けんいちさん　たなか・けんいちさん
ほんまち小学校の1年生にふしぎな手紙をおくった24さいの男の人 「あひるの手紙」 朽木祥作;ささめやゆき絵 佼成出版社(おはなしみーつけた!シリーズ) 2014年3月

田中さん　たなかさん
連休に親友の郵便局員・佐藤さんと「ペンション・アニモー」に泊まった若い男の人 「ようこそ、ペンション・アニモーへ」 光丘真理作;岡本美子絵 汐文社 2015年11月

田中 勝一（勝いっつぁん）　たなか・しょういち（しょういっつぁん）
かべの中にあるカエル王国のお姫様・陽芽の家来、小学四年生のカエル人間 「カエル王国のプリンセス デートの三原則!?」 吉田純子作;加々見絵里絵 ポプラ社(ポプラポケット文庫ガールズ) 2014年6月

田中 勝一（勝いっつぁん）　たなか・しょういち（しょういっつぁん）
かべの中にあるカエル王国のお姫様・陽芽の家来、小学四年生のカエル人間 「カエル王国のプリンセス フレー!フレー!ラブラブ大作戦」 吉田純子作;加々見絵里絵 ポプラ社(ポプラポケット文庫ガールズ) 2014年10月

田中 勝一（勝いっつぁん）　たなか・しょういち（しょういっつぁん）
かべの中にあるカエル王国のお姫様・陽芽の家来、小学四年生のカエル人間 「カエル王国のプリンセス ライバルときどき友だち?」 吉田純子作;加々見絵里絵 ポプラ社(ポプラポケット文庫ガールズ) 2015年1月

田中 勝一（勝いっつぁん）　たなか・しょういち（しょういっつぁん）
かべの中にあるカエル王国のお姫様・陽芽の家来、小学四年生のカエル人間 「カエル王国のプリンセス 王子様はキューピッド?」 吉田純子作;加々見絵里絵 ポプラ社(ポプラポケット文庫ガールズ) 2015年6月

田中 勝一（勝いっつぁん）　たなか・しょういち（しょういっつぁん）
かべの中にあるカエル王国のお姫様に選ばれた陽芽の家来、小学四年生のカエル人間 「カエル王国のプリンセス あたし、お姫様になる!?」 吉田純子作;加々見絵里絵 ポプラ社(ポプラポケット文庫ガールズ) 2014年3月

田中 食太　たなか・たべた
御石井小学校五年一組、あこがれの給食マスターになれた少年 「牛乳カンパイ係、田中くん [5] 給食マスター初指令!友情の納豆レシピ」 並木たかあき作;フルカワマモる絵 集英社(集英社みらい文庫) 2017年12月

田中 食太　たなか・たべた
御石井小学校五年一組の牛乳カンパイ係、「給食マスター」になることを夢見る少年 「牛乳カンパイ係、田中くん [2] 天才給食マスターからの挑戦状!」 並木たかあき作;フルカワマモる絵 集英社(集英社みらい文庫) 2016年12月

たにむ

田中 食太　たなか・たべた
御石井小学校五年一組の牛乳カンパイ係、「給食マスター」になることを夢見る少年　「牛乳カンパイ係、田中くん [3] 給食皇帝を助けよう！」 並木たかあき作;フルカワマモる絵　集英社（集英社みらい文庫） 2017年4月

田中 食太　たなか・たべた
御石井小学校五年一組の牛乳カンパイ係、「給食マスター」になることを夢見る少年　「牛乳カンパイ係、田中くん [4] 給食マスター決定戦！父と子の親子丼対決！」 並木たかあき作;フルカワマモる絵　集英社（集英社みらい文庫） 2017年8月

田中 食郎　たなか・たべろう
給食マスターをめざしている田中食太のお父さん、世界一周客船で働くスゴうで料理人　「牛乳カンパイ係、田中くん [4] 給食マスター決定戦！父と子の親子丼対決！」 並木たかあき作;フルカワマモる絵　集英社（集英社みらい文庫） 2017年8月

田中 花　たなか・はな
小学6年生、舞台のオーディションで6年生のいるかと演技審査を受けた女の子　「お願い！フェアリー♥ 13 キミと♥オーディション」 みずのまい作;カタノトモコ絵　ポプラ社　2014年8月

田中 春香　たなか・はるか
学校や家で居場所がないと感じている引っ込み思案の五年生の女の子　「妖精のスープ」 高森美由紀作;井田千秋絵　あかね書房（スプラッシュ・ストーリーズ） 2017年10月

田中 美月　たなか・みつき
夢が丘第三小学校五年生、おしゃれな子たちのグループのリーダーでいつもどうどうとしている少女　「ソーリ!」 濱野京子作;おとないちあき画　くもん出版（くもんの児童文学） 2017年11月

多波 時生　たなみ・ときお
名札代わりに風船を持たされるふしぎな学校に転校させられた六年生の男の子　「風船教室」 吉野万理子作　金の星社　2014年9月

ダニエル・クロゼ
小学生の黒野伸一の家が経営しているアパートに入居していたフランス人　「いじめレジスタンス」 黒野伸一作　理論社　2015年9月

ダニエルくん
女の子キティの初恋の男の子、赤ちゃんのころからのおさななじみ　「小説ハローキティときめき♪スイートチョコ」 市川丈夫文;依田直子絵　KADOKAWA（角川つばさ文庫） 2013年10月

谷川 涼花　たにかわ・すずか
かべの中にあるカエル王国のお姫様・陽芽の幼稚園のときからの親友　「カエル王国のプリンセス フレー！フレー！ラブラブ大作戦」 吉田純子作;加々見絵里絵　ポプラ社（ポプラポケット文庫ガールズ） 2014年10月

谷口 ゆかり　たにぐち・ゆかり
おとなになんかなりたくないとはげしく願った事がきっかけで不変庭園という悪夢に堕ちてしまった五歳の少女　「夢の守り手 永遠の願いがかなう庭」 廣嶋玲子作;二星天絵　ポプラ社（ポプラポケット文庫） 2015年8月

たに しげさん　たに・しげさん
おばけがはたらくべんりやさん「おばけや」のたもつたちにしごとのそうだんをした近所のおばさん　「おばけやさん 7 てごわいおきゃくさまです」 おかべりか作　偕成社　2017年6月

谷村 美咲　たにむら・みさき
両親の離婚で裏山に大神さまがまつられているママの実家に引っ越してきた女の子　「オオオカミのお札 3 美咲が感じた光」 おおぎやなぎちか作　くもん出版（くもんの児童文学） 2017年8月

たにも

谷本 聡　たにもと・さとる
クラスメイトたちと行った北海道のスキー旅行の帰りにハイジャックされた飛行機に乗っていた一人、数学と機械発明の天才の中学三年生 「ぼくらのハイジャック戦争」宗田理作;YUME絵 KADOKAWA（角川つばさ文庫）2017年4月

ターニャ
終戦後ソ連の進駐とともに色丹島に移り住んできたソ連将校の娘、妖精のような美少女 「ジョバンニの島」 杉田成道原作;五十嵐佳子著;プロダクション・アイジー絵 集英社（集英社みらい文庫）2014年3月

たぬき
坊っちゃんが赴任した四国の田舎の中学校の校長 「坊っちゃん」 夏目漱石作;後路好章編 角川書店（角川つばさ文庫）2013年5月

狸　たぬき
坊っちゃんが赴任した四国の田舎の中学校の校長 「坊っちゃん」 夏目漱石作;竹中はる美編 小学館（小学館ジュニア文庫）2017年3月

田沼 ミナ　たぬま・みな
廃校になった小学校でホテルをやることになった女の子、やまのなか小学校の最後の卒業生 「ホテルやまのなか小学校」 小松原宏子作 PHP研究所（みちくさパレット）2017年7月

種子島 渚　たねがしま・なぎさ
アナウンサーを夢見る小学五年生、地獄のテレビ局のリポーターにスカウトされた女の子 「トツゲキ!?地獄ちゃんねる―スクープいただいちゃいます!」 一ノ瀬三葉作;ちゃつぼ絵 KADOKAWA（角川つばさ文庫）2016年9月

種子島 渚　たねがしま・なぎさ
アナウンサーを夢見る小学五年生、地獄のテレビ局のリポーターにスカウトされた女の子 「トツゲキ!?地獄ちゃんねる―ねらわれた見習いリポーター!?」 一ノ瀬三葉作;ちゃつぼ絵 KADOKAWA（角川つばさ文庫）2017年1月

種田 美亜（ネコ）　たねだ・みあ（ねこ）
男性に触れると蕁麻疹が出てしまう体質だった女子高生、兄の同級生の晃樹と交際中の女の子 「ウソツキチョコレート2」 イアム著 講談社（Ya! entertainment）2013年2月

旅人　たびびと
再開発計画にともなって切りたおされてしまう樫の木にむけて手紙をかいた旅人 「お手紙ありがとう」 小手鞠るい作 WAVE出版（ともだちがいるよ!）2013年1月

田淵 晴香　たぶち・はるか
中学一年の倉沢海の同級生、FMのラジオ番組「ウィズユー」のリスナー 「きっときみに届くと信じて」 吉富多美作 金の星社 2013年11月

多平爺　たへいじい
医者の五藤宗徳の家に仕える小作人 「切り株ものがたり」 今井恭子作吉本宗画 福音館書店（福音館創作童話シリーズ）2013年5月

タマ
3丁目に住む小さな猫の男の子、近所の猫や犬たちと"猫の集会全国大会"が行われるミー島を目指して出発した猫 「おはなしタマ&フレンズ うちのタマ知りませんか?2 ワン♥ニャンぼくらの大冒険」 せきちさと著;おおつかけいり絵 小学館（ちゃおノベルズ）2017年12月

タマ
プリンプ魔導学校に通うアミティが迷い込んだ森で生まれたキュートな生き物 「ぷよぷよ アミティとふしぎなタマゴ」 芳野詩子作;こめ苺絵 KADOKAWA（角川つばさ文庫）2014年4月

たまぞ

タマ
高校一年生の理生の飼い猫、言葉を話す妖怪・猫又 「タマの猫又相談所 ［1］ 花の道は嵐の道」 天野頌子著 ポプラ社（ポプラ文庫ピュアフル） 2013年3月

たま
離れ町にある酒とめしの店「とろろ」の一人娘 「目こぼし歌こぼし」 上野瞭作梶山俊夫画 童話館出版（子どもの文学・青い海シリーズ） 2014年12月

たま
和歌山県の貴志駅のねこの駅長、駅で生まれて育ったねこ 「ねこの駅長たま」 小嶋光信作;永地挿絵 KADOKAWA（角川つばさ文庫） 2016年7月

珠緒　たまお
霊能者の経蔵と常に一緒に行動している霊感が強い盲目の少女 「貞子vs伽椰子」 山本清史著;白石晃士脚本・監督　小学館（小学館ジュニア文庫） 2016年6月

玉川 敦子　たまがわ・あつこ
小学4年生の美馬のクラスメイト、同じフィギアスケート教室に通う女の子 「ライバル・オン・アイス 1」 吉野万理子作;げみ絵　講談社 2016年10月

玉川 敦子　たまがわ・あつこ
小学4年生の美馬のクラスメイト、同じフィギアスケート教室に通う女の子 「ライバル・オン・アイス 2」 吉野万理子作;げみ絵　講談社 2016年12月

玉川 純男　たまがわ・すみお
鹿里小学校四年生、毎年開催される伝統の競歩大会のために毎日練習に励んでいる少年 「オレさすらいの転校生」 吉野万理子著;平沢下戸絵 理論社 2016年11月

タマキ
オムライスになるのが夢の四姉妹のたまごのひとつ 「オムライスのたまご」 森絵都作;陣崎草子絵 講談社（たべもののおはなしシリーズ） 2016年10月

環 星河　たまき・せいが
ダンスアイドルを目指す小学5年生、東京にあるオリプロ・キッズスクールの生徒 「アイドル・ことまり! 1－コイがつれてきた恋!?」 令丈ヒロ子作;亜沙美絵 講談社（青い鳥文庫） 2017年4月

タマコ
一円玉の四きょうだい、五円玉のゴエジイにきょうりゅうを見るえんそくにつれていってもらった子ども 「1円くんと五円じい ハラハラきょうりゅうえんそく」 久住昌之作;久住卓也絵 ポプラ社 2013年6月

たまこさん
ねこの手をかしてくれる「ねこの手や」のおんなしゅじん、くろねこのクロのこいびと 「ねこの手かします－ねこじたのまき」 内田麟太郎作;川端理絵絵 文研出版（わくわくえどうわ） 2015年1月

玉三郎　たまさぶろう
もののけの卵を調達したり育てたりするなぞの卵屋の主人、だるまそっくりの顔をした親父 「もののけ屋 ［2］ 二丁目の卵屋にご用心」 廣嶋玲子作;東京モノノケ絵 静山社 2016年9月

タマジロウ
さんかく山にいたペットでものらねこでもない「ねこぞく」の茶色いねこ 「ねこまつりのしょうたいじょう」 いとうみく作;鈴木まもる絵 金の星社 2016年9月

タマゾー
港町ビエナシティに飛来した卵から生まれた白くて真ん丸なモンスター、少年エースのパートナー 「パズドラクロス 1」 ガンホー・オンライン・エンターテイメント;パズドラクロスプロジェクト2017原作;テレビ東京原作;諸星崇著 双葉社（双葉社ジュニア文庫） 2017年4月

311

たまた

タマタン
たまごそっくりなからだで手はあるが足がないいきもの、ぞうむしにたべものをはこぶはたらきもの 「タマタン」 神宮輝夫作 復刊ドットコム 2016年9月

たまちゃん
うどん屋「さぬきや」の2年生のむすめ、ケーキ屋の子・プリンのクラスメイト 「たまたま・たまちゃん」 服部千春作;つじむらあゆこ絵 WAVE出版(ともだちがいるよ!) 2013年11月

たまちゃん
ぶたをみつけるめいじんのおんなのこ 「はれたまたまこぶた」 矢玉四郎作・絵 岩崎書店 2013年7月

たまちゃん(小清水 玉子)　たまちゃん(こしみず・たまこ)
5年生の転校生・千世と親友になったクラスメイト、芸能人みたいにかわいい女の子 「こちら魔王110番!」 五嶋りっか著;吉野花イラスト 小学館(小学館ジュニア文庫) 2016年8月

たまちゃん(玉三郎)　たまちゃん(たまさぶろう)
もののけの卵を調達したり育てたりするなぞの卵屋の主人、だるまそっくりの顔をした親父 「もののけ屋 [2] 二丁目の卵屋にご用心」 廣嶋玲子作;東京モノノケ絵 静山社 2016年9月

玉之丞　たまのじょう
町の古着屋の娘・お涼が暮らす長屋のおとなりのお侍さんの飼いねこ 「猫侍－玉之丞とほおずき長屋のお涼」 いとう縁凛作;AMG出版作;九条M十絵 ポプラ社(ポプラポケット文庫) 2014年3月

タマミツネ
獲物の自由をうばう泡を生み出す大型モンスター 「モンスターハンタークロス ニャンターライフ[1] タマミツネ狩猟!」 相坂ゆうひ作;太平洋海絵 KADOKAWA(角川つばさ文庫) 2016年11月

玉藻 京介　たまも・きょうすけ
童守高校の家庭科教師、生徒に大人気のイケメン先生 「地獄先生ぬ～べ～ ドラマノベライズ ありがとう、地獄先生!!」 真倉翔原作;岡野剛原作;岡崎弘明著;マルイノ絵 集英社(集英社みらい文庫) 2015年2月

玉藻 京介　たまも・きょうすけ
童守高校の家庭科教師、生徒に大人気のイケメン先生 「地獄先生ぬ～べ～ ドラマノベライズ 地獄先生、登場!!」 真倉翔原作;岡野剛原作;岡崎弘明著;マルイノ絵 集英社(集英社みらい文庫) 2014年12月

田丸 良平　たまる・りょうへい
「助っ人マスター」係をしている砂羽のクラスメイト、太っていて運動が苦手な男の子 「助っ人マスター」 高森美由紀作 フレーベル館(フレーベル館文学の森) 2017年11月

タミー
2年生のマキちゃんの家のぼくじょうにいるなんでもしりたがり屋のこぶた 「こぶたのタミー」 かわのむつみ作;下間文恵絵 国土社 2015年3月

タミー
二年生のマキちゃんといっしょに学校へいったしりたがり屋のこぶた 「こぶたのタミー学校へいく」 かわのむつみ作;下間文恵絵 国土社 2016年11月

タムトル
魔女犬のボンボンがいったおかしの国スウィーンボンにいた男の子 「魔女犬ボンボン[5] おかしの国の大冒険」 廣嶋玲子作;KeG絵 KADOKAWA(角川つばさ文庫) 2014年4月

だりお

田村 宇宙　たむら・そら
水鉄砲で撃ち合うスーパーバトルスポーツ「ガンバト」がプレーできるガンバトベースで「ベース破り」をしている「青の分隊」のリーダー　「ガンバト! ガンガン水鉄砲バトル!!」豊田巧作;坂本憲司郎絵　KADOKAWA（角川つばさ文庫）2016年3月

田村 隼人　たむら・はやと
K小の五年生、鉄道が大好きな四年生の悠太と図書館で出会った少年　「ぼくらは鉄道に乗って」三輪裕子作;佐藤真紀子絵　小峰書店（ブルーバトンブックス）2016年12月

田村 悠介　たむら・ゆうすけ
とうさんとかあさんが別々に暮らすことになった六年生の男の子、三年前に知り合った中国人のミンミンの友だち　「まっすぐな地平線」森島いずみ著　偕成社　2017年10月

タモ
じいちゃんが遺した「天狗ノオト」を読んだ小学六年生、信州で民宿をやっている家のこども　「天狗ノオト」田中彩子作　理論社　2013年3月

タモちゃん
中学二年生、文化祭で友達のリョウガと牧野とパフォーマンス・ユニットを結成し出演することにした少年　「オフカウント」筑井千枝子作;浅妻健司絵　新日本出版社　2013年3月

たもつ
小学生の男の子、おばけがはたらくべんりやさん「おばけや」のあるじ　「おばけやさん7 てごわいおきゃくさまです」おかべりか作　偕成社　2017年6月

保（タモ）　たもつ（たも）
じいちゃんが遺した「天狗ノオト」を読んだ小学六年生、信州で民宿をやっている家のこども　「天狗ノオト」田中彩子作　理論社　2013年3月

多聞　たもん
古道具屋「荻の屋」の閻魔顔の若主人喜蔵と馴染みになった優雅な物腰の男、じつは妖怪百目鬼　「鬼やらい 上下（一鬼夜行[2]）」小松エメル[著]ポプラ社（teenに贈る文学）2015年4月

ダヤン
ちょっとしたいたずら心からほれ薬をのんでしまった猫　「ダヤン妖精になる」池田あきこ著　ほるぷ出版（DAYAN'S COLLECTION BOOKS）2013年12月

ダヤン
生まれたばかりのうさぎの赤ちゃん・キップのお祝いのピクニックにいっしょにでかけた猫　「ダヤンとうさぎの赤ちゃん」池田あきこ著　ほるぷ出版（DAYAN'S COLLECTION BOOKS）2015年5月

太夫　だゆう
丹後国由良の郷にいた大分限者、人買いに売られた姉弟・安寿と厨子王を買った酷薄非道な男　「安寿姫草紙（ものがたり）」三田村信行作;romiy絵　ポプラ社（ノベルズ・エクスプレス）2017年10月

たらちゃん
いえでるすばんをしておしいれのなかでひとりぼっちおばけにおどかされたおとこのこ　「おしいれのひとりぼっちおばけ」戸田和代作;鈴木アツコ絵　岩崎書店（はじめてよむこわ～い話）2015年1月

ダリオさん
ねこの町にある「ダリオ写真館」のカメラマン　「ねこの町のダリオ写真館」小手鞠るい作;くまあやこ絵　講談社（わくわくライブラリー）2017年11月

313

だりお

ダリオス・ダロス
王宮の秘密を知る宮廷建築士、大臣ブーエによって息子のエーリオとともに地下牢に閉じこめられていた父親　「ユニコーンの乙女 決戦のとき」 牧野礼作;sime絵 講談社(青い鳥文庫)　2015年11月

ダリオス・ダロス
王宮の秘密を知る宮廷建築士、大臣ブーエによって息子のエーリオとともに地下牢に閉じこめられていた父親　「ユニコーンの乙女 地下通路と王宮の秘密」 牧野礼作;sime絵 講談社(青い鳥文庫)　2015年5月

だるま
あくりょうとなっただるまのおばけ　「おばけのうらみはらします－おばけマンション」 むらいかよ著 ポプラ社(ポプラ社の新・小さな童話)　2014年6月

樽見　たるみ
高校二年生の少女・しまむらの幼なじみ、かつて親友だった女の子　「安達としまむら 5」 入間人間著;のんイラスト KADOKAWA(電撃文庫)　2015年11月

タロ
生まれたときから身体が弱いあゆの飼い犬　「天国の犬ものがたり ずっと一緒」 藤咲あゆな著;堀田敦子原作;環方このみイラスト 小学館(小学館ジュニア文庫)　2013年9月

タロウ
一円玉の四きょうだい、五円玉のゴエジイにきょうりゅうを見るえんそくにつれていってもらった子ども　「1円くんと五円じい ハラハラきょうりゅうえんそく」 久住昌之作;久住卓也絵 ポプラ社　2013年6月

太郎　たろう
妖術師の児雷也の子孫、江戸時代にタイムスリップしたひきこもりいじめられっ子の少年　「児雷也太郎の魔界遍歴(ミステリー・ツアー)」 舟崎克彦作;荒木慎司絵 静山社　2015年1月

太郎吉　たろうきち
ひょんなことから江戸時代の相撲場にタイムスリップした十二歳の男の子　「はっけよい!雷電」 吉橋通夫著 講談社(文学の扉)　2017年3月

段　だん
美人妖怪ハンター、無限変幻リング遣いの達人　「西遊記～はじまりのはじまり～」 浜崎達也著;チャウ・シンチー製作・脚本・監督 小学館(小学館ジュニア文庫)　2014年11月

壇 くるみ　だん・くるみ
並木図書館の児童室の司書、あだ名は「クルミン」「なみきビブリオバトル・ストーリー 本と4人の深呼吸」 赤羽じゅんこ作;松本聰美作;おおぎやなぎちか作;森川成美作;黒須高嶺絵 さ・え・ら書房　2017年6月

ダンコ
小学六年生、ヒーローものの特撮映像を手作りする「蒲生特撮隊」のメンバー　「なんちゃってヒーロー」 みうらかれん作;佐藤友生絵 講談社　2013年10月

反後 太一　たんご・たいち
悪魔のゲーム「ナイトメア」のクリアを目指す私立緑花学園ナイトメア攻略部の攻略班メンバー　「オンライン! 13 ひっつきお化けウツリーナと管理者デリート」 雨蛙ミドリ作;大塚真一郎絵 KADOKAWA(角川つばさ文庫)　2017年6月

反後 太一　たんご・たいち
私立緑花学園の生徒、悪魔のゲーム「ナイトメア」のクリアを目指す部活「ナイトメア攻略部」の部員　「オンライン! 3 死神王と無敵の怪鳥」 雨蛙ミドリ作;大塚真一郎絵 KADOKAWA(角川つばさ文庫)　2013年9月

反後 太一　たんご・たいち
私立緑花学園の生徒、悪魔のゲーム「ナイトメア」のクリアを目指す部活「ナイトメア攻略部」の部員　「オンライン！4 追跡ドールとナイトメア遊園地」雨蛙ミドリ作;大塚真一郎絵　KADOKAWA（角川つばさ文庫）2013年11月

反後 太一　たんご・たいち
私立緑花学園の生徒、悪魔のゲーム「ナイトメア」のクリアを目指す部活「ナイトメア攻略部」の部員　「オンライン！5 スリーセブンマンと水魔人デロリ」雨蛙ミドリ作;大塚真一郎絵　KADOKAWA（角川つばさ文庫）2014年7月

反後 太一　たんご・たいち
私立緑花学園の生徒、悪魔のゲーム「ナイトメア」のクリアを目指す部活「ナイトメア攻略部」の部員　「オンライン！6 呪いのオンナとニセモノ攻略班」雨蛙ミドリ作;大塚真一郎絵　KADOKAWA（角川つばさ文庫）2014年12月

反後 太一　たんご・たいち
私立緑花学園の生徒、悪魔のゲーム「ナイトメア」のクリアを目指す部活「ナイトメア攻略部」の部員　「オンライン！7 ハニワどろちゃんと獣悪魔バケオス」雨蛙ミドリ作;大塚真一郎絵　KADOKAWA（角川つばさ文庫）2015年2月

反後 太一　たんご・たいち
私立緑花学園の生徒、悪魔のゲーム「ナイトメア」のクリアを目指す部活「ナイトメア攻略部」の部員　「オンライン！8 お菓子なお化け屋敷と邪魔ジシャン」雨蛙ミドリ作;大塚真一郎絵　KADOKAWA（角川つばさ文庫）2015年7月

反後 太一　たんご・たいち
私立緑花学園の生徒、悪魔のゲーム「ナイトメア」のクリアを目指す部活「ナイトメア攻略部」の部員　「オンライン！9 ナイトメアゲームセンターと豪腕ズルイゾー」雨蛙ミドリ作;大塚真一郎絵　KADOKAWA（角川つばさ文庫）2015年10月

反後 太一　たんご・たいち
命がけの悪魔のゲーム「ナイトメア」を攻略する部活・ナイトメア攻略部の部員、マイペースで昼寝が大好きな男子高校生　「オンライン！11 神沢ロボとドロマグジュ」雨蛙ミドリ作;大塚真一郎絵　KADOKAWA（角川つばさ文庫）2016年6月

反後 太一　たんご・たいち
命がけの悪魔のゲーム「ナイトメア」を攻略する部活・ナイトメア攻略部の部員、マイペースで昼寝が大好きな男子高校生　「オンライン！12 名無しの墓地とバラ魔女ラミファン」雨蛙ミドリ作;大塚真一郎絵　KADOKAWA（角川つばさ文庫）2017年2月

団 冴子（ダンコ）　だん・さえこ（だんこ）
小学六年生、ヒーローものの特撮映像を手作りする「蒲生特撮隊」のメンバー　「なんちゃってヒーロー」みうらかれん作;佐藤友生絵　講談社　2013年10月

団長　だんちょう
「我らのすけっとアイルー団」の団長、小型モンスター　「モンハン日記ぽかぽかアイルー村DX[1] 我らのすけっとアイルー団！」相坂ゆうひ作;マーブルCHIKO絵　KADOKAWA（角川つばさ文庫）2015年10月

団長　だんちょう
「我らのすけっとアイルー団」の団長、小型モンスター　「モンハン日記ぽかぽかアイルー村DX[1] 幻の歌探しとニャンター!!」相坂ゆうひ作;マーブルCHIKO絵　KADOKAWA（角川つばさ文庫）2016年3月

団長　だんちょう
「我らのすけっとアイルー団」の団長、小型モンスター　「モンハン日記ぽかぽかアイルー村DX[3] ソラVS長老！？巨大スゴロク勝負！！」相坂ゆうひ作;マーブルCHIKO絵　KADOKAWA（角川つばさ文庫）2016年7月

だんど

団藤 建太　だんどう・けんた
鎌倉寺園高校1年生、お笑い芸人になりたい女子高生・若葉の幼なじみの少年　「空色バウムクーヘン」　吉野万理子著　徳間書店　2015年4月

ダンボツム
くしゃみで増えてはりきるとビッグツムになる小さなツムたちのひとり　「ディズニーツムツムの大冒険」　橋口いくよ著;ウォルト・ディズニー・ジャパン株式会社監修　小学館(小学館ジュニア文庫)　2017年7月

だんまりうさぎ
はたけのなかの小さな家でひとりぐらしをしているうさぎ、おしゃべりうさぎのともだち　「だんまりうさぎときいろいかさ」　安房直子作;ひがしちから絵　偕成社　2017年6月

【ち】

チアリー
宮廷大学冒険組合に入った歌唱偶像集団「エルヴィン」の一員、エルフの女性　「犬と魔法のファンタジー」　田中ロミオ著　小学館(小学館ジュニア文庫)　2015年7月

チィちゃん
ふしぎな古書店「福神堂」にいる古い洋書のツクモ神、天使の姿をした女の子　「ふしぎ古書店 4 学校の六不思議!?」　にかいどう青作;のぶたろ絵　講談社(青い鳥文庫)　2017年1月

ちいちゃん　ちいちゃん
悪魔の赤ちゃん・まおちゃんがあたためたまごからうまれた恐竜の赤ちゃん　「ちび☆デビ!～まおちゃんとちびザウルスと氷の王国～」　福田裕子著;篠塚ひろむ原作　小学館(小学館ジュニア文庫)　2014年9月

チィちゃん
ふしぎな古書店「福神堂」にいる本のツクモ神、小さな天使の姿をした女の子　「ふしぎ古書店1 福の神はじめました」　にかいどう青作;のぶたろ絵　講談社(青い鳥文庫)　2016年2月

チィちゃん
ふしぎな古書店「福神堂」にいる本のツクモ神、小さな天使の姿をした女の子　「ふしぎ古書店2 おかしな友だち募集中」　にかいどう青作;のぶたろ絵　講談社(青い鳥文庫)　2016年6月

チィちゃん
ふしぎな古書店「福神堂」にいる本のツクモ神、小さな天使の姿をした女の子　「ふしぎ古書店3 さらわれた天使」　にかいどう青作;のぶたろ絵　講談社(青い鳥文庫)　2016年9月

ちいにいちゃん
小学5年生の良介のいとこで二十歳の青年、動物が大好きな犬のブリーダーのアシスタント　「おりの中の46ぴきの犬」　なりゆきわかこ作;あやか挿絵　KADOKAWA(角川つばさ文庫)　2014年6月

ちゑ
元陸軍大将の蒲生憲之の屋敷で女中をしていた老婆　「蒲生邸事件 前・後編」　宮部みゆき作;黒星紅白絵　講談社(青い鳥文庫)　2013年8月

ちえちゃん
はるのてんきのいい日におばあちゃんたちとつくしとりにでかけたおんなのこ　「てんきのいい日はつくしとり」　石川えりこさく・え　福音館書店(福音館創作童話シリーズ)　2016年2月

チェリー
小学5年生、うらないが大好きな上川詩絵里のクラスメート　「しえりの秘密のシール帳」　濱野京子著;十々夜絵　講談社　2014年7月

ちかだ

チェリー
小学六年生ちえりがいつも持ち歩くウサギのぬいぐるみ、ちえりの唯一の親友 「ちえりと
チェリー」 中村誠共著;島田満共著;伊部由起子 KADOKAWA（角川つばさ文庫） 2015
年9月

ちえり
幼いころにお父さんを亡くした小学六年生、いつもぬいぐるみのチェリーを持ち歩いている
女の子 「ちえりとチェリー」 中村誠共著;島田満共著;伊部由起子 KADOKAWA（角川つ
ばさ文庫） 2015年9月

チエリ（石橋 智恵理）　ちえり（いしばし・ちえり）
よしの町西小学校のダンス部の六年生、両親を亡くしておばあちゃんと暮らしている女の子
「ドロップ レシピ1 マカロニグラタン」 のまみちこ著;けーしんイラスト 小学館（小
学館ジュニア文庫） 2016年2月

チエリ（石橋 智恵理）　ちえり（いしばし・ちえり）
五年生のサクラと同じクラスの親友、アイドルみたいにかわいくて元気な女の子 「さくら×ド
ロップ レシピ1 チーズハンバーグ」 のまみちこ著;けーしんイラスト 小学館（小学館ジュニ
ア文庫） 2015年9月

チエリちゃん（石橋 智恵理）　ちえりちゃん（いしばし・ちえり）
よしの町西小学校の六年生、ダンス部の子達と仲直りしようとしている女の子 「みさと×ド
ロップ レシピ1 チェリーパイ」 のまみちこ著;けーしんイラスト 小学館（小学館ジュニア文
庫） 2016年7月

ちぇるし～　ちぇるしー
コスメボックスから現れた妖精、白鳥ここあをモデルのショコラに変身させる女の子 「ゆめ☆
かわ ここあのコスメボックス」 伊集院くれあ著;池田春香イラスト 小学館（小学館ジュニア
文庫） 2017年8月

陳祥山　ちぇんしゃんしぇん
大亜連合軍特務部隊上校、非情な性格の男 「魔法科高校の劣等生 20 南海騒擾編」 佐
島勤著 KADOKAWA（電撃文庫） 2016年9月

チカ
マイペースな中学二年生の女の子、同級生のハセが作った調査チーム「長谷川調査隊」の
一員 「ぼくらはその日まで」 小嶋陽太郎著 ポプラ社 2017年8月

チカ
中学一年生サクの同級生、クラスで多少疎まれているマイペースな女の子 「ぼくのとなりに
きみ」 小嶋陽太郎著 ポプラ社 2017年2月

チカ
料理が趣味できちょうめんな性格の五年生の男の子 「1% 7－一番になれない恋」 このは
なさくら作;高上優里子絵 KADOKAWA（角川つばさ文庫） 2017年8月

チカ
料理が趣味できちょうめんな性格の五年生の男の子 「1% 8－そばにいるだけでいい」 こ
のはなさくら作;高上優里子絵 KADOKAWA（角川つばさ文庫） 2017年12月

千影　ちかげ
大山家の跡取り・千明の不思議な夢に現れる室町時代の女性 「アンティークFUGA 1 我
が名はシャナイア」 あんびるやすこ作;十々夜画 岩崎書店（フォア文庫） 2015年2月

近田さん（チカ）　ちかださん（ちか）
マイペースな中学二年生の女の子、同級生のハセが作った調査チーム「長谷川調査隊」の
一員 「ぼくらはその日まで」 小嶋陽太郎著 ポプラ社 2017年8月

ちかた

近田さん（チカ）　ちかださん（ちか）
中学一年生サクの同級生、クラスで多少疎まれているマイペースな女の子 「ぼくのとなりに
きみ」 小嶋陽太郎著 ポプラ社 2017年2月

千方センパイ　ちかたせんぱい
ひふみ学園の「中等部の王子さま」と呼ばれているみんなのあこがれの少年 「いみちぇん！
1 今日からひみつの二人組」 あさばみゆき作;市井あさ絵 KADOKAWA（角川つばさ文
庫） 2014年10月

千方センパイ　ちかたせんぱい
ひふみ学園中等部の王子さまで実はマガツ鬼の総大将 「いみちぇん！3 ねらわれた主さ
ま」 あさばみゆき作;市井あさ絵 KADOKAWA（角川つばさ文庫） 2015年6月

千方センパイ　ちかたせんぱい
ひふみ学園中等部の王子さまで裏の顔はマガツ鬼の頭領 「いみちぇん！5 ウソ？ホント？
まぼろしの札」 あさばみゆき作;市井あさ絵 KADOKAWA（角川つばさ文庫） 2016年3月

千方センパイ　ちかたせんぱい
ひふみ学園中等部の生徒で実はマガツ鬼の総大将、元人間 「いみちぇん！6 絶対無敵の
きずな」 あさばみゆき作;市井あさ絵 KADOKAWA（角川つばさ文庫） 2016年7月

千方センパイ　ちかたせんぱい
ひふみ学園中等部の生徒会長、マガツ鬼の総大将をやめて人間になった青年 「いみちぇ
ん！10 がけっぷち！奪われた友情」 あさばみゆき作;市井あさ絵 KADOKAWA（角川つ
ばさ文庫） 2017年12月

千佳 瑠璃莉　ちか・るりり
中学二年生の水口のクラスにきた転校生、アイドル志望の女の子 「あたしの、ボケのお姫
様。」 令丈ヒロ子著 ポプラ社（Teens' best selections） 2016年10月

千草　ちぐさ
すごく昔に鎮守の森にすむツクモ神たちに封印された乱暴者のイヌのツクモ神 「下からよ
んでもきつねつき」 石井信彦作;小松良佳絵 偕成社 2013年7月

チクラ・ショーイ
鹿児島県の飛行場の兵舎にくらす神風特攻隊のパイロットの若者 「星になった子ねずみ」
 手島悠介作;岡本颯子絵 講談社 2016年8月

千倉 慎一（チクラ・ショーイ）　ちくら・しんいち（ちくら・しょーい）
鹿児島県の飛行場の兵舎にくらす神風特攻隊のパイロットの若者 「星になった子ねずみ」
 手島悠介作;岡本颯子絵 講談社 2016年8月

チコ
ポルトガルの漁村ナザレで育った元気なハリネズミの男の子 「ハリネズミ・チコ 大きな船の
旅1 ジャカスカ号で大西洋へ」 山下明生作;高畠那生絵 理論社 2014年5月

チコ
ポルトガルの漁村ナザレで育った元気なハリネズミの男の子 「ハリネズミ・チコ 大きな船の
旅2 ジャカスカ号で地中海へ」 山下明生作;高畠那生絵 理論社 2014年6月

チコ
ポルトガルの漁村ナザレを飛び出してきた冒険ずきのハリネズミの男の子 「ハリネズミ・チコ
 空とぶ船の旅3 フライパン号でナポレオンの島へ」 山下明生作;高畠那生絵 理論社
2017年10月

チコ
超力持ちな女の子ペンギン・アリスのクラスメイトで大親友 「はっぴー♪ペンギン島!! ペン
ギン、空を飛ぶ!」 名取なずな作;黒袴絵 集英社（集英社みらい文庫） 2014年8月

ちっち

チコ
超力持ちな女の子ペンギン・アリスのクラスメイトで大親友、銭湯「南極湯」のうちの子
「はっぴー♪ペンギン島!! アリスとふしぎなぼうし」 名取なずな作;黒裄絵 集英社(集英社
みらい文庫) 2014年12月

チタン
宮廷大学冒険組合所属の3年生、就職活動中の男子大学生 「犬と魔法のファンタジー」
田中ロミオ著 小学館(小学館ジュニア文庫) 2015年7月

ちーちゃん
南三陸町で東日本大震災にあいママを亡くした六歳女の子 「あの日起きたこと 東日本大
震災 ストーリー311」 ひうらさとる原作絵;ななじ眺原作絵;さちみりほ原作絵;樋口橘原作絵
;うめ原作絵;山室有紀子文 KADOKAWA(角川つばさ文庫) 2014年2月

チックン
ウサギのタックンの友だち、タイムワープする力を持つ時計型ロボット 「太鼓の達人 3つの
時代へタイムトラベルだドン!」 前田圭士作;ささむらもえる絵 KADOKAWA(角川つばさ文
庫) 2016年4月

チックん
病気のお母さんねずみとくらす子ねずみ、神風特攻隊の千倉少尉に食べものをわけても
らっているねずみ 「星になった子ねずみ」 手島悠介作;岡本颯子絵 講談社 2016年8月

チッタ
ドギーマギー動物学校に通う空をとべるモモンガ 「ドギーマギー動物学校 3 世界の海の
プール」 姫川明月作・絵 角川書店(角川つばさ文庫) 2013年7月

チッタ
ドギーマギー動物学校に通う空をとべるモモンガ 「ドギーマギー動物学校 4 動物園のぼう
けん」 姫川明月作・絵 KADOKAWA(角川つばさ文庫) 2013年12月

チッタ
ドギーマギー動物学校に通う空をとべるモモンガ 「ドギーマギー動物学校 5 遠足でハプニ
ング!」 姫川明月作・絵 KADOKAWA(角川つばさ文庫) 2014年6月

チッタ
ドギーマギー動物学校に通う空をとべるモモンガ 「ドギーマギー動物学校 6 雪山レースと
バレンタイン」 姫川明月作・絵 KADOKAWA(角川つばさ文庫) 2015年1月

チッタ
ドギーマギー動物学校に通う空をとべるモモンガ 「ドギーマギー動物学校 7 サーカスと空
とび大会」 姫川明月作・絵 KADOKAWA(角川つばさ文庫) 2015年6月

チッタ
ドギーマギー動物学校に通う空をとべるモモンガ 「ドギーマギー動物学校 8 すてられた子
犬たち」 姫川明月作・絵 KADOKAWA(角川つばさ文庫) 2016年5月

ちっちゃいおっさん
尼崎の街に住む酒田家のお父さん 「ちっちゃいおっさん おかわり!」 相羽鈴著;アップライ
ト監修絵 集英社(集英社みらい文庫) 2015年3月

ちっちゃいおっさん
尼崎をこよなく愛する人気キャラ、家族をなにより大切に思っているお父さん 「ちっちゃい
おっさん」 相羽鈴著;アップライト監修絵 集英社(集英社みらい文庫) 2014年10月

ちっちゃいおばはん
尼崎の街に住む酒田家の怒るととにかくこわいお母さん 「ちっちゃいおっさん おかわり!」
相羽鈴著;アップライト監修絵 集英社(集英社みらい文庫) 2015年3月

ちっち

ちっちゃいおばはん
兵庫県尼崎市にすむちっちゃいおっさんの奥さん、怒るとこわい関西のおばはん 「ちっちゃいおっさん」 相羽鈴著;アップライト監修絵 集英社(集英社みらい文庫) 2014年10月

チトセ
魔法の国の時をつかさどる「青の城」の王子さまで修行中の魔法使い、「銀の城」のお姫さま・フウカの幼なじみ 「らくだい魔女とランドールの騎士(らくだい魔女シリーズ)」 成田サトコ作;千野えなが絵 ポプラ社 2013年4月

チトセ
魔法の国の時をつかさどる「青の城」の王子さまで修行中の魔法使い、「銀の城」のお姫さま・フウカの幼なじみ 「らくだい魔女のデート大作戦(らくだい魔女シリーズ)」 成田サトコ作;千野えなが絵 ポプラ社 2015年4月

チトセ
魔法界に君臨する時をつかさどる「青の城」の王子さま、「銀の城」のお姫さま・フウカのおさななじみ 「らくだい魔女と闇の宮殿」 成田サトコ作;杉浦た美絵 ポプラ社(ポプラポケット文庫) 2013年10月

チトセ
魔法界に君臨する時をつかさどる「青の城」の王子さま、「銀の城」のお姫さま・フウカのおさななじみ 「らくだい魔女の出会いの物語」 成田サトコ作;千野えなが絵 ポプラ社(ポプラポケット文庫ガールズ) 2013年3月

千歳 ちとせ
誤って人魚の肉を食べ不老不死となってしまい愛する夫の生まれ変わりを探して全国を旅するようになった娘 「あやかし緋扇 八百比丘尼永遠の涙」 宮沢みゆき著;くまがい杏子原作・イラスト 小学館(小学館ジュニア文庫) 2013年4月

茅野 歩美 ちの・あゆみ
中学一年生の燈子のクラスメイト、実は元天才子役 「超吉ガール 5 絶交・超凶で大ピンチ!?の巻」 遠藤まり作;ふじつか雪絵 KADOKAWA(角川つばさ文庫) 2017年2月

千葉 蘭麻 ちば・らんま
探偵志望のクール少女、幼なじみの海斗と数々の任務をこなしてきた小学生エージェント 「ちょい能力でいこう![1] 転校生は透明人間!?のまき」 伊豆平成作;あきづきりょう絵 KADOKAWA(角川つばさ文庫) 2016年1月

チビコちゃん
街で一番人気のレストラン「きら星亭」で働くウェイトレス、コックさんのポンポンととてもなかよしの子猫 「空飛ぶおべんとうツアー(パンダのポンポン[9])」 野中柊作;長崎訓子絵 理論社 2017年9月

ちびちび・るん
南の島にあるちびちび島に住むこびと、ちびちび人のひとり 「でかでか人とちびちび人」 立原えりか作;つじむらあゆこ絵 講談社(青い鳥文庫) 2015年9月

ちびぱん(もちぱん)
小学5年生のモモカの家に住みついているパンダのような不思議な生きもの 「もちもち♥ぱんだ もちぱん探偵団もちっとストーリーブック」 たかはしみか著;Yuka原作・イラスト 学研プラス(キラピチブックス) 2017年3月

千尋 ちひろ
樹齢百年ほどの大きな栗の木と小さなお地蔵さんがある律ばあちゃんの家におとずれた孫むすめ 「100年の木の下で」 杉本りえ著;佐竹美保画 ポプラ社(Teens' best selections) 2017年11月

チボリさん
どろぼうのどろぼんをつかまえ取り調べをする刑事 「どろぼうのどろぼん」 斉藤倫著;牡丹靖佳画 福音館書店 2014年9月

ちゃり

チポロ
ススハム・コタン（シシャモの村）に住むやせっぽっちで狩りも下手な男の子 「チポロ」 菅野雪虫著 講談社 2015年11月

チャイルド
人間に擬態する能力をもつ謎の生命体、口から出た触手で人間を襲う化け物 「王様ゲーム 再生9.19①」 金沢伸明著;千葉イラスト 双葉社（双葉社ジュニア文庫） 2017年11月

茶々　ちゃちゃ
戦国武将・浅井長政と織田信長の妹の市の娘、豊臣秀吉の側室 「真田十勇士2 淀城の怪」 松尾清貴著 理論社 2016年1月

茶々（淀）　ちゃちゃ（よど）
戦国武将・浅井長政と織田信長の妹・お市の方の長女として生まれた女の子、のちの豊臣秀吉の妻 「戦国姫 茶々の物語」 藤咲あゆな著;マルイノ絵 集英社（集英社みらい文庫） 2016年2月

茶々丸　ちゃちゃまる
タヌキの乳母・砧に育てられたお姫さま・まほろの乳きょうだい、砧の息子の子ダヌキ 「まほろ姫とにじ色の水晶玉」 なかがわちひろ作 偕成社 2017年12月

着火マン　ちゃっかまん
モデルのようにさわやかな釜川先生に見つめられ顔が熱くなった中学三年生 「恋する熱気球」 梨屋アリエ著 講談社 2017年8月

チャミー
まほうのティーポットのチビまじょ、ちっちゃなかわいいおんなのこ 「チビまじょチャミーとおばけのパーティー」 藤真知子作;琴月綾絵 岩崎書店（おはなしトントン） 2014年6月

チャミー
まほうのティーポットのチビまじょ、ちっちゃなかわいいおんなのこ 「チビまじょチャミーとチョコレートおうじ」 藤真知子作;琴月綾絵 岩崎書店（おはなしトントン） 2017年6月

チャミー
まほうのティーポットのチビまじょ、ちっちゃなかわいいおんなのこ 「チビまじょチャミーとハートのくに」 藤真知子作;琴月綾絵 岩崎書店（おはなしトントン） 2016年6月

チャミー
まほうのティーポットのチビまじょ、ちっちゃなかわいいおんなのこ 「チビまじょチャミーとようせいのドレッサー」 藤真知子作;琴月綾絵 岩崎書店（おはなしトントン） 2015年6月

チャミー
まほうのティーポットのチビまじょ、ちっちゃなかわいいおんなのこ 「チビまじょチャミーとラ・ラ・ラ・ダンス」 藤真知子作;琴月綾絵 岩崎書店（おはなしトントン） 2013年6月

チャム
とねりこ屋で竜のお母さんと暮らす人間の女の子 「魔女モティとねりこ屋のコラル」 柏葉幸子作;尾谷おさむ絵 講談社 2015年2月

ちゃめひめさま
おちゃめでいたずらなおひめさま 「ちゃめひめさまとペピーノおうじ（ちゃめひめさま1）」 たかどのほうこ作;佐竹美保絵 あかね書房 2017年10月

チャーリー・ブラウン
ビーグル犬のスヌーピーの飼い主、心やさしい少年 「I LoveスヌーピーTHE PEANUTS MOVIE」 チャールズ・M.シュルツ原作;ワダヒトミ著 集英社（集英社みらい文庫） 2015年11月

321

ちゃる

チャールズ
正義の戦隊〈女子ーズ〉の自称司令官、40代半ばくらいの男 「女子ーズ」 浜崎達也著;福田雄一監督・脚本 小学館(小学館ジュニアシネマ文庫) 2014年6月

チャルダッシュ
ひっこしてきたばかりの4か月のコーギーミックス犬、となりの空き家に住む猫ジュリに会った犬 「となりの猫又ジュリ」 金治直美作;はしもとえつよ絵 国土社 2017年11月

チャロ
凶悪なモンスターに立ち向かい人々を守る英雄・龍喚士、パトロールと修行をかねて各地を旅していた少年 「パズドラクロス 2」 ガンホー・オンライン・エンターテイメント;パズドラクロスプロジェクト2017原作;テレビ東京原作;諸星崇著 双葉社(双葉社ジュニア文庫) 2017年7月

中宮さま　ちゅうぐうさま
もののけに苦しめられている平安時代のお姫さま、魔法で中学1年のルナに助けを求めた女の人 「まさかわたしがプリンセス!? 3 紫式部ともののけ退治!」 吉野紅伽著;くまの柚子絵 KADOKAWA 2014年3月

中国服の子　ちゅうごくふくのこ
「おばけ美術館」のおばけたちに人間のあかんぼう・すなおのベビーシッターをたのんだ中国服をきた子ども 「おばけ遊園地は大さわぎ」 柏葉幸子作;ひらいたかこ絵 ポプラ社(ポプラの木かげ) 2017年3月

忠太　ちゅうた
夢見ヶ島の島ネズミ、島の窮地に海を渡り助けを求めにきた子ネズミ 「GAMBA ガンバと仲間たち」 時海結以著;古沢良太脚本 小学館(小学館ジュニア文庫) 2015年9月

忠兵衛(伊藤 若冲)　ちゅうべえ(いとう・じゃくちゅう)
京都錦小路の青物問屋「桝源」の息子、幼いころから絵が好きだった少年 「若冲―ぞうと出会った少年」 黒田志保子著 国土社 2016年5月

チューリッヒ(怪盗王チューリッヒ)　ちゅーりっひ(かいとうおうちゅーりっひ)
怪盗王子リッパの父親、ゆうめいな怪盗王 「怪盗王子チューリッパ! 3 怪盗王の挑戦状」 如月かずさ作;柴本翔絵 偕成社 2017年1月

チューリン
小学六年生、ヒーローものの特撮映像を手作りする「蒲生特撮隊」のメンバー 「なんちゃってヒーロー」 みうらかれん作;佐藤友生絵 講談社 2013年10月

千代　ちよ
大富豪の阿豪一族の守り神である狐霊の世話をするためだけに買われた身寄りのない十二歳の少女 「狐霊の檻」 廣嶋玲子作;マタジロウ絵 小峰書店(Sunnyside Books) 2017年1月

千代　ちよ
伝説の料亭「雲隠れ割烹」の初代料理長、天才料理人 「トリコ シャボンフルーツをもとめて! 食林寺へGO!!」 島袋光年原作;村山功著;東映アニメーション絵 集英社(集英社みらい文庫) 2014年1月

張角　ちょうかく
古代中国の漢王朝で反乱をおこす「黄巾党」の首領、不思議な妖術を使う男 「初恋三国志 りゅうびちゃん、英傑(ヒーロー)と出会う!」 水島朱音作;榎本事務所作;藤田香絵 KADOKAWA(角川つばさ文庫) 2014年8月

趙 学石(黒衣の男)　ちょう・がくせき(こくいのおとこ)
封魔の楊月が蘇州に向かう乗り合い馬車で同乗した黒衣姿の謎の治水技師、三十代の男 「封魔鬼譚 3 渾沌」 渡辺仙州作;佐竹美保絵 偕成社 2017年4月

ちょこ

長官（バロック長官）　ちょうかん（ばろっくちょうかん）
美術品の中でおきる事件を解決する「美術警察」の長官、絵の中に閉じこめられたロマンの
父親　「らくがき☆ポリス1 美術の警察官、はじめました。」　まひる作;立樹まや絵
KADOKAWA（角川つばさ文庫）2016年10月

張飛　ちょうひ
三国志の重要人物、天下無敵の豪傑だが妖怪が苦手な男　「炎の風吹け妖怪大戦　妖怪
道中三国志5」　三田村信行作;十々夜絵　あかね書房　2017年11月

張飛　ちょうひ
三国志の重要人物、天下無敵の豪傑だが妖怪が苦手な男　「幻影の町から大脱出 妖怪道
中三国志4」　三田村信行作;十々夜絵　あかね書房　2017年5月

張飛　ちょうひ
三国志の重要人物、天下無敵の豪傑だが妖怪が苦手な男　「孔明vs.妖怪孔明　妖怪道中
三国志3」　三田村信行作;十々夜絵　あかね書房　2016年11月

長老　ちょうろう
「これから村」でいちばん年長、白いヒゲをはやした小型モンスター　「モンハン日記ぽかぽ
かアイルー村[7] 爆笑!? わくわくかくし芸大会ニャ!」　相坂ゆうひ作;マーブルCHIKO絵
KADOKAWA（角川つばさ文庫）2014年7月

長老　ちょうろう
「これから村」でいちばん年長、白いヒゲをはやした小型モンスター　「モンハン日記ぽかぽ
かアイルー村DX[0] 幻の歌探しとニャンター!!」　相坂ゆうひ作;マーブルCHIKO絵
KADOKAWA（角川つばさ文庫）2016年3月

長老　ちょうろう
「これから村」でいちばん年長、白いヒゲをはやした小型モンスター　「モンハン日記ぽかぽ
かアイルー村DX[3] ソラVS長老！?巨大スゴロク勝負！！」　相坂ゆうひ作;マーブル
CHIKO絵　KADOKAWA（角川つばさ文庫）2016年7月

長老　ちょうろう
食いしんぼうでとぼけた性格をしたポケットドラゴンの長老　「ポケットドラゴンの冒険 学校で
神隠し!?」　深沢美潮作;田伊りょうき絵　集英社（集英社みらい文庫）2013年4月

チョキ
おにぎりやおすしの子が通うへんてこな「べんとう小学校」に転校した小学生の男の子　「よ
うこそ！へんてこ小学校 おにぎりVSパンの大勝負」　スギヤマカナヨ作・絵
KADOKAWA 2017年10月

チョコ
インストラクター黒魔女・ギュービッドのもとで黒魔女修行中の小学五年生　「おっことチョコ
の魔界ツアー」　令丈ヒロ子作;石崎洋司作　講談社（青い鳥文庫）2013年9月

チョコ
黒魔女修行中の小学6年生、ハデなゴスロリの服を着た女の子　「6年1組黒魔女さんが通
る!! 02 家庭訪問で大ピンチ!?」　石崎洋司作;藤田香絵　講談社（青い鳥文庫）2017年1月

チョコ
黒魔女修行中の小学6年生、ハデなゴスロリの服を着た女の子　「6年1組黒魔女さんが通
る!! 03 ひみつの男子会!?」　石崎洋司作;藤田香・亜沙美・牧村久実・駒形絵　講談社（青
い鳥文庫）2017年5月

チョコ
黒魔女修行中の六年生の少女、三級黒魔女さん　「6年1組黒魔女さんが通る!! 04 呪い
の七夕姫!」　石崎洋司作;藤田香絵;亜沙美絵;K2商会絵;戸部淑絵　講談社（青い鳥文
庫）2017年11月

323

ちょこ

チョコ
新型兵器の操縦のために開発されたロボット少女、パイロット候補生の友香をおともだちに
選んだロボット 「おともだちロボ チョコ」 入間人間著 KADOKAWA 2015年4月

ちょこ
この春しょうがっこうににゅうがくしたばかりのクラスでいちばんせの低いおんなの子 「チョコ
ちゃん」 椰月美智子作;またよし絵 そうえん社 (まいにちおはなし) 2015年4月

猪剛烈(豚妖怪) ちょごうれつ(ぶたようかい)
妖怪の中の強者・豚妖怪の姿をかくしている料理店のイケメン店主 「西遊記〜はじまりの
はじまり〜」 浜崎達也著;チャウ・シンチー製作・脚本・監督 小学館(小学館ジュニア文
庫) 2014年11月

チョコざえもん
からだがチョコでできていてチョコのかたなやピストルをもっているさむらい 「にんじゃざむ
らいガムチョコバナナ ばけものりょかんのまき」 原ゆたか作・絵;原京子作・絵
KADOKAWA 2017年3月

チョコタン
ニンゲンとおしゃべりできるミニチュアダックスの女の子、小学生・ナオちゃんのかい犬
「チョコタン!なみだ、のち、はれ!」 武内こずえ原作・絵;柴野理奈子著 集英社(集英社み
らい文庫) 2014年1月

チョコタン
人間の言葉がしゃべれる犬、ナオちゃんという女の子がかっているミニチュアダックス 「チョ
コタン!」 武内こずえ原作・絵;柴野理奈子著 集英社(集英社みらい文庫) 2013年8月

チョコちゃん(ちよこ)
この春しょうがっこうににゅうがくしたばかりのクラスでいちばんせの低いおんなの子 「チョコ
ちゃん」 椰月美智子作;またよし絵 そうえん社 (まいにちおはなし) 2015年4月

ちょこら
小学六年生のカノンがつくったちょっとぽんこつで小さなロボット 「ロボ☆友 カノンと、とん
でもお嬢さま」 星乃ぬう作;木屋町絵 集英社(集英社みらい文庫) 2013年3月

千代田 ノゾミ ちよだ・のぞみ
クラスメイトのモエの幼なじみ、自分の名前が嫌いな5年生の男の子 「それぞれの名前」
春間美幸著 講談社(講談社・文学の扉) 2015年5月

チョロ
木の下でたおれていたゆうこを見つけた女の子、神楽殿にオイチャンと住んでいる孤児
「六時の鐘が鳴ったとき」 井上夕香作;エヴァーソン朋子絵 てらいんく 2016年9月

千脇 奏 ちわき・かなで
専門学校生、行方不明になった親友の美久の捜索を椎名誠十郎に依頼した田舎臭さが抜
けない少女 「嘘つき探偵・椎名誠十郎」 二丸修一著 KADOKAWA(メディアワークス文
庫) 2015年4月

チワ旬 ちわしゅん
おしゃれが大好きな女の子紡の幼なじみでロゲンカ相手、実はモテ男子 「全力おしゃれ
少女☆ツムギ part1 金星のドレスはだれが着る?」 はのまきみ作;森倉円絵 集英社(集英
社みらい文庫) 2013年8月

チワ旬 ちわしゅん
おしゃれが大好きな紡の幼なじみでロゲンカ相手、実はモテ男子の小学5年生 「全力お
しゃれ少女☆ツムギ part2 めざせ!モデルとデザイナー」 はのまきみ作;森倉円絵 集英社
(集英社みらい文庫) 2014年2月

つきか

チンアナゴたち
うみのとしょかんで本をよんでいるあいだにからまりあってほどけなくなってしまった三きょうだいのチンアナゴ 「うみのとしょかん チンアナゴ3きょうだい」 葦原かも作;森田みちよ絵 講談社(どうわがいっぱい) 2017年12月

珍鎮々　ちんちんちん
伝説の作法の寺「食林寺」の師範、世界に4人しかいない美食人間国宝のひとり 「トリコ シャボンフルーツをもとめて! 食林寺へGO!!」 島袋光年原作;村山功著;東映アニメーション絵 集英社(集英社みらい文庫) 2014年1月

【つ】

司 真純　つかさ・ますみ
横浜みなと女学園中等部2年生、部への昇格を目指すサッカー準クラブのメンバー 「100%ガールズ 2nd season」 吉野万理子著 講談社(Ya! entertainment) 2013年3月

司 真純　つかさ・ますみ
横浜みなと女学園中等部3年生、準クラブから部へ昇格したサッカー部の中学部キャプテン 「100%ガールズ 3rd season」 吉野万理子著 講談社(Ya! entertainment) 2013年10月

塚田 正一　つかだ・しょういち
小学五年生の海斗の一番仲が良い友達、三枚目の性格の少年 「ポケットドラゴンの冒険 学校で神隠し!?」 深沢美潮作;田伊りょうき絵 集英社(集英社みらい文庫) 2013年4月

塚本 秀一　つかもと・しゅういち
北宇治高校一年生吹奏楽部、担当楽器はトロンボーンでユーフォニアム担当の久美子と幼なじみの少年 「響け!ユーフォニアム 北宇治高校吹奏楽部のヒミツの話」 武田綾乃著 宝島社(宝島社文庫) 2015年6月

柄本 つくし　つかもと・つくし
サッカー界名門の聖蹟高校一年生、サッカー未経験者ながら熱い心を秘めている少年 「DAYS 1」 石崎洋司文;安田剛士原作・絵; 講談社(青い鳥文庫) 2017年3月

柄本 つくし　つかもと・つくし
サッカー界名門の聖蹟高校一年生、サッカー未経験者ながら熱い心を秘めている少年 「DAYS 2」 石崎洋司文;安田剛士原作・絵; 講談社(青い鳥文庫) 2017年8月

月尾　つきお
団子町のお稲荷さんにいる霊狐、魔物を封印する力をもつ狐 「ゆうれい猫と魔女の呪い」 廣嶋玲子作;バラマツヒトミ絵 岩崎書店(おはなしガーデン) 2013年5月

月岡 杏里　つきおか・あんり
退魔師見習いの莉緒たちが出会った女の子、友達の病気を治す願掛けのため一人旅をしている謎の少女 「妖怪退治、しません! リオとユウの霊探事件ファイル2」 秋木真作;すまき俊悟絵 集英社(集英社みらい文庫) 2013年7月

月岡 杏里　つきおか・あんり
魔術剣士、退魔師見習いの莉緒と一緒に修行している女の子 「怪盗ゴースト、つかまえます! リオとユウの霊探事件ファイル3」 秋木真作;すまき俊悟絵 集英社(集英社みらい文庫) 2014年1月

月影 ゆり　つきかげ・ゆり
私立明堂学園高等部二年生、伝説の戦士プリキュアのキュアムーンライト 「小説ハートキャッチプリキュア!」 東堂いづみ原作;山田隆司著 講談社(講談社キャラクター文庫) 2015年9月

つきが

月が崎 彰子　つきがさき・しょうこ
山奥の町の銀行の女子行員　「クレヨン王国黒の銀行」　福永令三作;椎名優絵　講談社
（青い鳥文庫）　2016年5月

月方 穂木　つきがた・ほき
室町中学校二年生、もともと"変わり者"であるが"ふつうのちょっとかわいい子"を装っている転校生の少女　「かえたい二人」　令丈ヒロ子作　PHP研究所　2017年9月

月島 エリカ　つきしま・えりか
ある日目をさましたら黒髪の日本人形をだっこしていた小学生の女の子　「放課後ファンタスマ！ ささやく黒髪人形」　桜木日向作;あおいみつ絵　講談社（青い鳥文庫）　2015年11月

月島 エリカ　つきしま・えりか
うちにくるおばけたちのなやみ相談をすることになった小学生　「放課後おばけ♥ストリート[2] 吸血鬼がくる!」　桜木日向作;あおいみつ絵　講談社（青い鳥文庫）　2017年1月

月島 エリカ　つきしま・えりか
ママとふたりでマンションに暮らしている小学生の女の子　「放課後ファンタスマ！ ドアのむこうにだれかいる」　桜木日向作;暁かおり絵　講談社（青い鳥文庫）　2015年4月

月島 エリカ　つきしま・えりか
住んでいるマンションにアイドルのユメが引っ越してきたことを知った小学生の女の子　「放課後ファンタスマ! レディー・パープルの秘密」　桜木日向作;暁かおり絵　講談社（青い鳥文庫）　2015年6月

月太朗　つきたろう
「死神うどんカフェ1号店」にいるペンギン、本当は死んでしまった人間の子ども　「死神うどんカフェ1号店 4杯目」　石川宏千花著　講談社（Ya! entertainment）　2015年3月

つきちゃん
ある日急に動物の声が聞こえてくるようになった小学一年生の女の子　「ちょっとおんぶ」　岩瀬成子作;北見葉胡絵　講談社（わくわくライブラリー）　2017年5月

月浪 トウマ　つきなみ・とうま
さくら第2中学校に通う2年生、3匹の妖怪・鬼まろに体を貸してしまった少年　「映画妖怪ウォッチ シャドウサイド鬼王の復活」　松井香奈著;日野晃博製作総指揮原案・脚本　小学館（小学館ジュニア文庫）　2017年12月

月野 うさぎ　つきの・うさぎ
セーラー服美少女戦士セーラームーン、ドジで泣き虫だが元気いっぱいの少女　「小説ミュージカル美少女戦士セーラームーン」　武内直子原作;平光琢也著　講談社　2015年3

月野森 みきこ　つきのもり・みきこ
3人きょうだいの長女、長女はソンばかりしていると「長女同盟」を作った小学5年生の女の子　「お悩み解決!ズバッと同盟 長女vs妹、仁義なき戦い!?」　吉田桃子著;U35イラスト　小学館（小学館ジュニア文庫）　2016年10月

月野森 みきこ　つきのもり・みきこ
5年生の女の子、みんなの悩みを解決するお手伝いをする「ズバッと同盟」のメンバー　「お悩み解決!ズバッと同盟 [2] おしゃれコーデ、対決!?」　吉田桃子著;U35イラスト　小学館（小学館ジュニア文庫）　2017年7月

月原 美音　つきはら・みおん
東波小学校六年生、「京川探偵事務所」の手伝いをしながら行方不明になった父親をさがしている少女　「少女探偵 月原美音」　横山佳作;スカイエマ絵　BL出版　2014年12月

月村 透　つきむら・とおる
有村バレエスクールの生徒、バレエ王子と呼ばれている高校1年生　「エトワール! 3 眠れる森のバレリーナ」　梅田みか作;結布絵　講談社（青い鳥文庫）　2017年10月

つくよ

月村 透　つきむら・とおる
有村バレエスクールの生徒、バレエ王子と呼ばれている中学3年生 「エトワール！1 くるみ割り人形の夢」 梅田みか作；結布絵　講談社（青い鳥文庫）　2016年11月

月村 透　つきむら・とおる
有村バレエスクールの生徒、バレエ王子と呼ばれている中学3年生 「エトワール！2 羽ばたけ！四羽の白鳥」 梅田みか作；結布絵　講談社（青い鳥文庫）　2017年5月

月森 和　つきもり・かず
六年生の佳純と准一が大ファンのミステリー作家、自分の正体を隠して小説を書いている覆面作家 「ふたり」 福田隆浩著　講談社　2013年9月

月山 春花　つきやま・はるか
夢の世界で真実を見つけることができる“夢目”の持ち主、のんびり屋でおっとりした五年生の女の子 「夢の守り手　ふしぎな目を持つ少女」 廣嶋玲子作；二星天絵　ポプラ社（ポプラポケット文庫）　2015年3月

月山 春花　つきやま・はるか
夢の世界で真実を見つけることができる“夢目”の持ち主、のんびり屋でおっとりした五年生の少女 「夢の守り手 うつろ夢からの逃亡者」 廣嶋玲子作；二星天絵　ポプラ社（ポプラポケット文庫）　2015年11月

月山 春花　つきやま・はるか
夢の世界で真実を見つけることができる“夢目”の持ち主、のんびり屋でおっとりした五年生の少女 「夢の守り手　永遠の願いがかなう庭」 廣嶋玲子作；二星天絵　ポプラ社（ポプラポケット文庫）　2015年8月

都久井 沙紀　つくい・さき
時の流れを守るポッピン族の守り巫女、ポッピン族のルピイを同位体とする中学三年生 「ポッピンQ」 東堂いづみ原作；秋津柾水著　小学館（小学館ジュニア文庫）　2016年12月

つくしちゃん
小学2年生、魔女の家とよばれる家に住むおばあさんのすぎなさんと仲よしになった女の子 「つくしちゃんとすぎなさん」 まはら三桃作；陣崎草子絵　講談社（わくわくライブラリー）2015年10月

つぐみ
たくさんの友だちの輪に入っていくのが苦手で自分の考えをなかなか言えない四月から四年生になる女の子 「目の見えない子ねこ、どろっぷ」 沢田俊子作；田中六大絵　講談社2015年6月

つくも神（紅蓮丸）　つくもがみ（ぐれんまる）
骨董屋「アンティークFUGA」に来た千明に白昼夢を見せて現れた武士の姿をしたつくも神 「アンティークFUGA 1 我が名はシャナイア」 あんびるやすこ作；十々夜画　岩崎書店（フォア文庫）　2015年2月

九十九 孝明　つくも・たかあき
生徒のお悩み相談を受け付ける環境部の部員・九十九くん、中学一年生 「おなやみ相談部」 みうらかれん著　講談社　2015年8月

月読　つくよみ
神さまを管轄している組織・日ノ本総役所の代表、本当の名前は月読命（つくよみのみこと） 「神さま、事件です！登場！カミサマ・オールスターズ」 森三月作；おきる絵　集英社（集英社みらい文庫）　2013年11月

月読 幽　つくよみ・ゆう
私立天ノ川学院中等部一年、天才少年小説家 「月読幽の死の脱出ゲーム [1] 謎じかけの図書館からの脱出」 近江屋一朗作；藍本松絵　集英社（集英社みらい文庫）　2016年4月

つくよ

月読 幽　つくよみ・ゆう
私立天ノ川学院中等部一年、天才少年小説家 「月読幽の死の脱出ゲーム[2] 爆発寸前！寝台特急アンタレス号からの脱出」 近江屋一朗作;藍本松絵 集英社(集英社みらい文庫) 2017年1月

辻本 穣　つじもと・ゆたか
福島県立阿田工業高校二年生、フラダンス愛好会に入会した元水泳部の少年 「フラダン」 古内一絵作 小峰書店(Sunnyside Books) 2016年9月

辻本 莉緒　つじもと・りお
つつじ台中学校一年生の麻衣の親友、ひっこみ思案な美少女 「キミと、いつか。[1] 近すぎて言えない"好き"」 宮下恵茉作;染川ゆかり絵 集英社(集英社みらい文庫) 2016年3月

辻本 莉緒　つじもと・りお
やさしいがひっこみ思案でおとなしい性格の中学一年生、女子に人気があるクラスメイトの智哉とつきあっている少女 「キミと、いつか。[6] ひとりぼっちの"放課後"」 宮下恵茉作;染川ゆかり絵 集英社(集英社みらい文庫) 2017年11月

辻本 莉緒　つじもと・りお
中学1年の女の子なるたんのクラスメイト・辻本さん、クラスメイトの石崎くんの彼女 「キミと、いつか。だれにも言えない"想い"」 宮下恵茉作;染川ゆかり絵 集英社(集英社みらい文庫) 2016年11月

辻本 莉緒　つじもと・りお
中学で芸術部に入った1年生、同じクラスの人気者の石崎君に告白された女の子 「キミと、いつか。[2] 好きなのに、届かない"気持ち"」 宮下恵茉作;染川ゆかり絵 集英社(集英社みらい文庫) 2016年7月

辻 勇馬　つじ・ゆうま
福里中学校三年生、バスケット部で活躍しアメリカに渡るという壮大な夢が成長期痛で挫折してしまった男の子 「いのちのパレード」 八束澄子著 講談社 2015年4月

津田 涼子　つだ・りょうこ
「津田美術館」の学芸員で創立者の親戚縁者の若い女性 「アンティークFUGA 2 双魂の精霊」 あんびるやすこ作;十々夜画 岩崎書店(フォア文庫) 2015年7月

つちぐも
まりょくをもっていていろいろなすがたにばけることができるおおぐものおばけ 「おばけえんそく おばけのポーちゃん3」 吉田純子作;つじむらあゆこ絵 あかね書房 2015年9月

ツツミマスさん
ちいちゃかったころからつつむことがすきでなんでもつつむおみせをひらいた女のひと 「ツツミマスさんと3つのおくりもの」 こがしわかおり作 小峰書店(おはなしだいすき) 2015年7月

ツトム
げんきいっぱいともだちいっぱいのおとこのこ 「ツトムとネコのひのようじん」 にしかわおさむぶん・え 小峰書店(おはなしだいすき) 2017年11月

ツネミさん
にんげんのまちにあるモンスター・ホテルではたらいているキツネ 「モンスター・ホテルでパトロール」 柏葉幸子作;高畠純絵 小峰書店 2017年4月

ツネミさん
にんげんのまちにあるモンスター・ホテルではたらいているにんげんにばけようとしてしっぱいしたキツネ 「モンスター・ホテルでおひさしぶり」 柏葉幸子作;高畠純絵 小峰書店 2014年4月

つるの

ツネミさん
にんげんのまちにあるモンスター・ホテルではたらいているにんげんにばけようとしてしっぱいしたキツネ 「モンスター・ホテルでそっくりさん」 柏葉幸子作;高畠純絵 小峰書店 2016年11月

ツネミさん
にんげんのまちにあるモンスター・ホテルではたらいているにんげんにばけようとしてしっぱいしたキツネ 「モンスター・ホテルでたんていだん」 柏葉幸子作;高畠純絵 小峰書店 2014年8月

ツネミさん
にんげんのまちにあるモンスター・ホテルではたらいているにんげんにばけようとしてしっぱいしたキツネ 「モンスター・ホテルでひみつのへや」 柏葉幸子作;高畠純絵 小峰書店 2015年2月

翼君　つばさくん
悪魔のゲーム「ナイトメア」の第二ステージで攻略部の舞と一緒にスタートした男子高校生 「オンライン!14 鎧のエメルダと漆黒の魔塔」 雨蛙ミドリ作;大塚真一郎絵 KADOKAWA（角川つばさ文庫） 2017年11月

燕　つばめ
霧生の里にある忍術学校の女子生徒、陽炎太の幼なじみ 「猫忍」 橋本愛理作;AMG出版作 フレーベル館 2017年11月

ツムちゃん
かたつむりの女の子、きょうりゅうのがんこちゃんのともだち 「うんちしたの、だーれ?(新・ざわざわ森のがんこちゃん)」 末吉暁子作;武田美穂絵 講談社 2013年5月

津山 勇気　つやま・ゆうき
明るくてさっぱりしたせいかくでクラスのみんなからのしんらいもあつく学級委員をしている四年生の少女 「四年変組」 季巳明代作;こみねゆら絵 フレーベル館(ものがたりの庭) 2015年2月

つよし
クラスで標語をつくることになった小学生の男の子 「とっておきの標語」 村上しいこ作;市居みか絵 PHP研究所(とっておきのどうわ) 2013年3月

強志　つよし
「いないいないばあ恐怖症」の小学五年生、町外れの丘の上に建っている幽霊屋敷と呼ばれているお屋敷に行った男の子 「闇の本」 緑川聖司作;竹岡美穂絵 ポプラ社(ポプラポケット文庫) 2013年12月

敦賀 洋一　つるが・よういち
茨城県の高砂中学校三年生、偏差値の高い高校と大学に進学して県庁に勤めることを夢見ているクラス委員長 「石を抱くエイリアン」 濱野京子著 偕成社 2014年3月

鶴木 尚　つるぎ・なお
世間知らずなお嬢様の香琳と金目当ての政略結婚した高校イチのイケメン 「映画 未成年だけどコドモじゃない」 宮沢みゆき著;水波風南原作;保木本佳子脚本 小学館(小学館ジュニア文庫) 2017年12月

鶴ゴン先生　つるごんせんせい
あさひ小学校の卒業生で教育実習にやってきた大学生 「五年霊組こわいもの係 1−友花、死神とクラスメートになる。」 床丸迷人作;浜弓場双絵 KADOKAWA(角川つばさ文庫) 2014年1月

鶴野 千波(鶴ゴン先生)　つるの・ちなみ(つるごんせんせい)
あさひ小学校の卒業生で教育実習にやってきた大学生 「五年霊組こわいもの係 1−友花、死神とクラスメートになる。」 床丸迷人作;浜弓場双絵 KADOKAWA(角川つばさ文庫) 2014年1月

つるり

ツルリ
私立桂木学園中等部の一年生、プロ以上の理数系分野の技術と知識を持つ少年 「裏庭にはニワ会長がいる!! 2－恋するメガネを確保せよ!」 こぐれ京作;十峯なるせ絵 KADOKAWA（角川つばさ文庫） 2014年2月

弦 リセイ(ツルリ)　つる・りせい(つるり)
私立桂木学園中等部の一年生、プロ以上の理数系分野の技術と知識を持つ少年 「裏庭にはニワ会長がいる!! 2－恋するメガネを確保せよ!」 こぐれ京作;十峯なるせ絵 KADOKAWA（角川つばさ文庫） 2014年2月

ツン子　つんこ
何度注意されてもほんとうのことをためらいもなく口にしてしまう小学三年生の少女 「ツン子ちゃん、おとぎの国へ行く」 松本祐子作;佐竹美保絵 小峰書店（おはなしメリーゴーラウンド） 2013年11月

【て】

ティア
ガルダ帝国の皇女、羽根蹴りが得意な活発な女の子 「小説そらペン」 陽橋エント原作・イラスト;水稀しま著 小学館（小学館ジュニア文庫） 2017年3月

ティアー
魔界にある王立魔女学校の生徒、まじめな女の子・桃花のルームメイト 「魔女学校物語 友だちのひみつ」 石崎洋司作;藤田香絵 講談社（青い鳥文庫） 2016年10月

ディアンシー
ダイヤモンド鉱国のお姫さま、メガディアンシーにメガシンカする幻のほうせきポケモン 「ポケモン・ザ・ムービーXY破壊の繭とディアンシー」 園田英樹著;園田英樹脚本 小学館（小学館ジュニア文庫） 2014年8月

定家くん　ていかくん
「百人一首クラブ」の部員・スズとナリ先輩に恋の相談をした藤原定家のゆうれい 「いとをかし!百人一首[4]届け!千年のミラクル☆ラブ」 光丘真理作;甘塩コメコ絵 集英社（集英社みらい文庫） 2013年11月

定家じいちゃん(定家くん)　ていかじいちゃん(ていかくん)
「百人一首クラブ」の部員・スズとナリ先輩に恋の相談をした藤原定家のゆうれい 「いとをかし!百人一首[4]届け!千年のミラクル☆ラブ」 光丘真理作;甘塩コメコ絵 集英社（集英社みらい文庫） 2013年11月

ティガーツム
くしゃみで増えてはりきるとビッグツムになる小さなツムたちのひとり 「ディズニーツムツムの大冒険」 橋口いくよ著;ウォルト・ディズニー・ジャパン株式会社監修 小学館（小学館ジュニア文庫） 2017年7月

デイジーツム
くしゃみで増えてはりきるとビッグツムになる小さなツムたちのひとり 「ディズニーツムツムの大冒険」 橋口いくよ著;ウォルト・ディズニー・ジャパン株式会社監修 小学館（小学館ジュニア文庫） 2017年7月

ティモカ
子犬のシナモンが時空をこえてやってきたシュクル王国に住む犬の女の子、仕立て屋さん 「シナモロール シナモンのふしぎ旅行」 芳野詩子作;霧賀ユキ絵 KADOKAWA（角川つばさ文庫） 2014年9月

てっこ

ティラノサウルス
きょうりゅうの島にすんでいる肉食きょうりゅう 「キャベたまたんていきょうりゅう島でききいっぱつ(キャベたまたんていシリーズ)」三田村信行作;宮本えつよし絵 金の星社 2017年6月

ティラミス
バウムクーヘン王国の姫プリンちゃんが入学した「エリート・ハーブティー学園」のクラスメイトの男の子 「プリ♥プリ♥プリン姫 プリンセスが転校生?」吉田純子作;細川貂々絵 ポプラ社(ポプラ物語館) 2014年11月

ティンカー・ベル
中1の女の子・まつりの前にあらわれた妖精、背中に羽を生やした手のひらサイズの少女 「ひみつの図書館!『ピーターパン』がいっぱい!?」神代明作;おのともえ絵 集英社(集英社みらい文庫) 2014年11月

ディンリー
ケニアで発見された新種の猫をねらう狂科学者の兄弟でゴンリーの弟 「怪盗クイーン ケニアの大地に立つ」はやみねかおる作;K2商会絵 講談社(青い鳥文庫) 2017年9月

テイン・リー・ナーミン
四年生のあいりのクラスの転校生、ミャンマーから家族で引っ越してきた少女 「空にむかってともだち宣言」茂木ちあき作;ゆーちみえこ絵 国土社 2016年3月

デカ長　でかちょう
神奈川県警横浜大黒署の特殊捜査課のボス、悪の組織・レッドヴィーナスの罠にかかって子どもになってしまった刑事 「コドモ警察」時海結以著;福田雄一脚本 小学館(小学館ジュニアシネマ文庫) 2013年3月

でかでか・ぷん
南の島にあるでかでか島にいるでかでか人のひとり 「でかでか人とちびちび人」立原えりか作;つじむらあゆこ絵 講談社(青い鳥文庫) 2015年9月

でかぱん(もちぱん)
小学5年生のモモカの家に住みついているパンダのような不思議な生きもの 「もちもち♥ぱんだ もちぱん探偵団もちっとストーリーブック」たかはしみか著;Yuka原作・イラスト 学研プラス(キラピチブックス) 2017年3月

出口 明　でぐち・あきら
いつも公園でギターをひき歌っている赤い髪の兄ちゃん 「ブルースマンと小学生」こうだゆうこ作;スカイエマ画 学研教育出版(ティーンズ文学館) 2014年3月

勅使河原 陸　てしがわら・りく
並木図書館で行われる本を紹介しあうゲーム「ビブリオバトル」に参加することになった小学五年生の男の子 「なみきビブリオバトル・ストーリー 本と4人の深呼吸」赤羽じゅんこ作;松本聰美;おおぎやなぎちか作;森川成美作;黒須高嶺絵 さ・え・ら書房 2017年6月

デジレ
王子、気品を漂わせる整った顔立ちに加えて身のこなしも軽く文句のつけようのない完璧美青年 「眠れる森の美女」藤本ひとみ文;東逸子絵;ペロー原作 講談社(青い鳥文庫) 2014年12月

手塚 さおり　てづか・さおり
3人きょうだいの長女・みきこが作った「長女同盟」の仲間、ヘアメイクが大好きな小学5年生の女の子 「お悩み解決!ズバッと同盟 長女vs妹、仁義なき戦い!?」吉田桃子著;U35イラスト 小学館(小学館ジュニア文庫) 2016年10月

テッコ
小学四年生の守のクラスにやってきたふしぎな転校生の女の子 「となりの鉄子」田森庸介;勝川克志絵 偕成社 2013年7月

てつこ

テツコさん
セレクトショップ「ルキナ」に入ってきたエリナに声をかけた女性スタイリスト 「わがままファッションGIRLS MODE」 高瀬美恵作;桃雪琴梨絵 アスキー・メディアワークス(角川つばさ文庫) 2013年4月

テツコさん
世界的なファッションショー「ワールドクイーン・コンテスト」に出ることになったスタイリスト 「わがままファッションGIRLS MODE 3 最高のコーデ&スマイル」 高瀬美恵作;桃雪琴梨絵 KADOKAWA(角川つばさ文庫) 2014年5月

てつじ
勉強も運動もできないがいつも笑顔があふれている小学五年生、先生に将来総理大臣になると言った男の子 「ゆくぞ、やるぞ、てつじだぞ!」 ゆき作;かわいみな絵 朝日学生新聞社 2017年2月

鉄蔵 てつぞう
江戸時代の浮世絵師、皆既月食の夜に江戸時代から現代にタイムスリップしてきた爺さん 「しばしとどめん北斎羽衣」 花形みつる著 理論社 2015年6月

てっちゃん
6年生の女の子ひじりのおさななじみ、金髪のオレ様男 「小説小学生のヒミツ おさななじみ」 中江みかよ原作;森川成美文 講談社(講談社KK文庫) 2017年4月

てっちゃん(金森 てつし) てっちゃん(かなもり・てつし)
町内でも有名な史上最強の小学生5年生トリオ「イタズラ大王三人悪」の一人 「地獄堂霊界通信 1」 香月日輪作;みもり絵 講談社(青い鳥文庫) 2013年7月

てっちゃん(金森 てつし) てっちゃん(かなもり・てつし)
町内でも有名な史上最強の小学生5年生トリオ「イタズラ大王三人悪」の一人 「地獄堂霊界通信 2」 香月日輪作;みもり絵 講談社(青い鳥文庫) 2013年12月

哲平 てっぺい
部員九名の野球部のピッチャー、ホームランを素手でキャッチした美術部のこころを野球部に勧誘した中学一年生の少年 「ナイスキャッチ![1]」 横沢彰作;スカイエマ絵 新日本出版社 2017年6月

哲平 てっぺい
部員九名の野球部のピッチャー、ホームランを素手でキャッチした美術部のこころを野球部に勧誘した中学一年生の少年 「ナイスキャッチ! 2」 横沢彰作;スカイエマ絵 新日本出版社 2017年8月

鉄平 てっぺい
さからう同級生をぶったりつきとばしたりする自分が一番えらいと思っている四年生の少年 「逆転!ドッジボール」 三輪裕子作;石山さやか絵 あかね書房(スプラッシュ・ストーリーズ) 2016年6月

デーテ
迷子のペットのドラゴン・ピンキーを探すことになったドラゴンが苦手な探偵魔女 「ピンクのドラゴンをさがしています」 あんびるやすこ著 岩崎書店(おはなしガーデン) 2017年6月

デデデ大王 でででだいおう
自分勝手でわがままな自称ププブランドの王様 「星のカービィあぶないグルメ屋敷!?の巻」 高瀬美恵作;苅野タウ絵;ぽと絵 KADOKAWA(角川つばさ文庫) 2013年8月

デデデ大王 でででだいおう
自分勝手でわがままな自称ププブランドの王様 「星のカービィメタナイトと銀河最強の戦士」 高瀬美恵作;苅野タウ絵;ぽと絵 KADOKAWA(角川つばさ文庫) 2017年3月

てるま

デデデ大王　でででだいおう
自分勝手でわがままな自称プププランドの王様、カービィをライバル視している王様　「星の
カービィ 大盗賊ドロッチェ団あらわる!の巻」高瀬美恵作;苅野タウ・ぽと絵　KADOKAWA
（角川つばさ文庫）2014年8月

てのりにんじゃ
てのりぶんちょうとおなじおおきさのちいさいにんじゃ　「てのりにんじゃ」山田マチ作;北村
裕花絵　ひさかたチャイルド　2016年12月

でめっち
おじゃがいけにすてられたあわれなでめきん　「ほうかごはおばけだらけ!－おばけマンショ
ン」むらいかよ著　ポプラ社（ポプラ社の新・小さな童話）2013年10月

テラ
ハンターのヤシロウのお手伝いをする片目のオトモアイルー　「モンスターハンタークロス
ニャンターライフ[1] タマミツネ狩猟！」相坂ゆうひ作;太平洋海絵　KADOKAWA（角川つ
ばさ文庫）2016年11月

テラ
ハンターのヤシロウのお手伝いをする片目のオトモアイルー　「モンスターハンタークロス
ニャンターライフ[2] ライゼクス襲来！」相坂ゆうひ作;太平洋海絵　KADOKAWA（角川つ
ばさ文庫）2017年6月

テラ
ハンターのヤシロウのお手伝いをする片目のオトモアイルー　「モンスターハンタークロス
ニャンターライフ[3] 氷雪の巨獣ガムート！」相坂ゆうひ作;太平洋海絵　KADOKAWA（角
川つばさ文庫）2017年11月

寺尾 昇　てらお・のぼる
中学三年生、ミカコのクラスメイトで剣道部の部長　「ほしのこえ」新海誠原作;大場惑文
KADOKAWA（角川つばさ文庫）2017年5月

寺坂 利太　てらさか・りた
幸田学園高校二年生、はとりの幼なじみ　「ヒロイン失格」幸田もも子原作;吉田恵里香脚
本　集英社（集英社みらい文庫）2015年8月

手良 ソラ　てら・そら
同じクラスのタケルとユウタと男子弁当部を結成した料理歴四年の小学五年生の男の子
「男子★弁当部 あけてびっくり！オレらのおせち大作戦!」イノウエミホコ作;東野さとる絵
ポプラ社（ポプラ物語館）2014年11月

てらのくん
にがてなクラスメイトのてらのくんとおねえちゃんといっしょに化石をさがすことになった二年
生　「やさしいティラノサウルス」くすのきしげのり作　あかね書房　2016年2月

寺山 れい子　てらやま・れいこ
変人のニックネームをもつ四年二組の担任、元有名ピアニスト　「四年変組」季巳明代作;
こみねゆら絵　フレーベル館（ものがたりの庭）2015年2月

てるてるぼうず
学校の中にじぶんのなかまがいないことがおもしろくないまんねん小学校の家庭科室のわ
がままなてるてるぼうず　「家庭科室の日曜日」村上しいこ作;田中六大絵　講談社（わく
わくライブラリー）2014年11月

テルマ
妖精だったルルをねこのすがたにかえてしまったかわいい魔女　「フェアリーキャット 妖精に
もどりたい!」東多江子作;うっけ絵　講談社（青い鳥文庫）2016年3月

333

てれび

テレビ（ジョン）
とつぜんがめんに顔がうかびあがり一日ずるやすみしたいといいだしたテレビ 「テレビのずるやすみ」 村上しいこ作;長谷川義史絵 PHP研究所（とっておきのどうわ） 2015年9月

店員　てんいん
不思議な魔法のコンビニ「たそがれ堂」の店員、長い銀色の髪に金の瞳のお兄さん 「コンビニたそがれ堂 空の童話」 村山早紀著 ポプラ社（ポプラ文庫ピュアフル） 2013年1月

店員さん（風早 三郎）　てんいんさん（かざはや・さぶろう）
風早の街にある不思議な魔法のコンビニ「たそがれ堂」を経営する狐、街の守護神 「コンビニたそがれ堂 祝福の庭」 村山早紀著 ポプラ社（ポプラ文庫ピュアフル） 2016年12月

店員さん（風早 三郎）　てんいんさん（かざはや・さぶろう）
風早の街にある不思議な魔法のコンビニ「たそがれ堂」を経営する狐、街の守護神 「コンビニたそがれ堂 神無月のころ」 村山早紀著 ポプラ社(teenに贈る文学) 2016年4月

店員さん（風早 三郎）　てんいんさん（かざはや・さぶろう）
風早の街にある不思議な魔法のコンビニ「たそがれ堂」を経営する狐、街の守護神 「コンビニたそがれ堂 星に願いを」 村山早紀著 ポプラ社(teenに贈る文学) 2016年4月

てんぐ
つばさでそらをとびやまでおおあらしをおこしたりこどもをさらったりするおばけ 「おばけのなつやすみ おばけのポーちゃん5」 吉田純子作;つじむらあゆこ絵 あかね書房 2016年10月

てんちゃん
なぞなぞしょうがっこうへにゅうがくした一年生の女の子 「ようこそなぞなぞしょうがっこうへ」 北ふうこ作;川端理絵絵 文研出版（わくわくえどうわ） 2016年2月

店長（須田 獏）　てんちょう（すだ・ばく）
宇宙船＜彗星丸＞の一等航宙士、コーヒーが大好きで生真面目な性格の男 「衛星軌道2万マイル」 藤崎慎吾作;田川秀樹絵 岩崎書店（21世紀空想科学小説） 2013年10月

テンテン先生（ソラトビ テンスケ）　てんてんせんせい（そらとび・てんすけ）
家のにわにおちてきたつばさのはえたバケモノを見た小学二年生・ケイタの新しいたんにんの先生 「ようかい先生とぼくのひみつ」 山野辺一記作;細川貂々絵 金の星社 2017年6月

でんべえ
ふしぎなゲーム機「古代マシーン」で恐竜がいる白亜紀へいった小学生 「はるかなる絆のバトン」 小倉明作;篠宮正樹作 汐文社 2013年10月

天馬 結　てんま・ゆい
古着屋「MUSUBU」の店主、古いものが好きなわかい女の人 「テディベア探偵 1 アンティークドレスはだれのもの!」 山本悦子作;フライ絵 ポプラ社（ポプラポケット文庫） 2014年4月

天狼 朱華　てんろう・はねず
人の心を読み取ることができるマインドスコープ推進校の夕賀中学校二年生、謎の美少女転校生 「キズナキス」 梨屋アリエ著 静山社 2017年11月

【と】

土井先生　どいせんせい
にんじゅつ学園一年は組の担任 「忍たま乱太郎 夏休み宿題大作戦！の段」 尼子騒兵衛原作;望月千賀子文 ポプラ社（ポプラ社の新・小さな童話） 2013年7月

とうさ

ドイル
引っこみじあんな小学五年生、パペット探偵団の書記 「パペット探偵団事件ファイル4 パペット探偵団となぞの新団員」 如月かずさ作;柴本翔絵 偕成社 2017年4月

祷 とう
高校二年生、生まれたときから両親がいない少女千風の3歳離れている兄 「風夢緋伝」 名木田恵子著 ポプラ社(Teens' best selections) 2017年3月

東海寺くん　とうかいじくん
黒魔女修行中の小学6年生・黒鳥のクラスメイト、霊能者の男の子 「6年1組黒魔女さんが通る!! 02 家庭訪問で大ピンチ!?」 石崎洋司作;藤田香絵 講談社(青い鳥文庫) 2017年1月

東海林 風馬(ロボ)　とうかいりん・ふうま(ろぼ)
ダンスチーム「ファーストステップ」のメンバーの一人、「東海林写真館」の息子で運動が苦手な五年生 「ダンシング☆ハイ[4] みんなのキズナ！涙のダンスカーニバル」 工藤純子作;カスカベアキラ絵 ポプラ社(ポプラポケット文庫) 2016年11月

東海林 風馬(ロボ)　とうかいりん・ふうま(ろぼ)
運動が苦手だが太極拳をしている小学五年生、写真館店主の孫 「ダンシング☆ハイ[1]」 工藤純子作;カスカベアキラ絵 ポプラ社(ポプラポケット文庫ガールズ) 2014年10月

東海林 風馬(ロボ)　とうかいりん・ふうま(ろぼ)
運動が苦手な小学五年生、ロボットダンスをかっこよく踊りたい男の子 「ダンシング☆ハイ ダンシング☆ハイ[3] 海へGO!ドキドキ★ダンス合宿」 工藤純子作;カスカベアキラ絵 ポプラ社(ポプラポケット文庫ガールズ) 2015年8月

東海林 風馬(ロボ)　とうかいりん・ふうま(ろぼ)
運動が苦手な小学五年生、ロボットダンスをかっこよく踊りたい男の子 「ダンシング☆ハイ[2] アイドルと奇跡のダンスバトル!」 工藤純子作;カスカベアキラ絵 ポプラ社(ポプラポケット文庫ガールズ) 2015年4月

桃花・ブロッサム　とうかぶろっさむ
インストラクター黒魔女のギュービッドの後輩、人間界では小学三年生の姿をしている少女 「6年1組黒魔女さんが通る!! 04 呪いの七夕姫!」 石崎洋司作;藤田香絵;亜沙美絵;K2商会絵;戸部淑絵 講談社(青い鳥文庫) 2017年11月

桃花・ブロッサム　とうかぶろっさむ
強力な魔力を持つ小学6年生・大形くんを監視する優秀な黒魔女 「6年1組黒魔女さんが通る!! 03 ひみつの男子会!?」 石崎洋司作;藤田香・亜沙美・牧村久実・駒形絵 講談社(青い鳥文庫) 2017年5月

桃花・ブロッサム　とうかぶろっさむ
魔界にある王立魔女学校のまじめな生徒、田舎から出てきた女の子 「魔女学校物語 友だちのひみつ」 石崎洋司作;藤田香絵 講談社(青い鳥文庫) 2016年10月

東宮(憲平)　とうぐう(のりひら)
藤壺の女御が産んだ皇子で右大臣の孫、怨霊におびえる11歳の少年 「えんの松原」 伊藤遊作;太田大八画 福音館書店(福音館文庫) 2014年1月

藤九郎 盛長　とうくろう・もりなが
元服したばかりの頼朝とともに平治の乱を闘った武士、笛の名手で浅黒くほっそりした十八歳の少年 「あまねく神竜住まう国」 荻原規子作 徳間書店 2015年2月

父さん　とうさん
2013年に路上で大怪我を負っていた子猫を保護した三十代夫婦の夫 「わさびちゃんとひまわりの季節」 たざわりいこ著;わさびちゃん原作 小学館(小学館ジュニア文庫) 2014年2月

335

とうさ

父さん　とうさん
6年生の柳田の父親、家族で行く山登りに息子のクラスメートのいるかたちもつれていった人 「お願い!フェアリー♥ 14 山ガールとなぞのラブレター」 みずのまい作;カタノトモコ絵 ポプラ社 2015年3月

東島 旭　とうじま・あさひ
二ツ坂高校1年生、元美術部だったが薙刀部に入部した運動音痴で黒縁の丸メガネの少女 「あさひなぐ」 こざき亜衣原作;英勉脚本 小学館(小学館ジュニア文庫) 2017年9月

東条 博文　とうじょう・ひろふみ
2027年に日本が東西に分裂して以来恋人の恵実と会っていない男性、横浜市の小学校教師 「ニホンブンレツ 上下」 山田悠介著;woguraイラスト 小学館(小学館ジュニア文庫) 2016年8月

藤太　とうた
岩木中の郡の山番・吾助の甥、岩木判官正氏の館でかつて料理番をしていた男 「安寿姫草紙(ものがたり)」 三田村信行作;romiy絵 ポプラ社(ノベルズ・エクスプレス) 2017年10月

東大寺 都　とうだいじ・みやこ
正体が怪盗ジャンヌであるまろんの幼なじみで大親友、父は怪盗ジャンヌを追う刑事 「神風怪盗ジャンヌ 1 美少女怪盗、ただいま参上!」 種村有菜原作;松田朱夏著 集英社(集英社みらい文庫) 2013年12月

東大寺 都　とうだいじ・みやこ
正体が怪盗ジャンヌであるまろんの幼なじみで大親友、父は怪盗ジャンヌを追う刑事 「神風怪盗ジャンヌ 2 謎の怪盗シンドバッド!?」 種村有菜原作;松田朱夏著 集英社(集英社みらい文庫) 2014年2月

東大寺 都　とうだいじ・みやこ
正体が怪盗ジャンヌであるまろんの幼なじみで大親友、父は怪盗ジャンヌを追う刑事 「神風怪盗ジャンヌ 3 動きだした運命!!」 種村有菜原作;松田朱夏著 集英社(集英社みらい文庫) 2014年5月

東大寺 都　とうだいじ・みやこ
正体が怪盗ジャンヌであるまろんの幼なじみで大親友、父は怪盗ジャンヌを追う刑事 「神風怪盗ジャンヌ 4 最後のチェックメイト」 種村有菜原作;松田朱夏著 集英社(集英社みらい文庫) 2014年8月

とうちゃん
とびきり横丁の「まんぷくラーメン」の店主、一人むすめのまりんちゃんの父親 「おてつだいおばけさん [2] まんぷくラーメンてんてこまい」 季巳明代作;長谷川知子絵 国土社 2017年3月

父ちゃん　とうちゃん
あけぼの小学校四年生のすみれの大工の父ちゃん 「チャームアップ・ビーズ! 3 ピンクハートで思いよ、届け!」 宮下恵茉作;初空おとわ画 童心社 2013年3月

父ちゃん　とうちゃん
千葉県野田市に住んでいる六年生の久斗の父ちゃん、会社をクビになったのにキャンピングカーを買ってきた能天気な男 「ロード」 山口理作;佐藤真紀子絵 文研出版(文研じゅべにーる) 2014年7月

父ちゃん　とうちゃん
東京の立花商店街にある「モツ焼き立花屋」の三代目、6年生のタケルの父親 「モツ焼きウォーズ 立花屋の逆襲」 ささきかつお作;イシヤマアズサ絵 ポプラ社(ノベルズ・エクスプレス) 2016年6月

とうま

とうちゃん（小野寺 透也）　とうちゃん（おのでら・とうや）
六年生の優也の伯父さん、親戚の経営する「小野寺塗装」に勤めている四十歳の男性 「とうちゃんとユーレイババちゃん」藤澤ともち作;佐藤真紀子絵　講談社（文学の扉）2017年2月

東堂 奏　とうどう・かなで
ひぐらし一中の一年生、廃部ぎりぎりの吹奏楽部に入ったフルートが大好きな少女 「カナデ、奏です！2 ユーレイ部員さん、いらっしゃ～い！」ごとうしのぶ作;山田デイジー絵　角川書店（角川つばさ文庫）2013年5月

東堂 ひびき　とうどう・ひびき
ふしぎな古書店「福神堂」店主の福の神・レイジさんの仮弟子になった読書好きな小学五年生 「ふしぎ古書店1 福の神はじめました」にかいどう青作;のぶたろ絵　講談社（青い鳥文庫）2016年2月

東堂 ひびき　とうどう・ひびき
読書好きな小学五年生、ふしぎな古書店「福神堂」店主の福の神・レイジさんの弟子 「ふしぎ古書店2 おかしな友だち募集中」にかいどう青作;のぶたろ絵　講談社（青い鳥文庫）2016年6月

東堂 ひびき　とうどう・ひびき
読書好きな小学五年生、ふしぎな古書店「福神堂」店主の福の神・レイジさんの弟子 「ふしぎ古書店3 さらわれた天使」にかいどう青作;のぶたろ絵　講談社（青い鳥文庫）2016年9月

東堂 ひびき　とうどう・ひびき
読書好きの小学5年の女の子、古書店「福神堂」の店主・レイジさんの弟子 「ふしぎ古書店4 学校の六不思議!?」にかいどう青作;のぶたろ絵　講談社（青い鳥文庫）2017年1月

東堂 ひびき　とうどう・ひびき
読書好きの小学5年の女の子、古書店「福神堂」の店主・レイジさんの弟子 「ふしぎ古書店5 青い鳥が逃げ出した！」にかいどう青作;のぶたろ絵　講談社（青い鳥文庫）2017年5月

東堂 ひびき　とうどう・ひびき
読書好きの小学5年の女の子、古書店「福神堂」の店主・レイジさんの弟子 「ふしぎ古書店6 小さな恋のひびき」にかいどう青作;のぶたろ絵　講談社（青い鳥文庫）2017年9月

東堂 真紀　とうどう・まき
六年生のはるかの親友、意志が強くて行動力もバツグンの女の子 「七時間目の怪談授業」藤野恵美作;朝日川日和絵　講談社（青い鳥文庫）2017年5月

藤堂 由紀　とうどう・ゆき
ひぐらし一中の一年生、奏の親友で吹奏楽部員 「カナデ、奏です！2 ユーレイ部員さん、いらっしゃ～い！」ごとうしのぶ作;山田デイジー絵　角川書店（角川つばさ文庫）2013年5月

灯野 梨子　とうの・りこ
バレエが大好きな小学五年生、魔女っ子の見習い中の女の子 「魔女っ子バレリーナ☆梨子4 発表会とコロボックル」深沢美潮作;羽戸らみ絵　角川書店（角川つばさ文庫）2013年5月

冬馬　とうま
いとこのなっちゃんといっしょにくらす小六になる男の子、まよいねこの「シナモン」を飼っていた少年 「シナモンのおやすみ日記」小手鞠るい作;北見葉胡絵　講談社 2016年4月

冬馬 晶　とうま・あきら
5年生の夏木アンナと同じ3班のメンバー、無口で存在感がうすい男子 「11歳のバースデー［2］わたしの空色プール」井上林子作;イシヤマアズサ絵　くもん出版（くもんの児童文学）2016年10月

337

とうま

冬馬 晶　とうま・あきら
明日から6年生になる男の子、5年生の1学期に和也くんと同じ班だった親切な子 「11歳の
バースデー [5] ぼくたちのみらい」 井上林子作;イシヤマアズサ絵　くもん出版（くもんの
児童文学） 2017年2月

当麻 エリ　とうま・えり
勉強第一の超エリート校・オメガ高校の生徒、生徒会長で超天才の相川ユリアの友達 「エ
リートジャック!! ミラクルガールは止まらない!!」 宮沢みゆき著;いわおかめめ原作・イラスト
小学館（小学館ジュニア文庫） 2014年3月

当麻 エリ　とうま・えり
勉強第一の超エリート校・オメガ高校の生徒、生徒会長で超天才の相川ユリアの友達 「エ
リートジャック!! ミラクルチャンスをつかまえろ!!」 宮沢みゆき著;いわおかめめ原作・イラスト
小学館（小学館ジュニア文庫） 2015年3月

当麻 エリ　とうま・えり
勉強第一の超エリート校・オメガ高校の生徒、生徒会長で超天才の相川ユリアの友達 「エ
リートジャック!! めざせ、ミラクル大逆転!!」 宮沢みゆき著;いわおかめめ原作・イラスト　小学
館（小学館ジュニア文庫） 2014年8月

当麻 エリ　とうま・えり
勉強第一の超エリート校・オメガ高校の生徒、生徒会長で超天才の相川ユリアの友達 「エ
リートジャック!! 発令!ミラクルプロジェクト!!」 宮沢みゆき著;いわおかめめ原作・イラスト　小
学館（小学館ジュニア文庫） 2015年11月

トウマ先輩　とうませんぱい
三ツ星学園の雑誌「パーティー」編集部員の中学二年生、学園のアイドルでナルシストの男
の子 「こちらパーティー編集部っ! 4 雑誌コンクールはガケっぷち!?」 深海ゆずは作;榎
木りか絵　KADOKAWA（角川つばさ文庫） 2015年9月

トウマ先輩　とうませんぱい
三ツ星学園の雑誌「パーティー」編集部員の中学二年生、学園のアイドルでナルシストの男
の子 「こちらパーティー編集部っ! 5 ピンチはチャンス!新編集部、始動」 深海ゆずは作;
榎木りか絵　KADOKAWA（角川つばさ文庫） 2016年1月

ドゥメイ
南洋の島国アイロナ共和国の首相補佐官秘書、色白できりっとした表情の痩せた女性
「すべては平和のために」 濱野京子作;白井裕子絵　新日本出版社（文学のピースウォー
ク） 2016年5月

トゥーリ
本好きの女子大生が生まれ変わった5歳の女の子・マインの姉、面倒見のよい7歳の少女
「本好きの下剋上〜司書になるためには手段を選んでいられません〜 第1部 兵士の娘
1」 香月美夜著　TOブックス 2015年2月

遠近 仁（トーチカ）　とおちか・じん（とーちか）
超常現象マニアの小学六年生、奇妙な力を持ったシブガキくんのクラスメート 「超常現象
Qの時間 1 謎のスカイパンプキンを追え!」 九段まもる作;みもり絵　ポプラ社（ポプラポケッ
ト文庫） 2014年7月

遠近 仁（トーチカ）　とおちか・じん（とーちか）
超常現象マニアの小学六年生、超常現象を追いかける秘密組織・Qラボの一員 「超常現
象Qの時間 2 傘をさす怪人」 九段まもる作;みもり絵　ポプラ社（ポプラポケット文庫） 2015
年2月

遠近 仁（トーチカ）　とおちか・じん（とーちか）
超常現象マニアの小学六年生、超常現象を追いかける秘密組織・Qラボの一員 「超常現
象Qの時間 3 さまよう図書館のピエロ」 九段まもる作;みもり絵　ポプラ社（ポプラポケット文
庫） 2015年8月

とおや

遠野 愛子　とおの・あいこ
次女の紅子を溺愛するが長女の日和をどうしても愛せない母親　「カーネーション」　いとうみく作　くもん出版（くもんの児童文学）　2017年5月

遠野 日和　とおの・ひより
妹の紅子を溺愛する母に愛されたいと思っている女子中学生　「カーネーション」　いとうみく作　くもん出版（くもんの児童文学）　2017年5月

遠野 みずき　とおの・みずき
化野小学校五年生、家の「離れ」に住み着いた妖怪たちに毎日会いに行く女の子　「ここは妖怪おたすけ委員会 2 委員長は雑用係!?」宮下恵茉作;いちごイチエ絵　KADOKAWA（角川つばさ文庫）　2016年9月

遠野 みずき　とおの・みずき
妖怪が大好きなちょっとかわった5年生の女の子　「ここは妖怪おたすけ委員会 1 妖怪スーパースターズがやってきた☆」宮下恵茉作;いちごイチエ絵　KADOKAWA（角川つばさ文庫）　2016年2月

遠野 葉介　とおの・ようすけ
中学三年生の夏芽がサマーステイする「宝山寺」の檀家である平治さんの孫息子、高校一年生　「小やぎのかんむり」　市川朔久子著　講談社　2016年4月

遠山 香里　とおやま・かおり
私立桜葉女子学園に通う中学一年生、幼なじみの拓哉と亮平といろんな時代にタイムスリップをくりかえしている女の子　「源義経は名探偵!! タイムスリップ探偵団と源平合戦恋の一方通行の巻」　楠木誠一郎作;岩崎美奈子絵　講談社（講談社青い鳥文庫）　2013年6月

遠山 香里　とおやま・かおり
私立桜葉女子学園に通う中学一年生、幼なじみの拓哉と亮平といろんな時代にタイムスリップをくりかえしている女の子　「真田十勇士は名探偵!! タイムスリップ探偵団と忍術妖術オンパレード！の巻」　楠木誠一郎作;岩崎美奈子絵　講談社（講談社青い鳥文庫）　2015年12月

遠山 香里　とおやま・かおり
私立桜葉女子学園に通う料理下手な女の子、拓哉と亮平の幼なじみ　「伊達政宗は名探偵!! タイムスリップ探偵団と跡目争い料理対決!の巻」　楠木誠一郎作;岩崎美奈子絵　講談社（講談社青い鳥文庫）　2014年5月

遠山 香里　とおやま・かおり
私立桜葉女子学園中学校一年生、幼なじみと拓哉と亮平と200年前のフランスにタイムスリップしたしっかり者の少女　「ナポレオンと名探偵！」　楠木誠一郎作;たはらひとえ絵　講談社（青い鳥文庫）　2017年7月

遠山 香里　とおやま・かおり
私立桜葉女子学園中等部一年生、歴史風俗博物館で平安時代から二十一世紀にやってきた清少納言に会った少女　「清少納言は名探偵!!」　楠木誠一郎作;岩崎美奈子絵　講談社（青い鳥文庫）　2013年9月

遠山 香里　とおやま・かおり
幼なじみの氷室拓哉と堀田亮平と関ケ原の戦いの現場へタイムスリップした中学一年生、物理学の教授の父とミステリー作家の母の娘　「関ケ原で名探偵!!」　楠木誠一郎作;岩崎美奈子絵　講談社（青い鳥文庫）　2016年11月

遠山 香里　とおやま・かおり
幼なじみの氷室拓哉と堀田亮平と古代エジプトへタイムスリップした中学一年生、物理学の教授の父とミステリー作家の母の娘　「クレオパトラと名探偵!」　楠木誠一郎作;たはらひとえ絵　講談社（青い鳥文庫）　2017年12月

とおる

トオルさん
にんげんのまちにあるモンスター・ホテルではたらいているからだがうっすらとみえるとうめいにんげん 「モンスター・ホテルでおひさしぶり」 柏葉幸子作;高畠純絵 小峰書店 2014年4月

トオルさん
にんげんのまちにあるモンスター・ホテルではたらいているからだがうっすらとみえるとうめいにんげん 「モンスター・ホテルでそっくりさん」 柏葉幸子作;高畠純絵 小峰書店 2016年11月

トオルさん
にんげんのまちにあるモンスター・ホテルではたらいているからだがうっすらとみえるとうめいにんげん 「モンスター・ホテルでたんていだん」 柏葉幸子作;高畠純絵 小峰書店 2014年8月

トオルさん
にんげんのまちにあるモンスター・ホテルではたらいているからだがうっすらとみえるとうめいにんげん 「モンスター・ホテルでひみつのへや」 柏葉幸子作;高畠純絵 小峰書店 2015年2月

トオルさん
モンスター・ホテルではたらいているとうめいにんげん 「モンスター・ホテルでパトロール」 柏葉幸子作;高畠純絵 小峰書店 2017年4月

とかげ
動物の国の名たんてい、森の中で足をいためたところをうさぎとこぶたにたすけてもらったとかげ 「三びきのたんてい」 小沢正文 童話館出版(子どもの文学・緑の原っぱシリーズ) 2013年9月

富樫 真理　とがし・まさと
瀬谷中学校一年生のテツオのクラスメイト、柔道部に入った男の子・マサト 「なりたて中学生 中級編」 ひこ・田中著 講談社 2015年11月

トキオ
部員二名の新聞部部長、謎を解くのが得意な五年生の男の子 「謎新聞ミライタイムズ 1 ゴミの嵐から学校を守れ!」 佐東みどり著;フルカワマモる絵 ポプラ社 2017年10月

時生　ときお
さかあがりができない小学三年生・悠斗のクラスメイト、いちばん背が高くて運動がとくいな男の子 「空をけっとばせ」 升井純子作;大島妙子絵 講談社(わくわくライブラリー) 2017年5月

ときちゃん
おしゃべりが苦手でなにをするのもゆっくりの小学二年生の女の子 「ともだちのときちゃん」 岩瀬成子作;植田真絵 フレーベル館(おはなしのまど) 2017年9月

常盤 経蔵　ときわ・けいぞう
能力は高いが報酬も高いとされている霊能者 「貞子vs伽椰子」 山本清史著;白石晃士脚本・監督 小学館(小学館ジュニア文庫) 2016年6月

常盤松 花和　ときわまつ・かな
小学5年生、同級生のとおしゃれプロジェクトを結成した女の子 「おしゃれプロジェクト Step1」 MIKA;POSA作;hatsuko絵 講談社(青い鳥文庫) 2017年6月

時輪 道正　ときわ・みちまさ
五年生の奈々美が迷いこんだ戦国時代の赤兎城を治めている時輪家の当主、顔も体も引き締まった少年 「見習い!? 神社ガールななみ 姫隠町でつかまって」 二枚矢コウ作;えいひ絵 ポプラ社(ポプラカラフル文庫) 2013年6月

どくた

常盤 蓮　ときわ・れん
中学3年生の彩菜のクラスメイト、イジメに遭っていた彩菜を見て楽しんでいた男の子　「復讐教室1」山崎鳥著;風の子イラスト　双葉社（双葉社ジュニア文庫）2017年11月

読おじさん　どくおじさん
五年生の詠子の叔父、穏やかな性格で物知りの三十二歳の翻訳家　「言葉屋1 言箱と言珠のひみつ」久米絵美里作;もとやままさこ絵　朝日学生新聞社　2014年11月

読おじさん　どくおじさん
中学一年生の詠子の叔父、穏やかな性格で物知りの三十四歳の翻訳家　「言葉屋3 名前泥棒と論理魔法」久米絵美里作;もとやままさこ絵　朝日学生新聞社　2016年12月

読おじさん　どくおじさん
中学一年生の詠子の叔父、穏やかな性格で物知りの三十四歳の翻訳家　「言葉屋4 おそろい心とすれちがいDNA」久米絵美里作;もとやままさこ絵　朝日学生新聞社　2017年6月

読おじさん　どくおじさん
六年生の詠子の叔父、穏やかな性格で物知りの三十三歳の翻訳家　「言葉屋2 ことのは薬箱のつくり方」久米絵美里作;もとやままさこ絵　朝日学生新聞社　2016年3月

徳川 梓　とくがわ・あずさ
双子の少女・愛が通う高校の理事長の娘、人気モデルで可愛いがいじめっ子　「小林が可愛すぎてツライっ!! ～放課後が過激すぎてヤバイっ!!」村上アンズ著;池山田剛原作・イラスト　小学館（小学館ジュニア文庫）2013年7月

徳川 梓　とくがわ・あずさ
双子の少女・愛が通う高校の理事長の娘、人気モデルで可愛いがいじめっ子　「小林が可愛すぎてツライっ!!～好きが加速しすぎてパないっ!!～」村上アンズ著;池山田剛原作・イラスト　小学館（小学館ジュニア文庫）2014年11月

徳川 家康　とくがわ・いえやす
五大老のひとり、秀吉の死後石田三成と対立する戦国武将　「僕とあいつの関ケ原」吉田里香著;べっこイラスト　東京書籍　2014年6月

徳川 家康　とくがわ・いえやす
地獄にいた戦国武将、地獄の野球チーム「桶狭間ファルコンズ」のキャッチャー　「戦国ベースボール[2]龍馬がくる!信長vs幕末志士!!」りょくち真太作;トリバタケハルノブ絵　集英社（集英社みらい文庫）2015年9月

徳川 光一　とくがわ・こういち
三ツ谷小学校六年生、テストは常に満点で今まで何十万冊もの本を読んできた天才少年　「世界一クラブ 最強の小学生、あつまる!」大空なつき作;明菜絵　KADOKAWA（角川つばさ文庫）2017年9月

ドクター
青色のカービィ、攻撃は得意ではないがケガを治すチカラを持つ頭脳派ドクター　「星のカービィ 結成!カービィハンターズZの巻」高瀬美恵作;苅野タウ絵;ぽと絵　KADOKAWA（角川つばさ文庫）2017年8月

ドクターK9　どくたーけいないん
運が悪い少年ニコの親友・慧のお父さん、猫の天才発明家・キャットに張り合う相当困った大人で発明家　「天才発明家ニコ&キャット キャット、月に立つ!」南房秀久著;トリルイラスト　小学館（小学館ジュニア文庫）2017年12月

ドクターK9　どくたーけいないん
運が悪い少年ニコの親友・慧のお父さん、猫の天才発明家・キャットに張り合う相当困った大人で発明家　「天才発明家ニコ&キャット」南房秀久著;トリルイラスト　小学館（小学館ジュニア文庫）2017年7月

どくぱ

ドクパン
あさひ小学校理科室のガイコツの標本模型、「五年霊組こわいもの係」のメンバー 「五年霊組こわいもの係 3 春、霊組メンバーと対決する。」床丸迷人作;浜弓場双絵 KADOKAWA（角川つばさ文庫） 2014年10月

徳山 家康　とくやま・いえやす
岡崎中のロボサッカー部の部長、プログラミングのプロの中学二年生 「おれたち戦国ロボサッカー部!」奈雅月ありす作;曽根愛絵 ポプラ社（ノベルズ・エクスプレス） 2013年3月

ドクロ男　どくろおとこ
五年生の女の子・アイナをしつようにおそう怪物 「妖怪ウォーズ‐ 不死身のドクロ男がやってくる」たかのけんいち作;小路啓之絵 集英社（集英社みらい文庫） 2015年7月

時計うさぎ　とけいうさぎ
アンティークの時計ばかりぬすむ怪盗 「ナゾトキ姫は名探偵❤」阿南まゆき原作・イラスト;時海結以作 小学館（ちゃおノベルズ） 2013年2月

トコちゃん
母親の病気のため若狭湾の小さな町で祖父母と暮らすことになった五年生の女の子 「あの花火は消えない」森島いずみ作;丹地陽子絵 偕成社 2015年10月

戸坂 勝真　とさか・しょうま
気づいたら豪華客船ペルセポネー号の中にいたという大阪出身で赤髪の高校一年生の少年 「ギルティゲーム stage3 ペルセポネー号の悲劇」宮沢みゆき著;鈴羅木かりんイラスト 小学館（小学館ジュニア文庫） 2017年8月

戸沢 白雲斎　とざわ・はくうんさい
忍びの猿飛佐助の師匠、白いあごひげの老人 「真田十勇士 1 参上、猿飛佐助」小前亮作 小峰書店 2015年10月

トシ
小学校6年に進級する前の3月に友達のワタルと家出した子 「ロードムービー」辻村深月作;toi8絵 講談社（青い鳥文庫） 2013年8月

俊雄　としお
「呪いの家」に取り憑く男の子 「貞子vs伽椰子」山本清史著;白石晃士脚本・監督 小学館（小学館ジュニア文庫） 2016年6月

トシナリさん
海辺野空港の近くにあるラーメン屋「大空軒」の先代で現店長メグルさんの祖父 「逆転裁判 逆転空港」高瀬美恵作;カプコンカバー絵;菊野郎挿絵 KADOKAWA（角川つばさ文庫） 2017年2月

としふみ
同じ団地にこしてきた同級生の女の子・いずみのことがちょっとにがてな2年生の男の子 「いずみは元気のかたまりです」こばやしかずこ作;サカイノビー絵 国土社（ともだちって★いいな） 2013年2月

敏也　としや
六年生の尚子が居候する「オムレツ屋」の同い年の双子のいとこ、足に障害をもつ男の子 「オムレツ屋のベビードレス」西村友里作;鈴木びんこ絵 国土社 2017年6月

ドジル
えいゆうのいちぞく・ハットロルぞくのよわむしなモンスター 「ドタバタヒーロード ドジルくん4 ードジルのはちゃメカパニック!」大空なごむ作・絵 ポプラ社 2015年3月

ドジル
えいゆうハットロルいちぞくのぼっちゃま、さばくのくににやってきた男の子 「ドタバタヒーロード ドジルくん 6 ドジルときょうふのピラミッド」大空なごむ作・絵 ポプラ社 2017年5月

とっぷ

ドジル
とくべつなのうりょくをもったハットロルぞくのよわむしなモンスター 「ドタバタヒーロー ドジルくん2-ドタバタヒーロードジルくんとでんせつのかいぶつトレンチュラ」 大空なごむ作・絵 ポプラ社 2014年3月

ドジル
とくべつなのうりょくをもっているハットロルぞくのよわむしなモンスター 「ドタバタヒーロー ドジルくん1-モンスターの森で大ぼうけん」 大空なごむ作・絵 ポプラ社 2013年10月

ドジル
ハットロルぞくのよわむしなモンスター 「ドタバタヒーロー ドジルくん5-ドジルVSなぞのにんじゃぐんだん」 大空なごむ作・絵 ポプラ社 2016年1月

ドジル
ふしぎなちからをつかいこなすハットロルぞくのよわむしなモンスター 「ドタバタヒーロー ドジルくん3-ドジルとドラゴン谷のぬし」 大空なごむ作・絵 ポプラ社 2014年9月

戸田 友也　とだ・ともや
臆病な転校生、十二歳の男の子だけが参加できる神柱祭で御崎神社から四万十川に飛びおりることになった六年生の少年 「夏っ飛び!」 横山充男作;よこやまようへい絵 文研出版（文研じゅべにーる） 2013年5月

トーチカ
超常現象マニアの小学六年生、奇妙な力を持ったシブガキくんのクラスメート 「超常現象Qの時間 1 謎のスカイパンプキンを追え!」 九段まもる作;みもり絵 ポプラ社（ポプラポケット文庫） 2014年7月

トーチカ
超常現象マニアの小学六年生、超常現象を追いかける秘密組織・Qラボの一員 「超常現象Qの時間 2 傘をさす怪人」 九段まもる作;みもり絵 ポプラ社（ポプラポケット文庫） 2015年2月

トーチカ
超常現象マニアの小学六年生、超常現象を追いかける秘密組織・Qラボの一員 「超常現象Qの時間 3 さまよう図書館のピエロ」 九段まもる作;みもり絵 ポプラ社（ポプラポケット文庫） 2015年8月

兎塚 沙緒璃　とつか・さおり
無表情と怪力がコンプレックスの中学生の女の子、学園の王子・レオンのお目付け役 「魔界王子レオン なぞの壁画と魔法使いの弟子」 友野詳作;椋本夏夜絵 角川書店（角川つばさ文庫） 2013年1月

トップス
「ザブザブ海岸」に仲間のベビーとゴンちゃんとやってきたほねのトリケラトプス 「ほねほねザウルス 17 はっけん!かいていおうこくホネランティス」 カバヤ食品株式会社原案・監修 岩崎書店 2016年12月

トップス
ぼうけんが大好きなほねほねザウルスの子ども、ジャングルをぼうけんしたトリケラトプス 「ほねほねザウルス 14 大けっせん!ガルーダvsヒドラ 前編」 カバヤ食品株式会社原案・監修;ぐるーぷ・アンモナイツ作・絵 岩崎書店 2015年7月

トップス
ぼうけんが大好きなほねほねザウルスの子ども、ジャングルをぼうけんしたトリケラトプス 「ほねほねザウルス 15 大けっせん!ガルーダvsヒドラ 後編」 カバヤ食品株式会社原案・監修;ぐるーぷ・アンモナイツ作・絵 岩崎書店 2015年11月

343

とっぷ

トップス
ぼうけんが大好きなほねほねザウルスの子ども、巨大なたて穴をぼうけんしたトリケラトプス
「ほねほねザウルス 11 だいぼうけん!ボコボコン・ホール」 カバヤ食品株式会社原案・監
修;ぐるーぷ・アンモナイツ作・絵 岩崎書店 2013年12月

トップス
ほねの魔神をふたたび封印しようと仲間のベビーとゴンちゃんと旅に出たほねのトリケラトプ
ス 「ほねほねザウルス 10 ティラノ・ベビーと4人のまほうつかい」 カバヤ食品株式会社原
案・監修 岩崎書店 2013年7月

トップス
ほねほねアーチャー・ロビンを探しにその息子と仲間のベビーとゴンちゃんとブッタ村へ向
かったほねのトリケラトプス 「ほねほねザウルス 18 たいけつ!きょうふのサーベルタイガー」
カバヤ食品株式会社原案・監修 岩崎書店 2017年9月

トップス
ほねほねランドに落ちてき星「メテオランド」の住人・ピノにあったほねのトリケラトプス 「ほね
ほねザウルス 16 ティラノ・ベビーとなぞの巨大いんせき」 カバヤ食品株式会社原案・監
修 岩崎書店 2016年7月

トップス
友だちのビットをたずねて仲間のベビーとゴンちゃんと北の国・バインガルドまで来たほね
のトリケラトプス 「ほねほねザウルス 13 ティラノ・ベビーとミラクルツリー」 カバヤ食品株
式会社原案・監修 岩崎書店 2014年12月

トップス
友だちのほね太郎を助けるために仲間のベビーとゴンちゃんとキビの国に向かったほねの
トリケラトプス 「ほねほねザウルス 12 アシュラとりでのほねほねサムライ」 カバヤ食品株
式会社原案・監修 岩崎書店 2014年7月

トッポ
3びきのハムスターの兄弟の1ぴき、「生きてる毛皮協会」の会員 「ハムスターのすてきなお
仕事」 あんびるやすこ著 岩崎書店(おはなしガーデン) 2016年11月

ドテチン
東京の立花商店街にある「モツ焼き立花屋」の住み込みのアルバイトになった大男 「モツ
焼きウォーズ 立花屋の逆襲」 ささきかつお作;イシヤマアズサ絵 ポプラ社(ノベルズ・エク
スプレス) 2016年6月

トト
動物園から外に出た子リス・カリンとキッコについてきたニホンリス 「子リスのカリンとキッコ」
金治直美作;はやしますみ絵 佼成出版社(いのちいきいきシリーズ) 2014年6月

トドやん
横須賀文翔高校文芸部のキミコたちが夏合宿で出会った小説家、本名藤堂久作 「小説の
書きかた」 須藤靖貴著 講談社 2015年9月

轟 恭平 とどろき・きょうへい
夕陽の丘小学校五年三組、チーム「トリプル・ゼロ」の一人でヒーローオタク 「トリプル・ゼロ
の算数事件簿 ファイル1」 向井湘吾作;イケダケイスケ絵 ポプラ社(ポプラポケット文庫)
2015年5月

轟 恭平 とどろき・きょうへい
夕陽の丘小学校五年三組、チーム「トリプル・ゼロ」の一人でヒーローオタク 「トリプル・ゼロ
の算数事件簿 ファイル2」 向井湘吾作;イケダケイスケ絵 ポプラ社(ポプラポケット文庫)
2015年11月

とびた

轟 恭平　とどろき・きょうへい
夕陽の丘小学校五年三組、チーム「トリプル・ゼロ」の一人でヒーローオタク　「トリプル・ゼロの算数事件簿 ファイル3」 向井湘吾作;イケダケイスケ絵　ポプラ社(ポプラポケット文庫)　2016年7月

轟 恭平　とどろき・きょうへい
夕陽の丘小学校五年三組、チーム「トリプル・ゼロ」の一人でヒーローオタク　「トリプル・ゼロの算数事件簿 ファイル4」 向井湘吾作;イケダケイスケ絵　ポプラ社(ポプラポケット文庫)　2016年12月

轟 恭平　とどろき・きょうへい
夕陽の丘小学校五年三組、チーム「トリプル・ゼロ」の一人でヒーローオタク　「トリプル・ゼロの算数事件簿 ファイル5」 向井湘吾作;イケダケイスケ絵　ポプラ社(ポプラポケット文庫)　2017年5月

轟 恭平　とどろき・きょうへい
夕陽の丘小学校五年三組、チーム「トリプル・ゼロ」の一人でヒーローオタク　「トリプル・ゼロの算数事件簿　ファイル6」 向井湘吾作;イケダケイスケ絵　ポプラ社(ポプラポケット文庫)　2017年11月

ドナ
トパーズ荘の庭でけんかをしていた子ギツネ　「空色ハーブのふしぎなききめ－魔法の庭ものがたり16」 あんびるやすこ作・絵　ポプラ社(ポプラ物語館)　2014年10月

ドナルドツム
くしゃみで増えてはりきるとビッグツムになる小さなツムたちのひとり　「ディズニーツムツムの大冒険」 橋口いくよ著;ウォルト・ディズニー・ジャパン株式会社監修　小学館(小学館ジュニア文庫)　2017年7月

トニートニー・チョッパー
医学のすすんだ国・ドラム王国で医術を学んでいるトナカイ　「ONE PIECE [11] エピソード オブ チョッパー+冬に咲く、奇跡の桜」 尾田栄一郎原作;浜崎達也著;東映アニメーション絵　集英社(集英社みらい文庫)　2014年11月

殿(内藤 政醇)　との(ないとう・まさあつ)
磐城の海の近くにある小さな藩・湯長谷藩の藩主、家来にも民にも愛されている殿さま　「超高速! 参勤交代 映画ノベライズ」 土橋章宏脚本;時海結以文　講談社(青い鳥文庫)　2016年9月

トビオ先生　とびおせんせい
超力持ちな女の子ペンギン・アリスが通うペンギン学校の新任の先生、銭湯マニア　「はっぴー♪ペンギン島!! ペンギン、空を飛ぶ!」 名取なずな作;黒裄絵　集英社(集英社みらい文庫)　2014年8月

トビオ先生　とびおせんせい
超力持ちな女の子ペンギン・アリスが通うペンギン学校の先生、実は怪盗ロック　「はっぴー♪ペンギン島!! アリスとふしぎなぼうし」 名取なずな作;黒裄絵　集英社(集英社みらい文庫)　2014年12月

飛島 渚　とびしま・なぎさ
特別な本が収められているという「ひみつの図書館」の司書、知的な美青年　「ひみつの図書館! 1 『人魚姫』からのSOS!?」 神代明作;おのともえ絵　集英社(集英社みらい文庫)　2014年4月

飛田 瑠花　とびた・るか
5年生の伊地知のクラスの女子ボス　「11歳のバースデー [3] おれのバトル・デイズ」 井上林子作;イシヤマアズサ絵　くもん出版(くもんの児童文学)　2016年11月

とびた

飛田 瑠花 とびた・るか
明日から6年生になる女の子、ダンスのうまい子 「11歳のバースデー [5] ぼくたちのみらい」 井上林子作;イシヤマアズサ絵 くもん出版(くもんの児童文学) 2017年2月

とびばこ
とびばこの練習をするけんいちの前にあらわれた手と足がはえたとびばこのおばちゃん 「とびばこのひるやすみ」 村上しいこ作;長谷川義史絵 PHP研究所(とっておきのどうわ) 2013年8月

トーフモン
おとうふのじいさん 「クレヨン王国新十二か月の旅」 福永令三作;椎名優絵 講談社(青い鳥文庫) 2013年12月

ドーボ
旅をするフライ姫が出会ったドラゴン、ドラゴンハンターにねらわれている世界一気が弱いドラゴン 「ドラゴンとふたりのお姫さま」 名木田恵子作;かわかみたかこ絵 講談社(ことり文庫) 2014年4月

トーマくん
新天地アストランの住人・ミリーの友達、ミステリアスな美少年 「プリズム☆ハーツ!! 8 ドキドキ!オレンジ色の約束」 神代明作;あるや絵 集英社(集英社みらい文庫) 2013年8月

トマトさん
こそあどの森の妖精、夫のポットさんと湯わかしの家でくらしている料理がすきな女のひと 「水の森の秘密 こそあどの森の物語12」 岡田淳作 理論社 2017年2月

トマトマト
かんしゃくもちの主婦のトマト 「クレヨン王国新十二か月の旅」 福永令三作;椎名優絵 講談社(青い鳥文庫) 2013年12月

泊 道子 とまり・みちこ
夏休みに八王子から父のふるさとである屋久島に遊びにきた五年生の美少女 「屋久島まぼろしの巨大杉をさがせ!」 遠崎史朗著;川田じゅん絵 風濤社 2015年7月

ドミ
チビまじょチャミーのごしゅじんさま、ちかごろツイててないのんびりやのおんなのこ 「チビまじょチャミーとようせいのドレッサー」 藤真知子作;琴月綾絵 岩崎書店(おはなしトントン) 2015年6月

トミエさん
運転めんきょをとるために自動車学校にかよっているおばあさん 「まよなかのぎゅうぎゅうネコ」 葦原かも作;武田美穂絵 講談社(わくわくライブラリー) 2014年5月

富沢 貧々 とみざわ・ひんひん
鎌倉長谷高校出身のお笑い芸人、お笑い芸人になりたい女子高生・若葉の尊敬する人 「空色バウムクーヘン」 吉野万理子著 徳間書店 2015年4月

富永 妃 とみなが・きさき
名門女子高に通うスタイル抜群な高校一年生の女の子、身長190センチで人気者の結心の幼なじみ 「ひよ恋1 ひより、好きな人ができました!」 雪丸もえ原作・絵;松田朱夏著 集英社(集英社みらい文庫) 2013年3月

富永 妃 とみなが・きさき
名門女子高に通うスタイル抜群な高校二年生の女の子、身長190センチで人気者の結心の幼なじみ 「ひよ恋2 ライバルにハラハラ!」 雪丸もえ原作・絵;松田朱夏著 集英社(集英社みらい文庫) 2013年7月

トムテのおばさん
ひみつの場所にあるフェリエの国の住人、森の妖精 「はりねずみのルーチカ [6] ハロウィンの灯り」 かんのゆうこ作;北見葉胡絵 講談社(わくわくライブラリー) 2017年9月

ともろ

トモ
引っ込み思案な高校2年生ユウナのクラスメイト、女子に人気がある男の子 「通学電車 君と僕の部屋 みらい文庫版」 みゆ作;朝吹まり絵 集英社(集英社みらい文庫) 2017年4月

トモ
東京に住む小学2年生、なかよしのゴウくんが冬休みに千葉にひっこすときいた男の子 「あめ・のち・ともだち」 北原未夏子作;市居みか絵 国土社(ともだちって★いいな) 2015年6月

トモエさん
東日本大震災で福島から北海道へ避難した少女ユリカの母の友人、札幌に住んでいる女の人 「赤い首輪のパロ フクシマにのこして」 加藤多一作 汐文社 2014年6月

トモカ
中学二年生、プロのお笑い志望の水口まどかのクラスメイト 「あたしの、ボケのお姫様。」 令丈ヒロ子著 ポプラ社(Teens' best selections) 2016年10月

トモキ
小学四年生、クラスメイトの美空らと幼稚園のころからの仲良し四人組のひとり 「レターソング 初音ミクポケット」 夕貴そら作;加々見絵里絵;doriko協力 ポプラ社(ポプラポケット文庫) 2015年7月

友樹 ともき
ある日子犬の姿をした宇宙人・ハッチーに出会った四年生の男の子 「宇宙犬ハッチー 銀河から来た友だち」 かわせひろし作;杉田比呂美画 岩崎書店 2013年3月

友吉 ともきち
小学生の忠志が彦八神社で出会った江戸時代大坂の丁稚、高麗屋の古手屋「紀州屋」の奉公人 「落語少年サダキチ ［いち］」 田中啓文作;朝倉世界一画 福音館書店 2016年9月

友立 小夏 ともだて・こなつ
時の流れを守るポッピン族の守り巫女、ポッピン族のダレンを同位体とする中学三年生 「ポッピンQ」 東堂いづみ原作;秋津柾水著 小学館(小学館ジュニア文庫) 2016年12月

ともちゃん
小学一年生、いつもお父さんが作ってくれるお話しを聞くのが楽しみな女の子 「お父さんとお話のなかへ」 原正和著 本の泉社(子どものしあわせ童話セレクション) 2015年4月

トモちん
小学六年生の女の子で野球部のエース、ベイスターズファンの広記の友だち 「青空トランペット」 吉野万理子作;宮尾和孝絵 学研プラス(ティーンズ文学館) 2017年10月

友永 ひかり ともなが・ひかり
彼氏の孝介を応援するためにチアダンス部に入ったお調子ものの高1女子 「小説チア☆ダン 女子高生がチアダンで全米制覇しちゃったホントの話」 林民夫映画脚本;みうらかれん文;榊アヤミ絵 KADOKAWA(角川つばさ文庫) 2017年2月

友部 あすか ともべ・あすか
青森県五所川原市の西中学校の新米先生、校長たちから組織的にいじめをうけている女性 「ぼくらの(悪)校長退治」 宗田理作 ポプラ社(「ぼくら」シリーズ) 2013年7月

トモヤ
びょうきでいつもベッドにいるおじいちゃんとちきゅうかんさつたいごっこをしている小学生の男の子 「ぼく、ちきゅうかんさつたい」 松本聰美作;ひがしちから絵 出版ワークス 2017年5月

トモロー
桜若葉小学校六年生、別世界のサクラワカバ島と小学校を行き来することができる少年 「森の石と空飛ぶ船」 岡田淳作 偕成社(偕成社ワンダーランド) 2016年12月

ともろ

トモロコフスキー
トウモロコシのちょびひげ紳士 「クレヨン王国新十二か月の旅」 福永令三作;椎名優絵
講談社(青い鳥文庫) 2013年12月

豊川 友花　とよかわ・ともか
あさひ小学校で二年間「こわいもの係」だったレジェンド的な存在の中学一年生 「五年霊
組こわいもの係 10－六人のこわいもの係、黒い穴に挑む。」 床丸迷人作;浜弓場双絵
KADOKAWA(角川つばさ文庫) 2017年3月

豊川 友花　とよかわ・ともか
あさひ小学校で二年間「こわいもの係」だったレジェンド的な存在の中学一年生 「五年霊
組こわいもの係 11－六人のこわいもの係、だいだらぼっちと約束する。」 床丸迷人作;浜
弓場双絵 KADOKAWA(角川つばさ文庫) 2017年7月

豊川 友花　とよかわ・ともか
あさひ小学校で二年間「こわいもの係」だったレジェンド的な存在の中学一年生 「五年霊
組こわいもの係 9－六人のこわいもの係、霊組に集まる。」 床丸迷人作;浜弓場双絵
KADOKAWA(角川つばさ文庫) 2016年12月

豊川 友花　とよかわ・ともか
あさひ小学校の五年生、学校で起こる霊的な事件を解決する「こわいもの係」二年目の女
の子 「五年霊組こわいもの係 1－友花、死神とクラスメートになる。」 床丸迷人作;浜弓場
双絵 KADOKAWA(角川つばさ文庫) 2014年1月

豊川 友花　とよかわ・ともか
あさひ小学校の五年生、学校で起こる霊的な事件を解決する「こわいもの係」二年目の女
の子 「五年霊組こわいもの係 2－友花、悪魔とにらみあう。」 床丸迷人作;浜弓場双絵
KADOKAWA(角川つばさ文庫) 2014年6月

豊川 友花　とよかわ・ともか
あさひ小学校の四年生、学校で起こる霊的な事件を解決する「こわいもの係」の女の子
「四年霊組こわいもの係」 床丸迷人作;浜弓場双絵 角川書店(角川つばさ文庫) 2013年
9月

豊川 友花　とよかわ・ともか
あさひ小学校の生徒会長の六年生、学校で起こる霊的な事件を解決する「こわいもの係」を
二年間していた女の子 「五年霊組こわいもの係 4－春、鏡を失う。」 床丸迷人作;浜弓場
双絵 KADOKAWA(角川つばさ文庫) 2015年2月

豊川 友花　とよかわ・ともか
あさひ小学校六年一組で生徒会長の女の子、元「五年霊組こわいもの係」「五年霊組こわ
いもの係 3 春、霊組メンバーと対決する。」 床丸迷人作;浜弓場双絵 KADOKAWA(角川
つばさ文庫) 2014年10月

豊田 葵衣　とよだ・あおい
若葉小学校五年生、ガールズバンド"巴旦杏"でギターを担当している少女 「バンドガー
ル!」 濱野京子作;志村貴子絵; 偕成社(偕成社ノベルフリーク) 2016年8月

豊田 あすか　とよた・あすか
江戸っ子の小学三年生・しげぞうのクラスメイト、むずかしい言葉をすらすら使う女の子 「江
戸っ子しげぞう あたらしい友だちができたんでい!の巻(江戸っ子しげぞうシリーズ2)」 本
田久作作;杉崎貴史絵 ポプラ社 2017年4月

豊臣 秀吉　とよとみ・ひでよし
強肩好守の猿とよばれる野球武将、地獄三国志トーナメントで戦う桶狭間ファルコンズのライ
ト 「戦国ベースボール [6]三国志トーナメント編 2 諸葛亮のワナ!」 りょくち真太作;トリバ
タケハルノブ絵 集英社(集英社みらい文庫) 2016年7月

どらご

豊臣 秀吉　とよとみ・ひでよし
織田信長の家来でのちに天下統一を達成した男、浅井三姉妹の長女・茶々の夫　「戦国姫
茶々の物語」藤咲あゆな著;マルイノ絵　集英社(集英社みらい文庫) 2016年2月

豊臣 秀吉　とよとみ・ひでよし
信長がひきいる地獄の野球チーム「桶狭間ファルコンズ」の試合のために現世から野球少
年・虎太郎を地獄に呼んだ戦国武将　「戦国ベースボール [3] 卑弥呼の挑戦状!信長vs聖
徳太子!!」りょくち真太作;トリバタケハルノブ絵　集英社(集英社みらい文庫) 2015年12月

豊臣 秀吉　とよとみ・ひでよし
地獄の野球チーム「桶狭間ファルコンズ」のキャプテン代理、現世から野球少年・虎太郎を
地獄に呼んだ戦国武将　「戦国ベースボール [4] 最強コンビ義経&弁慶!信長vs鎌倉将
軍!!」りょくち真太作;トリバタケハルノブ絵　集英社(集英社みらい文庫) 2016年3月

豊臣 秀吉　とよとみ・ひでよし
霊感の持ち主しか入学できない私立霊界高校の日本史の授業のために召喚された歴史上
の人物のひとり　「私立霊界高校 1　NOBUNAGA降臨」楠木誠一郎著;鳥越タクミ画　講談
社(Ya! entertainment) 2014年7月

トラ
ふくをきてくつをはいて立ってあるくトラ、トランクを下げて町にやってきたトラ　「ふしぎなトラ
のトランク」風木一人作;斎藤雨梟絵　鈴木出版(おはなしのくに) 2014年4月

とらきち
ねこのたまこさんとミーちゃんをゆうかいしたねこじたのトラ　「ねこの手かします－ねこじたの
まき」内田麟太郎作;川端理絵絵　文研出版(わくわくえどうわ) 2015年1月

トラキチ
一年生のたくやくんがかっている十さいのオスねこ　「ねこのかんづめ」北ふうこ作　学研教
育出版(キッズ文学館) 2013年7月

ドラキュラだんしゃく
にんげんのまちにあるモンスター・ホテルへなん百かいととまりにきているドラキュラ　「モンス
ター・ホテルでそっくりさん」柏葉幸子作;高畠純絵　小峰書店 2016年11月

ドラキュラだんしゃく
にんげんのまちにあるモンスター・ホテルへなん百かいととまりにきているドラキュラ　「モンス
ター・ホテルでピクニック」柏葉幸子作;高畠純絵　小峰書店 2016年3月

ドラキュラだんしゃく
にんげんのまちにあるモンスター・ホテルへなん百かいととまりにきているドラキュラ　「モンス
ター・ホテルでひみつのへや」柏葉幸子作;高畠純絵　小峰書店 2015年2月

ドラキュ・ララ
子ネコに変身して中学生の森野しおりの前にあらわれた吸血鬼一族　「ドラキュラの町で、
二人は」名木田恵子作;山田デイジー絵　講談社(青い鳥文庫) 2017年2月

トラくん(姫山 虎之助)　とらくん(ひめやま・とらのすけ)
ひふみ学園に来た交換留学生、この世を鬼から守る「ミコトバヅカイ」「いみちぇん! 10 が
けっぷち！奪われた友情」あさばみゆき作;市井あさ絵　KADOKAWA(角川つばさ文庫)
2017年12月

ドラゴン
ぞくぞく村のレインボームーンの夜にどこからともなく飛んでくるにじ色のドラゴン、一晩だけ
の花火屋さん　「ぞくぞく村のにじ色ドラゴン(ぞくぞく村のおばけシリーズ 19)」末吉暁子
作　あかね書房 2016年10月

ドラゴン
ドラゴンゴン国の王子さま、子ぎつねのきいくんのマッチばこにすんでいるくいしんぼうの
ドラゴン　「ドラゴンはスーパーマン」茂市久美子作;とよたかずひこ絵　国土社 2014年8月

ドラゴン
ドラゴンゴン国の王子さま、子ぎつねのきいくんのマッチばこにすんでいるくいしんぼうのドラゴン 「ドラゴン王さまになる」 茂市久美子作;とよたかずひこ絵 国土社 2015年2月

ドラゴン
ドラゴン山にすんでいるドラゴン、眠りから目をさまして村をおそうドラゴン 「キャベたまたんていきけんなドラゴンたいじ(キャベたまたんていシリーズ)」 三田村信行作;宮本えつよし絵 金の星社 2013年11月

虎本 颯　とらもと・はやて
園辺市立東中学校一年生、背がひときわ高くて大人っぽい雰囲気で関西弁を話す男の子 「トモダチのつくりかた つかさの中学生日記2」 宮下恵茉作;カタノトモコ絵 ポプラ社(ポプラポケット文庫ガールズ) 2013年9月

虎本 颯　とらもと・はやて
園辺市立東中学校一年生、背がひときわ高くて大人っぽい雰囲気で関西弁を話す男の子 「ポニーテールでいこう！つかさの中学生日記」 宮下恵茉作;カタノトモコ絵 ポプラ社(ポプラポケット文庫ガールズ) 2013年3月

虎本 颯　とらもと・はやて
園辺市立東中学校一年生、背がひときわ高くて大人っぽい雰囲気で関西弁を話す男の子 「嵐をよぶ合唱コンクール！？ つかさの中学生日記4」 宮下恵茉作;カタノトモコ絵 ポプラ社(ポプラポケット文庫ガールズ) 2014年11月

虎本 颯　とらもと・はやて
園辺市立東中学校一年生、背がひときわ高くて大人っぽい雰囲気で関西弁を話す男の子 「流れ星は恋のジンクス つかさの中学生日記5」 宮下恵茉作;カタノトモコ絵 ポプラ社(ポプラポケット文庫ガールズ) 2015年9月

虎山 真吾　とらやま・しんご
夕陽の丘小学校の児童会のカリスマ会長、六年一組の生徒 「トリプル・ゼロの算数事件簿 ファイル6」 向井湘吾作;イケダケイスケ絵 ポプラ社(ポプラポケット文庫) 2017年11月

虎山 真吾　とらやま・しんご
夕陽の丘小学校の児童会のカリスマ会長、六年生 「トリプル・ゼロの算数事件簿 ファイル4」 向井湘吾作;イケダケイスケ絵 ポプラ社(ポプラポケット文庫) 2016年12月

ドララちゃん
ドラキュラおじいちゃんのまごむすめ、おしろにすんでいる三百さいの女の子 「おばけのアッチ ドララちゃんとドララちゃん」 角野栄子さく;佐々木洋子え ポプラ社(ポプラ社の新・小さな童話) 2017年8月

ドララちゃん
ドラキュラおじいちゃんのまごむすめ、おしろにすんでいる女の子 「おばけのアッチおしろのケーキ」 角野栄子さく;佐々木洋子え ポプラ社(ポプラ社の新・小さな童話) 2017年1月

ドララちゃん
ドラキュラのまごむすめ、りょうりがとくいなおんなのこ 「おばけのアッチとドラキュラスープ」 角野栄子作;佐々木洋子絵 ポプラ社(ポプラ社の新・小さな童話) 2013年12月

とらわか
にんじゅつ学園一ねんはぐみのせいと、佐武鉄砲隊の首領のむすこ 「忍たま乱太郎 あたらしいトカゲの段」 尼子騒兵衛原作;望月千賀子文;亜細亜堂絵 ポプラ社(ポプラ社の新・小さな童話) 2014年6月

トリア
森で迷子になった市場の白いネコ・ベスを助けた9歳の姫、女王の孫 「ネコの家庭教師」 南部和也さく;さとうあやえ 福音館書店(福音館創作童話シリーズ) 2017年2月

とりし

鳥居 琴音　とりい・ことね
コミュニケーション能力が高くて好奇心が強い十一歳の少女　「幽霊探偵ハル 燃える図書館の謎」 田部智子作;木乃ひのき絵　KADOKAWA（角川つばさ文庫）　2015年11月

トリカ
小さな三日月湖マッドガイド・ウォーターのほとりにすむベック族の女の子、人間を小さくしたようないきもの　「岸辺のヤービ」 梨木香歩著;小沢さかえ画　福音館書店　2015年9月

鳥籠姫　とりかごひめ
本好きな5年生の晃子が通う小学校の旧校舎の図書室にいるいつも本を読んでいる姫　「すすめ!図書くらぶ5 明日のページ」 日向理恵子作・画　岩崎書店（フォア文庫）　2013年1月

トリコ
美食四天王のひとり、誰も見たことがない食材を探しだして食べるカリスマ美食屋　「トリコ シャボンフルーツをもとめて! 食林寺へGO!!」 島袋光年原作;村山功著;東映アニメーション絵　集英社（集英社みらい文庫）　2014年1月

トリコ
美食四天王のひとり、誰も見たことがない食材を探しだして食べるカリスマ美食屋　「トリコ はじける炭酸!メロウコーラはどこにある!?」 島袋光年原作;村山功著;東映アニメーション絵　集英社（集英社みらい文庫）　2013年5月

鳥越 シュン　とりごえ・しゅん
山田小学校四年生、月曜日の朝突然すがたを消した少年　「少年探偵カケルとタクト3 すがたを消した小学生」 佐藤四郎著　幻冬舎ルネッサンス　2013年8月

トリシア
アムリオン王国の魔法を使えるお医者さん、ウデのいい魔法使い・レンの幼なじみの女の子　「トリシアは魔法のお医者さん!! 10 ふたりのキズナと船の旅!」 南房秀久著;小笠原智史絵　学研教育出版　2015年9月

トリシア
アムリオン王国の魔法を使えるお医者さん、ウデのいい魔法使い・レンの幼なじみの女の子　「トリシアは魔法のお医者さん!! 5 恋する雪のオトメ♥」 南房秀久著;小笠原智史絵　学研教育出版　2013年3月

トリシア
アムリオン王国の魔法を使えるお医者さん、ウデのいい魔法使い・レンの幼なじみの女の子　「トリシアは魔法のお医者さん!! 6 キケンな恋の物語!」 南房秀久著;小笠原智史絵　学研教育出版　2013年10月

トリシア
アムリオン王国の魔法を使えるお医者さん、ウデのいい魔法使い・レンの幼なじみの女の子　「トリシアは魔法のお医者さん!! 7 ペガサスは恋のライバル!?」 南房秀久著;小笠原智史絵　学研教育出版　2014年4月

トリシア
アムリオン王国の魔法を使えるお医者さん、ウデのいい魔法使い・レンの幼なじみの女の子　「トリシアは魔法のお医者さん!! 8 カンペキ王子のプロポーズ☆」 南房秀久著;小笠原智史絵　学研教育出版　2014年9月

トリシア
アムリオン王国の魔法を使えるお医者さん、ウデのいい魔法使い・レンの幼なじみの女の子　「トリシアは魔法のお医者さん!! 9 告白!?月夜のダンスパーティ☆」 南房秀久著;小笠原智史絵　学研教育出版　2015年3月

とりし

トリシア
魔法の王国・アムリオンで暮らす少女、動物と心を交わせる魔法医 「魔法医トリシアの冒険カルテ 2 妖精の森と消えたティアラ」 南房秀久著;小笠原智史絵 学研プラス 2016年9月

トリシア
魔法の王国・アムリオンで暮らす少女、動物と心を交わせる魔法医 「魔法医トリシアの冒険カルテ 3 夜の王国と月のひとみ」 南房秀久著;小笠原智史絵 学研プラス 2017年3月

トリシア
魔法の王国・アムリオンで暮らす少女、動物と心を交わせる魔法医 「魔法医トリシアの冒険カルテ 4 飛空城とつばさの指輪」 南房秀久著;小笠原智史絵 学研プラス 2017年9月

トリシア
魔法の王国・アムリオンの王都の小さな診療所にいる動物と話せるお医者さん 「魔法医トリシアの冒険カルテ 1 ドラゴンの谷となぞの少年」 南房秀久著;小笠原智史絵 学研プラス 2016年3月

ドリニアン
旅するリグダル一座に買い取られた十代半ばの孤児の少年 「エリアの魔剣 5」 風野潮作;そらめ絵 岩崎書店(YA! フロンティア) 2013年3月

鳥山さん つばめ　とりやまさん・つばめ
五年生のみずきのクラスメイト、自分が太ってることをネタにして笑いを取ってた女の子 「ここは妖怪おたすけ委員会 2 委員長は雑用係!?」 宮下恵茉作;いちごイチエ絵 KADOKAWA(角川つばさ文庫) 2016年9月

鳥山 ゆきな　とりやま・ゆきな
人力飛行機を作り鳥人間コンテストに参加するサークル「T.S.L」のパイロット班に入った女子大生 「トリガール!」 中村航作;菅野マナミ絵 KADOKAWA(角川つばさ文庫) 2017年8月

トールス
ほねのユタラプトル、宝石がとれるコアマンティ山をわがものにしている山賊集団バンディッツのリーダー 「ほねほねザウルス 18 たいけつ!きょうふのサーベルタイガー」 カバヤ食品株式会社原案・監修 岩崎書店 2017年9月

ドロッチェ
宇宙をまたにかける盗賊ドロッチェ団のリーダー 「星のカービィ 大盗賊ドロッチェ団あらわる!の巻」 高瀬美恵作;苅野タウ・ぽと絵 KADOKAWA(角川つばさ文庫) 2014年8月

どろっぷ(ねこ)
四月から四年生になるつぐみの家にまよいこんできた病気で目がつぶれかかっている子ねこ 「目の見えない子ねこ、どろっぷ」 沢田俊子作;田中六大絵 講談社 2015年6月

ドロヒュー
えん魔大王にやとわれているゆうれいのたんてい 「かくされたもじのひみつ(ゆうれいたんていドロヒューシリーズ15)」 やまもとしょうぞう作・絵 フレーベル館 2017年2月

どろぼん
いままでケイサツにつかまったことがないどろぼうの天才、ものの声が聞こえる男 「どろぼうのどろぼん」 斉藤倫著;牡丹靖佳画 福音館書店 2014年9月

トロルの子どもたち　とろるのこどもたち
人見知りの怪物トロル一家の子どもたち 「いたずらこやぎと春まつり」 松居スーザン作;出久根育絵 佼成出版社(おはなしみーつけた!シリーズ) 2017年2月

トロン
お父さんのようにつよくなりたいティラノサウルスの男の子 「あなたをずっとあいしてる」 宮西たつや作・絵 ポプラ社(宮西たつやのたのしいおはなし) 2015年5月

ないと

どん
小学生のえみちゃんが一人でるすばんしているときにあらわれるくろねこ 「くろねこのどん」
岡野かおる子作;上路ナオ子絵 理論社 2016年3月

ドン
中学一年生の一樹の家で飼われているあばれんぼうのゴールデンレトリバー 「神様がくれ
た犬」 倉橋燿子作;naoto絵 ポプラ社(ポプラポケット文庫) 2017年9月

トンカチくん
クギが大好きでコレクションをしているやさしくて親切な大工さん 「トンカチくんと、ゆかいな
道具たち」 松居;スーザン作 あすなろ書房 2017年11月

ドンくん
りす、いもうとのグリちゃんと林のなかでさがしものをしていたおにいちゃん 「りすのきょうだ
いとふしぎなたね」 小手鞠るい作;土田義晴絵 金の星社 2017年6月

どんちゃん
困っている人は放っておけない心優しい太鼓 「太鼓の達人 3つの時代へタイムトラベルだ
ドン!」 前田圭士作;ささむらもえる絵 KADOKAWA(角川つばさ文庫) 2016年4月

トンビ
小学六年生、友だちの翔太と六歳年上のななこと三人で仲よくしていた男の子 「ななこ姉
ちゃん」 宮崎貞夫作;岡本順絵 学研プラス(ティーンズ文学館) 2016年3月

【な】

内藤 内人　ないとう・ないと
頭脳明晰な同級生・創也と「南北磁石」というゲーム制作のコンビを組む中学生 「都会(ま
ち)のトム&ソーヤ 11「DOUBLE」上下」 はやみねかおる著;にしけいこ画 講談社(YA!
ENTERTAINMENT) 2013年8月

内藤 内人　ないとう・ないと
頭脳明晰な同級生・創也と「南北磁石」というゲーム制作のコンビを組む中学生 「都会(ま
ち)のトム&ソーヤ 12 IN THE ナイト」 はやみねかおる著;にしけいこ画 講談社(YA!
ENTERTAINMENT) 2015年3月

内藤 内人　ないとう・ないと
頭脳明晰な同級生・創也と「南北磁石」というゲーム制作のコンビを組む中学生 「都会(ま
ち)のトム&ソーヤ 13 黒須島クローズド」 はやみねかおる著;にしけいこ画 講談社(YA!
ENTERTAINMENT) 2015年11月

内藤 内人　ないとう・ないと
頭脳明晰な同級生・創也と「夢幻」というゲームを作った中学生 「都会(まち)のトム&ソーヤ
14「夢幻」上下」 はやみねかおる著;にしけいこ画 講談社(YA! ENTERTAINMENT)
2017年2月

内藤 規子　ないとう・のりこ
過疎化が進む東京のど真ん中にある内神田小学校五年生、整理整頓が大好きで規則をき
ちんと守る少女 「空はなに色」 濱野京子作;小塚類子絵 そうえん社(ホップステップキッ
ズ!) 2015年10月

内藤 政醇　ないとう・まさあつ
磐城の海の近くにある小さな藩・湯長谷藩の藩主、家来にも民にも愛されている殿さま 「超
高速! 参勤交代 映画ノベライズ」 土橋章宏脚本;時海結以文 講談社(青い鳥文庫)
2016年9月

ないと

内藤 玲子先生　ないとう・れいこせんせい
6年生の篤志がかかっている心療内科医 「母さんは虹をつくってる」 幸原みのり作;佐竹政紀絵 朝日学生新聞社（あさがく創作児童文学シリーズ） 2013年2月

騎士様（銀城 乃斗）　ないとさま（ぎんじょう・ないと）
「悪霊に憑かれているから助ける」と五年生のみかるに剣を向けてきた青い瞳の少年 「ミカルは霊魔女! 1 カボチャと猫と悪霊の館」 ハガユイ作;namo絵 KADOKAWA（角川つばさ文庫） 2014年10月

ナオ
祓いの神さま、本当の名前は大直毘神（おおなおびのかみ） 「神さま、事件です! 登場!カミサマ・オールスターズ」 森三月作;おきる絵 集英社（集英社みらい文庫） 2013年11月

奈緒　なお
中学一年生、小学生の頃から絹子先生にピアノを教えてもらっている少女 「アーモンド入りチョコレートのワルツ」 森絵都作;優絵 KADOKAWA（角川つばさ文庫） 2013年12月

なおこ
小学校一年生の時に大阪から父の故郷・富山市の二俣にひっこしてきたどもりでなきむしな女の子 「雪の日の五円だま」 山本なおこ文 三輪さゆり絵 竹林館 2016年10月

尚子　なおこ
母さんが取材旅行に行っている間「オムレツ屋」に居候することになった六年生のしっかりした女の子 「オムレツ屋のベビードレス」 西村友里作;鈴木びんこ絵 国土社 2017年6月

順子おばさん北原順子　なおこおばさん
小学校最後の春休みに長岡に一人で行くことになった哲夫が列車の中で会ったおばさん 「哲夫の春休み 上下」 斎藤惇夫作 岩波書店（岩波少年文庫） 2016年3月

ナオト
5年生の男の子、みんなの悩みを解決するお手伝いをする「ズバッと同盟」のメンバー 「お悩み解決!ズバッと同盟 [2] おしゃれコーデ、対決!?」 吉田桃子著;U35イラスト 小学館（小学館ジュニア文庫） 2017年7月

直人　なおと
晩ごはんがスペシャル和牛焼肉になったのでお父さんと外に歩きにいった男の子 「きょうはやきにく」 いとうみく作;小泉るみ子絵 講談社（たべもののおはなしシリーズ） 2017年1月

直毘 モモ　なおび・もも
ひふみ学園の5年生、鬼からヒトを守る「ミコトバヅカイ」という先祖代々のお役目を持つ女の子 「いみちぇん! 4 五年二組のキケンなうわさ」 あさばみゆき作;市井あさ絵 KADOKAWA（角川つばさ文庫） 2015年10月

直毘 モモ　なおび・もも
ひふみ学園の5年生、書道と漢字が好きだと人前で言わないようにしている女の子 「いみちぇん! 1 今日からひみつの二人組」 あさばみゆき作;市井あさ絵 KADOKAWA（角川つばさ文庫） 2014年10月

直毘 モモ　なおび・もも
ひふみ学園の6年生、この世を鬼から守る「ミコトバヅカイ」という先祖代々のお役目を持つ女の子 「いみちぇん! 10 がけっぷち！奪われた友情」 あさばみゆき作;市井あさ絵 KADOKAWA（角川つばさ文庫） 2017年12月

直毘 モモ　なおび・もも
ひふみ学園の五年生、鬼からヒトを守る「ミコトバヅカイ」という先祖代々のお役目を持つ女の子 「いみちぇん! 2 ピンチ！矢神くんのライバル登場！」 あさばみゆき作;市井あさ絵 KADOKAWA（角川つばさ文庫） 2015年2月

なかが

直毘 モモ　なおび・もも
ひふみ学園の五年生、鬼からヒトを守る「ミコトバヅカイ」という先祖代々のお役目を持つ女の子 「いみちぇん! 3 ねらわれた主さま」 あさばみゆき作;市井あさ絵 KADOKAWA（角川つばさ文庫） 2015年6月

直毘 モモ　なおび・もも
ひふみ学園の五年生、言葉の力で世界を守る「ミコトバヅカイ」になった女の子 「いみちぇん! 5 ウソ?ホント? まぼろしの札」 あさばみゆき作;市井あさ絵 KADOKAWA（角川つばさ文庫） 2016年3月

直毘 モモ　なおび・もも
ひふみ学園の六年生、筆を使って鬼と戦うお役目をもったミコトバヅカイ 「いみちぇん! 7 新たなる敵、あらわる!」 あさばみゆき作;市井あさ絵 KADOKAWA（角川つばさ文庫） 2016年11月

直毘 モモ　なおび・もも
ひふみ学園の六年生、筆を使って鬼と戦うお役目をもったミコトバヅカイ 「いみちぇん! 8 消えたパートナー」 あさばみゆき作;市井あさ絵 KADOKAWA（角川つばさ文庫） 2017年3月

直毘 モモ　なおび・もも
ひふみ学園の六年生、筆を使って鬼と戦うお役目をもったミコトバヅカイ 「いみちぇん! 9 サマーキャンプにひそむ罠」 あさばみゆき作;市井あさ絵 KADOKAWA（角川つばさ文庫） 2017年7月

直毘 モモ　なおび・もも
鬼からヒトを守る「ミコトバヅカイ」という先祖代々のお役目を持つ五年生の女の子 「いみちぇん! 6 絶対無敵のきずな」 あさばみゆき作;市井あさ絵 KADOKAWA（角川つばさ文庫） 2016年7月

永井 博子　ながい・ひろこ
怪奇な事件の謎をあばく「怪奇探偵部」の部員、秀才カナちゃんの親友で相棒 「怪奇探偵カナちゃん」 新井リュウジ著;溝口涼子イラスト 小学館（小学館ジュニア文庫） 2014年4月

長尾 一平　ながお・いっぺい
緑第一小学校の五年生、友だちの野沢佑と一緒にデイサービス「ケアハウスこもれび」の様子をレポートすることになった男の子 「奮闘するたすく」 まはら三桃著 講談社 2017年6月

中岡 慎太郎　なかおか・しんたろう
霊感の持ち主しか入学できない私立霊界高校の日本史の授業のために召喚された歴史上の人物のひとり 「私立霊界高校 2 RYOMA召喚」 楠木誠一郎著;鳥越タクミ画 講談社 (Ya! entertainment) 2014年9月

中垣内 るり　なかがいち・るり
ちょっとキツいけれど友達思いの小学六年生、99%かなわない恋をしている「チーム1%」のメンバー 「1% 5－あきらめたら終わる恋」 このはなさくら作;高上優里子絵 KADOKAWA（角川つばさ文庫） 2016年12月

中垣内 るり　なかがいち・るり
正確はすこしキツいが実は友達思いの六年生の女の子 「1% 6－消しさりたい思い」 このはなさくら作;高上優里子絵 KADOKAWA（角川つばさ文庫） 2017年4月

中垣内 るり　なかがいち・るり
彼女もちの男の子に片思い中の小学六年生、99%かなわない恋をしている「チーム1%」のメンバー 「1% 4－好きになっちゃダメな人」 このはなさくら作;高上優里子絵 KADOKAWA（角川つばさ文庫） 2016年8月

なかが

長方 堅　ながかた・けん
パン屋「ナガカタパン」の息子、六年五組でクラスメイトの丸川まどかの彼 「生活向上委員
会! 6 コンプレックスの正体」 伊藤クミコ作;桜倉メグ絵 講談社(青い鳥文庫) 2017年11月

中川 弦　なかがわ・げん
馬が好きでよく乗っていた少年、交通事故で母親を亡くした小学六年生 「弓を引く少年」
大塚菜生著 国土社 2016年3月

中川 夏紀　なかがわ・なつき
北宇治高校二年生吹奏楽部、担当楽器はユーフォニアムでトランペット担当の優子と犬猿
の仲の少女 「響け!ユーフォニアム 北宇治高校吹奏楽部のヒミツの話」 武田綾乃著 宝
島社(宝島社文庫) 2015年6月

那珂川 柚乃子(着火マン)　なかがわ・ゆのこ・(ちゃっかまん)
モデルのようにさわやかな釜川先生に見つめられ顔が熱くなった中学三年生 「恋する熱
気球」 梨屋アリエ著 講談社 2017年8月

中小路 公彦　なかこうじ・きみひこ
春が丘学園の次の生徒会長をねらうイヤミな中学2年生 「怪盗レッド 9 ねらわれた生徒会
長選☆の巻」 秋木真作;しゅー絵 角川書店(角川つばさ文庫) 2013年8月

中里 賢治　なかざと・けんじ
小学校でも有名なガキ大将、線路に入りこんだ子ネコを助けようとして亡くなった少年 「星
空点呼 折りたたみ傘を探して」 嘉成晴香作;柴田純与絵 朝日学生新聞社 2013年11月

中澤 映美　なかざわ・えみ
夏休みに東京から軽井沢の別荘へ家族とやってきた九歳の少女 「森の彼方に over the
forest」 早坂真紀著 徳間書店 2013年4月

中沢 花　なかざわ・はな
小学六年生、幽霊になったおじいちゃんにいつも相談事をしている女の子 「みずがめ座
流星群の夏」 杉本りえ作;佐竹美保絵 ポプラ社(ノベルズ・エクスプレス) 2015年6月

長沢 モモカ　ながさわ・ももか
小学5年生、家に住みついている不思議な生きもの・もちぱんのことをヒミツにしている女の
子 「もちもち❤ぱんだ もちぱん探偵団もちっとストーリーブック」 たかはしみか著;Yuka原
作・イラスト 学研プラス(キラピチブックス) 2017年3月

中島 麻香　なかじま・あさか
幼いころに両親とわかれ人形工房を営む祖父母とともにくらしている中学二年生の少女
「人形たちの教室」 相原れいな作;くまの柚子絵 ポプラ社(ポプラカラフル文庫) 2013年9
月

長島 達也　ながしま・たつや
映画研究部の中学一年生、部員たちと廃墟のホテルで撮影していた男の子 「恐怖のむか
し遊び」 にかいどう青作;モゲラッタ絵 講談社 2017年12月

中島 法子　なかじま・のりこ
霊能力をもつ教師・ぬ〜べ〜が担任する童守高校2年3組の生徒 「地獄先生ぬ〜べ〜 ド
ラマノベライズ 地獄先生、登場!!」 真倉翔原作;岡野剛原作;岡崎弘明著;マルイノ絵 集英
社(集英社みらい文庫) 2014年12月

中島 美雪　なかじま・よしゆき
大蝦夷農業高校教師で馬術部顧問、札幌の有名進学校から入学した八軒勇吾のいる酪
農科学科一年D組の担任 「銀の匙 Silver Spoon」 時海結以著;荒川弘原作;吉田恵輔脚
本;高田亮脚本;吉田恵輔監督 小学館(小学館ジュニアシネマ文庫) 2014年2月

なかの

中嶋 諒太　なかじま・りょうた
中学1年の女の子なるたんと同じ塾に通う男の子、ダントツに頭がいい中学1年生 「キミと、いつか。だれにも言えない"想い"」 宮下恵茉作;染川ゆかり絵 集英社(集英社みらい文庫) 2016年11月

永瀬 葉月　ながせ・はずき
中学二年生、クラスメイトの庄司由斗に告白した薄幸の美少女 「僕たちの本能寺戦記」 小前亮作 光文社(Book With You) 2013年8月

中田 俊輔　なかた・しゅんすけ
なかなか成績が上がらないためサッカースクールに入れさせてもらえない小学三年生の少年 「三年一組、春野先生！ 三週間だけのミラクルティーチャー」 くすのきしげのり作;下平けーすけ絵 講談社 2016年6月

中田 ゆう　なかた・ゆう
少年野球チームのレギュラーに選ばれるように夜空の星に願いをとなえた四年生 「流れ星☆ぼくらの願いがかなうとき」 白矢三恵作;うしろだなぎさ絵 岩崎書店(おはなしガーデン) 2014年9月

中田 義人　なかた・よしひと
霊感がある女の子・みのりの幼なじみ、霊感はないけれどみのりの相談にのってくれる男の子 「霊感少女(ガール) 心霊クラブ、はじめました!」 緑川聖司作;椋本夏夜絵 KADOKAWA(角川つばさ文庫) 2017年10月

中田 義人(よしくん)　なかた・よしひと(よしくん)
幼なじみのみのりに霊感があることをお父さん以外で唯一知っている男の子 「霊感少女(ガール) 幽霊さんのおなやみ、解決します!」 緑川聖司作;椋本夏夜絵 KADOKAWA(角川つばさ文庫) 2016年6月

永富 潮ちゃん　ながとみ・うしおちゃん
謎の「ギルティゲーム」に同級生の麻耶たちと参加させられた小学生の女の子 「ギルティゲーム」 宮沢みゆき著;鈴羅木かりんイラスト 小学館(小学館ジュニア文庫) 2016年12月

中西 悦子　なかにし・えつこ
富士ケ丘高校3年生で演劇部員、演劇強豪校からの転校生 「幕が上がる」 平田オリザ原作;喜安浩平脚本 講談社(青い鳥文庫) 2015年2月

中西 陽太　なかにし・ようた
背は小さいが運動は得意な四年生の少年 「逆転！ドッジボール」 三輪裕子作;石山さやか絵 あかね書房(スプラッシュ・ストーリーズ) 2016年6月

中野 友也　なかの・ともや
大正時代を生きた森川春水の子孫、秀才で運動神経抜群の中学一年生 「春に訪れる少女」 今田絵里香作;くまおり純絵 文研出版(文研じゅべにーる) 2016年3月

中野 律花(りっちゃん)　なかの・りつか(りっちゃん)
超ちっちゃくて人見知りの高校一年生ひよりの同い年の幼なじみで親友の女の子 「ひよ恋1 ひより、好きな人ができました!」 雪丸もえ原作・絵;松田朱夏著 集英社(集英社みらい文庫) 2013年3月

中野 律花(りっちゃん)　なかの・りつか(りっちゃん)
超ちっちゃくて人見知りの高校一年生ひよりの同い年の幼なじみで親友の女の子 「ひよ恋2 ライバルにハラハラ!」 雪丸もえ原作・絵;松田朱夏著 集英社(集英社みらい文庫) 2013年7月

中野 律花(りっちゃん)　なかの・りつか(りっちゃん)
超ちっちゃくて人見知りの高校一年生ひよりの同い年の幼なじみで親友の女の子 「ひよ恋3 ドキドキの告白」 雪丸もえ原作・絵;松田朱夏著 集英社(集英社みらい文庫) 2013年11月

357

なかの

中野 律花（りっちゃん）　なかの・りつか（りっちゃん）
超ちっちゃくて人見知りの高校一年生ひよりの同い年の幼なじみで親友の女の子　「ひよ恋 4 両想いってタイヘン!?」　雪丸もえ原作・絵;松田朱夏著　集英社（集英社みらい文庫）2014年6月

中野 律花（りっちゃん）　なかの・りつか（りっちゃん）
超ちっちゃくて人見知りの高校一年生ひよりの同い年の幼なじみで親友の女の子　「ひよ恋 5 ずっと、いっしょに」　雪丸もえ原作・絵;松田朱夏著　集英社（集英社みらい文庫）2014年9月

中浜 万次郎（ジョン・マン）　なかはま・まんじろう（じょんまん）
江戸時代末期から明治時代にかけて日本とアメリカで活動し日本の歴史を前へ進めるのに貢献した男　「万次郎」　岡崎ひでたか作;篠崎三朗絵　新日本出版社　2015年1月

中林 忠良（チューリン）　なかばやし・ただよし（ちゅーりん）
小学六年生、ヒーローものの特撮映像を手作りする「蒲生特撮隊」のメンバー　「なんちゃってヒーロー」　みうらかれん作;佐藤友生絵　講談社　2013年10月

中原 麻衣　なかはら・まい
岡山市に住む22歳のレストランの調理師、自動車修理工・尚志の婚約者で原因不明の病に倒れた女性　「8年越しの花嫁」　岡田惠和脚本;時海結以著　小学館（小学館ジュニア文庫）2017年12月

中原 光紀　なかはら・みつき
普通の中学に通う中学一年生、正義感が強くしっかりした性格の少年　「アネモネ探偵団 1 香港式ミルクティーの謎」　近藤史恵作;のん絵　KADOKAWA（角川つばさ文庫）2014年10月

長峰 美加子　ながみね・みかこ
剣道部の副部長の中学三年生、国連宇宙軍に選抜され卒業式前に地球を離れることになった少女　「ほしのこえ」　新海誠原作;大場惑文　KADOKAWA（角川つばさ文庫）2017年5月

中宮 花梨さん　なかみや・かりんさん
御神島の巫女、高校生　「怪盗レッド 12 ぬすまれたアンドロイド☆の巻」　秋木真作;しゅー絵　KADOKAWA（角川つばさ文庫）2015年10月

中村 佳代　なかむら・かよ
孫の早紀が引っ越してきた八ヶ岳のふもとの町で暮らすおじいさんの家の近所の娘、小学五年生の女の子　「パンプキン・ロード」　森島いずみ作;狩野富貴子絵　学研教育出版（ティーンズ文学館）2013年2月

中村 健　なかむら・けん
神奈川県の西山小学校六年生、腕力は強いが理由なく乱暴することがないためみんなから一目置かれている少年　「おれたちのトウモロコシ」　矢嶋加代子作;岡本順絵　文研出版（文研じゅべにーる）2017年5月

中村 征二　なかむら・せいじ
四万十川の河川敷で暮らしているホームレスのおじさん、六年生の翔の父親の元同級生　「ラスト・スパート!」　横山充男作;コマツシンヤ絵　あかね書房（スプラッシュ・ストーリーズ）2013年11月

中村 翼　なかむら・つばさ
「T3」のメンバー雄太たちが北斗星の旅で知り合った小学四年生の男の子　「電車で行こう! 山手線で東京・鉄道スポット探検!」　豊田巧作;裕龍ながれ絵　集英社（集英社みらい文庫）2016年1月

なぎさ

中村 翼　なかむら・つばさ
電車に関わる事件を解決していく男の子、鉄道ファンの小学四年生 「電車で行こう! スペシャル版!!つばさ事件簿〜120円で新幹線に乗れる!?〜」 豊田巧作;裕龍ながれ絵　集英社(集英社みらい文庫) 2017年1月

中村 勇人　なかむら・ゆうと
十二歳の男の子だけが参加できる神柱祭で御崎神社から四万十川に飛びおりることになった六年生の少年 「夏っ飛び!」 横山充男作;よこやまようへい絵　文研出版(文研じゅべにーる) 2013年5月

中本　なかもと
入ヶ浜高校の同好会「でこぼこ剣士会」のメンバー、茶髪でピアスをしている二年生 「かまえ!ぼくたち剣士会」 向井湘吾著　ポプラ社 2014年4月

中森 誠一郎　なかもり・せいいちろう
あおば第一小学校の校長、再開発計画で樫の木が切りたおされてしまうことに胸をいためてきた人間のひとり 「お手紙ありがとう」 小手鞠るい作　WAVE出版(ともだちがいるよ!) 2013年1月

永森 友香　ながもり・ともか
技術学校の人型兵器パイロット候補生、敵性怪獣と戦う訓練中の少女 「おともだちロボチョコ」 入間人間著　KADOKAWA 2015年4月

中森 雪子　なかもり・ゆきこ
戦時下の日本に生きる五年生、月雲神社の石の柱にあいた穴で現代を生きている村田理沙とつながりお菓子をもらった少女 「秘密のスイーツ」 はやしまりこ作;いくえみ綾絵　ポプラ社(ポプラポケット文庫) 2013年7月

中森 雪子　なかもり・ゆきこ
戦時下の日本に生きる五年生、月雲神社の石の柱にあいた穴で現代を生きている村田理沙とつながりお菓子をもらった少女 「秘密のスイーツ」 林真理子著　ポプラ社 2013年8月

中屋敷 久美　なかやしき・くみ
「探偵チームKZ」のメンバー・立花彩のクラスメイト、笑顔が仮面みたいな感じがすることから「コンビニ仮面」と呼ばれている中学一年生 「コンビニ仮面は知っている(探偵チームKZ事件ノート)」 藤本ひとみ原作;住滝良文　講談社(青い鳥文庫) 2017年12月

中山 ひとみ　なかやま・ひとみ
クラスメイトたちと行った北海道のスキー旅行の帰りにハイジャックされた飛行機に乗っていた一人、いたずらを思いつく天才の中学三年生 「ぼくらのハイジャック戦争」 宗田理作;YUME絵　KADOKAWA(角川つばさ文庫) 2017年4月

流れ星　ながれぼし
少年野球チームの四年生・ゆうの前にあらわれた空からきたという男の子 「流れ星☆ぼくらの願いがかなうとき」 白矢三恵作;うしろだなぎさ絵　岩崎書店(おはなしガーデン) 2014年9月

渚 チホ　なぎさ・ちほ
ママが使っていたスマホを手にしたとたん魔法学園へ入学することになった十二歳の女の子 「チホと魔法と不思議な世界」 マサト真希作;双羽純絵　KADOKAWA(角川つばさ文庫) 2014年5月

渚 まゆみ　なぎさ・まゆみ
十二歳のチホのママ、イギリスでの遺跡発掘調査中に行方不明になった考古学教授 「チホと魔法と不思議な世界」 マサト真希作;双羽純絵　KADOKAWA(角川つばさ文庫) 2014年5月

凪さん　なぎさん
小学6年の波楽の本当の母さんの再婚相手の男の人 「十一月のマーブル」 戸森しるこ著　講談社 2016年11月

なぐも

南雲 慧　なぐも・さとし
ひなびた温泉街の温泉宿「あかつき館」の11歳の息子　「まく子」　西加奈子著　福音館書店　2016年2月

ナコ
ティムトーンランドで暮らす十二歳の魔女っ子、子犬のボンボンのパートナー　「魔女犬ボンボン[5]　おかしの国の大冒険」　廣嶋玲子作;KeG絵　KADOKAWA（角川つばさ文庫）　2014年4月

ナコ
ティムトーンランドで暮らす十二歳の魔女っ子、子犬のボンボンのパートナー　「魔女犬ボンボン[7]　ナコとひみつの友達」　廣嶋玲子作;KeG絵　KADOKAWA（角川つばさ文庫）　2015年4月

ナコ
ティムトーンランドで暮らす十二歳の魔女っ子、子犬のボンボンのパートナー　「魔女犬ボンボン[8]　ナコと太陽のきずな」　廣嶋玲子作;KeG絵　KADOKAWA（角川つばさ文庫）　2015年9月

ナコ
一人前の魔女をめざすがんばりやの女の子、魔女犬ボンボンのパートナー　「魔女犬ボンボン ナコと幸せの約束」　廣嶋玲子作;KeG絵　角川書店（角川つばさ文庫）　2013年9月

ナコ
一人前の魔女をめざす女の子、魔女犬ボンボンのパートナー　「魔女犬ボンボン ナコと奇跡の流れ星」　廣嶋玲子作;KeG絵　角川書店（角川つばさ文庫）　2013年4月

ナコ
大陸ティムトーンランドの魔女の村に住むがんばりやの魔女っ子　「魔女犬ボンボン ナコと金色のお茶会」　廣嶋玲子作;KeG絵　角川書店（角川つばさ文庫）　2013年1月

ナコ
大陸ティムトーンランドの魔女の村に住むがんばりやの魔女っ子　「魔女犬ボンボン ナコと夢のフェスティバル」　廣嶋玲子作;KeG絵　KADOKAWA（角川つばさ文庫）　2014年9月

名古屋 稚空　なごや・ちあき
桃栗学園一年生のまろんの隣の部屋に引っ越してきた転入生、クールなイケメン　「神風怪盗ジャンヌ 1 美少女怪盗、ただいま参上!」　種村有菜原作;松田朱夏著　集英社（集英社みらい文庫）　2013年12月

名古屋 稚空（怪盗シンドバッド）　なごや・ちあき（かいとうしんどばっど）
桃栗学園二年生のまろんの隣の部屋に住むクラスメイト、正体は怪盗ジャンヌのジャマをする怪盗シンドバッド　「神風怪盗ジャンヌ 2 謎の怪盗シンドバッド!?」　種村有菜原作;松田朱夏著　集英社（集英社みらい文庫）　2014年2月

名古屋 稚空（怪盗シンドバッド）　なごや・ちあき（かいとうしんどばっど）
桃栗学園二年生のまろんの隣の部屋に住むクラスメイト、正体は怪盗ジャンヌのジャマをする怪盗シンドバッド　「神風怪盗ジャンヌ 3 動きだした運命!!」　種村有菜原作;松田朱夏著　集英社（集英社みらい文庫）　2014年5月

名古屋 稚空（怪盗シンドバッド）　なごや・ちあき（かいとうしんどばっど）
桃栗学園二年生のまろんの隣の部屋に住むクラスメイト、正体は怪盗ジャンヌのジャマをする怪盗シンドバッド　「神風怪盗ジャンヌ 4 最後のチェックメイト」　種村有菜原作;松田朱夏著　集英社（集英社みらい文庫）　2014年8月

那須田 理究　なすだ・りく
霊感の強い明のいとこ、臆病だけど利口な五年生　「満員御霊! ゆうれい塾 恐怖のゆうれい学園都市」　野泉マヤ作;森川泉絵　ポプラ社（ポプラポケット文庫）　2015年2月

那須野 カズキ　なすの・かずき
ハヤブサ小学校五年生のユウキの行方不明の兄、モンストのジュニア大会で何度も優勝している高校生　「モンスターストライク 疾風迅雷ファルコンズ誕生!!」 XFLAGスタジオ原作;高瀬美恵作;オズノユミ絵　KADOKAWA（角川つばさ文庫）　2017年12月

那須野 ユウキ　なすの・ゆうき
ハヤブサ小学校五年生、願掛けのためにモンストのプレイをやめている男の子　「モンスターストライク 疾風迅雷ファルコンズ誕生!!」 XFLAGスタジオ原作;高瀬美恵作;オズノユミ絵　KADOKAWA（角川つばさ文庫）　2017年12月

ナゾトキ姫　なぞときひめ
名探偵、友だちのリッカくんと梅くんと三人でナゾを解決する読書好きな女の子　「ナゾトキ姫は名探偵♥」 阿南まゆき原作・イラスト;時海結以作　小学館（ちゃおノベルズ）　2013年2月

なぞなぞコック
ドラキュラじょうにすんでいるくろくて大きなからだのモンスター　「アッチとボンとなぞなぞコック」 角野栄子さく;佐々木洋子え　ポプラ社（ポプラ社の新・小さな童話）　2013年7月

ナツ
虚弱体質な男子・高萩音斗の遠い親戚、「隠れ里」から札幌に来たパフェバー「マジックアワー」のイケメン店員　「ばんぱいやのパフェ屋さん [1]「マジックアワー」へようこそ」 佐々木禎子[著]　ポプラ社（teenに贈る文学）　2017年4月

ナツ
虚弱体質な男子・高萩音斗の遠い親戚、「隠れ里」から札幌に来たパフェバー「マジックアワー」のイケメン店員　「ばんぱいやのパフェ屋さん [2]真夜中の人魚姫」 佐々木禎子[著]　ポプラ社（teenに贈る文学）　2017年4月

ナツ
虚弱体質な男子・高萩音斗の遠い親戚、「隠れ里」から札幌に来たパフェバー「マジックアワー」のイケメン店員　「ばんぱいやのパフェ屋さん [3]禁断の恋」 佐々木禎子[著]　ポプラ社（teenに贈る文学）　2017年4月

ナツ
虚弱体質な男子・高萩音斗の遠い親戚、「隠れ里」から札幌に来たパフェバー「マジックアワー」のイケメン店員　「ばんぱいやのパフェ屋さん [4]恋する逃亡者たち」 佐々木禎子[著]　ポプラ社（teenに贈る文学）　2017年4月

ナツ
虚弱体質な男子・高萩音斗の遠い親戚、「隠れ里」から札幌に来たパフェバー「マジックアワー」のイケメン店員　「ばんぱいやのパフェ屋さん [5]雪解けのパフェ」 佐々木禎子[著]　ポプラ社（teenに贈る文学）　2017年4月

菜月　なつき
児童会長の6年生、同じ小学校で5年生の担任になった玲子先生の娘　「てのひら咲いた」 別司芳子著　文研出版（文研じゅべにーる）　2013年10月

夏木 アンナ　なつき・あんな
クラスメイトの伊地知にいじめられている・四季を助ける5年生女子　「11歳のバースデー [3] おれのバトル・デイズ」 井上林子作;イシヤマアズサ絵　くもん出版（くもんの児童文学）　2016年11月

夏木 アンナ　なつき・あんな
レベルの高い中学を目指して「トップ塾」の夏期講習に通っている5年生女子　「11歳のバースデー [2] わたしの空色プール」 井上林子作;イシヤマアズサ絵　くもん出版（くもんの児童文学）　2016年10月

なつき

夏木 アンナ　なつき・あんな
明日から6年生になる女の子、5年生で同じクラスだった和也くんに勉強を教えていた子
「11歳のバースデー [5] ぼくたちのみらい」井上林子作;イシヤマアズサ絵　くもん出版
（くもんの児童文学）2017年2月

夏木 蛍　なつき・けい
平凡な小学6年生のさくらの幼なじみ、もうすぐ転校してしまう男の子　「さいごの夏、きみが
いた。初恋のシーズン」西本紘奈作;ダンミル絵　KADOKAWA（角川つばさ文庫）2017
年8月

ナッチー
小学四年のホシの幼なじみでクラスメイト、かわいくて頭もいいクラスの人気者　「あしたの空
子」田森庸介作;勝川克志絵　偕成社　2014年12月

なっちゃん
いとこのおにいちゃんといっしょにくらす小四になる女の子、まよいねこの「シナモン」を飼っ
ていた少女　「シナモンのおやすみ日記」小手鞠るい作;北見葉胡絵　講談社　2016年4月

なっちゃん
おいしいものが大好きなもうすぐ一年生の女の子　「食いしんぼうカレンダー なっちゃんの
おいしい12か月」柳澤みの里文;鹿又結子絵　本の泉社（子どものしあわせ童話セレクショ
ン）2016年5月

ナッちゃん
おとうさんが1年生のココちゃんのおかあさんとけっこんしていもうとになった3さいの女の子
「おねえちゃんって、いっつもがまん!?」いとうみく作;つじむらあゆこ絵　岩崎書店　2017年
7月

なっちゃん
なかよしのみきちゃんとクラスがべつになりなかなか友だちができない小学三年生の女の子
「サイアク！」花田鳩子作;藤原ヒロコ絵　PHP研究所（とっておきのどうわ）2017年3月

なっちゃん
ひらがなの「ん」の字がうまくかけない女の子　「ん」まつもとさとみ作;すがわらけいこ絵　汐
文社　2017年6月

なっちゃん
甥の海と舟の夏休みの宿題を見てあげることになった呉に住む浪人中のおばさん　「夏の
猫」北森ちえ著;森川泉装画・さし絵　国土社　2016年10月

奈っちゃん　なっちゃん
朝日小学校6年1組の萌のクラスメイト、宙と亮介の幼なじみで手芸用品店の娘　「トキメキ♥
図書館 PART13 クリスマスに会いたい」服部千春作;ほおのきソラ絵　講談社（青い鳥文
庫）2016年12月

夏浪 アカリ　なつなみ・あかり
魔法学園に通うチホの友達、魔法に不慣れなチホをサポートしてくれる明るい女の子　「チ
ホと魔法と不思議な世界」マサト真希作;双羽純絵　KADOKAWA（角川つばさ文庫）
2014年5月

ナツミ
小学四年生の気が強くお姉さんタイプの女の子、クラスメイトの美空の幼稚園からの親友
「レターソング 初音ミクポケット」夕貴そら作;加々見絵里絵;doriko協力　ポプラ社（ポプラ
ポケット文庫）2015年7月

夏美　なつみ
小学校生活最後の夏休みにやってきたお母さんの実家「仁隆寺」のお墓の前に忘れられ
ていた本「灰色の本」を拾って読んだ女の子　「灰色の本」緑川聖司作;竹岡美穂絵　ポプ
ラ社（ポプラポケット文庫）2017年7月

ななお

夏美　なつみ
団子商店街のそば屋「戸隠」の娘、ゆうれい猫・ふくこさんが見える女の子　「ゆうれい猫と魔女の呪い」廣嶋玲子作;バラマツヒトミ絵　岩崎書店（おはなしガーデン）2013年5月

夏海　陽太　なつみ・ようた
ひふみ学園5年生のモモと矢神くんのクラスメイト、いつも元気な野球少年　「いみちぇん! 4 五年二組のキケンなうわさ」あさばみゆき作;市井あさ絵　KADOKAWA（角川つばさ文庫）2015年10月

夏梅　琴子　なつめ・ことこ
おしゃれが大好きな紡のクラスメイト、コスプレ好きでお裁縫が得意な小学5年生　「全力おしゃれ少女☆ツムギ part2 めざせ!モデルとデザイナー」はのまきみ作;森倉円絵　集英社（集英社みらい文庫）2014年2月

夏目　琴子　なつめ・ことこ
おしゃれが大好きな女の子紡のクラスメイト、おとなしくて人みしりな女の子　「全力おしゃれ少女☆ツムギ part1 金星のドレスはだれが着る?」はのまきみ作;森倉円絵　集英社（集英社みらい文庫）2013年8月

夏目　大河　なつめ・たいが
福島県立阿田工業高校一年生、フラダンス愛好会と柔道部を兼部している少年　「フラダン」古内一絵作　小峰書店（Sunnyside Books）2016年9月

ナナ
「なんでも魔女商会リフォーム支店」の店主シルクを手伝うニンゲンの女の子　「ハムスターのすてきなお仕事」あんびるやすこ著　岩崎書店（おはなしガーデン）2016年11月

ナナ
「なんでも魔女商会リフォーム支店」の店主シルクを手伝うニンゲンの女の子　「ピンクのドラゴンをさがしています」あんびるやすこ著　岩崎書店（おはなしガーデン）2017年6月

なな
小学校に入学したばかりの女の子、六年生のさきちゃんと「ペア」をくんだ一年生　「ななとさきちゃんふたりはペア」山本悦子作;田中六大絵　岩崎書店（おはなしトントン）2014年5月

奈々　なな
「あぐり☆サイエンスクラブ」の仲間たちと手植えをした田んぼで稲刈りに挑戦する五年生女子　「あぐり☆サイエンスクラブ:秋と冬、その先に」堀米薫作;黒須高嶺絵　新日本出版社 2017年10月

奈々　なな
「あぐり☆サイエンスクラブ」の仲間たちと手植えをした田んぼを見守る五年生女子　「あぐり☆サイエンスクラブ:夏 夏合宿が待っている!」堀米薫作;黒須高嶺絵　新日本出版社 2017年7月

奈々　なな
高校2年生の男の子ハルのことが大好きな同じ学校の1年生、雑誌のモデルをしている女の子　「通学電車 君と僕の部屋 みらい文庫版」みゆ作;朝吹まり絵　集英社（集英社みらい文庫）2017年4月

奈々　なな
野外活動や科学体験をするという「あぐり☆サイエンスクラブ」に応募した五年生女子　「あぐり☆サイエンスクラブ:春 まさかの田んぼクラブ!?」堀米薫作;黒須高嶺絵　新日本出版社　2017年4月

七尾　葉月　ななお・はずき
平坂町小学校四年一組、「サッカク探偵団」のメンバーで子役タレント　「サッカク探偵団 2 おばけ坂の神かくし」藤江じゅん作;ヨシタケシンスケ絵　KADOKAWA 2015年12月

ななお

七尾 葉月　ななお・はずき
平坂町小学校四年一組、「サッカク探偵団」のメンバーで子役タレント 「サッカク探偵団 3 なぞの影ぼうし」 藤江じゅん作;ヨシタケシンスケ絵　KADOKAWA 2016年7月

七尾 葉月　ななお・はずき
平坂町小学校四年一組生活班一班のメンバー、子役タレント 「サッカク探偵団 1 あやかし月夜の宝石どろぼう」 藤江じゅん作;ヨシタケシンスケ絵　KADOKAWA 2015年7月

七鬼 忍　ななき・しのぶ
「KZリサーチ事務所」の新メンバー、十歳の時にIT試験の最難関といわれる国家試験を最年少で突破した中学一年生の少年 「アイドル王子は知っている(探偵チームKZ事件ノート)」 藤本ひとみ原作;住滝良文　講談社(青い鳥文庫) 2016年12月

七鬼 忍　ななき・しのぶ
「KZリサーチ事務所」の新メンバー、十歳の時にIT試験の最難関といわれる国家試験を最年少で突破した中学一年生の少年 「学校の都市伝説は知っている(探偵チームKZ事件ノート)」 藤本ひとみ原作;住滝良文;駒形絵　講談社(青い鳥文庫) 2017年3月

七鬼 忍　ななき・しのぶ
「KZリサーチ事務所」の新メンバー、十歳の時にIT試験の最難関といわれる国家試験を最年少で突破した中学一年生の少年 「危ない誕生日ブルーは知っている(探偵チームKZ事件ノート)」 藤本ひとみ原作;住滝良文;駒形絵　講談社(青い鳥文庫) 2017年7月

七鬼 忍　ななき・しのぶ
妖怪の血をひく一族の末裔、十歳の時にIT試験の最難関といわれる国家試験を最年少で突破した中学一年生の少年 「妖怪パソコンは知っている(探偵チームKZ事件ノート)」 藤本ひとみ原作;住滝良文;駒形絵　講談社(青い鳥文庫) 2016年3月

ナナ子ちゃん　ななこちゃん
ずっとけっせきしていたけれど2年生のたかしのクラスにもどってきた黒ずきんをかぶった女の子 「黒ずきんちゃん」 稗島千江作;長新太絵　国土社 2013年9月

ななこ姉ちゃん　ななこねえちゃん
小六の翔太ときょうだいのように仲がいい六つ上の姉ちゃん、中学卒業後に町をはなれ就職し三年ぶりに帰ってきた女の人 「ななこ姉ちゃん」 宮崎貞夫作;岡本順絵　学研プラス(ティーンズ文学館) 2016年3月

ナナさん
港町の店を閉めてしまっている花屋「フラワーショップ・ミモザ」の店員 「マーサとリーサ 3 花屋さんのお店づくり、手伝います!」 たかおかゆみこ作・絵　岩崎書店 2017年2月

七ツ辻 壮児　ななつつじ・そうじ
七ツ辻魔法商会の御曹司、晃子の学校の旧校舎の図書室にある黄金書を狙う魔法使い 「すすめ!図書くらぶ5 明日のページ」 日向理恵子作・画　岩崎書店(フォア文庫) 2013年1月

ナナミ
ウェスタウンにある「うららか牧場」で一人前の牧場主をめざしている都会育ちの女の子 「牧場物語 3つの里の大好きななかま」 高瀬美恵作;上倉エク絵　KADOKAWA(角川つばさ文庫) 2016年9月

ナニーさん
マユの家にスーパーかせいふとしてやってきたまじょ 「まじょのナニーさん [2] にじのむこうへおつれします」 藤真知子作;はっとりななみ絵　ポプラ社 2017年7月

ナニーさん
レミの家にスーパーかせいふとしてやってきたまじょ 「まじょのナニーさん [1]」 藤真知子作;はっとりななみ絵　ポプラ社 2016年7月

なみし

ナビルー
ふしぎな見た目の"アイルー"、「黒の凶気」を止めるため世界を旅する少年ライダー・リュートの相棒 「モンスターハンターストーリーズRIDE ON～決別のとき」 CAPCOM原作監修;相羽鈴著 集英社(集英社みらい文庫) 2017年7月

ナビルー
ふしぎな見た目の"アイルー"、「黒の凶気」を止めるため世界を旅する少年ライダー・リュートの相棒 「モンスターハンターストーリーズRIDE ON～最凶の黒と白い奇跡～」 CAPCOM原作監修;相羽鈴著 集英社(集英社みらい文庫) 2017年10月

ナビルー
ふしぎな見た目の"アイルー"、世界一のライダーをめざす少年リュートの相棒 「モンスターハンターストーリーズRIDE ON～たちむかえライダー!」 CAPCOM原作監修;相羽鈴著 集英社(集英社みらい文庫) 2017年4月

ナビルー
モンスターライダーのリュートの誘導役、小型モンスター 「モンスターハンターストーリーズ[1] 絆のかたち」 前田圭士作;布施龍太絵 KADOKAWA(角川つばさ文庫) 2017年3月

ナビルー
モンスターライダーのリュートの誘導役、小型モンスター 「モンスターハンターストーリーズ[2] 新たな絆」 前田圭士作;布施龍太絵 KADOKAWA(角川つばさ文庫) 2017年9月

ナベさん
神奈川県警横浜大黒署の特殊捜査課のベテラン刑事で通称「落としのナベさん」、悪の組織・レッドヴィーナスの罠にかかって子どもになってしまった刑事 「コドモ警察」 時海結以著;福田雄一脚本 小学館(小学館ジュニアシネマ文庫) 2013年3月

鍋島 美夜　なべしま・みや
学校の超有名人、モデルのようなルックスでスポーツ万能のうえ成績も優秀な中学三年生の少年 「銀色☆フェアリーテイル 1 あたしだけが知らない街」 藍沢羽衣著;白鳥希美イラスト 小学館(小学館ジュニア文庫) 2016年3月

ナポレオン
フランス革命期の軍人、革命後にフランスの第一統領に就任した政治家 「ナポレオンと名探偵!」 楠木誠一郎作;たはらひとえ絵 講談社(青い鳥文庫) 2017年7月

ナマくん
ジャングル村のナマケモノ、いたずらふたごのリスザル・リーとスーのあそびなかま 「ジャングル村はちぎれたてがみで大さわぎ!」 赤羽じゅんこ作;はやしますみ画 くもん出版(ことばって、たのしいな!) 2013年1月

ナミ
海賊「麦わらの一味」の航海士、オレンジ髪の娘 「ONE PIECE [7] THE MOVIEカラクリ城のメカ巨兵」 尾田栄一郎原作;浜崎達也著;東映アニメーション絵 集英社(集英社みらい文庫) 2013年3月

波江さん　なみえさん
小学五年生の翔太の父さんのおじいちゃんの姉、秋田の田舎に住んでいるおばあちゃん 「鳥海山の空の上から」 三輪裕子作;佐藤真紀子絵 小峰書店(Green Books) 2014年11月

波嶋 桂子　なみしま・けいこ
横浜みなと女学園中等部2年生、部への昇格を目指すサッカー準クラブのメンバー 「100%ガールズ 2nd season」 吉野万理子著 講談社(Ya! entertainment) 2013年3月

波嶋 桂子　なみしま・けいこ
横浜みなと女学園中等部3年生、準クラブから部へ昇格したサッカー部のメンバー 「100%ガールズ 3rd season」 吉野万理子著 講談社(Ya! entertainment) 2013年10月

なみや

浪矢 雄治　なみや・ゆうじ
雑貨店「ナミヤ雑貨店」の店主、相談箱を店先に置いて長年悩み相談に乗っていた老人
「ナミヤ雑貨店の奇蹟」東野圭吾作;よん絵　KADOKAWA（角川つばさ文庫）2017年9月

ナムジ
スサノオの根の国にやってきた14歳の出雲の王子　「根の国物語」久保田香里作;小林葉
子絵　文研出版（文研じゅべにーる）2015年11月

ナリ先輩　なりせんぱい
「百人一首クラブ」部長の六年生、藤原定家のゆうれい・定家じいちゃんに恋の相談をされ
た女の子　「いとをかし!百人一首［4］届け!千年のミラクル☆ラブ」光丘真理作;甘塩コメコ
絵　集英社（集英社みらい文庫）2013年11月

成田 鉄男　なりた・てつお
瀬谷中学校一年生、夏休みも学校の取材を続けることにした広報委員　「なりたて中学生
上級編」ひこ・田中著　講談社　2016年10月

成田 鉄男　なりた・てつお
瀬谷中学校一年生、広報誌「さわやか」の原稿を書くことになった広報委員　「なりたて中学
生 中級編」ひこ・田中著　講談社　2015年11月

成田 鉄男　なりた・てつお
知っている子がだれもいない瀬谷中学校に入学することになった男の子・テツオ　「なりたて
中学生 初級編」ひこ・田中著　講談社　2015年1月

鳴尾 若葉（なるたん）　なるお・わかば（なるたん）
クラスメイトの石崎くんに片思い中の中学1年生、美人でさばさばした性格の女の子　「キミ
と、いつか。だれにも言えない"想い"」宮下恵茉作;染川ゆかり絵　集英社（集英社みらい
文庫）2016年11月

鳴神 京一郎　なるかみ・きょういちろう
双子のアイドルの灰神翔・翼と同じ中学の不登校の二年生、突然変異した雷のマテリアル
「魔天使マテリアル 12 運命の螺旋」藤咲あゆな作;藤丘ようこ画　ポプラ社（魔天使マテリ
アルシリーズ 12）2013年4月

鳴神 京一郎　なるかみ・きょういちろう
中学二年生、記憶喪失の少女・ユリを東北の遠野へ連れていった少年　「魔天使マテリア
ル 17 罪深き姫君」藤咲あゆな作;藤丘ようこ画　ポプラ社（ポプラカラフル文庫）2014年1
月

鳴神 京一郎　なるかみ・きょういちろう
中学二年生、記憶喪失の少女・ユリを東北の遠野へ連れていった少年　「魔天使マテリア
ル 19 藍の独唱曲」藤咲あゆな作;藤丘ようこ画　ポプラ社（ポプラカラフル文庫）2015年3
月

鳴沢 千歌　なるさわ・ちか
まんが好きの地味少女、パパの再婚相手の息子であるクラスメイトの渚くんと家族になった5
年生　「渚くんをお兄ちゃんとは呼ばない ひみつの片思い」夜野せせり作;森乃なっぱ絵
集英社（集英社みらい文庫）2017年11月

成瀬 幸助　なるせ・こうすけ
あざみ野高校体育科の教師、ハンドボール部顧問の辣腕指導者　「あざみ野高校女子送
球部!」小瀬木麻美［著］ポプラ社（ポプラ文庫ピュアフル）2017年5月

成瀬 順　なるせ・じゅん
「地域ふれあい交流会」の実行委員に任命された高校三年生、人と直接話せない少女
「心が叫びたがってるんだ。実写映画ノベライズ版」超平和バスターズ原作;熊澤尚人監
督;時海結以著;まなべゆきこ脚本　小学館（小学館ジュニア文庫）2017年7月

成瀬 学　なるせ・まなぶ
海成中学校一年生、首席入学の超優等生で人がらもよいと評判のさわやか少年　「めざせ！東大お笑い学部 1 天才ツッコミ少女、登場!?」　針とら作;あきづきりょう絵　KADOKAWA（角川つばさ文庫）2014年5月

ナル造（権田原 大造）　なるぞう（ごんだわら・たいぞう）
武蔵虹北高校の2年生のモナミのクラスメイト、ナルシストな性格の男子　「モナミは世界を終わらせる？」　はやみねかおる作;KeG絵　KADOKAWA（角川つばさ文庫）2015年2月

なるたん
クラスメイトの石崎くんに片思い中の中学1年生、美人でさばさばした性格の女の子　「キミと、いつか。だれにも言えない"想い"」　宮下恵茉作;染川ゆかり絵　集英社（集英社みらい文庫）2016年11月

成歩堂 みぬき　なるほどう・みぬき
弁護士の成歩堂龍一が養子にむかえたマジシャンの女の子　「逆転裁判 逆転アイドル」　高瀬美恵作;菊野郎挿絵　KADOKAWA（角川つばさ文庫）2016年6月

成歩堂 龍一　なるほどう・りゅういち
「成歩堂なんでも事務所」の所長、殺人罪で逮捕された部下・王泥喜の担当弁護士となった男性　「逆転裁判 逆転空港」　高瀬美恵作;カプコンカバー絵;菊野郎挿絵　KADOKAWA（角川つばさ文庫）2017年2月

成歩堂 龍一　なるほどう・りゅういち
弁護士、「成歩堂なんでも事務所」の所長　「逆転裁判 逆転アイドル」　高瀬美恵作;菊野郎挿絵　KADOKAWA（角川つばさ文庫）2016年6月

成宮・ファビエンヌ・沙羅（サラ）　なるみやふぁびえんぬさら（さら）
女子高生もえの彼氏で人気モデルの秀徳と恋人役で共演する美少女女優　「ラブぱに エンドレス・ラバー」　宮沢みゆき著;八神千歳原案・イラスト　小学館（小学館ジュニア文庫）2013年2月

ナンシー
小学五年生・椎菜のおばあちゃん、東京郊外の小伝町で探偵事務所を開いている探偵　「ナンシー探偵事務所－呪いの幽霊屋敷」　小路すず作　岩崎書店　2017年4月

南條 佐南（南ちゃん）　なんじょう・さな（なんちゃん）
中学一年の海と晴香が聴いているラジオ番組「ウィズユー」のパーソナリティ、児童文学作家　「きっときみに届くと信じて」　吉富多美作　金の星社　2013年11月

南ちゃん　なんちゃん
中学一年の海と晴香が聴いているラジオ番組「ウィズユー」のパーソナリティ、児童文学作家　「きっときみに届くと信じて」　吉富多美作　金の星社　2013年11月

南原 椎菜　なんばら・しいな
小学五年生、東京郊外の小伝町で探偵をしているおばあちゃんと暮らし始めた女の子　「ナンシー探偵事務所－呪いの幽霊屋敷」　小路すず作　岩崎書店　2017年4月

南原 しのぶ（ナンシー）　なんばら・しのぶ（なんしー）
小学五年生・椎菜のおばあちゃん、東京郊外の小伝町で探偵事務所を開いている探偵　「ナンシー探偵事務所－呪いの幽霊屋敷」　小路すず作　岩崎書店　2017年4月

【に】

新島 襄　にいじま・じょう
アメリカの大学や神学校でキリスト教を学び大学の開校を目指す青年、後の八重の二度目の夫　「新島八重ものがたり －桜舞う風のように－」　藤咲あゆな著;暁かおり絵　集英社（集英社みらい文庫）2013年1月

にいじ

新島 八重（山本 八重）　にいじま・やえ（やまもと・やえ）
会津藩の砲術指南役である山本家の娘として生まれた少女、お針の稽古より銃の稽古が
好きなお転婆な女の子「新島八重ものがたり －桜舞う風のように－」藤咲あゆな著;暁か
おり絵　集英社（集英社みらい文庫）2013年1月

新島 良次　にいじま・りょうじ
町内でも有名な史上最強の小学生5年生トリオ「イタズラ大王三人悪」の一人　「地獄堂霊
界通信 1」香月日輪作;みもり絵　講談社（青い鳥文庫）2013年7月

新島 良次　にいじま・りょうじ
町内でも有名な史上最強の小学生5年生トリオ「イタズラ大王三人悪」の一人　「地獄堂霊
界通信 2」香月日輪作;みもり絵　講談社（青い鳥文庫）2013年12月

兄ちゃん（伊藤 北斗）　にいちゃん（いとう・ほくと）
中学二年生の風味の兄、長崎の老舗カステラ店で修行する十九歳　「風味さんじゅうまる」
まはら三桃著　講談社　2014年9月

兄ちゃん（出口 明）　にいちゃん（でぐち・あきら）
いつも公園でギターをひき歌っている赤い髪の兄ちゃん　「ブルースマンと小学生」こうだ
ゆうこ作;スカイエマ画　学研教育出版（ティーンズ文学館）2014年3月

新納 基　にいの・もとき
曙第二中学校三年生で野球部員、放送部のみさとのクラスメイト　「ABC（エービーシー）!
曙第二中学校放送部」市川朔久子著　講談社　2015年1月

新村 陽介　にいむら・ようすけ
中学二年生の庄司由斗の幼なじみ、明朗活発で学校の人気者　「僕たちの本能寺戦記」
小前亮作　光文社（Book With You）2013年8月

仁王次　におうじ
面作師見習いの太良と甘楽の師匠、白眉山の山頂の人が近づかないような場所に暮らし
ている年齢不詳の男　「お面屋たまよし 不穏ノ祭」石川宏千花著;平沢下戸画　講談社
（Ya! entertainment）2013年11月

ニオン
小さい体を持つ「ドワーフ」の一族で王国を取り戻すためにスノーホワイトといっしょに戦った
仲間のひとり　「スノーホワイト 氷の王国」はのまきみ著　集英社（集英社みらい文庫）
2016年6月

二階堂 太一　にかいどう・たいち
小学五年生、親友のこうすけとカズオとなぞをとく「妖怪ウォーズ」を結成したリーダー　「妖
怪ウォーズ- 不死身のドクロ男がやってくる」たかのけんいち作;小路啓之絵　集英社（集
英社みらい文庫）2015年7月

二階堂 春（ハル博士）　にかいどう・はる（はるはかせ）
大学で生物学をおしえる非常勤講師、奇妙な力を持った少年・シブガキくんのいとこ　「超
常現象Qの時間 1 謎のスカイパンプキンを追え!」九段まもる作;みもり絵　ポプラ社（ポプラ
ポケット文庫）2014年7月

丹華　にけ
阪神大震災で両親をなくした少女　「翔ぶ少女」原田マハ著　ポプラ社　2014年1月

仁家 つぼみ　にけ・つぼみ
まだホントの恋を知らない小学5年生、クラスメイトの少年・浦野とココロが入れ替わるように
なった少女　「ないしょのつぼみ あたしのカラダ・あいつのココロ」相馬来良著;やぶうち優
原作・イラスト　小学館（小学館ジュニア文庫）2015年3月

にこ
平和通り商店街にあるケーキ屋の娘　「ねこ探! 1 ねこもしゃべれば事件にあたるの巻」村
上しいこ作;かつらこ絵　ポプラ社（ポプラ物語館）2014年12月

にこ
平和通り商店街にあるケーキ屋の娘 「ねこ探! 2 地獄のさたもねこ次第の巻」 村上しいこ
作;かつらこ絵 ポプラ社(ポプラ物語館) 2016年2月

二子玉川 巧 にこたまがわ・たくみ
ちょっと手先が器用な小学六年生、とっても運が悪い男の子 「天才発明家ニコ&キャット」
南房秀久著;トリルイラスト 小学館(小学館ジュニア文庫) 2017年7月

二子玉川 巧 にこたまがわ・たくみ
とっても運が悪い小学六年生、猫の天才発明家・キャットの助手になった男の子 「天才発
明家ニコ&キャット キャット、月に立つ!」 南房秀久著;トリルイラスト 小学館(小学館ジュニ
ア文庫) 2017年12月

ニーさん(日郎) にーさん(にちろう)
小さな田舎町の「猫島文房具店」の店主、三十過ぎの独身の男 「オール・マイ・ラヴィング」
岩瀬成子著 小学館(小学館文庫) 2016年12月

西浦 翔太 にしうら・しょうた
県立逢魔高校の生徒、誰もいない夜の学校で"友人"明日香のバラバラになった「カラダ」
を探すことになった男の子 「カラダ探し 第2夜 1」 ウェルザード著;woguraイラスト 双葉社
(双葉社ジュニア文庫) 2017年11月

西尾 エリカ にしお・えりか
6年生のいるかのクラスの女王様的存在で同じクラスの柳田のことが好きな女の子 「お願
い!フェアリー♥ 10 コクハク♥大パニック!」 みずのまい作;カタノトモコ絵 ポプラ社 2013年3
月

西尾 エリカ にしお・えりか
6年生のいるかのクラスの女王様的存在で同じクラスの柳田のことが好きな女の子 「お願
い!フェアリー♥ 13 キミと♥オーディション」 みずのまい作;カタノトモコ絵 ポプラ社 2014年
8月

西尾 エリカ にしお・えりか
6年生のクラスメート・柳田のことが好きな女の子、学校一の美少女 「お願い!フェアリー♥
19 好きな人に、さよなら?」 みずのまい作;カタノトモコ絵 ポプラ社 2017年9月

西尾 エリカ にしお・えりか
クラスメートの好きな男の子・柳田に家族で行く山登りに誘われた6年生の女の子 「お願い!
フェアリー♥ 14 山ガールとなぞのラブレター」 みずのまい作;カタノトモコ絵 ポプラ社
2015年3月

西尾 エリカ にしお・えりか
クレープ屋の娘・あまっちの家でやるクリスマス・パーティに誘われた6年生の女の子 「お願
い!フェアリー♥ 17 11歳のホワイトラブ♥」 みずのまい作;カタノトモコ絵 ポプラ社 2016年
10月

西尾 エリカ にしお・えりか
子ども会のスポーツ大会6年生の部で野球をすることになった女の子 「お願い!フェアリー♥
15 キスキス!ホームラン!」 みずのまい作;カタノトモコ絵 ポプラ社 2015年9月

西尾 エリカ にしお・えりか
修学旅行で京都にきた6年生、クラスの女王様的存在で柳田のことが好きな女の子 「お願
い!フェアリー♥ 11 修学旅行でふたりきり!?」 みずのまい作;カタノトモコ絵 ポプラ社 2013
年9月

西澤 尚志 にしざわ・ひさし
岡山市に住む24歳の自動車修理工、原因不明の病に倒れた調理師・麻衣の婚約者 「8年
越しの花嫁」 岡田惠和脚本;時海結以著 小学館(小学館ジュニア文庫) 2017年12月

にしざ

西沢 美月　にしざわ・みずき
卓球クラブ「チーム山吹」の新メンバー、6年生の陽子とダブルスでペアを組むことになった
中学生　「チームみらい」吉野万理子作　学研教育出版（チームシリーズ）2013年10月

にじ・じいさん
遠い遠い山おくにすんでいるにじをかけるおじいさん　「にじ・じいさん」くすのきしげのり作
BL出版（おはなしいちばん星）2013年6月

西島さん　にしじまさん
骨董店「アンティーク・シオン」に来た骨董品が苦手な紳士、レストランの経営者　「アン
ティーク・シオンの小さなきせき」茂市久美子作;黒井健絵　学研プラス　2016年6月

西島 光希　にしじま・みつき
小学5年生、転校して東京・稲城市にある空手の大濱道場に来た空手少女　「ストグレ!」小
川智子著　講談社　2013年5月

虹 信也　にじ・しんや
「探偵事務所24じ」の所長の友人、警視庁から署長として秋野警察署に赴任した男　「へな
ちょこ探偵24じ」齊藤飛鳥作;佐竹美保絵　童心社　2015年11月

西田 君子　にしだ・きみこ
戦時中の大阪の貧乏な家の次女、中学入学後ひと月で奉公に出された女の子　「七十二
歳の卒業制作」田村せい子作;岡本よしろう画　福音館書店　2016年5月

西谷 サクラ　にしたに・さくら
鹿里小学校四年生、亡くなった祖父が競歩のコーチで学年一競歩の早い少女　「オレさす
らいの転校生」吉野万理子著;平沢下戸絵　理論社　2016年11月

仁科 涼子　にしな・りょうこ
市立御手洗中学校の一年生、クラスメイトの「ぼく」と一緒に作家の山岸良介をたずねた少
女　「怖い本」緑川聖司作;竹岡美穂絵　ポプラ社（ポプラポケット文庫）2013年3月

西野 青葉　にしの・あおば
陸上部所属の中学二年生、「西野酒店」の娘で煌也の幼なじみ　「いっしょにくらそ。3 ホン
トのキモチをきかせてよ」飯田雪子作;椋本夏夜絵　KADOKAWA（角川つばさ文庫）
2014年5月

西野 あけび　にしの・あけび
お嬢様中学に通う中学一年生、同じクラスの智秋や巴と仲良しの友達　「アネモネ探偵団
1 香港式ミルクティーの謎」近藤史恵作;のん絵　KADOKAWA（角川つばさ文庫）2014
年10月

西野 真琴　にしの・まこと
神奈川県の西山小学校六年一組の転校生、色白でポチャっとした顔をしている愛想のよい
少年　「おれたちのトウモロコシ」矢嶋加代子作;岡本順絵　文研出版（文研じゅべにーる）
2017年5月

西原 あずさ　にしはら・あずさ
クラスで浮いて目立っている4人の女子「ジミーズ」とダンスイベントに出ることになった平凡
な高校二年生　「ガールズ・ステップ 映画ノベライズ」宇山佳佑原作;江頭美智留脚本;影
山由美著　集英社（集英社みらい文庫）2015年8月

西原 真美　にしはら・まみ
口数が少なく思ったことをはっきりいえないせいかくの四年生の少女　「四年変組」季巳明
代作;こみねゆら絵　フレーベル館（ものがたりの庭）2015年2月

西堀 恵実　にしぼり・めぐみ
2027年に日本が東西に分裂して恋人の博文と会えなくなった女子学生　「ニホンブンレツ
上下」山田悠介著;woguraイラスト　小学館（小学館ジュニア文庫）2016年8月

にっこ

西村 航　にしむら・わたる
大海町の老舗のすし店「政ずし」の三代目をめざす小学年生　「ぼくはすし屋の三代目－
消えた巨大怪魚の謎」佐川芳枝作;椎香貞正絵　講談社(青い鳥文庫)　2015年6月

西山 邦彦　にしやま・くにひこ
黒野伸一と樋渡忍の幼なじみ、ぽっちゃりしていて勉強もスポーツも苦手だった小学生
「いじめレジスタンス」黒野伸一作　理論社　2015年9月

西山 ひより(ひよりん)　にしやま・ひより(ひよりん)
身長140センチの高校一年生、超人見知りな性格の女の子　「ひよ恋1 ひより、好きな人が
できました!」雪丸もえ原作・絵;松田朱夏著　集英社(集英社みらい文庫)　2013年3月

西山 ひより(ひよりん)　にしやま・ひより(ひよりん)
身長140センチの高校二年生、身長190センチの人気者・結心に恋する超人見知りな性格
の女の子　「ひよ恋2 ライバルにハラハラ!」雪丸もえ原作・絵;松田朱夏著　集英社(集英
社みらい文庫)　2013年7月

西山 ひより(ひよりん)　にしやま・ひより(ひよりん)
身長140センチの高校二年生、身長190センチの人気者・結心に恋する超人見知りな性格
の女の子　「ひよ恋3 ドキドキの告白」雪丸もえ原作・絵;松田朱夏著　集英社(集英社みら
い文庫)　2013年11月

西山 ひより(ひよりん)　にしやま・ひより(ひよりん)
身長140センチの超人見知りな性格の高校二年生、身長190センチのクラスの人気者・結心
の彼女　「ひよ恋4 両想いってタイヘン!?」雪丸もえ原作・絵;松田朱夏著　集英社(集英社
みらい文庫)　2014年6月

西山 ひより(ひよりん)　にしやま・ひより(ひよりん)
身長140センチの超人見知りな性格の高校二年生、身長190センチのクラスの人気者・結心
の彼女　「ひよ恋5 ずっと、いっしょに」雪丸もえ原作・絵;松田朱夏著　集英社(集英社み
らい文庫)　2014年9月

二十面相　にじゅうめんそう
年令も人相も人格も不詳の七代目怪人二十面相　「超・少年探偵団NEO」大宮一仁脚本;
田中啓文小説　ポプラ社　2017年1月

二十面相　にじゅうめんそう
名探偵明智小五郎の宿敵、魔法使いのような怪盗　「少年探偵団」江戸川乱歩作;庭絵
講談社(青い鳥文庫)　2016年1月

廿余寺 れいじ　にじゅうよじ・れいじ
「探偵事務所24じ」の所長、お菓子作りはプロ並みの腕前で全身まっ白のスーツのへなちょ
こ探偵　「へなちょこ探偵24じ」齊藤飛鳥作;佐竹美保絵　童心社　2015年11月

ニーダ
せなか島のせなか町の南小学校に通う男の子、学級委員長をしている少年　「せなか町か
ら、ずっと」斉藤倫著;junaida画　福音館書店　2016年6月

日郎　にちろう
小さな田舎町の「猫島文房具店」の店主、三十過ぎの独身の男　「オール・マイ・ラヴィング」
岩瀬成子著　小学館(小学館文庫)　2016年12月

ニッキ
小学生の女の子ルルとララのお菓子屋さんにやってくる森に住むのねずみ　「ルルとララの
ハロウィン」あんびるやすこ作・絵　岩崎書店(おはなしガーデン)　2017年9月

ニッコロ・バルトロメロ
時計職人のジャンの親友、村長の息子で正義感が強くオシャレが好きな十六歳の少年
「レオナルドの扉 1」真保裕一作;しゅー絵　KADOKAWA(角川つばさ文庫)　2017年11月

371

にった

新田 佳奈　にった・かな
怪奇な事件の謎をあばく「怪奇探偵部」の部員、学校創立以来の秀才 「怪奇探偵カナちゃん」 新井リュウジ著;溝口涼子イラスト 小学館(小学館ジュニア文庫) 2014年4月

仁藤 菜月　にとう・なつき
「地域ふれあい交流会」の実行委員に任命された高校三年生、チアリーダー部に所属する美人の少女 「心が叫びたがってるんだ。実写映画ノベライズ版」 超平和バスターズ原作;熊澤尚人監督;時海結以著;まなべゆきこ脚本 小学館(小学館ジュニア文庫) 2017年7月

ニドジ
クロワッサン島で魔女モティの夫になったサーカスをくびになったピエロ 「魔女モティ」 柏葉幸子作;尾谷おさむ絵 講談社(青い鳥文庫) 2014年10月

ニドジ
小学5年生の紀恵のクロワッサン島に住むもう一人のお父さん、もとサーカスのピエロ 「魔女モティとねりこ屋のコラル」 柏葉幸子作;尾谷おさむ絵 講談社 2015年2月

仁戸部 コウ　にとべ・こう
超ちっちゃくて人見知りの高校二年生ひよりのクラスメイト、人見知りでいつも無口な小柄な男の子 「ひよ恋3 ドキドキの告白」 雪丸もえ原作・絵;松田朱夏著 集英社(集英社みらい文庫) 2013年11月

仁戸部 コウ　にとべ・こう
超ちっちゃくて人見知りの高校二年生ひよりのクラスメイト、人見知りでいつも無口な小柄な男の子 「ひよ恋4 両想いってタイヘン!?」 雪丸もえ原作・絵;松田朱夏著 集英社(集英社みらい文庫) 2014年6月

仁戸部 コウ　にとべ・こう
超ちっちゃくて人見知りの高校二年生ひよりのクラスメイト、人見知りでいつも無口な小柄な男の子 「ひよ恋5 ずっと、いっしょに」 雪丸もえ原作・絵;松田朱夏著 集英社(集英社みらい文庫) 2014年9月

仁戸部 コウ　にとべ・こう
超ちっちゃくて人見知りの高校二年生ひよりのクラスメイト、人見知りで小柄な男の子 「ひよ恋2 ライバルにハラハラ!」 雪丸もえ原作・絵;松田朱夏著 集英社(集英社みらい文庫) 2013年7月

ニニ
ケニアの洞窟で日本からきた会社員・文太の目の前に老人の姿で現れた擬態する猫 「怪盗クイーン ケニアの大地に立つ」 はやみねかおる作;K2商会絵 講談社(青い鳥文庫) 2017年9月

二の谷 博　にのたに・ひろし
「サッカク探偵団」の相談役、犬のポンゾの飼い主 「サッカク探偵団 2 おばけ坂の神かくし」 藤江じゅん作;ヨシタケシンスケ絵 KADOKAWA 2015年12月

二の谷 博　にのたに・ひろし
「サッカク探偵団」の相談役、犬のポンゾの飼い主 「サッカク探偵団 3 なぞの影ぼうし」 藤江じゅん作;ヨシタケシンスケ絵 KADOKAWA 2016年7月

二ノ宮 秋麻呂(秋麻呂氏)　にのみや・あきまろ(あきまろし)
二ノ宮家の当主ありすお嬢様の名探偵を名乗る父 「天空のタワー事件－お嬢様探偵ありす」 藤野恵美作;Haccan絵 講談社(青い鳥文庫) 2015年6月

二ノ宮 ありす　にのみや・ありす
二ノ宮家の当主であり探偵でもある11歳の女の子 「一夜姫事件－お嬢様探偵ありすと少年執事ゆきとの事件簿」 藤野恵美作;Haccan絵 講談社(青い鳥文庫) 2014年3月

にゅと

二ノ宮 ありす　にのみや・ありす
二ノ宮家の当主であり探偵でもある11歳の女の子 「古城ホテルの花嫁事件－お嬢様探偵ありすと少年執事ゆきとの事件簿」 藤野恵美作;Haccan絵 講談社(青い鳥文庫) 2013年6月

二ノ宮 ありす　にのみや・ありす
二ノ宮家の当主で探偵をやめたお嬢様、フィロソフィア学園中等部二年生の女の子 「天空のタワー事件－お嬢様探偵ありす」 藤野恵美作;Haccan絵 講談社(青い鳥文庫) 2015年6月

二ノ宮 ありす　にのみや・ありす
二ノ宮家の当主にして探偵の11歳の女の子、無類の紅茶好き 「お嬢様探偵ありすの冒険」 藤野恵美作;Haccan絵 講談社(青い鳥文庫) 2016年10月

二宮 拓海　にのみや・たくみ
小学6年生、王兔小学校で一条春菜と出会った霊感のあるイケメン男子 「心霊探偵ゴーストハンターズ 1 オーメンな学校に転校!?」 石崎洋司作;かしのき彩画 岩崎書店 2016年11月

二宮 拓海　にのみや・たくみ
小学6年生、王兔小学校の心霊探偵団(ゴーストハンターズ)の一人 「心霊探偵ゴーストハンターズ 2 遠足も教室もオカルトだらけ!」 石崎洋司作;かしのき彩画 岩崎書店 2017年5月

二宮 拓海　にのみや・たくみ
小学6年生、王兔小学校の心霊探偵団(ゴーストハンターズ)の一人で地縛霊担当 「心霊探偵ゴーストハンターズ 3 妖怪さんとホラーな放課後?」 石崎洋司作;かしのき彩画 岩崎書店 2017年11月

二村 康平(コウちゃん)　にむら・こうへい(こうちゃん)
6年生の女の子・ゆりあがずっと会いたかった昔転校していった友だち 「1% 2－絶対会えないカレ」 このはなさくら作;高上優里子絵 KADOKAWA(角川つばさ文庫) 2015年12月

仁村 沙帆　にむら・さほ
地理歴史部の部員、自分たちのすむ渋谷区のジオラマを作成することになった中学三年生の女の子 「百年後、ぼくらはここにいないけど」 長江優子著 講談社 2016年7月

ニャル
人間のことばを話すふしぎな力をもっているねこのすがたをした天使 「ねこ天使とおかしの国に行こう!」 中井俊已作;木村いこ絵 PHP研究所(とっておきのどうわ) 2017年3月

にゃんた
きがつくといつもすましたかおをしてなにかになっているちょっとかわったねこ 「ぼくのにゃんた」 鈴木康広作 ブロンズ新社 2016年10月

ニャンロック・ホームズ
5年生の緋色ユキに助けられた人間の言葉をしゃべるペルシャネコ、自称名探偵 「名探偵ニャンロック・ホームズ 猫探偵あらわるの巻」 仲野ワタリ著;星樹絵;神楽坂淳原案 集英社(集英社みらい文庫) 2013年7月

ニャンロック・ホームズ
人間の言葉をしゃべるペルシャネコ、自称「名探偵」の超エラそうで理屈っぽい自信家 「名探偵!? ニャンロック・ホームズ 5年2組まるごと大誘拐!?の巻」 仲野ワタリ著;星樹絵;神楽坂淳原案 集英社(集英社みらい文庫) 2014年5月

ニュートン
フライドチキン小学校のせいと 「2 in 1名門フライドチキン小学校」 田中成和作;原ゆたか絵 ポプラ社(ポプラポケット文庫) 2014年2月

にゅと

ニュートン
フライドチキン小学校のせいと 「2 in 1名門フライドチキン小学校どっきり火の玉おばけ」
田中成和作;原ゆたか絵 ポプラ社(ポプラポケット文庫) 2015年2月

ニュートン
フライドチキン小学校のせいと 「2 in 1名門フライドチキン小学校ようかいランド」 田中成和
作;原ゆたか絵 ポプラ社(ポプラポケット文庫) 2014年9月

ニュートン
フライドチキン小学校のせいと 「2 in 1名門フライドチキン小学校注射がいちばん」 田中
成和作;原ゆたか絵 ポプラ社(ポプラポケット文庫) 2014年5月

ニュートン
フライドチキン小学校のせいと 「2 in 1名門フライドチキン小学校魔女のテストでカバだら
け」 田中成和作;原ゆたか絵 ポプラ社(ポプラポケット文庫) 2015年5月

ニルス
「想像」が禁じられた世界の聖マルグリット学院に住む魔法が使えるカエル、みなしご・ネネ
の友だち 「ネネとヨヨのもしもの魔法」 白倉由美著 徳間書店 2014年4月

ニーロ
雪女のユキナが住む屋敷のメイド、美人だが頭のてっぺんにもうひとつ口がある二口女
「魔法探偵ジングル」 大空なごむ作 ポプラ社 2017年12月

ニワ会長　にわかいちょう
私立桂木学園中等部の一年生で超マジメな生徒会長、学園理事長の娘 「裏庭にはニワ
会長がいる!! 1－問題児カフェに潜入せよ!」 こぐれ京作;十峯なるせ絵 角川書店(角川
つばさ文庫) 2013年9月

ニワちゃん
私立桂木学園中等部の超マジメな生徒会長で問題児たちを取り仕切る裏会長、学園理事
長の娘 「裏庭にはニワ会長がいる!! 2－恋するメガネを確保せよ!」 こぐれ京作;十峯なる
せ絵 KADOKAWA(角川つばさ文庫) 2014年2月

ニワちゃん
私立桂木学園中等部の超マジメな生徒会長で問題児たちを取り仕切る裏会長、学園理事
長の娘 「裏庭にはニワ会長がいる!! 3－名物メニューを考案せよ!」 こぐれ京作;十峯なる
せ絵 KADOKAWA(角川つばさ文庫) 2014年8月

ニワちゃん
私立桂木学園中等部の超マジメな生徒会長で問題児たちを取り仕切る裏会長、学園理事
長の娘 「裏庭にはニワ会長がいる!! 4－生徒会長の正体をあばけ!」 こぐれ京作;十峯なる
せ絵 KADOKAWA(角川つばさ文庫) 2015年3月

庭野 モモ　にわの・もも
演技力のある美人女優 「サッカク探偵団 1 あやかし月夜の宝石どろぼう」 藤江じゅん作;
ヨシタケシンスケ絵 KADOKAWA 2015年7月

にんぎょ
かおがにんげんでからだがさかなのおばけ 「おばけかいぞく おばけのポーちゃん2」 吉
田純子作;つじむらあゆこ絵 あかね書房 2014年11月

人魚姫　にんぎょひめ
中学一年生のまつりが小さいころ大好きだった絵本『人魚姫』の主人公 「ひみつの図書
館! 1『人魚姫』からのSOS!?」 神代明作;おのともえ絵 集英社(集英社みらい文庫) 2014
年4月

ぬべ

にんたまたち
にんじゅつ学園一ねんはぐみのせいとたち 「忍たま乱太郎 オーマガトキのにんじゃの段」
尼子騒兵衛原作;望月千賀子文;亜細亜堂絵 ポプラ社(ポプラ社の新・小さな童話)
2013年2月

【ぬ】

ヌー
カワウソに似た動物、港のあたりをうろつき金属探知機で砂浜にうもれているコインを拾い集
めている流れ者 「ハリネズミ・チコ 空とぶ船の旅3 フライパン号でナポレオンの島へ」 山下
明生作;高畠那生絵 理論社 2017年10月

ぬえ
あたまはサルでからだはタヌキでてあしはトラでしっぽはヘビのすがたをしたおばけ 「おば
けのなつやすみ おばけのポーちゃん5」 吉田純子作;つじむらあゆこ絵 あかね書房
2016年10月

鵺 ぬえ
竹取屋敷で中学生の緒崎若菜と同居するもふもふのキツネの妖怪 「緒崎さん家の妖怪事
件簿[1]」 築山桂著;かすみのイラスト 小学館(小学館ジュニア文庫) 2017年2月

鵺 ぬえ
竹取屋敷で中学生の緒崎若菜と同居するもふもふのキツネの妖怪 「緒崎さん家の妖怪事
件簿[2]桃×団子パニック!」 築山桂著;かすみのイラスト 小学館(小学館ジュニア文庫)
2017年7月

鵺野 鳴介(ぬ～べ～) ぬえの・めいすけ(ぬーベー)
童守高校2年3組の担任、悪霊や妖怪を退治する霊能力者の男 「地獄先生ぬ～べ～ ドラ
マノベライズ ありがとう、地獄先生!!」 真倉翔原作;岡野剛原作;岡崎弘明著;マルイノ絵 集
英社(集英社みらい文庫) 2015年2月

鵺野 鳴介(ぬ～べ～) ぬえの・めいすけ(ぬーベー)
童守高校2年3組の担任、悪霊や妖怪を退治する霊能力者の男 「地獄先生ぬ～べ～ ドラ
マノベライズ 地獄先生、登場!!」 真倉翔原作;岡野剛原作;岡崎弘明著;マルイノ絵 集英
社(集英社みらい文庫) 2014年12月

鵺野 鳴介(ぬ～べ～) ぬえの・めいすけ(ぬーベー)
童守小学校5年3組の担任、悪霊や妖怪を退治する霊能力者の男 「地獄先生ぬ～べ～
鬼の手の秘密」 真倉翔原作・絵;岡野剛原作・絵;岡崎弘明著 集英社(集英社みらい文
庫) 2013年8月

主田 このみ ぬしだ・このみ
シンガポールの日本人学校の六年生、ひかえめな性格だが意見すべきときはちゃんとでき
る女の子 「ハングリーゴーストとぼくらの夏」 長江優子著 講談社 2014年7月

ぬ～べ～ ぬーベー
童守高校2年3組の担任、悪霊や妖怪を退治する霊能力者の男 「地獄先生ぬ～べ～ ドラ
マノベライズ ありがとう、地獄先生!!」 真倉翔原作;岡野剛原作;岡崎弘明著;マルイノ絵 集
英社(集英社みらい文庫) 2015年2月

ぬ～べ～ ぬーベー
童守高校2年3組の担任、悪霊や妖怪を退治する霊能力者の男 「地獄先生ぬ～べ～ ドラ
マノベライズ 地獄先生、登場!!」 真倉翔原作;岡野剛原作;岡崎弘明著;マルイノ絵 集英
社(集英社みらい文庫) 2014年12月

ぬべ

ぬ〜べ〜　ぬ〜ベ〜
童守小学校5年3組の担任、悪霊や妖怪を退治する霊能力者の男　「地獄先生ぬ〜べ〜 鬼の手の秘密」　真倉翔原作・絵;岡野剛原作・絵;岡崎弘明著　集英社(集英社みらい文庫)　2013年8月

沼田 慎太郎　ぬまた・しんたろう
高校教師・未香子の教え子、成績が学年トップクラスの優秀な生徒　「幕末高校生」　浜崎達也著;橋部敦子脚本　小学館(小学館ジュニア文庫)　2014年7月

沼田 瑠衣斗　ぬまた・るいと
中学一年生から三十二歳までの未来の自分宛てに手紙を出した五年生になってからいじめを受けるようになった少年　「未来の手紙」　椰月美智子著　光文社(Book With You)　2014年4月

ヌラリヒョンパパ
化野原団地に暮らす九十九一家のパパ、市役所に勤めている妖怪　「妖怪一家のハロウィンー妖怪一家九十九さん [6]」　富安陽子作;山村浩二絵　理論社　2017年9月

【ね】

ネイビー
正義の戦隊〈女子ーズ〉のメンバー、ベタベタなお嬢様　「女子ーズ」　浜崎達也著;福田雄一監督・脚本　小学館(小学館ジュニアシネマ文庫)　2014年6月

姉さん　ねえさん
茨城県の高砂中学校三年生、テニス部を一年でやめて帰宅部になった平凡な少女　「石を抱くエイリアン」　濱野京子著　偕成社　2014年3月

姉ちゃん　ねえちゃん
千葉県野田市に住んでいる中学二年生、会社をクビになったのにキャンピングカーを買ってきた父ちゃんの娘　「ロード」　山口理作;佐藤真紀子絵　文研出版(文研じゅべにーる)　2014年7月

姉ちゃん(立花 ミチル)　ねえちゃん(たちばな・みちる)
東京の立花商店街にある「モツ焼き立花屋」の娘、6年生のタケルの高校生の姉　「モツ焼きウォーズ 立花屋の逆襲」　ささきかつお作;イシヤマアズサ絵　ポプラ社(ノベルズ・エクスプレス)　2016年6月

ネコ
ダンスチーム「ファーストステップ」のメンバーの一人、動物好きな五年生　「ダンシング☆ハイ [4] みんなのキズナ！涙のダンスカーニバル」　工藤純子作;カスカベアキラ絵　ポプラ社(ポプラポケット文庫)　2016年11月

ネコ
ねこが好きな女の子、ねこのように身軽にダンスする小学五年生　「ダンシング☆ハイ ダンシング☆ハイ[3] 海へGO!ドキドキ★ダンス合宿」　工藤純子作;カスカベアキラ絵　ポプラ社(ポプラポケット文庫ガールズ)　2015年8月

ネコ
ねこが好きな女の子、ねこのように身軽にダンスする小学五年生　「ダンシング☆ハイ[2] アイドルと奇跡のダンスバトル!」　工藤純子作;カスカベアキラ絵　ポプラ社(ポプラポケット文庫ガールズ)　2015年4月

ネコ
ねこが好きな女の子、自分で洋服をねこ風にアレンジしている小学五年生　「ダンシング☆ハイ[1]」　工藤純子作;カスカベアキラ絵　ポプラ社(ポプラポケット文庫ガールズ)　2014年10月

ねここ

ねこ
四月から四年生になるつぐみの家にまよいこんできた病気で目がつぶれかかっている子ねこ 「目の見えない子ねこ、どろっぷ」 沢田俊子作;田中六大絵 講談社 2015年6月

ネコ
男性に触れると蕁麻疹が出てしまう体質だった女子高生、兄の同級生の晃樹と交際中の女の子 「ウソツキチョコレート2」 イアム著 講談社(Ya! entertainment) 2013年2月

猫(キャベツ) ねこ(きゃべつ)
脳腫瘍で余命わずかと宣告された郵便配達員の男が飼っていた猫 「世界から猫が消えたなら」 川村元気著 小学館(小学館ジュニア文庫) 2016年4月

猫(タマ) ねこ(たま)
高校一年生の理生の飼い猫、言葉を話す妖怪・猫又 「タマの猫又相談所 [1] 花の道は嵐の道」 天野頌子著 ポプラ社(ポプラ文庫ピュアフル) 2013年3月

猫(ダヤン) ねこ(だやん)
ちょっとしたいたずら心からほれ薬をのんでしまった猫 「ダヤン妖精になる」 池田あきこ著 ほるぷ出版(DAYAN'S COLLECTION BOOKS) 2013年12月

猫(ダヤン) ねこ(だやん)
生まれたばかりのうさぎの赤ちゃん・キップのお祝いのピクニックにいっしょにでかけた猫 「ダヤンとうさぎの赤ちゃん」 池田あきこ著 ほるぷ出版(DAYAN'S COLLECTION BOOKS) 2015年5月

猫(ねhere) ねこ(ねここ)
愛らしい少女の姿で不思議な魔法のコンビニ「たそがれ堂」の店番をしている化け猫 「コンビニたそがれ堂 神無月のころ」 村山早紀著 ポプラ社(ポプラ文庫ピュアフル) 2015年9月

ねこ(ピース)
平和通り商店街の「ひまわり弁当」のむすこ・銀ちゃんのかいねこ、「ねこたま探偵団」のメンバー 「ねこ探! 1 ねこもしゃべれば事件にあたるの巻」 村上しいこ作;かつらこ絵 ポプラ社(ポプラ物語館) 2014年12月

ねこ(ピース)
平和通り商店街の「ひまわり弁当」のむすこ・銀ちゃんのかいねこ、「ねこたま探偵団」のメンバー 「ねこ探! 2 地獄のさたもねこ次第の巻」 村上しいこ作;かつらこ絵 ポプラ社(ポプラ物語館) 2016年2月

ねこ(ミケねえちゃん)
平和通り商店街の「ひまわり弁当」のむすこ・銀ちゃんのかいねこ、「ねこたま探偵団」のメンバー 「ねこ探! 2 地獄のさたもねこ次第の巻」 村上しいこ作;かつらこ絵 ポプラ社(ポプラ物語館) 2016年2月

ねこ(ミケねえちゃん)
平和通り商店街の「ひまわり弁当」のむすこ・銀ちゃんのかいねこ、「ねこたま探偵団」のメンバーで七十二才のねこ 「ねこ探! 1 ねこもしゃべれば事件にあたるの巻」 村上しいこ作;かつらこ絵 ポプラ社(ポプラ物語館) 2014年12月

ネコ(ロネ)
ケーキまじょのマダム・スイーツがかわいがっているおしゃべりまほうネコ 「まじょ子と黒ネコのケーキやさん」 藤真知子作;ゆーちみえこ絵 ポプラ社(学年別こどもおはなし劇場) 2014年3月

ねここ
愛らしい少女の姿で不思議な魔法のコンビニ「たそがれ堂」の店番をしている化け猫 「コンビニたそがれ堂 神無月のころ」 村山早紀著 ポプラ社(ポプラ文庫ピュアフル) 2015年9月

ねここ

ねここ
戦国時代の小国を治めていた領主の館にいた黒猫、恨みから魔物になった猫 「コンビニ
たそがれ堂 奇跡の招待状」 村山早紀著 ポプラ社(teenに贈る文学) 2016年4月

ねこたち
町からすこしはなれた小高い場所にある工場で人間にはない少女で町にふく「風」をつくっ
ているねこたち」をつくっているねこたち 「ねこの風つくり工場(ねこの風つくり工場〔1〕)」
みずのよしえ作;いづのかじ絵 偕成社 2015年4月

ねこたち
町からすこしはなれた小高い場所にある工場で人間にはない少女で町にふく「風」をつくっ
ているねこたち」をつくっているねこたち 「まるタンクとパイプのひみつ(ねこの風つくり工場
〔3〕)」 みずのよしえ作;いづのかじ絵 偕成社 2017年11月

ねこたち
町からすこしはなれた小高い場所にある工場で人間にはない少女で町にふく「風」をつくっ
ているねこたち」をつくっているねこたち 「工場見学のお客さま(ねこの風つくり工場〔2〕)」
みずのよしえ作;いづのかじ絵 偕成社 2016年11月

ネコたち
夜中の自動車学校で交通ルールのべんきょうをしていた町のネコ対応ち 「まよなかのぎゅ
うぎゅうネコ」 葦原かも作;武田美穂絵 講談社(わくわくライブラリー) 2014年5月

ネコタマ
たんていじむしょをひらいているなん百ねんもいきてたくさんのにんげんにかわれてきたば
けネコ 「モンスター・ホテルでたんていだん」 柏葉幸子作;高畠純絵 小峰書店 2014年8
月

ねこばばあ
顔はねこで体は人のすがたの妖怪 「妖怪たぬきポンチキン化けねこ屋敷と消えたねこ」
山口理作;細川貂々絵 文渓堂 2017年8月

ねこ魔女　ねこまじょ
なんでも"とくべつ"が大好きな美しくて気まぐれなお姫さま 「花びら姫とねこ魔女」 朽木祥
作;こみねゆら絵 小学館 2013年10月

猫又家黒吉(黒吉)　ねこまたやくろきち(くろきち)
猫又という猫の妖怪、すばらしい落語家である双吉の弟子 「化け猫・落語 2 ライバルは黒
猫!?」 みうらかれん作;中村ひなた絵 講談社(青い鳥文庫) 2017年11月

猫又家双吉(双吉)　ねこまたやそうきち(そうきち)
猫又という猫の妖怪、すばらしい落語家 「化け猫・落語 2 ライバルは黒猫!?」 みうらかれ
ん作;中村ひなた絵 講談社(青い鳥文庫) 2017年11月

ネコ耳ちゃん　ねこみみちゃん
森の中に住んでいるまっ白なネコ耳の女の子 「ほっぺちゃん よろしく☆ネコ耳ちゃん」 名
取なずな作;くまさかみわ挿絵 アスキー・メディアワークス(角川つばさ文庫) 2013年6月

猫柳 鉄子(テッコ)　ねこやなぎ・てつこ(てっこ)
小学四年生の守のクラスにやってきたふしぎな転校生の女の子 「となりの鉄子」 田森庸
介作;勝川克志絵 偕成社 2013年7月

ねこライオン
いどう動物園からまんねん小学校の図工室ににげてきたライオンのかっこうをしたねこ 「図
工室の日曜日」 村上しいこ作;田中六大絵 講談社(わくわくライブラリー) 2013年8月

根津 甚八　ねず・じんぱち
戦国武将・真田幸村に仕えた十勇士のひとり、世に名高い九鬼水軍に一目置かれるほど
水のことに詳しい男 「真田幸村と十勇士 ひみつの大冒険編」 奥山景布子著;RICCA絵
集英社(集英社みらい文庫) 2016年6月

根津 甚八　ねず・じんぱち
戦国武将・真田幸村に仕えた十勇士のひとり、世に名高い九鬼水軍に一目置かれるほど水のことに詳しい男　「真田幸村と十勇士」　奥山景布子著;RICCA絵　集英社(集英社みらい文庫)　2015年11月

根津 甚八　ねず・じんぱち
戦国武将・真田幸村に仕える真田十勇士の一人、もと九鬼家に仕えていた海賊の頭　「真田十勇士 3 激闘、大坂の陣」　小前亮作　小峰書店　2016年2月

根津 甚八　ねず・じんぱち
徳川幕府に敵対する海賊、もと九鬼家に仕えていた海賊の頭　「真田十勇士 2 決起、真田幸村」　小前亮作　小峰書店　2015年12月

禰津 甚八　ねず・じんぱち
戦国武将・真田幸村の家臣、元住職だった義理堅い男　「真田十勇士 6 大坂の陣 上」　松尾清貴著　理論社　2017年2月

禰津 甚八　ねず・じんぱち
戦国武将・真田幸村の家臣、諏訪神社の使用人だった男　「真田十勇士 2 淀城の怪」　松尾清貴著　理論社　2016年1月

ネズミ
中学生の内人と創也が作ったゲーム「夢幻」に発生したバグ、プレイヤーに危害を加える正体不明のやつ　「都会(まち)のトム&ソーヤ 14「夢幻」上下」　はやみねかおる著;にしけいこ画　講談社(YA! ENTERTAINMENT)　2017年2月

ネネ
「想像」が禁じられた世界で生きる14歳のみなしご、聖マルグリット学院中等科の転校生　「ネネとヨヨのもしもの魔法」　白倉由美著　徳間書店　2014年4月

ネネコさん
「負けてたまるか」が口ぐせのおばあさん　「リンちゃんとネネコさん」　森山京作;野見山響子絵　講談社(わくわくライブラリー)　2017年7月

ネネコさん
母の仕事を継いで下町の動物写真館を営んでいる二十九歳の女性　「ネネコさんの動物写真館」　角野栄子[著]　ポプラ社(ポプラ文庫ピュアフル)　2017年5月

ネフェルタリ・ビビ
砂漠の国・アラバスタ王国の王女、海賊「麦わらの一味」の仲間になった十六歳　「ONE PIECE [10] エピソードオブアラバスタ砂漠の王女と海賊たち」　尾田栄一郎原作;浜崎達也著;東映アニメーション絵　集英社(集英社みらい文庫)　2014年7月

根村 きい　ねむら・きい
小学六年生の美琴と同じクラスの女の子の友だち　「ワカンネークエスト わたしたちのストーリー」　中松まるは作;北沢夕芸絵　童心社　2014年6月

根本 大樹　ねもと・だいき
小学五年生のつぼみのクラスのリーダー的存在、正義感の強い少年　「ないしょのつぼみ さよならのプレゼント」　相馬来良著;やぶうち優原作・イラスト　小学館(小学館ジュニア文庫)　2014年10月

ネロ
「電子探偵団」の団長、風浜の喫茶店「ベーカー街」の女性店主　「パスワード パズル戦国時代」　松原秀行作;梶山直美絵　講談社(青い鳥文庫)　2017年12月

ネロ
「電子探偵団」の団長、風浜の喫茶店「ベーカー街」の女性店主　「パスワード学校の怪談」　松原秀行作;梶山直美絵　講談社(青い鳥文庫)　2017年2月

ねろ

ネロ
「電子探偵団」の団長で名探偵 「パスワードUMA騒動(風浜電子探偵団事件ノート30 中学生編)」 松原秀行作;梶山直美絵 講談社(青い鳥文庫) 2015年8月

ネロ
「電子探偵団」の団長で名探偵 「パスワード渦巻き少女(ガール)(風浜電子探偵団事件ノート28 中学生編)」 松原秀行作;梶山直美絵 講談社(青い鳥文庫) 2013年9月

ネロ
「電子探偵団」の団長で名探偵 「パスワード東京パズルデート(風浜電子探偵団事件ノート29 中学生編)」 松原秀行作;梶山直美絵 講談社(青い鳥文庫) 2014年8月

ネロ
女神テミスの聖獣、王家につかえ昼間は人間の姿をしている黒い翼のグリフォン 「ユニコーンの乙女 ラーラと二頭の聖獣」 牧野礼作;sime絵 講談社(青い鳥文庫) 2014年12

ネロ
女神テミスの聖獣、王家につかえ昼間は人間の姿をしている黒い翼のグリフォン 「ユニコーンの乙女 決戦のとき」 牧野礼作;sime絵 講談社(青い鳥文庫) 2015年11月

ネロ
女神テミスの聖獣、王家につかえ昼間は人間の姿をしている黒い翼のグリフォン 「ユニコーンの乙女 地下通路と王宮の秘密」 牧野礼作;sime絵 講談社(青い鳥文庫) 2015年5月

ネロ
生き別れた妹を探す旅をしている黒の小型モンスター 「モンスターハンターストーリーズ[2] 新たな絆」 前田圭士作;布施龍太絵 KADOKAWA(角川つばさ文庫) 2017年9月

電子探偵団団長、風浜駅前の喫茶店の美人オーナー 「パスワードとホームズ4世new(改訂版)-風浜電子探偵団事件ノート5」 松原秀行作;梶山直美絵 講談社(青い鳥文庫) 2014年2月

ネロ
電子探偵団団長、風浜駅前の喫茶店の美人オーナー 「パスワード謎旅行new(改訂版)－風浜電子探偵団事件ノート4」 松原秀行作;梶山直美絵 講談社(青い鳥文庫) 2013年3月

ネロ
電子探偵団団長、風浜駅前の喫茶店の美人オーナー 「続パスワードとホームズ4世new(改訂版)-風浜電子探偵団事件ノート6」 松原秀行作;梶山直美絵 講談社(青い鳥文庫) 2014年3月

燃堂 力　ねんどう・ちから
PK学園1年3組、超能力者の斉木楠雄の相棒で高校生離れした外見の男子高校生 「斉木楠雄のΨ難」 麻生周一原作;福田雄一脚本 集英社(集英社みらい文庫) 2017年10月

念力 奈々　ねんりき・なな
「念力」が使える念力家の次女、生意気な小学3年生 「小説念力家族 玲子はフツーの中学生」 笹公人原案短歌;佐東みどり著;片浦絵 集英社(集英社みらい文庫) 2016年3月

念力 豊　ねんりき・ゆたか
「念力」が使える念力家の長男、画家を目指す高校2年生 「小説念力家族 玲子はフツーの中学生」 笹公人原案短歌;佐東みどり著;片浦絵 集英社(集英社みらい文庫) 2016年3月

念力 玲子　ねんりき・れいこ
「念力」が使える念力家の長女、部活の山田先輩に片思いをしている中学2年生 「小説念力家族 玲子はフツーの中学生」 笹公人原案短歌;佐東みどり著;片浦絵 集英社(集英社みらい文庫) 2016年3月

【の】

ノア(黒ネコ)　のあ(くろねこ)
六年生の里菜子が出会った不思議な女の子・リーナが飼う黒いネコ 「ネコをひろったリーナとひろわなかったわたし」 ときありえ著 講談社(講談社・文学の扉) 2013年3月

野泉お母ちゃん　のいずみおかあちゃん
夏休みに「ペンション・アニモー」に大家族で来たお客様、5人の子どもの母親 「ようこそ、ペンション・アニモーへ」 光丘真理作;岡本美子絵 汐文社 2015年11月

ノイン
魔王の手先、600年前のフランスの騎士でジャンヌ・ダルクの恋人だった男 「神風怪盗ジャンヌ 4 最後のチェックメイト」 種村有菜原作;松田朱夏著 集英社(集英社みらい文庫) 2014年8月

ノイン
魔王の手先、何もかもが真っ黒なおそろしいほどの美貌の男 「神風怪盗ジャンヌ 2 謎の怪盗シンドバッド!?」 種村有菜原作;松田朱夏著 集英社(集英社みらい文庫) 2014年2月

ノイン
魔王の手先、本名はノイン・クロードで600年前のフランスの騎士 「神風怪盗ジャンヌ 3 動きだした運命!!」 種村有菜原作;松田朱夏著 集英社(集英社みらい文庫) 2014年5月

のうちゃん
戦争中尾道の小学校に通っていた五年生のみっちゃんの兄貴分で楽しい遊び仲間 「みちじいさんの話 戦争中、わしがみっちゃんだったころ」 西原通夫著 てらいんく 2015年12月

濃姫　のうひめ
人形作りの名手・かの太郎右衛門が作った女雛、木偶駅に飾られているおひなさま 「ひいな」 いとうみく作 小学館 2017年1月

濃姫(帰蝶)　のうひめ(きちょう)
美濃の国の大名・斎藤道三の娘で尾張の織田信長の元へ嫁いだ姫 「戦国姫 濃姫の物語」 藤咲あゆな作;マルイノ絵 集英社(集英社みらい文庫) 2016年9月

ノエミ
ユダヤ人への迫害が厳しくなるドイツで妹のロザンナと二人で隠れ家にくらす十二歳のユダヤ人少女 「見上げた空は青かった」 小手鞠るい著 講談社 2017年7月

野上 浩二郎(エナメル)　のがみ・こうじろう(えなめる)
神奈川県警横浜大黒署の特殊捜査課のおしゃれでチャラい刑事、悪の組織・レッドヴィーナスの罠にかかって子どもになってしまった刑事 「コドモ警察」 時海結以著;福田雄一脚本 小学館(小学館ジュニアシネマ文庫) 2013年3月

野上 佐緒里(オレンジ)　のがみ・さおり(おれんじ)
小さいころからオレンジが大好物だった小五の女の子 「ブルーとオレンジ」 福田隆浩著 講談社(講談社文学の扉) 2014年7月

野上 未莉亜　のがみ・みりあ
同じクラスの山西と付き合っている少女、無口で大人っぽい女子高生 「きみのためにはだれも泣かない」 梨屋アリエ著 ポプラ社(Teens' best selections) 2016年12月

のぐち

野口 秀一朗　のぐち・しゅういちろう
勉強第一の超エリート校・オメガ高校の生徒会副会長、生徒会長で超天才の相川ユリアに振り回されっぱなしの男子　「エリートジャック!! ミラクルガールは止まらない!!」宮沢みゆき著;いわおかめめ原作・イラスト　小学館(小学館ジュニア文庫)　2014年3月

野口 秀一朗　のぐち・しゅういちろう
勉強第一の超エリート校・オメガ高校の生徒会副会長、生徒会長で超天才の相川ユリアに振り回されっぱなしの男子　「エリートジャック!! ミラクルチャンスをつかまえろ!!」宮沢みゆき著;いわおかめめ原作・イラスト　小学館(小学館ジュニア文庫)　2015年3月

野口 秀一朗　のぐち・しゅういちろう
勉強第一の超エリート校・オメガ高校の生徒会副会長、生徒会長で超天才の相川ユリアに振り回されっぱなしの男子　「エリートジャック!! めざせ、ミラクル大逆転!!」宮沢みゆき著;いわおかめめ原作・イラスト　小学館(小学館ジュニア文庫)　2014年8月

野口 秀一朗　のぐち・しゅういちろう
勉強第一の超エリート校・オメガ高校の生徒会副会長、生徒会長で超天才の相川ユリアに振り回されっぱなしの男子　「エリートジャック!! 発令!ミラクルプロジェクト!!」宮沢みゆき著;いわおかめめ原作・イラスト　小学館(小学館ジュニア文庫)　2015年11月

野坂 さや　のさか・さや
引っ込み思案で目立たない中学二年生、偉大な魔女アニーが作った人形「クレイジー」に選ばれた女の子　「ハロウィン★ナイト! ウィッチ・ドールなんか大キライ!!」相川真作;黒裄絵　集英社(集英社みらい文庫)　2013年12月

野坂 さや　のさか・さや
内気な中学二年生の女の子、偉大な魔女アニーが作ったウィッチ・ドール「クレイジー」の使い手　「ハロウィン★ナイト! ふしぎな先生と赤い糸のヒミツ」相川真作;黒裄絵　集英社(集英社みらい文庫)　2014年10月

野坂 さや　のさか・さや
内気な中学二年生の女の子、偉大な魔女アニーが作ったウィッチ・ドール「クレイジー」の使い手　「ハロウィン★ナイト! わがままお嬢様とナキムシ執事!?」相川真作;黒裄絵　集英社(集英社みらい文庫)　2014年3月

野崎林　のざきばやし
とっても自由な性格のおじょうさま・マリアの専属の運転手、心配性の老紳士　「マリアにおまかせ! おじょうさま探偵と消えたペットたちの巻」はのまきみ作;森倉円絵　集英社(集英社みらい文庫)　2014年12月

野ざらしさま　のざらしさま
明治のはじめに海辺の村で病いを治す力があると信じられていたしゃれこうべ　「夢見の占い師」楠章子作;トミイマサコ絵　あかね書房　2017年11月

野沢 佑　のざわ・たすく
緑第一小学校の五年生、認知症の祖父が通っているデイサービス「ケアハウスこもれび」の様子をレポートすることになった男の子　「奮闘するたすく」まはら三桃著　講談社　2017年6月

野沢 奈津(奈っちゃん)　のざわ・なつ(なっちゃん)
朝日小学校6年1組の萌のクラスメイト、宙と亮介の幼なじみで手芸用品店の娘　「トキメキ♥図書館 PART13 クリスマスに会いたい」服部千春作;ほおのきソラ絵　講談社(青い鳥文庫)　2016年12月

野沢 レイ(ネロ)　のざわ・れい(ねろ)
「電子探偵団」の団長、風浜の喫茶店「ベーカー街」の女性店主　「パスワード パズル戦国時代」松原秀行作;梶山直美絵　講談社(青い鳥文庫)　2017年12月

のしし

野沢 レイ（ネロ）　のざわ・れい（ねろ）
「電子探偵団」の団長、風浜の喫茶店「ベーカー街」の女性店主 「パスワード学校の怪談」
　松原秀行作;梶山直美絵 講談社（青い鳥文庫） 2017年2月

野沢 レイ（ネロ）　のざわ・れい（ねろ）
「電子探偵団」の団長で名探偵 「パスワードUMA騒動（風浜電子探偵団事件ノート30 中学
生編）」 松原秀行作;梶山直美絵 講談社（青い鳥文庫） 2015年8月

野沢 レイ（ネロ）　のざわ・れい（ねろ）
「電子探偵団」の団長で名探偵 「パスワード渦巻き少女（ガール）（風浜電子探偵団事件
ノート28 中学生編）」 松原秀行作;梶山直美絵 講談社（青い鳥文庫） 2013年9月

野沢 レイ（ネロ）　のざわ・れい（ねろ）
「電子探偵団」の団長で名探偵 「パスワード東京パズルデート（風浜電子探偵団事件ノート
29 中学生編）」 松原秀行作;梶山直美絵 講談社（青い鳥文庫） 2014年8月

野沢 レイ（ネロ）　のざわ・れい（ねろ）
電子探偵団団長、風浜駅前の喫茶店の美人オーナー 「パスワードとホームズ4世new（改
訂版）−風浜電子探偵団事件ノート5」 松原秀行作;梶山直美絵 講談社（青い鳥文庫）
2014年2月

野沢 レイ（ネロ）　のざわ・れい（ねろ）
電子探偵団団長、風浜駅前の喫茶店の美人オーナー 「パスワード謎旅行new（改訂版）
−風浜電子探偵団事件ノート4」 松原秀行作;梶山直美絵 講談社（青い鳥文庫） 2013年
3月

野沢 レイ（ネロ）　のざわ・れい（ねろ）
電子探偵団団長、風浜駅前の喫茶店の美人オーナー 「続パスワードとホームズ4世new
（改訂版）−風浜電子探偵団事件ノート6」 松原秀行作;梶山直美絵 講談社（青い鳥文庫）
　2014年3月

ノシシ
いたずらなキツネのぼうけんか・ゾロリのてした、イノシシきょうだいのおとうと 「かいけつゾロ
リなぞのスパイと100本のバラ（かいけつゾロリシリーズ53）」 原ゆたか作・絵 ポプラ社
2013年7月

ノシシ
いたずらなキツネのぼうけんか・ゾロリのてした、イノシシきょうだいのおとうと 「かいけつゾロ
リのクイズ王（かいけつゾロリシリーズ56）」 原ゆたか作・絵 ポプラ社 2014年12月

ノシシ
いたずらなキツネのぼうけんか・ゾロリのてした、イノシシきょうだいのおとうと 「かいけつゾロ
リのまほうのランプ〜ッ（かいけつゾロリシリーズ54）」 原ゆたか作・絵 ポプラ社 2013年12
月

ノシシ
いたずらなキツネのぼうけんか・ゾロリのてした、イノシシきょうだいのおとうと 「かいけつゾロ
リのようかい大うんどうかい（かいけつゾロリシリーズ57）」 原ゆたか作・絵 ポプラ社 2015
年7月

ノシシ
いたずらなキツネのぼうけんか・ゾロリのてした、イノシシきょうだいのおとうと 「かいけつゾロ
リの大まじんをさがせ!!（かいけつゾロリシリーズ55）」 原ゆたか作・絵 ポプラ社 2014年7
月

ノシシ
いたずらなキツネのぼうけんか・ゾロリのてした、イノシシきょうだいのおとうと 「きえた!? かい
けつゾロリ（かいけつゾロリシリーズ58）」 原ゆたか作・絵 ポプラ社 2015年12月

383

のしし

ノシシ
いたずらなキツネのぼうけんか・ゾロリのてした、イノシシふたごきょうだいのおとうと 「かいけつゾロリのおいしい金メダル(かいけつゾロリシリーズ59)」 原ゆたか作・絵 ポプラ社 2016年7月

ノシシ
いたずらなキツネのぼうけんか・ゾロリのてした、イノシシふたごきょうだいのおとうと 「かいけつゾロリのかいていたんけん(かいけつゾロリシリーズ61)」 原ゆたかさく・え ポプラ社 2017年7月

ノシシ
いたずらなキツネのぼうけんか・ゾロリのてした、イノシシふたごきょうだいのおとうと 「かいけつゾロリの王子さまになるほうほう(かいけつゾロリシリーズ60)」 原ゆたかさく・え ポプラ社 2016年12月

ノシシ
キツネのゾロリのでしとしていっしょに旅をしているふたごのイノシシ、イシシのおとうと 「かいけつゾロリのちていたんけん(かいけつゾロリシリーズ62)」 原ゆたか作・絵 ポプラ社 2017年11月

野島 春生　のじま・はるき
お母さんからホルンのマウスピースを渡され演奏することになった11歳の少年 「ホルンペッター」 雨都雪著;工藤舞イラスト 小学館(小学館ジュニア文庫) 2015年11月

野須 虎汰　のす・こうた
あさひ小学校にきた時期外れの転校生、端整な顔立ちでエキゾチックな雰囲気の五年生の少年 「五年霊組こわいもの係 12 佳乃、破滅の予言にとまどう。」 床丸迷人作;浜弓場双絵 KADOKAWA(角川つばさ文庫) 2017年12月

望　のぞむ
おばあちゃんの書だなにあった「フェアリル図かん」を読みはじめた12歳の男の子 「リルリルフェアリル」 坊野五月 文;サンリオキャラクター著 小学館(ちゃおノベルズ) 2017年4月

野だ　のだ
坊っちゃんが赴任した四国の田舎の中学校の美術教師 「坊っちゃん」 夏目漱石作;後路好章編 角川書店(角川つばさ文庫) 2013年5月

野だいこ　のだいこ
坊っちゃんが赴任した四国の田舎の中学校の美術教師、芸人風の男 「坊っちゃん」 夏目漱石作;竹中はる美編 小学館(小学館ジュニア文庫) 2017年3月

ノダちゃん
十字架がきらいでまっくろ大すきの黒ずくめでトマトが大すきな吸血鬼の女の子 「まほうの自由研究(なのだのノダちゃん)」 如月かずさ作;はたこうしろう絵 小峰書店 2017年6月

のっぺらぼうさん
「まんぷくラーメン」にアルバイトとしてはけんされてきた3人のゆうれいの一人 「おてつだいおばけさん [1] まんぷくラーメンいちだいじ」 季巳明代作;長谷川知子絵 国土社 2016年10月

のっぺらぼうさん
とびきり横丁の「まんぷくラーメン」にいる三人のおてつだいおばけさんの一人 「おてつだいおばけさん [3] まんぷくラーメン対びっくりチャンポン」 季巳明代作;長谷川知子絵 国土社 2017年7月

のっぺらぼうさん
とびきり横丁の「まんぷくラーメン」にいる三人のおばけのてんいんさんの一人 「おてつだいおばけさん [2] まんぷくラーメンてんてこまい」 季巳明代作;長谷川知子絵 国土社 2017年3月

のぶな

野中 美月　のなか・みつき
進学校で成績首位の美人生徒会長、願いのかなうチョコレート屋を訪れた高校二年生
「ショコラの魔法－ジンジャーマカロン真昼の夢」みづほ梨乃原作・イラスト;穂積りく著　小学館(小学館ジュニア文庫)　2014年8月

野中 モエ　のなか・もえ
クラスメイトの千代田くんの幼なじみ、天然ボケな5年生の女の子「それぞれの名前」春間美幸著　講談社(講談社・文学の扉)　2015年5月

野々香　ののか
中学二年生、お気に入りの作家のまだ売られていない新刊本を学校で見つけた女の子
「だいじな本のみつけ方」大崎梢著　光文社(Book With You)　2014年10月

野々下 美雪(雪女)　ののした・みゆき(ゆきおんな)
「万福寺」の息子・裕輔のクラスメイト、お父さんを交通事故で亡くしてからしゃべらなくなり「雪女」と呼ばれている四年生「まんぷく寺でまってます」高田由紀子作;木村いこ絵　ポプラ社(ポプラ物語館)　2016年9月

野々原 のの　ののはら・のの
現役女子高生にしてプロの少女まんが家、クール系イケメン黒澤くんのカノジョ「オレ様キングダム [2] blue」八神千歳原作・イラスト;村上アンズ著　小学館(小学館ジュニア文庫)　2013年8月

野々宮 一平　ののみや・いっぺい
平凡でオタクの高校一年生、女魔法使いリュリュによって異世界へ召還された少年「やっぱチョロインでしょ! 2」吉川兵保著;犬江しんすけイラスト　KADOKAWA(角川スニーカー文庫)　2015年3月

野々宮 一平　ののみや・いっぺい
平凡でオタクの高校一年生、笑顔一発で落ちてくれる様なちょろいヒロインに巡り合うことを夢みる少年「やっぱチョロインでしょ!」吉川兵保著;犬江しんすけイラスト　KADOKAWA(角川スニーカー文庫)　2014年10月

野原 たまみ　のはら・たまみ
「電子探偵団」の6番目のメンバー、人気アイドル「パスワード パズル戦国時代」松原秀行作;梶山直美絵　講談社(青い鳥文庫)　2017年12月

野原 たまみ　のはら・たまみ
「電子探偵団」の6番目のメンバー、人気アイドル「パスワード学校の怪談」松原秀行作;梶山直美絵　講談社(青い鳥文庫)　2017年2月

野原 みづき(沢本 みづき)　のはら・みずき(さわもと・みずき)
中学二年生、母親の再婚で学校一の人気者・煌也と同居することになった少女「いっしょにくらそ。1 ママとパパと、それからアイツ」飯田雪子作;椋本夏夜絵　角川書店(角川つばさ文庫)　2013年6月

ノブさん
山下さん家族がすむアパートのドアの内がわと外がわをしっかりと守っているドアの取っ手「ドアのノブさん」大久保雨咲作;ニシワキタダシ絵　講談社(わくわくライブラリー)　2016年8月

信長　のぶなが
「地獄甲子園」3回戦にいどむ地獄の野球チーム「桶狭間ファルコンズ」のキャプテン「戦国ベースボール [11] 鉄壁の"鎖国守備"!vs徳川将軍家!!」りょくち真太作;トリバタケハルノブ絵　集英社(集英社みらい文庫)　2017年11月

信長　のぶなが
「地獄甲子園」に出場する地獄の野球チーム「桶狭間ファルコンズ」のキャプテン「戦国ベースボール [9] 開幕!地獄甲子園vs武蔵&小次郎」りょくち真太作;トリバタケハルノブ絵　集英社(集英社みらい文庫)　2017年4月

のぶな

信長　のぶなが
「地獄三国志トーナメント」に出た地獄の野球チーム「桶狭間ファルコンズ」のキャプテン
「戦国ベースボール [5] 三国志トーナメント編 1 信長、世界へ!」 りょくち真太作;トリバタケ
ハルノブ絵　集英社(集英社みらい文庫)　2016年6月

信長　のぶなが
地獄で野球チーム「桶狭間ファルコンズ」をひきいる戦国武将 「戦国ベースボール [3] 卑
弥呼の挑戦状!信長vs聖徳太子!!」 りょくち真太作;トリバタケハルノブ絵　集英社(集英社
みらい文庫)　2015年12月

信長　のぶなが
地獄界の野球チーム「鎌倉グッドカントリーズ」との対決に欠場した「桶狭間ファルコンズ」
キャプテン 「戦国ベースボール [4] 最強コンビ義経&弁慶!信長vs鎌倉将軍!!」 りょくち真
太作;トリバタケハルノブ絵　集英社(集英社みらい文庫)　2016年3月

信長　のぶなが
中国の「地獄三国志トーナメント」に出た地獄の野球チーム「桶狭間ファルコンズ」のキャプ
テン 「戦国ベースボール [7] 三国志トーナメント編 3 赤壁の地獄キャンプ」 りょくち真太
作;トリバタケハルノブ絵　集英社(集英社みらい文庫)　2016年11月

ノボル(寺尾 昇)　のぼる(てらお・のぼる)
中学三年生、ミカコのクラスメイトで剣道部の部長 「ほしのこえ」 新海誠原作;大場惑文
KADOKAWA(角川つばさ文庫)　2017年5月

野間 一歩(イッポ)　のま・かずほ(いっぽ)
ダンスチーム「ファーストステップ」に入った運動が苦手な小学五年生 「ダンシング☆ハイ
ダンシング☆ハイ[3] 海へGO! ドキドキ★ダンス合宿」 工藤純子作;カスカベアキラ絵　ポ
プラ社(ポプラポケット文庫ガールズ)　2015年8月

野間 一歩(イッポ)　のま・かずほ(いっぽ)
ダンスチーム「ファーストステップ」に入った運動が苦手な小学五年生 「ダンシング☆ハイ
[2] アイドルと奇跡のダンスバトル!」 工藤純子作;カスカベアキラ絵　ポプラ社(ポプラポケッ
ト文庫ガールズ)　2015年4月

野間 一歩(イッポ)　のま・かずほ(いっぽ)
ダンスチーム「ファーストステップ」のメンバーの一人、ドジでひっこみ思案の五年生 「ダン
シング☆ハイ [4] みんなのキズナ！涙のダンスカーニバル」 工藤純子作;カスカベアキラ
絵　ポプラ社(ポプラポケット文庫)　2016年11月

野間 一歩(イッポ)　のま・かずほ(いっぽ)
ダンスチームに誘われた運動が苦手な転校生、ひっこみ思案な小学五年生 「ダンシング
☆ハイ[1]」 工藤純子作;カスカベアキラ絵　ポプラ社(ポプラポケット文庫ガールズ)　2014
年10月

野宮 千里　のみや・ちさと
修学旅行に行けなかった中学三年生の一人、児童養護施設から学校へ通っている少女
「アナザー修学旅行」 有沢佳映作;ヤマダ絵　講談社(青い鳥文庫)　2017年9月

ノラ
3丁目の空き地に住む野良猫の男の子、近所に住む猫の男の子タマの仲間 「おはなしタ
マ&フレンズ うちのタマ知りませんか?2 ワン♥ニャンぼくらの大冒険」 せきちさと著;おおつ
かけいり絵　小学館(ちゃおノベルズ)　2017年12月

ノリ
桜ヶ丘小学校の四年二組にきた転校生、電車が好きな子たちと社会科見学の班が一緒に
なった女の子 「電車でノリノリ」 新井けいこ作;たかおかゆみこ絵　文研出版(文研ブックラ
ンド)　2015年7月

ノリコ
北海道の町に働きもののお父さんとやさしいお姉ちゃんと三人で暮らしている女の子 「コロボックル絵物語」 有川浩作;村上勉絵 講談社 2014年4月

式子さま のりこさま
後白河天皇の第三皇女、定家じいちゃんのひそかに恋し続けていた人 「いとをかし!百人一首[4]届け!千年のミラクル☆ラブ」 光丘真理作;甘塩コメコ絵 集英社(集英社みらい文庫) 2013年11月

憲平 のりひら
藤壺の女御が産んだ皇子で右大臣の孫、怨霊におびえる11歳の少年 「えんの松原」 伊藤遊作;太田大八画 福音館書店(福音館文庫) 2014年1月

ノロイ
子ネズミ忠太の住む夢見ヶ島を襲う白いイタチ 「GAMBA ガンバと仲間たち」 時海結以著;古沢良太脚本 小学館(小学館ジュニア文庫) 2015年9月

ノンキー
せっかちなホンキーといっしょにカレーやさんをはじめることにしたのんきな人 「ノンキーとホンキーのカレーやさん」 村上しいこ作;こばようこ絵 佼成出版社(おはなしみーつけた!シリーズ) 2014年3月

のんちゃん
人付き合いが苦手だけど本が大好きな女の子、天国に行ってしまったママから毎年誕生日に手紙が届く少女 「バースデーカード」 吉田康弘作;鳥羽雨絵 KADOKAWA(角川つばさ文庫) 2016年10月

ノンノ
魔女のヤミの家の裏にあるネンネの木に生った九十九人の赤ちゃんたち 「歌えば魔女に食べられる」 大海赫作絵 復刊ドットコム 2014年9月

【は】

ばあさま
忘れてしまった用事がうっかりの玉となって落ちてしまい知らない女の子にひろわれてしまったばあさま 「うっかりの玉」 大久保雨咲作;陣崎草子絵 講談社 2017年9月

ハイジ
行く先々でいたずらばかりしてトラブルを巻き起こすこやぎの女の子 「いたずらこやぎと春まつり」 松居スーザン作;出久根育絵 佼成出版社(おはなしみーつけた!シリーズ) 2017年2月

灰塚 一郎 はいずか・いちろう
三ツ星学園の真面目な中2男子、雑誌「パーティー」編集部を兼任している新聞部部員 「こちらパーティー編集部っ!9 告白は波乱の幕開け!」 深海ゆずは作;榎木りか絵 KADOKAWA(角川つばさ文庫) 2017年7月

灰原 小太郎 はいばら・こたろう
UFOを目撃した天馬たちの町に取材にやってきたフリーライター 「七時間目のUFO研究(新装版)」 藤野恵美作;朝日川日和絵 講談社(青い鳥文庫) 2017年11月

灰原 慎 はいばら・しん
勉強も運動もすずしい顔でサクッとこなしてしまうが金魚を育てることが苦手な五年生の少年 「金魚たちの放課後」 河合二湖著 小学館(小学館ジュニア文庫) 2016年9月

パウロ王子 ぱうろおうじ
ダロウ山に住みついた魔王討伐に向かったっきり帰らないポポロクロイス王国の王子 「ポポロクロニクル 白き竜 上下」 田森庸介作;福島敦子絵 偕成社 2015年3月

ぱお～

パオ～ンおじさん（神田）　ぱお～んおじさん（かんだ）
広島の小学校の先生、大阪の動物園で戦時下の動物園のできごとがかいてある絵本を読み語りしているおじさん　「パオ～ンおじさんとの夏」かまだしゅんそう作;柴田文香絵　新日本出版社　2013年9月

ハカセ
十歳のタケオのパパ、田舎でタンシンフニンをしている食品会社の研究員　「キノコのカミサマ」花形みつる作;鈴木裕之絵　金の星社　2016年7月

袴田さん　はかまださん
私立九頭竜学院中等部1年生で内部進学者、外部進学者をきらっている女の子　「龍神王子（ドラゴン・プリンス）! 3」宮下恵茉作;kaya8絵　講談社（青い鳥文庫）　2014年12月

袴田 武司　はかまだ・たけし
県立逢魔高校の生徒、誰もいない夜の学校で"友人"明日香のバラバラになった「カラダ」を探すことになった男の子　「カラダ探し 第2夜 1」ウェルザード著;woguraイラスト　双葉社（双葉社ジュニア文庫）　2017年11月

萩原 虎太郎　はぎわら・こたろう
半年前に両親が離婚し父親と会えるのは月に一度だけになってしまった小学五年生の男の子　「雲をつかむ少女」藤野恵美著　講談社　2015年3月

萩原 七海　はぎわら・ななみ
市立第七中学一年六組、クラスメイトの近藤いろはの親友　「なないろレインボウ」宮下恵茉著　ポプラ社（Teens' best selections）　2014年4月

白華　はくか
後軍都督府の都督同知である劉将軍の忠義の士、武術の腕も立ち暗殺術も身につけている美しい若者　「文学少年と運命の書」渡辺仙州作　ポプラ社（Teens' entertainment）　2014年9月

白銀　はくぎん
人間と妖怪の間の子・半妖、退魔師見習いの少女・莉緒の師匠とくされ縁の銀髪の美男子　「怪盗ゴースト、つかまえます! リオとユウの霊探事件ファイル3」秋木真作;すまき俊悟絵　集英社（集英社みらい文庫）　2014年1月

白銀　はくぎん
妖怪の里にすむ銀髪の美男子、退魔師の湊とくされ縁の半妖怪　「妖怪退治、しません! リオとユウの霊探事件ファイル2」秋木真作;すまき俊悟絵　集英社（集英社みらい文庫）　2013年7月

バーグマン・礼央　ばーぐまんれお
6年生の夏芽が片思い中の5年生、ハーフの男の子・レオくん　「1% 3－だれにも言えないキモチ」このはなさくら作;高上優里子絵　KADOKAWA（角川つばさ文庫）　2016年4月

バクロー
「死霊怪談」の主、とある中学校にひっそりと暮らす怖い話を食べる妖怪　「死霊怪談 恐怖の一週間」平山夢明原作;あさのともや著;森倉円絵　集英社（集英社みらい文庫）　2015年9月

ばけねこ
としをとったねこのおばけ　「おばけどうぶつえん おばけのポーちゃん1」吉田純子作;つじむらあゆこ絵　あかね書房　2014年3月

化け猫　ばけねこ
黒猫のぬいぐるみ、魔女の力が覚醒したリセの使い魔　「魔女じゃないもん! 3 リセ&バンビ、危機一髪!!」宮下恵茉作;和錆絵　集英社（集英社みらい文庫）　2013年1月

はしひ

化け猫　ばけねこ
黒猫のぬいぐるみ、魔女の力が覚醒したリセの使い魔　「魔女じゃないもん！4 消えたミュウミュウを探せ！」宮下恵茉作;和錆絵　集英社(集英社みらい文庫) 2013年5月

化猫亭三毛之丞(三毛之丞)　ばけねこていみけのじょう(みけのじょう)
化け猫の落語家、小学5年生である幸歩の落語の師匠　「化け猫・落語 1 おかしな寄席においでませ！」みうらかれん作;中村ひなた絵　講談社(青い鳥文庫) 2017年8月

化猫亭三毛之丞(三毛之丞)　ばけねこていみけのじょう(みけのじょう)
化け猫の落語家、小学5年生である幸歩の落語の師匠　「化け猫・落語 2 ライバルは黒猫!?」みうらかれん作;中村ひなた絵　講談社(青い鳥文庫) 2017年11月

ばけひめちゃん
おばけ山のおばけじょうにすんでいるおばけのおひめさま　「おばけのばけひめちゃん」たかやまえいこ作;いとうみき絵　金の星社 2016年4月

ハゲムスカ
立花駅前再開発で「モツ焼き立花屋」に立ちのきをせまる交渉担当者　「モツ焼きウォーズ 立花屋の逆襲」ささきかつお作;イシヤマアズサ絵　ポプラ社(ノベルズ・エクスプレス) 2016年6月

狭間 慎之介　はざま・しんのすけ
とくべつな霊媒体質の小学五年生・浩介の同級生、怪談ぎらいな男の子　「怪談収集家 山岸良介と学校の怪談」緑川聖司作;竹岡美穂絵　ポプラ社(ポプラポケット文庫) 2016年12月

狭間 慎之介　はざま・しんのすけ
とくべつな霊媒体質の小学五年生・浩介の同級生、怪談ぎらいな男の子　「怪談収集家 山岸良介の冒険」緑川聖司作;竹岡美穂絵　ポプラ社(ポプラポケット文庫) 2016年7月

橋爪 綾美　はしずめ・あやみ
中田高校一年生、中学時代に壮絶ないじめを体験して高校生活二日目で不登校になってしまった女の子　「うたうとは小さないのちひろいあげ」村上;しいこ著　講談社 2015年5月

橋爪 裕子(ユッコ)　はしずめ・ゆうこ(ゆっこ)
富士ケ丘高校3年生で演劇部員、看板女優　「幕が上がる」平田オリザ原作;喜安浩平脚本　講談社(青い鳥文庫) 2015年2月

橋塚 大地　はしつか・だいち
中学一年生の燈子の幼なじみでカレシ、サッカー部に所属する男の子　「超吉ガール 5 絶交・超凶で大ピンチ!?の巻」遠藤まり作;ふじつか雪絵　KADOKAWA(角川つばさ文庫) 2017年2月

端野 凜　はしの・りん
あざみ野高校ハンドボール部にスカウトされた一年生、運動神経抜群で負けん気の強い女の子　「あざみ野高校女子送球部！」小瀬木麻美[著]　ポプラ社(ポプラ文庫ピュアフル) 2017年5月

羽柴 紘　はしば・こう
西高校の2年生、勉強も美術も一番で同じ美術部員のユキに嫉妬されていた男の子　「通学電車［3］ずっとずっと君を好き」みゆ作;朝吹まり絵　集英社(集英社みらい文庫) 2017年12月

橋姫　はしひめ
平安の都を恐怖におとしいれている鬼女、恋に狂いもののけになったという女　「まさかわたしがプリンセス!? 3 紫式部ともののけ退治！」吉野紅伽著;くまの柚子絵　KADOKAWA 2014年3月

はじめ

ハジメくん
化野原団地に暮らす九十九一家の長男、千里眼の一つ目小僧 「妖怪一家のハロウィン－妖怪一家九十九さん [6]」 富安陽子作;山村浩二絵 理論社 2017年9月

ハジメさん
鬼からヒトを守る「ミコトバヅカイ」モモに新しいパートナーになると言った文房師の青年 「いみちぇん！2 ピンチ！矢神くんのライバル登場！」 あさばみゆき作;市井あさ絵 KADOKAWA（角川つばさ文庫） 2015年2月

ハジメさん（矢神 一） はじめさん（やがみ・はじめ）
三重の「ミコトバの里」に住む矢神家の五兄弟の長男で筆職人、文房師 「いみちぇん！5 ウソ？ホント？ まぼろしの札」 あさばみゆき作;市井あさ絵 KADOKAWA（角川つばさ文庫） 2016年3月

ハジメさん（矢神 一） はじめさん（やがみ・はじめ）
弟の矢神くんが通う「ひふみ学園」に潜入するために守衛になった「ミコトバの里」から来た文房師 「いみちぇん！6 絶対無敵のきずな」 あさばみゆき作;市井あさ絵 KADOKAWA（角川つばさ文庫） 2016年7月

橋本 かのん はしもと・かのん
小さな児童合唱団「かんたーた」のメンバー、プロのオペラ歌手の小学六年生の姪 「夏空に、かんたーた」 和泉智作;高田桂絵 ポプラ社（ノベルズ・エクスプレス） 2017年6月

橋本・ミシェル・ケン はしもと・みしぇる・けん
小学生・マリエが通う英会話教室の先生の息子、お母さんがフランス人の男の子 「恋する和パティシエール6 月夜のきせき!パンプキンプリン」 工藤純子作;うっけ絵 ポプラ社（ポプラ物語館） 2014年9月

橋本 怜央 はしもと・れお
園辺市立東中学校一年生、中学生になって急にモテだしたサッカーが大好きな男の子 「トモダチのつくりかた つかさの中学生日記2」 宮下恵茉作;カタノトモコ絵 ポプラ社（ポプラポケット文庫ガールズ） 2013年9月

橋本 怜央 はしもと・れお
園辺市立東中学校一年生、中学生になって急にモテだしたサッカーが大好きな男の子 「ポニーテールでいこう！つかさの中学生日記」 宮下恵茉作;カタノトモコ絵 ポプラ社（ポプラポケット文庫ガールズ） 2013年3月

橋本 怜央 はしもと・れお
園辺市立東中学校一年生、中学生になって急にモテだしたサッカーが大好きな男の子 「部活トラブル発生中!? つかさの中学生日記3」 宮下恵茉作;カタノトモコ絵 ポプラ社（ポプラポケット文庫ガールズ） 2014年3月

橋本 怜央 はしもと・れお
園辺市立東中学校一年生、中学生になって急にモテだしたサッカーが大好きな男の子 「嵐をよぶ合唱コンクール！？ つかさの中学生日記4」 宮下恵茉作;カタノトモコ絵 ポプラ社（ポプラポケット文庫ガールズ） 2014年11月

橋本 怜央 はしもと・れお
園辺市立東中学校一年生、中学生になって急にモテだしたサッカーが大好きな男の子 「流れ星は恋のジンクス つかさの中学生日記5」 宮下恵茉作;カタノトモコ絵 ポプラ社（ポプラポケット文庫ガールズ） 2015年9月

バジル
「七魔が原」に住む大魔女フェネルの弟子になりたいと願う見習い魔女の女の子 「魔女バジルと魔法のつえ」 茂市久美子作;よしざわけいこ絵 講談社（わくわくライブラリー） 2014年12月

はすみ

バジル
「七魔が山」の東の峰に住んでいてひとに努力と根気の力をおくることができる魔女 「魔女バジルとなぞのほうき星」 茂市久美子作;よしざわけいこ絵 講談社(わくわくライブラリー) 2015年7月

バジル
「七魔が山」の東の峰に住んでいてひとに努力と根気の力をおくることができる魔女 「魔女バジルと黒い魔法」 茂市久美子作;よしざわけいこ絵 講談社(わくわくライブラリー) 2016年5月

バジル
「七魔が山」の東の峰に住んでいて白い魔法と黒い魔法を使える魔女 「魔女バジルと闇の魔女」 茂市久美子作;よしざわけいこ絵 講談社(わくわくライブラリー) 2017年9月

ハス
中学二年生の冬華の飼い犬のハスキー犬、人間に変身できるオオカミ少年 「オオカミ少年・こひつじ少女－わくわく♪どうぶつワンだーらんど!」 福田裕子著;環方このみ原作・イラスト 小学館(小学館ジュニア文庫) 2014年6月

バズ
老犬、海賊団の年老いた船長・シュナイダーの相棒 「ONE PIECE [8] 麦わらチェイス」 尾田栄一郎原作;浜崎達也著;東映アニメーション絵 集英社(集英社みらい文庫) 2013年8月

葉月 瞬　はずき・しゅん
霊に襲われやすい未来たちの高校の軽くてナンパなバスケ部のホープ、マネージャーの朝比奈雪奈の幼なじみ 「あやかし緋扇 夢幻のまほろば」 宮沢みゆき著;くまがい杏子原作・イラスト 小学館(小学館ジュニア文庫) 2013年10月

葉月 ヒロト　はずき・ひろと
一卵性双生児のユカたちのクラスメイト、物語を書いている5年生の男の子 「それぞれの名前」 春間美幸著 講談社(講談社・文学の扉) 2015年5月

パスタの精　ぱすたのせい
あっくんにパスタりょうりをおしえるためにきた三人のパスタの精、パティとペンとフジッリ 「スパゲッティ大さくせん」 佐藤まどか作;林ユミ絵 講談社(たべもののおはなしシリーズ) 2016年11月

バステト
エジプトの王妃の谷深くで墓を守っていた神のネコ、青い美ネコ 「空飛ぶのらネコ探険隊 [4] ピラミッドのキツネと神のネコ」 大原興三郎作;こぐれけんじろう絵 文溪堂 2017年5月

蓮見 ゲンタ　はすみ・げんた
川原に転落してロックバンドのボーカリスト・ゲンタと体が入れ替わった小学5年生 「ゲンタ!」 風野潮著 ほるぷ出版 2013年6月

蓮見 美鈴　はすみ・みすず
お母さんと二人で暮らす料理上手な中学生の女の子 「時速47メートルの疾走」 吉野万理子著 講談社 2014年9月

蓮見 裕樹　はすみ・ゆうき
中学2年生、エミの美術部の先輩でいっぷう変わった美術の事件を解決する美術警察官 「らくがき☆ポリス 2 キミのとなりにいたいから!」 まひる作;立樹まや絵 KADOKAWA(角川つばさ文庫) 2017年2月

蓮見 怜央　はすみ・れお
引きこもりの少女・涼が窓辺で双眼鏡を目にあて観察している中学生の少年 「ラ・プッツン・エル 6階の引きこもり姫」 名木田恵子著 講談社 2013年11月

はせ

ハセ
中学一年生サクの同級生で天真爛漫な少年、洞穴調査チーム「長谷川調査隊」の隊長
「ぼくのとなりにきみ」 小嶋陽太郎著 ポプラ社 2017年2月

ハセ
中学二年生サクの元同級生で天真爛漫な少年、調査チーム「長谷川調査隊」の隊長 「ぼ
くらはその日まで」 小嶋陽太郎著 ポプラ社 2017年8月

長谷川（ハセ）　はせがわ（はせ）
中学一年生サクの同級生で天真爛漫な少年、洞穴調査チーム「長谷川調査隊」の隊長
「ぼくのとなりにきみ」 小嶋陽太郎著 ポプラ社 2017年2月

長谷川（ハセ）　はせがわ（はせ）
中学二年生サクの元同級生で天真爛漫な少年、調査チーム「長谷川調査隊」の隊長 「ぼ
くらはその日まで」 小嶋陽太郎著 ポプラ社 2017年8月

長谷川 あかり　はせがわ・あかり
由香と桃子と三人で《悪友》と呼び合いお互いを干渉しないドライな関係を楽しんでいる六
年生の少女 「グッドジョブガールズ」 草野たき著 ポプラ社（Teens' best selections） 2015
年8月

長谷川 歩巳　はせがわ・あゆみ
御図第一小学校六年生、調子に乗りやすくて天才的に空気が読めない少年 「少年Nの長
い長い旅 01」 石川宏千花著;岩本ゼロゴ画 講談社（Ya! entertainment） 2016年9月

長谷川 歩巳　はせがわ・あゆみ
都市伝説「猫殺し13きっぷ」によって異世界に飛ばされた7人の少年少女の一人、異世界
では建設従業員「アーミー」 「少年Nのいない世界 01」 石川宏千花著 講談社（講談社タ
イガ） 2016年9月

長谷川 光希くん　はせがわ・こうきくん
埼玉県入山市のゆるキャラに応募し選ばれたという6年生の男の子 「マリア探偵社 25 邪
鬼のキャラゲーム」 川北亮司作;大井知美画 岩崎書店（フォア文庫） 2013年3月

長谷川 慎治　はせがわ・しんじ
イタリアの劇場専属をつとめていたプロのオペラ歌手、突然帰国し姪のかのんの家に寄食
しているおじ 「夏空に、かんたーた」 和泉智作;高田桂絵 ポプラ社（ノベルズ・エクスプレ
ス） 2017年6月

長谷川 遙　はせがわ・はるか
「T3」のメンバー雄太たちが江の島で知り合った高校二年生のお姉さん 「電車で行こう! 北
陸新幹線とアルペンルートで、極秘の大脱出!」 豊田巧作;裕龍ながれ絵 集英社（集英社
みらい文庫） 2015年9月

長谷川 悠羽也　はせがわ・ゆうや
地理歴史部の部員、自分たちのすむ渋谷区のジオラマを作成することになった中学二年
生の男の子 「百年後、ぼくらはここにいないけど」 長江優子著 講談社 2016年7月

長谷川 莉乃　はせがわ・りの
横浜みなと女学園中等部2年生、部への昇格を目指すサッカー準クラブのメンバー 「100%
ガールズ 2nd season」 吉野万理子著 講談社（Ya! entertainment） 2013年3月

長谷川 莉乃　はせがわ・りの
横浜みなと女学園中等部3年生、準クラブから部へ昇格したサッカー部のメンバー 「100%
ガールズ 3rd season」 吉野万理子著 講談社（Ya! entertainment） 2013年10月

長谷川 玲央　はせがわ・れお
いとこの男の子を預かることになった母子家庭で暮らす高校生の女の子 「呪怨―ザ・ファ
イナル」 山本清史著;一瀬隆重脚本;落合正幸脚本 小学館（小学館ジュニア文庫） 2015
年6月

はっち

支倉 柚子　はぜくら・ゆず
ひぐらし一中の二年生、テニス部から吹奏楽部に転部した少年 「カナデ、奏でます! 2 ユーレイ部員さん、いらっしゃ〜い!」ごとうしのぶ作;山田デイジー絵　角川書店(角川つばさ文庫)　2013年5月

一色 黎明　はせ・みずき
格安物件の妖怪アパートに住む詩人にして童話作家 「妖怪アパートの幽雅な日常」香月日輪作;深山和香絵　講談社(青い鳥文庫)　2017年6月

長谷 泉貴　はせ・みずき
格安物件の妖怪アパートに入居した稲葉夕士の親友、都内の名門校に進学した少年 「妖怪アパートの幽雅な日常」香月日輪作;深山和香絵　講談社(青い鳥文庫)　2017年6月

はだかの王子さま　はだかのおうじさま
遠い国から山田県の「山田まつり」へやってきたはだかの王さまの子、伝統行事「はだかみこし」に参加した王子さま 「山田県立山田小学校 3 はだかでドッキリ!?山田まつり」山田マチ作;杉山実絵　あかね書房　2014年1月

畑野 昌　はたの・あきら
女子高生の美亜の彼・晃樹(ウソツキさん)の高校の同級生で元カノ、会社の同僚でスレンダー美人 「ウソツキチョコレート 2」イアム著　講談社(Ya! entertainment)　2013年2月

羽田野 はるか　はたの・はるか
こわい話がニガテでおとなしくて気が弱い性格の六年生の女の子 「七時間目の怪談授業」藤野恵美作;朝日川日和絵　講談社(青い鳥文庫)　2017年5月

八軒 勇吾　はちけん・ゆうご
札幌の有名進学校から大蝦夷農業高校酪農科学科に入学した男の子 「銀の匙 Silver Spoon」時海結以著;荒川弘原作;吉田恵輔脚本;高田亮脚本;吉田恵輔監督　小学館(小学館ジュニアシネマ文庫)　2014年2月

八条 喜々　はちじょう・きき
中学二年生の風雅のクラスメイトで従兄妹、転校してきた無差別殺人未遂犯の娘・聡子と遠い親戚 「赤の他人だったら、どんなによかったか。」吉野万理子著　講談社　2015年6月

八条 風雅　はちじょう・ふうが
隣町で起きた無差別殺人未遂事件の犯人が遠い親戚だということにショックを受けている中学二年の男の子 「赤の他人だったら、どんなによかったか。」吉野万理子著　講談社　2015年6月

鉢屋 三郎　はちや・さぶろう
にんじゅつ学園五ねんせい、天才的な変装のたつじん 「忍たま乱太郎 豆をうつすならいの段」尼子騒兵衛原作;望月千賀子文;亜細亜堂絵　ポプラ社(ポプラ社の新・小さな童話)　2013年9月

ばっさまギツネ
キツネのなかではじめてとうふをつくったというちょっとこしのおれたキツネのおばあさん 「とうふやのかんこちゃん」吉田道子文;小林系絵　福音館書店(福音館創作童話シリーズ)　2017年10月

初沢 さくら(チェリー)　はつざわ・さくら(ちぇりー)
小学5年生、うらないが大好きな上川詩絵里のクラスメート 「しえりの秘密のシール帳」濱野京子著;十々夜絵　講談社　2014年7月

ハッチー(ヴェニヴルホラハレン・ソーマルニンフラン八・一世と6/5)　はっちー(べにぶるほらはれんそーまるにんふらんはってんいっせいとごぶんのろく*)
不時着した宇宙船から降りて四年生の男の子友樹と出会った子犬の姿をした宇宙人 「宇宙犬ハッチー 銀河から来た友だち」かわせひろし作;杉田比呂美画　岩崎書店　2013年3月

はつね

初音 ミク　はつね・みく
かけだしのアイドル歌手、小さいころの夢がかなってCDデビューをした中学二年生の少女
「アイドルを咲かせ」 美波蓮作;奈津ナツナ絵 ポプラ社(ポプラポケット文庫) 2015年11
月

初音 美空　はつね・みく
お菓子作りが大好きな小学四年生、おとなしく真面目な女の子 「レターソング 初音ミクポ
ケット」 夕貴そら作;加々見絵里絵;doriko協力 ポプラ社(ポプラポケット文庫) 2015年7月

初音 美来　はつね・みく
市立栗富東小学校六年生、クラスではおとなしいタイプでツインテールに華奢な身体つき
の女の子 「ポケットの中の絆創膏」 藤咲あゆな作;naoto絵 ポプラ社(ポプラポケット文庫)
 2014年2月

初音 未来　はつね・みく
市立あやめ第三小学校五年生、市内の駅伝大会で優勝するために陸上部でがんばってい
る女の子 「桜前線異常ナシ」 美波蓮作;たま絵 ポプラ社(ポプラポケット文庫) 2013年
12月

はっぱのきつねさん
まいおちてきたいちまいのはっぱがへんしんしてあらわれたきつねの女の子 「はっぱのき
つねさん」 岡本颯子作・絵 あかね書房(すきっぷぶっくす) 2014年8月

ハッピーほっぺちゃん隊　はっぴーほっぺちゃんたい
花プリンセスちゃんに仕える森の民 「ほっぺちゃん 花の国のプリンセス」 名取なずな作;く
まさかみわ挿絵 KADOKAWA(角川つばさ文庫) 2016年12月

バディ
小学校で子供たちといっしょに勉強したり遊んだりする学校犬になったエアデール・テリア
の子犬 「学校犬バディ」 高倉優子著;吉田太郎監修 KADOKAWA(角川つばさ文庫)
2017年6月

パーディーニ
よるのこうえんでしょうがくせいのメンチとマーぼうにマジシャンだとなのったあやしいひと
「いつも100てん!?おばけえんぴつ」 むらいかよ著 ポプラ社(ポプラ社の新・小さな童話)
2017年6月

羽藤 史織　はとう・しおり
聖クロス女学院中等部のやさしく優雅な生徒会長 「聖(セント)クロス女学院物語(ストーリ
ア) 1―ようこそ、神秘倶楽部へ!」 南部くまこ作;KeG絵 KADOKAWA(角川つばさ文庫)
2014年3月

バトー男爵　ばとーだんしゃく
つる薔薇館の旦那さまの孫、二十代なかばに見える快活な少年 「レナとつる薔薇の館」
小森香折作;こよ絵 ポプラ社(ノベルズ・エクスプレス) 2013年3月

パトリック
ヴァーツラフ国の無鉄砲な王子、フィリップの兄 「眠り姫と13番めの魔女」 久美沙織作
;POO絵 KADOKAWA(角川つばさ文庫) 2014年6月

羽鳥 ナオちゃん　はとり・なおちゃん
ニンゲンとおしゃべりできるミニチュアダックス・チョコタンのかい主、小学生の女の子 「チョ
コタン! なみだ、のち、はれ!」 武内こずえ原作・絵;柴野理奈子著 集英社(集英社みらい
文庫) 2014年1月

羽鳥 ナオちゃん　はとり・なおちゃん
人間の言葉がしゃべれる犬・チョコタンのかい主、かわいい女の子 「チョコタン!」 武内こず
え原作・絵;柴野理奈子著 集英社(集英社みらい文庫) 2013年8月

はなさ

羽鳥 ナツ　はとり・なつ
八日伊小学校「七不思議部」の部員、小学五年生の女の子　「クロねこ七(ニャニャ)不思議部!!」相川真作;月夜絵　集英社(集英社みらい文庫)　2015年3月

羽鳥 美紗紀　はとり・みさき
かべの中にあるカエル王国のお姫様・陽芽のクラスメートで恋のライバル　「カエル王国のプリンセス ライバルときどき友だち?」吉田純子作;加々見絵里絵　ポプラ社(ポプラポケット文庫ガールズ)　2015年1月

花井 夕日　はない・ゆうひ
青北中学校演劇部の三年生、美人でクールな雰囲気の少女　「劇部ですから！ Act.1 文化祭のジンクス」池田美代子作;柚希きひろ絵　講談社(青い鳥文庫)　2017年6月

花川戸 リュミ　はなかわど・りゅみ
聖スフィア学園占星術クラブ部員、占星術マイスターになるために特訓中の中学一年生　「ひみつの占星術クラブ 4 土星の彼はアクマな天使!?」夏奈ゆら作;おきな直樹絵;鏡リュウジ監修　ポプラ社(ポプラポケット文庫)　2013年1月

花子　はなこ
わにのきよしとにんげんのしのぶのクラスメイト、きれいずきできちょうめんなぶたの女の子　「ともだちはぶた」村上しいこ作;田中六大絵　WAVE出版(ともだちがいるよ!)　2014年12月

はなこさん
じょしトイレのおくから三ばんめのこしつにすんでいるおんなのこのおばけ　「がっこうのおばけ おばけのポーちゃん4」吉田純子作;つじむらあゆこ絵　あかね書房　2016年3月

花子さん　はなこさん
マイナスな気持ちがあつまっていく「怪の教室」の住人、訪れる人を紅茶でもてなす幽霊　「亡霊クラブ怪の教室 沈黙のティーカップ」麻生かづこ作;COMTA絵　ポプラ社(ポプラポケット文庫ガールズ)　2014年1月

花子さん　はなこさん
マイナスな気持ちがあつまっていく「怪の教室」の住人、訪れる人を紅茶でもてなす幽霊　「亡霊クラブ怪の教室 悲しみのそのさき」麻生かづこ作;COMTA絵　ポプラ社(ポプラポケット文庫ガールズ)　2014年8月

花子さん　はなこさん
マイナスな気持ちがあつまっていく「怪の教室」の住人、訪れる人を紅茶でもてなす幽霊　「亡霊クラブ怪の教室」麻生かづこ作;COMTA絵　ポプラ社(ポプラポケット文庫ガールズ)　2013年5月

花咲 つぼみ　はなさき・つぼみ
私立明堂学園中等部二年生、伝説の戦士プリキュアのキュアブロッサム　「小説ハートキャッチプリキュア！」東堂いづみ原作;山田隆司著　講談社(講談社キャラクター文庫)　2015年9月

花崎 マユミ　はなさき・まゆみ
少年探偵団の紅一点、男子より腕っぷしの強い格闘派の少女　「超・少年探偵団NEO」大宮一仁脚本;田中啓文小説　ポプラ社　2017年1月

花崎 真理　はなさき・まり
中学二年生の拓が転校してきたクラスの委員長、森の中で拓に出会った美少女　「白瑠璃の輝き」国元アルカ作　国土社　2014年3月

花里 琴音　はなさと・ことね
花里グループの会長の孫、少年探偵の響の幼なじみで大人びた雰囲気の高校二年生の少女　「少年探偵響 4 記憶喪失の少女のナゾ!?の巻」秋木真作;しゅー絵　KADOKAWA(角川つばさ文庫)　2017年10月

はなさ

花里 琴音　はなさと・ことね
巨大企業・花里グループのあととり娘　「怪盗レッド 10 ファンタジスタからの招待状☆の巻」
秋木真作;しゅー絵　KADOKAWA（角川つばさ文庫）2014年4月

花里 琴音　はなさと・ことね
巨大企業・花里グループのあととり娘　「怪盗レッド 8 からくり館から、大脱出☆の巻」　秋木
真作;しゅー絵　角川書店（角川つばさ文庫）2013年2月

花里 琴音　はなさと・ことね
巨大企業・花里グループのあととり娘、豪家客船・花音号の年越しパーティの主催者　「怪
盗レッド 4－豪華客船で、怪盗対決☆の巻」　秋木真作;しゅー絵　汐文社　2017年2月

花島 勝　はなしま・まさる
サッカーチーム「桃山プレデター」のコーチ、元Jリーガー　「銀河へキックオフ!! 3 完結編」
川端裕人原作;金巻ともこ著;TYOアニメーションズ絵　集英社（集英社みらい文庫）2013
年2月

花園 カリン　はなぞの・かりん
「神さまの相談役」のこもものクラスメイトでオシャレなムードメーカー、女子グループ「花組」
のリーダー　「神さま、事件です! 音楽の先生はハチャメチャ神さま!?」　森三月作;おきる絵
集英社（集英社みらい文庫）2014年5月

花園 深海　はなぞの・ふかみ
「死神うどんカフェ1号店」で働く死神、ゴーストバスターの社員として美術館に行った少年
「死神うどんカフェ1号店 6杯目」　石川宏千花著　講談社（Ya! entertainment）2015年10月

花園 深海　はなぞの・ふかみ
「死神うどんカフェ1号店」で働く死神、ゴーストバスターの社員として美術館に行った少年
「死神うどんカフェ1号店 別腹編」　石川宏千花著　講談社（Ya! entertainment）2016年10
月

花園 深海　はなぞの・ふかみ
「死神うどんカフェ1号店」で働く死神、見た目のわりに礼儀正しい少年　「死神うどんカフェ1
号店 1杯目」　石川宏千花著　講談社（Ya! entertainment）2014年5月

花園 深海　はなぞの・ふかみ
「死神うどんカフェ1号店」で働く死神、見た目のわりに礼儀正しい少年　「死神うどんカフェ1
号店 2杯目」　石川宏千花[著]　講談社（Ya! entertainment）2014年8月

花園 深海　はなぞの・ふかみ
「死神うどんカフェ1号店」で働く死神、見た目のわりに礼儀正しい少年　「死神うどんカフェ1
号店 3杯目」　石川宏千花著　講談社（Ya! entertainment）2014年11月

花園 深海　はなぞの・ふかみ
「死神うどんカフェ1号店」で働く死神、見た目のわりに礼儀正しい少年　「死神うどんカフェ1
号店 4杯目」　石川宏千花著　講談社（Ya! entertainment）2015年3月

花園 深海　はなぞの・ふかみ
「死神うどんカフェ1号店」で働く死神、見た目のわりに礼儀正しい少年　「死神うどんカフェ1
号店 5杯目」　石川宏千花著　講談社（Ya! entertainment）2015年6月

花田 恭子　はなだ・きょうこ
小学三年生になってはじめて学童クラブにはいってきた女の子　「まほとおかしな魔法の呪
文」　草野たき作　岩崎書店（おはなしガーデン）2015年7月

花ちゃん　はなちゃん
あさひ小学校の守り神の座敷わらし、「五年霊組こわいもの係」のメンバー　「五年霊組こわ
いもの係 3 春、霊組メンバーと対決する。」　床丸迷人作;浜弓場双絵　KADOKAWA（角川
つばさ文庫）2014年10月

はなや

花ちゃん　はなちゃん
あさひ小学校の北校舎に住みついている座敷わらしの女の子　「四年霊組こわいもの係」
床丸迷人作;浜弓場双絵　角川書店（角川つばさ文庫）　2013年9月

バナナうま
ぜんしんがバナナでできていてからだをのばすといちどに10人までのせてはしれるうま　「に
んじゃざむらいガムチョコバナナ ばけものりょかんのまき」　原ゆたか作・絵;原京子作・絵
KADOKAWA 2017年3月

バナナット団長　ばななっとだんちょう
バナナサーカス団の団長　「ドギーマギー動物学校 7 サーカスと空とび大会」　姫川明月
作・絵　KADOKAWA（角川つばさ文庫）　2015年6月

花畑 杏珠（アン）　はなばたけ・あんじゅ（あん）
同級生のリックと京都で行われた源氏物語にちなんだ着物イラストを競う「絵あわせ大会」に
出場した六年生　「源氏、絵あわせ、貝あわせ－歴史探偵アン＆リック [3]」　小森香折作;染
谷みのる絵　偕成社　2017年9月

花菱 仙太郎　はなびし・せんたろう
国際刑事警察機構の日本人の探偵卿、本業はコンビニ店員だと考えている若者　「怪盗クイ
ーン ケニアの大地に立つ」　はやみねかおる作;K2商会絵　講談社（青い鳥文庫）　2017
年9月

花びら姫（ねこ魔女）　はなびらひめ（ねこまじょ）
なんでも"とくべつ"が大好きな美しくて気まぐれなお姫さま　「花びら姫とねこ魔女」　朽木祥
作;こみねゆら絵　小学館　2013年10月

花プリンセスちゃん　はなぷりんせすちゃん
花の国のプリンセス、まほうの長い髪で花を元気にする女の子　「ほっぺちゃん 花の国のプ
リンセス」　名取なずな作;くまさかみわ挿絵　KADOKAWA（角川つばさ文庫）　2016年12月

花毬 薫子　はなまり・かおるこ
花毬凜太郎の母、千里眼作家　「千里眼探偵部 1－チーム結成!」　あいま祐樹作;FiFS絵
講談社（青い鳥文庫）　2016年12月

花毬 薫子　はなまり・かおるこ
花毬凜太郎の母、千里眼作家　「千里眼探偵部 2－パークで謎解き!?」　あいま祐樹作
;FiFS絵　講談社（青い鳥文庫）　2017年4月

花毬 凜太郎　はなまり・りんたろう
広島の小さな島から鎌倉に引っ越してきた小学5年生　「千里眼探偵部 1－チーム結成!」
あいま祐樹作;FiFS絵　講談社（青い鳥文庫）　2016年12月

花毬 凜太郎　はなまり・りんたろう
広島の小さな島から鎌倉に引っ越してきた小学5年生　「千里眼探偵部 2－パークで謎解
き!?」　あいま祐樹作;FiFS絵　講談社（青い鳥文庫）　2017年4月

花村 紅緒　はなむら・べにお
大正時代に女学校へ最新のかっこうで通っていた剣道が得意な十七歳、陸軍少尉・伊集
院忍の婚約者　「はいからさんが通る 上下」　大和和紀原作・絵;時海結以文　講談社（青い
鳥文庫）　2017年10月

花森 みずき　はなもり・みずき
おとうさんを亡くし悲しみのあまり心を閉ざしてしまった十二歳の少女　「いつも心の中に」
小手鞠るい作　金の星社　2016年9月

花山 ミホ　はなやま・みほ
霊魔女になってしまったミカルの友達で「不思議の国のアリス」の大ファンの女の子　「ミカル
は霊魔女! 2 ウサギ魔女と消えたアリスたち」　ハガユイ作;namo絵　KADOKAWA（角川つ
ばさ文庫）　2015年3月

ぱにゃ

パニャ
大魔王にもっとも近い魔王、巨大な魚の姿をした悪魔 「魔法屋ポプル 友情は魔法に勝つ!!」 堀口勇太作;玖珂つかさ絵 ポプラ社(魔法屋ポプルシリーズ) 2013年4月

パニャッシュ(パニャ)
大魔王にもっとも近い魔王、巨大な魚の姿をした悪魔 「魔法屋ポプル 友情は魔法に勝つ!!」 堀口勇太作;玖珂つかさ絵 ポプラ社(魔法屋ポプルシリーズ) 2013年4月

バニラ
ドギーマギー動物学校にフィンランドからきた留学生、おちこぼれのトナカイ 「ドギーマギー動物学校 4 動物園のぼうけん」 姫川明月作・絵 KADOKAWA(角川つばさ文庫) 2013年12月

バニラ
小学一年生のみもの家に初めてやってきた子犬、ゴールデン・レトリバーのオス 「犬と私の10の約束」 さとうまきこ作;牧野千穂絵 ポプラ社(ポプラポケット文庫) 2013年7月

羽貫さん　はぬきさん
「黒髪の乙女」が出会った美女、タダ酒を飲む名人 「夜は短し歩けよ乙女」 森見登美彦作;ぶーた絵 KADOKAWA(角川つばさ文庫) 2017年4月

はね
勝負に勝つことにこだわっているまんねん小学校の体育館のバドミントンのはね 「体育館の日曜日」 村上しいこ作;田中六大絵 講談社(わくわくライブラリー) 2013年2月

ハネズ
梅の城小学校六年生、クラスの人気者で花が大好きな少女 「ぼくの、ひかり色の絵の具」 西村すぐり作;大野八生絵 ポプラ社(ノベルズ・エクスプレス) 2014年10月

バネッサ
学校でも家でも不満ばかりで別の世界で別の自分になりたいと考えているブラジル人の五年生の少女 「神隠しの教室」 山本悦子作;丸山ゆき絵 童心社 2016年10月

バーバ
よわむしなモンスター・ドジルのきょういくがかり 「ドタバタヒーロー　ドジルくん1-モンスターの森で大ぼうけん」 大空なごむ作・絵 ポプラ社 2013年10月

バーバ
よわむしなモンスター・ドジルのきょういくがかり 「ドタバタヒーロー　ドジルくん2-ドタバタヒーロードジルくんとでんせつのかいぶつトレンチュラ」 大空なごむ作・絵 ポプラ社 2014年3月

バーバ
よわむしなモンスター・ドジルのきょういくがかり、ハットキャップぞく 「ドタバタヒーロー　ドジルくん3-ドジルとドラゴン谷のぬし」 大空なごむ作・絵 ポプラ社 2014年9月

バーバ
よわむしなモンスター・ドジルのきょういくがかり、ハットキャップぞく 「ドタバタヒーロー ドジルくん4-ドジルのはちゃメカパニック!」 大空なごむ作・絵 ポプラ社 2015年3月

バーバ
よわむしなモンスター・ドジルのきょういくがかり、ハットキャップぞく 「ドタバタヒーロー ドジルくん5-ドジルVSなぞのにんじゃぐんだん」 大空なごむ作・絵 ポプラ社 2016年1月

パパ(鈴木 宗一郎)　ぱぱ(すずき・そういちろう)
天国に行ってしまったママから毎年誕生日に手紙が届く紀子の大学で働くお父さん 「バースデーカード」 吉田康弘作;鳥羽雨絵 KADOKAWA(角川つばさ文庫) 2016年10

パパ（ヌラリヒョンパパ）
化野原団地に暮らす九十九一家のパパ、市役所に勤めている妖怪 「妖怪一家のハロウィン―妖怪一家九十九さん [6]」 富安陽子作;山村浩二絵 理論社 2017年9月

パパ（ハカセ）
十歳のタケオのパパ、田舎でタンシンフニンをしている食品会社の研究員 「キノコのカミサマ」 花形みつる作;鈴木裕之絵 金の星社 2016年7月

パパ（東村 京太郎）　ぱぱ（ひがしむら・きょうたろう）
子どものののぞみと鉄平を連れて金刀比羅宮へ取材旅行に行ったパパ、実は有名な鉄道小説家 「のぞみ、出発進行!! サンライズ瀬戸パパ失踪事件と謎の暗号」 やすこーん作・絵 小学館(小学館ジュニア文庫) 2016年8月

母（紫子）　はは（ゆかりこ）
八王子の鳳城学園に娘の泉水子を入れた夫婦の妻、警視庁公安部で働く女性 「RDG レッドデータガール 6 星降る夜に願うこと」 荻原規子著 KADOKAWA(角川スニーカー文庫) 2014年2月

馬場 かつみ　ばば・かつみ
小学生のヒョウくんの親友で彩のボーイフレンド、少年相撲教室にかよいだした男の子 「放課後ファンタスマ！ ささやく黒髪人形」 桜木日向作;あおいみつ絵 講談社(青い鳥文庫) 2015年11月

馬場 かつみ（ビーカー）　ばば・かつみ（びーかー）
小学生のヒョウくんのともだちで彩のボーイフレンド、サッカー少年 「放課後ファンタスマ! レディー・パープルの秘密」 桜木日向作;暁かおり絵 講談社(青い鳥文庫) 2015年6月

母子犬　ははこいぬ
彰司が働く保健所に捕獲された凶暴な母犬とその子どもたち 「ひまわりと子犬の7日間 みらい文庫版」 平松恵美子脚本;五十嵐佳子著;高野きか絵 集英社(集英社みらい文庫) 2013年3月

ババ様　ばばさま
東京の立花商店街にある「モツ焼き立花屋」から三軒先に住むおばあさん 「モツ焼きウォーズ 立花屋の逆襲」 ささきかつお作;イシヤマアズサ絵 ポプラ社(ノベルズ・エクスプレス) 2016年6月

ばばちゃん
東日本大震災で北海道へ避難した少女ユリカが福島にのこしてきた祖母 「赤い首輪のパロ フクシマにのこして」 加藤多一作 汐文社 2014年6月

ババちゃん
六年生の優也のお祖母ちゃん、優也だけに見えるユーレイ 「とうちゃんとユーレイババちゃん」 藤澤ともち作;佐藤真紀子絵 講談社(文学の扉) 2017年2月

バーバラ
夏休みに孫の海と舟をあずかった呉に住む祖母、浪人生の娘なっちゃんの母親 「夏の猫」 北森ちえ著;森川泉装画・さし絵 国土社 2016年10月

バーバラさん
テレビのオカルト番組に出た霊媒師、ゴージャスな雰囲気の女の人 「天才探偵Sen 7―テレビ局ハプニング・ツアー(天才探偵Senシリーズ)」 大崎梢作;久都りか絵 ポプラ社 2013年4月

パフェスキー夫人　ぱふぇすきーふじん
ププランドに引っ越してきたばかりのお金持ちの夫人 「星のカービィ あぶないグルメ屋敷!?の巻」 高瀬美恵作;苅野タウ絵;ぽと絵 KADOKAWA(角川つばさ文庫) 2013年8月

はぽこ

八方子さん　はぽこさん
ドクタケ忍者隊の首領、八方子さんは女装した八方斎 「忍たま乱太郎 にんじゅつ学園となぞの女の段」 尼子騒兵衛原作;望月千賀子文;亜細亜堂絵 ポプラ社(ポプラ社の新・小さな童話) 2014年1月

浜絵　はまえ
重茂に住む小学6年生、東日本大震災で両親を失い弟の洋人と親戚の家に引き取られた少女 「浜人(はんもうど)の森2011」 及川和男作;小坂修治さし絵 本の泉社 2013年12月

浜岸 なぎさ　はまぎし・なぎさ
ママにしかられないようにするためにすぐにウソをついてしまう四年生の少女 「あやしの保健室 2」 染谷果子作;HIZGI絵 小峰書店 2017年4月

濱田 灯花理　はまだ・あかり
ママが亡くなりおばあちゃんの家にすむ5年生の女の子、クラスメイトでいとこの美影と「B・D」の正体をさがす少女 「ブラック◆ダイヤモンド 4」 令丈ヒロ子作;谷朋画 岩崎書店 (フォア文庫) 2014年7月

濱田 灯花理　はまだ・あかり
ママが亡くなりおばあちゃんの家にすむ5年生の女の子、クラスメイトでいとこの美影と「B・D」の正体をさがす少女 「ブラック◆ダイヤモンド 5」 令丈ヒロ子作;谷朋画 岩崎書店 (フォア文庫) 2014年11月

葉村　はむら
いつも地球派遣騎士・果月直哉の肩の上にのっている人間の言葉が話せる大きなハムスター 「螺旋のプリンセス―魔法の王女と風の騎士」 杏堂まい原作・イラスト;椎野美由貴著 小学館(小学館ジュニア文庫) 2014年8月

ハヤ
しも村の戦士、少女・アサギに戦士になるための修行を教えた男 「アサギをよぶ声 [1]」 森川成美作;スカイエマ絵 偕成社 2013年6月

ハヤ
しも村の戦士、少女・アサギに戦士になるための修行を教えた男 「アサギをよぶ声 [2] 新たな旅立ち」 森川成美作;スカイエマ絵 偕成社 2015年9月

ハヤ
しも村の戦士、少女・アサギに戦士になるための修行を教えた男 「アサギをよぶ声 [3] そして時は来た」 森川成美作;スカイエマ絵 偕成社 2015年11月

早川 浩史　はやかわ・こうじ
進学塾「秀明ゼミナール」の天才を育成するgenieプロジェクトで教師をしている精悍で整った顔立ちの三十歳の男 「クリスマスケーキは知っている(探偵チームKZ事件ノート)」 藤本ひとみ原作;住滝良文;清瀬赤目絵 講談社(青い鳥文庫) 2014年11月

早川 浩史　はやかわ・こうじ
東洋医大病院付属総合医療センター「希望ヶ丘病院」の小児病棟にある院内学級の小学校で教諭をしている二十代後半の青年 「青いダイヤが知っている(探偵チームKZ事件ノート)」 藤本ひとみ原作;住滝良文;駒形絵 講談社(青い鳥文庫) 2014年10月

早川 蒼一(蒼太)　はやかわ・そういち(そうたい)
歴史をまもるため2111年から三国志の時代にやってきた妖怪ゲームの達人の少年 「炎の風吹け妖怪大戦 妖怪道中三国志 5」 三田村信行作;十々夜絵 あかね書房 2017年11月

早川 蒼一(蒼太)　はやかわ・そういち(そうたい)
歴史をまもるため2111年から三国志の時代にやってきた妖怪ゲームの達人の少年 「幻影の町から大脱出 妖怪道中三国志 4」 三田村信行作;十々夜絵 あかね書房 2017年5月

早川 蒼一(蒼太) はやかわ・そういち(そうたい)
歴史をまもるため2111年から三国志の時代にやってきた妖怪ゲームの達人の少年 「孔明vs.妖怪孔明 妖怪道中三国志3」三田村信行作;十々夜絵 あかね書房 2016年11月

早坂 未来 はやさか・みく
夏休みにお母さんの生まれた国カンボジアへ行くことになった五年生の少女 「お母さんの生まれた国」茂木ちあき作;君野可代子絵 新日本出版社 2017年12月

林田 希子 はやしだ・きこ
二年前の夏に命をおとしかけた事故をきっかけに私立中学から都立高校に進んだ高校一年生の少女 「死神うどんカフェ1号店 2杯目」石川宏千花[著] 講談社(Ya! entertainment) 2014年8月

林田 希子 はやしだ・きこ
二年前の夏に命をおとしかけた事故をきっかけに私立中学から都立高校に進んだ高校一年生の少女 「死神うどんカフェ1号店 3杯目」石川宏千花著 講談社(Ya! entertainment) 2014年11月

林田 希子 はやしだ・きこ
二年前の夏に命をおとしかけた事故をきっかけに私立中学から都立高校に進んだ高校一年生の少女 「死神うどんカフェ1号店 4杯目」石川宏千花著 講談社(Ya! entertainment) 2015年3月

林田 希子 はやしだ・きこ
二年前の夏に命をおとしかけた事故をきっかけに私立中学から都立高校に進んだ高校一年生の少女 「死神うどんカフェ1号店 5杯目」石川宏千花著 講談社(Ya! entertainment) 2015年6月

林田 希子 はやしだ・きこ
二年前の夏に命をおとしかけた事故をきっかけに私立中学から都立高校に進んだ高校一年生の少女 「死神うどんカフェ1号店 6杯目」石川宏千花著 講談社(Ya! entertainment) 2015年10月

林田 希子 はやしだ・きこ
二年前の夏に命をおとしかけた事故をきっかけに私立中学から都立高校に進んだ高校一年生の少女 「死神うどんカフェ1号店 別腹編」石川宏千花著 講談社(Ya! entertainment) 2016年10月

林田 希子 はやしだ・きこ
二年前の夏に命をおとしかけた事故をきっかけに心を閉ざし誰とも関わりを持たないように生きている高校一年生の少女 「死神うどんカフェ1号店 1杯目」石川宏千花著 講談社(Ya! entertainment) 2014年5月

林 為一 はやし・ためいち
曾祖父の代から続いた骨董屋の息子、父親と二人暮らしで不登校中の十五歳の少年 「しばしとどめん北斎羽衣」花形みつる著 理論社 2015年6月

林 成美 はやし・なるみ
「瑞法寺剣道クラブ」の六年生、海外赴任中のパパの発言がきっかけで剣道を始めた女の子 「まっしょうめん!」あさだりん作 偕成社(偕成社ノベルフリーク) 2016年12月

林葉 みずき はやしば・みずき
電子探偵団員、葉村市立第二葉村小学校の6年生で小学生マラソン選手 「パスワードとホームズ4世new (改訂版)-風浜電子探偵団事件ノート5」松原秀行作;梶山直美絵 講談社(青い鳥文庫) 2014年2月

林葉 みずき はやしば・みずき
電子探偵団員、葉村市立第二葉村小学校の6年生で小学生マラソン選手 「パスワード謎旅行new (改訂版)-風浜電子探偵団事件ノート4」松原秀行作;梶山直美絵 講談社(青い鳥文庫) 2013年3月

はやし

林葉 みずき　はやしば・みずき
電子探偵団員、葉村市立第二葉村小学校の6年生で小学生マラソン選手 「続パスワード
とホームズ4世new（改訂版）－風浜電子探偵団事件ノート6」 松原秀行作;梶山直美絵 講
談社（青い鳥文庫） 2014年3月

林葉 みずき　はやしば・みずき
風浜ベイテレビの「パズル戦国時代」に出演した「電子探偵団」のひとり 「パスワード パズ
ル戦国時代」 松原秀行作;梶山直美絵 講談社（青い鳥文庫） 2017年12月

林葉 みずき　はやしば・みずき
葉村市に住む小学4年生、マラソンが得意な陸上少女 「パスワードはじめての事件－風浜
電子探偵団エピソード0」 松原秀行作;梶山直美絵 講談社（青い鳥文庫） 2015年12月

林葉 みずき　はやしば・みずき
葉村市立一本木中学1年生、「電子探偵団」のひとりで陸上部員 「パスワード学校の怪談」
松原秀行作;梶山直美絵 講談社（青い鳥文庫） 2017年2月

林葉 みずき　はやし・みずき
葉村市立一本木中学1年生、女子陸上部員 「パスワード渦巻き少女（ガール）（風浜電子探
偵団事件ノート28 中学生編）」 松原秀行作;梶山直美絵 講談社（青い鳥文庫） 2013年9
月

林葉 みずき　はやしば・みずき
葉村市立一本木中学1年生、女子陸上部員 「パスワード東京パズルデート（風浜電子探偵
団事件ノート29 中学生編）」 松原秀行作;梶山直美絵 講談社（青い鳥文庫） 2014年8月

林葉 みずき　はやしば・みずき
葉村市立一本木中学1年生陸上部員、アイドル野原たまみのドラマのエキストラとして孤島
村尾島に行った女の子 「パスワードUMA騒動（風浜電子探偵団事件ノート30 中学生編）」
松原秀行作;梶山直美絵 講談社（青い鳥文庫） 2015年8月

林 麻衣　はやし・まい
つつじ台中学校バスケ部の一年生、部活仲間の男子・小坂のことが好きな女子 「キミと、
いつか。[1] 近すぎて言えない"好き"」 宮下恵茉作;染川ゆかり絵 集英社（集英社みらい
文庫） 2016年3月

林 麻衣　はやし・まい
女子バスケ部の明るく元気でボーイッシュな中学一年生、小5のときから好きだった小坂と
つきあいはじめた少女 「キミと、いつか。[5] すれちがう"こころ"」 宮下恵茉作;染川ゆかり
絵 集英社（集英社みらい文庫） 2017年7月

林 麻衣　はやし・まい
中1の莉緒の同級生で親友、片思いしていた同じバスケ部の小坂くんと両思いになった女
の子 「キミと、いつか。[2] 好きなのに、届かない"気持ち"」 宮下恵茉作;染川ゆかり絵
集英社（集英社みらい文庫） 2016年7月

林 舞子　はやし・まいこ
神奈川県警横浜大黒署の特殊捜査課の紅一点、悪の組織・レッドヴィーナスの罠にかかっ
て子どもになってしまった女性刑事 「コドモ警察」 時海結以著;福田雄一脚本 小学館
（小学館ジュニアシネマ文庫） 2013年3月

林 麗奈（レイナ）　はやし・れいな（れいな）
神奈川県の児童養護施設より南の島に住む林さんの里子になった四年生 「レイナが島に
やってきた!」 長崎夏海作;いちかわなつこ絵 理論社 2017年10月

ハヤテ
河童のユウタと九尾の狐の孫娘・アカネとともに龍川の水源をめざす旅にでた天狗 「河童
のユウタの冒険　上下」 斎藤惇夫作 福音館書店（福音館創作童話シリーズ） 2017年4月

ハヤト
少年野球チームのレギュラーをねらう四年生・ゆうのライバル、強気な四年生 「流れ星☆ぼくらの願いがかなうとき」白矢三恵作;うしろだなぎさ絵 岩崎書店（おはなしガーデン）
2014年9月

葉山 生樹　はやま・いぶき
十七歳の水希の年の離れた兄、国際植物保護機構の主任惑星森林保護区管理官 「歌う樹の星」風野潮作 ポプラ社（Teens' best selections）2015年1月

葉山 さくら　はやま・さくら
よしの町西小学校の六年生、同じクラスの菅野くんの幼なじみの女の子 「みさと×ドロップ レシピ1 チェリーパイ」のまみちこ著;けーしんイラスト 小学館（小学館ジュニア文庫）
2016年7月

葉山 さくら　はやま・さくら
英語が大好きな五年生、父親が五年生の息子のいる人と再婚すると聞かされた女の子 「さくら×ドロップ レシピ1 チーズハンバーグ」のまみちこ著;けーしんイラスト 小学館（小学館ジュニア文庫）2015年9月

葉山 さくら　はやま・さくら
六年生のチエリの親友、父親の再婚相手の息子・潤一君に恋をした女の子 「ちえり×ドロップ レシピ1 マカロニグラタン」のまみちこ著;けーしんイラスト 小学館（小学館ジュニア文庫）2016年2月

葉山 水希　はやま・みずき
宇宙植物について学び博士号を取った植物学者、植物と会話する力をもっているという十七歳の少女 「歌う樹の星」風野潮作 ポプラ社（Teens' best selections）2015年1月

葉山 陽介　はやま・ようすけ
高知県一条市の南小学校六年生、一年前の自転車タイムトライアルレースで二位になった少年 「自転車少年（チャリンコボーイ）」横山充男著;黒須高嶺絵 くもん出版 2015年10月

速水 恭平　はやみ・きょうへい
四年二組、クラスメイトで友だちの健太としりとりの練習をした虫がにがてな男の子 「しりとりボクシング」新井けいこ作;はせがわはっち絵 小峰書店 2017年12月

波楽　はら
小学6年生、とうさんとその再婚相手のかあさんを持ち私立の学校に通う男の子 「十一月のマーブル」戸森しるこ著 講談社 2016年11月

はらぐろわるぞう先生　はらぐろわるぞうせんせい
ニンジャどくろ学校の先生、せいとにいじわるでズルくておそろしいニンジャになるためのワルイことをおしえているニンジャ 「さるとびすすけ 愛とお金とゴキZのまき」みやにしたつや作絵 ほるぷ出版 2017年11月

原田 菜々　はらだ・なな
小学五年生の海斗のクラスメイト、小学校で一番かわいい女の子 「ポケットドラゴンの冒険 学校で神隠し!?」深沢美潮作;田伊りょうき絵 集英社（集英社みらい文庫）2013年4月

はらだ ひろと　はらだ・ひろと
てんこうせいのこうちゃんに学校のことをいっぱいおしえてあげた男の子 「こうちゃんとぼく」くすのきしげのり作;黒須高嶺絵 講談社（どうわがいっぱい）2017年6月

原田 雷太　はらだ・らいた
中学三年生の夏芽がサマーステイする「宝山寺」に預けられた五歳の男の子 「小やぎのかんむり」市川朔久子著 講談社 2016年4月

ぱらら

パララ
もとの天使にもどるためにピピとポウと地上で修行中の悪魔の女の子 「悪魔のピ・ポ・パ」
川北亮司作;かんざきかりん絵 童心社 2014年3月

ハラルド大使(ハル)　はらるどたいし(はる)
ヴィントール王国の大使、ソール王子と仲の良いいとこ 「トリシアは魔法のお医者さん!! 8
カンペキ王子のプロポーズ☆」 南房秀久著;小笠原智史絵 学研教育出版 2014年9月

バリィさん
黄色い体の鳥のような愛媛県のご当地キャラ 「バリキュン!! 史上空前のアイドル計画!?」
土屋理敬著;蜜家ビィ著;陣名まいイラスト 小学館(小学館ジュニア文庫) 2015年2月

ハリネズミ
フンズワ森の真ん中の大きながけの上の森にすんでいるかなりおこりんぼうなハリネズミ
「せなかのともだち」 萩原弓佳作;洞野志保絵 PHP研究所(とっておきのどうわ) 2016年7
月

ハル
ヴィントール王国の大使、ソール王子と仲の良いいとこ 「トリシアは魔法のお医者さん!! 8
カンペキ王子のプロポーズ☆」 南房秀久著;小笠原智史絵 学研教育出版 2014年9月

ハル
虚弱体質な男子・高萩音斗の遠い親戚、「隠れ里」から札幌に来たパフェバー「マジックア
ワー」のイケメン店員 「ばんぱいやのパフェ屋さん [1]「マジックアワー」へようこそ」 佐々
木禎子[著] ポプラ社(teenに贈る文学) 2017年4月

ハル
虚弱体質な男子・高萩音斗の遠い親戚、「隠れ里」から札幌に来たパフェバー「マジックア
ワー」のイケメン店員 「ばんぱいやのパフェ屋さん [2] 真夜中の人魚姫」 佐々木禎子
[著] ポプラ社(teenに贈る文学) 2017年4月

ハル
虚弱体質な男子・高萩音斗の遠い親戚、「隠れ里」から札幌に来たパフェバー「マジックア
ワー」のイケメン店員 「ばんぱいやのパフェ屋さん [3] 禁断の恋」 佐々木禎子[著] ポプラ
社(teenに贈る文学) 2017年4月

ハル
虚弱体質な男子・高萩音斗の遠い親戚、「隠れ里」から札幌に来たパフェバー「マジックア
ワー」のイケメン店員 「ばんぱいやのパフェ屋さん [4] 恋する逃亡者たち」 佐々木禎子
[著] ポプラ社(teenに贈る文学) 2017年4月

ハル
虚弱体質な男子・高萩音斗の遠い親戚、「隠れ里」から札幌に来たパフェバー「マジックア
ワー」のイケメン店員 「ばんぱいやのパフェ屋さん [5] 雪解けのパフェ」 佐々木禎子[著]
ポプラ社(teenに贈る文学) 2017年4月

ハル
高校2年生のユウナが通学電車で見かける憧れの男の子、高校2年生 「通学電車 君と僕
の部屋 みらい文庫版」 みゆ作;朝吹まり絵 集英社(集英社みらい文庫) 2017年4月

ハル
大きな栗の木と小さなお地蔵さんがある家で暮らしていた農家の娘 「100年の木の下で」
杉本りえ著;佐竹美保画 ポプラ社(Teens' best selections) 2017年11月

春内 ゆず　はるうち・ゆず
青星学園中等部の1年生、一瞬でも見たことはぜったいに忘れないというトクベツな力をも
つ女の子 「青星学園★チームEYE-Sの事件ノート」 相川真作;立樹まや絵 集英社(集英
社みらい文庫) 2017年12月

404

ハルオジ
馬が好きだった小学生の弦の伯父、勤めていた乗馬クラブが閉鎖し失業して酒びたりになっているおじさん 「弓を引く少年」 大塚菜生著 国土社 2016年3月

ハルおばあさん
子供の頃に空想の世界で元気いっぱいで何でもできる女の子・キララになっていろんな冒険をしていた気の弱いおばあさん 「紙の王国のキララ」 村井さだゆき作;はぎわらゆい絵 主婦と生活社 2013年4月

ハルカ
夏休みに徳島のおばっちゃんの家に遊びに来た四年生、熱中症で入院したおばあちゃんが食べたがっていた「パットライス」をさがした女の子 「はじけろ!パットライス」 くすのきしげのり作 あかね書房(スプラッシュ・ストーリーズ) 2016年11月

はるか
本屋さんのわきにながれ星のもようのあるじどうはんばいきをみつけた女の子 「かえってきたまほうのじどうはんばいき」 やまだともこ作;いとうみき絵 金の星社 2013年9月

遥 はるか
県立逢魔高校の生徒・明日香のクラスメイト、放課後に1人で先生にレポートを提出しに行った女の子 「カラダ探し 1」 ウェルザード著;woguraイラスト 双葉社(双葉社ジュニア文庫) 2016年11月

遥 はるか
県立逢魔高校の生徒・明日香のクラスメイト、放課後に1人で先生にレポートを提出しに行った女の子 「カラダ探し 2」 ウェルザード著;woguraイラスト 双葉社(双葉社ジュニア文庫) 2017年3月

遥 はるか
県立逢魔高校の生徒・明日香のクラスメイト、放課後に1人で先生にレポートを提出しに行った女の子 「カラダ探し 3」 ウェルザード著;woguraイラスト 双葉社(双葉社ジュニア文庫) 2017年7月

春川 彼方(ハル) はるかわ・かなた(はる)
高校2年生のユウナが通学電車で見かける憧れの男の子、高校2年生 「通学電車 君と僕の部屋 みらい文庫版」 みゆ作;朝吹まり絵 集英社(集英社みらい文庫) 2017年4月

春川 キラリ はるかわ・きらり
双子の兄弟のヒカルとユニットを組むアイドル、転校生のミクと幼なじみでクラスメイト 「通学電車 [2] 何度でも君を好きになる・みらい文庫版」 みゆ作;朝吹まり絵 集英社(集英社みらい文庫) 2017年8月

春川 ヒカル はるかわ・ひかる
双子の兄弟のキラリとユニットを組むアイドル、転校生のミクと幼なじみでクラスメイト 「通学電車 [2] 何度でも君を好きになる・みらい文庫版」 みゆ作;朝吹まり絵 集英社(集英社みらい文庫) 2017年8月

春埼 美空 はるき・みそら
世界を三日間巻き戻すことのできる能力を持つ少女、能力者の街・咲良田で起きる事件を解決する奉仕クラブの一員 「サクラダリセット 上下」 河野裕原作;川人忠明文;椎名優絵 KADOKAWA(角川つばさ文庫) 2017年4月

ハルくん
コンビニで友だちの恭介とアルバイトをしている東高2年生の男の子 「通学電車 [3] ずっとずっと君を好き」 みゆ作;朝吹まり絵 集英社(集英社みらい文庫) 2017年12月

晴子おばさん はるこおばさん
霊感のある女の子・みのりと同居中のおばさん、ほとんど霊感はないけれど売れっ子の霊能者 「霊感少女(ガール) 幽霊さんのおなやみ、解決します!」 緑川聖司作;椋本夏夜絵 KADOKAWA(角川つばさ文庫) 2016年6月

はるさ

バルザ
砂漠の街「デセルシティ」に住む怪しい雰囲気の少年、フーパのお世話係の少女メアリの兄 「ポケモン・ザ・ムービーXY光輪(リング)の超魔神フーパ」 冨岡淳広著;冨岡淳広脚本 小学館(小学館ジュニア文庫) 2015年8月

ハルさん
4年生の友里たちのボランティア活動の場所となった団地の住人、自治会長・ゲンさんの幼なじみのおばあさん 「ときめき団地の夏祭り」 宇佐美牧子作;小栗麗加画 くもん出版 2015年12月

ハルさん
ゆうれいのための塾「ゆうれい塾」にいたおばあさんのゆうれい 「満員御霊! ゆうれい塾 おしえます、立派なゆうれいになる方法」 野泉マヤ作;森川泉絵 ポプラ社(ポプラポケット文庫) 2014年8月

ハルさん
並木通りのあまりお客がこないべんとうや「ほっと亭」の主人、人と話をするのがにがてな青年 「ほっとい亭のフクミちゃん ただいま神さま修行中」 伊藤充子作;高谷まちこ絵 偕成社(偕成社おはなしポケット) 2017年12月

陽世 新　はるせ・あらた
天才料理人のフーコのイトコで同じく料理の天才、レストラングループ「ハルセ」の御曹司で超イケメン 「学園シェフのきらめきレシピ 2 3つの味の魔法のパスタ」 芳野詩子作;hou絵 KADOKAWA(角川つばさ文庫) 2015年12月

陽世 新　はるせ・あらた
天才料理人のフーコをライバル視している転校生、成績優秀でスポーツ万能のイケメン中学生 「学園シェフのきらめきレシピ 1 友情の隠し味ハンバーグ」 芳野詩子作;hou絵 KADOKAWA(角川つばさ文庫) 2015年8月

春田 光真　はるた・こうま
小学五年生、吹奏楽部でパーカッションを担当している男の子 「花里小吹奏楽部キミとボクの幻想曲(ファンタジア)」 夕貴そら作;和泉みお絵 ポプラ社(ポプラポケット文庫) 2017年3月

バルド
あばれんぼうで力がつよいティラノサウルス 「あなたをずっとあいしてる」 宮西たつや作・絵 ポプラ社(宮西たつやのたのしいおはなし) 2015年5月

バルトロ・コッラディーニ
サッカーのアラブ首長国連邦代表選手、同じ代表選手であるアンジェロの兄 「代表監督は11歳!! 4 激突!!W杯アジア最終予選!の巻」 秋口ぎぐる作;八田祥治;ブロッコリー子絵 集英社(集英社みらい文庫) 2013年5月

ハルノ
神奈川県立横須賀文翔高校の文芸部二年生、女子部員三人の共作で小説誌の新人賞に応募することになった女の子 「小説の書きかた」 須藤靖貴著 講談社 2015年9月

春野 かすみ　はるの・かすみ
桜ヶ丘スケートクラブでフィギュアスケートを練習している内気な小学六年生 「氷の上のプリンセス オーロラ姫と村娘ジゼル」 風野潮作;Nardack絵 講談社(青い鳥文庫) 2014年7月

春野 かすみ　はるの・かすみ
桜ヶ丘スケートクラブに所属している小学6年生、5年生の冬に父親を事故で亡くしている少女 「氷の上のプリンセス はじめての国際大会」 風野潮作;Nardack絵 講談社(青い鳥文庫) 2015年10月

はるの

春野 かすみ　はるの・かすみ
桜ヶ丘スケートクラブに所属している中学1年生、5年生の冬に父親を事故で亡くしている少女 「氷の上のプリンセス エアメールの約束」 風野潮作;Nardack絵 講談社(青い鳥文庫) 2016年9月

春野 かすみ　はるの・かすみ
桜ヶ丘スケートクラブに所属している中学1年生、5年生の冬に父親を事故で亡くしている少女 「氷の上のプリンセス 夢への強化合宿」 風野潮作;Nardack絵 講談社(青い鳥文庫) 2016年2月

春野 かすみ　はるの・かすみ
桜ヶ丘スケートクラブの一員でノービスA全国大会代表に選ばれた小学六年生、内気な女の子 「氷の上のプリンセス カルメンとシェヘラザード」 風野潮作;Nardack絵 講談社(青い鳥文庫) 2014年11月

春野 かすみ　はるの・かすみ
桜ヶ丘スケートクラブの一員で全日本ジュニア選手権代表の小学六年生、内気な女の子 「氷の上のプリンセス こわれたペンダント」 風野潮作;Nardack絵 講談社(青い鳥文庫) 2015年2月

春野 かすみ　はるの・かすみ
桜ヶ丘スケートクラブの一員で全日本ジュニア選手権代表の小学六年生、内気な女の子 「氷の上のプリンセス 波乱の全日本ジュニア」 風野潮作;Nardack絵 講談社(青い鳥文庫) 2015年5月

春野 かすみ　はるの・かすみ
桜ヶ丘スケートクラブ所属で桜ヶ丘中学校の一年生、パパを交通事故で亡くした少女 「氷の上のプリンセス ジュニア編1」 風野潮作;Nardack絵 講談社(青い鳥文庫) 2017年12月

春野 かすみ　はるの・かすみ
父親を亡くしたためスケートは続けないと決めていたが「桜ケ丘スケートクラブ」の奨学生として練習を再開した六年生の少女 「氷の上のプリンセス ジゼルがくれた魔法の力」 風野潮作;Nardack絵 講談社(青い鳥文庫) 2014年3月

春野 かすみ　はるの・かすみ
父親を亡くしたためスケートは続けないと決めていたが「桜ケ丘スケートクラブ」の奨学生として練習を再開した六年生の少女 「氷の上のプリンセス シンデレラの願い」 風野潮作;Nardack絵 講談社(青い鳥文庫) 2017年2月

春野 かすみ　はるの・かすみ
父親を亡くしたためスケートは続けないと決めていたが「桜ケ丘スケートクラブ」の奨学生として練習を再開した六年生の少女 「氷の上のプリンセス 自分を信じて！」 風野潮作;Nardack絵 講談社(青い鳥文庫) 2017年9月

春野 琴理　はるの・ことり
ドイツから花の湯温泉に引っ越してきた超マイペースな小学5年生、同級生の鞠香と温泉アイドルを目指す女の子 「温泉アイドルは小学生! 2 暴走ママを止めて!」 令丈ヒロ子作;亜沙美絵 講談社(青い鳥文庫) 2016年3月

春野 琴理　はるの・ことり
ドイツから花の湯温泉に引っ越してきた超マイペースな小学5年生、同級生の鞠香と温泉アイドルを目指す女の子 「温泉アイドルは小学生! 3 いきなり!コンサー!?」 令丈ヒロ子作;亜沙美絵 講談社(青い鳥文庫) 2016年6月

春野 琴理　はるの・ことり
ドイツから親戚で温泉旅館「春の屋」の若おかみ・おっこがいる花の湯温泉に引っ越してきた小学5年生の超マイペースな女の子 「温泉アイドルは小学生! 1 コンビ結成!?」 令丈ヒロ子作;亜沙美絵 講談社(青い鳥文庫) 2015年11月

はるの

春野 琴理　はるの・ことり
小学五年生、同級生の鞠香とユニット「コトマリ」を組んでアイドルを目指している女の子
「アイドル・ことまり！２－試練のオーディション！」令丈ヒロ子作;亜沙美絵　講談社（青い鳥
文庫）2017年8月

春野 琴理（ことり）　はるの・ことり（ことり）
鞠香と二人でアイドルを目指す小学5年生、温泉旅館「春の屋」の若おかみ・おっこの親戚
「アイドル・ことまり！１－コイがつれてきた恋!?」令丈ヒロ子作;亜沙美絵　講談社（青い鳥
文庫）2017年4月

春野 さくら　はるの・さくら
もうすぐ転校してしまうクラスメイトの蛍と幼なじみの小学6年生の女の子　「さいごの夏、きみ
がいた。初恋のシーズン」西本紘奈作;ダンミル絵　KADOKAWA（角川つばさ文庫）
2017年8月

春野 せいら　はるの・せいら
ドイツから花の湯温泉に引っ越してきたことりのママ、有名なファッションメーカーのニュー
ヨーク支店で単身赴任で働く女性　「温泉アイドルは小学生！２ 暴走ママを止めて!」令丈ヒ
ロ子作;亜沙美絵　講談社（青い鳥文庫）2016年3月

春野 真菜　はるの・まな
西波小学校六年生、「京川探偵事務所」の手伝いをしながら行方不明になった愛犬をさが
している少女　「少女探偵 月原美音」横山佳作;スカイエマ絵　BL出版　2014年12月

春野 美咲　はるの・みさき
札幌にある高校の寮で生活する二年生、クラスメイトである雅人の恋人　「王様ゲーム 再生
9.19①」金沢伸明著;千葉イラスト　双葉社（双葉社ジュニア文庫）2017年11月

春野 未来　はるの・みらい
五年生の途中から不登校でフリースクールに通うことにした天空橋小学校六年の女の子
「あたしたちのサバイバル教室」高橋桐矢作;283絵　ポプラ社（ポプラポケット文庫）2014
年8月

春野 萌美　はるの・もえみ
入院した担任の先生の代わりに三年一組にやってきた春に大学を卒業したばかりの若い
女の先生　「三年一組、春野先生！ 三週間だけのミラクルティーチャー」くすのきしげのり
作;下平けーすけ絵　講談社　2016年6月

ハル博士　はるはかせ
大学で生物学をおしえる非常勤講師、奇妙な力を持った少年・シブガキくんのいとこ　「超
常現象Qの時間 1 謎のスカイパンプキンを追え!」九段まもる作;みもり絵　ポプラ社（ポプラ
ポケット文庫）2014年7月

春日　はるひ
美濃から紫香楽に来た郷長の息子・安人の身のまわりの世話をしている少女　「駅鈴(はゆ
まのすず)」久保田香里作　くもん出版　2016年7月

晴海 和也　はるみ・かずや
父親が実家の「晴海屋紙店」をつぐことになり仙台の学校に転校した小四の男の子　「七夕
の月」佐々木ひとみ作;小泉るみ子絵　ポプラ社（ポプラ物語館）2014年6月

春山　はるやま
人見知りがはげしい夏野のクラスメイト、おせっかいで社交的な中学二年生の少年　「赤い
ペン」澤井美穂作;中島梨絵絵　フレーベル館（フレーベル館文学の森）2015年2月

春山 ましろ　はるやま・ましろ
5年生の夏木アンナと同じ3班のメンバー、勉強ぎらいで考えかたもゆるい女子　「11歳の
バースデー［2］わたしの空色プール」井上林子作;イシヤマアズサ絵　くもん出版（くもん
の児童文学）2016年10月

春山 ましろ　はるやま・ましろ
クラスメイトの伊地知にいじめられている・四季を助ける5年生女子　「11歳のバースデー［3］おれのバトル・デイズ」井上林子作;イシヤマアズサ絵　くもん出版（くもんの児童文学）2016年11月

春山 ましろ　はるやま・ましろ
明日から6年生になる女の子、1年生のときから同じクラスの和也くんをいつも助けている子　「11歳のバースデー［5］ぼくたちのみらい」井上林子作;イシヤマアズサ絵　くもん出版（くもんの児童文学）2017年2月

バレンタインの花子さん　ばれんたいんのはなこさん
バレンタインデーが近づくと朝日小学校に現れる赤いコートを着ておかっぱ頭の女の子の魂　「トキメキ❤図書館 PART14 みんなだれかに恋してる」服部千春作;ほおのきソラ絵　講談社（青い鳥文庫）2017年6月

パロ
東日本大震災で北海道へ避難した少女ユリカが福島にのこしてきた飼い犬、小型犬のホワイト・テリア　「赤い首輪のパロ フクシマにのこして」加藤多一作　汐文社　2014年6月

バロック長官　ばろっくちょうかん
美術品の中でおきる事件を解決する「美術警察」の長官、絵の中に閉じこめられたロマンの父親　「らくがき☆ポリス1 美術の警察官、はじめました。」まひる作;立樹まや絵　KADOKAWA（角川つばさ文庫）2016年10月

バロン
ふしぎな力をもったオオカミのパペット、パペット探偵団の一員　「パペット探偵団事件ファイル4 パペット探偵団となぞの新団員」如月かずさ作;柴本翔絵　偕成社　2017年4月

半守　はんす
忍びの一族・橘北家のかい犬、忍犬　「春待つ夜の雪舞台－くのいち小桜忍法帖4」斉藤洋作;大矢正和絵　あすなろ書房　2017年2月

ぱんちゃん
五年生のトコちゃんが暮らす祖父母の家のはなれに住むことになった自閉症の青年　「あの花火は消えない」森島いずみ作;丹地陽子絵　偕成社　2015年10月

パンツちゃん
「え」の中にいるパンツをはいたおんなのこ、ちいさなおんなのこのさあちゃんのともだち　「だいすきのみかたパンツちゃん」薫くみこ作;つちだのぶこ絵　ポプラ社（本はともだち）2015年3月

パンツちゃん
ひっこししたばかりのさあちゃんがまいにちみてる「え」の中にいるパンツをはいたおんなのこ　「げんきのみかたパンツちゃん」薫くみこ作;つちだのぶこ絵　ポプラ社（本はともだち）2014年9月

坂東 乙松　ばんどう・おとまつ
湯島の宮地芝居の役者　「お江戸の百太郎［6］乙松、宙に舞う」那須正幹作;小松良佳絵　ポプラ社（ポプラポケット文庫）2016年10月

ばんとうさん
なぞの手紙を小学生のひかるにおくった「きもちぎんこう」のばんとうさん　「ひみつのきもちぎんこう かぞくつうちょうできました」ふじもとみさと作;田中六大絵　金の星社　2017年11月

坂東 花緒　ばんどう・はなお
お嬢様中学校「華桜女学園」の二年生、歌舞伎の名門坂東家の御曹司・花三郎の仮の姿　「学校にはナイショ♂逆転美少女・花緒［2］パーティーの主役!?」吉田純子作;pun2画　ポプラ社（学校にはナイショ♂シリーズ 2）2014年4月

ばんど

坂東 花緒　ばんどう・はなお
お嬢様中学校「華桜女学園」の二年生、歌舞伎の名門坂東家の御曹司・花三郎の仮の姿
「学校にはナイショ♂逆転美少女・花緒 [5] ピンチはチャンス!?」 吉田純子作;中村ユキチ画 ポプラ社(ポプラカラフル文庫) 2013年5月

坂東 花緒　ばんどう・はなお
中学一年の美少女、実は女形修行のため男であることを隠している花三郎 「学校にはナイショ♂逆転美少女・花緒 [1] ミラクル転校生!?」 吉田純子作;pun2画 ポプラ社(学校にはナイショ♂シリーズ 1) 2014年4月

坂東 花緒　ばんどう・はなお
中学一年の美少女、実は女形修行のため男であることを隠している花三郎 「学校にはナイショ♂逆転美少女・花緒 [3] 花三郎に胸キュン!?」 吉田純子作;pun2画 ポプラ社(学校にはナイショ♂シリーズ 3) 2014年4月

坂東 花緒　ばんどう・はなお
中学一年の美少女、実は女形修行のため男であることを隠している花三郎 「学校にはナイショ♂逆転美少女・花緒 [4] プリンセスをプロデュース!?」 吉田純子作;pun2画 ポプラ社(学校にはナイショ♂シリーズ 4) 2014年4月

坂東 花三郎　ばんどう・はなさぶろう
歌舞伎の名門坂東家の御曹司、女形修行のため「花緒」として女子校に通う中学一年生「学校にはナイショ♂逆転美少女・花緒 [1] ミラクル転校生!?」 吉田純子作;pun2画 ポプラ社(学校にはナイショ♂シリーズ 1) 2014年4月

坂東 花三郎　ばんどう・はなさぶろう
歌舞伎の名門坂東家の御曹司、女形修行のため「花緒」として女子校に通う中学一年生「学校にはナイショ♂逆転美少女・花緒 [3] 花三郎に胸キュン!?」 吉田純子作;pun2画 ポプラ社(学校にはナイショ♂シリーズ 3) 2014年4月

坂東 花三郎　ばんどう・はなさぶろう
歌舞伎の名門坂東家の御曹司、女形修行のため「花緒」として女子校に通う中学一年生「学校にはナイショ♂逆転美少女・花緒 [4] プリンセスをプロデュース!?」 吉田純子作;pun2画 ポプラ社(学校にはナイショ♂シリーズ 4) 2014年4月

犯人　はんにん
辺境の星々をあらし回っている一味で捜査官助手のハッチーたちが宇宙船で追跡していた犯人 「宇宙犬ハッチー 銀河から来た友だち」 かわせひろし作;杉田比呂美画 岩崎書店 2013年3月

伴内侍　ばんのないし
内裏にある温明殿の女官、弟・伴仲舒の邸から放り出された少年・音羽を引き取った老女「えんの松原」 伊藤遊作;太田大八画 福音館書店(福音館文庫) 2014年1月

パンばあ
フライ王国のフライ姫を育て今は姫に死んだと思われているおばあさん 「フライ姫、どこにもない島へ」 名木田恵子作;かわかみたかこ絵 講談社(ことり文庫) 2014年9月

バンビ
自称魔法少女の転校生、魔女の力が覚醒したリセと魔女修行に励む女の子 「魔女じゃないもん! 3 リセ&バンビ、危機一髪!!」 宮下恵茉作;和錆絵 集英社(集英社みらい文庫) 2013年1月

バンビ
自称魔法少女の転校生、魔女の力が覚醒したリセと魔女修行に励む女の子 「魔女じゃないもん! 4 消えたミュウミュウを探せ!」 宮下恵茉作;和錆絵 集英社(集英社みらい文庫) 2013年5月

ひいら

ハンプティ・ダンプティ
鏡の向こうにある不思議な鏡の国の仕立屋、タマゴに細い手足がついたような人物 「華麗なる探偵アリス&ペンギン[3] ミラー・ラビリンス」 南房秀久著;あるやイラスト 小学館(小学館ジュニア文庫) 2015年3月

ハンブリー
「ペンギン探偵社」ロンドン支社トップの探偵・シャーリーに仕えるキングペンギンの執事 「華麗なる探偵アリス&ペンギン[8] アリスvs.ホームズ!」 南房秀久著;あるやイラスト 小学館(小学館ジュニア文庫) 2016年12月

ハンマー
黄色のカービィ、大きな鉄ついから強力な攻撃をくりだす重戦士 「星のカービィ 結成!カービィハンターズZの巻」 高瀬美恵作;苅野タウ絵;ぽと絵 KADOKAWA(角川つばさ文庫) 2017年8月

【ひ】

ピアノちゃん
マリーランドの「うさぎのいる丘」に住むメロディの友だち 「マイメロディ マリーランドの不思議な旅」 はせがわみやび作;ぴよな絵 KADOKAWA(角川つばさ文庫) 2014年3月

ヴィアンカ
イジワルがだ〜い好きな魔法使いたちの国・マジキャピタルの魔女、赤い瞳の十四歳 「あたしたち、魔ぬけ魔女!? 魔ホーツカイのひみつの授業」 紺野りり作;あるや絵 集英社(集英社みらい文庫) 2014年7月

ひいおじいちゃん(おとうさん)
12歳の花の夢の中に出てきた第二次世界大戦中のひいおじいちゃん、静江おばあちゃんのおとうさん 「花あかりともして」 服部千春作;紅木春絵 出版ワークス 2017年7月

ひいおじいちゃん(重原 次兵衛) ひいおじいちゃん(しげはら・じへえ)
ひ孫のナナのスマホに現れてあれこれと指令を出す死んだひいおじいちゃん 「ぐらん×ぐらんぱ!スマホジャック[1]」 丘紫真璃著;うっけイラスト 小学館(小学館ジュニア文庫) 2017年2月

ひいおじいちゃん(重原 次兵衛) ひいおじいちゃん(しげはら・じへえ)
ひ孫のナナのスマホに現れてあれこれと指令を出す死んだひいおじいちゃん 「ぐらん×ぐらんぱ!スマホジャック[2]」 丘紫真璃著;うっけイラスト 小学館(小学館ジュニア文庫) 2017年7月

ひいじい(高橋 重吉) ひいじい(たかはし・じゅうきち)
江戸っ子の小学三年生・しげぞうといっしょにくらしているひいおじいさん 「江戸っ子しげぞう あたらしい友だちができたんでい!の巻(江戸っ子しげぞうシリーズ2)」 本田久作作;杉崎貴史絵 ポプラ社 2017年4月

柊 旬(チワ旬) ひいらぎ・しゅん(ちわしゅん)
おしゃれが大好きな女の子紡の幼なじみでロゲンカ相手、実はモテ男子 「全力おしゃれ少女☆ツムギ part1 金星のドレスはだれが着る?」 はのまきみ作;森倉円絵 集英社(集英社みらい文庫) 2013年8月

柊 旬(チワ旬) ひいらぎ・しゅん(ちわしゅん)
おしゃれが大好きな紡の幼なじみでロゲンカ相手、実はモテ男子の小学5年生 「全力おしゃれ少女☆ツムギ part2 めざせ!モデルとデザイナー」 はのまきみ作;森倉円絵 集英社(集英社みらい文庫) 2014年2月

柊 たく ひいらぎ・たく
深羽野小学校五年生のひなの同級生、クールで毒舌家の男の子 「片恋パズル」 吉川英梨作;うみこ絵 集英社(集英社みらい文庫) 2015年6月

411

ひいら

柊 リョウ　ひいらぎ・りょう
私立桂木学園中等部の二年生、問題児のたまり場「ウラカフェ」のリーダー　「裏庭にはニワ会長がいる!! 1－問題児カフェに潜入せよ!」こぐれ京作;十峯なるせ絵　角川書店(角川つばさ文庫) 2013年9月

柊 リョウ　ひいらぎ・りょう
私立桂木学園中等部の二年生、問題児のたまり場「ウラカフェ」のリーダー　「裏庭にはニワ会長がいる!! 2－恋するメガネを確保せよ!」こぐれ京作;十峯なるせ絵　KADOKAWA(角川つばさ文庫) 2014年2月

柊 リョウ　ひいらぎ・りょう
私立桂木学園中等部の二年生、問題児のたまり場「ウラカフェ」のリーダー　「裏庭にはニワ会長がいる!! 3－名物メニューを考案せよ!」こぐれ京作;十峯なるせ絵　KADOKAWA(角川つばさ文庫) 2014年8月

柊 リョウ　ひいらぎ・りょう
私立桂木学園中等部の二年生、問題児のたまり場「ウラカフェ」のリーダー　「裏庭にはニワ会長がいる!! 4－生徒会長の正体をあばけ!」こぐれ京作;十峯なるせ絵　KADOKAWA(角川つばさ文庫) 2015年3月

柊 留美子　ひいらぎ・るみこ
県立逢魔高校の生徒、誰もいない夜の学校で"友人"明日香のバラバラになった「カラダ」を探すことになった女の子　「カラダ探し 第2夜 1」ウェルザード著;woguraイラスト　双葉社(双葉社ジュニア文庫) 2017年11月

日色 拓　ひいろ・たく
六年一組の生徒、面倒なことやトラブルをさけて生きてきた男の子　「チキン!」いとうみく作;こがしわかおり絵　文研出版(文研じゅべにーる) 2016年11月

緋色 ユキ　ひいろ・ゆき
ごく普通の小学5年生、手料理の才能がありネコのホームズに「食事係」に任命された女の子　「名探偵!? ニャンロック・ホームズ 5年2組まるごと大誘拐!?の巻」仲野ワタリ著;星樹絵;神楽坂淳原案　集英社(集英社みらい文庫) 2014年5月

緋色 ユキ　ひいろ・ゆき
バラが丘小学校五年生、公園で弱っていたネコのニャンロック・ホームズを助けた女の子　「名探偵ニャンロック・ホームズ 猫探偵あらわるの巻」仲野ワタリ著;星樹絵;神楽坂淳原案　集英社(集英社みらい文庫) 2013年7月

稗田 八方斎　ひえた・はっぽうさい
ドクタケ城忍者隊の首領　「忍たま乱太郎 夏休み宿題大作戦!の段」尼子騒兵衛原作;望月千賀子文　ポプラ社(ポプラ社の新・小さな童話) 2013年7月

稗田 八方斎　ひえた・はっぽうさい
ドクタケ忍者隊の首領　「忍たま乱太郎 豆をうつすならいの段」尼子騒兵衛原作;望月千賀子文;亜細亜堂絵　ポプラ社(ポプラ社の新・小さな童話) 2013年9月

稗田 八方斎(八方子さん)　ひえた・はっぽうさい(はぽこさん)
ドクタケ忍者隊の首領、八方子さんは女装した八方斎　「忍たま乱太郎 にんじゅつ学園となぞの女の段」尼子騒兵衛原作;望月千賀子文;亜細亜堂絵　ポプラ社(ポプラ社の新・小さな童話) 2014年1月

ピエール
巨大なグッバイ山のむこうにある"なにか"を確かめるためにトンネルをほることにしたサル　「グッバイ山でこんにちは」間部香代作;山口マオ絵　文研出版(文研じゅべにーる) 2014年12月

ピエロ
大きなのぼりを立てた車でかんづめを売っていたくるくるパーマのピエロ　「ねこのかんづめ」北ふうこ作　学研教育出版(キッズ文学館) 2013年7月

ひがし

ピエロ男　ぴえろおとこ
女性ばかりを狙った通り魔　「わたしがボディガード!?事件ファイル ピエロは赤い髪がお好き」 福田隆浩作;えいひ絵　講談社(青い鳥文庫) 2013年2月

ピエロ・ダントツ
ゴッド・Dに誘われて小学四年の娘・うららちゃんとおやこピエロで「大道芸ワールド・カップ」に出ることにしたお父さん　「大道芸ワールドカップ ねらわれたチャンピオン」 大原興三郎作;こぐれけんじろう絵　静岡新聞社 2013年10月

日岡 蒼　ひおか・あおい
時の流れを守るポッピン族の守り巫女、ポッピン族のルチアを同位体とする中学三年生「ポッピンQ」 東堂いづみ原作;秋津柾水著　小学館(小学館ジュニア文庫) 2016年12月

ビーカー
小学生のヒョウくんのともだちで彩のボーイフレンド、サッカー少年　「放課後ファンタスマ! レディー・パープルの秘密」 桜木日向作;暁かおり絵　講談社(青い鳥文庫) 2015年6月

ビーカー(馬場 かつみ)　びーかー(ばば・かつみ)
小学生のヒョウくんの親友で彩のボーイフレンド、少年相撲教室にかよいだした男の子　「放課後ファンタスマ! ささやく黒髪人形」 桜木日向作;あおいみつ絵　講談社(青い鳥文庫) 2015年11月

火影 樹　ひかげ・たつき
進学塾「秀明ゼミナール」の天才を育成するgenieプロジェクトのメンバー、運動神経と頭脳をあわせ持つ六年生の少年　「クリスマスケーキは知っている(探偵チームKZ事件ノート)」 藤本ひとみ原作;住滝良文;清瀬赤目絵　講談社(青い鳥文庫) 2014年11月

火影 樹　ひかげ・たつき
天才を育成するgenieプロジェクトのメンバーと一緒に犯罪消滅特殊部隊を結成した運動神経と頭脳をあわせ持つ六年生の少年　「星形クッキーは知っている(探偵チームKZ事件ノート)」 藤本ひとみ原作;住滝良文;清瀬赤目絵　講談社(青い鳥文庫) 2015年5月

火影 樹　ひかげ・たつき
天才を育成するgenieプロジェクトのメンバーと犯罪消滅特殊部隊を結成した六年生の少年　「5月ドーナツは知っている(探偵チームKZ事件ノート)」 藤本ひとみ原作;住滝良文;清瀬赤目絵　講談社(青い鳥文庫) 2016年5月

東方 仗助　ひがしかた・じょうすけ
海沿いの町・杜王町に住む高校二年生、壊れたものをなおすことができる特殊能力の持ち主　「ジョジョの奇妙な冒険」 荒木飛呂彦原作;江良至脚本　集英社(集英社みらい文庫) 2017年7月

東 灯子　ひがし・とうこ
都会から辰島にある分校に転校してきた少女、中二の竜太の同級生　「明日は海からやってくる」 杉本りえ作;スカイエマ絵　ポプラ社(ノベルズ・エクスプレス) 2014年4月

東原 秋菜　ひがしばら・あきな
銀杏が丘第一小学校五年一組の夢羽や元たちがやってきたスケート場で出会った双子の妹　「IQ探偵ムー スケートリンクは知っていた(IQ探偵シリーズ)」 深沢美潮作;山田J太画　ポプラ社 2013年4月

東原 春菜　ひがしばら・はるな
銀杏が丘第一小学校五年一組の夢羽や元たちがやってきたスケート場で出会った双子の姉　「IQ探偵ムー スケートリンクは知っていた(IQ探偵シリーズ)」 深沢美潮作;山田J太画　ポプラ社 2013年4月

東村 京太郎　ひがしむら・きょうたろう
子どものぞみと鉄平を連れて金刀比羅宮へ取材旅行に行ったパパ、実は有名な鉄道小説家　「のぞみ、出発進行!! サンライズ瀬戸パパ失踪事件と謎の暗号」 やすこーん作・絵　小学館(小学館ジュニア文庫) 2016年8月

ぴかち

ぴかちゃん
小学生のメグちゃんの電車におきわすれられた黄色のカサ 「わすれんぼっち」 橋口さゆ希作;つじむらあゆこ絵 PHP研究所(とっておきのどうわ) 2017年9月

ピカチュウ
ポケモンマスターを目指して旅する少年サトシのいちばんのパートナーのポケモン 「ポケモン・ザ・ムービーXY光輪(リング)の超魔神フーパ」 冨岡淳広著;冨岡淳広脚本 小学館(小学館ジュニア文庫) 2015年8月

ピカチュウ
ポケモンマスターを目指して旅する少年サトシのいちばんのパートナーのポケモン 「ポケモン・ザ・ムービーXY破壊の繭とディアンシー」 園田英樹著;園田英樹脚本 小学館(小学館ジュニア文庫) 2014年8月

ピカチュウ
ポケモンマスターを目指して旅する少年サトシのいちばんのパートナーのポケモン 「劇場版ポケットモンスターベストウイッシュ神速のゲノセクトミュウツー覚醒」 園田英樹著;園田英樹脚本 小学館(小学館ジュニア文庫) 2013年8月

ピカチュウ
別名電気ネズミと呼ばれているポケットモンスター、ポケモンマスターを目指しているサトシのパートナー 「ポケモン・ザ・ムービーXY&Zボルケニオンと機巧(からくり)のマギアナ」 水稀しま著;冨岡淳広脚本 小学館(小学館ジュニア文庫) 2016年9月

ピカチュウ
別名電気ネズミと呼ばれているポケットモンスター、ポケモンマスターを目指しているサトシのパートナー 「劇場版ポケットモンスターキミにきめた!」 水稀しま著;米村正二脚本 小学館(小学館ジュニア文庫) 2017年7月

ヒカルさん
小学三年生のツン子ちゃんがまよいこんだおとぎの国のカフェで働いているやさしいおにいさん 「ツン子ちゃん、おとぎの国へ行く」 松本祐子作;佐竹美保絵 小峰書店(おはなしメリーゴーラウンド) 2013年11月

ピクシー
国立魔法大学付属第一高校が所有するホームヘルパーロボット 「魔法科高校の劣等生10 来訪者編 中」 佐島勤著 KADOKAWA(電撃文庫) 2013年6月

ピクシー
国立魔法大学付属第一高校が所有するホームヘルパーロボット 「魔法科高校の劣等生11 来訪者編 下」 佐島勤著 KADOKAWA(電撃文庫) 2013年8月

樋口さん　ひぐちさん
「黒髪の乙女」が出会った浴衣を着た男性、自称「天狗」「夜は短し歩けよ乙女」 森見登美彦作;ぶーた絵 KADOKAWA(角川つばさ文庫) 2017年4月

ピクルス
元気なこぶたの男の子 「こぶたのピクルス」 小風さち文;夏目ちさ絵 福音館書店(福音館創作童話シリーズ) 2015年2月

ピクルス
元気なこぶたの男の子、ふたごのムギとコムギのお兄さん 「ピクルスとふたごのいもうと」 小風さち文;夏目ちさ絵 福音館書店(福音館創作童話シリーズ) 2016年9月

ピグレットツム
くしゃみで増えてはりきるとビッグツムになる小さなツムたちのひとり 「ディズニーツムツムの大冒険」 橋口いくよ著;ウォルト・ディズニー・ジャパン株式会社監修 小学館(小学館ジュニア文庫) 2017年7月

ぴた

飛行士　ひこうし
九歳の女の子のとなりの家に住む風変わりなおじいさん、砂漠で星の王子さまに出会った
元飛行士 「リトルプリンス」 五十嵐佳子著 集英社(集英社みらい文庫) 2015年10月

ヒコナ
出雲に征服された稲羽の王族の生き残り、出雲の王子・ナムジを襲った少年 「根の国物
語」 久保田香里作;小林葉子絵 文研出版(文研じゅべにーる) 2015年11月

土方 マホ　ひじかた・まほ
文字の読み書きが困難な学習障害「ディスレクシア」の六年生の少女 「丸天井の下の
「ワーオ!」」 今井恭子作;小倉マユコ画 くもん出版(くもんの児童文学) 2015年7月

菱田 木綿子　ひしだ・ゆうこ
静岡県に住んでいる小学生、普通の成績の少女 「金色の流れの中で」 中村真里子作;
今日マチ子画 新日本出版社(文学のピースウォーク) 2016年6月

毘沙門さん　びしゃもんさん
年に一度の慰安旅行で大阪にでかけた七福神の一人、勝負ごとや戦の神様 「七福神の
大阪ツアー」 くまざわあかね作;あおきひろえ絵 ひさかたチャイルド 2017年4月

ビショー
小学六年生のユメと同じクラスの大親友、セレブな雰囲気をただよわせた美少女 「おねが
い・恋神さま1 運命の人はだれ!?」 次良丸忍作;うっけ画 金の星社(フォア文庫) 2014年5
月

ピース
平和通り商店街の「ひまわり弁当」のむすこ・銀ちゃんのかいねこ、「ねこたま探偵団」のメン
バー 「ねこ探! 1 ねこもしゃべれば事件にあたるの巻」 村上しいこ作;かつらこ絵 ポプラ社
(ポプラ物語館) 2014年12月

ピース
平和通り商店街の「ひまわり弁当」のむすこ・銀ちゃんのかいねこ、「ねこたま探偵団」のメン
バー 「ねこ探! 2 地獄のさたもねこ次第の巻」 村上しいこ作;かつらこ絵 ポプラ社(ポプラ
物語館) 2016年2月

ヒスイ
合宿の夜に5年生の千世の前に現れ東方魔界から来た「魔王の娘」だと名乗った女の子
「こちら魔王110番!」 五嶋りっか著;吉野花イラスト 小学館(小学館ジュニア文庫) 2016年
8月

氷月 イカル　ひづき・いかる
矢折中学1年生の森野しおりのクラスにきたイケメンボイスの謎の転校生 「ドラキュラの町
で、二人は」 名木田恵子作;山田デイジー絵 講談社(青い鳥文庫) 2017年2月

ピースケ
きらきら光るものが大すきなちょっとかわったトンビ 「ちびおにビッキ」 砂山恵美子作・絵
こぐま社(こぐまのどんどんぶんこ) 2017年3月

ビター
ミュンスター魔法学校に編入してきたカリンのクラスメートでクールな男の子 「とんがりボウ
シと魔法の町 ドキドキの学園生活☆」 高瀬美恵作;嶋津蓮絵 KADOKAWA(角川つばさ
文庫) 2013年10月

ピーター
アンダーランドからやってきたウサギの霊「コニー・プーカ」、悪霊にあやつられている白うさ
ぎ・ベンの友達 「ミカルは霊魔女! 2 ウサギ魔女と消えたアリスたち」 ハガユイ作;namo絵
KADOKAWA(角川つばさ文庫) 2015年3月

415

ぴた

ピー太　ぴーた
銀杏が丘第一小学校五年一組で飼っているウサギ　「IQ探偵ムー ピー太は何も話さない」深沢美潮作;山田J太画　ポプラ社(ポプラカラフル文庫)　2016年3月

日高 ケイコ　ひだか・けいこ
ブサ犬・クーキーの飼い主、外資系のキャリア・ウーマン　「ブサ犬クーキーは幸運のお守り?」今井恭子作;岡本順絵　文溪堂　2014年7月

日高 南都　ひだか・なつ
埼玉県立美園女子高校の強豪ボート部の2年生、氷川高校ボート部の男子が気になっている少女　「レガッタ! 2 風をおこす」濱野京子著;一瀬ルカ画　講談社(Ya! entertainment)　2013年3月

日高 南都　ひだか・なつ
埼玉県立美園女子高校の強豪ボート部の漕手、インターハイ出場を目指す3年生　「レガッタ! 3 光をのぞむ」濱野京子著;一瀬ルカ画　講談社(Ya! entertainment)　2013年8月

ピーターパン
中1の女の子・まつりのクラスの人気者、ピーターパンにあこがれてた男の子　「ひみつの図書館!『ピーターパン』がいっぱい!?」神代明作;おのともえ絵　集英社(集英社みらい文庫)　2014年11月

ピーチ姉ちゃん　ぴーちねえちゃん
宗方三姉妹の次女、刑事志望の高校三年生　「怪盗は8日にあらわれる。―アルセーヌ探偵クラブ」松原秀行作;菅野マナミ絵　KADOKAWA(角川つばさ文庫)　2014年3月

ぴーちゃん
仙台の老舗「晴海屋紙店」の店主だった人、四年生の和也のひいおばあちゃん　「七夕の月」佐々木ひとみ作;小泉るみ子絵　ポプラ社(ポプラ物語館)　2014年6月

ビッキ
はやく学校に入学できるように毎日自分をきたえているおにの子　「ちびおにビッキ」砂山恵美子作・絵　こぐま社(こぐまのどんどんぶんこ)　2017年3月

ビックリ園長　びっくりえんちょう
人気が今ひとつのドッキリ動物園の園長　「クットくんの大ぼうけん」工藤豪紘作・絵　国土社　2013年12月

ヒツジ
フンズワ森の真ん中の大きながけの下の森にすんでいるいじのわるいヒツジ　「せなかのともだち」萩原弓佳作;洞野志保絵　PHP研究所(とっておきのどうわ)　2016年7月

ピッチ
りすの女の子、シナモン村のようふくなおしの店にきたおきゃくさん　「ようふくなおしのモモーヌ」片山令子作;さとうあや絵　のら書店　2015年2月

ビット
北の国・バインガルドのリーダーのむすこ、友だちのベビーたちをむかえたほねのバイキング　「ほねほねザウルス 13 ティラノ・ベビーとミラクルツリー」カバヤ食品株式会社原案・監修　岩崎書店　2014年12月

ヒットン
朝香市立花の木小学校の新聞委員の六年生、足首を捻挫してリレーの選手になれなかったため新聞の取材に走ることにした女の子　「走れ!ヒットン」須藤靖貴著　講談社(文学の扉)　2017年10月

秀男　ひでお
せんそうちゅうのながさきに住んでいた少年、子うまのいなさ号を飼っていた家の息子　「ながさきの子うま―人形アニメ版」大川悦生原作;翼プロダクション作　新日本出版社(アニメでよむ戦争シリーズ)　2016年3月

ひなた

ひでくん
おふろにいたおもちゃのペンギンとおもちゃの船にのってふしぎなぼうけんのたびにでかけた男の子 「妖怪いじわるシャンプー」 土屋富士夫作・絵 PHP研究所(とっておきのどうわ) 2017年1月

ヒデくん
ばけたちに人間のふりをおしえるかていきょうしになった男の子 「ぼくはおばけのかていきょうし―きょうふのじゅぎょうさんかん」 さとうまきこ作;原ゆたか絵 あかね書房(どっきん!がいっぱい) 2016年5月

秀徳　ひでのり
女子高生のもえと周りがあきれるほどのバカップルの彼氏、人気モデルの男子高生 「ラブぱに エンドレス・ラバー」 宮沢みゆき著;八神千歳原案・イラスト 小学館(小学館ジュニア文庫) 2013年2月

英彦　ひでひこ
原爆が投下された広島でかろうじて生き残った国民学校6年生 「少年口伝隊一九四五」 井上ひさし作 講談社 2013年6月

秀吉　ひでよし
「地獄甲子園」に出場する地獄の野球チーム「桶狭間ファルコンズ」の副キャプテン 「戦国ベースボール [9] 開幕!地獄甲子園vs武蔵&小次郎」 りょくち真太作;トリバタケハルノブ絵 集英社(集英社みらい文庫) 2017年4月

ひとりぼっちおばけ
いえでるすばんしたおとこのこ・たらちゃんをおしいれのなかでおどかしたおばけ 「おしいれのひとりぼっちおばけ」 戸田和代作;鈴木アツコ絵 岩崎書店(はじめてよむこわ〜い話) 2015年1月

ヒナキ・ヌ・イ・ヌムラ
シモウサ王国の王様、里見家で暮らす8男子のひとり・ダイカの弟 「サトミちゃんちの8男子 9 ネオ里見八犬伝」 矢立肇原案;こぐれ京著;永地絵;久世みずき;ぱらふぃんピジャモス企画協力 KADOKAWA(角川つばさ文庫) 2016年10月

ヒナタ
ショッピングモールにある子ども服専門店「ロリポップ」のオーナーのふたごの息子 「お悩み解決!ズバッと同盟 [2] おしゃれコーデ、対決!?」 吉田桃子著;U35イラスト 小学館(小学館ジュニア文庫) 2017年7月

日向　葵海　ひなた・あおい
大好きな幼なじみの陸とバンドを組んでいる大学三年生の女の子 「君と100回目の恋 映画ノベライズ みらい文庫版」 Chocolate;Records原作;ワダヒトミ著 集英社(集英社みらい文庫) 2016年12月

日向　一樹　ひなた・かずき
不登校で家族とも口をきかない中学一年生の男の子 「神様がくれた犬」 倉橋燿子作;naoto絵 ポプラ社(ポプラポケット文庫) 2017年9月

日向　太陽　ひなた・たいよう
私立天ノ川学院中等部一年、天才少年小説家・幽のクラスメイト 「月読幽の死の脱出ゲーム [1] 謎じかけの図書館からの脱出」 近江屋一朗作;藍本松絵 集英社(集英社みらい文庫) 2016年4月

日向　太陽　ひなた・たいよう
私立天ノ川学院中等部一年、天才少年小説家・幽のクラスメイト 「月読幽の死の脱出ゲーム [2] 爆発寸前!寝台特急アンタレス号からの脱出」 近江屋一朗作;藍本松絵 集英社(集英社みらい文庫) 2017年1月

ひなち

ヒナちゃん
小学生のミチルのいとこ、わがままなおんなのこ 「ふたりはおばけのふたご!?－おばけマンション」 むらいかよ著 ポプラ社(ポプラ社の新・小さな童話) 2015年2月

日夏 美穂 ひなつ・みほ
中学1年生の女の子 「クレヨン王国黒の銀行」 福永令三作;椎名優絵 講談社(青い鳥文庫) 2016年5月

ピノ
トリマーを目指して専門学校に通う明日香の愛犬 「天国の犬ものがたり 夢のバトン」 藤咲あゆな著;堀田敦子原作;環方このみイラスト 小学館(小学館ジュニア文庫) 2016年2月

ピノ
ほねほねランドに落ちてきた星「メテオランド」の住人、赤いほねのメテオザウルス 「ほねほねザウルス 16 ティラノ・ベビーとなぞの巨大いんせき」 カバヤ食品株式会社原案・監修 岩崎書店 2016年7月

火野 銀太 ひの・ぎんた
人気急上昇中のロックバンド「CONTRACT」のボーカル、人気アイドル・遼の唯一無二の大親友 「ヒミツの王子様☆ 恋するアイドル!」 都築奈央著;八神千歳原作・イラスト 小学館(小学館ジュニア文庫) 2016年3月

日野 クリス ひの・くりす
三ツ谷小学校六年生、美少女コンテストの世界大会で優勝したはずかしがりやの少女 「世界一クラブ 最強の小学生、あつまる!」 大空なつき作;明菜絵 KADOKAWA(角川つばさ文庫) 2017年9月

日野 周彦(チカ) ひの・ちかひこ(ちか)
料理が趣味できちょうめんな性格の五年生の男の子 「1% 7－一番になれない恋」 このはなさくら作;高上優里子絵 KADOKAWA(角川つばさ文庫) 2017年8月

日野 周彦(チカ) ひの・ちかひこ(ちか)
料理が趣味できちょうめんな性格の五年生の男の子 「1% 8－そばにいるだけでいい」 このはなさくら作;高上優里子絵 KADOKAWA(角川つばさ文庫) 2017年12月

日守 紗綾 ひのもり・さあや
児童養護施設で育った小学五年生、悪魔とたたかう破魔のマテリアルで光のマテリアル・レイヤの双子の姉 「魔天使マテリアル 11 真白き閃光」 藤咲あゆな作;藤丘ようこ画 ポプラ社(魔天使マテリアルシリーズ 11) 2013年4月

日守 紗綾 ひのもり・さあや
児童養護施設で育った小学六年生、レイヤの双子の姉で魔王の子 「魔天使マテリアル 15 哀しみの檻」 藤咲あゆな作;藤丘ようこ画 ポプラ社(ポプラカラフル文庫) 2013年3月

日守 紗綾 ひのもり・さあや
児童養護施設で育った小学六年生、レイヤの双子の姉で魔王の子 「魔天使マテリアル 16 孤独の騎士」 藤咲あゆな作;藤丘ようこ画 ポプラ社(ポプラカラフル文庫) 2013年8月

日守 紗綾 ひのもり・さあや
児童養護施設で育った小学六年生、レイヤの双子の姉で魔王の子 「魔天使マテリアル 17 罪深き姫君」 藤咲あゆな作;藤丘ようこ画 ポプラ社(ポプラカラフル文庫) 2014年1月

日守 紗綾 ひのもり・さあや
児童養護施設で育った小学六年生、レイヤの双子の姉で魔王の子 「魔天使マテリアル 18 昏き森の柩」 藤咲あゆな作;藤丘ようこ画 ポプラ社(ポプラカラフル文庫) 2014年9月

日守 紗綾 ひのもり・さあや
児童養護施設で育った小学六年生、レイヤの双子の姉で魔王の子 「魔天使マテリアル 19 藍の独唱曲」 藤咲あゆな作;藤丘ようこ画 ポプラ社(ポプラカラフル文庫) 2015年3月

ひのも

日守 紗綾　ひのもり・さあや
児童養護施設で育った小学六年生、レイヤの双子の姉で魔王の子 「魔天使マテリアル
20 鈍色の波動」 藤咲あゆな作;藤丘ようこ画　ポプラ社(ポプラカラフル文庫) 2015年10月

日守 紗綾　ひのもり・さあや
児童養護施設で育った小学六年生、レイヤの双子の姉で魔王の子 「魔天使マテリアル
21 BLOOD」 藤咲あゆな作;藤丘ようこ画　ポプラ社(ポプラカラフル文庫) 2016年4月

日守 紗綾　ひのもり・さあや
児童養護施設で育った小学六年生、レイヤの双子の姉で魔王の子 「魔天使マテリアル
22 秘めた願い」 藤咲あゆな作;藤丘ようこ画　ポプラ社(ポプラカラフル文庫) 2016年11月

日守 紗綾　ひのもり・さあや
児童養護施設で育った小学六年生、レイヤの双子の姉で魔王の子 「魔天使マテリアル
23 紅の協奏曲」 藤咲あゆな作;藤丘ようこ画　ポプラ社(ポプラカラフル文庫) 2017年6月

日守 紗綾　ひのもり・さあや
児童養護施設で育った小学六年生、レイヤの双子の姉で魔王の子 「魔天使マテリアル
24 偽りの王子」 藤咲あゆな作;藤丘ようこ画　ポプラ社(ポプラカラフル文庫) 2017年11月

日守 紗綾　ひのもり・さあや
児童養護施設で育った小学六年生、悪魔とたたかう破魔のマテリアルで光のマテリアル・レ
イヤの双子の姉 「魔天使マテリアル 12 運命の螺旋」 藤咲あゆな作;藤丘ようこ画　ポプラ
社(魔天使マテリアルシリーズ 12) 2013年4月

日守 紗綾　ひのもり・さあや
児童養護施設で育った小学六年生、悪魔とたたかう破魔のマテリアルで光のマテリアル・レ
イヤの双子の姉 「魔天使マテリアル 13 憂いの迷宮」 藤咲あゆな作;藤丘ようこ画　ポプラ
社(魔天使マテリアルシリーズ 13) 2013年4月

日守 紗綾　ひのもり・さあや
児童養護施設で育った小学六年生、悪魔とたたかう破魔のマテリアルで光のマテリアル・レ
イヤの双子の姉 「魔天使マテリアル 14 翠の輪舞曲」 藤咲あゆな作;藤丘ようこ画　ポプラ
社(魔天使マテリアルシリーズ 14) 2013年4月

日守 黎夜　ひのもり・れいや
破魔のマテリアル・サーヤの双子の弟で小学五年生、魔界の王の子としてうまれた光のマ
テリアル 「魔天使マテリアル 11 真白き閃光」 藤咲あゆな作;藤丘ようこ画　ポプラ社(魔天
使マテリアルシリーズ 11) 2013年4月

日守 黎夜　ひのもり・れいや
破魔のマテリアル・サーヤの双子の弟で小学六年生、魔界の王の子としてうまれた光のマ
テリアル 「魔天使マテリアル 12 運命の螺旋」 藤咲あゆな作;藤丘ようこ画　ポプラ社(魔天
使マテリアルシリーズ 12) 2013年4月

日守 黎夜　ひのもり・れいや
破魔のマテリアル・サーヤの双子の弟で小学六年生、魔界の王の子としてうまれた光のマ
テリアル 「魔天使マテリアル 13 憂いの迷宮」 藤咲あゆな作;藤丘ようこ画　ポプラ社(魔天
使マテリアルシリーズ 13) 2013年4月

日守 黎夜　ひのもり・れいや
幼少期を魔界で過ごした小学六年生、サーヤの双子の弟で魔王の子 「魔天使マテリアル
15 哀しみの檻」 藤咲あゆな作;藤丘ようこ画　ポプラ社(ポプラカラフル文庫) 2013年3月

日守 黎夜　ひのもり・れいや
幼少期を魔界で過ごした小学六年生、サーヤの双子の弟で魔王の子 「魔天使マテリアル
16 孤独の騎士」 藤咲あゆな作;藤丘ようこ画　ポプラ社(ポプラカラフル文庫) 2013年8月

ひのも

日守 黎夜　ひのもり・れいや
幼少期を魔界で過ごした小学六年生、サーヤの双子の弟で魔王の子　「魔天使マテリアル
17 罪深き姫君」　藤咲あゆな作;藤丘ようこ画　ポプラ社(ポプラカラフル文庫)　2014年1月

日守 黎夜　ひのもり・れいや
幼少期を魔界で過ごした小学六年生、サーヤの双子の弟で魔王の子　「魔天使マテリアル
18 昏き森の柩」　藤咲あゆな作;藤丘ようこ画　ポプラ社(ポプラカラフル文庫)　2014年9月

日守 黎夜　ひのもり・れいや
幼少期を魔界で過ごした小学六年生、サーヤの双子の弟で魔王の子　「魔天使マテリアル
19 藍の独唱曲」　藤咲あゆな作;藤丘ようこ画　ポプラ社(ポプラカラフル文庫)　2015年3月

日守 黎夜　ひのもり・れいや
幼少期を魔界で過ごした小学六年生、サーヤの双子の弟で魔王の子　「魔天使マテリアル
20 鈍色の波動」　藤咲あゆな作;藤丘ようこ画　ポプラ社(ポプラカラフル文庫)　2015年10
月

日守 黎夜　ひのもり・れいや
幼少期を魔界で過ごした小学六年生、サーヤの双子の弟で魔王の子　「魔天使マテリアル
21 BLOOD」　藤咲あゆな作;藤丘ようこ画　ポプラ社(ポプラカラフル文庫)　2016年4月

日守 黎夜　ひのもり・れいや
幼少期を魔界で過ごした小学六年生、サーヤの双子の弟で魔王の子　「魔天使マテリアル
22 秘めた願い」　藤咲あゆな作;藤丘ようこ画　ポプラ社(ポプラカラフル文庫)　2016年11月

日守 黎夜　ひのもり・れいや
幼少期を魔界で過ごした小学六年生、サーヤの双子の弟で魔王の子　「魔天使マテリアル
23 紅の協奏曲」　藤咲あゆな作;藤丘ようこ画　ポプラ社(ポプラカラフル文庫)　2017年6月

日守 黎夜　ひのもり・れいや
幼少期を魔界で過ごした小学六年生、サーヤの双子の弟で魔王の子　「魔天使マテリアル
24 偽りの王子」　藤咲あゆな作;藤丘ようこ画　ポプラ社(ポプラカラフル文庫)　2017年11月

日野 祐司　ひの・ゆうじ
そうじ大好きな男の子・千尋のクラスメイトで親友　「少年メイド スーパー小学生・千尋におま
かせ!」　藤咲あゆな作;乙橘原作絵　KADOKAWA(角川つばさ文庫)　2014年9月

火野 レイ　ひの・れい
セーラー服美少女戦士セーラーマーズ、火川神社の巫女を務める霊感少女　「小説ミュー
ジカル美少女戦士セーラームーン」　武内直子原作;平光琢也著　講談社　2015年3月

ビビ
横浜で船に乗り込み行ってみたいと思っていたアフリカを目指した野良猫　「ビビのアフリカ
旅行」　たがわいちろう作;中村みつを絵　ポプラ社　2015年8月

ビビ
マジメで一生懸命ながんばり屋のポケットドラゴン、緑色のトカゲみたいな生き物　「ポケット
ドラゴンの冒険 学校で神隠し!?」　深沢美潮作;田伊りょうき絵　集英社(集英社みらい文庫)
　2013年4月

ピピ
もとの天使にもどるためにポウとパララと地上で修行中の悪魔の女の子　「悪魔のピ・ポ・パ」
　川北亮司作;かんざきかりん絵　童心社　2014年3月

ビビアン
宝石の妖精、すなおになれないせいかくだが信じたものはかならずまもる強い心をもった女
の子　「ティンクル・セボンスター 3 妖精ビビアンのキケンなひみつ?」　菊田みちよ著　ポプ
ラ社　2017年5月

ぴぴじ

ヴィヴィアンナ姫　ぴびあんなひめ
ドコナンダ城に住んでいる美しい6人のお姫さまの一人、一番寝相が悪い姫 「6人のお姫さま」 二宮由紀子作;たんじあきこ絵 理論社 2013年7月

ひびき
全国大会優勝を目指す世羅高校女子陸上部の1年生で期待の新人 「駅伝ガールズ」 菅聖子作;榎のと絵 KADOKAWA(角川つばさ文庫) 2017年12月

響 琉生　ひびき・るい
中学2年生のアリスのクラスメイト、推理バラエティー番組「ミステリー・プリンス」の探偵シュヴァリエとして活躍する少年探偵 「華麗なる探偵アリス&ペンギン [4] サマー・トレジャー」南房秀久著;あるやイラスト 小学館(小学館ジュニア文庫) 2015年7月

響 琉生　ひびき・るい
中学2年生のアリスのクラスメイト、推理バラエティー番組「ミステリー・プリンス」の探偵シュヴァリエとして活躍する少年探偵 「華麗なる探偵アリス&ペンギン [5] トラブル・ハロウィン」 南房秀久著;あるやイラスト 小学館(小学館ジュニア文庫) 2015年11月

響 琉生　ひびき・るい
中学2年生のアリスのクラスメイト、推理バラエティー番組「ミステリー・プリンス」の探偵シュヴァリエとして活躍する少年探偵 「華麗なる探偵アリス&ペンギン[1]」 南房秀久著;あるやイラスト 小学館(小学館ジュニア文庫) 2014年7月

響 琉生　ひびき・るい
中学2年生のアリスのクラスメイト、推理バラエティー番組「ミステリー・プリンス」の探偵シュヴァリエとして活躍する少年探偵 「華麗なる探偵アリス&ペンギン[2] ワンダー・チェンジ!」 南房秀久著;あるやイラスト 小学館(小学館ジュニア文庫) 2014年10月

響 琉生　ひびき・るい
中学2年生のアリスのクラスメイト、推理バラエティー番組「ミステリー・プリンス」の探偵シュヴァリエとして活躍する少年探偵 「華麗なる探偵アリス&ペンギン[7] ミステリアス・ナイト」南房秀久著;あるやイラスト 小学館(小学館ジュニア文庫) 2016年7月

響 琉生(シュヴァリエ)　ひびき・るい(しゅばりえ)
「ペンギン探偵社」で見習い中の夕星アリスのクラスメート、探偵シュヴァリエという名でテレビで活躍している中学二年生 「華麗なる探偵アリス&ペンギン[3] ミラー・ラビリンス」 南房秀久著;あるやイラスト 小学館(小学館ジュニア文庫) 2015年3月

響 琉生(シュヴァリエ)　ひびき・るい(しゅばりえ)
「ペンギン探偵社」で見習い中の夕星アリスのクラスメート、探偵シュヴァリエという名でテレビで活躍している中学二年生 「華麗なる探偵アリス&ペンギン[6] ペンギン・パニック!」 南房秀久著;あるやイラスト 小学館(小学館ジュニア文庫) 2016年3月

P・P・ジュニア　ぴーぴーじゅにあ
「ペンギン探偵社」日本支部長のアデリーペンギン、探偵助手アリスの上司の名探偵 「華麗なる探偵アリス&ペンギン [10] パーティ・パーティ」 南房秀久著;あるやイラスト 小学館(小学館ジュニア文庫) 2017年12月

P・P・ジュニア　ぴーぴーじゅにあ
中学2年生のアリスが同居することになった言葉を話すペンギン、「ペンギン探偵社」の探偵 「華麗なる探偵アリス&ペンギン[1]」 南房秀久著;あるやイラスト 小学館(小学館ジュニア文庫) 2014年7月

P・P・ジュニア(ししょ〜)　ぴーぴーじゅにあ(ししょー)
「ペンギン探偵社」の探偵、ちょっとポッチャリしたアデリーペンギン 「華麗なる探偵アリス&ペンギン [9]」 南房秀久著;あるやイラスト 小学館(小学館ジュニア文庫) 2017年5月

ぴぴじ

P・P・ジュニア（ししょ～）　ぴーぴーじゅにあ（ししょー）
中学2年生のアリスが同居する言葉を話すペンギン、「ペンギン探偵社」の探偵　「華麗なる探偵アリス＆ペンギン [5] トラブル・ハロウィン」　南房秀久著;あるやイラスト　小学館（小学館ジュニア文庫）　2015年11月

P・P・ジュニア（ししょ～）　ぴーぴーじゅにあ（ししょー）
中学2年生のアリスが同居する言葉を話すペンギン、「ペンギン探偵社」の探偵　「華麗なる探偵アリス＆ペンギン[2] ワンダー・チェンジ!」　南房秀久著;あるやイラスト　小学館（小学館ジュニア文庫）　2014年10月

P・P・ジュニア（ししょ～）　ぴーぴーじゅにあ（ししょ～）
「ペンギン探偵社」の探偵、ちょっとポッチャリしたアデリーペンギン　「華麗なる探偵アリス＆ペンギン[3] ミラー・ラビリンス」　南房秀久著;あるやイラスト　小学館（小学館ジュニア文庫）　2015年3月

P・P・ジュニア（ししょ～）　ぴーぴーじゅにあ（ししょ～）
「ペンギン探偵社」の探偵、ちょっとポッチャリしたアデリーペンギン　「華麗なる探偵アリス＆ペンギン[6] ペンギン・パニック!」　南房秀久著;あるやイラスト　小学館（小学館ジュニア文庫）　2016年3月

P・P・ジュニア（ししょ～）　ぴーぴーじゅにあ（ししょ～）
中学2年生のアリスが同居する言葉を話すペンギン、「ペンギン探偵社」の探偵　「華麗なる探偵アリス＆ペンギン [4] サマー・トレジャー」　南房秀久著;あるやイラスト　小学館（小学館ジュニア文庫）　2015年7月

P・P・ジュニア（ししょ～）　ぴーぴーじゅにあ（ししょ～）
中学2年生のアリスが同居する言葉を話すペンギン、「ペンギン探偵社」の探偵　「華麗なる探偵アリス＆ペンギン[7] ミステリアス・ナイト」　南房秀久著;あるやイラスト　小学館（小学館ジュニア文庫）　2016年7月

P・P・ジュニア（ししょ～）　ぴーぴーじゅにあ（ししょ～）
中学2年生のアリスが同居する言葉を話すペンギン、「ペンギン探偵社」の探偵　「華麗なる探偵アリス＆ペンギン[8] アリスvs.ホームズ!」　南房秀久著;あるやイラスト　小学館（小学館ジュニア文庫）　2016年12月

日比 剛志　ひび・たけし
七曲小五年生、野球チーム「フレンズ」を友だちの純とケイと作ったの男の子　「プレイボール 2 ぼくらの野球チームを守れ!」　山本純士作;宮尾和孝絵　KADOKAWA（角川つばさ文庫）　2014年1月

日比 剛志　ひび・たけし
七曲小六年生の男の子、野球チーム「フレンズ」の剛速球を投げるピッチャー　「プレイボール 3 ぼくらのチーム、大ピンチ!」　山本純士作;宮尾和孝絵　KADOKAWA（角川つばさ文庫）　2015年5月

日比野 朗　ひびの・あきら
F高校三年生、夏休みにイタリアのフィレンツェに料理修行に行ったシェフ志望の少年　「ぼくらの魔女戦記1 黒ミサ城へ」　宗田理作　ポプラ社（「ぼくら」シリーズ）　2015年7月

日比野 朗　ひびの・あきら
F高校三年生、夏休みにイタリアのフィレンツェに料理修行に行ったシェフ志望の少年　「ぼくらの魔女戦記2 黒衣の女王」　宗田理作　ポプラ社（「ぼくら」シリーズ）　2016年1月

日比野 朗　ひびの・あきら
F高校三年生、夏休みにイタリアのフィレンツェに料理修行に行ったシェフ志望の少年　「ぼくらの魔女戦記3 黒ミサ城脱出」　宗田理作　ポプラ社（「ぼくら」シリーズ）　2016年7月

ひむろ

日比野 朗　ひびの・あきら
クラスメイトたちと行った北海道のスキー旅行の帰りにハイジャックされた飛行機に乗っていた一人、食べることが大好きな中学三年生　「ぼくらのハイジャック戦争」　宗田理作;YUME
絵　KADOKAWA（角川つばさ文庫）　2017年4月

ビビル
あくまの男の子、えいゆうハットロルいちぞくの男の子・ドジルのしゅくてき　「ドタバタヒーロー　ドジルくん 6　ドジルときょうふのピラミッド」　大空なごむ作・絵　ポプラ社　2017年5月

ビビル
おそろしいちからでせかいを手にいれようとしているあくま　「ドタバタヒーロー　ドジルくん3-ドジルとドラゴン谷のぬし」　大空なごむ作・絵　ポプラ社　2014年9月

ビビル
まりょくがつかえないちびっこいからだのあくま　「ドタバタヒーロー　ドジルくん2-ドタバタヒーローロドジルくんとでんせつのかいぶつトレンチュラ」　大空なごむ作・絵　ポプラ社　2014年3月

ビビル
よわむしなモンスター・ドジルのりょうしんにたいじされたあくま　「ドタバタヒーロー　ドジルくん1-モンスターの森で大ぼうけん」　大空なごむ作・絵　ポプラ社　2013年10月

ビビル
よわむしなモンスター・ドジルをつけねらうわるいあくま　「ドタバタヒーロー　ドジルくん4-ドジルのはちゃメカパニック!」　大空なごむ作・絵　ポプラ社　2015年3月

ひまり
信濃の国で馬を育てる山里に住み巴御前にあこがれている里長の末娘　「さっ太の黒い子馬」　小俣麦穂著;ささめやゆき絵　講談社（講談社・文学の扉）　2016年6月

ヒミィ
ハマヤラワー国のおうじょさま、きゅうけつき　「おいしゃさんはおばけだって!?－おばけマンション」　むらいかよ著　ポプラ社（ポプラ社の新・小さな童話）　2013年2月

ヒミイリイーおうじょ（ヒミィ）
ハマヤラワー国のおうじょさま、きゅうけつき　「おいしゃさんはおばけだって!?－おばけマンション」　むらいかよ著　ポプラ社（ポプラ社の新・小さな童話）　2013年2月

卑弥呼　ひみこ
天国の野球チーム「古代サンライズ」をひきいる鬼道と呼ばれる術を使う女の子　「戦国ベースボール [3] 卑弥呼の挑戦状!信長vs聖徳太子!!」　りょくち真太作;トリバタケハルノブ絵　集英社（集英社みらい文庫）　2015年12月

ビーム
緑色のカービィ、時間をとめることができる魔法使い　「星のカービィ 結成！カービィハンターズZの巻」　高瀬美恵作;苅野タウ絵;ぽと絵　KADOKAWA（角川つばさ文庫）　2017年8月

氷室 香鈴　ひむろ・かりん
高校の寮で生活をする二年生・雅人のクラスメイト、北海道のボランティア団体「 絆の樹」のメンバー　「王様ゲーム 再生9.19①」　金沢伸明著;千葉イラスト　双葉社（双葉社ジュニア文庫）　2017年11月

氷室 ソルベ　ひむろ・そるべ
青氷学園の寮で最年少の初等部二年生、双子の姉を事故で亡くした女の子　「ショコラの魔法－ショコラスコーン氷呪の学園」　みづほ梨乃原作・イラスト;藤原サヨコ著　小学館（小学館ジュニア文庫）　2014年3月

423

ひむろ

氷室 拓哉　ひむろ・たくや
音羽中学校一年生、幼なじみの香里と亮平と200年前のフランスにタイムスリップした映画
好きの少年 「ナポレオンと名探偵！」 楠木誠一郎作;たはらひとえ絵 講談社(青い鳥文庫) 2017年7月

氷室 拓哉　ひむろ・たくや
音羽中学校一年生、歴史風俗博物館で平安時代から二十一世紀にやってきた清少納言
に会った少年 「清少納言は名探偵!!」 楠木誠一郎作;岩崎美奈子絵 講談社(青い鳥文庫) 2013年9月

氷室 拓哉　ひむろ・たくや
幼なじみの遠山香里と堀田亮平と関ケ原の戦いの現場へタイムスリップした中学一年生、
映画が大好きな少年 「関ケ原で名探偵!!」 楠木誠一郎作;岩崎美奈子絵 講談社(青い
鳥文庫) 2016年11月

氷室 拓哉　ひむろ・たくや
幼なじみの遠山香里と堀田亮平と古代エジプトへタイムスリップした中学一年生、映画が大
好きな少年 「クレオパトラと名探偵！」 楠木誠一郎作;たはらひとえ絵 講談社(青い鳥文
庫) 2017年12月

氷室 拓哉(拓っくん)　ひむろ・たくや(たっくん)
魚料理が苦手な中学生の男の子、香里と亮平の幼なじみ 「伊達政宗は名探偵!! タイムス
リップ探偵団と跡目争い料理対決!の巻」 楠木誠一郎作;岩崎美奈子絵 講談社(講談社
青い鳥文庫) 2014年5月

氷室 拓哉(拓っくん)　ひむろ・たくや(たっくん)
地元の公立中学校に通う一年生、幼なじみの香里と亮平といろんな時代にタイムスリップを
くりかえしている男の子 「源義経は名探偵!! タイムスリップ探偵団と源平合戦恋の一方通
行の巻」 楠木誠一郎作;岩崎美奈子絵 講談社(講談社青い鳥文庫) 2013年6月

氷室 拓哉(拓っくん)　ひむろ・たくや(たっくん)
地元の公立中学校に通う一年生、幼なじみの香里と亮平といろんな時代にタイムスリップを
くりかえしている男の子 「真田十勇士は名探偵!! タイムスリップ探偵団と忍術妖術オンパ
レード！の巻」 楠木誠一郎作;岩崎美奈子絵 講談社(講談社青い鳥文庫) 2015年12月

姫　ひめ
家族に暴力をふるいマンションの部屋にひとり引きこもっている14歳の少女 「ラ・プッツン・
エル 6階の引きこもり姫」 名木田恵子著 講談社 2013年11月

姫　ひめ
千二百年前にいささ丸が光る竹を見つけて竹取の翁がその節の中から取り出した女の子
「かぐや姫のおとうと」 広瀬寿子作;丹地陽子絵 国土社 2015年2月

ひめキュンフルーツ缶　ひめきゅんふるーつかん
愛媛県を中心に活動している五人組女性アイドルグループ、愛媛県で大人気のご当地アイ
ドル 「バリキュン!! 史上空前のアイドル計画!?」 土屋理敬著;蜜家ビィ著;陣名まいイラス
ト 小学館(小学館ジュニア文庫) 2015年2月

姫路 摩莉亜　ひめじ・まりあ
お嬢様中学校「華桜女学園」の二年生、クラスを牛耳っている超セレブな女ボス 「学校に
はナイショ♂逆転美少女・花緒 [5] ピンチはチャンス!?」 吉田純子作;中村ユキチ画 ポプ
ラ社(ポプラカラフル文庫) 2013年5月

姫路 摩莉亜　ひめじ・まりあ
クラスを牛耳っている超セレブな女ボス、花緒に敵意を持っている中学一年の少女 「学校
にはナイショ♂逆転美少女・花緒 [1] ミラクル転校生!?」 吉田純子作;pun2画 ポプラ社
(学校にはナイショ♂シリーズ 1) 2014年4月

ひゃく

姫路 摩莉亜　ひめじ・まりあ
クラスを牛耳っている超セレブな女ボス、花緒に敵意を持っている中学一年の少女 「学校にはナイショ♂逆転美少女・花緒 [2] パーティーの主役!?」 吉田純子作;pun2画 ポプラ社(学校にはナイショ♂シリーズ 2) 2014年4月

姫路 摩莉亜　ひめじ・まりあ
クラスを牛耳っている超セレブな女ボス、花緒に敵意を持っている中学一年の少女 「学校にはナイショ♂逆転美少女・花緒 [3] 花三郎に胸キュン!?」 吉田純子作;pun2画 ポプラ社(学校にはナイショ♂シリーズ 3) 2014年4月

姫野 一美　ひめの・かずみ
姉小路学園中等部の二年生、学校のハイスペック研究室のメンバーの天才少年 「ガラスの貴公子の秘密 (ときめき生徒会ミステリー研究部[2])」 藤本ひとみ原作;伏見奏文;メロ絵 KADOKAWA 2015年8月

姫野 一美　ひめの・かずみ
姉小路学園中等部の二年生、学校のハイスペック研究室のメンバーの天才少年 「貴公子カフェのチョコドーナツ(ときめき生徒会ミステリー研究部[1])」 藤本ひとみ原作;伏見奏文;メロ絵 KADOKAWA 2015年6月

姫山 虎之助　ひめやま・とらのすけ
ひふみ学園に来た交換留学生、この世を鬼から守る「ミコトバヅカイ」 「いみちぇん! 10 がけっぷち! 奪われた友情」 あさばみゆき作;市井あさ絵 KADOKAWA(角川つばさ文庫) 2017年12月

姫山 虎之助　ひめやま・とらのすけ
ひふみ学園の六年生、しりとりの術を使うミコトバヅカイ 「いみちぇん! 8 消えたパートナー」 あさばみゆき作;市井あさ絵 KADOKAWA(角川つばさ文庫) 2017年3月

姫山 虎之助　ひめやま・とらのすけ
ひふみ学園の六年生、しりとりの術を使うミコトバヅカイ 「いみちぇん! 9 サマーキャンプにひそむ罠」 あさばみゆき作;市井あさ絵 KADOKAWA(角川つばさ文庫) 2017年7月

姫山 虎之助　ひめやま・とらのすけ
姉妹校の九十九学園から交換生としてひふみ学園へやってきた六年生、不良 「いみちぇん! 7 新たなる敵、あらわる!」 あさばみゆき作;市井あさ絵 KADOKAWA(角川つばさ文庫) 2016年11月

百太郎　ひゃくたろう
本所亀沢町の岡っ引き千次のむすこ 「お江戸の百太郎 [1]」 那須正幹作;小松良佳絵 ポプラ社(ポプラポケット文庫) 2014年10月

百太郎　ひゃくたろう
本所亀沢町の岡っ引き千次のむすこ 「お江戸の百太郎 [2] 黒い手の予告状」 那須正幹作;小松良佳絵 ポプラ社(ポプラポケット文庫) 2015年2月

百太郎　ひゃくたろう
本所亀沢町の岡っ引き千次のむすこ 「お江戸の百太郎 [3] 赤猫がおどる」 那須正幹作;小松良佳絵 ポプラ社(ポプラポケット文庫) 2015年10月

百太郎　ひゃくたろう
本所亀沢町の岡っ引き千次のむすこ 「お江戸の百太郎 [4] 大山天狗怪事件」 那須正幹作;小松良佳絵 ポプラ社(ポプラポケット文庫) 2016年2月

百太郎　ひゃくたろう
本所亀沢町の岡っ引き千次のむすこ 「お江戸の百太郎 [5] 秋祭なぞの富くじ」 那須正幹作;小松良佳絵 ポプラ社(ポプラポケット文庫) 2016年7月

ひゃく

百太郎　ひゃくたろう
本所亀沢町の岡っ引き千次のむすこ　「お江戸の百太郎[6]乙松、宙に舞う」　那須正幹作
;小松良佳絵　ポプラ社(ポプラポケット文庫)　2016年10月

桧山 あいり　ひやま・あいり
アパートもクラスも同じのミャンマーからの転校生ナーミンとクラス委員をすることになった四
年生の少女　「空にむかってともだち宣言」　茂木ちあき作;ゆーちみえこ絵　国土社　2016
年3月

堤 歩　ひやま・かずま
小学6年生、花日と結衣のクラスに来た転校生で花日の幼なじみ　「12歳。アニメノベライズ
〜ちっちゃなムネのトキメキ〜 2」　まいた菜穂原作;綾野はるる著　小学館(小学館ジュニア
文庫)　2016年6月

檜山 一翔　ひやま・かずま
小学6年生、結衣の彼氏でクラスのモテ男子　「12歳。[1]だけど、すきだから」　まいた菜穂
原作・イラスト;辻みゆき著　小学館(小学館ジュニア文庫)　2013年12月

檜山 一翔　ひやま・かずま
小学6年生、結衣の彼氏でクラスのモテ男子　「12歳。[2]てんこうせい」　まいた菜穂原作・
イラスト;辻みゆき著　小学館(小学館ジュニア文庫)　2014年3月

檜山 一翔　ひやま・かずま
小学6年生、結衣の彼氏でクラスのモテ男子　「12歳。[3]きみのとなり」　まいた菜穂原作・イ
ラスト;辻みゆき著　小学館(小学館ジュニア文庫)　2014年7月

檜山 一翔　ひやま・かずま
小学6年生、結衣の彼氏でクラスのモテ男子　「12歳。[4]そして、みらい」　まいた菜穂原
作・イラスト;辻みゆき著　小学館(小学館ジュニア文庫)　2015年1月

檜山 一翔　ひやま・かずま
小学6年生、結衣の彼氏でクラスのモテ男子　「12歳。[5]おとなでも、こどもでも」　まいた
菜穂原作・イラスト;辻みゆき著　小学館(小学館ジュニア文庫)　2015年7月

檜山 一翔　ひやま・かずま
小学6年生、結衣の彼氏でクラスのモテ男子　「12歳。[6]いまのきもち」　まいた菜穂原作・
イラスト;辻みゆき著　小学館(小学館ジュニア文庫)　2016年6月

檜山 一翔　ひやま・かずま
小学6年生、結衣の彼氏でクラスのモテ男子　「12歳。[7]まもりたい」　まいた菜穂原作・イ
ラスト;辻みゆき著　小学館(小学館ジュニア文庫)　2016年12月

檜山 一翔　ひやま・かずま
小学6年生、結衣の彼氏でクラスのモテ男子　「12歳。[8]すきなひとがいます」　まいた菜
穂原作・イラスト;辻みゆき著　小学館(小学館ジュニア文庫)　2017年3月

檜山 一翔　ひやま・かずま
小学6年生、結衣の彼氏でクラスのモテ男子　「12歳。アニメノベライズ〜ちっちゃなムネのト
キメキ〜 1」　まいた菜穂原作;綾野はるる著　小学館(小学館ジュニア文庫)　2016年5月

檜山 一翔　ひやま・かずま
小学6年生、結衣の彼氏でクラスのモテ男子　「12歳。アニメノベライズ〜ちっちゃなムネのト
キメキ〜 2」　まいた菜穂原作;綾野はるる著　小学館(小学館ジュニア文庫)　2016年6月

檜山 一翔　ひやま・かずま
小学6年生、結衣の彼氏でクラスのモテ男子　「12歳。アニメノベライズ〜ちっちゃなムネのト
キメキ〜 3」　まいた菜穂原作;綾野はるる著　小学館(小学館ジュニア文庫)　2016年8月

ぴゅま

檜山 一翔　ひやま・かずま
小学6年生、結衣の彼氏でクラスのモテ男子　「12歳。アニメノベライズ～ちっちゃなムネのトキメキ～ 4」まいた菜穂原作;綾野はるる著　小学館（小学館ジュニア文庫）2016年8月

檜山 一翔　ひやま・かずま
小学6年生、結衣の彼氏でクラスのモテ男子　「12歳。アニメノベライズ～ちっちゃなムネのトキメキ～ 5」まいた菜穂原作;綾野はるる著　小学館（小学館ジュニア文庫）2016年10月

檜山 一翔　ひやま・かずま
小学6年生、結衣の彼氏でクラスのモテ男子　「12歳。アニメノベライズ～ちっちゃなムネのトキメキ～ 6」まいた菜穂原作;綾野はるる著　小学館（小学館ジュニア文庫）2016年12月

檜山 一翔　ひやま・かずま
小学6年生、結衣の彼氏でクラスのモテ男子　「12歳。アニメノベライズ～ちっちゃなムネのトキメキ～ 7」まいた菜穂原作;綾野はるる著　小学館（小学館ジュニア文庫）2016年12月

檜山 一翔　ひやま・かずま
小学6年生、結衣の彼氏でクラスのモテ男子　「12歳。アニメノベライズ～ちっちゃなムネのトキメキ～ 8」まいた菜穂原作;綾野はるる著　小学館（小学館ジュニア文庫）2017年1月

飛山 拓　ひやま・たく
亀が丘中学校男子卓球部部員、初の地区大会出場をめざし本気で練習に燃えている中学二年生の男の子　「ハートにプライド！卓球部」横沢彰作;小松良佳絵　新日本出版社2013年12月

飛山 拓　ひやま・たく
亀が丘中学校二年生、男子卓球部員　「あしたへジャンプ！卓球部」横沢彰作;小松良佳絵　新日本出版社　2014年3月

飛山 拓　ひやま・たく
部員四名の男子卓球部員、新入部員を確保するために必死で勧誘活動をした中学二年生の男の子　「ホップ、ステップ！卓球部」横沢彰作;小松良佳絵　新日本出版社　2013年9月

日向　ひゅうが
亀が丘中学校男子卓球部部員、卓球ジュニアチームでレギュラーだった中学一年生の男の子　「ハートにプライド！卓球部」横沢彰作;小松良佳絵　新日本出版社　2013年12月

日向　ひゅうが
部員四名の男子卓球部の新入部員、卓球ジュニアチームでレギュラーだった中学一年生の男の子　「ホップ、ステップ！卓球部」横沢彰作;小松良佳絵　新日本出版社　2013年9月

日向 剣人　ひゅうが・けんと
慶明寺高校1年生、生き残りをかけた恐怖の「ギルティゲーム」に参加した少年　「ギルティゲーム stage2」宮沢みゆき著;鈴羅木かりんイラスト　小学館（小学館ジュニア文庫）2017年3月

日向 小次郎　ひゅうが・こじろう
埼玉県の強豪サッカーチーム「明和FC」の実力派フォワードの小学六年生　「キャプテン翼2 集結!全国のライバルたち」高橋陽一原作・絵;ワダヒトミ著　集英社（集英社みらい文庫）2014年3月

ピューマ
人魚族の島「エンジェル島」を支配する祈祷師、エンジェル島を乗っ取ろうとしている女　「海色のANGEL5－最後の日」池田美代子作;尾谷おさむ絵　講談社（青い鳥文庫）2016年11月

ひょう

兵衛佐　ひょうえのすけ
河内源氏の武将源義朝の息子、平治の乱ののち伊豆の流刑地へ流された十四歳の少年
「あまねく神竜住まう国」荻原規子作　徳間書店　2015年2月

彪牙丸　ひょうがまる
兄の十蔵と一緒に伊我上野の里から江戸の町に出てきた忍者、光五屋に密偵として潜入
した男「IQ探偵ムー　ムーVS忍者!江戸の町をあぶり出せ!?」深沢美潮作;山田J太画　ポ
プラ社(ポプラカラフル文庫)　2014年3月

ヒョウくん(小松崎 豹)　ひょうくん(こまつざき・ひょう)
小学生のエリカが好きなとなりのクラスの男の子、「小松崎薬局」の息子「放課後ファンタス
マ！ささやく黒髪人形」桜木日向作;あおいみつ絵　講談社(青い鳥文庫)　2015年11月

ヒョウくん(小松崎 豹)　ひょうくん(こまつざき・ひょう)
小学生のエリカが好きなとなりのクラスの男の子、「小松崎薬局」の息子「放課後ファンタス
マ！ドアのむこうにだれかいる」桜木日向作;暁かおり絵　講談社(青い鳥文庫)　2015年4
月

ヒョウくん(小松崎 豹)　ひょうくん(こまつざき・ひょう)
小学生のエリカが好きなとなりのクラスの男の子、「小松崎薬局」の息子「放課後ファンタス
マ! レディー・パープルの秘密」桜木日向作;暁かおり絵　講談社(青い鳥文庫)　2015年6
月

ピヨコ(UOPPさま)　ぴよこ(ゆーおーぴーぴーさま)
にわとりのおばさま、むしとりめいじん「おばけのへんしん!?－おばけマンション」むらいか
よ著　ポプラ社(ポプラ社の新・小さな童話)　2016年2月

ひよりん
身長140センチの高校一年生、超人見知りな性格の女の子「ひよ恋1 ひより、好きな人が
できました!」雪丸もえ原作・絵;松田朱夏著　集英社(集英社みらい文庫)　2013年3月

ひよりん
身長140センチの高校二年生、身長190センチの人気者・結心に恋する超人見知りな性格
の女の子「ひよ恋2 ライバルにハラハラ!」雪丸もえ原作・絵;松田朱夏著　集英社(集英
社みらい文庫)　2013年7月

ひよりん
身長140センチの高校二年生、身長190センチの人気者・結心に恋する超人見知りな性格
の女の子「ひよ恋3 ドキドキの告白」雪丸もえ原作・絵;松田朱夏著　集英社(集英社みら
い文庫)　2013年11月

ひよりん
身長140センチの超人見知りな性格の高校二年生、身長190センチのクラスの人気者・結心
の彼女「ひよ恋4 両想いってタイヘン!?」雪丸もえ原作・絵;松田朱夏著　集英社(集英社
みらい文庫)　2014年6月

ひよりん
身長140センチの超人見知りな性格の高校二年生、身長190センチのクラスの人気者・結心
の彼女「ひよ恋5 ずっと、いっしょに」雪丸もえ原作・絵;松田朱夏著　集英社(集英社み
らい文庫)　2014年9月

ぴょんぴょん
わにあじのソフトクリームをたべたことがあるとわににうそをついたうさぎ「うさぎのぴょんぴょ
ん」二宮由紀子作;そにしけんじ絵　学研プラス　2016年7月

平井 和菜　ひらい・かずな
世界各地の紛争の調停を行う「平安コーポレーション」の社主の娘、成績優秀な上に語学
の才能がある十七歳の少女「すべては平和のために」濱野京子作;白井裕子絵　新日本
出版社(文学のピースウォーク)　2016年5月

平井 堅志郎　ひらい・けんしろう
世界各地の紛争の調停を行う「平安コーポレーション」の社主、十七歳の和菜の父　「すべては平和のために」濱野京子作;白井裕子絵　新日本出版社（文学のピースウォーク）2016年5月

平井さん　ひらいさん
三年前に妻を交通事故で亡くして寂しい毎日を送っているおじいさん　「流れ星キャンプ」嘉成晴香作;宮尾和孝絵　あかね書房（スプラッシュ・ストーリーズ）　2016年10月

平岩 勇　ひらいわ・ゆう＊
「ぼく」のクラスメイト、町に飛来した謎の火球を一緒に見に行った友だち　「シンドローム」佐藤哲也著;西村ツチカイラスト　福音館書店（ボクラノエスエフ）　2015年1月

平和　ひらかず
小学校三年生の時に大阪の動物園でパオ～ンおじさんの話を聞いた動物が大好きな男の子　「パオ～ンおじさんとの夏」かまだしゅんそう作;柴田文香絵　新日本出版社　2013年9月

平田　ひらた
平成6年に東京のホテルで火災にあった浪人生の孝史を助けたタイムトラベラーの中年男性　「蒲生邸事件 前・後編」宮部みゆき作;黒星紅白絵　講談社（青い鳥文庫）　2013年8月

平田 彩希　ひらた・さき
泡川中学校の旅行研究会に入っている地味な中学一年生、芸能界に入った山崎美冬のイトコ　「私のスポットライト」林真理子著　ポプラ社（Teens' best selections）　2016年9月

平田 ひな子　ひらた・ひなこ
小学四年生、同じクラスのナオミちゃんにあこがれている女の子　「わたしのひよこ」礒みゆき文;ささめやゆき絵　ポプラ社（ポプラ物語館）　2013年5月

平沼 亮平　ひらぬま・りょうへい
一部が湖となった町出身で東京の大学に通う男、公園で歌を歌っている芽衣の友だちの兄　「みずうみの歌」ほしおさなえ著　講談社　2013年10月

平野 木絵　ひらの・きえ
妄想が趣味の地味めOL、名家の子息・高台光正と交際することになった女性　「高台家の人々 映画ノベライズ みらい文庫版」森本梢子原作;百瀬しのぶ著;金子ありさ脚本　集英社（集英社みらい文庫）　2016年4月

ヒラノタケシ　ひらの・たけし
にせあかしやの魔術師と出会った小学四年生の男の子　「にせあかしやの魔術師」征矢清さく;林明子え　復刊ドットコム　2014年10月

平野 フジミ　ひらの・ふじみ
原爆投下から10年が経った広島で23歳の娘・皆実とふたりで暮らしていた母　「夕凪の街 桜の国」こうの史代原作・イラスト;蒔田陽平ノベライズ　双葉社（双葉社ジュニア文庫）2017年7月

平野 ミチ子　ひらの・みちこ
山奥にある辺鄙な田舎・夜鳴村に住む十五歳、村人全員で行うことになった「王様ゲーム」の参加者　「王様ゲーム 起源8.14」金沢伸明著;千葉イラスト　双葉社（双葉社ジュニア文庫）　2017年7月

平野 皆実　ひらの・みなみ
原爆投下から10年が経った広島で母・フジミとふたりで暮らしていた女性、建設会社に勤める23歳　「夕凪の街 桜の国」こうの史代原作・イラスト;蒔田陽平ノベライズ　双葉社（双葉社ジュニア文庫）　2017年7月

ひらば

平林 光圀　ひらばやし・みつくに
名古屋の中学二年生、夏休みに天徳島の山村キャンプに参加したやさしくて信心深い少年 「14歳の水平線」 椰月美智子著 双葉社 2015年7月

ヒラマチ
体育祭の罰ゲームで逆立ちでトラック一周させられる中学生、街の中華料理屋の息子 「時速47メートルの疾走」 吉野万理子著 講談社 2014年9月

ヒラメ
うみのとしょかんのせわをしているわかいヒラメ 「うみのとしょかん チンアナゴ3きょうだい」 葦原かも作;森田みちよ絵 講談社（どうわがいっぱい） 2017年12月

ひらめきちゃん
小学生の葉月のクラスにやってきた転校生、いろいろとひらめく女の子 「ひらめきちゃん」 中松まるは作;本田亮絵 あかね書房（スプラッシュ・ストーリーズ） 2014年10月

平山 勇　ひらやま・いさむ
那覇市の平山家の長男で沖縄県庁職員、結婚式当日に召集令状がとどき出征することになった青年 「さとうきび畑の唄」 遊川和彦著 汐文社 2013年6月

平山 喜久子　ひらやま・きくこ
小さな田舎町に住むビートルズファンの十四歳の少女 「オール・マイ・ラヴィング」 岩瀬成子著 小学館（小学館文庫） 2016年12月

平山 幸一　ひらやま・こういち
那覇市で写真館を営む明るくて優しい性格の人気者のカメラマン、五人兄妹のお父さん 「さとうきび畑の唄」 遊川和彦著 汐文社 2013年6月

平山 昇　ひらやま・のぼる
那覇市の平山家の次男で中等学校生、太平洋戦争が始まり通信兵学校に志願することを決めた正義感が強い少年 「さとうきび畑の唄」 遊川和彦著 汐文社 2013年6月

平山 紀子　ひらやま・のりこ
那覇市の平山家の長男の嫁、平山家の次女で義妹の春子が通う小学校の先生になった女性 「さとうきび畑の唄」 遊川和彦著 汐文社 2013年6月

平山 春子　ひらやま・はるこ
那覇市の平山家の次女で小学生、歌うことが大好きな明るい性格の少女 「さとうきび畑の唄」 遊川和彦著 汐文社 2013年6月

平山 美枝　ひらやま・みえ
那覇市の平山家の長女で女学校生、国民勤労動員令が発令され看護婦として野戦病院に行くことが決まった少女 「さとうきび畑の唄」 遊川和彦著 汐文社 2013年6月

ピリカ・ムー
一人前の大妖怪になるためのテストを受けることになったクダギツネの妖怪 「妖狐ピリカ★ムー」 那須田淳作;佐竹美保絵 理論社 2013年9月

ピレーネ王子　ぴれーねおうじ
人魚族の島「エンジェル島」の海の底にある秘密の宮殿に住む王子、誠実そうな澄んだ青い瞳をした少年 「海色のANGEL5－最後の日」 池田美代子作;尾谷おさむ絵 講談社（青い鳥文庫） 2016年11月

ヒロ
東京のはずれにある古い町・葵町に住むいたずら大好きな悪ガキ七人の一人、洋食屋「くい亭」の六人兄弟の二男の五年生 「悪ガキ7 [1] いたずらtwinsと仲間たち」 宗田理著 静山社 2013年3月

ひろせ

ヒロ
東京のはずれにある古い町・葵町に住むいたずら大好きな悪ガキ七人の一人、洋食屋「くい亭」の六人兄弟の二男の五年生 「悪ガキ7 [2] モンスター・デスマッチ!」宗田理著 静山社 2013年10月

ヒロ
東京のはずれにある古い町・葵町に住むいたずら大好きな悪ガキ七人の一人、洋食屋「くい亭」の六人兄弟の二男の五年生 「悪ガキ7 [3] タイ行きタイ!」宗田理著 静山社 2014年12月

ヒロ
東京のはずれにある古い町・葵町に住むいたずら大好きな悪ガキ七人の一人、洋食屋「くい亭」の六人兄弟の二男の五年生 「悪ガキ7 [4] 転校生は魔女!?」宗田理著 静山社 2015年7月

ヒロ
東京のはずれにある古い町・葵町に住むいたずら大好きな悪ガキ七人の一人、洋食屋「くい亭」の六人兄弟の二男の五年生 「悪ガキ7 [5] 人工知能は悪ガキを救う!?」宗田理著 静山社 2017年2月

広川 利光（リコウ）　ひろかわ・としみつ（りこう）
小学六年生、ヒーローものの特撮映像を手作りする「蒲生特撮隊」のメンバー 「なんちゃってヒーロー」みうらかれん作;佐藤友生絵 講談社 2013年10月

ひろき
となりの席の女の子と『わすれものチャンピオン』の座をあらそっているわすれものが多い小学生の男の子 「わすれものチャンピオン」花田鳩子作;羽尻利門絵 PHP研究所（とっておきのどうわ）2015年12月

ヒロくん（村上 宏隆）　ひろくん（むらかみ・ひろたか）
東よしの町小学校五年生、ビン底メガネをかけている不登校の男の子 「ちえり×ドロップ レシピ1 マカロニグラタン」のまみちこ著;けーしんイラスト 小学館（小学館ジュニア文庫）2016年2月

ぴろコン
大阪に住む小学5年生、友達のMONMON（モンモン）たちと阪急電車の工場に見学にきた女の子 「笑って自由研究 ロケット&電車工場でドキドキ!!」令丈ヒロ子作;MON絵 集英社（集英社みらい文庫）2013年6月

ひろし
小学1年生、あさがにがてな男の子 「おひさまやのめざましどけい」茂市久美子作;よしざわけいこ絵 講談社（どうわがいっぱい）2013年11月

広瀬 あおい　ひろせ・あおい
五年生の蓮人の弟、ぜんそく療養のため東京からお父さんの故郷である九州にひっこした二年生の少年 「ガラスのベーゴマ」槻なほ作;久永フミノ絵 朝日学生新聞社 2015年11月

広瀬 アキ　ひろせ・あき
中学二年生の時に同級生だった松本朔太郎の恋人、白血病にかかった17歳の少女 「世界の中心で、愛をさけぶ」片山恭一著;久世みずき画 小学館（小学館ジュニア文庫）2014年7月

広瀬 圭吾　ひろせ・けいご
引っ込み思案な香菜のクラスの転校生、友だちをつくる気がないという男の子 「香菜とななつの秘密」福田隆浩著 講談社 2017年4月

広瀬 崇　ひろせ・たかし
中学3年生の凜のボーイフレンド、サッカー部の人気者 「もしきみが泣いたら－泣いちゃいそうだよ」小林深雪作;牧村久実絵 講談社（青い鳥文庫）2016年8月

ひろせ

広瀬 崇　ひろせ・たかし
湾岸高校の3年生、同級生である小川凛の彼氏　「泣いちゃいそうだよ＜高校生編＞未来
への扉」　小林深雪著;牧村久実画　講談社(YA!ENTERTAINMENT)　2017年2月

広瀬 結心　ひろせ・ゆうしん
超ちっちゃい高校一年生の女の子ひよりのクラスメート、身長190センチでクラスの人気者
の男の子　「ひよ恋1 ひより、好きな人ができました!」　雪丸もえ原作・絵;松田朱夏著　集英
社(集英社みらい文庫)　2013年3月

広瀬 結心　ひろせ・ゆうしん
超ちっちゃい高校二年生の女の子ひよりのクラスメート、身長190センチでクラスの人気者
の男の子　「ひよ恋2 ライバルにハラハラ!」　雪丸もえ原作・絵;松田朱夏著　集英社(集英
社みらい文庫)　2013年7月

広瀬 結心　ひろせ・ゆうしん
超ちっちゃい高校二年生の女の子ひよりのクラスメート、身長190センチでクラスの人気者
の男の子　「ひよ恋3 ドキドキの告白」　雪丸もえ原作・絵;松田朱夏著　集英社(集英社みら
い文庫)　2013年11月

広瀬 結心　ひろせ・ゆうしん
超ちっちゃい高校二年生の女の子ひよりのクラスメートで彼、身長190センチのクラスの
人気者　「ひよ恋4 両想いってタイヘン!?」　雪丸もえ原作・絵;松田朱夏著　集英社(集英社
みらい文庫)　2014年6月

広瀬 結心　ひろせ・ゆうしん
超ちっちゃい高校二年生の女の子ひよりのクラスメートで彼氏、身長190センチのクラスの
人気者　「ひよ恋5 ずっと、いっしょに」　雪丸もえ原作・絵;松田朱夏著　集英社(集英社み
らい文庫)　2014年9月

広瀬 蓮人　ひろせ・れんと
二年生の弟のあおいのぜんそく療養のため東京からお父さんの故郷である九州にひっこし
た五年生の少年　「ガラスのベーゴマ」　榎なほ作;久永フミノ絵　朝日学生新聞社　2015年
11月

広楯　ひろたて
近江国の篠原駅家を義父のかわりにとりしきっている男、13歳の小里の父親　「駅鈴(はゆま
のすず)」　久保田香里作　くもん出版　2016年7月

ヒロト
いつも教室にひとりでいる小学三年生、そと遊びが好きなコウダイとなかよくなった男の子
「ふたりのカミサウルス」　平田昌広作;黒須高嶺絵　あかね書房(スプラッシュ・ストーリーズ)
　2016年11月

洋人　ひろと
重茂に住む小学4年生、東日本大震災で両親を失い姉の浜絵と親戚の家に引き取られた
少年　「浜人(はんもうど)の森2011」　及川和男作;小坂修治さし絵　本の泉社　2013年12月

広海ちゃん　ひろみちゃん
クラスメイトの一歌に運命の王子さまに出会っちゃったと話した6年生の女の子　「ソライロ・
プロジェクト2 恋愛経験ゼロたちの恋うたコンテスト」　一ノ瀬三葉作;夏芽もも絵
KADOKAWA(角川つばさ文庫)　2017年11月

弘光 廣祐　ひろみつ・こうすけ
幸田学園高校二年生、はとりのクラスメイトのイケメン　「ヒロイン失格」　幸田もも子原作;吉
田恵里香脚本　集英社(集英社みらい文庫)　2015年8月

広矢　ひろや
学校のプールのはげしいシャワーがこわかった1年生のおとこのこ　「きらきらシャワー」　西
村友里作;岡田千晶絵　PHP研究所(とっておきのどうわ)　2017年6月

広矢　ひろや
小学校のプールのはげしいシャワーがこわい一年生の男の子　「きらきらシャワー」　西村友里作;岡田千晶絵　PHP研究所（とっておきのどうわ）　2017年6月

樋渡 忍　ひわたし・しのぶ
黒野伸一と西山邦彦の幼なじみ、勉強もスポーツもできるリーダー的存在だった小学生　「いじめレジスタンス」　黒野伸一作　理論社　2015年9月

ピンキー・ブルマー
サラちゃんのへやにあるダンボールでできたおもちゃのおうちにすんでいるまっ赤なブルマーをはいたブタのぬいぐるみ　「サラとピンキー パリへ行く」　富安陽子作・絵　講談社（わくわくライブラリー）　2017年6月

ピンキー・ブルマー
サラちゃんのへやにあるダンボールでできたおもちゃのおうちにすんでいるまっ赤なブルマーをはいたブタのぬいぐるみ　「サラとピンキー ヒマラヤへ行く」　富安陽子作・絵　講談社（わくわくライブラリー）　2017年10月

ピンク
「これから村」に住むピンク色のかわいい小型モンスター、ココアの友達　「モンハン日記ぽかぽかアイルー村[6] 手紙の謎をゆる〜り解明ニャ！！」　相坂ゆうひ作;マーブルCHIKO絵　KADOKAWA（角川つばさ文庫）　2014年2月

ピンク
「これから村」に住むピンク色のかわいい小型モンスター、ココアの友達　「モンハン日記ぽかぽかアイルー村[7] 爆笑!? わくわくかくし芸大会ニャ!」　相坂ゆうひ作;マーブルCHIKO絵　KADOKAWA（角川つばさ文庫）　2014年7月

ピンク
「これから村」に住むピンク色のかわいい小型モンスター、ココアの友達　「モンハン日記ぽかぽかアイルー村[8] やってきました、ぽかぽか島」　相坂ゆうひ作;マーブルCHIKO絵　KADOKAWA（角川つばさ文庫）　2015年1月

【ふ】

ファイ
中国の妖怪・キョンシー退治の専門家、様々な術を使う少年仙人　「どきどきキョンシー娘々」　水島朱音・;榎本事務所作;真琉樹絵　富士見書房（角川つばさ文庫）　2013年5月

ファティマ
パティシエールの修業中のマリエの学校へやってきたトルコ生まれの転校生、屋台のクレープ屋さんの娘　「プティ・パティシエール とどけ!夢みる花束クレープ（プティ・パティシエール4）」　工藤純子作;うっけ絵　ポプラ社　2017年12月

ファミ
正義感が強く気も強いが女の子らしいポケットドラゴン　「ポケットドラゴンの冒険 学校で神隠し!?」　深沢美潮作;田伊りょうき絵　集英社（集英社みらい文庫）　2013年4月

ファンタジスタ
怪盗　「怪盗レッド 10 ファンタジスタからの招待状☆の巻」　秋木真作;しゅー絵　KADOKAWA（角川つばさ文庫）　2014年4月

ファンタジスタ
怪盗、豪家客船・花音号に現れた男　「怪盗レッド 4ー豪華客船で、怪盗対決☆の巻」　秋木真作;しゅー絵　汐文社　2017年2月

ふぃふ

フィーフィー
女の子キティのクラスメート、かっこいいダニエルくんを好きになったひつじの女の子 「小説ハローキティ ときめき♪スイートチョコ」 市川丈夫文;依田直子絵 KADOKAWA(角川つばさ文庫) 2013年10月

フィリップ
ヴァーツラフ国の心優しい王子、パトリックの弟 「眠り姫と13番めの魔女」 久美沙織作;POO絵 KADOKAWA(角川つばさ文庫) 2014年6月

フィン・フィッシュ
怪盗ジャンヌであるまろんの相棒だったが実は魔王の手下だった堕天使 「神風怪盗ジャンヌ 4 最後のチェックメイト」 種村有菜原作;松田朱夏著 集英社(集英社みらい文庫) 2014年8月

フィン・フィッシュ
怪盗ジャンヌに変身できるロザリオをまろんにわたした準天使 「神風怪盗ジャンヌ 2 謎の怪盗シンドバッド!?」 種村有菜原作;松田朱夏著 集英社(集英社みらい文庫) 2014年2月

フィン・フィッシュ
怪盗ジャンヌに変身できるロザリオをまろんにわたした準天使 「神風怪盗ジャンヌ 3 動きだした運命!!」 種村有菜原作;松田朱夏著 集英社(集英社みらい文庫) 2014年5月

フィン・フィッシュ
桃栗学園一年生のまろんに怪盗ジャンヌに変身できるロザリオをわたした準天使 「神風怪盗ジャンヌ 1 美少女怪盗、ただいま参上!」 種村有菜原作;松田朱夏著 集英社(集英社みらい文庫) 2013年12月

フウカ
魔法の国の風をつかさどる「銀の城」のお姫さままで魔女勉強中の女の子、学校の劣等生 「らくだい魔女とはつこいの君(らくだい魔女シリーズ)」 成田サトコ作;千野えなが絵 ポプラ社 2013年4月

フウカ
魔法の国の風をつかさどる「銀の城」のお姫さままで魔女勉強中の女の子、学校の劣等生 「らくだい魔女とランドールの騎士(らくだい魔女シリーズ)」 成田サトコ作;千野えなが絵 ポプラ社 2013年4月

フウカ
魔法の国の風をつかさどる「銀の城」のお姫さままで魔女勉強中の女の子、学校の劣等生 「らくだい魔女のデート大作戦(らくだい魔女シリーズ)」 成田サトコ作;千野えなが絵 ポプラ社 2015年4月

フウカ
魔法界に君臨する風をつかさどる「銀の城」のお姫さま、魔女 「らくだい魔女と闇の宮殿」 成田サトコ作;杉浦た美絵 ポプラ社(ポプラポケット文庫) 2013年10月

フウカ
魔法界に君臨する風をつかさどる「銀の城」のお姫さま、魔女 「らくだい魔女の出会いの物語」 成田サトコ作;千野えなが絵 ポプラ社(ポプラポケット文庫ガールズ) 2013年3月

風鬼 ふうき
ひふみ学園に集まってきた蛾の群れ、人間の発する邪気を食べに来たマガツ鬼 「いみちぇん! 4 五年二組のキケンなうわさ」 あさばみゆき作;市井あさ絵 KADOKAWA(角川つばさ文庫) 2015年10月

ぶうくん
いつもまわりでゆかいなことがおこる元気いっぱいのこぶた 「こぶたのぶうくん」 小沢正作;井上洋介絵 鈴木出版(おはなしのくに) 2014年7月

ふぇあ

ぶうくん
いつもまわりでゆかいなことがおこる元気いっぱいのこぶた　「こぶたのぶうくんとしりとり」
小沢正作;井上洋介絵　鈴木出版（おはなしのくに）　2014年12月

風太　ふうた
うまいカレーをさがす旅をしているというカレー男のためにじぶんひとりでカレーをつくること
を思いついた一年生の男の子　「カレー男がやってきた！(たべもののおはなしシリーズ)」
赤羽じゅんこ作;岡本順絵　講談社　2016年11月

ふうちゃん
いろんなおみせがずらりとならぶ「まんまるしょうてんがい」にひとりで買い物にいった女の子
「はいくしょうてんがい」　苅田澄子作;たごもりのりこ絵　偕成社　2016年3月

ブーエ
テミス賢王国の大臣、王座をねらう裏切り者　「ユニコーンの乙女　決戦のとき」　牧野礼作
;sime絵　講談社（青い鳥文庫）　2015年11月

ブーエ
テミス賢王国の大臣、王座をねらう裏切り者　「ユニコーンの乙女　地下通路と王宮の秘密」
牧野礼作;sime絵　講談社（青い鳥文庫）　2015年5月

ブーエ
テミス賢王国の大臣、女王ロトを物見塔に閉じこめた裏切り者　「ユニコーンの乙女　ラーラと
二頭の聖獣」　牧野礼作;sime絵　講談社（青い鳥文庫）　2014年12月

フェアリー
6年生の女の子・いるかのなんでも話せる絶対の味方、ピンチのときに現れてくれるフェア
リー　「お願い!フェアリー♥ 12 ゴーゴー!お仕事体験」　みずのまい作;カタノトモコ絵　ポプラ
社　2014年2月

フェアリー
6年生の女の子・いるかのなんでも話せる絶対の味方、突然現れるフェアリー　「お願い!フェ
アリー♥ 10 コクハク♥大パニック!」　みずのまい作;カタノトモコ絵　ポプラ社　2013年3月

フェアリー
6年生の女の子・いるかのなんでも話せる絶対の味方、突然現れるフェアリー　「お願い!フェ
アリー♥ 11 修学旅行でふたりきり!?」　みずのまい作;カタノトモコ絵　ポプラ社　2013年9月

フェアリー
6年生の女の子・いるかのなんでも話せる絶対の味方、突然現れるフェアリー　「お願い!フェ
アリー♥ 13 キミと♥オーディション」　みずのまい作;カタノトモコ絵　ポプラ社　2014年8月

フェアリー
6年生の女の子・いるかのなんでも話せる絶対の味方、突然現れるフェアリー　「お願い!フェ
アリー♥ 14 山ガールとなぞのラブレター」　みずのまい作;カタノトモコ絵　ポプラ社　2015年
3月

フェアリー
6年生の女の子・いるかのなんでも話せる絶対の味方、突然現れるフェアリー　「お願い!フェ
アリー♥ 15 キスキス!ホームラン!」　みずのまい作;カタノトモコ絵　ポプラ社　2015年9月

フェアリー
6年生の女の子・いるかのなんでも話せる絶対の味方、突然現れるフェアリー　「お願い!フェ
アリー♥ 16 キセキの運動会!」　みずのまい作;カタノトモコ絵　ポプラ社　2016年4月

フェアリー
6年生の女の子・いるかのなんでも話せる絶対の味方、突然現れるフェアリー　「お願い!フェ
アリー♥ 18 好きな人のとなりで。」　みずのまい作;カタノトモコ絵　ポプラ社　2017年4月

ふぇあ

フェアリー
6年生の女の子・いるかのなんでも話せる絶対の味方、突然現れるフェアリー 「お願い!フェアリー♥ 19 好きな人に、さよなら?」 みずのまい作;カタノトモコ絵 ポプラ社 2017年9月

フェアリー
6年生の女の子・いるかをいつも助けてくれる絶対の味方、突然現れるフェアリー 「お願い!フェアリー♥ 17 11歳のホワイトラブ♥」 みずのまい作;カタノトモコ絵 ポプラ社 2016年10

フェネル
「七魔が原」にいる五人の大魔女の一人、ひとに幸運をおくる力を持つ魔女 「魔女バジルと魔法のつえ」 茂市久美子作;よしざわけいこ絵 講談社(わくわくライブラリー) 2014年12月

フェネル
クリスタル国の成人式に魔女バジルと招かれた大魔女、幸運をひとにおくる力を持つ魔女 「魔女バジルと闇の魔女」 茂市久美子作;よしざわけいこ絵 講談社(わくわくライブラリー) 2017年9月

フェーリ
占いやまじないが得意なダークで夢見がちな女の子 「ぷよぷよ シグのヒミツ」 芳野詩子作;こめ苺絵 KADOKAWA(角川つばさ文庫) 2015年7月

フェリシアちゃん
新天地アストランで人の傷を治す「シスター」という職業をめざして頑張る女の子 「プリズム☆ハーツ!! 7占って!しあわせフォーチュン」 神代明作;あるや絵 集英社(集英社みらい文庫) 2013年3月

フェリット
「なんでも魔女商会リフォーム支店」に注文をしに来た探偵魔女のなまいきな見習い 「ピンクのドラゴンをさがしています」 あんびるやすこ著 岩崎書店(おはなしガーデン) 2017年6月

フェルディナンド
魔女・アースノアが人間界で出会ったバルラという国の王子 「あたしたち、魔ぬけ魔女!? 魔ホーツカイのひみつの授業」 紺野りり作;あるや絵 集英社(集英社みらい文庫) 2014年7月

フェルディナンド(神官長)　ふぇるでぃなんど(しんかんちょう)
青色巫女見習いとなった少女・マインの神殿での保護者 「本好きの下剋上～司書になるためには手段を選んでいられません 第2部 神殿の巫女見習い1」 香月美夜著 TOブックス 2015年10月

フォギィ
小学生の男の子・メンチにとりついたきりのおばけ 「おばけがとりつくおんがくかい♪ーおばけマンション」 むらいかよ著 ポプラ社(ポプラ社の新・小さな童話) 2015年10月

フォード
ウェスタウンの少し変わってるお医者さん、郵便局で働くウェインと仲のいい人 「牧場物語3つの里の大好きななかま」 高瀬美恵作;上倉エク絵 KADOKAWA(角川つばさ文庫) 2016年9月

フォラオ
大金持ちのグランピーが豪華客船ジャスカ号内のネズミたちを追い払うために連れこんだネコ 「ハリネズミ・チコ 大きな船の旅2 ジャスカ号で地中海へ」 山下明生作;高畠那生絵 理論社 2014年6月

深沢 七音　ふかざわ・なお
夏ノ瀬学園初等部六年生、名探偵の娘で好奇心旺盛な少女 「少年探偵響 3 夜の学校で七不思議!?の巻」 秋木真作;しゅー絵 KADOKAWA(角川つばさ文庫) 2017年6月

ふくじ

深沢 七音　ふかざわ・なお
現代の名探偵・小笠原源馬の娘、探偵志望の小学六年生 「少年探偵響1 銀行強盗にたちむかえ!の巻」 秋木真作;しゅー絵 KADOKAWA(角川つばさ文庫) 2016年4月

深沢 七音　ふかざわ・なお
現代の名探偵・小笠原源馬の娘、探偵志望の小学六年生 「少年探偵響2 豪華特急で駆けぬけろ!の巻」 秋木真作;しゅー絵 KADOKAWA(角川つばさ文庫) 2016年10月

深町 累　ふかまち・かさね
間宮小学校の登校班の班長の6年生、仙人みたいにおだやかな女の子 「かさねちゃんにきいてみな」 有沢佳映著 講談社 2013年5月

深海 恭哉くん　ふかみ・きょうやくん
桃が原小で一番のイケメン、突然見も知らぬ場所に連れてこられた男の子 「ギルティゲーム」 宮沢みゆき著;鈴羅木かりんイラスト 小学館(小学館ジュニア文庫) 2016年12月

深見 真理　ふかみ・まり
引っこみ思案な少年・識の同級生、頭はいつもクイズのことでいっぱいなクラスで一番の美少女 「ナナマルサンバツ1 きみもクイズ王にならないか!?」 杉基イクラ原作・絵;伊豆平成文 KADOKAWA(角川つばさ文庫) 2013年10月

深見 真理　ふかみ・まり
引っこみ思案な少年・識の同級生、頭はいつもクイズのことでいっぱいなクラスで一番の美少女 「ナナマルサンバツ2 人生を変えるクイズ」 杉基イクラ原作・絵;伊豆平成文 KADOKAWA(角川つばさ文庫) 2014年4月

ふくこさん
生まれ育った団子町を守っている猫のゆうれい、顔も体も丸いふくぶくしい猫 「ゆうれい猫と魔女の呪い」 廣嶋玲子作;バラマツヒトミ絵 岩崎書店(おはなしガーデン) 2013年5月

福島 友麻　ふくしま・ゆま
南小学校五年生、バンドサークル"ブルートパーズ"でドラムを担当している少女 「バンドガール!」 濱野京子作;志村貴子絵; 偕成社(偕成社ノベルフリーク) 2016年8月

福神 礼司　ふくじん・れいじ
ふしぎな古書店「福神堂」の店主・レイジさん、じつは福の神さまだという青年 「ふしぎ古書店4 学校の六不思議!?」 にかいどう青作;のぶたろ絵 講談社(青い鳥文庫) 2017年1月

福神 礼司　ふくじん・れいじ
ふしぎな古書店「福神堂」の店主・レイジさん、じつは福の神さまだという青年 「ふしぎ古書店5 青い鳥が逃げ出した!」 にかいどう青作;のぶたろ絵 講談社(青い鳥文庫) 2017年5月

福神 礼司　ふくじん・れいじ
ふしぎな古書店「福神堂」の店主・レイジさん、じつは福の神さまだという青年 「ふしぎ古書店6 小さな恋のひびき」 にかいどう青作;のぶたろ絵 講談社(青い鳥文庫) 2017年9月

福神 礼司(レイジさん)　ふくじん・れいじ(れいじさん)
ふしぎな古書店「福神堂」の店主、小学五年生のひびきを仮弟子にした福の神 「ふしぎ古書店1 福の神はじめました」 にかいどう青作;のぶたろ絵 講談社(青い鳥文庫) 2016年2月

福神 礼司(レイジさん)　ふくじん・れいじ(れいじさん)
ふしぎな古書店「福神堂」の店主で福の神、小学五年生のひびきの師匠 「ふしぎ古書店2 おかしな友だち募集中」 にかいどう青作;のぶたろ絵 講談社(青い鳥文庫) 2016年6月

福神 礼司(レイジさん)　ふくじん・れいじ(れいじさん)
ふしぎな古書店「福神堂」の店主で福の神、小学五年生のひびきの師匠 「ふしぎ古書店3 さらわれた天使」 にかいどう青作;のぶたろ絵 講談社(青い鳥文庫) 2016年9月

ふくだ

福田 翔　ふくだ・しょう
四万十市の天神橋通りにある軽食喫茶「ポプラ」の息子、どこから見ても健康そうな六年生の少年　「ラスト・スパート!」横山充男作;コマツシンヤ絵　あかね書房(スプラッシュ・ストーリーズ)　2013年11月

福田 葉月　ふくだ・はずき
いろんなことをひらめく女の子・あかりが転校してきたクラスの少女　「ひらめきちゃん」中松まるは作;本田亮絵　あかね書房(スプラッシュ・ストーリーズ)　2014年10月

福富 一淋　ふくとみ・いちりん
「死神うどんカフェ1号店」で働く死神、ゴーストバスターの社員として美術館に行った少年　「死神うどんカフェ1号店 6杯目」石川宏千花著　講談社(Ya! entertainment)　2015年10月

福富 一淋　ふくとみ・いちりん
「死神うどんカフェ1号店」で働く死神、ゴーストバスターの社員として美術館に行った少年　「死神うどんカフェ1号店 別腹編」石川宏千花著　講談社(Ya! entertainment)　2016年10月

福富 一淋　ふくとみ・いちりん
「死神うどんカフェ1号店」で働く死神、底抜けに明るい少年　「死神うどんカフェ1号店 1杯目」石川宏千花著　講談社(Ya! entertainment)　2014年5月

福富 一淋　ふくとみ・いちりん
「死神うどんカフェ1号店」で働く死神、底抜けに明るい少年　「死神うどんカフェ1号店 2杯目」石川宏千花[著]　講談社(Ya! entertainment)　2014年8月

福富 一淋　ふくとみ・いちりん
「死神うどんカフェ1号店」で働く死神、底抜けに明るい少年　「死神うどんカフェ1号店 3杯目」石川宏千花著　講談社(Ya! entertainment)　2014年11月

福富 一淋　ふくとみ・いちりん
「死神うどんカフェ1号店」で働く死神、底抜けに明るい少年　「死神うどんカフェ1号店 4杯目」石川宏千花著　講談社(Ya! entertainment)　2015年3月

福富 一淋　ふくとみ・いちりん
「死神うどんカフェ1号店」で働く死神、底抜けに明るい少年　「死神うどんカフェ1号店 5杯目」石川宏千花著　講談社(Ya! entertainment)　2015年6月

福富 しんベヱ　ふくとみ・しんべえ
にんじゅつ学園一年は組のくいしんぼうなせいと　「忍たま乱太郎 夏休み宿題大作戦！の段」尼子騒兵衛原作;望月千賀子文　ポプラ社(ポプラ社の新・小さな童話)　2013年7月

フクミミちゃん
福の神修行中の小さな神さま、やる気のないべんとうや「ほっと亭」で働きはじめた女の子　「ほっとい亭のフクミちゃん ただいま神さま修行中」伊藤充子作;高谷まちこ絵　偕成社(偕成社おはなしポケット)　2017年12月

福禄寿さん　ふくろくじゅさん
年に一度の慰安旅行で大阪にでかけた七福神の一人、長い頭をした長生きの神様　「七福神の大阪ツアー」くまざわあかね作;あおきひろえ絵　ひさかたチャイルド　2017年4月

フーコ
中学一年生の普通の女の子ハトリのクラスメート、成績優秀だけど変わった性格で天才料理人の女の子　「学園シェフのきらめきレシピ 2 3つの味の魔法のパスタ」芳野詩子作;hou絵　KADOKAWA(角川つばさ文庫)　2015年12月

フーコ
中学一年生の普通の女の子羽鳥のクラスメート、成績優秀だけど変わった性格で天才料理人の女の子　「学園シェフのきらめきレシピ 1 友情の隠し味ハンバーグ」芳野詩子作;hou絵　KADOKAWA(角川つばさ文庫)　2015年8月

ふじお

フー子　ふーこ
夏休みをすごすことになった祖父の家で美しい不思議な庭を見た十二歳の少女　「時計坂の家」　高楼方子著;千葉史子絵　福音館書店　2016年10月

ブーザー
ドギーマギー動物学校に通うボールとアイスクリームが好きな力持ちのフレンチブルドッグ　「ドギーマギー動物学校 3 世界の海のプール」　姫川明月作・絵　角川書店(角川つばさ文庫)　2013年7月

ブーザー
ドギーマギー動物学校に通うボールとアイスクリームが好きな力持ちのフレンチブルドッグ　「ドギーマギー動物学校 4 動物園のぼうけん」　姫川明月作・絵　KADOKAWA(角川つばさ文庫)　2013年12月

ブーザー
ドギーマギー動物学校に通うボールとアイスクリームが好きな力持ちのフレンチブルドッグ　「ドギーマギー動物学校 5 遠足でハプニング!」　姫川明月作・絵　KADOKAWA(角川つばさ文庫)　2014年6月

ブーザー
ドギーマギー動物学校に通うボールとアイスクリームが好きな力持ちのフレンチブルドッグ　「ドギーマギー動物学校 6 雪山レースとバレンタイン」　姫川明月作・絵　KADOKAWA(角川つばさ文庫)　2015年1月

ブーザー
ドギーマギー動物学校に通うボールとアイスクリームが好きな力持ちのフレンチブルドッグ　「ドギーマギー動物学校 7 サーカスと空とび大会」　姫川明月作・絵　KADOKAWA(角川つばさ文庫)　2015年6月

ブーザー
ドギーマギー動物学校に通うボールとアイスクリームが好きな力持ちのフレンチブルドッグ　「ドギーマギー動物学校 8 すてられた子犬たち」　姫川明月作・絵　KADOKAWA(角川つばさ文庫)　2016年5月

プーさんツム
くしゃみで増えてはりきるとビッグツムになる小さなツムたちのひとり　「ディズニーツムツムの大冒険」　橋口いくよ著;ウォルト・ディズニー・ジャパン株式会社監修　小学館(小学館ジュニア文庫)　2017年7月

藤井 彩　ふじい・あや
湾岸高校の1年生、柴田高校に通う超美形の1年生・佐藤祐樹の彼女　「泣いちゃいそうだよ<高校生編> 藤井兄妹の絶体絶命な毎日」　小林深雪著;牧村久実画　講談社(YA!ENTERTAINMENT)　2015年6月

フジイ シュン　ふじい・しゅん
桜若葉小学校六年生、別世界のサクラワカバ島と小学校を行き来することができる少年　「森の石と空飛ぶ船」　岡田淳作　偕成社(偕成社ワンダーランド)　2016年12月

藤井 率　ふじい・りつ
湾岸高校の1年生・藤井彩の兄、東大をめざす浪人生　「泣いちゃいそうだよ<高校生編> 藤井兄妹の絶体絶命な毎日」　小林深雪著;牧村久実画　講談社(YA!ENTERTAINMENT)　2015年6月

藤岡 龍斗　ふじおか・りゅうと
小学六年生、持病のある少女・未来に告白したことがあるクラスメイト　「たったひとつの君との約束～かなしいうそ」　みずのまい作;U35絵　集英社(集英社みらい文庫)　2017年6月

ふしき

伏木蔵　ふしきぞう
にんじゅつ学園一ねんろぐみのせいと 「忍たま乱太郎 にんじゅつ学園となぞの女の段」
尼子騒兵衛原作;望月千賀子文;亜細亜堂絵 ポプラ社(ポプラ社の新・小さな童話) 2014
年1月

藤崎 律可(リッカくん)　ふじさき・りつか(りっかくん)
友だちのナゾトキ姫と梅くんと三人でナゾを解決する学校一の元気者 「ナゾトキ姫は名探
偵♥」 阿南まゆき原作・イラスト;時海結以作 小学館(ちゃおノベルズ) 2013年2月

藤沢　ふじさわ
小学四年生の時に野外学習で訪れた山で魔女から一度死んでも蘇る木の実をもらった六
人の一人、男子高校生・江ノ島を恨んでいる女子高校生 「もうひとつの命」 入間人間著
KADOKAWA(メディアワークス文庫) 2017年12月

藤沢 彩菜　ふじさわ・あやな
クラスでひどいイジメに遭っていた中学3年生、クラスメイト全員への復讐を決意した女の子
「復讐教室1」 山崎烏著;風の子イラスト 双葉社(双葉社ジュニア文庫) 2017年11月

藤沢 真由子　ふじさわ・まゆこ
図書室の地下倉庫で本の整理をしていた勝に声をかけた5年生の女の子 「図書室のふし
ぎな出会い」 小原麻由美作;こぐれけんじろう絵 文研出版(文研じゅべにーる) 2014年6
月

藤沢 律　ふじさわ・りつ
小学五年生、ものに宿った魂「ものだま」の声が聞こえる桜井鳥羽の幼なじみ 「ルークとふ
しぎな歌(ものだま探偵団 3)」 ほしおさなえ作;くまおり純絵 徳間書店 2015年7月

藤沢 律　ふじさわ・りつ
小学五年生、ものに宿った魂「ものだま」の声が聞こえる桜井鳥羽の幼なじみ 「わたしが、
もうひとり?(ものだま探偵団4)」 ほしおさなえ作;くまおり純絵 徳間書店 2017年8月

不二代 燈馬　ふじしろ・とうま
夏休みに里帰りした田舎で幽霊屋敷にある古井戸に女の子と落ちてしまった小学五年生
の男の子 「幽霊屋敷のアイツ」 川口雅幸著 アルファポリス 2017年7月

藤谷 アキ　ふじたに・あき
並木図書館で行われる本を紹介しあうゲーム「ビブリオバトル」に参加することになった小学
五年生の女の子 「なみきビブリオバトル・ストーリー 本と4人の深呼吸」 赤羽じゅんこ作;松
本聰美作;おおぎやなぎちか作;森川成美作;黒須高嶺絵 さ・え・ら書房 2017年6月

武士ちゃん　ぶしちゃん
三年生の二学期に転校してきた背も高くて横はばもある四年生の少年 「逆転!ドッジボー
ル」 三輪裕子作;石山さやか絵 あかね書房(スプラッシュ・ストーリーズ) 2016年6月

藤永 千世　ふじなが・ちせ
小学5年生、春に東京のいとこ・大河の家のとなりに引っ越してきたばかりの女の子 「こちら
魔王110番!」 五嶋りっか著;吉野花イラスト 小学館(小学館ジュニア文庫) 2016年8月

藤小路 マリア　ふじのこうじ・まりあ
とっても自由な性格のおじょうさま、冒険やナゾ解きが大好きなぽっちゃり体型の小学5年生
「マリアにおまかせ! おじょうさま探偵と消えたペットたちの巻」 はのまきみ作;森倉円絵
集英社(集英社みらい文庫) 2014年12月

藤小路 マリア　ふじのこうじ・まりあ
とっても自由な性格のおじょうさま、冒険やナゾ解きが大好きなぽっちゃり体型の小学5年生
「マリアにおまかせ! 天才犬とお宝伝説の島の巻」 はのまきみ作;森倉円絵 集英社(集
英社みらい文庫) 2015年4月

藤松 さつき　ふじまつ・さつき
小学三年生の夏休み前にやってきた転校生、学童クラブにはいることになった女の子　「まほとおかしな魔法の呪文」　草野たき作　岩崎書店（おはなしガーデン）　2015年7月

富士宮 夕　ふじみや・ゆう
アニメ映画の主人公を演じるトップ声優、声優雑誌などでも大人気のイケメン　「声優探偵ゆりんの事件簿〜アフレコスタジオの幽霊〜」　芳村れいな作;美麻りん絵　学研パブリッシング（アニメディアブックス）　2013年3月

富士宮 夕　ふじみや・ゆう
アニメ映画の主人公を演じるトップ声優、声優雑誌などでも大人気のイケメン　「声優探偵ゆりんの事件簿〜舞台に潜む闇」　芳村れいな作;美麻りん絵　学研パブリッシング（アニメディアブックス）　2013年6月

藤本 恵梨花　ふじもと・えりか
学校で目立つグループ「Aグループ」に属する学園一の美少女、同学年の亮と交際する高校二年生　「Bグループの少年 4」　櫻井春輝著　アルファポリス　2014年6月

藤本 恵梨花　ふじもと・えりか
学校で目立つグループ「Aグループ」に属する学園一の美少女、同学年の亮と交際する高校二年生　「Bグループの少年 5」　櫻井春輝著　アルファポリス　2015年6月

藤本 恵梨花　ふじもと・えりか
目立つ生徒の「Aグループ」のなかで学園一番の美少女、16歳の少女　「Bグループの少年 2」　櫻井春輝著　アルファポリス　2013年2月

藤本 恵梨花　ふじもと・えりか
目立つ生徒の「Aグループ」のなかで学園一番の美少女、平凡な「Bグループ」に紛れていた桜木亮とつき合うことになった16歳　「Bグループの少年 3」　櫻井春輝著　アルファポリス　2013年11月

フジワラさん
電器屋さんから古いガラケー電話のケータイくんを買ったおじいさん　「ケータイくんとフジワラさん」　市川宣子作;みずうちさとみ絵　小学館　2017年5月

ブースケ
キジバト　「クレヨン王国超特急24色ゆめ列車」　福永令三作;椎名優絵　講談社（青い鳥文庫）　2015年6月

ぶた（こぶた）
たまちゃんというおんなのこがみつけたこぶた　「はれたまたまこぶた」　矢玉四郎作・絵　岩崎書店　2013年7月

ふた口　ふたくち
好き嫌いなくなんでも食べてくれるもののけ　「もののけ屋 [1] 一度は会いたい妖怪変化」　廣嶋玲子作;東京モノノケ絵　静山社　2016年5月

ふたご
こそあどの森の妖精、お菓子のようなものばかり食べ遊びのようなくらしをしているふたごの少女　「水の森の秘密 こそあどの森の物語 12」　岡田淳作　理論社　2017年2月

二見 結子　ふたみ・ゆうこ
県立逢魔高校の生徒、誰もいない夜の学校で“友人”明日香のバラバラになった「カラダ」を探すことになった女の子　「カラダ探し 第2夜 1」　ウェルザード著;woguraイラスト　双葉社（双葉社ジュニア文庫）　2017年11月

豚妖怪　ぶたようかい
妖怪の中の強者・豚妖怪の姿をかくしている料理店のイケメン店主　「西遊記〜はじまりのはじまり〜」　浜崎達也著;チャウ・シンチー製作・脚本・監督　小学館（小学館ジュニア文庫）　2014年11月

ぷちぽ

プチ・ポチ
小学生のルイくんのすむマンションにいるちいさいあかちゃんおばけ 「いつも100てん!?おばけえんぴつ」 むらいかよ著 ポプラ社(ポプラ社の新・小さな童話) 2017年6月

ふーちゃん
オートバイで一人旅している74歳のイコさんが岡山で出会った女の子のゆうれい 「ラストラン」 角野栄子作;しゅー絵 KADOKAWA(角川つばさ文庫) 2014年2月

部長さん　ぶちょうさん
「日々テレビ」の制作部の部長さん、子どもに親切な白髪まじりのおじさん 「天才探偵Sen 7－テレビ局ハプニング・ツアー(天才探偵Senシリーズ)」 大崎梢作;久都りか絵 ポプラ社 2013年4月

ブックーヌ
本の国のあさどくはくしゃくのむすめ 「まじょ子のおはなしパーラー」 藤真知子作;ゆーちみえこ絵 ポプラ社(学年別こどもおはなし劇場) 2015年3月

筆鬼　ふでおに
書き出した願い事をすべて現実のものにすることができるもののけ 「もののけ屋 [1] 一度は会いたい妖怪変化」 廣嶋玲子作;東京モノノケ絵 静山社 2016年5月

プードル
みほのペットの犬、ハロウィンの日にとつぜんしゃべりだした六さいのプードル 「ハロウィンの犬」 村上しいこ作;宮尾和孝絵 講談社(おはなし12か月) 2013年8月

船越 みも　ふなこし・みも
子犬のバニラと暮らし始める日にお母さんから「犬と十の約束」を聞いた小学一年生 「犬と私の10の約束」 さとうまきこ作;牧野千穂絵 ポプラ社(ポプラポケット文庫) 2013年7月

ふなごろー
梨の妖精ふなっしー兄弟の56番目の後産梨(オトオートゥ)、梨と芋虫のハーフ 「おねがい♥ふなっしー! ふなっしーとふなごろー」 神埜明美著;ふなっしー監修;アップライト絵 集英社(集英社みらい文庫) 2015年7月

ふなっしー
千葉県の船橋の梨の木に降臨した梨の妖精 「ふなっしーの大冒険」 伊豆平成著;ふなっしー監修 小学館(小学館ジュニア文庫) 2015年7月

ふなっしー
千葉県船橋市に住む梨の妖精 「おねがい♥ふなっしー! ふなっしーとふなごろー」 神埜明美著;ふなっしー監修;アップライト絵 集英社(集英社みらい文庫) 2015年7月

ふなっしー
千葉県船橋市に住む梨の妖精 「だいすき♥ふなっしー! ふなっしーと迷子の子犬」 神埜明美著;ふなっしー監修;アップライト絵 集英社(集英社みらい文庫) 2014年7月

ふなゆうれい
ふねがしずんでおぼれてしまったひとのゆうれい 「おばけかいぞく おばけのポーちゃん2」 吉田純子作;つじむらあゆこ絵 あかね書房 2014年11月

プニ
魔女っ子のナコたちが雨の日に見つけた水が大好きな不思議な生き物 「魔女犬ボンボン[7] ナコとひみつの友達」 廣嶋玲子作;KeG絵 KADOKAWA(角川つばさ文庫) 2015年4月

フーパ
あらゆるものを取り出すことができるリングを持つ幻のポケモン、百年間チカラを封じられていたポケモン 「ポケモン・ザ・ムービーXY光輪(リング)の超魔神フーパ」 冨岡淳広著;冨岡淳広脚本 小学館(小学館ジュニア文庫) 2015年8月

ぷよぷ

フミちゃん
迷子になったビーグル犬のクウを飼うことにした小学四年生の女の子 「天国の犬ものがた
りわすれないで」 藤咲あゆな著;堀田敦子原作;環方このみイラスト 小学館(小学館ジュニ
ア文庫) 2014年3月

フムたん
ハマヤラワー国のおうじさま、きゅうけつき 「おいしゃさんはおばけだって!?ーおばけマン
ション」 むらいかよ著 ポプラ社(ポプラ社の新・小さな童話) 2013年2月

フムフム
おさない姉妹のマナとリオが迷いこんだトホウ・モナイ国に住むすがたのないいきもの 「つ
くえの下のとおい国」 石井睦美著;にしざかひろみ絵 講談社 2017年10月

フムユルウーおうじ(フムたん)
ハマヤラワー国のおうじさま、きゅうけつき 「おいしゃさんはおばけだって!?ーおばけマン
ション」 むらいかよ著 ポプラ社(ポプラ社の新・小さな童話) 2013年2月

フユ
虚弱体質な男子・高萩音斗の遠い親戚、「隠れ里」から札幌に来たパフェバー「マジックア
ワー」のイケメン店員 「ばんぱいやのパフェ屋さん [1]「マジックアワー」へようこそ」 佐々
木禎子[著] ポプラ社(teenに贈る文学) 2017年4月

フユ
虚弱体質な男子・高萩音斗の遠い親戚、「隠れ里」から札幌に来たパフェバー「マジックア
ワー」のイケメン店員 「ばんぱいやのパフェ屋さん [2]真夜中の人魚姫」 佐々木禎子
[著] ポプラ社(teenに贈る文学) 2017年4月

フユ
虚弱体質な男子・高萩音斗の遠い親戚、「隠れ里」から札幌に来たパフェバー「マジックア
ワー」のイケメン店員 「ばんぱいやのパフェ屋さん [3]禁断の恋」 佐々木禎子[著] ポプラ
社(teenに贈る文学) 2017年4月

フユ
虚弱体質な男子・高萩音斗の遠い親戚、「隠れ里」から札幌に来たパフェバー「マジックア
ワー」のイケメン店員 「ばんぱいやのパフェ屋さん [4]恋する逃亡者たち」 佐々木禎子
[著] ポプラ社(teenに贈る文学) 2017年4月

フユ
虚弱体質な男子・高萩音斗の遠い親戚、「隠れ里」から札幌に来たパフェバー「マジックア
ワー」のイケメン店員 「ばんぱいやのパフェ屋さん [5]雪解けのパフェ」 佐々木禎子[著]
ポプラ社(teenに贈る文学) 2017年4月

冬月 美湖　ふゆつき・みこ
小学5年生、王兔小学校で一条春菜と出会った霊感のあるフランス帰りの美少女 「心霊探
偵ゴーストハンターズ 1 オーメンな学校に転校!?」 石崎洋司作;かしのき彩画 岩崎書店
2016年11月

冬月 美湖　ふゆつき・みこ
小学5年生、王兔小学校の心霊探偵団(ゴーストハンターズ)の一人、フランス帰りの美少女
で動物霊担当 「心霊探偵ゴーストハンターズ 3 妖怪さんとホラーな放課後?」 石崎洋司
作;かしのき彩画 岩崎書店 2017年11月

冬月 美湖　ふゆつき・みこ
小学5年生、王兔小学校の心霊探偵団(ゴーストハンターズ)の一人、霊感のあるフランス帰
りの美少女 「心霊探偵ゴーストハンターズ 2 遠足も教室もオカルトだらけ!」 石崎洋司作;
かしのき彩画 岩崎書店 2017年5月

ぷよぷよ
プリンプタウンのどこにでもいる丸くてぷよぷよした謎の生き物 「ぷよぷよ アミティとふしぎ
なタマゴ」 芳野詩子作;こめ苺絵 KADOKAWA(角川つばさ文庫) 2014年4月

443

ぷよぷ

ぷよぷよ
プリンプタウンのどこにでもいる丸くてぷよぷよした謎の生き物 「ぷよぷよ アミティと愛の少女!?」 芳野詩子作;こめ苺絵 KADOKAWA(角川つばさ文庫) 2017年6月

ぷよぷよ
プリンプタウンのどこにでもいる丸くてぷよぷよした謎の生き物 「ぷよぷよ サタンのスペース遊園地」 芳野詩子作;こめ苺絵 KADOKAWA(角川つばさ文庫) 2016年2月

ぷよぷよ
プリンプタウンのどこにでもいる丸くてぷよぷよした謎の生き物 「ぷよぷよ シグのヒミツ」 芳野詩子作;こめ苺絵 KADOKAWA(角川つばさ文庫) 2015年7月

フライ姫　ふらいひめ
頭に「魔法のフライパン」をかぶっているちっちゃな女の子、じつはフライ王国の姫 「ドラゴンとふたりのお姫さま」 名木田恵子作;かわかみたかこ絵 講談社(ことり文庫) 2014年4月

フライ姫　ふらいひめ
頭に「魔法のフライパン」をかぶっているちっちゃな女の子、じつはフライ王国の姫 「フライ姫、どこにもない島へ」 名木田恵子作;かわかみたかこ絵 講談社(ことり文庫) 2014年9月

ブラッケ
せなか島のせなか町の南小学校に通う男の子、牛乳はいたつの少年 「せなか町から、ずっと」 斉藤倫著;junaida画 福音館書店 2016年6月

フラットくん
マリーランドの「うさぎのいる丘」に住むメロディの友だち 「マイメロディーマリーランドの不思議な旅」 はせがわみやび作;ぴよな絵 KADOKAWA(角川つばさ文庫) 2014年3月

プラム
探偵チーム「アルセーヌ探偵クラブ」のメンバー、ミステリーマニアの中学一年生 「探偵なら30分前に脱出せよ。」 松原秀行作;菅野マナミ絵 KADOKAWA(角川つばさ文庫) 2015年1月

プラム
探偵部の部長をつとめる中学一年生、お笑い好きのカド松とはおさななじみ 「怪盗は8日にあらわれる。―アルセーヌ探偵クラブ」 松原秀行作;菅野マナミ絵 KADOKAWA(角川つばさ文庫) 2014年3月

ブランカ
私立和漢学園高校の一年生・真赤の双子の妹、スペインに行っていた女の子 「わからん薬学事始2」 まはら三桃著 講談社 2013年4月

フランツ
魔女のルッカラのアシスタント、人間の世界では白クマの姿をしている魔法使い 「魔女っ子バレリーナ☆梨子 4 発表会とコロボックル」 深沢美潮作;羽戸らみ絵 角川書店(角川つばさ文庫) 2013年5月

プリアモンド
アムリオン王国を守る白天馬騎士団最強の騎士、サクノス家の美形三兄弟の長男 「トリシアは魔法のお医者さん!! 7 ペガサスは恋のライバル!?」 南房秀久著;小笠原智史絵 学研教育出版 2014年4月

フリーダ
異世界の都市エーレンフェストの「オトマール商会」の主の孫娘、仕草や言葉が大人びている可憐で可愛い幼女 「本好きの下剋上～司書になるためには手段を選んでいられません 第1部 兵士の娘2」 香月美夜著 TOブックス 2015年3月

ぶる

フリッツ
樫の木タウンのグリーンヒル牧場の牧場主で明るい男の子 「牧場物語 ほのぼの牧場へようこそ!」 高瀬美恵作;上倉エク絵;はしもとよしふみ(マーベラス)監修 KADOKAWA(角川つばさ文庫) 2015年4月

降矢木 すぴか　ふりやぎ・すぴか
アルカヌム学院中等部二年の凄腕美少女探偵 「降矢木すぴかと魔の洋館事件」 芦辺拓著 講談社(Ya! entertainment) 2015年10月

フリル(プードル)
みほのペットの犬、ハロウィンの日にとつぜんしゃべりだした六さいのプードル 「ハロウィンの犬」 村上しいこ作;宮尾和孝絵 講談社(おはなし12か月) 2013年8月

プリン
ケーキ屋「パティスリー・アン」の2年生のむすめ、うどん屋の子・たまちゃんのクラスメイト 「たまたま・たまちゃん」 服部千春作;つじむらあゆこ絵 WAVE出版(ともだちがいるよ!) 2013年11月

プリンセス
モンスター界のわがままなプリンセス 「ジャム! プリンセスのひとさしゆび」 ユズハチ作・絵 講談社(青い鳥文庫) 2014年5月

プリンセスひみこ
神戸の占いの館でタロットカードを使った占いをやっているあやしげなふんいきの女性占い師 「七時間目の占い入門」 藤野恵美作;朝日川日和絵 講談社(青い鳥文庫) 2017年8月

プリンのおとうさん
2年生のプリンのおとうさん、ケーキ屋「パティスリー・アン」をやっているパティシエ 「たまたま・たまちゃん」 服部千春作;つじむらあゆこ絵 WAVE出版(ともだちがいるよ!) 2013年11月

プリン姫　ぷりんひめ
バウムクーヘン王国の王様のむすめ、ゾウを飼い始めたおひめさま 「プリ♥プリ♥プリン姫[2]－王子さまがやってくる!」 吉田純子作;細川貂々絵 ポプラ社(ポプラ物語館) 2015年3月

プリン姫　ぷりんひめ
バウムクーヘン王国の王様のむすめ、大の苦手なお勉強をがんばるおひめさま 「プリ♥プリ♥プリン姫[3]－100点よりもステキなもの」 吉田純子作;細川貂々絵 ポプラ社(ポプラ物語館) 2015年9月

プリン姫　ぷりんひめ
バウムクーヘン王国の姫・プリンちゃん、国中でいちばんきびしい「エリート・ハーブティー学園」に入学した女の子 「プリ♥プリ♥プリン姫 プリンセスが転校生?」 吉田純子作;細川貂々絵 ポプラ社(ポプラ物語館) 2014年11月

ブル
神奈川県警横浜大黒署の特殊捜査課の熱血刑事、悪の組織・レッドヴィーナスの罠にかかって子どもになってしまった刑事 「コドモ警察」 時海結以著;福田雄一脚本 小学館(小学館ジュニアシネマ文庫) 2013年3月

ブルー
一年前に引っ越してきた小学五年生の男の子、ハーフだけどかっこよくない少年 「ブルーとオレンジ」 福田隆浩著 講談社(講談社文学の扉) 2014年7月

ブルー
正義の戦隊〈女子ーズ〉のメンバー、口の悪いギャル 「女子ーズ」 浜崎達也著;福田雄一監督・脚本 小学館(小学館ジュニアシネマ文庫) 2014年6月

ふるた

古田 亜希子　ふるた・あきこ
六年生のはるかの担任、背が高くてほっそりしていてやさしいお姉さんのような先生 「七時間目の怪談授業」 藤野恵美作;朝日川日和絵 講談社(青い鳥文庫) 2017年5月

ブルチネッタ
外国人の男の子ウィルのウィッチ・ドール、何でも吸い込んで自分の力にしてしまうビスクドール 「ハロウィン★ナイト! ふしぎな先生と赤い糸のヒミツ」 相川真作;黒裄絵 集英社(集英社みらい文庫) 2014年10月

ブルちゃん
一年生のたけしが登校中にひろった十センチぐらいのでっぷりとしたひきがえる 「ブルちゃんは二十五ばんめの友だち」 最上一平作;青山友美絵 新日本出版社 2017年9月

ブルック
小学四年生の青葉そらに魔法のペンで描かれて生まれたヒーロー 「小説そらペン」 陽橋エント原作・イラスト;水稀しま著 小学館(小学館ジュニア文庫) 2017年3月

プルートツム
くしゃみで増えてはりきるとビッグツムになる小さなツムたちのひとり 「ディズニーツムツムの大冒険」 橋口いくよ著;ウォルト・ディズニー・ジャパン株式会社監修 小学館(小学館ジュニア文庫) 2017年7月

ブルーベリー選手　ぶるーべりーせんしゅ
第一回全国スイーツ駅伝に出場したブルーベリー、六区で区間賞を獲ったチームフルーツ選抜のアンカー 「スイーツ駅伝」 二宮由紀子作;武田美穂絵 文溪堂 2017年7月

フルホン氏　ふるほんし
かつて絶滅したドード鳥、「雨ふる本屋」の店主 「雨ふる本屋とうずまき天気」 日向理恵子作;吉田尚令絵 童心社 2017年5月

降矢 凰壮　ふるや・おうぞう
サッカーチーム「桃山プレデター」のメンバー、降矢三兄弟の優れた戦術眼を持つ三男 「銀河へキックオフ!! 3 完結編」 川端裕人原作;金巻ともこ著;TYOアニメーションズ絵 集英社(集英社みらい文庫) 2013年2月

降矢 虎太　ふるや・こた
サッカーチーム「桃山プレデター」のメンバー、降矢三兄弟の長男でエースストライカー 「銀河へキックオフ!! 3 完結編」 川端裕人原作;金巻ともこ著;TYOアニメーションズ絵 集英社(集英社みらい文庫) 2013年2月

降矢 竜持　ふるや・りゅうじ
サッカーチーム「桃山プレデター」のメンバー、降矢三兄弟の理論派で策士の次男 「銀河へキックオフ!! 3 完結編」 川端裕人原作;金巻ともこ著;TYOアニメーションズ絵 集英社(集英社みらい文庫) 2013年2月

プルル
ドギーマギー動物学校に通うかわいい白いプードル、テレビで人気のアイドル 「ドギーマギー動物学校 3 世界の海のプール」 姫川明月作・絵 角川書店(角川つばさ文庫) 2013年7月

プルル
ドギーマギー動物学校に通うかわいい白いプードル、テレビで人気のアイドル 「ドギーマギー動物学校 4 動物園のぼうけん」 姫川明月作・絵 KADOKAWA(角川つばさ文庫) 2013年12月

プルル
ドギーマギー動物学校に通うかわいい白いプードル、テレビで人気のアイドル 「ドギーマギー動物学校 5 遠足でハプニング!」 姫川明月作・絵 KADOKAWA(角川つばさ文庫) 2014年6月

ふろら

プルル
ドギーマギー動物学校に通うかわいい白いプードル、テレビで人気のアイドル 「ドギーマギー動物学校 6 雪山レースとバレンタイン」 姫川明月作・絵 KADOKAWA（角川つばさ文庫） 2015年1月

プルル
ドギーマギー動物学校に通うかわいい白いプードル、テレビで人気のアイドル 「ドギーマギー動物学校 7 サーカスと空とび大会」 姫川明月作・絵 KADOKAWA（角川つばさ文庫） 2015年6月

プルル
ドギーマギー動物学校に通うかわいい白いプードル、テレビで人気のアイドル 「ドギーマギー動物学校 8 すてられた子犬たち」 姫川明月作・絵 KADOKAWA（角川つばさ文庫） 2016年5月

プルル
白いプードル、ドギーマギー動物学校に通うテレビで人気のアイドルの犬 「ドギーマギー動物学校 2 ランチは大さわぎ!」 姫川明月作・絵 角川書店（角川つばさ文庫） 2013年1月

フレア
少年ムルカが旅のとちゅうで出会った東の国からやってきた旅の使いの一団の少女 「ポポロクロニクル 白き竜 上下」 田森庸介作;福島敦子絵 偕成社 2015年3月

フレイヤ
邪悪な魔女ラヴェンナの妹で氷の国の女王、子どもをさらい戦闘のエリートである「ハンツマン」を育てる魔女 「スノーホワイト 氷の王国」 はのまきみ著 集英社（集英社みらい文庫） 2016年6月

フレンチブルドッグ
六年生の陽太が見知らぬホームレスの男からもらった迷い犬だというフレンチブルドッグ 「ハルと歩いた」 西田俊也作 徳間書店 2015年12月

フロイライン
雪の国の姫、なんでもこおらせることができる雪の精 「トリシアは魔法のお医者さん!! 5 恋する雪のオトメ♥」 南房秀久著;小笠原智史絵 学研教育出版 2013年3月

フローラ
「なんでも魔女商会リフォーム支店」に来た若い魔女、魔法植物をそだてる薬草園芸魔女 「ハムスターのすてきなお仕事」 あんびるやすこ著 岩崎書店（おはなしガーデン） 2016年11月

フローラ
エルフグレーン王国の王女、中学1年のかすみと同い年で日本にスケート留学している少女 「氷の上のプリンセス エアメールの約束」 風野潮作;Nardack絵 講談社（青い鳥文庫） 2016年9月

フローラ
エルフグレーン王国の王女、中学1年のかすみと同い年で日本にスケート留学している少女 「氷の上のプリンセス 夢への強化合宿」 風野潮作;Nardack絵 講談社（青い鳥文庫） 2016年2月

フローラ
エルフグレーン王国国王の孫、スケート留学で「桜ケ丘スケートクラブ」にきているエルフグレーン人の少女 「氷の上のプリンセス シンデレラの願い」 風野潮作;Nardack絵 講談社（青い鳥文庫） 2017年2月

ふろら

フローラ
ヨーロッパの小国・エルフグレーン王国の王女、小学6年生のかすみと同い年の少女 「氷の上のプリンセス はじめての国際大会」風野潮作;Nardack絵 講談社(青い鳥文庫) 2015年10月

ふわ
ドギーマギー動物学校のカムたちが公園でみつけたすてられていた子犬、白い毛がふわふわしている女の子 「ドギーマギー動物学校 8 すてられた子犬たち」姫川明月作・絵 KADOKAWA(角川つばさ文庫) 2016年5月

譜和 匠　ふわ・たくみ
堂本音楽アカデミーにある堂本ホールの館長、元ピアノ調律師 「名探偵コナン戦慄の楽譜(フルスコア)」青山剛昌原作;水稀しま著 小学館(小学館ジュニアシネマ文庫) 2014年3月

不破 雷蔵　ふわ・らいぞう
にんじゅつ学園五ねんせいのまよいグセのあるにんたま 「忍たま乱太郎 豆をうつすならいの段」尼子騒兵衛原作;望月千賀子文;亜細亜堂絵 ポプラ社(ポプラ社の新・小さな童話) 2013年9月

不破 雷蔵　ふわ・らいぞう
にんじゅつ学園五年生のまよいぐせのあるせいと 「忍たま乱太郎 あたらしいトカゲの段」尼子騒兵衛原作;望月千賀子文;亜細亜堂絵 ポプラ社(ポプラ社の新・小さな童話) 2014年6月

ブーン
「ザブザブ海岸」でほねのステゴサウルス・ゴンちゃんをさらっていった「青き海賊」と名のるほねの海賊 「ほねほねザウルス 17 はっけん!かいていおうこくホネランティス」カバヤ食品株式会社原案・監修 岩崎書店 2016年12月

文吾　ぶんご
江戸の損料屋(今でいうレンタルショップ)で奉公をする十一歳の少年 「化けて貸します!レンタルショップ八文字屋」泉田もと作 岩崎書店(物語の王国) 2017年6月

ブンダバー
ホルムという町にすむ古道具屋のおじさん、ひろった洋服ダンスの中からでてきたしゃべるクロネコ 「ブンダバー 1」くぼしまりお作;佐竹美保絵 ポプラ社(ポプラポケット文庫) 2013年8月

ブンダバー
ホルムという町にすむ古道具屋のおじさん、ひろった洋服ダンスの中からでてきたしゃべるクロネコ 「ブンダバー 2」くぼしまりお作;佐竹美保絵 ポプラ社(ポプラポケット文庫) 2013年11月

ブンダバー
ホルムという町にすむ古道具屋のおじさんがひろった洋服ダンスの中からでてきたしゃべるクロネコ 「ブンダバー 3」くぼしまりお作;佐竹美保絵 ポプラ社(ポプラポケット文庫) 2014年2月

【へ】

平史郎　へいしろう
縫い物師、明智光秀の家臣だった父をなくし七歳で独り立ちの道をえらんだ少年 「ひかり舞う」中川なをみ著;スカイエマ絵 ポプラ社(Teens' best selections) 2017年12月

平太　へいた
伊万里の廻船問屋の仕事師、確かな仕事をする三十四歳の男 「ユキとヨンホ」中川なをみ作;舟橋全二絵 新日本出版社 2014年7月

べにこ

へいたいロボット
山おくの村であばれまわるこわれたロボット、そうりだいじんのめいれいでしかうごかないひみつのロボット 「大どろぼうジャム・パン」 内田麟太郎作;藤本ともひこ絵 文研出版（わくわくえどうわ） 2017年12月

ベガ
コアマンティ山に向かったベビーたちの前にあらわれたサーベルタイガー 「ほねほねザウルス 18 たいけつ!きょうふのサーベルタイガー」 カバヤ食品株式会社原案・監修 岩崎書店 2017年9月

ヘカテさん
化野原団地の見学に来た「ヨーロッパ魔もの連合」会長一家の奥さん、魔女 「妖怪一家のハロウィン－妖怪一家九十九さん [6]」 富安陽子作;山村浩二絵 理論社 2017年9月

碧紫仙子（芝玉） へきしせんし（しぎょく）
中国・福州でその名を知られる占星術師、祈祷で邪気を払う少女 「封魔鬼譚 2 太歳」 渡辺仙州作;佐竹美保絵 偕成社 2017年4月

ベス
森で迷子になり女王の孫・トリアに助けられた市場の白いネコ 「ネコの家庭教師」 南部和也さく;さとうあやえ 福音館書店（福音館創作童話シリーズ） 2017年2月

ペーター
行く先々でいたずらばかりしてトラブルを巻き起こすこやぎの男の子 「いたずらこやぎと春まつり」 松居スーザン作;出久根育絵 佼成出版社（おはなしみーつけた!シリーズ） 2017年2月

ベタ子さん べたこさん
妖怪が大好きな女の子みずきの家の「離れ」に住むお歯黒べったりの妖怪 「ここは妖怪おたすけ委員会 2 委員長は雑用係!?」 宮下恵茉作;いちごイチエ絵 KADOKAWA（角川つばさ文庫） 2016年9月

ヘッチャラくん
あゆむくんのクラスに二しゅうかんだけたいけんにゅうがくしたこどものロボット 「ヘッチャラくんがやってきた!」 さえぐさひろこ作;わたなべみちお絵 新日本出版社 2017年9月

ペットントン
二年生のタクヤがじぶんのへやのおしいれでかっていたあかちゃんカイジュウ 「うまれたよ、ペットントン」 服部千春作;村上康成絵 岩崎書店（おはなしトントン） 2013年8月

ベートーベン
よるになるとめがひかったりうごいたりするおんがくしつのかべにはってあるしょうぞうがのなかのベートーベン 「がっこうのおばけ おばけのポーちゃん4」 吉田純子作;つじむらあゆこ絵 あかね書房 2016年3月

ベニ
幼なじみの王子・リョウに会いに龍神界から宝田家に来た龍神族の女の子 「龍神王子(ドラゴン・プリンス)! 5」 宮下恵茉作;kaya8絵 講談社（青い鳥文庫） 2015年11月

紅子 べにこ
クラスメイトの圭太とリッチと三人でふしぎなおばあさんから魔法をならうことになった小学四年生 「魔法学校へようこそ」 さとうまきこ作;高橋由為子絵 偕成社 2017年12月

紅子 べにこ
ふしぎ駄菓子屋「銭天堂」の主人、店におとずれる客の願いを察して望みの駄菓子をすすめる女 「ふしぎ駄菓子屋銭天堂 2」 廣嶋玲子作;jyajya絵 偕成社 2014年1月

紅子 べにこ
ふしぎ駄菓子屋「銭天堂」の主人、店におとずれる客の願いを察して望みの駄菓子をすすめる女 「ふしぎ駄菓子屋銭天堂 4」 廣嶋玲子作;jyajya絵 偕成社 2015年6月

べにこ

紅子　べにこ
ふしぎ駄菓子屋「銭天堂」の主人、店におとずれる客の願いを察して望みの駄菓子をすすめる女　「ふしぎ駄菓子屋銭天堂　5」　廣嶋玲子作;jyajya絵　偕成社　2015年9月

紅子　べにこ
ふしぎ駄菓子屋「銭天堂」の女主人、古銭の柄の入ったこい赤紫色の着物を着た太った女の人　「ふしぎ駄菓子屋銭天堂　1」　廣嶋玲子作;jyajya絵　偕成社　2013年5月

紅子　べにこ
ふしぎ駄菓子屋「銭天堂」の女主人、古銭の柄の入ったこい赤紫色の着物を着た太った女の人　「ふしぎ駄菓子屋銭天堂　3」　廣嶋玲子作;jyajya絵　偕成社　2014年8月

紅子　べにこ
ふしぎ駄菓子屋「銭天堂」の女主人、古銭の柄の入ったこい赤紫色の着物を着た太った女の人　「ふしぎ駄菓子屋銭天堂　6」　廣嶋玲子作;jyajya絵　偕成社　2016年6月

紅子　べにこ
ふしぎ駄菓子屋「銭天堂」の女主人、古銭の柄の入ったこい赤紫色の着物を着た太った女の人　「ふしぎ駄菓子屋銭天堂　7」　廣嶋玲子作;jyajya絵　偕成社　2017年2月

紅子　べにこ
ふしぎ駄菓子屋「銭天堂」の女主人、古銭の柄の入ったこい赤紫色の着物を着た太った女の人　「ふしぎ駄菓子屋銭天堂　8」　廣嶋玲子作;jyajya絵　偕成社　2017年10月

ヴェニヴルホラハレン・ソーマルニンフランハ・一世と6/5　べにぶるほらはれんそーまるにんふらんはってんいっせいとごぶんのろく*
不時着した宇宙船から降りて四年生の男の子友樹と出会った子犬の姿をした宇宙人　「宇宙犬ハッチー　銀河から来た友だち」　かわせひろし作;杉田比呂美画　岩崎書店　2013年3月

ペネム
中1の女の子・まつりの前にあらわれた謎の王子様、口の悪い金髪の美少年　「ひみつの図書館!『白雪姫』とアルパカの王子!?」　神代明作;おのともえ絵　集英社(集英社みらい文庫)　2015年4月

ベビー
「ザブザブ海岸」に仲間のトップスとゴンちゃんとやってきたほねのティラノサウルス　「ほねほねザウルス　17　はっけん!かいていおうこくホネランティス」　カバヤ食品株式会社原案・監修　岩崎書店　2016年12月

ベビー
ふしぎな壺のせんをぬいてほねの魔神・イフリートを出してしまったほねのティラノサウルス　「ほねほねザウルス　10　ティラノ・ベビーと4人のまほうつかい」　カバヤ食品株式会社原案・監修　岩崎書店　2013年7月

ベビー
ぼうけんが大好きなほねほねザウルスの子ども、ジャングルをぼうけんしたティラノサウルス　「ほねほねザウルス　14　大けっせん!ガルーダvsヒドラ　前編」　カバヤ食品株式会社原案・監修;ぐるーぷ・アンモナイツ作・絵　岩崎書店　2015年7月

ベビー
ぼうけんが大好きなほねほねザウルスの子ども、ジャングルをぼうけんしたティラノサウルス　「ほねほねザウルス　15　大けっせん!ガルーダvsヒドラ　後編」　カバヤ食品株式会社原案・監修;ぐるーぷ・アンモナイツ作・絵　岩崎書店　2015年11月

ベビー
ぼうけんが大好きなほねほねザウルスの子ども、巨大なたて穴をぼうけんしたティラノサウルス　「ほねほねザウルス　11　だいぼうけん!ボコボコン・ホール」　カバヤ食品株式会社原案・監修;ぐるーぷ・アンモナイツ作・絵　岩崎書店　2013年12月

べるな

ベビー
ほねほねアーチャー・ロビンを探しにその息子と仲間のトップスとゴンちゃんとブッタ村へ向かったほねのティラノサウルス 「ほねほねザウルス 18 たいけつ!きょうふのサーベルタイガー」 カバヤ食品株式会社原案・監修 岩崎書店 2017年9月

ベビー
ほねほねランドに落ちてき星「メテオランド」の住人・ピノにあったほねのティラノサウルス 「ほねほねザウルス 16 ティラノ・ベビーとなぞの巨大いんせき」 カバヤ食品株式会社原案・監修 岩崎書店 2016年7月

ベビー
友だちのビットをたずねて仲間のトップスとゴンちゃんと北の国・バインガルドまで来たほねのティラノサウルス 「ほねほねザウルス 13 ティラノ・ベビーとミラクルツリー」 カバヤ食品株式会社原案・監修 岩崎書店 2014年12月

ベビー
友だちのほね太郎を助けるために仲間のトップスとゴンちゃんとキビの国に向かったほねのティラノサウルス 「ほねほねザウルス 12 アシュラとりでのほねほねサムライ」 カバヤ食品株式会社原案・監修 岩崎書店 2014年7月

ヘブリチョフ
じんじゃのけいだいにいたこまいぬのこいぬ 「まいごのおばけしりませんか? -おばけマンション」 むらいかよ著 ポプラ社(ポプラ社の新・小さな童話) 2014年10月

ペペ
世界一貧しいけど世界一豊かな心をもったウルグアイの第40代大統領、国民に大人気のおじいちゃん 「世界を動かすことば 世界でいちばん貧しい大統領のスピーチ」 百瀬しのぶ作;ちーこ絵 KADOKAWA(角川つばさ文庫) 2015年10月

ペペコさん
マリン水ぞくかんで生まれたおよぎがとっても上手なペンギンの女の子 「ペンギンペペコさんだいかつやく」 西内ミナミ作;西巻茅子絵 鈴木出版(おはなしのくに) 2013年5月

ベラ
トパーズ荘の庭でけんかをしていた子ギツネ 「空色ハーブのふしぎなききめ-魔法の庭ものがたり16」 あんびるやすこ作・絵 ポプラ社(ポプラ物語館) 2014年10月

ペリーツム
くしゃみで増えてはりきるとビッグツムになる小さなツムたちのひとり 「ディズニーツムツムの大冒険」 橋口いくよ著;ウォルト・ディズニー・ジャパン株式会社監修 小学館(小学館ジュニア文庫) 2017年7月

ベリル
とねりこ屋をさがしている魔女 「魔女モティ とねりこ屋のコラル」 柏葉幸子作;尾谷おさむ絵 講談社 2015年2月

ベル
オオカミ男の父と九尾のキツネの母を持つ特殊種、怪力で大食いの心やさしい女の子 「魔法探偵ジングル」 大空なごむ作 ポプラ社 2017年12月

ベールジール
魔界を支配する大魔王のひとり 「魔法屋ポプルさらわれた友」 堀口勇太作;玖珂つかさ絵 ポプラ社(ポプラポケット文庫) 2013年5月

ベルナルド・マルロー
イタリアのある村で孫のジャンと時計屋を営むおじいさん 「レオナルドの扉 1」 真保裕一作;しゅー絵 KADOKAWA(角川つばさ文庫) 2017年11月

べるぴ

ベル・ピコ
マジシャンをなのるあやしいひとといっしょにいるまっしろなモフモフおばけ 「いつも100てん!?おばけえんぴつ」 むらいかよ著 ポプラ社(ポプラ社の新・小さな童話) 2017年6月

ベルモット
謎に包まれた黒ずくめの組織の人間、プラチナブロンドの美女 「名探偵コナン純黒の悪夢(ナイトメア)」 青山剛昌原作;水稀しま著 小学館(小学館ジュニア文庫) 2016年4月

ペローナ
魔法ショップ「ティンクル☆スター」にやってきた少女、大魔王ベヒモデウスの娘 「魔法屋ポプル呪われたプリンセス」 堀口勇太作;玖珂つかさ絵 ポプラ社(ポプラポケット文庫) 2014年1月

ベン
アンダーランドからやってきた悪霊にあやつられているウサギの霊「コニー・プーカ」、黒うさぎ・ピーターの友達 「ミカルは霊魔女! 2 ウサギ魔女と消えたアリスたち」 ハガユイ作;namo絵 KADOKAWA(角川つばさ文庫) 2015年3月

変顔 へんがん
三国志の巻物をうばって2111年の未来を逃げまわっているどんな顔にもなれる妖怪 「幻影の町から大脱出 妖怪道中三国志 4」 三田村信行作;十々夜絵 あかね書房 2017年5月

弁慶 べんけい
地獄の野球チーム「鎌倉グッドカントリーズ」の四番バッター、キャプテン・源義経の家来 「戦国ベースボール [4] 最強コンビ義経&弁慶!信長vs鎌倉将軍!!」 りょくち真太作;トリバタケハルノブ絵 集英社(集英社みらい文庫) 2016年3月

弁財天(弁天) べんざいてん(べんてん)
「弁天堂デパート」を見守ってきた商売をつかさどる女神 「女神のデパート2 天空テラスで星にねがいを☆」 菅野雪虫作;椋本夏夜絵 ポプラ社(ポプラポケット文庫) 2016年11月

弁財天(弁天) べんざいてん(べんてん)
商売をつかさどる神、「弁天堂デパート」を見守ってきた神さま 「女神のデパート1 小学生・結羽、社長になる。」 菅野雪虫作;椋本夏夜絵 ポプラ社(ポプラポケット文庫) 2016年4月

弁財天(弁天) べんざいてん(べんてん)
商売をつかさどる女神、「弁天堂デパート」を見守ってきた神さま 「女神のデパート3 街をまきこめ!TVデビュー!?」 菅野雪虫作;椋本夏夜絵 ポプラ社(ポプラポケット文庫) 2017年9月

ヘンゼル
犯罪芸術家を名乗る怪盗姉弟の弟 「華麗なる探偵アリス&ペンギン[7] ミステリアス・ナイト」 南房秀久著;あるやイラスト 小学館(小学館ジュニア文庫) 2016年7月

弁天 べんてん
「弁天堂デパート」を見守ってきた商売をつかさどる女神 「女神のデパート2 天空テラスで星にねがいを☆」 菅野雪虫作;椋本夏夜絵 ポプラ社(ポプラポケット文庫) 2016年11月

弁天 べんてん
商売をつかさどる女神、「弁天堂デパート」を見守ってきた神さま 「女神のデパート1 小学生・結羽、社長になる。」 菅野雪虫作;椋本夏夜絵 ポプラ社(ポプラポケット文庫) 2016年4月

弁天 べんてん
商売をつかさどる女神、「弁天堂デパート」を見守ってきた神さま 「女神のデパート3 街をまきこめ!TVデビュー!?」 菅野雪虫作;椋本夏夜絵 ポプラ社(ポプラポケット文庫) 2017年9月

ぼうし

弁天さん　べんてんさん
年に一度の慰安旅行で大阪にでかけた七福神の一人、楽器の琵琶を持った神様 「七福神の大阪ツアー」 くまざわあかね作;あおきひろえ絵 ひさかたチャイルド 2017年4月

ベンノ
異世界の都市エーレンフェストの「ギルベルタ商会」の主、下町に住むマインとルッツを商人見習いとして雇った青年 「本好きの下剋上〜司書になるためには手段を選んでいられません 第1部 兵士の娘2」 香月美夜著 TOブックス 2015年3月

ベンノ
虚弱な少女・マインの商売上の保護者、ギルベルタ商会の主 「本好きの下剋上〜司書になるためには手段を選んでいられません 第2部 神殿の巫女見習い1」 香月美夜著 TOブックス 2015年10月

片理 笑太　へんり・しょうた
小学六年生、推理クラブの部員で浮遊霊のヘンリー・フォールズに乗りうつられた少年 「天才!科学探偵Wヘンリー」 椎名雅史作;裕龍ながれ絵 KADOKAWA(角川つばさ文庫) 2014年11月

ヘンリー・フォールズ
小学六年生の笑太に乗りうつった浮遊霊、元天才科学者 「天才!科学探偵Wヘンリー」 椎名雅史作;裕龍ながれ絵 KADOKAWA(角川つばさ文庫) 2014年11月

【ほ】

ポー
パックル森に住んでいるのんびりやでくいしんぼうな妖精、せっかちなコロンタの親友 「パックル森のゆかいな仲間 ポーとコロンタ」 倉本采文;丘光世影絵・イラスト 本の泉社 (子どものしあわせ童話セレクション) 2017年4月

ポウ
もとの天使にもどるためにピピとパララと地上で修行中の悪魔の男の子 「悪魔のピ・ポ・パ」 川北亮司作;かんざきかりん絵 童心社 2014年3月

帽子　ぼうし
男の子のあっちゃんに電話をかけてくる帽子、おとうさんがお気に入りの青いしましまようの鳥うち帽 「帽子から電話です」 長田弘作;絵長新太 偕成社 2017年12月

帽子屋氏　ぼうしやし
細身のタキシードを着て黒いシルクハットをかぶりちょっと変わったものを売り歩いている行商人の男 「お嬢様探偵ありすの冒険」 藤野恵美作;Haccan絵 講談社(青い鳥文庫) 2016年10月

帽子屋氏　ぼうしやし
帽子から取りだした商品を売るちょっとあやしげな行商人の男 「古城ホテルの花嫁事件ーお嬢様探偵ありすと少年執事ゆきとの事件簿」 藤野恵美作;Haccan絵 講談社(青い鳥文庫) 2013年6月

宝条 有栖　ほうじょう・ありす
まだ小学生ながら天才画家として名を知られている九歳の少女 「怪盗レッド 13 少年探偵との共同作戦☆の巻」 秋木真作;しゅー絵 KADOKAWA(角川つばさ文庫) 2017年3月

北條 周作　ほうじょう・しゅうさく
18歳の妻・すずの夫、広島にある呉軍港の海軍軍法会議所に勤める青年 「ノベライズ この世界の片隅に」 こうの史代原作;蒔田陽平ノベライズ 双葉社(双葉社ジュニア文庫) 2016年12月

ほうし

北條 すず　ほうじょう・すず
18歳で広島の江波から呉の北条家に嫁いだ娘、海軍軍法会議所に勤める周作の妻 「ノベライズ この世界の片隅に」 こうの史代原作;蒔田陽平ノベライズ 双葉社(双葉社ジュニア文庫) 2016年12月

北条 そふぃ　ほうじょう・そふぃ
アイドルの聖地「プリパラ」のパプリカ学園中等部3年生、アイドルグループ「SoLaMi SMILE」のメンバー 「映画プリパラみ〜んなのあこがれレッツゴー☆プリパリ」 筆安一幸著;ふでやすかずゆき脚本 小学館(小学館ジュニア文庫) 2016年3月

宝生 麗子　ほうしょう・れいこ
警視庁国立署の新米刑事、世界的な企業グループ「宝生グループ」総帥のひとり娘のお嬢様 「謎解きはディナーのあとで」 東川篤哉著 小学館(小学館ジュニア文庫) 2017年5月

北条 零士　ほうじょう・れいじ
中学生の少女・リンと婚約した3悪魔のひとり、秀才でクールキャラの少年 「白魔女リンと3悪魔 レイニー・シネマ」 成田良美著;八神千歳イラスト 小学館(小学館ジュニア文庫) 2015年12月

北条 零士　ほうじょう・れいじ
白魔女のリンと婚約した3悪魔の一人、猫の時はブルーアイの白猫で氷・凍結・ブリザードを操る悪魔 「白魔女リンと3悪魔 ダークサイド・マジック」 成田良美著;八神千歳イラスト 小学館(小学館ジュニア文庫) 2017年1月

北条 零士　ほうじょう・れいじ
白魔女のリンと婚約した3悪魔の一人、猫の時はブルーアイの白猫で氷・凍結・ブリザードを操る悪魔 「白魔女リンと3悪魔 フルムーン・パニック」 成田良美著;八神千歳イラスト 小学館(小学館ジュニア文庫) 2017年7月

方相氏　ほうそうし
節分にケガレを祓う役目の神さま、「神さまの相談役」のこどもの学校にきた音楽の先生 「神さま、事件です! 音楽の先生はハチャメチャ神さま!?」 森三月作;おきる絵 集英社(集英社みらい文庫) 2014年5月

ホカリさん
ちいさなまちのゆうびんやさん、いつもにこにこしながらゆうびんをとどけるまんまるめがねの人 「ホカリさんのゆうびんはいたつ」 はせがわさとみ作;かわかみたかこ絵 文渓堂 2017年11月

ポコタン
小学四年生の女の子、みらくるキャットに変身するネコ・マミタスの飼い主 「おまかせ!みらくるキャット団ーマミタス、みらくるするのナー」 福田裕子著;中川翔子原案 小学館(小学館ジュニア文庫) 2015年8月

星 亜香里　ほし・あかり
あさひ小学校で第41代「こわいもの係」だった高校一年生、魔術やオカルト好きな女の子 「五年霊組こわいもの係 10ー六人のこわいもの係、黒い穴に挑む。」 床丸迷人作;浜弓場双絵 KADOKAWA(角川つばさ文庫) 2017年3月

星 亜香里　ほし・あかり
あさひ小学校で第41代「こわいもの係」だった高校一年生、魔術やオカルト好きな女の子 「五年霊組こわいもの係 11ー六人のこわいもの係、だいだらぼっちと約束する。」 床丸迷人作;浜弓場双絵 KADOKAWA(角川つばさ文庫) 2017年7月

星 亜香里　ほし・あかり
あさひ小学校で第41代「こわいもの係」だった高校一年生、魔術やオカルト好きな女の子 「五年霊組こわいもの係 9ー六人のこわいもの係、霊組に集まる。」 床丸迷人作;浜弓場双絵 KADOKAWA(角川つばさ文庫) 2016年12月

ほしな

星 アンナ　ほし・あんな
友だちの前に行くときんちょうしてうまくはなせなくなってしまう十一さいの女の子 「ティンクル・セボンスター 1 はじめまして★宝石の妖精モモ」 菊田みちよ著 ポプラ社 2015年12月

星 アンナ　ほし・あんな
友だちの前に行くときんちょうしてうまくはなせなくなってしまう十一さいの女の子 「ティンクル・セボンスター 3 妖精ビビアンのキケンなひみつ？」 菊田みちよ著 ポプラ社 2017年5月

星河 風呼（フーコ）　ほしかわ・ふうこ（ふーこ）
中学一年生の普通の女の子ハトリのクラスメート、成績優秀だけど変わった性格で天才料理人の女の子 「学園シェフのきらめきレシピ 2 3つの味の魔法のパスタ」 芳野詩子作;hou絵 KADOKAWA（角川つばさ文庫） 2015年12月

星河 風呼（フーコ）　ほしかわ・ふうこ（ふーこ）
中学一年生の普通の女の子羽鳥のクラスメート、成績優秀だけど変わった性格で天才料理人の女の子 「学園シェフのきらめきレシピ 1 友情の隠し味ハンバーグ」 芳野詩子作;hou絵 KADOKAWA（角川つばさ文庫） 2015年8月

星川 良　ほしかわ・りょう
桜ヶ丘中サッカー部の三年生で副キャプテン、母親と二人暮らしの少年 「サッカーボーイズ15歳」 はらだみずき作;ゴツボリュウジ絵 KADOKAWA（角川つばさ文庫） 2013年11月

星川 良　ほしかわ・りょう
桜ヶ丘中サッカー部の三年生で副キャプテン、母親と二人暮らしの少年 「サッカーボーイズ卒業」 はらだみずき作;ゴツボリュウジ絵 KADOKAWA（角川つばさ文庫） 2016年11月

星川 良　ほしかわ・りょう
桜ヶ丘中学校二年生のサッカー部員、元Jリーグのジュニアチームメンバー 「サッカーボーイズ14歳－蝉時雨のグラウンド」 はらだみずき作;ゴツボリュウジ絵 角川書店（角川つばさ文庫） 2013年1月

星 雫　ほし・しずく
私立天ノ川学院中等部一年、天才少年小説家・幽の幼なじみ 「月読幽の死の脱出ゲーム[1]謎じかけの図書館からの脱出」 近江屋一朗作;藍本松絵 集英社（集英社みらい文庫） 2016年4月

星 雫　ほし・しずく
私立天ノ川学院中等部一年、天才少年小説家・幽の幼なじみ 「月読幽の死の脱出ゲーム[2]爆発寸前！寝台特急アンタレス号からの脱出」 近江屋一朗作;藍本松絵 集英社（集英社みらい文庫） 2017年1月

保志名 朝巨　ほしな・あさおみ
元プロレスラーの息子、学校一の巨体だが虫が大好きな四年生の少年 「虫ロボのぼうけん 01 カブトムシに土下座!?」 吉野万理子作;安部繭子絵 理論社 2014年6月

保志名 朝巨　ほしな・あさおみ
元プロレスラーの息子で忍者の末裔、学校一の巨体だが虫が大好きな五年生の少年 「虫ロボのぼうけん 04 バッタとジャンプ大会!」 吉野万理子作;安部繭子絵 理論社 2015年7月

保志名 朝巨　ほしな・あさおみ
元プロレスラーの息子で忍者の末裔、学校一の巨体だが虫が大好きな五年生の少年 「虫ロボのぼうけん 05 フンコロ牧場へGO！」 吉野万理子作;安部繭子絵 理論社 2016年1月

保志名 朝巨　ほしな・あさおみ
元プロレスラーの息子で忍者の末裔、学校一の巨体だが虫が大好きな四年生の少年 「虫ロボのぼうけん 02 赤トンボとレース!」 吉野万理子作;安部繭子絵 理論社 2014年9月

ほしな

保志名 朝巨　ほしな・あさおみ
元プロレスラーの息子で忍者の末裔、学校一の巨体だが虫が大好きな四年生の少年 「虫ロボのぼうけん 03 スズメバチの城へ!」 吉野万理子作;安部繭子絵 理論社 2015年2月

ほしの えりか　ほしの・えりか
再開発計画にともなって切りたおされてしまう樫の木にむけて手紙をかいた女の子 「お手紙ありがとう」 小手鞠るい作 WAVE出版(ともだちがいるよ!) 2013年1月

星の王子さま　ほしのおうじさま
小さな小さな星に住んでいる王子 「リトルプリンス」 五十嵐佳子著 集英社(集英社みらい文庫) 2015年10月

星野 信一　ほしの・しんいち
小学四年生、謎の転校生・空子がやってきたクラスの少年 「あしたの空子」 田森庸介作;勝川克志絵 偕成社 2014年12月

星野 すばる　ほしの・すばる
伝説のパティシエ・クロエ先生のもとでパティシエをめざして修行する小学生 「パティシエ☆すばる おねがい!カンノーリ」 つくもようこ作;鳥羽雨絵 講談社(青い鳥文庫) 2016年10月

星野 すばる　ほしの・すばる
伝説のパティシエ・クロエ先生のもとでパティシエをめざして修行する小学生 「パティシエ☆すばる パティシエ・コンテスト! 1 予選」 つくもようこ作;鳥羽雨絵 講談社(青い鳥文庫) 2017年4月

星野 すばる　ほしの・すばる
伝説のパティシエ・クロエ先生のもとでパティシエをめざして修行する小学生 「パティシエ☆すばる パティシエ・コンテスト! 2 決勝」 つくもようこ作;鳥羽雨絵 講談社(青い鳥文庫) 2017年10月

星野 優　ほしの・ゆう
田舎にある廃校寸前の中学校に転校してきたエリート中学生 「楽園のつくりかた」 笹生陽子作;渋谷学志絵 講談社(青い鳥文庫) 2015年5月

星野 葉香　ほしの・ようか
中一の時から声が出なくなってしまった中学二年生の女の子 「きみの声を聞かせて」 小手鞠るい著 偕成社 2016年10月

星博士　ほしはかせ
かつて「七魔が山」にいた魔女マジョラムの知り合い、星を観察して世界を旅する若者 「魔女バジルとなぞのほうき星」 茂市久美子作;よしざわけいこ絵 講談社(わくわくライブラリー) 2015年7月

星海 九嵐　ほしみ・くらん
「死神うどんカフェ1号店」で働く死神、ゴーストバスターの社員として美術館に行った青年 「死神うどんカフェ1号店 6杯目」 石川宏千花著 講談社(Ya! entertainment) 2015年10月

星海 九嵐　ほしみ・くらん
「死神うどんカフェ1号店」で働く死神、ゴーストバスターの社員として美術館に行った青年 「死神うどんカフェ1号店 別腹編」 石川宏千花著 講談社(Ya! entertainment) 2016年10月

星海 九嵐　ほしみ・くらん
元死神、香川県で食べたうどんに魅了され「死神うどんカフェ1号店」をはじめた青年 「死神うどんカフェ1号店 1杯目」 石川宏千花著 講談社(Ya! entertainment) 2014年5月

星海 九嵐　ほしみ・くらん
元死神、香川県で食べたうどんに魅了され「死神うどんカフェ1号店」をはじめた青年 「死神うどんカフェ1号店 2杯目」 石川宏千花著 講談社(Ya! entertainment) 2014年8月

ぽちゃ

星海 九嵐　ほしみ・くらん
元死神、香川県で食べたうどんに魅了され「死神うどんカフェ1号店」をはじめた青年　「死神うどんカフェ1号店 3杯目」 石川宏千花著　講談社(Ya! entertainment)　2014年11月

星海 九嵐　ほしみ・くらん
元死神、香川県で食べたうどんに魅了され「死神うどんカフェ1号店」をはじめた青年　「死神うどんカフェ1号店 4杯目」 石川宏千花著　講談社(Ya! entertainment)　2015年3月

星海 九嵐　ほしみ・くらん
元死神、香川県で食べたうどんに魅了され「死神うどんカフェ1号店」をはじめた青年　「死神うどんカフェ1号店 5杯目」 石川宏千花著　講談社(Ya! entertainment)　2015年6月

保津原博士　ほずはらはかせ
五年生の志馬のおじいちゃん、世間に秘密で虫型ロボットを発明した有名な昆虫学者　「虫ロボのぼうけん 04 バッタとジャンプ大会!」 吉野万理子作;安部繭子絵　理論社　2015年7月

保津原博士　ほずはらはかせ
五年生の志馬のおじいちゃん、世間に秘密で虫型ロボットを発明した有名な昆虫学者　「虫ロボのぼうけん 05 フンコロ牧場へGO！」 吉野万理子作;安部繭子絵　理論社　2016年1月

保津原博士　ほずはらはかせ
四年生の志馬のおじいちゃん、世間に秘密で虫型ロボットを発明した有名な昆虫学者　「虫ロボのぼうけん 02 赤トンボとレース!」 吉野万理子作;安部繭子絵　理論社　2014年9月

保津原博士　ほずはらはかせ
四年生の志馬のおじいちゃん、世間に秘密で虫型ロボットを発明した有名な昆虫学者　「虫ロボのぼうけん 03 スズメバチの城へ!」 吉野万理子作;安部繭子絵　理論社　2015年2

保津原博士　ほずはらはかせ
四年生の志馬のおじいちゃん、変わり者だが有名な昆虫学者　「虫ロボのぼうけん　01　カブトムシに土下座!?」 吉野万理子作;安部繭子絵　理論社　2014年6月

ホセ・ムヒカ(ペペ)
世界一貧しいけど世界一豊かな心をもったウルグアイの第40代大統領、国民に大人気のおじいちゃん　「世界を動かすことば 世界でいちばん貧しい大統領のスピーチ」 百瀬しのぶ作;ちーこ絵　KADOKAWA(角川つばさ文庫)　2015年10月

細川 巴　ほそかわ・ともえ
お嬢様中学に通う中学一年生、同じクラスの智秋やあけびと仲良しの友達　「アネモネ探偵団 1 香港式ミルクティーの謎」 近藤史恵作;のん絵　KADOKAWA(角川つばさ文庫)　2014年10月

細川 美樹　ほそかわ・みき
霊能力をもつ教師・ぬ〜べ〜が担任する5年3組の生徒　「地獄先生ぬ〜べ〜 鬼の手の秘密」 真倉翔原作・絵;岡野剛原作・絵;岡崎弘明著　集英社(集英社みらい文庫)　2013年8月

ポーちゃん
かなしばりおばけ、おばけのしょうがっこうにかよっているこわがりなおばけの男の子　「おばけえんそく おばけのポーちゃん3」 吉田純子作;つじむらあゆこ絵　あかね書房　2015年9月

ポーちゃん
かなしばりおばけ、おばけのしょうがっこうにかよっているこわがりなおばけの男の子　「おばけかいぞく おばけのポーちゃん2」 吉田純子作;つじむらあゆこ絵　あかね書房　2014年11月

ぽちゃ

ポーちゃん
かなしばりおばけ、おばけのしょうがっこうにかよっているこわがりなおばけの男の子 「おばけどうぶつえん おばけのポーちゃん1」 吉田純子作;つじむらあゆこ絵 あかね書房 2014年3月

ポーちゃん
かなしばりおばけ、おばけのしょうがっこうにかよっているこわがりなおばけの男の子 「おばけのたんけん おばけのポーちゃん6」 吉田純子作;つじむらあゆこ絵 あかね書房 2017年7月

ポーちゃん
かなしばりおばけ、おばけのしょうがっこうにかよっているこわがりなおばけの男の子 「おばけのなつやすみ おばけのポーちゃん5」 吉田純子作;つじむらあゆこ絵 あかね書房 2016年10月

ポーちゃん
かなしばりおばけ、おばけのしょうがっこうにかよっているこわがりなおばけの男の子 「がっこうのおばけ おばけのポーちゃん4」 吉田純子作;つじむらあゆこ絵 あかね書房 2016年3月

ポックル
動物園から外に出た子リス・カリンとキッコについてきたニホンリス 「子リスのカリンとキッコ」 金治直美作;はやしますみ絵 佼成出版社(いのちいきいきシリーズ) 2014年6月

堀田先生　ほったせんせい
中学三年生の健吾が所属する地理歴史部の新しい顧問になった三十歳くらいの男性熱血教師 「百年後、ぼくらはここにいないけど」 長江優子著 講談社 2016年7月

堀田 亮平　ほった・りょうへい
音羽商店街のはずれにある「レストラン堀田」の息子、香里と拓哉の幼なじみで時代劇ファン 「伊達政宗は名探偵!! タイムスリップ探偵団と跡目争い料理対決!の巻」 楠木誠一郎作;岩崎美奈子絵 講談社(講談社青い鳥文庫) 2014年5月

堀田 亮平　ほった・りょうへい
音羽中学校一年生、幼なじみの拓哉と香里と200年前のフランスにタイムスリップした時代劇ファンの少年 「ナポレオンと名探偵!」 楠木誠一郎作;たはらひとえ絵 講談社(青い鳥文庫) 2017年7月

堀田 亮平　ほった・りょうへい
音羽中学校一年生、歴史風俗博物館で平安時代から二十一世紀にやってきた清少納言に会った少年 「清少納言は名探偵!!」 楠木誠一郎作;岩崎美奈子絵 講談社(青い鳥文庫) 2013年9月

堀田 亮平　ほった・りょうへい
地元の公立中学校に通う一年生、幼なじみの香里と拓哉といろんな時代にタイムスリップをくりかえしている時代劇ファンの男の子 「源義経は名探偵!! タイムスリップ探偵団と源平合戦恋の一方通行の巻」 楠木誠一郎作;岩崎美奈子絵 講談社(講談社青い鳥文庫) 2013年6月

堀田 亮平　ほった・りょうへい
地元の公立中学校に通う一年生、幼なじみの香里と拓哉といろんな時代にタイムスリップをくりかえしている時代劇ファンの男の子 「真田十勇士は名探偵!! タイムスリップ探偵団と忍術妖術オンパレード！の巻」 楠木誠一郎作;岩崎美奈子絵 講談社(講談社青い鳥文庫) 2015年12月

堀田 亮平　ほった・りょうへい
幼なじみの氷室拓哉と遠山香里と関ケ原の戦いの現場へタイムスリップした中学一年生、「レストラン堀田」の息子 「関ケ原で名探偵!!」 楠木誠一郎作;岩崎美奈子絵 講談社(青い鳥文庫) 2016年11月

ほねた

堀田 亮平　ほった・りょうへい
幼なじみの氷室拓哉と遠山香里と古代エジプトヘタイムスリップした中学一年生、「レストラン堀田」の息子　「クレオパトラと名探偵!」楠木誠一郎作;たはらひとえ絵　講談社(青い鳥文庫)　2017年12月

ぼっちゃん
大きなおやしきにすんでいるどんなりょうりを食べてもまずいというリスのぼっちゃん　「さいこうのスパイス」亀岡亜希子作・絵　PHP研究所(とっておきのどうわ)　2013年8月

坊っちゃん　ぼっちゃん
四国の田舎の中学校に赴任した数学教師、親ゆずりのむてっぽうだという江戸っ子　「坊っちゃん」夏目漱石作;後路好章編　角川書店(角川つばさ文庫)　2013年5月

坊っちゃん　ぼっちゃん
四国の田舎の中学校に赴任した数学教師、親ゆずりのむてっぽうだという江戸っ子　「坊っちゃん」夏目漱石作;竹中はる美編　小学館(小学館ジュニア文庫)　2017年3月

坊っちゃん　ぼっちゃん
私立松山学苑中等部三年生・清太の担任、猫が大好きな男　「リライトノベル 坊っちゃん」夏目漱石原作;駒井和緒文;雪広うたこ絵　講談社(YA! ENTERTAINMENT)　2015年2月

ポットさん
こそあどの森の妖精、妻のトマトさんと湯わかしの家でくらしている畑仕事がすきな男のひと　「水の森の秘密 こそあどの森の物語 12」岡田淳作　理論社　2017年2月

ポッピー
ママのたんじょうびにカレーをつくったおりょうりがだいすきなこいぬ　「おりょうり犬ポッピー たんじょうびのカレーじけん」丘紫真璃作;つじむらあゆこ絵　ポプラ社(本はともだち)　2015年9月

ポッピー
家をるすにした間にまっくろになったバナナをしんぱいしたこいぬ　「おりょうり犬ポッピー バナナがびょうき!?じけん」丘紫真璃作;つじむらあゆこ絵　ポプラ社(本はともだち)　2016年3月

ホップ
謎めいた植物が事件を起こす「時知らずの庭」の見習い庭師、森の園芸学校に通っていたリス　「時知らずの庭」小森香折作　BL出版　2017年5月

ほっぺちゃん
ホイップタウンへ引っこしてきたちょっぴりはずかしがり屋の女の子　「ほっぺちゃん よろしく☆ネコ耳ちゃん」名取なずな作;くまさかみわ挿絵　アスキー・メディアワークス(角川つばさ文庫)　2013年6月

ほっぺちゃん
明るくてやさしいけどちょっぴりはずかしがり屋の女の子　「ほっぺちゃん 花の国のプリンセス」名取なずな作;くまさかみわ挿絵　KADOKAWA(角川つばさ文庫)　2016年12月

布袋さん　ほていさん
年に一度の慰安旅行で大阪にでかけた七福神の一人、大きな袋を持って大きなおなかの神様　「七福神の大阪ツアー」くまざわあかね作;あおきひろえ絵　ひさかたチャイルド　2017年4月

ホネ太郎　ほねたろう
アシュラとりでにすみついた三悪人をたいじしに行ったきりもどってこないキビの国の若殿　「ほねほねザウルス 12 アシュラとりでのほねほねサムライ」カバヤ食品株式会社原案・監修　岩崎書店　2014年7月

ほねほ

ほねほねアシュラ
キビの国の若殿・ホネ太郎の先祖によりアシュラとりでに封印された巨大なほねの邪神 「ほねほねザウルス 12 アシュラとりでのほねほねサムライ」 カバヤ食品株式会社原案・監修 岩崎書店 2014年7月

ほのか
「戸隠忍法を学ぶ」と飛雲一族の屋敷で少年サスケたちとくらしている伊賀流の女の忍者 「真田幸村と忍者サスケ」 吉橋通夫作;佐嶋真実絵 KADOKAWA(角川つばさ文庫) 2016年1月

ホープはかせ
ベーダていこくいちの天才少年科学者、八さいの少年 「ニコニコ・ウイルス」 くすのきしげのり作 PHP研究所(とっておきのどうわ) 2016年5月

ボブ・マーリー
夜中にこっそり十歳のタケオの家に入って台所をあさっていた年齢不詳の男 「キノコのカミサマ」 花形みつる作;鈴木裕之絵 金の星社 2016年7月

ポプル
幻夢界にある魔法ショップ「ティンクル☆スター」の店主、魔術師・ラルガスの弟子 「魔法屋ポプル ステキな夢のあまいワナ」 堀口勇太作;玖珂つかさ絵 ポプラ社(ポプラポケット文庫) 2013年1月

ポプル
幻夢界にある魔法ショップ「ティンクル☆スター」の店主、魔術師・ラルガスの弟子 「魔法屋ポプルさらわれた友」 堀口勇太作;玖珂つかさ絵 ポプラ社(ポプラポケット文庫) 2013年5月

ポプル
幻夢界にある魔法ショップ「ティンクル☆スター」の店主、魔術師・ラルガスの弟子 「魔法屋ポプルのこされた手紙と闇の迷宮」 堀口勇太作;玖珂つかさ絵 ポプラ社(ポプラポケット文庫) 2014年5月

ポプル
幻夢界にある魔法ショップ「ティンクル☆スター」の店主、魔術師・ラルガスの弟子 「魔法屋ポプル 運命のプリンセスと最強の絆」 堀口勇太作;玖珂つかさ絵 ポプラ社(ポプラポケット文庫) 2014年9月

ポプル
幻夢界にある魔法ショップ「ティンクル☆スター」の店主、魔術師・ラルガスの弟子 「魔法屋ポプル呪われたプリンセス」 堀口勇太作;玖珂つかさ絵 ポプラ社(ポプラポケット文庫) 2014年1月

ポプル
幻夢界にある魔法ショップ「ティンクル☆スター」の店主、魔術師・ラルガスの弟子 「魔法屋ポプル大魔王からのプロポーズ」 堀口勇太作;玖珂つかさ絵 ポプラ社(ポプラポケット文庫) 2013年9月

ポプル
幻夢界にある魔法ショップ「ティンクル☆スター」の店主で見習い魔女、最強の魔術師ラルガスの弟子 「魔法屋ポプル 悪魔のダイエット!?」 堀口勇太作;玖珂つかさ絵 ポプラ社(魔法屋ポプルシリーズ) 2013年4月

ポプル
幻夢界にある魔法ショップ「ティンクル☆スター」の店主で見習い魔女、最強の魔術師ラルガスの弟子 「魔法屋ポプル 砂漠にねむる黄金宮」 堀口勇太作;玖珂つかさ絵 ポプラ社(魔法屋ポプルシリーズ) 2013年4月

ほむず

ポプル
幻夢界にある魔法ショップ「ティンクル☆スター」の店主で見習い魔女、最強の魔術師ラルガスの弟子 「魔法屋ポプル 友情は魔法に勝つ!!」 堀口勇太作;玖珂つかさ絵 ポプラ社（魔法屋ポプルシリーズ） 2013年4月

ポプル
幻夢界にある魔法ショップ「ティンクル☆スター」の店主で新米魔女、最強の魔術師ラルガスの弟子 「魔法屋ポプル プリンセスには危険なキャンディ♡」 堀口勇太作;玖珂つかさ絵 ポプラ社（魔法屋ポプルシリーズ） 2013年4月

ポプル
幻夢界の魔法ショップ『ティンクル☆スター』店長の新米魔女、エルフと獣人の混血の女の子 「魔法屋ポプル お菓子の館とチョコレートの魔法」 堀口勇太作;玖珂つかさ絵 ポプラ社（魔法屋ポプルシリーズ） 2013年4月

ポプル
幻夢界の魔法ショップ『ティンクル☆スター』店長の新米魔女、エルフと獣人の混血の女の子 「魔法屋ポプル ドキドキ魔界への旅」 堀口勇太作;玖珂つかさ絵 ポプラ社（魔法屋ポプルシリーズ） 2013年4月

ポプル
幻夢界の魔法ショップ『ティンクル☆スター』店長の新米魔女、エルフと獣人の混血の女の子 「魔法屋ポプル ドラゴン島のウエディング大作戦!!」 堀口勇太作;玖珂つかさ絵 ポプラ社（魔法屋ポプルシリーズ） 2013年4月

ポプル
幻夢界の魔法ショップ『ティンクル☆スター』店長の新米魔女、エルフと獣人の混血の女の子 「魔法屋ポプル ママの魔法陣とヒミツの記憶」 堀口勇太作;玖珂つかさ絵 ポプラ社（魔法屋ポプルシリーズ） 2013年4月

ポプル
幻夢界の魔法ショップ『ティンクル☆スター』店長の新米魔女、エルフと獣人の混血の女の子 「魔法屋ポプル 時の魔女のダンスパーティー」 堀口勇太作;玖珂つかさ絵 ポプラ社（魔法屋ポプルシリーズ） 2013年4月

ポプル
幻夢界の魔法ショップ『ティンクル☆スター』店長の新米魔女、エルフと獣人の混血の女の子 「魔法屋ポプル「トラブル、売ります♡」」 堀口勇太作;玖珂つかさ絵 ポプラ社（魔法屋ポプルシリーズ） 2013年4月

ポプル
幻夢界の魔法ショップ『ティンクル☆スター』店長の新米魔女、エルフと獣人の混血の女の子 「魔法屋ポプル あぶない使い魔と仮面の謎」 堀口勇太作;玖珂つかさ絵 ポプラ社（魔法屋ポプルシリーズ） 2013年4月

ボーボ
マイペースでのんびり屋の船乗りネズミ 「GAMBA ガンバと仲間たち」 時海結以著;古沢良太脚本 小学館（小学館ジュニア文庫） 2015年9月

ホームズ
ふしぎな力をもったウサギのパペット、パペット探偵団のなまいきな団長 「パペット探偵団事件ファイル4 パペット探偵団となぞの新団員」 如月かずさ作;柴本翔絵 偕成社 2017年4月

ホームズ
警視庁捜査一課の片山刑事と妹・晴美の飼い猫 「三毛猫ホームズの秋」 赤川次郎著 光文社（Book With You） 2014年10月

ほむら

穂村　ほむら
中学三年生の夏芽がサマーステイする「宝山寺」の後継者見習いの男性 「小やぎのかんむり」 市川朔久子著 講談社 2016年4月

穂村 千夏　ほむら・ちか
廃部寸前の吹奏楽部に入部したフルート奏者、熱意と行動力がある高校一年生の少女 「ハルチカ 退出ゲーム」 初野晴作;鳥羽雨絵 KADOKAWA（角川つばさ文庫） 2017年1

穂村 千夏　ほむら・ちか
廃部寸前の吹奏楽部に入部したフルート奏者、熱意と行動力がある高校二年生の少女 「ハルチカ 初恋ソムリエ」 初野晴作;鳥羽雨絵 KADOKAWA（角川つばさ文庫） 2017年12月

穂村 幸歩（ユッキー）　ほむら・ゆきほ（ゆっきー）
化け猫の落語家・三毛之丞師匠のもとで落語の修行をする小学5年生 「化け猫・落語 1 おかしな寄席においでませ!」 みうらかれん作;中村ひなた絵 講談社（青い鳥文庫） 2017年8月

穂村 幸歩（ユッキー）　ほむら・ゆきほ（ゆっきー）
化け猫の落語家・三毛之丞師匠のもとで落語の修行をする小学5年生 「化け猫・落語 2 ライバルは黒猫!?」 みうらかれん作;中村ひなた絵 講談社（青い鳥文庫） 2017年11月

焔 レン　ほむら・れん
スマホバトルゲーム「モンスターストライク」で全国大会を目指している中学生、同級生の明・葵・皆実とチームを組む少年 「モンスターストライク」 XFLAGスタジオ原作;相羽鈴著;加藤陽一脚本;加藤みどり脚本 集英社（集英社みらい文庫） 2017年12月

焔 レン　ほむら・れん
スマホバトルゲーム「モンスターストライク」で全国大会を目指している中学生、同級生の明・葵・皆実とチームを組む少年 「モンスターストライクTHE MOVIEはじまりの場所へ」 XFLAGスタジオ原作;相羽鈴著;岸本卓脚本 集英社（集英社みらい文庫） 2016年12月

ほり えみか　ほり・えみか
1年生のクラスでとなりのせきになったこじろうくんをなかしてしまった女の子 「えっちゃんええやん」 北川チハル作;国松エリカ絵 文研出版（わくわくえどうわ） 2017年10月

ボルケニオン
ネーベル高原で暮らしているポケットモンスター、幻のポケモンといわれている人間嫌いな赤い物体 「ポケモン・ザ・ムービーXY&Zボルケニオンと機巧(からくり)のマギアナ」 水稀しま著;冨岡淳広脚本 小学館（小学館ジュニア文庫） 2016年9月

ホルス
少年エースがやって来た岩屋に住む炎をまとった大きな鳥、とてつもない力を秘めた神と呼ばれるモンスター 「パズドラクロス 2」 ガンホー・オンライン・エンターテイメント;パズドラクロスプロジェクト2017原作;テレビ東京原作;諸星崇著 双葉社（双葉社ジュニア文庫） 2017年7月

ヴォルフ
国際刑事警察機構の武闘派の探偵卿、野蛮人と言われているドイツ人男性 「怪盗クイーン ケニアの大地に立つ」 はやみねかおる作;K2商会絵 講談社（青い鳥文庫） 2017年9月

ポロン
子犬のシナモンをさがしにとっても遠いところから時空をこえてやってきた犬の女の子 「シナモロール シナモンのふしぎ旅行」 芳野詩子作;霧賀ユキ絵 KADOKAWA（角川つばさ文庫） 2014年9月

ボン
くいしんぼうのおばけ・アッチのともだち、のらねこ 「アッチとボンとなぞなぞコック」 角野栄子さく;佐々木洋子え ポプラ社（ポプラ社の新・小さな童話） 2013年7月

ホンキー
のんきなノンキーといっしょにカレーやさんをはじめることにしたせっかちな料理を作る人
「ノンキーとホンキーのカレーやさん」村上しいこ作;こばようこ絵 佼成出版社(おはなし
みーつけた!シリーズ) 2014年3月

本郷 忠信 ほんごう・ただのぶ
2027年に日本が東西に分裂して西にできた「奴隷エリア」愛媛県第一地区の監視員 「ニホ
ンブンレツ 上下」山田悠介著;woguraイラスト 小学館(小学館ジュニア文庫) 2016年8月

ホンシー
人間を本にとじこめるちゅうごくのようかい 「かくされたもじのひみつ(ゆうれいたんていドロ
ヒューシリーズ15)」やまもとしょうぞう作・絵 フレーベル館 2017年2月

本庄 みさと ほんじょう・みさと
廃部の危機にある曙第二中学校放送部(ABC)の副部長、中途入部でアナウンス担当の三
年生の女の子 「ABC(エービーシー)!曙第二中学校放送部」市川朔久子著 講談社
2015年1月

ポンズ
「ぽかぽか島」に住むかっこいい装備に身を包んだモンニャン隊の隊員 「モンハン日記ぽ
かぽかアイルー村[8] やってきました、ぽかぽか島」相坂ゆうひ作;マーブルCHIKO絵
KADOKAWA(角川つばさ文庫) 2015年1月

ポンすけ(だいすけ)
ながさきチャンポン屋「和華蘭」のむすこ、「まんぷくラーメン」のむすめ・まりんちゃんの幼な
じみ 「おてつだいおばけさん [3] まんぷくラーメン対びっくりチャンポン」季巳明代作;長
谷川知子絵 国土社 2017年7月

本多 一成 ほんだ・かずなり
山奥にある辺鄙な田舎・夜鳴村に住む十六歳、村人全員で行うことになった「王様ゲーム」
の参加者 「王様ゲーム 起源8.08」金沢伸明著;千葉イラスト 双葉社(双葉社ジュニア文
庫) 2017年3月

本多 一成 ほんだ・かずなり
山奥にある辺鄙な田舎・夜鳴村に住む十六歳、村人全員で行うことになった「王様ゲーム」
の参加者 「王様ゲーム 起源8.14」金沢伸明著;千葉イラスト 双葉社(双葉社ジュニア文
庫) 2017年7月

本田 花梨 ほんだ・かりん
園辺市立東中学校一年生、女子の中心人物でつねに自分が話題の中心でいないと気が
すまない女の子 「ポニーテールでいこう!つかさの中学生日記」宮下恵茉作;カタノトモコ
絵 ポプラ社(ポプラポケット文庫ガールズ) 2013年3月

本田 花梨 ほんだ・かりん
園辺市立東中学校一年生、女子の中心人物でつねに自分が話題の中心でいないと気が
すまない女の子 「嵐をよぶ合唱コンクール!? つかさの中学生日記4」宮下恵茉作;カタ
ノトモコ絵 ポプラ社(ポプラポケット文庫ガールズ) 2014年11月

本多 奈津子 ほんだ・なつこ
山奥にある辺鄙な田舎・夜鳴村の村人、同じ村に住む男の子・一成の十六歳の従兄妹
「王様ゲーム 起源8.08」金沢伸明著;千葉イラスト 双葉社(双葉社ジュニア文庫) 2017年
3月

本多 正信 ほんだ・まさのぶ
戦国武将・徳川家康の重臣、相模国玉縄を治める領主 「真田十勇士 3 天下人の死」松
尾清貴著 理論社 2016年3月

ほんだ

本田 玲奈　ほんだ・れいな
並木図書館で行われる本を紹介しあうゲーム「ビブリオバトル」に参加することになった小学五年生の女の子　「なみきビブリオバトル・ストーリー 本と4人の深呼吸」 赤羽じゅんこ作;松本聰美作;おおぎやなぎちか作;森川成美作;黒須高嶺絵 さ・え・ら書房 2017年6月

ポンチキン
修行のため「もののけ界」から人間界へやってきてふたごのかずきとさくらの家にいそうろうしているたぬきの妖怪　「妖怪たぬきポンチキン化けねこ屋敷と消えたねこ」 山口理作;細川貂々絵 文溪堂 2017年8月

ポンチキン
妖怪の修行のため人間界へやって来た「もののけ界」に住むたぬきの妖怪　「妖怪たぬきポンチキン 人間界にやってきた!」 山口理作;細川貂々絵 文溪堂 2016年12月

ポンディ
子いぬ、ねこのすがたにかえられた妖精ルルとねこのスマートといっしょにくらしている男の子　「フェアリーキャット 妖精にもどりたい!」 東多江子作;うっけ絵 講談社 (青い鳥文庫) 2016年3月

梵天丸　ぼんてんまる
中学生の香里たちがタイムスリップした戦国時代の米沢城で出会った11歳の男の子、のちの伊達政宗　「伊達政宗は名探偵!! タイムスリップ探偵団と跡目争い料理対決!の巻」 楠木誠一郎作;岩崎美奈子絵 講談社 (講談社青い鳥文庫) 2014年5月

凡野 よよ　ぼんの・よよ
浪漫小学校の五年生、ふしぎな地下室でりんとドクタロウと池輝と出会った女の子　「おともだちにはヒミツがあります!」 みずのまい作;藤実なんな絵 KADOKAWA (角川つばさ文庫) 2017年1月

ポンポーソ・ミステリオーソ
おばけがはたらくべんりやさん「おばけや」のメンバーのウサギ　「おばけやさん 7 てごわいおきゃくさまです」 おかべりか作 偕成社 2017年6月

ボンボン
コーギーの子犬、がんばりやの魔女っ子ナコのパートナー　「魔女犬ボンボン ナコと金色のお茶会」 廣嶋玲子作;KeG絵 角川書店 (角川つばさ文庫) 2013年1月

ボンボン
コーギーの子犬、がんばりやの魔女っ子ナコのパートナー　「魔女犬ボンボン ナコと夢のフェスティバル」 廣嶋玲子作;KeG絵 KADOKAWA (角川つばさ文庫) 2014年9月

ボンボン
コーギー犬の魔女犬、魔女っ子ナコのパートナー　「魔女犬ボンボン ナコと奇跡の流れ星」 廣嶋玲子作;KeG絵 角川書店 (角川つばさ文庫) 2013年4月

ボンボン
ティムトーンランドで暮らす十二歳の魔女っ子・ナコのパートナー、コーギー犬　「魔女犬ボンボン[5] おかしの国の大冒険」 廣嶋玲子作;KeG絵 KADOKAWA (角川つばさ文庫) 2014年4月

ボンボン
ティムトーンランドで暮らす十二歳の魔女っ子・ナコのパートナー、コーギー犬　「魔女犬ボンボン[7] ナコとひみつの友達」 廣嶋玲子作;KeG絵 KADOKAWA (角川つばさ文庫) 2015年4月

ボンボン
ティムトーンランドで暮らす十二歳の魔女っ子・ナコのパートナー、コーギー犬　「魔女犬ボンボン[8] ナコと太陽のきずな」 廣嶋玲子作;KeG絵 KADOKAWA (角川つばさ文庫) 2015年9月

ボンボン
世界でただ一匹の魔女犬、魔女っ子ナコのパートナー 「魔女犬ボンボン ナコと幸せの約束」 廣嶋玲子作;KeG絵 角川書店（角川つばさ文庫） 2013年9月

ボンボン
街で一番人気のレストラン「きら星亭」で働くコックさん、料理が得意でおまけに食いしん坊のパンダ 「空飛ぶおべんとうツアー（パンダのポンポン[9]）」 野中柊作;長崎訓子絵 理論社 2017年9月

本間 音也　ほんま・おとや
平坂町小学校四年一組にやってきた転校生、有名な少年バイオリニスト 「サッカク探偵団2 おばけ坂の神かくし」 藤江じゅん作;ヨシタケシンスケ絵 KADOKAWA 2015年12月

本間さん　ほんまさん
東京に引っ越してきた小梅の大阪の友達がくれたぶさいくなしゃべる猫のぬいぐるみ 「人形つかい小梅の事件簿1 恐怖のお笑い転校生」 安田依央作;きろばいと絵 集英社（集英社みらい文庫） 2013年10月

本間さん　ほんまさん
東京に引っ越してきた小梅の大阪の友達がくれたぶさいくな猫のぬいぐるみ、小梅がピンチのときには大阪のおばちゃんに変身するぬいぐるみ 「人形つかい小梅の事件簿2 恐怖!笑いが消えた街」 安田依央作;きろばいと絵 集英社（集英社みらい文庫） 2014年4月

本間 リサ　ほんま・りさ
六年生、ふくらはぎから足首にかけてやけどの傷あとがある転校生 「わたしの苦手なあの子」 朝比奈蓉子作;酒井以絵 ポプラ社（ノベルズ・エクスプレス） 2017年8月

【ま】

マアくん
化野原団地に暮らす九十九一家の次男、力持ちで足が速いアマノジャク 「妖怪一家のハロウィン ー妖怪一家九十九さん [6]」 富安陽子作;山村浩二絵 理論社 2017年9月

まい
高校の先生、五年生のゆいのもうすぐ赤ちゃんが生まれるおねえちゃん 「星のこども」 川島えつこ作;はたこうしろう絵 ポプラ社（ノベルズ・エクスプレス） 2014年11月

まいまい（林 麻衣）　まいまい（はやし・まい）
中1の莉緒の同級生で親友、片思いしていた同じバスケ部の小坂くんと両思いになった女の子 「キミと、いつか。[2] 好きなのに、届かない"気持ち"」 宮下恵茉作;染川ゆかり絵 集英社（集英社みらい文庫） 2016年7月

マイン
異世界の都市エーレンフェストの下町の娘、貧しい家庭に育ったが年齢不相応の知識をもつ美しい少女 「本好きの下剋上～司書になるためには手段を選んでいられません 第1部 兵士の娘2」 香月美夜著 TOブックス 2015年3月

マイン
魔法の世界「エーレンフェスト」の貧しい兵士の娘、本作りを志す病弱な幼女 「本好きの下剋上～司書になるためには手段を選んでいられません 第1部 兵士の娘3」 香月美夜著 TOブックス 2015年6月

マイン（本須 麗乃）　まいん（もとす・うらの）
事故に巻き込まれ本屋のない見知らぬ土地で病気がちな5歳の女の子・マインに生まれ変わった本好きの女子大生 「本好きの下剋上～司書になるためには手段を選んでいられません～ 第1部 兵士の娘1」 香月美夜著 TOブックス 2015年2月

まいん

マイン（本須 麗乃）　まいん（もとす・うらの）
本好きの女子大生・麗乃が転生した虚弱な幼女、神殿で「青色巫女見習い」となった貧民の女の子　「本好きの下剋上～司書になるためには手段を選んでいられません 第2部 神殿の巫女見習い1」香月美夜著　TOブックス　2015年10月

前川 有季　まえかわ・ゆうき
2A（ツーエー）探偵局の所長、中学2年生の女の子　「2年A組探偵局 ぼくらの都市伝説」宗田理作;YUME絵;はしもとしんキャラクターデザイン　KADOKAWA（角川つばさ文庫）2017年8月

前津 涼　まえず・りょう
七曲小六年生のサーファーの男の子、野球チーム「フレンズ」の新メンバー　「プレイボール3 ぼくらのチーム、大ピンチ!」山本純士作;宮尾和孝絵　KADOKAWA（角川つばさ文庫） 2015年5月

前田 虎鉄　まえだ・こてつ
中学生の少女・リンと婚約した3悪魔のひとり、ワルで喧嘩っぱやいが愛嬌があり憎めない少年　「白魔女リンと3悪魔 レイニー・シネマ」成田良美著;八神千歳イラスト　小学館（小学館ジュニア文庫） 2015年12月

前田 虎鉄　まえだ・こてつ
白魔女のリンと婚約した3悪魔の一人、猫の時はタイガーアイの虎猫で風・竜巻を操る悪魔「白魔女リンと3悪魔 ダークサイド・マジック」成田良美著;八神千歳イラスト　小学館（小学館ジュニア文庫） 2017年1月

前田 虎鉄　まえだ・こてつ
白魔女のリンと婚約した3悪魔の一人、猫の時はタイガーアイの虎猫で風・竜巻を操る悪魔「白魔女リンと3悪魔 フルムーン・パニック」成田良美著;八神千歳イラスト　小学館（小学館ジュニア文庫） 2017年7月

前田 未来　まえだ・みらい
小5のときに同じ年の少年ひかりと出会い6年生で再会した持病がある少女　「たったひとつの君との約束 はなれていても」みずのまい作;U35絵　集英社（集英社みらい文庫） 2017年2月

前田 未来　まえだ・みらい
小5のときに同じ年の少年ひかりと出会い6年生で再会した持病がある少女　「たったひとつの君との約束～かなしいうそ」みずのまい作;U35絵　集英社（集英社みらい文庫） 2017年6月

前田 未来　まえだ・みらい
小5のときに同じ年の少年ひかりと出会い6年生で再会した持病がある少女　「たったひとつの君との約束～キモチ、伝えたいのに～」みずのまい作;U35絵　集英社（集英社みらい文庫） 2017年10月

前田 未来　まえだ・みらい
小学五年生のとき膠原病という病気で入院中に同じ年の少年ひかりと出会った少女　「たったひとつの君との約束～また、会えるよね?」みずのまい作;U35絵　集英社（集英社みらい文庫） 2016年10月

前畑 久邦　まえはた・ひさくに
芦薬第一中学校三年三組で元一年四組、市の陸上競技大会に向けて猛練習している陸上部の少年　「明日になったら」あさのあつこ著　光文社（Book With You） 2013年4月

前原 解人　まえはら・かいと
東京からパパの生まれた岩手県朱瑠町へ引っ越してきた六年生、しゅるしゅるぱんと名乗る謎の男の子に会った少年　「しゅるしゅるぱん」おおぎやなぎちか作;古山拓画　福音館書店 2015年11月

まきの

真生　まお
占い師『紅てる子』の子ども、赤ちゃんのころ両親が離婚してい父親と二人暮らしの五年生
の少女　「占い屋敷のプラネタリウム」　西村友里作;松蔦舞夢画　金の星社　2017年5月

魔王　まおう
黒衣大学附属中学の二年生、「魔王」と呼ばれて生徒からも先生からも恐れられている男
子生徒　「終わる世界でキミに恋する」　能登山けいこ原作・イラスト;新倉なつき著　小学館
（小学館ジュニア文庫）　2017年7月

魔王　まおう
暴力をふるう中学生の娘・涼をマンションにひとりおいて家族で引っ越した父親　「ラ・プッツ
ン・エル 6階の引きこもり姫」　名木田恵子著　講談社　2013年11月

魔王の妻　まおうのつま
暴力をふるう中学生の娘・涼をマンションにひとりおいて家族で引っ越した母親　「ラ・プッツ
ン・エル 6階の引きこもり姫」　名木田恵子著　講談社　2013年11月

まおちゃん
「ちびデビ保育園」に通う悪魔の赤ちゃん、怪獣の着ぐるみを着ると炎の魔法が使える男の
子　「ちび☆デビ!ーまおちゃんとミラクルクイズ・あど&べん&ちゃー」　篠塚ひろむ原作・カ
バーイラスト;蜜家ビィ著　小学館（ちゃおノベルズ）　2013年7月

まおちゃん
ちびデビ保育園に通う悪魔の男の子、中学三年生・ほのかがママ役をしている赤ちゃん
「ちび☆デビ!〜まおちゃんとちびザウルスと氷の王国〜」　福田裕子著;篠塚ひろむ原作
小学館（小学館ジュニア文庫）　2014年9月

マガズキン
魔界にある王立魔女学校の生徒、まじめな女の子・桃花のルームメイト　「魔女学校物語 友
だちのひみつ」　石崎洋司作;藤田香絵　講談社（青い鳥文庫）　2016年10月

曲角 風馬　まがりかど・ふうま
鹿里小学校四年生、父ちゃんの仕事の都合で十回も転校を繰り返している少年　「オレさ
すらいの転校生」　吉野万理子著;平沢下戸絵　理論社　2016年11月

牧田 璃湖　まきた・りこ
中学1年の一輝と彩加里の幼なじみ、名門の私立女子中学校に通う女の子　「わたしがここ
にいる理由」　片川優子作　岩崎書店　2016年9月

マキちゃん
やまのふもとのぼくじょうのおんなの子、こぶたのタミーといっしょに学校へいった二年生
「こぶたのタミー学校へいく」　かわのむつみ作;下間文恵絵　国土社　2016年11月

マキちゃん
山のふもとでぼくじょうをやっている家の2年生のむすめ　「こぶたのタミー」　かわのむつみ
作;下間文恵絵　国土社　2015年3月

万木 夏芽　まき・なつめ
山寺「宝山寺」でのサマーステイに参加することにした中学三年生の女の子、「小やぎの
かんむり」　市川朔久子著　講談社　2016年4月

牧野　まきの
中学二年生、文化祭で友達のリョウガとタモちゃんとパフォーマンス・ユニットを結成し出演
することにした少年　「オフカウント」　筑井千枝子作;浅妻健司絵　新日本出版社　2013年3
月

牧野教授　まきのきょうじゅ
薬学の伝統校・私立和漢学園高校の先生、薬学界に名をはせる高名な研究者　「わからん
薬学事始1」　まはら三桃著　講談社　2013年2月

まきの

牧野 奏太　まきの・そうた
クラスメイトのわかばの幼なじみ、お母さんはピアノの先生でゲーム好きの五年生の男の子「ピアノ・カルテット 1 気になるあの子のトクベツ指導!?」遠藤まり作;ふじつか雪絵 KADOKAWA（角川つばさ文庫）2017年10月

牧野 みずきちゃん　まきの・みずきちゃん
ひふみ学園の五年生、クラスメイトのモモの家の書道教室に入りモモと仲良くなった女の子「いみちぇん! 2 ピンチ! 矢神くんのライバル登場!」あさばみゆき作;市井あさ絵 KADOKAWA（角川つばさ文庫）2015年2月

真木野 航　まきの・わたる
サッカー部で活躍するイケメンの中学二年生、地味系男子・優人の親友「黒猫さんとメガネくんの初恋同盟」秋木真作;モコ絵 KADOKAWA（角川つばさ文庫）2014年11月

マギアナ
500年前人間に造られネーブル高原で暮らしているポケットモンスター「ポケモン・ザ・ムービーXY&Zボルケニオンと機巧（からくり）のマギアナ」水稀しま著;冨岡淳広脚本 小学館（小学館ジュニア文庫）2016年9月

マコさん
中学1年生の読者モデル、古着屋「MUSUBU」に服を売りに来る女の子「テディベア探偵 思い出はみどりの森の中」山本悦子作;フライ絵 ポプラ社（ポプラポケット文庫）2014年9月

マーゴット・シェルバーン
つる薔薇館の奥様、肌が青白く幽霊のようにやせた女性「レナとつる薔薇の館」小森香折作;こよ絵 ポプラ社（ノベルズ・エクスプレス）2013年3月

真琴　まこと
江戸時代の作家・曲亭馬琴に手紙を送った女性、曲亭の代表作「南総里見八犬伝」の熱狂的読者の一人「馬琴先生、妖怪です!」楠木誠一郎作;亜沙美絵 静山社 2016年10月

マーサ
港町に住んでいる人気者のふたごの片われ、DIYのだいすきな女の子「マーサとリーサ 3 花屋さんのお店づくり、手伝います!」たかおかゆみこ作・絵 岩崎書店 2017年2月

マサ
瀬戸内海の広がる三津の町にある「小池機械鉄工」の主の孫「じいちゃんの鉄工所」田丸雅智作;藤枝リュウジ絵 静山社 2016年12月

マサ
東京近郊にすむ勝気な小学五年生、六年生のユリの弟「遠い国から来た少年 1」黒野伸一作;荒木慎司絵 新日本出版社 2017年4月

マサ
東京近郊にすむ勝気な小学五年生、六年生のユリの弟「遠い国から来た少年 2 パパとママは機械人間!?」黒野伸一作;荒木慎司絵 新日本出版社 2017年11月

マーサ（石川 真麻）　まーさ（いしかわ・まあさ）
5年生の林間学校で仲がよくないリンと同じ班になった女の子「テディベア探偵 思い出はみどりの森の中」山本悦子作;フライ絵 ポプラ社（ポプラポケット文庫）2014年9月

マサ（木村 雅彦）　まさ（きむら・まさひこ）
おねしょで悩んでいる11歳の男の子、スポーツ少年団のキャプテン「夜はライオン」長薗安浩著 偕成社 2013年7月

まさる

正氏　まさうじ
陸奥国岩木六郡をおさめる剛直で迷信ぎらいの主、姉弟の安寿と厨子王の父親　「安寿姫草紙(ものがたり)」　三田村信行作;romiy絵　ポプラ社(ノベルズ・エクスプレス)　2017年10月

正夫　まさお
原爆が投下された広島でかろうじて生き残った国民学校6年生　「少年口伝隊一九四五」　井上ひさし作　講談社　2013年6月

マサ吉　まさきち
沖縄の戦災孤児、孤児院で行方知れずになるクセのある少女ユリと知り合った少年　「石になった少女　沖縄・戦場の子どもたちの物語」　大城将保作　高文研　2015年6月

まさし
さんすうの教科書とえんぴつをすてたごみばこにすいこまれた男の子　「からっぽぽっぽ!」　うどんあこ作;やまもとゆか絵　文研出版(わくわくえどうわ)　2013年10月

正次　まさじ
昌一の双子の弟、叔父の谷村先生が戦地から無事に帰ってこれるよう大神さまにお願いした国民学校の四年生　「オオカミのお札 2 正次が見た影」　おおぎやなぎちか作　くもん出版(くもんの児童文学)　2017年8月

魔狭人　まさと
小学四年生の時に死神のりんねに受けた仕打ちへ仕返しの機会を狙っている恐ろしく心が狭い悪魔　「境界のRINNE ようこそ地獄へ!」　浜崎達也著;高橋留美子原作;柿原優子脚本;高山カツヒコ脚本　小学館(小学館ジュニア文庫)　2015年8月

政成　まさなり
五年生の由宇のカバン店を営むお父さん、政治家の息子　「三島由宇、当選確実!」　まはら三桃著　講談社(講談社・文学の扉)　2016年11月

雅治さん　まさはるさん
5月の連休に高原にきて骨董店「アンティーク・シオン」に入った若いサラリーマン　「アンティーク・シオンの小さなきせき」　茂市久美子作;黒井健絵　学研プラス　2016年6月

まさる
トイレの中でかめさまというかめに会った男の子　「トイレのかめさま」　戸田和代作;原ゆたか絵　ポプラ社(本はともだち)　2016年10月

マサル
東京のはずれにある古い町・葵町に住むいたずら大好きな悪ガキ七人の一人、八百屋の息子でけんかの強い五年生　「悪ガキ7 [1] いたずらtwinsと仲間たち」　宗田理著　静山社　2013年3月

マサル
東京のはずれにある古い町・葵町に住むいたずら大好きな悪ガキ七人の一人、八百屋の息子でけんかの強い五年生　「悪ガキ7 [2] モンスター・デスマッチ!」　宗田理著　静山社　2013年10月

マサル
東京のはずれにある古い町・葵町に住むいたずら大好きな悪ガキ七人の一人、八百屋の息子でけんかの強い五年生　「悪ガキ7 [3] タイ行きタイ!」　宗田理著　静山社　2014年12月

マサル
東京のはずれにある古い町・葵町に住むいたずら大好きな悪ガキ七人の一人、八百屋の息子でけんかの強い五年生　「悪ガキ7 [4] 転校生は魔女!?」　宗田理著　静山社　2015年7月

まさる

マサル
東京のはずれにある古い町・葵町に住むいたずら大好きな悪ガキ七人の一人、八百屋の
息子でけんかの強い五年生 「悪ガキ7[5]人工知能は悪ガキを救う!?」 宗田理著 静山
社 2017年2月

マジ子 まじこ
転校生・景太のクラスの委員長でマンションのお隣に住む小学五年生、マジメすぎる女の
子 「メニメニハート」 令丈ヒロ子作;結布絵 講談社(青い鳥文庫) 2015年3月

マジシャン(パーディーニ)
よるのこうえんでしょうがくせいのメンチとマーぼうにマジシャンだとなのったあやしいひと
「いつも100てん!?おばけえんぴつ」 むらいかよ著 ポプラ社(ポプラ社の新・小さな童話)
2017年6月

真島 ましま
タウン誌「え〜すみか」のバイト編集者 「猫入りチョコレート事件－見習い編集者・真島のよ
ろず探偵簿」 藤野恵美著 ポプラ社(ポプラ文庫ピュアフル) 2015年7月

真島 ましま
タウン誌「え〜すみか」のバイト編集者、書道家の胡蝶先生といっしょに暮らしている男 「老
子収集狂事件－見習い編集者・真島のよろず探偵簿」 藤野恵美著 ポプラ社(ポプラ文
庫ピュアフル) 2015年11月

真嶋 寿々 まじま・すず
花和小学校六年三組、一組の平島充の幼なじみ 「友恋×12歳」 名木田恵子作;山田デ
イジー絵 講談社(青い鳥文庫) 2015年10月

馬島 登 まじま・のぼる
青森県五所川原市の西中学校の校長先生、教育方針が合わないという理由で教頭たちと
女性新米先生をいじめている男 「ぼくらの(悪)校長退治」 宗田理作 ポプラ社(「ぼくら」
シリーズ) 2013年7月

マシューア
小さな公園動物園で飼われている五十歳を超えるおすのアジアゾウ 「しあわせな動物園」
井上夕香作;葉祥明絵 国土社 2014年4月

魔術師 まじゅつし
にせあかしやの林を修行の場所にしているにせあかしやの魔術師 「にせあかしやの魔術
師」 征矢清さく;林明子え 復刊ドットコム 2014年10月

魔女 まじょ
五年生のあゆみの部屋にとつぜんあらわれた口が悪くて記憶喪失の小人の魔女 「かくれ
家は空の上」 柏葉幸子作;けーしん絵 講談社(青い鳥文庫) 2015年8月

魔女 まじょ
山のてっぺんから町はずれにひっこした三百七十一さいになる魔女 「魔女がまちにやって
きた」 村上勉作 偕成社 2013年9月

まじょ子 まじょこ
ケーキやのむすめ・サナとまほうネコのロネのおみせ「ロネのケーキや」をてつだったまじょ
の女の子 「まじょ子と黒ネコのケーキやさん」 藤真知子作;ゆーちみえこ絵 ポプラ社(学
年別こどもおはなし劇場) 2014年3月

まじょ子 まじょこ
にんげんのアンとこおりの女王さまをおいかけたまじょの女の子 「まじょ子とこおりの女王さ
ま」 藤真知子作;ゆーちみえこ絵 ポプラ社(学年別こどもおはなし劇場) 2014年10月

まじょ子　まじょこ
にんげんのミカといろんな人たちのレンアイそうだんをしたまじょの女の子　「まじょ子は恋のキューピット」　藤真知子作;ゆーちみえこ絵　ポプラ社(学年別こどもおはなし劇場)　2013年3月

まじょ子　まじょこ
にんげんのメイとクッキング王国へいったまじょの女の子　「まじょ子とプリンセスのキッチン」　藤真知子作;ゆーちみえこ絵　ポプラ社(学年別こどもおはなし劇場)　2017年4月

まじょ子　まじょこ
にんげんのユイカとハロウィンひろばへいったまじょの女の子　「まじょ子とハロウィンのまほう」　藤真知子作;ゆーちみえこ絵　ポプラ社(学年別こどもおはなし劇場)　2015年10月

まじょ子　まじょこ
にんげんのリリとふしぎの国のおはなしパーティへいったまじょの女の子　「まじょ子のおはなしパーラー」　藤真知子作;ゆーちみえこ絵　ポプラ社(学年別こどもおはなし劇場)　2015年3月

まじょ子　まじょこ
にんげんのレイナと大まほうつかい・ヘンシーンにあいにいったまじょの女の子　「まじょ子とネコの王子さま」　藤真知子作;ゆーちみえこ絵　ポプラ社(学年別こどもおはなし劇場)　2013年10月

魔女ばあちゃん　まじょばあちゃん
5年生の灯花理と美影のきびしいおばあちゃん　「ブラック◆ダイヤモンド 4」　令丈ヒロ子作;谷朋画　岩崎書店(フォア文庫)　2014年7月

魔女ばあちゃん　まじょばあちゃん
5年生の灯花理と美影のきびしいおばあちゃん　「ブラック◆ダイヤモンド 5」　令丈ヒロ子作;谷朋画　岩崎書店(フォア文庫)　2014年11月

マジョラム
「七魔が山」に住む大魔女、見習い魔女バジルを迎えたしわだらけの年とった魔女　「魔女バジルと魔法のつえ」　茂市久美子作;よしざわけいこ絵　講談社(わくわくライブラリー)　2014年12月

マジョラム
「七魔が山」の西の峰の大魔女を引退してその仕事を若い魔女バジルにまかせた魔女　「魔女バジルと黒い魔法」　茂市久美子作;よしざわけいこ絵　講談社(わくわくライブラリー)　2016年5月

マジョラム
引退してすがたをけしてしまった元「七魔が山」の大魔女　「魔女バジルとなぞのほうき星」　茂市久美子作;よしざわけいこ絵　講談社(わくわくライブラリー)　2015年7月

マージョリー
モンスター界のプリンセスの召し使い、有名な魔女の一族の女の子　「ジャム! プリンセスのひとさしゆび」　ユズハチ作・絵　講談社(青い鳥文庫)　2014年5月

マシロ
生まれてから一度も自分で毛づくろいをしたことがない太っちょの白ねこ　「花びら姫とねこ魔女」　朽木祥作;こみねゆら絵　小学館　2013年10月

真代 五月　ましろ・さつき
真代家4人キョーダイの次男、竜巻に巻き込まれ"ステルニア王国"という異世界にきた中学3年生　「真代家こんぷれっくす! [5] Mysterious days光の指輪物語」　宮沢みゆき著;久世みずき原作・イラスト　小学館(小学館ジュニア文庫)　2015年8月

ましろ

真代 夏木 ましろ・なつき
真代家4人キョーダイの長女、竜巻に巻き込まれ"ステルニア王国"という異世界にきた高校1年生 「真代家こんぷれっくす! [5] Mysterious days光の指輪物語」 宮沢みゆき著;久世みずき原作・イラスト 小学館(小学館ジュニア文庫) 2015年8月

真代 夏木 ましろ・なつき
双子の五月と紺の姉で高2の潤の妹、S高校に入学し友達との関係で悩んでいる女の子 「真代家こんぷれっくす! [3] Sentimental daysココロをつなぐメロディ」 宮沢みゆき著;久世みずき原作・イラスト 小学館(小学館ジュニア文庫) 2014年6月

真代 夏木 ましろ・なつき
双子の五月と紺の姉で高2の潤の妹、洋菓子店でアルバイトを始めた高2の女の子 「真代家こんぷれっくす! [4] Holy days賢者たちの贈り物」 宮沢みゆき著;久世みずき原作・イラスト 小学館(小学館ジュニア文庫) 2014年10月

マスター
風早の街にある喫茶店「かもめ亭」の四代目の店主、猫たちの話に耳を傾けるマスター 「カフェかもめ亭 猫たちのいる時間」 村山早紀著 ポプラ社(ポプラ文庫ピュアフル) 2014年3月

増田先輩 ますだせんぱい
御石井小学校六年一組、天才・給食マスターとよばれている少年 「牛乳カンパイ係、田中くん [2] 天才給食マスターからの挑戦状!」 並木たかあき作;フルカワマモる絵 集英社(集英社みらい文庫) 2016年12月

増田先輩 ますだせんぱい
御石井小学校六年一組、天才・給食マスターとよばれている少年 「牛乳カンパイ係、田中くん [3] 給食皇帝を助けよう!」 並木たかあき作;フルカワマモる絵 集英社(集英社みらい文庫) 2017年4月

増田先輩 ますだせんぱい
御石井小学校六年一組、天才・給食マスターとよばれている少年 「牛乳カンパイ係、田中くん [4] 給食マスター決定戦! 父と子の親子丼対決!」 並木たかあき作;フルカワマモる絵 集英社(集英社みらい文庫) 2017年8月

マダム・ブルー
「ビーハイブ・ホテル」のおきゃくさま、つえをついたわかい女性 「空色ハーブのふしぎなききめ-魔法の庭ものがたり16」 あんびるやすこ作・絵 ポプラ社(ポプラ物語館) 2014年10月

マダラ
夢の守り手という役目を持つ獏、ふだんはふしぎな銀灰色の髪を持つスマートな美青年の姿をしている神獣 「夢の守り手 うつろ夢からの逃亡者」 廣嶋玲子作;二星天絵 ポプラ社(ポプラポケット文庫) 2015年11月

マダラ
夢の守り手という役目を持つ獏、ふだんはふしぎな銀灰色の髪を持つスマートな美青年の姿をしている神獣 「夢の守り手 ふしぎな目を持つ少女」 廣嶋玲子作;二星天絵 ポプラ社(ポプラポケット文庫) 2015年3月

マダラ
夢の守り手という役目を持つ獏、ふだんはふしぎな銀灰色の髪を持つスマートな美青年の姿をしている神獣 「夢の守り手 永遠の願いがかなう庭」 廣嶋玲子作;二星天絵 ポプラ社(ポプラポケット文庫) 2015年8月

マーチくん
友だちおもいで森の人気者、マジカルコアラを使ってみんなをたすけるコアラ 「コアラのマーチくん」 柴野理奈子著;アヤオ絵 集英社(集英社みらい文庫) 2015年6月

まつき

町平 直司(ヒラマチ)　まちひら・ただし(ひらまち)
体育祭の罰ゲームで逆立ちでトラック一周させられる中学生、街の中華料理屋の息子 「時速47メートルの疾走」 吉野万理子著 講談社 2014年9月

町村 雪夫　まちむら・ゆきお
株式会社「バオバブ・ブックス」の編集長、ゆめの中でピストル工場でピストルをつくった三十七歳の男 「ゆめの中でピストル」 寺村輝夫作;北田卓史絵 復刊ドットコム 2014年5月

マチルダ
5年生の晃子が大好きだった「黒雷の魔女」という本の主人公、本の中から出てきて敵とたたかう魔女 「すすめ!図書くらぶ5 明日のページ」 日向理恵子作・画 岩崎書店(フォア文庫) 2013年1月

松　まつ
戦国武将・武田信玄の愛娘、七歳の時に織田信長の嫡男・信忠と婚約した姫 「戦国姫[9] 松姫の物語」 藤咲あゆな作;マルイノ絵 集英社(集英社みらい文庫) 2017年9月

松浦 沙耶　まつうら・さや
茨城県の高砂中学校三年生、常に人目を意識してかわいさを保っている色白で小顔の少女 「石を抱くエイリアン」 濱野京子著 偕成社 2014年3月

松尾 つかさ　まつお・つかさ
園辺市立東中学校一年生、元気いっぱいでまっすぐな性格の女の子 「トモダチのつくりかた つかさの中学生日記2」 宮下恵茉作;カタノトモコ絵 ポプラ社(ポプラポケット文庫ガールズ) 2013年9月

松尾 つかさ　まつお・つかさ
園辺市立東中学校一年生、元気いっぱいでまっすぐな性格の女の子 「ポニーテールでいこう！つかさの中学生日記」 宮下恵茉作;カタノトモコ絵 ポプラ社(ポプラポケット文庫ガールズ) 2013年3月

松尾 つかさ　まつお・つかさ
園辺市立東中学校一年生、元気いっぱいでまっすぐな性格の女の子 「部活トラブル発生中!? つかさの中学生日記3」 宮下恵茉作;カタノトモコ絵 ポプラ社(ポプラポケット文庫ガールズ) 2014年3月

松尾 つかさ　まつお・つかさ
園辺市立東中学校一年生、元気いっぱいでまっすぐな性格の女の子 「嵐をよぶ合唱コンクール！？ つかさの中学生日記4」 宮下恵茉作;カタノトモコ絵 ポプラ社(ポプラポケット文庫ガールズ) 2014年11月

松尾 つかさ　まつお・つかさ
園辺市立東中学校一年生、元気いっぱいでまっすぐな性格の女の子 「流れ星は恋のジンクス つかさの中学生日記5」 宮下恵茉作;カタノトモコ絵 ポプラ社(ポプラポケット文庫ガールズ) 2015年9月

松木 あおい　まつき・あおい
佐渡島でひと夏を過ごした小学生・颯太のいとこ、中学受験勉強中の小学六年生 「青いスタートライン」 高田由紀子作;ふすい絵 ポプラ社(ノベルズ・エクスプレス) 2017年7月

松木 鈴理　まつき・すずり
高校生の彗に手紙を書いた中学一年生、ひととの距離感が読み取れない女の子 「きみのためにはだれも泣かない」 梨屋アリエ著 ポプラ社(Teens' best selections) 2016年12月

松木 和佳子(わこちゃん)　まつき・わかこ(わこちゃん)
小学5年生、うらないが大好きな上川詩絵里のクラスに来た転校生 「しえりの秘密のシール帳」 濱野京子著;十々夜絵 講談社 2014年7月

まっく

マックス
古着屋「MUSUBU」で女の子リンと出会ったアンティークのテディベア 「テディベア探偵 1 アンティークドレスはだれのもの!」 山本悦子作;フライ絵 ポプラ社(ポプラポケット文庫) 2014年4月

マックス
持ち主のリンと話せるぬいぐるみ、会わなくちゃいけないと思っている人がいるテディベア 「テディベア探偵 18年目のプロポーズ」 山本悦子作;フライ絵 ポプラ社(ポプラポケット文庫) 2016年1月

マックス
持ち主の女の子・リンと古いものの思いを探る「テディベア探偵」をやっているテディベア 「テディベア探偵 ゆかたは恋のメッセージ?」 山本悦子作;フライ絵 ポプラ社(ポプラポケット文庫) 2015年4月

マックス
持ち主の女の子・リンと古いものの思いを探る「テディベア探偵」をやっているテディベア 「テディベア探偵 引き出しの中のひみつ」 山本悦子作;フライ絵 ポプラ社(ポプラポケット文庫) 2015年10月

マックス
持ち主の女の子・リンと古いものの思いを探る「テディベア探偵」をやっているテディベア 「テディベア探偵 思い出はみどりの森の中」 山本悦子作;フライ絵 ポプラ社(ポプラポケット文庫) 2014年9月

まつげひろい
大きなカゴをせおって手にはくりひろいのときに使うような道具を持ち落ちたまつげをひろい集めている子猫サイズの妖怪 「妖怪の弟はじめました」 石川宏千花著;イケダケイスケ絵 講談社 2014年7月

松崎 はとり まつざき・はとり
幸田学園高校二年生、幼なじみの寺坂利太が好きな少女 「ヒロイン失格」 幸田もも子原作;吉田恵里香脚本 集英社(集英社みらい文庫) 2015年8月

松島 結衣 まつしま・ゆい
いつも友達とインターネット上でつながっていることに安心を感じているためスマートフォンを手放せない中学二年生の女の子 「雲をつかむ少女」 藤野恵美著 講談社 2015年3月

松島 礼奈 まつしま・れな
超ちっちゃくて人見知りの高校二年生ひよりのクラスメイト、一年間留学していたひとつ上の女の子 「ひよ恋2 ライバルにハラハラ!」 雪丸もえ原作・絵;松田朱夏著 集英社(集英社みらい文庫) 2013年7月

松島 礼奈 まつしま・れな
超ちっちゃくて人見知りの高校二年生ひよりのクラスメイト、留学帰りの明るく前向きな女の子 「ひよ恋3 ドキドキの告白」 雪丸もえ原作・絵;松田朱夏著 集英社(集英社みらい文庫) 2013年11月

マッシュ
キツネのコンタがモンスター・ホテルにいくとちゅうもりでであったオバケキノコ 「モンスター・ホテルでごしょうたい」 柏葉幸子作;高畠純絵 小峰書店 2015年11月

松平 竹千代 まつだいら・たけちよ
岡崎の松平家の跡継ぎ、のちの徳川家康 「井伊直虎 戦国時代をかけぬけた美少女城主」 那須田淳作;十々夜画 岩崎書店(フォア文庫) 2016年11月

松平 忠吉 まつだいら・ただよし
徳川家康の四男、舅の井伊直政と会津征伐に備える戦国武将 「僕とあいつの関ケ原」 吉田里香著;べっこイラスト 東京書籍 2014年6月

まてい

松平 信祝　まつだいら・のぶとき
八代将軍徳川吉宗の老中、湯長谷藩をうばおうとたくらむ役人　「超高速! 参勤交代 映画ノベライズ」　土橋章宏脚本;時海結以文　講談社(青い鳥文庫)　2016年9月

松田 航輝　まつだ・こうき
バドミントンの名門横浜湊高校の選手、上海からの帰国子女　「君は輝く!(ラブオールプレー)」　小瀬木麻美[著]　ポプラ社(teenに贈る文学)　2015年4月

松原 知希　まつばら・ともき
父さんと二人都会から島へ引っ越してきた六年生の男の子　「幽霊魚」　福田隆浩著　講談社(講談社文学の扉)　2015年6月

まつもとこうじ　まつもと・こうじ
再開発計画にともなって切りたおされてしまう樫の木にむけて手紙をかいた男の子　「お手紙ありがとう」　小手鞠るい作　WAVE出版(ともだちがいるよ!)　2013年1月

松本 朔太郎　まつもと・さくたろう
中学二年生の時に同級生だった広瀬アキの恋人、白血病になったアキをオーストラリアへ連れていこうとした高校二年生　「世界の中心で、愛をさけぶ」　片山恭一著;久世みずき画　小学館(小学館ジュニア文庫)　2014年7月

松本 はる香　まつもと・はるか
埼玉県立美園女子高校の強豪ボート部の2年生、次期部長に選ばれた少女　「レガッタ! 2 風をおこす」　濱野京子著;一瀬ルカ画　講談社(Ya! entertainment)　2013年3月

松本 はる香　まつもと・はるか
埼玉県立美園女子高校の強豪ボート部の部長、インターハイ出場を目指す3年生　「レガッタ! 3 光をのぞむ」　濱野京子著;一瀬ルカ画　講談社(Ya! entertainment)　2013年8月

松本 陽奈　まつもと・ひな
初等部から持ち上がりの聖クロス女学院中等部の一年生、好奇心おうせいな女の子　「聖(セント)クロス女学院物語(ストーリア) 1―ようこそ、神秘倶楽部へ!」　南部くまこ作;KeG絵　KADOKAWA(角川つばさ文庫)　2014年3月

松本 陽奈　まつもと・ひな
聖クロス女学院中等部一年生、オカルトマニアの花音が設立した〈神秘倶楽部〉の部員となった女の子　「聖(セント)クロス女学院物語(ストーリア) 2―ひみつの鍵とティンカーベル」　南部くまこ作;KeG絵　KADOKAWA(角川つばさ文庫)　2014年6月

松本 陽奈　まつもと・ひな
聖クロス女学院中等部一年生、オカルトマニアの花音が設立した〈神秘倶楽部〉の部員となった女の子　「聖(セント)クロス女学院物語(ストーリア) 3―花音のひみつとガジュマルの精霊」　南部くまこ作;KeG絵　KADOKAWA(角川つばさ文庫)　2014年10月

松山 修造　まつやま・しゅうぞう
子ども会のスポーツ大会に参加するイルカたちの野球のコーチ、熱血体育会系の人　「お願い!フェアリー♥ 15 キスキス!ホームラン!」　みずのまい作;カタノトモコ絵　ポプラ社　2015年9月

松山 友郎(トモロー)　まつやま・ともろう(ともろー)
桜若葉小学校六年生、別世界のサクラワカバ島と小学校を行き来することができる少年　「森の石と空飛ぶ船」　岡田淳作　偕成社(偕成社ワンダーランド)　2016年12月

松山 実　まつやま・みのり
小学五年生、夏休みに美乃里と一緒に銭湯「木島の湯」を手伝った同い歳の男の子　「美乃里の夏」　藤巻吏絵作;長新太画　福音館書店(福音館文庫)　2015年4月

マティルデ
団子商店街にある喫茶店「ブルームーン」のコーヒーミルから出てきた妖精　「ゆうれい猫と魔女の呪い」　廣嶋玲子作;バラマツヒトミ絵　岩崎書店(おはなしガーデン)　2013年5月

まと

真刀　まと
近江国の篠原駅家の駅子、駅長の孫・小里と同い年の少年　「駅鈴(はゆまのすず)」　久保田香里作　くもん出版　2016年7月

的場 大樹　まとば・たいき
小学生が電車旅行するチーム「T3」のメンバー、「時刻表鉄」の小学五年生の男の子　「電車で行こう! GO!GO!九州新幹線!!」　豊田巧作;裕龍ながれ絵　集英社(集英社みらい文庫)　2014年7月

的場 大樹　まとば・たいき
小学生が電車旅行するチーム「T3」のメンバー、「時刻表鉄」の小学五年生の男の子　「電車で行こう! 山手線で東京・鉄道スポット探検!」　豊田巧作;裕龍ながれ絵　集英社(集英社みらい文庫)　2016年1月

的場 大樹　まとば・たいき
小学生が電車旅行するチーム「T3」のメンバー、「時刻表鉄」の小学五年生の男の子　「電車で行こう! 乗客が消えた!?南国トレイン・ミステリー」　豊田巧作;裕龍ながれ絵　集英社(集英社みらい文庫)　2014年8月

的場 大樹　まとば・たいき
小学生が電車旅行するチーム「T3」のメンバー、「時刻表鉄」の小学五年生の男の子　「電車で行こう! 川崎の秘境駅と、京急線で桜前線を追え!」　豊田巧作;裕龍ながれ絵　集英社(集英社みらい文庫)　2016年3月

的場 大樹　まとば・たいき
小学生が電車旅行するチーム「T3」のメンバー、「時刻表鉄」の小学五年生の男の子　「電車で行こう! 北海道新幹線と函館本線の謎。時間を超えたミステリー!」　豊田巧作;裕龍ながれ絵　集英社(集英社みらい文庫)　2016年7月

的場 大樹　まとば・たいき
小学生が電車旅行するチーム「T3」のメンバー、「時刻表鉄」の小学五年生の男の子　「電車で行こう! 北陸新幹線とアルペンルートで、極秘の大脱出!」　豊田巧作;裕龍ながれ絵　集英社(集英社みらい文庫)　2015年9月

的場 大樹　まとば・たいき
小学生が電車旅行するチーム「T3」のメンバー、「時刻表鉄」の小学五年生の男の子　「電車で行こう! 夢の「スーパーこまち」と雪の寝台特急」　豊田巧作;裕龍ながれ絵　集英社(集英社みらい文庫)　2013年12月

的場 大樹　まとば・たいき
小学生が電車旅行するチーム「T3」のメンバー、「時刻表鉄」の小学五年生の男の子　「電車で行こう! 約束の列車を探せ!真岡鐵道とひみつのSL」　豊田巧作;裕龍ながれ絵　集英社(集英社みらい文庫)　2016年8月

的場 大樹　まとば・たいき
小学生が電車旅行するチーム「T3」のメンバー、電車のデザイナーに憧れていて「時刻表鉄」の小学五年生の男の子　「電車で行こう! サンライズ出雲と、夢の一畑電車!」　豊田巧作;裕龍ながれ絵　集英社(集英社みらい文庫)　2015年3月

的場 大樹　まとば・たいき
小学生が電車旅行するチーム「T3」のメンバー、電車のデザイナーに憧れていて「時刻表鉄」の小学五年生の男の子　「電車で行こう! ハートのつり革を探せ!駿豆線とリゾート21で伊豆大探検!!」　豊田巧作;裕龍ながれ絵　集英社(集英社みらい文庫)　2015年7月

的場 大樹　まとば・たいき
電車が好きな小学生四人グループ「T3」のメンバー、ダークブルーの新幹線に乗車した男の子　「電車で行こう! 黒い新幹線に乗って、行先不明のミステリーツアーへ」　豊田巧作;裕龍ながれ絵　集英社(集英社みらい文庫)　2017年4月

的場 大樹　まとば・たいき
電車が好きな小学生四人グループ「T3」のメンバー、水色のロマンスカーに乗車した男の子「電車で行こう! 小田急ロマンスカーと、迫る高速鉄道!」豊田巧作;裕龍ながれ絵　集英社(集英社みらい文庫) 2017年8月

的場 竜之介　まとば・りゅうのすけ
海成中学校一年生、背が小さくていつもオドオドしている天然ボケ少年「めざせ! 東大お笑い学部 1 天才ツッコミ少女、登場!?」針とら作;あきづきりょう絵　KADOKAWA(角川つばさ文庫) 2014年5月

マドレーナ・バルディ
時計職人のジャンの友だち、医者の一人娘で減らず口が得意な十五歳の少女「レオナルドの扉 1」真保裕一作;しゅー絵　KADOKAWA(角川つばさ文庫) 2017年11月

マドレーヌ
バウムクーヘン王国の姫プリンちゃんが入学した「エリート・ハーブティー学園」のクラスメイトの女の子「プリ❤プリ❤プリン姫 プリンセスが転校生?」吉田純子作;細川貂々絵　ポプラ社(ポプラ物語館) 2014年11月

マナ
五さいのいもうとリオとおじいちゃんのつくえの下からトホウ・モナイ国にまよいこんだ六さいの女の子「つくえの下のとおい国」石井睦美著;にしざかひろみ絵　講談社 2017年10月

真中 杏奈　まなか・あんな
大中小学校の探偵クラブ・大中小探偵クラブのメンバー、六年生の女の子「大中小探偵クラブ 猫又家埋蔵金の謎」はやみねかおる作;長谷垣なるみ絵　講談社(青い鳥文庫) 2017年1月

間中 朝芽　まなか・はじめ
父親の転勤でシンガポールの日本人学校に通うことになった六年生の男の子「ハングリーゴーストとぼくらの夏」長江優子著　講談社 2014年7月

真中 らぁら　まなか・らぁら
アイドルの聖地「プリパラ」のパプリカ学園小学部6年生、アイドルグループ「SoLaMi SMILE」のメンバー「映画プリパラみ〜んなのあこがれレッツゴー☆プリパリ」筆安一幸著;ふでやすかずゆき脚本　小学館(小学館ジュニア文庫) 2016年3月

真中 凛　まなか・りん
六年一組にやってきた転校生、いいたい事ははっきりいうきれいな女の子「チキン!」いとうみく作;こがしわかおり絵　文研出版(文研じゅべにーる) 2016年11月

真名子 極　まなこ・きわみ
学校に行けなくなった子のためのフリースクール「夏期アシストクラス」の先生「イジメ・サバイバル あたしたちの居場所」高橋桐矢作;芝生かや絵　ポプラ社(ポプラポケット文庫) 2016年8月

真名子 極(クマひげ男)　まなこ・きわみ(くまひげおとこ)
不登校児のためのフリースクール 夏期特別アシストクラスのピチピチのジャージを着た担任「あたしたちのサバイバル教室」高橋桐矢作;283絵　ポプラ社(ポプラポケット文庫) 2014年8月

学　まなぶ
「あぐり☆サイエンスクラブ」の仲間たちと手植えをした田んぼで稲刈りに挑戦する五年生男子「あぐり☆サイエンスクラブ:秋と冬、その先に」堀米薫作;黒須高嶺絵　新日本出版社 2017年10月

学　まなぶ
「あぐり☆サイエンスクラブ」の仲間たちと手植えをした田んぼを見守る五年生男子「あぐり☆サイエンスクラブ:夏 夏合宿が待っている!」堀米薫作;黒須高嶺絵　新日本出版社 2017年7月

まなぶ

学 まなぶ
瀬戸内海にある鈴鳴島に住む小学六年生の男の子 「瀬戸内海賊物語 ぼくらの宝を探せ!」 大森研一原案;黒田晶著 静山社 2014年4月

学 まなぶ
野外活動や科学体験をするという「あぐり☆サイエンスクラブ」に応募した五年生男子 「あぐり☆サイエンスクラブ:春 まさかの田んぼクラブ!?」 堀米薫作;黒須高嶺絵 新日本出版社 2017年4月

真辺 峻 まなべ・しゅん
5年生の灯花理と美影の家庭教師をすることになった高校2年生、2人が探す「B・D」と関係がある男の子 「ブラック◆ダイヤモンド 4」 令丈ヒロ子作;谷朋画 岩崎書店(フォア文庫) 2014年7月

真辺 峻 まなべ・しゅん
5年生の灯花理と美影の家庭教師をする高校2年生の男の子、2人が探す「B・D」と関係がある男の子 「ブラック◆ダイヤモンド 5」 令丈ヒロ子作;谷朋画 岩崎書店(フォア文庫) 2014年11月

まねきねこ
ふうちゃんの目の前にあらわれたふしぎなまねきねこ、「まんまるしょうてんがい」のかんばんの絵 「はいくしょうてんがい」 苅田澄子作;たごもりのりこ絵 借成社 2016年3月

マネルガー博士 まねるがーはかせ
モンスターを意のままに操る研究をしている怪しい博士 「モンスターハンターストーリーズ RIDE ON～最凶の黒と白い奇跡～」 CAPCOM原作監修;相羽鈴著 集英社(集英社みらい文庫) 2017年10月

真野 葉月 まの・はづき
曙第二中学校三年生の美少女転校生、放送コンクールに上位入賞している放送経験者 「ABC(エービーシー)! 曙第二中学校放送部」 市川朔久子著 講談社 2015年1月

真野 萌奈美 まの・もなみ
武蔵虹北高校2年生、突然現れた少年・丸男に「命がねらわれているから守る」と言われた少女 「モナミは世界を終わらせる?」 はやみねかおる作;KeG絵 KADOKAWA(角川つばさ文庫) 2015年2月

まひる
「おばけ美術館」の館長、美術品からでてくるおばけたちのお世話をする小学校五年生 「おばけ遊園地は大さわぎ」 柏葉幸子作;ひらいたかこ絵 ポプラ社(ポプラの木かげ) 2017年3月

まひる
「おばけ美術館」の館長、美術品からでてくるおばけたちのお世話をする小学校五年生 「ドールハウスはおばけがいっぱい」 柏葉幸子作;ひらいたかこ絵 ポプラ社(ポプラの木かげ) 2017年1月

マフィン
高原の林の中にある骨董店「アンティーク・シオン」にいる黒いネコ 「アンティーク・シオンの小さなきせき」 茂市久美子作;黒井健絵 学研プラス 2016年6月

馬淵 洸 まぶち・こう
高2の女の子・双葉のクラスの転校生、そっけない男の子 「アオハライド 映画ノベライズ」 咲坂伊緒原作;白井かなこ著 集英社(集英社みらい文庫) 2014年11月

まほ
学童クラブで友だちと遊んでいるのが好きな小学三年生の女の子 「まほとおかしな魔法の呪文」 草野たき作 岩崎書店(おはなしガーデン) 2015年7月

まみや

魔王　まほう
雑誌記者の勝村に謎のメールを送ってきた天才ハッカー　「怪盗探偵山猫 虚像のウロボロス」　神永学作;ひと和絵　KADOKAWA（角川つばさ文庫）　2016年3月

真穂姫　まほひめ
びっくりするほど美しい少女、お笑いの天才の美少年転校生・又三郎のお姉さん　「人形つかい小梅の事件簿1 恐怖のお笑い転校生」　安田依央作;きろばいと絵　集英社（集英社みらい文庫）　2013年10月

真穂姫　まほひめ
仙道寺一族の末裔、謎の術を使って世界征服をたくらむ美少女　「人形つかい小梅の事件簿2 恐怖!笑いが消えた街」　安田依央作;きろばいと絵　集英社（集英社みらい文庫）　2014年4月

まほろ
タヌキの乳母・砧に育てられたお姫さま、葉っぱをつかっていろんなものにばけられる女の子　「まほろ姫とにじ色の水晶玉」　なかがわちひろ作　偕成社　2017年12月

ママ
おひとりさまひとつしかかえないたまごをかいにむすこのいっちゃんとスーパーへいったママ　「1ねんせいじゃだめかなあ?」　きたがわめぐみ作・絵　ポプラ社（本はともだち）　2015年6月

ママ
こわがりなおばけのポーちゃんのママ、まえはニッコリがおでうしろはこわいおこりがおのふたつかおおばけ　「おばけのなつやすみ おばけのポーちゃん5」　吉田純子作;つじむらあゆこ絵　あかね書房　2016年10月

ママ
部屋にひきこもる中学一年生・莉緒の口うるさいママ　「レイさんといた夏」　安田夏菜著;佐藤真紀画　講談社（講談社・文学の扉）　2016年7月

ママ（鈴木 芳恵）　まま（すずき・よしえ）
ちょっと泣き虫だけど本が大好きな紀子の天国に行ってしまったママ　「バースデーカード」　吉田康弘作;鳥羽雨絵　KADOKAWA（角川つばさ文庫）　2016年10月

ママ（ろくろっ首ママ）　まま（ろくろっくびまま）
化野原団地に暮らす九十九一家のママ、ろくろっ首　「妖怪一家のハロウィン－妖怪一家九十九さん[6]」　富安陽子作;山村浩二絵　理論社　2017年9月

ママ魔女　まままじょ
魔女っ子ナコのお母さん、薬作りの名人　「魔女犬ボンボン ナコと奇跡の流れ星」　廣嶋玲子作;KeG絵　角川書店（角川つばさ文庫）　2013年4月

まみ
ひそかに作家にあこがれていた六年生、クラスメイトの小枝ちゃんにすすめられて自分で怪談を書きはじめた女の子　「わたしの本」　緑川聖司作;竹岡美穂絵　ポプラ社（ポプラポケット文庫）　2017年12月

マミタス
正義のヒーロー・みらくるキャットに変身するネコ、赤川家の飼いネコ　「おまかせ!みらくるキャット団－マミタス、みらくるするのナー」　福田裕子著;中川翔子原案　小学館（小学館ジュニア文庫）　2015年8月

真宮 桜　まみや・さくら
高校一年生の貧乏死神・りんねのクラスメート、幽霊が見える霊感女子　「境界のRINNE ようこそ地獄へ!」　浜崎達也著;高橋留美子原作;柿原優子脚本;高山カツヒコ脚本　小学館（小学館ジュニア文庫）　2015年8月

まみや

真宮 桜　まみや・さくら
高校一年生の貧乏死神・りんねのクラスメート、幽霊が見える霊感女子　「境界のRINNE 友だちからで良ければ」　浜崎達也著;高橋留美子原作;柿原優子脚本;吉野弘幸脚本　小学館(小学館ジュニア文庫)　2015年8月

真宮 桜　まみや・さくら
三界高校一年生、幼い頃に神隠しにあって以来幽霊が見えるようになった女の子　「境界のRINNE 謎のクラスメート」　高山カツヒコ著;高橋留美子原作;横手美智子脚本;高山カツヒコ脚本　小学館(小学館ジュニア文庫)　2015年6月

間宮 小夜　まみや・さよ
葵小学校にやってきた転校生、湖の底で神さまからもらったという水晶玉を手にしたことから明るい子に変身した少女　「悪ガキ7 [4] 転校生は魔女!?」　宗田理著　静山社　2015年7月

間宮 晴樹　まみや・はるき
国立H大学のボート部員、高3の有里の姉・麻実と同じ大学に通う青年　「レガッタ! 3 光をのぞむ」　濱野京子著;一瀬ルカ画　講談社(Ya! entertainment)　2013年8月

馬村 大輝　まむら・だいき
いなかから上京してきた女子高生・すずめのクラスメート、女子が苦手で赤面症の男の子　「ひるなかの流星―映画ノベライズ みらい文庫版」　やまもり三香原作;はのまきみ著　集英社(集英社みらい文庫)　2017年2月

馬村 大輝　まむら・だいき
女子が大の苦手な高校一年生、転校してきたすずめの隣の席の男の子　「ひるなかの流星 まんがノベライズ特別編〜馬村の気持ち」　やまもり三香原作絵;はのまきみ著　集英社(集英社みらい文庫)　2017年3月

豆吉　まめきち
屋台すし「与兵衛ずし」のひとり息子、十二歳の江戸っ子　「すし食いねえ」　吉橋通夫著　講談社(講談社・文学の扉)　2015年7月

まもる
家の近くの公園で出会った犬を「クー」と呼ぶことにした三年生の男の子　「2年2組はぬうが出る〜」　青木なな著　パレード(Parade books)　2014年9月

守くん　まもるくん
ビーグル犬のクウの飼い主、小学四年生の男の子　「天国の犬ものがたり わすれないで」　藤咲あゆな著;堀田敦子原作;環方このみイラスト　小学館(小学館ジュニア文庫)　2014年3月

摩耶さん　まやさん
十二歳の少女・みずきの亡くなったおとうさんのおねえさん、アメリカで暮らす美人でかっこいいおばさん　「いつも心の中に」　小手鞠るい作　金の星社　2016年9月

真山 陽二　まやま・ようじ
小さな田舎町に住む喜久子の同級生、不良少年からたびたび因縁をつけられている十四歳の少年　「オール・マイ・ラヴィング」　岩瀬成子著　小学館(小学館文庫)　2016年12月

真弓 薫　まゆみ・かおる
ひふみ学園に来た交換留学生、この世を鬼から守る「ミコトバヅカイ」トラのパートナーの文房師　「いみちぇん! 10 がけっぷち! 奪われた友情」　あさばみゆき作;市井あさ絵　KADOKAWA(角川つばさ文庫)　2017年12月

真弓 薫　まゆみ・かおる
ひふみ学園の六年生、虎之助のパートナーの文房師　「いみちぇん! 8 消えたパートナー」　あさばみゆき作;市井あさ絵　KADOKAWA(角川つばさ文庫)　2017年3月

真弓 薫　まゆみ・かおる
ひふみ学園の六年生、虎之助のパートナーの文房師 「いみちぇん! 9 サマーキャンプにひそむ罠」 あさばみゆき作;市井あさ絵 KADOKAWA（角川つばさ文庫） 2017年7月

真弓 薫　まゆみ・かおる
姉妹校の九十九学園から交換生としてひふみ学園へやってきた六年生、超美女 「いみちぇん! 7 新たなる敵、あらわる!」 あさばみゆき作;市井あさ絵 KADOKAWA（角川つばさ文庫） 2016年11月

マライカ
国際刑事警察機構の探偵卿、新種の猫をねらう怪盗クイーン逮捕の指令を受けたケニア人女性 「怪盗クイーン ケニアの大地に立つ」 はやみねかおる作;K2商会絵 講談社（青い鳥文庫） 2017年9月

マリ
ジャングル村のちょっぴりおせっかいであわてんぼうのアリクイ 「ジャングル村はちぎれたてがみで大さわぎ!」 赤羽じゅんこ作;はやしますみ画 くもん出版（ことばって、たのしいな!） 2013年1月

マリ
親友の夏木と同じS高校に入学した女の子、サッカー部のマネージャー 「真代家こんぷれっくす! [3] Sentimental daysココロをつなぐメロディ」 宮沢みゆき著;久世みずき原作・イラスト 小学館（小学館ジュニア文庫） 2014年6月

マリ
東京のはずれにある古い町・葵町に住むいたずら大好きな悪ガキ七人の一人、そば屋の娘でユリと双子の五年生 「悪ガキ7 [1] いたずらtwinsと仲間たち」 宗田理著 静山社 2013年3月

マリ
東京のはずれにある古い町・葵町に住むいたずら大好きな悪ガキ七人の一人、そば屋の娘でユリと双子の五年生 「悪ガキ7 [2] モンスター・デスマッチ!」 宗田理著 静山社 2013年10月

マリ
東京のはずれにある古い町・葵町に住むいたずら大好きな悪ガキ七人の一人、そば屋の娘でユリと双子の五年生 「悪ガキ7 [3] タイ行きタイ!」 宗田理著 静山社 2014年12月

マリ
東京のはずれにある古い町・葵町に住むいたずら大好きな悪ガキ七人の一人、そば屋の娘でユリと双子の五年生 「悪ガキ7 [4] 転校生は魔女!?」 宗田理著 静山社 2015年7月

マリ
東京のはずれにある古い町・葵町に住むいたずら大好きな悪ガキ七人の一人、そば屋の娘でユリと双子の五年生 「悪ガキ7 [5] 人工知能は悪ガキを救う!?」 宗田理著 静山社 2017年2月

マリー
タケシの妹、龍魔王にさらわれて地底の岩牢に閉じこめられた太鼓打ちの聖女 「地底の大冒険－タケシと影を喰らう龍魔王」 私市保彦作;いしいつとむ画 てらいんく 2015年9月

麻梨　まり
骨董店「アンティーク・シオン」の近くにあるおばあさんの家に家族で引っこしてきた女の子、亜紀の妹 「アンティーク・シオンの小さなきせき」 茂市久美子作;黒井健絵 学研プラス 2016年6月

茉莉　まり
日本を代表する歌姫、天才サウンドクリエーターの秋の恋人だった女性 「カノジョは嘘を愛しすぎてる」 宮沢みゆき著;青木琴美原作 小学館（小学館ジュニアシネマ文庫） 2013年11月

まりあ

マリー・アントワネット
フランスの王太子ルイ・オーギュストと結婚してベルサイユ宮殿に住んでいるお姫さま 「まさかわたしがプリンセス!? 1 目がさめたら、マリー・アントワネット!」 吉野紅伽著;くまの柚子絵 メディアファクトリー 2013年3月

マリアンナ姫 まりあんなひめ
ドコナンダ城に住んでいる美しい6人のお姫さまの一人、くるみ色の髪でくり色の大きなひとみの姫 「6人のお姫さま」 二宮由紀子作;たんじあきこ絵 理論社 2013年7月

鞠恵 まりえ
元陸軍大将の蒲生憲之の後妻 「蒲生邸事件 前・後編」 宮部みゆき作;黒星紅白絵 講談社(青い鳥文庫) 2013年8月

マリカ
十二歳のフー子の同い年の従姉妹、すらりとした姿の色白の美少女 「時計坂の家」 高楼方子著;千葉史子絵 福音館書店 2016年10月

マリカ様 まりかさま
五年生の綾香が大好きな六年生のモデルでパティシエでもある天才少女 「ミカルは霊魔女! 1 カボチャと猫と悪霊の館」 ハガユイ作;namo絵 KADOKAWA(角川つばさ文庫) 2014年10月

マリーゴールド・スミス
サッカーチームの監督の娘、祖母からもらった魔法の指輪をつけているイギリス人の五年生の少女 「虫ロボのぼうけん 05 フンコロ牧場へGO！」 吉野万理子作;安部繭子絵 理論社 2016年1月

マリーゴールド・スミス
サッカーチームの監督の娘、祖母からもらった魔法の指輪をつけているイギリス人の少女 「虫ロボのぼうけん 04 バッタとジャンプ大会!」 吉野万理子作;安部繭子絵 理論社 2015年7月

マリーゴールド・スミス
四年生の志馬のクラスの転校生、サッカー監督の娘で虫が大キライなイギリス人の少女 「虫ロボのぼうけん 02 赤トンボとレース!」 吉野万理子作;安部繭子絵 理論社 2014年9月

マリーゴールド・スミス
四年生の志馬のクラスの転校生、祖母からもらった魔法の指輪をつけているイギリス人の少女 「虫ロボのぼうけん 03 スズメバチの城へ!」 吉野万理子作;安部繭子絵 理論社 2015年7月

マリサン
中学二年生のツトムのクラスメート、他校の三年生と付き合っている美しいマドンナ 「村木ツトムその愛と友情」 福井智作;森英二郎絵 偕成社 2017年12月

摩利信乃法師 まりしのほうし
中学生の聡がタイムスリップした平安時代の京のまちを騒がせている謎の法師 「邪宗門」 芥川龍之介原作;駒井和緒文;遠田志帆絵 講談社 2015年2月

マリナ・ヴィラム・スカイウィル
空にうかぶ島スカイウィルの覇者・ドラゴンの王の13番目のプリンセス、十歳くらいの女の子 「魔法屋ポプル ドラゴン島のウエディング大作戦!!」 堀口勇太作;玖珂つかさ絵 ポプラ社(魔法屋ポプルシリーズ) 2013年4月

マリフィス
セントクラウンに13番目に訪れたヴァーツラフ城に住む経験の浅い魔女 「眠り姫と13番めの魔女」 久美沙織作;POO絵 KADOKAWA(角川つばさ文庫) 2014年6月

マリーン
動物と話せるお医者さんのトリシアをドラゴンの谷へ案内したドラゴンの谷の使者 「魔法医トリシアの冒険カルテ 1 ドラゴンの谷となぞの少年」 南房秀久著;小笠原智史絵 学研プラス 2016年3月

まりんちゃん
「まんぷくラーメン」の一人むすめ、お店のてつだいに来た3人のゆうれいにあった女の子 「おてつだいおばけさん [1] まんぷくラーメンいちだいじ」 季巳明代作;長谷川知子絵 国土社 2016年10月

まりんちゃん
「まんぷくラーメン」の一人むすめ、ながさきチャンポン屋のむすこポンすけの幼なじみ 「おてつだいおばけさん [3] まんぷくラーメン対びっくりチャンポン」 季巳明代作;長谷川知子絵 国土社 2017年7月

まりんちゃん
とびきり横丁のおばけのてんいんさんがいる「まんぷくラーメン」の一人むすめ 「おてつだいおばけさん [2] まんぷくラーメンてんてこまい」 季巳明代作;長谷川知子絵 国土社 2017年3月

まる
ドギーマギー動物学校のカムたちが公園でみつけたすてられていた子犬、元気でまるまる太った男の子 「ドギーマギー動物学校 8 すてられた子犬たち」 姫川明月作・絵 KADOKAWA(角川つばさ文庫) 2016年5月

丸井 太一(マルタ)　まるい・たいち(まるた)
小学六年生、ヒーローものの特撮映像を手作りする「蒲生特撮隊」のメンバー 「なんちゃってヒーロー」 みうらかれん作;佐藤友生絵 講談社 2013年10月

丸井 丸男　まるい・まるお
女子高生の萌奈美に「命がねらわれているから守りに来た」と話した美少年 「モナミは世界を終わらせる?」 はやみねかおる作;KeG絵 KADOKAWA(角川つばさ文庫) 2015年2月

マルカ
魔法学校にかよう女の子、とくべつな力をあたえてくれる魔法のキャンディをさがしているキャンディハンター 「キャンディハンター マルカとクーピー 3」 さかいさちえ著 岩崎書店 2017年6月

丸川 まどか　まるかわ・まどか
パン屋「ナガタパン」の息子でクラスメイトの長方堅の彼女、六年五組で最近ダイエットをはじめた少女 「生活向上委員会! 6 コンプレックスの正体」 伊藤クミコ作;桜倉メグ絵 講談社(青い鳥文庫) 2017年11月

マルコ
四年生の敬介が飼っている茶色の毛の柴犬の子犬 「ぼくのマルコは大リーガー」 小林しげる作;末崎茂樹絵 文研出版(文研ブックランド) 2014年7月

マルコ
旅行の名人、豪華客船を乗りついでマルコ・ポーロが生まれた島をめざしている旅ネズミ 「ハリネズミ・チコ 大きな船の旅1 ジャカスカ号で大西洋へ」 山下明生作;高畠那生絵 理論社 2014年5月

マルコ
旅行の名人、豪華客船を乗りついでマルコ・ポーロが生まれた島をめざしている旅ネズミ 「ハリネズミ・チコ 大きな船の旅2 ジャカスカ号で地中海へ」 山下明生作;高畠那生絵 理論社 2014年6月

まるこ

マルコ
旅行の名人、人間のマルコ・ポーロにあこがれて旅をつづける年寄りネズミ 「ハリネズミ・チコ 空とぶ船の旅3 フライパン号でナポレオンの島へ」 山下明生作;高畠那生絵 理論社 2017年10月

まる子 まるこ
静岡に住む小学生、イタリアからきた少年アンドレアが滞在することになったさくら家の娘 「映画ちびまる子ちゃん イタリアから来た少年」 さくらももこ作;五十嵐佳子構成 集英社 (集英社みらい文庫) 2015年12月

マルタ
小学六年生、ヒーローものの特撮映像を手作りする「蒲生特撮隊」のメンバー 「なんちゃってヒーロー」 みうらかれん作;佐藤友生絵 講談社 2013年10月

マルテ
司波兄妹の前に現れた異次元からやってきた吸血鬼・パラサイト 「魔法科高校の劣等生 11 来訪者編 下」 佐島勤著 KADOKAWA(電撃文庫) 2013年8月

稀人 まれと
中学2年生の少女千風がみた不思議でリアルな夢に出てくる鬼の少年 「風夢緋伝」 名木田恵子著 ポプラ社(Teens' best selections) 2017年3月

万吉 まんきち
十五のときに足軽をやめてから他人のものをくすねたりしてその日暮らしをしている職も住む場所もない二十歳の若者 「お面屋たまよし 彼岸ノ祭」 石川宏千花著;平沢下戸画 講談社(Ya! entertainment) 2013年5月

万田 かくこ まんだ・かくこ
小学4年生、クラスでひまそうなカズたち三人にたのみごとをした女の子 「ひま人ヒーローズ!」 かみやとしこ作;木村いこ絵 ポプラ社(ポプラ物語館) 2015年2月

万ちゃん まんちゃん
青北中学校演劇部の一年生、手先が器用で衣装づくりに興味がある色白で美しい少年 「劇部ですから! Act.1 文化祭のジンクス」 池田美代子作;柚希きひろ絵 講談社(青い鳥文庫) 2017年6月

万ちゃん まんちゃん
青北中学校演劇部の一年生、手先が器用で衣装づくりに興味がある色白で美しい少年 「劇部ですから! Act.2 劇部の逆襲」 池田美代子作;柚希きひろ絵 講談社(青い鳥文庫) 2017年10月

マンティコア
大昔からコアマンティ山にねむっているといわれている伝説の巨獣 「ほねほねザウルス 18 たいけつ!きょうふのサーベルタイガー」 カバヤ食品株式会社原案・監修 岩崎書店 2017年9月

マンプク
街ネズミ・ガンバの幼なじみで食いしん坊なネズミ 「GAMBA ガンバと仲間たち」 時海結以著;古沢良太脚本 小学館(小学館ジュニア文庫) 2015年9月

【み】

ミア
伝説の勇者で竜騎士のウスズの世話をする部屋子、罪人が住む深い谷底の村で暮らす十一歳になる少女 「竜が呼んだ娘 やみ倉の竜」 柏葉幸子作;佐竹美保絵 朝日学生新聞社 2017年8月

みおり

ミアン
小学五年生の女の子「小田美杏」としてあさひ小学校に入りこんできた死神見習いの美少女 「五年霊組こわいもの係 3 春、霊組メンバーと対決する。」 床丸迷人作;浜弓場双絵 KADOKAWA(角川つばさ文庫) 2014年10月

ミィ
小学六年生のゆめが誕生日にもらったコンパクトから現れた『神様』、見かけはリスのようなキレイなお姉さん系小動物 「ミラチェンタイム☆ミラクルらみぃ」 大塚隆史原作;高橋ナツコ著;川村敏江イラスト 小学館(小学館ジュニア文庫) 2015年12月

ミィ
二股にわかれたしっぽを持った妖怪猫又、山の中から都会に出てきた猫の妖怪 「ねこまた妖怪伝[1]－妖怪だって友だちにゃ!」 藤野恵美作;永地絵 KADOKAWA(角川つばさ文庫) 2015年5月

ミィ
二股にわかれたしっぽを持った妖怪猫又、小学生のまなかとくらす猫の妖怪 「ねこまた妖怪伝[2]－いのちをかけた約束にゃ!」 藤野恵美作;永地絵 KADOKAWA(角川つばさ文庫) 2016年1月

ミイナ
あけぼの小学校四年生のすみれのクラスメイト、クラスのイケてるグループのメンバー 「チャームアップ・ビーズ! 1 クローバーグリーンで友情復活!」 宮下恵茉作;初空おとわ画 童心社 2013年3月

ミイラ男 みいらおとこ
ハロウィンのまほうでミイラ男になってしまった男 「まじょ子とハロウィンのまほう」 藤真知子作;ゆーちみえこ絵 ポプラ社(学年別こどもおはなし劇場) 2015年10月

ミウ
夏休みのじゆうけんきゆうでしんしゅのさかな・オサリンのかんさつをした小学校二年生 「ミウの花まる夏休み」 きたじまごうき作・絵 汐文社 2016年6月

三浦 琴美 みうら・ことみ
埼玉県立美園女子高校の強豪ボート部に友だちの梓と入った1年生 「レガッタ! 2 風をおこす」 濱野京子著;一瀬ルカ画 講談社(Ya! entertainment) 2013年3月

三浦 佐和子 みうら・さわこ
修学旅行に行けなかった中学三年生の一人、足を骨折してしまった少女 「アナザー修学旅行」 有沢佳映作;ヤマダ絵 講談社(青い鳥文庫) 2017年9月

三浦 静子 みうら・しずこ
太平洋戦争時に家族とともにサイパンに移民し野戦病院の志願看護婦となった少女 「戦火と死の島に生きる 太平洋戦・サイパン島全滅の記録」 菅野静子著 偕成社(偕成社文庫) 2013年8月

美織 鳴 みおり・めい
進学塾「秀明ゼミナール」の天才を育成するgenieプロジェクトのメンバー、音楽大学附属中学校に通う中学一年生の少年 「クリスマスケーキは知っている(探偵チームKZ事件ノート)」 藤本ひとみ原作;住滝良文;清瀬赤目絵 講談社(青い鳥文庫) 2014年11月

美織 鳴 みおり・めい
進学塾「秀明ゼミナール」の天才を育成するgenieプロジェクトのメンバー、音楽大学附属中学校に通う中学一年生の少年 「星形クッキーは知っている(探偵チームKZ事件ノート)」 藤本ひとみ原作;住滝良文;清瀬赤目絵 講談社(青い鳥文庫) 2015年5月

美織 鳴 みおり・めい
天才を育成するgenieプロジェクトのメンバーと犯罪消滅特殊部隊を結成した少年、音楽大学附属中学校に通う中学一年生 「5月ドーナツは知っている(探偵チームKZ事件ノート)」 藤本ひとみ原作;住滝良文;清瀬赤目絵 講談社(青い鳥文庫) 2016年5月

みか

ミカ
まじょのまじょ子といろんな人たちのレンアイそうだんをすることになった女の子 「まじょ子
は恋のキューピット」 藤真知子作;ゆーちみえこ絵 ポプラ社(学年別こどもおはなし劇場)
2013年3月

ミカ
不審な男たちにおそわれていたところを超お嬢様の琴音に助けられた記憶喪失の少女
「少年探偵響 4 記憶喪失の少女のナゾ!?の巻」 秋木真作;しゅー絵 KADOKAWA(角川
つばさ文庫) 2017年10月

美伽 みか
中学二年生、キャンプ場で中国の妖怪・キョンシーに噛まれたところを少年仙人ファイに救
われた少女 「どきどきキョンシー娘々」 水島朱音・;榎本事務所作;真琉樹絵 富士見書房
(角川つばさ文庫) 2013年5月

ミカエラ
天の国から人間界に落とされた天使、人間界で神野美花という5年生になった女の子 「0
点天使 あたしが"あたし"になったワケ!?」 麻生かづこ作;玖珂つかさ絵 ポプラ社(ポプラ
ポケット文庫) 2017年6月

ミカエラ
天の国の天使学校にいた女の子の天使 「0点天使 [1]」 麻生かづこ作;玖珂つかさ絵 ポ
プラ社(ポプラポケット文庫) 2016年8月

ミカエラ
天の国の天使学校の落第生・ミカエラの人間界での姿、花音のふたごの妹で小学五年生
「0点天使 [2]－シンデレラとクモの糸」 麻生かづこ作;玖珂つかさ絵 ポプラ社(ポプラポ
ケット文庫) 2017年1月

御影 アキ みかげ・あき
大蝦夷農業高校酪農科学科一年生、馬が大好きな酪農家の一人娘 「銀の匙 Silver
Spoon」 時海結以著;荒川弘原作;吉田恵輔脚本;高田亮脚本;吉田恵輔監督 小学館(小
学館ジュニアシネマ文庫) 2014年2月

ミカコ(長峰 美加子) みかこ(ながみね・みかこ)
剣道部の副部長の中学三年生、国連宇宙軍に選抜され卒業式前に地球を離れることに
なった少女 「ほしのこえ」 新海誠原作;大場惑文 KADOKAWA(角川つばさ文庫) 2017
年5月

三日月 羽鳥 みかずき・はとり
中学一年生になったばかりの普通の女の子 「学園シェフのきらめきレシピ 1 友情の隠し味
ハンバーグ」 芳野詩子作;hou絵 KADOKAWA(角川つばさ文庫) 2015年8月

三日月 羽鳥 みかずき・はとり
中学一年生になったばかりの普通の女の子、天才料理人フーコの友達 「学園シェフのきら
めきレシピ 2 3つの味の魔法のパスタ」 芳野詩子作;hou絵 KADOKAWA(角川つばさ文
庫) 2015年12月

御門 央児 みかど・おうじ
北花梨駅にオープンした「和菓子屋本舗みかど亭」の社長の六年生の息子 「おねがい・
恋神さま2 御曹司と急接近!」 次良丸忍作;うっけ画 金の星社(フォア文庫) 2014年8月

美門 翼 みかど・たすく
「KZリサーチ事務所」のメンバーの彩のクラスの転校生、頭脳明晰で異常に嗅覚が鋭い中
学一年生の美少年 「お姫さまドレスは知っている(探偵チームKZ事件ノート)」 藤本ひと
み原作;住滝良文 講談社(青い鳥文庫) 2014年7月

みかみ

美門 翼　みかど・たすく
「KZリサーチ事務所」のメンバーの彩のクラスの転校生、頭脳明晰で異常に嗅覚が鋭い中学一年生の美少年 「ハート虫は知っている(探偵チームKZ事件ノート)」 藤本ひとみ原作;住滝良文;駒形絵 講談社(青い鳥文庫) 2014年3月

美門 翼　みかど・たすく
「KZリサーチ事務所」の新メンバー、運動神経抜群で頭脳明晰で異常に嗅覚が鋭い中学一年生の美少年 「アイドル王子は知っている(探偵チームKZ事件ノート)」 藤本ひとみ原作;住滝良文 講談社(青い鳥文庫) 2016年12月

美門 翼　みかど・たすく
「KZリサーチ事務所」の新メンバー、運動神経抜群で頭脳明晰で異常に嗅覚が鋭い中学一年生の美少年 「黄金の雨は知っている(探偵チームKZ事件ノート)」 藤本ひとみ原作;住滝良文;駒形絵 講談社(青い鳥文庫) 2015年3月

美門 翼　みかど・たすく
「KZリサーチ事務所」の新メンバー、運動神経抜群で頭脳明晰で異常に嗅覚が鋭い中学一年生の美少年 「学校の都市伝説は知っている(探偵チームKZ事件ノート)」 藤本ひとみ原作;住滝良文;駒形絵 講談社(青い鳥文庫) 2017年3月

美門 翼　みかど・たすく
「KZリサーチ事務所」の新メンバー、運動神経抜群で頭脳明晰で異常に嗅覚が鋭い中学一年生の美少年 「危ない誕生日ブルーは知っている(探偵チームKZ事件ノート)」 藤本ひとみ原作;住滝良文;駒形絵 講談社(青い鳥文庫) 2017年7月

美門 翼　みかど・たすく
「KZリサーチ事務所」の新メンバー、運動神経抜群で頭脳明晰で異常に嗅覚が鋭い中学一年生の美少年 「七夕姫は知っている(探偵チームKZ事件ノート)」 藤本ひとみ原作;住滝良文;駒形絵 講談社(青い鳥文庫) 2015年7月

美門 翼　みかど・たすく
「KZリサーチ事務所」の新メンバー、運動神経抜群で頭脳明晰で異常に嗅覚が鋭い中学一年生の美少年 「消えた美少女は知っている(探偵チームKZ事件ノート)」 藤本ひとみ原作;住滝良文;駒形絵 講談社(青い鳥文庫) 2015年10月

美門 翼　みかど・たすく
「KZリサーチ事務所」の新メンバー、運動神経抜群で頭脳明晰で異常に嗅覚が鋭い中学一年生の美少年 「妖怪パソコンは知っている(探偵チームKZ事件ノート)」 藤本ひとみ原作;住滝良文;駒形絵 講談社(青い鳥文庫) 2016年3月

瓶原 さき　みかのはら・さき
月丘中学二年生でミステリー研究部副部長、恋よりもオシャレよりもミステリー大好きな女の子 「まじかる☆ホロスコープ 恋と怪談とミステリー!」 カタノトモコ作・絵;杉背よい文 KADOKAWA(角川つばさ文庫) 2014年10月

三上 香織　みかみ・かおり
滋賀県のみずうみ学園で社会に関わりのある活動するクラブ「Y」の部員、広島の大久野島へやってきた十四歳 「大久野島からのバトン」 今関信子作;ひろかわさえこ絵 新日本出版社(文学のピースウォーク) 2016年6月

深神先生　みかみせんせい
私立探偵として助手の男の子レンを連れて船上パーティーにやってきた男の人 「ナゾカケ」 ひなた春花作;よん絵 ポプラ社(ポプラポケット文庫) 2014年7月

三上 広樹　みかみ・ひろき
評判の悪い東部中学校に転校してきた男の子 「2年A組探偵局 ぼくらの都市伝説」 宗田理作;YUME絵;はしもとしんキャラクターデザイン KADOKAWA(角川つばさ文庫) 2017年8月

みかみ

三神 曜太　みかみ・ようた
弓道部の先輩で部長の杏に恋をした2年生の男子高校生 「一礼して、キス」 加賀やっこ
原作・イラスト;橋口いくよ著　小学館(小学館ジュニア文庫)　2017年10月

みかりん
5年生のふたご・花音の妹、実は天の国から落ちてきた女の子の天使・ミカエラ 「0点天使
あたしが"あたし"になったワケ!?」 麻生かづこ作;玖珂つかさ絵　ポプラ社(ポプラポケット
文庫)　2017年6月

みかりん
天使・ミカエラが人間界に落ちてなった五年生の女の子 「0点天使 [1]」 麻生かづこ作;玖
珂つかさ絵　ポプラ社(ポプラポケット文庫)　2016年8月

美紀(ミキリン)　みき(みきりん)
自分の悩みについて六年生の里菜子といろいろ話すクラスメイトの女の子 「ネコをひろっ
たリーナとひろわなかったわたし」 ときありえ著　講談社(講談社・文学の扉)　2013年3月

ミキさん
エリナがバイトをすることになったセレクトショップ「ルキナ」の女性店長 「わがままファッショ
ンGIRLS MODE」 高瀬美恵作;桃雪琴梨絵　アスキー・メディアワークス(角川つばさ文庫)
　2013年4月

ミキさん
ママを亡くした女の子ちーちゃんに南三陸町の仮設住宅で出会った女性ボランティア 「あ
の日起きたこと 東日本大震災 ストーリー311」 ひうらさとる原作絵;ななじ眺原作絵;さちみ
りほ原作絵;樋口橘原作絵;うめ原作絵;山室有紀子文　KADOKAWA(角川つばさ文庫)
2014年2月

三木 照葉　みき・てるは
夢が丘第三小学校五年生、総理大臣になりたいという将来の夢をからかわれてから目立つ
ことをさけるようになった少女 「ソーリ!」 濱野京子作;おとないちあき画　くもん出版(くもん
の児童文学)　2017年11月

ミキリン
自分の悩みについて六年生の里菜子といろいろ話すクラスメイトの女の子 「ネコをひろっ
たリーナとひろわなかったわたし」 ときありえ著　講談社(講談社・文学の扉)　2013年3月

三木 麗子　みき・れいこ
あさひ小学校で第43代「こわいもの係」だった中学二年生、知恵と美貌を兼ね備えたお嬢
様 「五年霊組こわいもの係 10－六人のこわいもの係、黒い穴に挑む。」 床丸迷人作;浜
弓場双絵　KADOKAWA(角川つばさ文庫)　2017年3月

三木 麗子　みき・れいこ
あさひ小学校で第43代「こわいもの係」だった中学二年生、知恵と美貌を兼ね備えたお嬢
様 「五年霊組こわいもの係 11－六人のこわいもの係、だいだらぼっちと約束する。」 床丸
迷人作;浜弓場双絵　KADOKAWA(角川つばさ文庫)　2017年7月

三木 麗子　みき・れいこ
あさひ小学校で第43代「こわいもの係」だった中学二年生、知恵と美貌を兼ね備えたお嬢
様 「五年霊組こわいもの係 9－六人のこわいもの係、霊組に集まる。」 床丸迷人作;浜弓
場双絵　KADOKAWA(角川つばさ文庫)　2016年12月

三木 麗子　みき・れいこ
あさひ小学校の五年生で前の年の学校の「こわいもの係」、成績優秀なお嬢様 「四年霊組
こわいもの係」 床丸迷人作;浜弓場双絵　角川書店(角川つばさ文庫)　2013年9月

三木 麗子　みき・れいこ
あさひ小学校の生徒会長で成績優秀な六年生、二年前の学校の「こわいもの係」 「五年霊
組こわいもの係 1－友花、死神とクラスメートになる。」 床丸迷人作;浜弓場双絵
KADOKAWA(角川つばさ文庫)　2014年1月

ミク
いつか冬の女神にお仕えすることを夢みている雪の精霊、肩に乗れそうなほど小さな女の子 「伝説の魔女」 美波蓮作;よん絵 ポプラ社(ポプラポケット文庫) 2014年10月

ミク
音をつかさどるために生まれ世界中からピュアな音を集めている羽の生えた小さな女の子 「ハジメテノオト」 田部智子作;Nardack絵 ポプラ社(ポプラポケット文庫) 2014年4月

ミク
人間に恋をした好奇心旺盛な人魚 「怪盗ピーター＆ジェニイ」 美波蓮作;たま絵 ポプラ社(ポプラポケット文庫) 2015年2月

ミク
東京から凪町中学校に転校してきた中学二年生、「時の扉」を探している謎めいた女の子 「歌に形はないけれど」 濱野京子作;nezuki絵 ポプラ社(ポプラポケット文庫) 2014年2月

未来　みく
義理の父親から虐待を受け家から逃げ出した女の子、神社の縁の下をねぐらにしていた老犬に会った子 「天国の犬ものがたり 未来」 藤咲あゆな著;堀田敦子原作;環方このみイラスト 小学館(小学館ジュニア文庫) 2014年12月

三国 亜久斗　みくに・あくと
「本気の勝負がしたい」という理由で賞金1億円の「絶体絶命ゲーム」に参加した謎の少年 「絶体絶命ゲーム 1億円争奪サバイバル」 藤ダリオ作;さいね絵 KADOKAWA(角川つばさ文庫) 2017年2月

三国 亜久斗　みくに・あくと
前回の「絶体絶命ゲーム」で春馬に負けて今回の参加を志願した謎の少年 「絶体絶命ゲーム 2 死のタワーからの大脱出」 藤ダリオ作;さいね絵 KADOKAWA(角川つばさ文庫) 2017年7月

三国 理宇　みくに・りう
古代中国にタイムスリップした中学生、三国志に登場する劉備として生きることになった女の子 「初恋三国志 りゅうびちゃん、英傑(ヒーロー)と出会う!」 水島朱音作;榎本事務所作;藤田香絵 KADOKAWA(角川つばさ文庫) 2014年8月

三国 莉花　みくに・りか
紅ヶ丘中学の三年生、母親の再婚相手の息子・源星夜が好きな少女 「キミは宙(そら)のすべて たったひとつの星」 新倉なつき著;能登山けいこ原作・イラスト 小学館(小学館ジュニア文庫) 2014年6月

三国 莉花　みくに・りか
紅ヶ丘中学の二年生、母親の再婚相手の息子・源星夜が好きな少女 「キミは宙(そら)のすべて 君のためにできること」 新倉なつき著;能登山けいこ原作・イラスト 小学館(小学館ジュニア文庫) 2015年3月

三国 莉花　みくに・りか
黒衣大学附属高校一年生、母親の再婚相手の息子・源星夜が好きな少女 「キミは宙(そら)のすべて ヒロインは眠れない」 新倉なつき著;能登山けいこ原作・イラスト 小学館(小学館ジュニア文庫) 2014年9月

三国 莉花　みくに・りか
母親の再婚相手の息子・星夜と恋に落ち結婚式を挙げることになった高校三年生の女の子 「キミは宙(そら)のすべて 宙いっぱいの愛をこめて」 新倉なつき著;能登山けいこ原作・イラスト 小学館(小学館ジュニア文庫) 2015年8月

三国 嶺治(魔王)　みくに・れいじ(まおう)
黒衣大学附属中学の二年生、「魔王」と呼ばれて生徒からも先生からも恐れられている男子生徒 「終わる世界でキミに恋する」 能登山けいこ原作・イラスト;新倉なつき著 小学館(小学館ジュニア文庫) 2017年7月

みくも

三雲 真歩　みくも・まほ
南沢中学校三年生、陸上部リレーメンバーのひとりで新しくキャプテンに選ばれた女の子
「ダッシュ!」村上しいこ著　講談社　2014年5月

御来屋 千智　みくりや・ちさと
宮浦高校の何かと偉そうな一年生、新入生の中でクイズについてとびぬけた実力の持ち主
「ナナマルサンバツ 2 人生を変えるクイズ」杉基イクラ原作・絵;伊豆平成文
KADOKAWA(角川つばさ文庫)　2014年4月

御厨 麻希(ミク)　みくりや・まき(みく)
東京から凪町中学校に転校してきた中学二年生、「時の扉」を探している謎めいた女の子
「歌に形はないけれど」濱野京子作;nezuki絵　ポプラ社(ポプラポケット文庫)　2014年2月

ミケねえちゃん
平和通り商店街の「ひまわり弁当」のむすこ・銀ちゃんのかいねこ、「ねこたま探偵団」のメン
バー「ねこ探! 2 地獄のさたもねこ次第の巻」村上しいこ作;かつらこ絵　ポプラ社(ポプラ
物語館)　2016年2月

ミケねえちゃん
平和通り商店街の「ひまわり弁当」のむすこ・銀ちゃんのかいねこ、「ねこたま探偵団」のメン
バーで七十二才のねこ「ねこ探! 1 ねこもしゃべれば事件にあたるの巻」村上しいこ作;か
つらこ絵　ポプラ社(ポプラ物語館)　2014年12月

三毛之丞　みけのじょう
化け猫の落語家、小学5年生である幸歩の落語の師匠「化け猫・落語 1 おかしな寄席に
おいでませ!」みうらかれん作;中村ひなた絵　講談社(青い鳥文庫)　2017年8月

三毛之丞　みけのじょう
化け猫の落語家、小学5年生である幸歩の落語の師匠「化け猫・落語 2 ライバルは黒
猫!?」みうらかれん作;中村ひなた絵　講談社(青い鳥文庫)　2017年11月

ミーコ
小学校三年生のかずきのクラスメイト・ゆうすけの家で飼われているおでこに黒い三日月も
ようがある子ねこ「妖怪たぬきポンチキン化けねこ屋敷と消えたねこ」山口理作;細川貂々
絵　文溪堂　2017年8月

ミーコ・チョビチャッピー
獣人の国「不思議な草原の国」のわがままなお姫様「魔法屋ポプル プリンセスには危険な
キャンディ♡」堀口勇太作;玖珂つかさ絵　ポプラ社(魔法屋ポプルシリーズ)　2013年4月

美沙　みさ
年老いたカラスのカンちゃんにいつも餌をあげていた病弱な少女「ブラック」山田悠介著
;わんにゃんぷーイラスト　小学館(小学館ジュニア文庫)　2017年10月

ミサ(美沙)　みさ(みさ)
年老いたカラスのカンちゃんにいつも餌をあげていた病弱な少女「ブラック」山田悠介著
;わんにゃんぷーイラスト　小学館(小学館ジュニア文庫)　2017年10月

美咲　みさき
クラスで目立つかりんたちの女子グループに所属している中学二年生「てんからどどん」
魚住直子作;けーしん絵　ポプラ社(ノベルズ・エクスプレス)　2016年5月

岬 太郎　みさき・たろう
静岡県南葛市の選抜チーム「南葛SC」のミッドフィルダー、卓越したサッカーの技術をもっ
た小学六年生「キャプテン翼2 集結!全国のライバルたち」高橋陽一原作・絵;ワダヒトミ著
集英社(集英社みらい文庫)　2014年3月

みしゃ

岬 太郎　みさき・たろう
静岡県南葛市の選抜チーム「南葛SC」のミッドフィルダー、卓越したサッカーの技術をもった小学六年生「キャプテン翼3 最終決戦!めざせ全国制覇!!」高橋陽一原作・絵;ワダヒトミ著　集英社(集英社みらい文庫) 2014年6月

ミサト(山内 美里)　みさと(やまうち・みさと)
よしの町西小学校六年生、片思いの男の子菅野くんに好きになってもらうと決めた女の子「みさと×ドロップ レシピ1 チェリーパイ」のまみちこ著;けーしんイラスト　小学館(小学館ジュニア文庫) 2016年7月

ミサト(山内 美里)　みさと(やまうち・みさと)
親友のサクラとチエリに同級生のスガノのことが好きだとうちあけた五年生の女の子「さくら×ドロップ レシピ1 チーズハンバーグ」のまみちこ著;けーしんイラスト　小学館(小学館ジュニア文庫) 2015年9月

ミサト(山内 美里)　みさと(やまうち・みさと)
六年生のチエリの親友、クラス一番のお調子者芸人のスガノに片思い中の女の子「ちえり×ドロップ レシピ1 マカロニグラタン」のまみちこ著;けーしんイラスト　小学館(小学館ジュニア文庫) 2016年2月

三沢 圭人　みさわ・けいと
七曲小五年生、野球チーム「フレンズ」を友だちの純とタケシと作った義足をつけた男の子「プレイボール 2 ぼくらの野球チームを守れ!」山本純士作;宮尾和孝絵　KADOKAWA (角川つばさ文庫) 2014年1月

三沢 圭人　みさわ・けいと
七曲小六年生の義足をつけた男の子、野球チーム「フレンズ」のまとめ役「プレイボール 3 ぼくらのチーム、大ピンチ!」山本純士作;宮尾和孝絵　KADOKAWA(角川つばさ文庫) 2015年5月

ミシェル
スイスの山の中にある「国際保健機構付属子供病院」に入院している六歳くらいの少女「天使が知っている(探偵チームKZ事件ノート)」藤本ひとみ原作;住滝良文;駒形絵　講談社(青い鳥文庫) 2013年11月

三島 弦　みしま・げん
都立湾岸高校の1年生、お嬢様学校に通う高校1年生・小川蘭の彼氏「泣いちゃいそうだよ＜高校生編＞ 花言葉でさよなら」小林深雪著;牧村久実画　講談社(YA!ENTERTAINMENT) 2013年4月

三島 正政　みしま・ただまさ
五年生の由宇のおじいちゃん、衆議院議員選挙の候補者「三島由宇、当選確実!」まはら三桃著　講談社(講談社・文学の扉) 2016年11月

美島 ひかり　みしま・ひかり
陸上部の短距離のエースで中学二年生、黒魔術が大好きな紗枝と小学校からの親友「黒猫さんとメガネくんの初恋同盟」秋木真作;モコ絵　KADOKAWA(角川つばさ文庫) 2014年11月

三島屋の多吉　みしまやのたきち
関東大震災のとき東京へ行っていて行方がしれなくなった子供「とんでろじいちゃん」山中恒作;そがまい絵　童話館出版(子どもの文学・青い海シリーズ) 2017年3月

三島 由宇　みしま・ゆう
衆議院議員選挙の候補者・三島正政の孫、五年生の女の子「三島由宇、当選確実!」まはら三桃著　講談社(講談社・文学の扉) 2016年11月

ミーシャ
かいぬしのおばあさんがなくなりまごのあおいちゃんの家にきたまっしろいおすのねこ「ミーシャのしっぽ」宮島ひでこ作;華鼓絵　ひくまの出版 2013年3月

みずえ

みずえ（ちっちゃいおばはん）
尼崎の街に住む酒田家の怒るととにかくこわいお母さん 「ちっちゃいおっさん おかわり!」
相羽鈴著;アップライト監修絵 集英社（集英社みらい文庫） 2015年3月

みづえ（ちっちゃいおばはん）
兵庫県尼崎市にすむちっちゃいおっさんの奥さん、怒るとこわい関西のおばはん 「ちっ
ちゃいおっさん」 相羽鈴著;アップライト監修絵 集英社（集英社みらい文庫） 2014年10月

水鬼 みずき
ひふみ学園に現れた大蛇、人間の発する邪気を食べに来るマガツ鬼 「いみちぇん! 2 ピン
チ! 矢神くんのライバル登場!」 あさばみゆき作;市井あさ絵 KADOKAWA（角川つばさ
文庫） 2015年2月

美月 みずき
同じ日に同じ病院で生まれた友だち・志保と幽霊屋敷昭和邸に肝だめしに行った中学一
年生 「満月の娘たち」 安東みきえ著 講談社 2017年12月

観月 楓 みずき・かえで
スマートフォンの先に広がる自由な世界に自分の居場所をみつけた中学二年生の女の子
「雲をつかむ少女」 藤野恵美著 講談社 2015年3月

水木 咲蘭 みずき・さら
「聖なる光修道院」で活動している修道女、清楚で可憐な娘 「桜坂は罪をかかえる
（KZ’Deep File）」 藤本ひとみ著 講談社 2016年10月

ミズキさん
新人スタイリストが目標にしている「プレミアム・コンテスト」で優勝した超エリートお嬢様 「わ
がままファッションGIRLS MODE 2 おしゃれに大切なこと」 高瀬美恵作;桃雪琴梨絵
KADOKAWA（角川つばさ文庫） 2013年12月

ミズキさん
世界的なファッションショー「ワールドクイーン・コンテスト」に出ることになったスタイリスト
「わがままファッションGIRLS MODE 3 最高のコーデ&スマイル」 高瀬美恵作;桃雪琴梨絵
 KADOKAWA（角川つばさ文庫） 2014年5月

水樹 寿人 みずき・ひさひと
サッカー名門校の聖蹟高校三年生、筋肉の鎧を身につけたような体をしているサッカー部
キャプテン 「DAYS 2」 石崎洋司文;安田剛士原作・絵; 講談社（青い鳥文庫） 2017年8
月

観月 マヤ みずき・まや
黄昏小学校の四年生、とつぜん異世界のシャドウインへ迷いこんでしまった少女 「金の月
のマヤ 黒のエルマニオ」 田森庸介作;福島敦子絵 偕成社 2013年12月

観月 マヤ みずき・まや
救世主として異世界のシャドウインへ連れてこられた小学四年生の少女 「金の月のマヤ
対決!暗闇の谷」 田森庸介作;福島敦子絵 偕成社 2014年2月

観月 マヤ みずき・まや
救世主として異世界のシャドウインへ連れてこられた小学四年生の少女 「金の月のマヤ
秘密の図書館」 田森庸介作;福島敦子絵 偕成社 2013年12月

水口 まどか みずぐち・まどか
中学二年生、芸能界にデビューしたいプロのお笑い志望の女の子 「あたしの、ボケのお姫
様。」 令丈ヒロ子著 ポプラ社（Teens’ best selections） 2016年10月

水澤 葵 みずさわ・あおい
スマホバトルゲーム「モンスターストライク」で全国大会を目指している中学生、同級生のレ
ン・皆実・明とチームを組む女の子 「モンスターストライク」 XFLAGスタジオ原作;相羽鈴
著;加藤陽一脚本;加藤みどり脚本 集英社（集英社みらい文庫） 2017年12月

みすた

水澤 葵　みずさわ・あおい
スマホバトルゲーム「モンスターストライク」で全国大会を目指している中学生、同級生のレン・皆実・明とチームを組む女の子 「モンスターストライクTHE MOVIEはじまりの場所へ」 XFLAGスタジオ原作;相羽鈴著;岸本卓脚本　集英社(集英社みらい文庫) 2016年12月

水島 寒月　みずしま・かんげつ
猫の「吾輩」の主人・苦沙弥先生の友、理学者 「吾輩は猫である 上下」 夏目漱石作;佐野洋子絵　講談社(青い鳥文庫) 2017年7月

水嶋 亮　みずしま・りょう
バドミントンの名門横浜湊高校に進学したバドミントン選手 「ラブオールプレー」 小瀬木麻美[著] ポプラ社(teenに贈る文学) 2015年4月

水嶋 亮　みずしま・りょう
バドミントンの名門横浜湊高校に進学したバドミントン選手 「君は輝く!(ラブオールプレー)」 小瀬木麻美[著] ポプラ社(teenに贈る文学) 2015年4月

水嶋 亮　みずしま・りょう
バドミントンの名門横浜湊高校に進学したバドミントン選手 「風の生まれる場所(ラブオールプレー)」 小瀬木麻美[著] ポプラ社(teenに贈る文学) 2015年4月

水嶋 亮　みずしま・りょう
バドミントンの名門横浜湊高校に進学したバドミントン選手 「夢をつなぐ風になれ(ラブオールプレー)」 小瀬木麻美[著] ポプラ社(teenに贈る文学) 2015年4月

水島 塁　みずしま・るい
桜ヶ丘スケートクラブの一員・春野かすみの同級生でノービスA全国大会代表の小学六年生 「氷の上のプリンセス カルメンとシェヘラザード」 風野潮作;Nardack絵　講談社(青い鳥文庫) 2014年11月

水島 塁　みずしま・るい
桜ヶ丘スケートクラブ所属で桜ヶ丘中学校の一年生、小泉真子のいとこでやんちゃな少年 「氷の上のプリンセス ジュニア編1」 風野潮作;Nardack絵　講談社(青い鳥文庫) 2017年12月

水島 塁　みずしま・るい
六歳から「桜ヶ丘スケートクラブ」でスケートを習っているアイドルにも負けない美少年の六年生 「氷の上のプリンセス ジゼルがくれた魔法の力」 風野潮作;Nardack絵　講談社(青い鳥文庫) 2014年3月

水島 塁　みずしま・るい
六歳から「桜ヶ丘スケートクラブ」でスケートを習っているアイドルにも負けない美少年の六年生 「氷の上のプリンセス シンデレラの願い」 風野潮作;Nardack絵　講談社(青い鳥文庫) 2017年2月

水島 塁　みずしま・るい
六歳から「桜ヶ丘スケートクラブ」でスケートを習っているアイドルにも負けない美少年の六年生 「氷の上のプリンセス 自分を信じて!」 風野潮作;Nardack絵　講談社(青い鳥文庫) 2017年9月

ミスターL　みすたーえる
謎の男、毎年五十人の小学六年生を集めて1番を競わせる『ラストサバイバル』の主催者 「ラストサバイバル でてはいけないサバイバル教室」 大久保開作;北野詠一絵　集英社(集英社みらい文庫) 2017年10月

ミスターL　みすたーえる
謎の男、毎年五十人の小学六年生を集めて1番を競わせる『ラストサバイバル』の主催者 「ラストサバイバル 最後まで歩けるのはだれだ!?」 大久保開作;北野詠一絵　集英社(集英社みらい文庫) 2017年6月

みずち

ミズチ
「龍の宝珠」をうばいに中1の珠梨の前にあらわれた邪の一族の化け物 「龍神王子(ドラゴン・プリンス)! 2」宮下恵茉作;kaya8絵 講談社(青い鳥文庫) 2014年7月

ミスティ
小学生の男の子・マーぼうにとりついたきりのおばけ 「おばけがとりつくおんがくかい♪ーおばけマンション」むらいかよ著 ポプラ社(ポプラ社の新・小さな童話) 2015年10月

水野 亜美　みずの・あみ
セーラー服美少女戦士セーラーマーキュリー、IQ300の天才少女でセーラー戦士たちの頭脳として活躍する少女 「小説ミュージカル美少女戦士セーラームーン」武内直子原作;平光琢也著 講談社 2015年3月

水野 いるか　みずの・いるか
6年生の課外授業の職業体験でとなりのクラスの転校生・あまっちと知りあった女の子 「お願い!フェアリー♥ 12 ゴーゴー!お仕事体験」みずのまい作;カタノトモコ絵 ポプラ社 2014年2月

水野 いるか　みずの・いるか
クラスメートにカップルが誕生して盛り上がっている6年生、同じクラスの柳田のことが好きな女の子 「お願い!フェアリー♥ 10 コクハク♥大パニック!」みずのまい作;カタノトモコ絵 ポプラ社 2013年3月

水野 いるか　みずの・いるか
クレープ屋の娘・あまっちの家でやるクリスマス・パーティに誘われた6年生の女の子 「お願い!フェアリー♥ 17 11歳のホワイトラブ♥」みずのまい作;カタノトモコ絵 ポプラ社 2016年10月

水野 いるか　みずの・いるか
運動会の日に片思いの相手・柳田に手作りのお守りをわたそうとした6年生の女の子 「お願い!フェアリー♥ 16 キセキの運動会!」みずのまい作;カタノトモコ絵 ポプラ社 2016年4月

水野 いるか　みずの・いるか
子ども会のスポーツ大会6年生の部で野球をすることになった運動が苦手な女の子 「お願い!フェアリー♥ 15 キスキス!ホームラン!」みずのまい作;カタノトモコ絵 ポプラ社 2015年9月

水野 いるか　みずの・いるか
修学旅行で京都にきた6年生、クラスメートの柳田のことが大好きなの女の子 「お願い!フェアリー♥ 11 修学旅行でふたりきり!?」みずのまい作;カタノトモコ絵 ポプラ社 2013年9月

水野 いるか　みずの・いるか
人気アイドルの中学生かみひーのプロモーションビデオに出演することになった6年生の女の子 「お願い!フェアリー♥ 13 キミと♥オーディション」みずのまい作;カタノトモコ絵 ポプラ社 2014年8月

水野 いるか　みずの・いるか
片思いの相手・柳田と「おつきあい」することになった6年生の女の子 「お願い!フェアリー♥ 19 好きな人に、さよなら?」みずのまい作;カタノトモコ絵 ポプラ社 2017年9月

水野 いるか　みずの・いるか
片思いの相手・柳田と「おつきあい」をしたいと思っている6年生の女の子 「お願い!フェアリー♥ 18 好きな人のとなりで。」みずのまい作;カタノトモコ絵 ポプラ社 2017年4月

水野 いるか　みずの・いるか
片思いの相手・柳田に家族で行く山登りに誘われた6年生の女の子 「お願い!フェアリー♥ 14 山ガールとなぞのラブレター」みずのまい作;カタノトモコ絵 ポプラ社 2015年3月

水野 太郎　みずの・たろう
妹のいるかの運動会で家族対抗リレーにでるために帰ってきた大学生のお兄ちゃん 「お願い!フェアリー♥ 16 キセキの運動会!」 みずのまい作;カタノトモコ絵　ポプラ社　2016年4月

水原 月輝子(ツン子)　みずはら・つきこ(つんこ)
何度注意されてもほんとうのことをためらいもなく口にしてしまう小学三年生の少女 「ツン子ちゃん、おとぎの国へ行く」 松本祐子作;佐竹美保絵　小峰書店(おはなしメリーゴーラウンド)　2013年11月

水原 竜太　みずはら・りょうた
辰島に生まれ漁師をめざす少年、中二の灯子の同級生 「明日は海からやってくる」 杉本りえ作;スカイエマ絵　ポプラ社(ノベルズ・エクスプレス)　2014年4月

ミスマル
森を背にした古くて立派な神社・祝守神社の台座から転げ落ちた狛犬 「繕い屋の娘カヤ」 曄田依子著　岩崎書店　2017年12月

美墨 なぎさ　みすみ・なぎさ
私立ベローネ学院女子中等部二年生、伝説の戦士プリキュアのキュアブラック 「小説ふたりはプリキュア」 東堂いづみ原作;鐘弘亜樹著　講談社(講談社キャラクター文庫)　2015年9月

美墨 なぎさ　みすみ・なぎさ
私立ベローネ学院女子中等部二年生、伝説の戦士プリキュアのキュアブラック 「小説ふたりはプリキュアマックスハート」 東堂いづみ原作;井上亜樹子著　講談社(講談社キャラクター文庫)　2017年10月

水見 亮子　みずみ・りょうこ
目立たない女の子・さやのクラスメイト、誰とでも仲良くするクラスのリーダー女子 「ハロウィン★ナイト! ウィッチ・ドールなんか大キライ!!」 相川真作;黒裄絵　集英社(集英社みらい文庫)　2013年12月

ミセス・ホワイト
エルダーフラワーの木の妖精 「ジャレットのきらきら魔法－魔法の庭ものがたり17」 あんびるやすこ作・絵　ポプラ社(ポプラ物語館)　2015年7月

溝口先生　みぞぐちせんせい
富士ケ丘高校演劇部の顧問、演劇には素人の先生 「幕が上がる」 平田オリザ原作;喜安浩平脚本　講談社(青い鳥文庫)　2015年2月

溝口 瑞恵　みぞぐち・みずえ
危険を予知する力のある中学生・由宇の母親 「X-01エックスゼロワン [壱]」 あさのあつこ著;田中達之画　講談社(Ya! entertainment)　2016年9月

溝口 瑞恵　みぞぐち・みずえ
危険を予知する力のある中学生・由宇の母親 「X-01エックスゼロワン [弐]」 あさのあつこ著;田中達之画　講談社(Ya! entertainment)　2017年9月

溝口 由宇　みぞぐち・ゆう
N県稗南郡稗南町の中学3年生、危険を予知する力のある少女 「X-01エックスゼロワン [壱]」 あさのあつこ著;田中達之画　講談社(Ya! entertainment)　2016年9月

溝口 由宇　みぞぐち・ゆう
N県稗南郡稗南町の中学3年生、危険を予知する力のある少女 「X-01エックスゼロワン [弐]」 あさのあつこ著;田中達之画　講談社(Ya! entertainment)　2017年9月

溝口 遊　みぞぐち・ゆう
父親が単身赴任中に母親がうつ病になりいつも晴れない心を抱えている中学二年生の少女 「明日のひこうき雲」 八束澄子著　ポプラ社(Teens' best selections)　2017年4月

みそさ

ミソサザイの神　みそさざいのかみ
魔物にさらわれたイレシュを捜す旅をするチポロの旅の仲間、小さな虫みたいな鳥の神様
「チポロ」菅野雪虫著　講談社　2015年11月

美園 玲　みその・れい
高校二年生、色白で美人なのにクラスメイトとどこか距離を置いているクールな少女　「君の
嘘と、やさしい死神」青谷真未著　ポプラ社(ポプラ文庫ピュアフル)　2017年11月

三田 亜吉良　みた・あきら
二年前の夏に起きた事故から意識不明の状態のままずっと眠りつづけている高校一年生
の少年　「死神うどんカフェ1号店 1杯目」石川宏千花著　講談社(Ya! entertainment)
2014年5月

三田 亜吉良　みた・あきら
林田希子の元クラスメイト、事故にあって眠りつづけていたが半死人として生き返り「死神う
どんカフェ1号店」で働く少年　「死神うどんカフェ1号店 2杯目」石川宏千花著　講談社
(Ya! entertainment)　2014年8月

三田 亜吉良　みた・あきら
林田希子の元クラスメイト、事故にあって眠りつづけていたが半死人として生き返り「死神う
どんカフェ1号店」で働く少年　「死神うどんカフェ1号店 3杯目」石川宏千花著　講談社
(Ya! entertainment)　2014年11月

三田 亜吉良　みた・あきら
林田希子の元クラスメイト、事故にあって眠りつづけていたが半死人として生き返り「死神う
どんカフェ1号店」で働く少年　「死神うどんカフェ1号店 4杯目」石川宏千花著　講談社
(Ya! entertainment)　2015年3月

三田 亜吉良　みた・あきら
林田希子の元クラスメイト、事故にあって眠りつづけていたが半死人として生き返り「死神う
どんカフェ1号店」で働く少年　「死神うどんカフェ1号店 5杯目」石川宏千花著　講談社
(Ya! entertainment)　2015年6月

三田 亜吉良　みた・あきら
林田希子の元クラスメイト、事故にあって眠りつづけていたが半死人として生き返り「死神う
どんカフェ1号店」で働く少年　「死神うどんカフェ1号店 6杯目」石川宏千花著　講談社
(Ya! entertainment)　2015年10月

三田 亜吉良　みた・あきら
林田希子の元クラスメイト、事故にあって眠りつづけていたが半死人として生き返り「死神う
どんカフェ1号店」で働く少年　「死神うどんカフェ1号店 別腹編」石川宏千花著　講談社
(Ya! entertainment)　2016年10月

三田村 昭典　みたむら・あきのり
都立浅川高校吹奏楽部顧問で通称「ミタセン」、空気を読まない子どものような大人　「吹
部!」赤澤竜也著　飛鳥新社　2013年8月

ミー太郎　みーたろう
猫として史上初のプロ選手になったオスの猫、ニャイアンツの投手　「おはなし猫ピッチャー
ミー太郎、ニューヨークへ行く!の巻」そにしけんじ原作・カバーイラスト;江橋よしのり著　小
学館(小学館ジュニア文庫)　2017年2月

三反崎 もえみ　みたんざき・もえみ
同い年で美少年の庄司なぎさの親戚の「三反崎家」の次女、しっかりものの小学五年生
「なぎさくん、男子になる―おれとカノジョの微妙Days」令丈ヒロ子作;立樹まや絵　ポプラ
社(ポプラポケット文庫)　2015年4月

三反崎 もえみ　みたんざき・もえみ
美少年のなぎさが夏休みを過ごした親戚・三反家家の次女、しっかりものの小学五年生
「なぎさくん、女子になる－おれとカノジョの微妙Days1」令丈ヒロ子作;立樹まや絵 ポプラ
社(ポプラポケット文庫) 2015年1月

みちる
尼崎の街に住む酒田家のおしゃまな次女、かわいいものが大好きな幼稚園生 「ちっちゃ
いおっさん おかわり!」相羽鈴著;アップライト監修絵 集英社(集英社みらい文庫) 2015
年3月

ミチルちゃん
おばけのでるマンションにすむ小学生のおんなのこ 「ほうかごはおばけだらけ!－おばけマ
ンション」むらいかよ著 ポプラ社(ポプラ社の新・小さな童話) 2013年10月

ミチルちゃん
クラスメイトのルイくんとおなじマンションにすんでいるとってもげんきなおんなのこ 「いつも
100てん!?おばけえんぴつ」むらいかよ著 ポプラ社(ポプラ社の新・小さな童話) 2017年
6月

光井 ほのか　みつい・ほのか
国立魔法大学付属第一高校一年A組、思い込みが激しい少女 「魔法科高校の劣等生
10 来訪者編 中」佐島勤著 KADOKAWA(電撃文庫) 2013年6月

ミッキー
ダンスチーム「ファーストステップ」のメンバーの一人、もと芸能人のダンスが得意な五年生
「ダンシング☆ハイ[4] みんなのキズナ!涙のダンスカーニバル」工藤純子作;カスカベアキ
ラ絵 ポプラ社(ポプラポケット文庫) 2016年11月

ミッキー
もと子役アイドル、抜群のルックスでダンスがうまい小学五年生 「ダンシング☆ハイ ダンシ
ング☆ハイ[3] 海へGO!ドキドキ★ダンス合宿」工藤純子作;カスカベアキラ絵 ポプラ社
(ポプラポケット文庫ガールズ) 2015年8月

ミッキー
もと子役アイドル、抜群のルックスでダンスがうまい小学五年生 「ダンシング☆ハイ[2] アイ
ドルと奇跡のダンスバトル!」工藤純子作;カスカベアキラ絵 ポプラ社(ポプラポケット文庫
ガールズ) 2015年4月

ミッキー
転校してきた野間一歩が運命の王子と感じた男の子、無愛想な一ぴき狼 「ダンシング☆ハ
イ[1]」工藤純子作;カスカベアキラ絵 ポプラ社(ポプラポケット文庫ガールズ) 2014年10
月

美月　みつき
夏休みに遠い親戚のおばさんの海の家で過ごすことになった東京に住む十一歳の少女
「ぜんぶ夏のこと」薫くみこ著 PHP研究所 2013年6月

美月　みつき
五年生の理央が月見荘で見た美少女のゆうれい 「満員御霊!ゆうれい塾 恐怖のゆうれい
学園都市」野泉マヤ作;森川泉絵 ポプラ社(ポプラポケット文庫) 2015年2月

ミッキーツム
くしゃみで増えてはりきるとビッグツムになる小さなツムたちのひとり 「ディズニーツムツムの
大冒険」橋口いくよ著;ウォルト・ディズニー・ジャパン株式会社監修 小学館(小学館ジュ
ニア文庫) 2017年7月

ミッシェル
イギリス人の天才バレエダンサー、小学五年生の梨子と同い年の男の子 「魔女っ子バレ
リーナ☆梨子 4 発表会とコロボックル」深沢美潮作;羽戸らみ絵 角川書店(角川つばさ文
庫) 2013年5月

みっち

ミッチー
里見家で暮らす8男子のひとりで元忍者、とにかくじっとしていられない性格の中学二年生
「サトミちゃんちの1男子 2 ネオ里見八犬伝」 矢立肇原案;こぐれ京著;永地絵;久世み
ずき;ぱらふぃんピジャモス企画協力 KADOKAWA（角川つばさ文庫） 2013年12月

ミッチー
里見家で暮らす8男子のひとりで元忍者、とにかくじっとしていられない性格の中学二年生
「サトミちゃんちの8男子 8 ネオ里見八犬伝」 矢立肇原案;こぐれ京著;永地絵;久世み
ずき;ぱらふぃんピジャモス企画協力 KADOKAWA（角川つばさ文庫） 2015年11月

みっちゃん
戦争中尾道の小学校に通っていた五年生の男の子 「みちじいさんの話 戦争中、わしが
みっちゃんだったころ」 西原通夫著 てらいんく 2015年12月

三矢 詩奈 みつや・しいな
国立魔法大学付属第一高校一年生、十師族のひとつ「三矢家」の娘 「魔法科高校の劣等
生 21 動乱の序章編 上」 佐島勤著 KADOKAWA（電撃文庫） 2017年2月

三矢 詩奈 みつや・しいな
国立魔法大学付属第一高校一年生、十師族のひとつ「三矢家」の娘 「魔法科高校の劣等
生 22 動乱の序章編 下」 佐島勤著 KADOKAWA（電撃文庫） 2017年6月

ミツル
ジャンケンの神さまと呼ばれるおじいさんの弟子に友達4人でなった小学生の男の子
「ジャンケンの神さま」 くすのきしげのり作;岡田よしたか絵 小学館 2017年6月

御堂 琴音 みどう・ことね
緑星学園中等部一年生、陰陽師の修行中の女の子 「陰陽師（おんみょうじ）はクリスチャ
ン!? あやかし退治いたします!」 夕貴そら作;暁かおり絵 ポプラ社（ポプラポケット文庫）
2014年5月

御堂 琴音 みどう・ことね
緑星学園中等部一年生、陰陽師の修行中の女の子 「陰陽師（おんみょうじ）はクリスチャ
ン!? うわさのユーレイ」 夕貴そら作;暁かおり絵 ポプラ社（ポプラポケット文庫） 2014年11

御堂 琴音 みどう・ことね
緑星学園中等部一年生、陰陽師の修行中の女の子 「陰陽師（おんみょうじ）はクリスチャ
ン!? 猫屋敷の怪」 夕貴そら作;暁かおり絵 ポプラ社（ポプラポケット文庫） 2015年3月

御堂 琴音 みどう・ことね
緑星学園中等部一年生、陰陽師の修行中の女の子 「陰陽師（おんみょうじ）はクリスチャ
ン!? 白薔薇会と呪いの鏡」 夕貴そら作;暁かおり絵 ポプラ社（ポプラポケット文庫） 2014
年8月

御堂 琴音 みどう・ことね
緑星学園中等部一年生、陰陽師の修行中の女の子 「陰陽師（おんみょうじ）はクリスチャ
ン!? 封印された鬼門」 夕貴そら作;芳川といろ絵 ポプラ社（ポプラポケット文庫） 2016年6

御堂 沙耶女 みどう・さやめ
中学一年生の琴音の祖母、普段は辛口占い師として人気の陰陽師 「陰陽師（おんみょう
じ）はクリスチャン!? あやかし退治いたします!」 夕貴そら作;暁かおり絵 ポプラ社（ポプラ
ポケット文庫） 2014年5月

御堂 美影 みどう・みかげ
しっかり者の5年生の女の子、クラスメイトでいとこの灯花理と「B・D」の正体をさがす少女
「ブラック◆ダイヤモンド 4」 令丈ヒロ子作;谷朋画 岩崎書店（フォア文庫） 2014年7月

御堂 美影 みどう・みかげ
しっかり者の5年生の女の子、クラスメイトでいとこの灯花理と「B・D」の正体をさがす少女
「ブラック◆ダイヤモンド 5」 令丈ヒロ子作;谷朋画 岩崎書店（フォア文庫） 2014年11月

水戸瀬 燈子　みとせ・とうこ
中学一年生、大吉よりもすごい「超吉おみくじ」をひいた女の子　「超吉ガール 5 絶交・超凶で大ピンチ!?の巻」遠藤まり作;ふじつか雪絵　KADOKAWA（角川つばさ文庫）2017年2月

緑川 つばさちゃん　みどりかわ・つばさちゃん
パティシエ見習いの小学生・すばるのライバル、かわいくてなんでもできる女の子　「パティシエ☆すばる パティシエ・コンテスト! 1 予選」つくもようこ作;鳥羽雨絵　講談社（青い鳥文庫）2017年4月

緑川 つばさちゃん　みどりかわ・つばさちゃん
パティシエ見習いの小学生・すばるのライバル、かわいくてなんでもできる女の子　「パティシエ☆すばる パティシエ・コンテスト! 2 決勝」つくもようこ作;鳥羽雨絵　講談社（青い鳥文庫）2017年10月

翠川 遥人　みどりかわ・はると
人気男性グループ「TRAP」のメンバー、ノリのいいムードメーカー　「ヒミツの王子様☆ 恋するアイドル!」都築奈央 著;八神千歳原作・イラスト　小学館（小学館ジュニア文庫）2016年3月

緑川 日向　みどりかわ・ひなた
霊感の持ち主しか入学できない私立霊界高校三年生、色白でイケメンの草食系男子　「私立霊界高校 1 NOBUNAGA降臨」楠木誠一郎 著;鳥越タクミ画　講談社(Ya! entertainment）2014年7月

緑川 日向　みどりかわ・ひなた
霊感の持ち主しか入学できない私立霊界高校三年生、色白でイケメンの草食系男子　「私立霊界高校 2 RYOMA召喚」楠木誠一郎著;鳥越タクミ画　講談社(Ya! entertainment）2014年9月

緑山 かのこ（グリーン）　みどりやま・かのこ（ぐりーん）
正義の戦隊〈女子ーズ〉のメンバー、演技派美少女　「女子ーズ」浜崎達也著;福田雄一監督・脚本　小学館（小学館ジュニアシネマ文庫）2014年6月

水上 波流　みなかみ・はる
小学四年生、悪魔を倒すための水の力を持つ水上本家の長男　「魔天使マテリアル 20 鈍色の波動」藤咲あゆな作;藤丘ようこ画　ポプラ社（ポプラカラフル文庫）2015年10月

水上 波流　みなかみ・はる
小学四年生、悪魔を倒すための水の力を持つ水上本家の長男　「魔天使マテリアル 22 秘めた願い」藤咲あゆな作;藤丘ようこ画　ポプラ社（ポプラカラフル文庫）2016年11月

水上 波流　みなかみ・はる
小学四年生、花火大会で起きた爆発の真相を追う少年　「魔天使マテリアル 21 BLOOD」藤咲あゆな作;藤丘ようこ画　ポプラ社（ポプラカラフル文庫）2016年4月

源川 ひじり　みながわ・ひじり
すてきな恋がしてみたい小学6年生、おさななじみの徹平に突然強引なキスをされた女の子　「小説小学生のヒミツ おさななじみ」中江みかよ原作;森川成美文　講談社（講談社KK文庫）2017年4月

美奈子　みなこ
6年生の裕也の東日本大震災で亡くなった母親、出張で宮城にいて津波にあった人　「母さんは虹をつくってる」幸原みのり作;佐竹政紀絵　朝日学生新聞社（あさがく創作児童文学シリーズ）2013年2月

南 宙人　みなみ・ひろと
ミステリー大好きなさきが所属するミステリー研究部の一年生部員、しっかり者の後輩　「まじかる☆ホロスコープ 恋と怪談とミステリー!」カタノトモコ作・絵;杉背よい文　KADOKAWA（角川つばさ文庫）2014年10月

みなみ

南 みれい　みなみ・みれい
アイドルの聖地「プリパラ」のパプリカ学園中等部2年生、アイドルグループ「SoLaMi SMILE」のメンバー 「映画プリパラみ〜んなのあこがれレッツゴー☆プリパリ」 筆安一幸著;ふでやすかずゆき脚本 小学館(小学館ジュニア文庫) 2016年3月

南 璃々香　みなみ・りりか
白陽台中学校演劇部の一年生、演技力抜群の少女 「劇部ですから！ Act.2 劇部の逆襲」 池田美代子作;柚希きひろ絵 講談社(青い鳥文庫) 2017年10月

源 星夜　みなもと・せいや
黒衣大学附属高校一年生、父親の再婚相手の娘・三国莉花が好きな少年 「キミは宙(そら)のすべて ヒロインは眠れない」 新倉なつき著;能登山けいこ原作・イラスト 小学館(小学館ジュニア文庫) 2014年9月

源 星夜　みなもと・せいや
黒衣大附属中等部の三年生、父親の再婚相手の娘・三国莉花が好きな少年 「キミは宙(そら)のすべて たったひとつの星」 新倉なつき著;能登山けいこ原作・イラスト 小学館(小学館ジュニア文庫) 2014年6月

源 星夜　みなもと・せいや
黒衣大附属中等部の二年生、父親の再婚相手の娘・三国莉花が好きな少年 「キミは宙(そら)のすべて 君のためにできること」 新倉なつき著;能登山けいこ原作・イラスト 小学館(小学館ジュニア文庫) 2015年3月

源 星夜　みなもと・せいや
父親の再婚相手の娘・莉花と恋に落ち結婚式を挙げることになった十八歳の男の子 「キミは宙(そら)のすべて 宙いっぱいの愛をこめて」 新倉なつき著;能登山けいこ原作・イラスト 小学館(小学館ジュニア文庫) 2015年8月

源 太一(ゲンタ)　みなもと・たいち(げんた)
ロックバンドのボーカリスト、転倒事故にあって小学生のゲンタと体が入れ替わった25歳の青年 「ゲンタ!」 風野潮著 ほるぷ出版 2013年6月

源 正信　みなもとの・まさのぶ
四万十市の由緒ある寺「永平寺」の息子、背が高くて物知りの六年生の少年 「ラスト・スパート!」 横山充男作;コマツシンヤ絵 あかね書房(スプラッシュ・ストーリーズ) 2013年11

源 義経　みなもとの・よしつね
源氏の武将、実は女で取りはずしができる出っ歯・付けむか歯をつねに装着している美女 「源義経は名探偵!! タイムスリップ探偵団と源平合戦恋の一方通行の巻」 楠木誠一郎作;岩崎美奈子絵 講談社(講談社青い鳥文庫) 2013年6月

源 義経　みなもとの・よしつね
地獄界の源氏と平家が手をくむ野球チーム「鎌倉グッドカントリーズ」のキャプテン 「戦国ベースボール[4] 最強コンビ義経&弁慶!信長vs鎌倉将軍!!」 りょくち真太作;トリバタケハルノブ絵 集英社(集英社みらい文庫) 2016年3月

源 頼朝　みなもとの・よりとも
源氏の棟梁、平治の乱で父の義朝が平清盛に破れ伊豆に流された息子 「平家物語 上下」 小前亮文;広瀬弦絵 小峰書店 2014年2月

源頼朝(兵衛佐)　みなもとのよりとも(ひょうえのすけ)
河内源氏の武将義朝の息子、平治の乱ののち伊豆の流刑地へ流された十四歳の少年 「あまねく神竜住まう国」 荻原規子作 徳間書店 2015年2月

皆本 まなか　みなもと・まなか
妖怪を作りだしてしまうふしぎな能力をもった小学五年生の女の子 「ねこまた妖怪伝[1]－妖怪だって友だちにゃ!」 藤野恵美作;永地絵 KADOKAWA(角川つばさ文庫) 2015年5月

みので

皆本 まなか　みなもと・まなか
妖怪を作りだしてしまうふしぎな能力をもった小学五年生の女の子　「ねこまた妖怪伝[2]－いのちをかけた約束にゃ!」藤野恵美作;永地絵　KADOKAWA（角川つばさ文庫）2016年1月

源 真夜　みなもと・まよ
桜町第一中学1年A組のいじめリーダーだった女の子、1学期の終わりに非常階段から落ちて亡くなった少女　「この学校に、何かいる」百瀬しのぶ作;有坂あこ絵　角川書店（角川つばさ文庫）2013年2月

皆本 瑠奈　みなもと・るな
プリンセスの身代わりになり問題を解決する「プリンセスDNA」を持った中学1年生の女の子　「まさかわたしがプリンセス!? 2 クレオパトラは、絶体絶命!」吉野紅伽著;くまの柚子絵　KADOKAWA　2013年10月

皆本 瑠奈　みなもと・るな
身体の中にプリンセスDNAを持っているという中学一年生の少女　「まさかわたしがプリンセス!? 1 目がさめたら、マリー・アントワネット!」吉野紅伽著;くまの柚子絵　メディアファクトリー　2013年3月

皆本 瑠奈　みなもと・るな
平安時代のお姫さまである彰子と魔法で入れ替わってしまった中学1年生・ルナ　「まさかわたしがプリンセス!? 3 紫式部とものゝけ退治!」吉野紅伽著;くまの柚子絵　KADOKAWA　2014年3月

ミニーツム
くしゃみで増えてはりきるとビッグツムになる小さなツムたちのひとり　「ディズニーツムツムの大冒険」橋本いくよ著;ウォルト・ディズニー・ジャパン株式会社監修　小学館（小学館ジュニア文庫）2017年7月

ミニヨン
小四のなっちゃんが飼っていたまよいねこ・シナモンのガールフレンドのねこ　「シナモンのおやすみ日記」小手鞠るい作;北見葉胡絵　講談社　2016年4月

峰岸 美桜　みねぎし・みお
オレンジが大好物な佐緒里のクラスのリーダーみたいな存在の女の子　「ブルーとオレンジ」福田隆浩著　講談社（講談社文学の扉）2014年7月

峰口 リョウガ　みねぐち・りょうが
元バスケ部の中学二年生、友達の牧野とタモちゃんと文化祭でパフォーマンス・ユニットを結成し出演することにした少年　「オフカウント」筑井千枝子作;浅妻健司絵　新日本出版社　2013年3月

箕島 努　みのしま・つとむ
落語を熱心に稽古している小学五年生・忠志のとなりのクラスの少年、学年一の秀才　「落語少年サダキチ　に」田中啓文作;朝倉世界一画　福音館書店　2017年11月

ミノスケ
さんかく山にいたペットでものらねこでもない「ねこぞく」の黒ねこ　「ねこまつりのしょうたいじょう」いとうみく作;鈴木まもる絵　金の星社　2016年9月

簑田 宗佑　みのだ・そうすけ
小学五年生の燈馬の田舎の幼馴染の男の子　「幽霊屋敷のアイツ」川口雅幸著　アルファポリス　2017年7月

みのD　みのでぃー
ゴールデンセレブ星からきたみのPの妹、友達のぴろコンたちと阪急電車の工場に見学にきた女の子　「笑って自由研究 ロケット&電車工場でドキドキ!!」令丈ヒロ子作;MON絵　集英社（集英社みらい文庫）2013年6月

501

みのぴ

みのP　みのぴー
ゴールデンセレブ星からきたお嬢様、友達のぴろコンたちと阪急電車の工場に見学にきた女の子　「笑って自由研究 ロケット&電車工場でドキドキ!!」　令丈ヒロ子作;MON絵　集英社（集英社みらい文庫）2013年6月

ミノリ
写真家のパパと兄のケンタとニュージーランドの南島の「北の森」に住む八歳の女の子「続・12月の夏休み ケンタとミノリのつづきの冒険日記」　川端裕人作;杉田比呂美絵　偕成社　2014年12月

ミノリ
都会で暮らしていたが樫の木タウンの牧場で牧場主として新しい生活を送ることになった平凡な女の子　「牧場物語 ほのぼの牧場へようこそ!」　高瀬美恵作;上倉エク絵;はしもとよしふみ(マーベラス)監修　KADOKAWA(角川つばさ文庫)　2015年4月

みのる
中学1年生のナナの小学2年生のいとこ、弱虫で水泳が苦手な男の子　「ぐらん×ぐらんぱ! スマホジャック[1]」　丘紫真璃著;うっけイラスト　小学館(小学館ジュニア文庫)　2017年2月

ミノン
角のはえた怪力美少女、ミノタウロスの娘　「トリシアは魔法のお医者さん!! 6 キケンな恋の物語!」　南房秀久著;小笠原智史絵　学研教育出版　2013年10月

三橋 ゆき　みはし・ゆき
娘の成長を熱心にインターネット上にアップしている母親を見るとゆううつな気分になる小学五年生の女の子　「雲をつかむ少女」　藤野恵美著　講談社　2015年3月

ミフ
小学3年生、ママが再婚して名字が変わった女の子　「まま父ロック」　山中恒作;コザクラモモ絵　ポプラ社(ポプラポケット文庫)　2017年10月

みほ
とつぜんしゃべりだしたペットのプードルと台所のゆかにあらわれたふしぎなあなの中にはいった女の子　「ハロウィンの犬」　村上しいこ作;宮尾和孝絵　講談社(おはなし12か月)　2013年8月

美保　みほ
玲子先生のクラスの5年生、ランドセルを傷つけられて学校を休むようになった女の子　「てのひら咲いた」　別司芳子著　文研出版(文研じゅべにーる)　2013年10月

ミミー
「KZリサーチ事務所」のメンバーのひとりの若竹と付き合うことになった中学一年生の少女、大きな塗料製造会社社長の娘　「学校の都市伝説は知っている(探偵チームKZ事件ノート)」　藤本ひとみ原作;住滝良文;駒形絵　講談社(青い鳥文庫)　2017年3月

ミミー
おちゃめでいたずらなちゃめひめさまのこまづかい　「ちゃめひめさまとペピーノおうじ(ちゃめひめさま1)」　たかどのほうこ作;佐竹美保絵　あかね書房　2017年10月

ミモザ・トキタ
マロン村一番の名探偵、おばあちゃんと二人暮らしの十歳の女の子　「名探偵ミモザにおまかせ! 1 とびっきりの謎にご招待」　月ゆき作;linaria絵　KADOKAWA(角川つばさ文庫)　2015年10月

ミモザ・トキタ
マロン村一番の名探偵、暗黒の呪いで24時間以上両親と一緒にいると星のかけらになってしまう十歳の女の子　「名探偵ミモザにおまかせ! 2 ふしぎな呪いの歌」　月ゆき作;linaria絵　KADOKAWA(角川つばさ文庫)　2016年2月

みやじ

宮内 雅人　みやうち・まさと
札幌にある高校の寮で生活する二年生、王様と名乗る人物から命令が書かれたメールを受信した男の子　「王様ゲーム 再生9.19①」金沢伸明著;千葉イラスト　双葉社(双葉社ジュニア文庫) 2017年11月

宮城 忍　みやぎ・しのぶ
"イケてる家事する部活"の新入部員、特進クラスの秀才の男の子　「イケカジなぼくら３ イジメに負けないパウンドケーキ☆」川崎美羽作;an絵　KADOKAWA(角川つばさ文庫) 2013年10月

ミャーキチ
さんかく山にいたペットでものらねこでもない「ねこぞく」のちっこい白ねこ　「ねこまつりのしょうたいじょう」いとうみく作;鈴木まもる絵　金の星社　2016年9月

三矢城 美馬　みやぎ・みま
クラスメイトの江見香とフィギアスケートを習うことになった小学4年生の女の子　「ライバル・オン・アイス１」吉野万理子作;げみ絵　講談社　2016年10月

三矢城 美馬　みやぎ・みま
フィギアスケートスクール「ヴィルタネン・センター」の特待生で川崎校の代表になった小学5年生の女の子　「ライバル・オン・アイス３」吉野万理子作;げみ絵　講談社　2017年3月

三矢城 美馬　みやぎ・みま
フィギアスケートスクール「ヴィルタネン・センター」の特待生になった小学4年生の女の子　「ライバル・オン・アイス２」吉野万理子作;げみ絵　講談社　2016年12月

宮越 直人　みやこし・なおと
映画監督を夢見る新人脚本家、臨時教員の生野結衣の彼氏　「呪怨－終わりの始まり」山本清史著;落合正幸脚本;一瀬隆重脚本　小学館(小学館ジュニア文庫) 2015年8月

宮里 百合子　みやざと・ゆりこ
沖縄の村のはずれにある人待ち峠で家族との再会を待ちつづけているうちに石に化身してしまった戦災孤児の少女　「石になった少女 沖縄・戦場の子どもたちの物語」大城将保作　高文研　2015年6月

宮澤　みやざわ
山奥にある夜鳴村を訪れた生物学の研究者、村人の殺害事件解決のために政府から極秘に要請された男　「王様ゲーム 起源8.08」金沢伸明著;千葉イラスト　双葉社(双葉社ジュニア文庫) 2017年3月

宮澤　みやざわ
山奥にある夜鳴村を訪れた生物学の研究者、村人の殺害事件解決のために政府から極秘に要請された男　「王様ゲーム 起源8.14」金沢伸明著;千葉イラスト　双葉社(双葉社ジュニア文庫) 2017年7月

宮沢 麻衣　みやざわ・まい
夏休みにお母さんの生まれた国カンボジアへ行くことになった六年生の少女　「お母さんの生まれた国」茂木ちあき作;君野可代子絵　新日本出版社　2017年12月

宮地青年　みやじせいねん
「ムジナ探偵局」のおしかけ助手・源太がつれてきた依頼人の青年　「ムジナ探偵局 [9] 火の玉合戦」富安陽子作;おかべりか画　童心社　2014年9月

宮下 葵　みやした・あおい
聖クロス女学院中等部に受験で入学した一年生、眼帯をしている花音の相棒で少しガサツな女の子　「聖(セント)クロス女学院物語(ストーリア)１－ようこそ、神秘倶楽部へ!」南部くまこ作;KeG絵　KADOKAWA(角川つばさ文庫) 2014年3月

503

みやし

宮下 葵　みやした・あおい
聖クロス女学院中等部一年生、オカルトマニアの花音の相棒で少しガサツな女の子　「聖（セント）クロス女学院物語（ストーリア）2―ひみつの鍵とティンカーベル」南部くまこ作;KeG絵　KADOKAWA（角川つばさ文庫）2014年6月

宮下 葵　みやした・あおい
聖クロス女学院中等部一年生、オカルトマニアの花音の相棒で少しガサツな女の子　「聖（セント）クロス女学院物語（ストーリア）3―花音のひみつとガジュマルの精霊」南部くまこ作;KeG絵　KADOKAWA（角川つばさ文庫）2014年10月

宮下 まゆ　みやした・まゆ
田舎の中学校の山村留学生、転校生・優のクラスメイトでだれとも口をきかない女の子　「楽園のつくりかた」笹生陽子作;渋谷学志絵　講談社（青い鳥文庫）2015年5月

宮下 美久（ミミー）　みやした・みく（みみー）
「KZリサーチ事務所」のメンバーのひとりの若竹と付き合うことになった中学一年生の少女、大きな塗料製造会社社長の娘　「学校の都市伝説は知っている（探偵チームKZ事件ノート）」藤本ひとみ原作;住滝良文;駒形絵　講談社（青い鳥文庫）2017年3月

宮地 遥輝　みやじ・はるき
過疎化が進む東京のど真ん中にある内神田小学校五年生、適当な性格だが男子にも女子にも人気がある少年　「空はなに色」濱野京子作;小塚類子絵　そうえん社（ホップステップキッズ!）2015年10月

宮園 あやめ　みやぞの・あやめ
空想癖のある小学年生　「七色王国と時の砂」香谷美季作;こげどんぼ*絵　講談社（青い鳥文庫）2014年9月

宮園 あやめ　みやぞの・あやめ
空想癖のある小学年生　「七色王国と魔法の泡」香谷美季作;こげどんぼ*絵　講談社（青い鳥文庫）2013年5月

宮永 未央　みやなが・みお
私立聖雪ヶ丘女学院中等部二年生、現役中学生作家デビューをめざして小説を執筆中の少女　「作家になりたい! 1 恋愛小説、書けるかな?」小林深雪作;牧村久実絵　講談社（青い鳥文庫）2017年3月

宮永 未央　みやなが・みお
聖雪ヶ丘女学院中等部の二年生、作家をめざして奮闘中の女の子　「作家になりたい! 2 恋からはじまる推理小説」小林深雪作;牧村久実絵　講談社（青い鳥文庫）2017年8月

宮永 理央　みやなが・りお
中学二年生の未央の妹、成績優秀で天使のようにかわいらしい顔の小学三年生の女の子　「作家になりたい! 1 恋愛小説、書けるかな?」小林深雪作;牧村久実絵　講談社（青い鳥文庫）2017年3月

宮永 礼央　みやなが・れお
中学二年生の未央の弟、成績優秀で天使のようにかわいらしい顔の小学三年生の男の子　「作家になりたい! 1 恋愛小説、書けるかな?」小林深雪作;牧村久実絵　講談社（青い鳥文庫）2017年3月

宮原 葵　みやはら・あおい
とざされた小学校で恐ろしい鬼に追われることになった6年生　「絶望鬼ごっこ」針とら作;みもり絵　集英社（集英社みらい文庫）2015年4月

宮原 葵　みやはら・あおい
桜ヶ島小学校六年生、おせっかいでおてんばだが学年一の秀才でしっかり者の少女　「絶望鬼ごっこ 3 いつわりの地獄祭り」針とら作;みもり絵　集英社（集英社みらい文庫）2015年12月

みゅう

宮原 葵　みやはら・あおい
桜ヶ島小学校六年生、おせっかいでおてんばだが学年一の秀才でしっかり者の少女 「絶望鬼ごっこ 8 命がけの地獄アスレチック」針とら作;みもり絵 集英社(集英社みらい文庫) 2017年7月

宮原 葵　みやはら・あおい
桜ヶ島小学校六年生、おせっかいでおてんばだが学年一の秀才でしっかり者の少女 「絶望鬼ごっこ 9 ねらわれた地獄狩り」針とら作;みもり絵 集英社(集英社みらい文庫) 2017年11月

宮原 大地　みやはら・だいち
白鷺小学校五年生、児童書コーナーが充実した「アカシア書店」が大好きな読書が趣味の少年 「アカシア書店営業中!」濱野京子作;森川泉絵 あかね書房(スプラッシュ・ストーリーズ) 2015年9月

宮原 鉄平　みやはら・てっぺい
鉄道マニアの三年生、パパと姉ののぞみと金刀比羅宮へ取材旅行に行った男の子 「のぞみ、出発進行!! サンライズ瀬戸パパ失踪事件と謎の暗号」やすこーん作・絵 小学館(小学館ジュニア文庫) 2016年8月

宮原 のぞみ　みやはら・のぞみ
鉄道が大好きな五年生、パパと弟の鉄平と金刀比羅宮へ取材旅行に行った女の子 「のぞみ、出発進行!! サンライズ瀬戸パパ失踪事件と謎の暗号」やすこーん作・絵 小学館(小学館ジュニア文庫) 2016年8月

宮水 三葉　みやみず・みつは
糸守町に住む高校二年生、糸守町長の娘で宮水神社の娘 「君の名は。」新海誠作;ちーこ挿絵 KADOKAWA(角川つばさ文庫) 2016年8月

宮本 愛子　みやもと・あいこ
瀬戸内海にある鈴鳴島に住む小学六年生、東京から来た冬樹の親戚の少女 「瀬戸内海賊物語 ぼくらの宝を探せ!」大森研一原案;黒田晶著 静山社 2014年4月

宮本 歌音　みやもと・かのん
花月小学校五年生の図書委員、べたべたしたつきあいがきらいでちょっと理屈っぽいところがある少女 「ビブリオバトルへ、ようこそ!」濱野京子作;森川泉絵 あかね書房(スプラッシュ・ストーリーズ) 2017年9月

宮本 武蔵　みやもと・むさし
「地獄甲子園」で「桶狭間ファルコンズ」と対戦する地獄山口県の代表チーム「巌流島ソードマスターズ」のキャッチャー 「戦国ベースボール [9] 開幕!地獄甲子園vs武蔵&小次郎」りょくち真太作;トリバタケハルノブ絵 集英社(集英社みらい文庫) 2017年4月

ミュー
3びきのハムスターの兄弟の1ぴき、「生きてる毛皮協会」の会員 「ハムスターのすてきなお仕事」あんびるやすこ著 岩崎書店(おはなしガーデン) 2016年11月

ミュウ
小学一年生の「わたし」が生まれるまえに家でかっていた黄金色の毛をした犬 「ミュウとゴロンとおにいちゃん」小手鞠るい作;たかすかずみ絵 岩崎書店(おはなしトントン) 2016年1月

ミュウツー
ポケモン・ミュウの遺伝子を組み換えられて生まれた遺伝子ポケモン 「劇場版ポケットモンスターベストウィッシュ神速のゲノセクトミュウツー覚醒」園田英樹著;園田英樹脚本 小学館(小学館ジュニア文庫) 2013年8月

ミュウミュウ(化け猫)　みゅうみゅう(ばけねこ)
黒猫のぬいぐるみ、魔女の力が覚醒したリセの使い魔 「魔女じゃないもん! 3 リセ&バンビ、危機一髪!!」宮下恵茉作;和錆絵 集英社(集英社みらい文庫) 2013年1月

505

みゅう

ミュウミュウ（化け猫）　みゅうみゅう（ばけねこ）
黒猫のぬいぐるみ、魔女の力が覚醒したリセの使い魔　「魔女じゃないもん！ 4 消えたミュウミュウを探せ！」宮下恵茉作;和錆絵　集英社（集英社みらい文庫）2013年5月

深雪　みゆき
東京の人気牛鍋屋「くま坂」の看板娘、古道具屋「荻の屋」の若主人喜蔵の異父妹　「花守り鬼（一鬼夜行［3］）」小松エメル［著］ポプラ社（teenに贈る文学）2015年4月

深雪　みゆき
東京の人気牛鍋屋「くま坂」の看板娘、古道具屋「荻の屋」の若主人喜蔵の異父妹　「鬼の祝言（一鬼夜行［5］）」小松エメル［著］ポプラ社（teenに贈る文学）2015年4月

美雪　みゆき
身長が175センチもある女子中学生、捨てられていたこわがりでさびしがりの子犬・ネージュの飼い主　「ぼくらと犬の小さな物語－空、深雪、杏、柊とワンコのおはなし」山口花著　学研教育出版　2015年7月

明神 秋馬　みょうじん・しゅうま
探偵の椎名誠十郎の助手、元エリート刑事　「嘘つき探偵・椎名誠十郎」二丸修一著　KADOKAWA（メディアワークス文庫）2015年4月

明堂院 いつき　みょうどういん・いつき
私立明堂学園中等部二年生、伝説の戦士プリキュアのキュアサンシャイン　「小説ハートキャッチプリキュア！」東堂いづみ原作;山田隆司著　講談社（講談社キャラクター文庫）2015年9月

三好 伊佐　みよし・いさ
戦国武将・真田幸村に仕える真田十勇士の一人、僧侶の三好清海の弟で灘刀使いの美形の僧侶　「真田十勇士 3 激闘、大坂の陣」小前亮作　小峰書店　2016年2月

三好 伊三入道　みよし・いさにゅうどう
戦国武将・真田幸村に仕えた十勇士のひとり、同じ十勇士の清海入道の弟で鉄棒づかいの僧　「真田幸村と十勇士 ひみつの大冒険編」奥山景布子著;RICCA絵　集英社（集英社みらい文庫）2016年6月

三好 伊三入道　みよし・いさにゅうどう
戦国武将・真田幸村に仕えた十勇士のひとり、同じ十勇士の清海入道の弟で鉄棒づかいの僧　「真田幸村と十勇士」奥山景布子著;RICCA絵　集英社（集英社みらい文庫）2015年11月

三好 清海　みよし・せいかい
戦国武将・真田幸村に仕える真田十勇士の一人、僧侶の三好伊佐の兄で巨漢な僧侶　「真田十勇士 3 激闘、大坂の陣」小前亮作　小峰書店　2016年2月

三好 清海　みよし・せいかい
徳川幕府打倒をかかげる義賊、僧侶の三好伊佐の兄で巨漢な僧侶　「真田十勇士 2 決起、真田幸村」小前亮作　小峰書店　2015年12月

三好 清海入道　みよし・せいかいにゅうどう
戦国武将・真田幸村に仕えた十勇士のひとり、十勇士の中で最も年上の大柄な僧　「真田幸村と十勇士 ひみつの大冒険編」奥山景布子著;RICCA絵　集英社（集英社みらい文庫）2016年6月

三好 清海入道　みよし・せいかいにゅうどう
戦国武将・真田幸村に仕えた十勇士のひとり、十勇士の中で最も年上の大柄な僧　「真田幸村と十勇士」奥山景布子著;RICCA絵　集英社（集英社みらい文庫）2015年11月

みり

みよちゃん
ヒデくんのクラスの女の子、じつはおばけの三つ目こぞう 「ぼくはおばけのかていきょうし－きょうふのじゅぎょうさんかん」さとうまきこ作;原ゆたか絵 あかね書房（どっきん!がいっぱい）2016年5月

未来　みらい
いわき市で東日本大震災にあい姫路のおばあちゃん家に避難した六年生の女の子 「あの日起きたこと　東日本大震災 ストーリー311」ひうらさとる原作絵;ななじ眺原作絵;さちみりほ原作絵;樋口橘原作絵;うめ原作絵;山室有紀子文 KADOKAWA（角川つばさ文庫）2014年2月

みらいっち
未来からタイムスリップしてきたたまともの女の子、ふたごのくるるっちのおねえさん 「たまごっち!－みらくるタイムスリップ!? きせきの出会い」BANDAI・WiZ作;万里アンナ文 KADOKAWA（角川つばさ文庫）2014年1月

みらいっち
未来からタイムスリップしてきたたまともの女の子、ふたごのくるるっちのおねえさん 「たまごっち!－みらくる未来へつなげ! たまとものきずな」BANDAI・WiZ作;万里アンナ文 KADOKAWA（角川つばさ文庫）2014年5月

ミラクルうまいさん
なんでもあなをうめてしまうわざをもった器用な黒いかげ 「ミラクルうまいさんと夏」令丈ヒロ子作;原ゆたか絵 講談社（おはなし12か月）2013年6月

ミラ太　みらた
あけぼの小学校四年生のすみれがもつ魔法のケータイのガイド役のパンダ 「チャームアップ・ビーズ! 1 クローバーグリーンで友情復活!」宮下恵茉作;初空おとわ画 童心社 2013年3月

ミラ太　みらた
あけぼの小学校四年生のすみれがもつ魔法のケータイのガイド役のパンダ 「チャームアップ・ビーズ! 2 スターイエロー大作戦!」宮下恵茉作;初空おとわ画 童心社 2013年3月

ミラ太　みらた
あけぼの小学校四年生のすみれがもつ魔法のケータイのガイド役のパンダ 「チャームアップ・ビーズ! 3 ピンクハートで思いよ、届け!」宮下恵茉作;初空おとわ画 童心社 2013年3月

ミラミラ
青北中学校演劇部の一年生、ずっと演劇部にあこがれていていつか舞台に立つことを夢見ている少女 「劇部ですから!　Act.1 文化祭のジンクス」池田美代子作;柚希きひろ絵 講談社（青い鳥文庫）2017年6月

ミラミラ
青北中学校演劇部の一年生、ずっと演劇部にあこがれていていつか舞台に立つことを夢見ている少女 「劇部ですから!　Act.2 劇部の逆襲」池田美代子作;柚希きひろ絵 講談社（青い鳥文庫）2017年10月

ミリー
新天地アストランで人の傷を治す「シスター」という職業をめざして頑張る女の子 「プリズム☆ハーツ!! 7占って!しあわせフォーチュン」神代明作;あるや絵 集英社（集英社みらい文庫）2013年3月

ミリー
新天地アストランで人の傷を治す「シスター」という職業をめざして頑張る女の子 「プリズム☆ハーツ!! 8ドキドキ!オレンジ色の約束」神代明作;あるや絵 集英社（集英社みらい文庫）2013年8月

みり

ミリー
新天地アストランで人の傷を治す「シスター」という職業をめざして頑張る女の子 「プリズム☆ハーツ!! 9 V.S.怪盗!?真夜中のミステリー」 神代明作;あるや絵 集英社(集英社みらい文庫) 2013年9月

ミリア
『黒き森の国』を支配しているエルフの女王、ダメ魔女・ポプルの母の知りあい 「魔法屋ポプル ママの魔法陣とヒミツの記憶」 堀口勇太作;玖珂つかさ絵 ポプラ社(魔法屋ポプルシリーズ) 2013年4月

ミルキー杉山　みるきーすぎやま
探偵 「あらしをよぶ名探偵(ミルキー杉山のあなたも名探偵シリーズ18)」 杉山亮作;中川大輔絵 偕成社 2016年6月

ミルキー杉山　みるきーすぎやま
探偵 「しあわせなら名探偵(ミルキー杉山のあなたも名探偵シリーズ15)」 杉山亮作;中川大輔絵 偕成社 2013年6月

ミルキー杉山　みるきーすぎやま
探偵 「とっておきの名探偵(ミルキー杉山のあなたも名探偵シリーズ16)」 杉山亮作;中川大輔絵 偕成社 2014年6月

ミルキー杉山　みるきーすぎやま
探偵 「にちようびは名探偵(ミルキー杉山のあなたも名探偵シリーズ19)」 杉山亮作;中川大輔絵 偕成社 2017年9月

ミルキー杉山　みるきーすぎやま
探偵 「ふりかえれば名探偵(ミルキー杉山のあなたも名探偵シリーズ17)」 杉山亮作;中川大輔絵 偕成社 2015年6月

ミルヒ王子　みるひおうじ
子犬のシナモンが時空をこえてやってきたシュクル王国の王子、犬の男の子 「シナモロール シナモンのふしぎ旅行」 芳野詩子作;霧賀ユキ絵 KADOKAWA(角川つばさ文庫) 2014年9月

ミロク
マヤの友人、異世界のシャドウインに住む水と湖のエルマ使い 「金の月のマヤ 黒のエルマニオ」 田森庸介作;福島敦子絵 偕成社 2013年12月

ミロク
マヤの友人、異世界のシャドウインに住む水と湖のエルマ使い 「金の月のマヤ 対決！暗闇の谷」 田森庸介作;福島敦子絵 偕成社 2014年2月

ミロク
マヤの友人、異世界のシャドウインに住む水と湖のエルマ使い 「金の月のマヤ 秘密の図書館」 田森庸介作;福島敦子絵 偕成社 2013年12月

三輪 杏樹　みわ・あんじゅ
ニューヨークから帰国して有村バレエスクールに入った小学5年生 「エトワール！1 くるみ割り人形の夢」 梅田みか作;結布絵 講談社(青い鳥文庫) 2016年11月

三輪 杏樹　みわ・あんじゅ
ニューヨークから帰国して有村バレエスクールに入った小学5年生 「エトワール！2 羽ばたけ！四羽の白鳥」 梅田みか作;結布絵 講談社(青い鳥文庫) 2017年5月

三輪 杏樹　みわ・あんじゅ
ニューヨークから帰国して有村バレエスクールに入った小学6年生 「エトワール！3 眠れる森のバレリーナ」 梅田みか作;結布絵 講談社(青い鳥文庫) 2017年10月

ミンディ
おばあちゃんのスイーツ屋さん「スイーツランド」を手伝うパティシエ見習いのおんなのこ 「映画くまのがっこう」 あいはらひろゆき著 小学館 2017年7月

みんな
24さいのけんいちさんからふしぎな手紙をもらったほんまち小学校の1年生 「あひるの手紙」 朽木祥作;ささめやゆき絵 佼成出版社(おはなしみーつけた!シリーズ) 2014年3月

ミンミン
六年生の悠介と三年前に北京で知り合った日本語を勉強している中国人の女性、名前は王明明(ワンミンミン) 「まっすぐな地平線」 森島いずみ著 偕成社 2017年10月

【む】

ムウ
ゲームの「勇者伝説・ドミリア国物語」で闇の魔王ディラゴスからドミリア国を救う勇者に選ばれた優れた魔法使い 「IQ探偵ムー 勇者伝説～冒険のはじまり」 深沢美潮作;山田J太画 ポプラ社(ポプラカラフル文庫) 2015年4月

ムウ
江戸時代の元盗賊だった謎の女忍者 「IQ探偵ムー ムーVS忍者!江戸の町をあぶり出せ!?」 深沢美潮作;山田J太画 ポプラ社(ポプラカラフル文庫) 2014年3月

向井 良太郎 むかい・りょうたろう
祥ノ院家の執事、泣き虫な長身の美男子 「ハロウィン★ナイト! わがままお嬢様とナキムシ執事!?」 相川真作;黒裃絵 集英社(集英社みらい文庫) 2014年3月

ムギ
元気なこぶたの男の子・ピクルスのふたごのいもうとの一人、おヘソがでている女の子 「ピクルスとふたごのいもうと」 小風さち文;夏目ちさ絵 福音館書店(福音館創作童話シリーズ) 2016年9月

ムギ
室町中学校一年生、あどけない顔立ちで将来の夢は江戸料理研究家だというおなかぽっこりで料理好きの少年 「なりたい二人」 令丈ヒロ子作 PHP研究所 2014年6月

向田 ふき むこうだ・ふき
昭和11年にタイムトリップしてきた孝史たちに出会った若い娘、蒲生元陸軍大将の屋敷の女中 「蒲生邸事件 前・後編」 宮部みゆき作;黒星紅白絵 講談社(青い鳥文庫) 2013年8月

ムサシ
キビの国のはずれにあるアシュラとりでにすみついた三悪人の一人、ほねのフクイラプトル 「ほねほねザウルス 12 アシュラとりでのほねほねサムライ」 カバヤ食品株式会社原案・監修 岩崎書店 2014年7月

武蔵坊弁慶 むさしぼうべんけい
源氏の武将・源義経の家来、僧兵姿の大男 「源義経は名探偵!! タイムスリップ探偵団と源平合戦恋の一方通行の巻」 楠木誠一郎作;岩崎美奈子絵 講談社(講談社青い鳥文庫) 2013年6月

ムジナ探偵 むじなたんてい
へんてこ横丁の古本屋「ムジナ堂」の店主でじつはうでききの名探偵の若者 「ムジナ探偵局 [9] 火の玉合戦」 富安陽子作;おかべりか画 童心社 2014年9月

ムツキ
捨てられていたところを線香問屋「郁香堂」の娘・弥生に助けてもらった子犬 「こんぴら狗」 今井恭子作 くもん出版(くもんの児童文学) 2017年12月

むっし

ムッシュール
医学のすすんだ国・ドラム国の元国王であるワポルの兄、赤毛の男 「ONE PIECE [11] エピソードオブチョッパー＋冬に咲く、奇跡の桜」 尾田栄一郎原作;浜崎達也著;東映アニメーション絵 集英社(集英社みらい文庫) 2014年11月

武戸井 彩未　むとい・あやみ
明恵小学校五年二組の担任、自分の見たい夢を見られる力を持つ女性教師 「悪夢ちゃん 解決編」 大森寿美男作;百瀬しのぶ文 KADOKAWA(角川つばさ文庫) 2013年5月

武戸井 彩未　むとい・あやみ
明恵小学校五年二組の担任、自分の見たい夢を見られる力を持つ女性教師 「悪夢ちゃん 謎編」 大森寿美男作;百瀬しのぶ文 KADOKAWA(角川つばさ文庫) 2013年4月

武藤 春馬　むとう・はるま
「絶体絶命ゲーム」に強制参加させられることになった男の子、ゲームやクイズが得意なサッカー部員 「絶体絶命ゲーム 2 死のタワーからの大脱出」 藤ダリオ作;さいね絵 KADOKAWA(角川つばさ文庫) 2017年7月

武藤 春馬　むとう・はるま
けがをした親友の秀介の代わりに賞金1億円の「絶体絶命ゲーム」に参加した小学五年生の男の子 「絶体絶命ゲーム 1億円争奪サバイバル」 藤ダリオ作;さいね絵 KADOKAWA(角川つばさ文庫) 2017年2月

ムナ
流星観測の夜にお迎えにきた男の子のまちがいで向こうの世界にすいこまれていった女の子 「ムナのふしぎ時間」 井上夕香作;エヴァーソン朋子絵 KADOKAWA 2015年11月

宗方 梅子(プラム)　むなかた・うめこ(ぷらむ)
探偵チーム「アルセーヌ探偵クラブ」のメンバー、ミステリーマニアの中学一年生 「探偵なら30分前に脱出せよ。」 松原秀行作;菅野マナミ絵 KADOKAWA(角川つばさ文庫) 2015年1月

宗方 梅子(プラム)　むなかた・うめこ(ぷらむ)
探偵部の部長をつとめる中学一年生、お笑い好きのカド松とはおさななじみ 「怪盗は8日にあらわれる。―アルセーヌ探偵クラブ」 松原秀行作;菅野マナミ絵 KADOKAWA(角川つばさ文庫) 2014年3月

宗形 サワノ(サギノ)　むなかた・さわの(さぎの)
転校生・景太の同級生でマンションのお隣に住む小学五年生、平気でウソをつく女の子 「メニメニハート」 令丈ヒロ子作;結布絵 講談社(青い鳥文庫) 2015年3月

宗方 桃子(ピーチ姉ちゃん)　むなかた・ももこ(ぴーちねえちゃん)
宗方三姉妹の次女、刑事志望の高校三年生 「怪盗は8日にあらわれる。―アルセーヌ探偵クラブ」 松原秀行作;菅野マナミ絵 KADOKAWA(角川つばさ文庫) 2014年3月

夢女子　むめこ
黒髪ロングに真っ赤な着物を着て日本人形がそのまま人間のサイズになったような女の子の妖怪 「妖怪の弟はじめました」 石川宏千花著;イケダケイスケ絵 講談社 2014年7月

村井 京香　むらい・きょうか
宮城の学校に転校してきた6年生の裕也のクラスメイト、正義感が強い女の子 「母さんは虹をつくってる」 幸原みのり作;佐竹政紀絵 朝日学生新聞社(あさがく創作児童文学シリーズ) 2013年2月

村井 准一　むらい・じゅんいち
ミステリー作家月森和の大ファンの六年生の男の子、いじめにあっている小野佳純のクラスメイト 「ふたり」 福田隆浩著 講談社 2013年9月

むらさ

村井 陸人　むらい・りくと
旭中学校二年生、小学生のときに用水に落ちた同級生の陽菜を助けたことがある少年
「ためらいがちのシーズン」唯川恵著　光文社(Book With You) 2013年4月

村上 楓　むらかみ・かえで
瀬戸内海にある鈴鳴島に住む小学六年生、村上水軍の子孫だという女の子 「瀬戸内海賊
物語 ぼくらの宝を探せ!」大森研一原案;黒田晶著　静山社 2014年4月

村上 知智　むらかみ・ちさと
あざみ野高校ハンドボール部に入部した一年生、運動能力が高いが運動部未経験の女の
子 「あざみ野高校女子送球部!」小瀬木麻美[著] ポプラ社(ポプラ文庫ピュアフル)
2017年5月

村上 夏野　むらかみ・なつの
本が大好きで文学館にいるときだけはひっこみじあんでなくなる人見知りがはげしい中学二
年生の少女 「赤いペン」澤井美穂作;中島梨絵絵　フレーベル館(フレーベル館文学の
森) 2015年2月

村上 宏隆　むらかみ・ひろたか
東よしの町小学校五年生、ビン底メガネをかけている不登校の男の子 「ちえり×ドロップ
レシピ1 マカロニグラタン」のまみちこ著;けーしんイラスト　小学館(小学館ジュニア文庫)
2016年2月

村木 カノン　むらき・かのん
伝説のパティシエ・クロエ先生のもとでパティシエをめざして修行する小学生 「パティシエ
☆すばる おねがい!カンノーリ」つくもようこ作;鳥羽雨絵　講談社(青い鳥文庫) 2016年10
月

村木 カノン　むらき・かのん
伝説のパティシエ・クロエ先生のもとでパティシエをめざして修行する小学生 「パティシエ
☆すばる パティシエ・コンテスト! 1 予選」つくもようこ作;鳥羽雨絵　講談社(青い鳥文庫)
2017年4月

村木 カノン　むらき・かのん
伝説のパティシエ・クロエ先生のもとでパティシエをめざして修行する小学生 「パティシエ
☆すばる パティシエ・コンテスト! 2 決勝」つくもようこ作;鳥羽雨絵　講談社(青い鳥文庫)
2017年10月

村木 ツトム　むらき・つとむ
長野から大阪に転校してきた中学二年生、クラスのマドンナのマリのことで頭がいっぱいの
少年 「村木ツトムその愛と友情」福井智作;森英二郎絵　借成社 2017年12月

村崎 權　むらさき・かい
美術品の中でおきる事件を解決する美術警察官、紫色のメッシュが入った髪の青年・カイ
さん 「らくがき☆ポリス 3 流れ星に願うなら!?」まひる作;立樹まや絵　KADOKAWA(角川つ
ばさ文庫) 2017年9月

紫式部(式部)　むらさきしきぶ(しきぶ)
もののけに苦しめられている平安時代のお姫さま・彰子につかえる女房 「まさかわたしがプ
リンセス!? 3 紫式部ともののけ退治!」吉野紅伽著;くまの柚子絵　KADOKAWA 2014年3
月

むらさきばばあ
小学生のエリカの家に出たむらさき色の着物を着ているおばけ 「放課後ファンタスマ! レ
ディー・パープルの秘密」桜木日向作;暁かおり絵　講談社(青い鳥文庫) 2015年6月

ムラサメ
中学二年生の少女・サトミと同じ学校の生徒、里見家に8男子がいることを知ってしまった少
年 「サトミちゃんちの1男子 2 ネオ里見八犬伝」矢立肇原案;こぐれ京著;永地絵;久世み
ずき;ぱらふぃんビジャモス企画協力　KADOKAWA(角川つばさ文庫) 2013年12月

むらさ

ムラサメ
中学二年生の少女・サトミと同じ学校の生徒、里見家に8男子がいることを知ってしまった少年 「サトミちゃんちの1男子 3 ネオ里見八犬伝」 矢立肇原案;こぐれ京著;永地絵;久世みずき;ぱらふぃんピジャモス企画協力 KADOKAWA(角川つばさ文庫) 2014年7月

村瀬 とんぼ　むらせ・とんぼ
河内山学院高等部一年生、歌舞伎同好会「カブキブ」部員、部長・黒悟の親友 「カブキブ! 2－カブキブVS.演劇部!」 榎田ユウリ作;十峯なるせ絵 KADOKAWA(角川つばさ文庫) 2017年9月

村瀬 とんぼ　むらせ・とんぼ
河内山学院高等部一年生、歌舞伎同好会「カブキブ」部員、部長・黒悟の親友 「カブキブ! 3－伝われ、俺たちの歌舞伎!」 榎田ユウリ作;十峯なるせ絵 KADOKAWA(角川つばさ文庫) 2017年11月

村瀬 とんぼ　むらせ・とんぼ
学校に歌舞伎同好会を創ろうとする高校一年生・黒悟の親友 「カブキブ! 1－部活で歌舞伎やっちゃいました。」 榎田ユウリ作;十峯なるせ絵 KADOKAWA(角川つばさ文庫) 2017年5月

村瀬 理央　むらせ・りお
おばあちゃんとかあさんと弟の航との四人暮らしの六年生の女の子、となりに住む真吾の幼なじみ 「ずっと空を見ていた」 泉啓子作;丹地陽子絵 あかね書房(スプラッシュ・ストーリーズ) 2013年9月

村田 理沙　むらた・りさ
小学六年生、月雲神社の石の柱にあいた穴で66年前の戦争中を生きる中森雪子とつながりお菓子を送った少女 「秘密のスイーツ」 はやしまりこ作;いくえみ綾絵 ポプラ社(ポプラポケット文庫) 2013年7月

村田 理沙　むらた・りさ
小学六年生、月雲神社の石の柱にあいた穴で66年前の戦争中を生きる中森雪子とつながりお菓子を送った少女 「秘密のスイーツ」 林真理子著 ポプラ社 2013年8月

村山 桜子　むらやま・さくらこ
二十年前の小学一年生の時に子犬を拾ったが飼うことができなかった女性 「天国の犬ものがたり ありがとう」 藤咲あゆな著;堀田敦子原作;環方このみイラスト 小学館(小学館ジュニア文庫) 2016年12月

ムルカ
ポポロクロイス王国をめざして旅に出ることになったルーベンの森に住んでいた少年 「ポポロクロニクル 白き竜 上下」 田森庸介作;福島敦子絵 偕成社 2015年3月

【め】

メイ
まじょのまじょ子とクッキング王国へいったおりょうりがとくいな女の子 「まじょ子とプリンセスのキッチン」 藤真知子作;ゆーちみえこ絵 ポプラ社(学年別こどもおはなし劇場) 2017年4月

芽衣　めい
一部が湖となった町で高校生の「サカナ」が出会った公園で歌を歌っている女子高生 「みずうみの歌」 ほしおさなえ著 講談社 2013年10月

メイサ
「絶体絶命ゲーム」に参加しながらまったくやる気を見せない美少女、顔に包帯を巻いている女の子 「絶体絶命ゲーム 2 死のタワーからの大脱出」 藤ダリオ作;さいね絵 KADOKAWA(角川つばさ文庫) 2017年7月

めどぅ

メイちゃん
小学5年生、古着屋「MUSUBU」にゆかたを売りに来た女の子 「テディベア探偵 ゆかたは恋のメッセージ?」 山本悦子作;フライ絵 ポプラ社(ポプラポケット文庫) 2015年4月

メイちゃん(小柴 芽衣) めいちゃん(こしば・めい)
矢折中学1年生の森野しおりの同じクラスの親友、陽気で気さくな女の子 「ドラキュラの町で、二人は」 名木田恵子作;山田デイジー絵 講談社(青い鳥文庫) 2017年2月

迷亭 めいてい
猫の「吾輩」の主人・苦沙弥先生の友、美学者 「吾輩は猫である 上下」 夏目漱石作;佐野洋子絵 講談社(青い鳥文庫) 2017年7月

メイド(田中) めいど(たなか)
謎の紳士「貴族探偵」のメイド、小柄でキュートな女の子 「貴族探偵 みらい文庫版」 麻耶雄嵩作;きろばいと絵 集英社(集英社みらい文庫) 2017年5月

メグちゃん
黄色のカサ・ぴかちゃんを電車におきわすれた小学生の女の子 「わすれんぼっち」 橋口さゆ希作;つじむらあゆこ絵 PHP研究所(とっておきのどうわ) 2017年9月

メグルさん
海辺野空港の近くにあるラーメン屋「大空軒」の男性店長、逮捕された弁護士・王泥喜の友人 「逆転裁判 逆転空港」 高瀬美恵作;カプコンカバー絵;菊野郎挿絵 KADOKAWA(角川つばさ文庫) 2017年2月

めご
ゲーム好きな戦国武将オタクの高校一年生、女子にモテモテな十の双子の妹 「小林が可愛すぎてツライっ!! 〜放課後が過激すぎてヤバイっ!!」 村上アンズ著;池山田剛原作・イラスト 小学館(小学館ジュニア文庫) 2013年7月

めご
ゲーム好きな戦国武将オタクの高校二年生、女子にモテモテな十の双子の妹で明智学園最強の男・蒼の彼女 「小林が可愛すぎてツライっ!!〜好きが加速しすぎてパないっ!!〜」 村上アンズ著;池山田剛原作・イラスト 小学館(小学館ジュニア文庫) 2014年11月

目こぼしもの めこぼしもの
谷間の村にある川の上手に住む人たちからバカにされ差別をされている下手に住む人たち 「目こぼし歌こぼし」 上野瞭作梶山俊夫画 童話館出版(子どもの文学・青い海シリーズ) 2014年12月

メタナイト
すべてが謎につつまれていて常に仮面をつけている剣士 「星のカービィ あぶないグルメ屋敷!?の巻」 高瀬美恵作;苅野タウ絵;ぽと絵 KADOKAWA(角川つばさ文庫) 2013年8月

メタナイト
すべてが謎につつまれていて常に仮面をつけている剣士 「星のカービィ メタナイトと銀河最強の戦士」 高瀬美恵作;苅野タウ絵;ぽと絵 KADOKAWA(角川つばさ文庫) 2017年3月

メタナイト
常に仮面をつけていてすべてが謎につつまれた剣士 「星のカービィ 大盗賊ドロッチェ団あらわる!の巻」 高瀬美恵作;苅野タウ・ぽと絵 KADOKAWA(角川つばさ文庫) 2014年8月

メドゥサさん
なん百ひきものへびがかみのけになっていていしのものをいきかえらせることができるモンスター 「モンスター・ホテルでたんていだん」 柏葉幸子作;高畠純絵 小峰書店 2014年8月

めのん

メノン
古代エジプトの女王クレオパトラの従者の男性 「まさかわたしがプリンセス!? 2 クレオパトラは、絶体絶命!」 吉野紅伽著;くまの柚子絵 KADOKAWA 2013年10月

メラ・ムー・ドンナ
＜昨日の森＞の女王でムー族の族長をつとめる九尾ギツネの妖怪 「妖狐ピリカ★ムー」 那須田淳作;佐竹美保絵 理論社 2013年9月

メリエンダ姫　めりえんだひめ
ドコナンダ城に住んでいる美しい6人のお姫さまの一人、一番年上の姫 「6人のお姫さま」二宮由紀子作;たんじあきこ絵 理論社 2013年7月

メルバーン卿　めるばーんきょう
宮廷で女王に仕える政治家、ネコのベスをトリア姫の家庭教師に推薦した男の人 「ネコの家庭教師」 南部和也さく;さとうあやえ 福音館書店(福音館創作童話シリーズ) 2017年2月

メロディ
マリーランドの「うさぎのいる丘」に住む女の子 「マイメロディーマリーランドの不思議な旅」はせがわみやび作;ぴよな絵 KADOKAWA(角川つばさ文庫) 2014年3月

メロン
四年生のこなぎが田んぼでつかまえて飼うことにしたカエル 「カエルのメロン」 鬼村テコ作;本田亮絵 刈谷市 2017年10月

【も】

モーア
謎の剣士メタナイトの部下になりたくて生まれ故郷を飛び出してきた小さな男の子 「星のカービィ メタナイトと銀河最強の戦士」 高瀬美恵作;苅野タウ絵;ぽと絵 KADOKAWA(角川つばさ文庫) 2017年3月

毛利 蘭　もうり・らん
探偵・毛利小五郎の娘、女子高生 「名探偵コナン紺碧の棺(ジョリー・ロジャー)」 青山剛昌原作;水稀しま著 小学館(小学館ジュニアシネマ文庫) 2014年1月

毛利 蘭　もうり・らん
探偵・毛利小五郎の娘、女子高生 「名探偵コナン水平線上の陰謀(ストラテジー)」 青山剛昌原作;水稀しま著 小学館(小学館ジュニア文庫) 2014年8月

モエ(志村 萌花)　もえ(しむら・もえか)
5年生のリンの親友、古着屋「MUSUBU」でアンティークドレスを買った女の子 「テディベア探偵 1 アンティークドレスはだれのもの!」 山本悦子作;フライ絵 ポプラ社(ポプラポケット文庫) 2014年4月

モエ(志村 萌花)　もえ(しむら・もえか)
5年生の林間学校に参加した女の子、同級生の女の子リンの親友 「テディベア探偵 思い出はみどりの森の中」 山本悦子作;フライ絵 ポプラ社(ポプラポケット文庫) 2014年9月

モエ(志村 萌花)　もえ(しむら・もえか)
小学5年生、古いものの思いを探る「テディベア探偵」をやっている同級生リンの親友 「テディベア探偵 ゆかたは恋のメッセージ?」 山本悦子作;フライ絵 ポプラ社(ポプラポケット文庫) 2015年4月

モグリ
陥没して湖となった町の湖底に残された「思い出の品」を回収する男性 「みずうみの歌」ほしおさなえ著 講談社 2013年10月

もてい

モー子　もーこ
2年生のマキちゃんの家のぼくじょうにいるりっぱなめうし 「こぶたのタミー」 かわのむつみ
作;下間文恵絵 国土社 2015年3月

望月 朱里　もちづき・あかり
歴史が大好きな小学五年生の女の子 「マジカル★トレジャー 戦国時代にタイムトラベ
ル!?」 藤咲あゆな作;フライ絵 集英社(集英社みらい文庫) 2014年9月

望月 六郎　もちづき・ろくろう
戦国武将・真田幸村に仕えた十勇士のひとり、爆弾づくりが得意な男 「真田幸村と十勇士
ひみつの大冒険編」 奥山景布子著;RICCA絵 集英社(集英社みらい文庫) 2016年6月

望月 六郎　もちづき・ろくろう
戦国武将・真田幸村に仕えた十勇士のひとり、爆弾づくりが得意な男 「真田幸村と十勇
士」 奥山景布子著;RICCA絵 集英社(集英社みらい文庫) 2015年11月

望月 六郎　もちづき・ろくろう
戦国武将・真田幸村の家臣、家臣のまとめ役で冷静沈着で銃の使い手 「真田十勇士 3
激闘、大坂の陣」 小前亮作 小峰書店 2016年2月

望月 六郎　もちづき・ろくろう
戦国武将・真田幸村の家臣、同じく家臣の海野六郎と相性がよかった男 「真田十勇士 2
決起、真田幸村」 小前亮作 小峰書店 2015年12月

持田 わかば　もちだ・わかば
音楽教室でピアノを習っている小学五年生、ピアノが上手な花音にあこがれる女の子 「ピア
ノ・カルテット 1 気になるあの子のトクベツ指導!?」 遠藤まり作;ふじつか雪絵
KADOKAWA(角川つばさ文庫) 2017年10月

もちぱん
小学5年生のモモカの家に住みついているパンダのような不思議な生きもの 「もちもち❤ぱ
んだ もちぱん探偵団もちっとストーリーブック」 たかはしみか著;Yuka原作・イラスト 学研
プラス(キラピチブックス) 2017年3月

もちぱん
小学5年生のモモカの家に住みついているパンダのような不思議な生きもの 「もちもち❤ぱ
んだ もちぱん探偵団もちっとストーリーブック」 たかはしみか著;Yuka原作・イラスト 学研
プラス(キラピチブックス) 2017年3月

モッチ
あけぼの小学校四年生のすみれがもつ魔法のケータイのメル友、しののめ小学校四年生
の女の子 「チャームアップ・ビーズ! 1 クローバーグリーンで友情復活!」 宮下恵茉作;初
空おとわ画 童心社 2013年3月

モッチ
魔法のケータイをもつすみれのひみつのメル友、しののめ小学校四年生の女の子
「チャームアップ・ビーズ! 2 スターイエロー大作戦!」 宮下恵茉作;初空おとわ画 童心社
2013年3月

モッチ
魔法のケータイをもつすみれのひみつのメル友、しののめ小学校四年生の女の子
「チャームアップ・ビーズ! 3 ピンクハートで思いよ、届け!」 宮下恵茉作;初空おとわ画 童
心社 2013年3月

モティ
小学5年生の紀恵のクロワッサン島に住むもう一人のお母さん、もと不良魔女 「魔女モティ
とねりこ屋のコラル」 柏葉幸子作;尾谷おさむ絵 講談社 2015年2月

515

もてい

モティ
魔女学校の万年落第生、家族と暮らすことを条件に独立した魔女 「魔女モティ」 柏葉幸子作;尾谷おさむ絵 講談社(青い鳥文庫) 2014年10月

本川 めぐる　もとかわ・めぐる
『創作パン大賞』の大賞賞金百万円を夢にオリジナルパンづくりに挑戦することとなった六年生の少年 「焼き上がり5分前！」 星はいり作;TAKA絵 ポプラ社(ノベルズ・エクスプレス) 2014年3月

本川 吉継　もとかわ・よしつぐ
六年生のめぐるの親戚のおじさん、十年前まで老舗パン屋「もとかわ」で働いていたパン職人 「焼き上がり5分前！」 星はいり作;TAKA絵 ポプラ社(ノベルズ・エクスプレス) 2014年3月

モトくん
アメリカと日本のハーフの十三歳の天才少年、休学中の飛び級大学院生 「Eggs－夏のトライアングル」 小瀬木麻美作 ポプラ社(Teens' best selections) 2015年7月

本島 衣理　もとじま・えり
少額5年生、浅見光彦のクラスに軽井沢から転校してきた美少女 「ぼくが探偵だった夏－少年浅見光彦の冒険」 内田康夫作;青山浩行絵 講談社(青い鳥文庫) 2013年7月

本須 麗乃　もとす・うらの
事故に巻き込まれ本屋のない見知ら土地で病気がちな5歳の女の子・マインに生まれ変わった本好きの女子大生 「本好きの下剋上～司書になるためには手段を選んでいられません～ 第1部 兵士の娘1」 香月美夜著 TOブックス 2015年2月

本須 麗乃　もとす・うらの
本好きの女子大生・麗乃が転生した虚弱な幼女、神殿で「青色巫女見習い」となった貧民の女の子 「本好きの下剋上～司書になるためには手段を選んでいられません 第2部 神殿の巫女見習い1」 香月美夜著 TOブックス 2015年10月

元原 ちえり　もとはら・ちえり
室町中学校一年生、子どもらしくない顔立ちに高身長という容姿を気にしているが将来はモデルになりたい少女 「なりたい二人」 令丈ヒロ子作 PHP研究所 2014年6月

もなか
五年生の桃花が飼うことになったちっちゃくて茶色くてころんとしている柴犬 「もなかと桃花の友だちレッスン」 真野えにし作;AMG出版工房作;小川真唯絵 ポプラ社(ポプラポケット文庫) 2013年2月

モナミ(真野 萌奈美)　もなみ(まの・もなみ)
武蔵虹北高校2年生、突然現れた少年・丸男に「命がねらわれているから守る」と言われた少女 「モナミは世界を終わらせる？」 はやみねかおる作;KeG絵 KADOKAWA(角川つばさ文庫) 2015年2月

モニカ
ジャレットの薬屋さんにやってきた白ウサギ 「ローズマリーとヴィーナスの魔法－魔法の庭ものがたり14」 あんびるやすこ作・絵 ポプラ社(ポプラ物語館) 2013年11月

もののけ屋　もののけや
力をほしがる人間にもののけを貸し出す仕事をしているというぼうず頭で派手な着物を着た怪しい男 「もののけ屋 [1] 一度は会いたい妖怪変化」 廣嶋玲子作;東京モノノケ絵 静山社 2016年5月

もののけ屋　もののけや
力をほしがる人間にもののけを貸し出す仕事をしているというぼうず頭で派手な着物を着た怪しい男 「もののけ屋 [2] 二丁目の卵屋にご用心」 廣嶋玲子作;東京モノノケ絵 静山社 2016年9月

もののけ屋　もののけや
力をほしがる人間に不思議な力を貸し出す妖怪 「もののけ屋 [3] 三度の飯より妖怪が好き」 廣嶋玲子作;東京モノノケ絵　静山社　2017年3月

もののけ屋　もののけや
力をほしがる人間に不思議な力を貸し出す妖怪 「もののけ屋 [4] 四階フロアは妖怪だらけ」 廣嶋玲子作;東京モノノケ絵　静山社　2017年11月

モヒー
超力持ちな女の子ペンギン・アリスのクラスメイトでイケペンギンな幼なじみ 「はっぴー♪ペンギン島!! アリスとふしぎなぼうし」 名取なずな作;黒裄絵　集英社(集英社みらい文庫) 2014年12月

モヒー
超力持ちな女の子ペンギン・アリスのクラスメイトで幼なじみ、発明が趣味のイケペンギン(美少年) 「はっぴー♪ペンギン島!! ペンギン、空を飛ぶ!」 名取なずな作;黒裄絵　集英社(集英社みらい文庫) 2014年8月

もみこ
両親が別居した春休みに髪を金色にそめて魔女の気分で家出したもうすぐ四年生の女の子 「サンドイッチの日」 吉田道子作;鈴木びんこ絵　文研出版(文研ブックランド) 2013年11月

もみじお姉ちゃん　もみじおねえちゃん
旅館「あやめ」の支配人補佐、遠縁の親せきの女の子リンと二人で暮らす女の人 「ナゾカケ」 ひなた春花作;よん絵　ポプラ社(ポプラポケット文庫) 2014年7月

モモ
しゃべるクロネコブンダバーとともだちになった女の子、演劇学校の学生 「ブンダバー 1」 くぼしまりお作;佐竹美保絵　ポプラ社(ポプラポケット文庫) 2013年8月

モモ
しゃべるクロネコブンダバーとともだちになった女の子、演劇学校の学生 「ブンダバー 2」 くぼしまりお作;佐竹美保絵　ポプラ社(ポプラポケット文庫) 2013年11月

モモ
しゃべるクロネコブンダバーとともだちになった女の子、演劇学校の学生 「ブンダバー 3」 くぼしまりお作;佐竹美保絵　ポプラ社(ポプラポケット文庫) 2014年2月

モモ
宝石の国の妖精「セボンスター」、人間の女の子・アンナの心の宝石から生まれた運命のパートナー 「ティンクル・セボンスター 2 まいごの妖精ピリカと音楽会」 菊田みちよ著　ポプラ社　2016年7月

モモ
宝石の妖精、つねにまえむきでじぶんの気もちにうそがつけないすなおなせいかくの女の子 「ティンクル・セボンスター 1 はじめまして★宝石の妖精モモ」 菊田みちよ著　ポプラ社　2015年12月

モモ
宝石の妖精、つねにまえむきでじぶんの気もちにうそがつけないすなおなせいかくの女の子 「ティンクル・セボンスター 3 妖精ビビアンのキケンなひみつ?」 菊田みちよ著　ポプラ社　2017年5月

桃井 太郎　ももい・たろう
小学5年生、転校してきた空手少女・西島光希のクラスのいじめられっ子 「ストグレ!」 小川智子著　講談社　2013年5月

ももか

桃花ちゃん　ももかちゃん
小学2年生、「まことずし」にきてわさびのわさびくんにはなしかけられた女の子　「にっこりおすしとわさびくん」佐川芳枝作;こばようこ絵　講談社（たべもののおはなしシリーズ）2016年12月

百ヶ谷 スモモ　ももがや・すもも
殺人の容疑者として逮捕されてしまった大ブレイク中のアイドル　「逆転裁判 逆転アイドル」高瀬美恵作;菊野郎挿絵　KADOKAWA（角川つばさ文庫）2016年6月

桃川 紡　ももかわ・つむぎ
おしゃれが大好きで元気いっぱいの小学5年生の女の子　「全力おしゃれ少女☆ツムギ part1 金星のドレスはだれが着る?」はのまきみ作;森倉円絵　集英社（集英社みらい文庫）2013年8月

桃川 紡　ももかわ・つむぎ
おしゃれが大好きな小学5年生、「天界のドレスメイカー見習い」に選ばれてファッション修行中の女の子　「全力おしゃれ少女☆ツムギ part2 めざせ!モデルとデザイナー」はのまきみ作;森倉円絵　集英社（集英社みらい文庫）2014年2月

百木 八枝　ももき・やえ
生徒のお悩み相談を受け付ける環境部の部長、中学一年生　「おなやみ相談部」みうらかれん著　講談社　2015年8月

桃子　ももこ
背が高くて美人なのに女の子らしい一面がまるでない六年生の空手少女　「グッドジョブ ガールズ」草野たき著　ポプラ社（Teens' best selections）2015年8月

モモジョ
おさない姉妹のマナとリオが迷いこんだトホウ・モナイ国に住む毛糸のかたまりのようないきもの　「つくえの下のとおい国」石井睦美著;にしざかひろみ絵　講談社　2017年10月

桃城 武　ももしろ・たけし
青春学園中等部テニス部の二年生、ひとなつっこく負けん気の強い少年　「テニスの王子様 [2] 対決!漆黒の不動峰中」許斐剛原作・絵;影山由美著　集英社（集英社みらい文庫）2015年7月

百瀬 太郎　ももせ・たろう
高校二年生、廃部寸前の文化部をいくつも掛け持ちしている頼まれると断れない性格の少年　「君の嘘と、やさしい死神」青谷真未著　ポプラ社（ポプラ文庫ピュアフル）2017年11月

百瀬 結生子　ももせ・ゆうこ
長野県塩尻市の桔梗ヶ原学園高校一年生、学園きっての才女で「太陽ワイナリー」の娘　「ワインガールズ」松山三四六著　ポプラ社　2017年3月

モモちゃん
おばけのくに「ポポヨン」から小学生のルイくんのすむマンションにきたおひめさま　「いつも100てん!?おばけえんぴつ」むらいかよ著　ポプラ社（ポプラ社の新・小さな童話）2017年6月

モモーヌ
シナモン村でようふくなおしの店をはじめたきつねのおはりこ　「ようふくなおしのモモーヌ」片山令子作;さとうあや絵　のら書店　2015年2月

森亞亭　もりあてい
窃盗などを働く初老の紳士、五年生の名探偵・夢羽に謎解きの挑戦をしてくる男　「IQ探偵ムー 絵画泥棒の挑戦状」深沢美潮作;山田J太画　ポプラ社（ポプラカラフル文庫）2015年9月

518

もりさ

森岡 沙良　もりおか・さら
若葉小学校五年生、ガールズバンド"巴旦杏"でドラムを担当している少女 「バンドガール!」濱野京子作;志村貴子絵; 偕成社(偕成社ノベルフリーク) 2016年8月

森 桂奈　もり・かな
人の心を読み取ることができるマインドスコープ推進校の夕賀中学校二年生、自己中心的な性格で気の強い少女 「キズナキス」 梨屋アリエ著 静山社 2017年11月

森川 ココネ　もりかわ・ここね
「森川自動車」の娘、昼寝するとふしぎな夢を見る田舎暮らしの女子高生 「ひるね姫」 神山健治作;よん挿絵 KADOKAWA(角川つばさ文庫) 2017年3月

森川 さくら　もりかわ・さくら
「T3」のメンバー雄太が博多で出会った少女、「F5(エファ)」というアイドルグループに所属する小学五年生の女の子 「電車で行こう! GO!GO!九州新幹線!!」 豊田巧作;裕龍ながれ絵 集英社(集英社みらい文庫) 2014年7月

森川 さくら　もりかわ・さくら
小学生が電車旅行するチーム「T3」の特別メンバー、「F5(エファ)」というアイドルグループに所属する小学五年生の女の子 「電車で行こう! サンライズ出雲と、夢の一畑電車!」 豊田巧作;裕龍ながれ絵 集英社(集英社みらい文庫) 2015年3月

森川 さくら　もりかわ・さくら
小学生が電車旅行するチーム「T3」の特別メンバー、九州出身のアイドルグループ「F5(エファ)」のメンバーの女の子 「電車で行こう! ショートトリップ＆トリック!京王線で行く高尾山!!」 豊田巧作;裕龍ながれ絵 集英社(集英社みらい文庫) 2014年12月

森川 さくら　もりかわ・さくら
小学生が電車旅行するチーム「T3」の特別メンバー、電車大好きなスーパーアイドルの小学五年生の女の子 「電車で行こう! 山手線で東京・鉄道スポット探検!」 豊田巧作;裕龍ながれ絵 集英社(集英社みらい文庫) 2016年1月

森川 さくら　もりかわ・さくら
小学生が電車旅行するチーム「T3」の特別メンバー、電車大好きなスーパーアイドルの小学五年生の女の子 「電車で行こう! 川崎の秘境駅と、京急線で桜前線を追え!」 豊田巧作;裕龍ながれ絵 集英社(集英社みらい文庫) 2016年3月

森川 春水　もりかわ・しゅんすい*
大正時代を生きた作家、中学一年生の中野友也のひいひいじいちゃん 「春に訪れる少女」 今田絵里香作;くまおり純絵 文研出版(文研じゅべにーる) 2016年3月

森川 セイラちゃん　もりかわ・せいらちゃん
テレビのバラエティ番組に出ている人気子役タレント、小学二年生 「天才探偵Sen 7－テレビ局ハプニング・ツアー(天才探偵Senシリーズ)」 大崎梢作;久都りか絵 ポプラ社 2013年4月

森 カンタ　もり・かんた
駒鳥小学校四年生、ある土曜日にぐうぜん知り合ったモモとモカと児童館の壁新聞作りをすることになった女の子 「ニレの木広場のモモモ館」 高楼方子作;千葉史子絵 ポプラ社(ノベルズ・エクスプレス) 2015年10月

守口 秀生　もりぐち・ひでお
銀杏が丘第一小学校五年生、濡れ衣を着せられいたところを隣のクラスの杉下元たちに助けてもらった少年 「IQ探偵ムー 勇者伝説～冒険のはじまり」 深沢美潮作;山田J太画 ポプラ社(ポプラカラフル文庫) 2015年4月

森崎 明日香　もりさき・あすか
県立逢魔高校の生徒、「赤い人」という怪談話に出てくる少女に呪われて消えたという女の子 「カラダ探し 第2夜 1」 ウェルザード著;woguraイラスト 双葉社(双葉社ジュニア文庫) 2017年11月

もりさ

森崎 明日香　もりさき・あすか
県立逢魔高校の生徒、誰もいない夜の学校でクラスメイトの遥のバラバラになった「カラダ」を探すことになった女の子　「カラダ探し 1」　ウェルザード著;woguraイラスト　双葉社（双葉社ジュニア文庫）2016年11月

森崎 明日香　もりさき・あすか
県立逢魔高校の生徒、誰もいない夜の学校でクラスメイトの遥のバラバラになった「カラダ」を探すことになった女の子　「カラダ探し 2」　ウェルザード著;woguraイラスト　双葉社（双葉社ジュニア文庫）2017年3月

森崎 明日香　もりさき・あすか
県立逢魔高校の生徒、誰もいない夜の学校でクラスメイトの遥のバラバラになった「カラダ」を探すことになった女の子　「カラダ探し 3」　ウェルザード著;woguraイラスト　双葉社（双葉社ジュニア文庫）2017年7月

森下 優名　もりした・ゆうな
通学電車で見かける男の子ハルに片想い中の高校2年生、引っ込み思案な女の子・ユウナ　「通学電車 君と僕の部屋 みらい文庫版」　みゆ作;朝吹まり絵　集英社（集英社みらい文庫）2017年4月

森田くん　もりたくん
中学二年生の美術部員、おとなしくて目立たない男子　「てんからどどん」　魚住直子作;けーしん絵　ポプラ社（ノベルズ・エクスプレス）2016年5月

森田くん（ブルー）　もりたくん（ぶるー）
一年前に引っ越してきた小学五年生の男の子、ハーフだけどかっこよくない少年　「ブルーとオレンジ」　福田隆浩著　講談社（講談社文学の扉）2014年7月

森永 和彦　もりなが・かずひこ
平凡な男の子・内人が通う中学校の森永会長と呼ばれる生徒会長、フェミニスト　「都会（まち）のトム＆ソーヤ 12 IN THE ナイト」　はやみねかおる著;にしけいこ画　講談社（YA! ENTERTAINMENT）2015年3月

森永 美月　もりなが・みつき
平凡な男の子・内人が通う中学校の一年生、お昼寝が好きな女の子　「都会（まち）のトム＆ソーヤ 12 IN THE ナイト」　はやみねかおる著;にしけいこ画　講談社（YA! ENTERTAINMENT）2015年3月

森ねこ　もりねこ
小学生の男の子・タツキに「森のたね」を売った「森ねこ」と名のるみどりいろの子ねこ　「森ねこのふしぎなたね」　間瀬みか作;植田真絵　ポプラ社（本はともだち）2015年11月

森野 恵理　もりの・えり
高校教師・未香子の教え子、オシャレやファッションが大好きな高校生　「幕末高校生」　浜崎達也著;橋部敦子脚本　小学館（小学館ジュニア文庫）2014年7月

森野 しおり　もりの・しおり
矢折中学1年生、学校の帰り道で子ネコにとつぜん首すじをかまれた女の子　「ドラキュラの町で、二人は」　名木田恵子作;山田デイジー絵　講談社（青い鳥文庫）2017年2月

森野 志馬　もりの・しま
昆虫学者の孫、虫にはちっとも興味がないがF1のレースゲームが大好きな四年生の少年　「虫ロボのぼうけん 01 カブトムシに土下座!?」　吉野万理子作;安部繭子絵　理論社　2014年6月

森野 志馬　もりの・しま
昆虫学者の孫で忍者の末裔、おじいちゃんが発明した虫型ロボットのパイロット役を担当している五年生の少年　「虫ロボのぼうけん 04 バッタとジャンプ大会!」　吉野万理子作;安部繭子絵　理論社　2015年7月

もりや

森野 志馬　もりの・しま
昆虫学者の孫で忍者の末裔、おじいちゃんが発明した虫型ロボットのパイロット役を担当している五年生の少年　「虫ロボのぼうけん 05 フンコロ牧場へGO！」　吉野万理子作;安部繭子絵　理論社　2016年1月

森野 志馬　もりの・しま
昆虫学者の孫で忍者の末裔、おじいちゃんが発明した虫型ロボットのパイロット役を担当している四年生の少年　「虫ロボのぼうけん 02 赤トンボとレース!」　吉野万理子作;安部繭子絵　理論社　2014年9月

森野 志馬　もりの・しま
昆虫学者の孫で忍者の末裔、おじいちゃんが発明した虫型ロボットのパイロット役を担当している四年生の少年　「虫ロボのぼうけん 03 スズメバチの城へ!」　吉野万理子作;安部繭子絵　理論社　2015年2月

森原 ジュン　もりはら・じゅん
有村バレエスクールに通うめいの活発な妹、バレエを始めた小学4年生　「エトワール! 3 眠れる森のバレリーナ」　梅田みか作;結布絵　講談社(青い鳥文庫)　2017年10月

森原 ジュン　もりはら・じゅん
有村バレエスクールに通うめいの活発な妹、小学3年生　「エトワール! 1 くるみ割り人形の夢」　梅田みか作;結布絵　講談社(青い鳥文庫)　2016年11月

森原 ジュン　もりはら・じゅん
有村バレエスクールに通うめいの活発な妹、小学3年生　「エトワール! 2 羽ばたけ! 四羽の白鳥」　梅田みか作;結布絵　講談社(青い鳥文庫)　2017年5月

森原 めい　もりはら・めい
有村バレエスクールでバレエを習っている小学5年生　「エトワール! 1 くるみ割り人形の夢」　梅田みか作;結布絵　講談社(青い鳥文庫)　2016年11月

森原 めい　もりはら・めい
有村バレエスクールでバレエを習っている小学5年生　「エトワール! 2 羽ばたけ! 四羽の白鳥」　梅田みか作;結布絵　講談社(青い鳥文庫)　2017年5月

森原 めい　もりはら・めい
有村バレエスクールでバレエを習っている小学6年生　「エトワール! 3 眠れる森のバレリーナ」　梅田みか作;結布絵　講談社(青い鳥文庫)　2017年10月

森 みすず(スズ)　もり・みすず(すず)
六年生のあずみの親友で三人きょうだいの末っ子の女の子、新聞委員の文章担当　「神様がくれた犬」　倉橋燿子作;naoto絵　ポプラ社(ポプラポケット文庫)　2017年9月

森本 哲也　もりもと・てつや
評判の悪い東部中学校の有名なワル、二年生の男子　「2年A組探偵局 ぼくらの都市伝説」　宗田理作;YUME絵;はしもとしんキャラクターデザイン　KADOKAWA(角川つばさ文庫)　2017年8月

森山 亜衣　もりやま・あい
青氷学園中等部一年生、寮で最年少の幼なじみ・ソルベのお世話係をする女の子　「ショコラの魔法－ショコラスコーン氷呪の学園」　みづほ梨乃原作・イラスト;藤原サヨコ著　小学館(小学館ジュニア文庫)　2014年3月

森山 暁　もりやま・あきら
バンド「ボーイズ」でギターを担当している高校二年生、高校教師の息子　「サイコーのあいつとロックレボリューション」　牧野節子著;小池アミイゴ装画・イラスト　国土社　2016年3月

もりや

森山 晴人　もりやま・はると
虹ヶ丘小学校の四年生、神さまのキツネの仕事を手伝うことになった男の子 「あなたの夢におじゃまします」 岡田貴久子作;たんじあきこ絵 ポプラ社（ノベルズ・エクスプレス）2014年10月

森山 燐　もりやま・りん
文化祭でライブをする夢を叶えるために青葉北高校へ転入してきた三年生、クラスメイトの篠原智とバンドを組んだ少女 「二度めの夏、二度と会えない君 映画ノベライズ版」 赤城大空原作;中西健二監督 小学館（小学館ジュニア文庫） 2017年8月

森山 燐　もりやま・りん
余命わずかで青葉北高の文化祭でライブをする夢を叶えるために転入してきた3年生の女の子 「映画ノベライズ版 二度めの夏、二度と会えない君」 時海結以著;赤城大空原作;中西健二監督;長谷川康夫脚本 小学館（小学館ジュニア文庫） 2017年8月

森脇 武儀（ムギ）　もりわき・たけよし（むぎ）
室町中学校一年生、あどけない顔立ちで将来の夢は江戸料理研究家だというおなかぽっこりで料理好きの少年 「なりたい二人」 令丈ヒロ子作 PHP研究所 2014年6月

モンキチ
石あたまのおさるのみならいにんじゃ 「ドタバタヒーロー ドジルくん5－ドジルVSなぞのにんじゃぐんだん」 大空なごむ作・絵 ポプラ社 2016年1月

モンキチさん
「ペンション・アニモー」に泊まりにきた元オーナー、世界的に有名な画家 「ようこそ、ペンション・アニモーへ」 光丘真理作;岡本美子絵 汐文社 2015年11月

モンキー・D・ルフィ（ルフィ）　もんきーでぃーるふぃ（るふぃ）
海賊「麦わらの一味」の船長、お宝が眠るというメカ島をめざした少年 「ONE PIECE [7] THE MOVIEカラクリ城のメカ巨兵」 尾田栄一郎原作;浜崎達也著;東映アニメーション絵 集英社（集英社みらい文庫） 2013年3月

モンキー・D・ルフィ（ルフィ）　もんきーでぃーるふぃ（るふぃ）
海賊「麦わらの一味」の船長、リゾートの島だというオマツリ島にやってきた少年 「ONE PIECE [9] THE MOVIEオマツリ男爵と秘密の島」 尾田栄一郎原作;浜崎達也著;東映アニメーション絵 集英社（集英社みらい文庫） 2013年11月

モンキー・D・ルフィ（ルフィ）　もんきーでぃーるふぃ（るふぃ）
海賊「麦わらの一味」の船長、医学のすすんだ国・ドラム王国にやってきた少年 「ONE PIECE [11] エピソードオブチョッパー+冬に咲く、奇跡の桜」 尾田栄一郎原作;浜崎達也著;東映アニメーション絵 集英社（集英社みらい文庫） 2014年11月

モンキー・D・ルフィ（ルフィ）　もんきーでぃーるふぃ（るふぃ）
海賊「麦わらの一味」の船長、砂漠の国・アラバスタ王国を目指した少年 「ONE PIECE [10] エピソードオブアラバスタ砂漠の王女と海賊たち」 尾田栄一郎原作;浜崎達也著;東映アニメーション絵 集英社（集英社みらい文庫） 2014年7月

モンキー・D・ルフィ（ルフィ）　もんきーでぃーるふぃ（るふぃ）
海賊「麦わらの一味」の船長、大切な麦わら帽子をなくした少年 「ONE PIECE [8] 麦わらチェイス」 尾田栄一郎原作;浜崎達也著;東映アニメーション絵 集英社（集英社みらい文庫） 2013年8月

モン太　もんた
モンスタータウンにすんでいるドラキュラの男の子 「モン太くん 空をとぶ－モンスタータウンへようこそ」 土屋富士夫作・絵 徳間書店 2017年6月

モン太くん　もんたくん
モンスタータウンにすんでいるこどものドラキュラ、おかあさんはまじょでおとうさんはフランケンシュタインの男の子 「モン太くん 空をとぶ－モンスタータウンへようこそ」 土屋富士夫作・絵 徳間書店 2017年6月

やがみ

モンティ
ドギーマギー動物学校に通うどんな音も声もものまねできる緑色のオウム 「ドギーマギー動物学校 3 世界の海のプール」 姫川明月作・絵 角川書店（角川つばさ文庫） 2013年7月

モンティ
ドギーマギー動物学校に通うどんな音も声もものまねできる緑色のオウム 「ドギーマギー動物学校 4 動物園のぼうけん」 姫川明月作・絵 KADOKAWA（角川つばさ文庫） 2013年12月

モンティ
ドギーマギー動物学校に通うどんな音も声もものまねできる緑色のオウム 「ドギーマギー動物学校 5 遠足でハプニング!」 姫川明月作・絵 KADOKAWA（角川つばさ文庫） 2014年6月

モンティ
ドギーマギー動物学校に通うどんな音も声もものまねできる緑色のオウム 「ドギーマギー動物学校 6 雪山レースとバレンタイン」 姫川明月作・絵 KADOKAWA（角川つばさ文庫） 2015年1月

モンティ
ドギーマギー動物学校に通うどんな音も声もものまねできる緑色のオウム 「ドギーマギー動物学校 7 サーカスと空とび大会」 姫川明月作・絵 KADOKAWA（角川つばさ文庫） 2015年6月

モンティ
ドギーマギー動物学校に通うどんな音も声もものまねできる緑色のオウム 「ドギーマギー動物学校 8 すてられた子犬たち」 姫川明月作・絵 KADOKAWA（角川つばさ文庫） 2016年5月

MONMON　もんもん
大阪に住む小学5年生、友達のぴろコンたちと阪急電車の工場に見学にきた女の子 「笑って自由研究 ロケット&電車工場でドキドキ!!」 令丈ヒロ子作;MON絵 集英社（集英社みらい文庫） 2013年6月

【や】

ヤイレスーホ
魔物たちに命じてイレシュをさらった金と銀の目をもつ少年 「チポロ」 菅野雪虫著 講談社 2015年11月

八百田 一郎　やおた・いちろう
小学四年のホシの同級生、人づきあいはよくないがUFOのことになると身を乗りだす少年 「あしたの空子」 田森庸介作;勝川克志絵 偕成社 2014年12月

八乙女 市子（姉さん）　やおとめ・いちこ（ねえさん）
茨城県の高砂中学校三年生、テニス部を一年でやめて帰宅部になった平凡な少女 「石を抱くエイリアン」 濱野京子著 偕成社 2014年3月

八百比丘尼（千歳）　やおびくに（ちとせ）
誤って人魚の肉を食べ不老不死となってしまい愛する夫の生まれ変わりを探して全国を旅するようになった娘 「あやかし緋扇 八百比丘尼永遠の涙」 宮沢みゆき著;くまがい杏子原作・イラスト 小学館（小学館ジュニア文庫） 2013年4月

矢神 匠　やがみ・たくみ
ひふみ学園5年生のモモのクラスに来た転校生、書道が得意というナゾのイケメン 「いみちぇん! 1 今日からひみつの二人組」 あさばみゆき作;市井あさ絵 KADOKAWA（角川つばさ文庫） 2014年10月

523

やがみ

矢神 匠　やがみ・たくみ
ひふみ学園のイケメンの5年生、鬼からヒトを守る「ミコトバヅカイ」モモのパートナーの文房師 「いみちぇん！4 五年二組のキケンなうわさ」 あさばみゆき作；市井あさ絵　KADOKAWA（角川つばさ文庫）2015年10月

矢神 匠　やがみ・たくみ
ひふみ学園のイケメンの6年生、この世を鬼から守る「ミコトバヅカイ」モモのパートナーの文房師 「いみちぇん！10 がけっぷち！奪われた友情」 あさばみゆき作；市井あさ絵 KADOKAWA（角川つばさ文庫）2017年12月

矢神 匠　やがみ・たくみ
ひふみ学園のイケメンの五年生、鬼からヒトを守る「ミコトバヅカイ」モモのパートナーの文房師 「いみちぇん！2 ピンチ！矢神くんのライバル登場！」 あさばみゆき作；市井あさ絵 KADOKAWA（角川つばさ文庫）2015年2月

矢神 匠　やがみ・たくみ
ひふみ学園のイケメンの五年生、鬼からヒトを守る「ミコトバヅカイ」モモのパートナーの文房師 「いみちぇん！3 ねらわれた主さま」 あさばみゆき作；市井あさ絵 KADOKAWA（角川つばさ文庫）2015年6月

矢神 匠　やがみ・たくみ
ひふみ学園のイケメンの五年生、言葉の力で世界を守る「ミコトバヅカイ」モモのパートナー 「いみちぇん！5 ウソ？ホント？ まぼろしの札」 あさばみゆき作；市井あさ絵　KADOKAWA（角川つばさ文庫）2016年3月

矢神 匠　やがみ・たくみ
ひふみ学園の六年生、モモのパートナーの文房師 「いみちぇん！7 新たなる敵、あらわる！」 あさばみゆき作；市井あさ絵 KADOKAWA（角川つばさ文庫）2016年11月

矢神 匠　やがみ・たくみ
ひふみ学園の六年生、モモのパートナーの文房師 「いみちぇん！8 消えたパートナー」 あさばみゆき作；市井あさ絵 KADOKAWA（角川つばさ文庫）2017年3月

矢神 匠　やがみ・たくみ
ひふみ学園の六年生、モモのパートナーの文房師 「いみちぇん！9 サマーキャンプにひそむ罠」 あさばみゆき作；市井あさ絵 KADOKAWA（角川つばさ文庫）2017年7月

矢神 匠　やがみ・たくみ
鬼からヒトを守る「ミコトバヅカイ」モモの五年生のパートナー、イケメンの文房師 「いみちぇん！6 絶対無敵のきずな」 あさばみゆき作；市井あさ絵 KADOKAWA（角川つばさ文庫）2016年7月

矢神 一　やがみ・はじめ
三重の「ミコトバの里」に住む矢神家の五兄弟の長男で筆職人、文房師 「いみちぇん！5 ウソ？ホント？ まぼろしの札」 あさばみゆき作；市井あさ絵 KADOKAWA（角川つばさ文庫）2016年3月

矢神 一　やがみ・はじめ
弟の矢神くんが通う「ひふみ学園」に潜入するために守衛になった「ミコトバの里」から来た文房師 「いみちぇん！6 絶対無敵のきずな」 あさばみゆき作；市井あさ絵 KADOKAWA（角川つばさ文庫）2016年7月

ヤカンまん
少年しょうたがはらがたつときにやってくるスケッチブックにかいたダークヒーロー 「アカンやん、ヤカンまん」 村上しいこ作；山本孝絵 BL出版（おはなしいちばん星）2016年2月

八木　やぎ
尼崎の街に住む酒田家の愛犬 「ちっちゃいおっさん おかわり！」 相羽鈴著；アップライト監修絵 集英社（集英社みらい文庫）2015年3月

八木　やぎ
兵庫県尼崎市にすむちっちゃいおっさんの愛犬 「ちっちゃいおっさん」 相羽鈴著;アップライト監修絵　集英社（集英社みらい文庫）2014年10月

八木 健太　やぎ・けんた
三ツ谷小学校六年生、人を楽しませるエンターテイナーとしていろいろな大会に出場している少年 「世界一クラブ 最強の小学生、あつまる!」 大空なつき作;明菜絵　KADOKAWA（角川つばさ文庫）2017年9月

八雲先生　やくもせんせい
普通の中学生の羽鳥と天才料理人のフーコの数学の先生 「学園シェフのきらめきレシピ 1 友情の隠し味ハンバーグ」 芳野詩子作;hou絵　KADOKAWA（角川つばさ文庫）2015年8月

矢車 侍郎　やぐるま・さぶろう
国立魔法大学付属第一高校一年生、「三矢家」の娘・詩奈の幼なじみ 「魔法科高校の劣等生 22 動乱の序章編 下」 佐島勤著　KADOKAWA（電撃文庫）2017年6月

矢車 侍郎　やぐるま・さぶろう
国立魔法大学付属第一高校一年生、詩奈の幼なじみ 「魔法科高校の劣等生 21 動乱の序章編 上」 佐島勤著　KADOKAWA（電撃文庫）2017年2月

やさしき魔女（スギヨさん）　やさしきまじょ（すぎよさん）
引きこもった少女・涼と面接したカウンセラーの40代の女性 「ラ・プッツン・エル 6階の引きこもり姫」 名木田恵子著　講談社　2013年11月

夜叉蜘蛛　やしゃぐも
人を襲う怨念や邪気を糸でからめとってつかまえる正義のもののけ 「もののけ屋 [1] 一度は会いたい妖怪変化」 廣嶋玲子作;東京モノノケ絵　静山社　2016年5月

やしゃひめ
にんげんのまちにあるモンスター・ホテルにとまっているあくまいちぞくいちばんのびじん 「モンスター・ホテルでピクニック」 柏葉幸子作;高畠純絵　小峰書店　2016年3月

ヤシロウ
のんびり穏やかでマイペースなハンター、モンスターを狩らずに逃げまわっている男 「モンスターハンタークロス ニャンターライフ[1] タマミツネ狩猟!」 相坂ゆうひ作;太平洋海絵　KADOKAWA（角川つばさ文庫）2016年11月

ヤシロウ
のんびり穏やかでマイペースなハンター、モンスターを狩らずに逃げまわっている男 「モンスターハンタークロス ニャンターライフ[2] ライゼクス襲来!」 相坂ゆうひ作;太平洋海絵　KADOKAWA（角川つばさ文庫）2017年6月

ヤシロウ
のんびり穏やかでマイペースなハンター、モンスターを狩らずに逃げまわっている男 「モンスターハンタークロス ニャンターライフ[3] 氷雪の巨獣ガムート!」 相坂ゆうひ作;太平洋海絵　KADOKAWA（角川つばさ文庫）2017年11月

八代 友和　やしろ・ともかず
県立逢魔高校の教師、学校の怪談話に出てくる「赤い人」の正体を知る可能性のある怪しい男・八代先生 「カラダ探し 2」 ウェルザード著;woguraイラスト　双葉社（双葉社ジュニア文庫）2017年3月

八代 友和　やしろ・ともかず
県立逢魔高校の教師、学校の怪談話に出てくる「赤い人」の正体を知る可能性のある怪しい男・八代先生 「カラダ探し 3」 ウェルザード著;woguraイラスト　双葉社（双葉社ジュニア文庫）2017年7月

やしろ

八城 舞　やしろ・まい
悪魔のゲーム「ナイトメア」の攻略部員でイベントの代表者に選ばれてしまった女子高生
「オンライン！14 鎧のエメルダと漆黒の魔塔」 雨蛙ミドリ作；大塚真一郎絵 KADOKAWA
（角川つばさ文庫） 2017年11月

八城 舞　やしろ・まい
高校二年生、命がけの悪魔のゲーム「ナイトメア」を攻略するためナイトメア攻略部に入った
女の子 「オンライン！10 スネークブックロとペポギン魔王」 雨蛙ミドリ作；大塚真一郎絵
KADOKAWA（角川つばさ文庫） 2015年12月

八城 舞　やしろ・まい
高校二年生、命がけの悪魔のゲーム「ナイトメア」を攻略するためナイトメア攻略部に入った
女の子 「オンライン！11 神沢ロボとドロマグジュ」 雨蛙ミドリ作；大塚真一郎絵
KADOKAWA（角川つばさ文庫） 2016年6月

八城 舞　やしろ・まい
高校二年生、命がけの悪魔のゲーム「ナイトメア」を攻略するためナイトメア攻略部に入った
女の子 「オンライン！12 名無しの墓地とバラ魔女ラミファン」 雨蛙ミドリ作；大塚真一郎絵
KADOKAWA（角川つばさ文庫） 2017年2月

八城 舞　やしろ・まい
私立緑花学園の高校二年生、悪魔のゲーム「ナイトメア」のクリアを目指す部活「ナイトメア
攻略部」の部員 「オンライン！3 死神王と無敵の怪鳥」 雨蛙ミドリ作；大塚真一郎絵
KADOKAWA（角川つばさ文庫） 2013年9月

八城 舞　やしろ・まい
私立緑花学園の高校二年生、悪魔のゲーム「ナイトメア」のクリアを目指す部活「ナイトメア
攻略部」の部員 「オンライン！4 追跡ドールとナイトメア遊園地」 雨蛙ミドリ作；大塚真一郎
絵 KADOKAWA（角川つばさ文庫） 2013年11月

八城 舞　やしろ・まい
私立緑花学園の高校二年生、悪魔のゲーム「ナイトメア」のクリアを目指す部活「ナイトメア
攻略部」の部員 「オンライン！5 スリーセブンマンと水魔人デロリ」 雨蛙ミドリ作；大塚真一
郎絵 KADOKAWA（角川つばさ文庫） 2014年7月

八城 舞　やしろ・まい
私立緑花学園の高校二年生、悪魔のゲーム「ナイトメア」のクリアを目指す部活「ナイトメア
攻略部」の部員 「オンライン！6 呪いのオンナとニセモノ攻略班」 雨蛙ミドリ作；大塚真一郎
絵 KADOKAWA（角川つばさ文庫） 2014年12月

八城 舞　やしろ・まい
私立緑花学園の高校二年生、悪魔のゲーム「ナイトメア」のクリアを目指す部活「ナイトメア
攻略部」の部員 「オンライン！7 ハニワどろちゃんと獣悪魔バケオス」 雨蛙ミドリ作；大塚真
一郎絵 KADOKAWA（角川つばさ文庫） 2015年2月

八城 舞　やしろ・まい
私立緑花学園の高校二年生、悪魔のゲーム「ナイトメア」のクリアを目指す部活「ナイトメア
攻略部」の部員 「オンライン！8 お菓子なお化け屋敷と邪魔ジシャン」 雨蛙ミドリ作；大塚真
一郎絵 KADOKAWA（角川つばさ文庫） 2015年7月

八城 舞　やしろ・まい
私立緑花学園の高校二年生、悪魔のゲーム「ナイトメア」のクリアを目指す部活「ナイトメア
攻略部」の部員 「オンライン！9 ナイトメアゲームセンターと豪腕ズルイゾー」 雨蛙ミドリ作；
大塚真一郎絵 KADOKAWA（角川つばさ文庫） 2015年10月

八城 舞　やしろ・まい
私立緑花学園高校二年生、悪魔のゲーム「ナイトメア」のクリアを目指すナイトメア攻略部の
攻略班の女の子 「オンライン！13 ひっつきお化けウツリーナと管理者デリート」 雨蛙ミドリ
作；大塚真一郎絵 KADOKAWA（角川つばさ文庫） 2017年6月

ヤスオ
東京のはずれにある古い町・葵町に住むいたずら大好きな悪ガキ七人の一人、葬儀屋の
息子で将棋の達人の五年生 「悪ガキ7 [1] いたずらtwinsと仲間たち」 宗田理著 静山社
2013年3月

ヤスオ
東京のはずれにある古い町・葵町に住むいたずら大好きな悪ガキ七人の一人、葬儀屋の
息子で将棋の達人の五年生 「悪ガキ7 [2] モンスター・デスマッチ!」 宗田理著 静山社
2013年10月

ヤスオ
東京のはずれにある古い町・葵町に住むいたずら大好きな悪ガキ七人の一人、葬儀屋の
息子で将棋の達人の五年生 「悪ガキ7 [3] タイ行きタイ!」 宗田理著 静山社 2014年12
月

ヤスオ
東京のはずれにある古い町・葵町に住むいたずら大好きな悪ガキ七人の一人、葬儀屋の
息子で将棋の達人の五年生 「悪ガキ7 [4] 転校生は魔女!?」 宗田理著 静山社 2015年
7月

ヤスオ
東京のはずれにある古い町・葵町に住むいたずら大好きな悪ガキ七人の一人、葬儀屋の
息子で将棋の達人の五年生 「悪ガキ7 [5] 人工知能は悪ガキを救う!?」 宗田理著 静山
社 2017年2月

安田 香澄　やすだ・かすみ
両親の離婚で妹の美咲と離れて岩手に住んでいたお姉ちゃん、結婚式目前に東日本大震
災で亡くなった女性 「オオカミのお札 3 美咲が感じた光」 おおぎやなぎちか作 くもん出
版 (くもんの児童文学) 2017年8月

安田 飛風美　やすだ・ひふみ
小学4年生の美馬のクラスメイト、一年生の時からスケートを習っている女の子 「ライバル・
オン・アイス 1」 吉野万理子作;げみ絵 講談社 2016年10月

安田 飛風美　やすだ・ひふみ
小学4年生の美馬のクラスメイト、一年生の時から同じフィギアスケート教室に通っている女
の子 「ライバル・オン・アイス 2」 吉野万理子作;げみ絵 講談社 2016年12月

安永 宏　やすなが・ひろし
クラスメイトたちと行った北海道のスキー旅行の帰りにハイジャックされた飛行機に乗ってい
た一人、けんかの達人の中学三年生 「ぼくらのハイジャック戦争」 宗田理作;YUME絵
KADOKAWA (角川つばさ文庫) 2017年4月

安人　やすひと
大仏づくりのために美濃から紫香楽に来た郷長の息子、少女・春日の主人 「駅鈴(はゆま
のすず)」 久保田香里作 くもん出版 2016年7月

ヤソ
災いの神さま、本当の名前は八十禍津日神(やそまがつひのかみ) 「神さま、事件です!
登場!カミサマ・オールスターズ」 森三月作;おきる絵 集英社 (集英社みらい文庫) 2013
年11月

柳川 博行(ウイロウ)　やながわ・ひろゆき(ういろう)
ゲームクリエイター集団「栗井栄太」のメンバー、二十歳の美大生 「都会(まち)のトム&ソー
ヤ 11「DOUBLE」上下」 はやみねかおる著;にしけいこ画 講談社 (YA!
ENTERTAINMENT) 2013年8月

やなぎ

柳沢 純　やなぎさわ・じゅん
七曲小五年生、野球チーム「フレンズ」を友だちのタケシとケイと作ったの男の子「プレイボール 2 ぼくらの野球チームを守れ!」山本純士作;宮尾和孝絵 KADOKAWA（角川つばさ文庫）2014年1月

柳沢 純　やなぎさわ・じゅん
七曲小六年生の男の子、野球チーム「フレンズ」のキャプテン「プレイボール 3 ぼくらのチーム、大ピンチ!」山本純士作;宮尾和孝絵 KADOKAWA（角川つばさ文庫）2015年5

柳沢 進一　やなぎさわ・しんいち
「大久野島毒ガス資料館」の元館長、十四歳の時に大久野島へやってきたおじいちゃん「大久野島からのバトン」今関信子作;ひろかわさえこ絵 新日本出版社（文学のピースウォーク）2016年6月

柳さん　やなぎさん
ひふみ学園の五年生、占いがトクイな女の子「いみちぇん! 6 絶対無敵のきずな」あさばみゆき作;市井あさ絵 KADOKAWA（角川つばさ文庫）2016年7月

柳 千古　やなぎ・せんこ
花和小学校六年三組、一目ぼれの達人の女の子「友恋×12歳」名木田恵子作;山田デイジー絵 講談社（青い鳥文庫）2015年10月

柳田 京子　やなぎだ・きょうこ
五年生のみずきのクラスメイト、得体のしれない存在「ネオ・クリーチャー」にとりつかれたことがある女の子「ここは妖怪おたすけ委員会 2 委員長は雑用係!?」宮下恵茉作;いちごイチエ絵 KADOKAWA（角川つばさ文庫）2016年9月

柳田 京子　やなぎだ・きょうこ
妖怪が好きな5年生・みずきのクラスメイト、女子グループの中でいじめられてる子・柳田さん「ここは妖怪おたすけ委員会 1 妖怪スーパースターズがやってきた☆」宮下恵茉作;いちごイチエ絵 KADOKAWA（角川つばさ文庫）2016年2月

柳田 圭　やなぎだ・けい
小六の莉子のふたつちがいの兄、重い病気で入院している少年「みずがめ座流星群の夏」杉本りえ作;佐竹美保絵 ポプラ社（ノベルズ・エクスプレス）2015年6月

柳田 貴男　やなぎだ・たかお
6年生、手作りのお守りをくれたいるかにクリスマスプレゼントをわたそうとした男の子「お願い!フェアリー❤ 17 11歳のホワイトラブ❤」みずのまい作;カタノトモコ絵 ポプラ社 2016年10月

柳田 貴男　やなぎだ・たかお
6年生のいるかのクラスメートで片思いの相手、クールでじつはやさしい男の子「お願い!フェアリー❤ 16 キセキの運動会!」みずのまい作;カタノトモコ絵 ポプラ社 2016年4月

柳田 貴男　やなぎだ・たかお
6年生のいるかのクラスメートで片思いの相手、クールでじつはやさしい男の子「お願い!フェアリー❤ 18 好きな人のとなりで。」みずのまい作;カタノトモコ絵 ポプラ社 2017年4

柳田 貴男　やなぎだ・たかお
6年生のいるかの片思いの相手、頭はいいけれど女心に超鈍感な6年生の男の子「お願い!フェアリー❤ 10 コクハク❤大パニック!」みずのまい作;カタノトモコ絵 ポプラ社 2013年3月

柳田 貴男　やなぎだ・たかお
6年生のいるかの片思いの相手、頭はいいけれど女心に超鈍感な6年生の男の子「お願い!フェアリー❤ 12 ゴーゴー!お仕事体験」みずのまい作;カタノトモコ絵 ポプラ社 2014年2月

柳田 貴男　やなぎだ・たかお
6年生のいるかの片思いの相手、頭はいいけれど女心に超鈍感な6年生の男の子　「お願い!フェアリー♥ 13 キミと♥オーディション」　みずのまい作;カタノトモコ絵　ポプラ社　2014年8月

柳田 貴男　やなぎだ・たかお
6年生のクラスメート・いるかと「おつきあい」することになった男の子、クールな優等生　「お願い!フェアリー♥ 19 好きな人に、さよなら?」　みずのまい作;カタノトモコ絵　ポプラ社　2017年9月

柳田 貴男　やなぎだ・たかお
6年生のクラスメートたちを家族で行く山登りに誘った男の子　「お願い!フェアリー♥ 14 山ガールとなぞのラブレター」　みずのまい作;カタノトモコ絵　ポプラ社　2015年3月

柳田 貴男　やなぎだ・たかお
子ども会のスポーツ大会6年生の部で野球をすることになった男の子　「お願い!フェアリー♥ 15 キスキス!ホームラン!」　みずのまい作;カタノトモコ絵　ポプラ社　2015年9月

柳田 貴男　やなぎだ・たかお
修学旅行で京都にきた6年生、クラスメートのいるかの片思いの相手　「お願い!フェアリー♥ 11 修学旅行でふたりきり!?」　みずのまい作;カタノトモコ絵　ポプラ社　2013年9月

柳田 優香　やなぎだ・ゆうか
あさひ小学校で第42代「こわいもの係」だった中学三年生、私立N学園バレー部のエース　「五年霊組こわいもの係 10－六人のこわいもの係、黒い穴に挑む。」　床丸迷人作;浜弓場双絵　KADOKAWA（角川つばさ文庫）　2017年3月

柳田 優香　やなぎだ・ゆうか
あさひ小学校で第42代「こわいもの係」だった中学三年生、私立N学園バレー部のエース　「五年霊組こわいもの係 11－六人のこわいもの係、だいだらぼっちと約束する。」　床丸迷人作;浜弓場双絵　KADOKAWA（角川つばさ文庫）　2017年7月

柳田 優香　やなぎだ・ゆうか
あさひ小学校で第42代「こわいもの係」だった中学三年生、私立N学園バレー部のエース　「五年霊組こわいもの係 9－六人のこわいもの係、霊組に集まる。」　床丸迷人作;浜弓場双絵　KADOKAWA（角川つばさ文庫）　2016年12月

柳田 莉子　やなぎだ・りこ
小学六年生、大好きな兄が重い病気にかかり胸をいためている女の子　「みずがめ座流星群の夏」　杉本りえ作;佐竹美保絵　ポプラ社（ノベルズ・エクスプレス）　2015年6月

柳 弘基　やなぎ・ひろき
午後23時から午前29時まで真夜中の間だけ開くパン屋のブランジェ、自信家の若者　「真夜中のパン屋さん ［1］午前0時のレシピ」　大沼紀子[著]　ポプラ社(teenに贈る文学)　2014年4月

柳 弘基　やなぎ・ひろき
午後23時から午前29時まで真夜中の間だけ開くパン屋のブランジェ、自信家の若者　「真夜中のパン屋さん ［2］午前1時の恋泥棒」　大沼紀子[著]　ポプラ社(teenに贈る文学)　2014年4月

柳 弘基　やなぎ・ひろき
午後23時から午前29時まで真夜中の間だけ開くパン屋のブランジェ、自信家の若者　「真夜中のパン屋さん ［3］午前2時の転校生」　大沼紀子[著]　ポプラ社(teenに贈る文学)　2014年4月

柳 弘基　やなぎ・ひろき
午後23時から午前29時まで真夜中の間だけ開くパン屋のブランジェ、自信家の若者　「真夜中のパン屋さん ［4］午前3時の眠り姫」　大沼紀子[著]　ポプラ社(teenに贈る文学)　2014年4月

やのす

矢之助　やのすけ
目の色が片方だけ青いということがいやでいやでしかたがない十二歳の少年 「お面屋たまよし 流浪ノ祭」 石川宏千花著;平沢下戸画 講談社(Ya! entertainment) 2016年5月

矢野 美宙　やの・みそら
若葉小学校六年生、ガールズバンド"巴旦杏"でベースを担当している少女 「バンドガール!」 濱野京子作;志村貴子絵; 偕成社(偕成社ノベルフリーク) 2016年8月

ヤービ
小さな三日月湖マッドガイド・ウォーターのほとりにすむヤービ族の男の子、ハリネズミのような小さないきもの 「岸辺のヤービ」 梨木香歩著;小沢さかえ画 福音館書店 2015年9月

矢吹 セナ　やぶき・せな
福里中学校三年生、高校生の彼とのあいだに赤ちゃんができてしまったバレー部のエースアタッカー 「いのちのパレード」 八束澄子著 講談社 2015年4月

薮原 夢　やぶはら・ゆめ
「みかど亭北花梨店オープンイベント・小学生お菓子コンテスト」に応募した六年生の女の子 「おねがい・恋神さま2 御曹司と急接近!」 次良丸忍作;うっけ画 金の星社(フォア文庫) 2014年8月

薮原 夢　やぶはら・ゆめ
満月神社の白ウサギの神さまが運命の人を教えてくれるという夢を見た六年生の女の子 「おねがい・恋神さま1 運命の人はだれ!?」 次良丸忍作;うっけ画 金の星社(フォア文庫) 2014年5月

ヤマ
放課後に五年生の光輝と押野が過ごす三丁目の空き地での草野球の仲間、小学6年生の男の子 「しずかな日々」 椰月美智子作;またよし絵 講談社(青い鳥文庫) 2014年6月

山嵐　やまあらし
坊っちゃんが赴任した四国の田舎の中学校の数学教師 「坊っちゃん」 夏目漱石作;後路好章編 角川書店(角川つばさ文庫) 2013年5月

山嵐　やまあらし
坊っちゃんが赴任した四国の田舎の中学校の数学教師 「坊っちゃん」 夏目漱石作;竹中はる美編 小学館(小学館ジュニア文庫) 2017年3月

山井 はま子　やまい・はまこ
らん子の死んだ母の妹、らん子のパパと結婚しようとたくらんでいる叔母さん 「ママは12歳」 山中恒作;上倉エク絵 KADOKAWA(角川つばさ文庫) 2015年9月

山内 糸子　やまうち・いとこ
まひるをちぢめて自分がつくったドールハウスにいれた池之端美術館の上のマンションにすむおばさん 「ドールハウスはおばけがいっぱい」 柏葉幸子作;ひらいたかこ絵 ポプラ社(ポプラの木かげ) 2017年1月

山内 美里　やまうち・みさと
よしの町西小学校六年生、片思いの男の子菅野くんに好きになってもらうと決めた女の子 「みさと×ドロップ レシピ1 チェリーパイ」 のまみちこ著;けーしんイラスト 小学館(小学館ジュニア文庫) 2016年7月

山内 美里　やまうち・みさと
親友のサクラとチエリに同級生のスガノのことが好きだとうちあけた五年生の女の子 「さくら×ドロップ レシピ1 チーズハンバーグ」 のまみちこ著;けーしんイラスト 小学館(小学館ジュニア文庫) 2015年9月

やまぎ

山内 美里　やまうち・みさと
六年生のチエリの親友、クラス一番のお調子者芸人のスガノに片思い中の女の子　「ちえり×ドロップ　レシピ1　マカロニグラタン」のまみちこ著;けーしんイラスト　小学館（小学館ジュニア文庫）　2016年2月

山内 涼太　やまうち・りょうた
誕生日に望みもしないロードバイクを贈られ勢いでヒルクライムレースに出場した中学一年生　「風のヒルクライム」加部鈴子作　岩崎書店（物語の王国）　2015年5月

山内 六花　やまうち・ろっか
花毯凜太郎と同じ探偵部員　「千里眼探偵部1−チーム結成!」あいま祐樹作;FiFS絵　講談社（青い鳥文庫）　2016年12月

山内 六花　やまうち・ろっか
花毯凜太郎と同じ探偵部員　「千里眼探偵部2−パークで謎解き!?」あいま祐樹作;FiFS絵　講談社（青い鳥文庫）　2017年4月

山岡 泰蔵　やまおか・たいぞう
50年以上前に起きたバラバラ殺人事件の犯人、11歳の小野山美子を殺したという知的障害のある男　「カラダ探し2」ウェルザード著;woguraイラスト　双葉社（双葉社ジュニア文庫）2017年3月

山岡 泰蔵　やまおか・たいぞう
50年以上前に起きたバラバラ殺人事件の犯人、11歳の小野山美子を殺したという知的障害のある男　「カラダ探し3」ウェルザード著;woguraイラスト　双葉社（双葉社ジュニア文庫）2017年7月

山岡 奈美　やまおか・なみ
M大の「光と影の研究会」の部員、正義感が強い女子大学生　「サッカク探偵団3　なぞの影ぼうし」藤江じゅん作　ヨシタケシンスケ絵　KADOKAWA　2016年7月

山形 拓郎　やまがた・たくろう
中学生時代に朝霧さんをいじめていた男　「オンライン!7　ハニワどろちゃんと獣悪魔バケオス」雨蛙ミドリ作;大塚真一郎絵　KADOKAWA（角川つばさ文庫）　2015年2月

山上 日出　やまがみ・ひい
花和小学校六年三組、二組の結城水棹が好きな女の子　「友恋×12歳」名木田恵子作;山田デイジー絵　講談社（青い鳥文庫）　2015年10月

山川先生　やまかわせんせい
五年生のトキオとキョウコの担任、いつもジャージ姿で絵をかくのが好きな男性教師　「謎新聞ミライタイムズ1　ゴミの嵐から学校を守れ!」佐東みどり著;フルカワマモる絵　ポプラ社2017年10月

山岸さん　やまぎしさん
小学校生活最後の夏休みにお母さんの実家「仁隆寺」にやってきた夏美が留守番をしていたときにお墓参りにきた男の人　「灰色の本」緑川聖司作;竹岡美穂絵　ポプラ社（ポプラポケット文庫）2017年7月

山岸さん　やまぎしさん
中学校の図書館司書、見た目は大学生のようだが年齢不詳の不思議な男の人　「呪う本　番外編　つながっていく怪談」緑川聖司作;竹岡美穂絵　ポプラ社（ポプラポケット文庫）2014年8月

山岸さん　やまぎしさん
幽霊屋敷を訪れた五年生の強志の前にとつぜん現れた青年　「闇の本」緑川聖司作;竹岡美穂絵　ポプラ社（ポプラポケット文庫）　2013年12月

やまぎ

山岸先生　やまぎしせんせい
産休に入った先生の代わりで作家にあこがれている六年生のまみが通う学校へやってきた男の先生　「わたしの本」　緑川聖司作;竹岡美穂絵　ポプラ社(ポプラポケット文庫)　2017年12月

山岸 良介　やまぎし・りょうすけ
御手洗市に住んでいる主に怪談や幻想小説などを書いている小説家　「怖い本」　緑川聖司作;竹岡美穂絵　ポプラ社(ポプラポケット文庫)　2013年3月

山岸 良介　やまぎし・りょうすけ
全国の本物の怪談だけを収集し百物語の本を完成させようとしている怪談収集家　「怪談収集家 山岸良介と学校の怪談」　緑川聖司作;竹岡美穂絵　ポプラ社(ポプラポケット文庫)　2016年12月

山岸 良介　やまぎし・りょうすけ
全国の本物の怪談だけを収集し百物語の本を完成させようとしている怪談収集家　「怪談収集家 山岸良介と人形村」　緑川聖司作;竹岡美穂絵　ポプラ社(ポプラポケット文庫)　2017年12月

山岸 良介　やまぎし・りょうすけ
全国の本物の怪談だけを収集し百物語の本を完成させようとしている怪談収集家　「怪談収集家 山岸良介の帰還」　緑川聖司作;竹岡美穂絵　ポプラ社(ポプラポケット文庫)　2015年12月

山岸 良介　やまぎし・りょうすけ
全国の本物の怪談だけを収集し百物語の本を完成させようとしている怪談収集家　「怪談収集家 山岸良介の冒険」　緑川聖司作;竹岡美穂絵　ポプラ社(ポプラポケット文庫)　2016年7月

山際 花蓮　やまぎわ・かれん
平凡な男の子・内人が通う中学校の華道部部長、部の予算を交渉する三年生　「都会(まち)のトム＆ソーヤ 12 IN THE ナイト」　はやみねかおる著;にしけいこ画　講談社(YA! ENTERTAINMENT)　2015年3月

山口　やまぐち
明日から6年生になる男の子、むかしよりとてもやさしくなった子　「11歳のバースデー [5] ぼくたちのみらい」　井上林子作;イシヤマアズサ絵　くもん出版(くもんの児童文学)　2017年2月

山口 カケル　やまぐち・かける
山田小学校五年生、親友のタクトと「KT少年探偵団」を結成して活動している少年　「少年探偵カケルとタクト3 すがたを消した小学生」　佐藤四郎著　幻冬舎ルネッサンス　2013年8月

やまざき そういちろう　やまざき・そういちろう
まごのまさきのクラスに転校生としてやってきたおじいちゃん　「やあ、やあ、やあ!おじいちゃんがやってきた」　村上しいこ作;山本孝絵　BL出版(おはなしいちばん星)　2013年9月

やまざき まさき　やまざき・まさき
おじいちゃんが転校生として自分のクラスにやってきてとなりの席になったまごの男の子　「やあ、やあ、やあ!おじいちゃんがやってきた」　村上しいこ作;山本孝絵　BL出版(おはなしいちばん星)　2013年9月

山崎 美冬　やまざき・みふゆ
私立の女子中学校に通うスタイルがよくて可愛い顔をしている一年生、同い年で地味な平田彩希のイトコ　「私のスポットライト」　林真理子著　ポプラ社(Teens' best selections)　2016年9月

やまじ

山路 右源太　やまじ・うげんた
陸奥国岩木六郡の主・正氏の乳兄弟であり側近として仕える侍 「安寿姫草紙(ものがたり)」 三田村信行作;romiy絵 ポプラ社(ノベルズ・エクスプレス) 2017年10月

八万重 八太郎　やましげ・やたろう
老舗の和菓子店「八万重ようかん堂」の跡取り息子、和菓子屋の八代目よりもゲームクリエイターになりたい四年生 「あま〜いおかしにご妖怪?」 廣田衣世作;佐藤真紀子絵 あかね書房(スプラッシュ・ストーリーズ) 2015年4月

山下 彩　やました・あや
おばあちゃんとお父さんが卒業した都小学校に通う小学四年生、統廃合で廃校になる都小学校を残してほしいと市長にお願いした女の子 「小学校がなくなる!」 麻生かづこ作;大庭賢哉絵 文研出版(文研ブックランド) 2017年6月

山下 ゲンパチ　やました・げんぱち
弟のブンゴと同じく里見家で暮らす8男子のひとり、真面目な高校一年の優等生 「サトミちゃんちの8男子 7 ネオ里見八犬伝」 矢立肇原案;こぐれ京著;永地絵;久世みずき;ぱらふぃんピジャモス企画協力 KADOKAWA(角川つばさ文庫) 2015年7月

山下先生　やましたせんせい
4年生のジュンのクラス担任、みんなにうでずもうのワザを教えてくれた男の先生 「ネバーギブアップ!」 くすのきしげのり作;山本孝絵 小学館 2013年7月

山下 ブンゴ　やました・ぶんご
兄のゲンパチと同じく里見家で暮らす8男子のひとり、元・学校いちばんの不良の中学三年生 「サトミちゃんちの1男子 1 ネオ里見八犬伝」 矢立肇原案;こぐれ京著;永地絵;久世みずき;ぱらふぃんピジャモス企画協力 角川書店(角川つばさ文庫) 2013年8月

山下 ブンゴ　やました・ぶんご
兄のゲンパチと同じく里見家で暮らす8男子のひとり、元・学校いちばんの不良の中学三年生 「サトミちゃんちの1男子 3 ネオ里見八犬伝」 矢立肇原案;こぐれ京著;永地絵;久世みずき;ぱらふぃんピジャモス企画協力 KADOKAWA(角川つばさ文庫) 2014年7月

山下 ブンゴ　やました・ぶんご
兄のゲンパチと同じく里見家で暮らす8男子のひとり、元・学校いちばんの不良の中学三年生 「サトミちゃんちの8男子 7 ネオ里見八犬伝」 矢立肇原案;こぐれ京著;永地絵;久世みずき;ぱらふぃんピジャモス企画協力 KADOKAWA(角川つばさ文庫) 2015年7月

山下 弥生　やました・やよい
バスケットボール部の主将で運動神経がよく正義感が強い女の子、仲良しグループの莉奈たちと幽霊屋敷と噂される空き家に行った女の子 「呪怨―終わりの始まり」 山本清史著;落合正幸脚本;一瀬隆重脚本 小学館(小学館ジュニア文庫) 2015年8月

山科 陽菜　やましな・ひな
旭中学校二年生、父の仕事の都合で五年前に引っ越した町に再びもどってきた少女 「ためらいがちのシーズン」 唯川恵著 光文社(Book With You) 2013年4月

矢間 鯱彦　やま・しゃちひこ
七草第一小学校五年生、大学の助教授の父とふたりで暮らしている正義感の強い少年 「へなちょこ探偵24じ」 齊藤飛鳥作;佐竹美保絵 童心社 2015年11月

山城 草太　やましろ・そうた
妖怪ニュース専門の「妖々新聞社」の新米新聞記者、とっても怖がりな男 「いーある!妖々新聞社1 キョンシーをつかまえろ!」 橋本愛理作;AMG出版工房作;あげ子絵 ポプラ社(ポプラポケット文庫) 2013年6月

山城 草太　やましろ・そうた
妖怪ニュース専門の「妖々新聞社」の新米新聞記者、とっても怖がりな男 「いーある!妖々新聞社2 マギ道士とキョンシーの秘密」 橋本愛理作;AMG出版工房作;あげ子絵 ポプラ社(ポプラポケット文庫) 2013年10月

やまし

山城 瑞希　やましろ・みずき
全国大会出場を決めた八頭森東中学校野球部のキャッチャー、ファーストの田上良治の幼なじみ 「グラウンドの詩」 あさのあつこ著 角川書店 2013年7月

山田 加奈子　やまだ・かなこ
父の突然の思いつきで福岡市内の団地から糸島半島の田園地帯に引っ越した四年生の女の子 「いとの森の家」 東直子著 ポプラ社(Teens' best selections) 2016年6月

山田 虎太郎　やまだ・こたろう
魂を抜きとられ地獄にきた小6の男の子、地獄の野球チームに入団した少年 「戦国ベースボール [2] 龍馬がくる!信長vs幕末志士!!」 りょくち真太作;トリバタケハルノブ絵 集英社(集英社みらい文庫) 2015年9月

山田 虎太郎　やまだ・こたろう
小学六年生の天才野球少年、地獄の野球チーム・桶狭間ファルコンズの9番でピッチャー 「戦国ベースボール [10] 忍者軍団参上!vs琵琶湖シュリケンズ」 りょくち真太作;トリバタケハルノブ絵 集英社(集英社みらい文庫) 2017年7月

山田 虎太郎　やまだ・こたろう
小学六年生の天才野球少年、地獄の野球チーム・桶狭間ファルコンズの9番でピッチャー 「戦国ベースボール [8] 三国志トーナメント編 4 決勝!信長vs呂布」 りょくち真太作;トリバタケハルノブ絵 集英社(集英社みらい文庫) 2017年2月

山田 虎太郎　やまだ・こたろう
地獄にいる秀吉に野球の試合をするために魂だけ呼ばれた小六の野球少年 「戦国ベースボール [3] 卑弥呼の挑戦状!信長vs聖徳太子!!」 りょくち真太作;トリバタケハルノブ絵 集英社(集英社みらい文庫) 2015年12月

山田 虎太郎　やまだ・こたろう
地獄の野球チーム「桶狭間ファルコンズ」にくわわることになった野球少年 「戦国ベースボール [5] 三国志トーナメント編 1 信長、世界へ!」 りょくち真太作;トリバタケハルノブ絵 集英社(集英社みらい文庫) 2016年6月

山田 虎太郎　やまだ・こたろう
地獄の野球チーム「桶狭間ファルコンズ」に加わるように秀吉に呼ばれた野球少年 「戦国ベースボール [4] 最強コンビ義経&弁慶!信長vs鎌倉将軍!!」 りょくち真太作;トリバタケハルノブ絵 集英社(集英社みらい文庫) 2016年3月

山田 虎太郎　やまだ・こたろう
地獄の野球チーム「桶狭間ファルコンズ」に現世からエースとして呼ばれてくわわった6年生の少年 「戦国ベースボール [11] 鉄壁の"鎖国守備"!vs徳川将軍家!!」 りょくち真太作;トリバタケハルノブ絵 集英社(集英社みらい文庫) 2017年11月

山田 虎太郎　やまだ・こたろう
地獄の野球チーム「桶狭間ファルコンズ」に現世から助っ人ピッチャーとして呼ばれた6年生の少年 「戦国ベースボール [9] 開幕!地獄甲子園vs武蔵&小次郎」 りょくち真太作;トリバタケハルノブ絵 集英社(集英社みらい文庫) 2017年4月

山田 虎太郎　やまだ・こたろう
地獄の野球チーム「桶狭間ファルコンズ」の一員で「地獄三国志トーナメント」に出ている野球少年 「戦国ベースボール [7] 三国志トーナメント編 3 赤壁の地獄キャンプ」 りょくち真太作;トリバタケハルノブ絵 集英社(集英社みらい文庫) 2016年11月

山田 虎太郎　やまだ・こたろう
天才野球少年、地獄三国志トーナメントで戦う桶狭間ファルコンズのピッチャー 「戦国ベースボール [6] 三国志トーナメント編 2 諸葛亮のワナ!」 りょくち真太作;トリバタケハルノブ絵 集英社(集英社みらい文庫) 2016年7月

やまと

やまだ ごんろく(けいしそうかん)　やまだ・ごんろく(けいしそうかん)
大どろぼうのジャム・パンにどろぼうきょかしょをあたえているけいしそうかん　「大どろぼうジャム・パン」内田麟太郎作;藤本ともひこ絵　文研出版(わくわくえどうわ)　2017年12月

やまだ さくら　やまだ・さくら
5年生、さいきんらんぼうになった小学生の男の子・ひかるのお姉ちゃん　「ひみつのきもちぎんこう かぞくつうちょうできました」ふじもとみさと作;田中六大絵　金の星社　2017年11月

山田先輩　やまだせんぱい
「念力」が使える玲子の憧れの先輩　「小説念力家族 玲子はフツーの中学生」笹公人原案短歌;佐東みどり著;片浦綾絵　集英社(集英社みらい文庫)　2016年3月

山田 大介　やまだ・だいすけ
甲子園出場が夢で名門の野球部に入部した高校一年生、吹奏楽部のつばさのクラスメイト　「青空エール まんがノベライズ～ふられても、ずっと好き～」河原和音原作絵;はのまきみ著　集英社(集英社みらい文庫)　2016年8月

山田 大介　やまだ・だいすけ
甲子園出場が夢で名門の野球部に入部した高校一年生、吹奏楽部のつばさのクラスメイト　「青空エール 映画ノベライズ みらい文庫版」河原和音原作;持地佑季子脚本;はのまきみ著　集英社(集英社みらい文庫)　2016年7月

ヤマタノオロチ
お酒が好きなヘビの妖怪、竹取屋敷で中学生の緒崎若菜と同居する酒呑童子のお父さん　「緒崎さん家の妖怪事件簿 [2]桃×団子パニック!」築山桂著;かすみのイラスト　小学館(小学館ジュニア文庫)　2017年7月

やまたのおろち
八つのあたまをもつだいじゃのおばけ　「おばけどうぶつえん おばけのポーちゃん1」吉田純子作;つじむらあゆこ絵　あかね書房　2014年3月

やまだのとのさま
日本で48番目の県・山田県にある山田城のあるじ、山田県民をあたたかく見守るとのさま　「山田県立山田小学校 2 山田伝記で大騒動!?」山田マチ作;杉山実絵　あかね書房　2013年6月

山田 一　やまだ・はじめ
銀杏が丘第一小学校五年一組の「バカ田トリオ」の一人、おかっぱ頭の少年　「IQ探偵ムー 自転車泥棒と探偵団」深沢美潮作;山田J太画　ポプラ社(ポプラカラフル文庫)　2013年10月

やまだ ひかる　やまだ・ひかる
さいきんらんぼうなことをしておこられることがおおくなった小学生の男の子　「ひみつのきもちぎんこう かぞくつうちょうできました」ふじもとみさと作;田中六大絵　金の星社　2017年11月

山田 利吉　やまだ・りきち
にんじゅつ学園の山田先生のむすこでフリーの忍者　「忍たま乱太郎 豆をうつすならいの段」尼子騒兵衛原作;望月千賀子文;亜細亜堂絵　ポプラ社(ポプラ社の新・小さな童話)　2013年9月

大和 こもも　やまと・こもも
神さまのアドレス帳「八百万名簿」を持ち「神さまの相談役」に任命された小学5年生の女の子　「神さま、事件です! 音楽の先生はハチャメチャ神さま!?」森三月作;おきる絵　集英社(集英社みらい文庫)　2014年5月

大和 こもも　やまと・こもも
大国主神(おおくにぬしのかみ)の「神さまの相談役」を手伝うことになった小学5年生の女の子　「神さま、事件です! 登場!カミサマ・オールスターズ」森三月作;おきる絵　集英社(集英社みらい文庫)　2013年11月

やまと

大和 竹蔵（タケゾー）　やまと・たけぞう（たけぞー）
探偵チーム「アルセーヌ探偵クラブ」に新加入したクールな転校生、推理と調査能力がある中学一年生　「探偵なら30分前に脱出せよ。」松原秀行作;菅野マナミ絵　KADOKAWA（角川つばさ文庫）2015年1月

大和 凛子　やまと・りんこ
町中で困っていたところをイカツイ日本男児・猛男に助けられた女の子、ピュアな心を持つ女子高生　「俺物語!! 映画ノベライズ みらい文庫版」アルコ原作;河原和音原作;松田朱夏著;野木亜紀子脚本　集英社（集英社みらい文庫）2015年10月

山中　やまなか
田舎にある廃校寸前の中学校に転校してきた優のクラスメイト、地元の男の子　「楽園のつくりかた」笹生陽子作;渋谷学志絵　講談社（青い鳥文庫）2015年5月

山中 千種（姉ちゃん）　やまなか・ちぐさ（ねえちゃん）
千葉県野田市に住んでいる中学二年生、会社をクビになったのにキャンピングカーを買ってきた父ちゃんの娘　「ロード」山口理作;佐藤真紀子絵　文研出版（文研じゅべにーる）2014年7月

山中 久斗　やまなか・ひさと
千葉県野田市に住んでいる小学校六年生、会社をクビになったのにキャンピングカーを買ってきた父ちゃんの息子　「ロード」山口理作;佐藤真紀子絵　文研出版（文研じゅべにーる）2014年7月

山名 紀恵（キー）　やまな・きえ（きー）
三人姉弟の次女、お母さんに誕生日を忘れられたことをきっかけに五度めの家出をした五年生の少女　「魔女モティ」柏葉幸子作;尾谷おさむ絵　講談社（青い鳥文庫）2014年10月

山西先生　やまにしせんせい
ウィット・ドールの使い手のさやが通う笹山中学校にやってきた理科の男性代理教員　「ハロウィン★ナイト! ふしぎな先生と赤い糸のヒミツ」相川真作;黒裄絵　集英社（集英社みらい文庫）2014年10月

山西 達之　やまにし・たつゆき
同じクラスの未莉亜と付き合っているさわやかイケメンモテ男子、いつも彗とつるんでいる男子高校生　「きみのためにはだれも泣かない」梨屋アリエ著　ポプラ社（Teens' best selections）2016年12月

山猫　やまねこ
悪人から金を盗んでその悪事も暴く怪盗　「怪盗探偵山猫 虚像のウロボロス」神永学作;ひと和絵　KADOKAWA（角川つばさ文庫）2016年3月

山猫　やまねこ
悪人から金を盗んでその悪事も暴く怪盗　「怪盗探偵山猫 鼠たちの宴」神永学作;ひと和絵　KADOKAWA（角川つばさ文庫）2016年4月

山猫　やまねこ
悪人から金を盗んでその悪事も暴く怪盗　「怪盗探偵山猫」神永学作;ひと和絵　KADOKAWA（角川つばさ文庫）2016年1月

山野 愛　やまの・あい
イスタンブルの日本人学校の五年生、半年間トルコに赴任している大学教授の娘　「イスタンブルで猫さがし」新藤悦子作;丹地陽子絵　ポプラ社（ノベルズ・エクスプレス）2015年9月

山野 イコさん　やまの・いこさん
オートバイで一人旅している74歳のおばあさん、岡山でゆうれいのふーちゃんと出会ったおばあさん　「ラストラン」角野栄子作;しゅー絵　KADOKAWA（角川つばさ文庫）2014年2月

やまも

やまの こうさく　やまの・こうさく
ひろとのクラスにやってきたてんこうせい、まい日まえにかよっていた小学校のせいふくをきてくる男の子　「こうちゃんとぼく」くすのきしげのり作;黒須高嶺絵　講談社(どうわがいっぱい)　2017年6月

山野 滝　やまの・たき
中学1年生のナナのひいおじいちゃんの老人会のお友達、山姥山の山姥だと名乗る人　「ぐらん×ぐらんぱ!スマホジャック[1]」丘紫真璃著;うっけイラスト　小学館(小学館ジュニア文庫)　2017年2月

山本　やまもと
謎の紳士「貴族探偵」の完ぺきな執事　「貴族探偵 みらい文庫版」麻耶雄嵩作;きろばいと絵　集英社(集英社みらい文庫)　2017年5月

山本　やまもと
謎の紳士「貴族探偵」の完ぺきな執事　「貴族探偵対女探偵 みらい文庫版」麻耶雄嵩作;きろばいと絵　集英社(集英社みらい文庫)　2017年5月

山本 彩音　やまもと・あやね
ピアノ教室の娘、ちょっとポッチャリでさばさばと明るい性格の五年生の女の子　「四重奏(カルテット)デイズ」横田明子作　岩崎書店(物語の王国)　2017年11月

山本 覚馬　やまもと・かくま
会津藩の砲術指南役である山本家の娘・八重の17歳年上の兄、非常に優秀で砲術を学び藩に尽くしていた人物　「新島八重ものがたり －桜舞う風のように－」藤咲あゆな著;暁かおり絵　集英社(集英社みらい文庫)　2013年1月

山本 ゲンキ　やまもと・げんき
五十人の六年生で1番を競う『ラストサバイバル』の出場選手、友達想いの明るい少年　「ラストサバイバル でてはいけないサバイバル教室」大久保開作;北野詠一絵　集英社(集英社みらい文庫)　2017年10月

山本 ゲンキ　やまもと・げんき
五十人の六年生で1番を競う『ラストサバイバル』の出場選手、友達想いの明るい少年　「ラストサバイバル 最後まで歩けるのはだれだ!?」大久保開作;北野詠一絵　集英社(集英社みらい文庫)　2017年6月

山本 次郎(ジロー)　やまもと・じろう(じろー)
五年生のマサのクラスに転校してきたおかしな日本語を話す変わり者の男の子　「遠い国から来た少年 1」黒野伸一作;荒木慎司絵　新日本出版社　2017年4月

山本 次郎(ジロー)　やまもと・じろう(じろー)
五年生のマサのクラスに転校してきたおかしな日本語を話す変わり者の男の子　「遠い国から来た少年 2 パパとママは機械人間!?」黒野伸一作;荒木慎司絵　新日本出版社　2017年11月

山本 宙　やまもと・そら
朝日小学校6年1組の萌のクラスメイト、3年前の夏に父親と双子の兄を亡くした男の子　「トキメキ♥図書館 PART13 クリスマスに会いたい」服部千春作;ほおのきソラ絵　講談社(青い鳥文庫)　2016年12月

山本 武士(武士ちゃん)　やまもと・たけし(ぶしちゃん)
三年生の二学期に転校してきた背も高くて横はばもある四年生の少年　「逆転!ドッジボール」三輪裕子作;石山さやか絵　あかね書房(スプラッシュ・ストーリーズ)　2016年6月

山本 渚　やまもと・なぎさ
伝説のパティシエ・クロエ先生のもとでパティシエをめざして修行する小学生　「パティシエ☆すばる おねがい!カンノーリ」つくもようこ作;烏羽雨絵　講談社(青い鳥文庫)　2016年10月

やまも

山本 渚　やまもと・なぎさ
伝説のパティシエ・クロエ先生のもとでパティシエをめざして修行する小学生　「パティシエ
☆すばる パティシエ・コンテスト! 1 予選」　つくもようこ作;鳥羽雨絵　講談社(青い鳥文庫)
2017年4月

山本 渚　やまもと・なぎさ
伝説のパティシエ・クロエ先生のもとでパティシエをめざして修行する小学生　「パティシエ
☆すばる パティシエ・コンテスト! 2 決勝」　つくもようこ作;鳥羽雨絵　講談社(青い鳥文庫)
2017年10月

山本 八重　やまもと・やえ
会津藩の砲術指南役である山本家の娘として生まれた少女、お針の稽古より銃の稽古が
好きなお転婆な女の子　「新島八重ものがたり ー桜舞う風のようにー」　藤咲あゆな著;暁か
おり絵　集英社(集英社みらい文庫)　2013年1月

山本 ユズカ　やまもと・ゆずか
平坂町小学校四年一組、「サッカク探偵団」のメンバーでよもつ署の刑事の娘　「サッカク探
偵団 2 おばけ坂の神かくし」　藤江じゅん作;ヨシタケシンスケ絵　KADOKAWA　2015年12
月

山本 ユズカ　やまもと・ゆずか
平坂町小学校四年一組、「サッカク探偵団」のメンバーでよもつ署の刑事の娘　「サッカク探
偵団 3 なぞの影ぼうし」　藤江じゅん作;ヨシタケシンスケ絵　KADOKAWA　2016年7月

山本 ユズカ　やまもと・ゆずか
平坂町小学校四年一組生活班一班のメンバー、よもつ署の刑事の娘　「サッカク探偵団 1
あやかし月夜の宝石どろぼう」　藤江じゅん作;ヨシタケシンスケ絵　KADOKAWA　2015年7
月

やまわろ
みためはこわいけどおにぎりをあげるとしごとをてつだってくれるちからもちのおばけ　「おば
けえんそく おばけのポーちゃん3」　吉田純子作;つじむらあゆこ絵　あかね書房　2015年9
月

山姥　やまんば
館を出て岩木山の穴の底で死のうとしていた安寿を助けた山に住む老婆　「安寿姫草紙(も
のがたり)」　三田村信行作;romiy絵　ポプラ社(ノベルズ・エクスプレス)　2017年10月

やまんばさん
テンテル山のふもとで迷子になったオバケさんを助けた女の人　「オバケとキツネの術くらべ
ースギナ屋敷のオバケさん [2]」　富安陽子作;たしろちさと絵　ひさかたチャイルド　2017年3
月

ヤミ
森の奥で一人でペンションを営んでいた魔女、家の裏に生えたネンネの木を宝物にしてい
た女　「歌えば魔女に食べられる」　大海赫作絵　復刊ドットコム　2014年9月

やみまる
あくまのやしゃひめがつれているこうしほどもあるいぬ　「モンスター・ホテルでピクニック」
柏葉幸子作;高畠純絵　小峰書店　2016年3月

弥生　やよい
瀬戸物町にある線香問屋「郁香堂」の十二歳の娘、犬のムツキの飼い主　「こんぴら狗」　今
井恭子作　くもん出版(くもんの児童文学)　2017年12月

【ゆ】

ゆうが

ゆい
おばあちゃんにたのまれておひなさまをかざるのをてつだった女の子 「ひなまつりのお手
紙」 まはら三桃作;朝比奈かおる絵 講談社(おはなし12か月) 2014年1月

ゆい
一ねんせいが四人のやまのしょうがっこうにかよう一ねんせいのおんなのこ 「1ねんおもし
ろたんていだん かゆいのかゆいのとんでいけ!」 川北亮司作;羽尻利門絵 新日本出版社
2015年9月

ゆい
一ねんせいが四人のやまのしょうがっこうにかよう一ねんせいのおんなのこ 「1ねんおもし
ろたんていだん とりはだはどうやったらつくれる?」 川北亮司作;羽尻利門絵 新日本出版
社 2015年5月

ゆい
一ねんせいが四人のやまのしょうがっこうにかよう一ねんせいのおんなのこ 「一ねんおもし
ろたんていだん くさいはんにんをさがしだせ!」 川北亮司作;羽尻利門絵 新日本出版社
2014年11月

ゆい
月野小学校五年生、新しいクラスになかなかなじむことができない女の子 「星のこども」
川島えつこ作;はたこうしろう絵 ポプラ社(ノベルズ・エクスプレス) 2014年11月

唯 ゆい
中学生の風雅の行方不明になっている両親の情報を持って風雅の前に現れた木霊 「アン
ティークFUGA 3 キマイラの王」 あんびるやすこ作;十々夜画 岩崎書店(フォア文庫)
2016年4月

ユイカ
まじょのまじょ子とハロウィンひろばへいった女の子 「まじょ子とハロウィンのまほう」 藤真
知子作;ゆーちみえこ絵 ポプラ社(学年別こどもおはなし劇場) 2015年10月

結さん(天馬 結) ゆいさん(てんま・ゆい)
古着屋「MUSUBU」の店主、古いものが好きなわかい女の人 「テディベア探偵 1 アン
ティークドレスはだれのもの!」 山本悦子作;フライ絵 ポプラ社(ポプラポケット文庫) 2014
年4月

ユイマール(唯) ゆいまーる(ゆい)
中学生の風雅の行方不明になっている両親の情報を持って風雅の前に現れた木霊 「アン
ティークFUGA 3 キマイラの王」 あんびるやすこ作;十々夜画 岩崎書店(フォア文庫)
2016年4月

祐 ゆう
遠江国の井伊谷城の城主、戦国の世を男として生きた姫 「戦国姫 [7] 井伊直虎の物語」
藤咲あゆな作;マルイノ絵 集英社(集英社みらい文庫) 2017年1月

ユウイチ
ジャンケンの神さまと呼ばれるおじいさんの弟子に友達4人でなった小学生の男の子
「ジャンケンの神さま」 くすのきしげのり作;岡田よしたか絵 小学館 2017年6月

ゆうか
全国大会優勝を目指す世羅高校女子陸上部の2年生でとび抜けて速い選手 「駅伝ガー
ルズ」 菅聖子作;榎のと絵 KADOKAWA(角川つばさ文庫) 2017年12月

夕神 迅 ゆうがみ・じん
あらゆる手段で被告を有罪にする腕前をもつ検事、死刑囚として投獄されていた特殊な経
歴をもつ男 「逆転裁判 逆転アイドル」 高瀬美恵作;菊野郎挿絵 KADOKAWA(角川つ
ばさ文庫) 2016年6月

ゆうき

結城 宙　ゆうき・そら
お金持ちで学校一ピアノがうまい小学五年生、料理が得意なやさしいイケメン男子 「ピアノ・カルテット1 気になるあの子のトクベツ指導!?」 遠藤まり作;ふじつか雪絵 KADOKAWA(角川つばさ文庫) 2017年10月

結城 真莉　ゆうき・まり
中学3年生の彩菜のクラスメイト、彩菜をいじめていたグループのリーダー 「復讐教室1」 山崎烏著;風の子イラスト 双葉社(双葉社ジュニア文庫) 2017年11月

結城 美琴　ゆうき・みこと
学校生活の相談窓口の「生活向上委員」の一人、六年三組の全員から無視されていた少女 「生活向上委員会!1 ぼっちですが、なにか?」 伊藤クミコ作;桜倉メグ絵 講談社(青い鳥文庫) 2016年8月

結城 美琴　ゆうき・みこと
学校生活の相談窓口の「生活向上委員」の一人、六年三組の全員から無視されていた少女 「生活向上委員会!2 あなたの恋を応援し隊!」 伊藤クミコ作;桜倉メグ絵 講談社(青い鳥文庫) 2016年10月

結城 美琴　ゆうき・みこと
学校生活の相談窓口の「生活向上委員」の一人、六年三組の全員から無視されていた少女 「生活向上委員会!3 女子vs.男子教室ウォーズ」 伊藤クミコ作;桜倉メグ絵 講談社(青い鳥文庫) 2017年1月

結城 美琴　ゆうき・みこと
学校生活の相談窓口の「生活向上委員」の一人、六年三組の全員から無視されていた少女 「生活向上委員会!4 友だちの階級」 伊藤クミコ作;桜倉メグ絵 講談社(青い鳥文庫) 2017年5月

結城 美琴　ゆうき・みこと
学校生活の相談窓口の「生活向上委員」の一人、六年三組の全員から無視されていた少女 「生活向上委員会!5 激突!クラスの女王」 伊藤クミコ作;桜倉メグ絵 講談社(青い鳥文庫) 2017年8月

結城 美琴　ゆうき・みこと
学校生活の相談窓口の「生活向上委員」の一人、六年三組の全員から無視されていた少女 「生活向上委員会!6 コンプレックスの正体」 伊藤クミコ作;桜倉メグ絵 講談社(青い鳥文庫) 2017年11月

ゆうこ
ある日木から落ちて目を覚ましたら知らない世界にいた6年生の女の子 「六時の鐘が鳴ったとき」 井上夕香作;エヴァーソン朋子絵 てらいんく 2016年9月

遊児　ゆうこ
子どもと遊ぶのが大好きでいつも友達をほしがっているさびしがりやのもののけ 「もののけ屋[1] 一度は会いたい妖怪変化」 廣嶋玲子作;東京モノノケ絵 静山社 2016年5月

遊児　ゆうこ
子どもと遊ぶのが大好きでいつも友達をほしがっているさびしがりやのもののけ 「もののけ屋[2] 二丁目の卵屋にご用心」 廣嶋玲子作;東京モノノケ絵 静山社 2016年9月

ゆうさく
クラスでいちばんからだが大きい二年生、クラスメイトのゆうさくとゆうさくのおねえちゃんといっしょに化石をさがした男の子 「やさしいティラノサウルス」 くすのきしげのり作 あかね書房 2016年2月

ユウジィン
モンスターを狩る狩猟笛を持つ青年ハンター 「モンスターハンターストーリーズ[1] 絆のかたち」 前田圭士作;布施龍太絵 KADOKAWA(角川つばさ文庫) 2017年3月

裕輔　ゆうすけ
「万福寺」の息子、頭をぼうずにした四年生　「まんぷく寺でまってます」　高田由紀子作;木村いこ絵　ポプラ社（ポプラ物語館）　2016年9月

夕星 アリス　ゆうずつ・ありす
中学二年生、ペンギン探偵社日本支部の探偵助手で名探偵「アリス・リドル」に変身する女の子　「華麗なる探偵アリス&ペンギン [10] パーティ・パーティ」　南房秀久著;あるやイラスト　小学館（小学館ジュニア文庫）　2017年12月

夕星 アリス（アリス・リドル）　ゆうずつ・ありす（ありすりどる）
「ペンギン探偵社」で見習い中の中学二年生、指輪の力で不思議な国へ行き名探偵アリス・リドルに変身する少女　「華麗なる探偵アリス&ペンギン [9]」　南房秀久著;あるやイラスト　小学館（小学館ジュニア文庫）　2017年5月

夕星 アリス（アリス・リドル）　ゆうずつ・ありす（ありすりどる）
「ペンギン探偵社」で見習い中の中学二年生、指輪の力で不思議な国へ行き名探偵アリス・リドルに変身する少女　「華麗なる探偵アリス&ペンギン[3] ミラー・ラビリンス」　南房秀久著;あるやイラスト　小学館（小学館ジュニア文庫）　2015年3月

夕星 アリス（アリス・リドル）　ゆうずつ・ありす（ありすりどる）
「ペンギン探偵社」で見習い中の中学二年生、指輪の力で不思議な国へ行き名探偵アリス・リドルに変身する少女　「華麗なる探偵アリス&ペンギン[6] ペンギン・パニック!」　南房秀久著;あるやイラスト　小学館（小学館ジュニア文庫）　2016年3月

夕星 アリス（アリス・リドル）　ゆうずつ・ありす（ありすりどる）
「ペンギン探偵社」の探偵見習い、鏡の世界に入れる指輪の力で名探偵アリス・リドルに変身する中学2年生の女の子　「華麗なる探偵アリス&ペンギン [4] サマー・トレジャー」　南房秀久著;あるやイラスト　小学館（小学館ジュニア文庫）　2015年7月

夕星 アリス（アリス・リドル）　ゆうずつ・ありす（ありすりどる）
「ペンギン探偵社」の探偵見習い、鏡の世界に入れる指輪の力で名探偵アリス・リドルに変身する中学2年生の女の子　「華麗なる探偵アリス&ペンギン [5] トラブル・ハロウィン」　南房秀久著;あるやイラスト　小学館（小学館ジュニア文庫）　2015年11月

夕星 アリス（アリス・リドル）　ゆうずつ・ありす（ありすりどる）
「ペンギン探偵社」の探偵見習い、鏡の世界に入れる指輪の力で名探偵アリス・リドルに変身する中学2年生の女の子　「華麗なる探偵アリス&ペンギン[2] ワンダー・チェンジ!」　南房秀久著;あるやイラスト　小学館（小学館ジュニア文庫）　2014年10月

夕星 アリス（アリス・リドル）　ゆうずつ・ありす（ありすりどる）
「ペンギン探偵社」の探偵見習い、鏡の世界に入れる指輪の力で名探偵アリス・リドルに変身する中学2年生の女の子　「華麗なる探偵アリス&ペンギン[7] ミステリアス・ナイト」　南房秀久著;あるやイラスト　小学館（小学館ジュニア文庫）　2016年7月

夕星 アリス（アリス・リドル）　ゆうずつ・ありす（ありすりどる）
「ペンギン探偵社」の探偵見習い、鏡の世界に入れる指輪の力で名探偵アリス・リドルに変身する中学2年生の女の子　「華麗なる探偵アリス&ペンギン[8] アリスvs.ホームズ!」　南房秀久著;あるやイラスト　小学館（小学館ジュニア文庫）　2016年12月

夕星 アリス（アリス・リドル）　ゆうずつ・ありす（ありすりどる）
お父さんの都合でペンギンの探偵P・P・ジュニアと同居することになった中学2年生の女の子　「華麗なる探偵アリス&ペンギン[1]」　南房秀久著;あるやイラスト　小学館（小学館ジュニア文庫）　2014年7月

雄成　ゆうせい
「あぐり☆サイエンスクラブ」の仲間たちと手植えをした田んぼで稲刈りに挑戦する五年生男子　「あぐり☆サイエンスクラブ:秋と冬、その先に」　堀米薫作;黒須高嶺絵　新日本出版社　2017年10月

ゆうせ

雄成　ゆうせい
「あぐり☆サイエンスクラブ」の仲間たちと手植えをした田んぼを見守る五年生男子　「あぐり☆サイエンスクラブ:夏　夏合宿が待っている!」堀米薫作;黒須高嶺絵　新日本出版社　2017年7月

雄成　ゆうせい
野外活動や科学体験をするという「あぐり☆サイエンスクラブ」に応募した五年生男子　「あぐり☆サイエンスクラブ:春　まさかの田んぼクラブ!?」堀米薫作;黒須高嶺絵　新日本出版社　2017年4月

ユウタ
小学3年生、夏休みにぼけてきたおじいちゃんのとこへ行った男の子　「とんでろじいちゃん」山中恒作;そがいまい絵　童話館出版(子どもの文学・青い海シリーズ)　2017年3月

ユウタ
北国の「恵みの湖」から九尾の狐の孫娘・アカネと天狗のハヤテとともに龍川の水源をめざす旅に出た河童　「河童のユウタの冒険　上下」斎藤惇夫作　福音館書店(福音館創作童話シリーズ)　2017年4月

ゆうと
「ぬぅ」というおそろしい化けものが出るという二年二組になりたくない男の子　「2年2組はぬぅが出る〜」青木なな著　パレード(Parade books)　2014年9月

ユウト
父の仕事で小学校二年生から四年生までウルグアイに住んでいた日本人の少年、夢はサッカー選手　「世界を動かすことば　世界でいちばん貧しい大統領のスピーチ」百瀬しのぶ作;ちーこ絵　KADOKAWA(角川つばさ文庫)　2015年10月

悠斗　ゆうと
夏休みにさかあがりができるようになるため秘密の特訓をした小学三年生　「空をけっとばせ」升井純子作;大島妙子絵　講談社(わくわくライブラリー)　2017年5月

ユウナ
だいすきなおじいちゃんがいなくなってからかなしくてさびしい思いをしている二年生の女の子　「まほうのほうせきばこ」吉富多美作;小泉晃子絵　金の星社　2017年6月

優菜　ゆうな
桜台中学校の新一年生、青葉中学校夜間学級に通い始めたおばあちゃんの孫　「夜間中学へようこそ」山本悦子作　岩崎書店(物語の王国)　2016年5月

UOPPさま　ゆーおーぴーぴーさま
にわとりのおばけ、むしとりめいじん　「おばけのへんしん!?ーおばけマンション」むらいかよ著　ポプラ社(ポプラ社の新・小さな童話)　2016年2月

由香利　ゆかり
美布由の小学5年生のおねえちゃん　「まま父ロック」山中恒作;コザクラモモ絵　ポプラ社(ポプラポケット文庫)　2017年10月

紫子　ゆかりこ
八王子の鳳城学園に娘の泉水子を入れた夫婦の妻、警視庁公安部で働く女性　「RDGレッドデータガール　6　星降る夜に願うこと」荻原規子著　KADOKAWA(角川スニーカー文庫)　2014年2月

遊川 風春　ゆかわ・かざはる
雲ノ上小学校六年生、五年生の迅の兄で容姿端麗で成績優秀の少年　「妖怪の弟はじめました」石川宏千花著;イケダケイスケ絵　講談社　2014年7月

遊川 迅　ゆかわ・じん
雲ノ上小学校五年生、六年生の風春の弟で足のはやさには自信がある好奇心旺盛な少年　「妖怪の弟はじめました」石川宏千花著;イケダケイスケ絵　講談社　2014年7月

ゆきこ

湯川 夏海　ゆかわ・なつみ
同じクラスの末莉亜と親友の少女、茶髪にがっつりメイクの華やかな女子高校生 「きみの
ためにはだれも泣かない」 梨屋アリエ著 ポプラ社(Teens' best selections) 2016年12月

湯川 仁稀　ゆかわ・にき
修学旅行に行けなかった中学三年生の一人、美少女の転校生 「アナザー修学旅行」 有
沢佳映作;ヤマダ絵 講談社(青い鳥文庫) 2017年9月

ユーキ
八日伊小学校「七不思議部」の六年生の部長、天才小学生 「クロねこ七(ニャニャ)不思議
部!!」 相川真作;月夜絵 集英社(集英社みらい文庫) 2015年3月

ゆき
おなじクラスのたつやといっしょのだんちにすんでいるまいにちドキドキがいっぱいの小学
一年生の女の子 「まいにちいちねんせい」 ばんひろこ作;長谷川知子絵 ポプラ社(ポプ
ラちいさなおはなし) 2013年4月

ユキ
かなちゃんの幼なじみ、こまったことがあるとクスノキにおねがいするひっこみじあんの小学
二年生 「くつかくしたの、だあれ?」 山本悦子作;大島妙子絵 童心社 2013年10月

ユキ
明治のはじめに忍びのかくれ里の屋敷で病いのために地下でくらしていた女の人 「夢見
の占い師」 楠章子作;トミイマサコ絵 あかね書房 2017年11月

ユキ(一条 祐紀)　ゆき(いちじょう・ゆき)
西高校美術部の2年生、コンビニのアルバイト店員の恭介に初めて恋をした女の子 「通学
電車 [3] ずっとずっと君を好き」 みゆ作;朝吹まり絵 集英社(集英社みらい文庫) 2017
年12月

ユキ(雪蘭)　ゆき(しぇぇらん)
伊万里の廻船問屋で小物の仕入れを担当している十九歳の少女、明の大商人の娘 「ユ
キとヨンホ」 中川なをみ作;舟橋全二絵 新日本出版社 2014年7月

雪男　ゆきおとこ
サラちゃんとピンキーがあそびにいったヒマラヤ山脈にすんでいる全身毛だらけの雪男
「サラとピンキー ヒマラヤへ行く」 富安陽子作・絵 講談社(わくわくライブラリー) 2017年
10月

ゆきおんな
ゆきのよるのやまにあらわれるいろじろでかみのながい女のおばけ 「おばけえんそく おば
けのポーちゃん3」 吉田純子作;つじむらあゆこ絵 あかね書房 2015年9月

雪女　ゆきおんな
「万福寺」の息子・裕輔のクラスメイト、お父さんを交通事故で亡くしてからしゃべらなくなり
「雪女」と呼ばれている四年生 「まんぷく寺でまってます」 高田由紀子作;木村いこ絵 ポプ
ラ社(ポプラ物語館) 2016年9月

雪影 静歩(桐竹 誠治郎)　ゆきかげ・せいほ(きりたけ・せいじろう)
美布由のママがマネージャーをやっていた「ものかきやさん」の先生 「まま父ロック」 山中
恒作;コザクラモモ絵 ポプラ社(ポプラポケット文庫) 2017年10月

雪子　ゆきこ
まもなく定年をむかえる北海道にある幌舞駅の駅長・乙松の十七年前に死んだ娘 「鉄道
員(ぽっぽや)」 浅田次郎作;森川泉本文イラスト 集英社(集英社みらい文庫) 2013年12
月

ゆきし

雪城 ほのか　ゆきしろ・ほのか
私立ベローネ学院女子中等部二年生、伝説の戦士プリキュアのキュアホワイト 「小説ふたりはプリキュア」東堂いづみ原作;鐘弘亜樹著　講談社(講談社キャラクター文庫) 2015年9月

雪城 ほのか　ゆきしろ・ほのか
私立ベローネ学院女子中等部二年生、伝説の戦士プリキュアのキュアホワイト 「小説ふたりはプリキュアマックスハート」東堂いづみ原作;井上亜樹子著　講談社(講談社キャラクター文庫) 2017年10月

ユキナ
特殊種のベルの友だち、手や足から自由に氷を出すことができる雪女 「魔法探偵ジングル」大空なごむ作　ポプラ社 2017年12月

雪兄 ゆきにい
歴史が大好きな朱里の従兄、歴史研究会に所属する中学2年生の男の子 「マジカル★トレジャー 戦国時代にタイムトラベル!?」藤咲あゆな作;フライ絵　集英社(集英社みらい文庫) 2014年9月

雪花 透明　ゆきはな・とうめい
かくれんぼの家元である雪花家の跡取り、動作が優雅でなんでも器用にこなす少年 「スーパーミラクルかくれんぼ!! [1]」近江屋一朗作;黒田bb絵　集英社(集英社みらい文庫) 2013年4月

雪花 透明　ゆきはな・とうめい
かくれんぼ四天王の一人、かくれんぼの家元・雪花家の跡取り 「スーパーミラクルかくれんぼ!! [2] 四天王だよ！全員集合」近江屋一朗作;黒田bb絵　集英社(集英社みらい文庫) 2013年10月

雪花 透明　ゆきはな・とうめい
かくれんぼ四天王の一人、かくれんぼの家元・雪花家の跡取り 「スーパーミラクルかくれんぼ!! [3] 解決！なんでもおたすけ団!!」近江屋一朗作;黒田bb絵　集英社(集英社みらい文庫) 2014年4月

ゆきまる
ばけねこ、おばけのおひめさま・ばけひめちゃんのあそびあいて 「おばけのばけひめちゃん」たかやまえいこ作;いとうみき絵　金の星社 2016年4月

ユキミちゃん
エリナがバイトをすることになったセレクトショップ「ルキナ」の常連の女性客 「わがままファッションGIRLS MODE」高瀬美恵作;桃雪琴梨絵　アスキー・メディアワークス(角川つばさ文庫) 2013年4月

ユキミちゃん
セレクトショップ「ハピネス」のアルバイトでお店を支える元気で明るい女性 「わがままファッションGIRLS MODE 2 おしゃれに大切なこと」高瀬美恵作;桃雪琴梨絵　KADOKAWA(角川つばさ文庫) 2013年12月

雪村 麻姫　ゆきむら・あさひ
男装して人気男性アイドルグループ「TRAP」のメンバーとして活動中の女子高生 「ヒミツの王子様☆ 恋するアイドル!」都築奈央著;八神千歳原作・イラスト　小学館(小学館ジュニア文庫) 2016年3月

ゆきめ
霊能力者の男・ぬ〜べ〜に命を助けられた雪女、ぬ〜べ〜を恋い慕う妖怪 「地獄先生ぬ〜べ〜 ドラマノベライズ ありがとう、地獄先生!!」真倉翔原作;岡野剛原作;岡崎弘明著;マルイノ絵　集英社(集英社みらい文庫) 2015年2月

ゆっこ

ユク
梅の城小学校六年生、絵を描くのは得意だが気持ちを口にだしてつたえるのが苦手な少年 「ぼくの、ひかり色の絵の具」 西村すぐり作;大野八生絵 ポプラ社（ノベルズ・エクスプレス） 2014年10月

ゆこちゃん
ねこのすがたをした天使のニャルを家につれて帰った小学生、ケーキが大すきな女の子 「ねこ天使とおかしの国に行こう!」 中井俊巳作;木村いこ絵 PHP研究所（とっておきのどうわ） 2017年3月

遊佐 賢人　ゆさ・けんと
バドミントンの名門横浜湊高校から青翔に進んだスター選手 「風の生まれる場所（ラブオールプレー）」 小瀬木麻美［著］ ポプラ社（teenに贈る文学） 2015年4月

遊佐 賢人　ゆさ・けんと
バドミントンの名門横浜湊高校のエース、天才プレイヤー 「夢をつなぐ風になれ（ラブオールプレー）」 小瀬木麻美［著］ ポプラ社（teenに贈る文学） 2015年4月

遊佐 賢人　ゆさ・けんと
バドミントンの名門横浜湊高校のエース選手 「ラブオールプレー」 小瀬木麻美［著］ ポプラ社（teenに贈る文学） 2015年4月

ユージくん
桜ヶ丘小学校の四年二組、転校生のノリと社会科見学の班が一緒になった電車が好きな男の子 「電車でノリノリ」 新井けいこ作;たかおかゆみこ絵 文研出版（文研ブックランド） 2015年7月

柚月 宙彦　ゆずき・おさひこ
福島県立阿田工業高校二年生、シンガポールからの転入生でフラダンス愛好会に入会した少年 「フラダン」 古内一絵作 小峰書店（Sunnyside Books） 2016年9月

ユースケ
上須留目小学校の五年生、神童と呼ばれていた大川ユースケにそっくりな少年 「ふたりユースケ」 三田村信行作;大沢幸子絵 理論社 2017年2月

ユースケ
須留目病院の院長・大川剛一のむすこで天才児、中学二年生の時に川でおぼれて死んでしまった少年 「ふたりユースケ」 三田村信行作;大沢幸子絵 理論社 2017年2月

ゆず先生（ゆずる）　ゆずせんせい（ゆずる）
大池南小学校の4年1組のみんなに20年前の大地震の話をした担任の先生 「ゆず先生は忘れない」 白矢三恵著;山本久美子絵 くもん出版 2016年8月

ゆずる
大池南小学校の4年1組のみんなに20年前の大地震の話をした担任の先生 「ゆず先生は忘れない」 白矢三恵著;山本久美子絵 くもん出版 2016年8月

ユッキー
化け猫の落語家・三毛之丞師匠のもとで落語の修行をする小学5年生 「化け猫・落語 1 おかしな寄席においでませ!」 みうらかれん作;中村ひなた絵 講談社（青い鳥文庫） 2017年8月

ユッキー
化け猫の落語家・三毛之丞師匠のもとで落語の修行をする小学5年生 「化け猫・落語 2 ライバルは黒猫!?」 みうらかれん作;中村ひなた絵 講談社（青い鳥文庫） 2017年11月

ユッコ
富士ケ丘高校3年生で演劇部員、看板女優 「幕が上がる」 平田オリザ原作;喜安浩平脚本 講談社（青い鳥文庫） 2015年2月

545

ゆっこ

ユッコ（雪子）　ゆっこ（ゆきこ）
まもなく定年をむかえる北海道にある幌舞駅の駅長・乙松の十七年前に死んだ娘　「鉄道員（ぽっぽや）」浅田次郎作；森川泉本文イラスト　集英社（集英社みらい文庫）　2013年12月

ユーディ
小学生の新と夏葉を乗せて宇宙を旅した宇宙船ユーディシャウライン号のメイン・コンピューターが映す立体映像　「夏葉と宇宙へ三週間」山本弘作；すまき俊悟絵　岩崎書店（21世紀空想科学小説）　2013年12月

ゆな
お母さんが出産するまでのあいだ九州のじいじとばあばがやっている活版印刷所「文海堂」へ行くことになった四年生　「拝啓、お母さん」佐和みずえ作　フレーベル館（ものがたりの庭）　2017年7月

ユナミさん
宝田家のおばあちゃんの体を借りて中1の珠梨の前に現れる女のご先祖さま　「龍神王子（ドラゴン・プリンス）! 8」宮下恵茉作；kaya8絵　講談社（青い鳥文庫）　2016年12月

湯原　ゆはら
入ヶ浜高校の同好会「でこぼこ剣士会」のメンバー、異様に無口な二年生　「かまえ!ぼくたち剣士会」向井湘吾著　ポプラ社　2014年4月

ユマ
かせいふとしてやってきたまじょのナニーさんににじのむこうの「うまれるまえの国」へつれていってもらったおんなのこ　「まじょのナニーさん [2] にじのむこうへおつれします」藤真知子作；はっとりななみ絵　ポプラ社　2017年7月

ユミ
お母さんもお父さんも生まれたばかりの妹に夢中で毎日寂しいおもいをしている女の子　「こたえはひとつだけ」立原えりか作；みやこしあきこ絵　鈴木出版（おはなしのくに）　2013年11月

ユメ
人気アイドル、小学生のエリカとおなじマンションに引っ越してきた女の人　「放課後ファンタスマ! レディー・パープルの秘密」桜木日向作；暁かおり絵　講談社（青い鳥文庫）　2015年6月

ユメ（薮原 夢）　ゆめ（やぶはら・ゆめ）
「みかど亭北花梨店オープンイベント・小学生お菓子コンテスト」に応募した六年生の女の子　「おねがい・恋神さま2 御曹司と急接近!」次良丸忍作；うっけ画　金の星社（フォア文庫）　2014年8月

ユメ（薮原 夢）　ゆめ（やぶはら・ゆめ）
満月神社の白ウサギの神さまが運命の人を教えてくれるという夢を見た六年生の女の子　「おねがい・恋神さま1 運命の人はだれ!?」次良丸忍作；うっけ画　金の星社（フォア文庫）　2014年5月

ユメト
クラスでにんきのおとこのこ、サッカーがうまくてクールなイケメンくん　「チビまじょチャミーとハートのくに」藤真知子作；琴月綾絵　岩崎書店（おはなしトントン）　2016年6月

夢見 ゆめ　ゆめみ・ゆめ
けっこう現実的な性格の小学六年生、「将来の夢」の話が苦手な少女　「ミラチェンタイム☆ミラクルらみぃ」大塚隆史原作；高橋ナツコ著；川村敏江イラスト　小学館（小学館ジュニア文庫）　2015年12月

ユーリ
トパーズ荘の庭でけんかをしていた子ギツネ　「空色ハーブのふしぎなききめ－魔法の庭ものがたり16」あんびるやすこ作・絵　ポプラ社（ポプラ物語館）　2014年10月

ユーリ
魔物の街がある山のふもとの村にひとりで住む少年、幼なじみの病気を心配する男の子
「ジャック・オー・ランド－ユーリと魔物の笛」 山崎貴作;郷津春奈絵 ポプラ社 2017年9月

ユリ
悪魔らしき青年から逃げてきたところをサーヤたちに助けられた記憶喪失の少女 「魔天使
マテリアル 15 哀しみの檻」 藤咲あゆな作;藤丘ようこ画 ポプラ社(ポプラカラフル文庫)
2013年3月

ユリ
悪魔らしき青年から逃げてきたところをサーヤたちに助けられた記憶喪失の少女 「魔天使
マテリアル 16 孤独の騎士」 藤咲あゆな作;藤丘ようこ画 ポプラ社(ポプラカラフル文庫)
2013年8月

ユリ
悪魔らしき青年から逃げてきたところをサーヤたちに助けられた記憶喪失の少女 「魔天使
マテリアル 17 罪深き姫君」 藤咲あゆな作;藤丘ようこ画 ポプラ社(ポプラカラフル文庫)
2014年1月

ユリ
東京のはずれにある古い町・葵町に住むいたずら大好きな悪ガキ七人の一人、そば屋の
娘でマリと双子の五年生 「悪ガキ7 [1] いたずらtwinsと仲間たち」 宗田理著 静山社
2013年3月

ユリ
東京のはずれにある古い町・葵町に住むいたずら大好きな悪ガキ七人の一人、そば屋の
娘でマリと双子の五年生 「悪ガキ7 [2] モンスター・デスマッチ!」 宗田理著 静山社 2013
年10月

ユリ
東京のはずれにある古い町・葵町に住むいたずら大好きな悪ガキ七人の一人、そば屋の
娘でマリと双子の五年生 「悪ガキ7 [3] タイ行きタイ!」 宗田理著 静山社 2014年12月

ユリ
東京のはずれにある古い町・葵町に住むいたずら大好きな悪ガキ七人の一人、そば屋の
娘でマリと双子の五年生 「悪ガキ7 [4] 転校生は魔女!?」 宗田理著 静山社 2015年7月

ユリ
東京のはずれにある古い町・葵町に住むいたずら大好きな悪ガキ七人の一人、そば屋の
娘でマリと双子の五年生 「悪ガキ7 [5] 人工知能は悪ガキを救う!?」 宗田理著 静山社
2017年2月

ユリ
東京近郊にすむ勝気な小学六年生、五年生のマサのお姉さん 「遠い国から来た少年
1」 黒野伸一作;荒木慎司絵 新日本出版社 2017年4月

ユリ
東京近郊にすむ勝気な小学六年生、五年生のマサのお姉さん 「遠い国から来た少年 2
パパとママは機械人間!?」 黒野伸一作;荒木慎司絵 新日本出版社 2017年11月

ゆり
南洋航路の客船の船長をしているおじさんの上田六兵太とくらす女の子 「でかでか人とち
びちび人」 立原えりか作;つじむらあゆこ絵 講談社(青い鳥文庫) 2015年9月

ユリ
父の命令で上級悪魔のアルヴィスの餌として与えられた少女 「魔天使マテリアル 18 昏き
森の柩」 藤咲あゆな作;藤丘ようこ画 ポプラ社(ポプラカラフル文庫) 2014年9月

ゆり

友里　ゆり
4年生がするボランティア活動で玲子ちゃんと吉田とサキラちゃんと同じグループになった女の子 「ときめき団地の夏祭り」 宇佐美牧子作;小栗麗加画　くもん出版　2015年12月

ユリア
小学五年生の翔太のハトコ、ミドルスクールの六年生 「鳥海山の空の上から」 三輪裕子作;佐藤真紀子絵　小峰書店(Green Books)　2014年11月

ユリアン・エンゲル
ベルリンの音楽一家に生まれたピアニストで日本人とドイツ人のハーフの十四歳の少年 「星空ロック」 那須田淳著　ポプラ社(ポプラ文庫ピュアフル)　2016年7月

ユリカ
東日本大震災で福島から北海道へ避難した小学四年生の少女 「赤い首輪のパロ フクシマにのこして」 加藤多一作　汐文社　2014年6月

由利 鎌之介　ゆり・かまのすけ
戦国武将・真田幸村に仕える真田十勇士の一人、鎖鎌の使い手 「真田十勇士 3 激闘、大坂の陣」 小前亮作　小峰書店　2016年2月

由利 鎌之介　ゆり・かまのすけ
徳川幕府打倒をかかげる義賊、もと大谷吉継に仕えていた武士で鎖鎌の使い手 「真田十勇士 2 決起、真田幸村」 小前亮作　小峰書店　2015年12月

由利 鎌之助　ゆり・かまのすけ
鎖鎌使い、警戒心の強い野良犬のような少年 「真田十勇士 5 九度山小景」 松尾清貴著　理論社　2016年10月

由利 鎌之助　ゆり・かまのすけ
戦国武将・真田幸村に仕えた十勇士のひとり、槍術が得意な男 「真田幸村と十勇士 ひみつの大冒険編」 奥山景布子著;RICCA絵　集英社(集英社みらい文庫)　2016年6月

由利 鎌之助　ゆり・かまのすけ
戦国武将・真田幸村に仕えた十勇士のひとり、槍術が得意な男 「真田幸村と十勇士」 奥山景布子著;RICCA絵　集英社(集英社みらい文庫)　2015年11月

【よ】

ヨイショ
親分肌で豪快な性格の船乗りネズミ、巨体で怪力の男ネズミ 「GAMBA ガンバと仲間たち」 時海結以著;古沢良太脚本　小学館(小学館ジュニア文庫)　2015年9月

妖怪たち　ようかいたち
二百年前から老舗の和菓子店「八万重ようかん堂」を守ってきた妖怪たち 「あま～いおかしにご妖怪?」 廣田衣世作;佐藤真紀子絵　あかね書房(スプラッシュ・ストーリーズ)　2015年4月

ようかん選手　ようかんせんしゅ
第一回全国スイーツ駅伝に出場したようかん、チーム和菓子店選抜のアンカー 「スイーツ駅伝」 二宮由紀子作;武田美穂絵　文溪堂　2017年7月

楊 月　よう・げつ
北宋時代の泉州で妖魔退治をする道観「白鶴観」で修行中の道士、人ではない封魔の少年 「封魔鬼譚 3 渾沌」 渡辺仙州作;佐竹美保絵　偕成社　2017年4月

よさの

妖狐　ようこ
童守高校の教室にあらわれた狐の妖怪 「地獄先生ぬ～べ～ ドラマノベライズ 地獄先生、登場!!」真倉翔原作;岡野剛原作;岡崎弘明著;マルイノ絵　集英社(集英社みらい文庫) 2014年12月

陽坂　昇　ようさか・しょう
5年生の灯花理と美影の学校の人気者、6年生で児童会長の男の子 「ブラック◆ダイヤモンド 4」令丈ヒロ子作;谷朋画　岩崎書店(フォア文庫) 2014年7月

陽坂　昇　ようさか・しょう
5年生の灯花理と美影の学校の人気者、6年生で児童会長の男の子 「ブラック◆ダイヤモンド 5」令丈ヒロ子作;谷朋画　岩崎書店(フォア文庫) 2014年11月

妖刃　ようじん
乱世を生き抜き妖気を帯びた古い刀を進化させたもののけ 「もののけ屋 [2] 二丁目の卵屋にご用心」廣嶋玲子作;東京モノノケ絵　静山社 2016年9月

妖精　ようせい
五年生の春香が森で出会った妖精のようなおばあさん 「妖精のスープ」高森美由紀作;井田千秋絵　あかね書房(スプラッシュ・ストーリーズ) 2017年10月

妖太　ようた
全日本妖怪連合という妖怪の組合の会長、銀髪の少年 「ここは妖怪おたすけ委員会 1 妖怪スーパースターズがやってきた☆」宮下恵茉作;いちごイチエ絵　KADOKAWA(角川つばさ文庫) 2016年2月

妖太　ようた
妖怪が大好きな女の子みずきの家の「離れ」に住む三つ目小僧、「全日本妖怪連合」会長 「ここは妖怪おたすけ委員会 2 委員長は雑用係!?」宮下恵茉作;いちごイチエ絵　KADOKAWA(角川つばさ文庫) 2016年9月

横川　祐介　よこかわ・ゆうすけ
バドミントンの天才プレイヤー遊佐賢人をダブルスの相方として支えてきた選手 「夢をつなぐ風になれ(ラブオールプレー)」小瀬木麻美[著] ポプラ社(teenに贈る文学) 2015年4月

横瀬 エリナ　よこせ・えりな
埼玉県立美園女子高校の強豪ボート部に入ったボート経験者の1年生 「レガッタ! 2 風をおこす」濱野京子著;一瀬ルカ画　講談社(Ya! entertainment) 2013年3月

横田　乃理(ノリ)　よこた・のり(のり)
桜ヶ丘小学校の四年二組にきた転校生、電車が好きな子たちと社会科見学の班が一緒になった女の子 「電車でノリノリ」新井けいこ作;たかおかゆみこ絵　文研出版(文研ブックランド) 2015年7月

横田　優里　よこた・ゆり
老舗和菓子屋の娘・風味の同級生、美術部の中学二年生 「風味さんじゅうまる」まはら三桃著　講談社 2014年9月

横山　清　よこやま・きよし
2027年に日本が東西に分裂した時の大阪府知事、東京に対し敵意を持つ男 「ニホンブンレツ 上下」山田悠介著;woguraイラスト　小学館(小学館ジュニア文庫) 2016年8月

横山　沙凪　よこやま・さなぎ
南沢中学校三年生、陸上部リレーメンバーのひとりで小顔でスタイル抜群の女の子 「ダッシュ!」村上しいこ著　講談社 2014年5月

与謝野 すずめ　よさの・すずめ
いなかからひとりで上京してきた高校二年生の女の子 「ひるなかの流星―映画ノベライズみらい文庫版」やまもり三香原作;はのまきみ著　集英社(集英社みらい文庫) 2017年2月

よさの

与謝野 すずめ　よさの・すずめ
いなかから上京してきた高校一年生、女子が苦手な馬村のとなりの席になった少々変わった性格の女の子　「ひるなかの流星 まんがノベライズ特別編〜馬村の気持ち」 やまもり三香原作絵;はのまきみ著　集英社（集英社みらい文庫）　2017年3月

よしえ先生　よしえせんせい
24さいのけんいちさんからふしぎな手紙をもらった1年生のたんにんの先生　「あひるの手紙」 朽木祥作;ささめやゆき絵　佼成出版社（おはなしみーつけた!シリーズ）　2014年3月

吉岡刑事　よしおかけいじ
霊感があるみのりが歩道橋で出会った事件の捜査をしていた刑事さん　「霊感少女（ガール）幽霊さんのおなやみ、解決します!」 緑川聖司作;椋本夏夜絵　KADOKAWA（角川つばさ文庫）　2016年6月

吉岡先生　よしおかせんせい
富士ケ丘高校美術教師、元学生演劇の女王　「幕が上がる」 平田オリザ原作;喜安浩平脚本　講談社（青い鳥文庫）　2015年2月

吉岡 双葉　よしおか・ふたば
中1のときに転校していった初恋の相手・洸と再会した高2の女の子　「アオハライド 映画ノベライズ」 咲坂伊緒原作;白井かなこ著　集英社（集英社みらい文庫）　2014年11月

吉川 あゆ　よしかわ・あゆ
生まれたときから身体が弱い女の子、タロの飼い主　「天国の犬ものがたり ずっと一緒」 藤咲あゆな著;堀田敦子原作;環方このみイラスト　小学館（小学館ジュニア文庫）　2013年9月

吉川 優子　よしかわ・ゆうこ
北宇治高校二年生吹奏楽部、担当楽器はトランペットでユーフォニアム担当の夏紀と犬猿の仲の少女　「響け!ユーフォニアム 北宇治高校吹奏楽部のヒミツの話」 武田綾乃著　宝島社（宝島社文庫）　2015年6月

よしくん
幼なじみのみのりに霊感があることをお父さん以外で唯一知っている男の子　「霊感少女（ガール）幽霊さんのおなやみ、解決します!」 緑川聖司作;椋本夏夜絵　KADOKAWA（角川つばさ文庫）　2016年6月

吉沢 恭介　よしざわ・きょうすけ
コンビニでアルバイトをしている東高2年生、マジメな女子高生・ユキの初恋相手　「通学電車 [3] ずっとずっと君を好き」 みゆ作;朝吹まり絵　集英社（集英社みらい文庫）　2017年12月

吉沢 ハルキ　よしざわ・はるき
パティシエールを目ざしてフランスで修業している吉沢マリエの兄、妹とともに「ピエール・ロジェ」で修業している男　「プティ・パティシエール 恋するショコラはあまくない?（プティ・パティシエール2）」 工藤純子作;うっけ絵　ポプラ社　2016年12月

吉沢 マリエ　よしざわ・まりえ
世界一のパティシエールを目ざしてフランスで修業している小学五年生　「プティ・パティシエール とどけ!夢みる花束クレープ（プティ・パティシエール4）」 工藤純子作;うっけ絵　ポプラ社　2017年12月

吉沢 マリエ　よしざわ・まりえ
世界一のパティシエールを目ざしてフランスで修業している小学五年生　「プティ・パティシエール ひみつの友情マドレーヌ（プティ・パティシエール3）」 工藤純子作;うっけ絵　ポプラ社　2017年5月

吉沢 マリエ　よしざわ・まりえ
世界一のパティシエールを目ざしてフランスで修業している小学五年生　「プティ・パティシエール 恋するショコラはあまくない?（プティ・パティシエール2）」 工藤純子作;うっけ絵　ポプラ社　2016年12月

よしな

吉沢 マリエ　よしざわ・まりえ
洋菓子屋「パティスリー・ヨシザワ」の娘、世界一のパティシエールを目指す小学四年生
「恋する和パティシエール3 キラリ!海のゼリーパフェ大作戦」 工藤純子作;うっけ絵 ポプラ
社(ポプラ物語館) 2013年3月

吉沢 マリエ　よしざわ・まりえ
洋菓子屋「パティスリー・ヨシザワ」の娘、世界一のパティシエールを目指す小学四年生
「恋する和パティシエール4 ホットショコラにハートのひみつ」 工藤純子作;うっけ絵 ポプラ
社(ポプラ物語館) 2013年9月

吉沢 マリエ　よしざわ・まりえ
洋菓子屋「パティスリー・ヨシザワ」の娘、世界一のパティシエールを目指す小学四年生
「恋する和パティシエール5 決戦!友情のもちふわドーナツ」 工藤純子作;うっけ絵 ポプラ
社(ポプラ物語館) 2014年2月

吉沢 マリエ　よしざわ・まりえ
洋菓子屋「パティスリー・ヨシザワ」の娘、世界一のパティシエールを目指す小学四年生
「恋する和パティシエール6 月夜のきせき!パンプキンプリン」 工藤純子作;うっけ絵 ポプラ
社(ポプラ物語館) 2014年9月

吉沢 マリエ　よしざわ・まりえ
洋菓子屋の娘、世界一のパティシエールを目ざしてフランスにわたった小学五年生 「マカ
ロンは夢のはじまり－プティ・パティシエール1」 工藤純子作;うっけ絵 ポプラ社 2016年7
月

吉田　よしだ
4年生がするボランティア活動で玲子ちゃんと友里とサキラちゃんと同じグループになった
男の子 「ときめき団地の夏祭り」 宇佐美牧子作;小栗麗加画 くもん出版 2015年12月

吉田 元基　よしだ・げんき
東京の世田谷に住んでいる小学六年生、宝飾デザイナーの息子 「全員少年探偵団－み
んなの少年探偵団」 藤谷治著 ポプラ社 2014年12月

吉田 大輝　よしだ・たいき
銀杏が丘第一小学校五年一組で不登校中の生徒、買ったばかりの自転車が盗まれた少
年 「IQ探偵ムー 自転車泥棒と探偵団」 深沢美潮作;山田J太画 ポプラ社(ポプラカラフ
ル文庫) 2013年10月

吉田 太郎(太郎吉)　よしだ・たろう(たろうきち)
ひょんなことから江戸時代の相撲場にタイムスリップした十二歳の男の子 「はっけよい!雷
電」 吉橋通夫著 講談社(文学の扉) 2017年3月

吉田 陽菜　よしだ・ひな
オレンジが大好物な佐緒里と同じクラスで支援学級の子をお世話をする優しい女の子 「ブ
ルーとオレンジ」 福田隆浩著 講談社(講談社文学の扉) 2014年7月

よしだ よしお　よしだ・よしお
じぶんのきもちをあいてにつたえるのがにがてなアリクイの男の子 「ともだちはアリクイ」 村
上しいこ作;田中六大絵 WAVE出版(ともだちがいるよ!) 2014年2月

吉永 和己　よしなが・かずみ
おてんば娘・双葉の兄、見た目がかわいらしく優しい高校一年生 「吉永さん家のガーゴイ
ル」 田口仙年堂作;日向悠二絵 KADOKAWA(角川つばさ文庫) 2014年2月

吉永 双葉　よしなが・ふたば
気は短いけど正義感は強いおてんば娘、小学三年生 「吉永さん家のガーゴイル」 田口
仙年堂作;日向悠二絵 KADOKAWA(角川つばさ文庫) 2014年2月

よしの

吉之 聖　よしの・ひじり
風戸里高校1年生、小さいころからずっと男装している女の子　「螺旋のプリンセス―魔法の王女と風の騎士」　杏堂まい原作・イラスト;椎野美由貴著　小学館（小学館ジュニア文庫）2014年8月

吉野 マイ　よしの・まい
ドイツからの帰国子女、おしとやかでピアノのレベルがとても高い五年生の女の子　「四重奏（カルテット）デイズ」　横田明子作　岩崎書店（物語の王国）　2017年11月

吉野 遼哉　よしの・りょうや
転校したばかりの小学六年生、毎日砂浜通学路の帰り道でシーグラスを探してビーチコーミングしている少年　「UFOがくれた夏」　川口雅幸著　アルファポリス　2013年7月

芳原先生　よしはらせんせい
薬学の伝統校・私立和漢学園中等部の図書館司書、ハーブの香りがする女の人　「わからん薬学事始 3」　まはら三桃著　講談社　2013年6月

義姫　よしひめ
伊達家の跡目争いで次男の竺丸を推す母　「伊達政宗は名探偵!! タイムスリップ探偵団と跡目争い料理対決!の巻」　楠木誠一郎作;岩崎美奈子絵　講談社（講談社青い鳥文庫）2014年5月

吉見 花音　よしみ・かのん
プロのピアニストを目指すクールな小学五年生の女の子　「ピアノ・カルテット 1 気になるあの子のトクベツ指導!?」　遠藤まり作;ふじつか雪絵　KADOKAWA（角川つばさ文庫）　2017年10月

吉見 瑠璃子　よしみ・るりこ
埼玉県立美園女子高校の強豪ボート部でコックスをやっている2年生　「レガッタ! 2 風をおこす」　濱野京子著;一瀬ルカ画　講談社（Ya! entertainment）　2013年3月

吉見 瑠璃子　よしみ・るりこ
埼玉県立美園女子高校の強豪ボート部のコックス、インターハイ優勝を目指す3年生　「レガッタ! 3 光をのぞむ」　濱野京子著;一瀬ルカ画　講談社（Ya! entertainment）　2013年8月

吉宗　よしむね
「地獄甲子園」で「桶狭間ファルコンズ」と対戦する地獄栃木県の代表チーム「日光ショーグンズ」のピッチャー　「戦国ベースボール ［11］ 鉄壁の"鎖国守備"!vs徳川将軍家!!」　りょくち真太作;トリバタケハルノブ絵　集英社（集英社みらい文庫）　2017年11月

吉村 祥吾　よしむら・しょうご
つつじ台中学の野球部一年生、バレー部の足立夏月の幼なじみ　「キミと、いつか。［4］おさななじみの"あいつ"」　宮下恵茉作;染川ゆかり絵　集英社（集英社みらい文庫）　2017年3月

よだ かずき（よわっち）　よだ・かずき（よわっち）
ふしぎなおばあさんに万華鏡を見せてもらった小学三年生、シランカッタの町に迷いこんだ男の子　「シランカッタの町で」　さえぐさひろこ作;にしむらあつこ絵　フレーベル館（ものがたりの庭）　2017年10月

よっちゃん
戦争中尾道の小学校に通っていた五年生のみっちゃんのあこがれのお兄さん、中二の頭のよいリーダー　「みちじいさんの話 戦争中、わしがみっちゃんだったころ」　西原通夫著　てらいんく　2015年12月

四葉 真夜　よつば・まや
十師族のひとつ「四葉家」の当主、司波兄妹の叔母　「魔法科高校の劣等生 16 四葉継承編」　佐島勤著　KADOKAWA（電撃文庫）　2015年5月

よるの

夜露　よつゆ
中納言の姫君であったが父の急死の後盗賊の一味になった娘、源晶子　「夜露姫」　みなと菫著　講談社　2016年9月

淀　よど
戦国武将・浅井長政と織田信長の妹・お市の方の長女として生まれた女の子、のちの豊臣秀吉の妻　「戦国姫 茶々の物語」　藤咲あゆな著;マルイノ絵　集英社(集英社みらい文庫)　2016年2月

よどみ
駄菓子屋「たたりめ堂」の主人、駄菓子で客から悪意をすいとってエネルギーにしている七歳くらいの少女　「ふしぎ駄菓子屋銭天堂　4」　廣嶋玲子作;jyajya絵　偕成社　2015年6月

よどみ
駄菓子屋「たたりめ堂」の主人、駄菓子で客から悪意をすいとってエネルギーにしている七歳くらいの少女　「ふしぎ駄菓子屋銭天堂　5」　廣嶋玲子作;jyajya絵　偕成社　2015年9月

ヨハンくん
新天地アストランの住人・ミリーの友達、ほんわかした雰囲気の男の子　「プリズム☆ハーツ!!　8 ドキドキ!オレンジ色の約束」　神代明作;あるや絵　集英社(集英社みらい文庫)　2013年8月

与兵衛　よへえ
屋台すし「与兵衛ずし」の主、十二歳の息子・豆吉のおとっつぁん　「すし食いねえ」　吉橋通夫著　講談社(講談社・文学の扉)　2015年7月

ヨミカ
宮廷大学冒険組合に所属している他大学の女子学生　「犬と魔法のファンタジー」　田中ロミオ著　小学館(小学館ジュニア文庫)　2015年7月

ヨミマスワーム
モンスター・ホテルのちかのとしょしつにいたぶあついめがねをかけたみどりいろのいもむし、よみきかせをするモンスター　「モンスター・ホテルでひみつのへや」　柏葉幸子作;高畑純絵　小峰書店　2015年2月

ヨモギさん
トラ・トカラ村の砂漠の入り口にある店「おいしい水」の店主、夫と息子をなくした女の人　「キキに出会った人びと」　角野栄子作;佐竹美保画　福音館書店(福音館創作童話シリーズ)　2016年1月

四方谷 慎吾　よもや・しんご
4年生のカズと同じクラスで休み時間はいつもひとりで机にむかって絵をかいている男の子　「ひま人ヒーローズ!」　かみやとしこ作;木村いこ絵　ポプラ社(ポプラ物語館)　2015年2月

ヨヨ
みなしご・ネネの想像の夢の中にいた小さな魔法を使える女の子、ネネの生き別れた妹　「ネネとヨヨのもしもの魔法」　白倉由美著　徳間書店　2014年4月

依ちゃん　よりちゃん
三重の「ミコトバの里」に住む矢神家の五兄弟の次女で一年生の樹のふたごの姉　「いみちぇん! 5 ウソ?ホント? まぼろしの札」　あさばみゆき作;市井あさ絵　KADOKAWA(角川つばさ文庫)　2016年3月

頼宗　よりむね
藤原道長の子、「今光君」と呼ばれている美少年　「紫式部の娘。賢子がまいる!」　篠綾子作;小倉マユコ絵　静山社　2016年7月

ヨルノ・ヤミ(ヤミ)
森の奥で一人でペンションを営んでいた魔女、家の裏に生えたネンネの木を宝物にしていた女　「歌えば魔女に食べられる」　大海赫作絵　復刊ドットコム　2014年9月

よるの

夜野 ゆきと　よるの・ゆきと
足神財閥の総帥「翁」のスパイとして二ノ宮家の当主ありすお嬢様に仕えていたもと執事見習いの男の子　「天空のタワー事件－お嬢様探偵ありす」　藤野恵美作;Haccan絵　講談社（青い鳥文庫）2015年6月

夜野 ゆきと　よるの・ゆきと
二ノ宮家の当主ありすお嬢様に仕える執事見習いの11歳の男の子　「お嬢様探偵ありすの冒険」　藤野恵美作;Haccan絵　講談社（青い鳥文庫）2016年10月

夜野 ゆきと　よるの・ゆきと
二ノ宮家の当主ありすお嬢様に仕える執事見習いの11歳の男の子、足神財閥の総帥「翁」のスパイ　「一夜姫事件－お嬢様探偵ありすと少年執事ゆきとの事件簿」　藤野恵美作;Haccan絵　講談社（青い鳥文庫）2014年3月

夜野 ゆきと　よるの・ゆきと
二ノ宮家の当主ありすお嬢様に仕える執事見習いの11歳の男の子、両親をうしない足神財閥の総帥「翁」に引き取られた少年　「古城ホテルの花嫁事件－お嬢様探偵ありすと少年執事ゆきとの事件簿」　藤野恵美作;Haccan絵　講談社（青い鳥文庫）2013年6月

鎧塚 みぞれ　よろいづか・みぞれ
高校二年生、京都府立北宇治高校吹奏楽部でオーボエを演奏している少女　「響け!ユーフォニアム 2 北宇治高校吹奏楽部のいちばん熱い夏」　武田綾乃著　宝島社（宝島社文庫）2015年3月

鎧塚 みぞれ　よろいづか・みぞれ
北宇治高校二年生吹奏楽部、担当楽器はオーボエで無口でおとなしい少女　「響け!ユーフォニアム 北宇治高校吹奏楽部のヒミツの話」　武田綾乃著　宝島社（宝島社文庫）2015年6月

よわっち
ふしぎなおばあさんに万華鏡を見せてもらった小学三年生、シランカッタの町に迷いこんだ男の子　「シランカッタの町で」　さえぐさひろこ作;にしむらあつこ絵　フレーベル館（ものがたりの庭）2017年10月

よんちゃん
いしころ、しっぱいさくですてられたじぞう　「まいごのおばけしりませんか?－おばけマンション」　むらいかよ著　ポプラ社（ポプラ社の新・小さな童話）2014年10月

ヨンホ
朝鮮から日本に連行された奴婢、備前有田の朝鮮人陶工と日本人との通事役をしている勤勉な青年　「ユキとヨンホ」　中川なをみ作;舟橋全二絵　新日本出版社　2014年7月

【ら】

ラー
小学六年生のゆめが誕生日にもらったコンパクトから現れた『神様』、見かけはリスのようなオレ様風小動物　「ミラチェンタイム☆ミラクルらみぃ」　大塚隆史原作;高橋ナツコ著;川村敏江イラスト　小学館（小学館ジュニア文庫）2015年12月

ライ
古い箱に封印されていたキョンシー、中国の赤骨村出身の六歳の子どもの妖怪　「いーある!妖々新聞社1 キョンシーをつかまえろ!」　橋本愛理作;AMG出版工房作;あげ子絵　ポプラ社（ポプラポケット文庫）2013年6月

ライ
古い箱に封印されていたキョンシー、中国の赤骨村出身の六歳の子どもの妖怪　「いーある!妖々新聞社2 マギ道士とキョンシーの秘密」　橋本愛理作;AMG出版工房作;あげ子絵　ポプラ社（ポプラポケット文庫）2013年10月

雷雨　らいう
明治のはじめに旅の薬売りをしていた時雨の師匠、行方がわからない老人　「夢見の占い師」楠章子作;トミイマサコ絵　あかね書房　2017年11月

ライオーガ
ビースト星にあるグロリア王国の国王、民衆想いで「鉄拳獰猛王」の異名を持つライオン　「ビーストサーガ　陸の書」タカラトミー原作;澁谷貴志著;樽谷純一さし絵　集英社(集英社みらい文庫)　2013年1月

ライオン
ちびのリンタがビスク工場のらいむぎばたけでであった大きなおすのライオン　「金色のライオン」香山彬子作;佃公彦絵　復刊ドットコム　2013年2月

ライくん
新天地アストランの住人、教会の喫茶室をお手伝いするイケメンの男の子　「プリズム☆ハーツ!!　7占って!しあわせフォーチュン」神代明作;あるや絵　集英社(集英社みらい文庫)　2013年3月

ライくん(大井 雷太)　らいくん(おおい・らいた)
謎の「ギルティゲーム」に参加者として集められたパソコンを使いこなす少年　「ギルティゲーム」宮沢みゆき著;鈴羅木かりんイラスト　小学館(小学館ジュニア文庫)　2016年12月

ライゼクス
電気を帯びた爪や翼による強力な攻撃をする大型モンスター　「モンスターハンタークロス　ニャンターライフ[2]　ライゼクス襲来！」相坂ゆうひ作;太平洋海絵　KADOKAWA(角川つばさ文庫)　2017年6月

雷蔵　らいぞう
腕ききの岡っ引き、「仁王の雷蔵」と呼ばれ市中の犯罪をとりしまっている男　「春待つ夜の雪舞台－くのいち小桜忍法帖4」斉藤洋作;大矢正和絵　あすなろ書房　2017年2月

ライちゃん
「ちびデビ保育園」に通う悪魔の赤ちゃん、雷様の着ぐるみを着ると雷の魔法が使える男の子　「ちび☆デビ!－まおちゃんとミラクルクイズ・あど&べん&ちゃー」篠塚ひろむ原作・カバーイラスト;蜜家ビィ著　小学館(ちゃおノベルズ)　2013年7月

雷電為右衛門　らいでんためえもん
江戸時代の力士、江戸時代にタイムスリップして土俵下で気を失っていた十二歳の吉田太郎を助けた男　「はっけよい!雷電」吉橋通夫著　講談社(文学の扉)　2017年3月

ライナス
チャーリー・ブラウン少年の親友でよき相談相手、おせっかいな少女ルーシーの弟　「I LoveスヌーピーTHE PEANUTS MOVIE」チャールズ・M.シュルツ原作;ワダヒトミ著　集英社(集英社みらい文庫)　2015年11月

ラサ
『片割れの巫女』リランが何度も夢の中で出会った額に石を持つ男の子　「エリアの魔剣5」風野潮作;そらめ絵　岩崎書店(YA!フロンティア)　2013年3月

ラタ
中原の小国「永依」の武将、将軍・クシカの息子として育てられた少女　「X-01エックスゼロワン[壱]」あさのあつこ著;田中達之画　講談社(Ya! entertainment)　2016年9月

ラタ
中原の小国「永依」の武将、将軍・クシカの息子として育てられた少女　「X-01エックスゼロワン[弐]」あさのあつこ著;田中達之画　講談社(Ya! entertainment)　2017年9月

らちぇ

ラチェット
お宝が眠るというメカ島の領主、カラクリだらけの城に住む男 「ONE PIECE [7] THE MOVIEカラクリ城のメカ巨兵」尾田栄一郎原作;浜崎達也著;東映アニメーション絵　集英社(集英社みらい文庫) 2013年3月

ラッテ
3びきのハムスターの兄弟の1ぴき、「生きてる毛皮協会」の会員 「ハムスターのすてきなお仕事」あんびるやすこ　岩崎書店(おはなしガーデン) 2016年11月

ラピ
ジャレットの薬屋さんにやってきた三つ子のヤマネのうちの一ぴき 「エイプリルと魔法のおくりもの－魔法の庭ものがたり18」あんびるやすこ作・絵　ポプラ社(ポプラ物語館) 2015年12月

ラヴィス
魔界の研究者として図書館につとめている下級悪魔、頭はいいが魔力はもっぱらよわい変わり者 「魔法屋ポプルドキドキ魔界への旅」堀口勇太作;玖珂つかさ絵　ポプラ社(魔法屋ポプルシリーズ) 2013年4月

ラヴェンナ
不思議な力を秘めた魔法の鏡を持っていた邪悪な魔女、スノーホワイトを殺そうとしたが倒され姿を消した魔女 「スノーホワイト 氷の王国」はのまきみ著　集英社(集英社みらい文庫) 2016年6月

ラミン
「夢の木」をさがして旅をしているフライ姫がふしぎにあちこちで出会う空とぶうさぎ 「フライ姫、どこにもない島へ」名木田恵子作;かわかみたかこ絵　講談社(ことり文庫) 2014年9月

ラーラ
「ユニコーンの乙女」になりそこねた12歳の少女、薬作りが得意な女の子 「ユニコーンの乙女 決戦のとき」牧野礼作;sime絵　講談社(青い鳥文庫) 2015年11月

ラーラ
「ユニコーンの乙女」になりそこねた12歳の少女、薬作りが得意な女の子 「ユニコーンの乙女 地下通路と王宮の秘密」牧野礼作;sime絵　講談社(青い鳥文庫) 2015年5月

ラーラ
月神と聖獣ユニコーンに仕える女性たちがくらす「月神の家」で「ユニコーンの乙女」に選ばれる儀式にのぞむ12歳の女の子 「ユニコーンの乙女 ラーラと二頭の聖獣」牧野礼作;sime絵　講談社(青い鳥文庫) 2014年12月

ララ
女の子ルルと二人でお菓子屋さんの小学生店長をしている女の子 「ルルとララのアロハ!パンケーキ」あんびるやすこ作・絵　岩崎書店(おはなしガーデン) 2016年12月

ララ
女の子ルルと二人でお菓子屋さんの小学生店長をしている女の子 「ルルとララのハロウィン」あんびるやすこ作・絵　岩崎書店(おはなしガーデン) 2017年9月

ララ
魔の山のふもとにあるスノウ村で名探偵の少女・ミモザの前にあらわれた人形のように無表情の女の子 「名探偵ミモザにおまかせ! 2 ふしぎな呪いの歌」月ゆき作;linaria絵　KADOKAWA(角川つばさ文庫) 2016年2月

ラルガス
人間界最強と名高い超一流の魔術師、ダメ魔女・ポプルの魔法の先生 「魔法屋ポプル お菓子の館とチョコレートの魔法」堀口勇太作;玖珂つかさ絵　ポプラ社(魔法屋ポプルシリーズ) 2013年4月

ラルガス
人間界最強と名高い超一流の魔術師、ダメ魔女・ポプルの魔法の先生 「魔法屋ポプル ド
キドキ魔界への旅」 堀口勇太作;玖珂つかさ絵 ポプラ社(魔法屋ポプルシリーズ) 2013
年4月

ラルガス
人間界最強と名高い超一流の魔術師、ダメ魔女・ポプルの魔法の先生 「魔法屋ポプル ド
ラゴン島のウエディング大作戦!!」 堀口勇太作;玖珂つかさ絵 ポプラ社(魔法屋ポプルシ
リーズ) 2013年4月

ラルガス
人間界最強と名高い超一流の魔術師、ダメ魔女・ポプルの魔法の先生 「魔法屋ポプル マ
マの魔法陣とヒミツの記憶」 堀口勇太作;玖珂つかさ絵 ポプラ社(魔法屋ポプルシリーズ)
2013年4月

ラルガス
人間界最強と名高い超一流の魔術師、ダメ魔女・ポプルの魔法の先生 「魔法屋ポプル 時
の魔女のダンスパーティー」 堀口勇太作;玖珂つかさ絵 ポプラ社(魔法屋ポプルシリー
ズ) 2013年4月

ラルガス
人間界最強と名高い超一流の魔術師、ダメ魔女・ポプルの魔法の先生 「魔法屋ポプルあ
ぶない使い魔と仮面の謎」 堀口勇太作;玖珂つかさ絵 ポプラ社(魔法屋ポプルシリーズ)
2013年4月

ラルガス
名前をきけば魔界の悪魔もふるえあがるほど超有名な魔術師 「魔法屋ポプル「トラブル、
売ります♡」」 堀口勇太作;玖珂つかさ絵 ポプラ社(魔法屋ポプルシリーズ) 2013年4月

らん
山の神さまの使い犬だという茶色の柴犬 「水はみどろの宮」 石牟礼道子作;山福朱実画
福音館書店(福音館文庫) 2016年3月

ラン
事件専門刑事の息子で中学一年生、父の友人の息子・モトくんの友だち 「Eggs－夏のトラ
イアングル」 小瀬木麻美作 ポプラ社(Teens' best selections) 2015年7月

ランス
凶悪なモンスターに立ち向かい人々を守る英雄・龍喚士、龍喚士たちが集まるドラゴーザ
島で暮らす銀髪の少年 「パズドラクロス 1」 ガンホー・オンライン・エンターテイメント;パズ
ドラクロスプロジェクト2017原作;テレビ東京原作;諸星崇著 双葉社(双葉社ジュニア文庫)
2017年4月

ランス
白き竜の尾に刺さった剣を抜くために少年ムルカが探すことになったポポロクロイス王国に
いる男 「ポポロクロニクル 白き竜 上下」 田森庸介作;福島敦子絵 偕成社 2015年3月

ランタ
十二歳の魔女のカオリの弟、黒ずくめのかわいい赤ちゃんまほうつかい 「さようなら、まほう
の国!!－わたしのママは魔女」 藤真知子作;ゆーちみえこ絵 ポプラ社(こども童話館)
2013年6月

らんたろう
にんじゅつ学園一ねんはぐみのおひとよしのせいと 「忍たま乱太郎 豆をうつすならいの
段」 尼子騒兵衛原作;望月千賀子文;亜細亜堂絵 ポプラ社(ポプラ社の新・小さな童話)
2013年9月

らんた

らんたろう
にんじゅつ学園一ねんはぐみの保健委員のせいと 「忍たま乱太郎 あたらしいトカゲの段」
尼子騒兵衛原作;望月千賀子文;亜細亜堂絵 ポプラ社(ポプラ社の新・小さな童話)
2014年6月

らんたろう
にんじゅつ学園一ねんはぐみの保健委員のせいと 「忍たま乱太郎 にんじゅつ学園となぞの女の段」尼子騒兵衛原作;望月千賀子文;亜細亜堂絵 ポプラ社(ポプラ社の新・小さな童話) 2014年1月

ランちゃん
魔女の力が覚醒したリセが公園で出会った謎の美少女 「魔女じゃないもん! 3 リセ&バンビ、危機一髪!!」 宮下恵茉作;和錆絵 集英社(集英社みらい文庫) 2013年1月

ランドセル
小学生まじょのリリコのたいせつな友だち、すごく元気でおしゃべりなランドセル 「小学生まじょとおしゃべりなランドセル」 中島和子作;秋里信子絵 金の星社 2017年6月

ランドル
マホネン谷にすむ土や岩を自由にあやつることができるほねの魔法使い 「ほねほねザウルス 10 ティラノ・ベビーと4人のまほうつかい」 カバヤ食品株式会社原案・監修 岩崎書店 2013年7月

【り】

Rii　りー
音楽創作サークル「ソライロ」の動画師、コウスケと幼なじみの小学五年生 「ソライロ・プロジェクト 1 初投稿は夢のはじまり」 一ノ瀬三葉作;夏芽もも絵 KADOKAWA(角川つばさ文庫) 2017年6月

リー
ジャングル村のいたずらふたごのリスザル 「ジャングル村はちぎれたてがみで大さわぎ!」赤羽じゅんこ作;はやしますみ画 くもん出版(ことばって、たのしいな!) 2013年1月

Rii(りーちゃん)　りー(りーちゃん)
動画投稿する音楽創作サークル「ソライロ」で編集し動画を仕上げている5年生の女の子「ソライロ・プロジェクト 2 恋愛経験ゼロたちの恋うたコンテスト」 一ノ瀬三葉作;夏芽もも絵 KADOKAWA(角川つばさ文庫) 2017年11月

リアナ
ダメ魔女・ポプルの使い魔、何人もの魔王をとりこにしてきた超美人の女悪魔 「魔法屋ポプル お菓子の館とチョコレートの魔法」 堀口勇太作;玖珂つかさ絵 ポプラ社(魔法屋ポプルシリーズ) 2013年4月

リアナ
ダメ魔女・ポプルの使い魔、何人もの魔王をとりこにしてきた超美人の女悪魔 「魔法屋ポプル ドキドキ魔界への旅」 堀口勇太作;玖珂つかさ絵 ポプラ社(魔法屋ポプルシリーズ) 2013年4月

リアナ
ダメ魔女・ポプルの使い魔、何人もの魔王をとりこにしてきた超美人の女悪魔 「魔法屋ポプル ドラゴン島のウエディング大作戦!!」 堀口勇太作;玖珂つかさ絵 ポプラ社(魔法屋ポプルシリーズ) 2013年4月

リアナ
ダメ魔女・ポプルの使い魔、何人もの魔王をとりこにしてきた超美人の女悪魔 「魔法屋ポプル 時の魔女のダンスパーティー」 堀口勇太作;玖珂つかさ絵 ポプラ社(魔法屋ポプルシリーズ) 2013年4月

リアナ
ダメ魔女・ポプルの使い魔、何人もの魔王をとりこにしてきた超美人の女悪魔 「魔法屋ポプルあぶない使い魔と仮面の謎」 堀口勇太作;玖珂つかさ絵 ポプラ社(魔法屋ポプルシリーズ) 2013年4月

リアナ
何人もの魔王をとりこにしてきた超美人悪魔、ポプルの使い魔 「魔法屋ポプルさらわれた友」 堀口勇太作;玖珂つかさ絵 ポプラ社(ポプラポケット文庫) 2013年5月

リアナ
何人もの魔王をとりこにしてきた超美人悪魔、ポプルの使い魔 「魔法屋ポプルのこされた手紙と闇の迷宮」 堀口勇太作;玖珂つかさ絵 ポプラ社(ポプラポケット文庫) 2014年5月

リアナ
何人もの魔王をとりこにしてきた超美人悪魔、ポプルの使い魔 「魔法屋ポプル運命のプリンセスと最強の絆」 堀口勇太作;玖珂つかさ絵 ポプラ社(ポプラポケット文庫) 2014年9

リアナ
何人もの魔王をとりこにしてきた超美人悪魔、ポプルの使い魔 「魔法屋ポプル呪われたプリンセス」 堀口勇太作;玖珂つかさ絵 ポプラ社(ポプラポケット文庫) 2014年1月

リアナ
何人もの魔王をとりこにしてきた超美人悪魔、ポプルの使い魔 「魔法屋ポプル大魔王からのプロポーズ」 堀口勇太作;玖珂つかさ絵 ポプラ社(ポプラポケット文庫) 2013年9月

リアナ
見習い魔女ポプルの使い魔、何人もの魔王をとりこにしてきた超美人悪魔 「魔法屋ポプル 悪魔のダイエット!?」 堀口勇太作;玖珂つかさ絵 ポプラ社(魔法屋ポプルシリーズ) 2013年4月

理恵　りえ
県立逢魔高校の生徒、誰もいない夜の学校でクラスメイトの遥のバラバラになった「カラダ」を探すことになった女の子 「カラダ探し 1」 ウェルザード著;woguraイラスト 双葉社(双葉社ジュニア文庫) 2016年11月

理恵　りえ
県立逢魔高校の生徒、誰もいない夜の学校でクラスメイトの遥のバラバラになった「カラダ」を探すことになった女の子 「カラダ探し 2」 ウェルザード著;woguraイラスト 双葉社(双葉社ジュニア文庫) 2017年3月

理恵　りえ
県立逢魔高校の生徒、誰もいない夜の学校でクラスメイトの遥のバラバラになった「カラダ」を探すことになった女の子 「カラダ探し 3」 ウェルザード著;woguraイラスト 双葉社(双葉社ジュニア文庫) 2017年7月

リオ
メテオランドを支配しようとしているほねのメテオウォーリアーのリーダー、らんぼうもの 「ほねほねザウルス 16 ティラノ・ベビーとなぞの巨大いんせき」 カバヤ食品株式会社原案・監修 岩崎書店 2016年7月

リオ
六さいのあねのマナとおじいちゃんのつくえの下からトウホ・モナイ国にまよいこんだ五さいの女の子 「つくえの下のとおい国」 石井睦美著;にしざかひろみ絵 講談社 2017年10月

里佳子　りかこ
怪盗の山猫の仕事仲間 「怪盗探偵山猫 虚像のウロボロス」 神永学作;ひと和絵 KADOKAWA(角川つばさ文庫) 2016年3月

りかこ

里佳子　りかこ
怪盗の山猫の仕事仲間　「怪盗探偵山猫」　神永学作;ひと和絵　KADOKAWA（角川つばさ文庫）　2016年1月

里佳子　りかこ
怪盗の山猫の仕事仲間、ジュエリーショップのオーナー　「怪盗探偵山猫 鼠たちの宴」　神永学作;ひと和絵　KADOKAWA（角川つばさ文庫）　2016年4月

リキ
小学生・光のおじいちゃんの飼い犬、おじいちゃんが死んで光の家に引き取られた雑種の老犬　「天国の犬ものがたりー僕の魔法」　堀田敦子原作;藤咲あゆな著　小学館（小学館ジュニア文庫）　2017年11月

リキ丸　りきまる
2年生のマキちゃんの家のぼくじょうにいるりっぱなオスのいぬ　「こぶたのタミー」　かわのむつみ作;下間文恵絵　国土社　2015年3月

陸　りく
幼なじみの葵海とバンドを組んでいる理工学部物理学科の男の子　「君と100回目の恋 映画ノベライズ みらい文庫版」　Chocolate;Records原作;ワダヒトミ著　集英社（集英社みらい文庫）　2016年12月

六道 猛　りくどう・たける
霊感の強い五年生・明の幼なじみ、クラスの問題児　「満員御霊! ゆうれい塾 封じられた学校の怪談」　野泉マヤ作;森川泉絵　ポプラ社（ポプラポケット文庫）　2015年8月

リコ
チビまじょチャミーのごしゅじんさま、ハートがだいすきなおんなのこ　「チビまじょチャミーとハートのくに」　藤真知子作;琴月綾絵　岩崎書店（おはなしトントン）　2016年6月

リコ
小学生の男の子・タツキの5さいでわがままないもうと　「森ねこのふしぎなたね」　間瀬みか作;植田真絵　ポプラ社（本はともだち）　2015年11月

莉子　りこ
取り壊されるのを待つばかりの祖父の家で時間を超えいつかの夏に迷い込んだ中学二年生の少女　「夏の朝」　本田昌子著;木村彩子画　福音館書店　2014年5月

リコウ
小学六年生、ヒーローものの特撮映像を手作りする「蒲生特撮隊」のメンバー　「なんちゃってヒーロー」　みうらかれん作;佐藤友生絵　講談社　2013年10月

リーサ
港町に住んでいる人気者のふたごの片われ、DIYのだいすきな女の子　「マーサとリーサ 3 花屋さんのお店づくり、手伝います!」　たかおかゆみこ作・絵　岩崎書店　2017年2月

リサ
父親が再婚したため同級生のユリアンと異母姉弟になったベルリン在住の日本人の十四歳の美少女　「星空ロック」　那須田淳著　ポプラ社（ポプラ文庫ピュアフル）　2016年7月

梨崎 佳乃　りさき・よしの
あさひ小学校に転校してきた五年生、学校で起こる霊的な事件を解決する「こわいもの係」になった女の子　「五年霊組こわいもの係 6－佳乃、ダッシュで逃げる。」　床丸迷人作;浜弓場双絵　KADOKAWA（角川つばさ文庫）　2015年12月

梨崎 佳乃　りさき・よしの
あさひ小学校の異空間『五年霊組』の第47代こわいもの係、校内の霊的な事件を解決している少女　「五年霊組こわいもの係 12 佳乃、破滅の予言にとまどう。」　床丸迷人作;浜弓場双絵　KADOKAWA（角川つばさ文庫）　2017年12月

560

りっく

梨崎 佳乃　りさき・よしの
あさひ小学校の五年生、学校で起こる霊的な事件を解決する「こわいもの係」の女の子
「五年霊組こわいもの係 10－六人のこわいもの係、黒い穴に挑む。」床丸迷人作;浜弓場
双絵　KADOKAWA（角川つばさ文庫）2017年3月

梨崎 佳乃　りさき・よしの
あさひ小学校の五年生、学校で起こる霊的な事件を解決する「こわいもの係」の女の子
「五年霊組こわいもの係 11－六人のこわいもの係、だいだらぼっちと約束する。」床丸迷
人作;浜弓場双絵　KADOKAWA（角川つばさ文庫）2017年7月

梨崎 佳乃　りさき・よしの
あさひ小学校の五年生、学校で起こる霊的な事件を解決する「こわいもの係」の女の子
「五年霊組こわいもの係 7－佳乃、化け猫たちむかう。」床丸迷人作;浜弓場双絵
KADOKAWA（角川つばさ文庫）2016年3月

梨崎 佳乃　りさき・よしの
あさひ小学校の五年生、学校で起こる霊的な事件を解決する「こわいもの係」の女の子
「五年霊組こわいもの係 8－佳乃、もう一人の自分に遭遇する。」床丸迷人作;浜弓場双絵
　KADOKAWA（角川つばさ文庫）2016年7月

梨崎 佳乃　りさき・よしの
あさひ小学校の五年生、学校で起こる霊的な事件を解決する「こわいもの係」の女の子
「五年霊組こわいもの係 9－六人のこわいもの係、霊組に集まる。」床丸迷人作;浜弓場双
絵　KADOKAWA（角川つばさ文庫）2016年12月

リスのおじいさん
木の下でなわとびをれんしゅうをするクマのこを木の上のいえからおうえんしたリスのおじい
さん「とんだ、とべた、またとべた！」森山京作;黒井健絵　ポプラ社（本はともだち♪）
2014年6月

リータ
ゆうしゅうだけどきらわれもののまじょのおんなのこ「おばけのひみつしっちゃった!?－おば
けマンション」むらいかよ著　ポプラ社（ポプラ社の新・小さな童話）2014年2月

りーちゃん
動画投稿する音楽創作サークル「ソライロ」で編集し動画を仕上げている5年生の女の子
「ソライロ・プロジェクト 2 恋愛経験ゼロたちの恋うたコンテスト」一ノ瀬三葉作;夏芽もも絵
KADOKAWA（角川つばさ文庫）2017年11月

律　りつ
大きな栗の木と小さなお地蔵さんがある家に暮らしているばあちゃん、千尋の祖母「100年
の木の下で」杉本りえ著;佐竹美保画　ポプラ社（Teens' best selections）2017年11月

リッカくん
友だちのナゾトキ姫と梅くんと三人でナゾを解決する学校一の元気者「ナゾトキ姫は名探
偵♥」阿南まゆき原作・イラスト;時海結以作　小学館（ちゃおノベルズ）2013年2月

リッキー
ドギーマギー動物学校のカムたちが公園でみつけたすてられていた子犬、体が小さい男の
子「ドギーマギー動物学校 8 すてられた子犬たち」姫川明月作・絵　KADOKAWA（角川
つばさ文庫）2016年5月

リック
同級生のアンと一緒に京都に向かった歴史にくわしい男の子みたいな女の子「源氏、絵
あわせ、貝あわせ－歴史探偵アン&リック [3]」小森香折作;染谷みのる絵　偕成社　2017
年9月

りっく

リッくん
隣の小学校に通うモモとモカとカンタが作っている児童館の壁新聞作りを手伝うことになった六年生の男の子 「ニレの木広場のモモモ館」 高楼方子作;千葉史子絵 ポプラ社(ノベルズ・エクスプレス) 2015年10月

リツコ先生　りつこせんせい
童守高校の美人化学科教師、幽霊や妖怪を信じない先生 「地獄先生ぬ〜べ〜 ドラマノベライズ ありがとう、地獄先生!!」 真倉翔原作;岡野剛原作;岡崎弘明著;マルイノ絵 集英社(集英社みらい文庫) 2015年2月

リッチ(荒井 利一)　りっち(あらい・りいち)
クラスメイトの圭太と紅子と三人でふしぎなおばあさんから魔法をならうことになった小学四年生 「魔法学校へようこそ」 さとうまきこ作;高橋由為子絵 偕成社 2017年12月

りっちゃん
超ちっちゃくて人見知りの高校一年生ひよりの同い年の幼なじみで親友の女の子 「ひよ恋1 ひより、好きな人ができました!」 雪丸もえ原作・絵;松田朱夏著 集英社(集英社みらい文庫) 2013年3月

りっちゃん
超ちっちゃくて人見知りの高校一年生ひよりの同い年の幼なじみで親友の女の子 「ひよ恋2 ライバルにハラハラ!」 雪丸もえ原作・絵;松田朱夏著 集英社(集英社みらい文庫) 2013年7月

りっちゃん
超ちっちゃくて人見知りの高校一年生ひよりの同い年の幼なじみで親友の女の子 「ひよ恋3 ドキドキの告白」 雪丸もえ原作・絵;松田朱夏著 集英社(集英社みらい文庫) 2013年11月

りっちゃん
超ちっちゃくて人見知りの高校一年生ひよりの同い年の幼なじみで親友の女の子 「ひよ恋4 両想いってタイヘン!?」 雪丸もえ原作・絵;松田朱夏著 集英社(集英社みらい文庫) 2014年6月

りっちゃん
超ちっちゃくて人見知りの高校一年生ひよりの同い年の幼なじみで親友の女の子 「ひよ恋5 ずっと、いっしょに」 雪丸もえ原作・絵;松田朱夏著 集英社(集英社みらい文庫) 2014年9月

リッパ(怪盗王子チューリッパ)　りっぱ(かいとうおうじちゅーりっぱ)
少年怪盗、ゆうめいな怪盗王チューリッヒのむすこ 「怪盗王子チューリッパ! 3 怪盗王の挑戦状」 如月かずさ作;柴本翔絵 偕成社 2017年1月

りっぷ
チューリップから生まれたピンク色の巻き毛の小さな妖精 「リルリルフェアリル」 坊野五月文;サンリオキャラクター著 小学館(ちゃおノベルズ) 2017年4月

リップ
チューリップにすむ妖精 「ドールハウスはおばけがいっぱい」 柏葉幸子作;ひらいたかこ絵 ポプラ社(ポプラの木かげ) 2017年1月

李 斗　り・と
北宋時代の泉州で妖魔退治をする道観「白鶴観」の見習い道士、人ではない封魔の少年 「封魔鬼譚2 太歳」 渡辺仙州作;佐竹美保絵 偕成社 2017年4月

李 斗　り・と
北宋時代の泉州の豪商の息子、天才的な記憶力を持った14歳の少年 「封魔鬼譚1 尸解」 渡辺仙州作;佐竹美保絵 偕成社 2017年3月

りゅう

リーナ
六年生の里菜子がピアノ教室の近くで出会った幼い女の子、黒い猫・ノアの飼い主 「ネコをひろったリーナとひろわなかったわたし」 ときありえ著 講談社(講談社・文学の扉) 2013年3月

里菜子　りなこ
ピアノの好きな小学六年生、口論が増えた両親と自分の進路について悩んでいる女の子 「ネコをひろったリーナとひろわなかったわたし」 ときありえ著 講談社(講談社・文学の扉) 2013年3月

李白さん　りはくさん
木屋町先斗町界隈で有名な金貸しをしている大金持ち、底抜けにお酒を飲むお爺さん 「夜は短し歩けよ乙女」 森見登美彦作;ぷーた絵 KADOKAWA(角川つばさ文庫) 2017年4月

李 文徳　り・ぶんとく
封魔の楊月が蘇州に向かう乗り合い馬車で同乗した画師、三十代の男 「封魔鬼譚 3 渾沌」 渡辺仙州作;佐竹美保絵 偕成社 2017年4月

リボン
たくさんの冒険をした半生を語るオスのオカメインコ 「つばさのおくりもの」 小川糸著;GURIPOPO絵 ポプラ社 2013年4月

リミ
チビまじょチャミーのごしゅじんさま、チョコレートがだいすきなおんなのこ 「チビまじょチャミーとチョコレートおうじ」 藤真知子作;琴月綾絵 岩崎書店(おはなしトントン) 2017年6月

リャクラン
中原の小国「永依」の軍師、賢く冷酷な美少年 「X-01エックスゼロワン［壱］」 あさのあつこ著;田中達之画 講談社(Ya! entertainment) 2016年9月

リャクラン
中原の小国「永依」の軍師、賢く冷酷な美少年 「X-01エックスゼロワン［弐］」 あさのあつこ著;田中達之画 講談社(Ya! entertainment) 2017年9月

リュー
少年の姿をした名刀村雨丸の化身・ムラサメのペットで白いフェレット 「サトミちゃんちの1男子 4 ネオ里見八犬伝」 矢立肇原案;こぐれ京著;永地絵;久世みずき;ぱらふぃんピジャモス企画協力 KADOKAWA(角川つばさ文庫) 2014年12月

リュウ
「占いハウス・龍の門」で暴れていた少年、龍神界から人間界に来た南方紅龍族の王子 「龍神王子(ドラゴン・プリンス)! 1」 宮下恵茉作;kaya8絵 講談社(青い鳥文庫) 2014年2月

龍　りゅう
「三毛の龍」と巷で評判の化け猫 「雨夜の月(一鬼夜行[7])」 小松エメル［著］ ポプラ社(teenに贈る文学) 2016年4月

竜王 創也　りゅうおう・そうや
同級生の内人と「南北磁石」というゲーム制作のコンビを組む頭脳明晰な中学生 「都会(まち)のトム&ソーヤ 11「DOUBLE」上下」 はやみねかおる著;にしけいこ画 講談社(YA! ENTERTAINMENT) 2013年8月

竜王 創也　りゅうおう・そうや
同級生の内人と「南北磁石」というゲーム制作のコンビを組む頭脳明晰な中学生 「都会(まち)のトム&ソーヤ 12 IN THE ナイト」 はやみねかおる著;にしけいこ画 講談社(YA! ENTERTAINMENT) 2015年3月

りゅう

竜王 創也　りゅうおう・そうや
同級生の内人と「南北磁石」というゲーム制作のコンビを組む頭脳明晰な中学生　「都会(まち)のトム＆ソーヤ 13 黒須島クローズド」　はやみねかおる著;にしけいこ画　講談社(YA! ENTERTAINMENT)　2015年11月

竜王 創也　りゅうおう・そうや
同級生の内人と「夢幻」というゲームを創った頭脳明晰な中学生　「都会(まち)のトム＆ソーヤ 14「夢幻」上下」　はやみねかおる著;にしけいこ画　講談社(YA! ENTERTAINMENT)　2017年2月

龍恩寺 清命　りゅうおんじ・せいめい
テレビのオカルト番組に出た霊媒師、和服を着た五十歳くらいの男の人　「天才探偵Sen 7－テレビ局ハプニング・ツアー(天才探偵Senシリーズ)」　大崎梢作;久都りか絵　ポプラ社　2013年4月

竜骨　りゅうこつ
漢方薬に使われる竜の化石、高校一年生の草多と話ができる小さな乳白色の塊　「わからん薬学事始 2」　まはら三桃著　講談社　2013年4月

リュウセイ(流れ星)　りゅうせい(ながれぼし)
少年野球チームの四年生・ゆうの前にあらわれた空からきたという男の子　「流れ星☆ぼくらの願いがかなうとき」　白矢三恵作;うしろだなぎさ絵　岩崎書店(おはなしガーデン)　2014年9月

龍之介　りゅうのすけ
本の虫で歴史好きな新小学六年生、いとこの志保と一緒に江戸時代へタイムスリップした男の子　「サクラ・タイムトラベル」　加部鈴子作　岩崎書店(物語の王国)　2014年2月

劉 備　りゅう・び
「地獄三国志トーナメント」に出た中国の地獄の野球チーム「蜀ファイブタイガース」のリーダー　「戦国ベースボール [5] 三国志トーナメント編 1 信長、世界へ!」　りょくち真太作;トリバタケハルノブ絵　集英社(集英社みらい文庫)　2016年6月

劉備　りゅうび
三国志に登場する人物、実は古代中国にタイムスリップした中学生の女の子・理宇　「初恋三国志 りゅうびちゃん、英傑(ヒーロー)と出会う!」　水島朱音作;榎本事務所作;藤田香絵　KADOKAWA(角川つばさ文庫)　2014年8月

龍魔王　りゅうまおう
タケシの妹のマリーをさらって地底の岩牢に閉じこめた魔物　「地底の大冒険－タケシと影を喰らう龍魔王」　私市保彦作;いしいつとむ画　てらいんく　2015年9月

リュシアン
アムリオン王国を守る白天馬騎士団の弓の天才、サクノス家の美形三兄弟の二男　「トリシアは魔法のお医者さん!! 7 ペガサスは恋のライバル!?」　南房秀久著;小笠原智史絵　学研教育出版　2014年4月

リュート
モンスターと絆を結ぶモンスターライダー、ハクム村出身の元気な少年　「モンスターハンターストーリーズ[1] 絆のかたち」　前田圭士作;布施龍太絵　KADOKAWA(角川つばさ文庫)　2017年3月

リュート
モンスターと絆を結ぶモンスターライダー、ハクム村出身の元気な少年　「モンスターハンターストーリーズ[2] 新たな絆」　前田圭士作;布施龍太絵　KADOKAWA(角川つばさ文庫)　2017年9月

リュート
モンスターライダーの隠れ里・ハクム村出身のライダー、「黒の凶気」を止めるため世界を旅している少年　「モンスターハンターストーリーズRIDE ON〜決別のとき」　CAPCOM原作監修;相羽鈴著　集英社(集英社みらい文庫)　2017年7月

リュート
モンスターライダーの隠れ里・ハクム村出身のライダー、「黒の凶気」を止めるため世界を旅している少年　「モンスターハンターストーリーズRIDE ON〜最凶の黒と白い奇跡〜」　CAPCOM原作監修;相羽鈴著　集英社(集英社みらい文庫)　2017年10月

リュート
モンスターライダーの村・ハクム村に住む世界一のライダーをめざす明るく元気いっぱいの少年　「モンスターハンターストーリーズRIDE ON〜たちむかえライダー!」　CAPCOM原作監修;相羽鈴著　集英社(集英社みらい文庫)　2017年4月

リューネ
夜の王国の女王、アムリオン王国の宮廷魔法使い・アンリ先生に恋をした女の子　「魔法医トリシアの冒険カルテ3 夜の王国と月のひとみ」　南房秀久著;小笠原智史絵　学研プラス　2017年3月

リュリュ・シェンデルフェール
高校一年生の一平を異世界へ召還した女魔法使い、65歳の老婆だったが今は10歳の女の子　「やっぱチョロインでしょ! 2」　吉川兵保著;犬江しんすけイラスト　KADOKAWA(角川スニーカー文庫)　2015年3月

リュリュ・シェンデルフェール
高校一年生の一平を異世界へ召還した女魔法使い、元宮廷魔法師の65歳の老婆　「やっぱチョロインでしょ!」　吉川兵保著;犬江しんすけイラスト　KADOKAWA(角川スニーカー文庫)　2014年10月

リョウ
お母さんにおこられてもへいきな小学三年生、幼稚園児のコウタの兄　「ぼくとお兄ちゃんのビックリ大作戦」　まつみりゅう作;荒木祐美絵　刈谷市・刈谷市教育委員会　2014年10月

リョウ
生まれてすぐに島に捨てられカカオの実を収穫する仕事をしている十三歳の少年　「ブラック」　山田悠介著;わんにゃんぷーイラスト　小学館(小学館ジュニア文庫)　2017年10月

亮　りょう
小学三年生の拓真のクラスにやってきた転校生、黒板の花太郎さんという妖怪が出るとうわさの三年三組の生徒　「三年三組黒板の花太郎さん」　草野あきこ作;北村裕花絵　岩崎書店(おはなしガーデン)　2016年9月

リョウ(前津 涼)　りょう(まえず・りょう)
七曲小六年生のサーファーの男の子、野球チーム「フレンズ」の新メンバー　「プレイボール3 ぼくらのチーム、大ピンチ!」　山本純士作;宮尾和孝絵　KADOKAWA(角川つばさ文庫)　2015年5月

諒香　りょうか
自分の悩みについて六年生の里菜子といろいろ話すクラスメイトの女の子　「ネコをひろったリーナとひろわなかったわたし」　ときありえ著　講談社(講談社・文学の扉)　2013年3月

良介　りょうすけ
動物が大好きな小学5年生、好奇心が強い男の子　「おりの中の46ぴきの犬」　なりゆきわかこ作;あやか挿絵　KADOKAWA(角川つばさ文庫)　2014年6月

涼ちゃん　りょうちゃん
中学の吹奏楽部員、4月から中学生になる想の2番目の姉さん　「かぐや姫のおとうと」　広瀬寿子作;丹地陽子絵　国土社　2015年2月

りょう

料理人（高橋）　りょうりにん（たかはし）
謎の紳士「貴族探偵」の料理人、六十歳過ぎの小柄な老人　「貴族探偵対女探偵 みらい文庫版」麻耶雄嵩作;きろばいと絵　集英社（集英社みらい文庫）　2017年5月

リョーチン（新島 良次）　りょーちん（にいじま・りょうじ）
町内でも有名な史上最強の小学生5年生トリオ「イタズラ大王三人悪」の一人　「地獄堂霊界通信 1」香月日輪作;みもり絵　講談社（青い鳥文庫）　2013年7月

リョーチン（新島 良次）　りょーちん（にいじま・りょうじ）
町内でも有名な史上最強の小学生5年生トリオ「イタズラ大王三人悪」の一人　「地獄堂霊界通信 2」香月日輪作;みもり絵　講談社（青い鳥文庫）　2013年12月

呂布　りょふ
三国時代最強の武将、地獄の野球チーム・魏アンチヒーローズの4番でピッチャー　「戦国ベースボール [8] 三国志トーナメント編 4 決勝!信長vs呂布」りょくち真太作;トリバタケハルノブ絵　集英社（集英社みらい文庫）　2017年2月

リラの妖精　りらのようせい
やさしい性格で平和を好み人間に協力的な妖精　「眠れる森の美女」藤本ひとみ文;東逸子絵;ペロー原作　講談社（青い鳥文庫）　2014年12月

リラン
グリン峠の山賊ダインの息子として育てられた『片割れの巫女』、大巫女トレアの双子の妹　「エリアの魔剣 5」風野潮作;そらめ絵　岩崎書店（YA! フロンティア）　2013年3月

リリ
まじょのまじょ子とふしぎの国のおはなしパーティへいった女の子　「まじょ子のおはなしパーラー」藤真知子作;ゆーちみえこ絵　ポプラ社（学年別こどもおはなし劇場）　2015年3

リリ
まほうのティーポットのチビまじょ・チャミーのごしゅじんさま、おひめさまにあこがれているおんなのこ　「チビまじょチャミーとラ・ラ・ラ・ダンス」藤真知子作;琴月綾絵　岩崎書店（おはなしトントン）　2013年6月

りり
外にでるとしっている人に声をかけられるんじゃないだろうかとドキドキしてしまう一年生の女の子　「りりちゃんのふしぎな虫めがね」最上一平作;青山友美絵　新日本出版社　2017年6月

リリア
モンスターライダーの隠れ里・ハクム村を出て調査機関「王立書士隊」に入ることになった少女、少年ライダー・リュートのおさななじみ　「モンスターハンターストーリーズRIDE ON～決別のとき」CAPCOM原作監修;相羽鈴著　集英社（集英社みらい文庫）　2017年7月

リリア
モンスターライダーの村・ハクム村に住む少女、世界一のライダーをめざすリュートのおさななじみ　「モンスターハンターストーリーズRIDE ON～たちむかえライダー!」CAPCOM原作監修;相羽鈴著　集英社（集英社みらい文庫）　2017年4月

リリア
調査機関「王立書士隊」の見習い隊員の少女、少年ライダー・リュートのおさななじみ　「モンスターハンターストーリーズRIDE ON～最凶の黒と白い奇跡～」CAPCOM原作監修;相羽鈴著　集英社（集英社みらい文庫）　2017年10月

リリアさん
ねこの町でパンやさんをしているおしゃれでやさしいねこ、ふたごの猫のきょうだいのおかあさん　「ねこの町のリリアのパン（たべもののおはなしシリーズ）」小手鞠るい作;くまあやこ絵　講談社　2017年2月

リリコ
おしゃべりなランドセルと友だちになった小学生まじょ 「小学生まじょとおしゃべりなランドセル」 中島和子作;秋里信子絵 金の星社 2017年6月

リリリ
見習い魔女ポプルの大親友、「光とあわの国」の人気占い師 「魔法屋ポプル 友情は魔法に勝つ!!」 堀口勇太作;玖珂つかさ絵 ポプラ社(魔法屋ポプルシリーズ) 2013年4月

リン
伝説の魔女の孫、世界中を旅する冒険に出たくて魔女学校に入学した十四歳の女の子 「伝説の魔女」 美波蓮作;よん絵 ポプラ社(ポプラポケット文庫) 2014年10月

リン(怪盗ジェニィ)　りん(かいとうじぇにい)
猫の耳としっぽを持つ猫耳族、執事のレンと怪盗ピーター＆ジェニィとして活動している十四歳のお嬢さま 「怪盗ピーター＆ジェニィ」 美波蓮作;たま絵 ポプラ社(ポプラポケット文庫) 2015年2月

りんご
プリンプ魔導学校に通うアミティの友達、頭の良い女の子 「ぷよぷよ アミティとふしぎなタマゴ」 芳野詩子作;こめ苺絵 KADOKAWA(角川つばさ文庫) 2014年4月

りんご
プリンプ魔導学校に通うアミティの友達、頭の良い女の子 「ぷよぷよ アミティと愛の少女!?」 芳野詩子作;こめ苺絵 KADOKAWA(角川つばさ文庫) 2017年6月

りんご
プリンプ魔導学校に通うアミティの友達、頭の良い女の子 「ぷよぷよ サタンのスペース遊園地」 芳野詩子作;こめ苺絵 KADOKAWA(角川つばさ文庫) 2016年2月

りんご
プリンプ魔導学校に通うアミティの友達、頭の良い女の子 「ぷよぷよ シグのヒミツ」 芳野詩子作;こめ苺絵 KADOKAWA(角川つばさ文庫) 2015年7月

りんご
好奇心旺盛で礼儀正しいくるっとカールした赤い髪の女の子、プリンプタウンに住んでいるアミティの友達 「ぷよぷよ みんなの夢、かなえるよ!?」 芳野詩子作;こめ苺絵 KADOKAWA(角川つばさ文庫) 2014年12月

リンさん
ホルムという町にすむ古道具屋のおしじさんのおくさん、ひろった洋服ダンスの中からでてきたしゃべるクロネコとくらすおばさん 「ブンダバー 1」 くぼしまりお作;佐竹美保絵 ポプラ社(ポプラポケット文庫) 2013年8月

リンさん
ホルムという町にすむ古道具屋のおしじさんのおくさん、ひろった洋服ダンスの中からでてきたしゃべるクロネコとくらすおばさん 「ブンダバー 2」 くぼしまりお作;佐竹美保絵 ポプラ社(ポプラポケット文庫) 2013年11月

リンさん
ホルムという町にすむ古道具屋のおしじさんのおくさん、ひろった洋服ダンスの中からでてきたしゃべるクロネコとくらすおばさん 「ブンダバー 3」 くぼしまりお作;佐竹美保絵 ポプラ社(ポプラポケット文庫) 2014年2月

リンタ
ビスク工場ではたらいている人のこどもたちだけがはいるルイルイ小学校一年生のちびの男の子 「金色のライオン」 香山彬子作;佃公彦絵 復刊ドットコム 2013年2月

りんち

リンちゃん
「負けてたまるか」が口ぐせのおばあさんのネネコさんをクラスで作るげきの主人公にしようと思った小学四年生の女の子 「リンちゃんとネネコさん」 森山京作;野見山響子絵 講談社（わくわくライブラリー） 2017年7月

竜胆　りんどう
御招山の天狗たちを取り仕切っている大天狗 「お面屋たまよし 不穏ノ祭」 石川宏千花著;平沢下戸画 講談社(Ya! entertainment) 2013年11月

【る】

ルイくん
マンションにすんでいるちょっぴりきよわなおとこのこ、おばけのモモちゃんのともだち 「いつも100てん!?おばけえんぴつ」 むらいかよ著 ポプラ社（ポプラ社の新・小さな童話） 2017年6月

ルイス
日本人の少年ユウトがウルグアイで出会った親友 「世界を動かすことば 世界でいちばん貧しい大統領のスピーチ」 百瀬しのぶ作;ちーこ絵 KADOKAWA（角川つばさ文庫） 2015年10月

ルイルイ
六年五組にやってきた転校生、学校生活の相談窓口の「生活向上委員」の一人 「生活向上委員会! 1 ぼっちですが、なにか?」 伊藤クミコ作;桜倉メグ絵 講談社（青い鳥文庫） 2016年8月

ルイルイ
六年五組にやってきた転校生、学校生活の相談窓口の「生活向上委員」の一人 「生活向上委員会! 2 あなたの恋を応援し隊!」 伊藤クミコ作;桜倉メグ絵 講談社（青い鳥文庫） 2016年10月

ルイルイ
六年五組にやってきた転校生、学校生活の相談窓口の「生活向上委員」の一人 「生活向上委員会! 3 女子vs.男子教室ウォーズ」 伊藤クミコ作;桜倉メグ絵 講談社（青い鳥文庫） 2017年1月

ルイルイ
六年五組にやってきた転校生、学校生活の相談窓口の「生活向上委員」の一人 「生活向上委員会! 4 友だちの階級」 伊藤クミコ作;桜倉メグ絵 講談社（青い鳥文庫） 2017年5月

ルイルイ
六年五組にやってきた転校生、学校生活の相談窓口の「生活向上委員」の一人 「生活向上委員会! 5 激突!クラスの女王」 伊藤クミコ作;桜倉メグ絵 講談社（青い鳥文庫） 2017年8月

ルイルイ
六年五組にやってきた転校生、学校生活の相談窓口の「生活向上委員」の一人 「生活向上委員会! 6 コンプレックスの正体」 伊藤クミコ作;桜倉メグ絵 講談社（青い鳥文庫） 2017年11月

呂剛虎　るうがんふう
大亜連合軍特殊工作部隊のエース魔法師、凶暴な男 「魔法科高校の劣等生 20 南海騒擾編」 佐島勤著 KADOKAWA（電撃文庫） 2016年9月

ルウ子　るうこ
お話を書くのが好きな女の子 「雨ふる本屋とうずまき天気」 日向理恵子作;吉田尚令絵 童心社 2017年5月

るっか

ルカ
キツネの女の子・コノミの元お師匠様、神さまにお仕えする眷属 「超吉ガール 5 絶交・超凶で大ピンチ!?の巻」 遠藤まり作;ふじつか雪絵 KADOKAWA(角川つばさ文庫) 2017年2月

ルカ
超一流のパティシエ・ピエール・ロジェのふたごの孫、世界一のショコラティエを目ざす男の子 「マカロンは夢のはじまり－プティ・パティシエール1」 工藤純子作;うっけ絵 ポプラ社 2016年7月

ルーガ
ブッタ村のちかくのコアマンティ山で村人たちをおそうサーベルタイガー・ベガの息子 「ほねほねザウルス 18 たいけつ!きょうふのサーベルタイガー」 カバヤ食品株式会社原案・監修 岩崎書店 2017年9月

ルカ王女　るかおうじょ
ゲームの「勇者伝説・ドミリア国物語」でドミリア国の王様・プー王の娘の王女 「IQ探偵ムー 勇者伝説～冒険のはじまり」 深沢美潮作;山田J太画 ポプラ社(ポプラカラフル文庫) 2015年4月

ルカくん
パティシエ見習いの小学生・すばるの家にやってきたイタリア人の男の子 「パティシエ☆すばる おねがい!カンノーリ」 つくもようこ作;鳥羽雨絵 講談社(青い鳥文庫) 2016年10月

ルーク
小学校五年生の藤沢律がいつも持ち歩いているチェスの駒 「ルークとふしぎな歌 (ものだま探偵団 3)」 ほしおさなえ作;くまおり純絵 徳間書店 2015年7月

ルーくん
「カンガルー星」でくらしているいつか地球にいってみたいと思っているカンガルーの男の子 「お手紙まってます」 小手鞠るい作 WAVE出版(ともだちがいるよ!) 2015年2月

ルーシー
チャーリー・ブラウン少年の親友・ライナスの姉、いつも強気で口うるさくまわりにおせっかいをやく女の子 「I LoveスヌーピーTHE PEANUTS MOVIE」 チャールズ・M.シュルツ原作;ワダヒトミ著 集英社(集英社みらい文庫) 2015年11月

ルター
宮廷大学3年生のチタンの冒険組合の男子仲間、ドワーフ 「犬と魔法のファンタジー」 田中ロミオ著 小学館(小学館ジュニア文庫) 2015年7月

ルチア
腕に紋章のあざがあり魔女になる資格をもつという十三歳の美少女 「ぼくらの魔女戦記2 黒衣の女王」 宗田理作 ポプラ社(「ぼくら」シリーズ) 2016年1月

ルチア
腕に紋章のあざがあり魔女になる資格をもつという十三歳の美少女 「ぼくらの魔女戦記3 黒ミサ城脱出」 宗田理作 ポプラ社(「ぼくら」シリーズ) 2016年7月

ルーチカ
ひみつの場所にあるフェリエの国に住むこころやさしいはりねずみ 「はりねずみのルーチカ [6] ハロウィンの灯り」 かんのゆうこ作;北見葉胡絵 講談社(わくわくライブラリー) 2017年9月

ルッカ
月神セレネーの聖獣、太陽の出ている間は人間の男の子の姿に変わる金色のユニコーン 「ユニコーンの乙女 ラーラと二頭の聖獣」 牧野礼作;sime絵 講談社(青い鳥文庫) 2014年12月

るっか

ルッカ
月神セレネーの聖獣、太陽の出ている間は人間の男の子の姿に変わる金色のユニコーン
「ユニコーンの乙女 決戦のとき」 牧野礼作;sime絵 講談社(青い鳥文庫) 2015年11月

ルッカ
月神セレネーの聖獣、太陽の出ている間は人間の男の子の姿に変わる金色のユニコーン
「ユニコーンの乙女 地下通路と王宮の秘密」 牧野礼作;sime絵 講談社(青い鳥文庫)
2015年5月

ルッツ
ギルベルタ商会の商人見習い、虚弱な少女・マインの相棒で頼りになる体調管理係 「本好
きの下剋上〜司書になるためには手段を選んでいられません 第2部 神殿の巫女見習い
1」 香月美夜著 TOブックス 2015年10月

ルッツ
異世界の都市エーレンフェストの下町の娘マインの幼なじみ、様々な場所をまわる旅商人
に憧れている少年 「本好きの下剋上〜司書になるためには手段を選んでいられません 第
1部 兵士の娘2」 香月美夜著 TOブックス 2015年3月

ルッツ
本好きの女子大生が生まれ変わった5歳の女の子・マインと同い年で近所に住む少年 「本
好きの下剋上〜司書になるためには手段を選んでいられません〜 第1部 兵士の娘1」 香
月美夜著 TOブックス 2015年2月

ルドルフ
動物の特殊種、妖精のジングルのおともをしているサンタクロールのソリ引きトナカイ 「魔法
探偵ジングル」 大空なごむ作 ポプラ社 2017年12月

ルーナ
「ハーブの薬屋さん」のジャレットに薬の注文をしたわかいうらない師の女性 「うらない師
ルーナと三人の魔女」 あんびるやすこ作・絵 ポプラ社(ポプラ物語館) 2017年12月

ルーナ
人魚族の島「エンジェル島」の王女、小学五年生のノアと瓜二つの顔をもつ女の子 「海色
のANGEL5−最後の日」 池田美代子作;尾谷おさむ絵 講談社(青い鳥文庫) 2016年11
月

ルナ
超一流のパティシエ・ピエール・ロジェのふたごの孫、アニメ好きな女の子 「マカロンは夢
のはじまり−プティ・パティシエール1」 工藤純子作;うっけ絵 ポプラ社 2016年7月

ルナ(桐野 瑠菜)　るな(きりの・るな)
武蔵虹北高校2年生、クラスメイトのモナミの親友で才女 「モナミは世界を終わらせる?」
はやみねかおる作;KeG絵 KADOKAWA(角川つばさ文庫) 2015年2月

ルーニス
月の魔女シャナと一緒に行動するパートナーの猫 「魔女犬ボンボン ナコと幸せの約束」
廣嶋玲子作;KeG絵 角川書店(角川つばさ文庫) 2013年9月

ルーニス
魔女猫、月の魔女の後継者・シャナのパートナー 「魔女犬ボンボン ナコと奇跡の流れ星」
廣嶋玲子作;KeG絵 角川書店(角川つばさ文庫) 2013年4月

ルノクス
高1の真代夏木がきた異世界"ステルニア王国"にいた銀髪の男、王女シャーロットの従兄
「真代家こんぷれっくす! [5] Mysterious days光の指輪物語」 宮沢みゆき著;久世みずき
原作・イラスト 小学館(小学館ジュニア文庫) 2015年8月

るり

ルバーレ
かがくてきにちょうさする学者をなのってわるだくみをする男 「かいけつゾロリのまほうのランプ〜ッ(かいけつゾロリシリーズ54)」原ゆたか作・絵 ポプラ社 2013年12月

ルフィ
海賊「麦わらの一味」の船長、お宝が眠るというメカ島をめざした少年 「ONE PIECE [7] THE MOVIEカラクリ城のメカ巨兵」尾田栄一郎原作;浜崎達也著;東映アニメーション絵 集英社(集英社みらい文庫) 2013年3月

ルフィ
海賊「麦わらの一味」の船長、リゾートの島だというオマツリ島にやってきた少年 「ONE PIECE [9] THE MOVIEオマツリ男爵と秘密の島」尾田栄一郎原作;浜崎達也著;東映アニメーション絵 集英社(集英社みらい文庫) 2013年11月

ルフィ
海賊「麦わらの一味」の船長、医学のすすんだ国・ドラム王国にやってきた少年 「ONE PIECE [11] エピソードオブチョッパー+冬に咲く、奇跡の桜」尾田栄一郎原作;浜崎達也著;東映アニメーション絵 集英社(集英社みらい文庫) 2014年11月

ルフィ
海賊「麦わらの一味」の船長、砂漠の国・アラバスタ王国を目指した少年 「ONE PIECE [10] エピソードオブアラバスタ砂漠の王女と海賊たち」尾田栄一郎原作;浜崎達也著;東映アニメーション絵 集英社(集英社みらい文庫) 2014年7月

ルフィ
海賊「麦わらの一味」の船長、大切な麦わら帽子をなくした少年 「ONE PIECE [8] 麦わらチェイス」尾田栄一郎原作;浜崎達也著;東映アニメーション絵 集英社(集英社みらい文庫) 2013年8月

ルフィン
ドギーマギー動物学校にできたプールの管理人、遊ぶのが大好きなイルカ 「ドギーマギー動物学校 3 世界の海のプール」姫川明月作・絵 角川書店(角川つばさ文庫) 2013年7月

ルミ
カヤのクラスメイトで友だち、重そうな荷物を持っていたおばあさんを助けた四年生 「花曜日」安江生代作;ふりやかよこ絵 文研出版(文研ブックランド) 2013年11月

留美子 るみこ
県立逢魔高校の生徒、誰もいない夜の学校でクラスメイトの遥のバラバラになった「カラダ」を探すことになった女の子 「カラダ探し 1」ウェルザード著;woguraイラスト 双葉社(双葉社ジュニア文庫) 2016年11月

留美子 るみこ
県立逢魔高校の生徒、誰もいない夜の学校でクラスメイトの遥のバラバラになった「カラダ」を探すことになった女の子 「カラダ探し 2」ウェルザード著;woguraイラスト 双葉社(双葉社ジュニア文庫) 2017年3月

留美子 るみこ
県立逢魔高校の生徒、誰もいない夜の学校でクラスメイトの遥のバラバラになった「カラダ」を探すことになった女の子 「カラダ探し 3」ウェルザード著;woguraイラスト 双葉社(双葉社ジュニア文庫) 2017年7月

ルミさん
五年生の砂羽の新しいお母さん、スポーツジムに勤めるスポーツインストラクター 「助っ人マスター」高森美由紀作 フレーベル館(フレーベル館文学の森) 2017年11月

瑠璃 るり
おばあちゃんに会いにひとりで風早の街へやってきた十三歳の夢遊病の少女 「ルリユール」村山早紀著 ポプラ社 2013年10月

るりこ

るり子さん　るりこさん
格安物件の妖怪アパートに住む手だけの幽霊、アパートの賄いさん　「妖怪アパートの幽雅な日常」　香月日輪作;深山和香絵　講談社（青い鳥文庫）　2017年6月

ルリルリ
中学生のエミが護衛をすることになったおとぼけキャラのスーパーアイドル　「らくがき☆ポリス3 流れ星に願うなら!?」　まひる作;立樹まや絵　KADOKAWA（角川つばさ文庫）　2017年9月

ルル
ショッピングモールにある子ども服専門店「ロリポップ」のオーナーのふたごの娘　「お悩み解決!ズバッと同盟 [2] おしゃれコーデ、対決!?」　吉田桃子著;U35イラスト　小学館（小学館ジュニア文庫）　2017年7月

ルル
女の子ララと二人でお菓子屋さんの小学生店長をしている女の子　「ルルとララのアロハ!パンケーキ」　あんびるやすこ作・絵　岩崎書店（おはなしガーデン）　2016年12月

ルル
女の子ララと二人でお菓子屋さんの小学生店長をしている女の子　「ルルとララのハロウィン」　あんびるやすこ作・絵　岩崎書店（おはなしガーデン）　2017年9月

ルル
魔女のいかりをかってねこのすがたにかえられてしまったいたずらがだいすきな妖精　「フェアリーキャット 妖精にもどりたい!」　東多江子作;うっけ絵　講談社（青い鳥文庫）　2016年3月

ルルカ
時空を超えて活躍するトレジャーハンター、中学3年生の美少女　「マジカル★トレジャー 戦国時代にタイムトラベル!?」　藤咲あゆな作;フライ絵　集英社（集英社みらい文庫）　2014年9月

ルルゾ・ラルガス
人間界からやってきた最強の魔術師、見習い魔女ポプルの師匠　「魔法屋ポプル 悪魔のダイエット!?」　堀口勇太作;玖珂つかさ絵　ポプラ社（魔法屋ポプルシリーズ）　2013年4月

ルルゾ・ラルガス
人間界からやってきた最強の魔術師、見習い魔女ポプルの師匠　「魔法屋ポプル 砂漠にねむる黄金宮」　堀口勇太作;玖珂つかさ絵　ポプラ社（魔法屋ポプルシリーズ）　2013年4月

ルルゾ・ラルガス
人間界からやってきた最強の魔術師、見習い魔女ポプルの師匠　「魔法屋ポプル 友情は魔法に勝つ!!」　堀口勇太作;玖珂つかさ絵　ポプラ社（魔法屋ポプルシリーズ）　2013年4月

ルルゾ・ラルガス
人間界からやってきた最強の魔術師、新米魔女ポプルの師匠　「魔法屋ポプル プリンセスには危険なキャンディ♡」　堀口勇太作;玖珂つかさ絵　ポプラ社（魔法屋ポプルシリーズ）　2013年4月

ルルゾ・ラルガス
人間界最強とよばれた仮面の魔術師、魔女の修行中のポプルの師匠　「魔法屋ポプル運命のプリンセスと最強の絆」　堀口勇太作;玖珂つかさ絵　ポプラ社（ポプラポケット文庫）　2014年9月

ルルゾ・ラルガス
人間界最強とよばれた仮面の魔術師、魔女の修行中のポプルの師匠　「魔法屋ポプル呪われたプリンセス」　堀口勇太作;玖珂つかさ絵　ポプラ社（ポプラポケット文庫）　2014年1月

れいさ

ルルゾ・ラルガス
人間界最強とよばれた仮面の魔術師、魔女の修行中のポプルの師匠 「魔法屋ポプル大魔王からのプロポーズ」 堀口勇太作;玖珂つかさ絵 ポプラ社(ポプラポケット文庫) 2013年9月

ルルゾ・ラルガス(ラルガス)
人間界最強と名高い超一流の魔術師、ダメ魔女・ポプルの魔法の先生 「魔法屋ポプル お菓子の館とチョコレートの魔法」 堀口勇太作;玖珂つかさ絵 ポプラ社(魔法屋ポプルシリーズ) 2013年4月

ルルゾ・ラルガス(ラルガス)
人間界最強と名高い超一流の魔術師、ダメ魔女・ポプルの魔法の先生 「魔法屋ポプルドキドキ魔界への旅」 堀口勇太作;玖珂つかさ絵 ポプラ社(魔法屋ポプルシリーズ) 2013年4月

ルルゾ・ラルガス(ラルガス)
人間界最強と名高い超一流の魔術師、ダメ魔女・ポプルの魔法の先生 「魔法屋ポプルドラゴン島のウエディング大作戦!!」 堀口勇太作;玖珂つかさ絵 ポプラ社(魔法屋ポプルシリーズ) 2013年4月

ルルゾ・ラルガス(ラルガス)
人間界最強と名高い超一流の魔術師、ダメ魔女・ポプルの魔法の先生 「魔法屋ポプル ママの魔法陣とヒミツの記憶」 堀口勇太作;玖珂つかさ絵 ポプラ社(魔法屋ポプルシリーズ) 2013年4月

ルルゾ・ラルガス(ラルガス)
人間界最強と名高い超一流の魔術師、ダメ魔女・ポプルの魔法の先生 「魔法屋ポプル 時の魔女のダンスパーティー」 堀口勇太作;玖珂つかさ絵 ポプラ社(魔法屋ポプルシリーズ) 2013年4月

ルルゾ・ラルガス(ラルガス)
人間界最強と名高い超一流の魔術師、ダメ魔女・ポプルの魔法の先生 「魔法屋ポプルあぶない使い魔と仮面の謎」 堀口勇太作;玖珂つかさ絵 ポプラ社(魔法屋ポプルシリーズ) 2013年4月

ルルゾ・ラルガス(ラルガス)
名前をきけば魔界の悪魔もふるえあがるほど超有名な魔術師 「魔法屋ポプル「トラブル、売ります♡」」 堀口勇太作;玖珂つかさ絵 ポプラ社(魔法屋ポプルシリーズ) 2013年4月

【れ】

玲　れい
クラスで目立つかりんたちの女子グループに所属している中学二年生 「てんからどどん」 魚住直子作;けーしん絵 ポプラ社(ノベルズ・エクスプレス) 2016年5月

玲子先生　れいこせんせい
6年生の菜月のお母さん、菜月の通う小学校に転任してきて5年生の担任になった先生 「てのひら咲いた」 別司芳子著 文研出版(文研じゅべにーる) 2013年10月

玲子ちゃん　れいこちゃん
4年生がするボランティア活動で友里と吉田とサキラちゃんと同じグループになった女の子 「ときめき団地の夏祭り」 宇佐美牧子作;小栗麗加画 くもん出版 2015年12月

零崎先生　れいさきせんせい
東大受験スペシャリストとして海成中学校に赴任した女教師 「めざせ！東大お笑い学部 1 天才ツッコミ少女、登場!?」 針とら作;あきづきりょう絵 KADOKAWA(角川つばさ文庫) 2014年5月

573

れいさ

レイさん
中学一年の莉緒の部屋に現れた幽霊、成仏できないというヤンキーの少女 「レイさんといた夏」 安田夏菜著;佐藤真紀子画 講談社(講談社・文学の扉) 2016年7月

レイジさん
ふしぎな古書店「福神堂」の店主、小学五年生のひびきを仮弟子にした福の神 「ふしぎ古書店1 福の神はじめました」 にかいどう青作;のぶたろ絵 講談社(青い鳥文庫) 2016年2月

レイジさん
ふしぎな古書店「福神堂」の店主で福の神、小学五年生のひびきの師匠 「ふしぎ古書店2 おかしな友だち募集中」 にかいどう青作;のぶたろ絵 講談社(青い鳥文庫) 2016年6月

レイジさん
ふしぎな古書店「福神堂」の店主で福の神、小学五年生のひびきの師匠 「ふしぎ古書店3 さらわれた天使」 にかいどう青作;のぶたろ絵 講談社(青い鳥文庫) 2016年9月

麗城 星子　れいじょう・せいこ
麗城月子の双子の姉、学園のマドンナ的存在の中学三年生 「学校にはナイショ♂逆転美少女・花緒［4］プリンセスをプロデュース!?」 吉田純子作;pun2画 ポプラ社(学校にはナイショ♂シリーズ 4) 2014年4月

麗城 月子　れいじょう・つきこ
学園のマドンナ・麗城星子の双子の妹、少し内気な中学三年生 「学校にはナイショ♂逆転美少女・花緒［4］プリンセスをプロデュース!?」 吉田純子作;pun2画 ポプラ社(学校にはナイショ♂シリーズ 4) 2014年4月

れいたろう
本物のおばけになるためにしゅぎょう中の見ならいおばけ 「らくだいおばけがやってきた」 やまだともこ作;いとうみき絵 金の星社 2014年11月

レイト
チョコレートがだいすきなリミのおとうと、あんまりチョコをたべちゃダメといわれているちいさなおとこのこ 「チビまじょチャミーとチョコレートおうじ」 藤真知子作;琴月綾絵 岩崎書店(おはなしトントン) 2017年6月

レイナ
まじょのまじょ子と大まほうつかい・ヘンシーンにあいにいった女の子 「まじょ子とネコの王子さま」 藤真知子作;ゆーちみえこ絵 ポプラ社(学年別こどもおはなし劇場) 2013年10月

レイナ
神奈川県の児童養護施設より南の島に住む林さんの里子になった四年生 「レイナが島にやってきた!」 長崎夏海作;いちかわなつこ絵 理論社 2017年10月

れいなちゃん
クリスマス用のクッキーを作るおてつだいをした2年生の女の子 「クリスマスクッキング ふしぎなクッキーガール」 梨屋アリエ作;山田詩子絵 講談社(おはなし12か月) 2013年10月

レイフィス王子　れいふぃすおうじ
空想癖のある小学年生・宮園あやめの夢に出てくる王子さま 「七色王国と魔法の泡」 香谷美季作;こげどんぼ*絵 講談社(青い鳥文庫) 2013年5月

レイヤ(日守 黎夜)　れいや(ひのもり・れいや)
破魔のマテリアル・サーヤの双子の弟で小学五年生、魔界の王の子としてうまれた光のマテリアル 「魔天使マテリアル 11 真白き閃光」 藤咲あゆな作;藤丘ようこ画 ポプラ社(魔天使マテリアルシリーズ 11) 2013年4月

レイヤ（日守 黎夜）　れいや（ひのもり・れいや）
破魔のマテリアル・サーヤの双子の弟で小学六年生、魔界の王の子としてうまれた光のマテリアル「魔天使マテリアル 12 運命の螺旋」藤咲あゆな作;藤丘ようこ画　ポプラ社（魔天使マテリアルシリーズ 12）2013年4月

レイヤ（日守 黎夜）　れいや（ひのもり・れいや）
破魔のマテリアル・サーヤの双子の弟で小学六年生、魔界の王の子としてうまれた光のマテリアル「魔天使マテリアル 13 憂いの迷宮」藤咲あゆな作;藤丘ようこ画　ポプラ社（魔天使マテリアルシリーズ 13）2013年4月

レイヤ（日守 黎夜）　れいや（ひのもり・れいや）
幼少期を魔界で過ごした小学六年生、サーヤの双子の弟で魔王の子「魔天使マテリアル 15 哀しみの檻」藤咲あゆな作;藤丘ようこ画　ポプラ社（ポプラカラフル文庫）2013年3月

レイヤ（日守 黎夜）　れいや（ひのもり・れいや）
幼少期を魔界で過ごした小学六年生、サーヤの双子の弟で魔王の子「魔天使マテリアル 16 孤独の騎士」藤咲あゆな作;藤丘ようこ画　ポプラ社（ポプラカラフル文庫）2013年8月

レイヤ（日守 黎夜）　れいや（ひのもり・れいや）
幼少期を魔界で過ごした小学六年生、サーヤの双子の弟で魔王の子「魔天使マテリアル 17 罪深き姫君」藤咲あゆな作;藤丘ようこ画　ポプラ社（ポプラカラフル文庫）2014年1月

レイヤ（日守 黎夜）　れいや（ひのもり・れいや）
幼少期を魔界で過ごした小学六年生、サーヤの双子の弟で魔王の子「魔天使マテリアル 18 昏き森の柩」藤咲あゆな作;藤丘ようこ画　ポプラ社（ポプラカラフル文庫）2014年9月

レイヤ（日守 黎夜）　れいや（ひのもり・れいや）
幼少期を魔界で過ごした小学六年生、サーヤの双子の弟で魔王の子「魔天使マテリアル 19 藍の独唱曲」藤咲あゆな作;藤丘ようこ画　ポプラ社（ポプラカラフル文庫）2015年3月

レイヤ（日守 黎夜）　れいや（ひのもり・れいや）
幼少期を魔界で過ごした小学六年生、サーヤの双子の弟で魔王の子「魔天使マテリアル 20 鈍色の波動」藤咲あゆな作;藤丘ようこ画　ポプラ社（ポプラカラフル文庫）2015年10月

レイヤ（日守 黎夜）　れいや（ひのもり・れいや）
幼少期を魔界で過ごした小学六年生、サーヤの双子の弟で魔王の子「魔天使マテリアル 21 BLOOD」藤咲あゆな作;藤丘ようこ画　ポプラ社（ポプラカラフル文庫）2016年4月

レイヤ（日守 黎夜）　れいや（ひのもり・れいや）
幼少期を魔界で過ごした小学六年生、サーヤの双子の弟で魔王の子「魔天使マテリアル 22 秘めた願い」藤咲あゆな作;藤丘ようこ画　ポプラ社（ポプラカラフル文庫）2016年11月

レイヤ（日守 黎夜）　れいや（ひのもり・れいや）
幼少期を魔界で過ごした小学六年生、サーヤの双子の弟で魔王の子「魔天使マテリアル 23 紅の協奏曲」藤咲あゆな作;藤丘ようこ画　ポプラ社（ポプラカラフル文庫）2017年6月

レイヤ（日守 黎夜）　れいや（ひのもり・れいや）
幼少期を魔界で過ごした小学六年生、サーヤの双子の弟で魔王の子「魔天使マテリアル 24 偽りの王子」藤咲あゆな作;藤丘ようこ画　ポプラ社（ポプラカラフル文庫）2017年11月

レウス
「空の王者」とよばれるリオレウス、少年ライダー・リュートのオトモンだったが生死不明となった真っ赤な火竜「モンスターハンターストーリーズRIDE ON～決別のとき」CAPCOM原作監修;相羽鈴著　集英社（集英社みらい文庫）2017年7月

レウス
「空の王者」とよばれるリオレウス、少年リュートが見つけふ化させたタマゴから生まれた真っ赤な火竜「モンスターハンターストーリーズRIDE ON～たちむかえライダー!」CAPCOM原作監修;相羽鈴著　集英社（集英社みらい文庫）2017年4月

れうす

レウス
「空の王者」とよばれる火竜のリオレウス、少年ライダー・リュートと強い絆で結ばれているオトモン 「モンスターハンターストーリーズRIDE ON～最凶の黒と白い奇跡～」 CAPCOM原作監修;相羽鈴著 集英社(集英社みらい文庫) 2017年10月

レウス
モンスターライダーのリュートの親友、朱と藍の竜 「モンスターハンターストーリーズ[1] 絆のかたち」 前田圭士作;布施龍太絵 KADOKAWA(角川つばさ文庫) 2017年3月

レウス
モンスターライダーのリュートの親友、朱と藍の竜 「モンスターハンターストーリーズ[2] 新たな絆」 前田圭士作;布施龍太絵 KADOKAWA(角川つばさ文庫) 2017年9月

レオ
犯罪組織「死の十二貴族」のメンバー、幽の父・月読礼のファンで冷酷な男 「月読幽の死の脱出ゲーム [1] 謎じかけの図書館からの脱出」 近江屋一朗作;藍本松絵 集英社(集英社みらい文庫) 2016年4月

レオ
墓地「慈愛と慰めの丘」の墓守りをしている黒い髪と黒い瞳の男の子 「墓守りのレオ」 石川宏千花著 小学館 2016年2月

レオ(立花 玲音) れお(たちばな・れお)
三軒茶屋のタウンハウス「ぼだい樹荘」の大家・ケチルと親友になった14歳、一人でベルリンへ旅することになったロックを愛する少年 「星空ロック」 那須田淳著 あすなろ書房 2013年12月

レオナルド
かべの中にあるカエル王国のお姫様・陽芽の家来、小学四年生のカエル人間 「カエル王国のプリンセス デートの三原則!?」 吉田純子作;加々見絵里絵 ポプラ社(ポプラポケット文庫ガールズ) 2014年6月

レオナルド
かべの中にあるカエル王国のお姫様・陽芽の家来、小学四年生のカエル人間 「カエル王国のプリンセス フレー!ラブラブ大作戦」 吉田純子作;加々見絵里絵 ポプラ社(ポプラポケット文庫ガールズ) 2014年10月

レオナルド
かべの中にあるカエル王国のお姫様・陽芽の家来、小学四年生のカエル人間 「カエル王国のプリンセス ライバルときどき友だち?」 吉田純子作;加々見絵里絵 ポプラ社(ポプラポケット文庫ガールズ) 2015年1月

レオナルド
かべの中にあるカエル王国のお姫様・陽芽の家来、小学四年生のカエル人間 「カエル王国のプリンセス 王子様はキューピッド?」 吉田純子作;加々見絵里絵 ポプラ社(ポプラポケット文庫ガールズ) 2015年6月

レオナルド
かべの中にあるカエル王国のお姫様に選ばれた陽芽の家来、小学四年生のカエル人間「カエル王国のプリンセス あたし、お姫様になる!?」 吉田純子作;加々見絵里絵 ポプラ社(ポプラポケット文庫ガールズ) 2014年3月

怜央 ヴィルタネン れお・びるたねん
特待生になった美馬が通う「ヴィルタネン・センター」の創始者の息子、美馬にスケートを教えてくれる男の子 「ライバル・オン・アイス 2」 吉野万理子作;げみ絵 講談社 2016年12月

怜央 ヴィルタネン れお・びるたねん
特待生の美馬が通う「ヴィルタネン・センター」の創始者の息子、美馬にスケートを教えてくれる男の子 「ライバル・オン・アイス 3」 吉野万理子作;げみ絵 講談社 2017年3月

れぎお

怜央 ヴィルタネン　れお・びるたねん
美馬が通うことになったフィギアスケート教室「ヴィルタネン・センター」の創設者の息子 「ライバル・オン・アイス 1」 吉野万理子作;げみ絵 講談社 2016年10月

レオン
「T3のメンバーの雄太と大樹が北陸新幹線で出会った怪しい男たちに追われている外国人の少年 「電車で行こう! 北陸新幹線とアルペンルートで、極秘の大脱出!」 豊田巧作;裕龍ながれ絵 集英社(集英社みらい文庫) 2015年9月

レオン
エルフの将軍にえらばれた騎士、ダメ魔女・ポプルのおじ 「魔法屋ポプル ママの魔法陣とヒミツの記憶」 堀口勇太作;玖珂つかさ絵 ポプラ社(魔法屋ポプルシリーズ) 2013年4月

レオン
この世のありとあらゆる童話をつかさどる物語省の一部局「ハッピーエンド管理局」の調整官 「メデタシエンド。[1]ミッションはおとぎ話のお姫さま…のメイド役!?」 葵木あんね著;五浦マリイラスト 小学館(小学館ジュニア文庫) 2017年2月

レオン
この世のありとあらゆる童話をつかさどる物語省の一部局「ハッピーエンド管理局」の調整官 「メデタシエンド。[2]ミッションはおとぎ話の赤ずきん…の猟師役!?」 葵木あんね著;五浦マリイラスト 小学館(小学館ジュニア文庫) 2017年10月

レオン
ヨーロッパにある小さな国・ルヒタンシュタイン公国の王子さま、電車が大好きな小学生・雄太の友だち 「電車で行こう! 小田急ロマンスカーと、迫る高速鉄道!」 豊田巧作;裕龍ながれ絵 集英社(集英社みらい文庫) 2017年8月

レオン
ルヒタンシュタイン公国の公子、電車が超大好きな王子さま 「電車で行こう! 北海道新幹線と函館本線の謎。時間を超えたミステリー!」 豊田巧作;裕龍ながれ絵 集英社(集英社みらい文庫) 2016年7月

レオン
別世界のサクラワカバ島の探偵、桜若葉小学校と島を行き来することができる男 「森の石と空飛ぶ船」 岡田淳作 偕成社(偕成社ワンダーランド) 2016年12月

レオンハルト・フォン・ヒルデスハイム(レオン)
ヨーロッパにある小さな国・ルヒタンシュタイン公国の王子さま、電車が大好きな小学生・雄太の友だち 「電車で行こう! 小田急ロマンスカーと、迫る高速鉄道!」 豊田巧作;裕龍ながれ絵 集英社(集英社みらい文庫) 2017年8月

レオンハルト・フォン・ヒルデスハイム(レオン)
ルヒタンシュタイン公国の公子、電車が超大好きな王子さま 「電車で行こう! 北海道新幹線と函館本線の謎。時間を超えたミステリー!」 豊田巧作;裕龍ながれ絵 集英社(集英社みらい文庫) 2016年7月

レーガ
樫の木タウンのレストランのシェフ、女性のお客さんに大人気の男性 「牧場物語 ほのぼの牧場へようこそ!」 高瀬美恵作;上倉エク絵;はしもとよしふみ(マーベラス)監修 KADOKAWA(角川つばさ文庫) 2015年4月

レギオス
「我らのすけっとアイルー団」の団員、強そうな装備を身につけている小型モンスター 「モンハン日記ぽかぽかアイルー村DX[1] 我らのすけっとアイルー団!」 相坂ゆうひ作;マーブルCHIKO絵 KADOKAWA(角川つばさ文庫) 2015年10月

れきお

レギオス
「我らのすけっとアイルー団」の団員、強そうな装備を身につけている小型モンスター 「モンハン日記ぽかぽかアイルー村DX[1] 幻の歌探しとニャンター!!」 相坂ゆうひ作;マーブルCHIKO絵 KADOKAWA（角川つばさ文庫） 2016年3月

レギオス
「我らのすけっとアイルー団」の団員、強そうな装備を身につけている小型モンスター 「モンハン日記ぽかぽかアイルー村DX[3] ソラVS長老！？巨大スゴロク勝負！！」 相坂ゆうひ作;マーブルCHIKO絵 KADOKAWA（角川つばさ文庫） 2016年7月

レキオ・レオナルトゥ
小学六年生の遼哉が海岸で見つけた恋のキューピッドと名乗る赤黒いガレキ 「UFOがくれた夏」 川口雅幸著 アルファポリス 2013年7月

レシピひめ
クッキング王国の王さまのふたごのむすめのひとり、手づくりにハマっている黒かみの女性 「まじょ子とプリンセスのキッチン」 藤真知子作;ゆーちみえこ絵 ポプラ社（学年別こどもおはなし劇場） 2017年4月

レストレード
パペット探偵団のシュンたちが近所の山で見つけたふわふわのでかウサギ 「パペット探偵団事件ファイル4 パペット探偵団となぞの新団員」 如月かずさ作;柴本翔絵 偕成社 2017年4月

レッド
正義の戦隊〈女子一ズ〉のメンバー、建設会社の営業に所属するOL 「女子一ズ」 浜崎達也著;福田雄一監督・脚本 小学館（小学館ジュニアシネマ文庫） 2014年6月

レナ・ゲール
ロンドンに住む黒髪で肌が浅黒く緑色の目の十一歳の女の子 「レナとつる薔薇の館」 小森香折作;こよ絵 ポプラ社（ノベルズ・エクスプレス） 2013年3月

レミ
にゅういんしているママのかわりにかせいふとしてまじょのナニーさんにきてもらった女の子 「まじょのナニーさん [1]」 藤真知子作;はっとりななみ絵 ポプラ社 2016年7月

レミ
まほうのティーポットのチビまじょ・チャミーのごしゅじんさま、まじょになるのがゆめのおんなのこ 「チビまじょチャミーとおばけのパーティー」 藤真知子作;琴月綾絵 岩崎書店（おはなしトントン） 2014年6月

レミ
よわむしなモンスター・ドジルのともだち、へんな生きものが大すきなまじょ 「ドタバタヒーロー ドジルくん3-ドジルとドラゴン谷のぬし」 大空なごむ作・絵 ポプラ社 2014年9月

レミ
よわむしなモンスター・ドジルのともだち、まほうがにがてなかわったまじょ 「ドタバタヒーロー ドジルくん2-ドタバタヒーロードジルくんとでんせつのかいぶつトレンチュラ」 大空なごむ作・絵 ポプラ社 2014年3月

レミ
よわむしなモンスター・ドジルのともだちのまじょ 「ドタバタヒーロー ドジルくん1-モンスターの森で大ぼうけん」 大空なごむ作・絵 ポプラ社 2013年10月

レミ
よわむしなモンスター・ドジルのともだちのまじょ 「ドタバタヒーロー ドジルくん4-ドジルのはちゃメカパニック!」 大空なごむ作・絵 ポプラ社 2015年3月

れん

レムレス
「彗星の魔導師」の異名を持つ天才魔導師 「ぷよぷよ シグのヒミツ」 芳野詩子作;こめ苺
絵 KADOKAWA(角川つばさ文庫) 2015年7月

レン
アムリオン王国のウデのいい魔法使いの男の子、魔法医トリシアの幼なじみ 「トリシアは魔
法のお医者さん!! 10 ふたりのキズナと船の旅!」 南房秀久著;小笠原智史絵 学研教育
出版 2015年9月

レン
アムリオン王国のウデのいい魔法使いの男の子、魔法医トリシアの幼なじみ 「トリシアは魔
法のお医者さん!! 5 恋する雪のオトメ♥」 南房秀久著;小笠原智史絵 学研教育出版
2013年3月

レン
アムリオン王国のウデのいい魔法使いの男の子、魔法医トリシアの幼なじみ 「トリシアは魔
法のお医者さん!! 6 キケンな恋の物語!」 南房秀久著;小笠原智史絵 学研教育出版
2013年10月

レン
アムリオン王国のウデのいい魔法使いの男の子、魔法医トリシアの幼なじみ 「トリシアは魔
法のお医者さん!! 7 ペガサスは恋のライバル!?」 南房秀久著;小笠原智史絵 学研教育出
版 2014年4月

レン
アムリオン王国のウデのいい魔法使いの男の子、魔法医トリシアの幼なじみ 「トリシアは魔
法のお医者さん!! 8 カンペキ王子のプロポーズ☆」 南房秀久著;小笠原智史絵 学研教
育出版 2014年9月

レン
アムリオン王国のウデのいい魔法使いの男の子、魔法医トリシアの幼なじみ 「トリシアは魔
法のお医者さん!! 9 告白!?月夜のダンスパーティ☆」 南房秀久著;小笠原智史絵 学研教
育出版 2015年3月

レン
のんびりやのおんなのこ・ドミのおさななじみ、ドミのにがてなおとこのこ 「チビまじょチャ
ミーとようせいのドレッサー」 藤真知子作;琴月綾絵 岩崎書店(おはなしトントン) 2015年
6月

レン
十四歳のリンが入学した魔女学校の先生、きれいな青い目とつややかな黒い毛皮をした魔
法猫の男の子 「伝説の魔女」 美波蓮作;よん絵 ポプラ社(ポプラポケット文庫) 2014年
10月

レン
小学6年生、波楽の親友の男の子 「十一月のマーブル」 戸森しるこ著 講談社 2016年
11月

レン
中学受験に向けて勉強に励んでいるがストレスがたまりむしょうにイライラしてたまらない六
年生の少年 「セカイヲカエル」 嘉成晴香作;小倉マユコ絵 朝日学生新聞社 2016年7月

レン
動物と話せるお医者さんのトリシアの幼なじみ、白天馬騎士団の見習い騎士 「魔法医トリ
シアの冒険カルテ 1 ドラゴンの谷となぞの少年」 南房秀久著;小笠原智史絵 学研プラス
2016年3月

れん

レン
魔法の王国・アムリオンを守る白天馬騎士団の見習い騎士の少年、魔法医トリシアのおさなな
じみ 「魔法医トリシアの冒険カルテ 2 妖精の森と消えたティアラ」 南房秀久著;小笠原
智史絵 学研プラス 2016年9月

レン
魔法の王国・アムリオンを守る白天馬騎士団の見習い騎士の少年、魔法医トリシアのおさなな
じみ 「魔法医トリシアの冒険カルテ 3 夜の王国と月のひとみ」 南房秀久著;小笠原智史
絵 学研プラス 2017年3月

レン
魔法の王国・アムリオンを守る白天馬騎士団の見習い騎士の少年、魔法医トリシアのおさなな
じみ 「魔法医トリシアの冒険カルテ 4 飛空城とつばさの指輪」 南房秀久著;小笠原智
史絵 学研プラス 2017年9月

蓮 れん
大池南小学校の4年生、担任のゆず先生から20年前の大地震の話を聞いた男の子 「ゆず
先生は忘れない」 白矢三恵著;山本久美子絵 くもん出版 2016年8月

レン(怪盗ピーター) れん(かいとうぴーたー)
猫の耳としっぽを持つ猫耳族、お嬢さまのリンと怪盗ピーター＆ジェニィとして活動している
十四歳の執事 「怪盗ピーター＆ジェニィ」 美波蓮作;たま絵 ポプラ社(ポプラポケット文
庫) 2015年2月

蓮(九太) れん(きゅうた)
九歳のときにバケモノの熊徹を追ってバケモノの世界・渋天街へ迷い込んだひとりぼっちの
少年 「バケモノの子」 細田守作 KADOKAWA(角川文庫) 2015年6月

蓮(九太) れん(きゅうた)
九歳のときにバケモノの熊徹を追ってバケモノの世界・渋天街へ迷い込んだひとりぼっちの
少年 「バケモノの子」 細田守著;平沢下戸イラスト KADOKAWA(角川スニーカー文庫)
2015年7月

蓮さん れんさん
古道具屋さんをしているわかい男の人、古着屋「MUSUBU」の店主・結さんの弟 「テディベ
ア探偵 引き出しの中のひみつ」 山本悦子作;フライ絵 ポプラ社(ポプラポケット文庫)
2015年10月

レンジひめ
クッキング王国の王さまのふたごのむすめのひとり、ITかでんにハマっている金ぱつの女性
「まじょ子とプリンセスのキッチン」 藤真知子作;ゆーちみえこ絵 ポプラ社(学年別こども
おはなし劇場) 2017年4月

【ろ】

給食皇帝 ろいやるますたー
「給食マスター委員会」の頂点に立つ人物、銀色の髪の上から中華鍋をかぶったお年より
「牛乳カンパイ係、田中くん [3] 給食皇帝を助けよう!」 並木たかあき作;フルカワマモる
絵 集英社(集英社みらい文庫) 2017年4月

老犬(わんちゃん) ろうけん(わんちゃん)
人間が嫌いな老犬、義理の父親から虐待を受け逃げ出してきた未来(ミク)に寄り添った犬
「天国の犬ものがたり 未来」 藤咲あゆな著;堀田敦子原作;環方このみイラスト 小学館(小
学館ジュニア文庫) 2014年12月

ロウさん
新天地アストランの住人、イケメンの男の子・ライの兄 「プリズム☆ハーツ!! 7占って!しあわ
せフォーチュン」 神代明作;あるや絵 集英社(集英社みらい文庫) 2013年3月

老婆　ろうば
お宝が眠るというメカ島の領主の男・ラチェットの母親　「ONE PIECE [7] THE MOVIEカラクリ城のメカ巨兵」　尾田栄一郎原作;浜崎達也著;東映アニメーション絵　集英社(集英社みらい文庫)　2013年3月

ロエル
宮廷大学3年生のチタンの冒険組合の男子仲間、黒エルフ　「犬と魔法のファンタジー」　田中ロミオ著　小学館(小学館ジュニア文庫)　2015年7月

六助　ろくすけ
奉公先からひまを出されても故郷には帰らず海岸でカニやわかめを集めて売る仕事をしている二十歳の青年　「お面屋たまよし　七重ノ祭」　石川宏千花著;平沢下戸画　講談社(Ya! entertainment)　2015年10月

六道 辻ヱ門　ろくどう・つじえもん
伝説の妖刀・極楽丸を盗まれた刀鍛冶　「忍たま乱太郎 夏休み宿題大作戦！の段」　尼子騒兵衛原作;望月千賀子文　ポプラ社(ポプラ社の新・小さな童話)　2013年7月

六道 りんね　ろくどう・りんね
死神みたいな仕事をしている謎の高校一年生、極貧生活中の少年　「境界のRINNE ようこそ地獄へ！」　浜崎達也著;高橋留美子原作;柿原優子脚本;高山カツヒコ脚本　小学館(小学館ジュニア文庫)　2015年8月

六道 りんね　ろくどう・りんね
死神みたいな仕事をしている謎の高校一年生、極貧生活中の少年　「境界のRINNE 友だちからで良ければ」　浜崎達也著;高橋留美子原作;柿原優子脚本;吉野弘幸脚本　小学館(小学館ジュニア文庫)　2015年8月

六道 りんね　ろくどう・りんね
幼い頃から幽霊が見える真宮桜の赤い髪をしたクラスメート、死神みたいな仕事をしている謎の高校一年生　「境界のRINNE 謎のクラスメート」　高山カツヒコ著;高橋留美子原作;横手美智子脚本;高山カツヒコ脚本　小学館(小学館ジュニア文庫)　2015年6月

六文　ろくもん
死神の仕事をサポートする黒猫族　「境界のRINNE 謎のクラスメート」　高山カツヒコ著;高橋留美子原作;横手美智子脚本;高山カツヒコ脚本　小学館(小学館ジュニア文庫)　2015年6月

六文　ろくもん
貧乏死神のりんねをサポートする契約黒猫　「境界のRINNE ようこそ地獄へ！」　浜崎達也著;高橋留美子原作;柿原優子脚本;高山カツヒコ脚本　小学館(小学館ジュニア文庫)　2015年8月

六文　ろくもん
貧乏死神のりんねをサポートする契約黒猫　「境界のRINNE 友だちからで良ければ」　浜崎達也著;高橋留美子原作;柿原優子脚本;吉野弘幸脚本　小学館(小学館ジュニア文庫)　2015年8月

六郎太　ろくろうた
月がころげて夜空にできたあなからあらわれた老人に出会った10歳の少年　「ころげ月」　福明子文;ふりやかよこ絵　新日本出版社　2015年3月

ろくろっ首さん　ろくろっくびさん
「まんぷくラーメン」にアルバイトとしてはけんされてきた3人のゆうれいの一人　「おてつだいおばけさん [1] まんぷくラーメンいちだいじ」　季巳明代作;長谷川知子絵　国土社　2016年10月

ろくろ

ろくろっ首さん　ろくろっくびさん
とびきり横丁の「まんぷくラーメン」にいる三人のおてつだいおばけさんの一人 「おてつだいおばけさん [3] まんぷくラーメン対びっくりチャンポン」 季巳明代作;長谷川知子絵　国土社　2017年7月

ろくろっ首さん　ろくろっくびさん
とびきり横丁の「まんぷくラーメン」にいる三人のおばけのてんいんさんの一人 「おてつだいおばけさん [2] まんぷくラーメンてんてこまい」 季巳明代作;長谷川知子絵　国土社　2017年3月

ろくろっ首ママ　ろくろっくびまま
化野原団地に暮らす九十九一家のママ、ろくろっ首 「妖怪一家のハロウィン－妖怪一家九十九さん [6]」 富安陽子作;山村浩二絵　理論社　2017年9月

ローズ
あくのそしき・カメレオーネいちみとたたかう女のスパイ 「かいけつゾロリなぞのスパイと100本のバラ(かいけつゾロリシリーズ53)」 原ゆたか作・絵　ポプラ社　2013年7月

ローズ
宇宙を漂っていた脱出用ポッドに弟・ジャックとともに乗っていた地球人、勝ち気な性格の少女 「衛星軌道2万マイル」 藤崎慎吾作;田川秀樹絵　岩崎書店(21世紀空想科学小説)　2013年10月

ロッコ
シナモン村のきつねモモーヌのお店にともだちのピッチとあそびにくるあなぐまの男の子 「ようふくなおしのモモーヌ」 片山令子作;さとうあや絵　のら書店　2015年2月

ロッテ・ヤンソン
魔女家系の女の子で名門魔法学校の新入生、日本からやってきたアッコのルームメイト 「リトルウィッチアカデミア－でたらめ魔女と妖精の国」 TRIGGER原作;吉成曜原作;橘もも文;上倉エク絵　KADOKAWA(角川つばさ文庫)　2017年4月

ローテ
ドイツの平和を守るための武装集団「ホテルベルリン」の最高幹部の女性 「怪盗クイーンケニアの大地に立つ」 はやみねかおる作;K2商会絵　講談社(青い鳥文庫)　2017年9月

ロト
テミス賢王国の女王 「ユニコーンの乙女 ラーラと二頭の聖獣」 牧野礼作;sime絵　講談社(青い鳥文庫)　2014年12月

ロト
王座をねらう大臣ブーエに裏切られ王宮を脱出したテミス賢王国の女王 「ユニコーンの乙女 決戦のとき」 牧野礼作;sime絵　講談社(青い鳥文庫)　2015年11月

ロト
王座をねらう大臣ブーエに裏切られ王宮を脱出したテミス賢王国の女王 「ユニコーンの乙女 地下通路と王宮の秘密」 牧野礼作;sime絵　講談社(青い鳥文庫)　2015年5月

ロドリゲス
梨の妖精ふなっしーが出会った迷子の子犬、またの名をみそ汁ロドリゲス 「だいすき♥ふなっしー! ふなっしーと迷子の子犬」 神埜明美著;ふなっしー監修;アップライト絵　集英社(集英社みらい文庫)　2014年7月

ロニー
「ハーブの薬屋さん」のジャレットに薬の注文をした人見知りのアライグマ 「うらない師ルーナと三人の魔女」 あんびるやすこ作・絵　ポプラ社(ポプラ物語館)　2017年12月

ろるふ

ロネ
ケーキまじょのマダム・スイーツがかわいがっているおしゃべりまほうネコ 「まじょ子と黒ネコのケーキやさん」 藤真知子作;ゆーちみえこ絵 ポプラ社(学年別こどもおはなし劇場) 2014年3月

ロビン
かつて子どもたちに人気だったヒューマノイドロボット 「満員御霊! ゆうれい塾 ロボットゆうれいのカウントダウン」 野泉マヤ作;森川泉絵 ポプラ社(ポプラポケット文庫) 2015年12月

ロビン
海賊「麦わらの一味」の仲間、頭脳明晰な考古学者の美女 「ONE PIECE [9] THE MOVIE オマツリ男爵と秘密の島」 尾田栄一郎原作;浜崎達也著;東映アニメーション絵 集英社(集英社みらい文庫) 2013年11月

ロベルト石川　ろべるといしかわ
給食マスターの田中食太のお父さんの弟子、御石井小学校へ転入してきたブラジル生まれの少年 「牛乳カンパイ係、田中くん [5] 給食マスター初指令!友情の納豆レシピ」 並木たかあき作;フルカワマモる絵 集英社(集英社みらい文庫) 2017年12月

ロベルト石川　ろべるといしかわ
給食マスターをめざしている田中食太のお父さんの弟子、ブラジル生まれの少年 「牛乳カンパイ係、田中くん [4] 給食マスター決定戦!父と子の親子丼対決!」 並木たかあき作;フルカワマモる絵 集英社(集英社みらい文庫) 2017年8月

ロボ
ダンスチーム「ファーストステップ」のメンバーの一人、「東海林写真館」の息子で運動が苦手な五年生 「ダンシング☆ハイ [4] みんなのキズナ!涙のダンスカーニバル」 工藤純子作;カスカベアキラ絵 ポプラ社(ポプラポケット文庫) 2016年11月

ロボ
運動が苦手だが太極拳をしている小学五年生、写真館店主の孫 「ダンシング☆ハイ[1]」 工藤純子作;カスカベアキラ絵 ポプラ社(ポプラポケット文庫ガールズ) 2014年10月

ロボ
運動が苦手な小学五年生、ロボットダンスをかっこよく踊りたい男の子 「ダンシング☆ハイ[3] 海へGO!ドキドキ★ダンス合宿」 工藤純子作;カスカベアキラ絵 ポプラ社(ポプラポケット文庫ガールズ) 2015年8月

ロボ
運動が苦手な小学五年生、ロボットダンスをかっこよく踊りたい男の子 「ダンシング☆ハイ[2] アイドルと奇跡のダンスバトル!」 工藤純子作;カスカベアキラ絵 ポプラ社(ポプラポケット文庫ガールズ) 2015年4月

ロマン
マンガが大好きなエミのクロッキー帳の中にあらわれて「美術警察官」だと名乗った少年 「らくがき☆ポリス 1 美術の警察官、はじめました。」 まひる作;立樹まや絵 KADOKAWA(角川つばさ文庫) 2016年10月

ロマン
美術品の中でおきる事件を解決する美術警察官、美術部員のエミがらくがきした絵の中で動きだした理想のカレシ 「らくがき☆ポリス 3 流れ星に願うなら!?」 まひる作;立樹まや絵 KADOKAWA(角川つばさ文庫) 2017年9月

ロルフくん
化野原団地の見学に来た「ヨーロッパ魔もの連合」会長一家の長男、オオカミ男 「妖怪一家のハロウィン－妖怪一家九十九さん [6]」 富安陽子作;山村浩二絵 理論社 2017年9月

【わ】

わかお

若王子 凛　わかおうじ・りん
進学塾「秀明ゼミナール」の天才を育成するgenieプロジェクトのメンバー、フランスのエリート大学で学んでいた五年生の少年　「クリスマスケーキは知っている(探偵チームKZ事件ノート)」　藤本ひとみ原作;住滝良文;清瀬赤目絵　講談社(青い鳥文庫)　2014年11月

若王子 凛　わかおうじ・りん
進学塾「秀明ゼミナール」の天才を育成するgenieプロジェクトのメンバー、フランスのエリート大学で学んでいた五年生の少年　「星形クッキーは知っている(探偵チームKZ事件ノート)」　藤本ひとみ原作;住滝良文;清瀬赤目絵　講談社(青い鳥文庫)　2015年5月

若王子 凛　わかおうじ・りん
天才を育成するgenieプロジェクトのメンバーと犯罪消滅特殊部隊を結成した少年、フランスのエリート大学で学んでいた五年生　「5月ドーナツは知っている(探偵チームKZ事件ノート)」　藤本ひとみ原作;住滝良文;清瀬赤目絵　講談社(青い鳥文庫)　2016年5月

若様　わかさま
キクラゲ城の六十七歳の若様　「忍たま乱太郎 夏休み宿題大作戦！の段」　尼子騒兵衛原作;望月千賀子文　ポプラ社(ポプラ社の新・小さな童話)　2013年7月

若侍　わかざむらい
寺子屋「もっこく塾」で先生をしている十五歳の若侍　「すし食いねえ」　吉橋通夫著　講談社(講談社・文学の扉)　2015年7月

若先生(若侍)　わかせんせい(わかざむらい)
寺子屋「もっこく塾」で先生をしている十五歳の若侍　「すし食いねえ」　吉橋通夫著　講談社(講談社・文学の扉)　2015年7月

若竹 和臣　わかたけ・かずおみ
進学塾「秀明ゼミナール」で知り合った五人の仲間と「KZリサーチ事務所」を作った目立つのが大好きな中学一年生の少年　「アイドル王子は知っている(探偵チームKZ事件ノート)」　藤本ひとみ原作;住滝良文　講談社(青い鳥文庫)　2016年12月

若竹 和臣　わかたけ・かずおみ
進学塾「秀明ゼミナール」で知り合った五人の仲間と「KZリサーチ事務所」を作った目立つのが大好きな中学一年生の少年　「お姫さまドレスは知っている(探偵チームKZ事件ノート)」　藤本ひとみ原作;住滝良文　講談社(青い鳥文庫)　2014年7月

若竹 和臣　わかたけ・かずおみ
進学塾「秀明ゼミナール」で知り合った五人の仲間と「KZリサーチ事務所」を作った目立つのが大好きな中学一年生の少年　「ハート虫は知っている(探偵チームKZ事件ノート)」　藤本ひとみ原作;住滝良文;駒形絵　講談社(青い鳥文庫)　2014年3月

若竹 和臣　わかたけ・かずおみ
進学塾「秀明ゼミナール」で知り合った五人の仲間と「KZリサーチ事務所」を作った目立つのが大好きな中学一年生の少年　「黄金の雨は知っている(探偵チームKZ事件ノート)」　藤本ひとみ原作;住滝良文;駒形絵　講談社(青い鳥文庫)　2015年3月

若竹 和臣　わかたけ・かずおみ
進学塾「秀明ゼミナール」で知り合った五人の仲間と「KZリサーチ事務所」を作った目立つのが大好きな中学一年生の少年　「学校の都市伝説は知っている(探偵チームKZ事件ノート)」　藤本ひとみ原作;住滝良文;駒形絵　講談社(青い鳥文庫)　2017年3月

若竹 和臣　わかたけ・かずおみ
進学塾「秀明ゼミナール」で知り合った五人の仲間と「KZリサーチ事務所」を作った目立つのが大好きな中学一年生の少年　「危ない誕生日ブルーは知っている(探偵チームKZ事件ノート)」　藤本ひとみ原作;住滝良文;駒形絵　講談社(青い鳥文庫)　2017年7月

わかた

若竹 和臣　わかたけ・かずおみ
進学塾「秀明ゼミナール」で知り合った五人の仲間と「KZリサーチ事務所」を作った目立つ
のが大好きな中学一年生の少年　「七夕姫は知っている(探偵チームKZ事件ノート)」　藤
本ひとみ原作;住滝良文;駒形絵　講談社(青い鳥文庫)　2015年7月

若竹 和臣　わかたけ・かずおみ
進学塾「秀明ゼミナール」で知り合った五人の仲間と「KZリサーチ事務所」を作った目立つ
のが大好きな中学一年生の少年　「初恋は知っている 若武編(探偵チームKZ事件ノー
ト)」　藤本ひとみ原作;住滝良文;駒形絵　講談社(青い鳥文庫)　2013年7月

若竹 和臣　わかたけ・かずおみ
進学塾「秀明ゼミナール」で知り合った五人の仲間と「KZリサーチ事務所」を作った目立つ
のが大好きな中学一年生の少年　「消えた美少女は知っている(探偵チームKZ事件ノー
ト)」　藤本ひとみ原作;住滝良文;駒形絵　講談社(青い鳥文庫)　2015年10月

若竹 和臣　わかたけ・かずおみ
進学塾「秀明ゼミナール」で知り合った五人の仲間と「KZリサーチ事務所」を作った目立つ
のが大好きな中学一年生の少年　「青いダイヤが知っている(探偵チームKZ事件ノート)」
藤本ひとみ原作;住滝良文;駒形絵　講談社(青い鳥文庫)　2014年10月

若竹 和臣　わかたけ・かずおみ
進学塾「秀明ゼミナール」で知り合った五人の仲間と「KZリサーチ事務所」を作った目立つ
のが大好きな中学一年生の少年　「赤い仮面は知っている(探偵チームKZ事件ノート)」
藤本ひとみ原作;住滝良文;駒形絵　講談社(青い鳥文庫)　2014年12月

若竹 和臣　わかたけ・かずおみ
進学塾「秀明ゼミナール」で知り合った五人の仲間と「KZリサーチ事務所」を作った目立つ
のが大好きな中学一年生の少年　「探偵チームKZ事件ノート」　藤本ひとみ原作;住滝良原
作;田浦智美文　講談社　2016年2月

若竹 和臣　わかたけ・かずおみ
進学塾「秀明ゼミナール」で知り合った五人の仲間と「KZリサーチ事務所」を作った目立つ
のが大好きな中学一年生の少年　「本格ハロウィンは知っている(探偵チームKZ事件ノー
ト)」　藤本ひとみ原作;住滝良文;駒形絵　講談社(青い鳥文庫)　2016年7月

若竹 和臣　わかたけ・かずおみ
進学塾「秀明ゼミナール」で知り合った五人の仲間と「KZリサーチ事務所」を作った目立つ
のが大好きな中学一年生の少年　「妖怪パソコンは知っている(探偵チームKZ事件ノー
ト)」　藤本ひとみ原作;住滝良文;駒形絵　講談社(青い鳥文庫)　2016年3月

若竹 和臣　わかたけ・かずおみ
進学塾「秀明ゼミナール」で知り合った五人の仲間と「KZリサーチ事務所」を作った目立つ
のが大好きな中学一年生の少年　「裏庭は知っている(探偵チームKZ事件ノート)」　藤本
ひとみ原作;住滝良文;駒形絵　講談社(青い鳥文庫)　2013年3月

若竹 和臣　わかたけ・かずおみ
地元の公立中学校に通う一年生、サッカー選手になる夢をもっている目立つのが大好きな
少年　「青い真珠は知っている(KZ'Deep File)」　藤本ひとみ著　講談社　2015年12月

若武 和臣　わかたけ・かずおみ
「探偵チームKZ」のリーダー、運動神経抜群で目立ちがり屋の中学一年生　「コンビニ仮面
は知っている(探偵チームKZ事件ノート)」　藤本ひとみ原作;住滝良文　講談社(青い鳥文
庫)　2017年12月

若武 和臣　わかたけ・かずおみ
「探偵チームKZ」のリーダー、運動神経抜群で目立ちがり屋の中学一年生　「バレンタイン
は知っている(探偵チームKZ事件ノート)」　藤本ひとみ原作;住滝良文　講談社(青い鳥文
庫)　2013年12月

わかた

若竹 征司丸　わかたけ・せいじまる
筋トレが大好きな小学五年生、水鉄砲で撃ち合うスーパーバトルスポーツ「ガンバト」のコンビを桃世と組んでいる男の子　「ガンバト! ガンガン水鉄砲バトル!!」 豊田巧作;坂本憲司郎絵　KADOKAWA（角川つばさ文庫）2016年3月

若殿　わかどの
中学生の聡がタイムスリップした平安時代の竜田の院の若殿、色白の美少年　「邪宗門」芥川龍之介原作;駒井和緒文;遠田志帆絵　講談社　2015年2月

わかな ゆい　わかな・ゆい
異母きょうだいの三年生のヒロトとしばらくいっしょにくらすことになった六年生　「ゆいはぼくのおねえちゃん」 朝比奈蓉子作;江頭路子絵 ポプラ社（ポプラ物語館）2014年3月

若菜 結　わかな・ゆい
姉小路学園中等部の一年生、人の顔を見て心を読み取ることができる女の子　「ガラスの貴公子の秘密（ときめき生徒会ミステリー研究部[2]）」 藤本ひとみ原作;伏見奏文;メロ絵 KADOKAWA 2015年8月

若菜 結　わかな・ゆい
姉小路学園中等部の新入生、人の顔を見て心を読み取ることができる女の子　「貴公子カフェのチョコドーナツ（ときめき生徒会ミステリー研究部[1]）」 藤本ひとみ原作;伏見奏文;メロ絵　KADOKAWA 2015年6月

吾輩　わがはい
教師の苦沙弥先生の家に住みこんだ猫　「吾輩は猫である 上下」 夏目漱石作;佐野洋子絵 講談社（青い鳥文庫）2017年7月

若葉 皆実　わかば・みなみ
スマホバトルゲーム「モンスターストライク」で全国大会を目指している中学生、同級生のレン・明・葵 とチームを組む女の子　「モンスターストライク」 XFLAGスタジオ原作;相羽鈴著;加藤陽一脚本;加藤みどり脚本　集英社（集英社みらい文庫）2017年12月

若葉 皆実　わかば・みなみ
スマホバトルゲーム「モンスターストライク」で全国大会を目指している中学生、同級生のレン・明・葵 とチームを組む女の子　「モンスターストライクTHE MOVIEはじまりの場所へ」 XFLAGスタジオ原作;相羽鈴著;岸本卓脚本 集英社（集英社みらい文庫）2016年12月

若林 蒼衣　わかばやし・あおい
5年生の晃子たちの担任、旧校舎の図書室に集まる図書くらぶを作った先生　「すすめ!図書くらぶ5 明日のページ」 日向理恵子作・画 岩崎書店（フォア文庫）2013年1月

若林 源三　わかばやし・げんぞう
サッカーの強豪・修哲小学校の六年生でサッカー部キャプテン、天才的なゴールキーパー　「キャプテン翼1 天才サッカー少年あらわる!!」 高橋陽一原作・絵;ワダヒトミ著 集英社（集英社みらい文庫）2013年12月

若林 源三　わかばやし・げんぞう
静岡県南葛市のサッカー選抜チーム「南葛SC」の元キャプテン、天才的なゴールキーパーの小学六年生　「キャプテン翼3 最終決戦!めざせ全国制覇!!」 高橋陽一原作・絵;ワダヒトミ著　集英社（集英社みらい文庫）2014年6月

若林 祐太朗　わかばやし・ゆうたろう
「アカシア書店」のアルバイト店員、将来小学校の先生になることを夢見ている大学生の青年　「アカシア書店営業中!」 濱野京子作;森川泉絵 あかね書房（スプラッシュ・ストーリーズ）2015年9月

若松 かえで　わかまつ・かえで
あこがれていた放送委員になった四年生の女の子　「お昼の放送の時間です」 乗松葉子作;宮尾和孝絵 ポプラ社（ポプラ物語館）2015年10月

和久田 悦史　わくた・えつし
都市伝説「猫殺し13きっぷ」によって異世界に飛ばされた7人の少年少女の一人、猫殺しの犯人 「少年Nのいない世界 01」 石川宏千花著 講談社(講談社タイガ) 2016年9月

和久田 悦史　わくだ・えつし
御図第一小学校六年生、クラスで孤立していて幼く感じる輪郭に老けた顔をした小柄な少年 「少年Nの長い長い旅 01」 石川宏千花著;岩本ゼロゴ画 講談社(Ya! entertainment) 2016年9月

わこちゃん
小学5年生、うらないが大好きな上川詩絵里のクラスに来た転校生 「しえりの秘密のシール帳」 濱野京子著;十々夜絵 講談社 2014年7月

わさびくん
「まことずし」のネタケースにいたきれいな水でそだったとてもおしゃれなわさび 「にっこりおすしとわさびくん」 佐川芳枝作;こばようこ絵 講談社(たべもののおはなしシリーズ) 2016年12月

わさびちゃん
2013年に路上で大怪我を負い三十代夫婦に保護された子猫 「わさびちゃんとひまわりの季節」 たざわりいこ著;わさびちゃん原作 小学館(小学館ジュニア文庫) 2014年2月

鷲尾 麗亜　わしお・れいあ
ゲームクリエイター集団「栗井栄太」の紅一点メンバー、冒険小説家 「都会(まち)のトム&ソーヤ 11「DOUBLE」上下」 はやみねかおる著;にしけいこ画 講談社(YA! ENTERTAINMENT) 2013年8月

和田 奏太　わだ・かなた
小さな児童合唱団「かんたーた」のメンバー、小学六年生の男の子 「夏空に、かんたーた」 和泉智作;高田桂絵 ポプラ社(ノベルズ・エクスプレス) 2017年6月

和田塚　わだづか
小学四年生の時に野外学習で訪れた山で魔女から一度死んでも蘇る木の実をもらった六人の一人、腰越と同じ高校に通う無口な男子高校生 「もうひとつの命」 入間人間著 KADOKAWA(メディアワークス文庫) 2017年12月

渡辺 彩加里　わたなべ・あかり
中学1年の一輝と璃湖の幼なじみ、サッカー部のキャプテンのことが気になる女の子 「わたしがここにいる理由」 片川優子作 岩崎書店 2016年9月

渡辺 絵美　わたなべ・えみ
小学6年生、花日と結衣のクラスの目立たないがやさしい性格の女の子 「12歳。[1]だけど、すきだから」 まいた菜穂原作・イラスト;辻みゆき著 小学館(小学館ジュニア文庫) 2013年12月

渡辺 稔(ナベさん)　わたなべ・みのる(なべさん)
神奈川県警横浜大黒署の特殊捜査課のベテラン刑事で通称「落としのナベさん」、悪の組織・レッドヴィーナスの罠にかかって子どもになってしまった刑事 「コドモ警察」 時海結以著;福田雄一脚本 小学館(小学館ジュニアシネマ文庫) 2013年3月

和田 陽人　わだ・はると
花月小学校五年生、じゃんけんで負けてしかたなく図書委員になった読書嫌いの少年 「ビブリオバトルへ、ようこそ!」 濱野京子作;森川泉絵 あかね書房(スプラッシュ・ストーリーズ) 2017年9月

ワタル
小学校6年に進級する前の3月に友達のトシと家出した子 「ロードムービー」 辻村深月作;toi8絵 講談社(青い鳥文庫) 2013年8月

わとう

和藤 シュン（ワトスンくん）　わとう・しゅん（わとすんくん）
パペット探偵団の助手になった小学五年生の男の子　「パペット探偵団事件ファイル4 パペット探偵団となぞの新団員」　如月かずさ作;柴本翔絵　偕成社　2017年4月

ワトスンくん
パペット探偵団の助手になった小学五年生の男の子　「パペット探偵団事件ファイル4 パペット探偵団となぞの新団員」　如月かずさ作;柴本翔絵　偕成社　2017年4月

ワトソン
宇宙船「トーチウッド」に搭載されている教育中の機械頭脳　「小惑星2162DSの謎」　林譲治作;YOUCHAN絵　岩崎書店（21世紀空想科学小説）　2013年8月

ワドルディ
ププププランドの王様のデデデ大王の部下、ふしぎな生き物のカービィの友だち　「星のカービィ あぶないグルメ屋敷!?の巻」　高瀬美恵作;苅野タウ絵;ぽと絵　KADOKAWA（角川つばさ文庫）　2013年8月

ワドルディ
ププププランドの王様のデデデ大王の部下、ふしぎな生き物のカービィの友だち　「星のカービィ メタナイトと銀河最強の戦士」　高瀬美恵作;苅野タウ絵;ぽと絵　KADOKAWA（角川つばさ文庫）　2017年3月

ワドルディ
自称ププププランドの王様・デデデ大王の部下、カービィの友だち　「星のカービィ 大盗賊ドロッチェ団あらわる!の巻」　高瀬美恵作;苅野タウ・ぽと絵　KADOKAWA（角川つばさ文庫）　2014年8月

わに
かわのそばでピンクいろのソフトクリームをなめていたものすごくおおきなわに　「うさぎのぴょんぴょん」　二宮由紀子作;そにしけんじ絵　学研プラス　2016年7月

ワニくん
一年二組のオースケのクラスにきたてんこうせいのワニのこ　「てんこうせいはワニだった!」　おのりえん作・絵　こぐま社（こぐまのどんどんぶんこ）　2017年1月

ワニダーゾ・ワーニャン（ワーニャン）
ドラゴンゴン国の王さまにつかえていたことがあるワニ、こどものころのドラゴンのけんかあいてのひとり　「ドラゴン王さまになる」　茂市久美子作;とよたかずひこ絵　国土社　2015年2月

ワーニャン
ドラゴンゴン国の王さまにつかえていたことがあるワニ、こどものころのドラゴンのけんかあいてのひとり　「ドラゴン王さまになる」　茂市久美子作;とよたかずひこ絵　国土社　2015年2月

ワポル
医学のすすんだ国・ドラム国をすてにげだしていた元国王　「ONE PIECE [11] エピソードオブチョッパー+冬に咲く、奇跡の桜」　尾田栄一郎原作;浜崎達也著;東映アニメーション絵　集英社（集英社みらい文庫）　2014年11月

和良居ノ神　わらいのかみ
ことりと鞠香にだけ見える笑いの力でパワーアップする神様　「アイドル・ことまり! 1ーコイがつれてきた恋!?」　令丈ヒロ子作;亜沙美絵　講談社（青い鳥文庫）　2017年4月

和良居ノ神　わらいのかみ
花の湯温泉に引っ越してきたことりの家のうらにある古い蔵の裏側に現れる亀にのった小さな神様、笑いの力でパワーアップする神様　「温泉アイドルは小学生! 2 暴走ママを止めて!」　令丈ヒロ子作;亜沙美絵　講談社（青い鳥文庫）　2016年3月

ん

和良居ノ神　わらいのかみ
花の湯温泉に引っ越してきたことりの家のうらにある古い蔵の裏側に現れる亀にのった小さな神様、笑いの力でパワーアップする神様 「温泉アイドルは小学生! 3 いきなり!コンサー!?」 令丈ヒロ子作;亜沙美絵　講談社（青い鳥文庫） 2016年6月

和良居ノ神　わらいのかみ
花の湯温泉に引っ越してきた琴理と鞠香が出会った小さな神様 「温泉アイドルは小学生! 1 コンビ結成!?」 令丈ヒロ子作;亜沙美絵　講談社（青い鳥文庫） 2015年11月

わらし
江戸時代の作家・曲亭馬琴の家に現れた座敷童の女の子 「馬琴先生、妖怪です!」 楠木誠一郎作;亜沙美絵　静山社 2016年10月

ワルツちゃん
マーチくんのガールフレンド、おかしづくりが上手なコアラ 「コアラのマーチくん」 柴野理奈子著;アヤオ絵　集英社（集英社みらい文庫） 2015年6月

わんころべぇ
あさひ小学校の「五年霊組こわいもの係」のかわいいペット、子どもオオカミの幽霊 「五年霊組こわいもの係 3 春、霊組メンバーと対決する。」 床丸迷人作;浜弓場双絵 KADOKAWA（角川つばさ文庫） 2014年10月

ワンダ
人気ばんぐみモンスターギアのとてもわがままなしゅやく 「ドタバタヒーロー ドジルくん4―ドジルのはちゃメカパニック!」 大空なごむ作・絵　ポプラ社 2015年3月

わんちゃん
人間が嫌いな老犬、義理の父親から虐待を受け逃げ出してきた未来（ミク）に寄り添った犬 「天国の犬ものがたり 未来」 藤咲あゆな著;堀田敦子原作;環方このみイラスト　小学館（小学館ジュニア文庫） 2014年12月

【ん】

ん　ん
なっちゃんの前にあらわれたうごいてしゃべるひらがなの「ん」の形をしたいきもの 「ん」 まつもとさとみ作;すがわらけいこ絵　汐文社 2017年6月

名前から引ける登場人物名索引

【あ】

亜衣　あい→森山　亜衣
愛　あい→佐藤　愛
愛　あい→山野　愛
愛　あい→笛吹　愛
愛香　あいか→高徳　愛香
愛子　あいこ→遠野　愛子
愛子　あいこ→宮本　愛子
アイチ　あいち→先導　アイチ
愛衣菜　あいな→亀山　愛衣菜
愛菜ちゃん　あいなちゃん→大原　愛菜ちゃん
愛音　あいね→歌代　愛音
あいり　あいり→桧山　あいり
愛里　あいり→桜田　愛里
愛莉　あいり→川畑　愛莉
愛瑠　あいる→是枝　愛瑠
あおい　あおい→広瀬　あおい
あおい　あおい→松木　あおい
葵　あおい→宮下　葵
葵　あおい→宮原　葵
葵　あおい→斎藤　葵
葵　あおい→水澤　葵
葵　あおい→立川　葵
葵衣　あおい→豊田　葵衣
葵海　あおい→日向　葵海
蒼　あおい→真田　蒼
蒼　あおい→日岡　蒼
蒼衣　あおい→若林　蒼衣
青葉　あおば→西野　青葉
青葉　あおば→大城　青葉
紅子　あかこ→小泉　紅子
茜　あかね→北島　茜
アカリ　あかり→夏浪　アカリ
あかり　あかり→神谷　あかり（ひらめきちゃん）
あかり　あかり→長谷川　あかり
あかり　あかり→北田　あかり
亜香里　あかり→星　亜香里
彩加里　あかり→渡辺　彩加里
朱里　あかり→望月　朱里
朱里　あかり→立花　朱里
灯花理　あかり→濱田　灯花理
アキ　あき→御影　アキ
アキ　あき→広瀬　アキ

アキ　あき→藤谷　アキ
秋　あき→小笠原　秋
秋　あき→西園寺　秋
亜希子　あきこ→古田　亜希子
晃子　あきこ→安藤　晃子
秋菜　あきな→東原　秋菜
アキノリ　あきのり→有星　アキノリ
昭典　あきのり→三田村　昭典
明彦　あきひこ→杉野　明彦
秋麻呂　あきまろ→二ノ宮　秋麻呂（秋麻呂氏）
あきら　あきら→朝比奈　あきら
亜吉良　あきら→三田　亜吉良
暁　あきら→森山　暁
晃　あきら→柴田　晃
昌　あきら→畑野　昌
晶　あきら→冬馬　晶
明　あきら→瓜花　明
明　あきら→影月　明
明　あきら→出口　明
明　あきら→大村　明
朗　あきら→日比野　朗
亜久斗　あくと→三国　亜久斗
悪魔　あくま→悪魔（アロハ）
悪魔騎士ノイン　あくまきしのいん→悪魔騎士ノイン（ノイン）
あけび　あけび→西野　あけび
明美　あけみ→加藤　明美
朝巨　あさおみ→保志名　朝巨
麻香　あさか→中島　麻香
朝子　あさこ→宇田川　朝子
麻子　あさこ→井村　麻子
あさひ　あさひ→大道　あさひ
旭　あさひ→石川　旭
旭　あさひ→東島　旭
朝日　あさひ→上杉　朝日
麻姫　あさひ→雪村　麻姫
あさみ　あさみ→五十嵐　あさみ
あすか　あすか→田中　あすか
あすか　あすか→豊田　あすか
あすか　あすか→友部　あすか
飛鳥　あすか→紅月　飛鳥
飛鳥　あすか→紅月　飛鳥（アスカ）
飛鳥　あすか→鳥遊　飛鳥
明日香　あすか→森崎　明日香
あずさ　あずさ→西原　あずさ
梓　あずさ→川口　梓

梓 あずさ→徳川 梓
あずみ あずみ→門田 あずみ（アズ）
アツコ あつこ→カガリ アツコ（アッコ）
敦子 あつこ→玉川 敦子
篤志 あつし→宇津井 篤志
アーネスト あーねすと→アーネスト（バトー 男爵）
あまっち あまっち→あまっち（天川 千野）
雨音 あまね→飴森 雨音
亜美 あみ→起島 亜美
亜美 あみ→篠田 亜美
亜美 あみ→水野 亜美
愛海 あみ→石川 愛海
彩 あや→山下 彩
彩 あや→小林 彩
彩 あや→藤井 彩
彩 あや→立花 彩
彩人 あやと→佐山 彩人（アヤ）
彩菜 あやな→藤沢 彩菜
彩音 あやね→山本 彩音
文乃 あやの→菅沼 文乃
妖乃 あやの→奇野 妖乃
綾美 あやみ→橋爪 綾美
彩未 あやみ→武戸井 彩未
あやめ あやめ→宮園 あやめ
あゆ あゆ→吉川 あゆ
歩美 あゆみ→茅野 歩美
歩巳 あゆみ→長谷川 歩巳
歩 あゆむ→滝下 歩
新 あらた→加納 新
新 あらた→陽世 新
有里 あり→飯塚 有里
亜里沙 ありさ→久留米 亜里沙
ありす ありす→二ノ宮 ありす
アリス ありす→夕星 アリス
アリス ありす→夕星 アリス（アリス・リドル）
有栖 ありす→宝条 有栖
杏 あん→岸本 杏
杏 あん→如月 杏（あんこ）
アンジェロ あんじぇろ→アンジェロ（片桐 安十郎）
杏珠 あんじゅ→花畑 杏珠（アン）
杏樹 あんじゅ→三輪 杏樹
安十郎 あんじゅうろう→片桐 安十郎
アンナ あんな→夏木 アンナ
アンナ あんな→星 アンナ

杏奈 あんな→真中 杏奈
杏音 あんね→祥ノ院 杏音
杏里 あんり→井嶋 杏里
杏里 あんり→月岡 杏里
杏里 あんり→佐藤 杏里
杏里 あんり→代田 杏里

【い】

家康 いえやす→徳山 家康
家康 いえやす→徳川 家康
伊織 いおり→桐谷 伊織
イカル いかる→氷月 イカル
郁人 いくと→鏑木 郁人
イコさん いこさん→山野 イコさん
伊佐 いさ→三好 伊佐
伊三入道 いさにゅうどう→三好 伊三入道
勇 いさむ→平山 勇
五十鈴 いすず→海老名 五十鈴
伊純 いすみ→小湊 伊純
泉美 いずみ→七草 泉美
泉水子 いずみこ→鈴原 泉水子
一歌 いちか→秋吉 一歌
一子 いちこ→唐木田 一子
市子 いちこ→八乙女 市子（姉さん）
一条 いちじょう→高柳 一条
一淋 いちりん→福富 一淋
いちる いちる→北村 いちる
一郎 いちろう→灰塚 一郎
一郎 いちろう→駒場 一郎
一郎 いちろう→八百田 一郎
いつき いつき→明堂院 いつき
いっち一 いっち一→いっち一（秋吉 一歌）
一平 いっぺい→長尾 一平
一平 いっぺい→田中 一平
一平 いっぺい→野々宮 一平
いつみ いつみ→白石 いつみ
糸子 いとこ→山内 糸子
犬 いぬ→犬（パロ）
犬 いぬ→犬（ミュウ）
犬丸 いぬまる→犬丸（呉丸）
祈 いのり→音無 祈
伊吹 いぶき→一ノ瀬 伊吹
生樹 いぶき→葉山 生樹
伊予 いよ→神田 伊予
いるか いるか→水野 いるか

いろは　いろは→近藤　いろは

【う】

右源太　うげんた→山路　右源太
右近衛中将頼宗　うこのえのちゅうじょうよ
りむね→右近衛中将頼宗（頼宗）
右近　うこん→右近（うっちゃん）
雨砂　うさ→上野　雨砂
うさぎ　うさぎ→月野　うさぎ
うさぎ　うさぎ→麻宮　うさぎ
潮ちゃん　うしおちゃん→永富　潮ちゃん
馬　うま→馬（いなさ号）
雨実　うみ→入江　雨実
海　うみ→倉沢　海
海未　うみ→杉浦　海未（ネコ）
梅子　うめこ→宗方　梅子（プラム）
うらなり君　うらなりくん→うらなり君（古賀）
麗乃　うらの→本須　麗乃
うらら　うらら→芦川　うらら
運転手　うんてんしゅ→運転手（佐藤）

【え】

詠子　えいこ→古都村　詠子
エイジ　えいじ→多賀谷　エイジ
英治　えいじ→菊地　英治
英治　えいじ→糸瀬　英治
英治　えいじ→菊地　英治
栄二郎　えいじろう→相馬　栄二郎
英太　えいた→甲斐　英太
悦子　えつこ→中西　悦子
悦史　えつし→和久田　悦史
絵麻　えま→小路　絵麻
絵麻ちゃん　えまちゃん→小路　絵麻ちゃん
映美　えみ→中澤　映美
絵美　えみ→赤城　絵美
絵美　えみ→赤木　絵美（エミ）
絵美　えみ→渡辺　絵美
えみか　えみか→ほり　えみか
江見香　えみか→郷　江見香
エリ　えり→当麻　エリ
衣理　えり→本島　衣理
絵里　えり→園田　絵里
恵理　えり→森野　恵理
えりか　えりか→ほしの　えりか
エリカ　えりか→月島　エリカ

エリカ　えりか→高遠　エリカ
エリカ　えりか→篠原　エリカ
エリカ　えりか→西尾　エリカ
えりか　えりか→来海　えりか
恵梨花　えりか→藤本　恵梨花
エリコ　えりこ→シノハラ　エリコ
エリーさん　えりーさん→エリーさん（シノハ
ラ　エリコ）
恵理人　えりと→北岡　恵理人
エリナ　えりな→横瀬　エリナ
エリナ　えりな→白鳥　エリナ
絵理乃ちゃん　えりのちゃん→秋山　絵理乃
ちゃん
円馬　えんま→赤松　円馬
円馬　えんま→赤松　円馬（エンマ）

【お】

桜花　おうか→市川　桜花
王様　おうさま→王様（佐藤）
央児　おうじ→御門　央児
往路　おうじ→釜川　往路
旺司　おうじ→黒崎　旺司
旺司　おうじ→黒崎　旺司（王子）
王子　おうじ→王子（黒崎　旺司）
王子さま　おうじさま→王子さま（はだかの
王子さま）
凰壮　おうぞう→降矢　凰壮
お母さん　おかあさん→お母さん（玲子先
生）
お母ちゃん　おかあちゃん→お母ちゃん（野
泉お母ちゃん）
お母さん　おかさん→お母さん（小林　里沙）
興国　おきくに→滝沢　興国
宙彦　おさひこ→柚月　宙彦
オージ　おーじ→オージ（御門　央児）
おじいちゃん　おじいちゃん→おじいちゃん
（三島　正政）
おじいちゃん　おじいちゃん→おじいちゃん
（保津原博士）
おじさん　おじさん→おじさん（中村　征二）
おじさん　おじさん→おじさん（長谷川　慎
治）
おじさん　おじさん→おじさん（父さん）
お嬢様　おじょうさま→お嬢様（二ノ宮　あり
す）
音斗　おと→高萩　音斗
お父さん　おとうさん→お父さん（政成）

お父さん　おとうさん→お父さん（赤城 龍太郎）

おとっつぁん　おとっつぁん→おとっつぁん（与兵衛）

オトネ　おとね→犬山 オトネ

乙羽　おとは→新海 乙羽

乙松　おとまつ→佐藤 乙松

乙松　おとまつ→坂東 乙松

音也　おとや→本間 音也

オドロキくん　おどろきくん→オドロキくん（王泥喜 法介）

お波さん　おなみさん→お波さん（波江さん）

鬼　おに→鬼（牛頭鬼）

おにいちゃん　おにいちゃん→おにいちゃん（冬馬）

お兄ちゃん　おにいちゃん→お兄ちゃん（リョウ）

お兄ちゃん　おにいちゃん→お兄ちゃん（水野 太郎）

鬼の少年　おにのしょうねん→鬼の少年（稀人）

おばあさん　おばあさん→おばあさん（山野 滝）

おばあちゃん　おばあちゃん→おばあちゃん（伊藤 カンミ）

おばあちゃん　おばあちゃん→おばあちゃん（静江）

おばさん　おばさん→おばさん（母さん）

お坊さん　おぼうさん→お坊さん（たくみさん）

織子　おりこ→関 織子（おっこ）

女の子　おんなのこ→女の子（アユ）

【か】

母さん　かあさん→母さん（美奈子）

櫂　かい→村崎 櫂

カイさん　かいさん→カイさん（村崎 櫂）

海舟　かいしゅう→勝 海舟

会長　かいちょう→会長（西園寺 しのぶ）

解人　かいと→前原 解人

快斗　かいと→黒羽 快斗

海人　かいと→尾崎 海人

海斗　かいと→十条 海斗

海斗　かいと→純音 海斗

海斗　かいと→浅羽 海斗

海渡　かいと→大崎 海渡

怪盗赤ずきん　かいとうあかずきん→怪盗赤ずきん（赤ずきん）

怪盗キッド　かいとうきっど→怪盗キッド（キッド）

怪盗時計うさぎ　かいとうとけいうさぎ→怪盗時計うさぎ（時計うさぎ）

怪盗JJJ　かいとうとりぷるじぇい→怪盗JJJ（ジュニアさん）

かえで　かえで→若松 かえで

楓　かえで→観月 楓

楓　かえで→柴田 楓

楓　かえで→村上 楓

夏織　かおり→倉橋 夏織

香　かおり→佐伯 香（カオリン）

香織　かおり→磯山 香織

香織　かおり→三上 香織

香里　かおり→遠山 香里

かおり　かおり＊→木戸 かおり

薫　かおる→小幡 薫

薫　かおる→真弓 薫

芳　かおる→浅葱 芳（浅葱先輩）

薫子　かおるこ→花毬 薫子

薫子　かおるこ→佐藤 薫子

薫子　かおるこ→小野田 薫子

係の人　かかりのひと→係の人（遺失物係の人）

かくこ　かくこ→万田 かくこ

学石　がくせき→趙 学石（黒衣の男）

覚馬　かくま→山本 覚馬

影彦　かげひこ→草葉 影彦

カケル　かける→坂上 カケル

カケル　かける→山口 カケル

翔　かける→砂原 翔

翔　かける→天野 翔

カコ　かこ→相原 カコ

累　かさね→深町 累

かさねちゃん　かさねちゃん→かさねちゃん（深町 累）

風春　かざはる→遊川 風春

和　かず→月森 和

一秋　かずあき→伊地知 一秋

一秋　かずあき→伊地知 一秋（山口）

一雄　かずお→河田 一雄

和臣　かずおみ→若竹 和臣

和臣　かずおみ→若武 和臣

かずき　かずき→よだ かずき（よわっち）

カズキ　かずき→那須野 カズキ

一輝　かずき→鷺沼 一輝

一樹　かずき→日向　一樹
和貴　かずき→天野　和貴
和樹　かずき→加賀　和樹
和樹　かずき→市原　和樹
和人　かずと→古場　和人
和菜　かずな→平井　和菜
一成　かずなり→本多　一成
和典　かずのり→上杉　和典
和彦　かずひこ→荒井　和彦
和彦　かずひこ→小塚　和彦
和彦　かずひこ→森永　和彦
一歩　かずほ→野間　一歩（イッポ）
一真　かずま→市居　一真
一翔　かずま→檜山　一翔
歩　かずま→堤　歩
和馬　かずま→風早　和馬
和正　かずまさ→高台　和正
かすみ　かすみ→春野　かすみ
佳純　かすみ→遠藤　佳純
佳純　かすみ→小野　佳純
香澄　かすみ→安田　香澄
香澄　かすみ→七草　香澄
一美　かずみ→姫野　一美
和己　かずみ→吉永　和己
一弥　かずや→井上　一弥
和哉　かずや→国仲　和哉
和也　かずや→四季　和也
和也　かずや→晴海　和也
和也　かずや→立原　和也
夏津子　かつこ→青木　夏津子
克人　かつと→十文字　克人
かつみ　かつみ→馬場　かつみ
かつみ　かつみ→馬場　かつみ（ビーカー）
克巳　かつみ→久世　克巳
勝也　かつや→大門　勝也
桂　かつら→志崎　桂
桂ばあちゃん　かつらばあちゃん→桂ばあちゃん（志崎　桂）
佳奈　かな→新田　佳奈
加奈　かな→小笠原　加奈
加奈　かな→大山　加奈
夏南　かな→赤木沢　夏南
花和　かな→常盤松　花和
桂奈　かな→森　桂奈
香菜　かな→佐々野　香菜
加奈子　かなこ→山田　加奈子
加奈太　かなた→桐山　加奈太

奏太　かなた→和田　奏太
彼方　かなた→春川　彼方（ハル）
彼方　かなた→竹ノ内　彼方
奏　かなで→千脇　奏
奏　かなで→東堂　奏
奏　かなで→白里　奏
奏斗　かなと→竹内　奏斗
花南　かなん→秋島　花南
金男　かねお→金田　金男
かのこ　かのこ→緑山　かのこ（グリーン）
カノン　かのん→一ノ瀬　カノン
カノン　かのん→稲葉　カノン
かのん　かのん→橋本　かのん
カノン　かのん→村木　カノン
歌音　かのん→宮本　歌音
花音　かのん→宇野　花音
花音　かのん→吉見　花音
花音　かのん→神野　花音
花音　かのん→青柳　花音
カブだゆう　かぶだゆう→すずな　カブだゆう
果歩　かほ→立花　果歩
カボチャ頭　かぼちゃあたま→カボチャ頭（ジャッキー）
鎌之介　かまのすけ→由利　鎌之介
鎌之助　かまのすけ→由利　鎌之助
かみひー　かみひー→かみひー（神山　ひかる）
加耶　かや→古部　加耶
伽椰子　かやこ→佐伯　伽椰子
佳代　かよ→中村　佳代
花蘭　からん→崔　花蘭
カリン　かりん→花園　カリン
かりん　かりん→高倉　かりん
花梨　かりん→本田　花梨
香琳　かりん→折山　香琳
香鈴　かりん→氷室　香鈴
花梨さん　かりんさん→中宮　花梨さん
カレン　かれん→紫村　カレン
カレン　かれん→柴村　カレン
カレン　かれん→大場　カレン
花恋　かれん→朝霧　花恋
花蓮　かれん→山際　花蓮
カヲル　かをる→乙部　カヲル
寒月　かんげつ→水島　寒月
カンタ　かんた→森　カンタ
寛太　かんた→瀬能　寛太
寛太　かんた→川島　寛太（スマート）

監督 かんとく→監督（北島）
寒梅左衛門 かんばいざえもん→曾根崎
寒梅左衛門（ご隠居さま）
官兵衛 かんべえ→黒田 官兵衛
カンミ かんみ→伊藤 カンミ

【き】

きい きい→橘 きい
きい きい→根村 きい
喜一 きいち→渋柿 喜一（シブガキくん）
紀恵 きえ→山名 紀恵（キー）
木絵 きえ→平野 木絵
喜々 きき→八条 喜々
キクコ きくこ→菊井 キクコ
喜久子 きくこ→平山 喜久子
菊哉 きくや→笠井 菊哉
希子 きこ→林田 希子
妃 きさき→富永 妃
喜樹 きじゅ→大沢 喜樹
貴族探偵 きぞくたんてい→貴族探偵（御前）
吉平 きちへい→島崎 吉平（吉平）
狐 きつね→狐（おツネちゃん）
狐 きつね→狐（十六夜）
桔平 きっぺい→小澤 桔平
喜八郎 きはちろう→喜八郎（禰津 甚八）
君子 きみこ→西田 君子
公彦 きみひこ→中小路 公彦
京 きょう→大形 京
京一郎 きょういちろう→鳴神 京一郎
京香 きょうか→村井 京香
京子 きょうこ→柳田 京子
恭子 きょうこ→花田 恭子
郷子 きょうこ→稲葉 郷子
京介 きょうすけ→玉藻 京介
恭介 きょうすけ→吉沢 恭介
京太郎 きょうたろう→東村 京太郎
教頭 きょうとう→教頭（赤格子 縞太郎）
恭平 きょうへい→轟 恭平
恭平 きょうへい→速水 恭平
恭也 きょうや→佐田 恭也
恭也 きょうや→織戸 恭也
恭哉くん きょうやくん→深海 恭哉くん
曲亭馬琴 きょくていばきん→曲亭馬琴（滝沢 興国）
清 きよし→横山 清

清正 きよまさ→佐次 清正（キヨ）
清盛 きよもり→平 清盛
綺羅 きら→神無月 綺羅
キラリ きらり→春川 キラリ
霧隠才蔵 きりがくれさいぞう→霧隠才蔵（才蔵）
きり丸 きりまる→摂津の きり丸
希林さん きりんさん→秋野 希林さん
極 きわみ→真名子 極
極 きわみ→真名子 極（クマひげ男）
銀河 ぎんが→柴田 銀河
金五郎 きんごろう→多田 金五郎（坊っちゃん）
銀太 ぎんた→火野 銀太
銀ちゃん ぎんちゃん→銀ちゃん（銀二郎）
銀時 ぎんとき→坂田 銀時

【く】

クシカ・シングウ くしかしんぐう→クシカ・シングウ（クシカ将軍）
楠雄 くすお→斉木 楠雄
邦彦 くにひこ→西山 邦彦
久美 くみ→中屋敷 久美
久美子 くみこ→黄前 久美子
九嵐 くらん→星海 九嵐
クリス くりす→日野 クリス
くるみ くるみ→壇 くるみ
くるみ くるみ→天野 くるみ
久留實 くるみ→川島 久留實
紅零 くれい→樫谷 紅零（クレイ）
黒うさぎ くろうさぎ→黒うさぎ（ピーター）
黒悟 くろご→来栖 黒悟（クロ）
黒ずきんちゃん くろずきんちゃん→黒ずきんちゃん（ナナ子ちゃん）
黒斗 くろと→泉田 黒斗

【け】

ケイ けい→ケイ（三沢 圭人）
ケイ けい→浅井 ケイ
圭 けい→紅月 圭
圭 けい→紅月 圭（ケイ）
圭 けい→高橋 圭
圭 けい→柳田 圭
慧 けい→銀河 慧
蛍 けい→夏木 蛍

慶一　けいいち→伊集院 慶一
慧一　けいいち→江岡 慧一
圭一郎　けいいちろう→紅月 圭一郎
桂一郎　けいいちろう→篠崎 桂一郎
圭機　けいき→尾島 圭機
ケイコ　けいこ→日高 ケイコ
桂子　けいこ→波嶋 桂子
圭吾　けいご→広瀬 圭吾
ケイコさん　けいこさん→ケイコさん（日高
ケイコ）
圭介　けいすけ→川瀬 圭介
経蔵　けいぞう→常盤 経蔵
圭太　けいた→高山 圭太
景太　けいた→小国 景太（コクニくん）
計太　けいた→白兎 計太
圭人　けいと→三沢 圭人
ケータ　けーた→天野 ケータ
ケチル　けちる→ケチル（竹村 猛）
月　げつ→楊 月
ケノ　けの→犬坂 ケノ
健　けん→中村 健
堅　けん→長方 堅
元　げん→杉下 元
弦　げん→三島 弦
弦　げん→中川 弦
健一　けんいち→薄葉 健一
県一　けんいち→田中 県一
けんいちさん　けんいちさん→たなか けん
いちさん
ゲンキ　げんき→山本 ゲンキ
元基　げんき→吉田 元基
健吾　けんご→小林 健吾
健吾　けんご→石田 健吾
研作　けんさく→田口 研作
剣山　けんざん→久世 剣山
健司　けんじ→杉本 健司
賢治　けんじ→中里 賢治
幻充郎　げんじゅうろう→黒須 幻充郎
剣志郎　けんしろう→方喰 剣志郎
堅志郎　けんしろう→平井 堅志郎
賢司郎　けんしろう→大井 賢司郎（おじい
ちゃん）
弦次郎　げんじろう→橘 弦次郎
兼三　けんぞう→栗林 兼三
源三　げんぞう→若林 源三
健太　けんた→川原 健太
健太　けんた→川上 健太
健太　けんた→池上 健太
健太　けんた→八木 健太
建太　けんた→団藤 建太
ゲンタ　げんた→蓮見 ゲンタ
玄太　げんた→赤松 玄太
健斗　けんと→小林 健斗
健斗　けんと→北本 健斗
剣人　けんと→日向 剣人
賢人　けんと→遊佐 賢人
ゲンパチ　げんぱち→山下 ゲンパチ
源馬　げんま→小笠原 源馬
玄明　げんめい→桐谷 玄明
ケンヤ　けんや→小黒 ケンヤ

【こ】

コウ　こう→コウ（羽柴 紘）
コウ　こう→仁戸部 コウ
虹　こう→黒橡 虹
洸　こう→馬淵 洸
紘　こう→羽柴 紘
豪　ごう→鬼丸 豪
光一　こういち→徳川 光一
幸一　こういち→平山 幸一
こうき　こうき→関口 こうき
晃樹　こうき→伊勢谷 晃樹（ウソツキさん）
航輝　こうき→松田 航輝
光希くん　こうきくん→長谷川 光希くん
甲吉　こうきち→甲吉（捨吉）
公瑾　こうきん→周 公瑾
こうさく　こうさく→やまの こうさく
貢作　こうさく→伊藤 貢作
コウさん　こうさん→青山 コウさん
こうじ　こうじ→まつもと こうじ
浩史　こうじ→早川 浩史
光次郎　こうじろう→雨元 光次郎
浩二郎　こうじろう→野上 浩二郎（エナメ
ル）
孝介　こうすけ→五味 孝介（コースケ）
幸助　こうすけ→成瀬 幸助
浩介　こうすけ→高浜 浩介
耕助　こうすけ→金田一 耕助
廣祐　こうすけ→弘光 廣祐
虎汰　こうた→野須 虎汰
幸太　こうた→五代 幸太
幸太　こうた→今 幸太（コンタ）
幸太　こうた→鈴木 幸太

広太　こうた→高橋　広太
耕太　こうた→柏木　耕太（コタさま）
剛太　ごうた→鬼崎　剛太
孝太郎　こうたろう→岩本　孝太郎
こうちゃん　こうちゃん→こうちゃん（やまの　こうさく）
こうへい　こうへい→坂口　こうへい
光平　こうへい→上田　光平
康平　こうへい→二村　康平（コウちゃん）
航平　こうへい→城島　航平
光真　こうま→春田　光真
小梅　こうめ→曾根崎　小梅
孔明　こうめい→孔明（諸葛　亮）
煌也　こうや→沢本　煌也
ここあ　ここあ→白鳥　ここあ（ショコラ）
ココネ　ここね→森川　ココネ
心音　ここね→希月　心音
ココネちゃん　ここねちゃん→ココネちゃん（希月　心音）
こころ　こころ→木下　こころ
小五郎　こごろう→明智　小五郎
呉承恩　ごしょうおん→呉承恩（阿恩）
こじろう　こじろう→いっぽんまつ　こじろう
小次郎　こじろう→佐々木　小次郎
小次郎　こじろう→日向　小次郎
小助　こすけ→穴山　小助
虎太　こた→降矢　虎太
虎太朗　こたろう→榎本　虎太朗
虎太郎　こたろう→山田　虎太郎
虎太郎　こたろう→萩原　虎太郎
小太郎　こたろう→灰原　小太郎
小太郎　こたろう→桂　小太郎
コーチ　こーち→コーチ（松山　修造）
虎鉄　こてつ→前田　虎鉄
琴　こと→神無月　琴
琴子　ことこ→夏梅　琴子
琴子　ことこ→夏目　琴子
琴音　ことね→花里　琴音
琴音　ことね→御堂　琴音
琴音　ことね→鳥居　琴音
琴音　ことね→和泉　琴音
琴美　ことみ→三浦　琴美
黄虎　ことら→木村　黄虎
琴理　ことり→春野　琴理
琴理　ことり→春野　琴理（ことり）
小夏　こなつ→友立　小夏
コナン　こなん→江戸川　コナン

コナン　こなん→江戸川　コナン（工藤　新一）
子ねこ　こねこ→子ねこ（ゴロン）
子ねこ　こねこ→子ねこ（森ねこ）
子猫　こねこ→子猫（わさびちゃん）
このみ　このみ→主田　このみ
こばと　こばと→小畑　こばと
小春　こはる→椎名　小春
小春　こはる→島袋　小春
小町　こまち→小野　小町
小麦　こむぎ→倉橋　小麦
こもも　こもも→大和　こもも
恋雪センパイ　こゆきせんぱい→綾瀬　恋雪センパイ
紺　こん→佐久間　紺
ごんちゃん　ごんちゃん→ごんちゃん（権田　龍之介）
昆奈門　こんなもん→雑渡　昆奈門
ごんろく　ごんろく→やまだ　ごんろく（けいし　そうかん）

【さ】

紗綾　さあや→日守　紗綾
才蔵　さいぞう→雲隠　才蔵
才蔵　さいぞう→霧隠　才蔵
彩矢　さいや→佐々井　彩矢
さえ　さえ→鈴木　さえ
紗枝　さえ→椎名　紗枝
冴子　さえこ→団　冴子（ダンコ）
さおり　さおり→高橋　さおり
さおり　さおり→手塚　さおり
佐緒里　さおり→野上　佐緒里（オレンジ）
沙緒璃　さおり→兎塚　沙緒璃
沙織　さおり→如月　沙織
栄くん　さかえくん→北村　栄くん
サキ　さき→小島　サキ（サキちゃん）
さき　さき→瓶原　さき
沙紀　さき→都久井　沙紀
彩希　さき→平田　彩希
咲希　さき→朝永　咲希
早紀　さき→大原　早紀
早季子　さきこ→滝沢　早季子
さきちゃん　さきちゃん→おかだ　さきちゃん
朔太郎　さくたろう→松本　朔太郎
サクラ　さくら→サクラ（葉山　さくら）
さくら　さくら→やまだ　さくら
さくら　さくら→高津　さくら

さくら さくら→佐々木 さくら
さくら さくら→桜咲 さくら
さくら さくら→春野 さくら
さくら さくら→初沢 さくら（チェリー）
さくら さくら→上月 さくら
さくら さくら→森川 さくら
サクラ さくら→西谷 サクラ
さくら さくら→島崎 さくら
さくら さくら→霧島 さくら
さくら さくら→葉山 さくら
桜 さくら→真宮 桜
桜子 さくらこ→宇佐美 桜子
桜子 さくらこ→加茂 桜子
桜子 さくらこ→村山 桜子
サクラちゃん さくらちゃん→サクラちゃん
（葉山 さくら）
左近 さこん→左近（さっちゃん）
左近 さこん→島 左近
サジ さじ→川上 サジ
佐助 さすけ→猿飛 佐助
幸 さち→香田 幸（シャチ姉）
さつき さつき→坂下 さつき
さつき さつき→藤松 さつき
五月 さつき→獅子尾 五月
五月 さつき→真代 五月
聡子 さとこ→秋原 聡子
サトシ さとし→甘楽 サトシ
さとし さとし→北田 さとし
慧 さとし→南雲 慧
聡 さとし→立花 聡
智 さとし→篠原 智
サトミ さとみ→里見 サトミ
里美 さとみ→小柴 里美
里美 さとみ→神崎 里美
聡 さとる→谷本 聡
佐南 さな→南條 佐南（南ちゃん）
早苗 さなえ→小島 早苗
早苗 さなえ→沢谷 早苗
沙凪 さなぎ→横山 沙凪
真田十勇士 さなだじゅうゆうし→真田十勇
士（十勇士）
緑輝 さふぁいあ→川島 緑輝
三郎 さぶろう→香月 三郎
三郎 さぶろう→鉢屋 三郎
三郎 さぶろう→風早 三郎
侍郎 さぶろう→矢車 侍郎
沙帆 さほ→仁村 沙帆

サーヤ さーや→サーヤ（日守 紗綾）
さや さや→野坂 さや
沙耶 さや→遠藤 沙耶
沙耶 さや→松浦 沙耶
沙耶 さや→鏑木 沙耶
さやか さやか→佐藤 さやか
沙也子 さやこ→池松 沙也子
沙耶女 さやめ→御堂 沙耶女
小百合 さゆり→橘 小百合
小百合 さゆり→澄川 小百合
小夜 さよ→間宮 小夜
沙良 さら→森岡 沙良
咲蘭 さら→水木 咲蘭
サリ さり→サリ（柴田 紗里）
紗里 さり→柴田 紗里
沙理奈 さりな→白鳥 沙理奈
沙理奈 さりな→白鳥 沙理奈（サリナ）
猿飛佐助 さるとびさすけ→猿飛佐助（佐
助）
砂羽 さわ→伊藤 砂羽
佐和子 さわこ→三浦 佐和子
サワノ さわの→宗形 サワノ（サギノ）
山椒太夫 さんしょうだゆう→山椒太夫（太
夫）

【し】

傑 じー→顧 傑
爺さま じいさま→爺さま（千松爺）
しいちゃん しいちゃん→しいちゃん（椎名 満
月）
じいちゃん じいちゃん→じいちゃん（大沢
正蔵）
じいちゃん じいちゃん→じいちゃん（尾崎
宏行）
詩奈 しいな→三矢 詩奈
椎菜 しいな→南原 椎菜
詩絵里 しえり→上川 詩絵里
しおり しおり→銀野 しおり
シオリ しおり→桜井 シオリ
しおり しおり→森野 しおり
史織 しおり→羽藤 史織
詩織 しおり→高倉 詩織
詩織 しおり→折原 詩織
詩織 しおり→澤田 詩織
栞 しおり→柏木 栞（しおりん）
栞子 しおりこ→篠川 栞子

志織里ちゃん　しおりちゃん→有坂 志織里
ちゃん
汐音　しおん→沖 汐音
識　しき→越山 識
時雨　しぐれ→天野 時雨
茂夫　しげお→白波 茂夫
茂子　しげこ→高台 茂子
しげさん　しげさん→たに しげさん
重美　しげみ→歌代 重美
茂　しげる→大沼 茂（デカ長）
ジジイ　じじい→ジジイ（笹 彦助）
静花　しずか→小野 静花
静香　しずか→鈴原 静香
雫　しずく→星 雫
静子　しずこ→三浦 静子
七十郎　しちじゅうろう→足柄 七十郎
執事　しつじ→執事（山本）
執事　しつじ→執事（夜野 ゆきと）
シノ　しの→犬塚 シノ
柴乃　しの→竹中 柴乃
しのぶ　しのぶ→西園寺 しのぶ
しのぶ　しのぶ→西園寺 しのぶ（会長）
しのぶ　しのぶ→南原 しのぶ（ナンシー）
忍　しのぶ→伊集院 忍
忍　しのぶ→宮城 忍
忍　しのぶ→七鬼 忍
忍　しのぶ→樋渡 忍
次兵衛　じへえ→重原 次兵衛
志穂　しほ→真田 志穂
志馬　しま→森野 志馬
縞太郎　しまたろう→赤格子 縞太郎
ジャク　じゃく→ジャク（蓮見 怜央）
若冲　じゃくちゅう→伊藤 若冲
鯱彦　しゃちひこ→矢間 鯱彦
社長　しゃちょう→社長（白波 茂夫）
シャナイア　しゃないあ→シャナイア（紗那）
シャルル・ミラクリーヌ一世　しゃるるみらく
りーぬいっせい→シャルル・ミラクリーヌ一
世（ミラ太）
修　しゅう→佐藤 修
修一　しゅういち→五藤 修一
秀一　しゅういち→喜多川 秀一
秀一　しゅういち→塚本 秀一
秀一朗　しゅういちろう→野口 秀一朗
重吉　じゅうきち→高橋 重吉
周五郎　しゅうごろう→音無 周五郎
周作　しゅうさく→北條 周作

修治　しゅうじ→太宰 修治
修治　しゅうじ→太宰 修治（修ちゃん）
秀治　しゅうじ→小谷 秀治
住職　じゅうしょく→住職（タケじい）
秀介　しゅうすけ→上山 秀介
秀介　しゅうすけ→大塚 秀介
修造　しゅうぞう→松山 修造
十蔵　じゅうぞう→筧 十蔵
重蔵　じゅうぞう→宗田 重蔵
秋馬　しゅうま→明神 秋馬
秀有　しゅうゆう→大塔 秀有
樹恵　じゅえ→大原 樹恵
じゅら　じゅら→市ノ瀬 じゅら
シュリ　しゅり→江原 シュリ
珠梨　じゅり→宝田 珠梨
シュン　しゅん→フジイ シュン
シュン　しゅん→鳥越 シュン
シュン　しゅん→和藤 シュン（ワトスンくん）
峻　しゅん→真辺 峻
瞬　しゅん→海藤 瞬
瞬　しゅん→黒澤 瞬（黒澤くん）
瞬　しゅん→白鳥 瞬
瞬　しゅん→葉月 瞬
旬　しゅん→柊 旬（チワ旬）
旬　しゅん→北神 旬
隼　しゅん→小野田 隼
ジュン　じゅん→黒田 ジュン
ジュン　じゅん→朱堂 ジュン
ジュン　じゅん→森原 ジュン
純　じゅん→小倉 純
純　じゅん→杉本 純
純　じゅん→柳沢 純
純　じゅん→立石 純
順　じゅん→成瀬 順
舜一　しゅんいち→多田良 舜一
准一　じゅんいち→村井 准一
潤一くん　じゅんいちくん→篠原 潤一くん
純一郎　じゅんいちろう→加藤 純一郎
春水　しゅんすい＊→森川 春水
俊介　しゅんすけ→風早 俊介
俊輔　しゅんすけ→中田 俊輔
俊太　しゅんた→関口 俊太
瞬太　しゅんた→沢崎 瞬太
純太　じゅんた→坂本 純太
純平　じゅんぺい→瀬能 純平
昇　しょう→陽坂 昇

翔 しょう→太田 翔
翔 しょう→定岡 翔
翔 しょう→福田 翔
襄 じょう→新島 襄
勝一 しょういち→田中 勝一（勝いっつぁん）
正一 しょういち→塚田 正一
彰子 しょうこ→月が崎 彰子
章子 しょうこ→秋原 章子
省吾 しょうご→鎌田 省吾
省吾 しょうご→金谷 省吾
祥吾 しょうご→吉村 祥吾
章吾 しょうご→金谷 章吾
章子先生 しょうこせんせい→章子先生（秋原 章子）
正ざえもん しょうざえもん→竹の内 正ざえもん（レオナルド）
彰子 しょうし→彰子（中宮さま）
彰司 しょうじ→神崎 彰司
城児 じょうじ→岩永 城児
仗助 じょうすけ→東方 仗助
正蔵 しょうぞう→大沢 正蔵
正蔵 しょうぞう→霧隠 正蔵
笑太 しょうた→片理 笑太
翔太 しょうた→すずき 翔太
翔太 しょうた→伊藤 翔太
翔太 しょうた→小松 翔太
翔太 しょうた→西浦 翔太
翔太 しょうた→石黒 翔太
翔太 しょうた→赤月 翔太
翔太 しょうた→田所 翔太
正太郎 しょうたろう→佐久田 正太郎（サク）
承太郎 じょうたろう→空条 承太郎
尚之介 しょうのすけ→川崎 尚之介
勝真 しょうま→戸坂 勝真
祥明 しょうめい→安倍 祥明
諸葛亮 しょかつりょう→諸葛亮（孔明）
ショコラ しょこら→哀川 ショコラ
司令官 しれいかん→司令官（チャールズ）
志朗 しろう→唐木田 志朗
次郎 じろう→山本 次郎（ジロー）
白ウサギ しろうさぎ→白ウサギ（ベン）
次郎吉 じろきち→鈴木 次郎吉
信 しん→国光 信（新人）
慎 しん→灰原 慎
新 しん→阿久津 新

新 しん→池上 新
ジン じん→ジン（隅野 仁）
仁 じん→遠近 仁（トーチカ）
仁 じん→隅野 仁
仁 じん→梅崎 仁（梅くん）
仁 じん→蛯原 仁
壬 じん→魚成 壬
迅 じん→遊川 迅
迅 じん→夕神 迅
陣 じん→風間 陣
しんいち しんいち→酒田 しんいち（ちっちゃいおっさん）
伸一 しんいち→黒野 伸一
信一 しんいち→星野 信一
慎一 しんいち→千倉 慎一（チクラ・ショーイ）
新一 しんいち→工藤 新一
真一 しんいち→工藤 真一
進一 しんいち→柳沢 進一
慎吾 しんご→君島 慎吾
慎吾 しんご→四方谷 慎吾
真吾 しんご→虎山 真吾
真吾 しんご→杉浦 真吾
慎治 しんじ→長谷川 慎治
慎二 しんじ→杉浦 慎二
信二郎 しんじろう→草壁 信二郎
晋助 しんすけ→高杉 晋助
慎太郎 しんたろう→沼田 慎太郎
慎太郎 しんたろう→中岡 慎太郎
慎之介 しんのすけ→狭間 慎之介
真之介 しんのすけ→秋庭 真之介
新八 しんぱち→志村 新八
甚八 じんぱち→根津 甚八
甚八 じんぱち→禰津 甚八
しんべヱ しんべえ→福富 しんべヱ
信也 しんや→虹 信也
真哉 しんや→石丸 真哉

【す】

彗 すい→近藤 彗
スガノ すがの→スガノ（菅野 智洋）
杉下先生 すぎしたせんせい→杉下先生（黒鬼）
スギヨ先生 すぎよせんせい→キビーシ スギヨ先生
助佐 すけざ→助佐（しゃれこうべ）

すず　すず→浦野 すず
すず　すず→浅野 すず
すず　すず→北條 すず
寿々　すず→真嶋 寿々
涼花　すずか→谷川 涼花
涼楓　すずか→秋島 涼楓
鈴花　すずか→高木 鈴花
鈴鬼　すずき→鈴鬼（鈴鬼社長）
進　すすむ→柴田 進
すずめ　すずめ→与謝野 すずめ
鈴理　すずり→松木 鈴理
すばる　すばる→狩渡 すばる（すばる先輩）
すばる　すばる→星野 すばる
すぴか　すぴか→降矢木 すぴか
純男　すみお→玉川 純男
すみ子　すみこ→鈴川 すみ子
すみれ　すみれ→五井 すみれ
すみれ　すみれ→紺野 すみれ（ネイビー）
すみれ　すみれ→佐藤 すみれ
菫　すみれ→相麻 菫
スモモ　すもも→百ヶ谷 スモモ
スワロウ　すわろう→スワロウ（キマイラの王）

【せ】

セイ　せい→白川 セイ
聖　せい→北原 聖
誠一郎　せいいちろう→中森 誠一郎
星河　せいが→環 星河
清海　せいかい→三好 清海
清海入道　せいかいにゅうどう→三好 清海入道
星子　せいこ→麗城 星子
征二　せいじ→中村 征二
聖二　せいじ→小林 聖二
征司丸　せいじまる→若竹 征司丸
誠十郎　せいじゅうろう→椎名 誠十郎
誠治郎　せいじろう→桐竹 誠治郎
清太　せいた→清田 清太
清太郎　せいたろう→籠田 清太郎
精之介　せいのすけ→秋月 精之介
静歩　せいほ→雪影 静歩（桐竹 誠治郎）
晴明　せいめい→安倍 晴明
清命　せいめい→龍恩寺 清命
星夜　せいや→源 星夜

聖哉　せいや→菅野 聖哉
せいら　せいら→春野 せいら
セイラちゃん　せいらちゃん→森川 セイラちゃん
せとか　せとか→橘 せとか
セナ　せな→矢吹 セナ
世奈　せな→片桐 世奈
千　せん→渋井 千
千古　せんこ→柳 千古
先生　せんせい→先生（ルルゾ・ラルガス）
仙太郎　せんたろう→花菱 仙太郎
先輩　せんぱい→先輩（岸本 杏）

【そ】

走　そう→吉瀬 走
蒼一　そういち→早川 蒼一（蒼太）
そういちろう　そういちろう→やまざき そういちろう
宗一郎　そういちろう→鈴木 宗一郎
総一郎　そういちろう→高樹 総一郎
壮児　そうじ→七ツ辻 壮児
草十郎　そうじゅうろう→草十郎（藤九郎 盛長）
ソウスケ　そうすけ→犬川 ソウスケ
宗佑　そうすけ→簑田 宗佑
奏太　そうた→冴木 奏太
奏太　そうた→北村 奏太
奏太　そうた→牧野 奏太
草多　そうた→木葉 草多
草太　そうた→山城 草太
颯太　そうた→沖田 颯太
颯太　そうた→青山 颯太
颯太　そうた→入江 颯太
颯太　そうた→鈴木 颯太
創也　そうや→竜王 創也
祖父　そふ→祖父（宗田 重蔵）
そふぃ　そふぃ→北条 そふぃ
ソラ　そら→手良 ソラ
そら　そら→青葉 そら
宇宙　そら→田村 宇宙
宙　そら→結城 宙
宙　そら→山本 宙
天空　そら→浦野 天空
空子　そらこ→天野 空子
空美さん　そらみさん→片倉 空美さん
ソルベ　そるべ→氷室 ソルベ

尊徳 そんとく→三ノ宮 尊徳（そんとく）

【た】

ダイ だい→仙崎 ダイ
大河 たいが→夏目 大河
大河 たいが→西条 大河
大我 たいが→新谷垣戸 大我
大我 たいが→反町 大我
大輝 たいき→吉田 大輝
大樹 たいき→的場 大樹
大輝 だいき→桐谷 大輝
大輝 だいき→桐谷 大輝（ピーターパン）
大輝 だいき→馬村 大輝
大樹 だいき→根本 大樹
大樹 だいき→田崎 大樹
大悟 だいご→市村 大悟
大五郎 だいごろう→黒岩 大五郎
大作 だいさく→田口 大作
大志 たいし→砂地 大志
大志 たいし→坂場 大志
退助 たいすけ→朝霧 退助
大介 だいすけ→山田 大介
大助 だいすけ→真田 大助
大輔 だいすけ→五浦 大輔
大祐 だいすけ→一色 大祐
泰蔵 たいぞう→山岡 泰蔵
泰造 たいぞう→草間 泰造
大造 たいぞう→権田原 大造
太一 たいち→丸井 太一（マルタ）
太一 たいち→源 太一（ゲンタ）
太一 たいち→小山 太一
太一 たいち→朝比奈 太一
太一 たいち→二階堂 太一
太一 たいち→反後 太一
大地 だいち→浦和 大地
大地 だいち→宮原 大地
大地 だいち→橋塚 大地
大智 だいち→白石 大智
代表シンデレラ だいひょうしんでれら→代表シンデレラ（シンデレラ）
太陽 たいよう→日向 太陽
妙 たえ→志村 妙（お妙）
孝明 たかあき→九十九 孝明
貴男 たかお→柳田 貴男
貴和 たかかず→黒木 貴和
タカキ たかき→汽水 タカキ

貴 たかし→志岐 貴
孝史 たかし→尾崎 孝史
高志 たかし→今田 高志
崇 たかし→広瀬 崇
高嶺 たかね→芹川 高嶺
高広 たかひろ→伊勢 高広
貴美 たかみ→鯖谷 貴美
隆盛 たかもり→西郷 隆盛
隆盛 たかもり→西郷 隆盛（吉之助）
貴之 たかゆき→蒲生 貴之
滝 たき→山野 滝
瀧 たき→立花 瀧
多義 たぎ→杉山 多義
多吉 たきち→多吉（三島屋の多吉）
たく たく→柊 たく
拓 たく→大友 拓
拓 たく→日色 拓
拓 たく→飛山 拓
拓庵 たくあん→渋沢 拓庵
卓三 たくぞう→沢野 卓三
卓蔵 たくぞう→瀬沼 卓蔵
卓蔵 たくぞう→瀬川 卓蔵（瀬沼 卓蔵）
タクト たくと→小野 タクト
卓磨 たくま→内田 卓磨
拓真 たくま→鈴木 拓真
琢馬 たくま→青砥 琢馬
琢磨 たくま→鮫島 琢磨
琢磨 たくま→七宝 琢磨
巧 たくみ→青山 巧
巧 たくみ→二子玉川 巧
匠 たくみ→譜和 匠
匠 たくみ→矢神 匠
拓海 たくみ→荻原 拓海
拓海 たくみ→二宮 拓海
拓実 たくみ→坂上 拓実
拓哉 たくや→氷室 拓哉
拓哉 たくや→氷室 拓哉（拓っくん）
拓郎 たくろう→山形 拓郎
拓郎 たくろう→切羽 拓郎
武雄 たけお→下山 武雄（イノさん）
猛男 たけお→剛田 猛男
たけし たけし→かざま たけし
タケシ たけし→タケシ（日比 剛志）
タケシ たけし→ヒラノ タケシ
剛志 たけし→日比 剛志
武 たけし→桃城 武

605

武司　たけし→袴田　武司
武士　たけし→山本　武士（武士ちゃん）
竹蔵　たけぞう→大和　竹蔵（タケゾー）
竹千代　たけちよ→松平　竹千代
岳也　たけや→高野　岳也（岳ちゃん）
武儀　たけよし→森脇　武儀（ムギ）
タケル　たける→高野　タケル
タケル　たける→立花　タケル
猛　たける→竹村　猛
猛　たける→竹村　猛（ケチル）
猛　たける→六道　猛
佑　たすく→岩岡　佑
佑　たすく→野沢　佑
翼　たすく→美門　翼
正　ただし→亀山　正
忠志　ただし→清海　忠志（定吉）
直司　ただし→町平　直司（ヒラマチ）
忠信　ただのぶ→本郷　忠信
正政　ただまさ→三島　正政
忠吉　ただよし→松平　忠吉
忠良　ただよし→中林　忠良（チューリン）
樹　たつき→火影　樹
達也　たつや→司波　達也
達也　たつや→長島　達也
竜也　たつや→井上　竜也
達之　たつゆき→山西　達之
食太　たべた→田中　食太
食郎　たべろう→田中　食郎
環　たまき→岸本　環
環　たまき→今泉　環
玉子　たまこ→小清水　玉子
珠子　たまこ→蒲生　珠子
多摩子　たまこ→稲田　多摩子
たまちゃん　たまちゃん→たまちゃん（玉三郎）
たまちゃん　たまちゃん→たまちゃん（小清水　玉子）
たまみ　たまみ→野原　たまみ
玉藻　たまも→尾崎　玉藻
為一　ためいち→林　為一
保　たもつ→保（タモ）
たろう　たろう→ただの　たろう
太郎　たろう→貝原　太郎（カピバラ）
太郎　たろう→吉田　太郎（太郎吉）
太郎　たろう→犬吠崎　太郎
太郎　たろう→水野　太郎
太郎　たろう→桃井　太郎

太郎　たろう→百瀬　太郎
太郎　たろう→岬　太郎
段蔵　だんぞう→雲隠　段蔵

【ち】

千秋　ちあき→黒川　千秋
千明　ちあき→大山　千明
智秋　ちあき→小沼　智秋
稚空　ちあき→名古屋　稚空
稚空　ちあき→名古屋　稚空（怪盗シンドバッド）
チエリ　ちえり→チエリ（石橋　智恵理）
ちえり　ちえり→元原　ちえり
智恵理　ちえり→石橋　智恵理
チエリちゃん　ちえりちゃん→チエリちゃん（石橋　智恵理）
チカ　ちか→岡田　チカ
千佳　ちか→香田　千佳
千夏　ちか→一条　千夏
千夏　ちか→穂村　千夏
千歌　ちか→鳴沢　千歌
千風　ちか→木原　千風
千影　ちかげ→数木　千影（カズキチ）
千景　ちかげ→黒羽　千景
近田さん　ちかださん→近田さん（チカ）
周彦　ちかひこ→日野　周彦（チカ）
力　ちから→燃堂　力
千種　ちぐさ→山中　千種（姉ちゃん）
千智　ちさと→御来屋　千智
千里　ちさと→野宮　千里
知智　ちさと→村上　知智
千世　ちせ→藤永　千世
チッチ　ちっち→川上　チッチ
千波　ちなみ→鶴野　千波（鶴ゴン先生）
千野　ちの→天川　千野
千尋　ちひろ→小宮　千尋
チホ　ちほ→渚　チホ
茶々　ちゃちゃ→茶々（淀）
茶美子　ちゃみこ→白河　茶美子
忠兵衛　ちゅうべえ→忠兵衛（伊藤　若冲）
チューリッヒ　ちゅーりっひ→チューリッヒ（怪盗王チューリッヒ）
長官　ちょうかん→長官（バロック長官）
千代子　ちよこ→黒鳥　千代子（チョコ）
猪剛烈　ちょごうれつ→猪剛烈（豚妖怪）

【つ】

つかさ　つかさ→松尾 つかさ
月輝子　つきこ→水原 月輝子（ツン子）
月子　つきこ→麗城 月子
月乃　つきの→日下 月乃
つくし　つくし→柄本 つくし
つくも神　つくもがみ→つくも神（紅蓮丸）
ツクル　つくる→尾形 ツクル
辻ヱ門　つじえもん→六道 辻ヱ門
努　つとむ→村木 ツトム
努　つとむ→箕島 努
ツナグ　つなぐ→海鳴 ツナグ
つばさ　つばさ→小野 つばさ
ツバサ　つばさ→新庄 ツバサ
翼　つばさ→海津 翼
翼　つばさ→紅月 翼
翼　つばさ→佐藤 翼
翼　つばさ→十文字 翼
翼　つばさ→大空 翼
翼　つばさ→中村 翼
翼　つばさ→有山 翼
つばさちゃん　つばさちゃん→緑川 つばさ
ちゃん
つばめ　つばめ→鳥山さん つばめ
つぼみ　つぼみ→花咲 つぼみ
つぼみ　つぼみ→仁家 つぼみ
つぼみ　つぼみ→立花 つぼみ
つむぎ　つむぎ→幸野 つむぎ
紡　つむぎ→桃川 紡
露子　つゆこ→安藤 露子
剛　つよし→郷田 剛
剛　つよし→今村 剛（ブル）

【て】

定家じいちゃん　ていかじいちゃん→定家じ
いちゃん（定家くん）
哲　てつ→金城 哲（キンちゃん）
哲夫　てつお→斎藤 哲夫
鉄男　てつお→成田 鉄男
鉄子　てつこ→猫柳 鉄子（テッコ）
てつし　てつし→金森 てつし
てっちゃん　てっちゃん→てっちゃん（金森
てつし）
徹平　てっぺい→平 徹平（てっちゃん）

鉄平　てっぺい→宮原 鉄平
鉄平　てっぺい→追川 鉄平
哲也　てつや→森本 哲也
輝　てる→小坂井 輝
輝　てる→池 輝
輝華　てるか→磯野 輝華
てる子　てるこ→紅 てる子
照葉　てるは→三木 照葉
輝宗　てるむね→伊達 輝宗
店員さん　てんいんさん→店員さん（風早
三郎）
テンスケ　てんすけ→ソラトビ テンスケ
店長　てんちょう→店長（須田 獏）
テンテン先生　てんてんせんせい→テンテ
ン先生（ソラトビ テンスケ）
天馬　てんま→上條 天馬
天馬　てんま→川上 天馬

【と】

斗　と→李 斗
登生　とうい→織田 登生
冬華　とうか→片桐 冬華
藤吉郎　とうきちろう→木下 藤吉郎
藤吉郎　とうきちろう→木下 藤吉郎（豊臣
秀吉）
東宮　とうぐう→東宮（憲平）
灯子　とうこ→東 灯子
燈子　とうこ→水戸瀬 燈子
道節　どうせつ→犬山 道節（ミッチー）
東太　とうた→片山 東太
とうちゃん　とうちゃん→とうちゃん（小野寺
透也）
東風　とうふう→越智 東風
トウマ　とうま→月浪 トウマ
トウマ　とうま→青木 トウマ
トウマ　とうま→青木 トウマ（トウマ先輩）
燈馬　とうま→不二代 燈馬
トウマ先輩　とうませんぱい→青木 トウマ
先輩
透明　とうめい→雪花 透明
透哉　とうや→作楽 透哉
透也　とうや→一ノ瀬 透也
透也　とうや→小野寺 透也
トオル　とおる→一条 トオル
亨　とおる→射場 亨（いばっとる）
徹　とおる→相原 徹

登緒留　とおる→石橋　登緒留
透　とおる→月村　透
透　とおる→須木　透
透　とおる→有明　透
透　とおる→和泉　透
とき　とき→大谷　とき（チョキ）
時生　ときお→桑江　時生
時生　ときお→多波　時生
ドクタロウ　どくたろう→神谷　ドクタロウ
徳冶　とくや→下出　徳冶
俊雄　としお→佐伯　俊雄
敏光　としみつ→北野　敏光（イガグリ）
利光　としみつ→広川　利光（リコウ）
殿　との→殿（内藤　政醇）
鳥羽　とば→桜井　鳥羽
トマのすけ　とまのすけ→あかなす　トマのすけ
智明　ともあき→岡崎　智明（トモ）
巴　ともえ→仮屋　巴
巴　ともえ→細川　巴
ともお　ともお→木下　ともお
友花　ともか→豊川　友花
友香　ともか→永森　友香
友和　ともかず→八代　友和
知希　ともき→松原　知希
トモコ　ともこ→大庭　トモコ（ニワちゃん）
トモコ　ともこ→大庭　トモコ（ニワ会長）
智子　ともこ→酒井　智子
智貴　ともたか→内田　智貴
智洋　ともひろ→菅野　智洋
知也　ともや→小田　知也
智哉　ともや→石崎　智哉
智也　ともや→田口　智也
友也　ともや→戸田　友也
友也　ともや→中野　友也
友郎　ともろう→松山　友郎（トモロー）
豊久　とよひさ→島津　豊久
トラくん　とらくん→トラくん（姫山　虎之助）
虎之助　とらのすけ→姫山　虎之助
トワ　とわ→家弓　トワ
永遠さん　とわさん→神田川　永遠さん
とんぼ　とんぼ→村瀬　とんぼ

【な】

内人　ないと→内藤　内人
乃斗　ないと→銀城　乃斗

騎士様　ないとさま→騎士様（銀城　乃斗）
ナオ　なお→川島　ナオ
七音　なお→深沢　七音
尚　なお→鶴木　尚
直緒　なお→五十嵐　直緒
直子　なおこ→赤木　直子（レッド）
ナオちゃん　なおちゃん→羽鳥　ナオちゃん
直人　なおと→宮越　直人
直人　なおと→秋吉　直人
直人　なおと→浅野　直人
直虎　なおとら→井伊　直虎（祐）
直人　なおひと→神宮寺　直人
直政　なおまさ→井伊　直政
尚美　なおみ→鈴木　尚美
ナオミちゃん　なおみちゃん→神田　ナオミちゃん
直哉　なおや→果月　直哉
直也　なおや→大間　直也
長尾　ながお→ケニー　長尾
なぎさ　なぎさ→庄司　なぎさ
なぎさ　なぎさ→美墨　なぎさ
なぎさ　なぎさ→浜岸　なぎさ
渚　なぎさ→山本　渚
渚　なぎさ→種子島　渚
渚　なぎさ→飛島　渚
渚くん　なぎさくん→高坂　渚くん
奈子　なこ→立花　奈子
なずな　なずな→及川　なずな
ナツ　なつ→羽鳥　ナツ
奈津　なつ→野沢　奈津（奈っちゃん）
南都　なつ→日高　南都
なつき　なつき→酒井　なつき
夏希　なつき→高峰　夏希
夏紀　なつき→中川　夏紀
夏月　なつき→足立　夏月
夏樹　なつき→榎本　夏樹
夏生　なつき→杉浦　夏生
夏木　なつき→真代　夏木
菜月　なつき→仁藤　菜月
夏生くん　なつきくん→北島　夏生くん
奈津子　なつこ→本多　奈津子
夏野　なつの→村上　夏野
夏葉　なつは→首藤　夏葉
夏海　なつみ→湯川　夏海
夏実　なつみ→大河原　夏実（夏花）
夏美　なつみ→大空　夏美（ナッチー）
ナツメ　なつめ→天野　ナツメ

夏芽　なつめ→高野　夏芽
夏芽　なつめ→万木　夏芽
ナナ　なな→重原　ナナ
菜々　なな→原田　菜々
菜々　なな→柏木　菜々
奈奈　なな→大瀬　奈奈
奈々　なな→安藤　奈々
奈々　なな→青田　奈々
奈々　なな→念力　奈々
七子　ななこ→桐生　七子
七瀬　ななせ→相原　七瀬
奈々ちゃん　ななちゃん→安藤　奈々ちゃん
七海　ななみ→岩崎　七海
七海　ななみ→京川　七海
七海　ななみ→今野　七海
七海　ななみ→篠田　七海
七海　ななみ→萩原　七海
七波　ななみ→石川　七波
奈々美　ななみ→一宮　奈々美
菜穂　なほ→武田　菜穂
奈美　なみ→山岡　奈美
斉彬　なりあきら→島津　斉彬
ナル造　なるぞう→ナル造（権田原　大造）
成美　なるみ→林　成美
成宮・ファビエンヌ・沙羅　なるみやふぁびえんぬさら→成宮・ファビエンヌ・沙羅（サラ）

【に】

兄ちゃん　にいちゃん→兄ちゃん（伊藤　北斗）
兄ちゃん　にいちゃん→兄ちゃん（出口　明）
新菜　にいな→沢野　新菜
仁稀　にき→湯川　仁稀
ニーさん　にーさん→ニーさん（日郎）
虹架　にじか→小日向　虹架
仁菜子　になこ→木下　仁菜子

【ね】

音色　ねいろ→糸川　音色
姉ちゃん　ねえちゃん→姉ちゃん（立花　ミチル）
猫　ねこ→猫（キャベツ）
猫　ねこ→猫（タマ）
猫　ねこ→猫（ダヤン）
猫　ねこ→猫（ねhere）

猫又家黒吉　ねこまたやくろきち→猫又家黒吉（黒吉）
猫又家双吉　ねこまたやそうきち→猫又家双吉（双吉）

【の】

ノア　のあ→ノア（黒ネコ）
ノア　のあ→宋源　ノア
濃姫　のうひめ→濃姫（帰蝶）
野依　のえ→五島　野依
のぞみ　のぞみ→宮原　のぞみ
ノゾミ　のぞみ→千代田　ノゾミ
希実　のぞみ→篠崎　希実
希美　のぞみ→傘木　希美
望　のぞみ→早乙女　望
のの　のの→野々原　のの
信夫　のぶお→佐山　信夫（信助）
信繁　のぶしげ→真田　信繁
信祝　のぶとき→松平　信祝
伸永　のぶなが→恩田　伸永
信長　のぶなが→織田　信長
ノボル　のぼる→ノボル（寺尾　昇）
昇　のぼる→寺尾　昇
昇　のぼる→大山　昇
昇　のぼる→滝　昇
昇　のぼる→平山　昇
登　のぼる→大木　登
登　のぼる→馬島　登
乃理　のり→横田　乃理（ノリ）
紀子　のりこ→平山　紀子
紀子　のりこ→鈴木　紀子（のんちゃん）
規子　のりこ→内藤　規子
法子　のりこ→中島　法子
教経　のりつね→平　教経
典道　のりみち→島田　典道

【は】

パオ〜ンおじさん　ぱお〜んおじさん→パオ〜ンおじさん（神田）
はかな　はかな→碧生　はかな
獏　ばく→須田　獏
白雲斎　はくうんさい→戸沢　白雲斎
化猫亭三毛之丞　ばけねこていみけのじょう→化猫亭三毛之丞（三毛之丞）
一　はじめ→山田　一

609

一　はじめ→矢神　一
創　はじめ→蒲生　創（ガモー）
朝芽　はじめ→間中　朝芽
肇　はじめ→五十川　肇
ハジメさん　はじめさん→ハジメさん（矢神
一）
葉月　はづき→伊藤　葉月
葉月　はづき→永瀬　葉月
葉月　はづき→加藤　葉月
葉月　はづき→七尾　葉月
葉月　はづき→小沢　葉月
葉月　はづき→真野　葉月
葉月　はづき→福田　葉月
蓮美　はすみ→遠藤　蓮美
長谷川　はせがわ→長谷川（ハセ）
ハッチー　はっちー→ハッチー（ヴェニヴル
ホラハレン・ソーマルニンフランハ・一世と6
5）
初音　はつね→高桐　初音
八方斎　はっぽうさい→稗田　八方斎
八方斎　はっぽうさい→稗田　八方斎（八方
子さん）
はとり　はとり→松崎　はとり
羽鳥　はとり→三日月　羽鳥
花　はな→草野　花
花　はな→中沢　花
花　はな→田中　花
花菜　はな→高梨　花菜
華　はな→木之下　華
花緒　はなお→坂東　花緒
花三郎　はなさぶろう→坂東　花三郎
花日　はなび→綾瀬　花日
花びら姫　はなびらひめ→花びら姫（ねこ魔
女）
朱華　はねず→天狼　朱華
母　はは→母（紫子）
パパ　ぱぱ→パパ（東村　京太郎）
パパ　ぱぱ→パパ（鈴木　宗一郎）
はま子　はまこ→山井　はま子
颯　はやて→虎本　颯
隼人　はやと→織田　隼人
隼人　はやと→田村　隼人
隼人　はやと→清水　隼人
ハラルド大使　はらるどたいし→ハラルド大
使（ハル）
春　はる→園崎　春
春　はる→高田　春

春　はる→斉木　春
春　はる→二階堂　春（ハル博士）
青　はる→鈴木　青
波流　はる→水上　波流
はるか　はるか→羽田野　はるか
はるか　はるか→橘　はるか
はるか　はるか→自在　はるか
はる香　はるか→松本　はる香
春花　はるか→月山　春花
春香　はるか→田中　春香
晴花　はるか→小野　晴花
晴香　はるか→柴山　晴香
晴香　はるか→染井　晴香
晴香　はるか→田淵　晴香
遙　はるか→長谷川　遙
ハルキ　はるき→吉沢　ハルキ
春生　はるき→野島　春生
晴樹　はるき→間宮　晴樹
遥輝　はるき→宮地　遥輝
はる子　はるこ→宇佐美　はる子（うさ子）
春子　はるこ→平山　春子
はる子ちゃん　はるこちゃん→植木　はる子
ちゃん
春太　はるた→上条　春太
晴人　はると→森山　晴人
晴人　はると→大垣　晴人
晴人　はると→柏木　晴人
波留斗　はると→岩田　波留斗
波留斗　はると→岩田　波留斗（アッシュ）
遥人　はると→翠川　遥人
陽人　はると→和田　陽人
陽斗　はると→音無　陽斗
陽斗　はると→堺　陽斗
はるな　はるな→高瀬　はるな
春菜　はるな→一条　春菜
春菜　はるな→小山田　春菜
春菜　はるな→小林　春菜
春菜　はるな→東原　春菜
陽菜　はるな→斉藤　陽菜
春馬　はるま→武藤　春馬
ハルマキ　はるまき→安倍　ハルマキ
晴美　はるみ→片山　晴美
晴美　はるみ→鈴木　晴美

【ひ】

備　び→劉　備

日出 ひい→山上 日出
ひいおじいちゃん ひいおじいちゃん→ひいおじいちゃん（重原 次兵衛）
ひいじい ひいじい→ひいじい（高橋 重吉）
陽色 ひいろ→工藤 陽色
ビーカー びーかー→ビーカー（馬場 かつみ）
ひかり ひかり→九条 ひかり
ひかり ひかり→大木 ひかり
ひかり ひかり→美島 ひかり
ひかり ひかり→友永 ひかり
光 ひかり→園田 光
ひかる ひかる→やまだ ひかる
ヒカル ひかる→一ノ瀬 ヒカル
ヒカル ひかる→春川 ヒカル
ひかる ひかる→神山 ひかる
ヒカル ひかる→太宰 ヒカル
光 ひかる→高原 光
ヒクテ ひくて→犬山 ヒクテ
彦助 ひこすけ→笹 彦助
久邦 ひさくに→前畑 久邦
尚志 ひさし→西澤 尚志
久斗 ひさと→山中 久斗
寿人 ひさひと→水樹 寿人
ひじり ひじり→源川 ひじり
聖 ひじり→吉之 聖
聖 ひじり→紫界堂 聖
秀秋 ひであき→小早川 秀秋
英男 ひでお→勝村 英男
秀生 ひでお→守口 秀生
秀臣 ひでおみ→高峯 秀臣
秀吉 ひでよし→豊臣 秀吉
ひとみ ひとみ→鬼沢 ひとみ（ヒットン）
ひとみ ひとみ→中山 ひとみ
ヒトヨ ひとよ→犬山 ヒトヨ
ひな ひな→一条 ひな
ひな ひな→赤羽 ひな
雛 ひな→瀬戸口 雛
陽菜 ひな→吉田 陽菜
陽菜 ひな→山科 陽菜
陽奈 ひな→松本 陽奈
ヒナコ ひなこ→坂下 ヒナコ（アサミ）
ひな子 ひなこ→平田 ひな子
日向 ひなた→斉木 日向
日向 ひなた→緑川 日向
妃名乃 ひなの→加納 妃名乃
ひなみ ひなみ→詩音 ひなみ（ナゾトキ姫）

ひびき ひびき→東堂 ひびき
響 ひびき→島田 響
響 ひびき→白里 響
日々希 ひびき→蘇芳 日々希
Ｐ・Ｐ・ジュニア ぴーぴーじゅにあ→Ｐ・Ｐ・ジュニア（ししょ〜）
飛風美 ひふみ→安田 飛風美
陽芽 ひめ→白行 陽芽
豹 ひょう→小松崎 豹
ヒョウくん ひょうくん→ヒョウくん（小松崎 豹）
ピヨコ ぴよこ→ピヨコ（UOPPさま）
ひより ひより→西山 ひより（ひよりん）
日和 ひより→遠野 日和
ヴィルタネン びるたねん→怜央 ヴィルタネン
宏敦 ひろあつ→西大寺 宏敦
広記 ひろき→大瀬 広記
広樹 ひろき→三上 広樹
弘基 ひろき→柳 弘基
ヒロくん ひろくん→ヒロくん（村上 宏隆）
博子 ひろこ→永井 博子
宏 ひろし→安永 宏
広 ひろし→立野 広
博 ひろし→二の谷 博
宏隆 ひろたか→村上 宏隆
ヒロト ひろと→あだち ヒロト
ひろと ひろと→はらだ ひろと
ヒロト ひろと→篠崎 ヒロト
ヒロト ひろと→葉月 ヒロト
大翔 ひろと→大場 大翔
宙人 ひろと→南 宙人
ひろなり ひろなり→日下 ひろなり
博文 ひろふみ→東条 博文
ひろみちゃん ひろみちゃん→小倉 ひろみちゃん
広也 ひろや→押野 広也
宏行 ひろゆき→尾崎 宏行
博行 ひろゆき→柳川 博行（ウイロウ）
貧々 ひんひん→富沢 貧々

【ふ】

フウカ ふうか→橘 フウカ
風雅 ふうが→一条 風雅
風雅 ふうが→八条 風雅
風呼 ふうこ→星河 風呼（フーコ）

風太　ふうた→小松 風太
風太　ふうた→石崎 風太
風馬　ふうま→曲角 風馬
風馬　ふうま→東海林 風馬（ロボ）
風味　ふうみ→伊藤 風味
フェルディナンド　ふぇるでぃなんど→フェルディナンド（神官長）
深海　ふかみ→花園 深海
ふき　ふき→向田 ふき
フジミ　ふじみ→平野 フジミ
双葉　ふたば→吉永 双葉
双葉　ふたば→吉岡 双葉
二葉　ふたば→魚住 二葉
ふみお　ふみお→田口 ふみお
文香　ふみか→五十嵐 文香
ふみ子　ふみこ→北村 ふみ子（ふーちゃん）
文彦　ふみひこ→天野 文彦
冬樹　ふゆき→瀬賀 冬樹
冬樹　ふゆき→麻田 冬樹
ブンゴ　ぶんご→山下 ブンゴ
文太　ぶんた→笠間 文太
文太　ぶんた→佐々木 文太
文徳　ぶんとく→李 文徳

【へ】

平八郎　へいはちろう→阿豪 平八郎
碧紫仙子　へきしせんし→碧紫仙子（芝玉）
紅緒　べにお→花村 紅緒
弁財天　べんざいてん→弁財天（弁天）

【ほ】

法介　ほうすけ→王泥喜 法介
穂木　ほき→月方 穂木
北斎　ほくさい→葛飾 北斎（鉄蔵）
北斗　ほくと→伊藤 北斗
ぽこ美　ぽこみ→赤川 ぽこ美（ポコタン）
星乃　ほしの→多岐川 星乃
穂波　ほなみ→桜森 穂波
ほのか　ほのか→光井 ほのか
ほのか　ほのか→星城 ほのか
ほのか　ほのか→雪城 ほのか
ほのか　ほのか→沢田 ほのか
穂　ほのか→新川 穂

【ま】

真麻　まあさ→石川 真麻
麻綾　まあや→神賀 麻綾
マイ　まい→吉野 マイ
マイ　まい→神咲 マイ
真衣　まい→小野 真衣
真衣　まい→内海 真衣
舞　まい→加賀谷 舞
舞　まい→八城 舞
麻衣　まい→宮沢 麻衣
麻衣　まい→生野 麻衣
麻衣　まい→中原 麻衣
麻衣　まい→林 麻衣
舞子　まいこ→林 舞子
まいまい　まいまい→まいまい（林 麻衣）
マイン　まいん→マイン（本須 麗乃）
真央　まお→木下 真央
麻緒　まお→石橋 麻緒
真緒さん　まおさん→川上 真緒さん
真紀　まき→東堂 真紀
真赤　まき→黒田 真赤
麻希　まき→御厨 麻希（ミク）
麻紀　まき→須藤 麻紀
真木子　まきこ→川崎 真木子
マギワ　まぎわ→死野 マギワ
真子　まこ→小泉 真子
茉子　まこ→香貫 茉子
マコト　まこと→遠藤 マコト
マコト　まこと→小海 マコト
まこと　まこと→木野 まこと
真琴　まこと→佐久間 真琴
真琴　まこと→西野 真琴
真琴　まこと→田口 真琴
誠　まこと→砂川 誠
マーサ　まーさ→マーサ（石川 真麻）
マサ　まさ→マサ（木村 雅彦）
昌　まさ→丘野 昌（マサ）
政醇　まさあつ→内藤 政醇
まさき　まさき→やまざき まさき
将輝　まさき→一条 将輝
正樹　まさき→江田 正樹
正輝　まさてる→大宮 正輝
雅人　まさと→宮内 雅人
真理　まさと→富樫 真理

正人 まさと→梅野 正人
正信 まさのぶ→源 正信
正信 まさのぶ→本多 正信
雅彦 まさひこ→木村 雅彦
正道 まさみち→裏無 正道
雅也 まさや→高瀬 雅也
昌幸 まさゆき→真田 昌幸
克 まさる→遠藤 克
勝 まさる→花島 勝
勝 まさる→関本 勝
勝 まさる→蒼月 勝
ましろ ましろ→春山 ましろ
真純 ますみ→司 真純
真純 ますみ→世良 真純
真澄 ますみ→宗田 真澄
真澄 ますみ→小塚 真澄
又三郎 またさぶろう→式 又三郎
松也 まつや→門倉 松也（カド松）
まつり まつり→神之森 まつり
まどか まどか→丸川 まどか
まどか まどか→神岡 まどか
まどか まどか→水口 まどか
円 まどか→鷹取 円
円香 まどか→井上 円香
真菜 まな→春野 真菜
まなか まなか→皆本 まなか
真夏 まなつ→宗田 真夏
学 まなぶ→成瀬 学
愛海 まなみ→片瀬 愛海
愛波 まなみ→島崎 愛波
マホ まほ→土方 マホ
真歩 まほ→三雲 真歩
ママ まま→ママ（ろくろっ首ママ）
ママ まま→ママ（鈴木 芳恵）
真美 まみ→西原 真美
万美 まみ→小山 万美（バンビ）
真美子 まみこ→咲山 真美子（マジ子）
守 まもる→大地 守
マヤ まや→観月 マヤ
真夜 まや→四葉 真夜
真夜 まや→小西 真夜
麻耶ちゃん まやちゃん→木本 麻耶ちゃん
まゆ まゆ→宮下 まゆ
舞夕 まゆ→桜庭 舞夕
繭 まゆ→五嶋 繭
繭香 まゆか→芹沢 繭香

真由子 まゆこ→藤沢 真由子
マユミ まゆみ→花崎 マユミ
まゆみ まゆみ→渚 まゆみ
真由美 まゆみ→七草 真由美
真響 まゆら→宗田 真響
真夜 まよ→源 真夜
鞠 まり→木佐貫 鞠
真理 まり→花崎 真理
真理 まり→深見 真理
真莉 まり→結城 真莉
万里 まり→瀬川 万里
満里 まり→金子 満里
マリア まりあ→藤小路 マリア
摩莉亜 まりあ→姫路 摩莉亜
マリエ まりえ→吉沢 マリエ
鞠香 まりか→糸居 鞠香
まりん まりん→大宮 まりん
丸男 まるお→丸井 丸男
マロン まろん→桂木 マロン
まろん まろん→日下部 まろん（怪盗ジャンヌ）
万次郎 まんじろう→中浜 万次郎（ジョン・マン）
万太郎 まんたろう→伊能 万太郎（万ちゃん）

【み】

美亜 みあ→種田 美亜（ネコ）
美杏 みあん→小田 美杏
美雨 みう→神崎 美雨
美枝 みえ→平山 美枝
美音 みお→高屋敷 美音
美桜 みお→峰岸 美桜
美桜 みお→涼森 美桜
未央 みお→宮永 未央
美音 みおん→月原 美音
ミカ みか→柏木 ミカ
美佳 みか→青田 美佳（ブルー）
美花 みか→神野 美花（ミカエラ）
美花 みか→神野 美花（みかりん）
美香 みか→貴島 美香
美香 みか→住井 美香
御影 みかげ→瓜生 御影
美影 みかげ→御堂 美影
ミカコ みかこ→ミカコ（長峰 美加子）
美加子 みかこ→長峰 美加子

613

未香子　みかこ→川辺　未香子
ミカリ　みかり→小林　ミカリ
みかる　みかる→菓子井　みかる
美紀　みき→小野山　美紀
美紀　みき→西条　美紀（ガルル）
美紀　みき→美紀（ミキリン）
美樹　みき→細川　美樹
みきこ　みきこ→月野森　みきこ
ミク　みく→初音　ミク
美久　みく→宮下　美久（ミミー）
美久　みく→五十嵐　美久
美空　みく→初音　美空
美紅　みく→篠原　美紅
美来　みく→初音　美来
未来　みく→初音　未来
未来　みく→早坂　未来
未来　みく→唐沢　未来
美湖　みこ→坂川　美湖
美湖　みこ→冬月　美湖
美子　みこ→小野山　美子
美琴　みこと→加賀　美琴
美琴　みこと→結城　美琴
ミサ　みさ→ミサ（美沙）
みさき　みさき→岡本　みさき
美咲　みさき→春野　美咲
美咲　みさき→小林　美咲
美咲　みさき→谷村　美咲
美紗紀　みさき→羽鳥　美紗紀
岬　みさき→奥村　岬
岬　みさき→立花　岬
ミサト　みさと→ミサト（山内　美里）
みさと　みさと→本庄　みさと
美里　みさと→山内　美里
瑞恵　みずえ→溝口　瑞恵
みずき　みずき→遠野　みずき
みずき　みずき→花森　みずき
みずき　みずき→林葉　みずき
みづき　みずき→沢本　みづき
みづき　みずき→野原　みづき（沢本　みづき）
水希　みずき→葉山　水希
瑞希　みずき→山城　瑞希
瑞紀　みずき→佐藤　瑞紀
泉貴　みずき→長谷　泉貴
美月　みずき→西沢　美月
黎明　みずき→一色　黎明

みずきちゃん　みずきちゃん→牧野　みずきちゃん
みすず　みすず→森　みすず（スズ）
美鈴　みすず→小宮　美鈴
美鈴　みすず→蓮見　美鈴
美空　みそら→伊丹　美空
美空　みそら→春埼　美空
美宙　みそら→矢野　美宙
みぞれ　みぞれ→鎧塚　みぞれ
未知　みち→蟻田　未知
道夫　みちお→後藤　道夫
理生　みちお→草薙　理生
ミチ子　みちこ→平野　ミチ子
道子　みちこ→泊　道子
道正　みちまさ→時輪　道正
ミチル　みちる→立花　ミチル
満　みちる→浦辺　満
光香　みつか→瀬良　光香
光希　みつき→西島　光希
光希　みつき→宝田　光希
光紀　みつき→中原　光紀
光輝　みつき→枝田　光輝（えだいち）
美月　みつき→森永　美月
美月　みつき→田中　美月
美月　みつき→野中　美月
満月　みつき→椎名　満月
貢　みつぐ→足田　貢
光圀　みつくに→平林　光圀
三成　みつなり→石田　三成
三葉　みつは→宮水　三葉
光彦　みつひこ→浅見　光彦
満彦　みつひこ→石田　満彦
光秀　みつひで→明智　光秀
光正　みつまさ→高台　光正
充也　みつや→沢谷　充也
十　みつる→小林　十
満　みつる→小山　満
みどり　みどり→北原　みどり
ミナ　みな→田沼　ミナ
未奈　みな→滝沢　未奈
美奈子　みなこ→愛野　美奈子
美波子　みなこ→秋吉　美波子
湊　みなと→相良　湊
皆実　みなみ→若葉　皆実
皆実　みなみ→平野　皆実
南　みなみ→大和田　南

614

源頼朝　みなもとのよりとも→源頼朝（兵衛佐）
みぬき　みぬき→成歩堂　みぬき
みのり　みのり→安城　みのり
みのり　みのり→井口　みのり
実　みのり→松山　実
美乃里　みのり→高瀬　美乃里
ミノル　みのる→鈴木　ミノル
光宣　みのる→九島　光宣
実　みのる→島田　実
稔　みのる→渡辺　稔（ナベさん）
みはる　みはる→大村　みはる
美晴　みはる→北上　美晴
ミヒロ　みひろ→椎名　ミヒロ
美冬　みふゆ→山崎　美冬
美布由　みふゆ→桐竹　美布由（ミフ）
ミホ　みほ→花山　ミホ
美帆　みほ→木崎　美帆
美穂　みほ→日夏　美穂
美穂　みほ→里館　美穂
美馬　みま→三矢城　美馬
みも　みも→船越　みも
美夜　みや→鍋島　美夜
都　みやこ→東大寺　都
美耶子　みやこ→鳳　美耶子
みやび　みやび→安西　みやび
雅　みやび→加賀　雅
雅　みやび→岸本　雅
美結　みゆ→上原　美結
ミュウミュウ　みゅうみゅう→ミュウミュウ（化け猫）
深行　みゆき→相良　深行
深雪　みゆき→司波　深雪
美雪　みゆき→相島　美雪
美雪　みゆき→野々下　美雪（雪女）
美代　みよ→沢野　美代
美陽　みよ→秋野　美陽
ミライ　みらい→佐原　ミライ
みらい　みらい→鈴鹿　みらい
未来　みらい→鏡　未来（ミラミラ）
未来　みらい→春野　未来
未来　みらい→小笠原　未来
未来　みらい→前田　未来
見楽留　みらくる→川口　見楽留
美蘭　みらん→今井　美蘭
未莉亜　みりあ→野上　未莉亜
ミル　みる→大葉　ミル

みれい　みれい→南　みれい
美麓　みろく→奥沢　美麓

【む】

夢羽　むう→茜崎　夢羽
武蔵　むさし→宮本　武蔵
紫式部　むらさきしきぶ→紫式部（式部）

【め】

めい　めい→森原　めい
芽衣　めい→小柴　芽衣
鳴　めい→美織　鳴
鳴介　めいすけ→鵺野　鳴介（ぬ〜べ〜）
メイちゃん　めいちゃん→メイちゃん（小柴芽衣）
メイド　めいど→メイド（田中）
めぐ　めぐ→小鳥遊　めぐ
めぐみ　めぐみ→佐倉　めぐみ
愛実　めぐみ→田所　愛実（グミ）
恵実　めぐみ→西堀　恵実
愛　めぐむ→小林　愛（めご）
めぐる　めぐる→本川　めぐる

【も】

モエ　もえ→モエ（志村　萌花）
もえ　もえ→小西　もえ
モエ　もえ→野中　モエ
萌　もえ→川勝　萌
萌　もえ→白石　萌
萌花　もえか→志村　萌花
もえみ　もえみ→三反崎　もえみ
萌美　もえみ→春野　萌美
モカ　もか→小山　モカ
持兼　もちかね→木耳　持兼
基　もとき→新納　基
元樹　もとき→芦田　元樹（モトくん）
元春　もとはる→佐々野　元春
萌奈　もな→赤坂　萌奈
モナミ　もなみ→モナミ（真野　萌奈美）
萌奈美　もなみ→真野　萌奈美
モミ　もみ→五本松　モミ（ジャム）
モモ　もも→小山　モモ
モモ　もも→直毘　モモ
モモ　もも→庭野　モモ

615

桃 もも→木佐貫 桃
モモカ ももか→長沢 モモカ
桃花 ももか→汐見 桃花
ももこ ももこ→さくら ももこ（まる子）
桃子 ももこ→宗方 桃子（ピーチ姉ちゃん）
桃子 ももこ→白石 桃子
桃世 ももよ→小野 桃世
モリオ もりお→佐渡 モリオ
森田くん もりたくん→森田くん（ブルー）
盛長 もりなが→藤九郎 盛長
モンキー・D・ルフィ もんきーでぃーるふぃ
→モンキー・D・ルフィ（ルフィ）

【や】

八枝 やえ→百木 八枝
八重 やえ→山本 八重
八重 やえ→新島 八重（山本 八重）
八百比丘尼 やおびくに→八百比丘尼（千
歳）
やさしき魔女 やさしきまじょ→やさしき魔
女（スギヨさん）
康夫 やすお→内田 康夫
靖彦 やすひこ→海堂 靖彦
八太郎 やたろう→八万重 八太郎
大和 やまと→有馬 大和
弥生 やよい→山下 弥生
弥生 やよい→大月 弥生
弥生 やよい→有明 弥生

【ゆ】

ゆい ゆい→わかな ゆい
結 ゆい→若菜 結
結 ゆい→天馬 結
結衣 ゆい→松島 結衣
結衣 ゆい→生野 結衣
結衣 ゆい→蒼井 結衣
結衣 ゆい→蠣崎 結衣
結衣子 ゆいこ→古藤 結衣子（悪夢ちゃ
ん）
結さん ゆいさん→結さん（天馬 結）
ユイマール ゆいまーる→ユイマール（唯）
ゆう ゆう→中田 ゆう
結羽 ゆう→小澤 結羽
尤 ゆう→功刀 尤
優 ゆう→岡崎 優

優 ゆう→佐々木 優
優 ゆう→瀬戸口 優
優 ゆう→星野 優
勇 ゆう→伊藤 勇
幽 ゆう→月読 幽
悠 ゆう→桜井 悠
悠 ゆう→櫻井 悠
由宇 ゆう→溝口 由宇
由宇 ゆう→三島 由宇
祐 ゆう→黒崎 祐
遊 ゆう→溝口 遊
夕 ゆう→富士宮 夕
侑 ゆう→有栖川 侑
勇 ゆう＊→平岩 勇
雄一郎 ゆういちろう→荒井 雄一郎
優香 ゆうか→柳田 優香
ユウキ ゆうき→那須野 ユウキ
勇気 ゆうき→津山 勇気
友企 ゆうき→井上 友企
友樹 ゆうき→大沢 友樹
有季 ゆうき→前川 有季
祐樹 ゆうき→佐藤 祐樹
裕樹 ゆうき→蓮見 裕樹
勇樹 ゆうき＊→神谷 勇樹
結子 ゆうこ→二見 結子
結生子 ゆうこ→百瀬 結生子
木綿子 ゆうこ→菱田 木綿子
優子 ゆうこ→吉川 優子
由布子 ゆうこ→高台 由布子
裕子 ゆうこ→橋爪 裕子（ユッコ）
勇吾 ゆうご→八軒 勇吾
悠史 ゆうし→泉 悠史（泉先輩）
夕士 ゆうし→稲葉 夕士
祐司 ゆうじ→賀川 祐司（ユージくん）
祐司 ゆうじ→日野 祐司
祐次 ゆうじ→香川 祐次
雄治 ゆうじ→浪矢 雄治
結心 ゆうしん→広瀬 結心
勇介 ゆうすけ→小川 勇介（ユースケ）
悠介 ゆうすけ→田村 悠介
祐介 ゆうすけ→横川 祐介
裕介 ゆうすけ→沢村 裕介
裕介 ゆうすけ→椎名 裕介
雄介 ゆうすけ→大川 雄介（ユースケ）
祐三 ゆうぞう→高良 祐三（タカゾー）
ユウタ ゆうた→滝口 ユウタ

悠太 ゆうた→佐野 悠太
悠太 ゆうた→大野 悠太
悠太 ゆうた→天宮 悠太
悠太 ゆうた→柏崎 悠太
由太 ゆうた→大井 由太（ユウタ）
雄太 ゆうた→高橋 雄太
雄太 ゆうた→佐々木 雄太
祐太朗 ゆうたろう→若林 祐太朗
雄天 ゆうてん→有明 雄天
優人 ゆうと→青原 優人
優斗 ゆうと→高尾 優斗
勇人 ゆうと→中村 勇人
悠斗 ゆうと→尾崎 悠斗
由斗 ゆうと→庄司 由斗
ユウトくん ゆうとくん→佐藤 ユウトくん
優名 ゆうな→森下 優名
夕奈 ゆうな→小野 夕奈
悠飛 ゆうひ→片山 悠飛
夕日 ゆうひ→花井 夕日
勇馬 ゆうま→辻 勇馬
悠馬 ゆうま→小坂 悠馬
優哉 ゆうや→小野 優哉
優也 ゆうや→小野寺 優也
悠羽也 ゆうや→長谷川 悠羽也
裕也 ゆうや→奥野 裕也
ユカ ゆか→岡田 ユカ
由香 ゆか→荒木 由香
由香 ゆか→今井 由香
由香 ゆか→佐藤 由香
ゆかり ゆかり→小山 ゆかり
ゆかり ゆかり→谷口 ゆかり
ユキ ゆき→ユキ（一条 祐紀）
ユキ ゆき→ユキ（雪蘭）
ゆき ゆき→三橋 ゆき
ユキ ゆき→地獄 ユキ
ユキ ゆき→緋色 ユキ
有希 ゆき→白井 有希
由紀 ゆき→藤堂 由紀
祐紀 ゆき→一条 祐紀
雪絵 ゆきえ→青井 雪絵
雪夫 ゆきお→町村 雪夫
雪子 ゆきこ→中森 雪子
ゆきと ゆきと→夜野 ゆきと
征人 ゆきと→桐山 征人
雪人さん ゆきとさん→池沢 雪人さん
ゆきな ゆきな→鳥山 ゆきな

雪奈 ゆきな→朝比奈 雪奈
幸博 ゆきひろ→片瀬 幸博
幸歩 ゆきほ→穂村 幸歩（ユッキー）
幸村 ゆきむら→真田 幸村
幸村 ゆきむら→真田 幸村（真田 信繁）
幸哉 ゆきや→上山 幸哉
雪弥 ゆきや→下城 雪弥（雪兄）
ゆず ゆず→春内 ゆず
柚 ゆず→朝比奈 柚
柚子 ゆず→支倉 柚子
ユズカ ゆずか→山本 ユズカ
柚希 ゆずき→北原 柚希
ゆず先生 ゆずせんせい→ゆず先生（ゆずる）
穣 ゆたか→辻本 穣
豊 ゆたか→倉石 豊
豊 ゆたか→念力 豊
ユッコ ゆっこ→ユッコ（雪子）
ゆの ゆの→白石 ゆの
柚乃子 ゆのこ→那珂川 柚乃子（着火マン）
友麻 ゆま→福島 友麻
ユメ ゆめ→ユメ（薮原 夢）
ゆめ ゆめ→夢見 ゆめ
夢 ゆめ→薮原 夢
由良 ゆら→宇佐美 由良
由良 ゆら→橘 由良
ユラさん ゆらさん→浦沢 ユラさん
ゆり ゆり→黄川田 ゆり（イエロー）
ゆり ゆり→月影 ゆり
ユリ ゆり→柏木 ユリ
優里 ゆり→横田 優里
有里 ゆり→倉橋 有里
由梨 ゆり→丘野 由梨（ユリ）
ゆりあ ゆりあ→鵜飼 ゆりあ
ユリア ゆりあ→相川 ユリア
由里亜 ゆりあ→北村 由里亜
百合佳 ゆりか→糸居 百合佳
百合香 ゆりか→大船 百合香
百合子 ゆりこ→宮里 百合子
ゆりん ゆりん→咲田 ゆりん

【よ】

洋 よう→大西 洋
洋一 よういち→敦賀 洋一
陽一 よういち→田所 陽一

葉香 ようか→星野 葉香
葉子 ようこ→久保田 葉子
葉子 ようこ→金田 葉子(ギッチン)
陽子 ようこ→浦和 陽子
陽二 ようじ→真山 陽二
葉介 ようすけ→遠野 葉介
陽介 ようすけ→新村 陽介
陽介 ようすけ→長内 陽介(オッサ)
陽介 ようすけ→暮林 陽介
陽介 ようすけ→葉山 陽介
曜太 ようた→三神 曜太
葉太 ようた→芝咲 葉太
陽太 ようた→夏海 陽太
陽太 ようた→佐久良 陽太
陽太 ようた→中西 陽太
陽太郎 ようたろう→青山 陽太郎
与ヱ門 よえもん→常光寺 与ヱ門
芳恵 よしえ→鈴木 芳恵
よしお よしお→よしだ よしお
ヨシオ よしお→小仁 ヨシオ
偉生 よしお→高浜 偉生
芳雄 よしお→小林 芳雄
良兼 よしかね→木耳 良兼(若様)
美喜 よしき→一条 美喜(ミッキー)
嘉隆 よしたか→蒲生 嘉隆
義太郎 よしたろう→片山 義太郎
吉継 よしつぐ→本川 吉継
義経 よしつね→源 義経
ヨシノ よしの→ケビン ヨシノ
佳乃 よしの→香田 佳乃
佳乃 よしの→梨崎 佳乃
義人 よしひと→中田 義人
義人 よしひと→中田 義人(よしくん)
義弘 よしひろ→島津 義弘
美雪 よしゆき→中島 美雪
よよ よよ→凡野 よよ
頼朝 よりとも→源 頼朝

【ら】

らぁら らぁら→真中 らぁら
ライくん らいくん→ライくん(大井 雷太)
雷蔵 らいぞう→不破 雷蔵
雷太 らいた→原田 雷太
雷太 らいた→大井 雷太
嵐 らん→朝羽 嵐(ラン)

蘭 らん→小川 蘭
蘭 らん→毛利 蘭
らん子 らんこ→田口 らん子
乱太郎 らんたろう→猪名寺 乱太郎
蘭麻 らんま→千葉 蘭麻

【り】

Rii りー→Rii(りーちゃん)
璃在 りある→秋山 璃在
利一 りいち→荒井 利一
理宇 りう→三国 理宇
理恵 りえ→下村 理恵
リオ りお→一之瀬 リオ
梨央 りお→向坂 梨央
理央 りお→宮永 理央
理央 りお→清瀬 理央
理央 りお→村瀬 理央
理緒 りお→神保 理緒
莉桜 りお→新城 莉桜
莉緒 りお→佐原 莉緒
莉緒 りお→神崎 莉緒
莉緒 りお→辻本 莉緒
梨花 りか→埋火 梨花
莉花 りか→三国 莉花
利吉 りきち→山田 利吉
リク りく→桜井 リク
理究 りく→那須田 理究
陸 りく→石松 陸(リック)
陸 りく→勅使河原 陸
陸人 りくと→村井 陸人
梨子 りこ→灯野 梨子
理子 りこ→小枝 理子
理子 りこ→小泉 理子
理子 りこ→田所 理子
璃湖 りこ→牧田 璃湖
璃子 りこ→花山院 璃子
璃子 りこ→笹原 璃子
莉子 りこ→今井 莉子
莉子 りこ→緒方 莉子
莉子 りこ→柳田 莉子
リサ りさ→本間 リサ
理沙 りさ→秋野 理沙
理沙 りさ→村田 理沙
里沙 りさ→小林 里沙
理世 りせ→太田 理世

リセイ りせい→弦 リセイ（ツルリ）
利太 りた→寺坂 利太
律 りつ→藤沢 律
率 りつ→藤井 率
律可 りつか→藤崎 律可（リッカくん）
律花 りつか→中野 律花（りっちゃん）
律子 りつこ→高橋 律子（リツコ先生）
リッチ りっち→リッチ（荒井 利一）
リッパ りっぱ→リッパ（怪盗王子チューリッパ）
梨捺 りな→神崎 梨捺
理奈 りな→鎌田 理奈
梨乃 りの→高瀬 梨乃
莉乃 りの→長谷川 莉乃
栗帆 りほ→坂口 栗帆
リュウ りゅう→赤城 リュウ
リュウ りゅう→有馬 リュウ
龍一 りゅういち→成歩堂 龍一
竜持 りゅうじ→降矢 竜持
龍心 りゅうしん→岩瀬 龍心
リュウセイ りゅうせい→リュウセイ（流れ星）
瑠生 りゅうせい→高梨 瑠生
龍太郎 りゅうたろう→赤城 龍太郎
龍斗 りゅうと→藤岡 龍斗
竜之介 りゅうのすけ→的場 竜之介
龍之介 りゅうのすけ→権田 龍之介
龍之介 りゅうのすけ→小橋 龍之介
龍羽 りゅうは→桜咲 龍羽
竜也 りゅうや→黒滝 竜也
リュミ りゅみ→花川戸 リュミ
リョウ りょう→リョウ（前津 涼）
リョウ りょう→柊 リョウ
亮 りょう→桜木 亮
亮 りょう→諸葛 亮
亮 りょう→水嶋 亮
涼 りょう→高倉 涼（姫）
涼 りょう→前津 涼
涼 りょう→大谷 涼
良 りょう→星川 良
遼 りょう→緋石 遼
陵 りょう→神山 陵
リョウガ りょうが→峰口 リョウガ
亮子 りょうこ→水見 亮子
涼子 りょうこ→仁科 涼子
涼子 りょうこ→津田 涼子
良次 りょうじ→新島 良次

良治 りょうじ→田上 良治
亮介 りょうすけ→酒井 亮介
良介 りょうすけ→山岸 良介
遼介 りょうすけ→武井 遼介
竜太 りょうた→水原 竜太
涼太 りょうた→桜庭 涼太
涼太 りょうた→山内 涼太
諒太 りょうた→中嶋 諒太
良太郎 りょうたろう→向井 良太郎
亮平 りょうへい→平沼 亮平
亮平 りょうへい→堀田 亮平
良平 りょうへい→田丸 良平
龍馬 りょうま→坂本 龍馬
遼哉 りょうや→吉野 遼哉
料理人 りょうりにん→料理人（高橋）
リョーチン りょーちん→リョーチン（新島 良次）
リョーマ りょーま→越前 リョーマ
リリカ りりか→赤妃 リリカ
璃々香 りりか→南 璃々香
りりな りりな→笹木 りりな
リン りん→リン（怪盗ジェニィ）
リン りん→鏡音 リン
リン りん→黒野 リン
りん りん→神谷 りん
リン りん→天ヶ瀬 リン
リン りん→天ヶ瀬 リン
燐 りん→森山 燐
鈴 りん→鈴木 鈴
凛 りん→観頃 凛
凛 りん→鏡音 凛
凛 りん→若王子 凛
凛 りん→小川 凛
凛 りん→上田 凛
凛 りん→真中 凛
凛 りん→相田 凛
凛 りん→立原 凛
凜 りん→端野 凜
凛子 りんこ→大和 凛子
林太朗 りんたろう→大岡 林太朗
凜太郎 りんたろう→花毬 凜太郎
りんね りんね→六道 りんね
倫也 りんや→真田 倫也

【る】

琉偉 るい→猪上 琉偉（ルイルイ）

琉生 るい→響 琉生
琉生 るい→響 琉生(シュヴァリエ)
塁 るい→水島 塁
類 るい→海堂 類
類くん るいくん→瀬川 類くん
瑠衣斗 るいと→沼田 瑠衣斗
ルカ るか→言問 ルカ(ドイル)
琉夏 るか→蒼木 琉夏
瑠花 るか→飛田 瑠花
瑠香 るか→江口 瑠香
瑠輝 るき→上倉 瑠輝
ルナ るな→ルナ(桐野 瑠菜)
瑠菜 るな→桐野 瑠菜
瑠奈 るな→皆本 瑠奈
留美子 るみこ→柊 留美子
ルリ るり→相馬 ルリ
るり るり→中垣内 るり
ルリ るり→天海 ルリ(ルリルリ)
瑠璃子 るりこ→吉見 瑠璃子
瑠璃莉 るりり→千佳 瑠璃莉
瑠々香 るるか→篠宮 瑠々香(ルルカ)

【れ】

レイ れい→火野 レイ
レイ れい→野沢 レイ(ネロ)
怜 れい→安藤 怜
怜 れい→四宮 怜
玲 れい→美園 玲
麗亜 れいあ→鷲尾 麗亜
玲華 れいか→西園寺 玲華
麗華 れいか→桐島 麗華
れい子 れいこ→寺山 れい子
怜子 れいこ→秋庭 怜子
玲子 れいこ→念力 玲子
麗子 れいこ→三木 麗子
麗子 れいこ→宝生 麗子
玲子先生 れいこせんせい→内藤 玲子先生
嶺治 れいじ→三国 嶺治(魔王)
礼司 れいじ→福神 礼司
礼司 れいじ→福神 礼司(レイジさん)
零士 れいじ→北条 零士
レイナ れいな→渋谷 レイナ
レイナ れいな→青戸 レイナ
玲奈 れいな→本田 玲奈

麗奈 れいな→高坂 麗奈
麗奈 れいな→林 麗奈(レイナ)
レイヤ れいや→レイヤ(日守 黎夜)
黎夜 れいや→日守 黎夜
鈴音 れいん→香坂 鈴音(アメちゃん)
レオ れお→レオ(立花 玲音)
怜央 れお→橋本 怜央
怜央 れお→白石 怜央
怜央 れお→蓮見 怜央
玲央 れお→阿部 玲央
玲央 れお→長谷川 玲央
玲音 れお→立花 玲音
礼央 れお→宮永 礼央
レオン れおん→天祭 レオン
怜奈 れな→鈴村 怜奈
玲奈 れな→阿部 玲奈
礼奈 れな→荻原 礼奈
礼奈 れな→松島 礼奈
麗奈 れな→高坂 麗奈
玲美 れみ→青山 玲美
レン れん→レン(怪盗ピーター)
レン れん→焔 レン
レン れん→鏡音 レン
レン れん→白羽 レン
怜 れん→鏡音 怜
蓮 れん→常盤 蓮
蓮 れん→大原 蓮
蓮 れん→托美 蓮
蓮 れん→蓮(九太)
蓮くん れんくん→一ノ瀬 蓮くん
連司 れんじ→北村 連司(レン)
廉太郎 れんたろう→橘 廉太郎
蓮人 れんと→広瀬 蓮人
蓮人さま れんとさま→神立 蓮人さま

【ろ】

老犬 ろうけん→老犬(わんちゃん)
六助 ろくすけ→阿南 六助
六郎 ろくろう→海野 六郎
六郎 ろくろう→望月 六郎
六花 ろっか→山内 六花
六兵太 ろっぺいた→上田 六兵太(船長)

【わ】

和佳子　わかこ→松木 和佳子（わこちゃ
ん）
若先生　わかせんせい→若先生（若侍）
若菜　わかな→緒崎 若菜
わかば　わかば→持田 わかば
若葉　わかば→鏡池 若葉
若葉　わかば→鳴尾 若葉（なるたん）
若見　わかみ→井上 若見
航　わたる→真木野 航
航　わたる→西村 航
渡　わたる→飛鳥井 渡

収録作品一覧（作家名→書名の字順並び）

たまごっち!―みらくるタイムスリップ!? きせきの出会い／BANDAI・WiZ 作万里アンナ文／KADOKAWA（角川つばさ文庫）／2014/01

たまごっち!―みらくる未来へつなげ! たまとものきずな／BANDAI・WiZ 作万里アンナ文／KADOKAWA（角川つばさ文庫）／2014/05

モンスターハンターストーリーズ RIDE ON～たちむかえライダー!／CAPCOM 原作監修;相羽鈴著／集英社（集英社みらい文庫）／2017/04

モンスターハンターストーリーズ RIDE ON～決別のとき／CAPCOM 原作監修;相羽鈴著／集英社（集英社みらい文庫）／2017/07

モンスターハンターストーリーズ RIDE ON～最凶の黒と白い奇跡～／CAPCOM 原作監修;相羽鈴著／集英社（集英社みらい文庫）／2017/10

君と 100 回目の恋 映画ノベライズ みらい文庫版／Chocolate;Records 原作;ワダヒトミ著／集英社（集英社みらい文庫）／2016/12

ずっと前から好きでした。―告白実行委員会／HoneyWorks 原案;アニプレックス企画・監修;香坂茉里作／KADOKAWA（角川つばさ文庫）／2016/04

好きになるその瞬間を。／HoneyWorks 原案;香坂茉里作／KADOKAWA（角川つばさ文庫）／2016/12

おしゃれプロジェクト Step1／MIKA;POSA 作hatsuko 絵／講談社（青い鳥文庫）／2017/06

リトルウィッチアカデミア―でたらめ魔女と妖精の国／TRIGGER 原作;吉成曜原作橘もも文;上倉エク絵／KADOKAWA（角川つばさ文庫）／2017/04

モンスターストライク／XFLAG スタジオ原作;相羽鈴著;加藤陽一脚本;加藤みどり脚本／集英社（集英社みらい文庫）／2017/12

モンスターストライク THE MOVIE はじまりの場所へ／XFLAG スタジオ原作;相羽鈴著;岸本卓脚本／集英社（集英社みらい文庫）／2016/12

モンスターストライク 疾風迅雷ファルコンズ誕生!!／XFLAG スタジオ原作;高瀬美恵作;オズノユミ絵／KADOKAWA（角川つばさ文庫）／2017/12

映画くまのがっこう／あいはらひろゆき著／小学館／2017/07

千里眼探偵部 1―チーム結成!／あいま祐樹作;FiFS 絵／講談社（青い鳥文庫）／2016/12

千里眼探偵部 2―パークで謎解き!?／あいま祐樹作;FiFS 絵／講談社（青い鳥文庫）／2017/04

まっしょうめん!／あさだりん作／偕成社（偕成社ノベルフリーク）／2016/12

X-01 エックスゼロワン ［壱］／あさのあつこ著;田中達之画／講談社（Ya! entertainment）／2016/09

X-01 エックスゼロワン ［弐］／あさのあつこ著;田中達之画／講談社（Ya! entertainment）／2017/09

グラウンドの詩／あさのあつこ著／角川書店／2013/07

明日になったら／あさのあつこ著／光文社（Book With You）／2013/04

いみちぇん!1 今日からひみつの二人組／あさばみゆき作市井あさ絵／KADOKAWA（角川つばさ文庫）／2014/10

いみちぇん!2 ピンチ!矢神くんのライバル登場!／あさばみゆき作市井あさ絵／KADOKAWA（角川つばさ文庫）／2015/02

いみちぇん!3 ねらわれた主さま／あさばみゆき作市井あさ絵／KADOKAWA（角川つばさ文庫）／2015/06

いみちぇん!4 五年二組のキケンなうわさ／あさばみゆき作市井あさ絵／KADOKAWA（角川つばさ文庫）／2015/10

いみちぇん!5 ウソ?ホント? まぼろしの札／あさばみゆき作市井あさ絵／KADOKAWA（角川つばさ文庫）／2016/03

いみちぇん!6 絶対無敵のきずな／あさばみゆき作市井あさ絵／KADOKAWA（角川つばさ文庫）／2016/07

いみちぇん！7 新たなる敵、あらわる！／あさばみゆき作;市井あさ絵／KADOKAWA（角川つばさ文庫）／2016/11

いみちぇん！8 消えたパートナー／あさばみゆき作;市井あさ絵／KADOKAWA（角川つばさ文庫）／2017/03

いみちぇん！9 サマーキャンプにひそむ罠／あさばみゆき作;市井あさ絵／KADOKAWA（角川つばさ文庫）／2017/07

いみちぇん！10 がけっぷち！奪われた友情／あさばみゆき作;市井あさ絵／KADOKAWA（角川つばさ文庫）／2017/12

俺物語!!映画ノベライズ みらい文庫版／アルコ原作;河原和音原作;松田朱夏著;野木亜紀子脚本／集英社（集英社みらい文庫）／2015/10

アンティークFUGA 1 我が名はシャナイア／あんびるやすこ作;十々夜画／岩崎書店（フォア文庫）／2015/02

アンティークFUGA 2 双魂の精霊／あんびるやすこ作;十々夜画／岩崎書店（フォア文庫）／2015/07

アンティークFUGA 3 キマイラの王／あんびるやすこ作;十々夜画／岩崎書店（フォア文庫）／2016/04

うらない師ルーナと三人の魔女／あんびるやすこ作・絵／ポプラ社（ポプラ物語館）／2017/12

エイプリルと魔法のおくりもの－魔法の庭ものがたり 18／あんびるやすこ作・絵／ポプラ社（ポプラ物語館）／2015/12

おまじないは魔法の香水－魔法の庭ものがたり 13／あんびるやすこ作・絵／ポプラ社（ポプラ物語館）／2013/04

ジャレットのきらきら魔法－魔法の庭ものがたり 17／あんびるやすこ作・絵／ポプラ社（ポプラ物語館）／2015/07

ハムスターのすてきなお仕事／あんびるやすこ著／岩崎書店（おはなしガーデン）／2016/11

ピンクのドラゴンをさがしています／あんびるやすこ著／岩崎書店（おはなしガーデン）／2017/06

ルルとララのアロハ!パンケーキ／あんびるやすこ作・絵／岩崎書店（おはなしガーデン）／2016/12

ルルとララのハロウィン／あんびるやすこ作・絵／岩崎書店（おはなしガーデン）／2017/09

ローズマリーとヴィーナスの魔法－魔法の庭ものがたり 14／あんびるやすこ作・絵／ポプラ社（ポプラ物語館）／2013/11

空色ハーブのふしぎなききめ－魔法の庭ものがたり 16／あんびるやすこ作・絵／ポプラ社（ポプラ物語館）／2014/10

時間の女神のティータイム－魔法の庭ものがたり 19／あんびるやすこ作・絵／ポプラ社（ポプラ物語館）／2016/08

魔女カフェのしあわせメニュー－魔法の庭ものがたり 15／あんびるやすこ作・絵／ポプラ社（ポプラ物語館）／2014/03

魔法の庭の宝石のたまご／あんびるやすこ作・絵／ポプラ社（ポプラ物語館）／2017/03

ウソツキチョコレート 2／イアム著／講談社（Ya! entertainment）／2013/02

おさるのよる／いとうひろし作・絵／講談社（どうわがいっぱい）／2017/06

おねえちゃんって、いっつもがまん!?／いとうみく作;つじむらあゆこ絵／岩崎書店／2017/07

カーネーション／いとうみく作／くもん出版（くもんの児童文学）／2017/05

きょうはやきにく／いとうみく作;小泉るみ子絵／講談社（たべもののおはなしシリーズ）／2017/01

チキン!／いとうみく作;こがしわかおり絵／文研出版（文研じゅべにーる）／2016/11

ねこまつりのしょうたいじょう／いとうみく作;鈴木まもる絵／金の星社／2016/09

ひいな／いとうみく作／小学館／2017/01

車夫 2 幸せのかっぱ／いとうみく作／小峰書店（Sunnyside Books）／2016/11

唐木田さんち物語／いとうみく作;平澤朋子画／毎日新聞出版／2017/09

猫侍－玉之丞とほおずき長屋のお涼／いとう緑原作;AMG出版作;九条M十絵／ポプラ社（ポプラポケット文庫）／2014/03

男子★弁当部 あけてびっくり！オレらのおせち大作戦!／イノウエミホコ作;東野さとる絵／ポプラ社（ポ

プラ物語館）／2014/11
カラダ探し 1／ウェルザード著;wogura イラスト／双葉社（双葉社ジュニア文庫）／2016/11
カラダ探し 2／ウェルザード著;wogura イラスト／双葉社（双葉社ジュニア文庫）／2017/03
カラダ探し 3／ウェルザード著;wogura イラスト／双葉社（双葉社ジュニア文庫）／2017/07
カラダ探し 第2夜 1／ウェルザード著;wogura イラスト／双葉社（双葉社ジュニア文庫）／2017/11
からっぽぽっぽ!／うどんあこ作／やまもとゆか絵／文研出版（わくわくえどうわ）／2013/10
オオカミのお札 1 カヨが聞いた声／おおぎやなぎちか作／くもん出版（くもんの児童文学）／2017/08
オオカミのお札 2 正次が見た影／おおぎやなぎちか作／くもん出版（くもんの児童文学）／2017/08
オオカミのお札 3 美咲が感じた光／おおぎやなぎちか作／くもん出版（くもんの児童文学）／2017/08
しゅるしゅるぱん／おおぎやなぎちか作古山拓画／福音館書店／2015/11
おばけやさん 7 てごわいおきゃくさまです／おかべりか作／偕成社／2017/06
少年・空へ飛ぶ／おぎぜんた著;高畠純絵／偕成社／2016/03
てんこうせいはワニだった!／おのりえん作・絵／こぐま社（こぐまのどんどんぶんこ）／2017/01
まじかる☆ホロスコープ 恋と怪談とミステリー!／カタノトモコ作・絵;杉背よい文／KADOKAWA（角川つばさ文庫）／2014/10
ほねほねザウルス 10 ティラノ・ベビーと4人のまほうつかい／カバヤ食品株式会社原案・監修／岩崎書店／2013/07
ほねほねザウルス 11 だいぼうけん!ボコボコン・ホール／カバヤ食品株式会社原案・監修;ぐるーぷ・アンモナイツ作・絵／岩崎書店／2013/12
ほねほねザウルス 12 アシュラとりでのほねほねサムライ／カバヤ食品株式会社原案・監修／岩崎書店／2014/07
ほねほねザウルス 13 ティラノ・ベビーとミラクルツリー／カバヤ食品株式会社原案・監修／岩崎書店／2014/12
ほねほねザウルス 14 大けっせん!ガルーダ vs ヒドラ 前編／カバヤ食品株式会社原案・監修;ぐるーぷ・アンモナイツ作・絵／岩崎書店／2015/07
ほねほねザウルス 15 大けっせん!ガルーダ vs ヒドラ 後編／カバヤ食品株式会社原案・監修;ぐるーぷ・アンモナイツ作・絵／岩崎書店／2015/11
ほねほねザウルス 16 ティラノ・ベビーとなぞの巨大いんせき／カバヤ食品株式会社原案・監修／岩崎書店／2016/07
ほねほねザウルス 17 はっけん!かいていおうこくホネランティス／カバヤ食品株式会社原案・監修／岩崎書店／2016/12
ほねほねザウルス 18 たいけつ!きょうふのサーベルタイガー／カバヤ食品株式会社原案・監修／岩崎書店／2017/09
パオ〜ンおじさんとの夏／かまだしゅんそう作柴田文香絵／新日本出版社／2013/09
ひま人ヒーローズ!／かみやとしこ作／木村いこ絵／ポプラ社（ポプラ物語館）／2015/02
宇宙犬ハッチー 銀河から来た友だち／かわせひろし作杉田比呂美画／岩崎書店／2013/03
こぶたのタミー／かわのむつみ作／下間文恵絵／国土社／2015/03
こぶたのタミー学校へいく／かわのむつみ作／下間文恵絵／国土社／2016/11
はりねずみのルーチカ [6] ハロウィンの灯り／かんのゆうこ作;北見葉胡絵／講談社（わくわくライブラリー）／2017/09
パズドラクロス 1／ガンホー・オンライン・エンターテイメント;パズドラクロスプロジェクト2017原作;テレビ東京原作諸星崇著／双葉社（双葉社ジュニア文庫）／2017/04
パズドラクロス 2／ガンホー・オンライン・エンターテイメント;パズドラクロスプロジェクト2017原作;テレビ東京原作諸星崇著／双葉社（双葉社ジュニア文庫）／2017/07
1ねんせいじゃだめかなあ?／きたがわめぐみ作・絵／ポプラ社（本はともだち）／2015/06
ミウの花まる夏休み／きたじまごうき作・絵／汐文社／2016/06
アレハンドロの大旅行／きたむらえりさく・え／福音館書店（福音館創作童話シリーズ）／2015/03

なにがあってもずっといっしょ／くさのたき作:つじむらあゆこ絵／金の星社／2016/06

おにぼう／くすのきしげのり作／PHP研究所（とっておきのどうわ）／2016/10

こうちゃんとぼく／くすのきしげのり作:黒須高嶺絵／講談社（どうわがいっぱい）／2017/06

ジャンケンの神さま／くすのきしげのり作:岡田よしたか絵／小学館／2017/06

ニコニコ・ウイルス／くすのきしげのり作／PHP研究所（とっておきのどうわ）／2016/05

にじ・じいさん／くすのきしげのり作／BL出版（おはなしいちばん星）／2013/06

ネバーギブアップ！／くすのきしげのり作:山本孝絵／小学館／2013/07

はじけろ!パットライス／くすのきしげのり作／あかね書房（スプラッシュ・ストーリーズ）／2016/11

みてろよ!父ちゃん!!／くすのきしげのり作:小泉るみ子絵／文溪堂／2016/07

やさしいティラノサウルス／くすのきしげのり作／あかね書房／2016/02

三年一組、春野先生！ 三週間だけのミラクルティーチャー／くすのきしげのり作:下平けーすけ絵／講談社
　／2016/06

ブンダバー 1／くぼしまりお作:佐竹美保絵／ポプラ社（ポプラポケット文庫）／2013/08

ブンダバー 2／くぼしまりお作:佐竹美保絵／ポプラ社（ポプラポケット文庫）／2013/11

ブンダバー 3／くぼしまりお作:佐竹美保絵／ポプラ社（ポプラポケット文庫）／2014/02

七福神の大阪ツアー／くまざわあかね作:あおきひろえ絵／ひさかたチャイルド／2017/04

ブルースマンと小学生／こうだゆうこ作:スカイエマ画／学研教育出版（ティーンズ文学館）／2014/03

四年ザシキワラシ組／こうだゆうこ作:田中六大絵／学研プラス（ジュニア文学館）／2016/12

ノベライズ この世界の片隅に／こうの史代原作:蒔田陽平ノベライズ／双葉社（双葉社ジュニア文庫）／
　2016/12

夕凪の街 桜の国／こうの史代原作・イラスト:蒔田陽平ノベライズ／双葉社（双葉社ジュニア文庫）／
　2017/07

ツツミマスさんと 3 つのおくりもの／こがしわかおり作／小峰書店（おはなしだいすき）／2015/07

うちら特権☆転校トラベラーズ!!／こぐれ京作:上倉エク絵／KADOKAWA（角川つばさ文庫）／2016/05

裏庭にはニワ会長がいる!! 1－問題児カフェに潜入せよ!／こぐれ京作:十峯なるせ絵／角川書店（角川つばさ
　文庫）／2013/09

裏庭にはニワ会長がいる!! 2－恋するメガネを確保せよ!／こぐれ京作:十峯なるせ絵／KADOKAWA（角川
　つばさ文庫）／2014/02

裏庭にはニワ会長がいる!! 3－名物メニューを考案せよ!／こぐれ京作:十峯なるせ絵／KADOKAWA（角川
　つばさ文庫）／2014/08

裏庭にはニワ会長がいる!! 4－生徒会長の正体をあばけ!／こぐれ京作:十峯なるせ絵／KADOKAWA（角川
　つばさ文庫）／2015/03

おばけのクリリン／こさかまさみ作:さとうあや絵／福音館書店（福音館創作童話シリーズ）／2013/06

あさひなぐ／こざき亜衣原作:英勉脚本／小学館（小学館ジュニア文庫）／2017/09

カナデ、奏でます!2 ユーレイ部員さん、いらっしゃ〜い!／ごとうしのぶ作:山田デイジー絵／角川書店
　（角川つばさ文庫）／2013/05

1％ 1－絶対かなわない恋／このはなさくら作:高上優里子絵／KADOKAWA（角川つばさ文庫）／2015/08

1％ 2－絶対会えないカレ／このはなさくら作:高上優里子絵／KADOKAWA（角川つばさ文庫）／2015/12

1％ 3－だれにも言えないキモチ／このはなさくら作:高上優里子絵／KADOKAWA（角川つばさ文庫）／
　2016/04

1％ 4－好きになっちゃダメな人／このはなさくら作:高上優里子絵／KADOKAWA（角川つばさ文庫）／
　2016/08

1％ 5－あきらめたら終わる恋／このはなさくら作:高上優里子絵／KADOKAWA（角川つばさ文庫）／
　2016/12

1％ 6－消しさりたい思い／このはなさくら作:高上優里子絵／KADOKAWA（角川つばさ文庫）／2017/04

1％ 7－一番になれない恋／このはなさくら作:高上優里子絵／KADOKAWA（角川つばさ文庫）／2017/08

1％ 8－そばにいるだけでいい／このはなさくら作:高上優里子絵／KADOKAWA（角川つばさ文庫）／

2017/12

いずみは元気のかたまりです／こばやしかずこ作;サカイノビー絵／国土社（ともだちって★いいな）／
　　2013/02

シランカッタの町で／さえぐさひろこ作;にしむらあつこ絵／フレーベル館（ものがたりの庭）／2017/10

ヘッチャラくんがやってきた!／さえぐさひろこ作;わたなべみちお絵／新日本出版社／2017/09

キャンディハンター　マルカとクーピー　3／さかいさちえ著／岩崎書店／2017/06

映画ちびまる子ちゃん　イタリアから来た少年／さくらももこ作;五十嵐佳子構成／集英社（集英社みらい文
　　庫）／2015/12

モツ焼きウォーズ　立花屋の逆襲／ささきかつお作;イシヤマアズサ絵／ポプラ社（ノベルズ・エクスプレ
　　ス）／2016/06

ぼくはおばけのかていきょうし－きょうふのじゅぎょうさんかん／さとうまきこ作;原ゆたか絵／あかね書
　　房（どっきん!がいっぱい）／2016/05

犬と私の10の約束／さとうまきこ作;牧野千穂絵／ポプラ社（ポプラポケット文庫）／2013/07

魔法学校へようこそ／さとうまきこ作;高橋由為子絵／偕成社／2017/12

美雨13歳のしあわせレシピ／しめのゆき著;高橋和枝絵／ポプラ社（Teens' best selections）／2015/06

ようこそ！へんてこ小学校　おにぎりＶＳパンの大勝負／スギヤマカナヨ作・絵／KADOKAWA／2017/10

大林くんへの手紙／せいのあつこ著／PHP研究所（わたしたちの本棚）／2017/04

おはなしタマ＆フレンズ うちのタマ知りませんか?2 ワン♥ニャンぼくらの大冒険／せきちさと著;おおつ
　　かけいり絵／小学館（ちゃのべ ノベルズ）／2017/12

おはなし猫ピッチャー ミー太郎、ニューヨークへ行く!の巻／そにしけんじ原作・カバーイラスト;江橋よ
　　しのり著／小学館（小学館ジュニア文庫）／2017/02

マーサとリーサ　3　花屋さんのお店づくり、手伝います!／たかおかゆみこ作・絵／岩崎書店／2017/02

ちゃめひめさまとペピーノおうじ（ちゃめひめさま 1）／たかどのほうこ作;佐竹美保絵／あかね書房／
　　2017/10

妖怪ウォーズ- 不死身のドクロ男がやってくる／たかのけんいち作;小路啓之絵／集英社（集英社みらい文
　　庫）／2015/07

怪盗ジョーカー [1]開幕!怪盗ダーツの挑戦!!／たかはしひでやす原作;福島直浩著／小学館（小学館ジュニア
　　文庫）／2014/12

怪盗ジョーカー [2]追憶のダイヤモンド・メモリー／たかはしひでやす原作;福島直浩著／小学館（小学館ジ
　　ュニア文庫）／2015/06

怪盗ジョーカー [3] 闇夜の対決!ジョーカーvs シャドウ／たかはしひでやす原作;福島直浩著／小学館（小
　　学館ジュニア文庫）／2015/12

怪盗ジョーカー [4] 銀のマントが燃える夜／たかはしひでやす原作;福島直浩著／小学館（小学館ジュニア
　　文庫）／2016/05

怪盗ジョーカー [5]ハチの記憶を取り戻せ!／たかはしひでやす原作;福島直浩著／小学館（小学館ジュニア
　　文庫）／2016/12

怪盗ジョーカー [6] 解決!世界怪盗ゲームへようこそ!!／たかはしひでやす原作;福島直浩著／小学館（小学
　　館ジュニア文庫）／2017/10

もちもち♥ぱんだ もちぱん探偵団もちっとストーリーブック／たかはしみか著;Yuka 原作・イラスト／学研
　　プラス（キラピチブックス）／2017/03

おばけのばけひめちゃん／たかやまえいこ作;いとうみき絵／金の星社／2016/04

ビーストサーガ陸の書／タカラトミー原作;澁谷貴志著;樽谷純一さし絵／集英社（集英社みらい文庫）／
　　2013/01

ビビのアフリカ旅行／たがわいちろう作;中村みつを絵／ポプラ社／2015/08

わさびちゃんとひまわりの季節／たざわりいこ著;わさびちゃん原作／小学館（小学館ジュニア文庫）／
　　2014/02

I Love スヌーピーTHE PEANUTS MOVIE／チャールズ・M.シュルツ原作;ワダヒトミ著／集英社（集英

社みらい文庫）／2015/11

パティシエ☆すばる おねがい!カンノーリ／つくもようこ作:鳥羽雨絵／講談社（青い鳥文庫）／2016/10

パティシエ☆すばる パティシエ・コンテスト!1 予選／つくもようこ作:鳥羽雨絵／講談社（青い鳥文庫）／2017/04

パティシエ☆すばる パティシエ・コンテスト!2 決勝／つくもようこ作:鳥羽雨絵／講談社（青い鳥文庫）／2017/10

ネコをひろったリーナとひろわなかったわたし／ときありえ著／講談社（講談社・文学の扉）／2013/03

どうぶつがっこうとくべつじゅぎょう／トビイルツ作・絵／PHP研究所（とっておきのどうわ）／2017/04

まほろ姫とにじ色の水晶玉／なかがわちひろ作／偕成社／2017/12

おりの中の46びきの犬／なりゆきわかこ作:あやか挿絵／KADOKAWA（角川つばさ文庫）／2014/06

ふしぎ古書店1 福の神はじめました／にかいどう青作:のぶたろ絵／講談社（青い鳥文庫）／2016/02

ふしぎ古書店2 おかしな友だち募集中／にかいどう青作:のぶたろ絵／講談社（青い鳥文庫）／2016/06

ふしぎ古書店3 さらわれた天使／にかいどう青作:のぶたろ絵／講談社（青い鳥文庫）／2016/09

ふしぎ古書店4 学校の六不思議!?／にかいどう青作:のぶたろ絵／講談社（青い鳥文庫）／2017/01

ふしぎ古書店5 青い鳥が逃げ出した!／にかいどう青作:のぶたろ絵／講談社（青い鳥文庫）／2017/05

ふしぎ古書店6 小さな恋のひびき／にかいどう青作:のぶたろ絵／講談社（青い鳥文庫）／2017/09

恐怖のむかし遊び／にかいどう青作:モゲラッタ絵／講談社／2017/12

ツトムとネコのひのようじん／にしかわおさむぶん・え／小峰書店（おはなしだいすき）／2017/11

さくら×ドロップ レシピ1 チーズハンバーグ／のまみちこ著:けーしんイラスト／小学館（小学館ジュニア文庫）／2015/09

ちえり×ドロップ レシピ1 マカロニグラタン／のまみちこ著:けーしんイラスト／小学館（小学館ジュニア文庫）／2016/02

みさと×ドロップ レシピ1 チェリーパイ／のまみちこ著:けーしんイラスト／小学館（小学館ジュニア文庫）／2016/07

ミカルは霊魔女!1 カボチャと猫と悪霊の館／ハガユイ作:namo絵／KADOKAWA（角川つばさ文庫）／2014/10

ミカルは霊魔女!2 ウサギ魔女と消えたアリスたち／ハガユイ作:namo絵／KADOKAWA（角川つばさ文庫）／2015/03

きみ、なにがすき?／はせがわさとみ作／あかね書房／2017/10

ホカリさんのゆうびんはいたつ／はせがわさとみ作:かわかみたかこ絵／文溪堂／2017/11

マイメロディーマリーランドの不思議な旅／はせがわみやび作:ぴよな絵／KADOKAWA（角川つばさ文庫）／2014/03

先輩の隣 2／はづきりい著:鳥羽雨イラスト／双葉社（双葉社ジュニア文庫）／2017/03

マリアにおまかせ! おじょうさま探偵と消えたペットたちの巻／はのまきみ作:森倉円絵／集英社（集英社みらい文庫）／2014/12

マリアにおまかせ! 天才犬とお宝伝説の島の巻／はのまきみ作:森倉円絵／集英社（集英社みらい文庫）／2015/04

全力おしゃれ少女☆ツムギ part1 金星のドレスはだれが着る?／はのまきみ作:森倉円絵／集英社（集英社みらい文庫）／2013/08

全力おしゃれ少女☆ツムギ part2 めざせ!モデルとデザイナー／はのまきみ作:森倉円絵／集英社（集英社みらい文庫）／2014/02

スノーホワイト 氷の王国／はのまきみ著／集英社（集英社みらい文庫）／2016/06

秘密のスイーツ／はやしまりこ作:いくえみ綾絵／ポプラ社（ポプラポケット文庫）／2013/07

モナミは世界を終わらせる?／はやみねかおる作:KeG絵／KADOKAWA（角川つばさ文庫）／2015/02

怪盗クイーン ケニアの大地に立つ／はやみねかおる作:K2商会絵／講談社（青い鳥文庫）／2017/09

大中小探偵クラブ 猫又家埋蔵金の謎／はやみねかおる作:長谷垣なるみ絵／講談社（青い鳥文庫）／

2017/01

都会（まち）のトム＆ソーヤ 11 「DOUBLE」 上下／はやみねかおる著;にしけいこ画／講談社（Ya! entertainment）／2013/08

都会（まち）のトム＆ソーヤ 12 IN THE ナイト／はやみねかおる著;にしけいこ画／講談社（Ya! entertainment）／2015/03

都会（まち）のトム＆ソーヤ 13 黒須島クローズド／はやみねかおる著;にしけいこ画／講談社（Ya! entertainment）／2015/11

都会（まち）のトム＆ソーヤ 14 「夢幻」 上下／はやみねかおる著;にしけいこ画／講談社（Ya! entertainment）／2017/02

サッカーボーイズ 14 歳―蝉時雨のグラウンド／はらだみずき作;ゴツボリュウジ絵／角川書店（角川つばさ文庫）／2013/01

サッカーボーイズ 15 歳／はらだみずき作;ゴツボリュウジ絵／KADOKAWA（角川つばさ文庫）／2013/11

サッカーボーイズ卒業／はらだみずき作;ゴツボリュウジ絵／KADOKAWA（角川つばさ文庫）／2016/11

まいにちいちねんせい／ばんひろこ作;長谷川知子絵／ポプラ社（ポプラちいさなおはなし）／2013/04

あの日起きたこと　東日本大震災 ストーリー311／ひうらさとる原作絵;ななじ眺原作絵;さちみりほ原作絵;樋口橘原作絵;うめ原作絵;山室有紀子文／KADOKAWA（角川つばさ文庫）／2014/02

サンタちゃん／ひこ・田中作;こはらかずの絵／講談社／2017/10

なりたて中学生 初級編／ひこ・田中著／講談社／2015/01

なりたて中学生 上級編／ひこ・田中著／講談社／2016/10

なりたて中学生 中級編／ひこ・田中著／講談社／2015/11

ナゾカケ／ひなた春花作;よん絵／ポプラ社（ポプラポケット文庫）／2014/07

ひみつのきもちぎんこう かぞくつうちょうできました／ふじもとみさと作;田中六大絵／金の星社／2017/11

カードファイト!!ヴァンガード アジアサーキット編―戦え! 友情のタッグファイト／ブシロード原作;伊藤彰原作;番棚葵作／富士見書房（角川つばさ文庫）／2013/03

ふしぎな声のする町で（ものだま探偵団[1]）／ほしおさなえ作;くまおり純絵／徳間書店／2013/07

駅のふしぎな伝言板（ものだま探偵団 2）／ほしおさなえ作;くまおり純絵／徳間書店／2014/07

ルークとふしぎな歌（ものだま探偵団 3）／ほしおさなえ作;くまおり純絵／徳間書店／2015/07

わたしが、もうひとり?（ものだま探偵団4）／ほしおさなえ作;くまおり純絵／徳間書店／2017/08

みずうみの歌／ほしおさなえ著／講談社／2013/10

12 歳。アニメノベライズ～ちっちゃなムネのトキメキ～ 1／まいた菜穂原作;綾野はるる著／小学館（小学館ジュニア文庫）／2016/05

12 歳。アニメノベライズ～ちっちゃなムネのトキメキ～ 2／まいた菜穂原作;綾野はるる著／小学館（小学館ジュニア文庫）／2016/06

12 歳。アニメノベライズ～ちっちゃなムネのトキメキ～ 3／まいた菜穂原作;綾野はるる著／小学館（小学館ジュニア文庫）／2016/08

12 歳。アニメノベライズ～ちっちゃなムネのトキメキ～ 4／まいた菜穂原作;綾野はるる著／小学館（小学館ジュニア文庫）／2016/08

12 歳。アニメノベライズ～ちっちゃなムネのトキメキ～ 5／まいた菜穂原作;綾野はるる著／小学館（小学館ジュニア文庫）／2016/10

12 歳。アニメノベライズ～ちっちゃなムネのトキメキ～ 6／まいた菜穂原作;綾野はるる著／小学館（小学館ジュニア文庫）／2016/12

12 歳。アニメノベライズ～ちっちゃなムネのトキメキ～ 7／まいた菜穂原作;綾野はるる著／小学館（小学館ジュニア文庫）／2016/12

12 歳。アニメノベライズ～ちっちゃなムネのトキメキ～ 8／まいた菜穂原作;綾野はるる著／小学館（小学館ジュニア文庫）／2017/01

12 歳。[1]だけど、すきだから／まいた菜穂原作・イラスト;辻みゆき著／小学館（小学館ジュニア文庫）

／2013/12

12歳。［2］てんこうせい／まいた菜穂原作・イラスト;辻みゆき著／小学館（小学館ジュニア文庫）／
　2014/03

12歳。［3］きみのとなり／まいた菜穂原作・イラスト;辻みゆき著／小学館（小学館ジュニア文庫）／
　2014/07

12歳。［4］そして、みらい／まいた菜穂原作・イラスト;辻みゆき著／小学館（小学館ジュニア文庫）／
　2015/01

12歳。［5］おとなでも、こどもでも／まいた菜穂原作・イラスト;辻みゆき著／小学館（小学館ジュニア文庫）／2015/07

12歳。［6］いまのきもち／まいた菜穂原作・イラスト;辻みゆき著／小学館（小学館ジュニア文庫）／
　2016/06

12歳。［7］まもりたい／まいた菜穂原作・イラスト;辻みゆき著／小学館（小学館ジュニア文庫）／
　2016/12

12歳。［8］すきなひとがいます／まいた菜穂原作・イラスト;辻みゆき著／小学館（小学館ジュニア文庫）／2017/03

チホと魔法と不思議な世界／マサト真希作;双羽純絵／KADOKAWA（角川つばさ文庫）／2014/05

ぼくとお兄ちゃんのビックリ大作戦／まつみりゅう作;荒木祐美絵／刈谷市・刈谷市教育委員会／2014/10

ん／まつもとさとみ作;すがわらけいこ絵／汐文社／2017/06

つくしちゃんとすぎなさん／まはら三桃作;陣崎草子絵／講談社（わくわくライブラリー）／2015/10

ひなまつりのお手紙／まはら三桃作;朝比奈かおる絵／講談社（おはなし12か月）／2014/01

わからん薬学事始 1／まはら三桃著／講談社／2013/02

わからん薬学事始 2／まはら三桃著／講談社／2013/04

わからん薬学事始 3／まはら三桃著／講談社／2013/06

三島由宇、当選確実!／まはら三桃著／講談社（講談社・文学の扉）／2016/11

青がやってきた／まはら三桃作;田中寛崇絵／偕成社（偕成社ノベルフリーク）／2017/10

風味さんじゅうまる／まはら三桃著／講談社／2014/09

奮闘するたすく／まはら三桃著／講談社／2017/06

らくがき☆ポリス 1 美術の警察官、はじめました。／まひる作;立樹まや絵／KADOKAWA（角川つばさ文庫）／2016/10

らくがき☆ポリス 2 キミのとなりにいたいから!／まひる作;立樹まや絵／KADOKAWA（角川つばさ文庫）／2017/02

らくがき☆ポリス 3 流れ星に願うなら!?／まひる作;立樹まや絵／KADOKAWA（角川つばさ文庫）／
　2017/09

おなやみ相談部／みうらかれん著／講談社／2015/08

なんちゃってヒーロー／みうらかれん作;佐藤友生絵／講談社／2013/10

化け猫・落語 1 おかしな寄席においでませ!／みうらかれん作;中村ひなた絵／講談社（青い鳥文庫）／
　2017/08

化け猫・落語 2 ライバルは黒猫!?／みうらかれん作;中村ひなた絵／講談社（青い鳥文庫）／2017/11

おともだちにはヒミツがあります!／みずのまい作;藤実なんな絵／KADOKAWA（角川つばさ文庫）／
　2017/01

お願い!フェアリー♥ 10 コクハク♥大パニック!／みずのまい作;カタノトモコ絵／ポプラ社／2013/03

お願い!フェアリー♥ 11 修学旅行でふたりきり!?／みずのまい作;カタノトモコ絵／ポプラ社／2013/09

お願い!フェアリー♥ 12 ゴーゴー!お仕事体験／みずのまい作;カタノトモコ絵／ポプラ社／2014/02

お願い!フェアリー♥ 13 キミと♥オーディション／みずのまい作;カタノトモコ絵／ポプラ社／2014/08

お願い!フェアリー♥ 14 山ガールとなぞのラブレター／みずのまい作;カタノトモコ絵／ポプラ社／2015/03

お願い!フェアリー♥ 15 キスキス!ホームラン!／みずのまい作;カタノトモコ絵／ポプラ社／2015/09

お願い!フェアリー♥ 16 キセキの運動会!／みずのまい作;カタノトモコ絵／ポプラ社／2016/04

お願い!フェアリー♥ 17 11歳のホワイトラブ♥／みずのまい作;カタノトモコ絵／ポプラ社／2016/10

お願い!フェアリー♥ 18　好きな人のとなりで。／みずのまい作;カタノトモコ絵／ポプラ社／2017/04

お願い!フェアリー♥ 19　好きな人に、さよなら?／みずのまい作;カタノトモコ絵／ポプラ社／2017/09

たったひとつの君との約束～かなしいうそ／みずのまい作;U35絵／集英社（集英社みらい文庫）／2017/06

たったひとつの君との約束～キモチ、伝えたいのに～／みずのまい作;U35絵／集英社（集英社みらい文庫）／2017/10

たったひとつの君との約束 はなれていても／みずのまい作;U35絵／集英社（集英社みらい文庫）／2017/02

たったひとつの君との約束～また、会えるよね?／みずのまい作;U35絵／集英社（集英社みらい文庫）／2016/10

ねこの風つくり工場（ねこの風つくり工場〔1〕）／みずのよしえ作;いづのかじ絵／偕成社／2015/04

まるタンクとパイプのひみつ（ねこの風つくり工場〔3〕）／みずのよしえ作;いづのかじ絵／偕成社／2017/11

工場見学のお客さま（ねこの風つくり工場〔2〕）／みずのよしえ作;いづのかじ絵／偕成社／2016/11

ショコラの魔法－ショコラスコーン氷呪の学園／みづほ梨乃原作・イラスト;藤原サヨコ著／小学館（小学館ジュニア文庫）／2014/03

ショコラの魔法－ジンジャーマカロン真昼の夢／みづほ梨乃原作・イラスト;穂積りく著／小学館（小学館ジュニア文庫）／2014/08

夜露姫／みなと菫著／講談社／2016/09

さるとびすすけ 愛とお金とゴキZのまき／みやにしたつや作絵／ほるぷ出版／2017/11

通学電車－君と僕の部屋 みらい文庫版／みゆ作;朝吹まり絵／集英社（集英社みらい文庫）／2017/04

通学電車　〔2〕何度でも君を好きになる みらい文庫版／みゆ作;朝吹まり絵／集英社（集英社みらい文庫）／2017/08

通学電車　〔3〕ずっとずっと君を好き みらい文庫版／みゆ作;朝吹まり絵／集英社（集英社みらい文庫）／2017/12

いつも100てん!?おばけえんぴつ／むらいかよ著／ポプラ社（ポプラ社の新・小さな童話）／2017/06

おいしゃさんはおばけだって!?－おばけマンション／むらいかよ著／ポプラ社（ポプラ社の新・小さな童話）／2013/02

おばけがとりつくおんがくかい♪－おばけマンション／むらいかよ著／ポプラ社（ポプラ社の新・小さな童話）／2015/10

おばけのうらみはらします－おばけマンション／むらいかよ著／ポプラ社（ポプラ社の新・小さな童話）／2014/06

おばけのひみつしっちゃった!?－おばけマンション／むらいかよ著／ポプラ社（ポプラ社の新・小さな童話）／2014/02

おばけのへんしん!?－おばけマンション／むらいかよ著／ポプラ社（ポプラ社の新・小さな童話）／2016/02

おばけマンション 42－ドキドキおばけの百人一首!?／むらいかよ著／ポプラ社（ポプラ社の新・小さな童話）／2016/11

ただいまおばけとりょこうちゅう！－おばけマンション／むらいかよ著／ポプラ社（ポプラ社の新・小さな童話）／2015/06

ふたりはおばけのふたご!?－おばけマンション／むらいかよ著／ポプラ社（ポプラ社の新・小さな童話）／2015/02

ほうかごはおばけだらけ!－おばけマンション／むらいかよ著／ポプラ社（ポプラ社の新・小さな童話）／2013/10

まいごのおばけしりませんか?－おばけマンション／むらいかよ著／ポプラ社（ポプラ社の新・小さな童話）／2014/10

極上おばけクッキング!―おばけマンション／むらいかよ著／ポプラ社（ポプラ社の新・小さな童話）／
　2013/06

うらない☆うららちゃん1　うらなって、安倍くん!／もとしたいづみ作:ぷーた絵／ポプラ社（ポプラ物語
　館）／2014/04

うらない☆うららちゃん2　あたる!十二支うらない／もとしたいづみ作:ぷーた絵／ポプラ社（ポプラ物語
　館）／2015/04

くまのごろりんと川のひみつ／やえがしなおこ作:ミヤハラヨウコ絵／岩崎書店（おはなしトントン）／
　2013/07

のぞみ、出発進行!!　サンライズ瀬戸パパ失踪事件と謎の暗号／やすこーん作・絵／小学館（小学館ジュニ
　ア文庫）／2016/08

かえってきたまほうのじどうはんばいき／やまだともこ作:いとうみき絵／金の星社／2013/09

かくされたもじのひみつ（ゆうれいたんていドロヒューシリーズ15）／やまもとしょうぞう作・絵／フレ
　ーベル館／2017/02

まほうのゆうびんポスト／やまだともこ作:いとうみき画／金の星社／2017/09

らくだいおばけがやってきた／やまだともこ作:いとうみき絵／金の星社／2014/11

してはいけない七つの悪いこと／やまもとよしあき著／青山ライフ出版／2017/07

ひるなかの流星―映画ノベライズ　みらい文庫版／やまもり三香原作:はのまきみ著／集英社（集英社みらい
　文庫）／2017/02

ひるなかの流星　まんがノベライズ特別編〜馬村の気持ち／やまもり三香原作絵:はのまきみ著／集英社（集
　英社みらい文庫）／2017/03

ゆくぞ、やるぞ、てつじだぞ!／ゆき作:かわいみな絵／朝日学生新聞社／2017/02

ジャム!　プリンセスのひとさしゆび／ユズハチ作・絵／講談社（青い鳥文庫）／2014/05

戦国ベースボール [2] 龍馬がくる!信長 vs 幕末志士!!／りょくち真太作:トリバタケハルノブ絵／集英社（集
　英社みらい文庫）／2015/09

戦国ベースボール [3] 卑弥呼の挑戦状!信長 vs 聖徳太子!!／りょくち真太作:トリバタケハルノブ絵／集英社
　（集英社みらい文庫）／2015/12

戦国ベースボール [4] 最強コンビ義経&弁慶!信長 vs 鎌倉将軍!!／りょくち真太作:トリバタケハルノブ絵／
　集英社（集英社みらい文庫）／2016/03

戦国ベースボール [5] 三国志トーナメント編　1　信長、世界へ!／りょくち真太作:トリバタケハルノブ絵／
　集英社（集英社みらい文庫）／2016/06

戦国ベースボール [6] 三国志トーナメント編 2　諸葛亮のワナ!／りょくち真太作:トリバタケハルノブ絵／集
　英社（集英社みらい文庫）／2016/07

戦国ベースボール [7] 三国志トーナメント編 3　赤壁の地獄キャンプ／りょくち真太作:トリバタケハルノ
　ブ絵／集英社（集英社みらい文庫）／2016/11

戦国ベースボール [8] 三国志トーナメント編 4　決勝!信長 vs 呂布／りょくち真太作:トリバタケハルノブ絵
　／集英社（集英社みらい文庫）／2017/02

戦国ベースボール [9] 開幕!地獄甲子園 vs 武蔵&小次郎／りょくち真太作:トリバタケハルノブ絵／集英社
　（集英社みらい文庫）／2017/04

戦国ベースボール [10] 忍者軍団参上!vs 琵琶湖シュリケンズ／りょくち真太作:トリバタケハルノブ絵／集
　英社（集英社みらい文庫）／2017/07

戦国ベースボール [11]　鉄壁の“鎖国守備”!vs 徳川将軍家!!／りょくち真太作:トリバタケハルノブ絵／
　集英社（集英社みらい文庫）／2017/11

ナゾトキ姫は名探偵♥／阿南まゆき原作・イラスト:時海結以作／小学館（ちゃおノベルズ）／2013/02

メデタシエンド。[1] ミッションはおとぎ話のお姫さま…のメイド役!?／葵木あんね著:五浦マリイラスト／
　小学館（小学館ジュニア文庫）／2017/02

メデタシエンド。[2] ミッションはおとぎ話の赤ずきん…の猟師役!?／葵木あんね著:五浦マリイラスト／小
　学館（小学館ジュニア文庫）／2017/10

うみのとしょかん チンアナゴ 3 きょうだい／葦原かも作;森田みちよ絵／講談社（どうわがいっぱい）／
　2017/12

まよなかのぎゅうぎゅうネコ／葦原かも作;武田美穂絵／講談社（わくわくライブラリー）／2014/05

降矢木すぴかと魔の洋館事件／芦辺拓著／講談社（Ya! entertainment）／2015/10

花曜日／安江生代作;ふりやかよこ絵／文研出版（文研ブックランド）／2013/11

びっくりたね／安孫子ミチ作;渡辺あきお絵／銀の鈴社（銀鈴・絵ものがたり）／2017/07

人形つかい小梅の事件簿 1 恐怖のお笑い転校生／安田依央作;きろばいと絵／集英社（集英社みらい文庫）
　／2013/10

人形つかい小梅の事件簿 2 恐怖!笑いが消えた街／安田依央作;きろばいと絵／集英社（集英社みらい文庫）
　／2014/04

あしたも、さんかく 毎日が落語日和／安田夏菜著;宮尾和孝絵／講談社（講談社・文学の扉）／2014/05

くじらじゃくし／安田夏菜作;中西らつ子絵／講談社（わくわくライブラリー）／2017/04

レイさんといた夏／安田夏菜著;佐藤真紀子画／講談社（講談社・文学の扉）／2016/07

ゆめみの駅遺失物係／安東みきえ[著]／ポプラ社（Teens' best selections）／2014/12

満月の娘たち／安東みきえ著／講談社／2017/12

だんまりうさぎときいろいかさ／安房直子作;ひがしちから絵／偕成社／2017/06

螺旋のプリンセス―魔法の王女と風の騎士／杏堂まい原作・イラスト;椎野美由貴著／小学館（小学館ジュ
　ニア文庫）／2014/08

クリスマスを探偵と／伊坂幸太郎文;マヌエーレ・フィオール絵／河出書房新社／2017/10

ゆめ☆かわ ここあのコスメボックス／伊集院くれあ著;池田春香イラスト／小学館（小学館ジュニア文庫）
　／2017/08

ちょい能力でいこう![1] 転校生は透明人間!?のまき／伊豆平成作;あきづきりょう絵／KADOKAWA（角川
　つばさ文庫）／2016/01

ふなっしーの大冒険／伊豆平成著;ふなっしー監修／小学館（小学館ジュニア文庫）／2015/07

生活向上委員会! 1 ぼっちですが、なにか?／伊藤クミコ作;桜倉メグ絵／講談社（青い鳥文庫）／2016/08

生活向上委員会! 2 あなたの恋を応援し隊／伊藤クミコ作;桜倉メグ絵／講談社（青い鳥文庫）／2016/10

生活向上委員会! 3 女子 vs.男子教室ウォーズ／伊藤クミコ作;桜倉メグ絵／講談社（青い鳥文庫）／2017/01

生活向上委員会! 4 友だちの階級／伊藤クミコ作;桜倉メグ絵／講談社（青い鳥文庫）／2017/05

生活向上委員会! 5 激突!クラスの女王／伊藤クミコ作;桜倉メグ絵／講談社（青い鳥文庫）／2017/08

生活向上委員会! 6 コンプレックスの正体／伊藤クミコ作;桜倉メグ絵／講談社（青い鳥文庫）／2017/11

ほっとい亭のフクミミちゃんただいま神さま修行中／伊藤充子作;高谷まちこ絵／偕成社（偕成社おはなし
　ポケット）／2017/12

まだかなまだかな／伊藤正道文・絵／偕成社／2017/03

えんの松原／伊藤遊作;太田大八画／福音館書店（福音館文庫）／2014/01

狛犬の佐助 迷子の巻／伊藤遊作;岡本順絵／ポプラ社（ノベルズ・エクスプレス）／2013/02

少年口伝隊一九四五／井上ひさし作／講談社／2013/06

カラスだんなのはりがねごてん／井上まり子作;くすはら順子絵／文研出版（わくわくえどうわ）／2017/08

しあわせな動物園／井上夕香作;葉祥明絵／国土社／2014/04

ムナのふしぎ時間／井上夕香作;エヴァーソン朋子絵／KADOKAWA／2015/11

六時の鐘が鳴ったとき／井上夕香作;エヴァーソン朋子絵／てらいんく／2016/09

11 歳のバースデー おれのバトル・デイズ／井上林子作;イシヤマアズサ絵／くもん出版（くもんの児童文
　学）／2016/11

11 歳のバースデー ぼくたちのみらい／井上林子作;イシヤマアズサ絵／くもん出版（くもんの児童文学）
　／2017/02

11 歳のバースデー わたしの空色プール／井上林子作;イシヤマアズサ絵／くもん出版（くもんの児童文
　学）／2016/10

ソライロ・プロジェクト 1 初投稿は夢のはじまり／一ノ瀬三葉作;夏芽もも絵／KADOKAWA（角川つば

さ文庫）／2017/06

ソライロ・プロジェクト 2 恋愛経験ゼロたちの恋うたコンテスト／一ノ瀬三葉作／夏芽もも絵／KADOKAWA（角川つばさ文庫）／2017/11

トツゲキ!?地獄ちゃんねる－スクープいただいちゃいます!／一ノ瀬三葉作;ちゃつぼ絵／KADOKAWA（角川つばさ文庫）／2016/09

トツゲキ!?地獄ちゃんねる－ねらわれた見習いりポーター!?／一ノ瀬三葉作;ちゃつぼ絵／KADOKAWA（角川つばさ文庫）／2017/01

キワさんのたまご／宇佐美牧子作;藤原ヒロコ絵／ポプラ社（ポプラ物語館）／2017/08

ときめき団地の夏祭り／宇佐美牧子作;小栗魔加画／くもん出版／2015/12

星おとし／宇佐美牧子作;下平けーすけ絵／文研出版（わくわくえどうわ）／2013/06

ガールズ・ステップ映画ノベライズ／宇山佳佑原作;江頭美智留脚本;影山由美著／集英社（集英社みらい文庫）／2015/08

きんかつ!／宇津田晴著;わんにゃんぷーイラスト／小学館（小学館ジュニア文庫）／2017/01

きんかつ! 恋する妖狐と舞姫の秘密／宇津田晴著;わんにゃんぷーイラスト／小学館（小学館ジュニア文庫）／2017/07

オンライン! 3 死神王と無敵の怪鳥／雨蛙ミドリ作;大塚真一郎絵／KADOKAWA（角川つばさ文庫）／2013/09

オンライン! 4 追跡ドールとナイトメア遊園地／雨蛙ミドリ作;大塚真一郎絵／KADOKAWA（角川つばさ文庫）／2013/11

オンライン! 5 スリーセブンマンと水魔人デロリ／雨蛙ミドリ作;大塚真一郎絵／KADOKAWA（角川つばさ文庫）／2014/07

オンライン! 6 呪いのオンナとニセモノ攻略班／雨蛙ミドリ作;大塚真一郎絵／KADOKAWA（角川つばさ文庫）／2014/12

オンライン! 7 ハニワどろちゃんと獣悪魔バケオス／雨蛙ミドリ作;大塚真一郎絵／KADOKAWA（角川つばさ文庫）／2015/02

オンライン! 8 お菓子なお化け屋敷と邪魔ジシャン／雨蛙ミドリ作;大塚真一郎絵／KADOKAWA（角川つばさ文庫）／2015/07

オンライン! 9 ナイトメアゲームセンターと豪腕ズルイゾー／雨蛙ミドリ作;大塚真一郎絵／KADOKAWA（角川つばさ文庫）／2015/10

オンライン! 10 スネークブックロとペポギン魔王／雨蛙ミドリ作;大塚真一郎絵／KADOKAWA（角川つばさ文庫）／2015/12

オンライン! 11 神沢ロボとドロマグジュ／雨蛙ミドリ作;大塚真一郎絵／KADOKAWA（角川つばさ文庫）／2016/06

オンライン! 12 名無しの墓地とバラ魔女ラミファン／雨蛙ミドリ作;大塚真一郎絵／KADOKAWA（角川つばさ文庫）／2017/02

オンライン! 13 ひっつきお化けウツリーナと管理者デリート／雨蛙ミドリ作;大塚真一郎絵／KADOKAWA（角川つばさ文庫）／2017/06

オンライン! 14 鎧のエメルダと漆黒の魔塔／雨蛙ミドリ作;大塚真一郎絵／KADOKAWA（角川つばさ文庫）／2017/11

ホルンペッター／雨都雪著;工藤舞イラスト／小学館（小学館ジュニア文庫）／2015/11

あいしてくれて、ありがとう／越水利江子作;よしざわけいこ絵／岩崎書店（おはなしガーデン）／2013/09

カブキブ! 1－部活で歌舞伎やっちゃいました。／榎田ユウリ作;十峯なるせ絵／KADOKAWA（角川つばさ文庫）／2017/05

カブキブ! 2－カブキブ VS.演劇部!／榎田ユウリ作;十峯なるせ絵／KADOKAWA（角川つばさ文庫）／2017/09

カブキブ! 3－伝われ、俺たちの歌舞伎!／榎田ユウリ作;十峯なるせ絵／KADOKAWA（角川つばさ文庫）／2017/11

ポケモン・ザ・ムービーXY 破壊の繭とディアンシー／園田英樹著;園田英樹脚本／小学館（小学館ジュニア文庫）／2014/08

劇場版ポケットモンスターベストウイッシュ神速のゲノセクトミュウツー覚醒／園田英樹著;園田英樹脚本／小学館（小学館ジュニア文庫）／2013/08

屋久島まぼろしの巨大杉をさがせ！／遠崎史朗著;川田じゅん絵／風濤社／2015/07

ピアノ・カルテット 1 気になるあの子のトクベツ指導!?／遠藤まり作;ふじつか雪絵／KADOKAWA（角川つばさ文庫）／2017/10

超吉ガール 5 絶交・超凶で大ピンチ!?の巻／遠藤まり作;ふじつか雪絵／KADOKAWA（角川つばさ文庫）／2017/02

真田幸村と十勇士／奥山景布子著;RICCA絵／集英社（集英社みらい文庫）／2015/11

真田幸村と十勇士 ひみつの大冒険編／奥山景布子著;RICCA絵／集英社（集英社みらい文庫）／2016/06

わたしからわらうよ／押切もえ著／ロクリン社／2017/07

金田一耕助（はじめてのミステリー名探偵登場!)／横溝正史著／汐文社／2017/03

少女探偵 月原美音／横山佳作;スカイエマ絵／ＢＬ出版／2014/12

ラスト・スパート!／横山充男作;コマツシンヤ絵／あかね書房（スプラッシュ・ストーリーズ）／2013/11

夏っ飛び!／横山充男作;よこやまようへい絵／文研出版（文研じゅべにーる）／2013/05

自転車少年（チャリンコボーイ）／横山充男著;黒須高嶺絵／くもん出版／2015/10

ナイスキャッチ! [1]／横沢彰作;スカイエマ絵／新日本出版社／2017/06

ナイスキャッチ！ 2／横沢彰作;スカイエマ絵／新日本出版社／2017/08

あしたヘジャンプ！卓球部／横沢彰作;小松良佳絵／新日本出版社／2014/03

ハートにプライド！卓球部／横沢彰作;小松良佳絵／新日本出版社／2013/12

ホップ、ステップ！卓球部／横沢彰作;小松良佳絵／新日本出版社／2013/09

四重奏(カルテット)デイズ／横森明子作／岩崎書店（物語の王国）／2017/11

万次郎／岡崎ひでたか作;篠崎三朗絵／新日本出版社／2015/01

あなたの夢におじゃまします／岡田貴久子作;たんじあきこ絵／ポプラ社（ノベルズ・エクスプレス）／2014/10

森の石と空飛ぶ船／岡田淳作／偕成社（偕成社ワンダーランド）／2016/12

水の森の秘密 こそあどの森の物語 12／岡田淳作／理論社／2017/02

星モグラサンジの伝説／岡田淳作／理論社／2017/07

幽霊ランナー／岡田潤作／金の星社／2017/08

8年越しの花嫁／岡田惠和脚本;時海結以著／小学館（小学館ジュニア文庫）／2017/12

はっぱのきつねさん／岡本颯子作・絵／あかね書房（すきっぷぶっくす）／2014/08

くろねこのどん／岡野かおる子作;上路ナオ子絵／理論社／2016/03

RDG レッドデータガール 6 星降る夜に願うこと／荻原規子著／KADOKAWA（角川スニーカー文庫）／2014/02

RDG―レッドデータガール 氷の靴ガラスの靴／荻原規子著／KADOKAWA／2017/12

あまねく神竜住まう国／荻原規子作／徳間書店／2015/02

一礼して、キス／加賀やっこ原作・イラスト:橋口いくよ著／小学館（小学館ジュニア文庫）／2017/10

赤い首輪のパロ フクシマにのこして／加藤多一作／汐文社／2014/06

サクラ・タイムトラベル／加部鈴子作／岩崎書店（物語の王国）／2014/02

風のヒルクライム／加部鈴子作／岩崎書店（物語の王国）／2015/05

セカイヲカエル／嘉成晴香作;小倉マユコ絵／朝日学生新聞社／2016/07

星空点呼 折りたたみ傘を探して／嘉成晴香作;柴田純与絵／朝日学生新聞社／2013/11

流れ星キャンプ／嘉成晴香作;宮尾和孝絵／あかね書房（スプラッシュ・ストーリーズ）／2016/10

ひみつの占星術クラブ 4 土星の彼はアクマな天使!?／夏奈ゆら作;おきな直樹絵;鏡リュウジ監修／ポプラ社（ポプラポケット文庫）／2013/01

リライトノベル 坊っちゃん／夏目漱石原作;駒井和緒文;雪広うたこ絵／講談社（YA!

ENTERTAINMENT）／2015/02

吾輩は猫である 上下／夏目漱石作;佐野洋子絵／講談社（青い鳥文庫）／2017/07

坊っちゃん／夏目漱石作;後路好章編／角川書店（角川つばさ文庫）／2013/05

坊っちゃん／夏目漱石作;竹中はる美編／小学館（小学館ジュニア文庫）／2017/03

青空エール まんがノベライズ～ふられても、ずっと好き～／河原和音原作;絵;はのまきみ著／集英社（集英社みらい文庫）／2016/08

青空エール映画ノベライズ みらい文庫版／河原和音原作;持田佑季子脚本;はのまきみ著／集英社（集英社みらい文庫）／2016/07

先生!、、、好きになってもいいですか?映画ノベライズ みらい文庫版／河原和音原作カバーイラスト;岡田麿里脚本;はのまきみ著／集英社（集英社みらい文庫）／2017/09

金魚たちの放課後／河合二湖著／小学館（小学館ジュニア文庫）／2016/09

サクラダリセット 上下／河野裕原作;川人忠明文;椎名優絵／KADOKAWA（角川つばさ文庫）／2017/04

おひさまへんにブルー／花形みつる著／国土社／2015/05

キノコのカミサマ／花形みつる作;鈴木裕之絵／金の星社／2016/07

しばしとどめん北斎羽衣／花形みつる著／理論社／2015/06

サイアク!／花田鳩子作;藤原ヒロコ絵／PHP研究所（とっておきのどうわ）／2017/03

わすれものチャンピオン／花田鳩子作;羽尻利門絵／PHP研究所（とっておきのどうわ）／2015/12

邪宗門／芥川龍之介原作;駒井和緒文;遠田志帆絵／講談社／2015/02

アッチとボンとなぞなぞコック／角野栄子さく;佐々木洋子え／ポプラ社（ポプラ社の新・小さな童話）／2013/07

おばけのアッチ ドララちゃんとドララちゃん／角野栄子さく;佐々木洋子え／ポプラ社（ポプラ社の新・小さな童話）／2017/08

おばけのアッチ パン・パン・パンケーキ／角野栄子さく;佐々木洋子え／ポプラ社（ポプラ社の新・小さな童話）／2015/12

おばけのアッチおしろのケーキ／角野栄子さく;佐々木洋子え／ポプラ社（ポプラ社の新・小さな童話）／2017/01

おばけのアッチとドラキュラスープ／角野栄子作;佐々木洋子絵／ポプラ社（ポプラ社の新・小さな童話）／2013/12

おばけのコッチわくわくとこやさん／角野栄子作;佐々木洋子絵／ポプラ社（ポプラ社の新・小さな童話）／2016/08

おばけのソッチ、おねえちゃんになりたい!／角野栄子さく;佐々木洋子え／ポプラ社（ポプラ社の新・小さな童話）／2014/12

おばけのソッチとぞびぞびキャンディー／角野栄子さく;佐々木洋子え／ポプラ社（ポプラ社の新・小さな童話）／2014/07

キキとジジ 魔女の宅急便 特別編その2／角野栄子作;佐竹美保画／福音館書店（福音館創作童話シリーズ）／2017/05

キキに出会った人びと／角野栄子作;佐竹美保画／福音館書店（福音館創作童話シリーズ）／2016/01

ネネコさんの動物写真館／角野栄子[著]／ポプラ社（ポプラ文庫ピュアフル）／2017/05

ラストラン／角野栄子作;しゅー絵／KADOKAWA（角川つばさ文庫）／2014/02

靴屋のタスケさん／角野栄子作;森環絵／偕成社／2017/07

はいくしょうてんがい／苅田澄子作;たごもりのりこ絵／偕成社／2016/03

森ねこのふしぎなたね／間瀬みか作;植田真絵／ポプラ社（本はともだち）／2015/11

グッバイ山でこんにちは／間部香代作;山口マオ絵／文研出版（文研じゅべにーる）／2014/12

少年たちは花火を横から見たかった／岩井俊二著;永地挿絵／KADOKAWA（角川つばさ文庫）／2017/08

打ち上げ花火、下から見るか?横から見るか?／岩井俊二原作;大根仁著／KADOKAWA（角川つばさ文庫）／2017/06

オール・マイ・ラヴィング／岩瀬成子著／小学館（小学館文庫）／2016/12

ちょっとおんぶ／岩瀬成子作北見葉胡絵／講談社（わくわくライブラリー）／2017/05

ともだちのときちゃん／岩瀬成子作植田真絵／フレーベル館（おはなしのまど）／2017/09

春くんのいる家／岩瀬成子作坪谷令子絵／文溪堂／2017/06

おてつだいおばけさん[1] まんぷくラーメンいちだいじ／季巳明代作長谷川知子絵／国土社／2016/10

おてつだいおばけさん［2］まんぷくラーメンてんてこまい／季巳明代作長谷川知子絵／国土社／2017/03

おてつだいおばけさん［3］まんぷくラーメン対びっくりチャンポン／季巳明代作長谷川知子絵／国土社／2017/07

四年変組／季巳明代作こみねゆら絵／フレーベル館（ものがたりの庭）／2015/02

カエルのメロン／鬼村テコ作本田亮絵／刈谷市／2017/10

さいこうのスパイス／亀岡亜希子作・絵／ＰＨＰ研究所（とっておきのどうわ）／2013/08

ティンクル・セボンスター 1 はじめまして★宝石の妖精モモ／菊田みちよ著／ポプラ社／2015/12

ティンクル・セボンスター 2 まいごの妖精ピリカと音楽会／菊田みちよ著／ポプラ社／2016/07

ティンクル・セボンスター 3 妖精ビビアンのキケンなひみつ？／菊田みちよ著／ポプラ社／2017/05

すし食いねえ／吉橋通夫著／講談社（講談社・文学の扉）／2015/07

はっけよい!雷電／吉橋通夫著／講談社（文学の扉）／2017/03

真田幸村と忍者サスケ／吉橋通夫作佐嶋真実絵／KADOKAWA（角川つばさ文庫）／2016/01

片恋パズル／吉川英梨作うみこ絵／集英社（集英社みらい文庫）／2015/06

やっぱチョロインでしょ!／吉川兵保著犬江しんすけイラスト／KADOKAWA（角川スニーカー文庫）／2014/10

やっぱチョロインでしょ!2／吉川兵保著犬江しんすけイラスト／KADOKAWA（角川スニーカー文庫）／2015/03

バースデーカード／吉田康弘作鳥羽雨絵／KADOKAWA（角川つばさ文庫）／2016/10

おばけえんそく おばけのポーちゃん 3／吉田純子作つじむらあゆこ絵／あかね書房／2015/09

おばけかいぞく おばけのポーちゃん 2／吉田純子作つじむらあゆこ絵／あかね書房／2014/11

おばけどうぶつえん おばけのポーちゃん 1／吉田純子作つじむらあゆこ絵／あかね書房／2014/03

おばけのたんけん おばけのポーちゃん 6／吉田純子作つじむらあゆこ絵／あかね書房／2017/07

おばけのなつやすみ おばけのポーちゃん 5／吉田純子作つじむらあゆこ絵／あかね書房／2016/10

カエル王国のプリンセス あたし、お姫様になる!?／吉田純子作加々見絵里絵／ポプラ社（ポプラポケット文庫ガールズ）／2014/03

カエル王国のプリンセス デートの三原則!?／吉田純子作加々見絵里絵／ポプラ社（ポプラポケット文庫ガールズ）／2014/06

カエル王国のプリンセス フレー！フレー！ラブラブ大作戦／吉田純子作加々見絵里絵／ポプラ社（ポプラポケット文庫ガールズ）／2014/10

カエル王国のプリンセス ライバルときどき友だち?／吉田純子作加々見絵里絵／ポプラ社（ポプラポケット文庫ガールズ）／2015/01

カエル王国のプリンセス 王子様はキューピッド?／吉田純子作加々見絵里絵／ポプラ社（ポプラポケット文庫ガールズ）／2015/06

がっこうのおばけ おばけのポーちゃん 4／吉田純子作つじむらあゆこ絵／あかね書房／2016/03

プリ♥プリ♥プリン姫 プリンセスが転校生?／吉田純子作細川貂々絵／ポプラ社（ポプラ物語館）／2014/11

プリ♥プリ♥プリン姫[2]－王子さまがやってくる!／吉田純子作細川貂々絵／ポプラ社（ポプラ物語館）／2015/03

プリ♥プリ♥プリン姫[3]－100点よりもステキなもの／吉田純子作細川貂々絵／ポプラ社（ポプラ物語館）／2015/09

学校にはナイショ♂逆転美少女・花緒 [1] ミラクル転校生!?／吉田純子作pun2 画／ポプラ社（学校にはナイショ♂シリーズ 1）／2014/04

学校にはナイショ♂逆転美少女・花緒 [2] パーティーの主役!?／吉田純子作pun2 画／ポプラ社（学校にはナイショ♂シリーズ 2）／2014/04

学校にはナイショ♂逆転美少女・花緒 ［3］ 花三郎に胸キュン!?／吉田純子作;pun2 画／ポプラ社（学校
にはナイショ♂シリーズ 3）／2014/04

学校にはナイショ♂逆転美少女・花緒 ［4］ プリンセスをプロデュース!?／吉田純子作;pun2 画／ポプラ
社（学校にはナイショ♂シリーズ 4）／2014/04

学校にはナイショ♂逆転美少女・花緒 ［5］ ピンチはチャンス!?／吉田純子作;中村ユキチ画／ポプラ社
（ポプラカラフル文庫）／2013/05

お悩み解決!ズバッと同盟 長女 vs 妹、仁義なき戦い!?／吉田桃子著;U35 イラスト／小学館（小学館ジュニ
ア文庫）／2016/10

お悩み解決!ズバッと同盟[2] おしゃれコーデ、対決!?／吉田桃子著;U35 イラスト／小学館（小学館ジュニ
ア文庫）／2017/07

サンドイッチの日／吉田道子作;鈴木びんこ絵／文研出版（文研ブックランド）／2013/11

とうふやのかんこちゃん／吉田道子文;小林系絵／福音館書店（福音館創作童話シリーズ）／2017/10

僕とあいつの関ケ原／吉田里香著;べっこイラスト／東京書籍／2014/06

きっときみに届くと信じて／吉富多美作／金の星社／2013/11

まほうのほうせきばこ／吉富多美作;小泉晃子絵／金の星社／2017/06

まさかわたしがプリンセス!? 1 目がさめたら、マリー・アントワネット!／吉野紅伽著;くまの柚子絵／メデ
ィアファクトリー／2013/03

まさかわたしがプリンセス!? 2 クレオパトラは、絶体絶命!／吉野紅伽著;くまの柚子絵／KADOKAWA／
2013/10

まさかわたしがプリンセス!? 3 紫式部ともののけ退治!／吉野紅伽著;くまの柚子絵／KADOKAWA／
2014/03

100%ガールズ 2nd season／吉野万理子著／講談社（Ya! entertainment）／2013/03

100%ガールズ 3rd season／吉野万理子著／講談社（Ya! entertainment）／2013/10

いい人ランキング／吉野万理子著／あすなろ書房／2016/08

オレすらいの転校生／吉野万理子著;平沢下戸絵／理論社／2016/11

チームつばさ／吉野万理子作／学研教育出版（チームシリーズ）／2013/10

チームみらい／吉野万理子作／学研教育出版（チームシリーズ）／2013/10

ひみつの校庭／吉野万理子作;宮尾和孝絵／学研プラス（ティーンズ文学館）／2015/12

ライバル・オン・アイス 1／吉野万理子作;げみ絵／講談社／2016/10

ライバル・オン・アイス 2／吉野万理子作;げみ絵／講談社／2016/12

ライバル・オン・アイス 3／吉野万理子作;げみ絵／講談社／2017/03

空色バウムクーヘン／吉野万理子著／徳間書店／2015/04

時速 47 メートルの疾走／吉野万理子著／講談社／2014/09

青空トランペット／吉野万理子作;宮尾和孝絵／学研プラス（ティーンズ文学館）／2017/10

赤の他人だったら、どんなによかったか。／吉野万理子著／講談社／2015/06

虫ロボのぼうけん 01 カブトムシに土下座!?／吉野万理子作;安部繭子絵／理論社／2014/06

虫ロボのぼうけん 02 赤トンボとレース!／吉野万理子作;安部繭子絵／理論社／2014/09

虫ロボのぼうけん 03 スズメバチの城へ!／吉野万理子作;安部繭子絵／理論社／2015/02

虫ロボのぼうけん 04 バッタとジャンプ大会!／吉野万理子作;安部繭子絵／理論社／2015/07

虫ロボのぼうけん 05 フンコロ牧場へGO！／吉野万理子作;安部繭子絵／理論社／2016/01

風船教室／吉野万理子作／金の星社／2014/09

おりょうり犬ポッピーたんじょうびのカレーじけん／丘紫真璃作;つじむらあゆこ絵／ポプラ社（本はとも
だち）／2015/09

おりょうり犬ポッピーバナナがびょうき!?じけん／丘紫真璃作;つじむらあゆこ絵／ポプラ社（本はともだ
ち）／2016/03

ぐらん×ぐらん!スマホジャック[1]／丘紫真璃著;うっけイラスト／小学館（小学館ジュニア文庫）／
2017/02

ぐらん×ぐらんぱ!スマホジャック[2]／丘紫真璃著;うっけイラスト／小学館（小学館ジュニア文庫）／
　2017/07

1円くんと五円じい ハラハラきょうりゅうえんそく／久住昌之作久住卓也絵／ポプラ社／2013/06

眠り姫と13番めの魔女／久美沙織作POO絵／KADOKAWA（角川つばさ文庫）／2014/06

言葉屋1 言箱と言珠のひみつ／久米絵美里作もとやままさこ絵／朝日学生新聞社／2014/11

言葉屋2 ことのは薬箱のつくり方／久米絵美里作もとやままさこ絵／朝日学生新聞社／2016/03

言葉屋3 名前泥棒と論理魔法／久米絵美里作もとやままさこ絵／朝日学生新聞社／2016/12

言葉屋4 おそろい心とすれちがいDNA／久米絵美里作もとやままさこ絵／朝日学生新聞社／2017/06

駅鈴（はゆまのすず）／久保田香里作／くもん出版／2016/07

根の国物語／久保田香里作小林葉子絵／文研出版（文研じゅべにーる）／2015/11

浜人（はんもうど）の森2011／及川和男作小坂修治さし絵／本の泉社／2013/12

すきなじかん きらいなじかん（いち、に、さんすうときあかしましょうがっこう）／宮下すずか作市居み
　か絵／くもん出版／2017/02

漢字だいぼうけん／宮下すずか作にしむらあつこ絵／偕成社／2014/02

キミと、いつか。[1] 近すぎて言えない"好き"／宮下恵茉作染川ゆかり絵／集英社（集英社みらい文
　庫）／2016/03

キミと、いつか。[2] 好きなのに、届かない"気持ち"／宮下恵茉作染川ゆかり絵／集英社（集英社み
　らい文庫）／2016/07

キミと、いつか。[4] おさななじみの"あいつ"／宮下恵茉作染川ゆかり絵／集英社（集英社みらい文
　庫）／2017/03

キミと、いつか。[5] すれちがう"こころ"／宮下恵茉作染川ゆかり絵／集英社（集英社みらい文庫）／
　2017/07

キミと、いつか。[6] ひとりぼっちの"放課後"／宮下恵茉作染川ゆかり絵／集英社（集英社みらい文
　庫）／2017/11

キミと、いつか。 だれにも言えない"想い"／宮下恵茉作染川ゆかり絵／集英社（集英社みらい文庫）／
　2016/11

ここは妖怪おたすけ委員会1 妖怪スーパースターズがやってきた☆／宮下恵茉作いちごイチエ絵／
　KADOKAWA（角川つばさ文庫）／2016/02

ここは妖怪おたすけ委員会2 委員長は雑用係!?／宮下恵茉作いちごイチエ絵／KADOKAWA（角川つばさ
　文庫）／2016/09

チャームアップ・ビーズ!1 クローバーグリーンで友情復活!／宮下恵茉作初空おとわ画／童心社／
　2013/03

チャームアップ・ビーズ!2 スターイエロー大作戦!／宮下恵茉作初空おとわ画／童心社／2013/03

チャームアップ・ビーズ!3 ピンクハートで思いよ、届け!／宮下恵茉作初空おとわ画／童心社／2013/03

トモダチのつくりかた つかさの中学生日記2／宮下恵茉作カタノトモコ絵／ポプラ社（ポプラポケット文
　庫ガールズ）／2013/09

なないろレインボウ／宮下恵茉著／ポプラ社（Teens' best selections）／2014/04

ポニーテールでいこう！つかさの中学生日記／宮下恵茉作カタノトモコ絵／ポプラ社（ポプラポケット文
　庫ガールズ）／2013/03

部活トラブル発生中!? つかさの中学生日記3／宮下恵茉作カタノトモコ絵／ポプラ社（ポプラポケット文
　庫ガールズ）／2014/03

魔女じゃないもん!3 リセ&バンビ、危機一髪!!／宮下恵茉作和錆絵／集英社（集英社みらい文庫）／
　2013/01

魔女じゃないもん!4 消えたミュウミュウを探せ!／宮下恵茉作和錆絵／集英社（集英社みらい文庫）／
　2013/05

嵐をよぶ合唱コンクール！？ つかさの中学生日記4／宮下恵茉作カタノトモコ絵／ポプラ社（ポプラポケ
　ット文庫ガールズ）／2014/11

流れ星は恋のジンクス つかさの中学生日記5／宮下恵茉作;カタノトモコ絵／ポプラ社（ポプラポケット文庫ガールズ）／2015/09

龍神王子(ドラゴン・プリンス)! 1／宮下恵茉作;kaya8絵／講談社（青い鳥文庫）／2014/02

龍神王子(ドラゴン・プリンス)! 2／宮下恵茉作;kaya8絵／講談社（青い鳥文庫）／2014/07

龍神王子(ドラゴン・プリンス)! 3／宮下恵茉作;kaya8絵／講談社（青い鳥文庫）／2014/12

龍神王子(ドラゴン・プリンス)! 4／宮下恵茉作;kaya8絵／講談社（青い鳥文庫）／2015/06

龍神王子(ドラゴン・プリンス)! 5／宮下恵茉作;kaya8絵／講談社（青い鳥文庫）／2015/11

龍神王子(ドラゴン・プリンス)! 6／宮下恵茉作;kaya8絵／講談社（青い鳥文庫）／2016/04

龍神王子(ドラゴン・プリンス)! 7／宮下恵茉作;kaya8絵／講談社（青い鳥文庫）／2016/08

龍神王子(ドラゴン・プリンス)! 8／宮下恵茉作;kaya8絵／講談社（青い鳥文庫）／2016/12

龍神王子(ドラゴン・プリンス)! 9／宮下恵茉作;kaya8絵／講談社（青い鳥文庫）／2017/04

龍神王子(ドラゴン・プリンス)! 10／宮下恵茉作;kaya8絵／講談社（青い鳥文庫）／2017/08

龍神王子(ドラゴン・プリンス)! 11／宮下恵茉作;kaya8絵／講談社（青い鳥文庫）／2017/12

里山少年たんけん隊／宮下和男文／小林葉子絵／ほおずき書籍／2017/07

ななこ姉ちゃん／宮崎貞夫作;岡本順絵／学研プラス（ティーンズ文学館）／2016/03

あなたをずっとあいしてる／宮西たつや作・絵／ポプラ社（宮西たつやのたのしいおはなし）／2015/05

あやかし緋扇 八百比丘尼永遠の涙／宮沢みゆき著;くまがい杏子原作・イラスト／小学館（小学館ジュニア文庫）／2013/04

あやかし緋扇 夢幻のまほろば／宮沢みゆき著;くまがい杏子原作・イラスト／小学館（小学館ジュニア文庫）／2013/10

エリートジャック!! ミラクルガールは止まらない!!／宮沢みゆき著;いわおかめめ原作・イラスト／小学館（小学館ジュニア文庫）／2014/03

エリートジャック!! ミラクルチャンスをつかまえろ!!／宮沢みゆき著;いわおかめめ原作・イラスト／小学館（小学館ジュニア文庫）／2015/03

エリートジャック!! めざせ、ミラクル大逆転!!／宮沢みゆき著;いわおかめめ原作・イラスト／小学館（小学館ジュニア文庫）／2014/08

エリートジャック!! 発令!ミラクルプロジェクト!!／宮沢みゆき著;いわおかめめ原作・イラスト／小学館（小学館ジュニア文庫）／2015/11

カノジョは嘘を愛しすぎてる／宮沢みゆき著;青木琴美原作／小学館（小学館ジュニアシネマ文庫）／2013/11

ギルティゲーム／宮沢みゆき著;鈴羅木かりんイラスト／小学館（小学館ジュニア文庫）／2016/12

ギルティゲーム stage2／宮沢みゆき著;鈴羅木かりんイラスト／小学館（小学館ジュニア文庫）／2017/03

ギルティゲーム stage3 ペルセポネー号の悲劇／宮沢みゆき著;鈴羅木かりんイラスト／小学館（小学館ジュニア文庫）／2017/08

ラブぱに エンドレス・ラバー／宮沢みゆき著;八神千歳原案・イラスト／小学館（小学館ジュニア文庫）／2013/02

映画 未成年だけどコドモじゃない／宮沢みゆき著;水波風南原作;保木本佳子脚本／小学館（小学館ジュニア文庫）／2017/12

真代家こんぷれっくす! [3] Sentimental days ココロをつなぐメロディ／宮沢みゆき著;久世みずき原作・イラスト／小学館（小学館ジュニア文庫）／2014/06

真代家こんぷれっくす! [4] Holy days 賢者たちの贈り物／宮沢みゆき著;久世みずき原作・イラスト／小学館（小学館ジュニア文庫）／2014/10

真代家こんぷれっくす! [5] Mysterious days 光の指輪物語／宮沢みゆき著;久世みずき原作・イラスト／小学館（小学館ジュニア文庫）／2015/08

ミーシャのしっぽ／宮島ひでこ作;華鼓絵／ひくまの出版／2013/03

蒲生邸事件 前・後編／宮部みゆき作;黒星紅白絵／講談社（青い鳥文庫）／2013/08

あひるの手紙／朽木祥作;ささめやゆき絵／佼成出版社（おはなしみーつけた!シリーズ）／2014/03

花びら姫とねこ魔女／朽木祥作;こみねゆら絵／小学館／2013/10

テニスの王子様 [1] その名は越前リョーマ／許斐剛原作・絵;影山由美著／集英社（集英社みらい文庫）／2015/06

テニスの王子様 [2] 対決！漆黒の不動峰中／許斐剛原作・絵;影山由美著／集英社（集英社みらい文庫）／2015/07

てんからどどん／魚住直子作;けーしん絵／ポプラ社（ノベルズ・エクスプレス）／2016/05

ディズニーツムツムの大冒険／橋口いくよ著;ウォルト・ディズニー・ジャパン株式会社監修／小学館（小学館ジュニア文庫）／2017/07

わすれんぼっち／橋口さゆ希作;つじむらあゆこ絵／ＰＨＰ研究所（とっておきのどうわ）／2017/09

おしん／橋田壽賀子原作;山田耕大脚本;腰水利江子文;暁かおり絵／ポプラ社（ポプラポケット文庫）／2013/10

いーある！妖々新聞社 1 キョンシーをつかまえろ！／橋本愛理作;AMG 出版工房作;あげ子絵／ポプラ社（ポプラポケット文庫）／2013/06

いーある！妖々新聞社 2 マギ道士とキョンシーの秘密／橋本愛理作;AMG 出版工房作;あげ子絵／ポプラ社（ポプラポケット文庫）／2013/10

猫忍／橋本愛理作;AMG 出版作／フレーベル館／2017/11

緑の校庭／芹澤光治良著／ポプラ社／2017/04

スーパーミラクルかくれんぼ!! [1]／近江屋一朗作;黒田 bb 絵／集英社（集英社みらい文庫）／2013/04

スーパーミラクルかくれんぼ!! [2] 四天王だよ！全員集合／近江屋一朗作;黒田 bb 絵／集英社（集英社みらい文庫）／2013/10

スーパーミラクルかくれんぼ!! [3] 解決！なんでもおたすけ団!!／近江屋一朗作;黒田 bb 絵／集英社（集英社みらい文庫）／2014/04

月読幽の死の脱出ゲーム [1] 謎じかけの図書館からの脱出／近江屋一朗作;藍本松絵／集英社（集英社みらい文庫）／2016/04

月読幽の死の脱出ゲーム [2] 爆発寸前！寝台特急アンタレス号からの脱出／近江屋一朗作;藍本松絵／集英社（集英社みらい文庫）／2017/01

アネモネ探偵団 1 香港式ミルクティーの謎／近藤史恵作;のん絵／KADOKAWA（角川つばさ文庫）／2014/10

となりの猫又ジュリ／金治直美作;はしもとえつよ絵／国土社／2017/11

子リスのカリンとキッコ／金治直美作;はやしますみ絵／佼成出版社（いのちいきいきシリーズ）／2014/06

王様ゲーム 起源8.08／金沢伸明著;千葉イラスト／双葉社（双葉社ジュニア文庫）／2017/03

王様ゲーム 起源8.14／金沢伸明著;千葉イラスト／双葉社（双葉社ジュニア文庫）／2017/07

王様ゲーム 再生9.19①／金沢伸明著;千葉イラスト／双葉社（双葉社ジュニア文庫）／2017/11

超常現象Qの時間 1 謎のスカイパンプキンを追え！／九段まもる作;みもり絵／ポプラ社（ポプラポケット文庫）／2014/07

超常現象Qの時間 2 傘をさす怪人／九段まもる作;みもり絵／ポプラ社（ポプラポケット文庫）／2015/02

超常現象Qの時間 3 さまよう図書館のピエロ／九段まもる作;みもり絵／ポプラ社（ポプラポケット文庫）／2015/08

銀魂映画ノベライズ みらい文庫版／空知英秋原作;福田雄一脚本;田中創小説／集英社（集英社みらい文庫）／2017/07

げんきのみかたパンツちゃん／薫くみこ作;つちだのぶこ絵／ポプラ社（本はともだち）／2014/09

ぜんぶ夏のこと／薫くみこ著／PHP 研究所／2013/06

だいすきのみかたパンツちゃん／薫くみこ作;つちだのぶこ絵／ポプラ社（本はともだち）／2015/03

名探偵ミモザにおまかせ! 1 とびっきりの謎にご招待／月ゆき作;linaria 絵／KADOKAWA（角川つばさ文庫）／2015/10

名探偵ミモザにおまかせ! 2 ふしぎな呪いの歌／月ゆき作;linaria 絵／KADOKAWA（角川つばさ文庫）／2016/02

かいけつゾロリなぞのスパイと100本のバラ（かいけつゾロリシリーズ53）／原ゆたか作・絵／ポプラ社
　／2013/07

かいけつゾロリのまほうのランプ〜ッ（かいけつゾロリシリーズ54）／原ゆたか作・絵／ポプラ社／
　2013/12

かいけつゾロリの大まじんをさがせ!!（かいけつゾロリシリーズ55）／原ゆたか作・絵／ポプラ社／
　2014/07

かいけつゾロリのクイズ王（かいけつゾロリシリーズ56）／原ゆたか作・絵／ポプラ社／2014/12

かいけつゾロリのようかい大うんどうかい（かいけつゾロリシリーズ57）／原ゆたか作・絵／ポプラ社／
　2015/07

きえた!? かいけつゾロリ（かいけつゾロリシリーズ58）／原ゆたか作・絵／ポプラ社／2015/12

かいけつゾロリのおいしい金メダル（かいけつゾロリシリーズ59）／原ゆたか作・絵／ポプラ社／
　2016/07

かいけつゾロリの王子さまになるほうほう（かいけつゾロリシリーズ60）／原ゆたかさく・え／ポプラ社
　／2016/12

にんじゃざむらいガムチョコバナナ ばけものりょかんのまき／原ゆたか作・絵;原京子作・絵／
　KADOKAWA／2017/03

かいけつゾロリのかいていたんけん（かいけつゾロリシリーズ61）／原ゆたかさく・え／ポプラ社／
　2017/07

かいけつゾロリのちていたんけん（かいけつゾロリシリーズ62）／原ゆたか作・絵／ポプラ社／2017/11

お父さんとお話のなかへ／原正和著／本の泉社（子どものしあわせ童話セレクション）／2015/04

翔ぶ少女／原田マハ著／ポプラ社／2014/01

フラダン／古内一絵作／小峰書店（Sunnyside Books）／2016/09

ぼくたちのリアル／戸森しるこ著;佐藤真紀子絵／講談社／2016/06

十一月のマーブル／戸森しるこ著／講談社／2016/11

おしいれのひとりぼっちおばけ／戸田和代作;鈴木アツコ絵／岩崎書店（はじめてよむこわ〜い話）／
　2015/01

トイレのかめさま／戸田和代作;原ゆたか絵／ポプラ社（本はともだち）／2016/10

五年護組・陰陽師先生／五十嵐ゆうさく作;塩島れい絵／集英社（集英社みらい文庫）／2016/09

リトルプリンス／五十嵐佳子著／集英社（集英社みらい文庫）／2015/10

こちら魔王110番!／五嶋りっか著;吉野花イラスト／小学館（小学館ジュニア文庫）／2016/08

ルルル♪動物病院 1 走れ、ドクター・カー／後藤みわこ作;十々夜絵／岩崎書店／2014/08

ルルル♪動物病院 2 猫と話す友だち／後藤みわこ作;十々夜絵／岩崎書店／2015/02

ルルル♪動物病院 3 きみは子犬のお母さん／後藤みわこ作;十々夜絵／岩崎書店／2016/02

いとをかし!百人一首 [4] 届け!千年のミラクル☆ラブ／光丘真理作;甘塩コメコ絵／集英社（集英社みらい文
　庫）／2013/11

ようこそ、ペンション・アニモーへ／光丘真理作;岡本美子絵／汐文社／2015/11

トリプル・ゼロの算数事件簿 ファイル1／向井湘吾作;イケダケイスケ絵／ポプラ社（ポプラポケット文
　庫）／2015/05

トリプル・ゼロの算数事件簿 ファイル2／向井湘吾作;イケダケイスケ絵／ポプラ社（ポプラポケット文
　庫）／2015/11

トリプル・ゼロの算数事件簿 ファイル3／向井湘吾作;イケダケイスケ絵／ポプラ社（ポプラポケット文
　庫）／2016/07

トリプル・ゼロの算数事件簿 ファイル4／向井湘吾作;イケダケイスケ絵／ポプラ社（ポプラポケット文
　庫）／2016/12

トリプル・ゼロの算数事件簿 ファイル5／向井湘吾作;イケダケイスケ絵／ポプラ社（ポプラポケット文
　庫）／2017/05

トリプル・ゼロの算数事件簿　ファイル6／向井湘吾作;イケダケイスケ絵／ポプラ社（ポプラポケット文

庫）／2017/11

かまえ!ぼくたちの剣士会／向井湘吾著／ポプラ社／2014/04

クットくんの大ぼうけん／工藤豪紘作・絵／国土社／2013/12

プティ・パティシエール とどけ!夢みる花束クレープ（プティ・パティシエール4）／工藤純子作;うっけ絵
／ポプラ社／2017/12

プティ・パティシエール ひみつの友情マドレーヌ（プティ・パティシエール3）／工藤純子作;うっけ絵／
ポプラ社／2017/05

プティ・パティシエール 恋するショコラはあまくない?（プティ・パティシエール2）／工藤純子作;うっ
け絵／ポプラ社／2016/12

マカロンは夢のはじまり―プティ・パティシエール1／工藤純子作;うっけ絵／ポプラ社／2016/07

恋する和パティシエール3 キラリ!海のゼリーパフェ大作戦／工藤純子作;うっけ絵／ポプラ社（ポプラ物語
館）／2013/03

恋する和パティシエール4 ホットショコラにハートのひみつ／工藤純子作;うっけ絵／ポプラ社（ポプラ物
語館）／2013/09

恋する和パティシエール5 決戦!友情のもちふわドーナツ／工藤純子作;うっけ絵／ポプラ社（ポプラ物語
館）／2014/02

恋する和パティシエール6 月夜のきせき!パンプキンプリン／工藤純子作;うっけ絵／ポプラ社（ポプラ物語
館）／2014/09

ダンシング☆ハイ[1]／工藤純子作;カスカベアキラ絵／ポプラ社（ポプラポケット文庫ガールズ）／
2014/10

ダンシング☆ハイ[2] アイドルと奇跡のダンスバトル!／工藤純子作;カスカベアキラ絵／ポプラ社（ポプラ
ポケット文庫ガールズ）／2015/04

ダンシング☆ハイ ダンシング☆ハイ[3] 海へGO! ドキドキ★ダンス合宿／工藤純子作;カスカベアキラ絵
／ポプラ社（ポプラポケット文庫ガールズ）／2015/08

ダンシング☆ハイ [4] みんなのキズナ!涙のダンスカーニバル／工藤純子作;カスカベアキラ絵／ポプラ社
（ポプラポケット文庫）／2016/11

母さんは虹をつくってる／幸原みのり作;佐竹政紀絵／朝日学生新聞社（あさがく創作児童文学シリーズ）
／2013/02

ヒロイン失格／幸田もも子原作;吉田恵里香脚本／集英社（集英社みらい文庫）／2015/08

かぐや姫のおとうと／広瀬寿子作;丹地陽子絵／国土社／2015/02

少年探偵団／江戸川乱歩作;庭絵／講談社（青い鳥文庫）／2016/01

少年探偵団 対決!怪人二十面相／江戸川乱歩原作;芦辺拓文;ちーこ絵／学研プラス（10歳までに読みたい
日本名作）／2017/11

明智小五郎 （はじめてのミステリー名探偵登場!）／江戸川乱歩著／汐文社／2017/02

ジョジョの奇妙な冒険／荒木飛呂彦原作;江良至脚本／集英社（集英社みらい文庫）／2017/07

地獄堂霊界通信 1／香月日輪作;みもり絵／講談社（青い鳥文庫）／2013/07

地獄堂霊界通信 2／香月日輪作;みもり絵／講談社（青い鳥文庫）／2013/12

妖怪アパートの幽雅な日常／香月日輪作;深山和香絵／講談社（青い鳥文庫）／2017/06

本好きの下剋上～司書になるためには手段を選んでいられません～ 第1部 兵士の娘1／香月美夜著／TO
ブックス／2015/02

本好きの下剋上～司書になるためには手段を選んでいられません 第1部 兵士の娘2／香月美夜著／TOブ
ックス／2015/03

本好きの下剋上～司書になるためには手段を選んでいられません 第1部 兵士の娘3／香月美夜著／TOブ
ックス／2015/06

本好きの下剋上～司書になるためには手段を選んでいられません 第2部 神殿の巫女見習い1／香月美夜著
／TOブックス／2015/10

金色のライオン／香山彬子作;佃公彦絵／復刊ドットコム／2013/02

七色王国と時の砂／香谷美季作;こげどんぼ*絵／講談社（青い鳥文庫）／2014/09
七色王国と魔法の泡／香谷美季作;こげどんぼ*絵／講談社（青い鳥文庫）／2013/05
あたしたちのサバイバル教室／高橋桐矢作;283 絵／ポプラ社（ポプラポケット文庫）／2014/08
イジメ・サバイバル　あたしたちの居場所／高橋桐矢作;芝生かや絵／ポプラ社（ポプラポケット文庫）／
　2016/08
キャプテン翼 1 天才サッカー少年あらわる!!／高橋陽一原作・絵;ワダヒトミ著／集英社（集英社みらい文
　庫）／2013/12
キャプテン翼 2 集結!全国のライバルたち／高橋陽一原作・絵;ワダヒトミ著／集英社（集英社みらい文庫）
　／2014/03
キャプテン翼 3 最終決戦!めざせ全国制覇!!／高橋陽一原作・絵;ワダヒトミ著／集英社（集英社みらい文
　庫）／2014/06
境界の RINNE 謎のクラスメート／高山カツヒコ著;高橋留美子原作;横手美智子脚本;高山カツヒコ脚本／
　小学館（小学館ジュニア文庫）／2015/06
助っ人マスター／高森美由紀作／フレーベル館（フレーベル館文学の森）／2017/11
妖精のスープ／高森美由紀;井田千秋絵／あかね書房（スプラッシュ・ストーリーズ）／2017/10
とんがりボウシと魔法の町 ドキドキの学園生活☆／高瀬美恵作;嶋津蓮絵／KADOKAWA（角川つばさ文
　庫）／2013/10
わがままファッション GIRLS MODE／高瀬美恵作;桃雪琴梨絵／アスキー・メディアワークス（角川つば
　さ文庫）／2013/04
わがままファッション GIRLS MODE 2 おしゃれに大切なこと／高瀬美恵作;桃雪琴梨絵／KADOKAWA
　（角川つばさ文庫）／2013/12
わがままファッション GIRLS MODE 3 最高のコーデ＆スマイル／高瀬美恵作;桃雪琴梨絵／KADOKAWA
　（角川つばさ文庫）／2014/05
逆転裁判 逆転アイドル／高瀬美恵作;菊野郎挿絵／KADOKAWA（角川つばさ文庫）／2016/06
逆転裁判逆転空港／高瀬美恵作;カプコンカバー絵;菊野郎挿絵／KADOKAWA（角川つばさ文庫）／
　2017/02
星のカービィ あぶないグルメ屋敷!?の巻／高瀬美恵作;苅野タウ絵;ぽと絵／KADOKAWA（角川つばさ文
　庫）／2013/08
星のカービィ メタナイトと銀河最強の戦士／高瀬美恵作;苅野タウ絵;ぽと絵／KADOKAWA（角川つばさ
　文庫）／2017/03
星のカービィ 結成！カービィハンターズ Z の巻／高瀬美恵作;苅野タウ絵;ぽと絵／KADOKAWA（角川つ
　ばさ文庫）／2017/08
星のカービィ 大盗賊ドロッチェ団あらわる!の巻／高瀬美恵作;苅野タウ・ぽと絵／KADOKAWA（角川つ
　ばさ文庫）／2014/08
牧場物語 3 つの里の大好きななかま／高瀬美恵作;上倉エク絵／KADOKAWA（角川つばさ文庫）／
　2016/09
牧場物語 ほのぼの牧場へようこそ!／高瀬美恵作;上倉エク絵;はしもとよしふみ（マーベラス）監修／
　KADOKAWA（角川つばさ文庫）／2015/04
学校犬バディ／高倉優子著;吉田太郎監修／KADOKAWA（角川つばさ文庫）／2017/06
まんぷく寺でまってます／高田由紀子作;木村いこ絵／ポプラ社（ポプラ物語館）／2016/09
青いスタートライン／高田由紀子作;ふすい絵／ポプラ社（ノベルズ・エクスプレス）／2017/07
ニレの木広場のモモモ館／高楼方子作;千葉史子絵／ポプラ社（ノベルズ・エクスプレス）／2015/10
時計坂の家／高楼方子著;千葉史子絵／福音館書店／2016/10
十一月の扉／高楼方子著／福音館書店／2016/10
白瑠璃の輝き／国元アルカ作／国土社／2014/03
若冲－ぞうと出会った少年／黒田志保子著／国土社／2016/05
いじめレジスタンス／黒野伸一作／理論社／2015/09

遠い国から来た少年 1／黒野伸一作;荒木慎司絵／新日本出版社／2017/04
遠い国から来た少年 2 パパとママは機械人間⁉／黒野伸一作;荒木慎司絵／新日本出版社／2017/11
キダマッチ先生! 1／今井恭子文;岡本順絵／BL出版／2017/07
こんぴら狗／今井恭子作／くもん出版（くもんの児童文学）／2017/12
ブサ犬クーキーは幸運のお守り?／今井恭子作;岡本順絵／文渓堂／2014/07
丸天井の下の「ワーオ!」／今井恭子作;小倉マユコ画／くもん出版（くもんの児童文学）／2015/07
切り株ものがたり／今井恭子作;吉本宗画／福音館書店（福音館創作童話シリーズ）／2013/05
大久野島からのバトン／今関信子作;ひろかわさえこ絵／新日本出版社（文学のピースウォーク）／2016/06
春に訪れる少女／今田絵里香作;くまおり純絵／文研出版（文研じゅべにーる）／2016/03
あたしたち、魔ぬけ魔女⁉ 魔ホーツカイのひみつの授業／紺野りり作;あるや絵／集英社（集英社みらい文庫）／2014/07
七夕の月／佐々木ひとみ作;小泉るみ子絵／ポプラ社（ポプラ物語館）／2014/06
ばんぱいやのパフェ屋さん [1] 「マジックアワー」へようこそ／佐々木禎子[著]／ポプラ社（teenに贈る文学）／2017/04
ばんぱいやのパフェ屋さん [2] 真夜中の人魚姫／佐々木禎子[著]／ポプラ社（teenに贈る文学）／2017/04
ばんぱいやのパフェ屋さん [3] 禁断の恋／佐々木禎子[著]／ポプラ社（teenに贈る文学）／2017/04
ばんぱいやのパフェ屋さん [4] 恋する逃亡者たち／佐々木禎子[著]／ポプラ社（teenに贈る文学）／2017/04
ばんぱいやのパフェ屋さん [5] 雪解けのパフェ／佐々木禎子[著]／ポプラ社（teenに贈る文学）／2017/04
にっこりおすしとわさびくん／佐川芳枝作;こばようこ絵／講談社（たべもののおはなしシリーズ）／2016/12
ぼくはすし屋の三代目－消えた巨大怪魚の謎／佐川芳枝作;椎香貞正絵／講談社（青い鳥文庫）／2015/06
魔法科高校の劣等生 9 来訪者編 上／佐島勤著／KADOKAWA（電撃文庫）／2013/03
魔法科高校の劣等生 10 来訪者編 中／佐島勤著／KADOKAWA（電撃文庫）／2013/06
魔法科高校の劣等生 11 来訪者編 下／佐島勤著／KADOKAWA（電撃文庫）／2013/08
魔法科高校の劣等生 12 ダブルセブン編／佐島勤著／KADOKAWA（電撃文庫）／2013/10
魔法科高校の劣等生 13 スティープルチェース編／佐島勤著／KADOKAWA（電撃文庫）／2014/04
魔法科高校の劣等生 14 古都内乱編 上／佐島勤著／KADOKAWA（電撃文庫）／2014/09
魔法科高校の劣等生 15 古都内乱編 下／佐島勤著／KADOKAWA（電撃文庫）／2015/01
魔法科高校の劣等生 16 四葉継承編／佐島勤著／KADOKAWA（電撃文庫）／2015/05
魔法科高校の劣等生 17 師族会議編 上／佐島勤著／KADOKAWA（電撃文庫）／2015/08
魔法科高校の劣等生 18 師族会議編 中／佐島勤著／KADOKAWA（電撃文庫）／2015/11
魔法科高校の劣等生 19 師族会議編 下／佐島勤著／KADOKAWA（電撃文庫）／2016/03
魔法科高校の劣等生 20 南海騒擾編／佐島勤著／KADOKAWA（電撃文庫）／2016/09
魔法科高校の劣等生 21 動乱の序章編 上／佐島勤著／KADOKAWA（電撃文庫）／2017/02
魔法科高校の劣等生 22 動乱の序章編 下／佐島勤著／KADOKAWA（電撃文庫）／2017/06
魔法科高校の劣等生 23 孤立編／佐島勤著／KADOKAWA（電撃文庫）／2017/08
魔法科高校の劣等生 SS／佐島勤著／KADOKAWA（電撃文庫）／2016/05
謎新聞ミライタイムズ 1 ゴミの嵐から学校を守れ!／佐東みどり著;フルカワマモる絵／ポプラ社／2017/10
えんぴつ太郎のぼうけん／佐藤さとる作;岡本順絵／鈴木出版（おはなしのくに）／2015/03
スパゲッティ大さくせん／佐藤まどか作;林ユミ絵／講談社（たべもののおはなしシリーズ）／2016/11
少年探偵カケルとタクト 3 すがたを消した小学生／佐藤四郎著／幻冬舎ルネッサンス／2013/08
シンドローム／佐藤哲也著;西村ツチカイラスト／福音館書店（ボクラノエスエフ）／2015/01
拝啓、お母さん／佐和みずえ作／フレーベル館（ものがたりの庭）／2017/07
ちびおにビッキ／砂山恵美子作・絵／こぐま社（こぐまのどんどんぶんこ）／2017/03
こころのともってどんなとも／最上一平作;みやこしあきこ絵／ポプラ社（本はともだち）／2016/07

ブルちゃんは二十五ばんめの友だち／最上一平作青山友美絵／新日本出版社／2017/09

りりちゃんのふしぎな虫めがね／最上一平作青山友美絵／新日本出版社／2017/06

河童のユウタの冒険　上下／斎藤惇夫作／福音館書店（福音館創作童話シリーズ）／2017/04

哲夫の春休み　上下／斎藤惇夫作／岩波書店（岩波少年文庫）／2016/03

バケモノの子／細田守作／KADOKAWA（角川文庫）／2015/06

バケモノの子／細田守著;平沢下戸イラスト／KADOKAWA（角川スニーカー文庫）／2015/07

アオハライド　映画ノベライズ／咲坂伊緒原作白井かなこ著／集英社（集英社みらい文庫）／2014/11

ストロボ・エッジ　映画ノベライズ　みらい文庫版／咲坂伊緒原作松田朱夏著／集英社（集英社みらい文庫）／2015/02

放課後おばけ♥ストリート[2] 吸血鬼がくる!／桜木日向作あおいみつ絵／講談社（青い鳥文庫）／2017/01

放課後ファンタスマ！ ささやく黒髪人形／桜木日向作あおいみつ絵／講談社（青い鳥文庫）／2015/11

放課後ファンタスマ！ ドアのむこうにだれかいる／桜木日向作暁かおり絵／講談社（青い鳥文庫）／2015/04

放課後ファンタスマ! レディー・パープルの秘密／桜木日向作暁かおり絵／講談社（青い鳥文庫）／2015/06

小説念力家族 玲子はフツーの中学生／笹公人原案短歌;佐東みどり著;片浦絵／集英社（集英社みらい文庫）／2016/03

楽園のつくりかた／笹生陽子作渋谷学志絵／講談社（青い鳥文庫）／2015/05

ビブリア古書堂の事件手帖－栞子さんと奇妙な客人たち／三上延作越島はぐ絵／KADOKAWA（角川つばさ文庫）／2016/08

ビブリア古書堂の事件手帖 2 栞子さんと謎めく日常／三上延作越島はぐ絵／KADOKAWA（角川つばさ文庫）／2017/05

キャベたまたんていからくりにんじゃやしきのなぞ（キャベたまたんていシリーズ）／三田村信行作宮本えつよし絵／金の星社／2016/06

キャベたまたんていきけんなドラゴンたいじ（キャベたまたんていシリーズ）／三田村信行作;宮本えつよし絵／金の星社／2013/11

キャベたまたんていきょうふのおばけやしき（キャベたまたんていシリーズ）／三田村信行作宮本えつよし絵／金の星社／2014/11

キャベたまたんていきょうりゅう島でききいっぱつ（キャベたまたんていシリーズ）／三田村信行作宮本えつよし絵／金の星社／2017/06

キャベたまたんていちんぼつ船のひみつ（キャベたまたんていシリーズ）／三田村信行作宮本えつよし絵／金の星社／2015/07

ふたりユースケ／三田村信行作大沢幸子絵／理論社／2017/02

安寿姫草紙（ものがたり）／三田村信行作romiy絵／ポプラ社（ノベルズ・エクスプレス）／2017/10

炎の風吹け妖怪大戦　妖怪道中三国志 5／三田村信行作十々夜絵／あかね書房／2017/11

幻影の町から大脱出 妖怪道中三国志 4／三田村信行作十々夜絵／あかね書房／2017/05

孔明vs.妖怪孔明 妖怪道中三国志 3／三田村信行作十々夜絵／あかね書房／2016/11

ぼくらは鉄道に乗って／三輪裕子作佐藤真紀絵／小峰書店（ブルーバトンブックス）／2016/12

岳ちゃんはロボットじゃない／三輪裕子作福田岩緒絵／佼成出版社／2013/11

逆転！ドッジボール／三輪裕子作;石山さやか絵／あかね書房（スプラッシュ・ストーリーズ）／2016/06

鳥海山の空の上から／三輪裕子作佐藤真紀子絵／小峰書店（Green Books）／2014/11

ハリネズミ・チコ 大きな船の旅 1 ジャカスカ号で大西洋へ／山下明生作高畠那生絵／理論社／2014/05

ハリネズミ・チコ 大きな船の旅 2 ジャカスカ号で地中海へ／山下明生作高畠那生絵／理論社／2014/06

ハリネズミ・チコ 空とぶ船の旅 3 フライパン号でナポレオンの島へ／山下明生作高畠那生絵／理論社／2017/10

ぼくらと犬の小さな物語－空、深雪、杏、柊とワンコのおはなし／山口花著／学研教育出版／2015/07

おこりじぞう－人形アニメ版／山口勇子原作翼プロダクション作／新日本出版社（アニメでよむ戦争シリ

ーズ）／2016/03

あくまで悪魔のアクマント／山口理作;熊谷杯人絵／偕成社／2016/11

ロード／山口理作／佐藤真紀子絵／文研出版（文研じゅべにーる）／2014/07

時のむこうに／山口理作;最上さちこ絵／偕成社／2014/11

妖怪たぬきポンチキン化けねこ屋敷と消えたねこ／山口理作;細川貂々絵／文溪堂／2017/08

妖怪たぬきポンチキン人間界にやってきた!／山口理作;細川貂々絵／文溪堂／2016/12

復讐教室 1／山崎烏著／風の子イラスト／双葉社（双葉社ジュニア文庫）／2017/11

ジャック・オー・ランド—ユーリと魔物の笛／山崎貴作;郷津春奈絵／ポプラ社／2017/09

ぼくらのジャロン／山崎玲子作;羽尻利門絵／国土社／2017/12

とんでろじいちゃん／山中恒作;そがまい絵／童話館出版（子どもの文学・青い海シリーズ）／2017/03

ママは12歳／山中恒作;上倉エク絵／KADOKAWA（角川つばさ文庫）／2015/09

まま父ロック／山中恒作;コザクラモモ絵／ポプラ社（ポプラポケット文庫）／2017/10

山田県立山田小学校 1 ポンチでピンチ!?山田島／山田マチ作;杉山実絵／あかね書房／2013/06

山田県立山田小学校 2 山田伝記で大騒動!?／山田マチ作;杉山実絵／あかね書房／2013/06

山田県立山田小学校 3 はだかでドッキリ!?山田まつり／山田マチ作;杉山実絵／あかね書房／2014/01

山田県立山田小学校 4 見学禁止!?山田センターのひみつ／山田マチ作;杉山実絵／あかね書房／2014/09

山田県立山田小学校 5 山田山でサバイバル!?／山田マチ作;杉山実絵／あかね書房／2015/04

山田県立山田小学校 6 山田の殿さま、おしのび参観!?／山田マチ作;杉山実絵／あかね書房／2016/02

てのりにんじゃ／山田マチ作;北村裕花絵／ひさかたチャイルド／2016/12

ニホンブンレツ 上下／山田悠介著／wogura イラスト／小学館（小学館ジュニア文庫）／2016/08

ブラック／山田悠介著／わんにゃんぷーイラスト／小学館（小学館ジュニア文庫）／2017/10

リアル鬼ごっこ／山田悠介著／wogura イラスト／小学館（小学館ジュニア文庫）／2014/07

思春期♡革命(レボリューション)／山辺麻由原作・イラスト;市瀬まゆ著／小学館（小学館ジュニア文庫）／
　2017/07

雪の日の五円だま／山本なおこ文;三輪さゆり絵／竹林館／2016/10

くつかくしたの、だあれ?／山本悦子作;大島妙子絵／童心社／2013/10

テディベア探偵 1 アンティークドレスはだれのもの!／山本悦子作;フライ絵／ポプラ社（ポプラポケット
　文庫）／2014/04

テディベア探偵 18年目のプロポーズ／山本悦子作;フライ絵／ポプラ社（ポプラポケット文庫）／2016/01

テディベア探偵 ゆかたは恋のメッセージ?／山本悦子作;フライ絵／ポプラ社（ポプラポケット文庫）／
　2015/04

テディベア探偵 引き出しの中のひみつ／山本悦子作;フライ絵／ポプラ社（ポプラポケット文庫）／
　2015/10

テディベア探偵 思い出はみどりの森の中／山本悦子作;フライ絵／ポプラ社（ポプラポケット文庫）／
　2014/09

ななとさきちゃんふたりはペア／山本悦子作;田中六大絵／岩崎書店（おはなしトントン）／2014/05

神隠しの教室／山本悦子作;丸山ゆき絵／童心社／2016/10

夜間中学へようこそ／山本悦子作／岩崎書店（物語の王国）／2016/05

夏葉と宇宙へ三週間／山本弘作;すまき俊悟絵／岩崎書店（21世紀空想科学小説）／2013/12

プレイボール 2 ぼくらの野球チームを守れ!／山本純士作;宮尾和孝絵／KADOKAWA（角川つばさ文庫）
　／2014/01

プレイボール 3 ぼくらのチーム、大ピンチ!／山本純士作;宮尾和孝絵／KADOKAWA（角川つばさ文庫）
　／2015/05

脱走ペンギンを追いかけて／山本省三作;コマツシンヤ絵／佼成出版社（いのちいきいきシリーズ）／
　2016/03

呪怨—ザ・ファイナル／山本清史著;一瀬隆重脚本;落合正幸脚本／小学館（小学館ジュニア文庫）／
　2015/06

呪怨―終わりの始まり／山本清史著／落合正幸脚本／一瀬隆重脚本／小学館（小学館ジュニア文庫）／2015/08

貞子ｖｓ伽椰子／山本清史著／白石晃士脚本・監督／小学館（小学館ジュニア文庫）／2016/06

おまかせ!しゅくだいハンター／山野辺一記作常永美弥絵／金の星社／2014/11

まほうデパート本日かいてん!／山野辺一記作木村いこ絵／金の星社／2015/08

ようかい先生とぼくのひみつ／山野辺一記作細川貂々絵／金の星社／2017/06

ABC（エービーシー）! 曙第二中学校放送部／市川朔久子著／講談社／2015/01

小やぎのかんむり／市川朔久子著／講談社／2016/04

小説ハローキティ ときめき♪スイートチョコ／市川丈夫文／依田直子絵／KADOKAWA（角川つばさ文庫）／2013/10

ケータイくんとフジワラさん／市川宣子作／みずうちさとみ絵／小学館／2017/05

地底の大冒険―タケシと影を喰らう龍魔王／私market保彦作／いしいつとむ画／てらいんく／2015/09

ゆめの中でピストル／寺村輝夫作／北田卓史絵／復刊ドットコム／2014/05

GAMBA ガンバと仲間たち／時海結以著／古沢良太脚本／小学館（小学館ジュニア文庫）／2015/09

コドモ警察／時海結以著／福田雄一脚本／小学館（小学館ジュニアシネマ文庫）／2013/03

映画ノベライズ版 二度めの夏、二度と会えない君／時海結以著／赤城大空原作／中西健二監督／長谷川康夫脚本／小学館（小学館ジュニア文庫）／2017/08

銀の匙 Silver Spoon／時海結以著／荒川弘原作／吉田恵輔脚本／高田亮脚本／吉田恵輔監督／小学館（小学館ジュニアシネマ文庫）／2014/02

真田十勇士／時海結以作／睦月ムンク絵／講談社（青い鳥文庫）／2016/08

おねがい・恋神さま 1 運命の人はだれ!?／次良丸忍作／うっけ画／金の星社（フォア文庫）／2014/05

おねがい・恋神さま 2 御曹司と急接近!／次良丸忍作／うっけ画／金の星社（フォア文庫）／2014/08

紫式部の娘。賢子がまいる!／篠綾子作／小倉マユコ絵／静山社／2016/07

ちび☆デビ!―まおちゃんとミラクルクイズ・あど&べん&ちゃー／篠塚ひろむ原作・カバーイラスト:蜜家ビィ著／小学館（ちゃおノベルズ）／2013/07

コアラのマーチくん／柴野理奈子著／アヤオ絵／集英社（集英社みらい文庫）／2015/06

星になった子ねずみ／手島悠介作／岡本颯子絵／講談社／2016/08

神風怪盗ジャンヌ 1 美少女怪盗、ただいま参上!／種村有菜原作／松田朱夏著／集英社（集英社みらい文庫）／2013/12

神風怪盗ジャンヌ 2 謎の怪盗シンドバッド!?／種村有菜原作／松田朱夏著／集英社（集英社みらい文庫）／2014/02

神風怪盗ジャンヌ 3 動きだした運命!!／種村有菜原作／松田朱夏著／集英社（集英社みらい文庫）／2014/05

神風怪盗ジャンヌ 4 最後のチェックメイト／種村有菜原作／松田朱夏著／集英社（集英社みらい文庫）／2014/08

2年A組探偵局 ぼくらの都市伝説／宗田理作／YUME 絵／はしもとしんキャラクターデザイン／KADOKAWA（角川つばさ文庫）／2017/08

ぼくらの（悪）校長退治／宗田理作／ポプラ社（「ぼくら」シリーズ）／2013/07

ぼくらのコブラ記念日／宗田理作／ポプラ社（「ぼくら」シリーズ）／2014/07

ぼくらのハイジャック戦争／宗田理作／YUME 絵／KADOKAWA（角川つばさ文庫）／2017/04

ぼくらのロストワールド（「ぼくら」シリーズ）／宗田理作／ポプラ社／2017/07

ぼくらの消えた学校／宗田理作／YUME 絵／KADOKAWA（角川つばさ文庫）／2017/12

ぼくらの魔女戦記1 黒ミサ城へ／宗田理作／ポプラ社（「ぼくら」シリーズ）／2015/07

ぼくらの魔女戦記2 黒衣の女王／宗田理作／ポプラ社（「ぼくら」シリーズ）／2016/01

ぼくらの魔女戦記3 黒ミサ城脱出／宗田理作／ポプラ社（「ぼくら」シリーズ）／2016/07

悪ガキ7 [1] いたずら twins と仲間たち／宗田理著／静山社／2013/03

悪ガキ7 [2] モンスター・デスマッチ!／宗田理著／静山社／2013/10

悪ガキ7 [3] タイ行きタイ!／宗田理著／静山社／2014/12

悪ガキ7 [4] 転校生は魔女⁉／宗田理著／静山社／2015/07

悪ガキ7 [5] 人工知能は悪ガキを救う⁉／宗田理著／静山社／2017/02

暗黒女子／秋吉理香子著;ぶーたイラスト／双葉社（双葉社ジュニア文庫）／2017/03

代表監督は11歳‼ 4 激突‼W杯アジア最終予選!の巻／秋口ぎぐる作八田祥治作ブロッコリー子絵／集英社（集英社みらい文庫）／2013/05

怪盗ゴースト、つかまえます!リオとユウの霊探事件ファイル3／秋木真作すまき俊悟絵／集英社（集英社みらい文庫）／2014/01

怪盗レッド 1－2代目怪盗、デビューする☆の巻／秋木真作;しゅー絵／汐文社／2016/11

怪盗レッド 2－中学生探偵、あらわる☆の巻／秋木真作;しゅー絵／汐文社／2016/12

怪盗レッド 3－学園祭は、おおいそがし☆の巻／秋木真作;しゅー絵／汐文社／2017/01

怪盗レッド 4－豪華客船で、怪盗対決☆の巻／秋木真作;しゅー絵／汐文社／2017/02

怪盗レッド 8 からくり館から、大脱出☆の巻／秋木真作;しゅー絵／角川書店（角川つばさ文庫）／2013/02

怪盗レッド 9 ねらわれた生徒会長選☆の巻／秋木真作;しゅー絵／角川書店（角川つばさ文庫）／2013/08

怪盗レッド 10 ファンタジスタからの招待状☆の巻／秋木真作;しゅー絵／KADOKAWA（角川つばさ文庫）／2014/04

怪盗レッド 11 アスカ、先輩になる☆の巻／秋木真作;しゅー絵／KADOKAWA（角川つばさ文庫）／2015/03

怪盗レッド 12 ぬすまれたアンドロイド☆の巻／秋木真作;しゅー絵／KADOKAWA（角川つばさ文庫）／2015/10

怪盗レッド 13 少年探偵との共同作戦☆の巻／秋木真作;しゅー絵／KADOKAWA（角川つばさ文庫）／2017/03

黒猫さんとメガネくんの学園祭／秋木真作;モコ絵／KADOKAWA（角川つばさ文庫）／2015/08

黒猫さんとメガネくんの初恋同盟／秋木真作;モコ絵／KADOKAWA（角川つばさ文庫）／2014/11

少年探偵響 1 銀行強盗にたちむかえ!の巻／秋木真作;しゅー絵／KADOKAWA（角川つばさ文庫）／2016/04

少年探偵響 2 豪華特急で駆けぬけろ!の巻／秋木真作;しゅー絵／KADOKAWA（角川つばさ文庫）／2016/10

少年探偵響 3 夜の学校で七不思議⁉の巻／秋木真作;しゅー絵／KADOKAWA（角川つばさ文庫）／2017/06

少年探偵響 4 記憶喪失の少女のナゾ⁉の巻／秋木真作;しゅー絵／KADOKAWA（角川つばさ文庫）／2017/10

妖怪退治、しません! リオとユウの霊探事件ファイル2／秋木真作;すまき俊悟絵／集英社（集英社みらい文庫）／2013/07

クレヨンマジック／舟崎克彦作;出久根育絵／鈴木出版（おはなしのくに）2013/09

児雷也太郎の魔界遍歴(ミステリー・ツアー)／舟崎克彦作;荒木慎司絵／静山社／2015/01

それぞれの名前／春間美幸著／講談社（講談社・文学の扉）／2015/05

ハルチカ 初恋ソムリエ／初野晴作;鳥羽雨絵／KADOKAWA（角川つばさ文庫）／2017/12

ハルチカ 退出ゲーム／初野晴作;鳥羽雨絵／KADOKAWA（角川つばさ文庫）／2017/01

空をけっとばせ／升井純子作;大島妙子絵／講談社（わくわくライブラリー）／2017/05

ありがとうの道／小原麻由美作;黒井健絵／PHP研究所（とっておきのどうわ）／2016/06

図書室のふしぎな出会い／小原麻由美作;こぐれけんじろう絵／文研出版（文研じゅべにーる）／2014/06

いつも心の中に／小手鞠るい作／金の星社／2016/09

お手紙ありがとう／小手鞠るい作／WAVE出版（ともだちがいるよ!）／2013/01

お手紙まってます／小手鞠るい作／WAVE出版（ともだちがいるよ!）／2015/02

きみの声を聞かせて／小手鞠るい著／偕成社／2016/10

きょうから飛べるよ／小手鞠るい作;たかすかずみ絵／岩崎書店（おはなしガーデン）／2014/04

シナモンのおやすみ日記／小手鞠るい作;北見葉胡絵／講談社／2016/04

ねこの町のダリオ写真館／小手鞠るい作;くまあやこ絵／講談社（わくわくライブラリー）／2017/11

ねこの町のリリアのパン(たべもののおはなしシリーズ)／小手鞠るい作;くまあやこ絵／講談社／2017/02

ミュウとゴロンとおにいちゃん／小手鞠るい作;たかすかずみ絵／岩崎書店（おはなしトントン）／2016/01

りすのきょうだいとふしぎなたね／小手鞠るい作;土田義晴絵／金の星社／2017/06

見上げた空は青かった／小手鞠るい著／講談社／2017/07

一鬼夜行／小松エメル[著]／ポプラ社（teenに贈る文学）／2015/04

雨夜の月（一鬼夜行［7］）／小松エメル[著]／ポプラ社（teenに贈る文学）／2016/04

花守り鬼（一鬼夜行［3］）／小松エメル[著]／ポプラ社（teenに贈る文学）／2015/04

鬼が笑う（一鬼夜行［6］）／小松エメル[著]／ポプラ社（teenに贈る文学）／2015/04

鬼の祝言（一鬼夜行［5］）／小松エメル[著]／ポプラ社（teenに贈る文学）／2015/04

鬼やらい 上下（一鬼夜行［2］）／小松エメル[著]／ポプラ社（teenに贈る文学）／2015/04

枯れずの鬼灯（一鬼夜行［4］）／小松エメル[著]／ポプラ社（teenに贈る文学）／2015/04

ホテルやまのなか小学校／小松原宏子作／ＰＨＰ研究所（みちくさパレット）／2017/07

レナとつる薔薇の館／小森香折作;こよ絵／ポプラ社（ノベルズ・エクスプレス）／2013/03

源氏、絵あわせ、貝あわせ－歴史探偵アン＆リック［3］／小森香折作;染谷みのる絵／偕成社／2017/09

時知らずの庭／小森香折作／BL出版／2017/05

Eggs－夏のトライアングル／小瀬木麻美作／ポプラ社（Teens' best selections）／2015/07

あざみ野高校女子送球部!／小瀬木麻美[著]／ポプラ社（ポプラ文庫ピュアフル）／2017/05

ラブオールプレー／小瀬木麻美[著]／ポプラ社（teenに贈る文学）／2015/04

君は輝く!（ラブオールプレー）／小瀬木麻美[著]／ポプラ社（teenに贈る文学）／2015/04

風の生まれる場所（ラブオールプレー）／小瀬木麻美[著]／ポプラ社（teenに贈る文学）／2015/04

夢をつなぐ風になれ（ラブオールプレー）／小瀬木麻美[著]／ポプラ社（teenに贈る文学）／2015/04

イカロスの誕生日／小川一水著／毎日新聞出版／2015/10

つばさのおくりもの／小川糸著;GURIPOPO絵／ポプラ社／2013/04

ストグレ!／小川智子著／講談社／2013/05

九丁目の呪い花屋／小川彗作;藤中千聖イラスト／小学館（小学館ジュニア文庫）／2015/11

真田十勇士 1 参上、猿飛佐助／小前亮作／小峰書店／2015/10

真田十勇士 2 決起、真田幸村／小前亮作／小峰書店／2015/12

真田十勇士 3 激闘、大坂の陣／小前亮作／小峰書店／2016/02

真田十勇士 外伝 忍び里の兄弟／小前亮作／小峰書店／2016/09

平家物語 上下／小前亮文;広瀬弦絵／小峰書店／2014/02

僕たちの本能寺戦記／小前亮作／光文社（Book With You）／2013/08

はるかなる絆のバトン／小倉明作;篠宮正樹作／汐文社／2013/10

こぶたのぶうくん／小沢正作;井上洋介絵／鈴木出版（おはなしのくに）／2014/07

こぶたのぶうくんとしりとり／小沢正作;井上洋介絵／鈴木出版（おはなしのくに）／2014/12

三びきのたんてい／小沢正文／童話館出版（子どもの文学・緑の原っぱシリーズ）／2013/09

団地ともお／小田扉原作;諸星崇著／小学館（小学館ジュニア文庫）／2013/09

ねこの駅長たま／小嶋光信作;永地挿絵／KADOKAWA（角川つばさ文庫）／2016/07

ぼくのとなりにきみ／小嶋陽太郎著／ポプラ社／2017/02

ぼくらはその日まで／小嶋陽太郎著／ポプラ社／2017/08

こぶたのピクルス／小風さち文;夏目ちさ絵／福音館書店（福音館創作童話シリーズ）／2015/02

ピクルスとふたごのいもうと／小風さち文;夏目ちさ絵／福音館書店（福音館創作童話シリーズ）／2016/09

さっ太の黒い子馬／小俣麦穂著;ささめやゆき絵／講談社（講談社・文学の扉）／2016/06

ぼくのマルコは大リーガー／小林しげる作;末崎茂樹絵／文研出版（文研ブックランド）／2014/07

うるうのもり／小林賢太郎絵と文／講談社／2016/02

もしきみが泣いたら－泣いちゃいそうだよ／小林深雪作;牧村久実絵／講談社（青い鳥文庫）／2016/08

泣いちゃいそうだよ＜高校生編＞ 花言葉でさよなら／小林深雪著;牧村久実画／講談社
　（YA!ENTERTAINMENT）／2013/04

泣いちゃいそうだよ＜高校生編＞ 藤井兄妹の絶体絶命な毎日／小林深雪著;牧村久実画／講談社（Ya!
　entertainment）／2015/06

泣いちゃいそうだよ＜高校生編＞秘密の花占い／小林深雪著;牧村久実画／講談社（Ya! entertainment）／
　2013/11

泣いちゃいそうだよ＜高校生編＞未来への扉／小林深雪著;牧村久実画／講談社
　（YA!ENTERTAINMENT）／2017/02

泣いちゃいそうだよ≪高校生編≫ 蘭の花が咲いたら／小林深雪著;牧村久実画／講談社（Ya!
　entertainment）／2017/10

作家になりたい! 1 恋愛小説、書けるかな?／小林深雪作;牧村久実絵／講談社（青い鳥文庫）／2017/03

作家になりたい! 2 恋からはじまる推理小説／小林深雪作;牧村久実絵／講談社（青い鳥文庫）／2017/08

魔法の一瞬で好きになる－泣いちゃいそうだよ／小林深雪作;牧村久実絵／講談社（青い鳥文庫）／2016/10

ナンシー探偵事務所－呪いの幽霊屋敷／小路すず作／岩崎書店／2017/04

少年探偵－みんなの少年探偵団／小路幸也著／ポプラ社／2015/01

四年霊組こわいもの係／床丸迷人作;浜弓場双絵／角川書店（角川つばさ文庫）／2013/09

五年霊組こわいもの係 1－友花、死神とクラスメートになる。／床丸迷人作;浜弓場双絵／KADOKAWA
　（角川つばさ文庫）／2014/01

五年霊組こわいもの係 2－友花、悪魔とにらみあう。／床丸迷人作;浜弓場双絵／KADOKAWA（角川つば
　さ文庫）／2014/06

五年霊組こわいもの係 3 春、霊組メンバーと対決する。／床丸迷人作;浜弓場双絵／KADOKAWA（角川つ
　ばさ文庫）／2014/10

五年霊組こわいもの係 4－春、鏡を失う。／床丸迷人作;浜弓場双絵／KADOKAWA（角川つばさ文庫）／
　2015/02

五年霊組こわいもの係 5－春、鏡の国に行く。／床丸迷人作;浜弓場双絵／KADOKAWA（角川つばさ文
　庫）／2015/07

五年霊組こわいもの係 6－佳乃、ダッシュで逃げる。／床丸迷人作;浜弓場双絵／KADOKAWA（角川つば
　さ文庫）／2015/12

五年霊組こわいもの係 7－佳乃、化け猫にたちむかう。／床丸迷人作;浜弓場双絵／KADOKAWA（角川つ
　ばさ文庫）／2016/03

五年霊組こわいもの係 8－佳乃、もう一人の自分に遭遇する。／床丸迷人作;浜弓場双絵／KADOKAWA
　（角川つばさ文庫）／2016/07

五年霊組こわいもの係 9－六人のこわいもの係、霊組に集まる。／床丸迷人作;浜弓場双絵／KADOKAWA
　（角川つばさ文庫）／2016/12

五年霊組こわいもの係 10－六人のこわいもの係、黒い穴に挑む。／床丸迷人作;浜弓場双絵／
　KADOKAWA（角川つばさ文庫）／2017/03

五年霊組こわいもの係 11－六人のこわいもの係、だいだらぼっちと約束する。／床丸迷人作;浜弓場双絵／
　KADOKAWA（角川つばさ文庫）／2017/07

五年霊組こわいもの係 12 佳乃、破滅の予言にとまどう。／床丸迷人作;浜弓場双絵／KADOKAWA（角川
　つばさ文庫）／2017/12

映画妖怪ウォッチ シャドウサイド鬼王の復活／松井香奈著;日野晃博製作総指揮原案・脚本／小学館（小学
　館ジュニア文庫）／2017/12

いたずらこやぎと春まつり／松居スーザン作;出久根育絵／佼成出版社（おはなしみーつけた!シリーズ）／
　2017/02

トンカチくんと、ゆかいな道具たち／松居スーザン作／あすなろ書房／2017/11

パスワード パズル戦国時代／松原秀行作;梶山直美絵／講談社（青い鳥文庫）／2017/12

パスワード UMA騒動(風浜電子探偵団事件ノート 30 中学生編)／松原秀行作;梶山直美絵／講談社（青い鳥

文庫）／2015/08

パスワードとホームズ4世new　（改訂版）-風浜電子探偵団事件ノート5／松原秀行作／梶山直美絵／講談社（青い鳥文庫）／2014/02

パスワードはじめての事件－風浜電子探偵団エピソード0／松原秀行作／梶山直美絵／講談社（青い鳥文庫）／2015/12

パスワード渦巻き少女(ガール)(風浜電子探偵団事件ノート28 中学生編)／松原秀行作／梶山直美絵／講談社（青い鳥文庫）／2013/09

パスワード学校の怪談／松原秀行作／梶山直美絵／講談社（青い鳥文庫）／2017/02

パスワード東京パズルデート(風浜電子探偵団事件ノート29 中学生編)／松原秀行作／梶山直美絵／講談社（青い鳥文庫）／2014/08

パスワード謎旅行new　（改訂版）－風浜電子探偵団事件ノート4／松原秀行作／梶山直美絵／講談社（青い鳥文庫）／2013/03

パスワード猫耳探偵まどか－外伝／松原秀行作／梶山直美絵／講談社（青い鳥文庫）／2013/07

怪盗は8日にあらわれる。－アルセーヌ探偵クラブ／松原秀行作／菅野マナミ絵／KADOKAWA（角川つばさ文庫）／2014/03

続パスワードとホームズ4世new　（改訂版）-風浜電子探偵団事件ノート6／松原秀行作／梶山直美絵／講談社（青い鳥文庫）／2014/03

探偵なら30分前に脱出せよ。／松原秀行作／菅野マナミ絵／KADOKAWA（角川つばさ文庫）／2015/01

洞窟で待っていた／松崎有理作／横山えいじ絵／岩崎書店（21世紀空想科学小説）／2013/11

走れ!T校バスケット部 9／松崎洋著／彩雲出版／2013/04

走れ!T校バスケット部 10／松崎洋著／彩雲出版／2015/02

ワインガールズ／松山三四六著／ポプラ社／2017/03

真田十勇士 1　忍術使い／松尾清貴著／理論社／2015/11

真田十勇士 2　淀城の怪／松尾清貴著／理論社／2016/01

真田十勇士 3　天下人の死／松尾清貴著／理論社／2016/03

真田十勇士 4　信州戦争／松尾清貴著／理論社／2016/08

真田十勇士　5　九度山小景／松尾清貴著／理論社／2016/10

真田十勇士 6　大坂の陣 上／松尾清貴著／理論社／2017/02

真田十勇士 7　大坂の陣 下／松尾清貴著／理論社／2017/03

ツン子ちゃん、おとぎの国へ行く／松本祐子作／佐竹美保絵／小峰書店（おはなしメリーゴーラウンド）／2013/11

ぼく、ちきゅうかんさつたい！／松本聰美作／ひがしちから絵／出版ワークス／2017/05

目こぼし歌こぼし／上野瞭作／梶山俊夫画／童話館出版（子どもの文学・青い海シリーズ）／2014/12

お昼の放送の時間です／乗松葉子作／宮尾和孝絵／ポプラ社（ポプラ物語館）／2015/10

しりとりボクシング／新井けいこ作／はせがわはっち絵／小峰書店／2017/12

電車でノリノリ／新井けいこ作／たかおかゆみこ絵／文研出版（文研ブックランド）／2015/07

怪奇探偵カナちゃん／新井リュウジ著／溝口涼子イラスト／小学館（小学館ジュニア文庫）／2014/04

ほしのこえ／新海誠原作／大場惑文／KADOKAWA（角川つばさ文庫）／2017/05

君の名は。／新海誠作／ちーこ挿絵／KADOKAWA（角川つばさ文庫）／2016/08

キミは宙（そら）のすべて たったひとつの星／新倉なつき著／能登山けいこ原作・イラスト／小学館（小学館ジュニア文庫）／2014/06

キミは宙（そら）のすべて ヒロインは眠れない／新倉なつき著／能登山けいこ原作・イラスト／小学館（小学館ジュニア文庫）／2014/09

キミは宙（そら）のすべて 君のためにできること／新倉なつき著／能登山けいこ原作・イラスト／小学館（小学館ジュニア文庫）／2015/03

キミは宙（そら）のすべて 宙いっぱいの愛をこめて／新倉なつき著／能登山けいこ原作・イラスト／小学館（小学館ジュニア文庫）／2015/08

映画妖怪ウォッチ 空飛ぶクジラとダブル世界の大冒険だニャン!／新倉なつき著;日野晃博製作総指揮・原案／小学館（小学館ジュニア文庫）／2017/01

イスタンブルで猫さがし／新藤悦子作;丹地陽子絵／ポプラ社（ノベルズ・エクスプレス）／2015/09

アーモンド入りチョコレートのワルツ／森絵都作;優絵／KADOKAWA（角川つばさ文庫）／2013/12

オムライスのたまご／森絵都作;陣崎草子絵／講談社（たべもののおはなしシリーズ）／2016/10

夜は短し歩けよ乙女／森見登美彦作;ぷーた絵／KADOKAWA（角川つばさ文庫）／2017/04

神さま、事件です! 音楽の先生はハチャメチャ神さま!?／森三月作;おきる絵／集英社（集英社みらい文庫）／2014/05

神さま、事件です! 登場!カミサマ・オールスターズ／森三月作;おきる絵／集英社（集英社みらい文庫）／2013/11

とんだ、とべた、またとべた！／森山京作;黒井健絵／ポプラ社（本はともだち♪）／2014/06

ひっこしをした かばのこカバオ／森山京作;木村かほる絵／風濤社／2016/06

まだまだちっちゃい かばのこカバオ／森山京作;木村かほる絵／風濤社／2016/03

リンちゃんとネネコさん／森山京作;野見山響子絵／講談社（わくわくライブラリー）／2017/07

大きくてもちっちゃい かばのこカバオ／森山京作;木村かほる絵／風濤社／2015/10

アサギをよぶ声 [1]／森川成美作;スカイエマ絵／偕成社／2013/06

アサギをよぶ声 [2] 新たな旅立ち／森川成美作;スカイエマ絵／偕成社／2015/09

アサギをよぶ声 [3] そして時は来た／森川成美作;スカイエマ絵／偕成社／2015/11

妖怪製造機／森川成美作;佐竹美保絵／毎日新聞出版／2015/11

あの花火は消えない／森島いずみ作;丹地陽子絵／偕成社／2015/10

パンプキン・ロード／森島いずみ作;狩野富貴子絵／学研教育出版（ティーンズ文学館）／2013/02

まっすぐな地平線／森島いずみ著／偕成社／2017/10

高台家の人々 映画ノベライズ みらい文庫版／森本梢子原作;百瀬しのぶ著;金子ありさ脚本／集英社（集英社みらい文庫）／2016/04

こちらパーティー編集部っ! 1 ひよっこ編集長とイジワル王子／深海ゆずは作;榎木りか絵／KADOKAWA（角川つばさ文庫）／2014/09

こちらパーティー編集部っ! 2 へっぽこ編集部 VS エリート新聞部!?!／深海ゆずは作;榎木りか絵／KADOKAWA（角川つばさ文庫）／2015/01

こちらパーティー編集部っ! 3 合宿はキケンがいっぱい!!／深海ゆずは作;榎木りか絵／KADOKAWA（角川つばさ文庫）／2015/05

こちらパーティー編集部っ! 4 雑誌コンクールはガケっぷち!?／深海ゆずは作;榎木りか絵／KADOKAWA（角川つばさ文庫）／2015/09

こちらパーティー編集部っ! 5 ピンチはチャンス!新編集部、始動／深海ゆずは作;榎木りか絵／KADOKAWA（角川つばさ文庫）／2016/01

こちらパーティー編集部っ! 6 くせものだらけ!?エリート学園は大パニック!／深海ゆずは作;榎木りか絵／KADOKAWA（角川つばさ文庫）／2016/05

こちらパーティー編集部っ! 7 トラブルだらけのゲーム、スタート!!／深海ゆずは作;榎木りか絵／KADOKAWA（角川つばさ文庫）／2016/09

こちらパーティー編集部っ! 8 絶対ヒミツの同居人!?／深海ゆずは作;榎木りか絵／KADOKAWA（角川つばさ文庫）／2017/01

こちらパーティー編集部っ! 9 告白は波乱の幕開け!／深海ゆずは作;榎木りか絵／KADOKAWA（角川つばさ文庫）／2017/07

ＩＱ探偵ムー おばあちゃんと宝の地図／深沢美潮作;山田Ｊ太画／ポプラ社（ポプラカラフル文庫）／2014/07

IQ探偵ムー スケートリンクは知っていた（IQ探偵シリーズ）／深沢美潮作;山田Ｊ太画／ポプラ社／2013/04

ＩＱ探偵ムー ピー太は何も話さない／深沢美潮作;山田Ｊ太画／ポプラ社（ポプラカラフル文庫）／

2016/03

IＱ探偵ムー マラソン大会の真実 上下／深沢美潮作;山田Ｊ太画／ポプラ社（ポプラカラフル文庫）／
2013/04

IＱ探偵ムー ムーVS忍者!江戸の町をあぶり出せ!?／深沢美潮作;山田Ｊ太画／ポプラ社（ポプラカラフル文庫）／2014/03

ＩＱ探偵ムー 絵画泥棒の挑戦状／深沢美潮作;山田Ｊ太画／ポプラ社（ポプラカラフル文庫）／2015/09

IＱ探偵ムー 元の夢、夢羽の夢／深沢美潮作;山田Ｊ太画／ポプラ社（ポプラカラフル文庫）／2017/07

ＩＱ探偵ムー 自転車泥棒と探偵団／深沢美潮作;山田Ｊ太画／ポプラ社（ポプラカラフル文庫）／2013/10

IＱ探偵ムー 赤涙島の秘密／深沢美潮作;山田Ｊ太画／ポプラ社（ポプラカラフル文庫）／2016/10

ＩＱ探偵ムー 勇者伝説～冒険のはじまり／深沢美潮作;山田Ｊ太画／ポプラ社（ポプラカラフル文庫）／
2015/04

ポケットドラゴンの冒険 学校で神隠し!?／深沢美潮作;田伊りょうき絵／集英社（集英社みらい文庫）／
2013/04

魔女っ子バレリーナ☆梨子 4 発表会とコロボックル／深沢美潮作;羽戸らみ絵／角川書店（角川つばさ文庫）／2013/05

地獄先生ぬ～べ～ ドラマノベライズ ありがとう、地獄先生!!／真倉翔原作;岡野剛原作;岡崎弘明著;マルイノ絵／集英社（集英社みらい文庫）／2015/02

地獄先生ぬ～べ～ ドラマノベライズ 地獄先生、登場!!／真倉翔原作;岡野剛原作;岡崎弘明著;マルイノ絵／集英社（集英社みらい文庫）／2014/12

地獄先生ぬ～べ～ 鬼の手の秘密／真倉翔原作・絵;岡野剛原作・絵;岡崎弘明著／集英社（集英社みらい文庫）／2013/08

レオナルドの扉 1／真保裕一作;しゅー絵／KADOKAWA（角川つばさ文庫）／2017/11

もなかと桃花の友だちレッスン／真野えにし作;AMG出版工房作;小川真唯絵／ポプラ社（ポプラポケット文庫）／2013/02

怪盗探偵山猫／神永学作;ひと和絵／KADOKAWA（角川つばさ文庫）／2016/01

怪盗探偵山猫 虚像のウロボロス／神永学作;ひと和絵／KADOKAWA（角川つばさ文庫）／2016/03

怪盗探偵山猫 鼠たちの宴／神永学作;ひと和絵／KADOKAWA（角川つばさ文庫）／2016/04

タマタン／神宮輝夫作／復刊ドットコム／2016/09

ひるね姫／神山健治作;よん挿絵／KADOKAWA（角川つばさ文庫）／2017/03

ひみつの図書館! 『ピーターパン』がいっぱい!?／神代明作;おのともえ絵／集英社（集英社みらい文庫）／
2014/11

ひみつの図書館! 『白雪姫』とアルパカの王子!?／神代明作;おのともえ絵／集英社（集英社みらい文庫）／
2015/04

ひみつの図書館! 1 『人魚姫』からのSOS!?／神代明作;おのともえ絵／集英社（集英社みらい文庫）／
2014/04

ひみつの図書館! 真夜中の『シンデレラ』!?／神代明作;おのともえ絵／集英社（集英社みらい文庫）／
2014/08

プリズム☆ハーツ!! 7 占って!しあわせフォーチュン／神代明作;あるや絵／集英社（集英社みらい文庫）／
2013/03

プリズム☆ハーツ!! 8 ドキドキ!オレンジ色の約束／神代明作;あるや絵／集英社（集英社みらい文庫）／
2013/08

プリズム☆ハーツ!! 9 V.S.怪盗!?真夜中のミステリー／神代明作;あるや絵／集英社（集英社みらい文庫）／
2013/09

おねがい♥ふなっしー! ふなっしーとふなごろー／神埜明美著;ふなっしー監修;アップライト絵／集英社（集英社みらい文庫）／2015/07

だいすき♥ふなっしー! ふなっしーと迷子の子犬／神埜明美著;ふなっしー監修;アップライト絵／集英社（集英社みらい文庫）／2014/07

めざせ！東大お笑い学部 1 天才ツッコミ少女、登場!?／針とら作;あきづきりょう絵／KADOKAWA（角川つばさ文庫）／2014/05

絶望鬼ごっこ／針とら作;みもり絵／集英社（集英社みらい文庫）／2015/04

絶望鬼ごっこ いつわりの地獄祭り／針とら作;みもり絵／集英社（集英社みらい文庫）／2015/12

絶望鬼ごっこ さよならの地獄病院／針とら作;みもり絵／集英社（集英社みらい文庫）／2017/03

絶望鬼ごっこ ねらわれた地獄狩り／針とら作;みもり絵／集英社（集英社みらい文庫）／2017/11

絶望鬼ごっこ 命がけの地獄アスレチック／針とら作;みもり絵／集英社（集英社みらい文庫）／2017/07

小説の書きかた／須藤靖貴著／講談社／2015/09

走れ!ヒットン／須藤靖貴著／講談社（文学の扉）／2017/10

ポケモン・ザ・ムービーXY&Z ボルケニオンと機巧(からくり)のマギアナ／水稀しま著;冨岡淳広脚本／小学館（小学館ジュニア文庫）／2016/09

劇場版ポケットモンスターキミにきめた!／水稀しま著;米村正二脚本／小学館（小学館ジュニア文庫）／2017/07

ハチミツにはつこい アイ・ラブ・ユー／水瀬藍原作・イラスト;金杉弘子著／小学館（小学館ジュニア文庫）／2014/08

ハチミツにはつこい ファースト・ラブ／水瀬藍原作・イラスト;金杉弘子著／小学館（小学館ジュニア文庫）／2014/03

どきどきキョンシー娘々／水島朱音・;榎本事務所作;真琉樹絵／富士見書房（角川つばさ文庫）／2013/05

初恋三国志 りゅうびちゃん、英傑(ヒーロー)と出会う!／水島朱音作;榎本事務所作;藤田香絵／KADOKAWA（角川つばさ文庫）／2014/08

さよなら、アルマ ぼくの犬が戦争に／水野宗徳作;pon‐marsh絵／集英社（集英社みらい文庫）／2015/08

ナナマルサンバツ 1 きみもクイズ王にならないか!?／杉基イクラ原作・絵;伊豆平成文／KADOKAWA（角川つばさ文庫）／2013/10

ナナマルサンバツ 2 人生を変えるクイズ／杉基イクラ原作・絵;伊豆平成文／KADOKAWA（角川つばさ文庫）／2014/04

あらしをよぶ名探偵（ミルキー杉山のあなたも名探偵シリーズ18）／杉山亮作;中川大輔絵／偕成社／2016/06

しあわせなら名探偵（ミルキー杉山のあなたも名探偵シリーズ15）／杉山亮作;中川大輔絵／偕成社／2013/06

とっておきの名探偵（ミルキー杉山のあなたも名探偵シリーズ16）／杉山亮作;中川大輔絵／偕成社／2014/06

にちようびは名探偵（ミルキー杉山のあなたも名探偵シリーズ19）／杉山亮作;中川大輔絵／偕成社／2017/09

ふりかえれば名探偵（ミルキー杉山のあなたも名探偵シリーズ17）／杉山亮作;中川大輔絵／偕成社／2015/06

ジョバンニの島／杉田成道原作;五十嵐佳子著;プロダクション・アイジー絵／集英社（集英社みらい文庫）／2014/03

100年の木の下で／杉本りえ著;佐竹美保画／ポプラ社（Teens' best selections）／2017/11

みずがめ座流星群の夏／杉本りえ作;佐竹美保絵／ポプラ社（ノベルズ・エクスプレス）／2015/06

明日は海からやってくる／杉本りえ作;スカイエマ絵／ポプラ社（ノベルズ・エクスプレス）／2014/04

駅伝ガールズ／菅聖子作;榎のと絵／KADOKAWA（角川つばさ文庫）／2017/12

戦火と死の島に生きる 太平洋戦・サイパン島全滅の記録／菅野静子著／偕成社（偕成社文庫）／2013/08

チポロ／菅野雪虫著／講談社／2015/11

女神のデパート1 小学生・結羽、社長になる。／菅野雪虫作;椋本夏夜絵／ポプラ社（ポプラポケット文庫）／2016/04

女神のデパート2 天空テラスで星にねがいを☆／菅野雪虫作;椋本夏夜絵／ポプラ社（ポプラポケット文

庫）／2016/11

女神のデパート3　街をまきこめ!ＴＶデビュー!?／菅野雪虫作;椋本夏夜絵／ポプラ社（ポプラポケット文庫）／2017/09

にせあかしやの魔術師／征矢清さく;林明子え／復刊ドットコム／2014/10

らくだい魔女とはつこいの君（らくだい魔女シリーズ）／成田サトコ作;千野えなが絵／ポプラ社／2013/04

らくだい魔女とランドールの騎士（らくだい魔女シリーズ）／成田サトコ作;千野えなが絵／ポプラ社／2013/04

らくだい魔女と闇の宮殿／成田サトコ作;杉浦た美絵／ポプラ社（ポプラポケット文庫）／2013/10

らくだい魔女のデート大作戦（らくだい魔女シリーズ）／成田サトコ作;千野えなが絵／ポプラ社／2015/04

らくだい魔女の出会いの物語／成田サトコ作;千野えなが絵／ポプラ社（ポプラポケット文庫ガールズ）／2013/03

白魔女リンと3悪魔　ダークサイド・マジック／成田良美著;八神千歳イラスト／小学館（小学館ジュニア文庫）／2017/01

白魔女リンと3悪魔　フルムーン・パニック／成田良美著;八神千歳イラスト／小学館（小学館ジュニア文庫）／2017/07

白魔女リンと3悪魔　レイニー・シネマ／成田良美著;八神千歳イラスト／小学館（小学館ジュニア文庫）／2015/12

焼き上がり5分前!／星はいり作;TAKA絵／ポプラ社（ノベルズ・エクスプレス）／2014/03

ロボ☆友カノンと、とんでもお嬢さま／星乃ぬう作;木屋町絵／集英社（集英社みらい文庫）／2013/03

まく子／西加奈子著／福音館書店／2016/02

みちじいさんの話報争中、わしがみっちゃんだったころ／西頭通夫著／てらいんく／2015/12

ぼくの、ひかり色の絵の具／西村すぐり作;大野八生絵／ポプラ社（ノベルズ・エクスプレス）／2014/10

オムレツ屋のベビードレス／西村友里作;鈴木びんこ絵／国土社／2017/06

きらきらシャワー／西村友里作;岡田千晶絵／ＰＨＰ研究所（とっておきのどうわ）／2017/06

占い屋敷のプラネタリウム／西村友里作;松蔦舞夢画／金の星社／2017/05

ハルと歩いた／西田俊也作／徳間書店／2015/12

ペンギンペペコさんだいかつやく／西内ミナミ作;西巻茅子絵／鈴木出版（おはなしのくに）／2013/05

さいごの夏、きみがいた。　初恋のシーズン／西本紘奈作;ダンミル絵／KADOKAWA（角川つばさ文庫）／2017/08

まじっく快斗1412 1／青山剛昌原作;浜崎達也著／小学館（小学館ジュニア文庫）／2014/12

まじっく快斗1412　2／青山剛昌原作;浜崎達也著／小学館（小学館ジュニア文庫）／2015/03

まじっく快斗1412　3／青山剛昌原作;浜崎達也著／小学館（小学館ジュニア文庫）／2015/03

まじっく快斗1412　4／青山剛昌原作;浜崎達也著／小学館（小学館ジュニア文庫）／2015/05

まじっく快斗1412　5／青山剛昌原作;浜崎達也著／小学館（小学館ジュニア文庫）／2015/06

まじっく快斗1412　6／青山剛昌原作;浜崎達也著／小学館（小学館ジュニア文庫）／2015/06

小説名探偵コナン　CASE1／青山剛昌原作・イラスト;土屋つかさ著／小学館（小学館ジュニア文庫）／2015/07

小説名探偵コナン　CASE2／青山剛昌原作・イラスト;土屋つかさ著／小学館（小学館ジュニア文庫）／2015/11

小説名探偵コナン　CASE3／青山剛昌原作・イラスト;土屋つかさ著／小学館（小学館ジュニア文庫）／2016/03

小説名探偵コナン　CASE4／青山剛昌原作・イラスト;土屋つかさ著／小学館（小学館ジュニア文庫）／2016/10

名探偵コナン異次元の狙撃手（スナイパー）／青山剛昌原作;水稀しま著／小学館（小学館ジュニアシネマ文庫）／2014/04

名探偵コナン銀翼の奇術師（マジシャン）／青山剛昌原作;水稀しま著／小学館（小学館ジュニア文庫）／2014/07

名探偵コナン江戸川コナン失踪事件／青山剛昌原作;百瀬しのぶ著／小学館（小学館ジュニア文庫）／
　2014/12

名探偵コナン紺碧の棺（ジョリー・ロジャー）／青山剛昌原作;水稀しま著／小学館（小学館ジュニアシネ
　マ文庫）／2014/01

名探偵コナン純黒の悪夢（ナイトメア）／青山剛昌原作;水稀しま著／小学館（小学館ジュニア文庫）／
　2016/04

名探偵コナン水平線上の陰謀（ストラテジー）／青山剛昌原作;水稀しま著／小学館（小学館ジュニア文
　庫）／2014/08

名探偵コナン戦慄の楽譜（フルスコア）／青山剛昌原作;水稀しま著／小学館（小学館ジュニアシネマ文
　庫）／2014/03

名探偵コナン迷宮の十字路（クロスロード）／青山剛昌原作;水稀しま著／小学館（小学館ジュニア文庫）
　／2015/01

君の嘘と、やさしい死神／青谷真未著／ポプラ社（ポプラ文庫ピュアフル）／2017/11

２年２組はぬぅが出る〜／青木なな著／パレード（Parade books）／2014/09

妖精のあんパン／斉藤栄美作;染谷みのる絵／金の星社／2017/03

オレンジ色の不思議／斉藤洋作;森田みちよ絵／静山社／2017/07

きんたろうちゃん／斉藤洋作;森田みちよ絵／講談社（どうわがいっぱい）／2017/05

クリスマスがちかづくと／斉藤倫作;くりはらたかし絵／福音館書店／2017/10

空で出会ったふしぎな人たち／斉藤洋作;高畠純絵／偕成社／2017/08

春待つ夜の雪舞台―くのいち小桜忍法帖4／斉藤洋作;大矢正和絵／あすなろ書房／2017/02

女王の七つの鏡／斉藤洋作;本村亜美絵／講談社／2015/05

せなか町から、ずっと／斉藤倫著;junaida画／福音館書店／2016/06

どろぼうのどろぼん／斉藤倫著;牡丹靖佳画／福音館書店／2014/09

下からよんでもきつねつき／石井信彦作;小松良佳絵／偕成社／2013/07

つくえの下のとおい国／石井睦美著;にしざかひろみ絵／講談社／2017/10

6年1組黒魔女さんが通る!! 02 家庭訪問で大ピンチ!?／石崎洋司作;藤田香絵／講談社（青い鳥文庫）／
　2017/01

6年1組黒魔女さんが通る!! 03 ひみつの男子会!?／石崎洋司作;藤田香・亜沙美・牧村久実・駒形絵／講談
　社（青い鳥文庫）／2017/05

6年1組黒魔女さんが通る!! 04 呪いの七夕姫!／石崎洋司作;藤田香絵;亜沙美絵;Ｋ２商会絵;戸部淑絵／講談
　社（青い鳥文庫）／2017/11

DAYS 1／石崎洋司文;安田剛士原作・絵／講談社（青い鳥文庫）／2017/03

DAYS 2／石崎洋司文;安田剛士原作・絵／講談社（青い鳥文庫）／2017/08

心霊探偵ゴーストハンターズ 1 オーメンな学校に転校!?／石崎洋司作;かしのき彩画／岩崎書店／2016/11

心霊探偵ゴーストハンターズ 2 遠足も教室もオカルトだらけ!／石崎洋司作;かしのき彩画／岩崎書店／
　2017/05

心霊探偵ゴーストハンターズ 3 妖怪さんとホラーな放課後?／石崎洋司作;かしのき彩画／岩崎書店／
　2017/11

魔女学校物語 友だちのひみつ／石崎洋司作;藤田香絵／講談社（青い鳥文庫）／2016/10

てんきのいい日はつくしとり／石川えりこさく・え／福音館書店（福音館創作童話シリーズ）／2016/02

お面屋たまよし 七重ノ祭／石川宏千花著;平沢下戸画／講談社（Ya! entertainment）／2015/10

お面屋たまよし 彼岸ノ祭／石川宏千花著;平沢下戸画／講談社（Ya! entertainment）／2013/05

お面屋たまよし 不穏ノ祭／石川宏千花著;平沢下戸画／講談社（Ya! entertainment）／2013/11

お面屋たまよし 流浪ノ祭／石川宏千花著;平沢下戸画／講談社（Ya! entertainment）／2016/05

死神うどんカフェ1号店 1杯目／石川宏千花著／講談社（Ya! entertainment）／2014/05

死神うどんカフェ1号店 2杯目／石川宏千花著／講談社（Ya! entertainment）／2014/08

死神うどんカフェ1号店 3杯目／石川宏千花著／講談社（Ya! entertainment）／2014/11

死神うどんカフェ１号店 ４杯目／石川宏千花著／講談社（Ya! entertainment）／2015/03

死神うどんカフェ１号店 ５杯目／石川宏千花著／講談社（Ya! entertainment）／2015/06

死神うどんカフェ１号店 ６杯目／石川宏千花著／講談社（Ya! entertainment）／2015/10

死神うどんカフェ１号店 別腹編／石川宏千花著／講談社（Ya! entertainment）／2016/10

少年Ｎのいない世界 01／石川宏千花著／講談社（講談社タイガ）／2016/09

少年Ｎの長い長い旅 01／石川宏千花著;岩本ゼロゴ画／講談社（Ya! entertainment）／2016/09

墓守りのレオ／石川宏千花著／小学館／2016/02

妖怪の弟はじめました／石川宏千花著;イケダケイスケ絵／講談社／2014/07

絵描きと天使／石倉欣二作・絵／ポプラ社／2016/09

水はみどろの宮／石牟礼道子作;山福朱実画／福音館書店（福音館文庫）／2016/03

ジャングル村はちぎれたてがみで大さわぎ!／赤羽じゅんこ作;はやしますみ画／くもん出版（ことばって、たのしいな!）／2013/01

カレー男がやってきた！（たべもののおはなしシリーズ）／赤羽じゅんこ作;岡本順絵／講談社／2016/11

なみきビブリオバトル・ストーリー 本と４人の深呼吸／赤羽じゅんこ作;松本聰美作;おおぎやなぎちか作;森川成美作;黒須高嶺絵／さ・え・ら書房／2017/06

二度めの夏、二度と会えない君 映画ノベライズ版／赤城大空原作;中西健二監督／小学館（小学館ジュニア文庫）／2017/08

三毛猫ホームズの秋／赤川次郎著／光文社（Book With You）／2014/10

吹部!／赤澤竜也著／飛鳥新社／2013/08

ひよ恋１ ひより、好きな人ができました!／雪丸もえ原作・絵;松田朱夏著／集英社（集英社みらい文庫）／2013/03

ひよ恋２ ライバルにハラハラ!／雪丸もえ原作・絵;松田朱夏著／集英社（集英社みらい文庫）／2013/07

ひよ恋３ ドキドキの告白／雪丸もえ原作・絵;松田朱夏著／集英社（集英社みらい文庫）／2013/11

ひよ恋４ 両想いってタイヘン!?／雪丸もえ原作・絵;松田朱夏著／集英社（集英社みらい文庫）／2014/06

ひよ恋５ ずっと、いっしょに／雪丸もえ原作・絵;松田朱夏著／集英社（集英社みらい文庫）／2014/09

さくら坂／千葉朋代作／小峰書店（Sunnyside Books）／2016/06

UFOがくれた夏／川口雅幸著／アルファポリス／2013/07

幽霊屋敷のアイツ／川口雅幸著／アルファポリス／2017/07

イケカジなぼくら １ お弁当コンテストを攻略せよ☆／川崎美羽作;an 絵／KADOKAWA（角川つばさ文庫）／2013/04

イケカジなぼくら ２ 浴衣リメイク大作戦☆／川崎美羽作;an 絵／KADOKAWA（角川つばさ文庫）／2013/07

イケカジなぼくら ３ イジメに負けないパウンドケーキ☆／川崎美羽作;an 絵／KADOKAWA（角川つばさ文庫）／2013/10

イケカジなぼくら ４ なやめる男子たちのガレット☆／川崎美羽作;an 絵／KADOKAWA（角川つばさ文庫）／2014/03

イケカジなぼくら ５ 手編みのマフラーにたくした／川崎美羽作;an 絵／KADOKAWA（角川つばさ文庫）／2014/09

イケカジなぼくら ６ 本命チョコはだれの手に☆／川崎美羽作;an 絵／KADOKAWA（角川つばさ文庫）／2014/12

イケカジなぼくら ７ 片思いの特製サンドイッチ☆／川崎美羽作;an 絵／KADOKAWA（角川つばさ文庫）／2015/04

イケカジなぼくら ８ 決意のシナモンロール☆／川崎美羽作;an 絵／KADOKAWA（角川つばさ文庫）／2015/09

イケカジなぼくら ９ ゆれるハートとクラッシュゼリー／川崎美羽作;an 絵／KADOKAWA（角川つばさ文庫）／2016/05

イケカジなぼくら 10 色とりどり☆恋心キャンディー／川崎美羽作;an 絵／KADOKAWA（角川つばさ文

庫）／2016/11

イケカジなぼくら 11 夢と涙のリメイクドレス／川崎美羽作;an 絵／KADOKAWA（角川つばさ文庫）／2017/05

世界からボクが消えたなら／川村元気原作;涌井学著／小学館（小学館ジュニア文庫）／2016/03

世界から猫が消えたなら／川村元気著／小学館（小学館ジュニア文庫）／2016/04

銀河へキックオフ!! 3 完結編／川端裕人原作;金巻ともこ著;TYO アニメーションズ絵／集英社（集英社みらい文庫）／2013/02

続・12月の夏休み ケンタとミノリのつづきの冒険日記／川端裕人作;杉田比呂美絵／偕成社／2014/12

星のこども／川島えつこ作;はたこうしろう絵／ポプラ社（ノベルズ・エクスプレス）／2014/11

1ねんおもしろたんていだん かゆいのかゆいのとんでいけ!／川北亮司作;羽尻利門絵／新日本出版社／2015/09

1ねんおもしろたんていだん くさいはんにんをさがしだせ!／川北亮司作;羽尻利門絵／新日本出版社／2014/11

1ねんおもしろたんていだん とりはだはどうやったらつくれる?／川北亮司作;羽尻利門絵／新日本出版社／2015/05

マリア探偵社 25 邪鬼のキャラゲーム／川北亮司作;大井知美画／岩崎書店（フォア文庫）／2013/03

悪魔のピ・ポ・パ／川北亮司作;かんざきかりん絵／童心社／2014/03

ずっと空を見ていた／泉啓子作;丹地陽子絵／あかね書房（スプラッシュ・ストーリーズ）／2013/09

化けて貸します!レンタルショップ八文字屋／泉田もと作／岩崎書店（物語の王国）／2017/06

旅のお供はしゃれこうべ／泉田もと作／岩崎書店／2016/04

人間回収車－絶望の果て先／泉道亜紀原作・イラスト;後藤リウ著／小学館（小学館ジュニア文庫）／2017/12

人間回収車－地獄からの使者／泉道亜紀原作・イラスト;後藤リウ著／小学館（小学館ジュニア文庫）／2017/05

鉄道員(ぽっぽや)／浅田次郎作;森川泉本文イラスト／集英社（集英社みらい文庫）／2013/12

あやしの保健室 2／染谷果子作;HIZGI 絵／小峰書店／2017/04

モンスターハンターストーリーズ[1] 絆のかたち／前田圭士作;布施龍太絵／KADOKAWA（角川つばさ文庫）／2017/03

モンスターハンターストーリーズ[2] 新たな絆／前田圭士作;布施龍太絵／KADOKAWA（角川つばさ文庫）／2017/09

太鼓の達人 3つの時代へタイムトラベルだドン!／前田圭士作;ささむらもえる絵／KADOKAWA（角川つばさ文庫）／2016/04

ポレポレ日記(ダイアリー) わたしの居場所／倉橋燿子作;堀泉インコ絵／講談社（青い鳥文庫）／2016/11

神様がくれた犬／倉橋燿子作;naoto 絵／ポプラ社（ポプラポケット文庫）／2017/09

パックル森のゆかいな仲間 ポーとコロンタ／倉本采文;丘光世影絵・イラスト／本の泉社（子どものしあわせ童話セレクション）／2017/04

森の彼方に over the forest／早坂真紀著／徳間書店／2013/04

ちっちゃいおっさん／相羽鈴著;アップライト監修絵／集英社（集英社みらい文庫）／2014/10

ちっちゃいおっさん おかわり!／相羽鈴著;アップライト監修絵／集英社（集英社みらい文庫）／2015/03

人形たちの教室／相原れいな作;くまの柚子絵／ポプラ社（ポプラカラフル文庫）／2013/09

モンスターハンタークロス ニャンターライフ[1] タマミツネ狩猟!／相坂ゆうひ作;太平洋海絵／KADOKAWA（角川つばさ文庫）／2016/11

モンスターハンタークロス ニャンターライフ[2] ライゼクス襲来!／相坂ゆうひ作;太平洋海絵／KADOKAWA（角川つばさ文庫）／2017/06

モンスターハンタークロス ニャンターライフ[3] 氷雪の巨獣ガムート!／相坂ゆうひ作;太平洋海絵／KADOKAWA（角川つばさ文庫）／2017/11

モンハン日記ぽかぽかアイルー村[6] 手紙の謎をゆる～り解明ニャ！！／相坂ゆうひ作;マーブル CHIKO

絵／KADOKAWA（角川つばさ文庫）／2014/02

モンハン日記ぽかぽかアイルー村[7]爆笑!? わくわくかくし芸大会ニャ!／相坂ゆうひ作マーブルCHIKO
絵／KADOKAWA（角川つばさ文庫）／2014/07

モンハン日記ぽかぽかアイルー村[8] やってきました、ぽかぽか島／相坂ゆうひ作マーブルCHIKO絵／
KADOKAWA（角川つばさ文庫）／2015/01

モンハン日記ぽかぽかアイルー村DX[0] 幻の歌探しとニャンター!!／相坂ゆうひ作マーブルCHIKO絵／
KADOKAWA（角川つばさ文庫）／2016/03

モンハン日記ぽかぽかアイルー村DX[1] 我らのすけっとアイルー団!／相坂ゆうひ作マーブルCHIKO絵
／KADOKAWA（角川つばさ文庫）／2015/10

モンハン日記ぽかぽかアイルー村DX[1] 幻の歌探しとニャンター!!／相坂ゆうひ作マーブルCHIKO絵／
KADOKAWA（角川つばさ文庫）／2016/03

モンハン日記ぽかぽかアイルー村DX[2] 幻の歌探しとニャンター!!／相坂ゆうひ作マーブルCHIKO絵／
KADOKAWA（角川つばさ文庫）／2016/03

モンハン日記ぽかぽかアイルー村DX[3] ソラVS長老!?巨大スゴロク勝負!!／相坂ゆうひ作マーブル
CHIKO絵／KADOKAWA（角川つばさ文庫）／2016/07

モンハン日記ぽかぽかアイルー村DX[3] 幻の歌探しとニャンター!!／相坂ゆうひ作マーブルCHIKO絵／
KADOKAWA（角川つばさ文庫）／2016/03

クロネコ七(ニャニャ)不思議部!!／相川真作月夜絵／集英社（集英社みらい文庫）／2015/03

ハロウィン★ナイト! ウィッチ・ドールなんか大キライ!!／相川真作黒裄絵／集英社（集英社みらい文庫）
／2013/12

ハロウィン★ナイト! ふしぎな先生と赤い糸のヒミツ／相川真作黒裄絵／集英社（集英社みらい文庫）／
2014/10

ハロウィン★ナイト! わがままお嬢様とナキムシ執事!?／相川真作黒裄絵／集英社（集英社みらい文庫）／
2014/03

青星学園★チームEYE-Sの事件ノート／相川真作立樹まや絵／集英社（集英社みらい文庫）／2017/12

ないしょのつぼみ あたしのカラダ・あいつのココロ／相馬来良著やぶうち優原作・イラスト／小学館（小
学館ジュニア文庫）／2015/03

ないしょのつぼみ～さよならのプレゼント～／相馬来良著やぶうち優原作・イラスト／小学館（小学館ジュ
ニア文庫）／2014/10

おばけ道、ただいま工事中!?／草野あきこ作平澤朋子絵／岩崎書店（おはなしガーデン）／2015/08

三年三組黒板の花太郎さん／草野あきこ作北村裕花絵／岩崎書店（おはなしガーデン）／2016/09

グッドジョブガールズ／草野たき著／ポプラ社（Teens' best selections）／2015/08

まほとおかしな魔法の呪文／草野たき作／岩崎書店（おはなしガーデン）／2015/07

さくらいろの季節／蒼沼洋人著／ポプラ社（Teens' best selections）／2015/03

あした飛ぶ／束田澄江作しんやゆう子絵／学研プラス（ティーンズ文学館）／2017/11

紙の王国のキララ／村井さだゆき作はぎわらゆい絵／主婦と生活社／2013/04

カフェかもめ亭 猫たちのいる時間／村山早紀著／ポプラ社（ポプラ文庫ピュアフル）／2014/03

くるみの冒険 1 魔法の城と黒い竜／村山早紀作巣町ひろみ絵／童心社／2016/03

くるみの冒険 2 万華鏡の夢／村山早紀作巣町ひろみ絵／童心社／2016/03

くるみの冒険 3 竜の王子／村山早紀作巣町ひろみ絵／童心社／2016/03

コンビニたそがれ堂 奇跡の招待状／村山早紀著／ポプラ社（teenに贈る文学）／2016/04

コンビニたそがれ堂 空の童話／村山早紀著／ポプラ社（ポプラ文庫ピュアフル）／2013/01

コンビニたそがれ堂 祝福の庭／村山早紀著／ポプラ社（ポプラ文庫ピュアフル）／2016/12

コンビニたそがれ堂 神無月のころ／村山早紀著／ポプラ社（teenに贈る文学）／2016/04

コンビニたそがれ堂 神無月のころ／村山早紀著／ポプラ社（ポプラ文庫ピュアフル）／2015/09

コンビニたそがれ堂 星に願いを／村山早紀著／ポプラ社（teenに贈る文学）／2016/04

ルリユール／村山早紀著／ポプラ社／2013/10

にじいろ☆プリズムガール―恋のシークレットトライアングル／村上アンズ著；中原杏原作・イラスト／小
学館（小学館ジュニア文庫）／2013/05

小林が可愛すぎてツライっ!!～好きが加速しすぎてパないっ!!～／村上アンズ著；池山田剛原作・イラスト／
小学館（小学館ジュニア文庫）／2014/11

小林が可愛すぎてツライっ!!～放課後が過激すぎてヤバイっ!!／村上アンズ著；池山田剛原作・イラスト／小
学館（小学館ジュニア文庫）／2013/07

アカンやん、ヤカンまん／村上しいこ作；山本孝絵／ＢＬ出版（おはなしいちばん星）／2016/02

うたうとは小さないのちひろいあげ／村上しいこ著／講談社／2015/05

こんとんじいちゃんの裏庭／村上しいこ作／小学館／2017/07

じてんしゃのほねやすみ／村上しいこ作；長谷川義史絵／ＰＨＰ研究所（とっておきのどうわ）／2016/11

ダッシュ!／村上しいこ著／講談社／2014/05

テレビのずるやすみ／村上しいこ作；長谷川義史絵／ＰＨＰ研究所（とっておきのどうわ）／2015/09

とっておきの標語／村上しいこ作；市居みか絵／ＰＨＰ研究所（とっておきのどうわ）／2013/03

とびばこのひるやすみ／村上しいこ作；長谷川義史絵／ＰＨＰ研究所（とっておきのどうわ）／2013/08

ともだちはアリクイ／村上しいこ作；田中六大絵／WAVE出版（ともだちがいるよ!）／2014/02

ともだちはうま／村上しいこ作；田中六大絵／WAVE出版（ともだちがいるよ!）／2015/03

ともだちはぶた／村上しいこ作；田中六大絵／WAVE出版（ともだちがいるよ!）／2014/12

にげたエビフライ／村上しいこ作；さとうめぐみ絵／講談社（たべもののおはなしシリーズ）／2017/01

ねこ探! 1 ねこもしゃべれば事件にあたるの巻／村上しいこ作；かつらこ絵／ポプラ社（ポプラ物語館）／
2014/12

ねこ探! 2 地獄のさたもねこ次第の巻／村上しいこ作；かつらこ絵／ポプラ社（ポプラ物語館）／2016/02

ノンキーとホンキーのカレーやさん／村上しいこ作；こばようこ絵／佼成出版社（おはなしみーつけた!シリ
ーズ）／2014/03

ハロウィンの犬／村上しいこ作；宮尾和孝絵／講談社（おはなし12か月）／2013/08

やあ、やあ、やあ!おじいちゃんがやってきた／村上しいこ作；山本孝絵／ＢＬ出版（おはなしいちばん星）
／2013/09

音楽室の日曜日 歌え!オルガンちゃん／村上しいこ作；田中六大絵／講談社（わくわくライブラリー）／
2015/11

家庭科室の日曜日／村上しいこ作；田中六大絵／講談社（わくわくライブラリー）／2014/11

給食室の日曜日／村上しいこ作；田中六大絵／講談社（わくわくライブラリー）／2017/05

教室の日曜日／村上しいこ作；田中六大絵／講談社（わくわくライブラリー）／2015/05

職員室の日曜日／村上しいこ作；田中六大絵／講談社（わくわくライブラリー）／2014/06

図工室の日曜日／村上しいこ作；田中六大絵／講談社（わくわくライブラリー）／2013/08

図書室の日曜日 遠足はことわざの国／村上しいこ作；田中六大絵／講談社（わくわくライブラリー）／
2016/11

体育館の日曜日／村上しいこ作；田中六大絵／講談社（わくわくライブラリー）／2013/02

保健室の日曜日 なぞなぞピクニックへいきたいかぁ!／村上しいこ作；田中六大絵／講談社（わくわくライ
ブラリー）／2017/11

理科室の日曜日 ハチャメチャ運動会／村上しいこ作；田中六大絵／講談社（わくわくライブラリー）／
2016/05

魔女がまちにやってきた／村上勉作／偕成社／2013/09

歌えば魔女に食べられる／大海赫作絵／復刊ドットコム／2014/09

うっかりの玉／大久保雨咲作；陣崎草子絵／講談社／2017/09

ドアのノブさん／大久保雨咲作；ニシワキタダシ絵／講談社（わくわくライブラリー）／2016/08

ラストサバイバル でてはいけないサバイバル教室／大久保開作；北野詠一絵／集英社（集英社みらい文庫）
／2017/10

ラストサバイバル 最後まで歩けるのはだれだ!?／大久保開作；北野詠一絵／集英社（集英社みらい文庫）／

2017/06

超・少年探偵団NEO／大宮一仁脚本;田中啓文小説／ポプラ社／2017/01

ドタバタヒーロー　ドジルくん 1-モンスターの森で大ぼうけん／大空なごむ作・絵／ポプラ社／2013/10

ドタバタヒーロー　ドジルくん 2-ドタバタヒーロードジルくんとでんせつのかいぶつトレンチュラ／大空なごむ作・絵／ポプラ社／2014/03

ドタバタヒーロー　ドジルくん 3-ドジルとドラゴン谷のぬし／大空なごむ作・絵／ポプラ社／2014/09

ドタバタヒーロー　ドジルくん 4-ドジルのはちゃメカパニック!／大空なごむ作・絵／ポプラ社／2015/03

ドタバタヒーロー　ドジルくん 5-ドジルVSなぞのにんじゃぐんだん／大空なごむ作・絵／ポプラ社／2016/01

ドタバタヒーロー　ドジルくん 6　ドジルときょうふのピラミッド／大空なごむ作・絵／ポプラ社／2017/05

魔法探偵ジングル／大空なごむ作／ポプラ社／2017/12

世界一クラブ 最強の小学生、あつまる!／大空なつき作明菜絵／KADOKAWA（角川つばさ文庫）／2017/09

空飛ぶのらネコ探険隊 [4] ピラミッドのキツネと神のネコ／大原興三郎作こぐれけんじろう絵／文溪堂／2017/05

大道芸ワールドカップねらわれたチャンピオン／大原興三郎作こぐれけんじろう絵／静岡新聞社／2013/10

だいじな本のみつけ方／大崎梢著（Book With You）／光文社／2014/10

ようかいとりものちょう 6 激闘! 雪地獄妖怪富士・天怪篇2／大崎悌造作ありがひとし画／岩崎書店／2017/02

ようかいとりものちょう 7 雷撃! 青龍洞妖海大戦・天怪篇3／大崎悌造作ありがひとし画／岩崎書店／2017/07

天才探偵Sen7－テレビ局ハプニング・ツアー（天才探偵Senシリーズ）／大崎梢作久都りか絵／ポプラ社／2013/04

真夜中のパン屋さん　[1] 午前0時のレシピ／大沼紀子[著]／ポプラ社（teenに贈る文学）／2014/04

真夜中のパン屋さん　[2] 午前1時の恋泥棒／大沼紀子[著]／ポプラ社（teenに贈る文学）／2014/04

真夜中のパン屋さん　[3] 午前2時の転校生／大沼紀子[著]／ポプラ社（teenに贈る文学）／2014/04

真夜中のパン屋さん　[4]午前3時の眠り姫／大沼紀子[著]／ポプラ社（teenに贈る文学）／2014/04

石になった少女 沖縄・戦場の子どもたちの物語／大城将保作／高文研／2015/06

瀬戸内海賊物語 ぼくらの宝を探せ!／大森研一原案;黒田晶著／静山社／2014/04

悪夢ちゃん　解決編／大森寿美男作;百瀬しのぶ文／KADOKAWA（角川つばさ文庫）／2013/05

悪夢ちゃん 謎編／大森寿美男作;百瀬しのぶ文／KADOKAWA（角川つばさ文庫）／2013/04

ながさきの子うま―人形アニメ版／大川悦生原作;翼プロダクション作／新日本出版社（アニメでよむ戦争シリーズ）／2016/03

ミラチェンタイム☆ミラクルらみぃ／大塚隆史原作;高橋ナツコ著;川村敏江イラスト／小学館（小学館ジュニア文庫）／2015/12

弓を引く少年／大塚菜生著／国土社／2016/03

はいからさんが通る 上下／大和和紀原作・絵;時海結以文／講談社（青い鳥文庫）／2017/10

目の見えない子ねこ、どろっぷ／沢田俊子作;田中六大絵／講談社／2015/06

ダヤンとうさぎの赤ちゃん／池田あきこ著／ほるぷ出版（DAYAN'S COLLECTION BOOKS）／2015/05

ダヤン妖精になる／池田あきこ著／ほるぷ出版（DAYAN'S COLLECTION BOOKS）／2013/12

坂の上の図書館／池田ゆみる作;羽尻利門画／さ・え・ら書房／2016/07

海色のANGEL5－最後の日／池田美代子作;尾谷おさむ絵／講談社（青い鳥文庫）／2016/11

劇部ですから!　Act.1 文化祭のジンクス／池田美代子作;柚希きひろ絵／講談社（青い鳥文庫）／2017/06

劇部ですから!　Act.2 劇部の逆襲／池田美代子作;柚希きひろ絵／講談社（青い鳥文庫）／2017/10

緒崎さん家の妖怪事件簿 [1]／築山桂著;かすみのイラスト／小学館（小学館ジュニア文庫）／2017/02

緒崎さん家の妖怪事件簿 [2]桃×団子パニック!／築山桂著;かすみのイラスト／小学館（小学館ジュニア文庫）／2017/07

オフカウント／筑井千枝子作:浅妻健司絵／新日本出版社／2013/03

ねこ天使とおかしの国に行こう!／中井俊巳作:木村いこ絵／PHP研究所（とっておきのどうわ）／2017/03

小説小学生のヒミツ おさななじみ／中江みかよ原作:森川成美文／講談社（講談社KK文庫）／2017/04

小説小学生のヒミツ 教室／中江みかよ原作:森川成美文／講談社（講談社KK文庫）／2017/07

ひらめきちゃん／中松まるは作:本田亮絵／あかね書房（スプラッシュ・ストーリーズ）／2014/10

ロボット魔法部はじめます／中松まるは作:わたなべさちよ絵／あかね書房（スプラッシュ・ストーリーズ）／2013/02

ワカンネークエストわたしたちのストーリー／中松まるは作:北沢夕芸絵／童心社／2014/06

ひかり舞う／中川なをみ著:スカイエマ絵／ポプラ社（Teens' best selections）／2017/12

ユキとヨンホ／中川なをみ作:舟橋全二絵／新日本出版社／2014/07

茶畑のジャヤ／中川なをみ作／鈴木出版（鈴木出版の児童文学 この地球を生きる子どもたち）／2015/09

おとのさま、スキーにいく／中川ひろたか作:田中六大絵／佼成出版社（おはなしみーつけた!シリーズ）／2016/12

おとのさま、小学校にいく／中川ひろたか作:田中六大絵／佼成出版社（おはなしみーつけた!シリーズ）／2017/12

トリガール!／中村航作:菅野マナミ絵／KADOKAWA（角川つばさ文庫）／2017/08

金色の流れの中で／中村真里子作:今日マチ子画／新日本出版社（文学のピースウォーク）／2016/06

クマ・トモ ずっといっしょだよ／中村誠作:桃雪琴梨絵／KADOKAWA（角川つばさ文庫）／2016/10

クマ・トモ わたしの大切なお友達／中村誠作:桃雪琴梨絵／KADOKAWA（角川つばさ文庫）／2014/12

ちえりとチェリー／中村誠共著:島田満共著:伊部由起子／KADOKAWA（角川つばさ文庫）／2015/09

小学生まじょとおしゃべりなランドセル／中島和子作:秋里信子絵／金の星社／2017/06

名探偵!? ニャンロック・ホームズ 5年2組まるごと大誘拐!?の巻／仲野ワタリ著:星樹絵:神楽坂淳原案／集英社（集英社みらい文庫）／2014/05

名探偵ニャンロック・ホームズ 猫探偵あらわるの巻／仲野ワタリ著；星樹絵；神楽坂淳原案／集英社（集英社みらい文庫）／2013/07

小説作品名／著者名／出版社／刊行年月

ゆいはぼくのおねえちゃん／朝比奈蓉子作:江頭路子絵／ポプラ社（ポプラ物語館）／2014/03

わたしの苦手なあの子／朝比奈蓉子作:酒井以絵／ポプラ社（ノベルズ・エクスプレス）／2017/08

心が叫びたがってるんだ。 実写映画ノベライズ版／超平和バスターズ原作:熊澤尚人監督:時海結以著;まなべゆきこ脚本／小学館（小学館ジュニア文庫）／2017/07

夜はライオン／長蘭安浩著／偕成社／2013/07

ハングリーゴーストとぼくらの夏／長江優子著／講談社／2014/07

百年後、ぼくらはここにいないけど／長江優子著／講談社／2016/07

木曜日は曲がりくねった先にある／長江優子著／講談社／2013/08

レイナが島にやってきた!／長崎夏海作:いちかわなつこ絵／理論社／2017/10

帽子から電話です／長田弘作:絵長新太／偕成社／2017/12

天才!科学探偵Wヘンリー／椎名雅史作:裕龍ながれ絵／KADOKAWA（角川つばさ文庫）／2014/11

僕は上手にしゃべれない／椎野直弥著／ポプラ社（Teens' best selections）／2017/02

ロードムービー／辻村深月作:toi8絵／講談社（青い鳥文庫）／2013/08

タマの猫又相談所 [1] 花の道は嵐の道／天野頌子著／ポプラ社（ポプラ文庫ピュアフル）／2013/03

よろず占い処陰陽屋あやうし／天野頌子著／ポプラ社（teenに贈る文学）／2014/04

よろず占い処陰陽屋あらしの予感／天野頌子著／ポプラ社（teenに贈る文学）／2014/04

よろず占い処陰陽屋アルバイト募集／天野頌子著／ポプラ社（teenに贈る文学）／2014/04

よろず占い処陰陽屋の恋のろい／天野頌子著／ポプラ社（teenに贈る文学）／2014/04

よろず占い処陰陽屋は混線中／天野頌子著／ポプラ社（teenに贈る文学）／2014/04

よろず占い処陰陽屋へようこそ／天野頌子著／ポプラ社（teenに贈る文学）／2014/04

よろず占い処陰陽屋猫たたり／天野頌子著／ポプラ社（teenに贈る文学）／2015/04

じいちゃんの鉄工所／田丸雅智作藤枝リュウジ絵／静山社／2016/12

吉永さん家のガーゴイル／田口仙年堂作日向悠二絵／KADOKAWA（角川つばさ文庫）／2014/02

あしたの空子／田森庸介作勝川克志絵／偕成社／2014/12

となりの鉄子／田森庸介作勝川克志絵／偕成社／2013/07

ポポロクロニクル 白き竜 上下／田森庸作福島敦子絵／偕成社／2015/03

金の月のマヤ 黒のエルマニオ／田森庸介作；福島敦子絵／偕成社／2013/12

金の月のマヤ 対決！暗闇の谷／田森庸介作；福島敦子絵／偕成社／2014/02

金の月のマヤ 秘密の図書館／田森庸介作；福島敦子絵／偕成社／2013/12

七十二歳の卒業制作／田村せい子作／岡本よしろう画／福音館書店／2016/05

リトル・ダンサー／田村理江作君野可代子絵／国土社／2016/03

ある日犬の国から手紙が来て／田中マルコ文；松井雄功絵／小学館（小学館ジュニア文庫）／2017/12

犬と魔法のファンタジー／田中ロミオ著／小学館（小学館ジュニア文庫）／2015/07

落語少年サダキチ ［いち］／田中啓文作朝倉世界一画／福音館書店／2016/09

落語少年サダキチ に／田中啓文作朝倉世界一画／福音館書后／2017/11

石の神／田中彩子作一色画／福音館書店（福音館創作童話シリーズ）／2014/04

天狗ノオト／田中彩子作／理論社／2013/03

2 in 1 名門フライドチキン小学校／田中成和作原ゆたか絵／ポプラ社（ポプラポケット文庫）／2014/02

2 in 1 名門フライドチキン小学校どっきり火の玉おばけ／田中成和作原ゆたか絵／ポプラ社（ポプラポケット文庫）／2015/02

2 in 1 名門フライドチキン小学校ようかいランド／田中成和作原ゆたか絵／ポプラ社（ポプラポケット文庫）／2014/09

2 in 1 名門フライドチキン小学校注射がいちばん／田中成和作原ゆたか絵／ポプラ社（ポプラポケット文庫）／2014/05

2 in 1 名門フライドチキン小学校魔女のテストでカバだらけ／田中成和作原ゆたか絵／ポプラ社（ポプラポケット文庫）／2015/05

鈴狐騒動変化城(へんげのしろ)／田中哲弥著／伊野孝行画／福音館書店／2014/10

ハジメテノオト／田部智子作Nardack 絵／ポプラ社（ポプラポケット文庫）／2014/04

幽霊探偵ハル 燃える図書館の謎／田部智子作木乃ひのき絵／KADOKAWA（角川つばさ文庫）／2015/11

封魔鬼譚 1 尸解／渡辺仙州作佐竹美保絵／偕成社／2017/08

封魔鬼譚 2 太歳／渡辺仙州作佐竹美保絵／偕成社／2017/04

封魔鬼譚 3 渾沌／渡辺仙州作佐竹美保絵／偕成社／2017/04

文学少年と運命の書／渡辺仙州作／ポプラ社（Teens' entertainment）／2014/09

ヒミツの王子様☆恋するアイドル！／都築奈央著；八神千歳原作・イラスト／小学館（小学館ジュニア文庫）／2016/03

モン太くん空をとぶ—モンスタータウンへようこそ／土屋富士夫作・絵／徳間書店／2017/06

妖怪いじわるシャンプー／土屋富士夫作・絵／ＰＨＰ研究所（とっておきのどうわ）／2017/01

バリキュン!! 史上空前のアイドル計画!?／土屋理敬著；蜜家ビィ著／陣名まいイラスト／小学館（小学館ジュニア文庫）／2015/02

スマイリング! 岩熊自転車関口俊太／土橋章宏著／中央公論新社／2016/10

超高速! 参勤交代 映画ノベライズ／土橋章宏脚本；時海結以文／講談社（青い鳥文庫）／2016/09

トリコ シャボンフルーツをもとめて! 食林寺へGO!!／島袋光年原作村山功著；東映アニメーション絵／集英社（集英社みらい文庫）／2014/01

トリコ はじける炭酸!メロウコーラはどこにある!?／島袋光年原作村山功著；東映アニメーション絵／集英社（集英社みらい文庫）／2013/05

謎解きはディナーのあとで／東川篤哉著／小学館（小学館ジュニア文庫）／2017/05

フェアリーキャット 妖精にもどりたい!／東多江子作うっけ絵／講談社（青い鳥文庫）／2016/03

予知夢がくる! ［1］ 心をとどけて／東多江子作Tiv 絵／講談社（青い鳥文庫）／2013/02

予知夢がくる！ [2] 13班さん、気をつけて／東多江子作;Tiv 絵／講談社（青い鳥文庫）／2013/08
予知夢がくる！ [3] ライバルは超能力少女／東多江子作;Tiv 絵／講談社（青い鳥文庫）／2014/02
予知夢がくる！ [4] 初恋♡と踏切のひみつ／東多江子作;Tiv 絵／講談社（青い鳥文庫）／2014/09
予知夢がくる! [5] 音楽室の怪人／東多江子作;Tiv 絵／講談社（青い鳥文庫）／2015/04
予知夢がくる! [6] 謎のラブレター／東多江子作;Tiv 絵／講談社（青い鳥文庫）／2015/09
いとの森の家／東直子著／ポプラ社（Teens' best selections）／2016/06
ポッピンＱ／東堂いづみ原作;秋津柾水著／小学館（小学館ジュニア文庫）／2016/12
小説ハートキャッチプリキュア！／東堂いづみ原作;山田隆司著／講談社（講談社キャラクター文庫）／
　2015/09
小説ふたりはプリキュア／東堂いづみ原作;鐘弘亜樹著／講談社（講談社キャラクター文庫）／2015/09
小説ふたりはプリキュアマックスハート／東堂いづみ原作;井上亜樹子著／講談社（講談社キャラクター文
　庫）／2017/10
ナミヤ雑貨店の奇蹟／東野圭吾作;よん絵／KADOKAWA（角川つばさ文庫）／2017/09
絶体絶命ゲーム 1 億円争奪サバイバル／藤ダリオ作;さいね絵／KADOKAWA（角川つばさ文庫）／
　2017/02
絶体絶命ゲーム 2 死のタワーからの大脱出／藤ダリオ作;さいね絵／KADOKAWA（角川つばさ文庫）／
　2017/07
美乃里の夏／藤巻吏絵作;長新太画／福音館書店（福音館文庫）／2015/04
サッカク探偵団 1 あやかし月夜の宝石どろぼう／藤江じゅん作;ヨシタケシンスケ絵／KADOKAWA／
　2015/07
サッカク探偵団 2 おばけ坂の神かくし／藤江じゅん作;ヨシタケシンスケ絵／KADOKAWA／2015/12
サッカク探偵団 3 なぞの影ぼうし／藤江じゅん作;ヨシタケシンスケ絵／KADOKAWA／2016/07
ポケットの中の絆創膏／藤咲あゆな作;naoto 絵／ポプラ社（ポプラポケット文庫）／2014/02
マジカル★トレジャー 戦国時代にタイムトラベル⁉／藤咲あゆな作;フライ絵／集英社（集英社みらい文
　庫）／2014/09
黒田官兵衛－天才軍師ここにあり／藤咲あゆな著／ポプラ社（ポプラポケット文庫）／2013/11
少年メイド スーパー小学生・千尋におまかせ!／藤咲あゆな作;乙橘原作絵／KADOKAWA（角川つばさ文
　庫）／2014/09
新島八重ものがたり－桜舞う風のように－／藤咲あゆな著;暁かおり絵／集英社（集英社みらい文庫）／
　2013/01
真田幸村／藤咲あゆな著;ホマ蔵絵／ポプラ社（ポプラポケット文庫）／2015/11
戦国姫 [7] 井伊直虎の物語／藤咲あゆな作;マルイノ絵／集英社（集英社みらい文庫）／2017/01
戦国姫 [8] 瀬名姫の物語／藤咲あゆな作;マルイノ絵／集英社（集英社みらい文庫）／2017/06
戦国姫 [9] 松姫の物語／藤咲あゆな作;マルイノ絵／集英社（集英社みらい文庫）／2017/09
戦国姫 茶々の物語／藤咲あゆな著;マルイノ絵／集英社（集英社みらい文庫）／2016/02
戦国姫 濃姫の物語／藤咲あゆな作;マルイノ絵／集英社（集英社みらい文庫）／2016/09
天国の犬ものがたり ありがとう／藤咲あゆな著;堀田敦子原作;環方このみイラスト／小学館（小学館ジュ
　ニア文庫）／2016/12
天国の犬ものがたり ずっと一緒／藤咲あゆな著;堀田敦子原作;環方このみイラスト／小学館（小学館ジュ
　ニア文庫）／2013/09
天国の犬ものがたり わすれないで／藤咲あゆな著;堀田敦子原作;環方このみイラスト／小学館（小学館ジュ
　ニア文庫）／2014/03
天国の犬ものがたり 夢のバトン／藤咲あゆな著;堀田敦子原作;環方このみイラスト／小学館（小学館ジュ
　ニア文庫）／2016/02
天国の犬ものがたり未来／藤咲あゆな著;堀田敦子原作;環方このみイラスト／小学館（小学館ジュニア文
　庫）／2014/12
魔天使マテリアル 11 真白き閃光／藤咲あゆな作;藤丘ようこ画／ポプラ社（魔天使マテリアルシリーズ

11）／2013/04

魔天使マテリアル 12 運命の螺旋／藤咲あゆな作藤丘ようこ画／ポプラ社（魔天使マテリアルシリーズ 12）／2013/04

魔天使マテリアル 13 愛いの迷宮／藤咲あゆな作藤丘ようこ画／ポプラ社（魔天使マテリアルシリーズ 13）／2013/04

魔天使マテリアル 14 翠の輪舞曲／藤咲あゆな作藤丘ようこ画／ポプラ社（魔天使マテリアルシリーズ 14）／2013/04

魔天使マテリアル 15 哀しみの檻／藤咲あゆな作藤丘ようこ画／ポプラ社（ポプラカラフル文庫）／2013/03

魔天使マテリアル 16 孤独の騎士／藤咲あゆな作藤丘ようこ画／ポプラ社（ポプラカラフル文庫）／2013/08

魔天使マテリアル 17 罪深き姫君／藤咲あゆな作藤丘ようこ画／ポプラ社（ポプラカラフル文庫）／2014/01

魔天使マテリアル 18 昏き森の柩／藤咲あゆな作藤丘ようこ画／ポプラ社（ポプラカラフル文庫）／2014/09

魔天使マテリアル 19 藍の独唱曲／藤咲あゆな作藤丘ようこ画／ポプラ社（ポプラカラフル文庫）／2015/03

魔天使マテリアル 20 鈍色の波動／藤咲あゆな作藤丘ようこ画／ポプラ社（ポプラカラフル文庫）／2015/10

魔天使マテリアル 21 BLOOD／藤咲あゆな作藤丘ようこ画／ポプラ社（ポプラカラフル文庫）／2016/04

魔天使マテリアル 22 秘めた願い／藤咲あゆな作藤丘ようこ画／ポプラ社（ポプラカラフル文庫）／2016/11

魔天使マテリアル 23 紅の協奏曲／藤咲あゆな作藤丘ようこ画／ポプラ社（ポプラカラフル文庫）／2017/06

魔天使マテリアル 24 偽りの王子／藤咲あゆな作藤丘ようこ画／ポプラ社（ポプラカラフル文庫）／2017/11

衛星軌道 2 万マイル／藤崎慎吾作田川秀樹絵／岩崎書店（21 世紀空想科学小説）／2013/10

オニのすみかでおおあばれ!／藤真知子作村田桃香絵／岩崎書店（おはなしトントン）／2015/10

さようなら、まほうの国!!－わたしのママは魔女／藤真知子作ゆーちみえこ絵／ポプラ社（こども童話館）／2013/06

チビまじょチャミーとおばけのパーティー／藤真知子作琴月綾絵／岩崎書店（おはなしトントン）／2014/06

チビまじょチャミーとチョコレートおうじ／藤真知子作琴月綾絵／岩崎書店（おはなしトントン）／2017/06

チビまじょチャミーとハートのくに／藤真知子作琴月綾絵／岩崎書店（おはなしトントン）／2016/06

チビまじょチャミーとようせいのドレッサー／藤真知子作琴月綾絵／岩崎書店（おはなしトントン）／2015/06

チビまじょチャミーとラ・ラ・ラ・ダンス／藤真知子作琴月綾絵／岩崎書店（おはなしトントン）／2013/06

まじょのナニーさん [1]／藤真知子作はっとりななみ絵／ポプラ社／2016/07

まじょのナニーさん [2] にじのむこうへおつれします／藤真知子作はっとりななみ絵／ポプラ社／2017/07

まじょ子とこおりの女王さま／藤真知子作ゆーちみえこ絵／ポプラ社（学年別こどもおはなし劇場）／2014/10

まじょ子とネコの王子さま／藤真知子作ゆーちみえこ絵／ポプラ社（学年別こどもおはなし劇場）／2013/10

まじょ子とハロウィンのまほう／藤真知子作ゆーちみえこ絵／ポプラ社（学年別こどもおはなし劇場）／

2015/10

まじょ子とプリンセスのキッチン／藤真知子作;ゆーちみえこ絵／ポプラ社（学年別こどもおはなし劇場）
／2017/04

まじょ子と黒ネコのケーキやさん／藤真知子作;ゆーちみえこ絵／ポプラ社（学年別こどもおはなし劇場）
／2014/03

まじょ子のおはなしパーラー／藤真知子作;ゆーちみえこ絵／ポプラ社（学年別こどもおはなし劇場）／
2015/03

まじょ子は恋のキューピット／藤真知子作;ゆーちみえこ絵／ポプラ社（学年別こどもおはなし劇場）／
2013/03

全員少年探偵団－みんなの少年探偵団／藤谷治著／ポプラ社／2014/12

クサヨミ／藤田雅矢作;中川悠京絵／岩崎書店（21世紀空想科学小説）／2013/08

家出しちゃった／藤田千津作;夏目尚吾絵／文研出版（わくわくえどうわ）／2013/03

アイドル×戦士ミラクルちゅーんず!／藤平久子・松井香奈・青山万史脚本;松井香奈著／小学館（小学館ジュ
ニア文庫）／2017/03

5月ドーナツは知っている（探偵チームKZ事件ノート）／藤本ひとみ原作;住滝良文;清瀬赤目絵／講談社
（青い鳥文庫）／2016/05

アイドル王子は知っている（探偵チームKZ事件ノート）／藤本ひとみ原作;住滝良文／講談社（青い鳥文
庫）／2016/12

いつの日か伝説になる（KZ'Deep File）／藤本ひとみ著／講談社／2017/05

お姫さまドレスは知っている（探偵チームKZ事件ノート）／藤本ひとみ原作;住滝良文／講談社（青い鳥
文庫）／2014/07

ガラスの貴公子の秘密（ときめき生徒会ミステリー研究部[2]）／藤本ひとみ原作;伏見奏文;メロ絵／
KADOKAWA／2015/08

クリスマスケーキは知っている（探偵チームKZ事件ノート）／藤本ひとみ原作;住滝良文;清瀬赤目絵／講
談社（青い鳥文庫）／2014/11

コンビニ仮面は知っている（探偵チームKZ事件ノート）／藤本ひとみ原作;住滝良文／講談社（青い鳥文
庫）／2017/12

ハート虫は知っている（探偵チームKZ事件ノート）／藤本ひとみ原作;住滝良文;駒形絵／講談社（青い鳥
文庫）／2014/03

バレンタインは知っている（探偵チームKZ事件ノート）／藤本ひとみ原作;住滝良文／講談社（青い鳥文
庫）／2013/12

黄金の雨は知っている（探偵チームKZ事件ノート）／藤本ひとみ原作;住滝良文;駒形絵／講談社（青い鳥
文庫）／2015/03

学校の都市伝説は知っている（探偵チームKZ事件ノート）／藤本ひとみ原作;住滝良文;駒形絵／講談社
（青い鳥文庫）／2017/03

危ない誕生日ブルーは知っている（探偵チームKZ事件ノート）／藤本ひとみ原作;住滝良文;駒形絵／講談
社（青い鳥文庫）／2017/07

貴公子カフェのチョコドーナツ(ときめき生徒会ミステリー研究部[1])／藤本ひとみ原作;伏見奏文;メロ絵／
KADOKAWA／2015/06

桜坂は罪をかかえる（KZ'Deep File）／藤本ひとみ著／講談社／2016/10

七夕姫は知っている（探偵チームKZ事件ノート）／藤本ひとみ原作;住滝良文;駒形絵／講談社（青い鳥文
庫）／2015/07

初恋は知っている 若武編（探偵チームKZ事件ノート）／藤本ひとみ原作;住滝良文;駒形絵／講談社（青
い鳥文庫）／2013/07

消えた美少女は知っている（探偵チームKZ事件ノート）／藤本ひとみ原作;住滝良文;駒形絵／講談社（青
い鳥文庫）／2015/10

星形クッキーは知っている（探偵チームKZ事件ノート）／藤本ひとみ原作;住滝良文;清瀬赤目絵／講談社

（青い鳥文庫）／2015/05

青いダイヤが知っている（探偵チームＫＺ事件ノート）／藤本ひとみ原作;住滝良文;駒形絵／講談社（青い鳥文庫）／2014/10

青い真珠は知っている（KZ'Deep File）／藤本ひとみ著／講談社／2015/12

赤い仮面は知っている（探偵チームＫＺ事件ノート）／藤本ひとみ原作;住滝良文;駒形絵／講談社（青い鳥文庫）／2014/12

探偵チーム KZ 事件ノート／藤本ひとみ原作;住滝良原作;田浦智美文／講談社／2016/02

断層の森で見る夢は（KZ'Deep File）／藤本ひとみ著／講談社／2017/11

天使が知っている（探偵チームＫＺ事件ノート）／藤本ひとみ原作;住滝良文;駒形絵／講談社（青い鳥文庫）／2013/11

本格ハロウィンは知っている（探偵チームＫＺ事件ノート）／藤本ひとみ原作;住滝良文;駒形絵／講談社（青い鳥文庫）／2016/07

眠れる森の美女／藤本ひとみ文;東逸子絵;ペロー原作／講談社（青い鳥文庫）／2014/12

妖怪パソコンは知っている（探偵チームＫＺ事件ノート）／藤本ひとみ原作;住滝良文;駒形絵／講談社（青い鳥文庫）／2016/03

裏庭は知っている（探偵チームＫＺ事件ノート）／藤本ひとみ原作;住滝良文;駒形絵／講談社（青い鳥文庫）／2013/03

お嬢様探偵ありすの冒険／藤野恵美作;Haccan 絵／講談社（青い鳥文庫）／2016/10

ねこまた妖怪伝[1]－妖怪だって友だちにゃ!／藤野恵美作;永地絵／KADOKAWA（角川つばさ文庫）／2015/05

ねこまた妖怪伝[2]－いのちをかけた約束にゃ!／藤野恵美作;永地絵／KADOKAWA（角川つばさ文庫）／2016/01

一夜姫事件－お嬢様探偵ありすと少年執事ゆきとの事件簿／藤野恵美作;Haccan 絵／講談社（青い鳥文庫）／2014/03

雲をつかむ少女／藤野恵美著／講談社／2015/03

古城ホテルの花嫁事件－お嬢様探偵ありすと少年執事ゆきとの事件簿／藤野恵美作;Haccan 絵／講談社（青い鳥文庫）／2013/06

七時間目の UFO 研究（新装版）／藤野恵美作;朝日川日和絵／講談社（青い鳥文庫）／2017/11

七時間目の怪談授業／藤野恵美作;朝日川日和絵／講談社（青い鳥文庫）／2017/05

七時間目の占い入門／藤野恵美作;朝日川日和絵／講談社（青い鳥文庫）／2017/08

天空のタワー事件－お嬢様探偵ありす／藤野恵美作;Haccan 絵／講談社（青い鳥文庫）／2015/06

猫入りチョコレート事件－見習い編集者・真島のよろず探偵簿／藤野恵美著／ポプラ社（ポプラ文庫ピュアフル）／2015/07

老子収集狂事件－見習い編集者・真島のよろず探偵簿／藤野恵美著／ポプラ社（ポプラ文庫ピュアフル）／2015/11

とうちゃんとユーレイババちゃん／藤澤ともち作;佐藤真紀子絵／講談社（文学の扉）／2017/02

おれたち戦国ロボサッカー部!／奈雅月ありす作;曽根愛絵／ポプラ社（ノベルズ・エクスプレス）／2013/03

お江戸の百太郎 [1]／那須正幹作;小松良佳絵／ポプラ社（ポプラポケット文庫）／2014/10

お江戸の百太郎 [2] 黒い手の予告状／那須正幹作;小松良佳絵／ポプラ社（ポプラポケット文庫）／2015/02

お江戸の百太郎 [3] 赤猫がおどる／那須正幹作;小松良佳絵／ポプラ社（ポプラポケット文庫）／2015/10

お江戸の百太郎 [4] 大山天狗怪事件／那須正幹作;小松良佳絵／ポプラ社（ポプラポケット文庫）／2016/02

お江戸の百太郎 [5] 秋祭なぞの富くじ／那須正幹作;小松良佳絵／ポプラ社（ポプラポケット文庫）／2016/07

お江戸の百太郎 [6] 乙松、宙に舞う／那須正幹作;小松良佳絵／ポプラ社（ポプラポケット文庫）／

2016/10

妖狐ピリカ★ムー／那須田淳作;佐竹美保絵／理論社／2013/09

井伊直虎 戦国時代をかけぬけた美少女城主／那須田淳作;十々夜画／岩崎書店（フォア文庫）／2016/11

星空ロック／那須田淳著／あすなろ書房／2013/12

星空ロック／那須田淳著／ポプラ社（ポプラ文庫ピュアフル）／2016/07

しまなみ幻想−名探偵浅見光彦の事件簿／内田康夫作;青山浩行絵／講談社（青い鳥文庫）／2015/11

ぼくが探偵だった夏−少年浅見光彦の冒険／内田康夫作;青山浩行絵／講談社（青い鳥文庫）／2013/07

耳なし芳一からの手紙−名探偵浅見光彦の事件簿／内田康夫作;青山浩行絵／講談社（青い鳥文庫）／
2014/11

ねこの手かします4−かいとうゼロのまき／内田麟太郎作;川端理絵絵／文研出版（わくわくえどうわ）／
2013/02

ねこの手かします−ねこじたのまき／内田麟太郎作;川端理絵絵／文研出版（わくわくえどうわ）／2015/01

大どろぼうジャム・パン／内田麟太郎作;藤本ともひこ絵／文研出版（わくわくえどうわ）／2017/12

聖（セント）クロス女学院物語（ストーリア）　1−ようこそ、神秘倶楽部へ!／南部くまこ作;KeG 絵／
KADOKAWA（角川つばさ文庫）／2014/03

聖（セント）クロス女学院物語（ストーリア）　2−ひみつの鍵とティンカーベル／南部くまこ作;KeG 絵／
KADOKAWA（角川つばさ文庫）／2014/06

聖（セント）クロス女学院物語（ストーリア）　3−花音のひみつとガジュマルの精霊／南部くまこ作;KeG
絵／KADOKAWA（角川つばさ文庫）／2014/10

ネコの家庭教師／南部和也さく;さとうあやえ／福音館書店（福音館創作童話シリーズ）／2017/02

トリシアは魔法のお医者さん!! 5 恋する雪のオトメ♥／南房秀久著;小笠原智史絵／学研教育出版／2013/03

トリシアは魔法のお医者さん!! 6 キケンな恋の物語!／南房秀久著;小笠原智史絵／学研教育出版／2013/10

トリシアは魔法のお医者さん!! 7 ペガサスは恋のライバル!?／南房秀久著;小笠原智史絵／学研教育出版／
2014/04

トリシアは魔法のお医者さん!! 8 カンペキ王子のプロポーズ☆／南房秀久著;小笠原智史絵／学研教育出版
／2014/09

トリシアは魔法のお医者さん!! 9 告白!?月夜のダンスパーティ☆／南房秀久著;小笠原智史絵／学研教育出版
／2015/03

トリシアは魔法のお医者さん!!　10　ふたりのキズナと船の旅!／南房秀久著;小笠原智史絵／学研教育出版
／2015/09

華麗なる探偵アリス&ペンギン[1]／南房秀久著;あるやイラスト／小学館（小学館ジュニア文庫）／
2014/07

華麗なる探偵アリス&ペンギン[2] ワンダー・チェンジ!／南房秀久著;あるやイラスト／小学館（小学館ジュ
ニア文庫）／2014/10

華麗なる探偵アリス&ペンギン[3] ミラー・ラビリンス／南房秀久著;あるやイラスト／小学館（小学館ジュ
ニア文庫）／2015/03

華麗なる探偵アリス&ペンギン[4] サマー・トレジャー／南房秀久著;あるやイラスト／小学館（小学館ジュ
ニア文庫）／2015/07

華麗なる探偵アリス&ペンギン[5] トラブル・ハロウィン／南房秀久著;あるやイラスト／小学館（小学館
ジュニア文庫）／2015/11

華麗なる探偵アリス&ペンギン[6] ペンギン・パニック!／南房秀久著;あるやイラスト／小学館（小学館ジュ
ニア文庫）／2016/03

華麗なる探偵アリス&ペンギン[7] ミステリアス・ナイト／南房秀久著;あるやイラスト／小学館（小学館ジュ
ニア文庫）／2016/07

華麗なる探偵アリス&ペンギン[8] アリス vs.ホームズ!／南房秀久著;あるやイラスト／小学館（小学館ジュ
ニア文庫）／2016/12

華麗なる探偵アリス&ペンギン [9]／南房秀久著;あるやイラスト／小学館（小学館ジュニア文庫）／

2017/05

華麗なる探偵アリス&ペンギン [10] パーティ・パーティ／南房秀久著;あるやイラスト／小学館（小学館ジュニア文庫）／2017/12

天才発明家ニコ&キャット／南房秀久著;トリルイラスト／小学館（小学館ジュニア文庫）／2017/07

天才発明家ニコ&キャット キャット、月に立つ!／南房秀久著;トリルイラスト／小学館（小学館ジュニア文庫）／2017/12

魔法医トリシアの冒険カルテ 1 ドラゴンの谷となぞの少年／南房秀久著;小笠原智史絵／学研プラス／2016/03

魔法医トリシアの冒険カルテ 2 妖精の森と消えたティアラ／南房秀久著;小笠原智史絵／学研プラス／2016/09

魔法医トリシアの冒険カルテ 3 夜の王国と月のひとみ／南房秀久著;小笠原智史絵／学研プラス／2017/03

魔法医トリシアの冒険カルテ 4 飛空城とつばさの指輪／南房秀久著;小笠原智史絵／学研プラス／2017/09

夢見の占い師／楠章子作;トミイマサコ絵／あかね書房／2017/11

クレオパトラと名探偵!／楠木誠一郎作;たはらひとえ絵／講談社（青い鳥文庫）／2017/12

ナポレオンと名探偵!／楠木誠一郎作;たはらひとえ絵／講談社（青い鳥文庫）／2017/07

伊達政宗は名探偵! タイムスリップ探偵団と跡目争い料理対決!の巻／楠木誠一郎作;岩崎美奈子絵／講談社（講談社青い鳥文庫）／2014/05

関ケ原で名探偵!!／楠木誠一郎作;岩崎美奈子絵／講談社（青い鳥文庫）／2016/11

源義経は名探偵!! タイムスリップ探偵団と源平合戦恋の一方通行の巻／楠木誠一郎作;岩崎美奈子絵／講談社（講談社青い鳥文庫）／2013/06

私立霊界高校 1 NOBUNAGA 降臨／楠木誠一郎著;鳥越タクミ画／講談社（Ya! entertainment）／2014/07

私立霊界高校 2 RYOMA 召喚／楠木誠一郎著;鳥越タクミ画／講談社（Ya! entertainment）／2014/09

真田十勇士は名探偵!! タイムスリップ探偵団と忍術妖術オンパレード！の巻／楠木誠一郎作;岩崎美奈子絵／講談社（講談社青い鳥文庫）／2015/12

清少納言は名探偵!!／楠木誠一郎作;岩崎美奈子絵／講談社（青い鳥文庫）／2013/09

馬琴先生、妖怪です!／楠木誠一郎作;亜沙美画／静山社／2016/10

嘘つき探偵・椎名誠十郎／二丸修一著／KADOKAWA（メディアワークス文庫）／2015/04

6人のお姫さま／二宮由紀子作;たんじあきこ絵／理論社／2013/07

うさぎのぴょんぴょん／二宮由紀子作;そにしけんじ絵／学研プラス／2016/07

スイーツ駅伝／二宮由紀子作;武田美穂絵／文溪堂／2017/07

見習い!? 神社ガールななみ 姫隠町でつかまって／二枚矢コウ作;えいひ絵／ポプラ社（ポプラカラフル文庫）／2013/06

忍たま乱太郎 あたらしいトカゲの段／尼子騒兵衛原作;望月千賀子文;亜細亜堂絵／ポプラ社（ポプラ社の新・小さな童話）／2014/06

忍たま乱太郎 オーマガトキのにんじゃの段／尼子騒兵衛原作;望月千賀子文;亜細亜堂絵／ポプラ社（ポプラ社の新・小さな童話）／2013/02

忍たま乱太郎 にんじゅつ学園となぞの女の段／尼子騒兵衛原作;望月千賀子文;亜細亜堂絵／ポプラ社（ポプラ社の新・小さな童話）／2014/01

忍たま乱太郎 夏休み宿題大作戦！の段／尼子騒兵衛原作;望月千賀子文／ポプラ社（ポプラ社の新・小さな童話）／2013/07

忍たま乱太郎 豆をうつすならいの段／尼子騒兵衛原作;望月千賀子文;亜細亜堂絵／ポプラ社（ポプラ社の新・小さな童話）／2013/09

すすめ!図書くらぶ 5 明日のページ／日向理恵子作・画／岩崎書店（フォア文庫）／2013/01

雨ふる本屋とうずまき天気／日向理恵子作;吉田尚令絵／童心社／2017/05

おともだちロボ チョコ／人間人間著／KADOKAWA／2015/04

もうひとつの命／入間人間著／KADOKAWA（メディアワークス文庫）／2017/12

安達としまむら 3／入間人間著:のんイラスト／KADOKAWA（電撃文庫）／2014/08

安達としまむら 4／入間人間著:のんイラスト／KADOKAWA（電撃文庫）／2015/05

安達としまむら 5／入間人間著:のんイラスト／KADOKAWA（電撃文庫）／2015/11

安達としまむら 6／入間人間著:のんイラスト／KADOKAWA（電撃文庫）／2016/05

安達としまむら 7／入間人間著:のんイラスト／KADOKAWA（電撃文庫）／2016/11

パペット探偵団事件ファイル4 パペット探偵団となぞの新団員／如月かずさ作柴本翔絵／偕成社／2017/04

まほうの自由研究（なのだのノダちゃん）／如月かずさ作はたこうしろう絵／小峰書店／2017/06

怪盗王子チューリッパ! 3 怪盗王の挑戦状／如月かずさ作柴本翔絵／偕成社／2017/01

終わる世界でキミに恋する／能登山けいこ原作・イラスト;新倉なつき著／小学館（小学館ジュニア文庫）／2017/07

エトワール! 1 くるみ割り人形の夢／梅田みか作結布絵／講談社（青い鳥文庫）／2016/11

エトワール! 2 羽ばたけ! 四羽の白鳥／梅田みか作結布絵／講談社（青い鳥文庫）／2017/05

エトワール! 3 眠れる森のバレリーナ／梅田みか作結布絵／講談社（青い鳥文庫）／2017/10

タイヨウ／梅田俊作作・絵梅田佳子作・絵／ポプラ社（梅田俊作・佳子の本）／2013/08

せなかのともだち／萩原弓佳作洞野志保絵／PHP研究所（とっておきのどうわ）／2016/07

おばけ遊園地は大さわぎ／柏葉幸子作ひらいたかこ絵／ポプラ社（ポプラの木かげ）／2017/03

かくれ家は空の上／柏葉幸子作けーしん絵／講談社（青い鳥文庫）／2015/08

ドールハウスはおばけがいっぱい／柏葉幸子作ひらいたかこ絵／ポプラ社（ポプラの木かげ）／2017/01

モンスター・ホテルでおひさしぶり／柏葉幸子作高畠純絵／小峰書店／2014/04

モンスター・ホテルでごしょうたい／柏葉幸子作高畠純絵／小峰書店／2015/11

モンスター・ホテルでそっくりさん／柏葉幸子作高畠純絵／小峰書店／2016/11

モンスター・ホテルでたんていだん／柏葉幸子作高畠純絵／小峰書店／2014/08

モンスター・ホテルでパトロール／柏葉幸子作高畠純絵／小峰書店／2017/04

モンスター・ホテルでピクニック／柏葉幸子作高畠純絵／小峰書店／2016/03

モンスター・ホテルでひみつのへや／柏葉幸子作高畠純絵／小峰書店／2015/02

魔女モティ／柏葉幸子作尾谷おさむ絵／講談社（青い鳥文庫）／2014/10

魔女モティ とねりこ屋のコラル／柏葉幸子作尾谷おさむ絵／講談社／2015/02

竜が呼んだ娘 やみ倉の竜／柏葉幸子作佐竹美保絵／朝日学生新聞社／2017/08

涙倉の夢／柏葉幸子作青山浩行絵／講談社／2017/08

ネネとヨヨのもしもの魔法／白倉由美著／徳間書店／2014/04

ゆず先生は忘れないゝ／白矢三恵著;山本久美子絵／くもん出版／2016/08

流れ星☆ぼくらの願いがかなうとき／白矢三恵作うしろだなぎさ絵／岩崎書店（おはなしガーデン）／2014/09

オレ様キングダム ［2］ blue／八神千歳原作・イラスト;村上アンズ著／小学館（小学館ジュニア文庫）／2013/08

いのちのパレード／八束澄子著／講談社／2015/04

明日のひこうき雲／八束澄子著／ポプラ社（Teens' best selections）／2017/04

オオカミ少女と黒王子 映画ノベライズ みらい文庫版／八田鮎子原作;まなべゆきこ脚本:松田朱夏著／集英社（集英社みらい文庫）／2016/04

いっしょにくらそ。 1 ママとパパと、それからアイツ／飯田雪子作椋本夏夜絵／角川書店（角川つばさ文庫）／2013/06

いっしょにくらそ。 2 キューピッドには早すぎる／飯田雪子作椋本夏夜絵／KADOKAWA（角川つばさ文庫）／2013/10

いっしょにくらそ。 3 ホントのキモチをきかせてよ／飯田雪子作椋本夏夜絵／KADOKAWA（角川つばさ文庫）／2014/05

ONE PIECE [7] THE MOVIE カラクリ城のメカ巨兵／尾田栄一郎原作;浜崎達也著;東映アニメーション絵
／集英社（集英社みらい文庫）／2013/03

ONE PIECE [8] 麦わらチェイス／尾田栄一郎原作;浜崎達也著;東映アニメーション絵／集英社（集英社み
らい文庫）／2013/08

ONE PIECE [9] THE MOVIE オマツリ男爵と秘密の島／尾田栄一郎原作;浜崎達也著;東映アニメーション
絵／集英社（集英社みらい文庫）／2013/11

ONE PIECE [10] エピソードオブアラバスタ砂漠の王女と海賊たち／尾田栄一郎原作;浜崎達也著;東映アニ
メーション絵／集英社（集英社みらい文庫）／2014/07

ONE PIECE [11] エピソードオブチョッパー＋冬に咲く、奇跡の桜／尾田栄一郎原作;浜崎達也著;東映アニ
メーション絵／集英社（集英社みらい文庫）／2014/11

アイドルを咲かせ／美波蓮作;奈津ナツナ絵／ポプラ社（ポプラポケット文庫）／2015/11

怪盗ピーター＆ジェニイ／美波蓮作;たま絵／ポプラ社（ポプラポケット文庫）／2015/02

桜前線異常ナシ／美波蓮作;たま絵／ポプラ社（ポプラポケット文庫）／2013/12

伝説の魔女／美波蓮作;よん絵／ポプラ社（ポプラポケット文庫）／2014/10

黒ずきんちゃん／稗島千江作;長新太絵／国土社／2013/09

映画プリパラみ～んなのあこがれレッツゴー☆プリパリ／筆安一幸著;ふでやすかずゆき脚本／小学館（小
学館ジュニア文庫）／2016/03

ドギーマギー動物学校 2 ランチは大さわぎ！／姫川明月作・絵／角川書店（角川つばさ文庫）／2013/01

ドギーマギー動物学校 3 世界の海のプール／姫川明月作・絵／角川書店（角川つばさ文庫）／2013/07

ドギーマギー動物学校 4 動物園のぼうけん／姫川明月作・絵／KADOKAWA（角川つばさ文庫）／
2013/12

ドギーマギー動物学校 5 遠足でハプニング！／姫川明月作・絵／KADOKAWA（角川つばさ文庫）／
2014/06

ドギーマギー動物学校 6 雪山レースとバレンタイン／姫川明月作・絵／KADOKAWA（角川つばさ文庫）
／2015/01

ドギーマギー動物学校 7 サーカスと空とび大会／姫川明月作・絵／KADOKAWA（角川つばさ文庫）／
2015/06

ドギーマギー動物学校 8 すてられた子犬たち／姫川明月作・絵／KADOKAWA（角川つばさ文庫）／
2016/05

ドギーマギー動物学校 9 遊園地にカムがふたり／姫川明月作・絵／KADOKAWA（角川つばさ文庫）／
2017/05

くちびるに歌を／百瀬しのぶ著;中田永一原作／小学館（小学館ジュニア文庫）／2015/02

この学校に、何かいる／百瀬しのぶ作;有坂あこ絵／角川書店（角川つばさ文庫）／2013/02

海街ｄｉａｒｙ／百瀬しのぶ著;吉田秋生原作／小学館（小学館ジュニア文庫）／2015/05

世界を動かすことば 世界でいちばん貧しい大統領のスピーチ／百瀬しのぶ作;ちーこ絵／KADOKAWA
（角川つばさ文庫）／2015/10

境界のRINNE ようこそ地獄へ！／浜崎達也著;高橋留美子原作;柿原優子脚本;高山カツヒコ脚本／小学館
（小学館ジュニア文庫）／2015/08

境界のRINNE 友だちからで良ければ／浜崎達也著;高橋留美子原作;柿原優子脚本;吉野弘幸脚本／小学館
（小学館ジュニア文庫）／2015/08

女子ーズ／浜崎達也著;福田雄一監督・脚本／小学館（小学館ジュニアシネマ文庫）／2014/06

西遊記～はじまりのはじまり～／浜崎達也著;チャウ・シンチー製作・脚本・監督／小学館（小学館ジュニ
ア文庫）／2014/11

幕末高校生／浜崎達也著;橋部敦子脚本／小学館（小学館ジュニア文庫）／2014/07

オバケとキツネの術くらベースギナ屋敷のオバケさん [2]／富安陽子作;たしろちさと絵／ひさかたチャイル
ド／2017/03

サラとピンキー パリへ行く／富安陽子作・絵／講談社（わくわくライブラリー）／2017/06

サラとピンキー ヒマラヤへ行く／富安陽子作・絵／講談社（わくわくライブラリー）／2017/10

ねこじゃら商店へいらっしゃい／富安陽子作平澤朋子絵／ポプラ社（ポプラポケット文庫）／2013/08

ねこじゃら商店世界一のプレゼント／富安陽子作平澤朋子絵／ポプラ社（ポプラ物語館）／2013/09

ムジナ探偵局　[9]　火の玉合戦／富安陽子作おかべりか画／童心社／2014/09

天の川のラーメン屋／富安陽子作石川えりこ絵／講談社（たべもののおはなしシリーズ）／2017/02

妖怪一家のハロウィーン妖怪一家九十九さん　[6]／富安陽子作山村浩二絵／理論社／2017/09

ポケモン・ザ・ムービーXY 光輪(リング)の超魔神フーパ／冨岡淳広著／冨岡淳広脚本／小学館（小学館ジュニア文庫）／2015/08

響け!ユーフォニアム　[1]　北宇治高校吹奏楽部へようこそ／武田綾乃著／宝島社（宝島社文庫）／2013/12

響け!ユーフォニアム 2 北宇治高校吹奏楽部のいちばん熱い夏／武田綾乃著／宝島社（宝島社文庫）／2015/03

響け!ユーフォニアム 3 北宇治高校吹奏楽部、最大の危機／武田綾乃／宝島社（宝島社文庫）／2015/04

響け!ユーフォニアム 北宇治高校吹奏楽部のヒミツの話／武田綾乃著／宝島社（宝島社文庫）／2015/06

チョコタン!／武内こずえ原作・絵;柴野理奈子著／集英社（集英社みらい文庫）／2013/08

チョコタン! なみだ、のち、はれ!／武内こずえ原作・絵;柴野理奈子著／集英社（集英社みらい文庫）／2014/01

小説ミュージカル美少女戦士セーラームーン／武内直子原作平光琢也著／講談社／2015/03

ふしぎなトラのトランク／風木一人作斎藤雨梟絵／鈴木出版（おはなしのくに）／2014/04

エリアの魔剣 5／風野潮作/そらめ絵／岩崎書店（YA! フロンティア）／2013/03

ゲンタ!／風野潮著／ほるぷ出版／2013/06

レントゲン／風野潮著;ぢゅん子画／講談社（Ya! entertainment）／2013/10

歌う樹の星／風野潮作／ポプラ社（Teens' best selections）／2015/01

氷の上のプリンセス エアメールの約束／風野潮作;Nardack 絵／講談社（青い鳥文庫）／2016/09

氷の上のプリンセス オーロラ姫と村娘ジゼル／風野潮作;Ｎａｒｄａｃｋ絵／講談社（青い鳥文庫）／2014/07

氷の上のプリンセス カルメンとシェヘラザード／風野潮作;Ｎａｒｄａｃｋ絵／講談社（青い鳥文庫）／2014/11

氷の上のプリンセス こわれたペンダント／風野潮作;Ｎａｒｄａｃｋ絵／講談社（青い鳥文庫）／2015/02

氷の上のプリンセス ジゼルがくれた魔法の力／風野潮作;Nardack 絵／講談社（青い鳥文庫）／2014/03

氷の上のプリンセス ジュニア編1／風野潮作;Nardack 絵／講談社（青い鳥文庫）／2017/12

氷の上のプリンセス シンデレラの願い／風野潮作;Nardack 絵／講談社（青い鳥文庫）／2017/02

氷の上のプリンセス はじめての国際大会／風野潮作;Ｎａｒｄａｃｋ絵／講談社（青い鳥文庫）／2015/10

氷の上のプリンセス 自分を信じて!／風野潮作;Nardack 絵／講談社（青い鳥文庫）／2017/09

氷の上のプリンセス 波乱の全日本ジュニア／風野潮作;Ｎａｒｄａｃｋ絵／講談社（青い鳥文庫）／2015/05

氷の上のプリンセス 夢への強化合宿／風野潮作;Nardack 絵／講談社（青い鳥文庫）／2016/02

うまれたよ、ペットントン／服部千春作村上康成絵／岩崎書店（おはなしトントン）／2013/08

たまたま・たまちゃん／服部千春作つじむらあゆこ絵／WAVE 出版（ともだちがいるよ!）／2013/11

トキメキ❤図書館　PART13　クリスマスに会いたい／服部千春作;ほおのきソラ絵／講談社（青い鳥文庫）／2016/12

トキメキ❤図書館　PART14 みんなだれかに恋してる／服部千春作;ほおのきソラ絵／講談社（青い鳥文庫）／2017/06

花あかりともして／服部千春作紅木春菜／出版ワークス／2017/07

村木ツトムその愛と友情／福井智作森英二郎絵／偕成社／2017/12

クレヨン王国黒の銀行／福永令三作椎名優絵／講談社（青い鳥文庫）／2016/05

クレヨン王国新十二か月の旅／福永令三作椎名優絵／講談社（青い鳥文庫）／2013/12

クレヨン王国超特急24 色ゆめ列車／福永令三作椎名優絵／講談社（青い鳥文庫）／2015/06

オオカミ少年・こひつじ少女－わくわく♪どうぶつワンだーらんど！／福田裕子著;環方このみ原作・イラスト／小学館（小学館ジュニア文庫）／2014/06

おまかせ!みらくるキャット団－マミタス、みらくるするのナー／福田裕子著;中川翔子・原案／小学館（小学館ジュニア文庫）／2015/08

ちび☆デビ!～まおちゃんとちびザウルスと氷の王国～／福田裕子著;篠塚ひろむ原作／小学館（小学館ジュニア文庫）／2014/09

わたしがボディガード!?事件ファイル ピエロは赤い髪がお好き／福田隆浩作;えひ絵／講談社（青い鳥文庫）／2013/02

わたしがボディガード!?事件ファイル 蜃気楼があざ笑う／福田隆浩作;えひ絵／講談社（青い鳥文庫）／2013/04

わたしがボディガード!?事件ファイル 幽霊はミントの香り／福田隆浩作;えひ絵／講談社（青い鳥文庫）／2013/01

ふたり／福田隆浩著／講談社／2013/09

ブルーとオレンジ／福田隆浩著／講談社（講談社文学の扉）／2014/07

香菜となのつの秘密／福田隆浩著／講談社／2017/04

幽霊魚／福田隆浩著／講談社（講談社文学の扉）／2015/06

風船爆弾／福島のりよ作／冨山房インターナショナル／2017/02

ころじげ月／福田明子文ふりやかよこ絵／新日本出版社／2015/03

死霊怪談 恐怖の一週間／平山夢明原作;あさのともや著;森倉圧絵／集英社（集英社みらい文庫）／2015/09

ひまわりと子犬の7日間 みらい文庫版／平松恵美子脚本;五十嵐佳子著;高野きか絵／集英社（集英社みらい文庫）／2013/03

幕が上がる／平田オリザ原作;喜安浩平脚本／講談社（青い鳥文庫）／2015/02

ふたりのカミサウルス／平田昌広作;黒залог高嶺絵／あかね書房（スプラッシュ・ストーリーズ）／2016/11

牛乳カンパイ係、田中くん ［2］ 天才給食マスターからの挑戦状！／並木たかあき作;フルカワマモる絵／集英社（集英社みらい文庫）／2016/12

牛乳カンパイ係、田中くん ［3］ 給食皇帝を助けよう！／並木たかあき作;フルカワマモる絵／集英社（集英社みらい文庫）／2017/04

牛乳カンパイ係、田中くん ［4］ 給食マスター決定戦！父と子の親子丼対決！／並木たかあき作;フルカワマモる絵／集英社（集英社みらい文庫）／2017/08

牛乳カンパイ係、田中くん ［5］ 給食マスター初指令！友情の納豆レシピ／並木たかあき作;フルカワマモる絵／集英社（集英社みらい文庫）／2017/12

てのひら咲いた／別司芳子著／文研出版（文研じゅべにーる）／2013/10

世界の中心で、愛をさけぶ／片山恭一著;久世みずき画／小学館（小学館ジュニア文庫）／2014/07

ようふくなおしのモモーヌ／片山令子作;さとうあや絵／のら書店／2015/02

わたしがここにいる理由／片川優子作／岩崎書店／2016/09

声優探偵ゆりんの事件簿～アフレコスタジオの幽霊～／芳村れいな作;美麻りん絵／学研パブリッシング（アニメディアブックス）／2013/03

声優探偵ゆりんの事件簿～舞台に潜む闇／芳村れいな作;美麻りん絵／学研パブリッシング（アニメディアブックス）／2013/06

シナモロール シナモンのふしぎ旅行／芳野詩子作;霧賀ユキ絵／KADOKAWA（角川つばさ文庫）／2014/09

ぷよぷよ アミティとふしぎなタマゴ／芳野詩子作;こめ苺絵／KADOKAWA（角川つばさ文庫）／2014/04

ぷよぷよ アミティと愛の少女!?／芳野詩子作;こめ苺絵／KADOKAWA（角川つばさ文庫）／2017/06

ぷよぷよ サタンのスペース遊園地／芳野詩子作;こめ苺絵／KADOKAWA（角川つばさ文庫）／2016/02

ぷよぷよ シグのヒミツ／芳野詩子作;こめ苺絵／KADOKAWA（角川つばさ文庫）／2015/07

ぷよぷよ みんなの夢、かなえるよ!?／芳野詩子作;こめ苺絵／KADOKAWA（角川つばさ文庫）／2014/12

学園シェフのきらめきレシピ1 友情の隠し味ハンバーグ／芳野詩子作;hou絵／KADOKAWA（角川つば

学園シェフのきらめきレシピ 2 3つの味の魔法のパスタ／芳野詩子作;hou 絵／KADOKAWA（角川つばさ文庫）／2015/12

ガンバト! ガンガン水鉄砲バトル!!／豊田巧作;坂本憲司郎絵／KADOKAWA（角川つばさ文庫）／2016/03

電車で行こう! GO!GO!九州新幹線!!／豊田巧作;裕龍ながれ絵／集英社（集英社みらい文庫）／2014/07

電車で行こう! サンライズ出雲と、夢の一畑電車!／豊田巧作;裕龍ながれ絵／集英社（集英社みらい文庫）／2015/03

電車で行こう! ショートトリップ&トリック!京王線で行く高尾山!!／豊田巧作;裕龍ながれ絵／集英社（集英社みらい文庫）／2014/12

電車で行こう! スペシャル版!!つばさ事件簿〜120円で新幹線に乗れる!?〜／豊田巧作;裕龍ながれ絵／集英社（集英社みらい文庫）／2017/01

電車で行こう! ハートのつり革を探せ!駿豆線とリゾート21で伊豆大探検!!／豊田巧作;裕龍ながれ絵／集英社（集英社みらい文庫）／2015/07

電車で行こう! 黒い新幹線に乗って、行先不明のミステリーツアーへ／豊田巧作;裕龍ながれ絵／集英社（集英社みらい文庫）／2017/04

電車で行こう! 山手線で東京・鉄道スポット探検!／豊田巧作;裕龍ながれ絵／集英社（集英社みらい文庫）／2016/01

電車で行こう! 小田急ロマンスカーと、迫る高速鉄道!／豊田巧作;裕龍ながれ絵／集英社（集英社みらい文庫）／2017/08

電車で行こう! 乗客が消えた!?南国トレイン・ミステリー／豊田巧作;裕龍ながれ絵／集英社（集英社みらい文庫）／2014/08

電車で行こう! 絶景列車・伊予灘ものがたりと、四国一周の旅／豊田巧作;裕龍ながれ絵／集英社（集英社みらい文庫）／2016/10

電車で行こう! 川崎の秘境駅と、京急線で桜前線を追え!／豊田巧作;裕龍ながれ絵／集英社（集英社みらい文庫）／2016/03

電車で行こう! 特急ラピートで海をわたれ!!／豊田巧作;裕龍ながれ絵／集英社（集英社みらい文庫）／2014/04

電車で行こう! 北海道新幹線と函館本線の謎。時間を超えたミステリー!／豊田巧作;裕龍ながれ絵／集英社（集英社みらい文庫）／2016/07

電車で行こう! 北陸新幹線とアルペンルートで、極秘の大脱出!／豊田巧作;裕龍ながれ絵／集英社（集英社みらい文庫）／2015/09

電車で行こう! 夢の「スーパーこまち」と雪の寝台特急／豊田巧作;裕龍ながれ絵／集英社（集英社みらい文庫）／2013/12

電車で行こう! 約束の列車を探せ!真岡鐵道とひみつのSL／豊田巧作;裕龍ながれ絵／集英社（集英社みらい文庫）／2016/08

リルリルフェアリル／坊野五月文;サンリオキャラクター著／小学館（ちゃおノベルズ）／2017/04

ねこのかんづめ／北ふうこ作／学研教育出版（キッズ文学館）／2013/07

ようこそなぞなぞしょうがっこうへ／北ふうこ作;川端理絵絵／文研出版（わくわくえどうわ）／2016/02

あめ・のち・ともだち／北原未夏子作;市居みか絵／国土社（ともだちって★いいな）／2015/06

夏の猫／北森ちえ著;森川泉装画・さし絵／国土社／2016/10

えっちゃんええやん／北川チハル作;国松エリカ絵／文研出版（わくわくえどうわ）／2017/10

サイコーのあいつとロックレボリューション／牧野節子著;小池アミイゴ装画・イラスト／国土社／2016/03

ユニコーンの乙女 ラーラと二頭の聖獣／牧野礼作;sime 絵／講談社（青い鳥文庫）／2014/12

ユニコーンの乙女 決戦のとき／牧野礼作;sime 絵／講談社（青い鳥文庫）／2015/11

ユニコーンの乙女 地下通路と王宮の秘密／牧野礼作;sime 絵／講談社（青い鳥文庫）／2015/05

魔法屋ポプル 「トラブル、売ります♡」／堀口勇太作;玖珂つかさ絵／ポプラ社（魔法屋ポプルシリーズ）／2013/04

魔法屋ポプル あぶない使い魔と仮面の謎／堀口勇太作／玖珂つかさ絵／ポプラ社（魔法屋ポプルシリーズ）／2013/04

魔法屋ポプル お菓子の館とチョコレートの魔法／堀口勇太作／玖珂つかさ絵／ポプラ社（魔法屋ポプルシリーズ）／2013/04

魔法屋ポプル さらわれた友／堀口勇太作／玖珂つかさ絵／ポプラ社（ポプラポケット文庫）／2013/05

魔法屋ポプル ステキな夢のあまいワナ／堀口勇太作／玖珂つかさ絵／ポプラ社（ポプラポケット文庫）／2013/01

魔法屋ポプル ドキドキ魔界への旅／堀口勇太作／玖珂つかさ絵／ポプラ社（魔法屋ポプルシリーズ）／2013/04

魔法屋ポプル ドラゴン島のウエディング大作戦!!／堀口勇太作／玖珂つかさ絵／ポプラ社（魔法屋ポプルシリーズ）／2013/04

魔法屋ポプル のこされた手紙と闇の迷宮／堀口勇太作／玖珂つかさ絵／ポプラ社（ポプラポケット文庫）／2014/05

魔法屋ポプル プリンセスには危険なキャンディ♡／堀口勇太作／玖珂つかさ絵／ポプラ社（魔法屋ポプルシリーズ）／2013/04

魔法屋ポプル ママの魔法陣とヒミツの記憶／堀口勇太作／玖珂つかさ絵／ポプラ社（魔法屋ポプルシリーズ）／2013/04

魔法屋ポプル 悪魔のダイエット!?／堀口勇太作／玖珂つかさ絵／ポプラ社（魔法屋ポプルシリーズ）／2013/04

魔法屋ポプル 運命のプリンセスと最強の絆／堀口勇太作／玖珂つかさ絵／ポプラ社（ポプラポケット文庫）／2014/09

魔法屋ポプル 砂漠にねむる黄金宮／堀口勇太作／玖珂つかさ絵／ポプラ社（魔法屋ポプルシリーズ）／2013/04

魔法屋ポプル 時の魔女のダンスパーティー／堀口勇太作／玖珂つかさ絵／ポプラ社（魔法屋ポプルシリーズ）／2013/04

魔法屋ポプル 呪われたプリンセス／堀口勇太作／玖珂つかさ絵／ポプラ社（ポプラポケット文庫）／2014/01

魔法屋ポプル 大魔王からのプロポーズ／堀口勇太作／玖珂つかさ絵／ポプラ社（ポプラポケット文庫）／2013/09

魔法屋ポプル 友情は魔法に勝つ!!／堀口勇太作／玖珂つかさ絵／ポプラ社（魔法屋ポプルシリーズ）／2013/04

いくたのこえよみ／堀田けい作／マット和子装画＆マンガ／理論社／2015/03

天国の犬ものがたり－僕の魔法／堀田敦子原作／藤咲あゆな著／小学館（小学館ジュニア文庫）／2017/11

あぐり☆サイエンスクラブ:夏 夏合宿が待っている!／堀米薫作／黒須高嶺絵／新日本出版社／2017/07

あぐり☆サイエンスクラブ:秋と冬、その先に／堀米薫作／黒須高嶺絵／新日本出版社／2017/10

あぐり☆サイエンスクラブ:春 まさかの田んぼクラブ!?／堀米薫作／黒須高嶺絵／新日本出版社／2017/04

仙台真田氏物語／堀米薫著／くもん出版／2016/10

林業少年／堀米薫作／スカイエマ絵／新日本出版社／2013/02

江戸っ子しげぞう あたらしい友だちができたんでぃ!の巻（江戸っ子しげぞうシリーズ2）／本田久作作／杉崎貴史絵／ポプラ社／2017/04

子だからじぞう／本田好作／小林浩道絵／ほおずき書籍／2014/04

夏の朝／本田昌子著／木村彩子画／福音館書店／2014/05

0点天使 [1]／麻生かづこ作／玖珂つかさ絵／ポプラ社（ポプラポケット文庫）／2016/08

0点天使 [2]－シンデレラとクモの糸／麻生かづこ作／玖珂つかさ絵／ポプラ社（ポプラポケット文庫）／2017/01

0点天使 [3]－あたしが"あたし"になったワケ!?／麻生かづこ作／玖珂つかさ絵／ポプラ社（ポプラポケット文庫）／2017/06

小学校がなくなる！／麻生かづこ作・大庭賢哉絵／文研出版（文研ブックランド）／2017/06

亡霊クラブ怪の教室／麻生かづこ作COMTA絵／ポプラ社（ポプラポケット文庫ガールズ）／2013/05

亡霊クラブ怪の教室 沈黙のティーカップ／麻生かづこ作COMTA絵／ポプラ社（ポプラポケット文庫ガールズ）／2014/01

亡霊クラブ怪の教室 悲しみのそのさき／麻生かづこ作COMTA絵／ポプラ社（ポプラポケット文庫ガールズ）／2014/08

斉木楠雄のΨ難／麻生周一原作・福田雄一脚本／集英社（集英社みらい文庫）／2017/10

貴族探偵 みらい文庫版／麻耶雄嵩作・きろばいと絵／集英社（集英社みらい文庫）／2017/05

貴族探偵対女探偵 みらい文庫版／麻耶雄嵩作・きろばいと絵／集英社（集英社みらい文庫）／2017/05

うんちしたの、だ〜れ？（新・ざわざわ森のがんこちゃん）／末吉暁子作・武田美穂絵／講談社／2013/05

おばあちゃんのねがいごと（新・ざわざわ森のがんこちゃん）／末吉暁子作・武田美穂絵／講談社／2013/11

ぞくぞく村のにじ色ドラゴン（ぞくぞく村のおばけシリーズ 19）／末吉暁子作／あかね書房／2016/10

ぞくぞく村のランプの精ジンジン（ぞくぞく村のおばけシリーズ 18）／末吉暁子作／あかね書房／2015/07

ぞくぞく村の魔法少女カルメラ（ぞくぞく村のおばけシリーズ 17）／末吉暁子作／あかね書房／2013/07

はっぴー♪ペンギン島!! アリスとふしぎなぼうし／名取なずな作・黒裄絵／集英社（集英社みらい文庫）／2014/12

はっぴー♪ペンギン島!! ペンギン、空を飛ぶ！／名取なずな作・黒裄絵／集英社（集英社みらい文庫）／2014/08

ほっぺちゃん よろしく☆ネコ耳ちゃん／名取なずな作・くまさかみわ挿絵／アスキー・メディアワークス（角川つばさ文庫）／2013/06

ほっぺちゃん花の国のプリンセス／名取なずな作・くまさかみわ挿絵／KADOKAWA（角川つばさ文庫）／2016/12

ドラキュラの町で、二人は／名木田恵子作・山田デイジー絵／講談社（青い鳥文庫）／2017/02

ドラゴンとふたりのお姫さま／名木田恵子作・かわかみたかこ絵／講談社（ことり文庫）／2014/04

フライ姫、どこにもない島へ／名木田恵子作・かわかみたかこ絵／講談社（ことり文庫）／2014/09

ラ・プッツン・エル 6階の引きこもり姫／名木田恵子著／講談社／2013/11

風夢緋伝／名木田恵子著／ポプラ社（Teens' best selections）／2017/03

友恋×12歳／名木田恵子作・山田デイジー絵／講談社（青い鳥文庫）／2015/10

アンティーク・シオンの小さなきせき／茂市久美子作・黒井健絵／学研プラス／2016/06

おひさまやのめざましどけい／茂市久美子作・よしざわけいこ絵／講談社（どうわがいっぱい）／2013/11

ドラゴンはスーパーマン／茂市久美子作・とよたかずひこ絵／国土社／2014/08

ドラゴン王さまになる／茂市久美子作・とよたかずひこ絵／国土社／2015/02

魔女バジルとなぞのほうき星／茂市久美子作・よしざわけいこ絵／講談社（わくわくライブラリー）／2015/07

魔女バジルと闇の魔女／茂市久美子作・よしざわけいこ絵／講談社（わくわくライブラリー）／2017/09

魔女バジルと黒い魔法／茂市久美子作・よしざわけいこ絵／講談社（わくわくライブラリー）／2016/05

魔女バジルと魔法のつえ／茂市久美子作・よしざわけいこ絵／講談社（わくわくライブラリー）／2014/12

お母さんの生まれた国／茂木ちあき作・君野可代子絵／新日本出版社／2017/12

空にむかってともだち宣言／茂木ちあき作・ゆーちみえこ絵／国土社／2016/03

映画兄に愛されすぎて困ってます／夜神里奈原作・松田裕子脚本／小学館（小学館ジュニア文庫）／2017/06

渚くんをお兄ちゃんとは呼ばない ひみつの片思い／夜野せせり作・森乃なっぱ絵／集英社（集英社みらい文庫）／2017/11

満員御霊! ゆうれい塾 おしえます、立派なゆうれいになる方法／野泉マヤ作・森川泉絵／ポプラ社（ポプラポケット文庫）／2014/08

満員御霊! ゆうれい塾 ロボットゆうれいのカウントダウン／野泉マヤ作・森川泉絵／ポプラ社（ポプラポケット文庫）／2015/12

満員御霊! ゆうれい塾 恐怖のゆうれい学園都市／野泉マヤ作;森川泉絵／ポプラ社（ポプラポケット文庫）／2015/02

満員御霊! ゆうれい塾 封じられた学校の怪談／野泉マヤ作;森川 泉絵／ポプラ社（ポプラポケット文庫）／2015/08

空飛ぶおべんとうツアー(パンダのポンポン[9])／野中柊作;長崎訓子絵／理論社／2017/09

はれたまたこぶた／矢玉四郎作・絵／岩崎書店／2013/07

おれたちのトウモロコシ／矢嶋加代子作;岡本順絵／文研出版（文研じゅべにーる）／2017/05

サトミちゃんちの1男子 1 ネオ里見八犬伝／矢立肇原案;こぐれ京著;永地絵;久世みずき;ぱらふぃんピジャモス企画協力／角川書店（角川つばさ文庫）／2013/08

サトミちゃんちの1男子 2 ネオ里見八犬伝／矢立肇原案;こぐれ京著;永地絵;久世みずき;ぱらふぃんピジャモス企画協力／KADOKAWA（角川つばさ文庫）／2013/12

サトミちゃんちの1男子 3 ネオ里見八犬伝／矢立肇原案;こぐれ京著;永地絵;久世みずき;ぱらふぃんピジャモス企画協力／KADOKAWA（角川つばさ文庫）／2014/07

サトミちゃんちの1男子 4 ネオ里見八犬伝／矢立肇原案;こぐれ京著;永地絵;久世みずき;ぱらふぃんピジャモス企画協力／KADOKAWA（角川つばさ文庫）／2014/12

サトミちゃんちの8男子 7 ネオ里見八犬伝／矢立肇原案;こぐれ京著;永地絵;久世みずき;ぱらふぃんピジャモス企画協力／KADOKAWA（角川つばさ文庫）／2015/07

サトミちゃんちの8男子 8 ネオ里見八犬伝／矢立肇原案;こぐれ京著;永地絵;久世みずき;ぱらふぃんピジャモス企画協力／KADOKAWA（角川つばさ文庫）／2015/11

サトミちゃんちの8男子 9 ネオ里見八犬伝／矢立肇原案;こぐれ京著;永地絵;久世みずき;ぱらふぃんピジャモス企画協力／KADOKAWA（角川つばさ文庫）／2016/10

魚屋しめー物語／柳沢朝子作;大庭賢哉画／くもん出版（くもんの児童文学）／2015/09

食いしんぼうカレンダー なっちゃんのおいしい12か月／柳澤みの里文;鹿又結子絵／本の泉社（子どものしあわせ童話セレクション）／2016/05

ためらいがちのシーズン／唯川恵著／光文社（Book With You）／2013/04

魔界王子レオン なぞの壁画と魔法使いの弟子／友野詳作;椋本夏夜絵／角川書店（角川つばさ文庫）／2013/01

コロボックル絵物語／有川浩作;村上勉絵／講談社／2014/04

アナザー修学旅行／有沢佳映作;ヤマダ絵／講談社（青い鳥文庫）／2017/09

かさねちゃんにきいてみな／有沢佳映著／講談社／2013/05

さとうきび畑の唄／遊川和彦著／汐文社／2013/06

レターソング初音ミクポケット／夕貴そら作;加々見絵里絵;doriko協力／ポプラ社（ポプラポケット文庫）／2015/07

陰陽師（おんみょうじ）はクリスチャン!? あやかし退治いたします!／夕貴そら作;暁かおり絵／ポプラ社（ポプラポケット文庫）／2014/05

陰陽師（おんみょうじ）はクリスチャン!? うわさのユーレイ／夕貴そら作;暁かおり絵／ポプラ社（ポプラポケット文庫）／2014/11

陰陽師（おんみょうじ）はクリスチャン!? 猫屋敷の怪／夕貴そら作;暁かおり絵／ポプラ社（ポプラポケット文庫）／2015/03

陰陽師（おんみょうじ）はクリスチャン!? 白薔薇会と呪いの鏡／夕貴そら作;暁かおり絵／ポプラ社（ポプラポケット文庫）／2014/08

陰陽師（おんみょうじ）はクリスチャン!? 封印された鬼門／夕貴そら作;芳川といろ絵／ポプラ社（ポプラポケット文庫）／2016/06

花里小吹奏楽部キミとボクの協奏曲(コンチェルト)／夕貴そら作;和泉みお絵／ポプラ社（ポプラポケット文庫）／2017/08

花里小吹奏楽部キミとボクの幻想曲(ファンタジア)／夕貴そら作;和泉みお絵／ポプラ社（ポプラポケット文庫）／2017/03

花里小吹奏楽部キミとボクの前奏曲(プレリュード)／夕貴そら作;和泉みお絵／ポプラ社（ポプラポケット文庫）／2016/10

武士道ジェネレーション／誉田哲也著／文藝春秋／2015/07

小説そらペン／陽橋エント原作・イラスト;水稀しま著／小学館（小学館ジュニア文庫）／2017/03

銀色☆フェアリーテイル 1 あたしだけが知らない街／藍沢羽衣著;白鳥希美イラスト／小学館（小学館ジュニア文庫）／2016/03

銀色☆フェアリーテイル 2／藍沢羽衣著;白鳥希美イラスト／小学館（小学館ジュニア文庫）／2016/10

銀色☆フェアリーテイル 3／藍沢羽衣著;白鳥希美イラスト／小学館（小学館ジュニア文庫）／2017/05

キズナキス／梨屋アリエ著／静山社／2017/11

きみのためにはだれも泣かない／梨屋アリエ著／ポプラ社（Teens' best selections）／2016/12

クリスマスクッキング ふしぎなクッキーガール／梨屋アリエ作;山田詩子絵／講談社（おはなし12か月）／2013/10

恋する熱気球／梨屋アリエ著／講談社／2017/08

終焉の王国 [1]／梨沙著;雪広うたこ[画]／朝日新聞出版／2013/10

終焉の王国 2 偽りの乙女と赤の放浪者／梨沙著;雪広うたこ[画]／朝日新聞出版／2014/10

岸辺のヤービ／梨木香歩著;小沢さかえ画／福音館書店／2015/09

こたえはひとつだけ／立原えりか作;みやこしあきこ絵／鈴木出版（おはなしのくに）／2013/11

でかでか人とちびちび人／立原えりか作;つじむらあゆこ絵／講談社（青い鳥文庫）／2015/09

わたしの本／緑川聖司作;竹岡美穂絵／ポプラ社（ポプラポケット文庫）／2017/12

闇の本／緑川聖司作;竹岡美穂絵／ポプラ社（ポプラポケット文庫）／2013/12

怪談いろはカルタ 急がばまわれど逃げられず／緑川聖司作;紅緒絵／集英社（集英社みらい文庫）／2016/12

怪談収集家 山岸良介と学校の怪談／緑川聖司作;竹岡美穂絵／ポプラ社（ポプラポケット文庫）／2016/12

怪談収集家 山岸良介と人形村／緑川聖司作;竹岡美穂絵／ポプラ社（ポプラポケット文庫）／2017/12

怪談収集家 山岸良介の帰還／緑川聖司作;竹岡美穂絵／ポプラ社（ポプラポケット文庫）／2015/12

怪談収集家 山岸良介の冒険／緑川聖司作;竹岡美穂絵／ポプラ社（ポプラポケット文庫）／2016/07

灰色の本／緑川聖司作;竹岡美穂絵／ポプラ社（ポプラポケット文庫）／2017/07

呪う本 番外編 つながっていく怪談／緑川聖司作;竹岡美穂絵／ポプラ社（ポプラポケット文庫）／2014/08

怖い本／緑川聖司作;竹岡美穂絵／ポプラ社（ポプラポケット文庫）／2013/03

霊感少女(ガール) 心霊クラブ、はじめました!／緑川聖司作;椋本夏夜絵／KADOKAWA（角川つばさ文庫）／2017/10

霊感少女（ガール） 幽霊さんのおなやみ、解決します!／緑川聖司作;椋本夏夜絵／KADOKAWA（角川つばさ文庫）／2016/06

小惑星2162DSの謎／林譲治作;YOUCHAN絵／岩崎書店（21世紀空想科学小説）／2013/08

私のスポットライト／林真理子著／ポプラ社（Teens' best selections）／2016/09

西郷どん!／林真理子原作;吉橋通夫文／KADOKAWA（角川つばさ文庫）／2017/11

秘密のスイーツ／林真理子著／ポプラ社／2013/08

小説チア☆ダン 女子高生がチアダンで全米制覇しちゃったホントの話／林民夫映画脚本;みうらかれん文;榊アヤミ絵／KADOKAWA（角川つばさ文庫）／2017/02

アイドル・ことまり!1-コイがつれてきた恋!?／令丈ヒロ子作;亜沙美絵／講談社（青い鳥文庫）／2017/04

アイドル・ことまり!2-試練のオーディション!／令丈ヒロ子作;亜沙美絵／講談社（青い鳥文庫）／2017/08

あたしの、ボケのお姫様。／令丈ヒロ子著／ポプラ社（Teens' best selections）／2016/10

おっことチョコの魔界ツアー／令丈ヒロ子作;石崎洋司作／講談社（青い鳥文庫）／2013/09

かえたい二人／令丈ヒロ子作／PHP研究所／2017/09

なぎさくん、女子になる-おれとカノジョの微妙Days 1／令丈ヒロ子作;立樹まや絵／ポプラ社（ポプラポ

ケット文庫）／2015/01

なぎさくん、男子になる－おれとカノジョの微妙 Days／令丈ヒロ子作立樹まや絵／ポプラ社（ポプラポケット文庫）／2015/04

なりたい二人／令丈ヒロ子作／PHP 研究所／2014/06

ブラック◆ダイヤモンド 4／令丈ヒロ子作谷朋画／岩崎書店（フォア文庫）／2014/07

ブラック◆ダイヤモンド 5／令丈ヒロ子作谷朋画／岩崎書店（フォア文庫）／2014/11

ミラクルうまいさんと夏／令丈ヒロ子作／原ゆたか絵／講談社（おはなし 12 か月）／2013/06

メニメニハート／令丈ヒロ子作結布絵／講談社（青い鳥文庫）／2015/03

温泉アイドルは小学生! 1 コンビ結成!?／令丈ヒロ子作亜沙絵／講談社（青い鳥文庫）／2015/11

温泉アイドルは小学生! 2 暴走ママを止めて!／令丈ヒロ子作亜沙美絵／講談社（青い鳥文庫）／2016/03

温泉アイドルは小学生! 3 いきなり!コンサー!?／令丈ヒロ子作亜沙美絵／講談社（青い鳥文庫）／2016/06

若おかみは小学生! Part19 花の湯温泉ストーリー／令丈ヒロ子作亜沙美絵／講談社（青い鳥文庫）／
　2013/03

若おかみは小学生! Part20 花の湯温泉ストーリー／令丈ヒロ子作亜沙美絵／講談社（青い鳥文庫）／
　2013/07

若おかみは小学生! スペシャル短編集 1／令丈ヒロ子作亜沙美絵／講談社（青い鳥文庫）／2014/01

若おかみは小学生! スペシャル短編集 2／令丈ヒロ子作亜沙美絵／講談社（青い鳥文庫）／2014/09

笑って自由研究 ロケット＆電車工場でドキドキ!!／令丈ヒロ子作MON 絵／集英社（集英社みらい文庫）
　／2013/06

負けるな!すしヒーロー! ダイナシーの巻／令丈ヒロ子作やぎたみこ絵／講談社（わくわくライブラリー）
　／2017/01

ぼくのにゃんた／鈴木康広作／ブロンズ新社／2016/10

夏空に、かんたーた／和泉智作高田桂絵／ポプラ社（ノベルズ・エクスプレス）／2017/06

あま～いおかしにご妖怪?／廣田衣世作佐藤真紀子絵／あかね書房（スプラッシュ・ストーリーズ）／
　2015/04

ふしぎ駄菓子屋銭天堂 1／廣嶋玲子作／ｊｙａｊｙａ絵／偕成社／2013/05

ふしぎ駄菓子屋銭天堂 2／廣嶋玲子作jyajya絵／偕成社／2014/01

ふしぎ駄菓子屋銭天堂 3／廣嶋玲子作／ｊｙａｊｙａ絵／偕成社／2014/08

ふしぎ駄菓子屋銭天堂 4／廣嶋玲子作／ｊｙａｊｙａ絵／偕成社／2015/06

ふしぎ駄菓子屋銭天堂 5／廣嶋玲子作／ｊｙａｊｙａ絵／偕成社／2015/09

ふしぎ駄菓子屋銭天堂 6／廣嶋玲子作／ｊｙａｊｙａ絵／偕成社／2016/06

ふしぎ駄菓子屋銭天堂 7／廣嶋玲子作／ｊｙａｊｙａ絵／偕成社／2017/02

ふしぎ駄菓子屋銭天堂 8／廣嶋玲子作／ｊｙａｊｙａ絵／偕成社／2017/10

もののけ屋 [1]一度は会いたい妖怪変化／廣嶋玲子作東京モノノケ絵／静山社／2016/05

もののけ屋 [2]二丁目の卵屋にご用心／廣嶋玲子作東京モノノケ絵／静山社／2016/09

もののけ屋 [3]三度の飯より妖怪が好き／廣嶋玲子作東京モノノケ絵／静山社／2017/03

もののけ屋 [4]四階フロアは妖怪だらけ／廣嶋玲子作東京モノノケ絵／静山社／2017/11

ゆうれい猫と魔女の呪い／廣嶋玲子作バラマツヒトミ絵／岩崎書店（おはなしガーデン）／2013/05

狐霊の檻／廣嶋玲子作マタジロウ絵／小峰書店（Sunnyside Books）／2017/01

魔女犬ボンボン ナコと奇跡の流れ星／廣嶋玲子作KeG 絵／角川書店（角川つばさ文庫）／2013/04

魔女犬ボンボン ナコと金色のお茶会／廣嶋玲子作KeG 絵／角川書店（角川つばさ文庫）／2013/01

魔女犬ボンボン ナコと幸せの約束／廣嶋玲子作KeG 絵／角川書店（角川つばさ文庫）／2013/09

魔女犬ボンボン ナコと夢のフェスティバル／廣嶋玲子作KeG 絵／KADOKAWA（角川つばさ文庫）／
　2014/09

魔女犬ボンボン[5]　おかしの国の大冒険／廣嶋玲子作KeG 絵／KADOKAWA（角川つばさ文庫）／
　2014/04

魔女犬ボンボン[7]　ナコとひみつの友達／廣嶋玲子作KeG 絵／KADOKAWA（角川つばさ文庫）／

2015/04

魔女犬ボンボン[8]　ナコと太陽のきずな／廣嶋玲子作；KeG 絵／KADOKAWA（角川つばさ文庫）／
2015/09

夢の守り手　うつろ夢からの逃亡者／廣嶋玲子作；二星天絵／ポプラ社（ポプラポケット文庫）／2015/11

夢の守り手　ふしぎな目を持つ少女／廣嶋玲子作；二星天絵／ポプラ社（ポプラポケット文庫）／2015/03

夢の守り手　永遠の願いがかなう庭／廣嶋玲子作；二星天絵／ポプラ社（ポプラポケット文庫）／2015/08

繕い屋の娘カヤ／曄田依子著／岩崎書店／2017/12

14 歳の水平線／椰月美智子著／双葉社／2015/07

しずかな日々／椰月美智子作；またよし絵／講談社（青い鳥文庫）／2014/06

チョコちゃん／椰月美智子作；またよし絵／そうえん社（まいにちおはなし）／2015/04

十二歳／椰月美智子作；またよし絵／講談社（青い鳥文庫）／2014/04

未来の手紙／椰月美智子著／光文社（Book With You）／2014/04

ガラスのベーゴマ／槿なほ作；久永フミノ絵／朝日学生新聞社／2015/11

Ｂグループの少年 2／櫻井春輝著／アルファポリス／2013/02

Ｂグループの少年 3／櫻井春輝著／アルファポリス／2013/11

Ｂグループの少年 4／櫻井春輝著／アルファポリス／2014/06

Ｂグループの少年 5／櫻井春輝著／アルファポリス／2015/06

赤いペン／澤井美穂作；中島梨絵絵／フレーベル館（フレーベル館文学の森）／2015/02

アカシア書店営業中!／濱野京子作；森川泉絵／あかね書房（スプラッシュ・ストーリーズ）／2015/09

しえりの秘密のシール帳／濱野京子著；十々夜絵／講談社／2014/07

すべては平和のために／濱野京子作；白井裕子絵／新日本出版社（文学のピースウォーク）／2016/05

ソーリ!／濱野京子作；おとないちあき画／くもん出版（くもんの児童文学）／2017/11

バンドガール!／濱野京子作；志村貴子絵／偕成社（偕成社ノベルフリーク）／2016/08

ビブリオバトルへ、ようこそ!／濱野京子作；森川泉絵／あかね書房（スプラッシュ・ストーリーズ）／
2017/09

レガッタ! 2 風をおこす／濱野京子著；一瀬ルカ画／講談社（Ya! entertainment）／2013/03

レガッタ! 3 光をのぞむ／濱野京子著；一瀬ルカ画／講談社（Ya! entertainment）／2013/08

歌に形はないけれど／濱野京子作；nezuki 絵／ポプラ社（ポプラポケット文庫）／2014/02

空はなに色／濱野京子作；小塚類子絵／そうえん社（ホップステップキッズ!）／2015/10

石を抱くエイリアン／濱野京子著／偕成社／2014/03

わたしのひよこ／礒みゆき文；ささめやゆき絵／ポプラ社（ポプラ物語館）／2013/05

へなちょこ探偵24 じ／齊藤飛鳥作；佐竹美保絵／童心社／2015/11

日本の児童文学登場人物索引 単行本篇
2013-2017

2018年8月10日　第1刷発行

発行者	道家佳織
編集・発行	株式会社ＤＢジャパン 〒151-0053 東京都渋谷区代々木2-23-1 ニューステイトメナー865
電話	03-6304-2431
ファクス	03-6369-3686
e-mail	books@db-japan.co.jp
装丁	ＤＢジャパン
電算漢字処理	ＤＢジャパン
印刷・製本	大日本法令印刷株式会社
制作スタッフ	後宮信美、加賀谷志保子、小寺恭子、 竹中陽子、野本純子、古田紗英子、 森田香、森雅子

不許複製・禁無断転載
〈落丁・乱丁本はお取り換えいたします〉
ISBN 978-4-86140-038-4
Printed in Japan 2018

DB ジャパン　既刊一覧

歴史・時代小説・・・・・・・・・・・・・・・・・・・・・・・・・

- 歴史・時代小説登場人物索引 単行本篇 2000-2009
  定価 22,000 円　2010.12 発行　ISBN978-4-86140-015-5

- 歴史・時代小説登場人物索引 アンソロジー篇 2000-2009
  定価 20,000 円　2010.05 発行　ISBN978-4-86140-014-8

- 歴史・時代小説登場人物索引 遡及版・アンソロジー篇
  定価 21,000 円　2003.07 発行　ISBN978-4-9900690-9-4

- 歴史・時代小説登場人物索引 単行本篇
  定価 22,000 円　2001.04 発行　ISBN978-4-9900690-1-8

- 歴史・時代小説登場人物索引 アンソロジー篇
  定価 20,000 円　2000.11 発行　ISBN978-4-9900690-0-1

ミステリー小説・・・・・・・・・・・・・・・・・・・・・・・・・・

- 日本のミステリー小説登場人物索引 単行本篇 2001-2011 上下
  定価 25,000 円　2013.05 発行　ISBN978-4-86140-021-6

- 日本のミステリー小説登場人物索引 アンソロジー篇 2001-2011
  定価 20,000 円　2012.05 発行　ISBN978-4-86140-018-6

- 日本のミステリー小説登場人物索引 単行本篇 上下
  定価 28,000 円　2003.01 発行　ISBN978-4-9900690-8-7

- 日本のミステリー小説登場人物索引 アンソロジー篇
  定価 20,000 円　2002.05 発行　ISBN978-4-9900690-5-6

- 翻訳ミステリー小説登場人物索引 上下
  定価 28,000 円　2001.09 発行　ISBN978-4-9900690-4-9

絵本・紙芝居 ・・・・・・・・・・・・・・・・・・・・・・・・・・・・・・

- テーマ・ジャンルからさがす乳幼児絵本

  定価 22,000 円 2014.02 発行 ISBN978-4-86140-022-3

- テーマ・ジャンルからさがす物語・お話絵本① 子どもの世界・生活/架空のもの・ファンタジー

  定価 22,000 円 2011.09 発行 ISBN978-4-86140-016-2

- テーマ・ジャンルからさがす物語・お話絵本②

  民話・昔話・名作/動物/自然・環境・宇宙/戦争と平和・災害・社会問題/人・仕事・生活

  定価 22,000 円 2011.09 発行 ISBN978-4-86140-017-9

- テーマ・ジャンルからさがす物語・お話絵本 2011-2013

  定価 15,000 円 2018.08 発行 ISBN978-4-86140-037-7

- 紙芝居登場人物索引

  定価 22,000 円 2009.09 発行 ISBN978-4-86140-013-1

- 紙芝居登場人物索引 2009-2015

  定価 5,000 円 2016.08 発行 ISBN978-4-86140-024-7

- 日本の物語・お話絵本登場人物索引 1953-1986 ロングセラー絵本ほか

  定価 22,000 円 2008.08 発行 ISBN978-4-86140-011-7

- 日本の物語・お話絵本登場人物索引

  定価 22,000 円 2007.08 発行 ISBN978-4-86140-009-4

- 日本の物語・お話絵本登場人物索引 2007-2015

  定価 22,000 円 2017.05 発行 ISBN978-4-86140-028-5

- 世界の物語・お話絵本登場人物索引 1953-1986 ロングセラー絵本ほか

  定価 20,000 円 2009.02 発行 ISBN978-4-86140-012-4

- 世界の物語・お話絵本登場人物索引

  定価 22,000 円 2008.01 発行 ISBN978-4-86140-010-0

- 世界の物語・お話絵本登場人物索引 2007-2015

  定価 15,000 円 2017.05 発行 ISBN978-4-86140-030-8

児童文学 ・・・・・・・・・・・・・・・・・・・・・・・・・・・・・・・・・

● 日本の児童文学登場人物索引 民話・昔話集篇
定価 22,000 円 2006.11 発行 ISBN978-4-86140-008-7

● 日本の児童文学登場人物索引 単行本篇 上下
定価 28,000 円 2004.10 発行 ISBN978-4-86140-003-2

● 日本の児童文学登場人物索引 単行本篇 2003-2007
定価 22,000 円 2017.08 発行 ISBN 978-4-86140-030-8

● 日本の児童文学登場人物索引 単行本篇 2008-2012
定価 22,000 円 2017.09 発行 ISBN 978-4-86140-031-5

● 児童文学登場人物索引 アンソロジー篇 2003－2014
定価 23,000 円 2015.08 発行 ISBN978-4-86140-023-0

● 日本の児童文学登場人物索引 アンソロジー篇
定価 22,000 円 2004.02 発行 ISBN978-4-86140-000-1

● 世界の児童文学登場人物索引 単行本篇 上下
定価 28,000 円 2006.03 発行 ISBN978-4-86140-007-0

● 世界の児童文学登場人物索引 単行本篇 2005-2007
定価 15,000 円 2017.11 発行 ISBN978-4-86140-032-2

● 世界の児童文学登場人物索引 単行本篇 2008-2010
定価 15,000 円 2018.01 発行 ISBN978-4-86140-033-9

● 世界の児童文学登場人物索引 単行本篇 2011-2013
定価 10,000 円 2018.02 発行 ISBN978-4-86140-034-6

● 世界の児童文学登場人物索引 アンソロジーと民話・昔話集篇
定価 21,000 円 2005.06 発行 ISBN978-4-86140-004-9